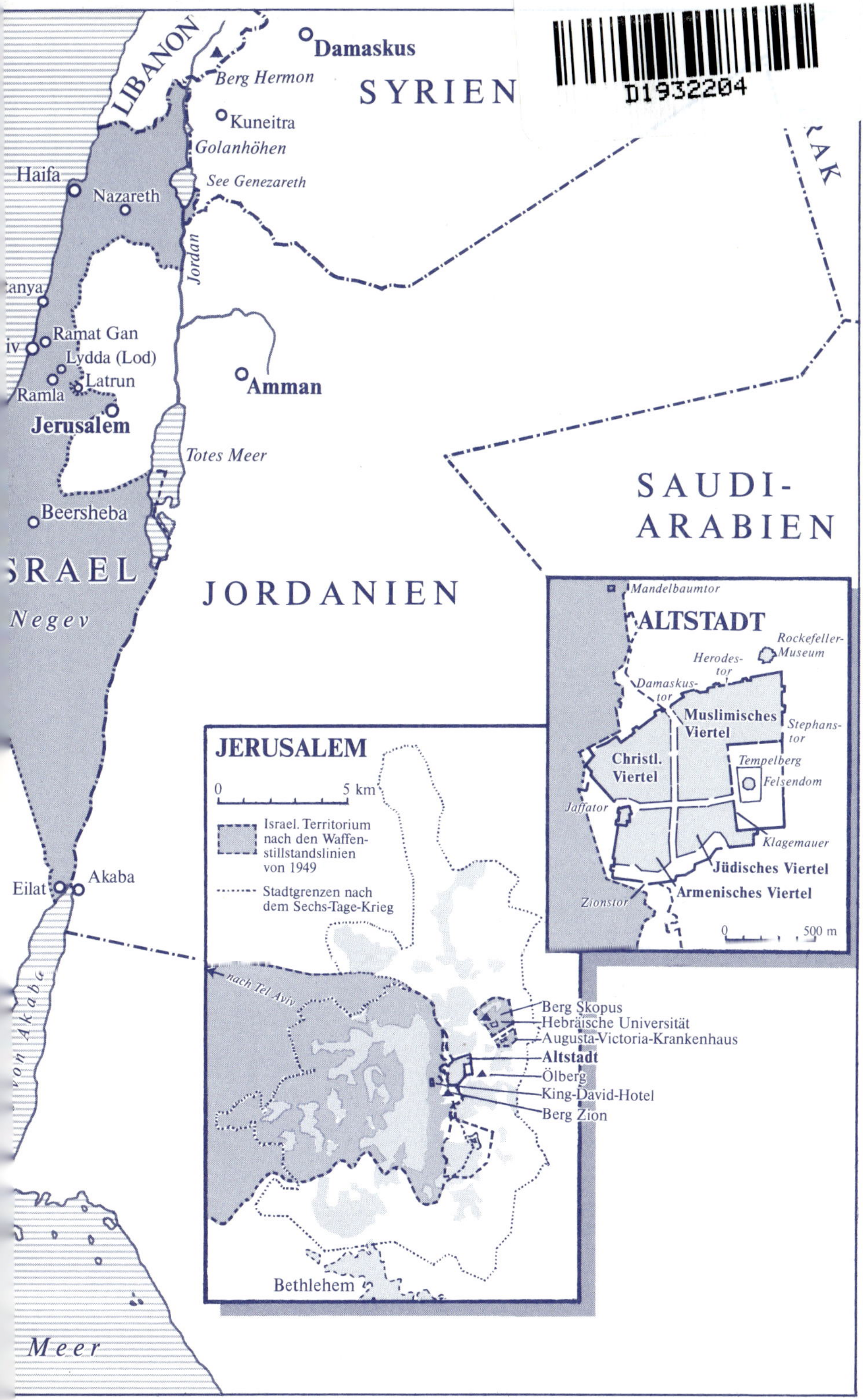

LIBANON
Damaskus
Berg Hermon
SYRIEN
Kuneitra
Golanhöhen
See Genezareth
RAK
Haifa
Nazareth
Jordan
anya
Ramat Gan
iv
Lydda (Lod)
Latrun
Ramla
Amman
Jerusalem
Totes Meer
SAUDI-
ARABIEN
Beersheba
SRAEL
JORDANIEN
Negev
Eilat
Akaba
von Akaba
Meer
JERUSALEM
0
5 km
Israel. Territorium nach den Waffen-stillstandslinien von 1949
Stadtgrenzen nach dem Sechs-Tage-Krieg
nach Tel Aviv
Berg Skopus
Hebräische Universität
Augusta-Victoria-Krankenhaus
Altstadt
Ölberg
King-David-Hotel
Berg Zion
Bethlehem
Mandelbaumtor
ALTSTADT
Rockefeller-Museum
Herodes-tor
Damaskus-tor
Muslimisches Viertel
Stephans-tor
Christl. Viertel
Tempelberg
Felsendom
Jaffator
Klagemauer
Jüdisches Viertel
Armenisches Viertel
Zionstor
0
500 m

Knaus

K

Herman Wouk

Das Land der Hoffnung

Ein Israel-Roman

Deutsch von Helmut Kossodo
und Hanna van Laak

Albrecht Knaus

Titel der Originalausgabe «The Hope», 1993 erschienen
bei Little, Brown and Company Inc., Boston

Umwelthinweis:
Dieses Buch und sein Schutzumschlag wurden auf chlorfrei gebleichtem Papier gedruckt.
Die vor Verschmutzung schützende Einschrumpffolie ist aus umweltschonender
und recyclingfähiger PE-Folie.

Der Albrecht Knaus Verlag
ist ein Unternehmen der Verlagsgruppe Bertelsmann

1. Auflage

Gesetzt aus Korpus Sabon
Satz: Filmsatz Schröter GmbH, München
Schutzumschlag von Klaus Renner unter
Verwendung eines Fotos von Sarah Stone
Wiener Verlag · Printed in Austria
ISBN 3-8135-1974-0

Gewidmet der

צה"ל

den israelischen Verteidigungsstreitkräften,
vor allem denen, die im Kampfe fielen,
denen, die überlebten, und denen, die jetzt
Wache stehen und Wache stehen werden,
bis Israel dank Gottes Gnade mit all
seinen Nachbarn in Frieden lebt.

Inhalt

Erster Teil: Der Unabhängigkeitskrieg

Zweiter Teil: Suez

Dritter Teil: Missionen in Amerika

Vierter Teil: Der Sechstagekrieg

Prolog: Der Vorposten

«HA'M'FAKED!»
Keine Antwort.
«*Ha'm'faked! Ha'm'faked* [Kommandant! Kommandant!]!»
Der Wachfeldwebel rüttelte den Kompanieführer ungestüm an der Schulter. Der Hagana-Hauptmann Zev Barak, geborener Wolfgang Berkowitz, wälzt sich zur Seite und öffnet halb die schweren Lider. «Was ist denn nun los?»

«*Sir*, sie kommen schon wieder.»

Barak setzt sich auf und blickt auf seine Uhr. *L'Azazel!* Kaum zehn Minuten Schlaf, und wie kann er da in einem so lebhaft verrückten Traum geträumt haben, wie er und seine marokkanische Frau Nakhama im Wien seiner Kindheit auf einem See ruderten, im Riesenrad auf dem Prater fuhren und Kuchen in einem Café an der Ringstraße aßen? Um ihn herum schnarchen die Milizsoldaten, während andere jenseits der Sandsäcke und Feldschanzen auf der Hügelkuppe patrouillieren und die Autostraße von Tel Aviv nach Jerusalem überwachen, die sich hier über den Bergpaß schlängelt.

Müde rappelt sich Zev Barak im kalten Nachtwind auf die Füße. Unrasiert, schmutzig, in einer schäbigen Uniform ohne Rangabzeichen, wirkt dieser Hauptmann mit seinen vierundzwanzig Jahren kaum älter als seine Truppe. Er folgt dem Feldwebel zu einem von Baumgestrüpp überwachsenen Felsvorsprung, wo der Wachsoldat, ein hagerer Junge mit wollener Palmach Kappe, auf die unten liegende Straße zeigt. Barak lehnt sich über den Felsen und beobachtet die sich bewegenden Schatten mit seinem Fernglas. «Na schön», sagt er schweren Herzens zum Feldwebel. «Geh schnell und weck die Männer.»

Innerhalb weniger Minuten stehen sie im Halbkreis vor ihm, etwa dreißig junge Leute mit struppigem Haar, viele unrasiert, und sie alle gähnen und reiben sich die Augen. «Dieses Mal ist es eine ziemlich große Bande, wahrscheinlich an die hundert Mann», sagt er mit ruhiger Stimme und versucht, so gelassen wie möglich zu klingen, obgleich er das Gefühl hat, daß er nach all den Monaten des Gerade-noch-Davonkommens angesichts einer solchen Übermacht nun vielleicht wirklich sterben muß. In letzter Zeit hat er diese innere Stimme schon einige Male vernommen. Dabei ist er noch am Leben, nur sehr erschöpft und beunruhigt; doch vor allem muß er unbedingt den Kampfgeist dieser müden und überforderten Jungen aufrechterhalten. «Aber diesmal haben wir eine Menge Munition, und wir haben sie auch vorher zurückgeschlagen. Dieser Hügel ist der Schlüssel zu Kastel, also halten wir die Stellung um jeden Preis! Verstanden? Und jetzt haltet euch kampfbereit.»

Innerhalb von Minuten scharen sich Baraks Leute bewaffnet und behelmt wieder um ihn. Keiner gähnt mehr; man sieht grimmige jugendliche Gesichter mit den verschiedenartigsten Kopfbedeckungen: britische und deutsche Stahlhelme aus dem Ersten Weltkrieg sowie auch einige verschlissene Wollmützen.

«Soldaten, ihr seid eine ausgezeichnete Einheit. Ihr habt euren Kampfgeist bereits unter Beweis gestellt. Kämpft weiter so, und ihr werdet sie abermals zurückschlagen. Erinnert euch, die Russen hatten eine Parole: ‹*Wenn ihr draufgehen müßt, nehmt zehn Deutsche mit in den Tod.*› Und falls einer von uns dran glauben muß, nehmen wir zwanzig von ihnen mit! Wir sind oben und haben die bessere Position, wir kämpfen um unser Leben, für unsere Heimat und die Zukunft des jüdischen Volkes.»

Das im Mondlicht blaß wirkende, borstige und runde Gesicht des Hauptmanns verfinstert sich.

«Jetzt bin ich gezwungen, euch noch etwas zu sagen. Als wir gestern diese Stellung verloren und uns hügelabwärts zurückziehen mußten, haben ein paar Simulanten gejammert und vorgegeben, ihre Kratzer und Schürfungen seien echte Wunden. Sie ließen sich sogar von ihren unversehrten Kameraden ins Tal tragen!» Hauptmann Baraks Stimme wurde lauter und härter. «Ich warne euch daher jetzt: Wenn irgendeiner fällt und schreit, er sei verletzt, dann schaue ich mir sofort seine Wunde an, und wenn ich sehe, daß er schwindelt, erschieße ich ihn. Habt ihr mich gehört?» Schweigen. «Ich sage, *ich erschieße ihn*!»

Aus den erschrockenen Blicken der sich auf ihre Posten begebenden Jungen schließt Barak, daß sie ihm glauben. In der nordafrikanischen Wüste, wo er als Freiwilliger in einer jüdischen Brigade der britischen Armee gedient hat, hatte ein brutaler Leutnant aus Glasgow einmal diese Drohung verkündet. Von da an wurde nicht mehr geschwindelt, und der Leutnant brauchte niemanden zu erschießen. In seiner von düsteren Vorahnungen geplagten Stimmung fühlt sich Barak durchaus imstande, einen Simulanten zu erschießen. Monatelang hat er Verwundete vom Schauplatz eines Scharmützels getragen, und er selbst kann nur allzu bald tot oder schwerverletzt vom Schlachtfeld getragen werden.

Verschwommen signalisiert der Wachposten im Mondschein: *Sie kommen noch nicht herauf.* Das Warten auf den Angriff ist ein zermürbender Moment, zuviel Zeit, um an unerfreuliche Möglichkeiten zu denken.

Doch seit der Abstimmung der Vereinten Nationen, in der die Teilung Palästinas befürwortet wurde, und dem kurzen Jubel, der im Jischuv – dem Gesamtverbund jüdischer Siedlungen – darauf folgte, hat es nur wenige erfreuliche Möglichkeiten gegeben. Die Teilung in einen jüdischen und einen arabischen Staat käme einem bitteren, drastischen Zusammenschrumpfen des zionistischen Traums gleich, doch Barak war bereit, sich damit abzufinden, wenn nur das Blutvergießen ein Ende nahm! Die Juden haben das Abstimmungsergebnis akzeptiert, aber die Araber haben es verächtlich von sich gewiesen, und seit fünf Monaten flackern immer wieder Feindseligkeiten zwischen den einheimischen Arabern und der Hagana, der jüdischen Untergrundarmee, auf.

Doch es sollte bald noch schlimmer kommen. Denn in drei Wochen – am 15. Mai 1948, einem schon lange festgesetzten offiziellen Datum – wird das britische Mandat über Palästina zu Ende gehen, die britische Regierung und Armee werden sich in toto aus dem Land zurückziehen, und eine Explosion steht unweigerlich zu erwarten. Fünf arabische Nachbarstaaten haben gelobt, noch am gleichen Tag in Palästina einzumarschieren, um die zionistische Gemeinschaft binnen einer oder zwei Wochen auszulöschen. Die

Araber haben in der britischen Balfour-Deklaration, die dem Zionismus neuen Auftrieb verlieh, immer eine ungeheuerliche Mißachtung des Völkerrechts gesehen, und nun ist ihre Chance gekommen, sie zu Fall zu bringen. Kann der Jischuv mit seinen weit verstreuten Siedlungen all diesen motorisierten Streitkräften wirklich lange standhalten, fragt Barak sich?

Doch der Hagana-Hauptmann hat schon vor langer Zeit gelernt, nur an den nächsten Tag und bis zum nächsten Kampf zu denken. Die Araber haben die Autostraße unter ihm gesperrt. Die Juden in der Heiligen Stadt werden belagert. Der Vorposten auf dem Hügel, den er zu verteidigen hat, wurde von der Hagana im verzweifelten Bemühen, die Straße wieder befahrbar zu machen, mehrmals eingenommen, verloren und zurückerobert. Seit römischen Zeiten bildet dieser Bergpaß den Hauptzugang zu Jerusalem, Baraks Heimatstadt, von der Küste her. Sein ganzes Leben lang ist er von der Festung Latrun aus, wo die Schlucht ihren Anfang nimmt, auf der sechzehn Kilometer langen Steigung nach Kastel und Jerusalem gefahren; jetzt aber werden Hilfskonvois, die sich bei Latrun in die Engpaß begeben, vernichtet oder stark dezimiert. Deshalb hat die Hagana eine Operation mit einem Codenamen gestartet, der Barak nur allzu passend erscheint: NACHSCHON, nach dem Fürsten von Juda, der als erster ins Rote Meer sprang, als Moses den Wogen befahl, auseinanderzutreten. Die Juden brauchen dringend ein ähnliches Wunder, um wieder Hoffnung zu schöpfen, aber –

Plötzlich ein Signal vom Wachposten: *Sie kommen!* Barak ruft seine letzten Befehle, und sein Herz rast und hämmert, als seine Männer in Alarmbereitschaft gehen und sich zum Sturm wappnen. Dann stürmen die Araber heran, feuern mit ihren Maschinengewehren auf die Sandsäcke und schleudern Granaten, die in hohen Flammen aufgehen und Erde auf sie niederregnen lassen. Einige Angreifer fallen und rollen den Abhang hinunter. Barak steht auf einer Anhöhe ein wenig hinter der Brustwehr und gibt Kampfanweisungen, wobei er einige seiner besten Kämpfer in der Reserve hält. Sowie die Schießerei begonnen hat, ist er ruhig. Als die ersten Araber die Barrieren überrennen, schickt er kleine Stoßtrupps vor und ruft:

«Chaim, gib Roni Deckung … Arthur, paß auf, sie umgehen Avis Posten, verpaß ihnen eine … Mosche, schließ diese Lücke in der Mitte, schnell!» Ein Kampf Mann gegen Mann entbrennt, Gewehrsalven krachen von allen Seiten, wilde Rufe auf hebräisch und arabisch kreuz und quer, die Verwundeten schreien. In Barak steigt maßlose Wut auf, als er sieht, wie seine jungen Soldaten fallen und Schmerzensschreie ausstoßen. Dieses Mal simuliert niemand, dessen ist er sicher! Eine kurze, ohrenbetäubende, wirre Schießerei im Mondschein, Messer blitzen auf, und dann rennt der Feind ganz plötzlich wieder den Hügel hinunter. «Ihnen nach!» schreit Barak und stürmt durch seine Truppe den Abhang hinab, als er plötzlich einen brennenden, mahlenden Schmerz in seinem linken Arm verspürt.

ERSTER TEIL
DER UNABHÄNGIG-KEITSKRIEG

1
Don Kischote

Nach mehreren Operationen steckte der zerschmetterte Ellbogen noch immer in einem angewinkelten Gipsverband, als Zev Barak aus einem schmuddeligen, rötlichen Gebäude am Hafenkai von Tel Aviv in die blendende Mittagshitze und den glühend heißen Wind trat. Zu diesem Zeitpunkt war der Krieg gegen die fünf arabischen Invasionsarmeen bereits seit zehn Tagen im Gange, und abgesehen von allen anderen Katastrophen kam jetzt noch der *Chamsin* dazu, ein heißer Wüstenwind! Schlimme, sehr schlimme Nachrichten für die aus Einwanderern und bunt zusammengewürfelten Hagana-Einheiten neu aufgestellte Siebte Brigade, die sich seit dem Morgengrauen in Richtung Latrun bewegte. Nach weniger als zwei Wochen in diesem Krieg, in dem es ums Überleben ging, waren die Berichte von den anderen Fronten schon beunruhigend genug, aber die Stille um Latrun wirkte wahrlich unheilverheißend. Die Operation hätte kaum schlechter geplant sein können, und der Alte war wieder einmal voll dafür verantwortlich mit seinem Befehl: «*Latrun muß um jeden Preis eingenommen werden!*»

Was sollte er jetzt in diesem kurzen Atemzug in der brütenden Hitze tun? Noch einmal versuchen, Nakhama anzurufen? Aber das Telefonnetz war in einem chaotischen Zustand, wie auch die Post und die Stromversorgung. Zweifellos hatten die Briten es so gewollt. Die zentrale Infrastruktur durfte nicht auf einem Silbertablett serviert werden; wenn die Juden so versessen auf ihren eigenen Staat waren, sollten sie ruhig dafür schwitzen!

Er bog in eine Nebenstraße zum Ben-Yehuda-Boulevard ein, rümpfte die Nase beim Gestank des Mülls und der Abfälle, die überall herumlagen. Zivilisten mit ängstlichen Gesichtern gingen eilig ihren gewohnten Geschäften nach, obwohl die Ägypter bereits dreißig Kilometer südlich von Tel Aviv waren, die transjordanische Arabische Legion die östlichen Vorstädte Lydda und Ramla eingenommen hatte und die Syrer von Norden her vordrangen. Doch trotz allem ging das Leben weiter! Im Strategieraum des Roten Hauses, dem ehemaligen Hauptquartier der vor kurzem abgezogenen Hagana, sah die Lage sogar noch düsterer aus, als diese Zivilisten ahnten, denn in der Nähe von Netanya, auf halbem Weg nach Haifa, waren die Irakis nur noch knapp fünfzehn Kilometer vom Meer entfernt und drohten, den gesamten Jischuv zu teilen, während die von den Juden gehaltenen Teile Jerusalems Tag und Nacht unter dem Artilleriefeuer der Arabischen Legion erbebten und die hunderttausend Juden in der Stadt das mit Lastwagen herbeigeschaffte und rationierte Wasser trinken mußten und fast nichts mehr zu essen hatten.

Wie lange konnte es so noch weitergehen? Die zusammengeschrumpften hebräischen Zeitungen waren voller Siegesberichte und Geschichten von Heldentaten, die wohl zum Teil der Wahrheit entsprachen; aber es gab auch viele böse Geschichten – über Feigheit, Desertion, Schiebereien –, über die man nie ein Wort würde verlieren dürfen. Zev Barak versuchte die Dinge so zu sehen, wie sie waren, eine Denkgewohnheit, die er sich auf dem Schlachtfeld angeeignet hatte, und er fürchtete, daß dieser zerbrechliche «Judenstaat» den Monat Mai, in dem er ausgerufen worden war, nicht überleben würde. Doch da Ben Gurion die Barrikaden der Geschichte gestürmt und die Fahne gehißt hatte, blieb nichts anderes übrig, als durchzuhalten und zu kämpfen. *En brera* [Keine Wahl]!

Der Gipsverband war eine Qual, und das Jucken trieb ihn zuweilen bis an den Rand des Wahnsinns, aber der Ellbogen heilte, und er konnte wenigstens wieder schießen. Mit welchen Aussichten auch immer, jedenfalls war die schicksalhafte Schlacht um die Straße nach Jerusalem bei Latrun bereits in vollem Gange. Dort sollte er jetzt mit seinem Bataillon sein. Aber der Alte hatte ihn als Verbindungsoffizier zwischen dem Strategieraum im alten Roten Haus und dem neuen, noch unfertigen Hauptquartier in Ramat Gan eingesetzt. Genaugenommen war er jetzt nur noch ein Jobnik, der in einem Jeep für den Premierminister Geheimbefehle und Meldungen überbrachte – ein sicherer Dienst fern aller Fronten. Der Sohn eines Jugendfreunds von Ben Gurion zu sein hatte seine Vor- und Nachteile!

Als er am 15. Mai, dem Tag des Einfalls der arabischen Armeen, zum erstenmal zu Ben Gurion gerufen worden war, hatte man ihm nicht gesagt, warum er vorgeladen worden war. Der Alte wollte ihn in seinem Büro in Ramat Gan sehen, das war alles, was er wußte! Also war er mühsam von seinem Krankenhausbett aufgestanden, hatte sich die Uniform angezogen und war hingegangen. Nach seiner Ankunft winkte Ben Gurion ihn einfach zu einem Stuhl, nahm keinerlei Notiz von dem schweren Gipsverband an seinem Arm und setzte das begonnene Gespräch mit Oberst Yadin, seinem neuen Oberbefehlshaber, fort.

«Yigael, das ist ein Befehl! Sie werden eine neue Brigade zusammenstellen und mit ihr ein für allemal die Straße nach Jerusalem zurückerobern! Und zuallererst werden Sie Latrun einnehmen.»

Die letzten britischen Truppen standen mit Ausnahme einer kleinen Nachhut im Begriff, Haifa zu verlassen. Am Tag zuvor hatte Ben Gurion feierlich erklärt, daß das kleine Flickwerk Jischuv von jetzt an ein Staat namens Israel sei. Gestern noch ein alternder und kampflustiger zionistischer Politiker unter der Mandatsmacht, war David Ben Gurion heute bereits der jüdische Churchill und gab seinem Generalstabschef strikte Befehle. Der Ärger war nur, daß die Armee sich nicht geändert hatte und immer noch eine aus neun völlig abgekämpften und stark reduzierten Brigaden bestehende Miliztruppe war, die an fünf Fronten zugleich aktiv war oder zwischen den Fronten pendelte, um die eindringenden arabischen Armeen zurückzuhalten. Im Gegensatz zu Ben Gurion hatten sich die Streitkräfte nicht über Nacht verwandelt; wenn auch er eigentlich in seinem verblichenen, offenen Khakihemd kaum anders als früher aussah.

«Eine neue Brigade zusammenstellen? *Latrun* einnehmen?» Der befehlshabende Kommandeur starrte Ben Gurion an, warf Barak einen Seitenblick zu und wischte sich die kahle Stirn. Von Berufs wegen Archäologe war Oberst Yigael Yadin mit seinen neunundzwanzig Jahren ein erfahrener Untergrundkämpfer und Stratege. «Diese Festung? Womit? Mit wem?»

«Es muß sein! *B'khal m'khir* [um jeden Preis], sage ich! Oder sollen wir Jerusalem verhungern lassen und kapitulieren?»

«Ben Gurion, das Rekrutierungslager ist leer. Und woher bekommen wir mehr Panzerwagen, Feldgeschütze...»

«Leer? Wieso leer?» Der beleibte alte Mann streckte das Kinn vor, was, wie Barak wußte, Ärger bedeutete, die dichten Brauen sträubten sich, und die weißen Haarsträhnen flatterten auf seinem sonnengebräunten Schädel. «Wolfgang, warst du nicht mit der Ausbildung der Flüchtlinge in den Internierungslagern auf Zypern betraut?»

«Sir, ich habe das in ein paar Lagern gemacht, aber...»

«Gut, das hab' ich mir gedacht. Und kommen diese selben Juden jetzt nicht massenweise in ganzen Bootsladungen in Haifa an? Hah, Yigael? Was sollen sie hier mitten im Krieg tun? Orangen pflücken? Stell sie zu einer Brigade zusammen.»

«Was? Diese Einwanderer? Ihre Ausbildung in Zypern war ein Witz, Ben Gurion. Sie sind mit Besenstielen herummarschiert...»

«Was für Besenstiele? Unsinn.» Der Alte wandte sich an Barak. «Schau, Wolfgang, als du aus Zypern zurückkamst, hast du mir sehr gute Berichte über sie geliefert. Wurden sie wirklich an Besenstielen ausgebildet?»

«Es waren hölzerne Gewehre, Sir. Mehr erlaubten die Engländer nicht. Allerdings haben wir sie dann auch heimlich mit kleinen Waffen trainiert und...»

Oberst Yadin unterbrach ihn. «Ben Gurion, diese Einwanderer haben noch nie mit einem Gewehr geschossen! Sie hatten keinerlei Kampftraining, nicht einmal Schießübungen, und...»

«Dann lassen Sie sie etwa eine Woche richtig trainieren, Yigael. Geben Sie ihnen Gewehre, und zeigen Sie ihnen, wie man schießt! Sie werden sich wundern. Denn jetzt haben sie etwas, für das es sich zu kämpfen lohnt – ihr eigenes Land.»

«Sie wollen also», beharrte Yadin und zupfte seinen Schnurrbart, «daß ich mit einer neuen Brigade aus Einwandererrekruten die Festung Latrun stürme? Das tue ich nicht.»

«Wer hat gesagt, daß Sie das tun sollen? Bin ich verrückt? Natürlich nicht. Suchen Sie sich hier ein Bataillon, dort eine Kompanie, einige Reservetrupps, nehmen Sie ein paar erfahrene Soldaten dazu, und Sie werden sehen, sie werden Latrun einnehmen.»

Oberst Yadin zögerte, zupfte wieder seinen Schnurrbart und blickte Barak an, dessen Gesicht ausdruckslos blieb. Dann stand er auf und ging hinaus.

Der Premierminister entspannte sich und wies auf einen Stuhl. «Setz dich, Wolfgang. Ach nein, jetzt heißt du ja Zev. Zev Barak, nicht wahr? Sehr nett.» Das Gedächtnis eines Politikers ist erstaunlich, fand Barak. «Weißt du, ich habe gestern abend mit deinem Vater telefoniert. Die Verbindung mit diesem Motel in Long Island war schrecklich, aber ich erwähnte, daß es dir besser geht. Zev, er sagt, die UNO sei ganz aus dem Häuschen, weil Präsident Truman den Staat Israel sofort anerkannt hat, und man erwartet, daß die Russen ihm morgen folgen werden. Eine neue Zeit ist angebrochen! Eine neue Welt! Und jetzt erzähle mir, was mit deinem Arm los ist.»

Barak gab ihm eine knappe Schilderung, und der Premierminister seufzte. «Ja, und jetzt haben wir Kastel und die ganze Reihe befestigter Stützpunkte verloren. Und, *en brera*, wir haben keine Wahl, all unsere Jungs werden an der Front benötigt. Aber mach dir nichts draus, wir werden all diese Stellungen zurückerobern, nachdem wir Latrun eingenommen und die Straße wieder zugänglich gemacht haben. Und was wirst du jetzt tun?»

«Zu meiner Kompanie zurückkehren.»

«Mit dem Arm da?»

«Sir, ich kann ein Gewehr bedienen. Ich habe geübt.» Barak bewegte seine freien Finger. «Ich bin als Bataillonskommandeur vorgesehen.»

Mit skeptischer Miene schob ihm Ben Gurion einen Stapel vervielfältigter Papiere auf dem Schreibtisch zu. «Schau dir das mal an. Du hast Erfahrung mit der britischen Armee. Ich möchte deine Meinung dazu. Und ich werde dir was sagen, Zev. Du wirst dich zunächst einmal im Roten Haus melden, sowie die Ärzte dich gehen lassen, und du wirst im alten Strategieraum aushelfen. Die spielen dort verrückt.»

«Herr Premierminister» – der Titel klang merkwürdig in Baraks Ohren –, «ich habe meine Befehle und muß zu meinem Bataillon zurückkehren, und ich erwarte die ärztliche Freistellung jeden Tag...»

Das Telefon klingelte. Mit einem durchdringenden Blick und einem Kopfnicken zum Abschied nahm Ben Gurion den Hörer ab. «Schon gut. Ich habe etwas Wichtiges mit dir vor.»

Beim Hinausgehen blätterte Barak die Papiere durch. Es waren Armeehandbücher, die ein gewisser Oberst Stone verfaßt hatte. Dieser Mann sollte also, wie Barak erriet, Ben Gurions amerikanischer Militärexperte werden; ein in West Point ausgebildeter Offizier und einem Armeegerücht zufolge ein Jude aus Brooklyn, der kein Wort Hebräisch sprach und von der Bekämpfung der Araber *bopkess* [einen Ziegenschiß] verstand.

So hatte es angefangen, und zehn Tage später hatte Barak immer noch keine Ahnung, was dieses «Wichtige» sein mochte.

Am Straßenstand einer kleinen Imbißstube hinter dem Ben-Yehuda-Boulevard teilte Baraks Schwiegervater, ein beleibter marokkanischer Jude mit stoppligen Wangen, einer riesigen Hakennase und einer fettigen Schürze, schwitzend das Frühstück an die wartende Menge aus, meist an Soldaten auf Kurzurlaub. «Wolfgang!» Mit der Gabel fuchtelnd, rief er Barak zu sich. «Miriam, Kaffee für Wolfgang!» Nakhamas Mutter, eine kleine Frau mit Kopftuch, nahm einen siedenden Topf vom rauchigen Grill und schenkte ihm mit einem müden Lächeln Kaffee ein. Sie wirkte verbraucht und unscheinbar, aber ihr Mund und ihr Lächeln waren wie Nakhamas, lieblich und herzerwärmend. Er setzte sich an den kleinen Tisch unter seinem Hochzeitsfoto, das hier bereits seit vier Jahren hing und so verrußt war, daß man kaum noch etwas darauf erkannte: er in seiner feschen britischen Uniform, grinsend wie ein stolzer Bräutigam, sie, ein wenig verängstigt dreinblickend in ihrem sehr einfachen Kleid, das man in aller Eile für die Hochzeit aufgetrieben hatte.

Damals war er zwanzig gewesen und Nakhama siebzehn; sie kannten sich erst seit etwa einer Woche, aber er sollte nach Norditalien eingeschifft werden, und sie waren verrückt nacheinander. So hatte Wolfgang Berkowitz, der Sohn eines bekannten sozialistischen Zionisten, einem leidenschaftlichen Impuls nachgegeben und die Tochter marokkanischer Einwanderer und Besitzer einer Imbißstube am Ben-Yehuda-Boulevard geheiratet. Nach vier Jahren und einem Kind aus dieser überstürzten Ehe verspürte er keinerlei Reue, trotz der immer noch anhaltenden Mißbilligung seiner Eltern; aber er hätte sich gewünscht, daß die Schwiegerfamilie endlich aufhören würde, ihn bei seinem europäischen Vornamen «Wolfgang» zu nennen, der ihnen offenbar vornehmer erschien. Immerhin hieß er jetzt schon seit geraumer Zeit Zev Barak, in Übereinstimmung mit der Vorliebe Ben Gurions für hebräische Namen.

«Habt ihr etwas von Nakhama gehört?» Er hob die Stimme, um den Straßenlärm und das Geschwätz der Kunden zu übertönen. Seine Frau und sein Sohn hatten Jerusalem mit dem letzten Konvoi aus der Stadt in einem kriechenden, stahlgepanzerten Bus verlassen, und er hatte sie im Heim seiner Eltern im schicken Wohnviertel von Herzliyya untergebracht.

Seine Schwiegermutter blickte ihn erstaunt und mißtrauisch an. «Du hast nicht mit ihr gesprochen?»

«Du weißt ja, wie es mit dem Telefonieren ist. Ich versuche es immer wieder, aber ...»

«Kannst du dir nicht die Zeit nehmen, nach Herzliyya zu fahren? Zwanzig Minuten?»

«Warum? Ist irgend etwas passiert?»

«Nun, es geht ihr gut.»

«Und Noah? Was ist mit ihm?»

«Er wurde vom Kindergarten nach Hause geschickt, weil er sich geprügelt hat.» Wieder ein argwöhnischer Seitenblick. «Du solltest zu Nakhama fahren, Wolfgang.»

Ein Jeep hielt am Bordstein, und ein strohblondes Mädchen im militärischen Drillichanzug sprang heraus, winkte ihm über die sich am Tresen drängenden Soldaten hinweg zu und rief: «Zev! Zev!» Es war Yael Luria, Meldegängerin vom Roten Haus. Das bedeutete noch mehr Ärger.

«Und was zum Teufel soll ich jetzt tun?» sagte er zu seiner Schwiegermutter. «Hör zu, wenn du mit Nakhama sprichst, sage ihr, ich sei hiergewesen und hätte versucht, sie anzurufen. Meinem Ellbogen geht es besser, ich bin Tag und Nacht unterwegs und werde nach Herzliyya kommen, sowie es mir möglich ist.»

Die Antwort war ein Schulterzucken über bratenden Eiern und Fleisch und ein gemurmeltes «*B'seder* [na gut], Wolfgang», als er sich entfernte.

Yael erklärte: «Yigael will, daß du nach Latrun fährst», womit sie Oberst Yadin meinte. Die aus der Untergrundzeit stammende Gewohnheit, hohe Offiziere beim Vornamen zu nennen, hatte sich nicht geändert.

«Was ist denn dort los?»

«Gerade das möchte Ben Gurion erfahren. Deshalb hat er Yigael beauftragt, dich zu schicken. Und zwar jetzt gleich.»

«Ich habe mein Gewehr nicht bei mir, und ich habe meinem Fahrer gesagt, er soll sich ein bißchen ausschlafen.»

«Ich werde dich fahren, und ich habe auch dein Gewehr mitgebracht.»

«Na schön, dann kann's losgehen.»

Er sprang in den Jeep, nachdem sie Platz genommen hatte. Ihre schlanke Figur und das lange, wehende Haar lösten bei den zuschauenden Soldaten einiges Grinsen und gegenseitiges Anstoßen aus. Hier hatte er ein attraktives Geschöpf makelloser Abstammung, das seine Eltern bestimmt gern als seine Frau gesehen hätten: Yael Luria aus dem Moschav Nahalal, verwandt mit den Dayans. Ausgezeichnet! Barak wahrte Distanz gegenüber Yael, dieser sprühenden Achtzehnjährigen mit dem energischen Kinn, das ihre wahre Natur verriet. Er dachte, sie könnte sich sehr wohl eines Tages mit einem verheirateten Offizier, vielleicht sogar mit ihm, ernsthafte Schwierigkeiten einhandeln, aber sie würde sich auch zweifellos wieder aus der Affäre zu ziehen wissen. Jedenfalls war sie eine gute und schnelle Fahrerin und wirkte beruhigend mit ihrer Mauser im Schoß. Seine tschechische Pistole war leer gewesen, aber sie hatte sie wieder geladen und auch die knifflige Sicherung fachmännisch verriegelt.

Während der Jeep die Straße nach Jerusalem entlangraste, an Orangenhainen und verlassenen arabischen Häuserruinen vorbei, sah sich Zev Barak wieder einmal mit der Problematik dieses Krieges konfrontiert: Dieses Israel war ein strategischer Alptraum, ein zerklüfteter Küstenstrich mit einem verlorenen Fingerbreit Land, das sich vom Meer aus etwa fünfundsechzig Kilometer bis zu den Bergen von Jerusalem erstreckte. In der Ferne, jenseits des grünen Ackerlands, stieg Rauch in den dunstigen Himmel auf. Das weit entfernte schwere Krachen konnte nur von den britischen Geschützen der Arabischen Legion kommen. Die Hagana verfügte nicht über eine solche Artillerie.

Wie reagierten nun die Einwandererrekruten auf den Kanonendonner? Und auf die Hitze, vor allem die Hitze? Im offenen Jeep peitschte einem die heiße Luft wie aus einem Hochofen entgegen. Selbst für erfahrene Kämpfer, die sich dort draußen unter einer grausamen weißen Sonne plagten, mußte es wie Nordafrika in den schlimmsten Tagen sein; und wie mochte es erst für diese verwirrten Einwanderer sein, die zum erstenmal in ihrem Leben auf einem Schlachtfeld waren und schwere Gewehre mit Bajonetten aus einem Dutzend verschiedener Fabrikate schleppten? Erst gestern hatte es einen Riesenstunk um die bei weitem nicht für alle ausreichenden Wasserflaschen gegeben. Unerfahrene Rekruten waren mit den an ihren Gürteln befestigten gläsernen Wasserbehältern gegen eine stark befestigte Stellung auf einem Steilhang angerannt!

Sie büßten für zwei Generationen zionistischer Kurzsichtigkeit, stellte Barak verbittert fest, für jene, die die Anhöhen und Hügelketten in den Händen der Araber gelassen hatten. Krieg bedeutete Verbindungswege, Straßen! Die Araber hatten sich auf den Höhen angesiedelt, weil das Tiefland von der Malaria verseucht war, aber dann hatten die zionistischen Pioniere die Sümpfe trockengelegt, das Land fruchtbar gemacht und ein gesundes Klima geschaffen. Das alles war gut und schön, nur hatte es den Gründervätern an Voraussicht gemangelt. Wie hirnverbrannt dieser Angriffsplan auch sein mochte, in einem Punkt hatte Ben Gurion ganz recht: Falls Jerusalem ein Teil des jüdischen Staates sein sollte – und wie könnte es anders sein –, mußte Latrun fallen.

Dreißig Kilometer weiter vorne waren die Polizeifestung und das Kloster von Latrun in voller Sicht, und um die braunen Mauern stiegen die Rauchwolken der Artilleriegeschütze auf. Unter den Bäumen des Hulda-Kibbuz standen reihenweise leere Busse aus Tel Aviv, die Militärtransportmittel der Siebten Brigade. Jüdische Kriegführung! Yael bog von der Straße in den hohen Weizen ab, näherte sich holpernd und schlingernd dem Zelt des Feldhauptquartiers, wo sie auf Sam Pasternak stießen, einen untersetzten Hauptmann in einem verschwitzten Unterhemd, der umgeben von schweißtriefenden, diskutierenden Soldaten und summenden Schwärmen schwarzer Fliegen in ein Telefon brüllte.

«Zev, Gott sei Dank!» rief Pasternak aus und übergab den Hörer einer dicken jungen Soldatin mit schweißnassem Haar. «Bleib dran und versuch's immer wieder, Dina.» Er begrüßte Barak mit einer kurzen verschwitzten Umarmung. Sie waren Klassenkameraden auf der Sekundarschule in Tel Aviv gewesen und hatten beide in einer paramilitärischen Jugendgruppe in Gadna gedient. «Tel Aviv antwortet nicht, Zev, Jerusalem antwortet nicht, und Latrun überschüttet uns mit einem beschissenen Feuerhagel! Der militärische Geheimdienst hat vollkommen versagt! Die gesamte Arabische Legion muß da oben versammelt sein! Wann haben sie sich eingeschlichen? Warum hat man uns nichts gesagt?»

Barak war erschüttert. Er selbst hatte der Siebten Brigade die Meldung von *höchster Dringlichkeit* übermitteln lassen, daß die Legion mit Verstärkung zurück in Latrun sei. Was war das schon wieder für eine Schlamperei? In bemüht ruhigem Ton fragte er: «Was ist denn los?»

«Ein heilloser und kompletter *balagan* [Durcheinander]! Das ist los! Schlomo tut, was er kann, aber wir sitzen total in der Klemme.»

Er zeigte auf den Brigadekommandeur, eine hagere und gepflegte Gestalt, die etwa hundert Meter weiter auf einer hohen Hügelkuppe hockte, die Schlacht durch ein Fernglas beobachtete und Befehle per Walkie-talkie durchgab. Barak hatte unter Schlomo Schamir in der britischen Armee gedient; er war ein sehr fähiger Oberst, hatte auf Ben Gurions Drängen hin den Befehl übernommen und dem Angriffsplan, den er für voreilig hielt, mit beträchtlichem Widerstreben zugestimmt. Pasternak war sein Stellvertreter.

«Wo sind die Panzer, Sam?» Mit den Panzern meinte Barak die

wenigen mit sogenannten «Sandwichs», das heißt mit Holzbrettern zwischen Stahlplatten, ausgerüsteten Lastwagen und Kombis.

«An der Straßenkreuzung lahmgelegt. Dort stecken sie fest. Die Hälfte der Fahrzeuge ist zerstört, und es gab eine Menge Verwundete und ein paar Tote.»

Ein bärtiger Soldat in einem zerrissenen, blutbefleckten Unterhemd kam angerannt und verlangte wirr stammelnd nach Wasser. Ein Offizier führte ihn fort.

«Und was ist mit diesem Infanteriebataillon?» wollte Barak wissen. «Diesen Einwanderern aus Zypern?»

«Zev, das ist mir ein Rätsel! Sie sind abmarschiert und haben auf jiddisch gesungen, aber wir versuchen schon seit einer halben Stunde, Kontakt mit ihnen aufzunehmen. Die Feldverbindungen sind hundsmiserabel, einfach schändlich!»

Die Fliegen hier waren entsetzlich. Sie krochen in Baraks Augen, und jedesmal, wenn er den Mund aufmachte, saßen sie ihm auf der Zunge und im Hals. «Hör zu, Sam, Yigael Yadin hat mich geschickt, um einen Kampfbericht aus erster Hand zu bekommen.»

Pasternak wies mit dem Daumen auf Oberst Schamir. «Das ist dein Mann. Frage ihn.»

Nicht weit von der Hügelkuppe des Obersts stand ein «Napoleontschik», ein kleines, altes französisches Artilleriegeschütz, das verstummt war und dessen Mannschaft am Boden lag oder hockte und die Fliegen abwehrte.

Barak blieb stehen und fragte den Hauptmann, warum er nicht kämpfte.

«Keine Munition. Ich hatte Befehl, das Feuer bei Tagesanbruch zu eröffnen, und das tat ich auch. Damit habe ich die Araber geweckt, und dann brach die Hölle los. Es war ein Wahnsinn.»

Barak lieh sich sein Fernglas und sah rote Leuchtspurgeschosse, die von Latrun niedergingen. Vom Feld antwortete nur verstreutes und schwaches Feuer. Verschwommen sah er durch den auffliegenden Staub Fahrzeuge in Flammen stehen und Soldaten, die durch den hohen Weizen zu den Anhöhen stolperten. Rasch begab er sich zu Oberst Schamir, der durch sein Fernglas schaute, während sein Walkie-talkie nur noch Nebengeräusche vernehmen ließ. «Zev!

Haben Sie gute Nachrichten? Bekommen wir Verstärkung?» Er begrüßte Barak erwartungsvoll. «Ich habe immer wieder versucht, Yigael zu erreichen, weil wir Hilfe brauchen. Weiß er denn nicht, in welcher Lage ich hier bin?»

Widerwillig erklärte ihm Barak, daß die Verbindungen nicht funktionierten und daß er hierhergekommen sei, um einen Lagebericht zu erstellen. Der Oberst gab Barak eine kurze und klare Beschreibung des gesamten Schlachtverlaufs. Zusammenfassend sagte er, es liefe bisher gar nicht gut, und das größte Rätsel überhaupt sei das Verhalten der Einwandererrekruten; sie waren irgendwo da draußen im Rauch und im Staub, antworteten aber auf keine Signale. «Sagen Sie Yigael Yadin um Gottes willen, was ich Ihnen gesagt habe, Zev. Ich erwarte Befehle und werde kämpfen, solange ich kann, aber die Dinge stehen sehr, sehr schlecht.»

Zurück im Zelt des Hauptquartiers fand Zev Barak seinen Freund Pasternak und die anderen in höchster Verwunderung vor. Sie starrten auf einen schlaksigen Jungen von etwa sechzehn Jahren mit Brille, der völlig verstaubt war, einen verrosteten britischen Stahlhelm trug und auf einem ungesattelten, schmutzigen weißen Maulesel saß. Das Tier wedelte mit dem Schwanz, schüttelte die Ohren und stampfte mit den Hufen, um die Fliegen abzuwehren, während der Junge sie mit einem Besenstiel zu verscheuchen suchte.

«Wer ist dieser Idiot?» fragte Barak.

«Wahrscheinlich Don Kischote!» sagte Pasternak, der den Namen auf hebräische Art aussprach. «Er kam gerade daherspaziert. Verstärkung!»

So verzweifelt die Lage auch war, Barak mußte lächeln. Der Junge sah wirklich ein bißchen wie der verrückte alte Ritter aus. «Was willst du hier, Don Kischote?» fragte er streng.

Die Antwort ertönte in einem unverwechselbaren polnischen Akzent. «Mein Vater hat mich von Haifa geschickt, damit ich herausfinde, wie es meinem Bruder geht. Im Schulungslager sagte man mir, er sei in Hulda. Ich wußte gar nicht, daß hier eine Schlacht im Gange ist.»

Pasternak sagte: «Du meldest dich also freiwillig?»

«Warum nicht? Ich bin achtzehn. Gebt mir ein Gewehr.»

Inmitten der Hitze, der krächzenden Lautsprechergeräusche und der schwärmenden Fliegen brachte dieser Zwischenfall die Soldaten zum Lachen. «Und du bist von Haifa auf einem Maulesel hierhergekommen?» fragte Barak und bemühte sich, ernsthaft zu klingen.

«Den Maulesel habe ich auf der Straße gefunden» – er wies über die Schulter –, «da hinten.»

Oberst Schamirs Stimme schallte laut und deutlich aus dem Empfänger. «Sam! Sam! Hier ist Schlomo.»

Pasternak griff zum Mikrophon. «Hier ist Sam.»

«Sam, endlich habe ich diesen Infanteriekommandanten erreicht. Er sagt, die Rekruten vom Schiff sprächen nur Jiddisch, sein Dolmetscher sei wegen eines Hitzschlags ausgefallen, und sie verstünden keine hebräischen Befehle. Es hagelt Granaten auf ihre Stellungen, und sie irren im Kreise herum, brüllen oder rennen schießend in alle Richtungen. Es ist ein totaler Balagan!»

Ein dicker Soldat mit verbundenem Kopf meldete sich zu Wort: «Sam, es war genauso, als wir abgesprungen sind. Da haben sie auch wie wild geschrien: *‹Wos, wos, wos? Wos schreit er wie a Meschuggener? Wos tut men jetz?›*»

«Ich spreche Jiddisch», sagte der Junge auf dem Maulesel.

«Sam, komm mal her.» Barak hakte sich bei Pasternak ein und führte ihn von den anderen fort. Dann sagte er mit leiser Stimme: «Schlomo sollte diesen Angriff abblasen.»

«Abblasen?» Verstört und schwitzend rieb sich Pasternak das Kinn mit seiner speckigen Hand. «Und wie soll er das vor Ben Gurion verantworten?»

«Schau, die Brigade hat sich sehr gut geschlagen, und Schlomo auch, aber die Dinge hier sind völlig schiefgegangen, und ...»

«Weiß Gott, da hast du recht! Ich kann dir gar nicht sagen, wie recht du hast, Zev. Die Hälfte der Munition ist nie angekommen, und ...»

«Sam, das ist heute nicht dein Tag. Blas die Sache ab und erspare der Brigade weitere Kämpfe.»

Schweigen. Dann sagte Pasternak: «Komm mit mir.»

«Schön, ich komme mit.»

Schamir hörte den beiden jungen Offizieren mit finsterer Miene zu und nickte deprimiert. «Soll ich noch mal versuchen, mich mit Yadin oder Ben Gurion in Verbindung zu setzen?»

Barak warf Pasternak einen Blick zu, und dieser sagte sofort: «Sir, Sie sind der Mann im Feld. Handeln Sie selbst.»

«Also gut.» Schamir sprach mit plötzlicher Entschlossenheit. «Zuerst das Dringlichste, Sam. Holen Sie diese Einwanderer da raus.»

«Wird gemacht. Gehen wir, Zev.»

Sie trotteten zum Zelt zurück, wo Pasternak zum Feldtelefon griff und dem Infanteriekommandeur befahl, den Angriff abzubrechen, die Truppe südlich auf einem Hügel außerhalb der Gefechtszone zu sammeln, dort neu zu formieren und den Rückzug nach Hulda anzutreten. Er wiederholte den Befehl mehrmals, schrie fast vor Wut. Der mit dem Fernglas neben ihm stehende Barak meldete, daß die Rekruten immer noch vorrückten.

«Verdammt noch mal, es ist immer das gleiche!» rief Pasternak Barak zu. «Der Kommandeur kann kein Jiddisch, und sie können nichts anderes. Er kann sich ihnen nicht verständlich machen, da hilft alles nichts.»

Plötzlich brüllte Barak: «He! Don Kischote! Komm auf der Stelle hierher zurück. Wo zum Teufel willst du hin?»

Aber der Reiter und das Maultier waren bereits außer Hörweite und trabten den Staubwolken auf dem Schlachtfeld entgegen. Immer rascher rannte der mit dem Besenstiel angetriebene Esel. «Dieser Junge ist völlig wahnsinnig!» rief Pasternak.

Barak war derselben Meinung. Die Überlebenschancen eines Maulesels auf einem Schlachtfeld waren gleich null, selbst wenn es dem Jungen gelingen sollte, ihn bis in die Feuerzone zu treiben. Was war nur mit diesem meschuggenen Don Kischote los?

Eigentlich war gar nichts mit Don Kischote los, der in Wirklichkeit Joseph Blumenthal hieß. Der Rauch, der Schußlärm und der Anblick der Schlacht zogen ihn an; er wollte mit seinen Jiddischkenntnissen aushelfen und vielleicht auch seinen Bruder finden. Er kam an Soldaten vorbei, die blutend und stöhnend auf niedergetretenen

Weizenähren lagen, während andere nach Atem rangen und um Wasser flehten, doch er ritt unerschüttert weiter. Das seltsame Duftgemisch aus Pulverrauch und reifem Weizen war aufregend, und die am Boden liegenden stöhnenden Männer erschienen ihm fast wie Statisten in einem Kriegsfilm. Vom wahren Krieg wußte er wenig. In Europa hatte er über sich Kampfflugzeuge gesehen, in den Flüchtlingslagern hatte er Entbehrungen und Brutalität gekannt, aber Bombenangriffe hatte er nie erlebt. Sein Vater war mit der Familie von Polen nach Rumänien gezogen, dann nach Ungarn und schließlich nach Italien, ständig auf der Flucht vor den immer weiter vordringenden Deutschen. Und jetzt sah er endlich eine wahre Schlacht. Toll!

Auf Schlachtfeldern können sich seltsame Dinge ereignen, in diesen Zonen des Irrsinns, in denen lärmende Verwirrung, unerwartete Glücksfälle, aber auch blutige Unfälle und Tod herrschen. Dieser Grünschnabel auf seinem Maultier (das heißt einem Maultier, das er vor kurzem gestohlen hatte) gelangte tatsächlich durch den hohen Weizen bis zu dem lärmenden Haufen der Rekruten, die auf jiddisch durcheinanderschrien und mit den Gewehren fuchtelten, und zu ihrem Bataillonskommandeur, der in ein Megaphon brüllte und in die Richtung eines hinter ihnen liegenden Hügels gestikulierte. Kugeln pfiffen und zischten durch die Luft, Granaten wirbelten in ohrenbetäubenden Explosionen Erdmassen auf, einige Rekruten schossen auf die Festung, was ihnen wenig half, und alles ging drunter und drüber. Viele lagen auf dem zertrampelten Weizen in einer Wolke von Fliegen, einige blutend, andere bemüht, sich auf die Beine zu rappeln, und die meisten schrien: *«Wasser! Wasser! In Gotts Nommen, Wasser!»*

«Was? Du sprichst Jiddisch?» Der Offizier war zu bestürzt, um sich über diese bebrillte Erscheinung auf dem Maulesel zu wundern. «Gut, gut, dann sage diesen Idioten, sie sollen jeden Vormarsch auf der Stelle einstellen und auf diesen Hügel da klettern! Es ist höchste Zeit! Gib den Befehl bekannt!»

Aber das unwahrscheinliche Glück des Jungen fand ein Ende, als er herumritt und den simplen Befehl weitergab. Mit ohrenbetäubendem Krach explodierte eine Granate neben ihm, überschüttete ihn und sein Reittier mit Erde und zersplitterten Weizenhalmen; der Maulesel warf ihn ab und rannte davon, und er landete auf einem stöhnenden Soldaten. Während er sich zur Seite rollte, befleckte er sich mit dem Blut, das dem anderen aus einer Beinwunde rann.

«Hilf mir auf, ich will hier weg», sagte der Soldat in jenem makellosen Hebräisch, das Don Kischote bei den Ausbildern der Hagana auf Zypern bewundert hatte. «Wenn ich mich auf dich stütze, werde ich vermutlich gehen können.»

Der Soldat, der viel kleiner als der Junge war und sehr breitschultrig, humpelte an Kischotes Arm etwa hundert Meter durch das Gedränge der ächzenden Rekruten. «Warte, ich versuche lieber, das Blut zu stoppen, falls ich kann.» Er bemühte sich, ein Taschentuch um das Bein zu knoten und stürzte dabei zu Boden. «Vielleicht schaffst du es», stöhnte er.

«Ich glaube schon.» Der Junge machte ihm eine behelfsmäßige Aderpresse. «Wie ist es jetzt?»

«Besser. Gehen wir weiter. Wer bist du? Einer von diesen Leuten aus Zypern?»

«Richtig. Aus Zypern.»

«Dafür bist du aber ziemlich jung. Wie heißt du?»

«Joseph.»

«Dann heißt du hier Jossi.» Eine Weile torkelten sie weiter. «Es muß wohl die Hitze sein», sagte der Soldat mit schwacher Stimme. «Ich fühle mich hundeelend, Jossi.» Seine Beine gaben nach.

«Dann versuchen wir's mal so.» Don Kischote bückte sich und lud ihn auf seinen Rücken. «Kannst du dich festhalten?»

«He! Ich bin zu schwer für dich», murmelte der Soldat und klammerte sich mit seinen muskulösen Armen und Beinen an ihn. Der Junge schleppte ihn durch das zertrampelte Feld, an den gefallenen, stöhnenden, flehenden Männern vorbei, bis zu den Bahrenträgern, und er schüttelte fortwährend den Kopf, um die Fliegen loszuwerden, die ihn ebenso wie der Schweiß am Sehen hinderten, so daß er ins Stolpern geriet und fast stürzte. Jedenfalls litt er mehr unter der Hitze als unter seiner Last. Der Soldat auf seinem Rücken rief mit rauher Stimme: «Eine Bahre her!», und ein Träger kam angerannt. Kischote oder Jossi nahm das andere Ende der Bahre, und so brachten sie den Soldaten ins Feldlazarett, einen Raum unter freiem Himmel, in der Nähe des Hauptquartiers von Oberst Schamir, wo die Verwundeten in blutigen Reihen am Boden lagen.

Zev Barak hatte soeben das Zelt im Jeep verlassen. «Schau, Yael», sagte er, «da ist dieser verrückte Junge mit dem Maultier. Halte an, wir nehmen ihn mit.»

Sie bremste neben Don Kischote und starrte auf die Bahre, die er gerade abstellte. «L'Azazel, das ist ja mein Bruder!» Sie sprang aus dem Wagen und beugte sich über ihn. «Benny! Benny, wie geht es dir?»

Der Soldat antwortete mit matter, gereizter Stimme: «Yael? Was zum Teufel machst du hier?»

Barak trat an die Bahre. «Na, Benny, hat es dich erwischt.» Yaels Bruder hatte einst in einer von ihm geleiteten Jugendeinheit gedient. «Wie schlimm ist es?»

«Ich hab ein Schrapnell im Bein, Zev, aber am meisten hat mir die Hitze zugesetzt. Ich hatte mein ganzes Wasser den Rekruten gegeben. Die fielen in Ohnmacht und schrien überall um mich herum. Elohim, was für ein Balagan.»

«Kischote, laden wir ihn in den Jeep. Yael, du setzt dich neben ihn und hältst ihn aufrecht.»

«Ich? Und wer fährt?»

«Das übernehme ich.» Barak bewegte die Finger unter seinem Gipsverband.

«Also los, Kischote.» Gemeinsam hievten sie Benny Luria auf den Rücksitz neben seine Schwester. Barak packte das Lenkrad mit unsicherem Griff und steuerte einhändig über das Feld. «Kannst du mit einer Pistole umgehen?» fragte er den Jungen.

«Ich habe es in Zypern geübt.»

«Gib ihm deine», rief er Yael über die Schulter zu. «Und was ist mit deinem Helm passiert, Don Kischote? Er stand dir sehr gut.»

«Der Riemen riß, und ich habe ihn verloren.»

«Wo hattest du ihn her?»

«Eine nette alte Dame aus Hulda gab ihn mir. Ich war dort, um mir Wasser zu holen. Sie sagte, er habe vor langer Zeit ihrem Mann gehört, und es sei ein Wahnsinn, in den Kampf zu ziehen, aber wenn ich es unbedingt wollte, sollte ich ihn mir aufsetzen.»

«Dieser Junge hat mich aus dem Kampfgebiet getragen», sagte Benny leise. «Sein Name ist Jossi. Er ist *b'seder* [in Ordnung].» Barak fuhr sie holpernd und schaukelnd durch den hohen Weizen. «Nicht so schnell, Zev», stöhnte Benny.

«In einer Minute sind wir auf der Straße.» Barak blickte Kischote an. «Du hast ihn getragen?»

«Bis wir eine Bahre fanden. Ich bin auf ihn gestürzt, als der Maulesel mich abwarf. Und jetzt bin ich voller Blut.»

«Beklage dich nicht. Es ist ja nicht dein Blut», sagte Benny mit kaum noch vernehmbarer Stimme.

«Sei still», sagte Yael.

Während sie nach Tel Aviv zurückrasten, fragte Barak den Jungen über seine Familie und seine Irrfahrten aus. Kischote erzählte, er habe einen Bruder irgendwo da draußen im Kampfgebiet von Latrun. Seine Mutter sei in einem italienischen Flüchtlingslager an einer Lungenentzündung gestorben. Sein Vater hatte in Polen als Zahnarzt gearbeitet und hoffte, hier eine seiner Ausbildung entsprechende Stelle zu finden, aber er sprach kein Hebräisch und mußte zuerst einmal die Sprache lernen.

«Wo hast du Hebräisch gelernt, Jossi?» fragte Yael vom Rücksitz.

«Meine Mutter war eine fromme Zionistin, Papa dagegen eher ein Sozialist. Mama hat uns auf eine hebräischsprachige Religionsschule geschickt.»

«Bist du wirklich fromm?» fragte Yael.

«Viel frommer als mein Bruder Leopold. Leo sagt, Gott sei in Polen gestorben.»

Sie schwiegen eine Weile, und dann sagte Yael: «Ich glaube, Benny ist ohnmächtig geworden.»

Der Jeep ratterte und schaukelte, und Benny rief mit heiserer Stimme: «Ich bin nicht ohnmächtig geworden, Yael, du dumme Gans. Ich habe nur die Augen zugemacht. Das Bein tut mir weh.»

«Es bleibt uns ohnehin nichts anderes übrig, als ihn ins Krankenhaus zu bringen», sagte Barak und gab noch mehr Gas. Dann blickte er sich kurz nach den beiden um und sah, wie Benny ihn mit einer Geste antrieb, noch schneller zu fahren.

Wie sie da nebeneinander saßen, hätten Yael und Benny Zwillinge sein können, stellte Barak fest; das gleiche starke Kinn und das fast quadratische Gesicht, wenn auch Yael ein wenig weicher und mädchenhaft verführerischer wirkte. Tatsächlich waren sie nur ein Jahr auseinander, und sie unterschieden sich auch an Charakterstärke nicht sehr, nur gab Yael stets ihren Grillen und Launen nach, während Benny keine Tricks und Ausflüchte kannte und sehr ernsthaft war. Früher einmal, als sie am Lagerfeuer der Jugendgruppe gesessen und sich darüber unterhalten hatten, was ein jeder von ihnen einmal werden wollte, hatte Benny Luria gesagt: «Generalstabschef der jüdischen Armee.» Die anderen hatten gelacht, aber Benny nicht.

Sie luden ihn in einem Heereslazarett ab, und Yael fuhr Barak zum neuen Hauptquartier Ramat Gan. Als er ausstieg, fragte er: «So, Kischote, möchtest du jetzt nach Haifa zurück?»

«Mein Vater erwartet mich nicht zurück. Ich hatte ihm gesagt, ich würde versuchen, mich bei Leopolds Einheit zu melden.»

Yael zuzwinkernd, sagte Barak: «Und du bist achtzehn.»

«Ich werde achtzehn.»

«Fahr ihn zum Rekrutierungsbüro», sagte Barak zu Yael, «und besorge ihm eine Uniform. Das heißt, wenn sie eine finden, die ihm paßt», fügte er hinzu und musterte die schlaksige Gestalt.

«Und was dann?» fragte Yael.

«Und dann bring ihn ins Rote Haus. Wir können einen weiteren Meldegänger brauchen.»

Als sie weiterfuhren, sagte Yael spöttisch: «Achtzehn! Wie alt bist du wirklich, Jossi?»

«Und wie alt bist du?» erwiderte Kischote, schob seine Brille mit dem Zeigefinger über die Nase und blickte sie jungenhaft frech und herausfordernd an. Yael zuckte die Schultern und beließ es dabei. Der vielleicht sechzehnjährige Sohn eines polnischen Zahnarzts war nicht einmal eine Abfuhr wert. Falls Zev dieses Kind als Meldegänger haben wollte, bitte sehr! Immerhin hatte er ihrem Bruder aus dem Kugelhagel geholfen. Er war b'seder.

2
«Oberst Stone»

DIE LUFT IN Oberst Yadins kleinem Büro war grau vom Pfeifenrauch. Er unterbrach Barak, der mit seinem Bericht kaum begonnen hatte. «Zev, was sagen Sie da? Wir wußten, daß die Arabische Legion Verstärkung nach Latrun gebracht hat. Warum hat Schlomo nichts davon erfahren?»

«Das muß ich noch herausfinden! Er sagt, er hätte unser Signal nie empfangen. Yigael, der Balagan war unglaublich. Ein Frontalangriff am hellichten Tag bei einem Chamsin...»

«Am hellichten Tag? *Mah pitom?* Sie sollten im Dunkeln abspringen und die Festung im Morgengrauen stürmen. Das war der ganze Plan!»

«Alles ist schiefgelaufen. Ich weiß nicht, wo ich anfangen soll. Unerfahrene Rekruten versuchen, der Sonne entgegen eine Anhöhe zu nehmen, sage ich Ihnen, über freies Feld, bei schwerem Artilleriefeuer...»

«Und was ist nun mit diesen Rekruten? Sind sie davongelaufen?»

«Sie sind direkt ins Feuer marschiert.»

«Tatsächlich?» Ein schwaches Lächeln ließ den Oberbefehlshaber vorübergehend als den Neunundzwanzigjährigen erscheinen, der er war, anstatt wie einen müden Vierzig- oder Fünfzigjährigen.

«Ich habe es selbst gesehen. Etwas Besseres fiel ihnen nicht ein. Sie hätten versucht, bis auf die Hügelkämme zu klettern, wenn Schlomo den Angriff nicht abgeblasen hätte. Das war das einzig Richtige. Die einzige Lösung.»

«Dem kann ich nur zustimmen!» Yadin nickte energisch, zündete sich wieder seine Pfeife an und paffte dicke Rauchwolken. «Wenigstens hatte Ben Gurion also bezüglich der Rekruten recht.»

«Sie waren fabelhaft. Aber wir haben ihnen gegenüber versagt, Yigael. Der Durst und die Hitze haben viel mehr Opfer gefordert als das feindliche Feuer. Es war eine Schande. Wir sind noch keine richtige Armee. Die Verbindungen waren katastrophal...»

Während Barak fortfuhr, rauchte Oberst Yadin in grimmigem und traurigem Schweigen und sank immer tiefer in seinen Sessel. «Wie Sie sehr wohl wissen, hatte ich mich gegen dieses Unternehmen ausgesprochen», bemerkte er schließlich. «Es war unrealistisch, selbstmörderisch, und ich habe es vorausgesagt, aber Ben Gurion befahl, Latrun *um jeden Preis* einzunehmen. Nun, jetzt bezahlen wir die Rechnung, und Latrun haben wir trotzdem nicht.» Er blickte auf seine Uhr. «Sie werden das alles auf der Generalstabssitzung wiederholen müssen. Ohne Beschönigung und in knappen Worten. Haben Sie schon Mickey Marcus kennengelernt?»

«Soll das Oberst Stone sein?»

«Er ist es.»

«Noch nicht.»

«Dann werden Sie es jetzt tun. Kommen Sie mit.»

«Warum der Codename?»

«Die Engländer könnten Stunk machen, wenn sie erführen, daß ein Mann aus West Point militärischer Ratgeber unseres Premierministers ist.»

Im länglichen Strategieraum, der viel größer war als der im alten Roten Haus, saßen oder standen Offiziere in zerschlissenen Uniformen um den Konferenztisch, und große Ventilatoren wirbelten die feuchte Luft auf. Ein kräftig gebauter, fast kahlköpfiger Mann in Khakishorts und einem kurzärmeligen Hemd dozierte auf englisch, fuhr mit einem Zeigestock über eine große Geländekarte an der Wand und hielt von Zeit zu Zeit inne, während ein junger Offizier seine Worte übersetzte. Ben Gurion hockte zusammengesunken am Tischende, hustete und sah aus, als ob er Fieber hätte. Als er Barak erblickte, rief er: «Moment mal, Mickey.» Der Sprecher verstummte. «Nu, Zev, laß mal hören, was in Latrun los ist, und sprich englisch, damit Oberst Stone dich versteht.»

Als Barak von dem Fiasko berichtete, preßte der Premierminister die Lippen in starrköpfigem Trotz zusammen. Marcus lehnte sich an die Wandkarte, verschränkte die braungebrannten Arme, hörte ruhig und aufmerksam zu. Die Stabsoffiziere, die Englisch verstanden, nahmen die Geschichte mit verdrossenen Gesichtern auf. Die anderen gähnten oder kritzelten vor sich hin.

«Sehr gut, wir werden wieder angreifen, und zwar sofort!» sagte Ben Gurion und schlug mit schwerer Faust auf den Tisch. «Und dieses Mal werden wir Latrun *nehmen.*» Schweigen. Der graue Tabakrauch verbreitete sich in Schichten unter dem Antrieb der surrenden Ventilatoren. «Mickey, fahren Sie fort mit Ihrer Analyse.»

Marcus griff zum Zeigestock und wandte sich wieder dem Haufen der schwer geprüften israelischen Veteranen zu, die etwa halb so alt waren wie er. In ihren müden Gesichtern las Barak eine zynische Herausforderung. *«Was zum Teufel weißt denn du über unsere Lage, du vollgefressener amerikanischer Zivilist?»* Marcus hatte sich durch seine Teilnahme an den Angriffen auf die ägyptischen Stellungen im Negev eine tiefe Wüstensonnenbräune und auch einiges Ansehen in der Armee erworben. Seine Lehrbücher dagegen waren recht spöttisch aufgenommen worden. Er war aus Amerika gekommen, um die Gefahren des Jischuvs zu teilen, was wiederum für ihn sprach, aber diese Männer wußten alle, daß er nach seinem Diplom in West Point Jura studiert und in der Folge nur kurz als Reserveoffizier im Zweiten Weltkrieg gedient hatte.

«Gut. Taktisch gesehen ist Israel also ein Lande- und Brückenkopf wie der Strand der Normandie es war», erklärte Marcus zusammenfassend, «und die Araber haben dieselben Fehler gemacht wie die Deutschen gegenüber Eisenhower. Nach dem Abzug der Engländer befandet ihr euch in einer denkbar ungünstigen Lage – halb entwaffnet von der Mandatsmacht, von allen Seiten angegriffen und ohne Versorgungswege außer von See. Das war der Schlüssel zum Krieg. Der Feind hätte euch inzwischen längst bei Netanya zweiteilen können. Die Irakis waren weniger als fünfzehn Kilometer vom Meer entfernt, als sie, Gott weiß warum, ihren Vormarsch abbrachen. Es wäre ihnen durchaus möglich gewesen, die beiden Häfen Haifa und Jaffa zu überrollen und euch in die Zange zu nehmen.»

Unruhe verbreitete sich um den Tisch; man trommelte mit den Fingern, rückte auf den Stühlen und tauschte skeptische Blicke aus.

«Es hätte innerhalb einer Woche vorbei sein müssen, wie die meisten Militärexperten vorausgesagt hatten. Aber ihr habt ihnen bewiesen, daß sie im Irrtum waren. Mit eurer klassischen Taktik, euch bis auf die Peripherie der inneren Verteidigungslinien zurückzuziehen, habt ihr überlebt. Ihr habt eure Häfen gehalten. Der Nachschub war gesichert. Euer Brückenkopf hielt stand.»

Ein solches einer Großmacht würdiges militärisches Gerede faszinierte Ben Gurion offenbar, denn er hörte ganz aufgeregt und mit leuchtenden Augen zu. Aber in den Augen dieser Offiziere, so stellte Barak fest, besonders der Palmachniks, die jahrelang bei Nacht, inmitten von Felsen, Sand und Dünen gegen die arabischen Marodeure gekämpft hatten, war es nur eine Menge leeres Geschwätz. Und indem er Israel einen Brückenkopf nannte, schien er anzudeuten, daß der Zionismus die Eroberung arabischen Bodens zum Ziel habe und nicht die Rückkehr in das Gelobte Land. Ein typischer amerikanischer Jude, dieser Kerl, so gut er es auch meinen mochte.

Immerhin habe der heutige Rückschlag bei Latrun auch seine positiven Seiten, fuhr Marcus fort. Der Angriff habe starke Kräfte von König Abdullahs Arabischer Legion gebunden, die sonst in die Belagerung von Jerusalem investiert worden wären, und er habe sie vielleicht sogar gehindert, die Irakis in ihrem Vormarsch zur Küste zu unterstützen. Kämpfe, die wie Niederlagen aussahen, könnten letztlich zum Sieg führen. «In der nächsten Schlacht um Latrun», erklärte er mit freudiger Stimme, «werdet ihr die Festung einnehmen und Jerusalem von der Belagerung befreien!» Damit legte er den Zeigestock nieder und setzte sich.

Ben Gurion hustete laut, schneuzte sich und wischte den Schweiß aus seinen Augen. «Genau so ist es! Ich danke Ihnen, Mickey.» Dann fuhr er rasch auf hebräisch fort: «Meine Herren, die UNO wird einen Waffenstillstand fordern, das liegt in der Luft. Wenn es dazu kommt, darf Jerusalem nicht abgeschnitten sein! Die Straße nach Jerusalem muß frei sein, und unsere Konvois müssen sich frei bewegen können! *Sonst wird die UNO Jerusalem dem König Abdullah von Transjordanien gemäß dem Recht durch Eroberung zusprechen.* Der ganze groteske Plan, Jerusalem zu ‹internationalisieren›, wird fallengelassen und vergessen!» Er hielt inne und blickte in die Runde. «Das ist absolut unvermeidlich! Nichts anderes ist König Abdullahs Kriegsziel. Er weiß so gut wie ich, daß der jüdische Staat ohne Jerusalem nicht leben kann und zum Scheitern verdammt ist.»

Kein Kommentar. Die finsteren Gesichter am Tisch blieben stumm. Nach einer Weile faßte Zev Barak Mut und hob die Hand. «Herr Premierminister, hat Ihnen Schmulik über die Umgehungsstraße berichtet?»

«Du meinst diese drei Soldaten, die sich an Latrun vorbei durch die Wälder geschlichen haben? Was soll damit sein?»

«Sir, sie sind über eine Straße in der Wildnis hinter einem Bergkamm, der sie vor Latrun verbarg, von Jerusalem bis nach Hulda gelangt.»

«Ja, ja, aber was für eine Art Straße ist das? Ein Kuhpfad? Ein Fußweg?»

«Sie fuhren in einem Jeep, Sir.»

«Na und? Sollen die Araber vielleicht zusehen, wie wir eine neue Straße nach Jerusalem bauen und pflastern, um Latrun zu umgehen? Und uns womöglich ein paar Bulldozer und Dampfwalzen leihen? Ja? Rede nicht, wenn du nicht gefragt wirst, Wolfgang, und erzähle keinen Unsinn.»

Marcus wollte wissen, um was es bei diesem scharfen Wortwechsel ging. Während Barak übersetzte, sackte Ben Gurion auf seinem Stuhl zusammen, sagte, er fühle sich sehr schlecht, und übergab Oberst Yadin den Vorsitz. Dann wandte er sich an Barak und fügte in einem freundlicheren Ton hinzu: «Wolfgang, wenn die Sitzung unterbrochen wird, komm zu mir. Ich gehe nach Hause.»

«Jawohl, Herr Premierminister.»

«Aber zuerst habe ich noch eine Ankündigung zu machen. Oberst Stone wird es besonders interessieren.» Ben Gurion setzte sich auf, hustete laut, warf einen strengen Blick in die Runde. «Meine Herren, die Jerusalemer Front braucht dringend eine Konzentration aller Kräfte. Also keine Diskussionen mehr! Keine weiteren Streitereien! Ein neuer und vereinter Oberbefehl, ein neuer Befehlshaber! Die provisorische Regierung hat beschlossen, Oberst Stone zum Oberbefehlshaber zu ernennen, und er wird den Rang eines *Aluf* einnehmen.» An Marcus gewandt sagte er mit einem schwachen

Lächeln: «Das ist das hebräische Wort für Herzog oder General, Mickey. Sie werden der erste General einer jüdischen Armee seit Bar Kochba sein! Natürlich wird Ihnen die Ernennung schriftlich bestätigt.»

Marcus antwortete mit forscher Würde: «Herr Premierminister, ich nehme die Ernennung an. Ich werde dem Lande nach bestem Vermögen dienen.» Ohne jeden Zweifel war er seit langem darauf vorbereitet. «Meine Herren, um zwanzig Uhr treffen wir uns hier wieder zu einer Beratung über meinen Plan für den nächsten Angriff auf Latrun.»

Ben Gurion erhob sich, dann standen auch alle anderen auf, und er entfernte sich mit Marcus, während die Stabsoffiziere einander wie vom Donner gerührt anstarrten.

«Zu Ben Gurions Wohnung, nach Tel Aviv», befahl Barak seinem Fahrer.

«Jawohl, Sir.»

Mit dem Auto kaum eine halbe Stunde von Latrun entfernt, genoß man in Tel Aviv den sonnigen und feuchten Nachmittag. Ob Krieg oder nicht, die Leute saßen unter den Markisen der Cafés in der sengenden Hitze, tranken Tee, aßen Eis und diskutierten. Schwitzende Kunden drängten sich in den Läden, Straßenhändler verkauften Zigaretten und Zeitungen in der brennenden Sonne. Wie wird man in Tel Aviv reagieren, so fragte sich Barak, wenn man erfährt, daß der erste General, der seit altrömischen Zeiten eine jüdische Armee kommandiert, ein amerikanischer Rechtsanwalt ist?

Er hatte die Überraschung noch nicht ganz verdaut. Das war wieder einmal echt Ben Gurion; ein scharfer Axthieb, der urplötzlich den gordischen Knoten der Politik löste. In Jerusalem stritt man sich selbst unter dem Hagel arabischer Granaten, und die bewaffneten Führer verschiedener zionistischer Parteien verschwendeten Munition und Menschenleben in ihren internen Machtkämpfen. Die beiden Hauptakteure waren die Armee selbst, die von den Sozialisten Ben Gurions gegründete, ehemalige Hagana, und ihr alter Gegner, die große Irgun-Streitmacht der Revisionisten; daneben gab es noch die Elitetruppe der Palmach, das heißt der radikalen Kibbuzim, und die nationalistische Splitterpartei Lechi. Falls es diesem Außenseiter Marcus gelingen sollte, die Streithähne in einem einzigen Kampfverband zusammenzuschweißen – es wäre wunderbar! Gewiß, Barak hatte seine Zweifel, aber er konnte sehr gut verstehen, warum der Alte so handelte. Keine dieser Fraktionen konnte einen Oberbefehlshaber aus den anderen Reihen akzeptieren, und die Ernennung Oberst Stones war zumindest ein schlaues Manöver, ein geschickter Versuch, die Risse zu kitten.

Ben Gurion war zu Bett gegangen, blätterte, den Kopf auf große Kissen gestützt, in einem Haufen Depeschen. Seine Frau stand bei ihm in einem verwaschenen Hauskleid und legte ihm die Hand auf die gerötete Stirn. Oberst Marcus saß in einem Schaukelstuhl neben dem Bett, las Papiere durch und kritzelte Anmerkungen in sein kleines Notizbuch. Bunt über die Bettdecke verstreut lagen Landkarten, Aktenordner und vervielfältigte Berichte.

«Du mußt etwas essen», forderte Paula Ben Gurion. Sie trug ihr Haar zurückgekämmt und zu einem Dutt geschlungen, war klein und untersetzt wie ihr Mann, und ihr zerfurchtes Gesicht wirkte ebenso entschlossen wie das seine.

«Na schön. Meinetwegen Eier. Zev, was hast du aus Deganya zu berichten, und wie steht es mit den französischen Haubitzen? Hat man sie ausgeladen?» Der alte Mann klang sehr heiser.

«Wie möchtest du deine Eier?» fragte Paula.

«Ist mir egal. Gebraten. Diese Haubitzen müssen direkt an die Siebte Brigade gehen.»

«Gebraten? Das wird dir nicht guttun. Ich koche dir ein paar Eier.» Paula ging hinaus.

Barak übergab dem Premierminister einen Stapel der letzten Depeschen. Er las sie, unterzeichnete sie mit B. G. und machte bissige Bemerkungen, die Barak für den Amerikaner übersetzen mußte. Marcus schüttelte den Kopf, während er zuhörte. «Die Logistik muß sofort reorganisiert werden, Herr Premierminister. Die Fronten müssen schnellstens gefestigt werden. Wie die Dinge jetzt laufen ...»

«Fronten? Was für Fronten? Das ganze Land ist die Front», sagte Ben Gurion verdrießlich.

Paula Ben Gurion schaute ins Zimmer. «Wir haben keine Eier mehr.»

«Macht nichts», sagte Ben Gurion, «dann nehme ich nur eine Tasse Tee mit Marmelade. Zev, ich möchte den Bericht über die Messerschmitts sehen ...»

«Aber du mußt doch etwas essen. Zev, sei ein lieber Junge, lauf schnell in Greenboims Laden und hole mir vier Eier.»

«Paula, wir sind in einer Generalstabssitzung», fuhr Ben Gurion sie gereizt an.

«Es dauert doch nicht lange. Höchstens zwei Minuten.»

Barak stand auf. «Kein Problem», sagte er. «Ich gehe die Eier holen.» Sie neigte dazu, ihn wie ein Familienmitglied zu behandeln, und in der Tat hatte er sie als Kind manchmal Tante Paula genannt.

«Du bleibst, wo du bist!» Ben Gurion blickte Barak gebieterisch an. Dann wandte er sich seiner Frau zu. «Mach mir irgendwas. Einen Teller Suppe. Ja?»

«Laß nur, Zevi. Ich hole die Eier», sagte Paula und ging hinaus.

«Zeigen Sie ihm Ihren Plan», sagte Ben Gurion zu Marcus.

Der Amerikaner reichte Barak eine Geländeskizze des Gebiets um Latrun. Frisch eingezeichnete rote und grüne Pfeile markierten einen zweiten Angriff, der sich bis auf ein neues Ablenkungsmanöver der Palmach aus Südosten nur geringfügig vom ersten unterschied. Marcus beschrieb seinen Plan und erklärte, er werde Befehl erteilen, daß alle neu eingetroffenen Waffen an Schamirs Brigade an die Front von Latrun geliefert werden sollten.

«Nun, Zev?» Ben Gurion stieß den schweigenden Barak an.

«Schießen Sie los», sagte Marcus, falls Sie irgendwelche Einwände haben.»

Barak nahm seinen Bleistift und zog Kreise um zwei Dörfer auf dem Hügelkamm. «Zunächst einmal müssen sich die Araber dorthin zurückgezogen haben. Laskows Panzer wurden heute früh von dieser Flanke aus unter heftigen Beschuß genommen. Ich würde sagen, wir sollten diese beiden Dörfer einnehmen, bevor wir den nächsten Angriff starten.»

Marcus nickte langsam. «Ein vernünftiger Gedanke.»

Paula erschien wieder. «Greenboim hat auch keine Eier mehr.»

«Wir besprechen eine wichtige Angelegenheit», schrie Ben Gurion. «In Gottes Namen, vergiß die Eier!»

«Er wird vielleicht später welche bekommen. Suppe hast du gesagt? Wir haben diese feine amerikanische Dosensuppe, die Jitzhak mitgebracht hat.»

«Gut, die nehme ich.»

«Sie ist allerdings etwas scharf – vielleicht nicht gut für deinen Hals. Aber laß nur, ich koche dir eine Suppe.» Sie fuhr ihm mit der Hand über das rosige Gesicht. «Du bist schon ein bißchen kühler.»

Marcus kritzelte Notizen auf die Geländekarte. Dann warf er Barak einen abschätzenden Blick zu. «Nun, Zev, wie steht es mit Ihrer Idee bezüglich dieser Umgehungsstraße? Ist da irgend etwas dran?»

«Aber Mickey, wenn Sie Latrun einnehmen, wozu dann eine Umgehungsstraße?» fiel Ben Gurion ihm ins Wort. «Ich will nicht, daß die Truppen von einer Umgehungsstraße hören. Sie sollen *angreifen.*»

«Es ist ein sehr zerklüftetes Gelände, Sir», sagte Barak. Er berichtete über verschiedene Meldungen, die ihm zu Ohren gekommen waren. Einige fanden die Idee einer Umgehungsstraße lächerlich, andere befürworteten einen Versuch.

«Suppe», sagte Paula Ben Gurion und trat mit einem Tablett ins Zimmer.

«Danke, Paula.»

«Koste sie. Heiß genug?»

«Sie brennt mir auf der Zunge», sagte Ben Gurion und schlürfte einen Löffel voll von der grünlichen Suppe.

«Gut. Ich hab' mich beeilt und dachte schon, sie wäre kalt.» Sie ging hinaus.

«Sie ist kalt», sagte Ben Gurion.

Marcus ließ nicht locker. «Nun kommen Sie schon, Zev. Was ist Ihre Meinung? Ist es nur Phantasterei oder nicht?»

«Es ist eine *bobe-maisse*, Mickey», sagte Ben Gurion. «Wissen Sie, was das ist?»

Marcus lächelte über das jiddische Wort. «Natürlich. Ein Ammenmärchen. Aber warum?»

«Kümmern Sie sich nicht darum. Sie konzentrieren sich auf Latrun, verstanden?» Er griff nach einer Depesche auf der Bettdecke. «Diese französischen Truppentransportpanzer, Mickey, werden morgen erwartet – Schamirs Brigade sollte sie direkt vom Schiff aus zugestellt bekommen.»

«Können Sie dafür sorgen?» fragte Marcus Barak.

«Wenn es ein Befehl ist.» Barak hatte seine Zweifel. Im heillosen Durcheinander, das im Hafen von Haifa herrschte, waren die Chancen, daß die Fahrzeuge überhaupt ankamen, geschweige denn rechtzeitig vor dem Angriff ausgeladen werden konnten, äußerst gering. Doch er hielt es für sinnlos, seine Meinung zu sagen. Ben Gurion war schon gereizt genug.

«Französisches Material, das ist gut», sagte Marcus. «Verlaßt euch nicht zu sehr auf die Tschechoslowakei. Stalin kann diesen Hahn über Nacht abdrehen.»

«Ja, ein Zionist ist Stalin nicht gerade», sagte der Premierminister. «Er läßt die Tschechen alles an uns verkaufen, um die Engländer aus dem Nahen Osten zu verdrängen. Das wissen wir wohl. Deshalb stimmt auch sein Ostblock für uns in der UNO. Inzwischen zahlen wir gute Dollars an die Tschechen, und sie beliefern auch die Araber, stellt euch das vor. Kommunisten haben keine Ahnung, was ein Embargo ist.»

Marcus zeigte auf ein gelbes Telegramm, das auf dem Bett lag. «Und was ist nun mit dieser englischen Waffenstillstandsforderung bei der UNO? Kommen sie damit durch?»

Der Premierminister winkte mit beiden Händen ab. «Ein Bluff, ein Bluff. Und inzwischen ein ziemlich alter Trick.» Dann bewegte er die Daumen und fuhr in einem talmudischen Singsang fort. «Die UNO beschließt einen Waffenstillstand. Wir fügen uns. Die Araber ignorieren es und schnappen sich ein paar Gebiete. Der Krieg fängt wieder an, wir holen uns die verlorenen Gebiete zurück.» Er blickte Marcus kopfschüttelnd an. «Aber nicht mehr als das! Wenn sie zu kämpfen aufhören, hören auch wir auf. Nur dann und nicht früher, und zum Aufhören sind sie noch nicht bereit.»

Der Premierminister lehnte sich in die Kissen zurück und hörte sich höflich den nächsten Kommentar seines Stabschefs an, aber sein Gesicht und sein kahler Schädel wurden immer röter. Falls eine Waffenruhe unmittelbar bevorstand, so argumentierte Marcus, sollte der Angriff auf Latrun verschoben werden. Die neue Siebte Brigade war noch nicht ausreichend gedrillt. Die Haubitzen und Panzerfahrzeuge könnten unterdessen an anderen Fronten eingesetzt werden, um Boden zu gewinnen. Denn falls es zu einem dauerhaften Waffenstillstand kommen sollte, könnten diese Linien zu Israels permanenten Grenzen werden.

«Mickey, tun Sie mir einen Gefallen, und bleiben Sie bei Ihrer Sache.» Ben Gurion sprach laut und mit erhobenem Zeigefinger. «Ihre Aufgabe ist Jerusalem. *Jerusalem!* Und das bedeutet nur eins. Latrun! *Latrun!* Es gibt keinen Aufschub! Jerusalem hungert! Waffenstillstandslinien sind nicht Ihr Problem! Nicht jetzt!»

Paula Ben Gurion kam hereingestürmt. «Was ist los? Warum das Geschrei? Willst du, daß dir ein Blutgefäß platzt? Greenboim hat schließlich doch noch ein paar Eier geschickt. Möchtest du sie gebraten oder gekocht?»

«Gekocht», sagte der Premierminister wieder völlig ruhig.

«Du bist ja rot wie eine Tomate. Nimm dich zusammen.» Sie fühlte seine Stirn, nickte, wandte sich an Marcus und Barak: «Vielleicht könnt ihr ihm ein bißchen Schlaf lassen? Letzte Nacht hat er kein Auge zugetan, hat geschwitzt und sich rumgewälzt.»

Marcus stand auf, als sie ging. «Bei ihr sind Sie in guten Händen, Herr Premierminister. Wie ich bei meinem Mädchen.»

Ben Gurion zeigte auf Barak. «Und was ist mit Zev?»

«Ach ja, Zev, da ich den Befehl über die ganze Front vor Jerusalem übernommen habe, werde ich zwangsläufig einen englischsprechenden Adjutanten benötigen. Interessiert?»

Völlig überrascht starrte Barak ihn an.

«Hättest du etwas dagegen, Zev?» fragte der Premierminister. «Das hatte ich nämlich für dich im Auge. Es ist eine äußerst wichtige Aufgabe.»

Paula erschien im Türrahmen. «Wie wär's, wenn ich dir Rührei mit Zwiebeln machen würde? Wir haben schöne grüne Zwiebeln.»

«Jetzt fällt dir endlich etwas Vernünftiges ein», sagte Ben Gurion mit erwachendem Appetit.

«Gibt es hier irgendwo eine Bar?» fragte Marcus und schirmte die Augen vor der sinkenden Sonne ab, als sie das Haus verließen.

«Eine Bar?» Barak warf einen Blick auf die Reihen der trübseligen Betonbauten des Wohnviertels und die mit Wäsche behangenen Balkons. «Ich weiß nicht.»

«Ich würde gern ein Gläschen trinken.»

«Wir können uns bei Greenboim eine Flasche Cognac besorgen.»

«Soll mir recht sein.»

In Greenboims *makolet*, einem kleinen Gemischtwarenladen, gab es alles nur Denkbare: Töpfe und Pfannen, Brot, Waschseife, Toilettenartikel, Hüte, Unterwäsche, Teesiebe, Waschbretter, Bibeln, Klappstühle und eine Unzahl ähnlicher Dinge, aber keine Spirituosen. Vorne saß Greenboim an einem offenen Tresen, auf dem tote Fische und Hühner unter Mulltüchern lagen, auf denen es von Fliegen wimmelte.

«Cognac? Den allerbesten können Sie haben», sagte Greenboim, ein dicker, bärtiger Mann mit einer blutigen Schürze, und zog eine sehr verstaubte Flasche palästinensischen Branntweins aus einem Korb voller keimender Kartoffeln hervor.

«Ausgezeichnet», sagte Marcus, während Barak bezahlte. «Und wo trinken wir ihn?»

«In Frau Feffermans Bäckerei nebenan bekommen wir einen Tisch und ein paar Stühle.»

«Wunderbar.»

Vor der Kuchenauslage stand ein wackliger Tisch, und die grauhaarige Frau Fefferman brachte Wassergläser für den Brandy sowie zwei Stück Streuselkuchen. Marcus goß sich ein halbes Glas ein und leerte es auf einen Zug. Barak hatte Saufgelage zwar beim englischen Militär erlebt, aber nie mitgehalten. So nippte er vorsichtig an dem scharfen Fusel und aß Kuchen dazu. Marcus schenkte sich noch ein Glas ein, warf einen Blick auf die gähnende Bäckersfrau und fragte leise: «Können wir reden?»

«Frau Fefferman versteht kein Englisch.»

«Gut. Wird mein Plan für Latrun funktionieren?» Barak blinzelte den Amerikaner an. «Falls Sie Zweifel haben, sagen Sie es. Ich möchte bei meinem ersten Einsatzbefehl keinen Mist bauen.»

«Nun, es ist ein Nachtangriff, Sir. Das ist gut. Und die Idee, die Brigade zuerst einem harten Training zu unterziehen, ist ausgezeichnet. Unerläßlich.» Er zögerte. «Was nun dieses Palmachbataillon betrifft, mit dem Sie von Südosten angreifen wollen ...»

«Was ist damit?»

«Herr Oberst, sie haben seit Beginn des Krieges gegen die Ägypter gekämpft. Sie sind schwer angeschlagen.»

«Yadin sagte mir, sie seien alles, was verfügbar ist. Die Palmach wehrt sich verbissen dagegen, Latrun zu stürmen. Warum?»

«Es gibt viele Meinungen bei der Palmach.» Der Schnaps brannte Barak in der Kehle und im Magen. Er trank selten und nie am Tag.

Marcus blickte ihm in die Augen. «Zev, Sie haben offen mit Ben Gurion gesprochen. Seien Sie offen mit mir. Das tut hier nicht jeder.»

In raschen und knappen Sätzen faßte Barak die strategischen Kontroversen zusammen, die die Kriegführung so erschwert hatten: Ben Gurions Fixierung auf Jerusalem und sein Streben nach militärischen Operationen aus dem Lehrbuch in Anlehnung an bewährte Koryphäen wie Lidell Hart und Fuller, deren Bücher er flüchtig gelesen hatte, und auf der anderen Seite die Theorie der Palmach, derzufolge man die arabischen Streitkräfte mit taktischen Mitteln schlagen müsse, die Palästina und der unbeständigen Natur des Feindes entsprächen. Marcus trank und hörte zu.

«Gut und schön, Zev», sagte Marcus schließlich. «Es gibt hier nur einen obersten Befehlshaber, und das ist Ben Gurion. Denken Sie an George Washington. Sie kennen doch unseren Unabhängigkeitskrieg? Washington hat furchtbare Fehler gemacht, schreckliche Niederlagen eingesteckt. Aber er war der oberste Befehlshaber, und er war ein Führer, und er hat gewonnen.»

«Sir, Washington war ein Soldat. Ben Gurion ist ein großer Mann, aber worauf er sich versteht, ist die Politik.»

«Sie müssen mit dem auskommen, was Sie haben. Er ist Ihr George Washington.»

«Und Sie sind unser Lafayette», sagte Barak, setzte sein Glas an die Lippen und stellte überrascht fest, daß es leer war. Marcus lachte und schenkte ihm nach, obgleich Barak abzuwinken versuchte.

«Lafayette brachte eine ausgebildete Armee mit», sagte Marcus, «und veranlaßte die französische Flotte, an der Seite der Amerikaner zu kämpfen. Das ist der wahre Grund, warum der alte George die Rotröcke geschlagen hat. Ich aber bringe euch *bopkess*, falls Sie diesen militärischen Ausdruck kennen.»

«Eine napoleonische Bezeichnung für moralische Unterstützung, glaube ich», sagte Barak.

«Genau.» Marcus grinste. «Ihr müßt diesen Krieg durch eigene Kraft gewinnen. Und ihr werdet ihn gewinnen. Wissen Sie warum? Aus zwei Gründen. Erstens, weil eure Soldaten wirklich kämpfen wollen...»

«Zwangsläufig. Sie haben keine andere Wahl.»

«Schön, was auch immer die Motivation sein mag, sie sind jedenfalls die verdammt besten Soldaten, die ich je gesehen habe. Der andere Grund ist eure Geheimwaffe.» Er trank einen Schluck. «Das arabische Oberkommando. Zev, was zum Teufel ist mit denen los? Warum haben sie euch nicht vor zwei Wochen überrannt?»

Barak überlegte einen Augenblick. «Sir, ihren Truppen fehlt es an Erfahrung.»

«Na und? Sie sind von den Engländern gründlich ausgebildet worden, sie hatten euch umzingelt und waren euch an Waffen und Zahl haushoch überlegen.»

«Nun, Sir, Sie müssen eins bedenken. Im Handbuch, das wir vom britischen Militär in Nordafrika bekamen, stand ein Wort in dicken schwarzen Blockbuchstaben: ‹Aufgabendefinition› und...»

«Das steht in allen Handbüchern», unterbrach ihn Marcus. «Auch in dem, das ich für euch diktiert habe.»

«Ich habe es gesehen, Sir. Nun war es die Aufgabe der Araber in diesem Krieg, den Jischuv auszuradieren. War es nicht so? Weg mit diesem kleinen Auswuchs, der sich Israel nennt! Ein einfaches Wort: Aufgabendefinition. Aber statt dessen haben sie das von der UNO den palästinensischen Arabern zugesprochene Land in Stücke gerissen – Ägypten schnappte sich Gaza und das Gebiet von Hebron, Syrien setzte sich im Norden fest, Abdullah annektierte das Westufer des Jordans und versucht, auch Jerusalem zu schlukken. Sie mißtrauen einander. Sie belügen einander. Sie geben keine Niederlagen zu und verkünden Siege, die nie stattgefunden haben. Kurz, ihre Aufgabe ist nicht klar definiert, Sir.»

«Wollen Sie wirklich mein Adjutant sein?» fragte Marcus. «Niemand zwingt Sie.»

«Oberst Stone, ich fühle mich geehrt.»

«Gut, dann sind Sie ernannt.»

«Abgemacht. Aber ich bitte um ein paar Stunden Urlaub. Ab sofort.»

«Ein paar Stunden Urlaub? Wozu denn?»

«Ich möchte meine Frau besuchen. Sie wohnt nicht weit von hier, in Herzliyya. Wir haben uns schon länger nicht mehr gesehen.»

«Wie lange sind Sie verheiratet?»

«Vier Jahre.»

«Kinder?»

«Einen Sohn.»

Marcus seufzte. «Emma und ich haben keine Kinder. Eine Israelin?»

«Ja.»

«In der Armee?»

«Nein.»

«Wie habt ihr euch kennengelernt?»

«Auf einer Party, als ich von Nordafrika auf Urlaub kam. Ein Kumpel von der Brigade erzählte mir, er käme mit dem schönsten Mädchen aus Tel Aviv. Es war keine Übertreibung. Eine Woche später habe ich sie geheiratet.»

«Hervorragend. Drei Stunden Urlaub bewilligt. Dann treffen Sie mich in Ramat Gan. Und lassen Sie mir die Flasche. Heute abend werden wir die Logistik für Latrun besprechen. Ihr habt noch eine Menge über Logistik zu lernen.»

«Nicht nur darüber. Wir sind immer noch eine Guerillatruppe und ziemlich amateurhaft.»

Marcus klopfte ihm auf die Schulter. «Das haben Sie gesagt, junger Mann, und nicht ich. Im Negev kämpften halbe Jungen in eisigen Nächten ohne Helme und barfüßig in zerfetzten Uniformen.» Als sie Frau Feffermans Laden verließen, fuhr Marcus fort:

«Wahrscheinlich hat Ihre Frau Ihnen die Hölle heiß gemacht wie meine Allerliebste. Es ist für Emma verdammt hart gewesen.» Er seufzte tief, stöhnte fast. «Jedenfalls habe ich mir einen Generalsstern erworben, etwas, das ich in der amerikanischen Armee nie geschafft hätte; vielleicht wird ihr das gefallen.» Während sie weitergingen, verfiel er in Schweigen, doch dann sagte er langsam: «Und mein erster Kampfeinsatz wird der Verteidigung Jerusalems dienen, der Heiligen Stadt! Wie gefällt Ihnen das? Wissen Sie was, Zev? Am Abend vor meiner Abreise hat Emma gesagt: ‹Warum du? Es ist doch nicht dein Krieg.› Und da fragte ich sie: ‹Glaubst du nicht, daß es nach allem, was in Europa geschehen ist, einen jüdischen Staat geben sollte?›»

«Und was hat sie geantwortet, Herr Oberst?»

Marcus zögerte einen Augenblick. «Sie hat gesagt: ‹Wenn mein Mann dafür kämpfen muß, sollte dieser Staat vielleicht lieber nicht existieren.»

«Ist sie Jüdin?»

«Ja.» Ein kurzes Lachen. «Aber keine orthodoxe, wissen Sie. Ich bin es übrigens auch nicht.»

Sie kamen zu dem kleinen grauen Vauxhall, den die Armee Marcus zur Verfügung gestellt hatte. Der Fahrer schlief am Steuer. Marcus weckte ihn mit einem lauten Schlag auf die Kühlerhaube.

«Gehen Sie Ihre Frau besuchen, Zev.»

«Danke, Herr Oberst.»

«Von jetzt ab bin ich Mickey für Sie. Ach, da fällt mir noch etwas ein. Die Idee dieser Umgehungsstraße, die Ben Gurion eine *bobemaisse* genannt hat. Ist da wirklich was dran?»

«Ich werde die Gegend morgen auskundschaften und Ihnen darüber berichten, Sir.»

«Sie selbst? Ist das nicht ein bißchen riskant? Heckenschützen und dergleichen?»

«Kein Problem. Ich nehme eine bewaffnete Patrouille mit.»

«Gut, aber noch nicht morgen. Wir sehen uns heute abend im Strategieraum.»

Auf der Fahrt nach Herzliyya war Barak gutgelaunt und in gehobener Stimmung. Warum? Die Situation war so bedrohlich wie zuvor. War es die Aussicht, Nakhama und den Jungen wiederzusehen? Das wäre vielleicht Grund genug, aber diese plötzliche Heiterkeit hatte noch andere Ursachen. Es war Marcus. Barak kannte alle Kommandanten in Jerusalem und hatte ihre Zänkereien aus nächster Nähe beobachtet. Marcus hatte ein liebenswürdiges und einnehmendes Wesen, aber als Frontkommandant in Jerusalem wäre er, der kein Hebräisch sprach, ohne einen mit allen Wassern gewaschenen Dolmetscher nur ein sprach- und machtloser Ausländer. Barak war sicher, daß er diesem Mann bei der Verteidigung und Befreiung Jerusalems helfen konnte, und das war eine wichtige Aufgabe, wie der Alte ganz richtig meinte. Falls eine zu enge Beziehung zu David Ben Gurion ihre Vor- und Nachteile hatte, so war diese so plötzlich beschlossene, zeitlich befristete Ernennung ein Vorteil. Und ein weiterer Vorteil bestand darin, daß er in Kürze seinen gesunden Arm um Nakhamas köstlich schlanke Taille würde legen können.

Das Haus war sehr still und roch immer noch nach den Schimmelpenninck-Zigarren seines Vaters, obwohl Meyer Berkowitz schon seit Monaten in Amerika war, wo er die israelische Delegation bei der UNO anführte. Barak rief: «Ist jemand da?»

Getrappel auf der Treppe. Dann Nakhamas freudige Stimme: «Du! Bist du endlich gekommen?»

Tanzend, in einem schäbigen Hauskleid, trat sie in das mit Bücherregalen vollgestellte Wohnzimmer und schlenkerte mit Armen und Beinen wie ein Kind. «Mama rief mich an und sagte, sie habe mit dir gesprochen, aber sie glaubte nicht, daß du schon heute kommen würdest. Wie geht es deinem Ellbogen?»

Er umschlang sie mit seinem heilen Arm und zog sie mit dem angewinkelten Gipsverband an sich. «Siehst du, es geht!»

Gelächter, ein paar Küßchen, dann eine enge Umarmung und leidenschaftliche Küsse. «Oh! Ah! Liebster!» rief sie aus und wich vor ihm zurück. «Was ist denn das? Du stinkst nach Fusel! Bei hellichtem Tag und in der Dienstzeit! Was soll das heißen?»

«Es gehört zu meinem neuen Job.»

«Ein neuer Job? Was für ein neuer Job? Du besäufst dich wie ein

Goi, und das soll zu einem Job gehören? Kann ich dir etwas zu essen machen?»

«Wie geht es dem Jungen?»

«Glänzend, er schläft gerade, aber hör mal...»

«Ich habe keinen Hunger. Jetzt hörst du mir zu!»

Er zog sie auf das rote Plüschsofa, das seine Eltern aus Wien mitgebracht hatten, die in weiser Voraussicht kurz vor Hitlers Einmarsch mit all ihrer Habe geflohen waren. Das Haus war mit diesen Möbeln eingerichtet, und die Bücher verbreiteten immer noch den schimmligen Geruch, den sie auf der langen Seereise angenommen hatten. Barak erzählte ihr von seiner Ernennung zu Marcus' Adjutanten. Nakhama hatte den Klatsch über Ben Gurions amerikanischen Berater gehört, aber sie wollte nur wissen, ob das bedeutete, daß sie ihn jetzt öfter sehen würde.

«Nun, ich glaube schon. Er wird mich nicht Tag und Nacht herumhetzen, wie Ben Gurion es tut.»

«Aber – Jerusalem? Wie kommst du nach Jerusalem? Und wenn du hinkommst, wirst du dort nicht festsitzen?»

«Du bist wunderschön, weißt du das?»

«Hör auf damit» – sie packte seinen heilen Arm – «und rede!»

Barak schilderte ihr, daß die Piper Cubs nach wie vor in die Hauptstadt hin- und zurückflogen, um die militärische Verbindung aufrechtzuerhalten.

«Ach! Dann wirst du auch unsere Wohnung sehen? Vielleicht ist sie nicht ausgebombt, und du kannst sie benutzen.»

«Das habe ich auch vor.»

«Zev, es schmerzt mich, daß wir davongelaufen sind. Wenn ich mich nicht so um Noah gesorgt hätte, wäre ich dageblieben.»

«Also nur seinetwegen wolltest du raus.»

«Sei ehrlich, Liebling. Sind wir hier wirklich besser aufgehoben? Was ist mit den Ägyptern und den Irakis? Noch vor zwei Wochen haben wir auf den Straßen getanzt, und jetzt ist es der reine Alptraum!»

«Ich habe nicht getanzt, Nakhama. Ich wußte, was kommen würde. Genau wie der Alte. Ich sah sein Gesicht, als er die Erklärung vorlas. Komm, gehen wir hinauf und schauen nach Noah.»

Der Junge, ein magerer Dreijähriger, lag nackt bis auf die Unterhose im Bett und schwitzte. Nakhama schlang den Arm um ihren Mann. «Er vermißt seine Freunde», flüsterte sie, «aber er ist sehr brav gewesen.»

«Wie ich hörte, hatte er Ärger im Kindergarten.»

«Das stimmt nicht ganz. Er ist noch neu dort, und sie piesacken ihn. Das läßt er sich nicht gefallen, er schlägt zurück. Ganz der Sohn seines Vaters. Was ist denn jetzt schon wieder? Wo führst du mich hin?» Er hatte sie bei der Hand genommen und ging mit ihr ins Schlafzimmer gegenüber. «Was soll das, Zevi? Nie im Leben! Am hellichten Tage?» Sie stemmte sich gegen ihn.

«Was ist denn los?»

«Deine Mutter ...»

«Wieso? Wo ist sie?»

«Sie ist in Ramat Gan und kommt nicht vor dem Abendessen zurück, aber trotzdem ...» Widerstrebend ließ sie sich ins Schlafzimmer führen, wo ein offener Koffer mit ihren Kleidern auf dem Bett lag. Er starrte sie an, sie starrte zurück, halb schuldbewußt, halb trotzig. «Na schön, ich wollte es dir ohnehin sagen. Ich ziehe mit Noah zu meinen Eltern.»

«Unter keinen Umständen wirst du das tun! Warum denn? Die haben doch keinen Platz für dich.»

«Meine Mutter hat immer Platz für mich.»

«Nakhama, dein Bruder schläft auf dem Sofa, und sonst gibt es keinen Platz.»

«Dann schlafe ich mit Noah am Boden. Mama hat eine Matratze. Wenigstens fühle ich mich dort zu Hause. Deine Mutter kann es nicht ertragen, mit mir unter einem Dach zu leben.»

O Gott, sagte sich Barak, fängt das schon wieder an! «Was war denn los? Habt ihr euch gestritten?»

«Deine Mutter streitet nie, das weißt du sehr gut. Sie hat es nicht nötig, denn ich stehe unter ihrem Niveau. Ich bin nur das Dienstmädchen, das deinen Namen trägt und dir einen Sohn geboren hat.»

So ging es nun schon seit dem Tag ihrer Hochzeit. *«Wolfgang, sie ist nicht die Richtige für dich! Ich weiß, sie ist schön, und ich weiß, daß du in sie verliebt bist, aber sie hat keine Kultur, keine Erziehung, keinen Hintergrund, und du wirst es noch einmal bereuen!*» Gewiß, all die Bücher und die Schallplatten mit klassischer Musik in diesem Hause bedeuteten seiner Frau nichts, machten sie nur noch unsicherer. Aber mit Worten war diesem Problem nicht beizukommen. Nakhamas Nerven waren vom Krieg strapaziert, nicht mehr und nicht weniger. Barak klappte den Koffer zu und warf ihn vom Bett.

«Warte, warte», sagte sie, «was soll das?»

«Schau, *motek* [Süßes], der Oberst ist kein Sklaventreiber wie B. G. Ich werde versuchen, zurückzukommen und die Nacht hier zu verbringen. Wie gefällt dir das?»

Ihre braunen Augen leuchteten auf und wurden größer. «Wirklich? Das wirst du tun?»

«Ja. Ich werde es versuchen.»

«Aber wenn du wirklich heute abend zurückkommst, warum ziehst du dann die Rolläden herunter?»

«Hattest du nicht etwas gegen helles Tageslicht?»

«Oh! Aha! Dann heißt es also *z'beng v'gamarnu* [peng und aus], nicht wahr? Jetzt gleich, auf der Stelle, ja? Das Liebesleben der Soldatenfrau?» Sie schloß die Schlafzimmertür. «Zev, Zev, sei vorsichtig mit deinem Arm! Immer sachte, mein Liebster!»

3
Alamo

Zwei Tage später fuhren mehrere Jeeps, einer mit einem aufmontierten Maschinengewehr, holpernd durch Buschwerk und Geröllhalden über die hinter einem bewaldeten Hügelkamm vor der Festung Latrun verborgene Sandstraße. Direkt vor ihnen ging eine glühendweiße Sonne auf. Die Fahrzeuge hielten am Rande einer breiten Schlucht, und Sam Pasternak und Zev Barak stiegen aus. Der Abstieg in die von Felsbrocken übersäte Talsohle, die im Schatten lag, führte fast senkrecht durch ein Gelände voller Felssplitter und dichtem Unterholz bergab, durch das sich ein schmaler

Fußpfad schlängelte. «Als die Araber zum erstenmal die Hauptstraße vermint hatten», sagte Pasternak, «benutzten die Bewohner ihrer Dörfer diesen Pfad eine Weile auf Eseln oder zu Fuß. Doch seit einigen Monaten tun sie das nicht mehr. Das haben mir die Kibbuzniks von Hulda erzählt.»

Ein paar Soldaten stiegen aus und fingen an, Steine über das Wadi zu schleudern; unter ihnen Kischote in äußerst schlechtsitzenden Khakihosen und Yael Luria, deren Uniform ein bißchen zu maßgeschneidert wirkte. Kischote, der mit seinem knochigen Arm weit ausholte, warf am weitesten, aber Yael erwies sich als erstaunlich stark.

«Nun, was meinst du, Sam?»

«Ich finde, wir sollten lieber Latrun stürmen», sagte Pasternak trocken. Die Siebte Brigade hatte bereits mit der Vorbereitung für den nächsten Angriff begonnen.

Barak erklärte: «Oberst Stone erwartet meinen Bericht. Er möchte wissen, ob die Umgehungsstraße überhaupt machbar ist.»

«Schau, Zev, die Straßenarbeiten könnten wahrscheinlich bewältigt werden, obgleich es eine gigantische Aufgabe ist. Aber die Legion würde innerhalb kurzer Zeit einen Ausfall machen und die Straßenarbeiter abknallen. Oder?»

Barak blickte in die Tiefe. «Meinst du? Sam, nimm einmal an, wir würden nur nachts arbeiten, mit einem Minimum an Beleuchtung, so leise wie möglich und ohne Sprengungen? Wir sind ein paar Meilen von Latrun entfernt und tief in der Wildnis.»

«Du meinst, wir könnten eine gepflasterte Straße *in aller Heimlichkeit* bauen? Hmm.» Pasternak schloß halb die Augen und verzog das Gesicht zu jenem verschmitzten Grinsen, das Barak nur allzugut kannte. Geheimunternehmen waren Pasternaks Spezialität. «Aber du hast es hier mit einem Höhenunterschied von hundertzwanzig Metern zu tun, Zev. Eine Menge Arbeit für die Ingenieure! Und dahinter fünf oder sechs Kilometer unwegbares Land. Nicht gerade das einfachste!» Er rieb sein Kinn und fügte mit einem listigen Lächeln hinzu: «Eines kann man allerdings sagen. Wenn man mit Mauleseln operiert, dann könnte es interessant werden. Und außerdem – falls der Waffenstillstand nicht zu früh kommt...»

Barak schirmte die Augen vor der blendenden Sonne ab und starrte auf das trockene, mit Felsbrocken übersäte Flußbett, durch das sich tiefe Rinnen schlängelten, während Pasternak redete. «Schau, Sam», sagte er dann plötzlich, «in der afrikanischen Wüste hat mein Bataillon viel tiefere Schluchten überquert, und das in Lastwagen und Jeeps. Wenn mein Ellbogen mich nicht behindern würde, würde ich es jetzt gleich einmal versuchen.»

«Ich bringe dich runter, Zev.» Yael Luria hatte den Steinwerferwettbewerb verlassen, um ihnen zuzuhören.

«Dieses Mädchen schafft es bestimmt, wenn du sie machen läßt, Zev», sagte Pasternak. «Aber ob du dabei überleben wirst – das steht auf einem anderen Blatt.»

«Komm», sagte Barak und stieg in den Jeep. Während Yael sich ans Steuer setzte, sprang Don Kischote hinten auf. «Raus, Jossi!» Barak winkte mit dem Daumen. «Raus mit dir!»

«Und wenn die Karre sich überschlägt?» fragte Kischote. «Dann könnte ich Ihnen doch helfen?»

«Gute Idee», sagte Barak.

«Aber Zev, vorausgesetzt, du kommst lebendig da unten an; wie kommst du dann wieder hinauf?» fragte Pasternak. «Schon mal darüber nachgedacht?»

«Ich werde mir schon was einfallen lassen», sagte Barak. «Also los, Yael.»

Der Jeep kroch im ersten Gang den Kamm entlang, schlug dann ein und fuhr krachend den Zickzackpfad hinunter. Er rammte einen im Buschwerk versteckten Felsblock und wäre beinahe gekippt, aber Yael riß das Steuer herum und brachte ihn wieder in Fahrtrichtung. Schlingernd und schaukelnd, oft mit knapper Not an weiteren Felsblocken vorbei, fuhr sie immer tiefer, kam vom Pfad ab und lenkte den Jeep direkt auf den Grund des Wadis. Kischote schrie wie ein Wilder und amüsierte sich offenbar köstlich. Barak hielt sich den Ellbogen und hoffte das Beste. Nach einer äußerst beschwerlichen Fahrt hielten sie schließlich. Die Hände zum Sprachrohr geformt, rief er hinauf: «Nicht schlecht, Sam, was?»

«Was jetzt?» brüllte Pasternak, und das Echo hallte von den Felsen wider.

«Schick mir den Jungen runter, und ich werde Oberst Stone in Jerusalem anrufen.» Der «Junge» war einer der Soldaten, die in einem Jeep Latrun umgangen hatten. «Und du», sagte Barak mit erhobenem Daumen zu Yael, «fährst marsch, marsch ins Hauptquartier zurück!»

«Was? Nein! Warum denn? Wer wird dich fahren?»

«Los!»

«Ach, bitte laß mich mitkommen.» Yaels große, stahlblaue Augen strahlten Barak schmeichelnd an. «Ich habe Familienangehörige in Jerusalem, wie du weißt, eine kranke Tante, und meine Mutter macht sich solche Sorgen um sie...»

«Yael, du hast mich gehört. *Zuz!* [Ab mit dir!]»

Als Yael ihm grimmig das Kinn entgegenstreckte, konnte von einem mädchenhaften Schmollen keine Rede sein. «Zev, du bist lächerlich.»

«Feldwebel Luria, bewegen Sie Ihren Hintern hier weg, und verschwinden Sie!»

Mit einem durchbohrenden Blick auf ihn und auf Kischote, der unschuldig durch seine Brillengläser blinzelte, stieg Yael aus und begann, den Hang hinaufzuklettern, wobei sie sowohl ihre Hände als auch ihre langen, schönen Beine benutzte.

Einhändig steuerte Barak den Jeep langsam durch die ausgewaschene Rinne. Der Soldat saß gähnend, mit dem Gewehr auf den Knien, neben ihm, er hatte eine dunkle Gesichtsfarbe, einen dicken Hängeschnurrbart, und eine kleine Jarmulke bedeckte sein dichtes schwarzes Haar. Er erzählte, er stamme aus Tunis. Kischote hatte noch nie einen Juden gesehen, der so sehr einem Araber ähnelte. Aber eigentlich war alles auf dieser Reise neu und ungewohnt – das Gewehr im Schoß, die holprige Fahrt durch die Schlucht, wo es keine Straßen gab, an denen der Feind hinter jedem Felsen und jedem Gebüsch lauern konnte, und vor allem die aufregende Überraschung, daß er auf dem Wege nach Jerusalem war! Das Wadi war zu steinig und zu trocken für die Ziegen der Araber, völlig außer Sichtweite von Latrun – ein wegloses Niemandsland. Barak hielt sich ostwärts, richtete sich nach dem Stand der Sonne, vermied die großen Felsblöcke und stoppte zuweilen urplötzlich am Rand einer

Kluft. Hier und da konnte er anderen Jeepspuren im Sand folgen. Ein paar Kilometer lang ratterten und holperten sie hügelan und gelangten schließlich auf eine zerfurchte, unbefestigte Sandstraße, die gerade breit genug für ein Fahrzeug war. «Das muß die Hartuv-Straße sein», sagte Barak zu dem Soldaten.

«Ja, und hier wurden wir von Heckenschützen angegriffen.»

«Kein Wunder. Die Hauptstraße ist nicht weit. Haltet die Augen offen, ihr beide!»

Barak wendete und folgte der zerfurchten Straße durch steiniges Weideland und an verlassenen, von Unkraut überwachsenen Gehöften vorbei, wo Ziegen und Schafe grasten. Von Arabern keine Spur. Als der Jeep auf der leeren, zweispurigen Asphaltstraße ankam, schien er wie ein Boot zu gleiten. Von dem schmelzenden Belag, aus dessen Ritzen Grasbüschel wuchsen, stieg ein penetranter Teergeruch auf; ausgebrannte Lastwagen und sogenannte Sandwich-Fahrzeuge lagen umgekippt im Straßengraben. Sie fuhren weiter bergauf, Laster brausten, schmutzige Rauchwolken nach sich ziehend, an ihnen vorbei, einer mit blökenden Schafen beladen, ein anderer mit aufgestapeltem Heu, ein dritter mit unrasierten und gelangweilten Soldaten. Auf einer langen Steigung mußten sie hinter einem ächzenden Tanklaster herfahren.

«Benzin?» fragte Kischote.

«Nein, Wasser», sagte Barak. «Trinkwasser für Jerusalem aus den hiesigen Zisternen.»

Der Tankwagen erreichte die Kuppe und fuhr wieder bergab. Barak wies auf eine weit entfernte Anhöhe.

«Jerusalem, Kischote.»

«Wirklich?» Es war entschieden eine Enttäuschung, denn er sah nur eine Reihe niedriger Gebäude an einem Hang. Immerhin legte er salutierend die Hand an seinen unbedeckten Kopf. «Dann muß ich einen Segen sprechen. *Gelobt seist Du, unser Gott und Herr, Beherrscher der Welt, der Du uns am Leben erhalten, in Deinen Schutz genommen und in diese Zeit gebracht hast.*»

«Amen», sagten der fromme Junge aus Tunis und der Agnostiker Barak.

Als der Jeep in Jerusalem einfuhr, überfiel Barak Niedergeschlagenheit beim Anblick der inzwischen übel heruntergekommenen Stadt. Alle Gärten und Parks waren von Unkraut überwuchert. Auf den Hauptdurchfahrtsstraßen sah man nur Schmutz, Barrikaden, Granateneinschläge, Stacheldrahtverhaue. Überall standen zerbombte Gebäude. Immer wieder mußte er Umwege machen, weil die Straßen mit Betonbarrieren oder Stacheldraht versperrt waren. Die meisten Läden waren geschlossen, und vor den wenigen, die rationierte Nahrungsmittel verkauften, standen lange Menschenschlangen. Bei der Trinkwasserausgabe drängten sich Frauen mit Eimern, Krügen oder Blechtöpfen um einen ganzen Häuserblock, und viele hielten kleine Kinder an der Hand oder Babys auf dem Arm.

Doch Don Kischote nahm all das kaum wahr. Die in Europa mit seinen Flüchtlingslagern verbrachten Kriegsjahre hatten ihn an den Anblick von Barrikaden, Stacheldrahtverhauen, Straßensperren, zerbombten Häusern, Schlange stehenden Menschen und patrouillierenden Soldaten gewöhnt. Er war bezaubert vom ersten Blick ins Innere der Heiligen Stadt. Das war also das Jerusalem seiner Träume! Wo auch immer er hinsah, überall erblickte er Schönheit, eine fremdartige und strahlende Schönheit; eine steinerne Stadt, aus einem reizvollen hellfarbenen Fels gehauen, weder richtig braun noch rosa, sondern eine Mischung aus beidem. Auf allen Bildern, die er gesehen hatte, fehlte dieser Schimmer der Steine Jerusalems. Die klare Luft, der tiefblaue Himmel und die kraftvolle Sonne – im krassen Gegensatz zu dem Dunst in Tel Aviv – ließen alles in hellem Glanz erstrahlen. Überall sprossen Blumen inmitten von Palmen, Blütenbäumen und hohen, alten Bäumen, die Schatten spendeten. Ein Garten Eden auf Erden, die Stadt Gottes.

«Jeruschalajim!»

In seinen ersten, gelispelten, nachgeleierten Gebeten hatte er für die Rückkehr nach «Jeruschalajim» gebetet. Selbst wenn er nur einen Keks gegessen hatte, hatte er das Dankgebet aufsagen müssen: *«Wir danken Dir für die Früchte des Feldes und das weite, schöne Land, das Du unseren Vätern geschenkt hast... Baue die Heilige Stadt Jeruschalajim in unseren Tagen wieder auf, und laß uns dorthin zurückkehren und uns an ihrem Wiedererstehen erfreuen.»*

Für ein Stückchen Kuchen nur hatte er all das rezitieren müssen. Auf der Cheder, der Primarschule, hatte man ihn gelehrt, daß Jeruschalajim das Tor zum Himmel sei, wo die Gebete direkt zu Gott aufstiegen. Später, in der zionistischen Pfadfindergruppe, wurden über Jeruschalajim Lieder gesungen, Dias und Filme gezeigt. Und jetzt war er in der Heiligen Stadt, in Zion, in Jeruschalajim! Die Worte eines Psalms kamen ihm in den Sinn: *«Als der Ewige zurückführte die Weggefährten Zions, waren wir gleich Träumenden.»*

Aber dann bogen sie in die Ben-Yehuda-Straße ein, und Kischote schreckte aus seinem Traum auf. Vor ihnen, abgesperrt hinter Polizeiposten und Stacheldrahtverhauen, klaffte ein riesiger, von Häuserruinen umgebener Krater. «Mein Gott, was ist denn hier passiert, Sir?» fragte er Barak.

«Hier ist vor Monaten eine große Autobombe explodiert. Englische Deserteure haben sie gelegt, sie wurden von den Arabern angeheuert.»

Arbeiter räumten langsam den Schutt weg, aber der Gestank, der aus den zerstörten Häusern und der gesprengten Kanalisation drang, war fast immer noch so penetrant wie am Tag der Explosion. Barak parkte in einer Nebenstraße in der Nähe des Kraters. Der Junge aus Tunis sprang mit seinem Gewehr hinaus und trottete davon. «Warte hier, Kischote», sagte Barak. Dann trat er in ein Betongebäude und stieg fünf dunkle Stockwerke empor, denn der Fahrstuhl war außer Betrieb, und es gab kein Licht im Treppenschacht.

«Zev! Du bist in Jerusalem? Seit wann?» Die einst ziemlich mollige Sekretärin Hermann Loebs sah hager und nervös aus, wie nach einer auszehrenden Krankheit.

«Ist er da, Rivka?»

«Er telefoniert.»

«Dann funktioniert wenigstens das Telefon, Gott sei Dank.»

«Sein Telefon wird bis zum Schluß in Betrieb sein.» Ein bitteres Lachen. «Er ist nämlich für die Lebensmittelversorgung zuständig.»

«Kommst du nach Tel Aviv durch?»

«Wenn ich Glück habe. Ich kann's ja mal versuchen.»

«Ist das Zev, den ich da höre?» Ein schlanker, kleiner Mann in einem schwarzen Anzug mit Krawatte stürzte aus seinem Büro und umarmte Barak. «Was ist denn mit deinem Ellbogen passiert? Und was treibst du hier? Wie geht es Nakhama?»

«Hermann, ich muß in Tel Aviv anrufen.»

«Gib Rivka die Nummer und komm herein.»

Für Jerusalemer Verhältnisse war Hermann Loebs Büro luxuriös: schwere deutsche Möbel, abstrakte Gemälde, Vitrinen mit kanaanitischen Kunstgegenständen. Er war Amateur-Archäologe und betrieb in Friedenszeiten einen erfolgreichen Handel mit landwirtschaftlichen Erzeugnissen; ein Jecke, ein deutschschweizer Jude, den noch niemand ohne Jacke und Krawatte gesehen hatte, außer vielleicht seine Frau beim Schlafengehen. Das Telefon klingelte, und er winkte Barak auf ein Sofa in seinem Büro.

«Loeb! Ja?» Sein Gesichtsausdruck verhärtete sich, und er brüllte auf deutsch: «Brecht die Schlösser auf! Schafft alles aus dem Lagerhaus! Bis auf den letzten Mehlsack!... Was? Auf wessen Verantwortung? Auf *meine* Verantwortung.» Kurzes Schweigen. «Warum? Weil es herrenloses Gut ist, darum!... Es ist herrenlos, weil ich es sage! Richten Sie ihm aus, er solle nach dem Krieg gegen die Stadtbehörde Anzeige erstatten, falls er dann noch lebt!» Er knallte den Hörer auf die Gabel. «Der verdammte Kriegsgewinnler!» sagte er zu Barak. «Hat die größte Bäckerei in Jerusalem und behauptet, er habe kein Mehl mehr. Aber er hamstert es und verkauft es zu Schwarzmarktpreisen, dieses Schwein! Wir wußten, wo er sein Mehl versteckt hielt! Ist es etwas Ernsthaftes mit diesem Ellbogen?»

Wieder klingelte das Telefon, und dieses Mal schrie Loeb mit jemandem um die Wette wegen Zucker. Barak unterbrach ihn. «Hermann, mein Anruf ist von höchster Dringlichkeit für die Armee.»

Loeb legte auf und wies die Sekretärin an, keine Gespräche anzunehmen, bis sie Tel Aviv erreicht hatte.

«Hermann, wie steht es hier mit den Benzinvorräten für Lastwagen?»

«Für Lastwagen? So einigermaßen, seit die Konvois hier nicht mehr auftanken. Warum fragst du?»

«Und der Treibstoff für die Energieversorgung? Wie steht es mit den Lebensmitteln?»

Hermann Loeb antwortete in nüchternen Zahlen. Die hunderttausend Juden in Jerusalem, von denen die meisten in der Neustadt wohnten, erklärte er, verbrauchten täglich etwa hundert Tonnen an Treibstoff, Nahrungsmitteln, Munition, Medikamenten und so weiter. Die Rationen wurden immer mehr reduziert. Die Stromversorgung war nur noch ein paar Stunden am Tag in Betrieb. Die Knappheit wurde zu einem ernsthaften Problem. Mit dem Mehl war es am schlimmsten. Das Mehl für das «tägliche Brot» eines jeden Einwohners reichte nur noch für elf Tage aus. Danach würden die Juden in Jerusalem hungern müssen. Sie hatten Heldenmut bewiesen, hatten zehntausend Granateinschlägen standgehalten, ohne sich einschüchtern zu lassen, aber eine Hungersnot könnte das Ende des jüdischen Jerusalems bedeuten.

Barak kannte diesen Mann gut, denn Loeb war Pasternaks Schwiegervater. Die Hochzeit von Ruth Loeb und Sam Pasternak, dem Sohn einer Mischmar-Ha'emek-Pionierfamilie, war ein großes gesellschaftliches Ereignis in Jerusalem gewesen, aber jetzt lebte Ruth mit ihren beiden Kindern in London, und die Ehe hatte Schiffbruch erlitten. Soweit zu «passenden Verbindungen»! Hermann Loeb war in den zwanziger Jahren nach Palästina gekommen, lebte in Jerusalem und liebte die Stadt, hatte aber die meiste Zeit auf Geschäftsreisen verbracht. Jetzt, da er und seine Familie wie alle Juden Jerusalems in der Falle saßen, herrschte er wie ein Zar mit eiserner Faust über die Lebensmittelversorgung.

Der Mann war absolut ehrlich, zuverlässig und verschwiegen, wenn es darauf ankam, und deshalb sagte Barak zu ihm: «Hermann, hör mir gut zu. Es gibt möglicherweise eine Umgehungsstraße, die an Latrun vorbeiführt. Ich bin sie gerade eben im Jeep gefahren.» Auf Loebs erregten Ausruf hin hob er warnend die Hand. «Sie ist nicht für Konvois geeignet. Ein großer Abschnitt ist für Lastwagen nicht befahrbar. Aber die Transporte könnten von Tel Aviv bis zu einem Ort hinter Hulda gelangen und dort auf Maulesel umladen. Die Maultiere würden dann alles zur Hartuv-Straße bringen, wo deine Lastwagen bereitstehen könnten. Ich bezweifle zwar, daß man mit Mauleseln täglich zweihundert Tonnen über diesen Pfad befördern kann, aber es wäre immerhin eine Hilfe ...»

Loeb nickte aufgeregt. «Ja, das wäre es. Eine große Hilfe sogar, ein wahrer Segen Gottes! Können wir sie gleich benutzen?» Das Telefon klingelte, und er hob ab. «Hier ist deine Verbindung mit Tel Aviv.»

Marcus mit seinem schwungvollen amerikanischen Akzent ließ Baraks Herz sofort höher schlagen. «Hallo, Zev, Sie sind jetzt also in Jerusalem, was? Diese Umgehungsstraße ist wirklich befahrbar?»

«Eine Bobe-maisse ist sie jedenfalls nicht. Ich hoffe, wir nehmen Latrun ein, aber wir sollten anfangen, die Straße zu überwachen und auszubauen, das ist absolut vorrangig.» Dann sprudelte er rasch Pasternaks Zwischenlösung für den Mauleseltransport hervor.

«Ausgezeichnet. Wird gemacht», sagte Marcus. «Alles. Ich werde mit Ben Gurion reden, sowie ich aufgehängt habe, und ich lasse die Maultierkarawanen noch heute abend abgehen. Eine hervorragende Idee. Aber jetzt hören Sie, Zev. Ich bin verdammt froh, daß Sie in Jerusalem sind. B. G. tobt vor Wut. Wir haben eben Bericht erhalten, daß das Jüdische Viertel in der Altstadt eine Kapitulation erwägt. Haben Sie irgend etwas darüber gehört?»

«Ich bin gerade erst angekommen und sitze im Büro eines führenden Magistratsbeamten. Warten Sie einen Augenblick.»

«Ich warte.»

Barak gab die Frage an Loeb weiter; dieser nickte traurig und zeigte auf einen Plan der Altstadt an der Wand, ein rautenförmiges Gebilde mit dem blau eingezeichneten kleinen Judenviertel ganz unten. Rote Schraffierungen zeigten, daß die Legion alles übrige besetzt hatte, und rote Striche drangen bis in die blaue Zone ein.

«Das Jüdische Viertel steht unter Belagerung innerhalb einer Belagerung», erklärte Loeb. «Zev, wenn wir nur eine richtige Führung hätten, könnten wir die ganze Altstadt zurückerobern, denn die Truppen dazu haben wir! Aber vier Kommandeure ziehen am Strick und zerren alle in verschiedene Richtungen. All ihre gemeinsamen Bemühungen, auszubrechen und das Viertel zu befreien, sind fehlgeschlagen.»

Barak wiederholte das alles seinem Vorgesetzten, dessen Stimme nun einen eindringlichen Ton annahm. Das Jüdische Viertel, so sagte er, sei strategisch wertlos, er habe es vor der Belagerung gesehen, es gäbe dort nichts als einen Haufen alter Häuser und Synagogen und ein paar hundert ultraorthodoxe Familien. Aber eine kleine Streitmacht der Hagana und des Irgun habe sich im Inneren verschanzt und verteidige es gegen die Legion, und Ben Gurion wollte es um jeden Preis halten, weil dort Juden seit mehr als zweitausend Jahren gelebt hatten und weil eine Kapitulation eine politische Katastrophe wäre. Nach einem solchen Triumph würde König Abdullah vielleicht sogar einen Waffenstillstand ausrufen, während Jerusalem immer noch abgeschnitten wäre.

«Ben Gurion ist der Oberbefehlshaber», sagte Marcus. «Ich habe meine Befehle und werde das Viertel befreien. Morgen abend, am achtundzwanzigsten, greifen wir an. Ich fliege bei Tagesanbruch von hier ab, bringe meinen Plan mit und übernehme die Befehlsgewalt über alle dortigen Streitkräfte. Sie werden mein Verbindungsoffizier sein. Berufen Sie eine Konferenz der verbündeten Befehlshaber Jerusalems für sieben Uhr dreißig ein.»

«Jawohl, Sir.»

«Und jetzt noch eins, Zev: Im Jüdischen Viertel sitzt ein junger Hagana-Führer namens Motti ... Motti irgendwas ...»

«Ich kenne ihn. Motti Pinkus, ein guter Mann.»

«Sie kennen ihn? Das trifft sich gut. Das Jerusalemer Kommando hat da irgendwelchen Ärger mit dem Burschen. Er muß informiert werden, daß ich anzugreifen beabsichtige, und er muß versprechen, bis morgen abend zu meiner Verfügung zu stehen.»

«Ich sage es ihm. Motti wird mir glauben.»

«Ausgezeichnet. Ich kümmere mich sofort um diese Umgehungsstraße.»

Barak fragte Loeb, wie er in das belagerte Judenviertel gelangen könne. Der Lebensmittelzar machte ein langes Gesicht. «Nun, vielleicht nachts, und auch das ist ein großes Risiko – aber was würdest du denn dort erreichen? Es ist völlig hoffnungslos. Gewiß, die alten Jeruschalmis sind kurios und charmant – das Salz der Erde –, aber sie leben im siebzehnten Jahrhundert.» Loeb schüttelte traurig den Kopf. «Sie glauben, der Zionismus sei eine Gotteslästerung, weil er sich anmaßt, den Messias zu ersetzen. Sie haben jahrhundertelang mit den Arabern gelebt. Sie verstehen diesen ganzen Krieg nicht und wollen nichts damit zu tun haben. Sie sind diejenigen, die von Übergabe reden, und das ist nur noch eine Frage der Zeit.»

«Ich muß unbedingt hinein, Hermann.»

Loeb warf einen Blick aus dem Fenster. «Ich werde dir was sagen. Gerade gegenüber auf der Straße da unten findest du einen alten Mann, mit dem du reden kannst. Im Schneiderladen mit den grünen Jalousien.»

Kischote hatte soeben den kleinen dunklen Laden betreten. Beim Holpern und Schaukeln im Jeep hatte er sich den Hosenbund seiner schlechtsitzenden Uniform aufgerissen. Ein Graubart mit Schädelkappe und in einem viereckigen, mit langen Fransen versehenen Tallit blickte griesgrämig von seinem Schneidertisch auf. «Ich bin sehr beschäftigt», sagte er auf hebräisch. «Noch mehr Arbeit kann ich nicht annehmen.»

«Väterchen», erkühnte sich Kischote auf jiddisch zu sagen. «Hab Erbarmen mit einem jüdischen Jungen.» Er drehte sich um und zeigte dem Schneider sein Mißgeschick, worauf ein lautes und silbriges Kichern ihn hochfahren ließ. Ein schwarzhaariges Mädchen von elf oder zwölf Jahren stand auf der Schwelle einer Tür im Hintergrund des Ladens und krümmte sich vor Lachen.

«Schaijna, du solltest dich schämen», schalt sie der alte Mann, aber er lachte ebenfalls.

«Verzeihung, Großpapa», prustete sie und verschwand.

Der alte Mann schloß die Tür und nahm sich der Hose an. Kischote stand in Unterhosen und blickte nervös zu der hinteren Tür. «Keine Bange, Schaijna wird uns nicht stören», sagte der Schneider. «Sie ist wirklich ein artiges Mädchen. Und wo kommst du her?»

«Vor kurzem aus Zypern, ursprünglich aus Kattowitz.»

«Kattowitz?» Das strenge Gesicht des Schneiders verzog sich zu einem freundlichen Lächeln. «Wir hatten Verwandte in Kattowitz. Sie wurden alle umgebracht, Friede ihrer Seele. Und wie heißt du? Was macht dein Vater?»

Sie plauderten noch über Kattowitz, und Kischote probierte die Hose an, als Barak in den finsteren Laden trat. «Ach, Kischote, hier steckst du also.» Dann blinzelte er in die Richtung des Schneiders und rief plötzlich überrascht aus: «So wahr ich lebe, ist das nicht Reb Schmuel?»

Der Schneider blinzelte zurück und sagte: «Und ist das nicht der tanzende Soldat?»

Zev Barak hatte aus seiner Schulzeit sehr wenig von der Religion in Erinnerung behalten, aber an fröhlichen Tagen wie dem Purimfest oder an Simchat Thora war es ihm immer eine besondere Freude gewesen, im Jüdischen Viertel zu tanzen, wo die frommen Männer ihn, ohne lange zu fragen, zu ihren kraftvollen Luftsprüngen einluden. Sie kannten ihn nur als den «tanzenden Soldaten», und ihm war dieser Schneider nur als Reb Schmuel bekannt, als imposanter Patriarch mit riesiger Nase, im seidenen Kaftan und Pelzhut, von stets aufrechter Haltung. Der gebeugte alte Mann in Unterhemd, Hosenträgern und wollenem Gebetsschal war offenbar dieselbe Person in Arbeitstracht, schien aber von den beiden Reb Schmuels der weniger wirkliche zu sein.

«Jossi, warte auf mich im Jeep.» Kischote ging hinaus. Barak schlug einen vertraulichen Ton an. «Reb Schmuel, man sagte mir, daß Sie noch in Verbindung mit der Altstadt stehen und daß sogar der Militärgouverneur bei Ihnen Informationen einholt.»

«Nu, nu.» Der Schneider zuckte die Schultern und machte ein ausdrucksloses Gesicht.

«Sehen Sie, Reb Schmuel, ich habe jetzt die Aufgabe, dem neuen Kommandanten von Jerusalem als Adjutant zu dienen. Er ist ein amerikanischer Offizier, ein Oberst.»

«Ein Amerikaner?» Der Schneider war wie verwandelt und strahlte vor Freude. «Jerusalem bekommt einen amerikanischen Kommandanten? Wirklich? Gott sei dafür gedankt, das ist ein Wunder! Wie kann ich dir helfen?»

Bald darauf trat Barak aus dem Laden, steuerte den Jeep unter Umgehung der gesperrten Straßen durch die Stadtmitte und gelangte schließlich zu einer Gruppe von Mietshäusern. «Hier wohne ich, Jossi.» Er sprang aus. «Bin gleich wieder da.» Bei seiner Rückkehr trug er eine große schwarze Stablampe. «Jetzt werden wir in der Militärkantine etwas essen. Es kann eine lange Nacht werden. Hungrig?»

«Völlig ausgehungert», sagte Kischote. «Ich wollte Sie nur nicht stören.»

Der mit bloßem Auge kaum erkennbare Sims um die gewölbte Zisternenmauer herum sah aus, als sei er kaum zehn Zentimeter breit. Weit unten spiegelte sich das Licht der Stablampe im schwarzen Wasser. Mit der Hand seines gesunden Arms klammerte sich Barak an die feuchte rauhe Mauer und schlich unsicher dem Mädchen nach, das wie ein Wiesel über den Sims huschte. Hinter ihm tappte Kischote vorsichtig, mit dem Rücken zur Wand, Schritt für Schritt voran. «Schaijna, langsamer!» Baraks Stimme hallte und widerhallte zwischen der Schachtmauer und dem Wasser, das, wie das Mädchen erwähnt hatte, sehr tief und sehr kalt war.

«B'seder», piepste sie zurück.

Barak erinnerte sich nicht, bei seinen Pfadfinderexpeditionen in diesem Tunnellabyrinth je auf diese riesige Zisterne gestoßen zu sein. Vermutlich, so nahm er an, stammte sie aus der Zeit der Hasmonäer oder sogar aus der Epoche König Davids, denn die Erde unter der Altstadt war voller Relikte aus der Vorzeit und aus längst vergangenen Kriegen. Aber das Wasser mußte frisch sein, denn die Ingenieure der städtischen Wasserversorgung hatten alle Zisternen in Jerusalem aufgefüllt, auch die, die seit Generationen unbenutzt geblieben waren. Nachdem er sich mühsam am Sims entlanggetastet hatte, stöhnte er erleichtert auf, als sein Fuß auf steinernen Tunnelboden traf. «Das hat Spaß gemacht», bemerkte Kischote hinter ihm.

Das Mädchen führte sie durch niedrige Bogengänge, in denen es nach Erde, Gräbern und schimmliger Fäulnis roch. Barak zerriß sich das Hemd, als er ihr durch ein Loch in einer halb eingestürzten Mauer nachkroch. Eine schwere, hölzerne Barriere voller Moder und Spinnweben versperrte ihnen beinahe den Weg. Das Mädchen und Kischote schlängelten sich durch eine schmale Öffnung, aber Barak konnte sich nur mit Mühe durchwinden. Endlich kletterten sie über brüchige und von Geröll übersäte Stufen und traten in die kühle, rauchige Nacht; ringsum Trümmer, Abfälle, das Rattern von Handfeuerwaffen und aufblitzende Flammen. Sie folgten Schaijna durch krumme Gassen bis zu einem eisigen Untergeschoß aus rohem, staubigem Zement, wo ein unrasierter junger Mann in einem zerrissenen Pullover im Licht einer Kerosinlampe vor einem Stadtplan saß und Eintragungen machte. «Keine Ahnung, wo Motti ist», sagte er und blickte Barak aus gehetzten, schwarzumränderten Augen an. «Vielleicht im Krankenhaus. Fragen Sie nebenan.»

Im anliegenden Keller hockten Halbwüchsige im Kreis bei Kerzenlicht und stopften gelbes Plastik in Blechdosen. Barak hatte selbst eine Menge dieser hausgemachten Granaten produziert, und der saure Gelatinegeruch weckte Kindheitserinnerungen in ihm ...

... an Jugendliche, die zur Sommerzeit in Mischmar Ha'emek, dem Kibbuz Sam Pasternaks, bei Kerzenlicht auf dem Heuboden saßen und Granaten fabrizierten, die sogenannten «Granatäpfel», während draußen ein Mädchen am Zaun entlangschlenderte und nach englischen Soldaten Ausschau hielt. Eine angstvolle, aufregende Zeit! Sam pflegte morbide Scherze zu machen und malte ihnen aus, wie sie alle in die Luft gehen würden, bis der humorlose Jugendgruppenleiter die Geduld verlor und ihn anfuhr: «Diese Granatäpfel sind kein Witz, Pasternak, sie sollen dazu dienen, Araber zu töten, und das ist eine ernsthafte Angelegenheit!» Sam war eine Art Einzelgänger im Kibbuz, ein Tscheche unter den zumeist polnischen Kindern, und der Leiter konnte ihn nicht ausstehen, weil er eine «bürgerliche» Schule in Tel Aviv besuchte. Wahrscheinlich hatte er deshalb Barak in den Kibbuz eingeladen, als sie wirklich gute Freunde geworden waren ...

«Schoschana, Schoschana, Schoschana!» Das Mädchen sang draußen sehr laut, und die beliebte Walzermelodie löste allgemeine Geschäftigkeit aus, bis das ganze Zeug im Heu versteckt war, so daß die Soldaten die Kinder vor der Scheune an einem Lagerfeuer

vorfanden, einige essend, andere singend oder zu den Klängen einer Ziehharmonika tanzend ...

Barak wandte sich an den Grünschnabel mit dem spärlichen Ziegenbärtchen, der offenbar die Gruppe leitete, und fragte ihn: «Wo ist Motti?»

«Wie ich zuletzt hörte, ist er zur Hurva gegangen.»

Draußen beobachteten Schaijna und Kischote, wie die Geschosse über den rauchigen, nebligen Himmel zischten. «Hurva? B'seder», sagte Schaijna und führte sie durch den beißenden Rauch zur majestätischen Hauptsynagoge, in deren Inneres sich eine große Anzahl frommer Armer geflüchtet hatte. Mütter bemühten sich, ihre weinenden Babys zu besänftigen, bärtige Männer mit langen Schläfenlocken saßen über Bücher gebeugt, und eine Gruppe von Männern saß im Kreis bei Kerzenlicht und rezitierte Psalmen im alten Singsang. Überall im Halbdunkel sah man kreidebleiche Gesichter, weiß vor Schrecken oder Apathie.

Ein blutjunger Soldat an der Tür erklärte Barak, daß Motti in einer Beratung im Beit-Midrasch, im Studiensaal, sei.

«Was machen all die Leute hier?»

«Ach, die strömen herein, sowie geschossen wird. Es ist verrückt. Ein Volltreffer auf dem Dach genügt, und sie sind alle tot. Sie wären viel sicherer in ihren eigenen Kellern. Aber nein, sie rennen hierher.»

Ein paar ältere Zivilisten kamen aus dem Studiensaal, und Barak trat ein. Im Saal, an dessen Wänden sich die großen Talmudbände aneinanderreihten, saß Motti Pinkus ganz allein an einem langen Tisch, das Gesicht in die Hände vergraben. Er blickte auf, und der Ausdruck stumpfer Verzweiflung auf seinem stoppligen Gesicht wich dem einer lebhaften Überraschung. «Zev Barak! Elohim, habt ihr den Durchbruch geschafft? Wo sind die Truppen?»

Barak erzählte dem verrußten Führer, wie und warum er gekommen war. Pinkus reagierte sofort auf die Nachricht über Marcus. «Tatsächlich ein Amerikaner? Ein Oberst aus West Point? Ich hoffe nur, daß es nicht schon zu spät ist.»

«Motti, du hast auf die dringlichen Signale der Kommandantur von Jerusalem nicht geantwortet. Warum nicht?»

«Rede mir nicht von diesen Hunden! Diesen Schweinen!» Pinkus schlug mit der Faust auf den Tisch und knirschte mit den Zähnen. «Lügner! Feiglinge! Heuchlerische Versprechungen, und was geschieht? Nichts!» Er zeigte mit dem Arm zur Wand. «Ein paar hundert Meter von hier, Zev – direkt vor dem Zionstor – sitzen die Palmachniks auf ihrem fetten Arsch! In Sicherheit, frisch und munter auf dem Zionsberg! Sie rückten an, brachten ein bißchen lausigen Nachschub mit und zogen wieder ab! Wir sitzen hier und kämpfen, um ein Massaker zu verhindern, und von hunderttausend Juden kann das Oberkommando von Jerusalem uns nicht einmal einen Zug Soldaten zur Verstärkung schicken! Das Krankenhaus ist überfüllt mit unseren Jungs, und die Ärzte bringen die übrigen in der Synagoge nebenan unter. Es ist entsetzlich! Zev, in diesen engen Gassen könnten fünfundzwanzig kräftige Burschen soviel wie ein ganzes Bataillon ausrichten, aber wenn keine Verstärkung kommt, sind wir erledigt!»

«Warum? Wie viele kampffähige Soldaten hast du noch?»

«Das weiß ich schon selbst nicht mehr. Ich habe den Überblick verloren. Die Verwundeten kehren auf ihren Posten zurück. Sehr tüchtige Kämpfer, Hagana und Irgun, insgesamt vielleicht sechzig. Auch Mädchen dabei. Sie sind alle erschöpft, und trotzdem ...»

Barak wußte, daß die Verteidiger zahlenmäßig schwach waren, aber das erstaunte ihn dann doch. «Was? Sechzig? Gegen die Arabische Legion?»

«Schau, Zev, wenn diese Araber einmal eine Straße besetzt haben – und das gilt auch für die Legionäre –, dann hält sie nichts mehr zusammen. Sie fangen zu plündern an, setzen Häuser in Brand, tanzen und schreien. Keine Disziplin. Wir formieren uns neu, verschanzen uns in neuen MG-Stellungen. Manchmal schaffen wir sogar einen Gegenangriff. Jede Straße, die sie einnehmen, kommt sie teuer zu stehen.»

«Könnt ihr bis morgen abend durchhalten?»

Pinkus streckte die Hände empor. «Wer weiß? Essen und Wasser müßten reichen. Munition haben wir auch noch ein bißchen. Das Problem ist die Artillerie, Zev, die schweren Einschläge. Das macht diese armen Zivilisten verrückt. Sie geraten in Panik, rennen überall herum, machen eine Menge Ärger, bestechen, hamstern, bitten um Gefälligkeiten …»

«Ist irgendwie von Kapitulation die Rede?»

«Ob davon die Rede ist? Hast du die Ratsmitglieder herausgehen sehen? Sie sind bereit, die weiße Flagge zu hissen und sich dem Roten Kreuz anzuvertrauen. Dafür haben sie gestimmt! Aber ich habe mein Veto eingelegt und bin verdammt hart geworden. Ich schieße nicht gern auf Juden, aber ich muß es vielleicht tun, falls ich noch lange durchhalten soll. Manche von diesen *haredim* [Strenggläubigen] waren in Ordnung und haben uns unterstützt, aber die anderen …» Pinkus stand stöhnend auf und schüttelte den Kopf. «Hast du Kobi Katz gekannt? Wir sind zusammen aufgewachsen. Einer der Besten, und er ist gerade gefallen.»

«Ich kannte ihn, Motti. Es tut mir leid.»

«Ich muß jetzt» – Pinkus' Stimme versagte – «seinen Posten einnehmen. Komm mit.»

Barak schickte Schaijna in den Keller des Befehlsstands zurück, während er und Kischote Motti Pinkus in eine Gasse folgten, wo etwa ein Dutzend Jungen und Mädchen in zerlumpten Uniformen hinter einer Barrikade aus Möbeln und Schutt hockten. Jenseits der Barrikade erkannte Barak die kleine Synagoge, in der er an den Feiertagen mit Reb Schmuel getanzt hatte. «Wir wissen, wo der Heckenschütze ist, der Kobi umgelegt hat», sagte ein Halbwüchsiger in einem zerschlissenen, englischen Drillichanzug, der neben einem Haufen von Blechdosengranaten saß. «Wir haben versucht, hier durchzukommen, und wir hätten den ganzen Sektor befreien können, wenn es uns gelungen wäre. Aber Kobi ging wie immer als erster, und da hat dieses Schwein da oben ihn abgeknallt. Wir mußten ihn zurücktragen.» Er zeigte auf das Dach der Synagoge. «Zu weit weg für einen Granatenwurf. Wir haben es probiert. Es liegt an der Art, wie die Gasse sich krümmt.»

Pinkus und Barak starrten auf das Dach der Synagoge, als zwei Blechdosen über ihre Köpfe flogen. Die eine fiel auf die Straße, die andere schlug an eine Mauer; beide explodierten flammend und mit lautem Getöse.

«Was zum Teufel! …» rief Barak, drehte sich um und sah gerade noch rechtzeitig, wie Kischote nach einer dritten Blechdose griff und sie von sich schleuderte. Sie wirbelte mehrmals herum, war deutlich sichtbar in der feurigen Luft und landete krachend auf dem Synagogendach. Ein Maschinengewehr polterte hinunter und landete auf der Straße. «Er hat ihn erwischt! Er hat ihn erwischt!» schrien die Mädchen.

Der Soldat in Uniform starrte Kischote an. «Wer bist du? Und wie heißt du?»

«Jossi.»

Der Soldat klopfte ihm auf den Rücken, wandte sich den anderen zu und rief: «Mir nach!» Er schlich an der Mauer entlang. Die Einheit folgte ihm, während ein Mädchen die Granaten in einem Sack verstaute. «Den nehme ich», sagte Kischote und ergriff den Sack.

«Laß ihn bloß nicht fallen», sagte sie. «Sonst gibt es einen Heidenlärm.»

«Kischote, wo willst du hin? Komm zurück!» brüllte Barak.

Winkend und grinsend bog Kischote um die Ecke und verschwand im Dunkel und dem schwelenden Rauch.

Pinkus fragte: «Ist der Junge dein Bursche? Willst du ihn zurück?»

«Ach, er scheint sehr gern zu kämpfen.» Barak zuckte die Schultern und schüttelte den Kopf. «Also laß ihn!»

«Gut. Ich gehe wieder ins Loch.»

«Motti, ich verabschiede mich. Ich muß noch heute abend dem amerikanischen Oberst über alles berichten. Hör mir zu, *verzweifle nicht!* Morgen abend um diese Zeit wird die Legion alle Hände voll zu tun haben. Die ahnen ja nicht, was ihnen noch bevorsteht!»

Pinkus musterte ihn mit Bitterkeit und Skepsis. «Mag sein. Jedenfalls hast du jetzt gesehen, wie unsere jungen Leute kämpfen. Das Problem sind die Zivilisten, Zev. Ich werde mein Bestes versuchen, um sie auf Trab zu halten.»

«Nur noch einen Tag, Motti.» Barak schlang seinen gesunden Arm um Mottis Schulter und drückte ihn an sich. «Vierundzwanzig Stunden.»

«Ich kann nichts versprechen. Ich tue, was ich kann.»

Draußen in der Dunkelheit vor dem Befehlsstandkeller fragte ihn Schaijna: «Wo ist dieser lange, dürre Narr mit der Brille hin?»

«Er hat sich mit ein paar Soldaten davongemacht, um zu kämpfen.»

Das Mädchen sagte: «Er ist noch närrischer, als ich dachte.» Damit rannte sie los, und Barak eilte ihr nach.

Als hinter dem scheibenlosen Fenster der Morgen anbrach, stand Barak, immer noch in Uniform, auf. Nakhama wäre außer sich, wenn sie sehen könnte, in welchem Zustand die Wohnung war, sagte er sich. Glasscherben und hereingewehte Abfälle häuften sich über mehreren Schichten von Gipsstaub auf dem Fußboden. Kein elektrischer Strom, kein fließendes Wasser, kein Gas; entsetzlich, und doch hatten sie noch Glück gehabt. Auf der anderen Straßenseite war eine ganze Hausmauer eingestürzt, und zertrümmerte Möbel lagen auf dem Gehsteig oder hingen halb aus den zerbombten Zimmern.

Zum Schlafen war er kaum gekommen. Visionen von Metzeleien in der brennenden Altstadt und die Sorge um den verrückten Don Kischote hatten ihn wachgehalten, und das Getöse einschlagender Granaten hatte ihn jedesmal aufgeschreckt, wenn er gerade eingedöst war. Hatte Kischote die Nacht überlebt? Ein solcher Kampfgeist bei einem polnischen Flüchtlingskind! Ben Gurion hatte bezüglich der Einwanderer aus Zypern ganz recht gehabt. Im Augenblick, da sie den Boden des Heiligen Landes betreten hatten, war etwas mit ihnen geschehen.

Ein rasches, hartes Pochen an der Tür riß ihn aus seinen Träumereien. Er machte auf, und der seit zweitausend Jahren erste General der Juden stand vor ihm, barhäuptig, immer noch im zerknitterten Khakihemd und Shorts, mit einer zusammengerollten Geländekarte unter dem Arm. «Hallo! Ist die Sitzung einberufen?»

«Jawohl Sir, um sieben Uhr dreißig, im Hagana-Hauptquartier.»

«Ausgezeichnet. Es war ein herrlicher Flug hierher, in einem Zweisitzer, gerade mal ein Flohhüpfer!» Marcus rollte die Karte auf, breitete sie auf dem staubigen Tisch aus, wobei er Glassplitter zur Seite schob. «Wie ich sehe, haben Sie also eine Bombe abbekommen. Ganz Jerusalem ist verdammt hart mitgenommen, Zev. Bricht einem das Herz, wenn man es von der Luft aus sieht. Und nun zur Sache: Yadin lobt Sie für Ihren Erkundungsstreifzug ins Jüdische Viertel, und ich schließe mich ihm an. Gute Arbeit! Und jetzt schauen Sie her und sagen mir Ihre Meinung.»

Während Marcus sprach, betrachtete Barak die Karte, und sofort überkamen ihn starke Zweifel am Gelingen des Plans, eines Lehrbuchunternehmens, das die Umzingelung der gesamten Altstadt zum Ziel hatte, was den Einsatz zahlreicher Truppen erforderte und zu schweren Verlusten an Menschenleben führen konnte. Ihm wäre ein direkter Durchbruch am Zionstor, also kaum hundert Meter vom Jüdischen Viertel entfernt, lieber gewesen.

«Haben Sie etwas dazu zu bemerken?»

«Nein, Sir.» In diesem späten Stadium seine Meinung zu äußern, konnte den Plan auch nicht mehr verbessern, geschweige denn, ihn rückgängig machen.

«Gut. Ich habe B. G. bezüglich der Umgehungsstraße umgestimmt, Zev. Er ist jetzt dafür. Die Siebte Brigade hat die von Ihnen bestimmten Dörfer auf der Anhöhe eingenommen, und der nächste Angriff auf Latrun konkretisiert sich. Die Dinge kommen wirklich in Bewegung.»

Als sie auf die Straße hinaustraten, blieb Marcus vor einem von der Sonne beschienenen Anschlagbrett stehen, auf dem frische Plakate behelfsmäßig auf ältere Bekanntmachungen gekleistert waren. «Ich kann mich kaum noch an das bißchen Hebräisch erinnern, das ich für meine Bar Mizwa gelernt hatte», sagte er, «und das ist verdammt frustrierend. Sagen Sie mir doch bitte, was auf diesen Plakaten steht.»

Barak begann mit der schwarz umränderten Liste der in der vergangenen Woche gefallenen Hagana-Soldaten. Auf dem Plakat daneben kündigte der Militärgouverneur weitere Einschränkungen in der Lebensmittel- und Wasserversorgung an; und in großen Blockbuchstaben mit einer Menge Ausrufezeichen drohte er den Hamsterern und Kriegsgewinnlern mit schweren Strafen. Auf dem Rest waren politische Aufrufe der Parteien zu lesen, die sich gegenseitig der Feigheit oder selbstmörderischer Vorhaben beschuldigten.

Ein letztes Plakat kündigte ein Kammermusikkonzert des «Städtischen Notstandsrats für Kultur» an.

Das letzte entlockte Marcus ein trockenes Lachen. «Das finde ich sehr erfrischend. Kultur unter allen Umständen, was sagt man dazu! Das ganze Gulasch ist typisch israelisch, nicht wahr? Hauptsächlich Politik und mit viel scharfem Pfeffer gewürzt.»

«In unserer Politik schmeckt alles so!»

Sie stiegen in einen schmutzigen Kübelwagen, der hinter Baraks Jeep parkte. Es waren die beiden einzigen Fahrzeuge auf der verlassenen Straße. Marcus sagte: «Fahren wir zuerst zum King-David-Hotel, und sehen wir, ob wir dort ein bißchen Cognac auftreiben können.»

«Es ist geschlossen, Sir.»

«Ich weiß, aber ein paar Mann machen noch Dienst. Nur ein kurzer Halt zum Auftanken. Ich war die ganze Nacht auf den Beinen.»

Die Hotelhalle war leer, die Möbel mit weißen Tüchern abgedeckt. Barak fand schließlich einen Kellner in Hemdsärmeln, der die Brauen runzelte, dann aber Marcus ein Glas Cognac und Barak eine Tasse lauwarmen Ersatzkaffee brachte. Sie gingen auf die Terrasse zum Trinken. Rauch stieg über den Mauern der Altstadt auf, und das Geratter von Handfeuerwaffen hallte über die Schlucht.

«Mein Gott», sagte Marcus, «Jerusalem ist so schön – und eignet sich so verdammt gut für eine Belagerung.»

«Das ist seit undenklichen Zeiten so», sagte Barak. «Seit Sanherib. Und ich werde nie anderswo leben.»

«Dieses Viertel dort» – Marcus schwenkte sein Cognacglas in die Richtung des Rauchs – «ist das jüdische Alamo. Haben Sie von Alamo gehört?»

«Texas», sagte Barak. «Der Vorposten, der bis auf den letzten Mann niedergemetzelt wurde.»

«Genau. In West Point diskutierten wir oft darüber, ob es Heldenmut oder Wahnsinn war, diese Stellung halten zu wollen. Alamo war militärisch unhaltbar. Das gleiche gilt für das Jüdische Viertel. Aber der Chef will aus politischen Gründen, daß wir es halten, und damit hat es sich. Also gehen wir.»

Stabsoffiziere drängten sich im Strategiezentrum des Hauptquartiers von Jerusalem. Während Barak den von Marcus entworfenen Angriffsplan Wort für Wort übersetzte und anhand der Geländekarte erläuterte, blickten sie auf, hüstelten und scharrten mit den Füßen. Ein Offizier mit grauen Strähnen im Haar bemerkte in einem zögernden Englisch, daß die Hagana seit langem genau ein derartiges Unternehmen befürwortet hatte, aber leider ohne Erfolg, da die anderen Truppenverbände sich nicht entschließen konnten. Ein Brigadekommandant der Palmach protestierte hastig auf hebräisch, ein Offizier des Irgun hob die Stimme, um die Hagana zu beschuldigen, und die Versammlung geriet außer Kontrolle, als eine Frau in Uniform mit einer zerknüllten Depesche hereinstürmte und diese dem Kommandanten der Hagana überreichte. Er las den hebräischen Wortlaut mit erstickter Stimme vor. Alles schwieg. Überall sah man bestürzte Gesichter. Marcus bat Barak zu übersetzen. «Das Jüdische Viertel ergibt sich», sagte Barak.

«Wer hat diese Depesche unterschrieben?» fragte Marcus kühl. «Und was steht sonst noch darin?»

Barak nahm die Depesche und übersetzte sie Wort für Wort. Motti Pinkus meldete, daß eine Delegation von Zivilisten mit seiner widerstrebenden Genehmigung heute früh das Rote Kreuz ersucht habe, die Kapitulationsbedingungen der Araber zu erkunden. Die von der Jerusalemer Kommandantur versprochene Hilfe sei zu lange ausgeblieben. Das in letzter Minute gemachte Angebot, Munition mit Fallschirmen abzuwerfen, sei völlig nutzlos. *«Es ist niemand mehr da, der die Munition verwenden könnte.»* Die Delegation würde das Jüdische Viertel im Schutze einer weißen Flagge um neun Uhr dreißig vormittags verlassen, um sich am Zionstor mit dem Roten Kreuz und den Arabern zu treffen.

Marcus schaute auf seine Uhr. «Das ist in fünfzehn Minuten.» Schroff zeigte er auf seine Geländekarte: «Die Befreiung des Viertels ist abgesagt.»

«Mein Posten ist auf dem Zionsberg, Herr Oberst», sagte ein untersetzter Palmach-Offizier. «Sie können mich begleiten, wenn Sie wollen.»

«Das will ich», sagte Marcus.

Vom Dach eines Klosters aus beobachtete eine grimmig dreinblickende Gruppe von Offizieren und Zivilisten, wie die Delegation unter einem an zwei Stangen befestigten, schmutzigen weißen Tuch das Jüdische Viertel verließ und sich zum Zionstor begab. Hermann Loeb berührte Baraks Ellbogen und murmelte: «Ich stand auf einem Hügel und sah, wie die Leute von Etzion abgeschlachtet wurden. Und jetzt muß ich das hier mitansehen.»

Arabische Soldaten traten aus dem Schatten des Zionstors und führten die Delegation außer Sichtweite. Die Leute auf dem Dach verstreuten sich wie Teilnehmer an einer Beerdigung, ohne ein Lächeln und mit knappen Worten. Als sie die ausgetretenen Steinstufen hinabstiegen, sagte Marcus zu Barak: «Nun, das war's also. Wahrscheinlich werden wir jetzt zu einem überstürzten Waffenstillstand gedrängt. Und das bedeutet, daß sowohl Latrun als auch die Umgehungsstraße zu Fragen geworden sind, bei denen es um Leben und Tod geht. Ich fliege nach Tel Aviv zurück. Sie bleiben hier und halten die Verbindung mit dem Jerusalemer Hauptquartier aufrecht. Bringen Sie mich zum Flugfeld.»

Unterwegs hatte Barak alle Mühe, sich auf Marcus' rasche Anweisungen bezüglich der Verteidigung Jerusalems zu konzentrieren. Das Jüdische Viertel verloren! Motti Pinkus und all die völlig erschöpften jungen Kämpfer der nächtlichen Scharmützel marschierten in die Gefangenschaft, wenn die Araber sie nicht bereits niedermähten, ihnen die Kehle aufschlitzten, wie sie es trotz der weißen Flagge nach der Übergabe von Etzion getan hatten! Und dieser arme, hirnverbrannte Kischote war auch darunter, weil er, Barak, ihn mitgebracht und dort zurückgelassen hatte! Darüber weiter nachzudenken überstieg das Maß des Erträglichen.

Als der Kübelwagen ihn nach Hause brachte und hinter seinem Jeep anhielt, war Barak in eine Verzweiflung versunken wie seit der Unabhängigkeitserklärung nicht mehr. Einige der klügsten Zionisten hatten sich gegen die Erklärung ausgesprochen. Der amerikanische Staatssekretär General Marshall hatte Ben Gurion dringend vor diesem entscheidenden Schritt gewarnt. Sollte Ben Gurion das bereits durch die Nazimassaker dezimierte jüdische Volk auf einen letzten selbstmörderischen Irrweg geführt haben?

Ein Soldat war auf den Rücksitz des Jeeps gekrochen und dort fest eingeschlafen. Das war an sich nichts Ungewöhnliches, aber als Barak ihn aufwecken wollte, traute er seinen Augen nicht. Die schlammverkrustete Gestalt mit dem zerschürften und blutigen Gesicht und einer kleinen Stablampe, die ihm aus der Tasche ragte – war Don Kischote.

4
Mehl für Jerusalem

Wo FAHREN WIR HIN, Sir?» fragte Kischote.

«Kümmere dich ums Fahren», antwortete Barak gereizt und blinzelte in die Nachmittagssonne. «Ich sage es dir dann schon.»

«Jawohl, Sir.»

Ob Don Kischote nun wirklich in Zypern ein Müllauto gefahren hatte oder nicht – und Barak kannte seinen Hang zur Aufschneiderei –, jedenfalls kam er mit dem Jeep ganz gut zurecht, als sie die geteerte Straße entlangrollten. Im Lauf der letzten Tage, das heißt seit der beschwerlichen Kriecherei durch die Tunnels zur Altstadt, hatte sich Baraks Wunde unter dem Gipsverband wieder entzündet, und der Juckreiz war so unerträglich geworden, daß er Kischote das Steuer überlassen hatte, während er selbst seinen Ellbogen mit dem gesunden Arm hielt und sich bemühte, nicht daran zu denken. Außer den Lastwagen der Armee gab es so gut wie keinen Verkehr, und Kischotes Überholmanöver waren zwar riskant, aber nicht allzu gefährlich. Marcus hatte Barak nach Hulda bestellt, wo er den zweiten Angriff auf Latrun vorbereitete; und anstatt von Jerusalem in einem Piper-Leichtflugzeug zu fliegen, hatte Barak beschlossen, die Umgehungsstraße zu benutzen, um zu sehen, was dort im Gange war. Die Maultierkarawanen waren bereits im Einsatz, das wußte er, aber bisher noch keine Fahrzeuge.

«Kischote, um Gottes willen!»

«Tut mir leid, Sir.» Kischote riß das Steuer zur Seite und vermied mit knapper Not einen Zusammenstoß mit einem Tankwagen, dem unmittelbar ein Laster voller Soldaten folgte.

«Schluß damit! Wir haben keine Eile. Verstanden?»

«Verstanden, Sir.» Ein unbeeindrucktes Grinsen.

Dieser Junge ist ein Original, sagte sich Barak. Es fehlte ihm gewiß nicht an Frechheit und Erfindungsgabe. Eine Stablampe aus einem belagerten Krankenhaus zu klauen, war bestimmt keine fromme Tat (Kischote behauptete, er habe sie «auf dem Boden gefunden»), aber es zeugte von rücksichtsloser Unverfrorenheit; und zudem hatte er sich offenbar genau gemerkt, wie Schaijna in jener Nacht durch die Zisterne geschlichen war, um sich zurücktasten zu können. Barak nahm sich vor, Kischote in irgendeiner ihm unterstehenden Kompanie zum Truppführer zu machen und ihn dann rasch zum Zugführer zu befördern. Falls er sich nicht vorzeitig abknallen ließ, konnte durchaus etwas aus ihm werden.

Die Sonne war untergegangen, als sie bei einer Ansammlung geparkter Lastwagen auf der Hartuv-Straße hielten, wo die Umgehungsstraße abzweigte. Hier wurden die Säcke und Kisten der stampfenden und wiehernden Maultiere im schwindenden Zwielicht abgeladen und unter viel Geschrei und Flüchen von den Fahrern und Trägern in die Lastwagen gehievt. «Die Arbeit ist nicht schlecht», bemerkte ein stämmiger Armeefahrer mit Backenbart, mit dem Barak sprach. «Die Maultierleute bringen uns Zigaretten, manchmal auch einen guten Tropfen für den Durst...»

«Und Essen für die Kinder», sagte ein anderer. «Sardinen, Käse...»

Ein dritter fügte hinzu: «Ja, da unten in Tel Aviv leben sie in Saus und Braus, während wir hier verhungern und ausgebombt werden. Und wo ist Ben Gurion? Nicht in Jerusalem!»

Solange der Himmel noch nicht ganz dunkel war, folgte Kischote den Spuren der Maultiere, und dann knipste er die schwachen Standlichter an. Der Jeep schlingerte und holperte voran, was Baraks Ellbogen nicht gerade guttat. Bald kamen sie an erstaunlich vielen klappernden und schnaufenden Straßenbaumaschinen vorbei, die sich über eine Distanz von etwa zwei Kilometern unter dichten Staubwolken und im kaum sichtbaren Licht einiger Kerosinlampen erstreckten. Schwer beladene Maulesel trotteten mühsam den Pfad hinauf, aber auch brüllende Viehherden, die so viel Staub aufwirbelten, daß Kischote manchmal halten oder über Geröll und Felsspalten in das pistenlose Wadi ausweichen mußte.

Es war eine beschwerliche, endlos lange, scheußliche Fahrt, und Barak hatte alle Muße, darüber nachzudenken und sich zu fragen, ob das gewaltige Straßenbauprojekt sich nicht letzten Endes als erbärmliche, nutzlos verschwendete Mühe erweisen würde. Was auch immer Ben Gurions militärische Fehlleistungen sein mochten, sein politischer Instinkt war unbestreitbar. König Abdullah von Transjordanien hatte bereits verkündet, daß er an einem Waffenstillstand interessiert sei. Und warum auch nicht? Mit der Altstadt in seinen Händen, Jerusalem von seiner Arabischen Legion umzingelt, war er jetzt praktisch der Gewinner dieses Krieges. Die Supermächte hatten lange auf einen Waffenstillstand gedrängt, und wenn die anderen arabischen Regierungen auch bisher noch keine Einigung darüber erzielt hatten, blieb den Israelis verdammt wenig Zeit, Jerusalem zu retten.

In der Ferne, jenseits des Bergkamms, der Latrun vor den Blicken verbarg, ertönte gelegentlich Kanonendonner, und wenn der Staub sich legte, sah man die Blitze der Explosionen – Sperrfeuer der Artillerie kurz vor dem Angriff. Die Siebte Brigade verfügte jetzt über Haubitzen, mehr gepanzerte Fahrzeuge, Flammenwerfer und Mörser. Die Einwandererrekruten hatten den Kampf hautnah erlebt und waren etwa eine Woche lang einem harten Drill unterzogen worden. Vielleicht klappte es also dieses Mal! Aber Marcus' Plan war im wesentlichen nur eine Wiederholung des ersten, fehlgeschlagenen Unternehmens, mit Ausnahme eines Ablenkungsangriffs hinter Latrun, für den ein kampferprobtes und von der ägyptischen Front abgezogenes Givati-Bataillon eingesetzt werden sollte. Barak sah all dem nicht sehr hoffnungsvoll entgegen. Der Befehl, *«aufs neue und sofort»* anzugreifen, war ein politischer Beschluß, und er mußte ausgeführt werden, ganz gleich, welche militärischen Mittel zur Zeit aufgeboten werden konnten.

Endlich ragte die steile Steigung am anderen Ende verschwommen vor ihnen auf wie eine schwarze Felsenklippe. Eine Gestalt mit einer Lampe trat aus dem wirbelnden Staub der dröhnenden Bulldozer hervor. «Ist das Zev?»

«Ich bin Zev.»

«Gut. Ich nehme das Steuer.» Er lenkte den Jeep ein paar Meter nach rechts und hielt an.

«Und was jetzt?» fragte Barak.

«*Rega* [Einen Augenblick].» Damit verschwand er in einer dichten Staubwolke. Barak und Kischote warteten hustend. Drei dunkle Gestalten kamen auf sie zu. Zwei begannen, sich an der Vorderachse des Jeeps zu schaffen zu machen. «Ihr werdet mit einer Winde nach oben gezogen», sagte der mit der Lampe. «Kein Problem. Bleibt ruhig sitzen. Hauptsache ist ... ach, es geht schon los.»

Mit einem Ruck sprang der Jeep nach vorn, bäumte sich heftig auf, bis die Räder kaum noch den Boden berührten. Über ihnen quietschte und ächzte ein Kabel, eine Winde kreischte, während sie mit holprigen Stößen den felsigen Abhang nach oben schlingerten. Als sie über den Staubwolken waren, wurde eine doppelte Kolonne sichtbar, Männer, die im Mondlicht schwere Säcke auf dem Serpentinenpfad nach unten schleppten. Einige trugen Gewehre, andere schwach leuchtende Lampen. Die Winde setzte den Jeep am Boden ab und verstummte mit einem letzten Stöhnen. Sam Pasternak stand völlig verschmutzt und grinsend an der Kabeltrommel. «Na, Zev, was sagst du zu dieser Straße? Ein Fortschritt, was?»

«Unglaublich. Wird der Angriff wie geplant stattfinden?»

«Auf die Sekunde. Um Mitternacht geht es los. Alles unverändert.» Er zeigte auf die Reihen der unter ihren Lasten gebeugten Männer. «Ich schaue nur mal nach diesen Leuten.»

«Mehl?»

«Fünfzig Pfund pro Sack. Das war meine Idee. Zweihundert Mann, zwei Gänge pro Mann, jede Nacht zehn Tonnen Mehl nach Jerusalem. Immerhin etwas.»

«Großartig, Sam. Soldaten oder Zivilisten?»

«Meist Zivilisten. Freiwillige.»

«Kischote», sagte Barak. «Schließe dich ihnen an und trage Mehl. Bei Tagesanbruch gehst du in meine Wohnung zurück und wartest.»

«*B'seder*, Sir.» Er klang alles andere als begeistert. «Ich melde mich freiwillig.» Kischote kletterte aus dem Jeep und trottete auf die vor einem Lastwagen wartenden Leute zu, die der Reihe nach die Mehlsäcke zu Tal tragen sollten.

«Konntet ihr da unten viel von den Straßenarbeiten sehen?» fragte Pasternak.

«In dieser Dunkelheit und mit all dem Staub nicht sehr viel.»

«Also, es ist schon unglaublich! Fünfhundert Straßenarbeiter und Steinschneider schuften wie die Irren, Zev, und alle Bulldozer- und Dampfwalzenfahrer im Land! Wir haben auch eine Menge Patrouillen postiert, um arabische Schnüffler fernzuhalten. Bei Gott, ich bin überzeugt, daß die Legion noch keine Ahnung hat, was hier vorgeht.»

«Wie lange wird es noch dauern, bis die Lastwagenkonvois durchfahren können?»

«Vielleicht eine Woche.»

«Ich bezweifle, daß uns noch eine Woche bleibt.»

«Wer kann das schon sagen?» Pasternaks Hochgefühl sank empfindlich. «Schließlich könnte Abdullah den Waffenstillstand immer noch abblasen, falls wir heute nacht Latrun einnehmen. Meinst du nicht auch?»

«Wo ist Oberst Stone?»

«In Hulda, wo er dich erwartet. Gehen wir. Ich fahre.» Pasternak führte ihn durch ein Durcheinander von Lastwagen bis zu einem Jeep mit Funkanlage, in dem Yael Luria am Funkgerät saß. Sie nahm ihren Kopfhörer ab, und Pasternak rief ihr zu: «Komm mit.»

Sie nickte und fragte Barak: «Wo ist denn dein Lieblingsidiot Kischote?»

«Der schleppt Mehl nach Jerusalem.»

Sie brach in schallendes Gelächter aus.

«Zev, was ist mit dem Jüdischen Viertel geschehen, seit es gefallen ist?» wollte Pasternak wissen, als sie losfuhren. «Wir bekommen hier überhaupt nichts mit.»

«Nun, in gewisser Hinsicht sieht es ein bißchen besser aus, als wir befürchtet hatten. Sie plündern natürlich die Häuser und sprengen die Synagogen. Ich habe vom Zionsberg aus gesehen, wie die Hurva-

Synagoge in die Luft flog. Bei Gott, sie haben dem Bau eine Dynamitladung verpaßt, die für eine ganze Pyramide gereicht hätte! Der Boden zitterte unter meinen Füßen wie bei einem Erdbeben, und dann ...»

«Und inwiefern ist es dann besser, in Gottes Namen?»

«Laß mich doch ausreden! Kurz bevor ich fortging, traf ich mich mit der Delegierten vom Roten Kreuz. Eine nette, grauhaarige Dame. Belgierin. Ihr Bericht war durchaus ermutigend.»

Vor allem, so betonte Barak, war es zu keinerlei Massaker gekommen. Die britischen Offiziere der Legion hatten dafür gesorgt, daß die Zivilbevölkerung unbeschadet in ein in der Nähe liegendes Dorf evakuiert werden konnte und daß die überlebenden Kämpfer strikt gemäß der Genfer Konvention behandelt wurden. Die Frau hatte erzählt, der Kommandeur der Legion sei über die geringe Zahl, die Jugend und die schlechte Bewaffnung der Verteidiger erstaunt gewesen, und er habe gesagt: *«Wenn wir das gewußt hätten, wären wir mit Stöcken und Steinen gegen sie vorgegangen.»*

«Ich würde ihnen raten, diese Kinder gut zu behandeln», knurrte Pasternak. «Wir haben nämlich auch Gefangene. Und verdammt mehr als sie.»

«Was hat eigentlich Yael Luria hier zu suchen, Sam?»

«Mein Funker wurde krank, und da habe ich Yael eingesetzt», antwortete Pasternak mit einem Seitenblick. «Ein schlaues Mädchen. Schnell von Begriff.»

«Zu schlau.»

«Hast du zufällig meinen Schwiegervater gesehen?»

«Ja. Ihn zuallererst. Er organisiert dort die Lebensmittelversorgung wie ein wahrer Jecke. Disziplin. *Befehl!*»

«Hermann ist schon in Ordnung. Ruthie war das Problem», sagte Pasternak mit einer Grimasse. «Eine Jeckenfrau.» Aus der Richtung von Latrun flammten helle Blitze auf, denen Sekunden später rollendes Krachen folgte. «Zev, unsere neuen Artilleriemannschaften sind gut. Dieses Mal haben wir eine Chance.»

Um sich in dem erstickenden Staubnebel nicht zu verirren, ließ Don Kischote den vor ihm wippenden Sack nicht aus den Augen. Der seine war schlecht befestigt, und die scheuernden Riemen rieben ihm die Schultern wund, aber die Anstrengung, der rinnende Schweiß und der langsame Trott machten ihm nicht viel aus. Schließlich schleppte er doch Brot in das belagerte Jerusalem, wie der kleine, stämmige Grauhaarige vor ihm, und warum sollte er weniger schaffen als ein so alter Mann? Die Straßenarbeiter, an denen sie vorbeikamen, feuerten sie mit derben Scherzen an. An einem Wasserwagen unterwegs trank er aus großen Blechnäpfen und soviel, wie er wollte. Noch nie, nicht einmal im schlimmsten Durchgangslager, hatte Wasser so köstlich geschmeckt.

Zu Fuß sah er viel mehr als zuvor im Jeep. Noch vor einer Woche war das alles hier struppiges Brachland gewesen, und jetzt gab es eine richtige Straße; schmal zwar, gewunden, voller steiniger Hindernisse, aber jedenfalls eine erkennbare Sandstraße. Steinhauer beseitigten die Felsvorsprünge bei Lampenlicht, und Bulldozer ebneten das von Geröll übersäte Terrain ein. Die Straße wurde wie ein Tunnel von beiden Enden aus gebaut, denn die Arbeiten waren in der Nähe des Steilhangs viel weiter fortgeschritten als in der Mitte, und je mehr man sich dem Ende näherte, wo Dampfwalzen zwischen den zu beiden Seiten aufgeschichteten, riesigen Steinhaufen planierten, desto breiter wurde die künftige Fahrbahn wieder. Um bis zu den Lastwagen zu gelangen, mußten die Mehlträger durch eine Viehherde stapfen, und Kischote war in so viele Kuhfladen und Maultierexkremente getreten, daß er jeden weiteren glitschigen Dreck resigniert hinnahm. Seine einzige Sorge war, daß er nicht hineinfiel wie der Mann hinter ihm, der dann laute Flüche über das Naturphänomen Scheiße ausgestoßen hatte.

Nach dem mühsamen Gewaltmarsch von fast drei Kilometern schien ihm der Rückweg so leicht und beschwingt wie ein Tanz in den Lüften, und ohne die fünfzig Pfund auf dem Rücken hatte er den Eindruck, daß er den Steilpfad am anderen Ende in Windeseile erklomm. Nachdem die Träger sich in einer Feldküche der Armee satt gegessen und getrunken hatten, wurden sie mit neuen Mehlsäkken beladen, und Kischote fühlte, daß seine Schultern unter seiner Uniform wundgescheuert waren und wahrscheinlich bluteten. Aber keine Klagen! Hinter dem schwarzen Bergkamm donnerten ohne

Unterlaß Artilleriegeschütze, und im nächtlichen Himmel flammten gelbe und rote Blitze auf, also war die zweite Schlacht um Latrun bereits im Gange. Im Vergleich zu den Leuten, die da draußen auf den Hängen von Latrun kämpften, war er eigentlich noch gut dran.

Früh am nächsten Morgen, als die schrägen Strahlen der Sonne alles mit ihrem Licht überfluteten, schlenderte er in Jerusalem eine Straße entlang, und er war so schmutzig und zerlumpt, daß man ihn kaum wiedererkannte. Schaijna ließ beinahe ihren vollen Eimer fallen, als sie ihn erblickte. War das wirklich die bebrillte Bohnenstange mit dem langen und ernsthaften Gesicht, der Junge, den sie im Jüdischen Viertel zurückgelassen hatte? «Du? Du bist am Leben? Du bist nicht in Gefangenschaft?»

Ein müdes, schelmisches Grinsen erhellte sein von Schweiß und Staub verkrustetes Gesicht. «Kleine Schaijna», krächzte er. «Was gibt's Neues?»

«Warum bist du so schmutzig? Wann bist du aus dem Viertel entwischt, und wie? Ich dachte, es hätte dich erwischt. Möchtest du ein bißchen Wasser trinken?»

«Und ob!»

Sie reichte ihm den Eimer, und er führte ihn an seine Lippen.

«Pfui!» sagte sie. «Hast du in einem Kuhstall geschlafen?»

«Nein, aber ich rieche wohl nicht sehr gut.» Damit hob er den Eimer über sein Gesicht, überschüttete sich mit dem ganzen Wasser und rief: «Ah! Das tut gut!» Es war eine Wohltat für seine wunden Schultern.

«Au weh! Tu das nicht! Laß das! Hör auf! Du bist verrückt! Du bist ein Verbrecher! Das war für meine Familie!»

«Ich hole dir mehr Wasser.»

«Wo? Und wie? Der Wasserwagen ist abgefahren und kommt erst heute abend wieder! Du Narr, das war für die Wäsche, fürs Kochen, für alles!»

«Geh nach Hause und sag deinem Opa, daß der Junge aus Kattowitz euch das Wasser bringen wird.» Triefend, grinsend, voller Schlamm stand er da, mit dem leeren Eimer in der Hand, und sie hätte am liebsten mit den Fäusten auf ihn eingeschlagen, aber was hätte es ihr genützt? «Schaijna, wenn ich dir das Wasser nicht bringe», versuchte er das verzweifelte Mädchen zu beruhigen, «will ich tot umfallen.»

«Amen!» Und sie rannte davon.

Ihr Großvater und ihre Mutter waren sehr erstaunt über die Geschichte. «Dieser Jossi ist verrückt», sagte die Mutter, eine hagere Frau um die Vierzig, die die traditionelle fromme Perücke und das vorschriftsmäßige Kopftuch über der Perücke trug. «Du wirst ihn nie wiedersehen, und wir haben unseren Eimer verloren.»

Reb Schmuel saß am Tisch und las wie an jedem Morgen seinen Abschnitt aus der Thora. «Wenn er so verrückt ist, wie ist er dann ohne Schaijna aus der Altstadt entkommen. Ist er ein Engel? Kann er vielleicht fliegen?»

«Er roch nicht wie ein Engel», sagte Schaijna.

«Was weißt du denn, wie ein Engel riecht?» fuhr die gereizte Mutter sie an.

«Ich weiß, daß ein Engel nicht wie Maultier ... *katsche* riecht», sagte Schaijna. Der jiddische Euphemismus rief bei beiden ein Stirnrunzeln hervor.

«Jedenfalls haben wir kein Wasser für den Tee oder das Frühstück», sagte die Mutter. «Also sprich deine Gebete, mach deine Schulaufgaben und halte deine Zunge im Zaum.»

Kurze Zeit später klopfte jemand an die Tür des geschlossenen Schneiderladens. Schaijna machte auf, und vor ihr stand Don Kischote, immer noch ganz durchnäßt, aber mit zwei bis an den Rand gefüllten Wassereimern.

«Du schon wieder?» Das Mädchen bemühte sich, ihre Erleichterung hinter einem schroffen Ton zu verbergen. «Nun, dann komm herein.»

Kischote hatte wieder einmal eine fromme Lüge parat, um zu erklären, wie er zu dem Wasser und dem zweiten Eimer gekommen war – tatsächlich hatte er beides aus dem geheimen Lastwagendepot entwendet, wo es einen besonderen Vorrat für die Fahrer und Ladearbeiter gab –, aber Reb Schmuel lud ihn lächelnd zum Frühstück ein und stellte keine Fragen. Schaijna brachte ihnen Tee und groben Kartoffelkuchen und ging dann wieder zu ihrer Mutter, um bei der Wäsche zu helfen.

Kischote beeindruckte den alten Schneider mit drei sehr einfachen Dingen. Erstens wußte er, welcher Abschnitt der Thora in dieser Woche zu lesen war, zweitens setzte er sich seine zerschlissene Soldatenmütze auf, um den Segen zu sprechen, und drittens kannte er den korrekten Segensspruch für einen Kuchen, der aus Kartoffeln und nicht aus Weizenmehl bestand. Der alte Mann belohnte ihn mit einer scharfsinnigen Auslegung des Thoratextes; Kischote hörte ihm andächtig zu und nickte von Zeit zu Zeit. Es dauerte eine ganze Weile, bis Reb Schmuel merkte, daß der Junge nicht mehr nickte und daß sein aufmerksamer Blick starr und glasig geworden war. Kischote war nämlich fest eingeschlafen, obwohl er immer noch lächelte und die Augen weit offenhielt.

Lange vor Tagesanbruch wußte Barak bereits, daß auch der zweite Angriff auf Latrun zum Scheitern verurteilt war. Er stand mit Marcus auf einem Hügel nahe der Feuerzone und verfolgte den Verlauf der Schlacht – aus allzu großer Nähe, wie er fand –, und eine Weile schien der Sieg greifbar nahe. Dem Panzerbataillon war es gelungen, die Festung zu stürmen, und der im Innern Latruns tobende Kampf erleuchtete den Himmel. Mickey Marcus lief freudig erregt angesichts des tapferen Vordringens der Panzer umher, schlürfte Cognac aus der Feldflasche, lud die anderen Offiziere zum Trinken ein und ließ sich kein Wort über den Stand der Schlacht entgehen. Aber dann standen plötzlich zwei der Busse, die den Infanterienachschub brachten, in hellen Flammen – es war nicht klar, ob eine Mine oder die feindliche Artillerie die Explosion ausgelöst hatte –, und alle Busse machten kehrt. Kurz darauf kam der entscheidende Schlag. Barak sprach mit Oberst Schamir am Feldtelefon und mußte Marcus die schlimme Nachricht überbringen.

«Sir, Schlomo Schamir hat endlich den Kommandeur des Givati-Bataillons erreicht.»

«Ja, ja, und? Wie läuft der Angriff an der Hinterfront?»

«Sie stießen auf heftigen Widerstand. Sie haben unerträgliche Verluste erlitten, kommen keinen Schritt voran und sind gezwungen, den Rückzug anzutreten.»

Marcus schwieg betroffen, während in unmittelbarer Nähe die Geschütze in Latrun dröhnten und aufblitzten. Dann sprach er mit veränderter Stimme: «Was nun, Chaim?» Oberstleutnant Chaim Laskov, der Kommandeur der Panzereinheiten, führte seine Truppe von seinem Aussichtspunkt aus.

«Sir, in etwa einer Stunde bricht der Tag an», sagte Chaim. «Ohne die Unterstützung der Infanterie bin ich gezwungen, meine Panzer aus Latrun zurückzuziehen, weil ich sie sonst verliere. Ich muß Oberst Schamir bitten, diesen Befehl zu erteilen. Der Angriff ist gescheitert. Sind Sie nicht auch der Meinung, Sir?»

Marcus sah Barak an, und dieser nickte. Chaim Laskov war vielleicht der beste Berufsoffizier der ganzen Armee, und was er sagte, duldete keine Widerrede. Nach einer Weile nickte dann auch der Amerikaner mit einem seltsam sarkastischen Lächeln und setzte sich ins Gras. *«In Gottes Namen, lasset uns niedersetzen»*, sagte er, *«und traurige Lieder vom Tod der großen Könige singen.»* Barak hatte schon einige Male gehört, wie Marcus Gedichtausschnitte zitierte, meist kriegerische oder komische Verse. Doch der düstere Ton und die unheilvollen Worte waren ungewohnt.

«Jetzt kann ich einen Schluck gebrauchen, Sir. Danke», sagte Oberstleutnant Laskov, nahm die Flasche, führte sie an seine Lippen, nahm einen ordentlichen Zug und gab sie Marcus zurück.

Die Kibbuznik in Hulda frühstückten an diesem Morgen wie gewöhnlich unter lautem Geklapper von Blechtellern, Messern und Gabeln im Speisesaal. Die Geländekarten und die Fernmeldegeräte des improvisierten Hauptquartiers waren zum größten Teil weggeräumt, bis auf eine kleine Wandkarte in einer Ecke, vor der Marcus unruhig auf und ab ging, während er in kurzen bitteren Sätzen Barak den Kampfbericht diktierte. Oberst Schamir und Chaim Laskov saßen am Tisch, tranken Kaffee und warfen einander stumme Blicke zu, während die Schilderung der Niederlage Gestalt annahm. Marcus' Darstellung der Tatsachen war zwar richtig, nach Baraks Ansicht machte er jedoch die Falschen dafür verantwortlich. Die Schlacht war mehr oder weniger so verlaufen, wie er befürchtet hatte. Es hatte sich nicht ausgezahlt, ein großes Risiko mit unzulänglichen Mitteln einzugehen; das war der Kern der Sache. Die Schuld lag einzig und allein an der politischen Führung und dem Entschluß, diesen Angriff zu wagen.

«Schlußfolgerung!» bellte Marcus. Seine Augen waren blutunterlaufen, seine Stimme heiser. Die Flasche war seit langem leer, er war aber noch ziemlich nüchtern. «Ich war vom Anfang bis zum Ende dabei. Habe die Schlacht observiert und kann das Ganze einfach zusammenfassen: Der Plan – gut! Die Artillerie – gut! Die Panzer – hervorragend! Die Infanterie –» er hielt inne, knurrte dann, «eine Schande!»

«Das ist zu stark», sagte Laskov.

«Das finde ich nicht. Ich finde es sogar noch barmherzig.»

«Sir, wir kennen noch nicht alle Tatsachen», sagte Schamir. «Gewiß, eine Untersuchung ist sicherlich erforderlich, aber ...»

«Da haben Sie verdammt recht. Eine Untersuchung *wird* stattfinden, und zwar heute noch. Wir kennen bereits eine Menge Tatsachen. Die Reservetruppen sind umgekehrt, weil ein paar Busse Feuer fingen. Die Givatis sind umgekehrt, weil sie *zwei Tote* hatten. Der Bataillonskommandeur hat es selbst gemeldet. Zwei Tote!»

«Aber Sir, in beiden Fällen waren es zumeist blutjunge Rekruten», gab Barak zu bedenken, «die versucht haben, unter schwerem Beschuß Anhöhen zu stürmen. Es war gewiß keine Glanzleistung, zugegeben, aber ...»

«Das ist mein Bericht und damit basta», sagte Marcus. «Und jetzt brauchen wir alle ein bißchen Schlaf. Danach werden wir uns überlegen, wie der nächste Angriffsversuch aussehen könnte. Der alte Mann will Latrun haben, und ich werde ihm Latrun liefern, aber das nächste Mal wird es ein neuer Plan sein, *mein eigener Plan* von A bis Z!»

Etwas später in der Woche, mitten in der Nacht, stapften Marcus und Barak durch wirbelnden Steinstaub, um einen Engpaß der Umgehungsstraße zu inspizieren. Hier quälten sich Maultiere und Träger auf den Hängen einer breiten Felsschlucht bergauf und bergab, denn die Straßenbauingenieure waren der Ansicht gewesen, daß Lastwagen die Talsohle nicht durchqueren konnten, und hatten angeordnet, eine Passage mitten durch einen granitenen Felsvorsprung zu schlagen. Dutzende von Steinmetzen, alle, die man in Israel hatte auftreiben können, hämmerten und schlugen auf die Felswand ein. Sprengungen waren verboten, und so mußte dieser wie auch andere Abschnitte der Umgehungsstraße mit der Hand ausgehauen werden wie in alten Zeiten. Jenseits des Bergkamms knallten Schüsse, hallten drohend durch die Nacht, denn die ersten Manöver zum dritten Angriff auf Latrun hatten bereits begonnen.

«Bei Gott, sagen Sie diesen Leuten, daß ich stolz auf sie bin!» rief Marcus aus. «Ich will jedem von ihnen die Hand schütteln.»

Marcus trat unter die Steinhauer, schüttelte Hände, klopfte auf Schultern, inspizierte ihre Werkzeuge, rief lebhafte Gespräche in allen möglichen Sprachen hervor – Hebräisch, Jiddisch, Italienisch, Polnisch, Deutsch, Russisch, Arabisch und andere, von denen Barak kein Wort verstand. Marcus sprach Englisch, überließ Barak das Übersetzen, und der bloße Klang seiner Sprache schien diese Juden aus aller Welt zu begeistern. Hier war also der sagenhafte Freund, der jüdische General, der die Sicherheit Amerikas verlassen hatte, um seinen Hals zu riskieren, diese wunderbare Straße anzulegen und Jerusalem zu befreien!

Doch als sie nach Tel Aviv zurückfuhren, versank er wieder in finsteres Schweigen, was Barak nur zu gut verstand. Im Generalstab würde niemand guten Gewissens einen weiteren Angriff auf Latrun befürworten. Die demoralisierte und an Kampfkraft geschwächte Siebte Brigade bewachte jetzt nur noch die Umgehungsstraße oder schleppte Mehl; und eine Veteranenbrigade war von der Front im Norden abgezogen worden, um beim Versuch, die Festung wiedereinzunehmen, hier eingesetzt zu werden. Nur Ben Gurion hatte den Generalstab zu zwingen vermocht, den Norden gegen einen syrischen Angriff ungeschützt zu lassen, und selbst diese Brigade war geschwächt, schwer angeschlagen und bestand zum großen Teil aus unerfahrenen Rekruten, genau wie das Givati-Bataillon in der letzten Schlacht, das im zweiten Angriff versagt hatte, weil die besten Kämpfer an der ägyptischen Front gefallen und die neuen Truppen in Panik geraten waren. Kurz, alles schien darauf hinzudeuten, daß die Armee am Ende ihrer Kräfte war.

«Zev, ich bin in einer Zwickmühle», sagte Marcus endlich. «Nach dem, was wir von der Umgehungsstraße gesehen haben, kann ich dem alten Mann nicht raten, das Unternehmen abzublasen. Die Straßenarbeiter schuften sich die Seele aus dem Leib, aber die Straße erfüllt ihren Zweck nicht, denn sie ist für Lastwagenkonvois nicht befahrbar.»

«Noch nicht. Aber sie wird es bald sein.»

«Das spielt keine Rolle. Bisher ist sie nur ein Maultierpfad, und der Angriff muß in den nächsten achtundvierzig Stunden starten, wenn überhaupt. Und das ist die Zwickmühle. Einerseits widerstrebt es mir, noch mehr unserer Jungen ins Feuer zu schicken, um Latrun zu stürmen, und andererseits bin ich Soldat und werde es tun müssen.»

Die Wände in Marcus' persönlichem Büro waren mit Geländekarten ausgeschmückt sowie mit Fotos von Herzl und Ben Gurion. Er setzte sich an den Schreibtisch unter dem Bild Herzls, reichte Barak den schriftlichen Befehl für den dritten Angriff und blätterte in einem Haufen von Depeschen und Briefen. Die Ringe unter seinen Augen wirkten schwarz und tief im fluoreszierenden Licht. Von Natur aus eher ungepflegt, bedurfte er nun dringend einer Rasur, und trotz seines braunen Haars war sein Dreitagebart grau. Er sank immer tiefer in seinen Sessel, während er Papiere aussortierte, schüttelte den Kopf, verzog den Mund und gähnte. Keiner von ihnen hatte in jener Nacht geschlafen.

Baraks Arm und Schulter schmerzten, und er hängte den angewinkelten Gipsverband über die Stuhllehne, während er den von Marcus ausgearbeiteten Befehl las. Es war die Arbeit eines Stabsoffiziers ersten Ranges, von der gleichen Qualität wie die Handbücher, die Marcus in Ben Gurions Auftrag für die Armee geschrieben hatte. Die mit einem Mimeographen vervielfältigten Blätter versetzten Barak in seine Zeit in der britischen Armee zurück. Detaillierte Geländeskizzen eines jeden Sektors, Anhänge bezüglich Logistik, Transportwesen, Nachrichtendienst, eine peinlich genaue Schlachtordnung. L'Azazel, welch eine Mühe! Nur war das ganze Dokument reine Phantasie. Das auf dem Papier so eindrucksvolle Truppenaufgebot bestand in Wirklichkeit aus einer Reihe abgekämpfter und aufgesplitterter Einheiten, von denen manche so starke Verluste erlitten hatten, daß sie fast schon ins Reich der Erinnerung gehörten. Von der Versorgung mit Nachschub, wie im logistischen Anhang vorgesehen, konnte keine Rede sein. Der Plan der Offensive – wieder einmal ein Frontalangriff, diesmal jedoch ein Täuschungsmanöver, da der überraschende Schlag von den um Jerusalem stationierten Brigaden kommen sollte – war fachmännisch konzipiert, aber es fehlte an den frischen Mannschaften, die ihn durchführen könnten. So schätzte Barak düster die Lage ein.

«Nicht viel Erfreuliches in diesem Zeug.» Marcus schob ihm Depeschen von mehreren für das Unternehmen eingeplanten Einheiten zu. Sie meldeten Schwierigkeiten, Verzögerungen und Mängel. Ein Kommandeur empfahl einen Aufschub, ein anderer schlug vor, Jerusalem mit den bereits im Einsatz stehenden Truppen zu befreien. «Keine Lust zu kämpfen, Zev, das ist es, was sie mir alle sagen. Als ob Latrun meine Idee wäre», bemerkte Marcus mit einer resignierten Geste. Dann zog er eine Schreibtischschublade auf, entnahm ihr eine Flasche und zwei Gläser und grinste. «Feuerwasser?»

«Warum nicht?»

«Zev, wie gut kennen Sie Lyrik aus dem Ersten Weltkrieg?»

«Sollte ich sterben, denkt von mir nur das:
Auf fremdem Felde irgendwo gibt es ein Fleckchen Erde,
Das England ist, auf ewig, immerdar.»

«Rupert Brooke – das habe ich oft genug in Nordafrika gehört», sagte Barak melancholisch, «über offenen Gräbern.»

Marcus goß sich ein volles Glas ein, trank in tiefen Zügen und rezitierte das Gedicht mit müder Stimme und feuchten Augen bis zur letzten Zeile. *«... Mit Herzen im Frieden, unter Englands Himmel.»*

«Es ist schön», sagte Barak.

«Da ist noch ein anderes Gedicht, das mir seit Tagen durch den Kopf geht.»

«Hab' mit dem Tod ein Stelldichein
Auf irgendeiner Barrikade ...»

Er blickte Barak direkt in die Augen, und sein Ausdruck war traurig und müde. «Je gehört?»

Barak nippte widerwillig an seinem Cognac und verspürte so etwas wie Mitleid mit dem ersten jüdischen General seit zweitausend Jahren. Wie konnte er diesem bedrängten Außenseiter Mut zusprechen, diesem Fisch auf dem Trockenen, der nur das Beste wollte, dem David Ben Gurion eine undankbare Befehlshaberrolle und eine hoffnungslose Mission aufgebürdet hatte?

«Sir, darf ich etwas sagen?»

«Bitte.» Marcus füllte sein Glas und trank.

«Diese Angriffe auf Latrun haben die Legion völlig aus dem Gleichgewicht gebracht. Sonst hätten sie doch schon längst einen Ausfall gemacht, um die Straßenarbeiter umzubringen und die Umgehungsstraße zu sprengen.»

«Nun, das könnte möglicherweise wahr sein.»

«Es ist eine Tatsache, Sir. Und Sie haben das verhindert. Inzwischen müßten sie wissen, was wir vorhaben. Sie haben sogar Minen gelegt, um uns zu stoppen, aber das ist ihnen nicht gelungen. Und dazu kommt noch, daß die Legion noch immer nicht Jerusalem erobert hat. Ihre goldene Chance verstreicht ungenutzt, weil sie zwischen Jerusalem und Latrun aufgeteilt sind.»

Mit einem schwachen Lächeln nahm Marcus einen großen Schluck. «Na schön, Zev, Sie wollen mich trösten. Ich weiß das zu schätzen. Und wissen Sie was? Ich könnte ganz einfach in ein Flugzeug steigen und nach Hause fliegen. Meine Frau findet ohnehin, es sei nicht mein Kampf. Das habe ich Ihnen bereits erzählt. Daß ich immer mehr halbe Kinder nach Latrun in den Tod schicke, hat nur einen Grund. Meiner Meinung nach ist der alte Mann ein weiser, zäher Bastard, wahrscheinlich sogar ein großer Mann. Und ich bin Jude und führe folglich seine Befehle aus.» Dann rezitierte er weiter.

«Wenn wieder Frühling ist, wenn Blätter rascheln,
Wenn Apfelblüten die Luft erfüllen,
Treff ich den Tod beim Stelldichein,
Wenn wieder Frühling ist, mit hellen, blauen Tagen ...»

Die Traurigkeit in seiner Stimme und seinem Gesicht verletzte und ängstigte Barak. Er stellte sein Glas auf den Tisch und wollte sich verabschieden. Marcus lächelte auf die seltsam sarkastische Art, die er auf der Böschung gezeigt hatte, als ihm bewußt geworden war, daß die erste Schlacht unter seiner Führung als Oberbefehlshaber mit einem Fiasko geendet hatte. Er sagte das ganze Gedicht auf, und bei den letzten Worten:

«Und treu meinem gegeb'nen Wort
Find' ich mich ein zum Stelldichein ...»

hob er sein Glas, trank Barak zu, dem Bilde Herzls, dem Bilde Ben Gurions, und leerte es bis auf den Grund. «Zev, Sie trinken ja Ihr Feuerwasser nicht.»

«Danke, Herr Oberst, ich habe genug.»

«Wahrscheinlich kein großartiges Gedicht», sagte Marcus. «Ich verstehe nicht viel von Lyrik. Aber bei Gott, es drückt genau das aus, was ein Soldat fühlt, wenn er niedergeschlagen ist. Und nun sagen Sie mir: Was halten Sie von meinem Schlachtplan?»

«Der erste seiner Art in dieser Armee.»

Marcus nickte zufrieden. «Ihr habt noch viel zu lernen. Ihr habt jetzt ein eigenes Land, und bei Gott, ihr werdet dafür kämpfen müssen. Eure Kinder ebenfalls. Vielleicht auch eure Enkelkinder. Nach 1776 kam 1812, wissen Sie. Der Bürgerkrieg, die beiden Weltkriege ...» Er blickte auf die grauen Fenster. «O je, der Tag ist angebrochen, mein Junge. Machen wir uns an die Arbeit.»

5
Die Straße ist unser

Yael Luria hatte zwölf lange Stunden Meldegängerdienst hinter sich und war nun erschöpft und in Schweiß gebadet, denn im Juni wurden die Nächte in Tel Aviv sehr feucht und heiß. Von Kopf bis Fuß mit Seife eingeschäumt, stand sie im Waschraum der Frauenkaserne und mühte sich unter dem schwachen Strahl lauwarmen Wassers ab, der aus der wieder einmal defekten Dusche rann, als eine laute Stimme nach ihr rief: «Yael, Telefon, das Rote Haus.»

«Zum Teufel!»

Nach einem raschen, unzulänglichen Abspülen rannte sie zum Wandtelefon. «Kannst du in fünfzehn Minuten hier sein?» fragte Zev Barak.

«Was? Ich mache gerade Feierabend. Aber ich dachte, du seist in Jerusalem.»

«Zieh dir eine frische Uniform an und mach dich schön.»

«Was soll das heißen?»

«Das ist ein Befehl.»

Yael brauchte etwas länger als fünfzehn Minuten, aber als sie im Roten Haus ankam, war sie so umwerfend hübsch, als wollte sie für ein Plakat für einen Wohltätigkeitsball posieren, und die vor Baraks Büro herumstehenden Soldaten pfiffen bewundernd. Zev telefonierte, umgeben von einer Schar verwegen aussehender Zivilisten. Yigael Yadin saß neben ihm und rauchte seine Pfeife. «Der Lastwagenkonvoi ist bereit, Oberst Stone», sagte Barak. «Ich habe die meisten Fahrer hier bei mir. Es kann jederzeit losgehen. Kleine Laster, etwa fünfundzwanzig Stück, aber immerhin siebzig Tonnen Vorräte.»

Ein kurzes Schweigen folgte. Yael wußte, daß sich «Oberst Stone» in seinem Hauptquartier außerhalb Jerusalems befand, um den Angriff auf Latrun vorzubereiten, aber was hatte das eigentlich mit ihr zu tun.

«Jawohl, Sir, natürlich ist ein Risiko damit verbunden. Aber wenn die Weltpresse morgen verkündet, daß es eine Straße gibt und daß die Belagerung aufgehoben ist, hätten wir eine Tatsache von gewaltiger Bedeutung geschaffen.»

Langes Schweigen. Barak warf Yadin einen Blick zu. «Jawohl, Sir, ich werde es ihm sagen.» Dann legte er die Hand auf die Sprechmuschel. «Er ist skeptisch. Falls diesen Korrespondenten irgend etwas passieren sollte, meint er – eine Mine, ein Heckenschütze, ein Unfall, was auch immer –, hätten wir das Geheimnis preisgegeben, eine Katastrophe herbeigeführt und wahrscheinlich die Straße verloren.»

«Ich werde mit ihm reden ... Mickey? Hier ist Yigael. Schlomo Schamirs Brigade ist voll im Einsatz und überwacht die Umgehungsstraße. Seinem Bericht zufolge ist alles klar. Der Waffenstillstand wird nicht vor weiteren sechsunddreißig Stunden in Kraft treten, also ... Nein, Sir, ich irre mich nicht ... Um zehn Uhr morgens, am elften. Nach dem Waffenstillstand werden die Araber behaupten, die Straße sei nicht befahrbar. Die Waffenstillstandskommission der UNO wird sie natürlich unterstützen – das versteht sich von selbst – und die Stadt Jerusalem König Abdullah zusprechen. Aber wir könnten alle dem vorbeugen mit Schlagzeilen über einen Lastwagenkonvoi, der die Belagerung durchbricht und am Tag vor dem Waffenstillstand in Jerusalem einfährt. Und deshalb, Sir, würde ich empfehlen, daß wir dieses Risiko eingehen.»

Ein langes Schweigen, verschwommene Nebengeräusche. Yadin hängte auf. «Grünes Licht», sagte er und ging hinaus.

«Es geht los», sagte Barak zu den Fahrern und schaute auf die Wanduhr: eine halbe Stunde nach Mitternacht. «Versammelt euch vollzählig und beendet die Aufladearbeiten. Wir fahren um zwei Uhr nachts ab.» Sie eilten hinaus, redeten alle gleichzeitig. Barak musterte Yael aufmerksam. «Schon mal etwas mit Auslandskorrespondenten zu tun gehabt?»

«Nein.»

«Komm mit und sei ein nettes Mädchen. Versuch es wenigstens.»

«Zu Befehl, Herr Major.» Den honigsüßen Ton ihrer Stimme begleitete sie mit einem persiflierten Wimpernklimpern ihrer großen Augen.

«Ausgezeichnet.»

Sie traten hinaus zu Don Kischote, der am Steuer von Baraks Jeep saß.

Er schob seine Brille mit dem Zeigefinger die Nase hoch und grinste sie an: «Oh, là, là! Rita Hayworth!»

Sie klimperte erneut mit den Wimpern und flötete ihm verführerisch zu: «Übertreib nicht, Kischote.»

«Wie geht es deinem Bruder Benny?»

«Viel besser. Er ist wieder im Dienst.»

«Wunderbar.»

Während sie durch verdunkelte, menschenleere Straßen fuhren, erklärte Barak ihr, daß sie als Verbindungsoffizier zwei ausländische Korrespondenten auf dem ersten Lastwagenkonvoi nach Jerusalem seit vielen Wochen begleiten sollte. Kischote würde ihr Anstandswauwau sein. Sie sollten alle in Schlomo Schamirs Kübelwagen fahren, und Yaels Aufgabe wäre es, ihren weiblichen Charme aufzubieten und die Journalisten zu unterhalten. «Ich weiß nicht, was von diesem St. John Robley von der Agentur Reuters zu halten ist», sagte Barak. «Robley ist einer dieser hochgewachsenen Engländer mit grauem Haar und rosigen Backen. Reuters Berichte über uns waren stets ziemlich feindselig. Kein Wunder, es ist ein britischer Pressedienst. Aber sie sind weltweit vertreten und sehr wichtig. Der Mann von der *Los Angeles Times* ist Saul Schreiber. Ein kleiner Rothaariger. Er ist Jude und spricht Jiddisch. Kein Schwergewicht wie Robley, aber schlau.»

Schreiber und Robley erwarteten sie wie verabredet in einer schummrigen Ecke der Hotelhalle im Pressequartier. Schreiber hatte einen Fotoapparat mit Zubehör und ein Köfferchen für die Nacht mitgebracht. Robley war ohne Gepäck und zündete sich eine dicke Zigarre an, während Barak ihnen erklärte, worum es ging.

«Sie erwähnen Risiken. Was für Risiken?» fragte der Engländer mit einem skeptischen Blick auf dieses seltsame Trio, das ihm angeblich eine Sensationsmeldung bescheren sollte – ein junger Offizier mit einem schmutzigen Gipsverband am Arm, ein aufgetakeltes, hübsches Mädchen in einer makellosen Uniform und ein schlaksiger, bebrillter Junge in sehr schäbigen Khakishorts und mit einer Palmach-Wollmütze auf dem Kopf.

«Nun, Sir, in dieser Gegend wird es zu Kampfhandlungen kommen. Wir fahren zwar außerhalb der Kampfzone und sollten so in Sicherheit sein, aber es ist immerhin ein Risiko. Die Straße ist neu und noch nicht ganz fertig. Der Konvoi fährt ohne Licht. Im Mondschein.»

Robley grunzte. Schreiber kratzte sich am Kopf.

«Außerdem, obgleich die Straße ein wohlgehütetes Geheimnis ist

– und streng überwacht wird –, wird der Konvoi eine lange Belagerung durchbrechen, und der Feind ist immer noch da draußen.»

«Herr Major, was nennen Sie einen Konvoi?» fragte Schreiber.

«Etwa dreißig Lastwagen», antwortete Barak, der es in seiner Eigenschaft als Pressereferent mit den Zahlen nicht so genau zu nehmen brauchte, «und sie transportieren etwa hundert Tonnen Vorräte.»

Robley runzelte die buschigen Brauen: «Hundert Tonnen? Und das wollen Sie *heute nacht* nach Jerusalem bringen?»

«Abfahrt in einer Stunde. Ankunft in Jerusalem gegen Tagesanbruch.»

«Ihre Regierung ist also bereit, das Geheimnis dieser Straße preiszugeben?»

«Warum nicht? Der Weg nach Jerusalem ist ja jetzt offen und wird offen bleiben.»

Wieder ein Grunzen, dann ein tiefer Zug aus der Zigarre. Yael wandte sich an Robley, berührte leicht seinen Arm und sagte in ihrem charmantesten britischen Akzent der Mandatszeit: «Sir, Jossi kann Ihnen mit Ihrem Gepäck helfen.»

Immer noch brummig, aber doch ein wenig freundlicher sagte er: «Gepäck? Wozu denn? Wenn ich gehe und wenn ich eine Geschichte bekomme, will ich sofort wieder zurück, um meinen Bericht zu kabeln.»

«Wir haben für telegraphische Verbindungsmöglichkeiten in Jerusalem gesorgt», sagte Barak. «Als Direktmeldung aus Jerusalem könnte es noch interessanter sein.»

«Und was ist mit der Militärzensur?» fragte Schreiber.

«Können Sie auch von dort erreichen», fügte Barak, an Robley gewandt, hinzu. «Natürlich können wir Sie sofort nach Tel Aviv zurückbringen, per Auto oder mit einer Piper. Aber wir glauben, daß die Befreiung Jerusalems eine tolle Geschichte ist, und Sie werden möglicherweise über Nacht bleiben wollen, vielleicht sogar noch ein paar Tage länger. Für diesen Fall haben wir Ihnen eine Suite im King-David-Hotel reserviert. Es ist zwar noch geschlossen, aber bei besonderen Anlässen ist für ausreichendes Personal gesorgt.»

«Ich bin bereit», sagte Schreiber.

Robley drückte die Zigarre aus, erhob sich und sagte zu Kischote: «Kommen Sie, junger Mann.»

Die dunkle Kolonne der südöstlich von Tel Aviv geparkten Lastwagen erstreckte sich weit bis auf die im Sternenlicht schimmernde Straße nach Jerusalem hinaus. Als Baraks Jeep an die Spitze des Konvois fuhr, ließ der erneute Kampf bei Latrun strahlende Flammengarben wie Sommerblitze am nächtlichen Himmel aufleuchten. «Glauben Sie wirklich, daß die Araber nicht versuchen werden, diesen Konvoi zu stoppen?» fragte Robley. «Überall am Weg liegen arabische Städte! So etwas spricht sich doch schnell herum ...»

«Wir benutzen die Umgehungsstraße nun schon seit einer ganzen Weile, Sir», sagte Barak. «Für den leichteren Verkehr. Auf diese Weise ist Jerusalem bisher mit Lebensmitteln versorgt worden, und der Feind hat nicht eingegriffen. Jedenfalls hält unsere Siebte Brigade Straßenwacht. Ich erwarte nicht, daß wir gestoppt werden.» Er spähte über die Schulter auf den Rücksitz, wo Yael eingezwängt zwischen den Journalisten saß. «Aber offen gesagt, wird es keine Spazierfahrt in den Kew Gardens zur Fliederblütenzeit sein, falls Ihnen nach Abwechslung zumute ist.»

Schweigen auf dem Rücksitz. Dann grunzte Robley und lachte schrill auf. «Sehr schön, Herr Major. Nur fährt man zur Fliederblütenzeit nicht in den Kew Gardens spazieren, sondern man geht. Und was das Risiko betrifft, so kann man dort von den Menschenmengen niedergetrampelt werden.»

Auf der ganzen Linie sprangen die Motoren dröhnend an, und der Konvoi rollte die Straße entlang, schlängelte sich ohne Licht durch das Ayalon-Tal, ein langer, durch die Nacht kriechender Schatten, außer wenn aufblitzendes Geschützfeuer die Fahrzeuge in gespenstische Helligkeit tauchte. Beim Hulda-Kibbuz stiegen Barak, Yael und die beiden Gäste in Schlomo Schamirs gepanzerten Befehlswagen um, während Kischote in dem jetzt von Soldaten mit Maschinenpistolen vollgepferchten Jeep folgte. Die beiden Korrespondenten kritzelten Notizen im Licht ihrer Taschenlampen, als sie an riesigen Planierraupen, Viehherden und Großlastwagen vorbeifuhren, die von Trägern und Maultierführern ausgeladen wurden. Diese Zufahrt zur Umgehungsstraße war inzwischen breit, eben und gut ausgebaut. Die Artillerie dröhnte und donnerte hinter dem Bergkamm, und der Himmel flammte für Sekunden taghell auf. Die Genialität der Umgehungsstraße sprang hier jedem Betrachter ins Auge, und Schreiber tat seine Bewunderung offen kund. Der Engländer blieb stumm.

Der einzige Abschnitt der Umgehungsstraße, der Barak wirkliche Sorgen machte, war das erste Stück der tiefen Steilabfahrt. «Heh! Das ist ja die reinste Berg- und Talbahn!» rief Schreiber, als er sah, wie die dem Befehlswagen vorausfahrenden Panzerfahrzeuge nacheinander hinter dem Grat verschwanden.

«Genau, also schnallt euch an, haltet euch fest und genießt die Fahrt», sagte Barak mit bemühter Fröhlichkeit. Die ersten Berichte über den dritten Angriff auf Latrun, die er im Hauptquartier von Hulda gehört hatte, waren nicht ermutigend gewesen. Vielleicht hing jetzt alles nur noch von der Umgehungsstraße ab.

Der Befehlswagen passierte den Grat und tauchte dann aufheulend im niederen Gang in die Tiefe; der Stahlnetzbelag quietschte und ratterte unter den Reifen. Baraks Rat, sich festzuhalten, war kein Witz; die Kühlerhaube schien direkt in den schwarzen Abgrund zu stürzen, obgleich die Neigung des Gefälles so kalkuliert war, daß keine ernsthafte Gefahr drohte. Alle klammerten sich an die Sitzlehnen. Schreiber schrie immer wieder: «Au hoppla! Au hoppla!» Yael lachte vergnügt, hielt sich mit gespieltem Entsetzen an den beiden Journalisten fest, und selbst Robley konnte sich ein gelegentliches Grunzen nicht verkneifen. Während sie den Steilhang hinunterrasten, sahen sie Träger und Maultiere im aufgewirbelten Staub der langen Haarnadelkurven des Pfades. Den Ingenieuren war es noch nicht gelungen, den ursprünglichen Pfad für Lastwagen befahrbar zu machen, und so hatten sie vorläufig diese kurze Steilstrecke in den Fels gehauen und mit Stahlnetzen belegt. Barak war bereits mehrmals mit dem Jeep über die Stahlnetze gefahren und hatte allerdings einmal der Hilfe des Krans bedurft. Dieser Teil der Straße war immer noch ziemlich riskant, besonders bergauf. Deshalb rechnete er damit, daß die beiden Korrespondenten mit dem Flugzeug nach Tel Aviv zurückkehren würden, vielleicht sogar über Latrun nach dem Waffenstillstand. Endlich erreichte der Befehlswagen holpernd den Grund des Wadis, wo die Panzerfahrzeuge warteten. «Eine wahre Höllenfahrt», sagte Schreiber ein wenig atemlos.

Robley fragte: «Können Lastwagen diese Steilstrecke bewältigen?»

«Natürlich.»

«Wollen wir nicht warten und uns ein paar ansehen?»

«Warum nicht?» sagte Barak, und wieder einmal wurde ihm bewußt, daß einige Engländer sich für verdammt oberschlau hielten.

Der Reihe nach hoben die Laster ihre Kühlerhauben über den Grat und tauchten quietschend und ächzend hinunter. Jeder Lastwagen fuhr allein über das Stahlnetz, während der nächste oben wartete, und jede Abfahrt war eine spannende Schau. Ein kopflastiger Lkw fuhr zu schnell und schlingerte ein paar Schrecksekunden lang auf zwei Rädern, gewann dann aber wieder festen Boden.

«Gut», sagte Robley nach einem halben Dutzend solcher um Haaresbreite vermiedenen Unfälle. «Ich glaube, wir sollten weiterfahren.»

«Wird gemacht», sagte Barak, und der Befehlswagen mit seiner Eskorte raste ratternd davon, bis er wieder die Spitze des Konvois erreicht hatte.

Als sie im erstickenden Staub, den die Panzerwagen aufwirbelten, ein Stück vorangekommen waren, ließ Robley sich wieder vernehmen und bemerkte: «Und alles das, so schätze ich, ist das Werk dieses amerikanischen Generals.»

Ein langes, betretenes Schweigen. «Ein amerikanischer General?» fragte Barak mit gespielter Verwunderung.

«Ja, wie man hört, soll ein West-Point-General, ein Jude, unter einem falschen Namen insgeheim die Führung Ihres Krieges übernommen haben, und darum läuft es jetzt besser.»

«Es läuft besser», erwiderte Oberst Schamir gereizt, der vorne saß – er hatte bis jetzt geschwiegen –, «weil unsere Soldaten die besseren sind. Der Feind wurde zurückgeschlagen, obwohl er uns auf fünf Fronten angegriffen hat und uns sowohl an Zahl als an Ausrüstung haushoch überlegen war.»

«Ich habe Ihre Berichte gelesen», sagte Barak in einem etwas freundlicheren Ton zu Robley. «Sie schreiben, daß die Generalität nur wenig Einfluß auf diesen verworrenen Krieg hat, und Sie haben wahrscheinlich recht. Dieser Krieg wird auf der Ebene des Zugs und der Kompanie ausgetragen. Falls wir jetzt besser dastehen, und das bleibt noch abzuwarten, so deshalb, weil wir für unser Heim, unsere Höfe und unsere Familien kämpfen, und das mit dem Rücken zum Meer. Nicht viel anders als in Ihrem Land, als Sie sich 1940 gegen Hitler wehrten.»

«Es ist also nichts Wahres daran» – ein kühles Nachbohren – «an diesem Bericht über den amerikanischen General?»

«Oh, es ist wahr», fiel Yael plötzlich ein, «geben wir es doch ruhig zu, warum nicht? Ein amerikanischer General führt den ganzen Krieg.»

«Was?» rief Schreiber, während Barak Yael anstarrte.

«Jawohl! David Ben Gurion ist in Wirklichkeit ein amerikanischer General. Jahrelang hat er alle an der Nase herumgeführt.» Damit ließ sie ein mädchenhaftes Kichern vernehmen und stieß den Engländer mit dem Ellbogen in die Seite.

St. John Robley grunzte, die anderen lachten, und Barak nahm sich schweigend vor, Yael zu empfehlen. Genau die Richtige für diesen Job. Über den amerikanischen General fiel kein weiteres Wort.

Während die langsame Fahrt sich in die Länge zog, geriet das Gespräch ins Stocken und erstarb schließlich ganz. In der Dunkelheit und dem alles verhüllenden Staub gab es auch fast nichts mehr zu sehen. Yael Lurias Hochstimmung wich der angestauten Müdigkeit, und obgleich sie arg durchgeschüttelt wurde, döste sie ein. Die Wagenfenster waren nicht mehr schwarz, sondern lila, als sie wieder die Augen öffnete und einen Kopf auf ihrer Schulter ruhen fühlte; der Mann von der *Los Angeles Times* schlief fest. St. John Robley saß aufrecht und rauchte eine Zigarre, die bei jedem Zug blutrot aufglimmte.

«Was ist denn los?» fragte sie gähnend. «Wir fahren auf einmal so weich.»

«Wir sind auf der Hauptstraße nach Jerusalem», sagte Robley.

«Auf der Hauptstraße? Tatsächlich?»

Bei diesen Worten erwachte Saul Schreiber. «Die *Hauptstraße*? Soll das ein Witz sein?»

«Wir haben die Umgehungsstraße vor einer Weile verlassen», sagte Zev Barak. «Ich hoffe, Sie fühlen sich ausgeruht.»

«Donnerwetter», sagte Yael und blickte sich um, «welch ein Anblick!»

Die Prozession der Lastwagen erstreckte sich im Licht des Morgengrauens über die kurvige, zweispurige, geteerte Fahrbahn, bis zu einem Hügelgrat, wo sie außer Sicht geriet. «Ich schwöre bei Gott», sagte Saul Schreiber nach einem Blick durch das Rückfenster, «ihr habt es geschafft! Absolut phantastisch!»

«Hm», sagte St. John Robley.

Es war heller Tag, als der Befehlswagen in Jerusalem einfuhr. Barak hatte keine Ahnung, woher die Leute wußten, daß der Konvoi ankommen würde. Solche Nachrichten ließen sich nicht geheimhalten, nahm er an. Überall auf den Gehsteigen jubelten Menschen den vorbeifahrenden Lastwagen zu und schwenkten Fahnen mit dem Davidsstern; junge und alte Leute, Zivilisten und Militärs, Frauen mit Babys auf dem Arm und mit Wassereimern, Kinder, die den Konvoi mit Luftsprüngen begleiteten wie Delphine ein Schiff. Die Soldaten in den Panzerfahrzeugen und in Kischotes Jeep richteten sich stolz auf und begannen zu singen. Yael winkte der Menge zu und ließ ein unterdrücktes Schluchzen vernehmen.

«Was zum Teufel gibt's denn da zu schniefen?» fuhr Robley sie an. Er blieb ungerührt und betrachtete die glücklichen und zerlumpten Juden Jerusalems mit ein wenig Geringschätzung.

«Wer schnieft? Die Herren Journalisten werden von der Kommandantur Jerusalems im King-David-Hotel erwartet. Ein Frühstück steht für Sie bereit, sowie Sie angekommen sind.»

«Ich nehme nur eine Tasse Kaffee», sagte Schreiber, «und gehe auf meine Suite, um meine Geschichte zu tippen. Später frühstücke ich dann vielleicht.»

Robley nickte zustimmend. Als sie in die Einfahrt einbogen und er die Fassade des King-David-Hotels sah, sagte er: «Soweit ich weiß, habt ihr dieses Hotel in die Luft gejagt und dabei eine Menge Engländer getötet. Aber wie ich sehe, habt ihr alles wieder schön aufgebaut.»

«Wir Juden haben diesen Vorfall als Katastrophe betrachtet», sagte Barak, «und die Schuldigen verurteilt.»

«Das ist der Preis des Imperiums», sagte St. John Robley, zuckte die Schultern und stieg aus dem Wagen. «Übrigens kein Vergleich mit Indien. Dort schlachten die Hindus und Muslime sich jetzt zu Tausenden gegenseitig ab, und die britischen Tommies stecken zwischen den Fronten.»

Kischotes Jeep stoppte hinter dem Befehlswagen, und er kam mit einem anderen Soldaten auf Barak und Yael zu. «Raten Sie mal, wer das hier ist», sagte er. «Mein Bruder Leopold. Er war in Hulda, bei der Straßenpatrouille. Und seine Einheit wurde dem Konvoi zugeteilt.»

Leopold Blumenthal sah ein paar Jahre älter als Kischote aus, aber er war viel kleiner. Sein dichtes Haar wirkte gepflegt, seine Uniform wie maßgeschneidert, und er machte den Eindruck eines hellen und aufgeweckten Jungen. Keine Brille, scharfe grüne Augen, ein seinem Bruder ähnliches Gesicht, nur hübscher; ein Weltmann von etwa zwanzig Jahren. Flüchtlingskinder reifen schnell, fand Barak, und er sagte zu Jossi: «Vielleicht kann dein Bruder dir mit dem Gepäck unserer Gäste helfen. Diese Presseleute haben es sehr eilig.»

«Wer sind sie?» erkundigte sich Leopold.

Yael sagte es ihm.

«Okeh», sagte er in seinem Englisch mit starkem polnischen Akzent und wandte sich ergeben lächelnd an Schreiber. «Welches sind Ihre Sachen, Mister?» Leopolds Englisch war viel besser als das seines Bruders. Nachdem er Schreibers Gepäck und Fotoausrüstung an sich genommen hatte, folgte er dem Korrespondenten eine Treppe hinauf und dann in ein äußerst muffiges Zimmer mit verschlossenen Jalousien. «Sind Sie wirklich aus Los Angeles, Mister? Da will ich nämlich hin.»

Schreiber plagte sich vergebens mit den sperrigen alten Jalousien ab, und auch Leopold gelang es nicht, sie zu öffnen. Yael trat ein: «Ist alles in Ordnung? Ach, lassen Sie mich das machen.» Ohne jede Mühe zog sie die ratternden Rolläden hoch und erblickte seit Monaten zum erstenmal wieder die verlorene Altstadt, die im Licht der Morgensonne golden erstrahlenden alten Mauern unter dem blauen Himmel und darunter das Niemandsland, eine Schlucht voller Stacheldrahtverhaue, Bombenkratern, eingefallenen Gebäuden, Sandsäcken und anderem Kriegsmüll. «Armes Jerusalem», sagte sie nach einer Weile, wischte sich die Augen mit einem Taschentuch und ging hinaus.

Schreiber riß seinen Fotoapparat aus dem Lederetui und rief aus: «Was für eine umwerfende Aussicht!»

«Mister, wir hatten eine wirkliche Chance, nach Amerika auszuwandern», sagte Leopold, während Schreiber eine Aufnahme nach der anderen machte, «als wir im DP-Lager in Italien saßen. Aber nein, mein Vater wollte unbedingt nach Palästina, und so sind wir in Zypern gelandet. Und jetzt sitzen wir hier.»

Schreiber legte den Apparat beiseite, öffnete das Köfferchen seiner Reiseschreibmaschine und stellte sie auf einen Tisch. «Und Sie möchten lieber in Los Angeles sein? Sind Sie denn kein Zionist?»

«Es gibt eine Menge Zionisten in Amerika, Mister, oder?»

«Nun, Los Angeles ist ein hartes Pflaster. Lassen Sie sich von den Filmen nicht irreführen.»

«Kann ich Sie in Ihrem Zeitungsbüro besuchen, wenn ich einmal dort bin?»

Schreiber drehte den Hahn des Waschbeckens auf. Nichts geschah, und so benetzte er sich das Gesicht mit dem Wasser aus dem Waschkrug. Als er sich mit einem fadenscheinigen Handtuch abtrocknete und der junge Mann immer noch herumstand, sagte er: «Schauen Sie, mein lieber Soldat, ich habe hier noch einiges zu tun.»

«Ich bin eigentlich kein richtiger Soldat», sagte Leopold. Schreiber setzte sich an den Tisch und begann rasch zu tippen. Leopold ging hinaus. Schreiber, der an die platte Abfassung von Schlagzeilengeschichten gewohnt war, hatte seinen Artikel in einer halben Stunde fertig geschrieben. Er verschloß ihn in einem großen Umschlag, den er Zev Barak übergab. Dieser saß auf einem mit Laken bedeckten Sofa in der Halle und erwartete ihn.

«Frühstück gibt's da drinnen», sagte Barak und wies auf den Speisesaal. «Falls es Sie interessiert.»

«Und ob! Werden Sie das zur Zensurstelle bringen?»

«Jawohl, Sir, sowie ich Mr. Robleys Artikel habe.»

«Gut. Falls es ein Problem geben sollte, lassen Sie es mich wissen.»

Barak trommelte mit den Fingern auf den Umschlag, tappte nervös mit den Füßen, blickte zum Fahrstuhl und zur Treppe. Aus dem Speisesaal, wo der Mann aus Los Angeles jetzt mit den Stabsoffizieren aus Jerusalem saß, ertönte männliches Gelächter, ein Zeichen guter Laune, aber Barak hielt diese Fröhlichkeit für gezwungen, denn die Berichte aus Latrun wurden immer schlimmer. Die Araber hatten ihre Stellungen mit Sicherheit gehalten, nur wußte er noch nicht genau, woran Marcus' Plan gescheitert war.

Auf der Treppe sah man zuerst St. John Robleys Flanellhosen, dann die Tweedjacke, die wollene Krawatte und schließlich das gerötete Gesicht und das graue Haar. Barak schlenderte auf ihn zu und erhielt einen Aktenordner mit losen Blättern. «Das ist mein Artikel. Falls der Zensor ihn zuläßt, bringen Sie ihn bitte zum Telegraphenschalter und schicken Sie ihn als Depesche von höchster Dringlichkeit. Sonst geben Sie ihn mir wieder zurück, und ich werde Ihrem Mann meine Meinung sagen, nachdem ich gefrühstückt habe. Der Kerl in Tel Aviv kann sehr unangenehm sein, aber bisher bin ich mit ihm so recht und schlecht ausgekommen.» Das war die längste Rede, die Barak je von ihm gehört hatte. «Übrigens können Sie es ruhig lesen, wenn Sie Lust dazu haben.»

«Danke, das schätze ich sehr.»

«Ach, Sie werden es ja wohl ohnehin tun.» Er blickte zum Speisesaal, wo erneut laut gelacht wurde. «Gibt es dort etwas Anständiges zu essen?»

«Kippers [gebratene Heringe] mit Ei zum Beispiel.»

«Kippers? Hmmm.»

Barak eilte auf die Herrentoilette, um einen schnellen Blick auf den Artikel zu werfen. Schon beim ersten Abschnitt wurde ihm leichter ums Herz. Am liebsten hätte er gejubelt. Er salutierte vor dem Spiegel, rannte zum Jeep und befahl Kischote, ihn schnellstens zum Hauptquartier zu fahren. Kischotes Bruder schlief auf dem Hintersitz.

«Sie sehen ja so glücklich aus, Herr Major», sagte Kischote. «Ich frage mich nur, warum. Wie ich höre, haben wir die Schlacht verloren.»

«Wer hat dir das erzählt?»

Er wies mit dem Daumen auf den Rücksitz.

«Was zum Teufel weiß denn dein Bruder, und wie will er es erfahren haben?»

«Nun ja, manchmal irrt er sich auch.»

Der Zensor war ein langnasiger Hagana-Major namens Podotzur. Barak hatte ihn gut gekannt, zuerst als mittelmäßigen Zugführer, dann als katastrophalen Kompaniechef. Nachdem man ihn außer Gefecht gesetzt und auf ein Nebengleis geschoben hatte, fühlte er sich mißbraucht und war ein miserabler Zensor. Podotzur las langsam jede Zeile durch und brummte alle möglichen Einwände, bis Barak zum Telefon des Zensors griff. «Hallo, hier spricht Major Zev Barak. Haben Sie die persönliche Rufnummer von Oberst Stone in Abu Ghosh? Ja? Dann verbinden Sie mich bitte sofort.»

«Warten Sie, Zev, warten Sie», sagte Podotzur. «Was soll das alles?»

«Es ist von höchster nationaler Dringlichkeit, diese Geschichten so durchzulassen, wie sie geschrieben sind, Podotzur. Ich werde melden müssen, daß Sie sich weigern, das zu tun.»

Podotzur wußte wie jeder in der Armee, daß Zev Barak dem alten Mann nahestand und auch Oberst Stone, dem amerikanischen Einzelgänger, den manche mochten und viele mißbilligten, der aber der unbestrittene Chef des Jerusalemer Generalstabs war. «Hängen Sie auf. Können Sie mir das schriftlich bestätigen?»

«Was soll ich bestätigen?»

«Daß es sich um eine Sache von nationaler Dringlichkeit handelt. Und daß Sie als Stellvertreter Oberst Stones unterschreiben.»

Barak nahm einen Block und eine Feder und kritzelte ein paar Zeilen. Podotzur heftete den Zettel an einen langen kopierten Fragebogen, den er methodisch auszufüllen begann.

«Schauen Sie, Podotzur, ich muß mit Oberst Stone über eine geheime Angelegenheit sprechen. Würden Sie bitte hinausgehen? Ich werde Ihre Kooperationsbereitschaft melden und Sie empfehlen.» Podotzur nahm den Fragebogen, zuckte resigniert die Schulter und ging hinaus.

Marcus klang erschöpft, seine Stimme war fast nur noch ein Krächzen. «Es steht sehr schlecht, Zev, viel schlechter als beim letztenmal. Ein großartiger Plan, aber es gab schreckliche Fehlschläge im Verbindungssystem, ungenügende Truppenbestände...»

«Sir, der Konvoi ist sicher und unbeschadet in Jerusalem eingefahren. Die Straßen waren voller jubelnder Menschen...»

«Ja, ja, das haben wir gehört. Aber der Nachrichtendienst meldet, daß die Araber heute abend einen Gegenangriff südlich von Latrun machen werden. Falls sie Hulda erreichen, ist die Straße kaputt. Wir werden bereit sein, aber...»

«Sir, ich habe hier die Presseberichte vom Konvoi. Podotzur hat sie soeben freigegeben. Bitte hören Sie sich an, was Reuters schreibt. Nur den ersten Abschnitt. Es ist hochdramatisch...»

«Na schön, schießen Sie los.»

«Mit einem bemerkenswerten Beweis ihrer Improvisationsfähigkeit haben die Israelis eine neue und geheime Umgehungsstraße eröffnet, die hinter Latrun vorbeiführt und die Fronten von Jerusalem und Tel Aviv verbindet. Diese Entwicklung verändert das Szenario eines Waffenstillstands und könnte sich als Wendepunkt des Krieges erweisen»

«Zev, ist das von Reuters?»

«Reuters, Sir, jawohl. Die gute alte antiisraelische Reuters! Die *Los Angeles Times* ist sogar noch besser.»

«Herrgott, Zev, fahren Sie mit dem Bericht von Reuters fort.»

«Der Korrespondent reiste in einem Befehlswagen an der Spitze eines Konvois, der in der gestrigen Nacht hundert Tonnen Nachschub nach Jerusalem brachte und damit entschieden die Belagerung durchbrach. Zu feindlichen Übergriffen kam es nicht...»

«Bei Gott, ich kann es einfach nicht glauben! Lesen Sie weiter, das ist Adrenalin für mich!»

«Es war eine anstrengende Fahrt; holpernd und stoßend ging es über eine neu gebaute Straße, die sich in einem schwindelnd steilen Auf und Ab durch die felsigen und wilden Berge Judäas schlängelt. Heftiges Geschützfeuer erhellte den Himmel um Latrun, aber auf der Straße trieben Soldaten Viehherden und beladene Maultiere voran, und endlose Reihen von Trägern schleppten unangefochten schwere Lasten in beide Richtungen ...»

Während Barak die drei Seiten vorlas, unterbrach ihn Marcus ständig mit begeisterten Ausrufen: «Wunderbar!... Vortrefflich!... Großartig!»

«Und jetzt hören Sie, wie er schließt, Sir. ‹*Was immer man auch von Israels Politik halten mag, der Bau dieser ‚Burmastraße' in Miniatur angesichts einer drohenden Niederlage ist eine erstaunliche militärische Leistung. Sie bestätigt, daß die Juden, deren Kompetenz im Felde als erwiesen gelten kann, eine Macht sind, mit der man von jetzt an im Nahen Osten rechnen muß.*»

«Das ist es? Das ist das Ende? Es klingt ja fast wie ein Leitartikel.»

«Jawohl, das ist es. Er hat einen Riesenknüller erwischt, und er macht daraus, was er kann. Ausgerechnet Reuters! Morgen auf der ersten Seite in allen Hauptstädten der Welt. Wollen Sie hören, was die *L. A. Times* schreibt?»

«Lassen Sie nur. ‹Die Burmastraße›!» Marcus lachte wie ein Junge. «Einfach toll! Zev, bleiben Sie am Apparat. Ich muß das unbedingt Oberst Allon erzählen.»

Barak konnte die tiefe Stimme Allons hören, eines Kibbuzfarmers und abgehärteten Palmach-Kommandeurs zwischen zwanzig und dreißig, der ein lebhaftes Gespräch mit Marcus führte, bis dieser wieder am Telefon war. «Allon ist zutiefst beeindruckt, Zev, und wissen Sie was? Wir werden uns dem alten Mann widersetzen! Er ist hinter uns her und will unbedingt, daß wir Latrun schon wieder angreifen! Heute abend noch! Zum viertenmal! Es ist eine fixe Idee von ihm. Jitzhak Rabin ist gerade bei ihm in Tel Aviv und versucht, es ihm auszureden. Sie streiten sich bereits seit Stunden. Aber jetzt kann ich ihm sagen: ‹Vergessen Sie es›, und ich werde es auch tun.

Jerusalem ist gerettet, und kein weiterer jüdischer Junge wird für Latrun sterben!»

«Sie haben es geschafft, Sir. Sie haben den Bau der Straße durchgesetzt.»

«Ach, dieses Lob gebührt noch einer Menge anderer Leute. Inzwischen steht uns noch heute abend dieser arabische Angriff bevor, aber Allon versichert mir, daß wir sie schlagen werden! Besuchen Sie mich doch im Hauptquartier von Abu Ghosh, und dann können wir reden.»

«Sir, ich habe diese Presseleute am Hals und muß mich um sie kümmern.»

«Ich verstehe. Kommen Sie, wann Sie können.»

«Ja, Sir. So haben wir also ein Stelldichein in Abu Ghosh.»

Marcus lachte. «Ein gutes Gedächtnis, mein Junge, aber das Stelldichein ist wesentlich anders. Ein Stelldichein mit dem Leben! Ein ganz neues Ballspiel, Zev! Ihr seid großartig, ihr habt ein Wunder vollbracht, ihr habt euch mit den Fingernägeln am Brükkenkopf festgeklammert...» Marcus steigerte sich in eine Hochstimmung hinein; man hörte es seiner Stimme an. «Bei Gott, vielleicht wurde ich geboren, um Jerusalem zu befreien, aber wenn dem so wäre, so ist es so gut wie vollbracht! Jetzt fängt alles erst an!»

Die Brüder Blumenthal schlenderten in den Speisesaal des King-David-Hotels, als Yael mit dem Oberkellner die Rechnung nachprüfte und Barak mit dem Direktor sprach. Die Offiziere und Journalisten hatten sich zurückgezogen, und in den Schüsseln und Platten auf dem Tisch war noch eine Menge Essen übriggeblieben: Fisch, Käse, Fleisch und Kuchen. «Leopold möchte dich etwas fragen», sagte Kischote zu Yael. Sie ignorierte die beiden und diskutierte weiter über den Preis des Essens, während Leopold sich ungehemmt an die Speisen machte und sie schmatzend verschlang, bis ein alter Kellner mit einer fleckigen Schürze erschien, ihn beim Stiebitzen einer letzten Käseschnitte überraschte und ihn anknurrte.

«*Mah ha'inyan* [Was ist los]?» fragte Yael Leopold, während sie die Rechnung unterschrieb.

«Wie komme ich aus der Armee raus?»

Sie musterte ihn kühl von oben bis unten. «Das kannst du nicht.»

«Warum denn nicht? Ich habe mich nicht freiwillig gemeldet; man hat mich in eine Uniform gesteckt, sowie wir in Haifa gelandet sind. Ich muß arbeiten, um für meinen Vater zu sorgen, der krank ist. Morgen ist Waffenstillstand. Falls es wieder zum Krieg kommt, dann melde ich mich noch mal.»

«Laß mich damit in Ruhe. Rede mit deinem Zugführer.»

«Mit dem Vollidioten? Ich glaube, der kann nicht einmal lesen oder schreiben.»

Yael beschloß, beleidigt zu sein. Er hatte zwar etwas vom sprudelnden Übermut seines Bruders, aber er war bei weitem zu frech. So zuckte sie die Schulter und ging hinaus.

«*Ayzeh hatikha* [Was für ein Kaliber]!» rief Leopold teuflisch grinsend im neuerworbenen Slang seinem Bruder zu.

Nachdem Kischote Barak vor seiner Wohnung abgesetzt hatte, erhielt er die Erlaubnis, den Jeep zu benutzen, und fuhr damit zum Schneiderladen. «Warte», sagte er zu Leopold, nahm zwei große Tüten vom Hintersitz und ging hinein. «Reb Schmuel, ich bringe euch etwas zu essen aus Tel Aviv.»

«So! Du bist mit dem Konvoi gekommen!» Der alte Mann zeigte lächelnd auf die Hintertür. «Schaijna und ihre Mutter sind in der Küche.»

Kischote war bisher nur einmal in der dunklen, kleinen Wohnung gewesen. So ging er durch den düsteren Flur und öffnete eine Tür, die er für die der Küche hielt. Da stand Schaijna mit dem Rücken zu ihm nackt in einer Zinkbadewanne und drückte genüßlich einen großen Schwamm über ihrem Kopf aus, eine rosige, schlanke Eva, hübsch wie eine Frühlingsblume. *«Ai!»* Sie erblickte ihn im Spiegel und schleuderte den Schwamm über ihre Schulter, aber so, daß er ihm mitten ins Gesicht klatschte. Er eilte hinaus und schlug die Tür zu.

«Du Narr, gib mir meinen Schwamm zurück!» Dieser lag am Boden, aber ohne Brille und mit triefenden Augen war Kischote blind.

«Zuerst gibst du mir meine Brille zurück!»

«Die ist nicht hier, du Narr. Ach, da ist sie ja.» Sie streckte ein nasses, weißes Händchen und einen grazilen Arm aus. «Nimm sie schon, du Narr!»

Schaijnas Mutter erschien im Flur. «Was ist denn los? Ach, du bist's, Jossele.» Sie hob den nassen Schwamm auf und fragte besorgt: «Schaijna, was soll dieser Unsinn?»

«Oh, Mama, verschwinde», rief das Mädchen in einem erstaunlich reifen Ton, und der nackte Arm griff nach dem Schwamm.

Bald darauf saßen die beiden Brüder am Küchentisch, wo sie sich begierig mit Brot und Suppe vollstopften. «Nun erzähle mir, Leopold», sagte die Mutter, «was du von Jerusalem hältst, nachdem du es jetzt gesehen hast.»

«Ist ziemlich kaputt.»

«Ja, aber das bauen wir schon wieder auf.»

«Es ist hübsch. Aber eigentlich nur eine kleine Stadt. Gar nicht wie Tel Aviv.»

Schaijna trat ein, trocknete sich ihr langes schwarzes Haar mit einem Handtuch. «Gott im Himmel!» rief sie ihrer Mutter zu. «Dieser Idiot ist immer noch da?»

«Darf ich meinen Bruder vorstellen», sagte Kischote unbeeindruckt. «Der ist kein Idiot.»

«Pfui!» Das Mädchen stampfte hinaus.

«Der Krieg hat Schaijna durcheinandergebracht», sagte die Mutter. «Achten Sie nicht darauf.»

Leopold dankte der Mutter und verabschiedete sich, um zu seiner Einheit zurückzukehren. Sie lächelte beifällig, als Jossi das Dankgebet sprach. «Wie kommt es, daß du fromm bist und dein Bruder nicht? Er aß ohne Segen, ohne Hut, ohne Dankgebet.»

«Der Krieg hat Leopold durcheinandergebracht.»

Am Nachmittag fuhr Barak mit den beiden Korrespondenten auf den Zionsberg, um ihnen die gesprengten Synagogen der Altstadt zu zeigen, den großen alten Friedhof auf dem Ölberg, der jetzt als eine Art Steinbruch diente, aus dem die Grabsteine in aller Öffentlichkeit weggeschafft und für den Häuserbau oder als Straßenpflaster verwendet wurden. Der dortige Palmach-Kommandeur David Elazar war ein kleiner, jedoch imposanter Mann, ein charmanter jugoslawischer Jude, der fast kein Wort Englisch verstand und daher auch nicht zu genau ausgefragt werden konnte. Elazar führte Barak und die Journalisten auf eine Anhöhe. «Bis hierher konnten wir vordringen», erklärte er, während Barak übersetzte. «Wir schickten zwar Stoßtrupps in das Jüdische Viertel, mußten uns dann aber wieder zurückziehen, weil es uns an Leuten mangelte, die die Linien offenhalten konnten. Und so ist das Viertel gefallen.»

«Dann hätten Sie die Altstadt also definitiv verloren», sagte Schreiber, «wenn dieser Waffenstillstand zum Frieden führen sollte.»

«Wir haben ein Sprichwort – ‹Wenn meine Großmutter Räder hätte, wäre sie ein Omnibus.›»

St. John Robley fragte mit Schärfe: «Sie glauben also nicht, daß der Waffenstillstand halten wird?»

Elazar nahm sich Zeit, bevor er antwortete. Die Soldaten seiner Einheit waren um ihn versammelt, und sie blickten stolz auf ihren Kommandanten. «Nun, ich glaube, wir werden die Altstadt zurückbekommen», sagte Elazar zögernd, «obgleich ich gestehen muß, daß ich keine Ahnung habe, wann oder wie.»

Bis zum Anbruch der Dunkelheit fuhr Barak die Korrespondenten zu vielen Kampfschauplätzen des belagerten Jerusalems, wo sie mit den noch wachhabenden Kommandanten sprachen. Als sie zum King-David-Hotel zurückkehrten, flogen Geschosse in roten Feuerbögen von der Altstadt aus über Jerusalem, ließen laute Explosionen ertönen und immer wieder hohe Flammen aufblitzen. Die Korrespondenten schienen das Feuerwerk zu genießen. «Die Araber knallen noch einmal tüchtig los vor dem Waffenstillstand, nicht wahr?» sagte Schreiber.

«Sie ziehen eine ganze Schau ab», sagte Robley. «Es wird ihnen wenig nützen.»

In dem mit Brettern vernagelten Hotel wurden sie trotz der Einschränkungen des Belagerungszustands ausgezeichnet bewirtet, und die Stabsoffiziere, die sich zu ihnen setzten, waren in Hochstimmung, da sie gehört hatten, daß die arabische Gegenoffensive mit blutigen Verlusten zurückgeschlagen werden würde. Das Abendessen entwickelte sich zu einer Art aufgeknöpfter, mit Wein berieselter Bestandsaufnahme des gesamten Krieges. Die Journalisten überhäuften die Offiziere mit Fragen, kritzelten Notizen, und die in Euphorie geratenen Israelis wetteiferten mit ihren persönlichen Kampferlebnissen. Es dauerte Stunden, mit kurzen, von den Sicherheitsvorschriften gebotenen Unterbrechungen, aber da Barak sah, daß die Journalisten beeindruckt schienen, unternahm er nichts und wartete geduldig. Daher war es bereits sehr spät, als das Gespräch ein Ende nahm und er endlich nach Abu Ghosh fahren konnte.

«*Haderekh shelanu* [Die Straße ist unser]», antwortete er der Wache am dunklen Tor des Hauptquartiers, eines ehemaligen Klosters. Das war das Losungswort für die Nacht. Als er in die gewölbte Halle trat, standen dort drei Offiziere; sie unterbrachen sofort ihr Gespräch und blickten plötzlich ganz betreten drein.

«Zev, Sie sind hier? *Mah ha'inyan?*» fragte ihn einer seiner ehemaligen Bataillonskommandeure.

«Oberst Stone bat mich, ihn hier aufzusuchen, aber ich wurde aufgehalten. Falls er gerade ein Nickerchen macht, stören Sie ihn nicht.»

Der Bataillonskommandeur nahm ihn beim Arm. «Sie werden Oberst Stone nicht stören.» Damit führte er Barak in einen kleinen, von Kerzen erhellten Raum, wo eine in ein weißes Laken gehüllte Leiche am Boden lag. Er hob eine Ecke des Lakens, und Barak sah das Gesicht. Es war Marcus. Man hatte ihm die Augen geschlossen, und der Ausdruck war kühl und friedlich. Sprachlos vor Entsetzen zuckte Barak zusammen.

«Er hatte den Umkreis des Lagers verlassen und war allem Anschein nach in dieses Laken gehüllt.» Die Stimme des Kommandeurs zitterte. «Vor etwa einer halben Stunde hörte jemand einen Schuß und ging hinaus, um nachzusehen. Da lag er in seinem Laken auf dem Boden. Der Schuß hatte ihn ins Herz getroffen.»

«Aber wie? Und wer war es? Ein Heckenschütze, hier draußen?»

«Was wollen Sie?» Der Kommandant streckte betrübt die Hände mit den Flächen nach oben aus. «Er ist tot.»

Ein Offizier schaute herein. «Der Krankenwagen ist hier. Der Arzt wartet unten in Abu Ghosh.»

«Für Ärzte ist es zu spät», sagte der Kommandeur.

Barak folgte der Bahre bis zum Krankenwagen und sah zu, bis dieser hinter einer Staubwolke verschwunden war. Die Sterne verblaßten im indigoblauen Himmel, als er wie verloren zum Lager zurückging.

«Mi sham?» Die knabenhafte Stimme klang nervös, die bewaffnete Gestalt wirkte bedrohlich im Licht der Dämmerung.

«Haderekh shelanu», sagte Barak, ein trockenes Schluchzen unterdrückend, und dann fügte er flüsternd hinzu: «O Gott, Mickey, Mickey, die Straße gehört uns.»

Einige Stunden später trat der Waffenstillstand in Kraft. Die Feindseligkeiten wurden für einen Monat eingestellt. Doch noch vor Ablauf dieser Frist erbebte das Heilige Land von neuem und stand am Rande eines weiteren Bürgerkriegs, dieses Mal zwischen Juden und Juden.

6

Diamant schleift Diamanten

NACH ZEHN WARMEN Junitagen während der Waffenruhe wurde Baraks Wohnung wieder bewohnbar. In Turnschuhen und verwaschenen Shorts, den Arm vom Gipsverband befreit und wieder benutzbar, auch wenn er noch steif und gekrümmt war, kittete er eine Scheibe im Fensterrahmen und fand Spaß an kleinen Arbeiten dieser Art, bei denen man nicht nachzudenken brauchte. Nakhama war ausgegangen, um Einkäufe zu machen. Noah besuchte seinen alten Kindergarten wieder, und alles war still im Haus. Im Laufe einer Woche harter Arbeit hatten er und Nakhama die Wohnung wieder auf Vordermann gebracht, und man hätte meinen können, es habe nie einen Krieg gegeben, wenn das Telefon nicht stumm geblieben, die Wasserversorgung nicht ungewiß und das Gas für den Herd nicht erst heute wieder angeschlossen worden wäre.

Strom gab es nur zwei Stunden am Tag, aber Kerzen und Öllampen verbreiteten des Nachts ein romantisches Licht, das für diese Art zweiter Flitterwochen in der eigenen Wohnung und im eigenen Bett bestens geeignet war.

Es klopfte an der Tür, und ein Soldat brachte ein Telegramm, das Barak laut aufstöhnen ließ. Als er im Bademantel von der Dusche kam, lag eine geschlachtete Ente mit blutigen Federn auf seinem Schreibtisch, während Nakhama in der Küche mit Töpfen hantierte und ein arabisches Lied aus ihrer Kindheit sang: ein untrügliches Zeichen guter Laune. «Wo zum Teufel hast du die her?» fragte er und hielt ihr die tote Ente vor die Nase.

«Laß nur! Frisch geschlachtet! Heute abend feiern wir, Motek.»

«Was feiern wir?»

«Das Gas im Herd, das feiern wir!»

Er legte die Ente nieder und zeigte ihr das Telegramm. Sie schrie. «*Ai!* Aber er hat es dir doch versprochen! Zwei Wochen hat er dir versprochen!»

«Ich weiß, und er ist ein Mann von Wort. Deshalb muß ich herausfinden, was los ist.»

«L'Azazel!» Sie warf einen Topf ins Spülbecken. «Warum habe ich sie schlachten lassen? Eine lebende Ente verdirbt nicht. Noah hätte mit ihr spielen können, bis es Zeit gewesen wäre.»

«Aber dann hätte er dir nicht erlaubt, sie zu töten. Er hätte sie Joschua oder Jitzhak genannt und dich in die Flucht geschlagen.»

«Ha! Wahrscheinlich. Nun, dann kommt sie in den Bluestein-Kühlschrank.» Die Nachbarin wurde von allen Mietern beneidet, weil amerikanische Verwandte ihr einmal einen Kühlschrank mitgebracht hatten. «Aber laß nicht zu, daß er uns um unsere zwei Wochen betrügt, hörst du? Du kommst nach Hause zurück!»

Anstatt im Zickzack fliegen zu müssen, um die Flugabwehrgeschütze zu vermeiden, ratterte die Piper direkt über die Festung von Latrun hinweg, und der junge Pilot zeigte auf die umherspazierenden und halbangezogenen Legionäre. «Ihr freut euch, daß ihr nicht zu schießen braucht, was?» rief er ihnen über den Motorenlärm hinweg zu. «Wir auch!» Auf den schönen, grünen Feldern von Ayalon, zu beiden Seiten der unsichtbaren Trennungslinie, verrichteten die arabischen und jüdischen Bauern ihre Arbeit, und die Traktoren zogen friedlich ihres Wegs. Das kleine Flugzeug bockte und schaukelte, als es im starken Seewind nördlich von Tel Aviv landete. Vor dem Flughafenschuppen stand ein kleiner, untersetzter Mann im Sonntagsstaat, mit Jacke, Krawatte und Filzhut, der ein dickes Sandwich aus einer Tüte aß, und als Barak an ihm vorbeiging, sagte er: «Was ist denn mit dir los, du großes Tier? Sprichst du nicht mehr mit Zivilisten?»

«Sam! Wanderst du aus? Sehr vernünftig!» Pasternak lachte nur und biß in sein Sandwich. «Nun komm schon, wohin willst du ausgerechnet jetzt?»

Pasternak senkte die Stimme und antwortete kauend: «Nach Prag. Abkommandiert. Der tschechische Waffenmarkt steht uns weit offen, Zev. Überschüssige Messerschmitts, Panzer, Kanonen, Maschinengewehre, Gewehre aller Art, Munition! Alles, was wir bezahlen und mitnehmen können, können wir jetzt haben.»

Da die Pasternaks tschechische Juden waren und Sam früher im Untergrund Waffen geschmuggelt hatte, war sein Auftrag keine Überraschung. «Aber das Embargo, Sam? Die Waffenstillstandsbedingungen? Wir können das Zeug doch nicht einführen.»

Mit einem freudlosen Lächeln erwiderte Pasternak: «Nein, natürlich können wir das nicht. Die Araber bringen tonnenweise Waffen herein, weil die Beobachter der UNO nicht alle ihre Grenzen und Küsten überwachen können, aber bei uns schwärmen sie wie die Fliegen herum und schnüffeln jedem Päckchen nach.» Das listige, bullige Gesicht verzog sich in Falten. «Dennoch findet ein Jude immer einen Weg, nicht wahr? Und du? Ich dachte, du seist auf Urlaub.»

«Bin ich auch. Aber B. G. hat mich hierher beordert, mit dem Flugzeug. Gott weiß warum.»

«Ich weiß warum.»

«Dann sag es mir.»

Pasternak nahm ihn am angewinkelten Ellbogen und zog ihn beiseite. «Hat er nicht Begin erwähnt?»

«Begin? Mit keinem Wort.»

Menachem Begin, Ben Gurions feuerfressender politischer Gegner, ein Rechter, war der Führer des *Irgun Zwai Leumi*, der Nationalen Militärorganisation, des rechten Flügels der Zionisten.

«Also, Begins Leute kauften in Amerika ein altes LST, eines dieser großen Panzerlandungsschiffe, und füllten es in Marseille bis an den Rand mit französischer Munition. Es liegt jetzt vor unserer Küste und kann ausgeladen werden. Aber wer soll die Waffen bekommen? Die Armee oder der Irgun? Das ist die große Frage, Zev, und sie tickt wie eine Bombe. Ich warne dich. Viel Glück!»

Der alte Mann saß über seinen Schreibtisch gebeugt bei Tee und Kuchen; die weißen Haarsträhnen flatterten im Wind eines lärmenden Ventilators. «Wir haben endlich von den Amerikanern bezüglich Marcus gehört», sagte er ohne Umschweife. «Die Geschichte ist heraus und erregt viel Aufsehen in der dortigen Presse. Man plant eine Beisetzung mit militärischen Ehren. Begräbnis in West Point, ein feierlicher Anlaß. Er hat es mehr als verdient. Ein wahrer Held. Mosche Dayan wird die sterblichen Überreste begleiten, aber ich versuche immer noch, ein Transportflugzeug in Europa zu mieten. Wahnsinnig teuer! Und die Versicherung! Schrecklich!» Ben Gurion seufzte tief auf, nippte an seinem Tee und fuhr mit dem verschwörerischen Blick eines Eingeweihten fort: «Das ist alles sehr traurig. Du weißt doch, was in Wirklichkeit geschehen ist?»

«Ja, die Kugel eines Heckenschützen.»

Ben Gurion schüttelte langsam den Kopf. «Bobe-maisse! Wenn der arme Mickey ein paar Worte Hebräisch verstanden hätte, wäre er noch am Leben.» Er hielt inne, bis Barak sich von seinem Erstaunen erholt hatte. «Die Palmachniks in Abu Ghosh hatten gestern abend eine große Party für ihn veranstaltet. Zur Feier der Straße, des Waffenstillstands, des Ausbruchs aus der Belagerung und was noch alles. Du weißt, wie gern er einen Tropfen trank, und ich nehme an, er hat ganz tüchtig gesoffen! Dann muß er in diesem weißen Laken hinausgewandert sein, um sich zu erleichtern. Jedenfalls wurde er von einer Wache angehalten, einem neuen Rekruten, der kein Englisch sprach. Und als der arme Mickey nicht *haderekh shelanu* sagen oder ihm einfach erklären konnte, wer er war, schoß der junge Narr und tötete ihn. Er hielt ihn für einen arabischen Eindringling, zumal er so ganz in Weiß gehüllt war. Als der Junge dann erfuhr, was er angerichtet hatte, versuchte er, sich das Leben zu nehmen.»

«Nein!» Barak fühlte sich schwindlig und übel. «Von einer Wache erschossen!»

«Ja. Natürlich muß das streng geheim bleiben. Der Heckenschütze ist die offizielle Version. Und jetzt zu deinem Auftrag. Dayans Englisch ist nicht sehr gut, und deshalb wirst du ihn nach West Point begleiten, sobald wir ein Flugzeug gechartert haben. Es wird noch eine Weile dauern.»

Darum also war er hierher beordert worden, sagte sich Barak, und dieses eine Mal hatte sich der allwissende Pasternak geirrt. Es bestand wahrscheinlich noch Aussicht auf den Entenbraten, und das war eine Erleichterung.

Aber dann schob Ben Gurion das Teetablett beiseite, verschränkte die Hände auf dem Schreibtisch und schnitt in einem für ihn typischen, abrupten Stimmungswechsel ein wütendes Gesicht. «Und jetzt höre mal, Zev. Weißt du, daß wir am Rande eines Bürgerkriegs stehen, der innerhalb von Stunden ausbrechen kann?»

Barak war an den melodramatischen Stil des Alten gewöhnt, doch es traf ihn wie ein Schock, obgleich man ihn vorgewarnt hatte. «Was ist denn los, Herr Premierminister? Und wo?» (Eins zu null für Pasternak!)

Ben Gurion hob seine dicke Hand und sagte: «Das wirst du bald erfahren. Ich stelle einen Krisenausschuß zusammen, und du wirst unser Schriftführer sein.»

«Verzeihung, Herr Premierminister. Sie hatten zwei Wochen Urlaub gesagt, und Nakhama ...»

Der Alte fuhr ihn an: «Ich weiß, ich weiß, was ich gesagt habe. Aber hier handelt es sich um einen Notfall.»

Als Ben Gurion dem halben Dutzend Offizieren des Krisenstabs von diesem Panzerlandungsschiff erzählte, waren sie sichtlich erstaunt und besorgt. Der erste, der das lastende Schweigen brach, war der Palmach-Chef Yigael Allon. Obwohl fast dreißig, sah er mit seinem dichten Lockenhaar, das ihm wie einem Knaben über die sonnengebräunte Stirn seines verwitterten Bauerngesichts hing, jünger aus als Barak. «Herr Premierminister, seit wann weiß die Regierung von diesem LST?»

«Wir haben bereits vor einigen Tagen mit dem Irgun darüber verhandelt. Das heißt, seit der famose Herr Begin mich von der Sache in Kenntnis gesetzt hat.» Ben Gurion schlug einen verdrießlichen Ton an. Er schätzte Allon nicht sonderlich, weil die knallharte Palmach-Elite sich hauptsächlich aus Kibbuzim rekrutierte, die eine Art linker Opposition seiner sozialistischen Partei bildeten. «Ich mußte es geheimhalten, weil es ein schwerer Verstoß gegen den Waffenstillstand ist. Zuerst glaubte ich, wir könnten versuchen, uns über eine heimliche Ausladung des Schiffs zu einigen, aber diese Leute sind unmöglich! Ständig ändern sie ihre Bedingungen, und man kommt mit ihnen einfach nicht ins Geschäft...»

Oberst Yadin trat ein, paffte seine Pfeife und runzelte verdrossen die hohe Stirn. «Schon gut. Dank sicherer Informationen der Offiziere des Nachrichtendienstes der Armee, die an Ort und Stelle sind, habe ich mir ein Bild von der Lage machen können.»

Sein Bericht war bestürzend. Von dem in einer Bucht bei Netanya geankerten LST hatte man bereits einen großen Teil der Fracht ausgeladen, und die dem Irgun angehörige Mannschaft der *Altalena* – so hieß das Panzerlandungsschiff jetzt – sowie alle jene, die zum Ausladen der Waffen gekommen waren, widersetzten sich ganz offen den Befehlen der Armee und der Regierung. «Aber ich versichere Ihnen, Herr Premierminister, daß die Armee die ganze Küste abgeriegelt hat. Wir haben Straßensperren errichtet, und im Augenblick werden keine Waffen das Strandgebiet verlassen, das steht fest.» Ben Gurion nickte grimmig Zustimmung. Oberst Yadin fuhr fort: «Allerdings, Sir, muß ich hinzufügen, daß einige Armeeeinheiten, die dem Irgun treu geblieben sind, die ihnen angewiesenen Stellungen verlassen und sich den Truppen am Strand angeschlossen haben.»

Die Offiziere blickten einander an, und der Palmach-Chef Allon ergriff forsch und ruhig das Wort. «Die Lage muß unbedingt entschärft werden. Was will der Irgun wirklich erreichen, Herr Premierminister, welches sind seine Minimalforderungen, und wie kann eine Einigung über die Differenz erzielt werden?»

Ben Gurion antwortete gereizt: «Das Schiff und die Fracht müssen der Armee übergeben oder mit Gewalt beschlagnahmt werden. Nur so und nicht anders.»

Im Gegensatz zu Allon sprach Oberst Yadin langsam und besorgt: «Und falls der Irgun versuchen sollte, sich von der Küste aus den Weg ins Innere des Landes zu erzwingen, Herr Premierminister?»

«Dann befehle ich Ihnen, das Feuer mit dem Feuer zu erwidern!» Ben Gurion schlug mit der Faust auf den Tisch. «*Es kann in einem Land nur eine Streitmacht geben, und die Regierung muß diese Streitmacht unter ihrer Kontrolle haben.* Das sind zwei Punkte, bezüglich derer ich keine Kompromisse schließen kann. Hat der Irgun nicht ein Abkommen unterschrieben, das ihn verpflichtet, seine Einheiten in die Armee zu integrieren? Diese Irgunisten, die ihre Stellungen verlassen, sind Deserteure!»

«Herr Premierminister», sagte Barak, «die Truppen der Armee am Strand könnten sich dem Befehl, auf ihre jüdischen Landsleute zu schießen, widersetzen. Und wahrscheinlich rechnet der Irgun auch damit.»

«Zev hat recht», sagte Allon. «Es ist eine Möglichkeit, die man ernsthaft in Betracht ziehen muß.»

Ben Gurion warf Barak einen wütenden Blick zu, verengte dann die Augen und musterte die versammelten Offiziere. «Wollen die Herren mir erzählen», knurrte er, «daß diese Regierung nicht die Macht hat, mit einem möglicherweise bevorstehenden bewaffneten Aufstand fertig zu werden? Mit einem Bürgerkrieg? Daß es in der israelischen Verteidigungsmacht keine Soldaten gibt, die mir gehorchen werden?»

Oberst Yadin zog bedächtig an seiner Pfeife. «Herr Premierminister», sagte er, eine graue Wolke ausstoßend, «schicken wir doch einmal Mosche Dayan an diesen Strand.»

Mosche Dayan kommandierte das leichte Bataillon der neuen Panzerbrigade außerhalb von Tel Aviv. Ein Panzerbataillon war es eigentlich nur dem Namen nach, in Wirklichkeit bestand es aus einem zusammengewürfelten Haufen von Jeeps und mit Stahlplatten versehenen Raupenfahrzeugen, die sich höchstens für kurze Blitzangriffe eigneten, da ihre Bewaffnung sich auf Mörser und Maschinengewehre beschränkte. Doch «Panzer» war nun einmal ein Prestigewort, und viele Solaten hatten sich freiwillig zu «Dayans Kommando» gemeldet. Unter diesen hatte Dayan bereits bereitwillig Benny Luria aufgenommen, einen Jungen aus seinem eigenen Moschav, und in der hastigen, oft dem Zufall überlassenen Rekrutierung der Waffenstillstandszeit hatte Benny auch Don Kischote mitgebracht. Benny war bereits zum Zugführer avanciert, dank seiner Befähigung oder weil Dayan seine Hand über ihn hielt oder ein bißchen von beidem zugleich.

«Rate mal, was ich erfahren habe», sagte er, als er mit neuen Befehlen in das niedrige, heiße Zelt zurückkehrte, wo Don Kischote sein Gewehr putzte. «Volle Kampfbereitschaft. Morgen ziehen wir los.»

«Warum? Wohin geht es denn?»

«In das Dorf Vitkin.»

«Wo ist das?»

«Ein Moschav am Meer, nördlich von Netanya.»

«Am Meer? Warum am Meer? Steht eine Überraschungslandung der Araber bevor?»

«Das ist alles, was ich weiß.»

«Dann weißt du nicht gerade viel.»

«Ich weiß, was man mir gesagt hat. Und das ist alles, was ich oder du zu wissen brauchen.»

Am nächsten Tag ratterte das Bataillon an dem Moschav vorbei und stoppte vor dem Steilhang an der Küste. «Da, schau doch mal, das ist ja ein LST», sagte Don Kischote und blinzelte zu einem ankernden, riesigen Panzerlandungsschiff hin, das mit Tarnfarben gestrichen war. «Ich habe Hunderte davon im Hafen von Neapel gesehen. Was zum Teufel hat ein LST hier zu suchen?»

Von ihrem Raupenfahrzeug aus konnten sie genau erkennen, was sich da unten abspielte. Einheiten der Armee bildeten einen Halbkreis und sperrten den Strand vor der *Altalena* ab. Und innerhalb dieses Perimeters schleppten Scharen halbnackter Männer große Kisten aus dem LST über eine wacklige Pontonbrücke, während andere, ihre Bürde auf dem Kopf, an Land wateten. Haufen von Munition wurden auf dem Strand in Lastwagen verladen, und diese wurden von Irgun-Leuten bewacht, die sich von den Soldaten der Armee nicht unterschieden, diese aber mit schußbereiten Gewehren bedrohten.

Aus Bennys Walkie-talkie ertönte Dayans unverwechselbare, klare Stimme: «Bataillon vorrücken entsprechend bekannter Instruktion.»

«Jetzt geht es los», sagte Benny. Die Panzerfahrzeuge schlängelten sich den Steilhang hinunter. Die Leute am Strand blieben stehen, die Diskussionen verstummten, die Handlanger stellten ihre Arbeit ein, und alles starrte auf die immer näher kommenden Armeefahrzeuge. «Okay, Jossi, wenn wir am Strand sind, nehmen wir Aufstellung zwischen der Armee und den Irgun-Leuten, verstanden?»

«Was tun wir hier, Benny? Sollen wir unsere eigenen Soldaten schützen?»

«Die gehören zur örtlichen Brigade, der Alexandroni. Wir sind die Verstärkung.»

«Aber was haben wir denn eigentlich gegen den Irgun? Die Irgun-Kämpfer im Jüdischen Viertel haben sich tapfer geschlagen, das kann ich dir sagen.»

«Ach, das ist alles nur Politik. Sehr kompliziert.»

Ein offener Wagen fuhr über den knirschenden Sand am Meeresufer. Benny rief ganz aufgeregt: «Oh, jetzt wird es interessant! Das ist der Bürgermeister von Netanya, und siehst du den kleinen Kerl mit dem weißen Hemd und der Brille, der gerade aussteigt? Das ist Menachem Begin.»

«Was? Der kleine Kerl? Sieht eher wie ein Lehrer aus oder etwas in dieser Art.»

«Aber er ist ein besessener Redner und Kämpfer. Begin *ist* der Irgun. Jetzt fängt der Spaß erst an.»

Der kleine Mann im weißen Hemd mit der Brille trottete über die Pontonbrücke und verschwand im Schiff, blieb dort eine ganze Weile, kam dann wieder an Land und diskutierte heftig mit dem Bürgermeister und einer Schar Offiziere der Armee. Das wiederholte sich immer wieder. Die Stunden schleppten sich hin. Die

Anspannung der Soldaten ließ auf beiden Seiten nach. Die Sonne ging unter, und Kischote fühlte sich schläfrig. «Das ist ja der reinste Unsinn», sagte er. «Reden, Reden und wieder Reden. Wir werden jedenfalls nicht gegen unsere eigenen Leute kämpfen, Benny. Das weißt du doch.»

«Schau, du kennst Dayan. Wenn er uns befiehlt, zu schießen, dann schießen wir.»

Kischote gähnte und gähnte, hockte sich nieder und schlief mit dem Kopf auf den Knien ein. Schüsse weckten ihn auf. Wie eine Katze war er in Sekundenschnelle wach, griff zum Gewehr und warf sich neben Benny Luria, der flach am Boden lag, das Auge am Visier seines dreifüßigen Maschinengewehrs. Es war fast dunkel. «Benny, was ist denn los?»

«Bist du taub? Ich weiß nicht, wer angefangen hat und wie es kam, aber halt die Augen offen, es ist ernst.»

Dayans Truppen schossen, wie sie es gelernt hatten, von erhöhten Stellungen herab oder aus Panzerwagen heraus. Vom Strand antwortete ihnen nur sporadisch Feuer, aber die Kugeln pfiffen und jaulten über die Köpfe hinweg. Mosche Dayan schritt auf einer leichten Anhöhe entlang und stieß auf Kischote, der sich mit seinem Gewehr aufgerichtet hatte und zurückschoß. «Runter mit dir!» Die schwarze Augenbinde und die Stimme waren selbst in der rauchigen Dunkelheit unverkennbar.

«Sir, ich sehe nicht sehr gut, wenn ich liege», rief Kischote über dem Lärm der Schüsse.

Dayan klopfte ihm auf die Schulter. «Runter mit dir, du Milchgesicht!» Dann ging er weiter.

Kischote ließ sich neben Benny Luria fallen, der gerade sein Maschinengewehr wieder auflud. «Sag mal», brüllte er ihm zu, «ist das nicht eine komische Art, ein Land zu regieren?»

«Ja, zum Totlachen», schrie Benny zurück.

Als die Schießerei allmählich aufhörte und sie sich wieder aufsetzen konnten, sahen sie, wie die schattenhaften Umrisse des LST sich bewegten, und hörten das Rasseln beim Einziehen der Ankerkette.

Zev Barak war immer noch im Hauptquartier von Ramat Gan, wo er wenig Schlaf fand, weil es seine Aufgabe war, die Krise zu observieren und zu dokumentieren. Die ganze Nacht lang verfolgte eine Korvette der Armee die *Altalena* entlang der Küste, während die beiden Kapitäne einen erbitterten Streit auf ihren Kurzwellensendern ausfochten – und zwar auf englisch, denn sie waren beide amerikanische Reserveoffiziere der Marine. Barak gab sich alle Mühe, ihre Auseinandersetzung schriftlich festzuhalten, aber es war ein wildes Durcheinander von Drohungen und Herausforderungen im streng juristischen Marinejargon. Kurz vor Tagesanbruch lief die *Altalena* in den Hafengewässern von Tel Aviv ein, wo sie dann allerdings gegenüber dem Strandhotel Dan auf Grund lief, während die Berichte über die nach Tel Aviv strömenden Irgun-Einheiten sich häuften.

Früh am Morgen eröffnete Ben Gurion die Sitzung des verschlafen dreinblickenden Krisenstabs mit einer heftigen Tirade gegen den Befehlshaber der Seestreitkräfte, einen rotbärtigen jungen Mann im Rollkragenpulli, dem er vorwarf, das LST nicht eingeholt und aufgebracht zu haben. Dann wandte er sich an die übrigen Offiziere und forderte sie auf, sofort einen Plan auszuarbeiten, um das Schiff zu neutralisieren oder zu zerstören, falls es sich nicht ergeben sollte.

«Herr Premierminister», bemerkte Yigael Allon in jenem trockenen, bedrohlichen Ton, der für ihn typisch war, «ein Schuß aus einer Drei-Zoll-Haubitze genügt, um das Schiff auf der Stelle zu versenken. Das LST sitzt hilflos wie eine Eierschale in direkter Schußweite fest.»

«Eine Eierschale voller Munition», sagte Oberst Yadin. «Dieser eine Schuß kann es himmelhoch in die Luft jagen und alle töten, die an Bord sind.»

Deutlich gedämpfter im Ton und Verhalten sagte Ben Gurion: «Bitte, meine Herren. Das steht noch nicht zur Diskussion. Wie ist das Kräfteverhältnis der Truppen in Tel Aviv?»

«Höchst ungünstig», sagte Yadin. «Wie Sie wissen, Sir, ist es eine Irgun-Stadt, und unsere Armeeinheiten bräuchten Zeit, bis sie hier wären.»

«Zev, du wirst dich um die Auslandspresse kümmern müssen»,

sagte Ben Gurion, an Barak gewandt. «Die ganze Welt wird dieses Debakel verfolgen. Die ganze weite Welt! Du verfaßt eine Regierungserklärung... vorsichtig, diskret, aber *eindrucksvoll.* Sag, die israelische Regierung werde diesen flagranten Verstoß gegen die Waffenstillstandsbedingungen nicht dulden. Das Schiff ist mit Dissidenten und Terroristen bemannt. Es wird beschlagnahmt werden, die Waffen werden an die UNO ausgeliefert, und so weiter... Und jetzt, meine Herren, tragen Sie bitte Ihre Ideen vor...»

Barak setzte sich in eine stille Ecke und arbeitete verbissen an seinem Text. Als er ihn Ben Gurion brachte, war dieser in seinem kleinen Büro und diskutierte mit dem Proviantmeister und zwei Zivilisten aus der Textilbranche über den Stil der neuen Uniformen. Muster der Hemden und Hosen lagen auf den Stühlen und seinem Schreibtisch. «Keiner dieser Aufschläge paßt», sagte er, durch seine Brille blinzelnd. «Wo bleibt der militärische Schick? Ach, Zev, hast du die Erklärung?»

Er überflog Baraks Gekritzel, strich ein paar Wörter aus, fügte andere hinzu. «Sehr gut, sehr gut. Bring das ins Pressebüro, laß es verteilen und halte mich auf dem laufenden... Die Knöpfe gefallen mir auch nicht. Wieviel mehr kosten Metallknöpfe?»

Da St. John Robley von der Agentur Reuters ein Frühaufsteher war, hatte er von seinem Fenster im Hotel Dan aus den seltsamen Anblick eines in den Hafen einfahrenden LST, dem eine Korvette folgte. Eiligst zog er sich an, griff nach seinem Fernglas und ging hinunter zur Terrasse des Restaurants mit Ausblick auf die See. Dort bestellte er Kaffee und erkannte mit Erstaunen, daß das LST vor der Küste ankerte, anstatt an einer der Laderampen am Strand festzumachen. Dann sah er durch das Fernglas, daß die Mannschaft den am Ufer versammelten Irgun-Soldaten signalisierte, daß das Schiff auf ein Hindernis gestoßen und auf Grund gelaufen sei.

Kurz darauf erschien Zev Barak mit einer Aktenmappe. «Ach! Guten Morgen, Sir.»

«Guten Morgen, Herr Major. Sagen Sie, was hat dieses Landungsschiff da draußen zu suchen?»

Zev hatte Yael Lauria mit einem Stapel vervielfältigter Regierungserklärungen für die Journalisten in der Halle abgesetzt, aber es sah diesem schlauen Engländer wieder einmal ähnlich, daß er hier oben mit seinem Fernglas auf Beobachtungsposten war. «Sehen Sie, Sir», und damit zog Barak eine Kopie der Erklärung aus seiner Mappe, «darin können Sie die ganze Geschichte erfahren.»

Robley las rasch die beiden Seiten durch. «Werbeprospekt der Regierung, Major. Beschwichtigungsmanöver. Warum heißt es *Altalena*? Was hat das zu bedeuten?»

«Jabotinskys Pseudonym, Sir. Der erste Führer des revisionistischen Zionismus, Gründer und Idol des Irgun.»

«Diese Irgun-Leute sind ein hitziges Pack, was?»

«Sie sind Patrioten, Sir. Es wird alles gut ausgehen.»

Das Restaurant des Hotels Dan war im Nu voller Journalisten, neugieriger Israelis und UN-Beobachtern mit blauen Armbinden. Auf dem gestrandeten Schiff herrschte rege Geschäftigkeit, immer mehr Irgunisten versammelten sich am Strand, und auf dem Damm über ihnen bezogen Armeeinheiten ihre Stellungen.

«Major Barak, wissen Sie was?» sagte Robley und zeigte auf die bewaffnete Konfrontation. «Es ist wieder einmal das Jahr siebzig nach Christus im Heiligen Land. Damals, als Titus in Jerusalem einmarschierte, habt ihr Juden euch gegenseitig den Garaus gemacht.»

Ein Schrei in mehreren Sprachen: *«Da kommen sie!»* Ein vollbeladenes Landungsboot verließ das LST. Mit seiner schweren Last von Kisten und Maschinengewehren und den vielen bewaffneten Männern in Hockstellung kam das Boot nur langsam und schleppend voran. Die Gespräche im Restaurant verstummten. Die Spannung stieg.

«Es besteht kein Zweifel mehr, daß aus euch Juden Soldaten geworden sind», fuhr Robley fort, das Fernglas unverwandt auf das sich nähernde Boot gerichtet. «Und das ist bemerkenswert. Ich frage mich allerdings, ob man euch wirklich Waffen anvertrauen kann.»

Barak hörte nur noch halb zu, denn auch er ließ das Boot nicht aus den Augen. «Ich weiß nicht, ob ich Sie richtig verstanden habe. Was meinen Sie damit?»

«Ich meine, daß Waffen für den Krieg bestimmt sind. Sie sollten nicht zu einer lautstarken Form talmudistischer Streitgespräche werden.»

«Darf ich mir einmal kurz Ihr Fernglas leihen?» Barak warf einen scharfen Blick auf das ankommende Boot. «Vielen Dank, Sir.» Er gab es zurück, rannte von der Terrasse, dann die Hoteltreppe hinunter bis zu den Badekabinen am Strand, denn der Mann, der das Boot kommandierte, war ein alter Freund aus seiner Pfadfinderzeit, ein gewisser Zulu Levy.

Der sehr dunkelhäutige Levy hatte einmal in einer Posse auf der Schule einen Kannibalen mit einem Knochen in der Nase gespielt, und seitdem wurde er nur noch «Zulu» genannt. Mittlerweile war Levy Hoteldirektor, ein glühender Anhänger des Irgun, und er stand Menachem Begin sehr nahe. So sah Barak hier eine leise Chance, das Feuer zu löschen, wenn es ihm gelänge, Zulu Levy und durch ihn seinen schwierigen Führer zur Vernunft zu bringen. Eine Möglichkeit, wenn auch eine kleine. Niemand hätte einen Grund, auf ihn zu feuern, außer vielleicht irgendein schießwütiger Narr. Während er aus dem Hotel und über den menschenleeren Strand stapfte, dachte er betrübt an das Schicksal seines Freundes Mickey Marcus, und als er am Wasser war, brüllte er, die Hände zum Sprachrohr gekrümmt: «Heh, Zulu! Zulu! Ich bin's, Barak! *Ma nishma* [Was gibt's Neues]?»

Levy blickte sich nach ihm um, lächelte und winkte ihn zu sich heran. «Zev! Kommst du im Auftrag von Ben Gurion?»

«Gewissermaßen ja.»

«Wo ist denn dann deine weiße Fahne?» Schallendes Gelächter bei den Männern, die das Boot ausluden. Mit wild glänzenden Augen begrüßte Levy seinen alten Freund mit einer rauhen und herzlichen Umarmung. «Froh, dich zu sehen! Zev, du kannst deinem Chef sagen, daß noch vier weitere Schiffsladungen mit diesen Knarren in Marseille auf uns warten. Vier! Der Irgun führt mehr und bessere Waffen ein, als er für seine gesamte Jiddische-Mamme-Armee aufgetrieben hat!»

«Schau, Zulu, damit kommt ihr nicht durch. Ihr könnt es nicht. Wenn ihr euch friedlich ergebt, kann das Schlimmste noch vermieden werden, und wir sind raus aus diesem verrückten Schlamassel.

Yigael Allon ist beauftragt, der Krise ein Ende zu machen, und er läßt eine Kanone auffahren.»

«Ha, ha!» Zulus Gelächter klang überzeugend. «Ein Bluff!»

«Zulu, kennst du Yigael Allon?»

Levy brauste wütend auf. «In Gottes Namen, Zev, wer hat in Amerika das Geld für dieses Schiff aufgetrieben? Wer hat über diese Berge französischer Waffen verhandelt? Dieser Tyrann Ben Gurion verlangt das Unmögliche! Er hat alle Kompromisse verweigert, und jetzt...»

Plötzlich schallten Worte auf englisch über das Wasser. «*Hier spricht der Kapitän der* Altalena. *Menachem Begin wird in Kürze vom Deck dieses historischen Schiffs aus eine Ansprache an die Bevölkerung von Tel Aviv und ganz Israel halten...*»

«Nun geht es los», sagte Zulu und klopfte Barak leicht auf die Schulter. «Hör gut zu, und dann sage deinem speckköpfigen Premierminister, daß er überlistet und ausgetrickst worden ist!»

«Das Kabinett tritt in zehn Minuten zusammen.» Ben Gurion saß allein mit Barak in seinem kleinen Büro. «Sag mir, was für einen Eindruck du hast. Wie schlimm steht es da unten?»

«Nicht gut, Sir. Als ich fortging, hielt Begin eine Rede über Lautsprecher. Er forderte jeden Bewohner Tel Avivs auf, beim Ausladen der Waffen zu helfen, und auf Deck häuften sich immer mehr Gewehre.»

«Haben sie inzwischen noch mehr Waffen an Land gebracht?»

«Nicht seit der ersten Bootsladung, aber sie ließen mehrere beladene Barkassen herunter.»

«Und all das vor der Nase der UNO-Beobachter und der Presseleute?»

«Ja, auf der Terrasse wimmelte es von UN-Beamten, Fotografen und Kameraleuten.»

Ben Gurion versank noch tiefer in seinen Sessel, ballte die Fäuste auf seinem Schreibtisch. «Wir haben es hier mit einer politisch motivierten und geführten Meuterei zu tun. Wenn wir sie nicht niederschlagen, wird sie den Staat vernichten.» Er stand auf. «Warte hier, Zev.»

Allein in dem schmucklosen Büro starrte Barak über den mit Papieren beladenen Schreibtisch an die Wand, und Theodor Herzl, der Wiener Vater des Zionismus, starrte zurück – mit seinem schwarzen, gewellten Bart und den gebieterischen dunklen Augen eine schweigende Herausforderung: *Wenn du es willst, ist es kein Traum mehr.* Neben seinem Porträt hing der Traum, der kraft des Willens zur Tatsache geworden war. Ein mit Tinte gezeichneter Umriß Israels auf einer Karte des palästinensischen Mandatsgebiets, entstellt von den Graffiti des Krieges und der Politik; rote und blaue Schlachtdiagramme, dicke grüne Waffenstillstandslinien an den verschiedenen Fronten. Erschöpfung und Verzweiflung ließen Baraks Kopf über seinen gekrümmten Arm auf die Schreibtischplatte sinken. Er war nie sehr optimistisch gewesen in bezug auf den prekären Status des neuen jüdischen Staates, in dem er lebte und den er liebte, und nun fühlte er, wie der Boden unter seinen Füßen wankte.

Was dem ehemaligen Wolfgang Berkowitz und jetzigen Israeli Zev Barak am meisten zu schaffen machte – so stellte er in seiner Selbstbetrachtung fest –, war die Tatsache, daß er noch immer wie ein Mitteleuropäer dachte und nicht alles nur von einem einzigen Standpunkt aus sah. Begin hatte nicht ganz unrecht, und Ben Gurion war weit entfernt davon, völlig recht zu haben. Sie waren beide osteuropäische Ghettopolitiker, die sich um ein kleines, von außen bedrohtes Land stritten. Nach neunzehn Jahrhunderten der Diaspora waren die Juden endlich wieder daheim. Der jüdische Staat, Herzls Traum, hatte nur fünf Wochen existiert, und mit dem Feind vor den Toren waren die Gewehre der Juden auf wen gerichtet? Auf Juden! Das war zuviel für ihn. Sollte Ben Gurion sich darum kümmern, wie er sich um alles kümmerte, bis zu den Uniformknöpfen.

Ein Summer auf dem Schreibtisch ertönte. Er ging zum Kabinettszimmer und klopfte an. «Herein!» Der Premierminister saß an einem Tisch mit acht mehr oder weniger älteren Zionisten in offenen Hemden, bis auf einen Rabbi, der einen schwarzen Anzug mit Krawatte trug. Barak kannte sie alle. Einige nickten ihm mürrisch zu. Bedrückendes Schweigen herrschte im Raum. Auf den angespannten und bleichen Gesichtern um den Tisch waren Traurigkeit, böse Vorahnung, Angst zu lesen, sie alle waren bestürzt, nur Ben Gurion nicht. «Unser guter Herr Begin ist völlig wahnsinnig geworden», krächzte er munter und mit kämpferischer Miene. «Jetzt geht es um folgende Entscheidung: Soll Allon seine Haubitze abfeuern, wenn die Lage sich weiterhin verschlechtert? In diesem Falle wirst du, Zev, die Presse informieren, aber ohne mich zu erwähnen. Verstanden? Du bist ja im Bilde.»

«Jawohl, Herr Premierminister.»

Bevor er beim Hinausgehen die Tür hinter sich schloß, hörte er noch Ben Gurion sagen: «Wir müssen uns im klaren darüber sein, daß durch ein Eingreifen jüdisches Blut vergossen wird. Falls die provisorische Regierung das beschließt, dann soll es so sein, aber ich will eine Abstimmung darüber, und ich will sie jetzt...»

Als er zurück zum Hafen fuhr, mußte er den Jeep durch eine Flut hupender Wagen und Scharen von Fußgängern steuern, die alle in die entgegengesetzte Richtung eilten. Ein Polizist erklärte ihm, man sei dabei, die in der Nähe des Strands gelegenen Häuser zu evakuieren. Barak sah viele Soldaten, die gegen den Strom der Menschenmengen zum Strand drängten. Es waren zum Irgun übergelaufene Deserteure der Armee, die für das verdammte Waffenschmuggler-LST kämpfen wollten.

Als die Hölle losbrach und überall um und im Hafen ohne Vorwarnung geschossen wurde, rannten die Zuschauer der Terrasse ins Innere des Restaurants. Kellner und Gäste kauerten sich auf den Boden. Saul Schreiber, der Reporter der *Los Angeles Times*, hatte sich zu St. John Robley an den Tisch gesetzt; sie blieben beide auf ihren Stühlen und schauten zu, wie die schwerbeladene zweite Barkasse sich im Zickzack durch einen dichten Kugelhagel schlängelte, sahen, wie sie am seichten Uferrand auflief und stoppte, sahen, wie die Mannschaft das Feuer erwiderte und wie die Verwundeten von hinauswatenden Helfern an Land geschleppt wurden.

«Das phantastischste Schauspiel», bemerkte der Engländer, «das ich je in meinem Leben gesehen habe, und ich bin auf vielen Kriegsschauplätzen gewesen.»

«Bruder gegen Bruder», sagte Schreiber traurig. «Der reinste Irrsinn.»

Das Sperrfeuer ließ nach. Die Leute auf dem Boden des Restaurants standen verlegen auf und klopften sich den Staub von den Kleidern. Die Waffen blieben in der verlassenen, halbversunkenen Barkasse. Am Strand herrschte eine drückende Stille. Das Meer glitzerte und funkelte im Licht der untergehenden Sonne. Ein Leutnant der Armee trat ein und verkündete: «Meine Herren, ein Vertreter der Regierungspressestelle ist unterwegs.» Journalisten und UN-Beobachter strömten von der Terrasse ins Innere.

«Major Barak hat uns sicher schlimme Nachrichten mitzuteilen», sagte Schreiber zu Robley, aber statt dessen erschien Yael Luria in einer makellos sitzenden Uniform und mit frischem Make-up. Lächelnd gab sie ihnen zu verstehen, daß sie sie wiedererkannte, und so bahnte sich Schreiber einen Weg zu ihr durch die Menge und half ihr auf einen Stuhl. Zuerst ein wenig stammelnd, dann aber mit fester Stimme, verlas sie eine Erklärung:

«*Die israelischen Streitkräfte geben bekannt, daß die Besatzung des Schiffs* Altalena *um eine Feuerpause gebeten hat, um ihre Verwundeten zu evakuieren. Der Bitte wurde stattgegeben, und über eine friedliche Beendigung der Krise wird fieberhaft verhandelt. Unter keinen Umständen dürfen die illegal eingeführten Waffen entgegen den Waffenstillstandsbedingungen und den Befehlen der Regierung in Israel an Land gebracht werden.*»

Von allen Seiten bedrängte man sie mit Fragen, aber sie rief mit einer hilflosen Geste: «Das ist alles, was ich habe. Major Zev Barak wird Ihnen sehr bald über alle Einzelheiten berichten.»

Schreiber spurtete hinter Yael her. Sehr geschickt von Major Barak, die Presse mit diesem blonden Augenschmaus hinzuhalten, aber sie wußte bestimmt noch viel mehr als das, und ein jüdischer Reporter müßte doch fähig sein, sie zum Reden zu bringen. Aber sie war weder in der Hotelhalle noch auf der stillen Straße draußen zu sehen. Einfach verschwunden. Verdammt!

Nie zuvor hatte Yael die Straßen von Tel Aviv so menschenleer gesehen und – abgesehen von sporadischen Schüssen – so still. An einer neuen, provisorischen Straßensperre aus Öltonnen in der Nähe des Roten Hauses wurde sie von bewaffneten Irgunisten in Zivilkleidung angehalten, und einer, der wie ihr Bruder Benny aussah, trat plötzlich mit vorgehaltenem Gewehr auf sie zu und verlangte ihre Papiere zu sehen. Sie zeigte sie ihm und hatte dabei ein äußerst seltsames Gefühl. Diese Burschen scherzten miteinander in ihrem eigenen hebräischen Armeejargon, aber sie wurde wie eine Araberin behandelt. Der Irgunist gab ihr die Papiere mit einem freundlichen Lächeln zurück, das sie jedoch nicht erwiderte. Nachdem sie eiligst zum Roten Haus gerannt war, begegnete sie einem entwaffneten Zug Soldaten vor einem Schulgebäude, die von anderen mit Maschinenpistolen bewacht wurden. Ein Gefangener winkte ihr zu. «Hallo Yael!» rief er auf englisch. «Ich bin verhaftet. Wir stehen alle unter Arrest.»

Nach einer Weile erkannte sie Jossis Bruder Leopold, der im Gegensatz zu seinen übrigen, niedergeschlagenen Kameraden überraschend gutgelaunt schien. «Hallo Leopold», rief sie zurück. «Was ist denn mit dir passiert?» Ein Wachsoldat, den das englische Gerede irritierte, raunzte sie an. Sie ignorierte ihn. «Was hast du denn verbrochen?»

«Wir weigerten uns zu schießen. Ich habe als erster gesagt, ich würde es nicht tun, und dann hat der ganze Zug die Gewehre weggeworfen. Ich habe gesagt, ich sei nicht nach Palästina gekommen, um Juden zu töten. In Polen habe ich genug Juden gesehen, die umgebracht wurden.»

«*Asur l'daber* [Keine Gespräche]!» knurrte der Wachsoldat.

Eine verängstigt aussehende Frau öffnete die Schultür, und die Wachen führten die Gefangenen hinein.

«Sag es Jossi!» rief Leopold.

«Das werde ich tun.»

Während er durch die Tür ging, schrie er noch: «Ich sehe dich in Los Angeles wieder!»

Schußsalven unterbrachen wieder die Stille, doch dieses Mal folgte ihnen Kanonendonner. Yael schlich an den Mauern der Häuser entlang und erreichte das Ufer. Nach dem ersten Blick auf den Hafen wurde ihr übel vor Entsetzen. Das LST brannte lichterloh. Männer warfen Flöße über die Reling, sprangen von Bord oder kletterten an Seilen und Netzen hinunter. Eine zerfetzte weiße Fahne wehte am Mast, kaum sichtbar im Rauch und den hochschießenden Flammen.

«O Gott!» Die Worte brachen aus ihr heraus. «Wir sind erledigt! Israel ist erledigt, der Zionismus ist erledigt. Es ist alles vorbei.»

Es war das beste Entenessen seines Lebens, fand Barak, und Nakhama hatte sich an diesem Abend ganz besonders schön gemacht. Oder war es die Wirkung des Kerzenlichts? Noah verschlang zwei Portionen wie ein Tigerbaby und schlief dann am Tisch ein. Nakhama trug ihn zu Bett, und Barak seufzte vor Vergnügen. Welch ein Genuß! Ein köstliches Mahl, eine reizende Frau, ein allerliebstes Kind, ein warmes Heim, eine wunderbare Zuflucht aus dem traurigen *Altalena*-Desaster mit seinen den ganzen Tag andauernden Nachbeben. Die Krise hatte sich so schnell gelegt, wie sie übergekocht war; denken wir nicht mehr daran! Das Schlimmste war heute vermieden worden, es würde keinen Bürgerkrieg geben. Er überlegte, ob er Nakhama von seiner bevorstehenden Amerikareise erzählen sollte oder lieber nicht? Wenn er ihr jetzt davon erzählte, würde er vielleicht die Stimmung verderben und die Aussicht auf die Freuden der Nacht trüben. Andererseits jedoch würde sie ihm wie immer, wenn er fortmußte, mit spitzer Stimme vorwerfen: «So! Und warum hast du mir das nicht vorher gesagt?»

«Zeit für die Nachrichten.» Nakhama kam herein und schaltete das kleine Batterieradio ein. Erster Bericht: Begin hat seine Truppen aufgefordert und ermahnt, auf ihre Posten zurückzukehren und den Befehlen der Armee zu gehorchen. Auszüge seiner über den Sender des Irgun-Hauptquartiers gehaltenen Rede wurden direkt übertragen: *«Wir werden uns nicht auf einen Brudermord einlassen; unser Feind ist nicht die israelische Armee, sondern die Araber...»* Nakhama nickte zustimmend. Wie die meisten Marokkaner, die die Araber gut kannten, war sie eine stillschweigende Irgunistin. In diesem Augenblick beschloß Zev, ihr vorerst nichts zu sagen. Warum sollte er den Zauber des Entendinners brechen? Sie lächelte, als sie den Tisch abräumte, und die Flammen der Kerzen spiegelten sich in ihren Augen wider. «Du hast einen schweren Tag gehabt, Zevi. Also früh zu Bett.»

«Unbedingt, Motek», sagte er.

Auszug aus dem letzten Abschnitt des Kommentars, den St. John Robley über die «*Altalena*-Affäre» an die Agentur Reuter sandte:

> «*... Natürlich war Ben Gurions Regierung waffenmäßig überlegen und trug den Sieg davon, aber Begin hat eine Märtyrergestalt und eine Legende geschaffen. Er war der letzte, der das brennende Schiff verließ, und man mußte ihn von Bord zerren. Dann stellte er sich dem Gebot der Stunde, in dem er die Irgun-Einheiten aufforderte, an ihre Posten zurückzukehren und den Befehlen der Armee Ben Gurions zu gehorchen. So vermied er einen Bürgerkrieg, und er war der einzige in Israel, der das hätte tun können. Wenn David Ben Gurion der Sieg gebührt, so hat Begin die Lorbeeren geerntet. Es war der Diamant, der den Diamanten schleift.*»

7
Amerika

DIE FREIHEITSSTATUE!» schrie der Pilot über den Motorenlärm hinweg und zeigte nach unten auf eine Insel inmitten des verkehrsreichen Hafens, auf der eine kleine grüne Gestalt den Arm emporstreckte.

«Ich sehe sie», sagte Barak. Welch ein Traumbild lag da vor ihm, diese riesigen Türme von Manhattan zwischen zwei glitzernden Flüssen, und was für Flüssen! Dagegen waren der Jordan nur ein Rinnsal und die Donau bestenfalls ein Bach. *Amerika!*

Eine schrille Stimme im Lautsprecher des Cockpits: «*Eins-sechs-fünf Jig Baker, alles klar zur Landung. Beamte der Einwanderungs- und Zollbehörde halten alle Ausklarierungspapiere für Sie bereit. Bitte General Dayan melden. Ende.*»

Mosche Dayan lag noch im übelriechenden Laderaum des Flugzeugs und schlief auf einer Matratze neben dem mit einer Flagge drapierten Sarg, den man an den Deckringen befestigt hatte, wo gewöhnlich Rennpferde angebunden waren. Selbst im Cockpit roch es wie in einem Pferdestall. Kein anderes Flugzeug war aufzutreiben gewesen und auch dieses nur zu einem horrenden Preis mit entsprechendem Versicherungsbeitrag. Zev Barak konnte nur hoffen, daß die israelische Eskorte des gefallenen Amerikaners bei ihrer Ankunft nicht allzusehr nach Pferdemist riechen würde.

«Mosche, wir landen.» Barak berührte Dayans Schulter. Das gesunde Auge öffnete sich, blickte munter und wachsam auf. «Die Einreisepapiere liegen bereit.»

«Sehr gut.» Dayan nickte, gähnte, schaute auf seine Uhr. «Ein langer Flug.»

Die Maschine landete, rollte aus und hielt an. Durch ein offenes Seitenfenster flutete Sonnenlicht in den Rumpf des Flugzeugs, während drei junge Offiziere mit Bürstenhaarschnitt und strammer Haltung in bebänderter Uniform hereinsprangen und vor den Israelis salutierten. Ehrfürchtig zogen sie die Flagge vom Sarg. Zwei von ihnen breiteten dann ein riesiges Sternenbanner darüber aus, während der dritte die Flagge mit dem Davidsstern zusammenfaltete und sie Barak übergab. Auf der Rollbahn sah er unter einer Menge amerikanischer und israelischer im Winde flatternder Fahnen eine lange Reihe schwarzer Limousinen. Eine Ehrenwache der Polizei in blauen Uniformen – Barak schätzte sie auf mindestens hundert Mann – nahm Habtachtstellung ein, als der Sarg aus dem Flugzeug geladen wurde, denn Mickey Marcus war einst Kommissar der New Yorker Strafvollzugsbehörde gewesen. Auch Dayan und Barak wurden mit militärischen Ehren begrüßt, als sie in den protzigen Uniformen erschienen, die sich die Schneider von Tel Aviv auf Ben Gurions Befehl und sehr zu Dayans spöttischem Unwillen über Nacht ausgedacht hatten: dunkelgrüne Jacken mit Epauletten und goldenen Knöpfen, reich verzierte, schwarze Baskenmützen und glänzende Lederkoppel mit Schulterriemen. Hinter ihm trug ein Offizier das Gepäck.

Ein grauhaariger Armeeoberst trat vor, salutierte und schüttelte ihnen die Hände. «Mrs. Marcus läßt den Adjutanten ihres verstorbenen Gemahls bitten, mit ihr zu fahren.» Dann, an Dayan gerichtet: «Und mir wird es eine Ehre sein, Herr General, wenn Sie in meinen Wagen steigen.»

Auf dem Hintersitz der ersten Limousine saß eine energisch aussehende, hübsche Frau in den Vierzigern in einem schwarzen Kostüm und einem breitkrempigen, schwarzen Strohhut. Sie streckte Barak die Hand entgegen. «Sie sind Zev», sagte sie trocken, als er neben ihr Platz nahm. «Mein Mann hat mir von Ihnen geschrieben.» Ihr Blick auf die gefaltete Flagge war so eisig, daß er sie kurzentschlossen beiseite legte.

Langsam fuhren die Wagen der Prozession mit vollem Scheinwerferlicht los, durchquerten die Straßen Brooklyns, auf denen sich die Zuschauer drängten, und hielten schließlich vor einem riesigen Tempel voller Menschen. Nach einem kurzen Gedenkgottesdienst, der von einem blaugekleideten Rabbi und einem Chor in weißen Hemden zelebriert wurde, rollte die Wagenkolonne über die Brooklyn Bridge, die Barak aus Filmen und Bildbänden kannte, und dann an einer Empore vor der City Hall vorbei, auf der Reihen von Würdenträgern standen, die Hüte an die Brust gepreßt, und immer mehr riesige Fahnen flatterten, immer mehr Polizisten wie auch lange Spaliere von Soldaten und Matrosen salutierten. Die ganze Zeit über war die Witwe schweigsam und vergoß keine einzige Träne. In Baraks Ohren dröhnte noch der Lärm der Flugzeugmotoren, und all die Pracht um ihn herum erstaunte und betäubte ihn: der Tempel, die großen Brücken, der Fluß, die Schluchten zwischen den Wolkenkratzern. Das Schweigen der Witwe ließ ihn schaudern, der grandiose Pomp überraschte ihn. Es war wie ein Film über die Beerdigung Präsident Roosevelts. Alles das für den armen Oberst Stone!

Die sechzig Limousinen rollten am felsigen Ufer des Hudson entlang nach West Point. Mrs. Marcus sprach kein Wort, sie blickte mit bleichem Gesicht auf den Fluß hinaus. Obgleich ihm das alles neu war und trotz der üppigen Schönheit des grünen Hudsontals kämpfte Barak gegen einen schier unwiderstehlichen Drang zum Eindösen an, denn er hatte seit dem Abflug aus Israel fast nicht geschlafen und war noch benommen vom Zeitsprung. Der Direktor der Militärakademie, ein glanzvoller Drei-Sterne-General, wartete am Tor einer imposanten Kapelle, flankiert von zwei Zivilisten, dem hochgewachsenen und düsteren ehemaligen Finanzminister Henry Morgenthau und Thomas Dewey, dem kleinen, forschen Gouverneur von New York. Mrs. Marcus sprach endlich und sagte Barak, wer sie waren, mehr aber nicht. Zehn Bahrenträger aus der gleichen West-Point-Klasse wie Marcus, jetzt alle im Rang eines Oberst oder Generals, in Galauniform mit Orden und Medaillen, trugen den Sarg bis zum Grab. Mit aller Mühe seine Stimme beherrschend, verlas Barak die Ehrenbezeugung der israelischen Armee und das Beileidstelegramm Ben Gurions an die Witwe. Dann sprach Dayan, der neben ihm stand, ein paar kurze Worte des Gedenkens auf hebräisch, die Barak der Trauerversammlung übersetzte.

Und so lebe wohl, Mickey Marcus, der du sterben mußtest, weil du des Nachts in Abu Ghosh im Freien gepinkelt und kein Wort Hebräisch verstanden hast. Wie weise vom alten Mann, die Wahrheit zu unterdrücken! Die Amerikaner wollten einen Kriegshelden ehren und nicht ein Opfer des israelischen Balagans bemitleiden. Und wer vermag zu sagen, fragte sich Barak, als der Sarg unter den Klängen der Trompete, der Trommelschläge und des widerhallenden Donners der zwölf Salutschüsse in die Erde sank, ob – Balagan oder nicht – diese Verabschiedung eines Helden nicht durchaus angemessen war? Ja, die Anwesenheit dieses Gouverneurs war ein geschickter politischer Schachzug. Er bewarb sich als Gegenkandidat Trumans um das Präsidentenamt, und New York hatte eine große jüdische Wählerschaft. Aber auch Truman war nicht dumm, denn er hatte Roosevelts berühmtes jüdisches Kabinettsmitglied hierhergeschickt. All das nahm Oberst Stone nichts von seinem Verdienst. Er war auf dem Felde gefallen als ein amerikanischer Freiwilliger im jüdischen Kampf um Palästina. Tod war Tod, was immer ihn bewirkte.

Mrs. Marcus saß da, starrte vor sich hin, umklammerte die gefaltete amerikanische Flagge auf ihrem Schoß, während der Leichenzug sich auf den Weg nach Süden machte, am Hudson entlang. «Hören Sie, Zev», sagte sie plötzlich, «Sie könnten mir einen Gefallen tun, falls es Ihnen recht ist.»

«Alles, was Sie wünschen, Mrs. Marcus.»

«Danke. Die Frau eines der besten Freunde Mickeys ist die Vorsitzende der New Yorker Hadassa. Sie halten heute eine Zusammenkunft bedeutender Geldgeber ab, um dringend benötigte Geldspenden für das Krankenhaus in Jerusalem zu sammeln. Ich hatte ursprünglich meine Teilnahme als Ehrengast zugesagt...» Sie hielt inne und biß sich auf die Lippe. «Nun ... ich kann nicht hingehen, und Sie verstehen das. Aber für eine Absage war es zu spät. Würden Sie an meiner Stelle hingehen und das Beileidstelegramm von Ben Gurion sowie die Ehrenbezeugung verlesen? Und vielleicht sagen Sie auch selbst noch ein paar Worte...?»

Bedeutende Geldgeber... Zev Barak in der Bettlerrolle...

«Natürlich werde ich das für Sie tun, Mrs. Marcus.»

«Emma.» Sie legte ihre eiskalte Hand auf die seine. «Das ist sehr nett von Ihnen. Es ist eine strikte Damenparty. Kein einziger Mann in Sicht. Sind Sie dem gewachsen?»

«Nun, in unserer Armee werden wir dann und wann auch zu derartig schwierigen Arbeiten abkommandiert.»

Sie brachte ein frostiges Lächeln zustande. «Mickey hat Sie sehr gemocht. Ich verstehe langsam, warum.»

Barak wagte eine Bemerkung: «Darf ich etwas sagen, Emma?»

Sie wandte ihm ihre glitzernden Augen zu und nickte.

«Oberst Marcus hat einmal Rupert Brooke zitiert... ‹*Auf fremdem Felde irgendwo gibt es ein Fleckchen Erde, das England ist, auf ewig, immerdar.*›»

«Mickey hat ständig Gedichte zitiert.» Der Ausdruck ihrer Augen wurde ein wenig weicher. «Und dieses liebte er besonders, ja.»

«Emma, in West Point gibt es ein Fleckchen Erde, das auf ewig Israel ist.»

Sie preßte die Lippen zusammen, weinte jedoch nicht, sondern zeigte auf die blau-weiße Fahne auf dem Sitz und streckte die Hand aus. Er gab sie ihr. Als sie ihn vor einem großen Apartmenthaus am Central Park absetzte, drückte sie die beiden Flaggen an sich.

Von seiner Wiener Kindheit an hatte Barak alle möglichen Sahnekuchen gegessen und genossen, aber die riesigen Schichttorten auf dem Damenempfang waren ihm neu. In Israel hätten zwei davon für eine große Hochzeitsgesellschaft ausgereicht, aber hier gab es zehn Torten für etwa zwanzig aufgedonnerte Frauen mit modischen, breiten Hüten. Ob schlank oder fett verschlangen sie gierig die Kuchen, plauderten in gedämpftem Ton und warfen verstohlene Blicke auf den gutaussehenden israelischen Offizier, der abseits an einem Fenster stand, seine Tortenschnitte verzehrte und die Aussicht auf das große, grüne Rechteck des Parks und die umliegenden Wolkenkratzer bewunderte. Eine ältere Dame, drall aber noch recht hübsch, das graugesträhnte Haar unter einer Art Husarenhut, lächelte ihm wiederholt zu. Er lächelte unbestimmt zurück, worauf sie sich ihm entschlossen näherte. «Sie haben mich also wiedererkannt! Und dabei haben Sie nur die Fotos gesehen.»

«Ach, sind Sie etwa Tante Lydia?»

«Lydia Barkowe, ja, das bin ich, Wolfgang! Verzeihung, Zev natürlich.» Sie lachte, nahm seine Hand und gab ihm ein Küßchen auf die Wange. «Welch eine Überraschung, als Emma anrief und sagte, du würdest an ihrer Stelle kommen! Dein Vater wohnt bei uns, weißt du. Ich nehme dich zum Abendessen mit nach Hause.»

«Ich wußte gar nicht, daß mein Vater bei dir wohnt, Tante Lydia. Ich dachte, die Mission hätte ihm eine Unterkunft in der Nähe der Vereinten Nationen besorgt.»

«Ja, aber er besucht uns, um ein bißchen frische Luft zu schnappen. Es geht ihm gut. Dein Onkel wird sich freuen, dich zu sehen. Meine Kinder auch. Ach, was heißt schon Kinder: Der eine ist selbst schon Vater, die anderen sind einundzwanzig und siebzehn!» Sie strahlte ihn an. «Du siehst so *schneidig* aus, weißt du das?»

Die Frauen setzten sich während seiner Ansprache auf Klappstühle. Die Vorsitzende, eine mollige Dame in einem maßgeschneiderten Kostüm, stellte ihn mit ein paar begeisterten Worten vor, sichtlich entzückt, wie all die anderen glanzäugigen Matronen auch, über diesen Mann, der mit seiner kriegerischen Erscheinung eine trübselige Wohltätigkeitsveranstaltung zu einem besonderen Ereignis machte. Seine Tante in der ersten Reihe himmelte ihn an, und er hatte sich seit langem nicht mehr so knabenhaft, so verlegen und so scheinheilig gefühlt.

Aber als er die Ehrungen verlas und sah, wie Trauer die Augen der Frauen verdunkelte, wich dieses Gefühl. Er ließ sich dazu verleiten, mehr über Marcus zu erzählen, über die Jerusalemer Front und die Burmastraße, die die Belagerung durchbrochen hatte. Er sagte, was immer ihm in den Sinn kam, sprach über den ganzen Krieg, den Waffenstillstand, die gefährdete geographische Lage Israels, die Tapferkeit der Soldaten in Sieg und Niederlage. Er hörte, wie die Zuhörerinnen den Atem anhielten, als er den Marsch der ungeübten Einwanderer aus Zypern in das Feuer von Latrun beschrieb. Schließlich glaubte er, zu lange gesprochen zu haben, brach lahm und ohne ersichtlichen Grund ab und war erstaunt, als alle aufsprangen und Beifall klatschten.

«Ich muß dich jetzt mitnehmen», sagte Tante Lydia und umarmte ihn. «Herrlich! Die Vorsitzende wird die Damen bearbeiten sowie du fort bist, aber sie wird nicht viel zu bearbeiten haben.»

Er legte seine Reisetasche auf den Hintersitz eines beigefarbenen Cadillacs, der ebenso lang wie die Limousinen des Trauerzugs war. Während sie sich gelassen in den Verkehr am Central Park West einfädelte, sagte sie: «Natürlich habe ich deinen Vater angerufen, sowie ich von Emma Marcus hörte, daß du kommst. Er möchte sich mit dir am Sitz der Vereinten Nationen treffen, also werde ich dich dort absetzen und schon vorausfahren. Es sind nur zwanzig Minuten bis zu unserem Haus, und er bringt dich zu uns. Die Köchin hat heute ihren freien Abend, und wir wollten ursprünglich chinesisch essen gehen. Aber jetzt kochen wir selbst etwas.»

«Schau, Tante Lydia, chinesisch geht doch auch. Macht euch bloß keine Mühe, ich kann ohnehin nicht lange bleiben.»

«Chinesisch? Für einen Gast wie dich? Für *Zev Barak*?» Sie sagte es mit einem besitzergreifenden Lächeln, als ob es der Name eines Filmstars wäre. «Wir könnten Lammkoteletts auf dem Grill braten. Die habe ich tonnenweise in der Gefriertruhe, denn meine Jungen sind begeisterte Fleischesser. Magst du Lamm? Ißt man das nicht im Nahen Osten?»

«Ja, Tante, wir essen Lamm.»

«*Nissim i'niflaot* [Zeichen und Wunder]!» rief Baraks Vater aus, als er ihn durch die großen Halbkreise leerer Sitze im Versammlungssaal am Lake Success führte.

Meyer Berkowitz war fast so klein wie Ben Gurion und hatte sowohl einen ähnlichen Schmerbauch als auch das gleiche struppige, weiße Haar, ein Merkmal der Sozialisten. «Ja, Zeichen und Wunder! Genau hier bin ich gesessen, Zev – auf diesem Stuhl –, als Venezuela zustimmte und wir die Zweidrittelmehrheit errangen. Setz dich auf diesen Stuhl! Dann kannst du deinen Enkeln erzählen, du seist dort gesessen.»

Barak hatte seinen überschwenglichen Vater seit vielen Monaten nicht gesehen und schämte sich ein bißchen, daß er sowenig für ihn empfand. Unwiderrufliches war in der Familie geschehen, und das beschränkte sich nicht nur auf seine Ehe mit Nakhama. Gehorsam setzte er sich, verspürte keinerlei Begeisterung, vernahm nicht den brausenden Klang der Geschichte. Es war nur ein Stuhl in einem leeren Saal. Aber sein Vater erging sich in bombastischen Phrasen, und seine Stimme hallte wie ein Donner von den Wänden zurück. «Ja, die Wiedergeburt des jüdischen Staates nach zweitausend Jahren! In meiner Zeit! Und ich saß hier als Vertreter dieses Staates! *Obwohl ich weder würdig noch tauglich bin . . .*» Er zitierte die Jom-Kippur-Liturgie in der veralteten jiddischen Aussprache. Baraks Vater war voller Widersprüche: ein wohlhabender Pelzhändler und zugleich ein dogmatischer Sozialist; ein Ungläubiger, der die Feiertage einhielt und kein Schweinefleisch aß, ein Hebräist, der das Jiddische liebte und seinen Namen nicht hebräisieren wollte, ein Verfechter des Gleichheitsgrundsatzes, der die Ehe seines Sohns mit einem armen marokkanischen Mädchen mißbilligte. Diese Unvereinbarkeiten wurden in der Familie als selbstverständlich hingenommen, außer bei gelegentlichen bissigen Streitereien.

«*Ai*, wie haben die Engländer sich geirrt!» sagte der Vater, als er ihn ins Foyer hinausführte. «Zeichen und Wunder! Wie könnten die verdammten Juden eine Zweidrittelmehrheit für die Teilung erreichen, so dachten sie, wenn die Sowjets und der arabische Block dagegen stimmten? Nur hat Stalin, gelobt sei er und sein Name ausgelöscht, ihre Hoffnungen zunichte gemacht, indem er seiner verdammten Bande befahl, mit Ja zu stimmen! Zeichen und Wunder!»

«Schau, Papa, was sind das schon für Zeichen und Wunder? Stalin will doch nur die Engländer ein für allemal aus dem Nahen Osten vertreiben. Nur deshalb hat er das getan, und nur deshalb bekommen wir sowjetische Waffen aus der Tschechoslowakei.»

«Ja, ja, vielleicht *glaubt* er, daß das sein Beweggrund war», brummte der Vater, «aber die Hand Gottes ruhte auf ihm – sozusagen, versteht sich. Also, Tante Lydia erwartet uns. Aber ich warne dich, Zev, ich habe keinen Cadillac.»

Während sie Lake Success in einem klapprigen Ford verließen, erzählte Barak seinem Vater, daß die Armeeführung sich auf eine sofortige neue Offensive nach Ablauf des Waffenstillstands vorbereitete, da man annahm, daß Israel auf das Drängen der Amerikaner und Engländer hin einer Verlängerung der Feuerpause zustimmen und die Araber sie ablehnen würden. Das wäre eine Chance, die Initiative zu ergreifen, bevor der Feind zum Zug käme, und vernünftige Grenzen zu sichern, innerhalb derer man ein paar Jahre durchhalten und Atem schöpfen konnte. Sein Vater schüttelte heftig den Kopf: «Ben Gurion macht da einen schrecklichen Fehler. Noch mehr Blutvergießen, noch mehr Tote! Eine halbe Million Juden kann siebzig Millionen Araber nicht besiegen. Wenn sie wieder angreifen sollten, müssen wir uns natürlich wehren, bis es zu einer Einigung kommt.»

«Für sie gibt es nur eine Einigung, Papa. Entweder wir sterben, oder wir verlassen das Land.»

«‹*Greife nach vielem, und du hast nichts ergriffen*›», zitierte der Vater aus dem Talmud. «‹*Greife nach wenigem, und du hast ergriffen.*› Das hat Begin bei seinem schrecklichen *Altalena*-Balagan vergessen.»

«Haben die Zeitungen hier viel Aufhebens davon gemacht?»

«Wir hatten Glück. Die Russen haben das Thema mit ihrer Berlin-Blockade fast völlig zurückgedrängt.»

Die Häuser und Grundstücke wurden größer und aufwendiger, je mehr sie sich Great Neck näherten. Der Ford holperte über ein Eisenbahngleis in die Vorstadt, und Barak, sichtlich beeindruckt von den aneinandergereihten Wohnhäusern, rief aus: «Was für Paläste! Wohnen hier viele Juden?»

«Das sind Elendsschuppen», sagte der Vater. «Bruchbuden. Slums. Harry wohnt in Kings Point. Du wirst schon sehen.»

Sie fuhren durch ein bewaldetes Gelände, das wie ein großer Park wirkte, und hinter dem dichten Laub der Bäume erblickte man große Gebäude. «Das ist Kings Point», sagte Berkowitz. Der Ford bog in eine mit Kies bestreute Auffahrt ein, die zu einem weißen Haus mit einem riesigen Säulenportal führte. Fünf auf Hochglanz polierte Wagen – drei kleine Kabrioletts und zwei Cadillac-Limousinen – ließen wenig Platz für den Ford, aber er zwängte sich zwischen Tante Lydias beigefarbenen Cadillac und eine hohe Hecke in voller Blüte. Aus dem Haus stürmten Tante Lydia und Baraks Onkel Harry, der Meyer sehr ähnlich sah, wenn er auch sein Haar viel kürzer trug. Ihnen folgten zwei Söhne und eine Tochter. Es gab Begrüßungen, Umarmungen, fröhliches Gelächter und Scherzen allerseits, und bald saßen sie auf einer geschützten Veranda vor einer großen Wiese, auf der Leon, der älteste Sohn, mit Hilfe seiner Schwester Lammkoteletts auf dem Grill zubereitete, während sie ein starkes, braunes Gebräu mit Früchten tranken, einen sogenannten Old Fashioned.

Der ungewohnte Alkohol hob Baraks Stimmung, aber er war inzwischen wirklich erschöpft. Obgleich die Sonne durch die Bäume schien, sehnte er sich nach Schlaf. In Great Neck war es ebenso feucht und heiß wie in Tel Aviv. Die schwere Uniform machte es noch schlimmer. Onkel Harrys Haus in Kings Point mit seinem Säulenvorbau à la *Vom Winde verweht* und den fünf Autos wirkte irgendwie verwirrend. Barak verspürte nicht den geringsten Neid, doch er wünschte sich, daß die so köstlich duftenden Lammkoteletts bald auf den Tisch kämen, damit er endlich aufstehen und sich irgendwo hinlegen könnte.

Tante Lydia erzählte begeistert von seiner Rede auf der Geldspenderversammlung. «Sensationell! Marcie Cohen hat mich angerufen. Dreiundneunzigtausend Dollar, Wolfgang! Nein, Zev natürlich. Weißt du, das ist das Dreifache von dem, was Golda Meyerson in derselben Gruppe gesammelt hat!»

Der jüngere Sohn fragte Barak: «Hast du viele Kämpfe gesehen? Ich habe diesen Krieg leider verpaßt. Ich war in einem Ausbildungslager und sollte gerade in den Pazifik verschifft werden, als die Bombe fiel.»

«Nun, Arthur, in Israel ist die Sache anders. Wir sind alle entlang der Küste verstreut, und unser Land ist insgesamt nicht größer als New Jersey. Nur eine kurze Fahrt im Armeelastwagen oder Jeep, und schon bist du mitten im Krieg. Ja, ich habe ein paar Kämpfe gesehen.»

«Sag mir eins: Kämpfen die Mädchen wirklich?» fragte Tante Lydia. «Ich habe sie auf Bildern in Uniform gesehen. Nimm einmal an, die Araber nehmen sie gefangen? Wäre das nicht zu schrecklich?»

«Gewöhnlich sind sie nicht in Positionen, wo man sie gefangennehmen kann, Tante. Viele sind im Signalkorps.»

«Was sagt man in Israel über die Berliner Luftbrücke?» wollte Onkel Harry wissen. «Glaubt man, die Russen werden klein beigeben?»

«Das ist ein wahres Schlamassel», mischte sich Meyer Berkowitz ein. «Bei den Vereinten Nationen redet man schon vom Dritten Weltkrieg.»

«Ach Quatsch», sagte Onkel Harry.

«Harry, Berlin braucht täglich zweitausendfünfhundert Tonnen Nachschub», erwiderte Meyer. «Soviel können die Amerikaner nicht einfliegen, und jetzt ist die Rede davon, daß Truman vorhat, einen bewaffneten Konvoi durch die russischen Straßensperren zu schicken. *Dann* werden wir mal sehen, wer klein beigibt!»

«Ach, das ist ja genauso wie mit Jerusalem und der Burmastraße», rief Tante Lydia aus. «Das war so hinreißend, Wolfgang, wie du uns das erklärt hast. Du mußt das alles unbedingt meinen Kindern erzählen.»

«Das ist bestimmt Betty, die mich anruft», sagte der jüngere Sohn und eilte zu einem klingelnden Telefon. «Hallo... Papa, ein Mr. Perlman aus Los Angeles möchte dich sprechen.»

Bevor Onkel Harry zum Hörer griff, nahm er Zev beiseite und erklärte: «Dave Perlman ist ein wichtiger Filmproduzent und ein alter Freund.» Dann sprach er: «Hallo, Dave! ... Ja? Ja, Dave. Es geht uns allen gut. Wenn ich etwas tun kann, warum nicht? Ja ...» Eine lange Pause. Onkel Harry warf Barak einen Blick zu. «Weißt du was? Zufällig sitzt mein Neffe jetzt gerade hier. Er ißt mit uns zu Abend. Warte einen Moment ...» Er legte die Hand auf die Sprechmuschel und sagte: «Wolfgang, kennst du einen Israeli namens Pasternak? Sam Pasternak?»

«Pasternak? Natürlich kenne ich ihn.»

«Er will dich sprechen.»

«Aus Los Angeles?» Es wurde immer verwirrender. «Pasternak ist nicht in Prag?»

Onkel Harry gab ihm den Hörer, und er vernahm die barsche Stimme: «Zev! Du genießt das gute Leben in Kings Point, was?» Ein Lachen, das wie ein Zementmischer klang. Der spaßige Pasternak.

«Was gibt's denn, Sam?»

«Bist du schon mal in Kalifornien gewesen?»

«Nein. Warum?»

«Eine hübsche Gegend. Komm doch her.»

«Gewiß. Und was noch?»

«Ich meine es ernst. Nimm ein Flugzeug und komm her. Ich treffe dich am Flughafen von Los Angeles. Laß mich wissen, mit welchem Flug du kommst.»

«Bist du verrückt? Ich bin hier mit Dayan, und wir kehren in derselben holländischen Chartermaschine zurück, in der wir gekommen sind. Man hat mich für ein Bataillonskommando vorgesehen. Wir warten nur noch auf eine Sendung von Banknoten der neuen israelischen Währung, die morgen im Flugzeug verladen wird.»

«Zev, ich habe bereits mit Dayan gesprochen. Es ist in Ordnung. Im Missionsbüro am Lake Success ist ein Mädchen namens Bonnie. Sie besorgt dir das Flugbillett. Ich gebe dir ihre Telefonnummer und die meine.»

Barak notierte die Nummern, um Streit zu vermeiden. «Was ist denn los?»

«Dein Onkel wird es dir sagen.» Die Stimme klang plötzlich härter, als er auf hebräisch fortfuhr: «Mehr als ich dir am Telefon erzählen kann, aber ich brauche dich hier.» Dann wieder auf englisch: «Wie war die Beerdigung?»

«Sehr bewegend.»

«*Ai*, dieser arme Mordskerl Marcus. Nun, ich wünsche dir einen guten Flug.»

Sie setzten sich an den langen Korbtisch auf der Veranda und verzehrten Garnelencocktails. Es war ein Freitagabend, aber Tante Lydia zündete keine Kerzen an, und Barak erwartete es auch nicht von ihr, obwohl Nakhama bei ihm zu Hause es mit solchen Dingen sehr genau nahm.

Dave Perlman war ein Einwanderer aus Minsk, erzählte Onkel Harry, und sie hatten während der Überfahrt auf dem polnischen Schiff Freundschaft geschlossen. In New York hatte Perlman immer wieder die Stelle gewechselt und war dann schließlich nach Kalifornien gegangen. Einige Jahre später, nachdem Harry sich gut im Pelzgeschäft der Familie bewährt hatte und dann in den Immobilienhandel umgestiegen war, schrieb Perlman und bat ihn um ein Darlehen für einen Film.

«Ich habe immer an Perlman geglaubt», erzählte Harry. «Ich wollte mir das Drehbuch nicht einmal ansehen und schickte ihm das Geld. Dreißigtausend. Das war damals eine ganze Menge. Er machte einen kleinen Film, von dem nie jemand etwas gehört hat, einen Western, der ganz gut lief. Darauf machte er noch mehr Filme. Schließlich zahlte er mir die Dreißigtausend mit Zinsen zurück. Jetzt ist er ein einflußreicher Mann. Ich habe Dave bisher noch nie um etwas gebeten, aber jetzt bat ich ihn, diesem Pasternak zehntausend Dollar zu geben, ohne viel zu fragen. Er tat es – *einfach so.*» Dabei schnippte er mit den Fingern.

Die Lammkoteletts waren die dicksten, die Barak je gegessen hatte, drei Knochen pro Stück. Das Fleisch war saftig, der Rotwein köstlich, und er lebte auf. «Onkel, kennst du Sam Pasternak?»

«Noch nie von ihm gehört. Wir haben da so eine kleine Gruppe, die versucht, Israel bei seinen Einfuhrproblemen zu helfen. Du weißt ja, wegen des Waffenembargos und all dem Quatsch. Der Vorsitzende hat mich angerufen und gesagt, dieser Israeli in Los Angeles brauche das Geld. Und so habe ich mich an Dave gewandt.»

«Dad, du solltest vorsichtig sein mit diesem Embargogesetz», sagte der verheiratete Sohn, ein Anwalt und Grundstücksmakler etwa in Baraks Alter. «Segle nicht zu nahe am Wind.»

«Wir passen schon auf, Leon.»

Barak fragte seinen Onkel: «Warum braucht Pasternak – oder Perlman – mich in Los Angeles? Weißt du es?»

Onkel Harry grinste Tante Lydia an. «Nun, Zev, wie es scheint, hält Daves Frau am Sonntag eine Hadassa-Versammlung ab. Betty Grable wird als Zugpferd da sein. Eigentlich sollte Pasternak reden, aber dann hat Marcie Cohen überall mit deinem heutigen Erfolg bei ihren Damen geprotzt. Sie hat sogar Selma Perlman in Los Angeles angerufen, ihre alte Rivalin im Spendenwettbewerb. Und so hat Dave diesen Pasternak gebeten, dich kommen zu lassen. Er erwähnte auch, du solltest in deiner Uniform erscheinen.»

«Eine ganz tolle Uniform», sagte die Tochter. «Ach, Arthur, kann ich mir deinen Wagen für ein paar Stunden ausleihen? Meine Bremsen sind hinüber.»

«Tut mir leid, ich brauche ihn.»

«Ich dachte, du arbeitest an deiner Doktorarbeit.»

«Ich bin mit Betty verabredet.»

Leon sagte: «Den meinen kannst du auch nicht haben. Ich muß um halb neun meine Frau und den Jungen abholen.»

Es folgte eine komplizierte Diskussion über Autos. Als Onkel Harry sehr gereizt reagierte, weil sein Cadillac zu oft ausgeliehen wurde, trat eine betretene Stille ein. Dann wandte sich das Gespräch den neuesten Bestsellern und den Theaterstücken am Broadway zu, und während Barak ihnen zuhörte, bewunderte er die Belesenheit, Weltgewandtheit und Selbstsicherheit der drei jungen Barkowes. In Israel hätten sie alle in Uniformen gesteckt, auch der Verheiratete, wären erschöpft vor Müdigkeit gewesen, nicht um ihre Wagen besorgt, da sie keine hätten, wären rauher miteinander umgegangen, hätten hagerer ausgesehen und von Glück sagen können, wenn sie alle am Leben und unverletzt waren. Sie hätten keine Schulen mehr besucht und nichts oder nur wenig von der Weltpolitik gewußt. Barak hatte nichts an ihnen auszusetzen, aber ihr mangelndes Interesse an Israel erstaunte ihn doch. Der jüngere Sohn hatte ihn nur gefragt, ob er Kämpfe gesehen habe, aber das war auch wirklich alles.

«Sie sind gute Kinder», sagte Meyer Berkowitz, als sie zum UN-Gebäude zurückfuhren. «Arbeiten fleißig, kommen mit ihrem Studium glänzend voran. Leon wird eines Tages ein blendender Anwalt sein. Er sieht dir übrigens sehr ähnlich, hast du es bemerkt? Peggy schreibt Kurzgeschichten, die in Zeitschriften veröffentlicht werden. Und der junge Arthur ist ein genialer Mathematiker; er hat gerade ein Stipendium bekommen.»

«Aber um Israel scheren sie sich keinen Dreck, nicht wahr?» sagte Barak ohne Groll.

«Ach, sie haben eben ihre eigenen Interessen.»

«Und doch sind Harry und Lydia stark engagiert.»

Meyer Berkowitz zuckte die Schultern. «Eine andere Generation.»

In einem winzigen Büro der israelischen Mission voller Bücher und Akten, das penetrant nach Druckerschwärze roch, fanden sie Bonnie, eine Frau von etwa dreißig Jahren aus Haifa; sie hatte krauses Haar, schoß durch den Raum wie der Blitz und sprach in einem hebräischen Slang. «Hallo, Mosche Dayan hat eine Nachricht für Sie hinterlassen.» Sie griff nach einem Zettel und las vor: «‹*Wir fliegen erst in drei Tagen zurück. Probleme mit dem Banknotendruck. Grüße an Sam. Hüten Sie sich vor den Hollywood-Starlets.*› Soll ich Sie zum Flughafen fahren?» Sie händigte Barak ein Flugticket nach Los Angeles und zurück aus.

«Ich fahre ihn», sagte der Vater.

«Gott sei Dank», sagte Bonnie. «Außer mir ist niemand hier.»

Den größten Teil der Fahrt legten sie schweigend zurück, nicht etwa, weil Vater und Sohn sich nichts mehr zu sagen hatten, sondern vielmehr, weil es zuviel zu sagen gab. Die diplomatische und militärische Lage Israels eignet sich nicht zu einer Plauderei im Cadillac. An den Problemen und Zwistigkeiten in der Familie hatte sich nichts geändert, und es war ratsamer, sie schweigend auf sich beruhen zu lassen.

Berkowitz und sein Sohn waren sich seit langem einig, daß der besessene Snobismus der Mutter, ihr unaufhörliches Streben, sich in den Kreisen der kleinen Elite Jerusalems zu bewegen – den im Lande geborenen Sozialisten aus der Generation der zweiten Aliya, den alten Jerusalemer Familien, den ausländischen Diplomaten –, ein Irrsinn war, und doch hatte genug davon auch auf Meyer abgefärbt, wie sein Sohn feststellte, zumal er immer noch unfähig war, seine Vorurteile gegenüber Nakhama, ihren Eltern und selbst Noah gegenüber zu vergessen. Auch Zevs jüngerer Bruder Michael, der sich auf unerklärliche Weise zur Strenggläubigkeit bekehrt hatte, war ein heikles Thema. Am heikelsten jedoch war die Liebesaffäre des dickwanstigen kleinen Meyer mit seiner Sekretärin in seinem Histadrut-Büro. Das war zwar schon Jahre her, aber es hatte einen Schatten auf der ganzen Familie hinterlassen und sie beinahe zerstört. Barak war damals auf der Seite der Mutter gestanden. Der Vater, so fand er, hatte in seinen Wiener Jahren zu viele Theaterstücke von Schnitzler gesehen, denn die Frau war dick und beschränkt.

Als die Scheinwerferstrahlen des Flughafens in Sicht kamen, brach Meyer plötzlich das Schweigen und sagte: «Wenn ich wie dein Onkel nach Amerika ausgewandert wäre, hätte ich vermutlich auch ein Vermögen gemacht. Vielleicht wären wir dann auch in Kings Point zu Hause und du könntest ein Cadillac-Kabriolett fahren.» Er lachte schief. «In unseren Kinderjahren in Plonsk war Dovid Gruen mein Freund und nicht Harrys. Jetzt ist er David Ben Gurion, und ich sitze in der UN und nicht in Kings Point.»

«Mir gefällt es, wie es ist, Papa», sagte der erschöpfte Barak, während er im Geiste blitzartig wie in einem Traum den steinigen Hang in der Nähe von Kastel vor sich auftauchen sah und den stechenden Schmerz in seinem Ellbogen verspürte. «Ich würde nichts daran ändern wollen.»

An der Abflugschranke mußte Meyer Berkowitz die Arme heben, um seinen Sohn zu umarmen: «Du wirst deine Mutter sehen, bevor ich dazu komme. Sag ihr, ich liebe sie. Grüße auch Nakhama und meinen Enkel von mir. Glückliche Landung, und paß gut auf dich auf, wenn wieder Krieg sein sollte.»

8
Sam Pasternak

AUF DEM GANZEN Flug nach Chicago wurde das Flugzeug von Sturmböen durchgerüttelt, bis es vor der Landung noch eine Stunde lang in turbulenten, schwarzen Regengüssen kreiste. Doch das war erst der Anfang dieser Reise, die kein Ende zu nehmen schien. Zev Barak waren schon viel Nächte seines Lebens lang geworden – als er an der syrischen Grenze in einem Hinterhalt Eindringlingen auflauerte, als er während Nakhamas Wehen in einem Krankenhausflur auf und ab ging, als er mit zerschmettertem Ellbogen in einem Militärlazarett Qualen litt –, aber diese hier erschien ihm als die längste. Wie konnte ein einziges Land nur so gigantisch groß sein? Er konnte sich nicht erinnern, eingeschlafen zu sein, doch unvermittelt berührte eine Stewardeß ihn am Arm und bot ihm Kaffee an, und das Flugzeug dröhnte über Felsgipfeln mit weißen Schneehauben, die im Sonnenschein glitzerten, hinweg.

«Ist das da unten Kalifornien?» fragte er, während er den Kaffee entgegennahm.

Sie lächelte. «Das sind die Rocky Mountains, Sir. Kalifornien werden wir in etwa zwei Stunden erreichen.»

«Fliegen wir zufällig über Pasadena?»

«Pasadena?» Sie blickte aus dem Fenster. «Auf diesem Flug eher nicht. Warum?»

«Ach nur so.»

Zu Zev Baraks fast aussichtslosen Träumen vom Frieden gehörte die Hoffnung, eines Tages am *California Institute of Technology* den Doktor in Chemie zu machen. Davon hatte er noch ein Jahr an der Hebräischen Universität vor sich, und wer wußte schon, wann das möglich sein würde? Doch sein Lieblingsprofessor hatte am Cal Tech studiert und so viel davon erzählt, daß es in Baraks Vorstellung zu einem Ebenbild von Platos Akademie in einem blühenden Athen namens Pasadena geworden war.

«Wo zum Teufel hast du diese Uniform aufgetrieben?» sagte Sam

Pasternak an der Flugzeugtür und umarmte ihn herzlich. «Du siehst aus wie der Portier des Ritz.»

«Hier bin ich», sagte Barak. «Und was jetzt?»

«Jetzt bringen wir dich in ein Hotel, und du nimmst eine Dusche. Würde dir das gefallen?»

«Ich würde zum Christentum übertreten für eine Dusche. Seit zwei Tagen bin ich nicht aus dieser blödsinnigen Kluft herausgekommen.»

«Interessant, daß du Christian erwähnst. Er ist ein beeindruckender Mann.»

«Christian? Was für ein Christian?»

«Cunningham. Du mußt ihn kennenlernen. Gehörte zur Gegenspionage beim OSS*, dem militärischen Geheimdienst, und ist jetzt ein hohes Tier in dieser neuen Central Intelligence Agency –»

»Hör zu, Sam», unterbrach ihn Barak, «was machst du hier? Was ist in Prag passiert? Warum hast du mich hierhergeschleppt? Was geht mich dieser Geheimdienst an?»

«Später. Chris Cunningham ist ein wichtiger Mann, glaub mir. Ich warte draußen in Perlmans weißem Lincoln.» Pasternak grinste, und seine Tatarenaugen legten sich in Fältchen. «Vielleicht stehen noch andere weiße Lincolns da. In meinem sitzt eine Dame. Eine hübsche Dame in einem roten Kleid. Hoffentlich stört dich das nicht?»

«Ich mag rote Kleider. Nakhama hat eine Menge.»

«Ach, Nakhama. Wie geht es ihr?»

«Gut.»

«Du glaubst wohl, ich würde dir verzeihen, daß du mir Nakhama weggeschnappt hast?» Pasternak schüttelte einen dicken Finger vor ihm. «Ich werde noch Rache nehmen.» Pasternak zwinkerte mit einem Auge und ging davon.

Während Barak an der Gepäckrutsche wartete, stieg die Erinnerung an sein erstes Zusammentreffen mit Nakhama in ihm auf. Er war soeben auf Heimaturlaub aus Nordafrika zurückgekommen und

* Office of Strategic Services; Anm. d. Übers.

war zufällig Sam Pasternak über den Weg gelaufen, der in einem Straßencafé saß und ihm mit einäugigen Zwinkern vom «schönsten Mädchen» in Tel Aviv erzählt hatte, einer Kellnerin in einem *amami*-Imbiß; er wollte sie zum Geburtstagsfest eines gemeinsamen Klassenkameraden der Herzl-Schule abholen und überredete Wolfgang, auf der Party vorbeizuschauen. Ein Blick auf die Kellnerin genügte, um Barak seine Absicht, nach Tiberias zu seiner Freundin Tamar zu fahren, vergessen zu lassen.

Er war nicht der einzige, den Nakhama auf dieser schicksalhaften Party bezauberte. Ohne sich anzustrengen erregte die Siebzehnjährige in ihrem schlichten roten Kleid durch die bloße Art, wie sie sich bewegte und lächelte, überall Aufsehen. Mit ihrer Schönheit, ihrer atemberaubenden Ausstrahlung und ihrem ungekünstelten Wesen brachte sie die Männer dazu, sie anzustarren, und die Mädchen verengten die Augen, obwohl diese dunkelhäutige Tochter marokkanischer Einwanderer kaum zu ihren Kreisen gehörte. Als Barak sie am nächsten Tag an ihrem Arbeitsplatz aufsuchte, wirkte sie in Schürze und Handtuch, hin und her eilend, um das von ihren Eltern zubereitete Essen zu servieren oder schmutziges Geschirr abzuräumen, weit weniger anziehend. Aber er war bereits über den Punkt hinaus, wo er diesen Unterschied bemerkt hätte, und als sie ihm ein beiläufiges, aber warmes Willkommenslächeln zuwarf, war es um ihn geschehen. In den wenigen Minuten, in denen sie sich auf der Party miteinander unterhalten hatten, war auch sie ihm verfallen.

... Der erste Kuß auf einem mitternächtlichen Strandspaziergang in Tel Aviv, Nakhama, die keuchte: «O nein! Ich und meine Schwäche für britische Uniformen! Jetzt ist es genug!» Aber es war noch lange nicht genug. Der Heiratsantrag, eine Woche vor Ende seines Heimaturlaubs, sehr spät an einem Tisch in dem leeren Eßlokal; ihre Eltern räumten auf und nahmen scheinbar keine Notiz von ihnen, waren jedoch sichtlich bemüht, nicht zu stören. «Also, Nakhama, wann heiraten wir?» Das erste Mal, daß einer von ihnen das Wort Heirat fallenließ, die Worte platzten aus ihm heraus; aus Wolfgang Berkowitz, dem ausgeglichenen britischen Leutnant, einem ernsthaften, vielversprechenden Chemiker, der sein ganzes Leben mit einem Schlag auf die Karte der Leidenschaft setzte.

«Hast du gesagt wann, Wolfgang? *Wann*? Ist das alles? Es muß zu einfach sein, mich herumzukriegen. Morgen?»

Dann die erbärmliche Hochzeit in der Wohnung eines marokkanischen Rabbis, die beiden Elternpaare, die einander kaum ansahen, das schreckliche Schluchzen seiner Mutter, als es soweit war ... Und hatte sie etwa von ihrem Standpunkt aus keinen Grund zum Weinen gehabt? Tamar Rubenfeld, die hübsche, kluge Tochter des Rektors der Hebräischen Universität, ad acta gelegt wegen dieser – *Kellnerin*?

Und dann die strahlenden Flitterwochen am Meer in Ashkelon ...

Sein Koffer polterte auf einen Haufen Reisetaschen hinab, und Barak ergriff ihn.

Was Pasternaks Trösterinnen betraf, so war die junge Frau im roten Kleid am Steuer des Lincoln keinesfalls außergewöhnlich. Was auch immer diesem gedrungenen, häßlichen Kerl im Leben fehlen mochte, an schönen Frauen litt er keinen Mangel. Er und seine Frau hatten sich auseinandergelebt; sie war mit den zwei Kindern nach London gezogen, als nach dem Teilungsbeschluß Unruhen unter den Arabern ausgebrochen waren. Aber die schönen Frauen liefen ihm nur so nach, um ihn darüber hinwegzutrösten. Diese hier war Mitte Dreißig, blond gefärbt, eine elegante, gepflegte Erscheinung, eher dürr aufgrund von Abmagerungskuren als von Natur aus schlank, mit hellen, hungrigen Augen. «Das ist Mrs. Shugar», stellte Pasternak vor. «Ellen, das ist Zev. Ellen koordiniert den Empfang bei den Perlmans.»

«Die Damen sind ganz aus dem Häuschen Ihretwegen, Zev», sagte Mrs. Shugar und warf Barak auf dem Rücksitz einen hungrigen schnellen Blick über die Schulter zu. «Es heißt, sie würden geradezu elektrisierend wirken.»

«Oho», sagte Barak, als sie den Wagen anließ, «elektrisierend? Wenn ich nicht bald eine Mütze voll Schlaf bekomme, werde ich bei dieser Versammlung mit leeren Batterien erscheinen.»

«Sie findet erst morgen nachmittag statt», erklärte Mrs. Shugar. «Sie werden wundervoll sein.»

Auf der ganzen Fahrt ins Hotel plauderte sie munter über den

Empfang. Betty Grable war ein großes Zugpferd, aber erst die Mundpropaganda über den attraktiven israelischen Offizier, Mikkey Marcus' Adjutant, ließ die Gästeliste wirklich anwachsen, obwohl die Mindestspende tausend Dollar betrug. Während der Lincoln durch Beverley Hills rollte, wurde Baraks Aufmerksamkeit durch die riesigen Herrenhäuser, die Seite an Seite an palmenbestandenen Straßen lagen, von ihrem dahinplätschernden Geplapper abgelenkt; Farmhäuser, Tudorbauten, französische Châteaux, Schweizer Chalets, alle gewaltig, alle mit messerscharf gemähten Rasen und zurechtgestutzten Bäumen, nahtlos aneinandergebaut, und keines ähnelte dem anderen. Onkel Harrys Plantagensitz in King's Point sah im Vergleich zwergenhaft aus, so dachte er, aber zumindest konnte er sich dort beim Gähnen strecken, ohne deswegen die Grenzen seines Besitzes zu überschreiten.

«Sind Sie einverstanden, Zev?» fragte Mrs. Shugar ängstlich über die Schulter.

Barak erwiderte auf gut Glück: «Absolut.»

«Oh, wunderbar! Sie wird sich so freuen!» Mrs. Shugar verließ sie vor einem weitläufigen rosafarbenen Stuckhotel und winkte ihnen mit den Fingern. «Ganz die Ruhe, Jungs.»

«Wer bezahlt das alles?» rief Barak aus, als sie ein Cottage inmitten üppig gedeihender Palmen und blühender Bäume betraten und dann in ein großes Wohnzimmer mit Kamin, Bar, Flügel und einer verschwenderischen Fülle Blumen schritten.

«Dave Perlmans Firma hat diese Villa das ganze Jahr hindurch für große Tiere auf Besuch gemietet – Filmstars, Regisseure und ähnliches. Zufällig ist sie jetzt gerade frei. Also? Du kannst jetzt duschen.»

«Auf der Stelle.» Barak ging ins Bad und kam mit einem roten Spitzenneglige in der Hand zurück. «Das hier hing am Brausekopf.»

«Diese Ellen!» Pasternak zuckte die Achseln. «Eine reizende Frau, aber mit einem Gedächtnis wie ein Sieb. Ich werde es ihr bringen.» Barak ließ sich auf einen Stuhl neben dem Eßtisch fallen, griff nach einer riesigen gelben Birne in einer mit frischem Obst gefüllten Kristallschale und biß hinein. «Was für eine Frucht!

Kalifornien! Sam, sei ehrlich, was geht hier vor sich? Wozu waren diese zehntausend Dollar bestimmt?»

«Oh, du weißt davon? Na ja, ich will es dir erklären, aber wenn du mit Betty Grable zu Abend ißt, solltest du besser vorher schlafen.»

«Mit Betty Grable zu Abend essen? Ich?»

«Hast du Ellen nicht zugehört? Du hast eingewilligt. Kleine Dinnerparty.»

«Wir beide?»

«Nur du. In der *Los Angeles Times* stand ein ausführlicher Artikel über Marcus' Begräbnis. Du wurdest darin erwähnt. Du bist jetzt ein heiß begehrter Mann.»

«Warum bist du nicht in der Tschechoslowakei?»

«Es gab Transportprobleme.» Pasternak setzte sich neben ihn und verspeiste Trauben von einem purpurvioletten Berg, wobei er die Kerne zerkaute und mitaß. «Ben Gurion befahl, daß unsere Luftbeförderungskapazität jetzt, wo wir größere Mengen ankaufen können, aufgestockt werden soll. Unsere Leute hier haben sechs Constellations aus Armeeüberschüssen aufgetrieben. Angeblich für eine neue Fluglinie Panamas, so die offizielle Version. Diese Constellations sind Riesenvögel, Zev, sie können zehn Tonnen auf einen Schlag befördern. Zehn Tonnen! Aber das Außenministerium bekam Wind von der Sache und ließ sie platzen. Die zivile Flugüberwachung, der FBI, der CIA, der Zoll, alle sind über uns hergefallen – es gab Beschuldigungen wegen mangelhafter Ausrüstung, Verletzung des Embargos, Papiere wurden einbehalten, Flugzeuge beschlagnahmt –, kurz, sie haben uns nach Strich und Faden in die Mangel genommen! Immerhin gelang es unseren Leuten, eine Connie nach Panama zu fliegen, bevor sie alles dichtmachten. Meine Aufgabe ist es nun, sie in die Tschechoslowakei zu bringen, und an diesem Punkt kommt Chris Cunningham ins Spiel. Das Geld, das ich von Perlman bekommen habe, ist Schmiergeld für Panama. Ich brauchte es bar auf die Hand – du kippst gleich um und schläfst mir ein!»

Barak nickte in der Tat über der halb gegessenen Birne ein. «Ich werde später duschen. Betty Grable... Weck mich, wenn es soweit ist.»

«B'seder, und ich werde dafür sorgen, daß deine reizende Uniform gebügelt wird. Sie ist ganz zerknittert.»

Gähnend erhob sich Barak und sagte: «Sam, erzähl mir noch etwas. Woher wußtest du von der *Altalena*, als Yadin und Allon noch keine Ahnung hatten?»

Pasternak antwortete nur mit einem Zwinkern, während er eine Banane schälte.

Edward G. Robinson begrüßte Barak auf Betty Grables grandioser, gefliester Terrasse, von der aus man die glitzernde Ausdehnung von Los Angeles überblickte. «Hei. *Ani ohaive Yisroel* [Ich liebe Israel].» Er rauchte eine lange Zigarre, und selbst mit schwarzer Krawatte sah er noch genauso aus wie die Filmgangster, die er immer spielte. Die hebräischen Worte, die er mit einem amerikanischen Akzent brummte, verblüfften Barak. Robinson fuhr fort: «*Ani no-sane harbay kesef* [Ich spende viel Geld].»

«Das ist sehr freundlich», sagte Barak.

Robinson wechselte ins Amerikanische, um Barak von seinem Hebräischunterricht zu erzählen und anschließend von seiner Kunstsammlung. Er ließ sich Zeit dabei, denn das Abendessen war verschoben worden, weil Betty Grable den Hauptgang, der ursprünglich Schinken hätte sein sollen, in Roastbeef geändert hatte, nachdem sie in letzter Minute die unerhört aufregende Nachricht erhalten hatte, daß der israelische Major kommen würde. «Ich hoffe, das sagt Ihnen zu», sagte sie, eine strahlende Erscheinung in einem schulterfreien, hautengen Kleid und mit klimpernden Wimpern über großen blauen Augen. «Das ist eine großartige Uniform. Wir können es gar nicht erwarten, mehr über Mickey Marcus und die Burmastraße zu erfahren.»

Sie plazierte ihn zu ihrer Rechten. Aus den Unterhaltungen am Tisch schloß er, daß die meisten Männer Filmproduzenten oder -agenten waren. Die Frauen waren alle sehr hübsch, obwohl keine es mit der Gastgeberin aufnehmen konnte, und ihre Kleidung und ihre Frisuren hatten einen Zug ins Groteske, den Barak als kalifornischen Gipfel der Mode interpretierte. Es dauerte eine Weile, bevor er in die Konversation miteinbezogen wurde. Er beantwortete einige

Fragen über Marcus, und anschließend wollte man seine Meinung über die Aussichten der Berliner Luftbrücke wissen, über den Einfluß des Fernsehens auf die Filmindustrie, die Vorliebe Israels für Truman oder Dewey, den vermutlichen Ausgang der Massaker in Indien und die jeweilige Rolle Amerikas und der Sowjetunion im Zweiten Weltkrieg. «Sie können hier eine Wette entscheiden», sagte ein hochgewachsener Mann namens Shorty, der Betty Grables Agent war. «Liegt Palästina nördlich oder südlich von Syrien?»

«Südlich.»

«Du schuldest mir einen Hunderter», brummte Robinson. Shorty gab ihm eine Hundertdollarnote aus einer Geldscheinklammer und sagte, er würde ihn noch am gleichen Abend beim Gin-Rummey zurückgewinnen.

«Ani no-sane zeh l'Yisroel [Das gebe ich für Israel]», sagte Robinson zu Barak.

Am nächsten Tag saß Barak in Hose und kurzärmeligem Hemd mit Mrs. Perlman in einer zweistöckigen, holzvertäfelten Bibliothek, die sie als «Daves Arbeitszimmer» bezeichnete. Um die Wände des Raums führte eine Galerie, und überall standen ledergebundene Gesamtwerke von Standardautoren, Regale voller großer Kunstbücher und Bestseller wie frisch aus der Druckerei; er war außerdem dekoriert mit signierten Fotografien von Filmstars sowie verschiedenen Plaketten und Urkunden, auf denen Perlmans philantropische Taten gepriesen wurde. Es gab eingerahmte Briefe von Franklin Roosevelt und Henry Morgenthau, die ihm für sein Engagement bei Kriegsanleihen dankten. Zwei Oskarfiguren hinter Glas flankierten eine besondere Vitrine, in der die Erstausgabe von Winston Churchills Werken in rotem Leder thronte. Mrs. Perlman zeigte Barak diese Dinge mit unverhohlenem Stolz, bevor sie Platz nahm, um beim Kaffee über den Empfang zu sprechen. Die grauhaarige, mütterliche Frau in einem leichten, orangefarbenen Sommerkleid erinnerte ihn an seine Tante Lydia.

«Das macht mich rasend!» Ein Mann in schwarzem Anzug und mit schwarzem Homburg, den er quer durch das Zimmer schleuderte, platzte unvermittelt in das Arbeitszimmer. «Wenn es etwas gibt, was ich hasse, dann sind es Rabbis.»

«Dave, mein Lieber», sagte seine Frau hastig, «das hier ist Major Barak. Du weißt schon, von der israelischen Armee.»

Barak erhob sich, um ihm die Hand zu schütteln. David Perlmans Verhalten wechselte zu aufgeräumter Freundlichkeit. «Ach ja, Sie sind der Mann, der die Rede halten soll. Freut mich, Sie kennenzulernen.» Auf sein Gesicht trat wieder ein Ausdruck wütender Mißgelauntheit. Perlman, ein braungebrannter, fleischiger Mann mit dichtem Kraushaar, produzierte kostspielige Musicalfilme. «Das macht mich einfach rasend», sagte er zu seiner Frau. «Ich brauche einen Drink.»

«War es voll im Tempel?» Sie schenkte ihm Whiskey aus einer Kristallkaraffe auf einem Barwagen ein.

«Es gab nur noch Stehplätze. Sid war zweiundvierzig Jahre alt, Selma. Wußtest du das? Der Rabbi sagte es. Ein junger Mann! Er war glatzköpfig und fett, so daß man es schwer sagen konnte, aber älter war er nicht! Er hatte drei Filme in der Produktion. Jesus, er war *jemand* in dieser Stadt. Und dann puff! Dieser verdammte Rabbi mit seinem ganzen Scheißdreck, daß Sid nicht gestorben sei, daß er in seinen Filmen weiterlebe, blabla, und dabei lag der alte Sid *genau dort* mit geschlossenen Augen in einem offenen Sarg, eine furchterregende Puppe im Smoking und mit Faschings-Make-up. Selma, ich habe *letzten Samstag* mit Sid im Hillcrest Gin-Rummey gespielt!» Dave Perlman kaute an seinen Fingernägeln. Seine Frau reichte ihm den Drink. «Danke. Das bringt mich einfach um den Verstand!»

«Verzeihung, Mrs. Perlman.» Ein Hausmädchen mit gestärktem Häubchen und Schürze sah herein. «Mrs. Shugar ist an Ihrem Privatanschluß.»

Perlman zündete sich eine dicke Zigarre an. «Liebling», sagte seine Frau im Hinausgehen, «doch nicht schon so früh.»

«Zur Hölle damit. Ich bin verdammt durcheinander.» Er nahm einen tiefen Schluck Whiskey. «Herr Major, Sid Feller war keinen Tag seines Lebens krank. Ein echtes Talent. Und dann peng! Na ja!» Er lächelte Barak strahlend an. «Das ist ja eine tolle Geschichte in der *Los Angeles Times* über Ihren Boss Marcus. Ein echter Held, hm? Möchten Sie noch Kaffee? Oder einen Drink?»

«Danke, nein. Das Haus hier ist prachtvoll. Es ist sehr nett von Ihnen und Ihrer Frau, hier einen Empfang zu veranstalten.»

Perlman wedelte abschätzig mit seiner Zigarre. «Ehrlich gesagt, bin ich kein Zionist. Selma macht darum so einen Wirbel. In Yonkers gibt es ein Altersheim, das nach meinem Vater benannt ist, dafür habe ich eine Menge geblecht. Er lebt noch, und das hat ihn sehr gefreut. Ihr Onkel Harry ist hier der Zionist. Ein toller Mann, er hat mir am Anfang unter die Arme gegriffen, und so etwas vergesse ich nicht. Vielleicht werde ich mir Ihre Rede anhören.»

«Nun, ich hoffe, daß Sie das tun.»

«Wahrscheinlich sollten die Juden ein eigenes Land haben, warum nicht? Aus dieser Geschichte von der Burmastraße könnte man fast einen Film machen. Mit Marcus und allem Drumherum. Nur daß keiner unter den Zuschauern wüßte, wo eigentlich Jerusalem liegt, oder sich auch nur einen Furz darum oder um die Juden schert. Das ist das Problem. Bibelfilme sind natürlich etwas anderes.»

Mrs. Perlman trat mit verstörtem Gesichtsausdruck ein. «Betty Grable kommt nicht zu dem Empfang.»

Perlman knallte das Glas, das er eben an die Lippen setzen wollte, so auf den Tisch, daß es spritzte. «Was? Wer hat das gesagt?»

«Shorty Goldfarb rief an. Betty hat eine Magenverstimmung, sagt er. Wie auch immer, sie kommt nicht.»

Perlman sprang auf. «Ich werde mit Shorty sprechen.»

«Dave, Liebling –»

«Großer Gott, wenn das nicht das ENDE ist! Ich frage Sie!» Perlman wandte sich an Barak. «Wir haben *Sie* an die Grable vermittelt, weil der französische Botschafter *sie* versetzt hat, und jetzt versetzt sie *uns*! Wenn das nicht eine beschissene Stadt ist! Ich werde jetzt Shorty Goldfarbs Eier durch den Fleischwolf drehen!»

«Schatz, sprich nicht weiter, ich *bitte* dich!» Der Tod von Sidney Feller schien Mrs. Perlman zu beschäftigen. «Wir kommen glänzend ohne sie zurecht. Schließlich haben wir Major Barak. Betty ist nicht einmal Jüdin.»

Doch Perlman war bereits mit dem Ruf: «Du wirst in diesem Haus keinen Pleiteempfang veranstalten!» durch die Glastüren hinausgerauscht. Seine Frau folgte ihm in ein anderes Zimmer, wo man seine laute und zornentbrannte Stimme am Telefon hören konnte. Just in diesem Augenblick erschien Sam Pasternak, unrasiert und gähnend. «Zev, ich habe soeben einen Anruf von Dayan erhalten. Ich hielt es für besser, gleich hierherzukommen.»

«Was gibt es?»

«Die Druckerei hat diese Wagenladung voll Geld einen Tag früher geliefert. Dayan reist ab.»

«Er *reist ab*? Wann?»

«Die Abfertigung wird ein paar Stunden dauern. Irgendwann heute abend. Die Araber lehnen die Verlängerung des Waffenstillstands ab, und Ben Gurion befahl ihm telegraphisch, schleunigst zurückzukommen und das Kommando über Jerusalem zu übernehmen.»

Barak arbeitete sich aus dem tiefen blauen Ledersessel hoch. *Adieu mit der Vorstellung, Cal Tech zu besuchen!* «Ich muß nach New York zurück. Ich werde die Flugverbindungen durchsehen.»

«Warte mal.» Pasternak legte ihm die Hand auf den Arm und hielt ihn zurück. «Ich habe schon alle Verbindungen überprüft. Du kannst es nicht schaffen.»

«Nun, dann rufe ich Dayan an und sage ihm, daß er den Abflug verschieben muß.»

«Den Abflug verschieben? Wenn B. G. ihm befohlen hat, sofort loszufliegen?»

«Sam, ich habe ein Panzerkommando, das auf mich wartet.»

«Du bist verpflichtet, heute hier zu sprechen, und Zev, wir *schulden* diesem Perlman etwas. Ich bringe dich zu deinem Bataillon zurück, vielleicht sogar vor Dayans Flieger, diesem alten holländischen Brummer.»

«Du? Wie denn?»

«Mit der Constellation in Panama. Diese Connies zischen schnell wie Kugeln.»

«Hallo, Sam.» Perlman ergriff beim Eintreten sein Glas, schenkte sich noch mehr Whiskey ein und sagte zu Barak: «Goldfarb schwört, daß Betty vierzig Grad Fieber hat. Vielleicht stimmt es, vielleicht nicht. Ich weiß nur eines, wenn es sich um das Dinner anläßlich der Oscar-Verleihung handelte, wäre sie selbst *tot* auf den Beinen. Und wenn sie einen verliehen bekäme, würde sie einen Steptanz hinlegen.» Er schüttete seinen Drink hinunter. «Nun, das kann Ihnen egal sein. Wir haben *Zev*. Sie sind tausendmal besser als Betty Grable. Sie sind nämlich echt. Sie brauchen nur diese Uniform zu tragen, und ich wette, sie heizt allen anwesenden Damen tüchtig ein.»

Er lachte heiser und wurde von heftigem Husten geschüttelt.

Während Zev noch einmal die Rede über Marcus hielt, kam er sich vor wie ein Tanzbär, der seine Kunststückchen vorführt und mit Karotten belohnt wird. Danach umschwärmten ihn die Frauen. Doch Ellen Shugar ergriff selbstherrlich von seinem Arm Besitz und erklärte, der Major müsse sofort in einer dringenden geheimen Angelegenheit nach Washington fliegen, und damit war die Tortur überstanden. Dave Perlman begleitete sie zu dem weißen Lincoln hinaus, in dem Pasternak bereits Platz genommen hatte. «Ich sage Ihnen was», erklärte er, «ich setze ein paar Drehbuchschreiber auf diese Marcus-Story an. Es ist heikel, aber Sie haben mein Interesse geweckt. Nichtjüdische Autoren. Juden könnten zu subjektiv schreiben.»

Vor dem Eingang zur Abflughalle der TWA hielt Ellen Shugar den weißen Lincoln an, warf Barak auf der Rückbank einen befangenen Blick zu und küßte und umarmte dann Pasternak. «Sammy, paß auf dich auf.» Barak sah, wie Tränen ihre ausgehungerten, braungebrannten Wangen hinabliefen.

«Eine nette Frau. Irgendwie traurig», sagte Pasternak beim Hineingehen. «Sie hat zwei nichtsnutzige Kinder. Das Mädchen zieht auf Motorrädern durch die Gegend, und der Junge ist aus der Schule geflogen und surft. Ihr Mann ist Bauunternehmer, macht Erdaushübe und dergleichen. Sie waren religiös, bis sie von Long Island nach Kalifornien umzogen. Ich kümmere mich ums Einchecken, wir sehen uns dann an der Flugzeugtür.»

Als Barak mit seinem Koffer durch die Menge in der Abfertigungshalle ging, hörte er plötzlich einen lauten Ruf: «Adon, Barak, Shalom!» Auf einer Flughafenbank in der Nähe saß in einem zu großen Anzug mit schiefhängender Krawatte Don Kischote! Doch bei genauerem Hinsehen war es nicht Don Kischote, sondern sein Bruder. Das letzte, das Barak von diesem Knaben gehört hatte, war, daß er in einem Militärgefängnis gesessen hatte. «Blumenthal, was zum Teufel machen Sie hier?»

«Im Augenblick», erwiderte Leopold in forschem Englisch, «warte ich auf meinen Chef.»

«Und wer ist das?»

«Sheva Leavis.»

Barak hatte vage etwas über einen gleichnamigen wendigen Schieber aus Tel Aviv gehört. «Wie sind Sie hierhergekommen?»

Leopold erklärte, daß er Leavis, dessen Neffe ebenfalls zu dem meuternden Zug gehörte, im Gefängnishof kennengelernt hatte. Leavis war ein irakischer Jude, der mit Munition aus Armeerestbeständen handelte, sofort bar dafür bezahlte und es so schaffte, Embargos zu umgehen und das Zeug nach Israel zu verschiffen. «Er war überrascht, wie gut ich über Währungen Bescheid weiß. Er hat mich in sein Herz geschlossen», sagte Leopold. «Ich habe mich mit fünfzehn unter der Nase der Deutschen als Geldwechsler durchgeschlagen. Mein Vater schaffte uns aus Kattowitz heraus, indem er die SS mit Schweizer Franken bestach, die ich abgestaubt hatte. Na ja, Leavis bekam seinen Neffen frei und mich auch, und hier bin ich jetzt.»

«Und was war mit Ihren Reisepapieren? Paß, Visa und so weiter?»

Leopold grinste schief. «Sheva.»

«Und die Armee hat Sie gehen lassen?»

«Ich bin einfach gegangen.» Schwungvoll offerierte Leopold ein Päckchen Camel.

«Nein danke. Dann sind Sie ein Deserteur.»

Leopold hielt ein aufflammendes Feuerzeug an seine Zigarette. «Wenn Sie das sagen.»

«Kommen Sie zurück, Blumenthal! Ich werde Ihnen ein Ticket kaufen. Jetzt sofort! Desertieren ist eine schlimme Sache.»

Leopolds Gesicht verzog sich zu einer trotzigen Grimasse. «Ich fliege mit Sheva auf die Philippinen, dort rosten Hunderte amerikanischer Panzer vor sich hin. Die Filipinos können keine Dollars annehmen, Dollartransaktionen kommt man immer auf die Spur. Es ist kompliziert, eine Menge Währungen müssen umgetauscht werden.»

Der Flughafenlautsprecher rief kratzend Baraks Flug nach Washington auf. «Sie werden ganz schön in der Tinte sitzen, wenn Sie nach Hause zurückkommen.»

«Das hier ist mein Zuhause.»

«Amerika? Hier können Sie nicht bleiben. Die Einwanderungsbehörde wird das nicht zulassen.»

Mit wissendem, herablassendem Grinsen blies Leopold einen Rauchring. «Jossi mag Israel? *Kol ha'kavod* [alle Ehre] ihm.»

«Nicht daß es eine Rolle spielte» – Barak ergriff seinen Koffer –, «aber Sie wären vielleicht nicht am Leben und ganz sicher nicht hier, wenn unser Volk euch nicht aus Italien herausgeschmuggelt hätte und dann –»

«Ich bin nicht freiwillig nach Israel gekommen, Adon Barak, oder um in Ihrer Armee zu dienen», unterbrach ihn Leopold. «Ich wurde wie Vieh herumgeschifft, und in Haifa wurde ich wie Vieh zum Militär eingezogen. Ich bin noch immer Zionist, aber hier kann ich mehr leisten. Sie werden sehen.»

Barak zuckte die Schultern und ging davon.

«Grüße an Jossi», rief Leopold Barak hinterher, «und an Yael Luria!»

Pasternak wartete bereits an der Flugzeugtür. «Komm, beeil dich, die Passagiere steigen schon ein. Wir haben Glück, wir fliegen mit einer Constellation.»

«Was weißt du über einen Typen namens Sheva Leavis?» fragte Barak, nachdem sie in den geräumigen Sitzen der zweiten Klasse dieses riesigen Flugzeugs Platz genommen hatten.

«Sheva? Wieso?» Barak schilderte ihm sein Zusammentreffen mit Blumenthal. Pasternak nickte. «Das ist typisch Sheva.»

«Springt etwas dabei heraus?»

«Für ihn selbst, ja. Für Israel, nun, ich würde nicht sagen, daß nichts herauskommt. Er spielt sein eigenes Spielchen und sahnt einiges dabei ab. Vermutlich nutzt alles ein bißchen was.»

Das Dröhnen des Flugzeugs bei seinem rasanten, steilen Abflug unterbrach ihr Gespräch. Danach erzählte Pasternak in leisem, schnellem Hebräisch von dem geheimen Coup mit der Constellation und ähnlichen Transaktionen. Einige amerikanische und kanadische Juden, die nach ihrer Einwanderung als Trödelhausierer angefangen hatten, waren mittlerweile ins Eisenverwertungsgeschäft eingestiegen, so erklärte er. Als das Amt für Kriegsvermögenswerte unschätzbare Massen von überschüssiger Munition und nutzlosen Maschinen zur Rüstungsproduktion verkaufte, den ganzen Müll eines beendeten Weltkriegs, wußten diese Händler, wo das Zeug lag und wie man es zu grotesk niedrigen Preisen bekommen konnte.

Aber sie wußten natürlich auch über das Embargo Bescheid. Der Weiterverkauf zu Kriegszwecken war strafbar, sagte Pasternak, und das war der große Haken daran. Diese Männer sympathisierten vielleicht mit Israel, aber sie konnten nicht ihren Lebensunterhalt aufs Spiel setzen und womöglich Gefängnisstrafen riskieren. Folglich war es Aufgabe der Jischuv-Juden, diesen ganzen kriegsfähigen Schrott – Panzer, Lastwagen, Massen von TNT, Drehbänke zur Herstellung von Gewehrläufen, Kommunikationselektronik, alte Bomber, Kampfflieger und Constellations – irgendwie in die Finger zu bekommen, ohne dabei gegen das Gesetz zu verstoßen. Es folgten Geschichten über die Rekrutierung von Fliegern, Nachrichteningenieuren, Gewehrbauern, Kryptologen, dann eine lange irrwitzige Erzählung über den Kauf eines Flugzeugträgers und seinen Umbau zum seegestützten Flugzeugträger, alles vergeblich – Pasternak fuhr stundenlang so fort. Wie ein roter und ein goldener Faden zogen sich Tollkühnheit und Geld durch diese Anekdoten voll grandioser Erfolge und katastrophaler Fehlschläge; allerdings war zu viel Rot, zu wenig Gold dabei. Pasternak schilderte die von Onkel Harry vage so definierten «Männer, die mithalfen» als einen kleinen Kreis von Geschäftsleuten, die es sich zum Ziel gesetzt hatten, Geld für beinahe jeden noch so irrwitzigen Plan aufzutreiben, durch den Waffen in jüdische Hände im Heiligen Land gelangen konnten; und zur Zeit waren sie so pleite, daß Baraks Onkel Harry Dave Perlman bitten mußte, ihm mit zehntausend Dollar auszuhelfen.

«Während du und ich die Schlacht um die Straße von Latrun

geschlagen haben», sagte Pasternak, «waren hier in Übersee die wildesten Geschäfte im Gang. Ben Gurion wußte, daß es nach der Ausrufung des Staates Krieg geben würde. Deshalb sollten im Ausland Waffen besorgt und gelagert werden, damit das Zeug sofort nach dem Abzug der Briten ins Land geholt werden konnte. Er hoffte, er würde zumindest einen Teil davon rechtzeitig erhalten, um die Invasoren zu bekämpfen.»

«Und so war es auch», sagte Barak.

«Na ja, in Maßen. Jetzt haben wir die Luftbrücke über die Tschechoslowakei, das ist eine verläßlichere Nachschubbasis. Deshalb» – er klopfte mit den Knöcheln auf den Flugzeugrumpf – «brauchen wir eine Constellation! Und wir werden sie auch bekommen!»

«Wann?»

«Das hängt von Chris Cunningham ab. Fliegt dieses Ding nicht supersanft? Wie im Traum, hm? Zehn Tonnen auf einen Schlag, Zev, zehn Tonnen!»

9
Der schreckliche Tiger

PASTERNAK SASS in Unterwäsche vor dem offenen Fenster, das eine wundervolle Aussicht auf die Pennsylvania Avenue bis zur weiß in der Sonne schimmernden Kuppel des Kapitols bot, und rauchte eine Zigarette. Die surrende Klimaanlage in einem anderen Fenster sorgte kaum für Kühlung in dem engen Zimmer des Willard-Hotels. Da trat Barak in einem hellen Leinenanzug, mit Strohhut, weißem Hemd und roter Krawatte sowie einer Schachtel unter dem Arm ein.

«Sieh mal einer an! Der reinste Yankeekasper!»

«Ich hatte nicht vor, diese blödsinnige Verkleidung» – Barak wedelte mit der Schachtel – «im Haus deines Freundes Cunningham anzuziehen. Wenn es nicht Regierungseigentum wäre, würde ich das Zeug verbrennen. Wann brechen wir auf?»

«Ich ziehe mich jetzt an.» Pasternak ging um ihn herum. «Sitzt nicht schlecht. Bißchen eng an der Schulter.»

«Das Beste, was ich fand, um angezogen wieder aus dem Laden herauszukommen. Sehr billig.»

«Amerika ist billig. Es gibt alles hier, und es gibt keine Kriegsschäden.»

Als der Leihwagen sich der Memorial Bridge näherte, sagte Barak: «Halt mal an.» Pasternak stoppte und parkte. Barak stieg die Stufen zu dem Denkmal hoch, betrachtete mehrere Minuten lang den riesigen sitzenden Lincoln und kehrte dann zum Auto zurück. «Es muß ein großartiges Gefühl sein», sagte er dann düster, «Amerikaner zu sein.»

«Die meisten kennen das Gefühl nicht.» Pasternak ließ den Wagen an.

Barak schüttelte den Kopf. «Sie kennen es schon. Vielleicht sprechen sie nicht darüber.»

Auf der anderen Seite des Potomac fuhren sie eine Weile auf baumbestandenen Straßen und Wegen dahin und dann eine schmale, gewundene unbefestigte Straße hinab, die zu einer kreisförmigen Kiesauffahrt vor einem Ziegelhaus mit kleinem weißen Holzvorbau führte. Pasternak läutete. Aus dem Kuppeldach über ihnen ertönte unvermittelt eine hohle Stimme, die fragte: «Wer ist da?»

«Sam Pasternak mit Freund.»

«Wer ist Sam Pasternak? Und woher soll ich wissen, daß Sie das sind?» Leises Mißtrauen schwang in der umkippenden Stimme mit.

«Wir haben in Genua zusammen Tintenfisch gegessen, Chris, und dir ist speiübel davon geworden.»

Ein Kichern mit Grabesstimme. Der Türsummer ertönte, und die Tür öffnete sich. Eine adrette schwarze Hausangestellte sagte: «Guten Abend. Hier entlang, bitte.»

In einem langgezogenen Raum mit Blick auf den Fluß, in dem ein Flügel aus Rosenholz die altmodische Einrichtung beherrschte, erhob sich ein schlanker, eckiger Mann zu ihrer Begrüßung. Er hatte dichte graue Haare, eine schwere Hornbrille und ein hervorspringendes, knochiges Kinn und trug trotz der Hitze einen dreiteiligen grauen Anzug mit einer goldenen Uhrkette über der Weste. «Dieser vermaledeite Tintenfisch, Sam, der hätte mich beinahe ins Grab gebracht.» Er sprach wie in dem Lautsprecher unter dem Vordach mit tiefer, leicht umschlagender Stimme.

«Chris, das ist Zev Barak.»

«Hallo.» Ein fester Händedruck mit einer kalten, trockenen Hand. «Die Sonne steht über dem Nock, meine Herren, was halten Sie von einem Pfefferminz-Julep? Die Dame des Hauses trinkt nichts, also kommen Sie mit mir.»

Auf einer geschwungenen Terrasse, von der sich ein weiter Blick auf den Potomac und in der Ferne auf das Washington Monument und das Kapitol bot, nahmen sie in schmiedeeisernen Stühlen an einem Glastisch Platz. Das Mädchen brachte geeiste Zinnbecher, auf deren Rand grüne Pfefferminzblätter steckten, und verteilte Schälchen mit Knabbergebäck und Erdnüssen. «Paß auf, Zev», sagte Pasternak. «Wenn du noch nie einen Pfefferminz-Julep getrunken hast, kann es dir die Beine wegziehen.»

«Ihr Israelis verkraftet keine starken Drinks», sagte Cunningham und nippte. «Amerikanische Juden können mittlerweile im großen und ganzen sogar mit Männern mithalten. Das ist interessant.»

Er musterte Barak. «Zev Barak. Was ist Ihr richtiger Name?» Barak blinzelte. Cunningham beharrte mit einem dünnen Lächeln. «Finden Sie die Frage verletzend?»

«Nein, aber das ist mein Name. Ich wurde als Wolfgang Berkowitz geboren, falls es das ist, worauf Sie hinauswollen.»

«Was bedeutet Zev Barak auf hebräisch? Ich weiß, daß Leute wie Sie dazu neigen, in Palästina hebräische Namen anzunehmen.»

Barak antwortete gutgelaunt: «Zev bedeutet Wolf.» Pasternak hatte ihn gewarnt, daß Christian Cunningham ein seltsamer Mann mit seltsamen Manieren war. «Eine Abkürzung von Wolfgang, könnte man sagen.»

«Ich verstehe», nickte Cunningham. «Und Barak eine Art Abkürzung von Berkowitz.»

«Nun ja, aber es ist ein verbreiteter Name in Israel. Er bedeutet Blitz.»

«Wolf Blitz. Nicht übel! Könnte fast der Name eines amerikanischen Indianers sein.» Er wandte sich an Pasternak. «Ist dein Freund ein Blitze schleudernder Wolf?»

«Zev ist in Ordnung.» Pasternak trank seinen Julep. Nach einem Schluck des starken Gebräus nippte Barak nur noch zum Schein daran.

«Es ist interessant», sagte Cunningham. «In Amerika ändern die Juden ihren Namen, damit er weniger jüdisch klingt. Ihr dagegen hebräisiert eure Namen und macht euch so jüdischer. Warum eigentlich?»

«Um die Entfernung zu Europa zu vergrößern, in die eine oder andere Richtung.»

«Aha!» Zum erstenmal lächelte Cunningham offen und entblößte dabei vom Rauch vergilbte Zähne. «Gut gesagt. Es ist nicht die ganze Wahrheit, aber interessant. Ach, da ist ja die Dame des Hauses.»

Ein mageres Mädchen von etwa zwölf Jahren kam leichtfüßig im Tennisdress auf die Terrasse gerannt. «Ich habe ihn geschlagen, Vater. Er ist fünfzehn und ein Angeber, und ich habe zwei Sätze gewonnen.» Sie brach ab, als sie die Israelis erblickte. Mit einem Anflug von Schüchternheit, aber durchaus fröhlich, sagte sie: «Hallo, ich bin Emily.»

«Wir essen um sieben Uhr dreißig zu Abend, Emily, mit Mr. Pasternak und Mr. Barak.»

Sie lächelte ihnen zu und verschwand. Cunninghams ganzes Verhalten veränderte sich. Seine Augen schlossen sich halb, er hakte die Daumen in die goldene Uhrkette und ließ sich auf seinen Stuhl fallen. Sein Stimme wurde scharf. «Sam, ich glaube, die Sache mit der Constellation geht von unserer Botschaft aus in Ordnung. Nach dem Abendessen müssen wir einen Kerl aufsuchen, der ganz in der Nähe wohnt, etwa eine halbe Stunde entfernt.»

«In Ordnung, Chris.»

«Was die Leute in Panama angeht, so können wir euch ein wenig helfen, aber in der Hauptsache werdet ihr es selbst schaffen müssen.»

«Darauf sind wir eingestellt.»

Cunningham setzte sich aufrecht und verfiel wieder in seinen spöttischen Umgangston. «Während unserer Abwesenheit muß die Dame des Hauses Mr. Wolf Blitz unterhalten.»

«Eine erfreuliche Aussicht», sagte Barak.

«Sie werden feststellen, daß sie ausgesprochen redegewandt ist, auch wenn Sie sie ein bißchen albern finden. Ihre Mutter ist in England, wissen Sie, sie besucht unseren Sohn in Oxford. Wenn ich Jude wäre», wandte Cunningham sich nach einem ausgiebigen Schluck von seinem Julep an Pasternak, «dann würde ich mich ganz gewiß so weit wie nur möglich von Europa fernhalten. Besonders von Rußland. ‹*Von Norden her wird das Unheil nahen*›», zitierte er Jeremia. «Rußland war euer Verderben. Hitler ist euer Schreckgespenst, aber er ist in Rußland in die Lehre gegangen, wissen Sie.»

Pasternak nickte. Barak sagte: «Ich bin nicht sicher, ob ich Sie richtig verstehe.»

Offensichtlich hocherfreut über dieses frische Zuhörerblut stieß Cunningham ihm einen langen Finger entgegen. «Aus den Gettos und Pogromen der Zaren, Mr. Wolf Blitz, lernte Hitler, daß der westliche Liberalismus nichts als hohles Geschwätz war. Daß er die Juden als Untermenschen behandeln konnte, ohne sich den geringsten internationalen Ärger einzuhandeln, abgesehen von ein paar Mucksern und empörtem Fingerzeigen. Von Lenin lernte er, wie man Konzentrationslager und totalitären Terror einsetzte. Von Stalin lernte er, daß man ungeheure Massenhinrichtungen verheimlichen und rundweg leugnen konnte und die Welt sich einen feuchten Dreck drum scheren würde.»

Cunningham hielt inne, um seinen Zinnbecher mit einem Zug zu leeren. «Hitlers einzige Neuerung bestand darin, daß er all diese Schrecknisse aus den Abgründen slawischer Dunkelheit in das Licht Mitteleuropas importierte. Daß Hitler sich gegen seine Lehrmeister erhob, ist eine große Ironie der Geschichte. Und eine noch größere Ironie liegt darin, daß wir Rußland durch Leihpacht vor Hitler gerettet haben. – Rußland, die einzige tödliche Bedrohung für unser Land auf diesem Planeten. Trinken Sie noch einen Julep mit?» Die Israelis sahen sich an und lehnten dann beide ab. Cunningham schenkte sich aus einem klirrenden Krug nach und fuhr in seinem Monolog über die Feindschaft zur und die Bedrohung durch die Sowjetunion fort.

Pasternak hatte Barak bereits vorgewarnt, was Cunninghams Besessenheit von der grundsätzlichen Bösartigkeit der Russen anging. Als der Fluß sich im Licht des Sonnenuntergangs rötlich färbte, erging Cunningham sich noch immer über dieses Thema. Das Christentum sei zu spät zu den Russen vorgedrungen, so sagte er, volle tausend Jahre nach Jesus Christus, und auch dann nur in einer durch Byzanz pervertierten Form. Es war nie ganz bis in die Tatarenherzen der Slawen eingedrungen, sondern hatte eine gefährlich schizophrene Masse aus ihnen gemacht, halb wilde Eroberer, halb idealistische Milchgesichter, wobei ihre wilde Seite unerbittlich die Oberhand gewann und ihre Gesellschaft und Politik dominierte.

«Dieser gespaltene Nationalcharakter wird auch bei Tolstoi und Dostojewski sichtbar. Es ist die einzige Möglichkeit, solche unterschiedlichen, gemarterten Genies zu verstehen, Major Barak, die einzige Art, national wie rational einen Bezug zu ihnen herzustellen. Diese Spaltung prägt ihre Musik. Ihre Architektur. Haben Sie je Repins Gemälde von Iwan dem Schrecklichen mit seinem sterbenden Sohn zu Füßen gesehen, nachdem Iwan ihm mit dem Goldknauf seines Stocks den Schädel zertrümmert hat? Iwans Gesicht, das Gesicht seines Sohnes? In einem einzigen blutrünstigen Bild liegt ihre ganze Geschichte.»

«Das Abendessen ist angerichtet!» rief das Hausmädchen an der Glastür.

Das Mädchen saß, in schlichtes Grau gekleidet, würdevoll im Stuhl ihrer Mutter am Ende des Tisches, sagte wenig, klingelte nach dem Hausmädchen, um ihm mit leiser Stimme Anweisungen zu geben, und forderte die Gäste ruhig auf, sich nochmals von der Vichyssoise, dem Brathuhn und dem Sorbet zu nehmen. Barak und Pasternak aßen schweigend und tauschten Blicke aus, während Cunningham ihnen die im amerikanischen Geheimdienst vorherrschende Auffassung darlegte. Die jüdischen Militärerfolge wurden als überraschende und insgesamt negative Entwicklung gewertet, so warnte er sie. Die Araber würden niemals, auch nach Generationen nicht, die Zionisten in ihrer Mitte akzeptieren. Je öfter sie geschlagen würden, um so mehr würden sie ihre Frustrationen an den westlichen Mächten auslassen und bei den Russen Unterstützung suchen. Das konnte das gesamte Gleichgewicht der Kräfte im Nahen Osten aus den Fugen bringen. Feindliche arabische Regierungen konnten westliche Ölförderanlagen verstaatlichen und die Briten und Amerikaner in der Region sogar von ihren strategischen Stützpunkten vertreiben. Was die Israelis selbst anging, sagte Cunningham, so neigten seine Kollegen zu der Einschätzung, sie seien ein unnachgiebiger, expansionslüsterner, aggressiver Haufen. Und was vom Standpunkt des nationalen Interesses Amerikas aus das schlimmste war, es hieß, sie seien mehrheitlich Sozialisten oder rundheraus Marxisten. In Israel wimmelte es von russischen Juden, es wurde von der Tschechoslowakei mit Waffen beliefert, deren Munition die Sowjets kontrollierten. Folglich war es jederzeit denkbar, daß Israel eine prosowjetische Haltung einnahm.

«Das ist Schwachsinn», sagte Pasternak. «Wir kennen die Russen. Unsere Gründerväter sind aus Rußland geflohen, um Israel zu schaffen.»

«Natürlich, aber es ist Aufgabe des Geheimdienstes, immer das Schlimmste anzunehmen. Ich gebe zu, daß ich langsam die Geduld mit der Kurzsichtigkeit meiner Kollegen verliere. Als ich vor Jahren, vor dem Krieg, beim FBI arbeitete, habe ich eine gewisse Rolle bei der Aufdeckung russischer Spionageringe gespielt. Dann aber pumpten wir von 1941 bis 1945 Unsummen von Leihpachtgeldern in dieses Land, unseren gnadenlosesten Todfeind. Allerdings» – Cunningham schwenkte zum Nachdruck seinen Sorbetlöffel vor ihnen – «war diese Leihpacht *vernünftig*. Hitler mußte vernichtet werden. Aber diese totale Kehrtwendung, die Russen zu lieben, sie zu Hollywoodstars zu idealisieren, die werden wir noch hundert Jahre lang bereuen. Das war eine kolossale, vierjährige Katastrophe für die Sicherheit. Meiner Meinung nach kann Israel sich zu unserer strategischen Bastion im Nahen Osten entwickeln. Bei der OSS hatte ich Vorgesetzte, die, wenn auch vielleicht skeptisch, auf mich hörten, und ein paar davon sind jetzt beim CIA.»

«Nun, das ist erfreulich», platzte Barak heraus.

«Nicht unbedingt. Es hängt viel von Ihrem Mr. Ben Gurion ab. Es heißt, er würde auf Sie hören, Major Barak, also lassen Sie mich offen sprechen.» Cunningham sprach ohne Umschweife mit ihm, und Barak fing an zu verstehen, warum Sam Pasternak ihn hierhergebracht und Cunningham ihn empfangen hatte. «Ihr Premierminister ist eine beeindruckende Persönlichkeit, aber seine wahre Prüfung steht ihm jetzt erst bevor. Er muß in aller Eile eine Verwandlung vom Revolutionär zum Staatsmann vollziehen. All die Jahre eines internen zionistischen Machtkampfes haben ihn grob, hart, engstirnig und starrsinnig gemacht. Seine Reden verraten seine russische Herkunft, über allem schweben Hammer und Sichel. Glaubt Ben Gurion an Gott?»

Diese plötzlich abgeschossene Frage brachte Barak aus dem Konzept. Pasternak beobachtete ihn mit einem herben Lächeln, und auch das stille Mädchen starrte ihn an. «Nun, die religiösen Parteien in unserem Land machen ihm sehr zu schaffen, soviel ich weiß.»

«Das ist es nicht, was ich wissen wollte.» Cunningham sank tiefer in seinen Stuhl. «Die Rückkehr der Juden ins Heilige Land ist eine Anomalie der Geschichte. Auf lange Sicht ist Ben Gurion entweder ein Instrument der Vorsehung am Beginn einer gewaltigen Umstrukturierung der Welt, oder er ist eine triviale Gestalt, ein bedeutungsloses, vergängliches Ereignis, das Zeit und Zufall hervorbrachten. In diesem Fall wird das wahrscheinlich auch für ihr Land gelten.»

Barak sagte: «Er ist nicht im geringsten religiös. Er ißt alles, und er respektiert keinen einzigen Feiertag.»

«Auch das ist es nicht, was ich wissen wollte.»

Barak zuckte mit den Schultern, und nach einem kurzen Augenblick fuhr Cunningham fort: «Sind Sie religiös?»

«Sie sind ein wunderbarer Gastgeber, Mr. Cunningham, und ich habe Ihnen fasziniert zugehört, aber das geht Sie wirklich nichts an.»

Christian Cunningham richtete sich in seinem Stuhl auf und lachte. «Einen Geheimdienstmann geht alles etwas an. Sam, wir müssen aufbrechen. Emily, biete Mr. Wolf Blitz noch etwas Kaffee an und versuche, ihn nicht zu langweilen.»

Nachdem sie gegangen waren, sagte das Mädchen: «Möchten Sie noch Kaffee?»

«Ja, bitte.»

«Brandy?»

«Nein, danke.»

«Gibt es in Israel Leuchtkäfer?»

«Leuchtkäfer? Ich habe nie Leuchtkäfer gesehen. Bei uns gibt es Glühwürmer.»

Sie griff nach der Klingel. «Estelle, bitte servieren Sie den Kaffee auf der Terrasse ... Kommen Sie.»

Barak folgte ihr durch die Glastüren in den Patio und eine gewundene Ziegeltreppe hinab, wo sie seine Hand mit einem kühlen Griff ihrer kleinen Hände umschloß. «Die verflixten Lampen hier draußen sind kaputt. Stolpern Sie nicht über die Topfpflanzen ... Hier sind wir.» Auf der mit Steinen ausgelegten Terrasse gab sie seine Hand frei, und sie nahmen Platz; er auf einem gepolsterten Klubsessel, sie in einer mit Kissen ausgelegten Schaukel. «Wahrscheinlich werde ich dastehen wie eine Lügnerin, weil die Leuchtkäfer sich nicht blicken lassen ... Oh, da ist einer. Und dort noch einer.»

Die beweglichen grünen Blitze schwebten in der Tat überall über dem Rasen, der sich den Hang hinabzog bis zu dunklen Bäumen, hinter denen der Fluß im Mondlicht schimmerte. «Sie haben es meinem Vater sicher angetan, er liebt es, wenn man ihn reden läßt. Das heißt, wenn etwas dabei herauskommt.»

«Was ist das für ein wundervoller Duft hier?»

«Gardenien. Sie wachsen am Rand der Terrasse. Die Lieblingsblumen meiner Mutter. Was ist mit Ihrem Arm passiert?»

Ihre Unverblümtheit verblüffte Barak wie zuvor schon Cunninghams Direktheit. Er dachte, er würde seinen Arm ganz normal bewegen. «Wieso fragst du danach?»

«Wegen der Art, wie Sie ihn bewegen.» Im vagen Lichtschein der Terrasse konnte er sehen, wie sie ihren ganzen Arm, leicht angewinkelt, mit einer energischen Bewegung kreisen ließ. «Wurden Sie verwundet?

«Ja, aber der Arm ist schon fast verheilt.»

Das Mädchen kam mit dem Kaffee. Emily schenkte zwei Tassen ein. «Haben Sie jemals Emily Dickinsons Gedichte gelesen? Ich wurde nach ihr getauft. Meine Mutter wuchs in Amherst auf, ihrem Geburtsort.»

«Ist das nicht in Neuengland? Ihr Vater spricht wie ein Südstaatler.»

«O ja. Er kommt aus Georgia. Sie haben sich auf einem Schiff kennengelernt. Ich schreibe auch Gedichte, aber nicht solche wie Emily Dickinson. Sie litt an Gefühlsverstopfung.»

Auf diese selbstbewußte, wichtigtuerische Bemerkung fiel Barak so schnell keine Antwort ein. Pause. «Nun, diese Leuchtkäfer sind sehr hübsch. Du solltest ein Gedicht darüber schreiben.»

«Das habe ich schon. Erzählen Sie mir von Ihrer Wunde.»

«Willst du ein Gedicht darüber schreiben?»

«Ich habe nie zuvor mit einem Krieger gesprochen. Es interessiert mich einfach.»

«Na schön.»

Während er unter dem unverwandten Blick des Mädchens das mitternächtliche Gefecht schilderte, lebhaft und anschaulich vom Angriff und Rückzug der Araber erzählte und von der Art, wie er sich seine Verletzung zugezogen hatte, durchlebte er es noch einmal.

«Sind Sie sicher, daß es ein Unfall war? Gab es in Ihrer Kompanie einen Soldaten, der sauer auf Sie war?»

Kluges Mädchen, dachte er. Da er einen Schuß in den Rücken erhalten hatte, war auch ihm zuerst der Verdacht gekommen, daß ein fauler Unzufriedener oder ein Feigling in seiner Kompanie auf ihn gefeuert haben könnte. «Nein, der arme Kerl ist ein *schlemihl* – ein trottliger Narr –, aber er liebt mich. Er rannte sofort herbei, als ich blutend dalag, und gestand mir, er hätte es getan. Er war am Boden zerstört.»

Sie betrachteten die Leuchtkäfer. Emilys Schaukel knarrte. Eine Brise vom Fluß trug den Duft von grünen Blättern und Gardenien zu ihnen. «Und ich bin kein Krieger, weißt du. Wir alle müssen kämpfen, weil die Araber uns nicht da haben wollen. Ich habe Chemie studiert. Das hoffe ich auch eines Tages zu werden, ein Chemiker.»

«Ist ja todlangweilig. Da fallen mir nur Drugstores dazu ein.»

«Entschuldige, Emily, aber das ist sehr kindisch. Chemie ist die Basis von allem. Du und ich zum Beispiel, wir sind zwei kleine chemische Maschinen, die Lärm voreinander machen. Diese Leuchtkäfer funktionieren durch Chemie. So wie auch die Sterne.»

Emily senkte den Blick und verkrampfte die Finger im Schoß. «Entschuldigung. Wenn wir Mädchen in der Schule über Chemie sprechen, dann meinen wir damit, ob wir einen Jungen mögen oder nicht.»

«Ich habe einen jüngeren Bruder», sagte Barak, «der Physik studiert. Eines Tages wird er vielleicht ein großer Physiker. Um Physik und Chemie dreht sich die ganze Welt. Einschließlich des Krieges.»

«Nein, der Krieg dreht sich um die Männer», sagte sie, «und das wissen Sie auch. Ich bin froh, daß Ihre Wunde verheilt ist. Kennen Sie Othello?»

«Nun, ich habe das Stück gelesen.»

«Sie liebte mich, weil ich Gefahr bestand», intonierte Emily, *«ich liebte sie um ihres Mitleids willen.»*

Barak sagte verlegen: «Denkst du in deinem Alter schon soviel über die Liebe nach?»

«Julia war zwölfeinhalb.» Schweigen und Schaukelknarren. «Ich könnte Ihnen von meinen eigenen Wunden erzählen, aber ich glaube, ich höre meinen Vater zurückkommen. Die meisten meiner Gedichte handeln davon.»

«Dann sind es traurige Gedichte.»

«Nein, manche sind sehr fröhlich. Sogar lustig.»

Als sie aufstanden und sich der dunklen Treppe näherten, ergriff sie wieder seine Hand. «Hier entlang... Nebenbei handeln sie immer von einem anderen Mädchen. Haben Ihnen die Leuchtkäfer gefallen?»

«Sie sind zauberhaft.»

Als sie von der Terrasse hereintraten, sagte Cunningham: «Hat sie Sie zu Tode gelangweilt? Oder war sie zu neugierig?»

«Sie ist eine ebenso reizende Gastgeberin, wie Sie ein reizender Gastgeber sind.»

«Oh? Ein zweifelhaftes Kompliment!»

«Gute Nacht», sagte das Mädchen zu Barak und Pasternak. «Es war nett, Sie kennenzulernen.» Als Barak sie bei Licht ansah, bemerkte er, daß sie flachbrüstig war, ein Kind noch. «Gute Nacht, Vater.» Sie küßte Cunningham und rannte beinahe hinaus.

«Wir müssen los, Zev», sagte Pasternak. «Wir müssen in New York ein Flugzeug erwischen.»

Cunningham streckte Barak eine Hand entgegen. «Ich hoffe, Sie nehmen mir meine kleinen Scherze über Wolf Blitz oder meine langen Abhandlungen nicht übel. Das ist so meine Art.»

«Es war mir ein Vergnügen. Ebenso wie die Gesellschaft Ihrer Tochter.»

«Das freut mich.» Cunninghams dünne Lippen verzogen sich zu einem kalten Lächeln. «Falls Sie sich an irgend etwas, was ich gesagt habe, erinnern, so steht es Ihnen frei, Mr. Ben Gurion davon zu erzählen.»

Auf der Fahrt zum Flughafen weihte ihn Pasternak in weitere Einzelheiten über Cunningham ein.

«Nachdem du ihn jetzt kennengelernt hast, will ich dir einige Hintergrundinformationen geben. Er ist ein Original. Er war 1945 in Italien beim OSS, und ich war dort im Untergrund aktiv, ich brachte Juden, die nach Palästina wollten, per Schiff dort raus. Damals passierte das mit dem Tintenfisch. Wir hatten schon zuvor zusammengearbeitet, in Frankreich, aber wirklich angefreundet haben wir uns bei einem Deal zwischen der OSS und einigen deutschen Generälen in Norditalien, die sich eigenmächtig den Engländern und Amerikanern ergeben wollten. Es kam nichts dabei heraus, aber wir lernten uns gut kennen. Er half mir, ein Schiff in Genua aufzutreiben, das voll mit *Displaced Persons* zweimal erfolgreich die britische Blockade durchbrach. Ich ließ ihm einige Untergrundinformationen über deutsche Truppenbewegungen, Munitionsdepots und ähnliches zukommen. Durch einen glücklichen Zufall fiel unseren Leuten in der Provence eine Kodiermaschine der Wehrmacht in die Hände, die ich an ihn weitergab. Das war schon gegen Kriegsende zu. Ich weiß nicht, ob sie zu etwas nutze war, aber er schätzte meine Geste. Ich vermute, es hat ihm ein paar Pluspunkte bei seinen Chefs eingebracht... Sag, warum bist du so unruhig? Was ist los mit dir?»

«Nichts ist los. Das ist ein verdammt seltsamer Weg, um nach Israel zurückzukommen», sagte Barak gereizt, «über New York, Panama, Brasilien und die Tschechoslowakei.»

«Entspann dich, Wolf Blitz.»

Yael saß schwitzend an dem schwülen Abend hinter dem Lenkrad eines geparkten Jeeps und beobachtete, wie das Flugzeug sich Tel Aviv näherte, durch entferntes Leuchtspurfeuer und schwarze Schwaden der Flugabwehrgeschütze nach links abdrehte, umkehrte und bei der Landung hart aufsetzte. Dayan schritt in einer merkwürdig knalligen Uniform über den Macadam. *«Dode Mosche!»* rief Yael. Seit ihrer Kindheit in Nahalal nannte sie ihn *Dode*, Onkel.

Er kam durch die Sperre und blickte sich suchend um. «Hallo, Yael.»

«Ist Zev Barak nicht bei dir?»

«Nein.»

«Ich habe Befehl, ihn abzuholen.»

«Nun, du kannst mich dafür abholen.» Er sprang in den Jeep. «Ich sehe meinen Fahrer nirgends. Bring mich nach Tel Haschomer.»

Die zwei Piloten des Flugzeugs gingen mit zitternden Knien an ihnen vorbei. «Diese armen Holländer mußten über arabischem Gebiet anfliegen», sagte er, «weil es keinen Wind gab. Na ja, sie kassieren ein doppeltes Gehalt dafür.»

«Wie war der Flug?»

«Unsanft. Die ganze Zeit über gab es Turbulenzen.» Dayan gähnte, verschränkte die Arme hinter seinem Kopf und ließ sich auf seinem Sitz nieder. «Ich bin froh, wenn ich endlich im Lager bin und ins Bett komme.» Einen Augenblick später war er schon eingeschlafen. Yael fuhr zum Panzerstützpunkt und machte Umwege, wo die Straßen in feindliche Reichweite kamen. Der Vollmond stand bereits hoch am Himmel, als sie ins Tor von Tel Haschomer einbog. Hier manövrierten Aufklärungsfahrzeuge, Jeeps und Halbkettenfahrzeuge, die mit Soldaten in Helmen und voller Kampfausrüstung bemannt waren, knirschend in niedrigen Gängen. Dayan fuhr aus dem Schlaf hoch. «Was ist hier los? Das ist mein Bataillon!» Er sprang hinaus und schleuderte einem Offizier in einem Halbkettenfahrzeug einen Befehl entgegen, den dieser auf seinem Walkie-talkie weitergab. Die Fahrzeuge kamen klirrend zum Stehen, während Dayan an die Spitze der Kolonne eilte. Hinter dem Steuer eines nahen Jeeps mit aufgepflanztem Gewehr grüßte der Fahrer Yael und schob seine Brille auf der Nase hoch.

«Kischote! Wo ist Benny?»

«Drei Wagen hinter uns.» Er zeigte auf ihn, und Yael erblickte ihren Bruder, der aufrecht in einem Halbkettenfahrzeug neben dem Gewehr stand. Sie trabte zu ihm. «Wie geht es dir, Benny?»

«Mir? Gut. Was bringt *dich* denn hierher?»

«Ich habe Dode Mosche vom Flughafen hierhergefahren.»

«Dode Mosche? Dann ist er also zurück! *Shiga'on* [Verrückt]! Wir dachten schon, wir müßten den Krieg ohne ihn führen.»

«Wohin marschiert ihr?»

«Zur Absprungstelle. Sobald der Waffenstillstand endet, geht es los.»

«Viel Glück und Erfolg, Benny!»

Die Nacht war stickig und heiß, und sie wischte ihr Gesicht mit einem Taschentuch ab, als sie zum Jeep zurückging. Don Kischote hockte auf seiner Motorhaube. «Ach, da bist du ja wieder», sagte er. «Hör zu, gib mir ein Pfand von dir. Gib mir dieses Taschentuch mit.»

«Was redest du da?»

«Ich ziehe in den Krieg. Das ist ein alter Brauch. Hast du nie Walter Scott gelesen? Ich soll den Gunstbeweis einer Dame bei mir tragen.»

«Doch nur von einer Dame, die du liebst, du Idiot.»

«B'seder. Ich liebe dich. Weißt du, du bist die hübscheste Frau auf der Welt.»

Yael kicherte nach kurzem Zögern. «Du machst dich über mich lustig.»

«Das meine ich ernst. Gib es mir.»

Die Liebeserklärung ging Yael Luria, auch wenn sie nur scherzhaft gemeint war, unter die Haut. Sie genoß jede Art von Huldigung, und sie war nicht ganz unempfänglich für Don Kischote. Seitdem er Benny aus dem Schlachtfeld von Latrun herausgeschleppt hatte, empfand ihr Bruder eindeutig Zuneigung zu ihm, und das unzivilisierte Glitzern, das manchmal hinter der Brille des Jungen aufblitzte, rührte an Yaels eigenen Hang zur Wildheit.

«Ist schon gut.» Sie reichte ihm ihr Taschentuch. «Es ist tropfnaß, aber du kannst es haben. Viel Glück!»

«Bekomme ich auch einen Kuß?»

«Oh, zieh in den Krieg, Kind.»

Er stopfte es unter seinen Helm und rannte zu seinem gepanzerten Jeep, denn die Kolonne setzte sich unter lautem Rufen und Klirren in Bewegung.

«Du wirst die Kanone abfeuern», sagte Benny Luria am nächsten Tag zu Kischote. Sie starrten in das enge, dunkle Innere eines erbeuteten Panzerwagens der Arabischen Legion, in dem es stank wie in einem verstopften Klo. Halbnackte, unter der sengenden Sonne schwitzende Soldaten installierten in rasender Eile eine neues Funkgerät, schweißten Flecken auf zerlöcherte Granattrichter und füllten Öl und Treibstoff auf. Der Panzerwagen hing noch im Schlepptau des Halbkettenfahrzeugs, mit dem Dayan ihn persönlich unter feindlichem Beschuß abgeschleppt hatte. Benny Luria hatte sich freiwillig gemeldet, um das Tau festzubinden, und das hatte ihm das Kommando über den Wagen eingetragen.

«Ich? Ich hab' doch keine Ahnung von Kanonen?»

«Wer hat schon eine Ahnung von Kanonen? Sie schicken einen Artilleriemann aus Tel Aviv zu uns heraus.»

Inmitten duftender zerstampfter Haufen von Hirse wechselten die Kommandos zerschossene Reifen, reparierten Einschußlöcher in leckgeschlagenen Kühlungen, tauschten die zerbrochenen Raupenketten von Raupenfahrzeugen und ähnliches aus, und die Sanitäter verbanden die Verwundeten. Denn das leichtbewaffnete Bataillon war bereits unter Führung von Dayan in den Tel Aviv bedrohenden Frontvorsprung hineingestoßen und hatte mit einem Überraschungsangriff ohne Mörsersperrfeuer, nur aus allen Gewehren feuernd, zwei Dörfer gestürmt. Die überrumpelten Dörfer waren schnell in ihre Hände gefallen, wenn auch nicht ohne Preis an Menschenleben.

«Wer soll denn dieses Zeug lesen können?» Kischote zeigte auf die rätselhaften Instruktionen, die im gesamten Innenraum auf arabisch eingestanzt waren. «Wie willst du dieses Ding zum Laufen bringen?»

«Wagen bleibt Wagen, und Gewehr bleibt Gewehr», entgegnete Luria. «Wir bringen ihn zum Laufen. Dayan sagt, diese eine Kanone verdoppelt die Feuerkraft unseres Bataillons.»

Dann tauchte der Artillerieexperte auf, ein kräftiger Sabra, dessen Stimme vom Anbrüllen der Rekruten heiser war. Er bleute Don Kischote die Grundregeln der Artillerie ein, zeigte ihm, wie man den Gefechtsturm drehte, die Kanone in Stellung brachte und aufrichtete und nahe und ferne Ziele anvisierte. Kischote mußte sich in einen winzigen Raum quetschen, der Geruch von Benzin und Pisse raubte ihm den Atem, und die mit kehliger Stimme gebellten Befehle des Ausbilders verwirrten ihn, das um so mehr, als das Hämmern und Quietschen und Sägen an dem Wagen unaufhörlich weiterging. Nach einiger Zeit erschien Mosche Dayan. «Und, kann er jetzt schießen?»

«Geben Sie ihm einen Befehl», sagte Luria.

Dayan zeigte auf einen hohen Baum weit entfernt auf dem Feld. «Schieß den unteren Ast weg.»

Don Kischote löste krachend und mit einem Flammenstoß einen Schuß aus. Der Ast flog vom Baum.

«Das genügt», sagte Dayan. «Jetzt sind wir also unbesiegbar. Wir marschieren nach Lydda.»

Das Bataillon schoß sich an Panzerabwehrsperren und dichten Kaktushecken vorbei und unter schwerem Beschuß von Geschützstellungen seinen Weg westwärts in die gut befestigte Flughafenstadt frei, immer mit dem Risiko, auf ein Minenfeld zu treffen, was allerdings glücklicherweise nicht geschah. Der Ärger begann, als die Kolonne das Stadtzentrum erreichte. Dayans Angriffsplan war klar. Die Hälfte der Kolonne sollte unter Führung des Panzerwagens, inzwischen der Schreckliche Tiger genannt, nach Norden abdrehen, und er selbst würde die andere Hälfte nach Süden führen. Nachdem sie in beiden Richtungen in der Stadt herumgeballert hatten, um Angst und Verwüstung zu verbreiten, wollten sie sich wieder vereinen und im Eiltempo auf der Straße, auf der sie einmarschiert waren, die Stadt verlassen; Ziel war es, das Objekt für einen Angriff durch eine vorrückende Panzergrenadierbrigade zu zermürben. Dayan handelte nicht aufgrund von Befehlen, sondern improvisierte diesen Überfall auf der Basis vieldeutiger Meldungen, und er war sich sehr wohl darüber im klaren, daß sein Bataillon nicht die Feuerkraft hatte, um die Stadt definitiv einzunehmen.

Der Tiger rollte wie befohlen auf den Nordrand Lyddas zu. Die Einwohner waren in der Tat zunächst entsetzt durch den Anblick eines Panzerfahrzeugs der Arabischen Legion, das in ihren Straßen Amok lief und wild drauflosfeuerte, aber nur allzuschnell faßten sie sich und machten dem Tiger mit Granaten und Gewehren die Hölle heiß. Es dauerte eine Weile, bis Benny Luria, der das Fahrzeug vom Gefechtsturm aus dirigierte und das Maschinengewehr bediente, begriff, warum die Stadtbewohner so wagemutig waren. Aus den verstümmelten Rufen Dayans in seinem Kopfhörer schloß er endlich, daß alles so schief wie nur möglich ging, und brachte den Tiger auf einem offenen Platz zum Stehen.

Kischote, der durch einen schmalen Schlitz auf die umherlaufenden Araber ringsherum starrte, schrie über den Motorenlärm hinweg: «Sag mal, Benny, wo sind die anderen alle?»

«Sie sind alle mit Dayan nach Süden gezogen, durch Lydda und weiter runter nach Ramla.»

«Was, alle? Alle bis nach Ramla? Wie ist denn das passiert?»

«Ein Balagan, so ist das passiert!»

Kugeln prasselten auf den Panzer, Granaten explodierten krachend, der Wagen erbebte heftig.

«Du willst doch nicht etwa sagen, daß wir *allein* in Lydda sind?» rief Kischote. Der Fahrer, ein junger blonder Kibbuznik, der sich freiwillig gemeldet hatte, starrte mit kreisrunden Augen, aus denen das Weiße hervorquoll, Luria an.

«Genau so ist es! Allein. Also sei still und schieß auf dieses Dach da links! Siehst du den Rauch? Ein Maschinengewehrnest! Schieß!»

Kischote schoß. Die Rückstöße schmerzten ihn in der Brust, Blut befleckte sein Hemd, der Granatenrauch raubte ihm den Atem, aber er war jetzt im Kampfrausch und scherte sich nicht darum. «Bleib nicht stehen, kein Anhalten mehr», rief Luria dem Fahrer zu, «wir fahren und schießen, wir fahren und schießen, und wenn ich den Befehl gebe, machen wir kehrt und stoßen wieder zu den anderen!»

Kaum ein Anblick muß für Dode Mosche erfreulicher gewesen sein als der des Tigers, als er sein geschlagenes Bataillon durch Ramla und Lydda zurückführte und dabei auf dem ganzen Weg schwere Verluste einsteckte; und auch Benny Luria war entschieden froh, als er Dayans ansichtig wurde. Der Tiger beschoß mit Kanone und Maschinengewehr eine festungsartige Polizeistation, aus der gefeuert wurde, so daß ihnen der Rückzug aus Lydda versperrt war.

«Da sind sie endlich!» rief Luria. «Wir geben ihnen Deckung, bis sie an der Polizeistation vorbei sind, dann hauen wir ab und bilden die Nachhut!»

Kischote sprang an den Schlitz, um einen Blick auf die Kommandos zu werfen. Nach dem ausgedehnten Kugelhagel, den er heil überstanden hatte, fühlte er sich geschützt und sicher, aber das war ein Irrtum. Ein plötzlicher brennender Schlag an seiner Schläfe machte ihn benommen. Er legte eine Hand auf die Stelle, und als er sie wegzog, klebte warmes hellrotes Blut daran.

«Verdammtes Pech!» schrie Luria. «Ist es schlimm?»

«Nein, nein, ich bin in Ordnung. Nur ein Streifschuß.»

«Gut, schieß weiter! Hei, da fährt Dode Mosche vorbei! Elohim, diese Jungs haben übel was abbekommen! Eine Menge Verwundete liegen in diesen Wagen, Kischote, und Gott weiß, wie viele tot sein mögen ...»

Kischote feuerte ein ums andere Mal auf die Festung. Die Granaten des Tigers waren fast verbraucht, als der feindliche Beschuß endlich nachließ. Die Fahrzeuge der Nachhut zogen jetzt vorbei, Halbkettenfahrzeuge, die Aufklärungsfahrzeuge schoben, Aufklärungsfahrzeuge, die Jeeps schoben, kochende Kühler, platte Reifen, ein jämmerlicher Zug. Luria befahl dem Fahrer, kehrtzumachen und dem letzten Jeep zu folgen, und Kischote zog Yaels Taschentuch aus dem Helm, um die Blutung, die seine Wange näßte, zu stillen.

«Das verdanke ich dem Taschentuch deiner Schwester», sagte er. «Es hat mir Glück gebracht. Walter Scott ist eine echte Autorität.»

«Glaubst du an so etwas? *Kol ha'kavod*», erwiderte Luria. «Wie konnte dann die Kugel durch diesen Schlitz eindringen? Warum ist sie nicht abgeprallt wie tausend andere? Das ist ein ziemlich nutzloses Taschentuch.»

Ihre Rufe hallten über das Dröhnen vieler Motoren und das Rattern der Räder auf dem geborstenen Boden hinweg. Sie waren auf dem Rückzug aus der Gefahr, sie lebten und waren in Hochstimmung.

«Dein Problem ist, daß du so abergläubisch bist», schrie Kischote. «Nimm einmal an, ich würde nackt mit ihrem Taschentuch da hinausgehen? Meinst du, alle Kugeln würden mich dann verfehlen? Blödsinn. Du solltest Walter Scott besser noch einmal lesen. Was mich interessiert, ist: Haben wir die Schlacht gewonnen?»

«Vielleicht weiß Dode Mosche das», sagte Benny Luria. «Ich weiß es jedenfalls nicht.»

«Eines weiß ich ganz bestimmt», sagte Kischote. «Von nun an will ich zu den Panzern, je dicker, desto besser.»

«Ich nicht. Ich will zur Luftwaffe, wenn ich es schaffe. Nichts wie raus aus dem ganzen Staub und Lärm.»

10
Die Constellation

Bis die Constellation tatsächlich dröhnend von der Landebahn in Panama abhob, war Barak sich nicht sicher, ob er nicht auf ewig in Mittelamerika festsäße, auf einem kleinen, glühendheißen Flughafen, umgeben von Bananenpflanzungen. Sein Paß war weg, einbehalten von einem Beamten, dessen Uniform noch pompöser war als das Phantasiegewand der Schneider von Tel Aviv. Ein Tanklaster, der vor der Nase des riesigen Flugzeugs Stellung bezogen hatte, machte jede Bewegung unmöglich. Die Piloten und die

Mannschaft, eine buntgemischte Truppe aus Israelis, amerikanischen Freiwilligen und Kanadiern, hantierten noch immer an den ehrfurchtgebietenden Motoren und den Instrumenten im Cockpit herum. Sie kümmerten sich nicht um den Passagierraum, der mit schmucken langen Reihen neuer beiger Sitze für die Panama Airlines ausgestattet und mit modernistischen Bildern auf der Holzvertäfelung in Grau- und Brauntönen dekoriert war, auf denen Szenen aus dem Leben Panamas einschließlich der Kanalschleusen dargestellt waren.

Sam Pasternak schien ungerührt. «Es hat keinen Zweck, nur hier herumzuhängen», sagte er zu Barak, der schwitzend und sorgenvoll im Flugzeug saß und Coca-Cola trank. «Warum siehst du dich nicht ein bißchen um? Der Kanal ist einen Besuch wert.»

«Aber was geht hier vor sich? Wann starten wir?»

«Bald. Keine Angst, wir fliegen nicht ohne dich.»

«Sam, der Waffenstillstand ist zu Ende. Vielleicht ist schon Krieg.»

«Unmöglich. Sie warten mit dem Krieg auf dich.»

Ein Taxifahrer brachte Barak zu den riesigen Schleusen, und er hatte das Glück zu beobachten, wie ein amerikanischer Flugzeugträger in eine Schleusenkammer geschleppt wurde und dann, als das Wasser abfloß, langsam zu sinken begann. Bei seiner Rückkehr am späten Nachmittag dröhnten die Motoren der Constellation, die Räder drückten mit aller Gewalt gegen die Bremsblöcke, aber der Lastwagen verhinderte noch immer jede Bewegung. Sam Pasternak überreichte ihm zur Begrüßung seinen Paß. «B'seder, gut, daß du wieder da bist, es wird nicht mehr lange dauern.»

«Was ist mit diesem Tanklaster?»

«Ja, das ist das Problem. Wir lassen gerade die Motoren Probe laufen.»

Sie standen in der geöffneten Flugzeugtür, ganz oben auf der Gangway. «Was für ein Problem? Du hast doch die Starterlaubnis, oder?»

«Nun, ja und nein. Das hier ist ein seltsamer Ort mit seltsamen Vorschriften. Aha, jetzt geht es los.» Ein stämmiger Mann in einem Overall näherte sich dem Tanklaster. «Schnell, komm rein.»

Pasternak warf die Tür zu und verriegelte sie. Das Flugzeug setzte sich in Bewegung. Barak blickte aus dem Fenster und sah, wie der Lastwagen sich vom Flugfeld entfernte. Unter lauten englischen und hebräischen Rufen aus dem offenen Cockpit, in die sich verzerrt pfeifende, spanische Funkmeldungen mischten, gewann das Flugzeug an Geschwindigkeit, schwenkte auf die Hauptstartbahn und gab Vollgas. Ein Polizeiauto raste mit jaulenden Sirenen auf den Makadam. Es fuhr beinahe neben dem sich beschleunigenden Flugzeug her, und durch ein offenes Fenster fuchtelte ein Uniformierter mit einem Gewehr, aber innerhalb von Sekunden ließ die Constellation das Auto hinter sich und hob ab.

«Geschafft.» Pasternak blickte über Baraks Schulter und aus dem Fenster, während das Flugzeug an Höhe gewann und über einer üppig grünen Plantage in Schräglage ging. «Unser nächster Aufenthalt wird Brasilien sein, zum Auftanken, dann Dakar. *Parlez-vous français?*» Er zeigte auf die leeren Sitze. «Die Jungs werden vor unserer Ankunft in der Tschechoslowakei diese ganze Tarnung rausreißen müssen. Jammerschade! Es hat uns ein Vermögen gekostet, das alles einzubauen. Wenn wir in Zatec landen, muß das Zeug zum Ausladen bereit sein, damit wir die Luftfracht aufnehmen, tanken und heimfliegen können.»

«Wieviel hat der Fahrer des Tanklasters gekostet?»

«Um die Wahrheit zu sagen, der Polizeiwagen war teurer.» Um Pasternaks Augen erschienen Lachfalten. «Aber ich habe noch eine Menge von den zehntausend übrig. Das ist auch gut so. Keiner weiß, was uns in Natal und in Dakar erwartet.» Er sank in den weichen Sitz neben Barak und kippte die Lehne nach hinten. «Eine Schande, dieses Klassemobiliar wegzuschmeißen, nicht wahr? Beste Qualität. Übrigens, daß die amerikanische Botschaft das Flugzeug nicht beschlagnahmen ließ, verdanken wir – ebenso wie die Rückgabe deines Passes vor einer Stunde – Christian Cunningham.»

«Sam, ist die tschechische Küche immer so abscheulich?» fragte Barak und verzog das Gesicht über dem muffigen gekochten Fisch und den wäßrigen Kartoffeln, die auf angestoßenen alten Tellern serviert wurden.

«Das ist keine tschechische Küche, das ist marxistische Küche, und wie alles andere an diesem System, stinkt auch sie», entgegnete Pasternak und schäkerte weiter in fließendem Tschechisch mit der stämmigen, dick angemalten Kellnerin.

Auf den Tellern war noch Hotel Masaryk zu lesen, obwohl auf dem neuen Außenschild Hotel Stalin stand. Ganz offensichtlich war dieses verstaubte Quartier in der Nähe des Luftwaffenstützpunkts von Zatec seit Jahren geschlossen und nur geöffnet worden, um das Personal der israelischen Luftbrücke zu isolieren. Die gesamten damit verbundenen Aktivitäten konzentrierten sich auf eine Ecke des Stützpunkts, in sicherer Entfernung von den Flugzeughallen der tschechischen Luftwaffe. Obwohl die Weltpresse bereits vor geraumer Zeit über diese «geheime» Operation berichtet hatte, wußte die tschechische Regierung offiziell nichts davon.

Die Kellnerin, die unbeholfen die erbärmlichen Speisen servierte, war entschieden zum Flirten aufgelegt. «Hör zu, Zev, sie hat eine Freundin», sagte Pasternak, «und sie ist nicht abgeneigt, sich heute abend ein wenig zu amüsieren. Sie behauptet, daß sie Israelis mag, sie seien so süß. Ihre Wohnung ist nicht weit von hier.»

«Sam, ich bin nicht an tschechischen Huren interessiert», versetzte Barak.

«Das ist aber nicht nett. Wieso Huren? Die sollen nur spionieren. Sprich nicht über Politik oder die Luftbrücke mit ihnen, das ist alles.»

«Mach dir einen schönen Abend, Sam.»

In dem dicht gefüllten, verrauchten Speisesaal wurde allgemein Englisch gesprochen, durchsetzt mit etwas Hebräisch. Nach dem Essen gesellte sich Barak zu ein paar Fliegern in der Halle und trank Ersatzkaffee und schlechten Brandy. Wie schon bei Pasternaks Geschichten gingen ihm auch bei ihren Erinnerungen die Augen auf. Barak hatte in letzter Zeit nur innerhalb des Jischuv gekämpft, wo Schlachtpläne und Truppenbewegungen sich in Größenordnungen von weniger als hundert Kilometern bewegten. Diese Luftbrücke, so wurde ihm klar, umspannte die ganze Erde, und ihre Reichweite, wenn auch nicht ihre Tonnage, übertraf selbst die gigantische Luftbrücke nach Berlin, die überall Schlagzeilen machte.

Er hatte vage von der Operation gehört, nun aber sah er die Männer, die sie durchführten, Flieger aus dem Zweiten Weltkrieg von überallher. Die meisten, wenn auch nicht alle, waren Amerikaner, die meisten davon Juden, in erster Linie Freiwillige – Franzosen, Kanadier, Südafrikaner, Australier –, die nichtjüdischen Freiwilligen hatten sich gemeldet, weil sie mit dem Kampf des jüdischen Volkes sympathisierten oder aus Abenteuerlust oder, wie die abgebrühten Amerikaner, die die größten gecharterten Lufttransportmaschinen flogen, als Söldner. Diese kunterbunte Truppe durchstöberte den ganzen Planeten nach Waffen in beliebiger Menge, denn kein Land war bereit, den Juden offen zu helfen.

«Ich sage dir, Kumpel, du hast Glück mit dieser Constellation», sagte ein schlaksiger Australier zu Barak. «Du kannst direkt bis Oklahoma fliegen und dir dieses beschissene Auftanken sparen. Das ist die reine Nerverei.»

«Oklahoma?»

«Auf Korsika», warf ein Amerikaner mit grauem Bürstenhaarschnitt ein, der Bier aus einem großen Maßkrug schlürfte. «Der einzige verdammte Ort am Mittelmeer, wo man ein Flugzeug mit Bestimmung Israel auftanken kann. Oklahoma, das ist es.»

Barak blieb bis spät auf und lauschte ihren Geschichten aus der abenteuerlichen Zeit vor Ausrufung des Staates; sie erzählten von Abstürzen und Beinaheabstürzen, von Flugzeugen, die ohne Starterlaubnis oder ohne Navigationsausrüstung in Wolkenbrüche und schwarzen Nebel aufbrachen, geflogen von Piloten, die nie zuvor in einer solchen Maschine gesessen hatten, und so weiter. Solche Vorfälle waren in der Anfangszeit an der Tagesordnung gewesen, erzählten sie; inzwischen war die Luftbrücke eine Routinesache, zahm und relativ erfolgreich. Erst nach zwei Uhr wankte Barak, zuversichtlich und um vieles schlauer, ins Bett. Pasternak war noch nicht zurück, und Barak erfuhr nicht, ob er überhaupt zum Schlafen gekommen war, denn als er erwachte, war Sam bereits voll angezogen beim Rasieren und sang ein tschechisches Klagelied dazu.

Ein keuchendes Taxi brachte sie bei Tagesanbruch zum Stützpunkt. Neben der hoch aufragenden Constellation lag das schicke Passagiermobiliar wild durcheinander auf einem Haufen, der halb zu den Flügeln hinaufreichte. Ein Laster pumpte rhythmisch Treibstoff in den Flugzeugtank, und Menschenketten reichten Kisten aus offenen Lastwagen an Bord.

«Maschinengewehre», sagte Pasternak munter, dem der entgangene Schlaf nicht das geringste anzuhaben schien. «Solide Maschinengewehre und Munition, diese Ladung. Gutes Zeug, erste Priorität.»

Ein Stück weiter weg versuchten einige Arbeiter lärmend, einen Flugzeugrumpf in ein anderes, geräumigeres Flugzeug zu schieben. «Messerschmitt-Jagdbomber», erklärte Pasternak und zeigte auf eine Reihe der zierlichen Maschinen in der Nähe. «Wir müssen die Flügel abbauen und extra befördern. Die Tschechen haben diese Me-109 für die Deutschen gebaut, und es sind keine sehr guten Flugzeuge, sagen unsere Jungs. Ziemlich zickig zu fliegen. Und was den Preis angeht, so ziehen die Tschechen uns das Fell über die Ohren. Aber wir nehmen, was wir kriegen.»

Während des Beladens wanderte Barak um die Luftbrückengebäude, deren Tarnname Zebra war, und hielt für seinen Bericht an Ben Gurion in Gedanken die riesigen Berge verpackter Waffen mit russischen, tschechischen und französischen Aufschriften fest, das geschäftige Hin und Her von Lastern und Kränen, die Vielzahl der Flugzeuge und die fieberhafte Arbeit der Mechaniker und Ladearbeiter. Das Flugfeld war malerisch eingerahmt von reifenden Getreidefeldern. Beinahe eineinhalb Kilometer entfernt standen die tschechischen Flugzeuge in ihren Hallen, eine tote Szenerie, abgesehen von einzelnen auf und ab marschierenden Wachen. Als er und Sam schließlich an Bord der Constellation gingen, war sie so mit festgezurrten Kisten vollgestopft, daß sie beim Start mit eingezogenem Kopf im Cockpit stehen mußten. Die Piloten waren dieselben, die das Flugzeug aus Panama hergeflogen hatten, aber der Funker und Navigator war jetzt ein Israeli. Das Flugzeug startete so schwerfällig, daß es bis zum äußersten Ende der Startbahn rollen mußte, bevor es sich, nur knapp über den Telefondrähten, in die Luft erhob.

«Erzählen Sie Zev von Dayan», sagte der Navigator zu Pasternak, während die Constellation über buntgeschecktem Ackerland und einem sich dahinschlängelnden, silbrigen Fluß der Sonne entgegendröhnte.

«Dayan!» rief Barak aus. «Er ist also wieder zurück?»

«Zurück? Er hat den ganzen Krieg um hundertachtzig Grad gewendet.»

«Was erzählst du da?»

«Dayan hat einen irrwitzigen Überfall auf Lydda und Ramla durchgezogen. Ich kenne keine Einzelheiten, aber jedenfalls haben wir diese zwei Städte und damit auch den Flughafen von Lydda jetzt in der Hand. Die UNO ist in heller Aufregung, es geht zu wie auf einem Frauenklo, wenn ein Mann reinmarschiert. Vor einer Woche noch haben die Araber eine Verlängerung des Waffenstillstands abgelehnt. Jetzt schreien die Engländer nach einem neuen Waffenstillstand, und das bedeutet natürlich, daß auch die Araber einen wollen. Also wird es wohl bald dazu kommen.»

«Sam, woher weißt du das alles?» Barak war froh, konnte es aber noch nicht recht glauben.

«Während du herumgeschlendert bist, habe ich unsere Jungs in London angerufen, um ihnen zu sagen, daß wir aufladen und losfliegen. Die Zeitungen dort sind voll von dem verwegenen, einäugigen jüdischen Kommandeur. In Amerika ist es genauso, sagen sie.» Pasternak tippte dem Navigator auf den Arm. «Hören Sie zu, sollen wir auf der ganzen Strecke bis Tel Aviv so stehenbleiben? Danach sind wir für den Rest unseres Lebens bucklig.»

Der Navigator zeigte ihnen den ausgesparten Raum zwischen den Kisten hinter dem Cockpit, wo sich Matratzen und Wasserkrüge befanden. Als sie sich hinlegten, sagte Barak: «Und du wolltest mich vor Dayan nach Hause bringen!»

«Die Verzögerung in Dakar ist dran schuld. Wer konnte denn ahnen, daß unser Mann vor Ort mit einer Lady nach Tanger abhaut? Diese Franzosen! Mach dir keine Sorgen, Zev, es wird noch genug Krieg geben.»

«Dieses Mal bist du also tatsächlich gekommen», sagte Yael frech zu Zev Barak, ohne Pasternak zu beachten, als sie in den Jeep stiegen. «Was für ein riesiges Flugzeug! Gehört es jetzt uns?»

«Das geht dich nichts an, Yael. Setz Sam in seiner Wohnung ab und bring mich dann nach Jerusalem.»

«Pardon, ich habe Befehl, euch beide schnellstens zu Ben Gurion zu bringen.»

«So? Dann mach mal.»

Pasternak, der neben Yael saß, lächelte und zwinkerte ihr zu, als sie den Wagen anließ. «Weißt du, Yael, es ist Jahre her, seitdem ich das letzte Mal in Nahalal war. Wie geht es deiner Familie?»

«Gut, Sir. Ich kann mich nicht erinnern, Sie je dort gesehen zu haben.»

«Aber ich war dort. Ich erinnere mich sehr gut an Nahum Lurias dicke kleine Tochter.»

«Wirklich? Nun, ich habe abgenommen.» Yael warf den Kopf mit dem dichten blonden Haarschopf zurück und startete den Motor mit einem Satz.

«Ja und nein», sagte Pasternak. Sein anerkennender Blick riefen Barak sowohl Mrs. Shugar wie auch das Hotel Stalin in Erinnerung. Er dachte allerdings, daß Yael Luria wohl das einzige Mädchen war, das überhaupt mit Sam Pasternak fertig werden könnte. Wie St. John Robley es in einem anderen Zusammenhang ausgedrückt hatte, nur Diamant schliff Diamant.

Yael setzte sie vor Ben Gurions Büro ab und parkte außerhalb. Sie machte sich gerade mit Hilfe eines Handspiegels zurecht, als ein gepanzertes Befehlsfahrzeug vorfuhr und Mosche Dayan ausstieg. Sie sprang auf, um ihm einen Kuß auf die Backe zu drücken. «Dode Mosche! Der Held Israels! Der Held der ganzen Welt!»

«*Al tagzimi* [Übertreib nicht]!» Mit einem erfreuten schiefen Lächeln tätschelte Dayan ihre Schulter und ging hinein. Erst dann erkannte Yael, wer sein Fahrer war.

«Was ist denn mit dir passiert?»

«Hallo, sieh mal.» Kischote zeigte ihr das Taschentuch, das steif vor Blut war. Seine Schläfe war dick verbunden.

«Uuuh! Wie ist das passiert? Erzähl doch schon!»

Er hatte erst wenige Sätze gesprochen, als sie ihn unterbrach. «*Du*? *Du* warst in diesem Tiger? Die Geschichte steht in allen Zeitungen!»

«Yael, dein Bruder hatte das Kommando über den Tiger. Er hat mich zum Ladeschützen gemacht.»

«Benny hatte das *Kommando*? Ist ihm etwas zugestoßen?»

«Er hat nicht mal einen Kratzer abbekommen. Benny war cool und hartgesotten, einfach großartig.»

Sie hörte mit weitaufgerissenen, glänzenden Augen zu, wie er seine Geschichte erzählte, und streckte dann die Hand aus. «Na schön, und jetzt gib mir dieses alberne Taschentuch zurück.»

«Bei deinem Leben, nein.»

«Du Dummkopf, ich wasche es doch nur für dich.»

«Nein. Es hat mich gerettet, und ich werde es behalten, wie es ist.»

«Du bist wirklich verrückt. Ist die Wunde schlimm?»

Er fiel ins Falsett und äffte sie nach. «Na hör mal, ich chauffiere den Helden Israels! Den Helden der Welt! Wie schlimm kann sie da wohl sein?»

Sie schnitt ihm eine Grimasse. «Ich bin froh, daß du nicht ernstlich verletzt wurdest, aber du solltest das nicht meinem Taschentuch zuschreiben.»

«Nur dem Taschentuch.»

Yael zog die Schultern hoch, blickte in gespielter Verzweiflung zum Himmel und ging zu ihrem Jeep zurück.

«Zehn Tonnen Maschinengewehre!» Ben Gurion sah mit seinen zerzausten weißen Haaren, die im Luftzug eines offenen Fensters flatterten, so aufgeregt aus wie seine Stimme klang. «In einem einzigen Flugzeug, mit einem einzigen Satz aus der Tschechoslowakei! Was für ein Flugzeug! Und für fünfzehntausend Dollar! Pasternak, es ist ein Jammer um diese anderen Constellations. Gibt es keine Möglichkeit, sie hierherzuschaffen?»

Pasternak und Barak saßen ihm am Schreibtisch gegenüber. Pasternak spreizte die geöffneten Hände. «Haben Sie einen Freund im amerikanischen Außenministerium, Herr Premierminister? Das Außenministerium muß jeden Verkauf eines Flugzeugs, das mehr als fünfunddreißigtausend Pfund wiegt, eigens genehmigen. Dieses hier haben wir mit einem Trick herausgeschafft, der kein zweites Mal funktionieren wird.»

«Einen Freund im Außenministerium?» Ben Gurions Mund kräuselte sich. «General Marshall vielleicht?» Das Telefon auf seinem Schreibtisch läutete, und während er abhob, trat Mosche Dayan mit Yigael Yadin ein, der mit gerunzelter Stirnglatze eine Pfeife zwischen die Zähne geklemmt hatte. «*Ken* [Ja] ... *ken*, Yadin ist gerade mit Dayan eingetroffen.»

Er musterte Dayan mit eigenartig kalten Blicken. «Ich verstehe. Besser, Sie sprechen mit ihm selbst.» Er reichte den Hörer an seinen Operationsleiter Yadin. «Für Sie. Es gibt Ärger in Lydda. Aufstände. Die Araber greifen unsere Soldaten an.»

Er erhob sich schwerfällig aus seinem Stuhl und marschierte auf und ab, während Yadin mit gedämpfter Stimme telefonierte. «Da habt ihr es», sagte er zu den anderen. «Die Bevölkerung in Lydda hatte sich ergeben. Mula Cohen hat ihnen großzügigste Bedingungen eingeräumt. Keine Verbannung, kein Zusammentreiben kampffähiger Männer, nur ihre Waffen mußten sie abliefern. Sie behaupteten auch, sie hätten das getan. Jetzt toben sie mit Gewehren, Messern, Granaten auf den Straßen herum und fallen über unsere Jungs her. Es steht alles auf Messers Schneide.»

«Nein, das tut es nicht.»

Yadin hängte müde ein. «Mula hat die Lage unter Kontrolle. Der Auslöser war eine Panzerpatrouille der Legion, die auf einem Hügel in der Nähe auftauchte, da kamen die Einwohner aus ihren Häusern und wollten Blut sehen. Die Patrouille hat den Rückzug angetreten, und nun ergeben sie sich wieder. Dieses Mal werden die Bedingungen härter sein.»

Ben Gurion wandte sich an Dayan. «Siehst du? Was du getan hast, hat nichts mit Kriegführung zu tun. Du hast kein Zielobjekt eingenommen, du hast keine feindlichen Truppen geschlagen. Eine Weile lang hast du ihnen Angst eingejagt, das ist alles. Das war keine Eroberung, das war ein Dummejungenstreich.»

«Verzeihen Sie, Herr Premierminister», widersprach Oberst Yadin, «Mosches Überfall war die wagemutigste und erfolgreichste Aktion dieses Krieges.»

«Ein Streich war es, sage ich.» Ben Gurion streckte Dayan sein Kinn entgegen. «Wenn du den Oberbefehl über Jerusalem übernimmst, dann erwarte ich mehr Ernsthaftigkeit von dir. Zunächst allerdings werden deine Kommandotruppen im Süden gebraucht. Bevor es zu einem Waffenstillstand kommt, müssen wir noch einen Sicherheitskorridor durch die ägyptischen Linien aufmachen. Diese Siedlungen im Negev dürfen nicht wieder abgeschnitten werden. Ist dein Bataillon noch kampffähig, oder hast du es ruiniert?»

«Meine Männer sind in glänzender Verfassung. Sie haben eine hervorragende Kampfmoral», schoß Dayan brüsk zurück. «Sie glauben, daß sie einen großen Sieg errungen haben. Unsere Fahrzeuge dagegen sind komplett zusammengeschossen.»

«Sie werden neue Fahrzeuge erhalten», sagte Yadin.

«Dann erwarte ich Ihre Befehle.» Dayans angespannte Miene löste sich, als er Barak zulächelte. «Zev, ich habe gehört, daß Sie bei den Damen Kaliforniens einen Volltreffer gelandet haben.» Er wandte sich an Yadin. «Mein Stellvertreter wurde schwer verwundet. Kann Zev mit mir nach Süden kommen und seine Stelle einnehmen? Wenn ich dann nach Jerusalem gehe, kann er das Bataillon übernehmen.»

Yadin sah zu Ben Gurion, der leicht brummig sagte: «Keine Einwände.»

«Ich nehme an», sagte Barak sofort.

«Dann ist das geklärt. Pasternak, fliegst du zurück nach Prag?»

«Das wird er nicht tun, Sir», warf Dayan ein. «Ich habe ihn als stellvertretenden Befehlshaber für Jerusalem angefordert.»

«Das ist genehmigt», sagte Yadin.

Ben Gurion sah Dayan direkt an. «Eine gute Wahl. Und ich habe nicht gesagt, daß das, was du getan hast, nicht tapfer oder bewundernswert war. Ich sage nur, es hätte nichts mit Kriegführung zu tun. Wir sind keine Partisanen mehr.»

«Bei allem Respekt, Herr Premierminister, Sie sind ein großer Politiker, und Sie wissen eine Menge über die Araber. Was ich weiß, ist, wie man sie bekämpft. Das ist abgesehen von der Landwirtschaft das einzige, was ich seit meiner Kindheit getan habe.»

Ben Gurion streckte ihm die Hand entgegen, und nach einem leichten Zögern schüttelte Dayan sie. «Du wirst deinen Mann im Negev stehen, daran zweifle ich nicht.»

«Ich werde mein Bestes tun.»

Draußen trafen Barak und Pasternak den bandagierten Kischote, der auf der Motorhaube von Yaels Jeep saß und mit ihr plauderte. «Kischote!» rief Barak. «Dich hat es wohl erwischt, stimmt's?»

«Nein. Mir geht's gut.»

«Ich habe deinen Bruder in Los Angeles getroffen.»

Yael riß die Augen auf, und Kischote hüpfte mit einem Satz vom Jeep. «Leopold? Wirklich? Hat er es wirklich bis dorthin geschafft?»

«Ja, und er sagt, er wird dort bleiben.»

«Dann wird er es wohl auch tun. Leo macht immer, was er will.»

«Und du, willst du es ihm vielleicht gleichtun?»

«Warum sollte ich? Das hier ist meine Heimat.» Er berührte seinen Verband. «Sehen Sie, ich habe schon Steuern bezahlt.»

«Das nächste Mal, wenn du wieder in Nahalal bist», sagte Pasternak zu Yael, «richte deinem Vater und meinem Onkel Avram Grüße von mir aus, Grüße von Sam Pasternak.»

«Ich werde versuchen, dran zu denken, aber ich bin selten dort.»

«Ich sage dir was, Zev», sagte Pasternak. «Du bist mit dem Kommandobataillon im Negev unterwegs.» Er zeigte auf Yael. «Ich brauche einen Fahrer für das Jerusalem-Kommando. Bist du einverstanden?»

«Ich kann sie nur empfehlen», sagte Barak.

Pasternak lächelte sie an. «Gefällt dir die Stelle?»

Yael schenkte ihm einen langen ruhigen Wimpernschlag. «Warum nicht?»

Nakhama, verschlafen und im Morgenrock, briet um drei Uhr morgens Eier und Kartoffeln, während Barak duschte. In einer frischen Uniform kam er dann in die Küche und sagte: «So, sehe ich jetzt aus wie der Kommandeur eines Panzerbataillons?»

Sie warf ihm einen anerkennenden Blick zu und gestikulierte mit einer Gabel. «Der Kaffee ist fertig. Du wärst schon vor langer Zeit Bataillonskommandeur geworden, wenn du nicht verwundet worden wärst und die ganze Zeit den Laufburschen für B. G. hättest spielen müssen und nach Amerika fliegen und was weiß ich noch alles –»

«Aber nicht *Panzer*kommandeur, Motek. Zufällig war ich bei dem Gespräch zwischen Dayan und dem Alten anwesend, und Dayans Blick fiel auf mich. So wendet alles sich zum Besten, selbst das Laufburschenspielen.» Er trank Kaffee am Tisch. «Das ist eine große Chance. Den Panzern gehört die Zukunft, und dieser Auftrag ist von ausschlaggebender Bedeutung.»

«Darfst du darüber sprechen?» Sie stellte ihm das Frühstück hin.

«Warum nicht? Es ist kein Geheimnis.» Er sprach beim Essen. «Die Ägypter sitzen auf Waffenstillstandslinien, die den Negev beinahe vollständig abschneiden. Wir müssen einen Korridor freischießen, der breit genug ist, damit der Negev mit Israel verbunden bleibt, und es gibt keine Möglichkeit, eine Burmastraße zu bauen, denn das Gelände besteht fast überall aus flachem Sand.»

«Also wieder ein langer, harter Kampf?» fragte sie mit vorgetäuschter Beiläufigkeit.

«Hart möglicherweise. Lang wohl nicht. Wir kämpfen an einer lockeren Hundeleine und –»

«Einer Hundeleine?» Nakhama setzte sich mit einer Tasse Kaffee. «Was erzählst du da von einer Hundeleine?»

«Ich meine, solange die Araber vorrücken, wird der Sicherheitsrat sich vertagen oder herumtrödeln. Sowie aber die Lage sich zu unseren Gunsten wendet und wir Gelände gewinnen – RUCK wird eine Waffenstillstandsresolution verabschiedet! Seitdem Dayan Lydda und Ramla in Angst und Schrecken versetzt hat, fordern die Engländer einen neuen Waffenstillstand. Die Amerikaner tendieren dazu, sich ihnen anzuschließen, also kann es jeden Tag soweit sein. Wir müssen unseren Auftrag erledigen, bevor die Leine ruck macht.»

Nakhama schüttelte den Kopf. «Das ist eine bittere Sichtweise der Dinge!»

«Die bittere Wahrheit, Motek.»

«Abba, warum du anziehen?» Noah erschien und rieb sich die Augen. Seine Kleinkindersprache wurde jede Woche verständlicher.

«Ich muß, mein Sohn.»

«Warum?»

«Ich muß dafür sorgen, daß du nicht mehr zu kämpfen brauchst, wenn du groß bist.»

«Ich stark», sagte Noah. «Ich kämpfe gegen Araber.»

Die Eltern sahen sich über seinen Kopf hinweg an. Sie hatten nie mit ihm über Krieg oder Araber gesprochen. Nakhama sagte in ihrem eingerosteten Französisch: «Es ist der Kindergarten.»

Barak zuckte die Achseln. «Es liegt in der Luft.»

Sie brachte den Jungen in sein Zimmer und kehrte zurück, um den Rest von Zevs Frühstück aufzutragen. «Und jetzt erzähl mir wenigstens etwas über Amerika. Wie war es in Kalifornien? Ist es wirklich so schön? Und du warst in Hollywood! War es aufregend?»

«Mir hat Washington besser gefallen», erwiderte Zev.

11

Ein Beruf für einen Goi

Im sogenannten Zehn-Tage-Krieg zwischen den Waffenruhen errangen die Juden beträchtliche Landgewinne. Der Feind wurde mehr oder minder aus dem Norden vertrieben, die Front zu Jordanien wurde befriedet; und sie eroberten einen Korridor in der Mitte, durch den das schmale gezackte Land lebensfähiger wurde. Andererseits schlugen zwei weitere Angriffe auf Latrun fehl, und im Süden Israels blieben nach der Waffenruhe starke ägyptische Truppenverbände, die an einem Punkt noch immer kaum mehr als dreißig Kilometer von Tel Aviv entfernt waren. Das ägyptische Oberkommando war durchaus zufrieden damit, in den langen, trostlosen Monaten der Pattsituation – unterbrochen von sporadischen Zusammenstößen und gelegentlichen Verlusten, die den kleinen Jischuv weit teurer zu stehen kamen als das bevölkerungsreiche Ägypten – die Waffenstillstandslinien besetzt zu halten, und lehnte es ab, über ein dauerhaftes Waffenstillstandsabkommen zu verhandeln.

Doch gegen Ende Dezember setzten die Truppen General Yigael Allons, der nun den Oberbefehl über die Südfront hatte, die ganze Welt in Erstaunen, als sie nach Westen tief in den Sinai eindrangen, dann nach Norden Richtung Mittelmeer schwenkten. Ziel war ein Waffenstillstandsabkommen zu erzwingen, indem sie die gesamte ägyptische Armee abschnitten, die noch innerhalb des ehemaligen Mandatsgebiets Palästina stationiert war. Die Juden, einst selbst damit bedroht, ins Meer getrieben zu werden, hatten die Situation gewendet und rollten nun auf das Meer zu, die Überfallenen wurden zu Invasoren! Daraufhin forderte die UNO aufgeregt den sofortigem Abzug von ägyptischem Boden, und die Briten erließen zur Rückenstärkung drohend ein Ultimatum, das vom amerikanischen Botschafter in Tel Aviv übermittelt wurde. Als Allon sich den Randgebieten von El Arish näherte, der am Meer gelegenen Hauptstadt des Sinai und dem entscheidenden Ort auf der feindlichen Rückzugslinie, standen die ägyptische Regierung und Armee – so die Meinung von Experten – unmittelbar vor dem Zusammenbruch; und an diesem Punkt beugte sich Ben Gurion den Drohungen der Briten und befahl Allon den Rückzug.

General Allon flog zu einer Unterredung mit dem Premierminister und versuchte vergeblich, eine Widerrufung des Befehls zu erreichen. Um seinen Sieg in der Zwischenzeit zu sichern, sandte er Truppen aus, die den Hauptverkehrsknotenpunkt von Rafah weiter oben an der Küste, an der Grenze von Palästina und dem Sinai, in ihre Gewalt bringen sollten. Die Abzugsforderung der UNO hatte dort keine Gültigkeit, so argumentierte er, und es war immer noch möglich, daß die ägyptischen Truppen durch diese Absperrung zur Strecke gebracht und zur Aufgabe gezwungen wurden. Angesichts der Bedrohung Rafahs durch Allon gaben die Ägypter jedoch auf der Stelle nach und boten zum erstenmal ein echtes Waffenstillstandsabkommen an. Nachdem Allons ursprüngliches Ziel damit erreicht war, nahm Ben Gurion das Angebot unverzüglich an.

Wutentbrannt und der Verzweiflung nahe beschloß Allon, einen Boten zu Ben Gurion zu schicken und sich noch einmal für einen weiteren Blitzangriff gegen Rafah einzusetzen, damit der Krieg auf eine Weise beendet wurde, die einen dauerhaften Frieden erzwang.

«Ich habe es ihm gesagt!» sagte Allon, der mit Zev Barak vor einer Sinaikarte in einem als Hauptquartier dienenden Zelt stand, während ein Sandsturm an dem Segeltuchstoff rüttelte. «Ich habe ihm *gesagt*, daß ein Rückzug aus El Arish eine Katastrophe wäre, die Generationen nach uns noch beklagen würden! Er wollte nicht auf mich hören. Zev, Sie müssen ihn um Himmels willen davon überzeugen, daß wir uns und unsere Söhne zu weiteren zwanzig Jahren Krieg verdammen, wenn wir Rafah nicht einnehmen und ihre ganze Armee einkesseln. Wenn wir das tun, setzt Ägypten sich vielleicht hin und verhandelt über einen echten Frieden. Sonst nicht!»

«Ich werde tun, was ich kann», erwiderte Barak. Er hatte den Kampf gegen seine Entsendung verloren, verließ aber mit sehr gemischten Gefühlen sein Bataillon, um zu versuchen, den Alten umzustimmen. Er stimmte mit Allons Strategie überein, sah jedoch das Problem daran. Die Hundeleine ruckte heftig.

«Ich zähle ganz auf Sie. Sie gehören zu seinen Lieblingen. Ich weiß Gott nicht. Warum sollte ich auch – jetzt hat der Bastard sich aufgemacht und meine Palmach aufgelöst! *Das* werden wir alles nach dem Waffenstillstand regeln, aber jetzt muß erst einmal der Krieg gewonnen werden. Und wir werden ihn gewinnen, Zev, wenn er den Sieg nicht verschenkt!»

Der Sand prasselte noch immer leicht auf die Windschutzscheibe und das Dach des Befehlswagens, als Don Kischote Barak durch einen bräunlichen Dunst zur nächsten Landebahn fuhr. Barak war in gedrückter Stimmung. Nichts fürchtete er mehr, als daß er durch ein Zusammentreffen mit dem Alten wieder dazu verurteilt wurde, sich um irgendwelche Nebensächlichkeiten zu kümmern oder einen politischen Auftrag zu übernehmen. Er liebte seine Kommandotruppen, das leichte Panzerbataillon, er liebte die klare Luft, den reinen blauen Himmel und die unberührte Weite des Sinai; in gewisser Weise liebte er sogar den kalten General Allon. Manchmal dachte er bei sich, daß Wolfgang Berkowitz endlich in dieser langen Zeit in der Wüste mit ihrer andauernden Langeweile, die nur von kurzen Kampfabschnitten unterbrochen war, zu seiner Identität als Zev Barak fand. Wenn die Tage mit Instandhaltung, Patrouillen und Training ausgefüllt waren, immer wieder unterbrochen von

Aktionen, und er nicht wußte, wo ihm der Kopf stand, dann fühlte er sich rundum wohl in seiner Haut.

Vor allem eine Erfahrung in der Zeit vor dem großen Sturm auf den Sinai war es, an der sich sein wachsendes Gefühl für die eigene Identität und das Ziel seines Lebens herauskristallisierte. Allons Angriffsplan erforderte, daß die Kommandotruppen gleich zu Beginn eine ägyptische Schlüsselposition an der Sinaigrenze einnahmen. Die Straße, die eine Biegung nach Süden zur Grenze machte, war mit feindlichen Stellungen befestigt, und Baraks leichte Fahrzeuge konnten ihnen auf dem Wüstensand nicht durch eine Umgehungsstrecke ausweichen, so daß es die ganze Zeit über so aussah, als würde der Auftrag in ein gnadenloses, blutiges Gemetzel münden.

Doch der Archäologe Yigael Allon setzte General Allon über eine alte Römerstraße in Kenntnis, die dort draußen unter den treibenden Sandmassen des Negev lag und vielleicht direkt und schnell von Beersheba zu Baraks Zielort führte, falls sie befahrbar war. Barak erhielt Befehl von Allon, das Gelände zu erkunden, und verbrachte einen ganzen Tag mit Militäringenieuren zusammen, um die Überreste der Straße zu inspizieren. Sie kamen zu dem überraschenden Ergebnis, daß er sein Bataillon tatsächlich auf dieser längst vergessenen Piste aus holprigem antiken Kopfsteinpflaster vorrücken lassen konnte, wenn die schlimmsten Schlaglöcher mit stabilen Brettern überbrückt wurden; es war in der Tat eine andere Art von «Burmastraße», gebaut von Männern, die seit zweitausend Jahren tot waren, manche von ihnen vielleicht jüdische Sklaven der Römer.

Als die leicht gepanzerte Kolonne ein paar Tage später in einer kalten Wüstendämmerung auf dieser Straße mit Barak an der Spitze aufbrach, der in einem Kommandowagen amerikanischen Fabrikats über die von Römern gepflasterte Straße holperte, um die Speerspitze des Sturmangriffs zu bilden, der die Ägypter aus dem Heiligen Land vertreiben sollte; als die Sterne verblaßten und der Rand einer weißen Sonne gleißend über den Felszacken des Sinai aufstieg, wurde Zev Barak überwältigt von einer Welle mystischer Hochstimmung, er fühlte sich, als würde er auf einer majestätischen Woge der Geschichte einherreiten, ein Gefühl, das nur ein Jude erleben konnte, und nur ein Jude in der neuen jüdischen Armee, die der heiligen Erde entsprungen war. Diese jubilierende Begeisterung begleitete ihn auf dem ganzen großen, donnernden Marsch nach El Arish. Und als Allon genau in dem Moment, da der Sieg gewiß schien und die Chance auf einen dauerhaften Frieden sich abzeichnete – wie Allon versicherte und Barak glaubte –, seinen Vormarsch stoppen mußte, da wurde er sich ein für allemal über seine Zukunft im klaren.

Lebwohl, Cal Tech! Er war ein Offizier der Zahal, der israelischen Verteidigungsstreitmacht. Er würde dieser Laufbahn seine besten Jahre opfern, und er würde die Uniform tragen und aufsteigen, soweit er konnte, und sein Land beschützen.

Ben Gurion empfing Barak herzlich in seinem Büro und hörte schweigend seiner leidenschaftlichen Argumentation zu, die Barak mit einer auf dem Schreibtisch ausgebreiteten Sinaikarte unterstrich. «Herr Premierminister, wir können uns immer noch aus Rafah zurückziehen, aber erst einmal wollen wir es einnehmen und halten!» Barak schloß mit einer flehentlichen Bewegung der Arme. «Ihre Verhandlungsposition wird dann viel stärker sein, Sir. Yigael hat vollkommen recht damit.»

«Ja, ja, Zev, so hat er auch in bezug auf El Arish argumentiert.» Mit hängenden Schultern und niedergedrückter Miene starrte der Premierminister, der noch kaum von einer schweren Krankheit genesen war, ihn unter halbgeschlossenen Lidern an. «Er ist jung, er ist ein hervorragender Kämpfer, aber er begreift noch nicht, daß ich politisch nicht das umsetzen kann, was er militärisch erreichen kann.» Er schüttelte langsam den Kopf. «Die Briten bluffen nicht mit ihrer Drohung, in den Krieg einzugreifen, das versichere ich dir. Sie haben nie gedacht, daß wir ihn gewinnen könnten, Zev. Sie dachten, es würde ein Chaos geben, und die UNO würde sie wieder nach Palästina zurückschicken. Wir dürfen ihnen jetzt nicht den geringsten Vorwand zu einer Intervention liefern.» Er warf Barak einen gehetzten Blick zu, wie Barak ihn noch nie zuvor in dem Gesicht des Alten gesehen hatte. «Das ist die sicherste Methode, um alles zu verlieren, siehst du das nicht? In letzter Minute, nach all unseren Opfern, all unseren Toten können wir den Staat verlieren!»

«Aber die Ägypter halten die Feuerpause nicht ein, Herr Premierminister. Wir können Truppenbewegungen ausmachen, wir geraten unter Artilleriebeschuß... Warum sollten wir aufhören?»

«Du weißt, warum. Weil wir die Juden sind.» Mit einem Seufzen, das beinahe schon ein Stöhnen war, fuhr Ben Gurion langsam und bedeutungsschwer fort. «Und das ist der Grund, weshalb ich nicht den Befehl zur Rückeroberung der Altstadt geben werde, obwohl ich denke, daß wir jetzt stark genug dazu wären. Wir haben sie alle geschlagen, Zev. Wir haben sie im Norden, Süden, Osten davongejagt. Wir haben den Krieg gewonnen. Unser Staat ist gesichert. Wohin ich auch gehe, treffe ich auf Menschen, die einen Sohn, einen Bruder, einen Mann verloren haben. Es ist schrecklich! Sechstausend Tote in unserem kleinen Jischuv! Genug des Blutvergießens! Genug des Sterbens!»

«Herr Premierminister, das Folgende sage ich unter vier Augen», fuhr Zev leiser und mit verhaltener Stimme fort. «Falls der befehlshabende Offizier, der Rafah belagert, nicht bis Mitternacht ein ‹Stopp› von mir hört, wird er angreifen und den Knotenpunkt ‹irrtümlich› erobern. Sowie wir die Stellung erobert haben, wird Allon ihm wegen der Mißdeutung eines Befehls einen Verweis erteilen. Dann sind wir aber schon dort.»

Ben Gurion setzte seine Brille ab, rieb sich kräftig die Augen und starrte zur Decke, die Lippen zu einer dünnen Linie zusammengepreßt. Barak kannte diesen Blick gut. Ein Funke von Interesse! «Und wie lange wird er dazu brauchen?»

«Bis zum Morgen.»

«Wo bist du in einer Stunde zu erreichen?»

«Im Parks Hotel. Ich habe Nakhama angerufen, daß sie mich dort treffen soll.»

Mit einer müden Bewegung seiner pummeligen Hand entließ Ben Gurion ihn.

Ein Dutzend Soldaten mit schief verrutschten Kappen polterte singend und Bierflaschen schwenkend in die ruhige Bar des Parks

Hotels in Tel Aviv. Sie schwärmten an die Theke und bestellten Cognac, klopften sich gegenseitig auf die Schultern, lachten, sangen, schrien und imitierten mit herabstoßenden Handbewegungen einen Luftkampf. Einer sprang an ein kleines Klavier und hämmerte eine Melodie in die Tasten, zu der sie brüllten:

Leg mich hin in den Klee
Leg mich hin, leg mich nieder
Und mach's immer wieder!

«Das ist unsere Luftwaffe», sagte Barak zu Nakhama. Er saß in einer Nische mit ihr und trank Cola, und sie lachte über die ausgelassenen Scherze der Soldaten.

«Aber sie sprechen Englisch», sagte sie. «Und was ist das für ein Lied?»

«Vergiß es, es ist nicht nett. Natürlich sprechen sie Englisch, die meisten sind Freiwillige von außerhalb. Unsere Piloten werden auch im Ausland ausgebildet.» Er winkte einem großen Offizier mit einem dünnen Schnurrbart zu. «Hallo Ezer! – Das ist Ezer Weizman, der große da. Du hast bestimmt von ihm gehört, er ist Chaim Weizmans Neffe. Er hat sich seine Pilotenabzeichen in der Royal Air Force verdient.»

«Zev! Du hier?» Weizman näherte sich mit einer unverkennbaren Brandyfahne. «Nicht auf dem Sinai? Und wer ist diese entzückende Schönheit?»

«Laß dir meine Frau Nakhama vorstellen, Ezer, und vergiß diesen Quatsch von der entzückenden Schönheit.»

«Hallo, Nakhama, Sie sind ja verschwendet an diese Wüstenratte.» Er lächelte charmant, und sie erwiderte sein Lächeln. «Kann ich ihn einen Augenblick entführen?»

In einer dunklen Ecke der Bar nahm Weizman einen tiefen Schluck und sagte: «Jetzt hör mir mal zu, Zev, und zwar genau. Heute ist unsere Staffel in ein Gefecht mit britischen Spitfires verwickelt worden, und *wir haben fünf davon abgeschossen.*» In den Augen des Fliegers stand ein wildes Funkeln. «Fünf RAF-Jagdbomber! Wir haben gesehen, wie sie abstürzten! Alles bestätigt! Und wir sind alle heil zurückgekommen, bis auf den letzten Mann!

Unglaublich, aber es ist die Wahrheit!» Er packte Barak am Arm. «Ein historisches Ereignis, nicht wahr? Ist es nicht eine Sensation?»

«Großer Gott, ja. Wo ist das passiert? Und wann?»

«Mittags. Über Nirim. Sie drangen eindeutig in unseren Luftraum ein, und da haben wir sie abgeknallt!»

«Es müssen Ägypter gewesen sein.»

«Es war die Royal Air Force, sage ich dir! Vier von uns haben im Krieg darin gedient, glaubst du etwa, wir würden die Logos nicht erkennen? ... Ha, ha, Zev, schau dir diesen verrückten Typen an! Leg los, Scotty!» Weizman klatschte zur Musik. «Das ist Scotty Hubbard, in Glasgow geboren, seine Familie zog nach Rhodesien. Ein großartiger Typ, der geborene Flieger, er hat eine der Spitfires erwischt!»

Der dunkelhäutige kleine Flieger legte auf dem kleinen Tanzboden zu einer schottischen Melodie, die in das Klavier gehämmert wurde, einen schwungvollen Highland hin. Plötzlich sprang Nakhama auf und gesellte sich zu ihm, ihr Stoffmantel flatterte um sie, ohne die anmutigen Tanzbewegungen ihrer graziösen Beine zu stören. Barak war überrascht, daß seine marokkanische Frau einen schottischen Volkstanz beherrschte. Die Flieger scharten sich lachend und klatschend um das herumwirbelnde Paar, und Weizman umarmte ihn. «Komm, Zev, wir wollen uns einen lustigen Abend machen! Nakhama ist ein Schatz! Zum Teufel, wir haben wahrlich genug zu feiern! Der Waffenstillstand ist ausgerufen. Jetzt wollen wir uns amüsieren!»

Der Barkeeper kam zu ihnen. «Major Barak, ein Anruf für Sie.»

Es war der Militärberater des Premierministers. Ben Gurion sei nach Hause gegangen, er habe sich sehr unwohl gefühlt. Sonst nichts.

Schweigen bedeutete Zustimmung. Der «irrtümlichen» Einnahme Rafahs stand nichts mehr im Weg.

Mit Kischote am Lenkrad fuhr der Jeep unter einem sternenlosen Himmel auf einer schmalen, frisch geteerten Straße nach Jerusalem. Es gab keine Möglichkeit für Barak, rechtzeitig zum Angriff auf Rafah den Sinai zu erreichen; dieser wäre vor seiner Ankunft vorbei.

Und er wollte auch nicht. Zum erstenmal seit langer Zeit sah er Nakhama, und er war begierig, sich eine Nacht mit ihr zu stehlen und seinen Jungen wiederzusehen. Er drückte fest ihre Hand und sagte: «Das ist also die neue Autobahn der Helden, Nakhama? Seit wann ist sie fertiggestellt?»

«Seit einiger Zeit, *ahoovi* [mein Liebster], aber ich bin zum erstenmal heute im Bus darauf gefahren.»

«Wird die Burmastraße noch benutzt?»

«Vielleicht für den Mauleselverkehr. Jedenfalls hat sie ihren Zweck erfüllt, nicht wahr, Zevi? Sie hat Israel gerettet.»

«Das ist Zeitungsgerede, Liebling.»

«Zeitungsgerede? Wieso?»

«Nun, die Straße war eine große Meisterleistung, aber unsere Soldaten im Feld haben das Kriegsglück gewendet, nicht die Straßenbauer. Wir haben die ganze Zeit über schwere Gefechte durchgestanden. Wenn nur eine Front zusammengebrochen wäre, hätten die Araber uns überrennen und niedermachen können, zack-zack, und die Burmastraße hätte nichts daran geändert.»

«Sir, Sie sagen das, weil Sie nicht knietief in Eselsscheiße gewatet sind und fünfzig Pfund Mehl zwei- und dreimal in einer Nacht sechs Kilometer weit geschleppt haben. Die Rettung Jerusalems war auch die Rettung Israels.»

«Keiner hat dich um deine Meinung gebeten», sagte Barak. «Paß auf die Straße auf.»

Als sie in das dunkle Jerusalem einfuhren, bat Kischote um die Erlaubnis, vor Reb Schmuels Laden anzuhalten, also übernahm Barak das Steuer und setzte ihn ab. Als er den Jeep vor ihrem Wohnblock parkte, erwartete sie ein Soldat am Eingang.

«Major Barak?»

«Ja.»

«General Dayan möchte, daß Sie dem Jerusalem-Kommando Bericht erstatten. Höchste Dringlichkeitsstufe.»

«*L'Azazel*» rief Nakhama aus. «Es läßt sich nicht ändern. Du wirst Noah gar nicht sehen.»

«Doch das werde ich, Motek, egal, was passiert. Das verspreche ich dir.»

In Jerusalem herrschte trotz der Kälte ein lebhafter Auto- und Fußgängerverkehr, vermutlich aus Anlaß der Gerüchte über einen Waffenstillstand. Er brachte den Jeep gerade vor Dayans Befehlszentrale zum Stehen, als Ezer Weizman mit niedergeschlagener Miene und gerade sitzender Kappe herauskam. «Du auch?» begrüßte Weizman ihn, aus dem alle Fröhlichkeit gewichen war. «Wann bist du hier angekommen? Er hat vor einer halben Stunde nach mir geschickt, und ich bin gleich losgeflogen.»

«Was ist denn los?»

«Laß es dir lieber von Mosche erzählen.»

«Nun komm schon, Ezer.»

«Na schön.» Weizman warf einen Blick auf die leere Straße, und seine Stimme wurde leiser. «B. G. ist in Panik. Noch mehr britischer Bluff, eine verdammte steife Note über diese Spitfires, die an sein Krankenbett geschickt wurde. Es wird behauptet, sie seien unbewaffnet und auf einem Aufklärungsflug über ägyptischem Territorium gewesen.«

«Ist irgend etwas Wahres daran?»

«Absoluter Scheißdreck! Sie haben uns über Nirim in ein Scharmützel verwickelt. Sie haben versucht, uns vom Himmel zu schießen. Das können wir beweisen, sie sind über unserem Territorium abgestürzt, was willst du noch? Da liegen die Wracks! Der amerikanische Botschafter kann kommen und sie sich morgen früh mit eigenen Augen ansehen! Aber die Engländer verlangen eine Entschädigung und drohen wieder mit Krieg.»

«Was hast du denn erwartet?» sagte Barak und unterdrückte, so gut er konnte, sein eigenes Erschrecken. «Daß das britische Empire den Verlust von fünf Kriegsmaschinen wegen ein paar fliegender Juden kommentarlos hinnehmen würde?»

«Sie sollen zur Hölle fahren! Ich glaube nicht, daß die Amerikaner zulassen werden, daß sie in den Krieg eingreifen. Und wenn sie angreifen, nun, dann schießen wir eben noch mehr Flugzeuge ab! Wir werden auch ihre verdammten Bodentruppen stoppen. Überlaß das nur Allon!» Der Flieger sprang in einen Wagen und raste davon.

Sam Pasternak saß in Dayans mit Karten tapeziertem Büro und sprach laut auf englisch ins Telefon.

«Ach, da sind Sie ja, Zev», sagte Dayan. «Ein Flugzeug ist startklar, um sie nach Rafah zu bringen. Ich habe bereits mit Allon gesprochen. Auf Befehl des Premierministers sollen Sie persönlich dafür sorgen, daß alle Angriffsvorbereitungen gestoppt werden und alle Truppen einen vollständigen Rückzug von ihren Positionen antreten, und anschließend ihm direkt Meldung über den Vollzug erstatten.»

«Warum? Warum diese Panik?» protestierte Barak. «Ezer hat mir von der britischen Note erzählt, aber trotzdem –»

«Sie ziehen Truppen in Akaba zusammen. Das ist keine Drohung, das ist eine Tatsache. Der militärische Aufklärungsdienst hat soeben eine Kriegswarnung ausgegeben.»

Eine kleine Pause trat ein. «Nun, Mosche, eine Tatsache kann zugleich ein Bluff sein.»

Pasternak legte auf. «Hallo, Zev. Ich habe gerade Christian Cunningham am Apparat gehabt. Glücklicherweise war er zu Hause. Ich erzählte ihm Weizmans Version des Flugkampfs. Er hat sich alles aufgeschrieben und mir noch mal vorgelesen, und er versprach, daß das Außenministerium und das Weiße Haus auf der Stelle davon in Kenntnis gesetzt werden.»

«Dieser CIA-Mann hat so hohe Verbindungen?» fragte Dayan ungläubig. «Dieser Cunningham? Ich habe nie von ihm gehört.»

Pasternak schüttelte den Kopf. «Das können Sie auch nicht. Er kennt die richtigen Stabsleute. So läuft der Hase in Washington.»

«Dann ist er also ein Freund», sagte Dayan.

«Wir werden sehen.» Pasternaks Gesichtsausdruck erhellte sich, und er grinste Barak an. «Er trank übrigens gerade Tee mit seiner Tochter, als ich anrief. Dort ist es jetzt vier Uhr nachmittags. Sie wollte wissen, ob Wolf Blitz ihr Gedicht erhalten hat?»

«Was für ein Gedicht? Ich habe nie ein Gedicht bekommen.»

«Sie hat dir ein Gedicht über einen Leuchtkäfer geschickt oder so was Ähnliches.»

Dayans Auge blitzte auf, und er lächelte schief. «Wolf Blitz? Ein Leuchtkäfer? Wie alt ist diese Tochter eigentlich, Zev?»

«Macht euch nicht lächerlich. Sie ist vielleicht zehn oder zwölf.»

«Jeder wird mal erwachsen», sagte Pasternak.

«Zev, steigen Sie ins Flugzeug, fliegen Sie da runter, und melden Sie Vollzug an B. G.», sagte Dayan. «Egal, wie spät in der Nacht, rufen Sie ihn an! Verstanden?»

«Verstanden, Sir.»

Dayan ging hinaus. Pasternak sagte ernst. «Scheußlich, die letzte Note der Briten.»

«Aber sie können doch nicht wirklich intervenieren, Sam, oder? Das ist einfach nicht möglich.» Barak klammerte sich noch immer an die Hoffnung, daß der Knotenpunkt Rafah «irrtümlich» eingenommen werden konnte; so wie Guderian 1940 «irrtümlich» den Durchbruch zum Kanal geschafft, die Franzosen zur Aufgabe gezwungen und die Briten bei Dünkirchen ins Meer getrieben hatte.

«Wieso sollte das nicht möglich sein? Ihre Truppen stehen in diesem Augenblick an unseren Grenzen», gab Pasternak düster zurück. «Und zwar massiv.»

«Hör zu, denk doch mal drüber nach! Die britische Öffentlichkeit wird sich ganz gewiß nicht mit weiteren Opfern in Palästina abfinden. Das würde den Sturz der Regierung Attlee bedeuten.»

«Du redest, wie der gesunde Menschenverstand es erwarten würde. Aber Attlee hat einen wildgewordenen Stier als Außenminister, diesen Bevin, und Bevin ist so außer sich vor Wut, weil wir überlebt haben und gewinnen, daß er etwas sehr Dummes tun kann. Attlee kann ihn nicht im Zaum halten. Das ist es, was B. G. solche Bauchschmerzen bereitet, Zev, und er ist der Boss.»

Barak fuhr schnell nach Hause und fand dort Nakhama, die soeben Noah von einer Nachbarin abgeholt und zu Bett gebracht hatte, in unerwartet fröhlicher Stimmung vor. Er warf einen Blick auf den schlafenden Jungen und sagte ihr dann, daß er wieder auf den Sinai zurückkehre. Sie zuckte die Achseln, lachte und streichelte sein Gesicht. «Du bist so schlank und braungebrannt jetzt. Ach weißt du, ich glaube, der Frieden wird kommen, bevor wir zu alt sind, um *dieses* Gebot zu erfüllen.» Mit diesem alten jüdischen Euphemismus für ehelichen Sex spielte sie auf Gottes Gebot an Adam und Eva an: «Seid fruchtbar und mehret euch.»

«Es ist jetzt Frieden, Nakhama. Zumindest ein Waffenstillstand. Ben Gurions Nerven liegen blank, das ist alles. Er hat einen großen

Sieg errungen und versucht verzweifelt, ihn mit allen Mitteln zu festigen. Tut mir leid, Schatz.»

«Nun, wie du sagst, die Hundeleine hat wieder geruckt. Aber wie er sich auf dich verläßt! Eines Tages wirst du noch Generalstabschef werden. Dann wirst du an meine Worte denken.»

«Nakhama, wann hast du diesen Highland-Tanz gelernt?»

Ihr Gesichtsausdruck wurde verschmitzt. «Warum fragst du, mein Lieber?»

«Nun, es war eine ziemliche Überraschung.»

«Ach ja? Glaubst du, Sam und du, ihr seid die ersten Soldaten gewesen, die Papas Eßlokal besucht haben? Auch ein paar britische Tommies haben gerne bei uns gegessen.»

«Ist ja interessant! Darüber mußt du mir mehr erzählen.»

«Das ist alles, was du je über den Highland erfahren wirst», sagte Nakhama mit spitzbübischer Freude. «Wenn du Lust dazu hast, bringe ich ihn dir bei. Willst du etwas essen? Hast du noch Zeit?»

«Ich gehe jetzt besser. Ich muß meinen verrückten Fahrer abholen.»

Im grellen Licht nackter Glühbirnen von einem Kronleuchter über dem Eßtisch fand er seinen Bruder Michael, der Schaijna bei den Hausaufgaben half, obwohl es schon beinahe Mitternacht war. Die dunklen Haare fielen ihr ins Gesicht, und sie war so in die Lösung einer Gleichung vertieft, daß sie nicht aufblickte, als er eintrat. Kischote hatte sich in einen Lehnstuhl zusammengerollt und schlief fest.

«Wolfgang! *Ma nishma*?» rief sein Bruder aus. «Ist der Krieg wirklich vorbei?»

«Für's erste schon, Michael.»

Der Bruder setzte die Scheitelkappe auf seine buschigen Haare und sprach den Segen für gute Nachrichten.

«Amen», sagte Barak, und Schaijna sprach ihm nach, ohne ihre Arbeit zu unterbrechen.

Michael Berkowitz unterschied sich in jeder Hinsicht so kraß von seinem von der Wüstensonne gebräunten Bruder, daß die Leute manchmal Mühe hatten, die beiden miteinander in Verbindung zu bringen. Michael war zierlich, blaß, hatte eine dicke Brille und einen vom Lernen gebeugten Rücken, und er trug gewöhnlich verblichene Jeans und einen alten Pullover. Seine beiden Krücken lehnten an einem Stuhl, denn er war von Geburt an behindert. Jünger als Wolfgang, war er der einzige fromme Berkowitz, das «weiße Schaf», wie sie untereinander witzelten, in einer eingefleischt sozialistischen Familie. Mit zwölf hatte er eine Bar-Mizwa-Feier verlangt, weil sein Freund eine bekam und der Lehrer ihm die Liebe zum Talmud und zum Ritual eingeflößt hatte. Mit sechzehn war er am Technion aufgenommen worden, ein Wunderkind in Mathematik und Physik. Manchmal kam er nach Jerusalem, um Seminare und Vorlesungen für Fortgeschrittene zu besuchen, so hatte Barak ihm gesagt, er solle Reb Schmuel aufsuchen, und nun studierte Michael gelegentlich mit dem alten Schneider den Talmud.

«Ich will euch nicht lange stören», sagte Barak zu seinem Bruder. «Ihre Hausaufgaben sind wichtig. Ich schaue nur herein, um diesen schlafenden Krieger aufzulesen.»

«Ich bin fertig», sagte Schaijna und sprang auf, «und ich habe dem schlafenden Narren etwas zum Essen versprochen.» Kischote schlief weiter, ohne etwas um sich herum wahrzunehmen.

«Wobei hilfst du ihr?»

«Differentialrechnung.»

«Dieses kleine Mädchen? Ist es so intelligent?»

«Mathematisch auf jeden Fall! Außerdem hat sie einen weiten Horizont und einen neugierigen Geist. Ich weiß nicht, wo sie das in der Altstadt mitbekommen hat. Allerdings ist auch ihre Zunge rasiermesserscharf.»

«Amen», warf Jossi ein, ohne die Augen zu öffnen.

«Kischote, wir fliegen in Kürze ab.»

Keine Antwort.

Michael sagte: «Ich habe einen Brief von Mama bekommen. Vater geht es besser, aber er kehrt erst im Februar zur UNO zurück. Anweisung des Arztes.» Er berichtete, was in dem Brief stand, und sie unterhielten sich über die Probleme ihrer Eltern. Meyer Berkowitz hatte bei einem hitzigen Wortwechsel mit dem Vertreter Saudi-Arabiens vor der UNO einen Schlaganfall erlitten. «Sie haben vorübergehend eine Wohnung in Manhattan gemietet», erzählte Michael, «und sie ist ganz aus dem Häuschen darüber. Sie schreibt, es sei beinahe so kultiviert wie Wien.»

«Nun, das ist typisch Mama. Sie kommt vielleicht nie mehr zurück.»

«Was ist dieser Waffenstillstand wirklich wert, Zev? Kann er zum Frieden führen?»

«Nein, jetzt nicht. Wir haben sie wieder in ihre Grenzen verwiesen, das ist alles. Jetzt haben wir eine Weile lang eine Pattsituation ohne Schießerei, das ist meine Meinung. Ich gelte aber als Pessimist.»

«Gibt es gar keine Hoffnung auf Frieden?»

«O doch. Es gibt zwei Hoffnungen, Michael. Langfristig werden die Araber es müde werden, sinnlos Leben zu opfern, und uns in Ruhe lassen. Kurzfristig könnten die Weltmächte uns diesen Krieg beenden lassen und die Araber davon überzeugen, daß wir hier bleiben sollen.»

«Wach auf, Narr», sagte Schaijna, als sie mit einem Teller dampfender Kartoffelpfannkuchen eintrat und Kischote mit dem Ellbogen anstupste, «wenn du wirklich etwas essen willst.»

Er setzte sich gutgelaunt hin. *«Shiga'on!»*

Barak sagte: «Wir müssen los, Jossi.»

«Was, keine Zeit für Pfannkuchen, Sir? Sie hat sie extra für mich gemacht.»

«Das habe ich ganz bestimmt nicht», erwiderte Schaijna. «Dr. Berkowitz und ich hatten Hunger, und du warst zufällig auch da.

«Habe ich sie nicht gebeten, welche zu machen» – Kischote blickte um Zustimmung heischend zu Michael –, «weil sie an Chanukka so gut waren?»

Michael grinste und sagte nichts.

«Ich hatte ohnehin noch Kartoffeln übrig. Sie wären sonst verfault, sie haben schon ausgetrieben», sagte Schaijna. «Es ist eine Sünde, Essen wegzuwerfen.»

«Also, diese Pfannkuchen riechen aber gut», sagte Barak und zog einen Stuhl heran.

«Man stelle sich vor, mitten in der Nacht Gott weiß wohin

loszufliegen!» rief Schaijna aus, während sie ihnen Pfannkuchen vorsetzte. «Was für ein verrücktes Leben! Wenn jetzt dann Frieden ist, wirst du dir eine nützliche Betätigung suchen müssen, Kischote. Vielleicht als Müllsammler in Jerusalem ... Halt, einen Augenblick noch! Sprich einen Segen, bevor du diesen Pfannkuchen ißt.» Kischote legte seine Hand an den Kopf. Sie schlug ihm auf die Schulter. «Nicht so. Mit einem Hut!»

Geduldig setzte er sein Armeebarett auf, sprach den Segen und aß. «Hm, ausgezeichnet», sagte er. «Für mich macht es keinen Unterschied, ob Frieden ist oder nicht, Schaijna, ich bin Soldat.»

«Willst du damit sagen, daß du das *tun* wirst? Soldat sein? Berufssoldat?»

«Berufssoldat, und warum machst du so ein komisches Gesicht?»

Das Mädchen zog in der Tat Grimassen wie ein Wasserspeier.

«Eine *gojische parnosse!* [Ein Beruf für einen Goi!]» Mit hocherhobenem Kopf marschierte sie hinaus und ließ sie allein. Über die Pfannkuchen hinweg sahen sie sich an.

«Hast du das gehört, Zev», sagte Michael. «Kehr besser zu deiner Chemie zurück.»

«Ich nicht, Michael. Das ist vorbei. Ich ergreife auch den Beruf für einen Goi. Ein für allemal.»

«Wirklich? *Kol ha'kavod*», sagte Michael.

Die Weizman-Version der Luftschlacht setzte sich durch. Präsident Truman gab eine diplomatische Note heraus, in der die Briten scharf kritisiert wurden, weil sie Kampfflugzeuge in ein Kriegsgebiet entsandt und Israel die Schuld an ihrem Verlust gegeben hatten. Die Attlee-Regierung mußte einen Sturm der Entrüstung im Unterhaus über sich ergehen lassen und nahm ihre Drohungen zurück. Das war das Ende des Unabhängigkeitskrieges. Anfang Januar 1949 schwiegen die Waffen, wenn auch die Abzugsverhandlungen sich noch über Monate hinzogen. Israel war eine Tatsache, und die arabischen Invasoren unterzeichneten einer nach dem anderen Waffenstillstandsvereinbarungen mit dem Land, das es, wie sie steif und fest behaupteten, gar nicht gab.

ZWEITER TEIL

SUEZ

12
Lee Bloom

In den vier Jahren nach dem Krieg kämpfte das Land, das es nicht gab, erbittert um das Fortbestehen seiner Nichtexistenz. Diese Jahre zwischen 1949 und 1953 waren, wie Mosche Dayan in seinen Memoiren schrieb, die schlimmste Zeit. Die Armee löste sich mehr oder minder auf. Die bunt zusammengewürfelte Truppe aus Milizen, die kaum unter einen Hut zu bringen waren, plus Reservisten, Wehrpflichtigen, Immigranten und ausländischen Freiwilligen wurde besser mit Arabern fertig als mit dem Sieg. Obwohl die arabischen Regierungen zum Weiterkämpfen nicht in der Lage waren, wollten sie keinesfalls einen Friedensvertrag mit dem unsichtbaren Land in Erwägung ziehen. Der Waffenstillstand brachte keinen Frieden, sondern eine Belagerung. Fedajin genannte Terroristen passierten schlecht bewachte Grenzen, um Züge entgleisen zu lassen, Busse in Brand zu stecken, Häuser zu sprengen und arglose Zivilisten zu ermorden. Wohnungen, Autos, Kleidung, Lebensmittel und Treibstoff waren knapp. Das Leben war schäbig und unsicher. Scharenweise wanderten Israelis nach Kanada oder Los Angeles aus. 1953 wurde Dayan zum Generalstabschef ernannt, und er schreibt, daß die Lage sich danach langsam besserte.

Ben Gurion schildert in seinen Memoiren eben diese vier Jahre als Israels Glanzzeit; er spricht von den heroischen Jahren, «den großartigsten Jahren unserer Geschichte seit dem Sieg der Makkabäer über die Griechen vor zweitausenddreihundert Jahren», denn in diesen vier Jahren konnte sich die jüdische Bevölkerung Israels mehr als verdoppeln. Die wundersame Rückkehr ins Gelobte Land, die Sammlung der Verbannten, die innerste strahlende Vision des Zionismus, all das begann Wirklichkeit zu werden. Rund um das Mittelmeer machten die arabischen Regierungen ihren Juden Beine und jagten sie aus dem Land, und der belagerte jüdische Staat nahm zu seinen sechshunderttausend Einwohnern weitere siebenhunderttausend Flüchtlinge auf! Dieser in der Weltgeschichte wohl beispiellose Vorgang war schuld an den Verknappungen, dem leeren Staatsschatz, dem Schwarzmarkt, den Rationierungen und der Desillusionierung der Zaghaften. Israel überlebte dennoch und erfuhr sogar einen gewissen Aufschwung, bis Ben Gurion 1953 seinen Rücktritt als Premierminister und Verteidigungsminister bekanntgab. Danach ging es bergab, und es ging so rasant bergab, daß das Volk ihn Ende 1955, keine Minute zu früh, an die Macht zurückrufen mußte.

Denn innerhalb dieses Jahres verstaatlichte der ägyptische Diktator Gamal Abdel Nasser den Suezkanal, was eine tiefe Verstimmung bei der britischen und der französischen Regierung auslöste, und der Nahe Osten machte wieder einmal Schlagzeilen. Israel war die Benutzung des Suezkanals vollständig untersagt, und die Möglichkeit eines weiteren Krieges ließ die Region schaudernd erbeben.

Christian Cunningham hatte den jungen Mann auf dem Flug von New York nach Paris bemerkt: Er saß allein in der dichtgedrängten Unterdeckbar, las eine Zeitschrift und schenkte den feucht-fröhlichen Scherzen um ihn herum keine Beachtung, während ihr Flugzeug von einem herbstlichen Gewittersturm auf der Nordatlantikroute durchgerüttelt wurde. Auf dem El-Al-Flug von Paris nach Tel Aviv sah Cunningham ihn dann wieder; er trug dieselbe graue Flanellhose und ein elegantes blaues Sakko und las Berichte und Zeitschriften aus demselben Kalbslederkoffer. Er aß wenig, trank Sodawasser und flirtete nicht mit der Stewardeß. Genaugenommen verhielt er sich in vieler Hinsicht so, wie Cunningham selbst es auf langen Flügen tat. Flugpassagiere nutzten die Zeit entweder, oder sie schlugen sie tot. Von seiner modischen Kleidung, dem schweren Goldschmuck und den dichten, gewellten schwarzen Haaren hätte Cunningham auf einen Hollywood-Typ geschlossen, doch die Zeitschriften, die er las, handelten von Luftfahrt, Rüstung und Immobilien.

Don Kischotes Bruder seinerseits grübelte über den hageren Goi im dreiteiligen Anzug mit Uhrkette über der Weste und allem Drumherum nach, der in dem El-Al-Flug wieder aufgetaucht war und im *Journal für biblische Archäologie* las. Die beiden Männer hatten das Erste-Klasse-Abteil für sich allein. In der Touristenklasse reisten hauptsächlich Israelis, denn der Tourismus lag darnieder, und Lee Bloom – wie er inzwischen hieß – vermutete in dem Fremden einen Archäologen, der in dieser angespannten Situation eine Reise nach Israel wagte. Nach einer Weile schob der Mann mit der Uhrkette seine Hornbrille auf die Stirn hoch und schlief ein. Lee Bloom holte Sheva Leavis handgeschriebenes Memorandum hervor und studierte es eingehend. Anschließend ging er zur Toilette, zerriß es und stopfte die Papierfetzen in den Abfalleimer für gebrauchte Handtücher.

Beide erwachten durch die kratzende Ansage des Piloten in rauhem Hebräisch und stockendem Englisch, und Cunningham ergriff als erster das Wort. Aus dem Fenster blickend sagte er: «Da unten liegt also endlich das Heilige Land.»

Lee Bloom reckte den Hals, um einen Blick nach vorn zu werfen. Beim Sinkflug erkannte man von Zeit zu Zeit durch Wolkenfetzen hindurch eine graue, gezackte Siedlung, die das blaue Meer säumte. «Sieht gar nicht so heilig aus, nicht wahr? Erstaunlich, wie besiedelt es ist.»

«Waren Sie schon einmal hier?»

«Einmal, für kurze Zeit.» Lee Bloom zeigte auf die Zeitschrift auf dem Schoß des anderen Mannes. «Betreibt man Archäologie auch während eines Krieges?»

«Es gibt immer Unruhen in dieser Region. Die Ausgrabungen finden dort statt, wo es gerade ruhig ist. Glauben Sie, daß es Krieg geben wird?»

«Nun, die Franzosen und die Engländer werden wohl kaum ruhig zusehen, wie dieser Nasser sich ungestraft den Kanal unter den Nagel reißt.»

«Sie meinen, ihn verstaatlicht.»

«Das ist doch das gleiche, Sir.»

«Was können sie denn dagegen unternehmen?»

«Sie können Truppen an Land bringen und den Kanal zurückerobern. Ich glaube auch, daß sie das tun werden. Es ist nur eine Frage der Zeit.»

«Und die Russen?»

«Die Aktion sollte binnen achtundvierzig Stunden vorbei sein. Danach können die Russen in der UNO soviel zetern, wie sie wollen. Es wird nur heiße Luft dabei rauskommen.»

Lee Blooms Englisch hatte nur einen leichten Akzent, aber bei seinem «heiße Luft» hörte man die Anführungszeichen eines Fremden.

«Da können Sie durchaus recht haben.» Cunningham schlug die archäologische Zeitschrift auf. Kischotes Bruder machte keine Anstalten, die Unterhaltung fortzuführen. Ein Goi aus der Oberschicht, mutmaßte er, nicht aus Kalifornien, vielleicht von der Ostküste.

An der Sperre zur Gepäckabholung in dem verrußten, kalten, kleinen Terminal von Lydda, das nun den hebräischen Namen Lod trug, erkannte Lee Bloom den wartenden Zev Barak in Uniform, der etwas fülliger geworden war und erste graue Strähnen im Haar hatte. «Adon Barak!» begrüßte er ihn eine Spur ironisch.

Barak starrte ihn an und bemühte sich, diese gepflegte Erscheinung mit dem dürren Deserteur in Einklang zu bringen, den er vor acht Jahren am Flughafen von Los Angeles zurückgelassen hatte. «Sind Sie Blumenthal?» Leopold grinste und schüttelte ihm die Hand. «Sam», sagte Barak zu Pasternak, der neben ihm stand und in die Passagierschlange starrte, «darf ich dir Lee Bloom vorstellen? Ich nehme an, du hast von ihm gehört.»

«Lee Bloom? Hallo, wer hätte das nicht. Wenn ich richtig verstehe, gehört Ihnen und Sheva Leavis halb Los Angeles.»

«Ach! Drei Gebäude. Die Zeitungen hier schreiben wirklich verrückte Geschichten.» Lee Bloom musterte die Leute hinter der Absperrung, die den Passagieren winkten und zuriefen. «Mein Bruder wollte mich abholen, aber – ach, da ist er ja. Joe! Jossi!»

Kischote trat durch den Polizeieingang ein, und während die Brüder sich umarmten, bemerkte Barak, wieviel größer als Leopold er war. Seine lange, schlanke Gestalt hatte Fleisch angesetzt, und seine Fallschirmspringerstiefel ließen ihn noch größer erscheinen. Leopold sah daneben dünn und ein bißchen gebeugt aus.

«Zev, da kommt Cunningham.» Pasternak näherte sich dem CIA-

Mann, um ihn zu begrüßen. «Hallo Chris! Erinnnerst du dich an Zev Barak?»

«Aber sicher. Wolf Blitz! Hallo!» Cunningham drückte kurz Baraks Hand mit seinen knochigen Fingern. «Wo bekomme ich jetzt mein Gepäck?»

«Kommen Sie mit mir», sagte Barak.

Pasternak ging zu Lee Bloom und sprach trotz des Lärmens der Passagiere und der Flugansagen sehr leise. «Blumenthal, dieses Problem da, weshalb Sheva Leavis mich aus Paris anrief–»

«Ja?» Leopold war sofort hellwach und besorgt.

«Ich habe einen Blick auf die Angelegenheit geworfen. Ich wollte Sie eigentlich im Hotel anrufen, aber da Sie nun schon hier sind...» Er zog eine Karte aus der Tasche und reichte sie Jossi. «Kischote, weißt du, wo dieser Mann sitzt? Personalabteilung, in der Kirya?»

«Aber sicher», erwiderte Jossi nach einem kurzen Blick.

«Bring deinen Bruder direkt dorthin.» Pasternak lächelte Leopold zu. «Das wäre soweit erledigt. Und jetzt zu dem Walzwerk – erzählt Sheva da Geschichten, oder ist etwas Wahres daran?» Obwohl Pasternak inzwischen Dayans stellvertretender Leiter des Geheimdienstes war, blieb die Rüstungsbeschaffung in der Grauzone der Legalität weiterhin seine Spezialität.

Leopold, nun ganz Geschäftsmann, antwortete ihm. «Sie stimmt. Es gibt da eine jüdische Firma in Canton, Ohio. Vier Brüder. Ihr Vater hat mit Schrottverwertung angefangen, heute sind sie in der Eisen- und Stahlbranche. Sie haben die finanziellen Mittel und die Produktionserfahrung. Das ist geklärt. Sie sind sehr harte Verhandlungspartner, und sie sind keine Zionisten. Wir könnten mit ihnen ins Geschäft kommen, wenn die steuerliche Situation hier sich positiv entwickelt. Sie finden, die Sache klingt zu gut und muß also einen Haken haben. Unter anderem bin ich hier, um das zu überprüfen.»

«Lassen Sie es mich wissen, wenn ich helfen kann. Und falls du in der Personalabteilung auf Schwierigkeiten stößt, Jossi, dann ruf mich an.» Er ging zu Cunningham.

Lee Bloom hob die Aktentasche und einen Koffer hoch. «Das ist alles, was ich mitgebracht habe, Jossi. Den Rest habe ich in Paris gelassen.»

«Dann gehen wir. Wie lange willst du hierbleiben?»

«Das kommt darauf an.» Leopold folgte ihm durch die Menge. «Drei oder vier Tage höchstens. Du hast dreißig Pfund zugenommen, stimmt's? Sieht aus, als wären es nur Muskeln.»

«Sie nehmen uns hart her bei den Fallschirmjägern.»

«Hast du viel erlebt? Du schreibst nie.»

«Du auch nicht.»

«Ich weiß.»

Draußen fegte ein heftiger feuchter Wind Sand und Staub über einen beinahe leeren Parkplatz. Vom Rücksitz eines Militärwagens winkte eine blonde Soldatin Jossi zu. «Das ist Yael Luria. Erinnerst du dich an sie?»

«Aber sicher, das knallharte Mädchen, das ich damals im King-David-Hotel getroffen habe.»

«Genau. Sie ist Leutnant Pasternaks Assistentin.»

«Ist sie nicht verheiratet?»

«Nein. Sie hat spezielle Freunde von Zeit zu Zeit.»

«Einschließlich dir?»

Jossi brach in Gelächter aus. «Keine Chance. Sie ist ein Satansweib. Aber wie du ja weißt, habe ich ein Mädchen.»

An einem klapprigen offenen Autoverleihstand gab Leopold einem drallen, Kaugummi kauenden Mädchen eine Reservierungsbestätigung, und sie schmetterte den Brüdern wie aus der Pistole geschossen eine Antwort auf hebräisch entgegen.

«Dein Fahrer hat Zahnschmerzen», sagte Jossi. «Sie suchen einen anderen.»

Leopold musterte ihn von Kopf bis Fuß, registrierte das rote Barett, die Schulterabzeichen und die schweren rotbraunen Stiefel. «Drei Streifen. Was bedeutet das, wie ein amerikanischer Major?»

«Hauptmann. *Seren*, heißt es hier. Ich bin Zugführer, soll Kompaniechef werden.»

«Du mußt mir mehr über deine Abenteuer erzählen.»

«Du mußt mir erzählen, wie du es geschafft hast, halb Los Angeles in die Finger zu bekommen.» Jossi schob seine Brille auf der

Nase hoch und grinste seinen Bruder an. «Ist an diesem Käse was Wahres dran?»

«Jedenfalls so viel, daß ich dich und deine Freundin nach Paris einlade. Hei, wie sieht es aus damit? Hast du einen Urlaub bekommen? Und sie, kommt sie mit?»

«Ich arbeite noch auf den Urlaub hin. Schaijna ist ganz verrückt danach. Aber ihre Eltern machen Schwierigkeiten. Sie sind sehr fromm.»

«Und Schaijna, ist sie es auch noch?»

«Hier ist Ihr Auto, Mister», rief das Mädchen auf englisch. Ein verblichener blauer Peugeot, in dem ein alter Mann mit grauem Dreitagesbart am Lenkrad saß, ratterte heran. Der Mann trug eine zerrissene Wollmütze und begrüßte sie in einem verwaschenen zahnlosen Hebräisch.

«Was soll das sein?» fragte Leopold herausfordernd das Mädchen. «In meiner Reservierung wird mir ein neues Oldsmobile mit englischsprachigem Fahrer zugesichert.»

Es folgte ein heiseres Rataratara auf hebräisch, das Kischote übersetzte. «Das neue Oldsmobile steht in der Werkstatt. Der englischsprachige Chauffeur hat Zahnschmerzen. Du kannst das Oldsmobile am Dienstag abholen.»

«Hier ändert sich aber auch gar nichts. Gehen wir.»

«Zur Kirya», sagte Jossi zu dem Fahrer, der nickte und den Wagen anließ. «Ob Schaijna noch fromm ist? Absolut. Sie reist nicht am Samstag, befolgt streng die Essens- und Feiertagsvorschriften, liest jeden Tag in der Bibel. Aber sie ist in Ordnung, falls du verstehst, was ich meine. Sie will Flugzeugingenieurin werden. Trägt Jeans, und das ist ein Skandal in ihrer *dati* [orthodoxen] Clique. Aber sie kümmert sich nicht darum.»

«Und ist sie wirklich so hübsch jetzt? In meiner Erinnerung habe ich sie als dürre kleine Rotznase vor Augen.»

«Du wirst schon sehen. Du fährst zuerst nach Jerusalem?»

«Ja, ich bleibe einen Tag dort und vermutlich zwei Tage in Tel Aviv, und dann geht es zurück nach Paris.»

«Gut, wir werden sie an der Universität abholen. Sie macht gerade ihre Abschlußprüfungen.»

Während Barak die abgenutzten Koffer des CIA-Mannes in dem Militärwagen verstaute, sagte Pasternak zu Cunningham: «Chris, ich möchte dir Hauptmann Luria vorstellen, meine rechte Hand.»

Mit sittsamem Lächeln schüttelte Yael ihm die Hand und sagte: «Ich stehe für die Dauer Ihres Aufenthalts zu Ihrer Verfügung, Mr. Cunningham.»

«Das ist reizend von Ihnen», erwiderte Cunningham, und sie spürte, daß dieser alte Amerikaner auf der Stelle durch seine dicken Brillengläser die Art ihrer Beziehung zu Pasternak durchschaut hatte. Pasternak hatte nicht gewollt, daß sie mitkam, aber nachdem sie so viel über Cunningham gehört hatte und vielleicht auch, weil sie mit ihrer Anwesenheit glänzen wollte, hatte sie darauf beharrt und ihren Willen durchgesetzt. Pasternak hob sich das Peitschenknallen für ernstere Angelegenheiten auf, und sie wußte, wann sie ihn zu etwas drängen konnte. Solange sie mit im Wagen saß, konnte man nicht zur Sache kommen. Sie fuhren in gezwungenem Schweigen durch umgepflügte Felder und durch Orangenhaine, bis Cunningham das Wort ergriff.

«Das letzte Mal, als ich hier war, war 1936. Die Mandatszone war ein interessanter Ort. Schön, elegant und dazu so friedlich! Die Briten hatten ein Händchen dafür, das muß man ihnen lassen. Aber dann brachen die Araberaufstände wieder aus. Sehr schlimm, sehr traurig.»

«1936 war ich fünf Jahre alt», meldete Yael sich zu Wort. «Ich erinnere mich an die Unruhen. Papa verließ den Moschav und kämpfte fünf Monate lang. Wir Kinder hatten alle Angst. Heute sieht die Welt anders aus.»

«So anders auch wieder nicht», sagte Cunningham. Das ließ die Konversation verstummen, bis sie Yael an der Kirya, dem Areal des Armeehauptquartiers im Zentrum von Tel Aviv, absetzten und weiterfuhren.

«Eine sehr attraktive junge Frau», bemerkte Cunningham.

«Yael erledigt alles, was man ihr aufträgt», sagte Pasternak.

Cunningham bedeckte seinen Mund mit der Faust und gähnte. «Versteht dieser Fahrer Englisch?»

«Nein», antwortete Barak.

«Sehr gut. Unseren Erkenntnissen zufolge ist die israelische Armee bereit, innerhalb von vierundzwanzig Stunden zum Suezkanal zu marschieren. Ist das zutreffend?»

Pasternak und Barak sahen sich an. «Das ist ein großes Kompliment», sagte Pasternak. «Wäre schön, wenn es stimmte. Bestimmt Präsident Eisenhower die Politik der Vereinigten Staaten oder Außenminister Dulles?»

«Nun, das ist ein weites Feld. Ich brauche einen kleinen Erholungsschlaf, eine Stunde vielleicht, dann können wir uns treffen und unterhalten. In Ordnung, Sam?»

«Selbstverständlich.» Als der Wagen vor einem zentral gelegenen Hotel am Meer vorfuhr, fügte Pasternak hinzu: «In der Zwischenzeit kann der Premierminister sich fragen, ob du eine Botschaft von deiner Regierung überbringst.»

«Gewiß doch.» Cunningham stieg aus. «Ach übrigens, Barak, meine Emily bat mich, Wolf Blitz Grüße von ihr auszurichten, falls ich Sie zufällig träfe.»

«Wirklich? Nett, daß sie sich an mich erinnert.»

«O ja, das tut sie. Sie ist an der Sorbonne und macht dort ihren Magister. Sie hat sich einen Freund zugelegt, einen französischen Dichter. Mrs. Cunningham und ich haben sie besucht. Haben Sie Töchter?»

«Eine.»

«Ich vermute, sie ist reizend und leicht zu lenken.»

«Sehr. Sie ist ein Jahr alt.»

«Warten Sie nur ab.» Er hielt die Westentaschenuhr auf Armeslänge von sich und warf einen Blick darauf. «Wie wäre es, wenn wir uns um vier träfen?»

Während der Wagen vom Hotel abfuhr, sagte Barak: «Sam, war es nötig, Yael mitzunehmen?»

«Du kennst doch Yael?» knurrte Pasternak.

Die Rigipswände des winzigen, kahlen Büros in der Personalverwaltung waren mit Organisationsdiagrammen und vervielfältigten Personallisten bedeckt, und von einem alten Foto äugte Ben Gurion in einem Hemd mit offenem Kragen auf sie herab. Der beinahe kahlköpfige Leutnant hinter dem schmalen, mit Tintenklecksen übersäten Schreibtisch deutete auf zwei harte Stühle, setzte eine Hornbrille auf und wühlte in einem Stapel verschiedenfarbiger Aktenmappen. «Sprechen Sie Hebräisch?» fragte er Leopold.

«Selbstverständlich, auch wenn es ein wenig eingerostet ist.»

«Aha, da haben wir Sie. Blumenthal, Leopold.» Er blätterte Papiere durch, die in einer abgewetzten gelben Mappe zusammengeheftet waren, und nickte dabei immer wieder. «Nun, die Akte ist in Ordnung. Kein Problem.» Er verschränkte die Hände über der Mappe und blickte die Brüder an. Sein Gebaren drückte trockene offizielle Distanz aus. «Also. Was kann ich für Sie tun?»

Leopold blickte zu Kischote und erwiderte dann in zögerndem Hebräisch: «Könnten Sie mich bitte über meinen genauen aktuellen Status informieren?»

«Ihren genauen aktuellen Status.» Der Leutnant schlug die Mappe auf und las vom Deckblatt ab: «Zusammenfassung: ‹*Keine Akte über die Einziehung oder einen Militärdienst des Betreffenden in der Zahal auffindbar. Viele Akten von 1948 sind unvollständig. Es gibt keine Bestätigung dafür, daß er, wie er behauptet, in einer Immigranteneinheit mit der Siebten Brigade bei Latrun gekämpft hat. Er traf am 20. Mai 1948 auf dem Schiff* Nordau *aus Zypern in Israel ein und reiste sechs Wochen später in die USA weiter, wo er blieb und die Staatsbürgerschaft annahm. Eine Verpflichtung zum Militärdienst oder eine Militärstrafe ist nicht eingetragen. Sein berichteter Kampfeinsatz und sein Interesse an einer ordentlichen Zahal-Akte verdient Anerkennung.*› Das ist alles. Habe ich zu schnell gelesen?»

«Überhaupt nicht.» Leopold stieß mit dem Finger auf die Mappe. «Ich hätte gerne eine Kopie dieses Papiers.»

«Warum nicht.» Sorgfältig löste er das Blatt von den gebogenen Zinken. «Dora! Machen Sie eine Abschrift!»

Ein weiblicher Soldat in Pullover und Hose trat ein, spannte ein ähnliches Formular in die Schreibmaschine und klapperte los. Der Leutnant setzte seine Brille ab und lächelte Leopold zu. «Sie sind also Lee Bloom, das Immobiliengenie von Los Angeles.» Sein gesamtes Auftreten veränderte sich. Es war, als hätte er mit seiner

Brille auch seine Uniform abgelegt. «Ich habe einen Cousin in Toronto im Immobiliengeschäft. Natürlich kein Vergleich mit Ihnen und Sheva Leavis.»

Leopolds Gebaren veränderte sich ebenfalls. Wieder ganz der selbstbewußte Mann von Welt, erkundigte er sich nach dem Cousin in Toronto, sagte, er kenne ihn, und plauderte über Grundstücksgeschäfte, bis die Schreibhilfe dem Leutnant das ausgefüllte Formular überreichte und ging. Der Leutnant las das Blatt durch, verbesserte es hier und da mit roter Tinte und zeichnete es ab. «Keine große Tipperin, Dora.»

«Das ist doch perfekt, danke.» Leopold steckte das zusammengefaltete Papier in seine Brusttasche. Als die Brüder in die Sonne hinaustraten, sagte er zögernd zu seinem Bruder: «Jossi, du weißt, wie leid es mir tat, daß ich nicht zu Papas Beerdigung kommen konnte. Es war wegen dieser Geschichte, weißt du. Ich bin Sam Pasternak unendlich dankbar.»

«Du brauchst ihm nicht dankbar zu sein», sagte Jossi mit undurchdringlichem Gesichtsausdruck. «Deine Akte war in Ordnung.»

Während der Peugeot den langgezogenen Hügel ins Ayalon-Tal hinabkurvte, schilderte Lee Bloom Kischote, wie er und Leavis ins Immobiliengeschäft eingestiegen waren. Dann brach er ab und zeigte auf eine Anhöhe in der Ferne. «Sieh an, sieh an, da ist dieses verdammte Latrun.»

«Ja. Wir haben es nie eingenommen. Die neue Autobahn mußte drumherum geführt werden. Du sagst also, es war billiger, selbst ein Lagerhaus zu bauen, als dafür Miete zu bezahlen?»

«Eindeutig. Diese Lagerverpächter sind allesamt Strauchdiebe. Sheva Leavis hat tonnenweise Armeerestbestände aufgekauft. Wir fahren dreimal im Jahr nach Manila, Tokio, Hongkong, Singapur. Auch aus Europa kommt eine Menge Zeug. Man braucht Platz, um solche Mengen zu lagern, während man Käufer sucht. Das ist die ganze Idee dahinter – für einen Pappenstiel einkaufen, lagern und für das X-fache verkaufen. Genauso sind wir auch in Textilien, Körbe, Spielwaren, Hüte eingestiegen – ich sage dir, Joe, es ist phantastisch, im großen Stil im Orient einzukaufen, wenn du das nötige Bargeld hast und weißt, was du tust.» Er stieß seinen Bruder leicht an. «Aber weißt du, Geschäft ist langweilig. Erzähl mir lieber über die Fallschirmjäger.»

«Ihr habt nur drei Lagerhäuser gebaut, sagst du?»

«Bis jetzt. Ziemlich große. Das letzte haben wir gerade für eine Fabrik verkauft. Wir haben auch eine Menge Land gekauft, aber nicht halb Los Angeles. Das ist israelischer Zeitungsquatsch. Gute Lagen zum richtigen Preis. Ich habe den ersten Bau beobachtet, habe gesehen, wo die Bauunternehmer Geld verschwendet oder offen abgesahnt haben. Ich bat Sheva, mir die Vertragsabschlüsse für das zweite Gebäude zu überlassen, und ich habe es beinahe zum halben Quadratmeterpreis hinbekommen. Ach, zur Hölle mit dem ganzen Kram, kennst du einen Kerl bei den Fallschirmjägern namens Ben Menachem?»

Kischote saß auf seinen Ellbogen gestützt auf der Rückbank und knabberte Sonnenblumenkerne aus einer Papiertüte. Er setzte sich auf, schob seine Brille hoch und blinzelte Leopold an. «Warum fragst du?»

«Der United Jewish Appeal hat diesen hochgewachsenen, kräftigen, unglaublich attraktiven Kerl zu einem Galadinner in Los Angeles eingeladen. Kein großer Redner, aber wir hörten wahnwitzige Geschichten über ihn.»

«Er hat überall in Amerika Reden gehalten. Es war ein Befehl», sagte Jossi. «Er haßte es. Er sagte, er würde lieber allein nach Syrien fliegen als noch einmal so eine Tour machen.»

«Ich würde ihn gern treffen.»

«Er ist tot.» Jossi machte sich wieder über seine Kerne her.

«Oh? Tut mir leid. War er ein guter Freund von dir, dieser Ben Menachem?»

«Wir nannten ihn Gulliver. Tatsache ist, daß ich noch immer Don Kischote genannt werde. Es wurden immer Witze über Don Kischote und Gulliver gemacht.»

«Don Kischote. Stimmt.» Leopold riskierte ein Lächeln. «Ich erinnere mich. Kam dein Freund bei einer Aktion ums Leben?»

Kischote war der Abscheu des israelischen Soldaten vor Diskussionen mit Zivilisten, besonders mit Fremden, über Kampfeinsätze in Fleisch und Blut übergegangen. Aus seinem Bruder war Lee Bloom aus Los Angeles geworden, und er wollte Lee Bloom nicht an seinen Erinnerungen an Gulliver teilhaben lassen. Seine kurzangebundene Antwort lautete daher: «Vergeltungsschlag, syrische Seite des Sees Genezareth. Ich war bei diesem Überfall dabei. Er hatte das Kommando. Er sprang als erster, wie immer. Er hatte Pech.» Jossi lümmelte sich zurück und widmete sich wieder seinen Kernen. «Aber glaube nicht, Gulliver sei ein schlechter Redner gewesen. Er hat eine juristische Fakultät besucht. Er liebte Geschichte. Er konnte auswendig Reden von Abraham Lincoln zitieren. Sehr gebildet. Er verabscheute nur Reden auf amerikanischen Banketten.»

Bei ihrer Ankunft in Jerusalem nieselte es, und der Fahrer langte mit seiner Wollmütze aus dem Fenster, um die Windschutzscheibe zu polieren. «Da ist sie», sagte Jossi, als der Peugeot sich stotternd einer Gruppe von Studenten näherte, die sich unter einer überdachten Bushaltestelle an der Universität zusammendrängten.

«Welche?»

«Die mit dem weißen Pullover und den Jeans.»

«Die? Die ist aber groß.»

«Sie raucht nicht, also ist sie gewachsen.»

Schaijna küßte Kischote nicht, als sie zu ihnen auf den Rücksitz kletterte, doch der Blick, mit dem sie ihn bedachte, ließ Neid in Leopold aufsteigen. Er hatte sich amüsiert und seine leidenschaftlichen Affären gehabt, aber nie hatte ihn ein so reiner, liebender Blick aus solchen glänzenden Mädchenaugen getroffen. «Das ist also Leopold!» Sie streckte ihm eine schmale Hand entgegen. «Hallo Lee Bloom! Genau das habe ich nämlich vor, weißt du, einen Typ mit einem reichen amerikanischen Bruder zu heiraten.»

«Warum nicht gleich einen reichen Amerikaner?»

«Großartig! Bitte stell mir einen vor.»

Sie rieb ihr Gesicht an Jossis Uniform, und Leopold verspürte einen noch heftigeren Stich von Neid. «Ich kann Soldaten nicht ausstehen, besonders Fallschirmjäger. Sie sind alle nur auf eines aus.»

«Ist sie nicht ein kluges Kind?» sagte Jossi und gab dem Fahrer Schaijnas Adresse.

«Gibt es ein Telefon in deiner Wohnung?» fragte Leopold sie. «Ich muß einige Termine bestätigen.»

«Unsere Nachbarin hat eines. Ihr Onkel ist Mitglied der Knesset. Man muß sieben Jahre auf der Warteliste stehen, bis man eines bekommt.»

«Fahrer», wechselte Leopold ins Hebräische, «wissen Sie, wo sich das Verteidigungs- und das Finanzministerium befinden?»

Der Fahrer nuschelte: «Ich wissen, fahren Sie hin», und zeigte dabei mit seinem zahnlosen Mund unverhüllten Stolz über seine Sprachkenntnisse.

«Siehst du, jetzt hast du doch noch einen englischsprachigen Fahrer bekommen», sagte Kischote.

«Ich dachte, ihr beide würdet euch ähnlich sehen», sagte Schaijna und betrachtete Leopolds Gesicht. «Aber das tut ihr nicht. Nicht mehr.»

«Er hat jetzt Glanz bekommen, er hat Schliff», sagte Jossi. «Ein reicher Amerikaner.»

«Genau», erwiderte Schaijna und streichelte leicht sein braunes Gesicht. «Und du bist nichts als ein schmutziger Soldat. Igitt! Noch dazu mit Schnauzbart!» Sie lächelte Leopold an. Sie hatte einen ziemlich breiten Mund, vollkommen weiße Zähne und schmale, tiefrote Lippen. Sie trug kein Make-up. «Als ich meiner Mutter erzählte, daß du kommst, sagte sie: ‹Ach ja, das ist der, der den Kuchen ohne Segen und ohne Hut gegessen hat.› Hast du schon viele Filmstars getroffen?» Sie fragte in heiterem, naivem Tonfall.

«Ein paar. Kommst du nun nach Paris?»

Ihr Gesicht verdüsterte sich. «Ich hoffe es. Opa sagt, ich soll fahren. Mama macht sich Sorgen. Papa ist unmöglich.»

«Sorgen worüber?» fragte Leopold. «Du bist doch ein großes Mädchen.»

«Papa will wissen, ob du verheiratet bist, Leopold, und ob deine Frau dich begleitet und wo ich in Paris wohnen werde. Er arbeitet in Tiberias. Es hat reichlich Telefonate gegeben. Du bist nicht verheiratet, oder?»

«Meine Freundin hat mich begleitet. Sie ist jetzt in Paris.»

«Ich verstehe. Werde ich denn bei ihr wohnen? ... Da sind wir.»

Die Brüder tauschten einen Blick aus und stiegen kopfschüttelnd aus dem Auto. In der engen Straße voll kleiner, zweistöckiger Häuser spielten kleine Jungen mit Scheitelkäppchen Fangen, und zwitschernde kleine Mädchen in langen Kleidern vergnügten sich mit einer Art Himmel-und-Hölle-Spiel. «Es ist ja nicht einmal so, daß wir auch nur verlobt wären», fuhr Schaijna an Leopold gewandt fort, während sie sie in einen engen, dunklen Flur und eine quietschende Treppe hinauf führte. «Jossi ist nichts weiter als eine Nervensäge, mit der ich mich abgefunden habe. Keine Verlobung vor dem Abschluß, falls überhaupt. Meine Eltern bestehen darauf, und sie haben recht.»

«Wer spricht von Verlobung?» sagte Jossi. «Du fährst für ein paar Tage nach Paris, weiter nichts. Das wirst du tun, Schaijna, mach keinen Unsinn. Nach *Paris*!»

«Wir werden sehen», versetzte Schaijna. Sie machte Leopold mit ihrer Nachbarin bekannt, einer verhärmten, einfachen Frau mit einem Kopftuch, die das Immobiliengenie aus Los Angeles aus großen fragenden Augen anstarrte und zum Telefon führte.

Als sie später in Schaijnas Wohnung um den Tisch herum saßen und sich auf jiddisch unterhielten, brachte ihre inzwischen weißhaarige Mutter ihnen Tee und Kuchen. Leopold legte eine Hand auf seinen Kopf und murmelte einen Segen, den ersten seit mehreren Jahren. Die alte Dame lächelte. «Das ist nett von dir, Leopold. Aber wir haben auch Freidenker als Freunde, wir sind alle möglichen Leute gewöhnt.»

Er war erleichtert, daß sie das Thema Paris nicht aufwarf. Eine unbedeutende Schauspielerin namens Isobel Connors bewohnte mit ihm eine Suite im Hotel Georges V, so daß eine Diskussion über die Unterbringung der einzelnen peinlich geworden wäre. Während Reb Schmuel, der auch nach acht Jahren nicht im geringsten verändert aussah, in einem fadenscheinigen Morgenmantel Jossi eine Thora-Stelle erläuterte – das war eine unumstößliche Praxis, wann immer der Fallschirmjäger kam –, sprach die Mutter über ihre Cousins in Los Angeles, stellte Fragen über die Nachbarschaft und das Klima und das jüdische Leben dort. «Jossi hat morgen Geburtstag, weißt du», sagte sie. «Heute abend kommen einige Verwandte,

Cousins unserer Cousins in Los Angeles, nur ein paar Leute. Bitte bleib doch auch.»

«Stimmt», sagte Leopold. «Ich habe es vergessen, aber ich fürchte, ich habe zu tun. Ich bin nur auf einen Sprung hergekommen.»

«Das macht nichts», sagte Schaijna. «Natürlich hast du zu tun.»

Jossi begleitete seinen Bruder zum Auto. «Ich bleibe zum Abendessen», sagte er, «und ich werde diese Parisreise festklopfen. Sie macht sich Sorgen! Hast du je etwas derart Lächerliches gehört?»

Leopold warf ihm einen skeptischen Blick zu. «Mein Junge, ich habe in Los Angeles einige Geschichten über Fallschirmjäger gehört. Genaugenommen über dich. Sie ist reizend, sie ist frisch wie eine Rose, und sie ist verrückt nach dir. Also machen sie sich Sorgen.»

Mit einer ärgerlichen, wegwerfenden Handbewegung rief Jossi aus: «L'Azazel, wovor haben sie denn Angst? Daß ich Schaijna in Paris flachlege? *Schaijna?* Müßte ich sie dafür nach Paris befördern? Ich bin genauso verrückt nach ihr, und ich würde es trotzdem so wenig versuchen wie – erstens hätte ich keinen Erfolg damit. Weißt du, Leopold, jedes Mädchen ist so, wie es ist. Manche Mädchen spielen gerne herum, also spielst du mit ihnen. Warum nicht? Aber Schaijna? Blödsinn!»

«Na schön, dann klopf Paris fest.»

«Mach dir keine Sorgen, das werde ich auch. Erzähl mir von deiner Freudin.»

«Du wirst sie in Paris kennenlernen. Isobel ist Filmschauspielerin. Schaijna nicht. Vielleicht gebe ich morgen eine richtige Geburtstagsparty in Tel Aviv für dich.»

«Warum nicht?»

Leopold stieg in den Peugeot. Der Fahrer grinste Jossi Kaugummi mampfend an, und der Wagen stotterte davon.

Christian Cunningham trank allein an einem Fenster im Speisesaal mit Blick auf den Hafen seinen Kaffee. Es war Nachmittag, und wie die meisten Hotels war auch dieses fast leer. Die Stiefeltritte der beiden Offiziere hallten auf dem Marmorboden wider. «Ist das nicht die Stelle, wo dieses Waffenschieberschiff auf Grund lief», fragte Cunningham und zeigte hinaus, «und es beinahe zum Bürgerkrieg gekommen wäre? Und jetzt ist dieser Herr Begin der Minderheitsführer in der Knesset.»

«Stimmt genau», sagte Pasternak und bedeutete einem herumstehenden Kellner, er solle noch Kaffee bringen.

«Es gibt kein Volk, das den Juden ähnelt», sagte Cunningham. *‹Ein Volk, das allein lebt, das sich nicht unter die Völker mischen will.›* Balaam hat das gesagt, weißt du. Balaam war ein Seher.»

«Ich kenne keinen Balaam», erwiderte Pasternak. «Balaams Hintern sah mehr als er selbst, er mußte ihm eine Standpauke halten. Der Premierminister läßt fragen, ob du ihn sehen willst?»

Cunningham stopfte eine Pfeife aus einem rot-weiß-blau gestreiften Beutel und zündete sie langsam und bedächtig an. «Das ist zuviel der Ehre für einen so unbedeutenden Beamten wie mich. Meine Frau und ich sind nach Paris gekommen, um den Kerl kennenzulernen, in den sich unsere Tochter verliebt hat.» Das schmale, knochige Gesicht zog sich düster in die Länge. «Ich hatte vor, die Ausgrabungen von Kapernaum zu besichtigen, um die Reise zu retten, während meine Frau sich damit tröstet, Hüte in Paris zu kaufen.»

Er paffte schweigend, dann wurde seine Stimme hart. «Die Briten und die Franzosen werden einen fürchterlichen Fehler begehen, wenn sie Ägypten angreifen. Das gleiche gilt für Israel, wenn es ein falsches Spiel mit ihnen treibt. Ich hoffe, ihr haltet Eisenhower nicht wirklich für den netten alten Ike mit dem breiten Lächeln. Er ist aus Stahl und Eisen, Dwight Eisenhower, und er schätzt es überhaupt nicht, wenn man ihm in die Quere kommt. Wenn er wütend ist, ist er furchterregend. Er hat schon einmal Millionen Männer in einen Kampf auf Leben und Tod geschickt. Vergeßt das nie!»

Pasternak antwortete unter Cunninghams strengem Blick: «Falls die Briten und die Franzosen wirklich einen Angriff planen und falls sie diesen wirklich nicht mit Mr. Ike abstimmen, dann könnte es in der Tat ziemlich brenzlig für sie werden. Was dann?»

Die drei Männer verharrten eine Weile schweigend, nur ihre Tassen klirrten. Dann ergriff Cunningham das Wort.

«Anfang des Jahres klärten die Franzosen mit unserem Außenministerium den Verkauf von zwölf Kampffliegern, Mystères, an Israel ab. Ein treffender Name! Sie vermehren sich hier auf mysteriöse Weise wie Amöben. Soweit wir wissen, habt ihr jetzt an die hundert davon.» Es folgte eine lange Pause mit viel Paffen. Kein Kommentar von Pasternak. «Liegt da nicht die Vermutung nahe, daß Israel an einem Angriff auf den Suezkanal teilnehmen könnte?»

Pasternak sagte: «Was Mr. Ike sehr gegen Israel aufbringen würde.»

«Sehr.»

«Chris, dieser Außenminister von euch, dieser Dulles, ist eine Katastrophe. ‹*Massive Vergeltung... Bis zum Letzten gehen...*› Cunningham zuckte zusammen und lächelte schief, als Pasternak die Zitate herunterleierte. «Nichts als Geschwätz, während die Russen mit Ägypten dieses ‹Geschäft mit tschechischen Waffen› machen! Zwölf Mystères! Was sollen wir denn tun, während Nasser Piloten für zweihundert russische Flugzeuge und Mannschaften für fünfhundert russische Panzer ausbildet – Psalmen rezitieren? Das haben die Juden in Polen getan, während sie in die Züge stiegen!»

«Die Russen haben es nicht auf Israel abgesehen», erwiderte Cunningham.

«Nein, natürlich nicht. Sie spielen das alte große Spiel der Macht, nur dieses Mal nicht gegen Disraeli, sondern gegen John Foster Dulles. Warum in Gottes Namen überläßt Mr. Ike diesem aufgeblasenen alten Weib die Gestaltung eurer Außenpolitik?»

Cunningham ließ sich Zeit mit seiner Antwort. Er wählte seine Worte langsam und mit Bedacht. «Mr. Dulles hält die Sowjetunion für die zentrale Bedrohung der westlichen Zivilisation. Damit hat er recht. Was den richtigen Umgang mit dieser Bedrohung angeht, so ist er ein naives Unschuldslamm. Er ist eigentlich ein Firmenanwalt, seine Domäne ist das Entwerfen von Plänen und Verträgen.»

«Er wurde bei den Senatswahlen in New York von einem Juden geschlagen, Herbert Lehman», warf Barak ein. «Das ist möglicherweise nicht gut für uns.»

«Nun, die Franzosen gelten auch nicht gerade als Judenfreunde, nicht wahr?» Cunninghams Verhalten wurde sehr schroff. «Israel kann vielleicht wirklich zum Gelingen eines Einsatzes am Suez beitragen. In diesem Fall werden die Amerikaner euch verurteilen.

Die Russen könnten intervenieren und militärische Schritte gegen euch einleiten. Schlimmer noch, ihr könnt euch darauf verlassen, daß die Briten und Franzosen euch beim ersten Rückschlag hängenlassen. Das ist die Vermutung eines niedrigen Beamten. In einem Punkt allerdings bin ich mir sicher, nämlich daß Eisenhower vor Wut kochen wird.»

«Er bemüht sich doch um seine Wiederwahl», sagte Pasternak, «und New York ist ein großer Staat mit vielen Juden.»

«Das sind törichte Überlegungen, Sam. Bei einem Krieg wird in dem netten Kerl mit dem breiten Grinsen sofort der Befehlshaber des *D-Days* die Oberhand gewinnen, Wahl hin oder her.» Er holte seine Uhr hervor und warf einen schnellen Blick darauf. «Ich hatte gehofft, bei Sonnenuntergang in Jerusalem einzufahren und den Widerschein auf den Mauern der Altstadt zu bewundern. Dafür dürfte es nun wohl zu spät sein.»

«Der Anblick könnte ohnehin enttäuschend sein», sagte Barak. «Holzbarrikaden, Sandsäcke und Stacheldraht verderben ihn irgendwie.»

Cunningham ging mit ihnen in die Halle hinab. Barak sagte: «Viele Grüße an Ihre Tochter, Sir, und bitte sagen Sie ihr, das Leuchtkäfergedicht sei sehr schön.»

«Leuchtkäfergedicht?»

«Sie hat es mir nach unserem Besuch bei Ihnen wegen der Constellation geschickt. Eineinhalb Jahre später tauchte es auf. Die israelische Post damals. Heute hat sich das gebessert.»

«Ich werde es ihr gewiß ausrichten. Zur Zeit schreibt sie Gedichte auf französisch.» Während sie durch eine Drehtür ins Freie traten, fühlte Cunningham, wie seine persönliche Traurigkeit ihm wieder bohrend zu Bewußtsein kam. Was für ein Unterschied zwischen diesen Männern und Emilys bläßlichem, langhaarigem Dichterling, der um Mitternacht in einem Sartre-Trenchcoat, mit Sartre-Brille, aber ohne Sartres Talent, in irgendwelchen Modecafés herumhing!

Beim Hinausgehen sagte Barak zu Pasternak: «Ergebnisloses Gerede! Kannst du mir verraten, warum ich deshalb von meiner Brigade weggeschleppt wurde?»

«Der Alte wollte deine Ansicht hören.»

«Sprach er im Auftrag seiner Regierung?» fagte Ben Gurion. Sie befanden sich im unterirdischen Kartenraum der Kirya, und er stand mit Dayan vor einer großen Wandkarte der Sinai-Halbinsel, die durch die dicken Linien, Pfeile und Einheitensymbole der Operation KADESCH zerschnitten wurde.

«Ich bin mir nicht sicher», erwiderte Pasternak, «aber das Außenministerium muß über seinen Besuch informiert sein. Sollte er eine Botschaft überbringen? Ich glaube nicht. Wie er sagte, steht er zu weit unten in der Hierarchie.»

Ben Gurion blickte zu Barak, der meinte: «Ich bin mir nicht sicher, wie untergeordnet seine Position ist, aber ich würde sagen, er sprach als Freund – als tief beunruhigter Freund – und nicht als Abgesandter.»

«Ist das alles? Warum hat er sich dann die Mühe gemacht? Wir haben jede Menge Warnungen direkt von Eisenhower und Dulles erhalten. Das war nichts Neues. Ich bin weit mehr beunruhigt als dieser Mr. Cunningham.»

Es schmerzte Barak zu sehen, wie schlecht und gealtert der Premierminister aussah. Dayan dagegen hatte eine gesunde Farbe und strahlte gute Laune aus. Seit mehr als einem Jahr befürwortete er einen Angriff auf den Sinai, seit dem «Geschäft mit den tschechischen Waffen»; er drängte darauf, die ägyptische Armee zu vernichten, bevor sie den unermeßlichen Zustrom sowjetischer Waffen verdauen und gegen Israel richten konnte! Ben Gurion sank schwerfällig und mutlos auf einen Stuhl. «Daß die Briten und Franzosen uns beim ersten Rückschlag im Stich lassen, versteht sich von selbst. Und wie wird der Krieg enden? Wer wird Nassers Stelle einnehmen, nur ein neuer Nasser?»

«Was auch immer geschieht, wir müssen die politische Chance für uns nutzen, Herr Premierminister», beharrte Dayan. «Wir können die Terroristenschlupflöcher auf dem Sinai ausmerzen, die Straße von Tiran aufmachen und die Durchfahrt durch den Kanal sicherstellen. Und wir gewinnen in Frankreich einen bedeutsamen Rüstungslieferanten. Das ist ein beträchtlicher Gewinn für einen Krieg.»

Eine Minute lang saß Ben Gurion mit verschleiertem, leeren Blick da und schwieg. «Ich werde selbst nach Paris fliegen», sagte er schließlich, «den britischen und den französischen Außenminister persönlich treffen und herausfinden, was los ist. Wenn sie mich nicht empfangen wollen, muß ich ihnen böse Absichten unterstellen, dann werde ich die Operation KADESCH absagen.» Sein trüber Blick fiel auf Barak und Pasternak. «Mosche wird mich selbstverständlich begleiten, und Sie auch, meine Herren.»

13
Auf nach Paris

AUF DER KLEINEN Verlobungsfeier im Haus von Schaijnas Cousine Faiga trugen die Jungen ausnahmslos eine Jarmulke und die Mädchen langärmlige Kleider, deren Röcke weit unter dem Knie endeten. In frommen jüdischen Familien werden frühe Eheschließungen üblicherweise befürwortet, und das galt ganz besonders für Schaijnas Jerusalemer Freunde, die sich wie Turteltauben zu Pärchen zusammenfanden.

Schaijna trug ihr bestes Kleid, ein dunkelblaues, halb die Wade bedeckendes Gewand, das sie selbst geschneidert hatte, denn sie ging anschließend zu Lee Blooms Party für Don Kischote im Hotel Dan; eine Aussicht, die ebenso trist war, wie diese Zusammenkunft fröhlich war.

Diese jungen Leute hatten von Kindheit an ihre Clique gebildet. Sie mochte Jeans tragen und mit einem Fallschirmjäger ausgehen, dennoch hatte sie nie mit ihnen gebrochen und wollte es auch in Zukunft nicht. Die anderen beäugten Don Kischote mit Argwohn, aber es bestand doch immerhin die Hoffnung, daß sie einen *Mentschen* aus ihm machen würde; obwohl mancher Junge mit Scheitelkäppchen statt dessen hoffte, sie würde zur Vernunft kommen und dem Fallschirmspringer den Laufpaß geben. Sie hatte mit dem einen oder anderen eine unschuldige Romanze gehabt, aber es war nichts von Dauer gewesen.

«Mußt du schon gehen?» Faiga gab Schaijna, strahlend vor Aufregung über ihre Verlobung, widerstrebend einen Abschiedskuß an der Tür.

«Ich wünschte, ich müßte gar nicht gehen. Das weißt du doch.» Faiga war ihre Vertraute, und Schaijna hatte ihr von der Party in Tel Aviv erzählt. Die Cousine zog sie beiseite und flüsterte mit glänzenden Augen: «Und was ist mit Paris? Schaijna, wirst du wirklich fahren?»

Schaijna ging mit einem tiefen, uneindeutigen Seufzer.

Es mußte ja regnen und stürmen, dachte sie, während sie auf dem Weg zur Haltestelle des *sherut*, des Sammeltaxis, nach Tel Aviv mit ihrem herumwirbelnden Regenschirm kämpfte. Sie bedauerte, daß ihre Mutter Jossis Geburtstag gegenüber Lee Bloom überhaupt erwähnt hatte. Er gab kein Fest für seinen Bruder. Das war nur ein Vorwand, um ein paar große Tiere in sein Hotel einzuladen und sich unter ihnen zu tummeln. Sie kamen, weil Sheva Leavis in der hebräischen Presse als ein Israeli dargestellt worden war, der ein Vermögen in der Welt gemacht hatte, ein Thema, das immer einen Artikel in einer Wochenendausgabe wert war, und Lee Bloom verkörperte in diesen Geschichten meist Leavis' scharfsichtigen jungen Teilhaber, der bei Latrun gekämpft hatte. Derartige Presseberichte ließen zugleich durchblicken, daß Lee Bloom möglicherweise ein Deserteur war. Israelische Journalisten waren Meister in der Kunst der verletzenden Anspielung, und die Andeutungen waren nicht zu übersehen.

Der Saum ihres Kleides war vollkommen durchnäßt, weil er unter ihrem Mantel hervorschaute, als sie in den überfüllten Sherut stieg und auf einem Klappsitz gegenüber einem schwarzbärtigen Chassidim mit schwarzem Hut landete, der sich größte Mühe gab, um nicht mit ihren Knien in Berührung zu kommen. Sie hatte Mitgefühl mit ihm und tat ihr Bestes, um ihn zu unterstützen, aber als das Sherut-Taxi unter wildem Gebrüll von Jerusalem bergab schlingerte und rumpelte, mußte der Chassid einige abstoßende Berührungen durch ihren Mantel und ihren Rock hindurch erdulden. Nicht daß Schaijna selbst abstoßend gewesen wäre; wenn der Chassid sich gestattet hätte, derartige Dinge zur Kenntnis zu nehmen, hätte er zugeben müssen, daß sie ein liebreizendes Gesicht und schöne dunkle Augen hatte. Er hätte dann vielleicht auch einen angstvollen, düsteren Ausdruck in diesen Augen bemerkt. Tatsächlich fühlte Schaijna sich beinahe, als wäre sie auf dem Weg zum Richtplatz, denn sie wollte Don Kischote mitteilen, daß sie nicht nach Paris mitkommen würde. Gewöhnlich wußte sie, wie sie mit ihrem Fallschirmjäger umzugehen hatte, aber sie hatte ihn auch schon hart und zornig erlebt – anderen, nicht ihr gegenüber –, und diese Seite seines Wesens schüchterte sie ein.

Don Kischote war erst im vergangenen Jahr plötzlich wieder in ihr Leben getreten, nachdem sie ihn schon fast vergessen hatte. Abgesehen von der Art, wie er seine Brille hochschob, hatte er sich so sehr verändert, daß sie zuerst nicht ganz sicher war, ob er es war. Die Synagoge in ihrem Viertel gab nach dem Jom-Kippur-Fasten Mahlzeiten für *hayalim bodedim* aus – für «einsame Soldaten», ausländische Freiwillige und Soldaten weit weg von ihrer Heimat oder ohne Familie –, und die Frauen und Mädchen teilten sie aus. Und da stand er dann, zusammen mit einem anderen Soldaten, der ihn mitgebracht hatte: groß, muskulös, braungebrannt, aufrecht und mit ernstem Gesichtsausdruck wie früher, bis sie zögernd sagte. «Ist das Don Kischote?» Woraufhin er sie verwirrt anblickte, seine Brille hochschob und ihr dann sein unverändert schelmisches Lächeln schenkte. Sie war seit den Tagen der Belagerung an die dreißig Zentimeter gewachsen und zur Frau gereift; er aber sagte, ohne sich darum zu kümmern: «Wie du siehst, mit dem Beruf eines Goi.» Das war's gewesen, nachdem er sich noch nach ihrer Familie erkundigt und zugegeben hatte, daß der Lee Bloom aus der Zeitung in der Tat sein Bruder Leopold sei. Kein Funke war zwischen ihnen übergesprungen.

Erst Monate später hatte es an der Universität gefunkt, als er auf Anweisung der Armee eine Rekrutierungsrede hielt. Alle körperlich tauglichen Jungen und Mädchen unterlagen der Wehrpflicht, sofern sie nicht aus religiösen oder anderen Gründen davon befreit waren, aber die Armee wollte, daß die Besten unter den Jungen sich als Berufssoldaten verpflichteten. Nachdem sie seinen Namen auf dem Schwarzen Brett gesehen hatte, ging sie zu dem Vortrag. Die Fallschirmjäger entwickelten sich zu einer Infanterieelite, beinahe vergleichbar den Kampfpiloten, denn bei ihren nächtlichen Vergeltungsschlägen zerstörten sie Fedajinstützpunkte auf dem Sinai und in Jordanien, verhinderten terroristische Anschläge und trugen wesentlich zur Stärkung der nationalen Moral bei.

Kischote sprach anschaulich und mit viel Humor über seinen Dienst in der berühmten, von Ariel Scharon geleiteten Einheit 101, die Mosche Dayan geschaffen hatte, um die Politik der Vergeltungsmaßnahmen wiederzubeleben. Seine Einheit war in die Fallschirmjägertruppe integriert worden, und damit war, wie er sagte, auch viel vom Geist der legendären Palmach darin aufgegangen. Er beschönigte die Gefahren und die hohen Verlustzahlen bei nächtlichen Überfällen nicht. Als er über die leeren Sitze in den Wagen sprach, die von den Überfällen zurückfuhren, wurde seine Stimme rauh, und seine jungen Zuhörer wurden sehr still. Nach dem lang anhaltenden Beifall ging sie zu ihm und gratulierte ihm. «Ach, du schon wieder? Gut. Nimm mich mit zu dir nach Hause. Ich möchte den alten Reb Schmuel wiedersehen.» Aber seine Augen sagten ihr, daß sie ihn dieses Mal gefesselt hatte, so wie er sie durch sein soldatisches Gebaren und seine ausdrucksstarke Rede beeindruckt hatte.

Schaijna bedauerte es in Wirklichkeit nicht sehr, daß ihr Vater mit der Faust auf den Tisch geschlagen und die Reise nach Paris verboten hatte, obschon ihr davor graute, Kischote davon zu erzählen. Sie hatte nie einen Fuß außerhalb des Heiligen Landes gesetzt, und Paris war ein großer, furchterregender Sprung ins Unbekannte. Was sollte sie anziehen? Was konnte sie essen? Wie käme sie mit Don Kischote zurecht? In ihrem Kreis wurde gemunkelt, und diese Gerüchte waren Schaijna zu Ohren gekommen, daß sie auf der schiefen Bahn war, seitdem sie Blue Jeans trug, und alles mögliche könne nun als nächstes passieren; und ein *hevrehman* [ein gerissener Kerl] wie dieser Fallschirmspringer war ganz gewiß eine schlimme Sache. Sie hatte mehr als ihr lieb war über Don Kischotes Eskapaden und Liebeleien in einem berüchtigten Zimmer gehört, das er zusammen mit ein paar anderen Zugführern in einer gewundenen Gasse im Zentrum von Tel Aviv gemietet hatte.

Doch ein verliebtes Mädchen schüttelt solches Gerede ab wie eine Ente das Wasser. Davon abgesehen mochten ihre Eltern Jossi, der sich genügend Religion bewahrt hatte, um auf sie Rücksicht zu nehmen, und Reb Schmuel liebte ihn, weil er seinen Thora-Auslegungen mit wirklichem Interesse zuhörte. Schaijna konnte sich noch immer kaum vorstellen, daß sie eines Tages jemanden heiratete, der «den Beruf eines Goi» hatte, aber auch sie wußte mittlerweile, daß Israels Existenz von seinen Soldaten abhing, und es war nicht zu leugnen, daß sie Don Kischote in seiner roten Kappe mit den schweren roten Stiefeln hinreißend fand und über ihre an Besinnungslosigkeit grenzende Vernarrtheit nicht hinausdenken noch -sehen konnte.

Nun aber hatte ihr Vater ein Machtwort gesprochen, Paris war vorbei, und Schaijna fühlte sich nicht besonders schlecht behandelt oder benachteiligt, sondern nur verzagt. In gewisser Weise war sie aus einem Dilemma befreit. Schaijna war kein naives Dummerchen. Sie hatte begierig Schriftsteller wie Balzac, Zola, Lawrence und Joyce gelesen; auch Boccaccio, Hemingway, Colette und jede Menge trivialere Romane. Tief in ihrem Innern waren mächtige Leidenschaften durch Erziehung und Überzeugung eingedämmt. In manchen Nächten konnte sie nicht schlafen, weil sie an Don Kischote und an die Teufeleien denken mußte, die er in diesem Zimmer in der Karl-Netter-Straße in Tel Aviv begehen mochte, während seine fromme Liebe allein und hellwach in einem schmalen Bett in Jerusalem lag. Angenommen, sie wären allein in Paris? Würde sie selbst sich ordentlich benehmen? Oh, wie sie diesen flotten Kischote *verblüffen* könnte, wenn sie sich einmal dazu entschlösse! In ihrer Phantasie spukten Bilder möglicher Ereignisse in Paris, die so aufrührerisch waren, daß sie sie nicht einmal Faiga offenbaren konnte.

Glücklicherweise fanden an den Tagen, an denen sie eigentlich verreisen wollten, Prüfungen statt. Das entsprach der Wahrheit, und das würde sie auch Jossi sagen. Sie hatte sich erkundigt, ob sie diese auch später ablegen konnte, und als Einserstudentin hatte man ihr eine Ausnahmegenehmigung zugesagt. Das würde sie Jossi nicht erzählen. Ein Mädchen hatte das Recht – und manchmal war es bitter nötig – zu flunkern. «Wahrscheinlich wirst du nichts zu essen hier finden», sagte Kischote, der sich einen Weg durch den Lärm und den Tabakqualm der Party bahnte, um sie zu küssen und zu umarmen, während sie noch in Mantel und Schirm dastand. Er deutete auf das Buffet, wo inmitten verschiedener Fleischgerichte und Salate fette rosige Krabben, die ihr wie amputierte Daumen erschienen, in einer geeisten Schale schwammen. «Ich sagte Leopold, er solle keine *schratzim* [schwärmendes Meeresgetier] bestellen, weil du kommst. Angeblich hat er das veranlaßt, aber –»

«Schau mal, da», unterbrach ihn Schaijna. Am Buffet standen Benny Luria in Fliegeruniform, seine hochschwangere Frau und seine Schwester Yael, und sie häuften sich Berge von schwärmendem Meeresgetier auf die Teller. «Ist das nicht Bennys drittes, das da unterwegs ist?»

Kischote grinste. «Ja. Diese Moschavniks verlieren keine Zeit. Und Leopold auch nicht. Er hat die Tickets für Paris gekauft! Was sagst du nun? El Al, Hinflug Sonntagmorgen, Rückflug Dienstag. Kein Problem mit dem Sabbat, ist das nicht großartig?»

Schaijna verharrte in furchtsamem Schweigen. Lee Bloom gesellte sich in der Hochstimmung des Gastgebers zu ihnen und ergriff den Arm seines Bruders. «Stell dir vor, der amerikanische Botschafter ist mit dem Direktor von El Al vorbeigekommen! Komm Schaijna, ich möchte dir den Botschafter vorstellen.»

«Eine Minute», sagte sie, denn Benny Luria lächelte ihr zu und machte ihr mit einem aufgespießten Meerestier ein Zeichen. «Benny, weißt du eigentlich, daß ich deine Frau nie kennengelernt habe?»

«Mein Fehler, ich komme fast nie aus Nahalal raus», sagte seine Frau. «Ich bin Irit.» Sie hielt die Hände über ihrem riesigen Bauch gefaltet und hatte, wie so viele Moschav-Frauen, das attraktive Aussehen eines Menschen, der viel im Freien ist.

Schaijna und Yael tauschten ein kühles Partylächeln aus. «In Jerusalem regnet es also», sagte Yael.

«Seit einer Woche ohne Unterlaß.»

«Schön, daß du dich für Jossis Party von der Universität freimachen konntest.»

«Jossis Party», echote Schaijna mit einem spöttischen Blick auf ihre Umgebung, der unmißverständlich zum Ausdruck brachte, daß man sie nicht hinters Licht führen konnte.

Benny lachte. «Dieser Bruder von Kischote ist eine Nummer.»

«Er macht Geschäfte mit der Armee, das ist alles», sagte Yael kurz angebunden. «Sheva Leavis' Geschäfte.»

«Ich habe heute nachmittag eine Stunde mit ihm verbracht», sagte der Flieger. Er war Mustang-Pilot und stand unmittelbar vor der Prüfung zum Düsenjäger, seine Karriere ging steil nach oben, er war der Untadeligste unter den untadeligen Sabras. «Sheva Leavis hat erstaunliche Lieferquellen. Für die Luftwaffe sind diese Typen ein Geschenk des Himmels. Und man weiß sie zu schätzen. Eine Menge Armeestars tummelt sich hier.»

«Oh, wer würde in dieser Stadt nicht auftauchen, wenn es etwas zu essen und zu trinken gibt, Benny? Sonst ist hier ja nichts los!» warf Yael schnippisch ihrem Bruder hin und schritt übellaunig zur Bar, um ein Glas Cognac zu bestellen. Pasternak hatte seine Frau mitgebracht; das war nicht anders zu erwarten, aber doch außerordentlich ärgerlich. Die Frau war mit ihren beiden Kindern aus London zurückgekommen, als Dayan Generalstabschef des Heers geworden war und Pasternak zu einem seiner Stellvertreter ernannt hatte. Ihr Sohn Amos kam zur Ausbildung nach Israel zurück, darauf hatten sie sich geeinigt, und sie war ebenfalls zurückgekehrt, zweifellos weil Sam Karriere in der Armee machte. Die Ehe wurde einzig um der Kinder willen aufrechterhalten. Zumindest behauptete Pasternak das immer. Dabei hatte dieses abscheuliche Weib vor kurzem noch ein Kind bekommen. So was kann passieren, hatte Pasternak ziemlich lahm erklärt.

Yael, die an der Bar saß und ihren Cognac und ihre schlechte Laune hegte, kam es so vor, als bestünde die ganze Welt im Augenblick nur aus Babys, Ehefrauen und Mädchen unter Zwanzig, mit rosigen Gesichtern wie dieses fromme Wesen aus Jerusalem, das sich Don Kischote geangelt hatte. Nicht daß sie Schaijna um ihre Eroberung beneidet hätte. Er galt zwar als furchtloser und fähiger, wenn auch ein bißchen übergeschnappter Fallschirmjägerführer, aber Immigranten stiegen in der Armee selten so weit auf wie

Sabras; außer wenn sie wie Pasternak und Barak schon vor langer Zeit als Kinder nach Palästina gekommen waren.

Zwei glanzvolle Sabra-Offiziere, ein Kibbuznik und einer aus Jerusalem, hatten Yael den Hof gemacht, während sie ihre Zeit mit Pasternak verplemperte; jahrelang hatte sie zwischen ihnen und ihm geschwankt und am Ende beide verloren. Jetzt machten sie Karriere wie ihr Bruder, waren wie er verheiratet und hatten Kinder, und sie war Pasternaks Assistentin und Geliebte. Aber sie kannte Sams Leidenschaft für sie, sie wußte viel über Ruth Pasternak, und sie glaubte, daß sie ihn sich eines Tages trotz der drei Kinder schnappen würde. In der Zwischenzeit allerdings stand dort Ruth Pasternak in einem New Yorker Modellkleid und sah auch nach dem dritten Kind, wieder einem Mädchen, beneidenswert schlank aus.

«Wer macht denn da so ein trübsinniges Gesicht, Yael», sagte Zev Barak, der sich an der Bar zu ihr gesellte und eine Orangenlimonade bestellte.

«Ist ja auch eine trübsinnige Party.»

«Da gebe ich dir recht.»

Er ging mit seiner Limonade davon und lehnte sich mit dem Rücken an die Wand. Da er so viel über die aktuellen Ereignisse wußte, hielt er sich aus den immergleichen Unterhaltungen auf hebräisch und englisch über die Suezkrise heraus. Barak hatte bohrende Zweifel an der Operation KADESCH; und auch an Lee Bloom. Er wußte, weil Pasternak es ihm gesagt hatte, daß seine Zahal-Akte in Ordnung war. Er war sich nicht sicher, wie es dazu gekommen war. Er hatte nicht gefragt. In seinem Kopf war Lee Bloom noch immer Leopold Blumenthal, der dreiste Deserteur am Flughafen von Los Angeles. *Gold veredelt Bastarde*, so ging das Sprichwort, und in Baraks Augen war das das Thema dieser Menschenansammlung. So zu tun, als ob hier der Geburtstag eines guten Fallschirmjägers gefeiert würde, war einfach grotesk.

«Komm doch, Zevi», sagte Ruthie Pasternak, die sich Barak näherte und einen teuren Duft verströmte. «Warum bist du so ein Snob?» Sie hängte sich bei ihm ein. «Lee Bloom hält einen Trinkspruch auf seinen Bruder.»

«Ich kann ihn von hier aus hören», sagte Barak, doch er ließ sich von ihr zu dem Kreis von Gästen führen, der sich am anderen Ende des Raums gebildet hatte.

«Wo ist Nakhama?»

«Sie fühlt sich nicht wohl, Ruthie. Und sie haßt es, das Baby allein zu lassen.»

«Oh, mir geht es ebenso! Sam hat mich weggeschleppt.»

Barak verkniff sich eine Antwort. Jedermann wußte, daß Ruthie nichts lieber tat, als auf Partys zu glänzen. Beinahe ebenso stadtbekannt wie Pasternaks Beziehung zu Yael war Ruthies Verhältnis mit einem unbedeutenden ausländischen Botschafter. In Israels kleiner Dampfkochtopfgesellschaft konnte eine Affäre nicht lange verborgen bleiben. Es gab keinen Ort, an den man gehen konnte, und jeder sprach über jeden anderen. Daher wurden «Freundschaften» zwischen Männern und Frauen, die oft mit anderen Männern und Frauen verheiratet waren, aus allgemeiner Höflichkeit akzeptiert und bildeten letzten Endes zusammen mit Krieg, Politik und Preissteigerungen beliebte Gesprächsthemen. Ruthie Pasternak hatte wie ihr Mann eine Reihe solcher Freundschaften hinter sich, wenn auch keine, die seiner Liebesbeziehung mit Yael Luria gleichkam.

Lee Bloom hatte bereits zu seinem Trinkspruch angesetzt, als Ruthie und Barak sich zu der Gruppe um ihn herum gesellten; ein aufgeblasenes, blumiges Geschwafel, das Barak schaudern ließ. Wußte der Typ denn gar nicht, wann es genug war? Doch der Trinkspruch löste Zurufe wie *«L'hayim!»* und einiges Klatschen aus. Kischote erhob die Hände, um Schweigen zu gebieten.

«Ich muß mich bei zwei Menschen bedanken», sagte er auf englisch, denn der amerikanische Botschafter stand neben ihm, «zunächst bei meinem Bruder Leopold, ich meine natürlich Lee» – das rief einiges Kichern hervor –, «für diese nette Party und noch mehr für mein Geburtstagsgeschenk, Hin-und Rückflugticket erster Klasse nach Paris für mich und mein Mädchen.» Er legte einen Arm um Schaijna. Sie tat ihr Bestes, um unter den aufgeregten Ausrufen und den neugierigen Blicken nicht erschrocken auszusehen. «Zweitens meinem Kompaniechef Ari Cohen, der zu meinem Bataillonskommandanten und dann zum Brigadekommandanten ging, um vier Tage Urlaub für mich rauszuschlagen. Danke, Ari!»

Er deutete auf einen kräftigen Offizier, der mit tiefer, rauher Stimme auf hebräisch antwortete: «Wenn du nicht binnen einer Stunde abrufbereit bist, kostet es mich meinen Arsch.» Bellendes Gelächter bei den Armeeangehörigen.

«Nun», wandte sich der El-Al-Manager an Schaijna, «El Al wird sie beide fürstlich behandeln, das verspreche ich Ihnen.»

Schaijna rief aus: «Aber ich fliege doch nicht.»

Jossi drehte sich in fassungsloser Verblüffung zu ihr um und schob seine Brille hoch. «*Was* tust du?»

«Ich habe diese Prüfung», sagte sie. «Ich kann nicht weg.»

«Eine Prüfung? Bist du verrückt?»

Schaijna bedauerte bereits zutiefst, daß sie vor versammelter Gästeschar so naiv herausgeplatzt war, und trommelte in schnellem Hebräisch auf ihn ein: «Bitte, bitte, vergiß es jetzt, ja? Wir sprechen später darüber. Es tut mir ehrlich leid, aber ich kann nicht.»

Er murmelte wütend: «Den Teufel kannst du nicht. Sag ihnen, daß du einen Scherz gemacht hast. Los!»

Sie mit gedämpfter Stimme: *«Ich kann nicht, ich kann nicht, Jossi.»*

Er ebenso: *«Ist dir eigentlich klar, was du da machst?»*

«Übersetzung bitte», rief der amerikanische Botschafter, und die Versammlung brach in Lachen aus.

«Das ist nicht nötig», sagte Jossi, ohne zu lächeln. Er wandte sich an seinen Bruder. «Nun, ich nehme an, du gibst diese Tickets einfach wieder zurück.»

Der Mann von der El Al warf witzelnd ein: «Da geht er hin, der Gewinn eines Jahres.»

Noch mehr Gelächter.

Lee wußte, was die mahlenden Kiefermuskeln seines Bruders bedeuteten. Ein heikler Moment. «Hör zu, Jossi, sie hat eine Prüfung. Das war's dann, und sie hat recht. Du fliegst auf jeden Fall.»

«Was, ohne ein Mädchen», sagte Kischote, «im schönen Paris? Nein danke!»

Eine sanfte Stimme rief: «Ich melde mich freiwillig!» Yael Luria trat mit einem spröden kleinen Lächeln aus der Gruppe hervor. «Das heißt, wenn ich den Anforderungen genüge.»

Kischote starrte sie durch seine hochgeschobene Brille an und sagte mit gezwungenem Lächeln auf hebräisch: «Hör zu, Yael, wir wollen uns später darüber unterhalten. Unter vier Augen.»

«Übersetzung bitte.» Der Botschafter löste eine zweite Lachsalve aus, und dieses Mal übersetzte Yael kokett.

«Na also, es gibt ein Happy-End», sagte der Botschafter, und die scherzhafte Szene löste sich auf, ohne daß irgend jemand, und am wenigsten Schaijna, wußte, ob Yael oder Kischote es ernst gemeint hatten.

Die Leuchtziffern auf Yaels Wecker zeigten auf halb drei Uhr morgens, als das Läuten des Telefons sie aufweckte. Ihr erster Gedanke angesichts all dessen, was sie als Pasternaks Assistentin wußte, war, daß das die Mobilmachung bedeuten konnte. Aber es war nur Don Kischote, der schroff und müde klang. «Yael? Tut mir leid, daß ich dich geweckt habe. Hast du das ernst gemeint?»

«Was denn? Oh, das mit Paris? Na ja, nicht besonders. Es war ein Scherz.» Sie gähnte und fügte hinzu: «Vielleicht halb ernst. Warum? Sie kann diese Prüfung doch bestimmt verschieben! Sie wäre verrückt, wenn sie nicht fahren würde.»

«Nun, wir hatten soeben eine kleine Auseinandersetzung deswegen. Eine fünfstündige Auseinandersetzung, mit Heulen und Zähneknirschen, die ganze Palette. El-Al-Flug Nummer 43, Sonntagmorgen um sieben Uhr dreißig. Wirst du mitkommen?»

«Hör zu, hat das nicht bis morgen Zeit?» Yaels Gehirn kam in die Gänge. El Al, erster Klasse! Paris! Pasternak einen Knochen hinwerfen, an dem er etwas zu beißen hatte! Jossi war kein ernstzunehmendes Objekt, aber er war amüsant mit seinen Blödeleien.

«Sag schon, wirst du mitkommen? Wird Pasternak dich fahren lassen?»

Damit hatte er einen Volltreffer an ihrem empfindlichen Punkt gelandet. Hellwach sagte Yael: «Ich nehme an, es ist kalt in Paris.»

«Nicht kälter als in Jerusalem, sagt Lee.»

«Also, ich weiß nicht. Ruf mich morgen früh im Büro an. Ich war noch nie in Paris. In Rom und Athen, aber nicht in Paris. Was ist, wenn Schaijna ihre Meinung ändert?»

«Keine Chance. Ich rufe dich um neun Uhr an.»

Yael lag mit offenen Augen da und dachte über die richtige Kleidung nach und über das Paris aus Filmen und Büchern und darüber, wie sie die Sache Pasternak am besten schmackhaft machte. Dann legte sie sich wieder schlafen; sie war von ausgeglichenem Naturell und überließ sich keinen übertriebenen Sorgen oder Aufregungen. Sie hatte alles gründlich bedacht und war zu dem Schluß gekommen, daß sie ebensogut fliegen konnte.

Einen Faktor hatte sie jedoch nicht berücksichtigt. David Ben Gurion unternahm eine ultrageheime Reise nach Paris, und zu seiner kleinen Gefolgschaft zählte auch Sam Pasternak. Sie wußte zwar fast alles über Pasternaks Pläne, aber das war ihr unbekannt.

Alles, was Nakhama wußte, war, daß Zev ins Ausland verreiste, denn sie mußte seinen Paß ausgraben, der seit seiner Versetzung an eine französische Militärakademie in Saint-Cyr nicht mehr benutzt worden war. Aus seinem abwesenden Gesichtsausdruck bei der Unterredung mit Noahs Lehrerin schloß sie, daß es sich um eine ernste Angelegenheit handeln mußte. Der Junge war ein eifriger Schüler, so sagte die Frau, aber er liebte kleine Streiche, wie Frösche ins Klassenzimmer zu bringen und in den Schulbänken der Mädchen zu verstecken. «Zev, du mußt ihm die Leviten lesen», sagte sie auf der Heimfahrt.

«Solange das sein schlimmstes Vergehen bleibt.»

Sein Bruder Michael trank Tee in ihrer Wohnung und arbeitete auf dem Eßtisch an einigen Papieren. Er hatte jetzt eine Lehrstelle an der Hebräischen Universität und lebte bei den Baraks, solange er sich nach einer eigenen Bude umsah. Michael hatte seine Haare zu einem großen braunen Urwald wachsen lassen und ähnelte nun mehr dem Geiger, der er einmal hatte werden wollen, als dem Mathematiker, der er geworden war. Er stellte seine Krücken beiseite und schenkte Zev eine Tasse Tee ein. «Nakhama sagt, daß du verreist?»

«Nun, es könnte sein. Übrigens hast du dieser Schaijna Matisdorf eine Menge Ärger eingebracht.»

«Ich? Wieso denn? Sie ist die Beste in der Klasse.»

«Ärger mit ihrem Freund.» Während Barak seinen Tee schlürfte und den Vorfall auf Lee Blooms Party schilderte, spiegelte sich auf Michaels Gesicht wachsende Verwirrung.

«Aber sie hat mich gebeten, die Prüfung ein paar Tage später abzulegen, und ich habe eingewilligt.»

«Du hast *was?*»

«Warum nicht? Wann auch immer sie sich dazu hinsetzt, sie wird in einer Stunde damit fertig sein. Ich wußte nicht, daß sie nach Paris fliegen wollte. Das ist mir vollkommen neu.»

«Na ja, jetzt nimmt er ein anderes Mädchen mit, zumindest vermute ich das, und es ist ein schreckliches Chaos.»

«Ist er dieser große Fallschirmspringer, den ich schon mit ihr zusammen gesehen habe? Der mit der Brille, den sie Don Kischote nennen?»

«Das ist er.»

«Es ist sowieso besser, wenn sie nicht mit dem nach Paris fliegt.»

«Ich kenne ihn gut. Ich glaube, du täuschst dich. Wie dem auch sei, sie schob deine Prüfung vor.»

«Von mir aus. Sie ist ein nettes, bescheidenes Mädchen und sehr fromm. Sie wird es zu etwas bringen als Ingenieurin, wenn sie diese Laufbahn einschlägt. Ich denke, sie sollte Mathematikerin werden. Aber eines ist sicher, sie braucht keinen Fallschirmjäger, der ihr das Leben kompliziert. Ein Glück, daß sie ihn los ist.»

«Ich habe nicht gesagt, daß sie sich getrennt haben. Das ist eine ernste Liebesgeschichte.» Barak lächelte seinen Bruder an. «Und was macht dein Liebesleben? Besteht Hoffnung?»

Michael Berkowitz rückte sein kleines, zerknittertes Scheitelkäppchen zurecht, das auf seinem Haardickicht nur mühsam Halt fand.

«Es wird nichts daraus werden.» Barak warf unwillkürlich einen Blick auf die Krücken. «Das ist nicht das Problem. Lena ist wunderbar damit umgegangen. Der Haken ist, daß sie wirklich, aus tiefstem Herzen nicht an Gott glaubt, Zev. Sie will nicht das geringste von jiddischem Leben und Glauben wissen. Sie ist in einem Mapam-Kibbuz geboren und aufgewachsen. Sie liebt Musik. Sie wird problemlos ihren Doktor in russischer Literatur machen.» Michael streckte die Hände nach oben. «Aber sie ist einfach stur in diesem Punkt. Sie ist nicht zornig auf Gott oder rebellisch oder sonst was. Sie hält das Ganze einfach für reinen Blödsinn, für primitiven Klamauk. Sie sagt, sie fühle sich auch ohne Religion total jüdisch. Wir haben wochenlang darüber gesprochen. Wir stehen am entgegengesetzten Ende einer Linie, die nicht überschritten werden kann.»

«Ich mag Lena. Zu dumm.»

«Ich liebe sie», sagte Michael traurig. «Es war so wunderbar am Anfang, und mich finden nicht viele Frauen anziehend.»

«Du wirst eine anziehen, die sich mit Gott abfinden wird. Oder sagen wir, Gott wird dir eine schicken.»

«Alles, worum ich Gott bitte», versetzte Michael, «ist, daß er auf Lena einwirkt.»

«Tu das nicht. Wenn er in der Stimmung ist, Wunder zu vollbringen, dann braucht Israel sie alle.»

Nakhama klapperte in der Küche herum und war, der Heftigkeit des Klirrens nach zu schließen, nicht eben bester Laune. Er ging zu ihr, befreite sie von zwei Bratpfannen und umarmte sie. Sie reagierte zunächst nicht, gab dann widerwillig nach.

«Es ist nicht für lange, *hamoodah* [Liebling]. Das kann gar nicht sein. Ich muß zu meiner Brigade zurück.»

«Ach ja? Gut zu wissen. Die Armee ist schon schlimm genug. Auf diese geheimnisvollen Ausflüge könnte ich verzichten, das kann ich dir sagen.»

Das Flugzeug, in dem Barak durch die schwarze Nacht brummte, ähnelte keinem, mit dem er je geflogen war. Es hieß, Präsident Truman hätte es als Siegesgeschenk nach dem Krieg de Gaulle vermacht, und nun, da de Gaulle sich schmollend zurückgezogen hatte und an seinen Memoiren schrieb, war es ein französisches Regierungsflugzeug; es war für Ministerreisen mit Betten, Kombüse und einem jetzt verdunkelten Konferenzbereich ausgestattet worden, in dem die Israelis sich ausruhten, während ihre Gastgeber noch bis spät am Tisch im vorderen Teil der Maschine aufblieben und Wein tranken.

«Jedenfalls riecht es nicht nach Pferden», hatte Dayan zu Barak bemerkt, als sie an Bord gingen. «Wir machen langsam Fortschritte.» Pasternak, Dayan und die anderen Offiziere hatten sich schlafen gelegt. Ben Gurion las in einem Lichtkegel ein dickes Buch, und Barak kritzelte schnell hebräische Hühnertritte auf einen Block.

21. Oktober 1956

Zusammentreffen in Paris – Analyse

(Versuch einer Bilanz dieses absurden Suez-«Szenarios», wie die Engländer es nennen, falls B. G. mich um meine Ansicht bittet.)

A. Der britisch-französische Vorschlag:

1. Israel marschiert auf dem Sinai ein und bedroht den Suezkanal.
2. Es wird angenommen, daß Nasser seine Armee mobilisiert, um den Kanal zu verteidigen.
3. Die Briten und Franzosen stellen «beiden Seiten» ein Ultimatum über den Rückzug bewaffneter Kräfte aus der Kanalzone. Es wird angenommen, daß Nasser sich weigert. Daraufhin landen Truppen zur «Wiederherstellung» des Friedens in der Kanalzone.
4. Anschließend marschieren sie nach Kairo und jagen Nasser zum Teufel. Das ist im Grunde alles, wenn man es aufs wesentliche reduziert.

B. Oberst Nasser

Ein aufgeblasener revolutionärer Nationalist. Was die Amerikaner einen Angeber nennen, einen Bluffer und Krakeeler, für uns allerdings stellt er eine reale Bedrohung dar. Frankreich oder England kann er nicht vernichten, aber in diesem bombastischen Buch, das er geschrieben hat, *Die Philosophie der Revolution*, verkündet er, daß er die Araber zu einem einzigen großen Volk vereinen wird, die Niederlage von 1948 rächen und «die zionistische Existenz» ein für allemal auslöschen wird, sobald...

«Zev! Komm her.» Ben Gurion rief ihn um ein Uhr morgens hellwach und lächelnd zu sich. «Hör zu, was dieser Mensch schreibt.»

Barak legte seinen Block weg. B. G.s Buch war eine viktorianische Ausgabe in doppelspaltigem Kleindruck, und Barak, der ihm über die Schulter blickte, konnte die Worte kaum entziffern, auf die der dicke Zeigefinger deutete. «Ist Sharm el-Sheikh nicht das Ziel deiner Brigade, falls ich KADESCH nicht stoppe?»

«Ja, Herr Premierminister.»

«Dann sieh mal her. *Jotvat!* Das ist der biblische Name für die Hauptinsel in der Meerenge von Tiran, und er sagt, es wäre eine jüdische Siedlung! Soweit reicht unsere Geschichte in Sharm-el-Sheikh zurück. Das hier ist Prokop, der in früher byzantinischer Zeit geschrieben hat, etwa um das Jahr fünfhundert herum – vor beinahe fünfzehnhundert Jahren! Soweit die Behauptungen der Araber, es hätte schon immer ihnen gehört.»

Der große, kahle Kopf beugte sich erneut über das Buch, und Barak kehrte zu seinem Sitz zurück. Es sah dem Alten ähnlich, auf dem Weg zu einer Zusammenkunft, die die moderne Geschichte prägen konnte und möglicherweise zum Dritten Weltkrieg führte, in einem Buch über Frühgeschichte zu lesen. Nach Baraks Ansicht war das Ergebnis dieses abenteuerlichen Kräftemessens absolut unvorhersehbar und im besten Fall nicht sehr vielversprechend.

Er nahm seinen Block wieder auf und kritzelte noch eine gute Stunde weiter, bevor er versuchte zu schlafen; aber er konnte nicht, und so zeigte er Pasternak seine vielen Seiten mit Notizen. Pasternak las sie sorgfältig durch, wobei er gelegentlich spöttisch grinste, und gab sie ihm dann wortlos zurück. Barak wartete, und als Pasternak gähnte und die Augen schloß, schnappte er: «Na und?»

«Was, na und? Reine Zeitverschwendung. Er ist längst dazu entschlossen, sonst wären wir gar nicht in diesem Flugzeug. Der Rest ist Gefeilsche.»

14
Die Folies-Bergère

IN DER DRANGVOLLEN Enge des Damenwaschraums der Folies-Bergère frischten Yael und Isobel Connors nebeneinander vor einem großen Spiegel stehend, eingehüllt in Zigarettennebel und französisches Gezwitscher, zwischen den Darbietungen ihr Make-up auf. Lee Blooms Freundin war eine herausgeputzte Rothaarige, einen halben Kopf größer als Yael und mit einem perfekt geformten Hollywood-Gesicht – hohe Backenknochen, eingefallene Wangen, weit auseinanderliegende Augen und ein leichter Schmollmund. Yael schätzte sie auf über Dreißig und fand, daß sie ein wenig verbraucht aussah; sie hatte nie etwas von der Schauspielerin gehört, glaubte jedoch Lees Behauptung, daß sie große Rollen gespielt habe und einmal für den Oscar nominiert worden sei. Daher war sie gebührend beeindruckt und letztlich doch froh, daß sie, hauptsächlich um Sam Pasternak einzuheizen, Kischote nach Paris begleitet hatte.

Auf dem langen, unruhigen Flug, auf dem Kischote größtenteils geschlafen hatte, waren Yael zuweilen schwarze Gedanken über ihren eigensinnigen Ausflug nach Paris durch den Kopf geschossen. Pasternak hatte sie böse angeknurrt, und das hatte sie mit Befriedigung zur Kenntnis genommen. Doch im Innersten hatte sie Angst vor ihm, und vor allem hatte sie Angst, ihn zu verlieren. Don Kischote war kein Ersatz, er war jünger als sie und wohl kaum ein guter Fang, und außerdem liebte er diese prüde Jerusalemerin. Yael gefiel die Show nicht besonders; sie war entsetzlich müde, und auch Kischote gähnte immerzu trotz all der nackten Kapriolen der Folies-Bergère. Er schien nicht sehr unterhaltsam, aber Paris war es vielleicht dennoch. Die Champs-Élysées waren phantastisch in ihrem Lichterglanz, und diese unanständigen Folies-Bergère würden zu Hause, ebenso wie Isobel Connors, eine gute Geschichte abgeben.

«Wie gefallen dir die Folies bis jetzt?» Die Schauspielerin sah Yael im Spiegel an. Sie hatte eine rauchige, beinahe heisere Stimme und gehörte zu den vielen Marlene-Dietrich-Imitationen, die im Filmgeschäft herumschwirrten.

«Also, die Kostüme und die Programmnummern sind unglaublich. Was für ein Luxus! Ich nehme an, die Männer haben ihre Freude an all den nackten Mädchen. Ich bin mir nicht sicher, ob ich die Gags ganz verstehe, aber sind sie nicht sehr schmutzig?»

Isobel Connors Lippen verzogen sich zu einem anzüglichen Lächeln. «Welche, meine Liebe?»

«Zum Beispiel diese Szene in dem Schneiderladen. In der der Schneider den Reißverschluß des Schauspielers repariert. Diese ganzen Geschichten. Das Publikum tobte nur so, und wenn ich richtig verstanden habe, war es wirklich eine schmutzige Szene.»

«Du hast richtig verstanden», sagte die Schauspielerin mit einem Lachen, das direkt aus *Der blaue Engel* kam. «Sag mal, dieser Bruder von Lee ist zwar süß, aber er kann kaum die Augen offenhalten.»

«Wir hatten einen unangenehmen Flug, und die Armee nimmt ihn hart ran. Er ist Fallschirmjäger.»

«Das hat Lee mir erzählt. Ich finde das sagenhaft. Fertig? Komm, gehen wir zu den Jungs zurück.» Während sie sich einen Weg durch die in der Halle promenierenden Besucher bahnten, sagte Isobel Connors mit einem schrägen Seitenblick zu Yael: «Du bist auch in der Armee, stimmt's?»

«Ja, stimmt.»

«Ich beneide dich.» Die Dietrich-Stimme schlug ein Vibrato an. «Diese Männer in der israelischen Armee sind doch echte Kerle, nicht wahr?»

«Manche schon.»

«Kennst du zufällig einen Typen namens Sam Pasternak?»

Yael verkniff sich nur mühsam ein erschrockenes Hochfahren, wie es ihr erster Impuls war. «Sam Pasternak? Ja, warum?»

«Ich habe ihn vor einigen Jahren in Beverley Hills kennengelernt. Ein häßlicher Kerl. Klein, ein Brustkasten wie ein Schrank, lustige Augen. Aber charmant. Wow! Ist er inzwischen General? Er sah aus, als würde er es zu etwas bringen.»

Yael glaubte zuerst, sie sollte auf die Schippe genommen werden, aber offensichtlich klatschte die Schauspielerin nur. «Ich glaube, er ist mittlerweile Oberst. Wir haben nicht viele Generäle.»

«Da sind die Männer», sagte Isobel und steuerte winkend durch die Menge auf sie zu.

Als sie nach der Show ins Freie traten, war es neblig geworden, und ein kalter Nieselregen verstärkte noch den Lichterzauber. Ganz Paris schien kalt und weiß zu leuchten, während die Limousine durch den dichten Verkehr zum Tour d'Argent kroch.

«Ist das nicht das teuerste Restaurant von Paris?» fragte Yael Lee Bloom unschuldig.

«Es ist das beste.»

«Ich könnte einen Kaffee vertragen», sagte Kischote, der vorn neben dem Fahrer saß.

«Bestimmt, ungefähr eine Gallone», antwortete Yael mit beißendem Spott. Kischote war während des spektakulären Finales über Messalina eingeschlafen, einer Orgie in einem römischen Bad mit Heerscharen von nackten jungen Männern und Mädchen, die unter Vortäuschung vielfacher Kopulationen in einem echten Pool herumplanschten, das Ganze begleitet von Debussys *Nachmittag eines Fauns*.

Isobel Connors kicherte und sagte: «Jossis Bruder findet römische Geschichte wohl langweilig.»

«Ich sag dir mal, was ich von den Folies-Bergère halte», sagte Kischote. «Ein Mädchen ohne Kleider kann das Tollste sein, was es im Leben gibt. Zwanzig davon sind wie große, gerupfte Hühner.»

«Aber Jossi, du bist ja ein Philosoph», erwiderte Isobel.

Mehrere Paare in eleganter Kleidung warteten, ungeduldig und von ihrer Wichtigkeit überzeugt, hinter dem Samtseil, bis der Oberkellner des Tour d'Argent ihnen einen Tisch zuwies. Über die dichtgedrängten Köpfe der Speisenden hinweg konnte Yael durch die riesigen Aussichtsfenster des Restaurants einen Blick auf die angestrahlte, im Nebel aufragende Silhouette von Notre Dame werfen. Was für eine Stadt! Was für ein Restaurant! Und was für ein Mann von Welt dieser Lee Bloom war in seinem dunklen, raffiniert geschnittenen Anzug mit den hervorstehenden weißen Hemdaufschlägen, die durch goldene Manschettenknöpfe zusammengehalten wurden, ein Amerikaner, an dem jeder Zoll so elegant war wie all diese Franzosen um ihn herum! Im Vergleich zu ihm wirkte Don Kischote in seinem schlechtsitzenden, vom Flug total zerknitterten grauen Anzug, der von dem fadenscheinigen blauen Hemd, das er nicht gewechselt hatte, abstand, mit seinen großen, herabbaumelnden Handgelenken, die kein Aufschlag bedeckte, weil es ein kurzärmeliges Hemd war, entschieden schäbig und tölpelhaft, auch wenn er sich ganz unbefangen verhielt und sich dessen nicht bewußt war. In seiner Fallschirmjägeruniform machte er eine gute Figur, obwohl er immer leicht clownesk wirkte, aber in israelischer Straßenkleidung konnte ihn wahrlich niemand für einen Stammgast des Tour d'Argent halten. Der Oberkellner musterte ihn mit halbgeschlossenen Augen, bevor er ihnen einen Tisch am Fenster mit einer großartigen Aussicht auf die Strebebögen und die angestrahlten Türme der Kathedrale zuwies, die in dem kalt schimmernden Nebel prachtvoll aussah.

«Oho, womit haben wir denn diesen Tisch verdient?» rief Yael aus.

«Sheva Leavis' Namen», erwiderte Lee, wobei er Daumen und Zeigefinger aneinanderrieb. «Dieser Maître d'Hotel hat gute Gründe, sich an ihn zu erinnern.»

«Da drüben sitzt ein Typ, der noch schlechter angezogen ist als ich», sagte Kischote und deutete mit einem Kopfnicken auf einen anderen Tisch am Fenster, an dem ein breiter Mann mit langen, zerzausten Haaren in einem ramponierten, fleckig glänzenden blauen Anzug zusammen mit einer schlanken, schönen Frau saß. «Dieser Oberkellner ist wohl doch kein Snob. Nach der Art, wie er mich angesehen hat, hielt ich ihn eigentlich dafür.»

«Das ist Diego Rivera», sagte Isobel Connors, «und er ist in Begleitung von Paulette Goddard.»

«Ist das die, die Charlie Chaplins Geliebte war?» Yael führte stolz vor, daß sie die pikanten Gerüchte kannte.

«Seine unter anderem», sagte die Schauspielerin. «Sie hat mehr Männer gehabt als Messalina.»

«Kann ich vorweg einen Kaffee bekommen?» fragte Kischote.

Der Kellner brachte handgeschriebene französische Menükarten, die Yael gut genug verstand, um Lees weltmännischen Bestellungen folgen zu können. Zum Schluß bestellte er für Jossi einen Kaffee «tout de suite», woraufhin der Kellner zögerte und ungläubig blinzelte, als hätte Lee eine geröstete Katze verlangt. Dann eilte er mit einer Verbeugung davon. Nach langwierigem Warten wurde schließlich gegrillter Fisch, garniert mit Muscheln, serviert, sodann riesige weiße Spargel und am Ende köstliche winzige Erdbeeren, aber es gab weder Brot noch Kaffee. Der blasse gelbliche Wein war der beste, den Yael je gekostet hatte, und sie trank reichlich davon, was freundlichere Gefühle für den armen Don Kischote in ihr weckte. Dieser rutschte auf seinem Stuhl herum und aß fast nichts, bis Brot und Butter gereicht wurden. Die verspeiste er restlos, während die anderen beobachteten, wie Diego Rivera und Paulette Goddard sich auf spanisch stritten.

«Das Brot ist gut hier», sagte er. «Dieses Restaurant gefällt mir, aber für den Kaffee brauchen sie arg lang.»

Als die Schauspielerin und Yael sich ins Foyer begaben und Kischote eine winzige Espressotasse leerte, sagte Lee: «Hör zu, die Sache mit dem Hotel und daß ihr auf verschiedenen Stockwerken untergebracht seid, tut mir leid. Mir war nicht klar, daß Paris wegen dieser Autoshow so ausgebucht ist. Wir können von Glück reden, daß wir zwei Zimmer für euch im gleichen Hotel gefunden haben.»

«Das Hotel ist nicht schlecht, Leopold. Das einzige Problem ist, daß Yaels Flurbeleuchtung ausgefallen war und sie sich den Weg zur Toilette mit Hilfe eines Feuerzeugs ertasten mußte. Ich habe mich beschwert, und jetzt hat sie Kerzen. Die Franzosen sind sehr entgegenkommend.»

«Ich sag dir was.» Lee warf einen Schlüssel auf den Tisch. «Den nimmst du jetzt. Es ist ein Zusatzschlüssel für die Suite, Isobel hat auch einen. Ich muß morgen mit Sheva nach Frankfurt fliegen, nur für eine Nacht, und Isobel fliegt für zwei Tage nach Cannes. Sie kennt dort ein paar Freunde vom Film. Unsere Suite ist groß und sehr schick, und ihr beide könnt sie benutzen.»

«Wozu?»

«Wozu ihr wollt.» Lee grinste leicht anzüglich. «Es gibt eine Bar mit allem Nötigen und eine großartige Aussicht auf den Triumphbogen. Es ist nett da.»

Jossi schüttelte den Kopf. «Du bist auf dem Holzweg. Yael ist verrückt nach einem anderen, und ich liebe Schaijna, das weißt du.»

Lee zuckte die Achseln. «Schaijna muß noch reifer werden.»

«Ja, ungefähr zehn Jahre lang.» Kischote ergriff den Schlüssel. «Na ja, ich nehme an, Yael wird es reizen, eine Suite im Georges V zu sehen. Sie genießt all diese Dinge. Danke.»

Die zwei Paare traten in den frostigen Nebel hinaus, als die Glocken der Kathedrale soeben Mitternacht schlugen. Es hatte aufgehört zu nieseln. Lee sagte mit dampfendem Atem: «Jetzt erwacht Paris erst richtig. Kommt, wir fahren zum Montmartre.»

«Eine großartige Idee», sagte Isobel.

Kischote kuschelte sich in seinen Militärmantel und stöhnte: «Yael, du gehst mit.»

«Nicht ohne dich.»

«Komm schon, es ist eine wunderbare Nacht für den Montmartre», sagte Lee. «Der Nebel, die Kälte. Direkt von Toulouse-Lautrec.»

Aber Yael kniff auch. Die Limousine setzte sie vor dem Hotel Feydeau ab, ihrer schmuddligen Unterkunft in einer Sackgasse, und die Schauspielerin fuhr mit Lee weiter zum Montmartre. «Wir sehen uns dann übermorgen wieder», sagte er zum Abschied. «Amüsiert euch gut.» Er hatte Jossi mit der Bemerkung, Paris sei sündhaft teuer, wenn man keine Dollars habe, und er wisse, daß Jossi keine Dollars habe, ein Bündel Francsscheine in die Hand gedrückt. Jossi nahm das Geld an, weil er Yael bei sich hatte und sich verpflichtet fühlte, ihr einen angenehmen Aufenthalt zu ermöglichen, was er ihr andernfalls nicht hätte bieten können.

Der Hotelaufzug, der nicht größer war als eine Telefonkabine, bewegte sich quietschend, rüttelnd und schüttelnd durch das Treppenhaus nach oben. Kischote und Yael, die sich gegenüberstanden, wurden nolens volens zu heftigen Körperkontakten gezwungen, als wären sie übereifrige Verliebte, und ihr verlegenes Lächeln war im schwachen Schein einer Glühlampe, die wie ein Pilz über ihrem Kopf hing, kaum zu erkennen. Als der Aufzug etwa dreißig Zentimeter über dem Austritt anhielt, sprang Yael hinaus, und Kischote folgte ihr. «Ich gehe zu Fuß weiter», sagte er. «Der nächste Sprung könnte schlimmer ausgehen, und ich bin ein Feigling.»

Sie lachte und küßte ihn auf die Wange. «Was unternehmen wir morgen, und wann geht es los?»

«Was du willst.»

Ganz plötzlich kam Kischote ihr sehr jung und verloren vor, Lichtjahre von einem Sam Pasternak entfernt. «Tut mir leid, daß ich nicht Schaijna Matisdorf bin.»

«Mir auch, aber du bist ein guter Kumpel.»

«Weißt du was? Wir wollen auf den Eiffelturm steigen, Kischote.» Sie setzte eine fröhliche Miene auf. «Und vielleicht dort oben frühstücken, falls es ein Restaurant gibt.»

«Wird gemacht. Ruf mich an morgen früh.»

«Es gibt doch kein Zimmertelefon, nur eines auf dem Flur.»

«Stimmt. So wie mit den Toiletten. Na gut, dann klopf an meine Tür. Ich habe Nummer 517, nur zwei Zimmer neben der Toilette. Ein echter Luxus.»

Barak und Pasternak teilten sich ein Zimmer in einem Hotel weiter weg vom Etoile, das qualitätsmäßig etwa in der Mitte zwischen dem Georges V und dem Hotel Feydeau rangierte. Das Zimmer hatte zum Beispiel eine Toilette, auf die Pasternak ohne Umschweife zusteuerte, als er gegen Mitternacht von einer Konferenz in einer Vorortvilla zurückkehrte. Barak lag in Unterwäsche und einem schweren Morgenmantel auf dem Doppelbett und las im *Paris-Soir*. Ein Mitarbeiter von Dayan hatte ihm ohne weitere Erklärung mitgeteilt, daß er bei der Besprechung nicht gebraucht würde. «Erzähl schon, was war los?» rief er. «Ziehen wir in den Krieg?»

«Warte.» Nach einiger Zeit kam Pasternak kopfschüttelnd wieder zum Vorschein. «Die Franzosen haben uns zum Abendessen einige höchst merkwürdige Lebewesen mit Zangen und Fühlern serviert, eine Art Skorpion. Écrevisses. In einer schweren Sauce. Ich wäre beinahe gestorben während der zweiten Sitzung. Vielleicht waren es auch nur nervöse Magenbeschwerden. Der Alte hat alle umgehauen, sogar Dayan.» Er legte sich auf das Bett und verbarg den Kopf in den Armen. «Und wie war dein Abendessen mit Chris Cunningham? Wie hast du ihm deine Anwesenheit in Paris erklärt?»

«Gar nicht. Er hat nicht danach gefragt. Seine Frau ist reizend, eine echte Aristokratin.»

«Ja, Caroline ist eine vornehme Dame. Was ist mit der Tochter und ihrem Freund? Diesem Dichter?»

«Das Mädchen hat sich irgendwie auffallend entwickelt, es ist ein seltsames, mageres Geschöpf. Nichts als Haut und Knochen. Der Freund ist nach dem Abendessen aufgekreuzt, trank Kaffee und Cointreau mit uns und zog dann mit ihr ab.»

«Und wie ist er?»

«Eine Katastrophe. Hiroshima im Trenchcoat. Ich werde morgen mit der Tochter frühstücken, sofern ich nicht in der Villa gebraucht werde. Ich soll mit ihr über die Liebe und das Leben sprechen. Das kam bei dem Abendessen heraus. Das Mädchen hatte die Idee.»

«Nun, es sieht so aus, als würden wir nicht Krieg führen. Ich hätte gar nicht falscher liegen können.» Pasternak setzte sich auf. «Jetzt geht es mir wieder besser. Genaugenommen habe ich Hunger. Entweder der Alte ist ein politisches Genie, das mein Vorstellungsvermögen übersteigt, oder er hat den Verstand verloren. Warum fahren wir nicht zum Montmartre? Trinken was und essen einen Happen?»

«Sam, ich hab keine Lust, zum Montmartre zu fahren. Es wimmelt dort von Touristen und schrägen Vögeln, die sich gegenseitig anstarren. Es gibt doch auch hier in der Nähe Bistros.»

«Die sind geschlossen. Zieh dich an.»

«Na schön. Erzähl mir von der Konferenz.»

«Du wirst es mir nicht glauben, obwohl ich dir bei Gott die Wahrheit und nichts als die Wahrheit erzähle. Diese ganze Suezgeschichte ähnelt einer Komödie von einem Haschischraucher.

«Das tut sie doch die ganze Zeit schon.»

«Schon, aber es kommt noch verrückter. Ich glaube nicht, daß irgend jemand sich darüber im klaren ist, was er tut, ausgenommen vielleicht B. G. Er verblüfft mich.» Er warf einen Blick auf die Wände ringsherum und senkte die Stimme. «Alles weitere draußen.»

Während sie auf eine stille, neblige Seitenstraße traten und ihre Schritte zum nächstgelegenen Boulevard lenkten, nahm Pasternak seinen Bericht wieder auf. Die drei führenden Politiker Frankreichs – der Premierminister, der Außenminister und der Verteidigungsminister – waren als erste in der Villa erschienen; glatt, huldvoll, Israel wohlgesonnen, ja sogar leicht bewundernd. Sie hatten im Gegenzug für ihre Waffenlieferungen manches Geheimnis über Israels militärisches Potential erfahren und wirkten geradezu geblendet, so sagte Pasternak, wahrscheinlich, weil sie von einem Land mit kaum mehr als einer Million Bewohnern nicht viel erwartet hatten. Zu Beginn der Konferenz war über den Suez, Nasser, die Amerikaner und so weiter palavert worden. Dann hatten die Franzosen Ben Gurion augefordert, er solle als erster über die zur Debatte stehenden Operationen sprechen.

«Du kennst den Alten», sagte Pasternak. «Es hat einen Moment gedauert, bis er in Fahrt kam. Aber als die Franzosen dann begriffen, worauf er hinaus wollte, sahen sie sich sprachlos an. Sie waren absolut hingerissen. Zuerst behauptete er, daß Nassers Inbesitznahme des Suezkanals nur von nebensächlicher Bedeutung sei. Was fehle, sei eine globale Lösung des Nahostkonflikts, und deshalb wolle er ein neues Konzept vorlegen, durch das die britische und französische Vormachtstellung in der Region wiederhergestellt würde. Nasser würde dann am Stock verdorren oder mühelos zu vertreiben sein.»

Pasternak blieb stehen und berührte Barak am Arm. «Und jetzt kommt der Gipfel.»

«Mich kann nichts mehr überraschen.»

«Dann hör zu. B. G.s großes Konzept bestand darin, daß Jordanien gar kein richtiges Land sei und geteilt werden solle! Es sei nichts als ein Diagramm auf der Karte eines osmanischen Palästinas, die irrtümlich vom britischen Außenministerium erstellt worden sei. Das ganze Gebiet östlich des Jordans solle dem Irak zugeschlagen werden, alles westlich davon Israel. Zum britischen Einflußbereich würde dann ein größerer Irak, Iran und Ägypten gehören. Der französische würde aus dem Block Syrien, Libanon und Israel bestehen. Er schien es absolut ernst zu meinen mit diesen *meshugas*.»

Barak schüttelte den Kopf. «Das glaube ich wohl. Ich kenne ihn von Kindheit an. Es ist ihm zu Kopf gestiegen, daß er mit den drei mächtigsten Männern Frankreichs zusammensitzt – und sich von gleich zu gleich, als Premierminister, mit ihnen unterhält. Er war berauscht. Er hielt sich für Roosevelt in Jalta bei der Aufteilung der Welt.»

«Entweder das, oder er wollte sie nur aus dem Konzept bringen, indem er Unfug erzählte», sagte Pasternak, «während er sich ein Bild von ihnen machte und sie auf sein wahres Ansinnen vorbereitete – daß alle drei Streitkräfte gleichzeitig angreifen sollen.»

Im Lichtkreis einer Straßenlampe winkte Pasternak einem vorbeifahrenden Taxi. Der Fahrer sah mit seinem buschigen Schnauzbart und Augenbrauen, die an zwei weitere Bärte erinnerten, wie ein achtzigjähriger Clémenceau aus. *«Ata m'daber iwrit?»* fragte Pasternak. Aus dem unbeteiligten, leeren Blick des Fahrers schloß Pasternak zufrieden, daß dieser kein Hebräisch verstand. «*Bien.* Zum Montmartre.»

Sie stiegen ein, und er fuhr los. «Nun, ihr Premierminister sagte, sie sollten sich besser auf den Suezkanal beschränken. Die Engländer könnten aussteigen, wenn wir nicht schnell genug handelten, denn Eden würde im Parlament schon die Hölle heißgemacht werden, und sein Außenminister widersetze sich jeder Aktion, die die Araber verärgern könne. Wir hätten nur Anthony Eden auf unserer Seite, und er sei ein kranker Mann mit schwindenden Kräften.»

«Anthony Eden», ließ sich der Fahrer in rauhem Französisch vernehmen, «ist ein Feind Frankreichs und ein Homosexueller.»

«*Justement*», sagte Barak.

«Der Kerl, den B. G. wirklich gegen sich aufbrachte, war der Außenminister», fuhr Pasternak fort. «Der fuhr aus der Haut. Wenn die Engländer durch solcherlei bizarre Vorschläge in diesem entscheidenden Augenblick zum Aussteigen provoziert würden, so sagte er, würde Nasser unschlagbar werden, stärker denn je und versessen darauf, sich durch die Vernichtung Israels zu einem neuen Saladin aufzuschwingen. Er bestürmte B. G., das zu bedenken. Zu diesem Zeitpunkt trafen die Engländer in der Villa ein.»

Das Taxi hielt am Fuß des Montmartre. In gebrochenem Französisch ertönte es von vorn: «Wünschen Monsieur, daß ich hochfahre?»

«Nein, wir gehen von hier aus zu Fuß.» Sie stiegen aus, und Pasternak bezahlte.

Mit glitzernden Augen und einem knurrenden Schürzen seines Schnurrbarts sagte der Fahrer: «Monsieur, Dreyfus war schuldig.» Das Taxi fuhr mit einem Satz davon.

«Cognac, aber gleich», sagte Pasternak, und sie gingen in eine schummrige kleine *boîte* und nahmen so weit wie möglich von den einzigen beiden anderen Gästen entfernt Platz, zwei verschwommenen, massigen Gestalten, die sich mit amerikanischem Akzent unterhielten.

«Wenn ich sage, die Engländer trafen ein», fuhr Pasternak fort, «dann meine ich damit, daß es eine Menge geschäftiges Rein und Raus aus dem großen Konferenzraum gab und plötzlich einige britische Stimmen in einem anderen Teil der Villa zu hören waren. Immer wieder konnten wir drei Worte verstehen: ‹*Keine geheime Absprache, keine geheime Absprache.*› Die Engländer wollten nicht zu uns ins Zimmer kommen. Die französischen Minister mußten ständig hin und her laufen, von einem Ende der Villa zum anderen, und es ist eine große Villa. Es war, als wären die Engländer Rabbis und wir Frauen, und die Villa wäre eine orthodoxe Synagoge. Strikte Trennung.»

Barak lachte bedauernd. «Willst du damit sagen, daß Ben Gurion ihnen nie von Angesicht zu Angesicht gegenübergetreten ist?»

«Oh, da kannst du ganz beruhigt sein. Dieser bescheuerte Pendelverkehr der Franzosen ging etwa eine Stunde lang. Schließlich sagte B. G., es hätte keinen Sinn, mit diesem merkwürdigen Getue weiterzumachen, es sei alles eine Sackgasse und er würde morgen früh zurückfliegen. Das brachte die Rabbis in den Damentrakt. Sie schüttelten sich sogar die Hände.»

«Zweifellos mit einem Taschentuch dazwischen», sagte Barak.

«Der Cognac hier ist ganz schön kratzig. Komm, wir ziehen weiter. Laß uns einen Happen essen.»

Während sie die gewundene, gepflasterte Straße hinaufstiegen, sagte Pasternak: «Danach gab es einen Punkt, da dachte ich wirklich, Ben Gurion würde aufstehen und gehen. Er sah aus, als wäre er kurz davor. Du weißt schon, wenn seine Kieferknochen vorspringen und er knallrot anläuft und nicht mehr still sitzen kann –»

«Das kenne ich nur zu gut.»

«Er drängte den englischen Außenminister, Selwyn Lloyd – ein Quadratschädel, ein kalter Fisch, oder vielleicht war ihm auch nur im Damentrakt so kalt –, das Landungsdatum auf dem Sinai vorzuverlegen. Die Franzosen waren alle dafür. Aber die Briten bestanden darauf, daß sie erst eine Woche nach unserem Einmarsch auf dem Sinai an Land gehen würden. B. G. argumentierte, daß wir die ganze Zeit über allein kämpfen müßten. Die Ägypter könnten unsere Städte bombardieren. Die Russen könnten intervenieren. Nun, dieser Lloyd sagte, es täte ihm leid, aber England könne nicht als Initiator eines Krieges dastehen, seine Verbündeten würden dies mißbilligen. B. G. umklammerte mit weißen Knöcheln die Lehnen seines Sessels, wie er es immer tut, als die Franzosen uns glücklicherweise zum Abendessen mit diesen *écrevisses* einluden.»

Pasternak blieb stehen und spähte durch eine offene Tür in ein hellerleuchtetes, verrauchtes Etablissement, in dem ein Akkordeon spielte und einige Leute an den Tischen mißtönend dazu sangen. *«La Vache Heureuse»*, sagte er. «Die glückliche Kuh. Ich habe schon mal ein gutes Steak hier gegessen. Von einer unglücklichen Kuh vermutlich. Was hältst du von einem Steak?»

«Wenn dir danach ist.»

Pasternak war schon beinahe durch die Tür, als er plötzlich innehielt. «Nein. Ich sehe da hinten diesen Lee Bloom. Er braucht nicht zu wissen, daß wir in Paris sind.» Er schielte durch den Rauch. «Was für eine hübsche Rothaarige er bei sich hat. Ich glaube, ich kenne sie.»

«Sam, ich glaube du kennst die meisten Frauen.»

«Nein, ich habe diese Frau in Kalifornien kennengelernt. Ja, das ist sie. Connors. Isobel Connors, sie ist Schauspielerin. Damals war sie blond. Ich bin sicher, sie ist es. Komm, laß uns weitergehen.»

Sieben oder acht junge Leute tollten lachend den Hügel herab und riefen einander auf deutsch etwas zu. Die beiden Israelis stapften schweigend hinter ihnen her. Dann fragte Barak: «Und was ist nun dabei herausgekommen?»

«Sackgasse. Die Briten wollen, daß wir eine echte Kriegshandlung begehen. Der Alte will nur einen Überfall auf die Fedajin ausführen, und er möchte, daß sie die ägyptischen Flugbasen am Tag nach unserer Aktion bombardieren. Die Engländer sagen nein, das sähe nach geheimer Absprache aus.»

«Dann fliegen wir morgen früh nach Hause?»

«Noch nicht. Dayan hat einen improvisierten Kompromiß ausgearbeitet, den sie morgen erörtern wollen. Aha, da sind wir, Les Rieurs Amants, die Lachenden Liebenden. Ein toller Schuppen. Einmal habe ich Hemingway hier gesehen. Während er aß, sprang ein Löwe durch die Tür, und er tötete ihn. Es gibt einen sehr guten *coq au vin* hier.»

«Hatte er ein Gewehr bei sich?»

«Ein Gewehr am Montmartre? Bist du verrückt? Nein, er hat ihn mit einer karierten Tischdecke erdrosselt.»

«Na schön, dann wollen wir *coq au vin* essen. Hast du wirklich Hemingway da drin gesehen?»

«Na ja, einen Typen, der ihm ähnlich sah.»

«Welche Veränderungen hat Dayan an KADESCH vorgenommen?

«Komm, laß uns reingehen und unseren *coq au vin* bestellen. Allerdings dauert er fast eine Stunde.»

«Wir wollen lieber ein Käsesandwich essen, Sam.»

«Wenn es welche gibt.»

Während sie Sandwichs verzehrten und eine ausgezeichnete Flasche Rotwein dazu tranken, weihte Pasternak ihn mit leiser Stimme in schnellem hebräischen Militärjargon in Dayans Plan ein.

Die wenigen Gäste an den anderen Tischen waren beinahe außer Hörweite, und keiner sah aus, als wäre er des Hebräischen mächtig oder als wäre er Hemingway. «Dayan hat sein Herz an KADESCH gehängt, stimmt's?» bemerkte Barak kopfschüttelnd. «Er will partout seinen Sinaikrieg.»

«Er hat recht», erwiderte Pasternak mit plötzlicher Schroffheit.

«Mosche hat ein unvergleichliches Gespür für Prioritäten. Wenn wir schon früher oder später gegen Nasser kämpfen müssen – und ich sehe keine Alternative dazu –, dann am besten zusammen mit den Engländern und Franzosen und nicht allein. Wenn das die einzige Möglichkeit ist, die Briten zum Mitspielen zu bewegen, in Ordnung.»

«Und Israel liefert die Kulisse für ihre Komödie und bekommt alle Vorwürfe der Vereinten Nationen ab?»

«Wir haben kaum eine andere Wahl, Zev.»

Am nächsten Morgen saß Barak in der piekfeinen, belebten Halle des Georges V und wartete auf Emily Cunningham. In Gedanken war er bei Dayans Plan, und er schenkte dem Kommen und Gehen der gutsituierten Gäste – ihrer Kleidung und ihrer Unterhaltung nach zu schließen hauptsächlich Amerikaner – wenig Beachtung. Der Militärattaché der Botschaft, sein Zugführer aus alten Hagana-Tagen, hatte ihn mit einem Anruf geweckt. Ben Gurion wünschte ihn um halb elf in der Botschaft zu sehen, also würde das Frühstück mit Emily kurz ausfallen. Barak hatte keine Ahnung, was das Mädchen von ihm wollte, und es interessierte ihn auch nicht besonders, aber er hatte sie nicht erreichen können, um die Verabredung abzusagen.

Der Dichter, den er Hiroshima im Trenchcoat genannt hatte, trat ohne Hut, Pfeife rauchend durch die Tür; er war ein kleiner, teigiger Typ mit langen Haaren um eine kahle Stelle herum. Ihre Blicke trafen sich, und der Poet schenkte ihm mit zusammengekniffenen, in Fältchen gelegten Augen ein Lächeln, sank am anderen Ende der Halle in einen Sessel und zog eine Zeitung aus der Tasche. Bald darauf kam Emily Cunningham aus einem Aufzug gepoltert. Sie trug die typische amerikanische Collegetracht aus Rock und Pullover, der Rock hatte ein auffallendes Schottenkaro, der Pullover war weit, haarig und hellblau. «O Gott», rief sie aus und ließ sich neben ihn auf das Sofa fallen, bevor er aufstehen konnte, «ich bin total zu spät, und wir haben keine Zeit zum Frühstücken. André und ich müssen in eine Vorlesung. Das habe ich völlig vergessen. Ich könnte sterben, so leid tut es mir. Meine Eltern reisen heute nachmittag ab.

Ich habe gerade oben mit ihnen Kaffee getrunken. Haben Sie schon Kaffee getrunken? O Gott, da ist ja André.»

«Emily, ich habe wirklich auch keine Zeit für ein Frühstück, also fügt sich alles ganz gut –»

«O Gott, das meinen Sie doch nicht ernst? Vielen Dank auch.»

Sie ergiff mit ihren langen knochigen Fingern seine Hand. Ihre Berührung war kalt und sanft. «Warum sage ich bloß ständig: ‹O Gott› wie ein Schulmädchen? Ich weiß, daß ich mich wie ein Idiot anhöre. Sie bringen mich ganz durcheinander. Können wir uns auf einen Drink treffen? Sagen wir um fünf, hier in der Bar?»

«Hören Sie, Emily, es ist nicht so wichtig, ich hätte mich gern mit Ihnen unterhalten, aber –»

«Nicht so wichtig? Es ist von verzweifelter Wichtigkeit. Wie lange werden Sie noch in Paris sein?» Sie starrte ihn durch ihre große Brille an. Die schwarzen Pupillen ihrer grauen Augen waren riesig wie die einer Katze im Dunkeln.

«Gar nicht mehr lange, vielleicht noch einen Tag, und ich bin ziemlich beschäftigt, deshalb –»

Ihr Griff wurde fester, ihre Stimme wurde leiser und bedeutungsschwer. «Ich werde um fünf Uhr in der Bar sein. Ich werde vollstes Verständnis dafür haben, wenn Sie es nicht einrichten können. Ich werde bis halb sechs Uhr warten und dann gehen. Ich kann einfach nicht glauben, daß unser neuerliches Zusammentreffen reiner Zufall sein soll. Das kann nicht sein. Sie sehen so viel älter aus. Erinnern Sie sich an die Leuchtkäfer? Wie viele Kinder haben Sie, Wolf Blitz?»

«Zwei, Emily.»

«O Gott, da kommt André. O Gott, jetzt habe ich zum viertenmal ‹O Gott› gesagt. Zev, André weiß mehr über Lamartine als irgend jemand sonst, und er schreibt hinreißende Gedichte. Ich mache meinen Magister über Lamartine. Sie müssen André für einen Widerling halten.» Sie sprang auf, und er erhob sich ebenfalls.

«Ich kenne ihn überhaupt nicht.»

«Er ist ein fürchterlicher Widerling, um die Wahrheit zu sagen, aber faszinierend. Meinen Eltern würde er selbst als Ubangi mit Holzplatten in den Lippen noch besser gefallen – André *chéri!*» Sie küßte Hiroshima, und beide plauderten in schnellem Französisch miteinander. André, an Barak gewandt, kniff die Augen zu, und sie machten sich noch immer schnatternd auf den Weg. Zev Barak, der nun plötzlich freie Zeit zur Verfügung hatte, sank auf die Couch und war mehr als nur ein bißchen verwirrt durch den exzentrischen Auftritt und Abgang des Mädchens binnen einer oder zwei Minuten. Emily Cunninghams bizarres Verhalten strahlte eine gewisse Hochspannung und irgendwie etwas Kummervolles aus, und obwohl sie nur mäßig hübsch war – mit ihren aufgeregten Augen und den großen schwarzen Katzenpupillen, dem Gesicht, das wie das ihres Vaters nur aus Haut und eckigen Knochen bestand, ihrer reizvollen, mädchenhaften Figur, die unter dem weiten Pullover nur vage zu erkennen war –, so fühlte er sich überraschend zu ihr hingezogen, und er war sich nicht darüber im klaren, warum.

«Adon Barak!» Lee Bloom stand mit einer kleinen Reisetasche und einem Aktenkoffer, beides aus weich glänzendem Leder, vor ihm. «Sie schon wieder!»

15

Die französische Hure

An einem milden, sonnigen Herbstmorgen bestiegen Jossi und Yael den Eiffelturm, und die immer weitreichendere Aussicht auf Paris und auf die von Brücken überspannten Windungen der Seine belohnte sie reichlich für die Strapazen des Aufstiegs; bis zum Horizont erstreckten sich braune und graue Gebäude und ein Spinnennetz von Straßen, ausgenommen dort, wo der Oktober Parks und Gärten in flammende Farben tauchte. Sie fanden ein Café auf der unteren Plattform, doch Yael wollte zuerst ganz hinaufsteigen, also kletterten sie auf die Spitze.

«So sieht der Boden aus, Yael», rief Kischote mit lauter Stimme und mußte gegen den Wind ankämpfen, der durch die Streben und Geländer aus Stahl heulte, «wenn du springst.»

Sie klammerte sich mit einer Hand ans Geländer und starrte in die schwindelerregende Tiefe hinab. «Huah! Das geht mir *hier* durch und durch!» Sie preßte eine flache Hand zwischen ihre Oberschenkel. «Ich habe mit dem Gedanken gespielt, mich bei den Fallschirmspringern zu bewerben. Ich glaube, das laß ich lieber bleiben.»

«Ach, das hier ist viel schlimmer. Wenn man sich über das Geländer beugt und sieht, wie der Turm sich nach unten krümmt, dann bekommt man Lust, hinabzutauchen und sich umzubringen», sagte Jossi. «Gott allein weiß, warum.»

«Das ist es. Genauso geht es mir.»

«Weißt du, mit einem Fallschirm schwebst du hinab, das ist ganz anders, es ist wie ein Rausch, es ist super.»

«Wenn du das sagst, Kischote. Ich brauche jetzt ein Frühstück.» Yael schauderte. Er legte seinen Arm um sie.

«Kalt?»

«Eigentlich nicht.»

«Es war deine Idee, hier heraufzukommen.»

«Ich hätte darauf verzichten können. Wenn man auf einen Turm steigen will, steigt man hinauf. Laß uns von hier verschwinden.»

Der Kaffee *à l'américaine* in dem beinahe leeren Café war frisch und hatte einen starken, fremden europäischen Geschmack, und er wurde in großen Tassen serviert. «Also wenn du in Paris einen guten Kaffee trinken willst», sagte Kischote, «dann gehst du natürlich nicht ins Tour d'Argent, sondern steigst einfach auf den Eiffelturm.»

«Jedenfalls war es ein aufregendes Gefühl dort oben», sagte Yael lachend, während sie ein knuspriges Croissant mit Butter bestrich. «Man muß es einmal gemacht haben.»

Er lächelte sie an. «Du bekommst langsam wieder Farbe. Eine Zeitlang hast du ziemlich grün ausgesehen.»

«Mir war auch grün zumute. Komisch. Früher hatte ich nie Höhenangst.»

«Vergiß es. Du siehst reizend aus jetzt.»

Sie warf ihm einen zweifelnden Blick zu. In Lederjacke und Wollmütze fühlte sie sich zwar wohl, fand sich aber alles andere als reizend. «Danke. Ich habe kaum geschlafen. Gab es bei dir auch Wanzen?»

«Was? Nein. Bei dir etwa?»

«Vielleicht liegt es nur an diesem Hotel. Meine Haut hat die ganze Nacht über gekribbelt. Ich habe aber keine gesehen.»

«Warum fangen wir nicht mit dem Louvre an?» Er blätterte in einem Reiseführer, den er in dem Café erstanden hatte. «Dann ein Bootsausflug auf der Seine? Vier Sterne hat der Reiseführer für beides zu vergeben.»

«Was dir lieber ist. Heute abend will ich in die Comédie-Française. In der Zeitung stand, daß sie *Tartuffe* geben.»

«Mag sein, aber ist dein Französisch so gut? Meines jedenfalls nicht.»

«Ziemlich gut. Als Kind habe ich alles von Molière, was ich finden konnte, auf hebräisch gelesen, und dann auf französisch.»

«Du bist immer noch ein Kind.»

«Hört, hört! Und das von dir ...»

Sie lächelten einander zu. Der frühe Aufbruch, der beschwerliche Aufstieg in der morgendlichen Luft, die irritierende, schaudernde Erregung auf der Spitze und der aufputschende Kaffee hatten sie beide in aufgekratzte Laune versetzt. Er war wirklich noch ein Kind, dachte sie. Im grünen Armeepullover, mit dem vom Wind zerzausten Lockenschopf und seinen Augen, die jungenhaft verspielt durch die randlose Brille blickten, war er kein schäbiger, deplazierter Israeli in Paris mehr. Er war Don Kischote. Der Gedanke schoß ihr durch den Kopf, daß während ihres gemeinsamen Aufenthalts im schönen Paris allerlei harmlose Spielchen mit dem Don passieren konnten. Nicht, daß sie etwas plante oder auf etwas Bestimmtes aus war, sie wollte den Dingen nur ihren freien Lauf lassen.

«Yael, du musterst mich wie der Oberkellner im Tour d'Argent.»

«So? Nein, das tue ich nicht. Du hast Kaffee auf deinem Pullover verschüttet.» Sie zeigte darauf. «Wenn wir alle Vier-Sterne-Sehenswürdigkeiten abhaken wollen, müssen wir los.»

Sie rasten durch den Louvre und fanden sich vor der Mona Lisa wieder, die ihnen überraschend klein erschien, und dann vor der Venus von Milo. Sie gingen um die Venus herum und betrachteten sie ehrfürchtig. Zumindest erging es Yael so, und sie glaubte, Jossi dächte nicht anders, bis er zu sprechen begann. «Weißt du, wenn diese Statue auch Arme hätte, hätte kein Mensch je davon gehört. Das ist der ganze Grund. Sie hat keine Arme.»

«Kischote, spiel nicht den Idioten. Das ist die schönste Frauengestalt auf der Welt.»

«Was? Schau dir doch diese fetten Schenkel an, diese dicke Taille und diese winzigen Brüste. Deine sind auf jeden Fall besser. Sie hat eine erbärmliche Figur. Deine ist hübscher, aber du hast auch Arme, also ist nichts Besonderes an dir.»

«Du bist nicht nur ein Narr, du bist auch ein Banause.» Yaels Stimme hatte einen amüsierten, freundlichen Beiklang. Wie lächerlich der Bursche auch sein mochte, es war nicht unangenehm, mit der Venus von Milo verglichen zu werden.

«Was ich abgesehen von all diesen Vier-Sterne-Exkursionen unternehmen möchte, ist eine Kutschfahrt durch den Bois de Boulogne mit anschließendem Mittagessen unter Bäumen. Ich habe so etwas mal in einem Buch gelesen. Dann habe ich den Film dazu gesehen. Er war mit Ingrid Bergman. Er spielte in einem Herbst wie diesem. Sie stellte eine ältere Amerikanerin dar, die sich in einen amerikanischen Studenten verliebt, es war eine große Liebesgeschichte, aber als die Herbstblätter auf sie herabfielen, trennten sie sich.»

«Du bringst mich zum Heulen», sagte Yael. «Aber so, wie wir angezogen sind, glaube ich nicht, daß eine Kutsche unseretwegen im Bois de Boulogne anhalten oder ein Restaurant uns einlassen wird. Wie dem auch sei, woher hast du eigentlich das Geld für all das? Ich möchte nicht, daß du soviel Geld für mich ausgibst, selbst wenn du es hast.»

Er erzählte ihr von der Großzügigkeit seines Bruders.

«Ach so, das ist etwas anderes. In Ordnung.»

Als Kischote im Bois de Boulogne mit einem der größeren und leuchtenderen französischen Geldscheine wedelte, zügelte ein Kutscher sein Pferd so unvermittelt, daß seine Hufe Funken sprühten. Der Oberkellner eines Restaurants, das versteckt unter roten und gelben Bäumen lag, unterzog sie einer eingehenden Musterung à la

Tour d'Argent, bevor er sie an vielen leeren Tischen vorbei zu einem Tischchen in einer unauffälligen Ecke führte.

«*Quel vin Monsieur désire-t-il?*» erkundigte sich ein Kellner in purpurfarbener Samtweste mit einer Goldkette um den Hals, der mit einem dicken, in Leder gebundenen Buch herbeigeeilt war, nachdem Yael auf französisch bei einem anderen Bediensteten ein Menü bestellt hatte, dessen Höhepunkt gebratene Ente war. Kischote blickte sie fragend an.

«Er hat gefragt: ‹Welchen Wein wünscht der Herr?›»

«Nicht *ob* ich Wein wünsche – *welchen* Wein ich wünsche?»

«Genau.»

«Nun, wenn das so ist, Ingrid Bergman hat mit diesem Jungen Wein zum Mittagessen getrunken. Tatsächlich tranken sie Champagner. Champagner», sagte er zum Kellner gewandt. Der Mann schlug das Buch in der Mitte auf und zeigte ihm eine lange Liste mit Champagnernamen. «Yael, sag ihm einfach, er soll den besten Champagner bringen, den sie haben.»

«Bist du verrückt? Der kann soviel kosten wie ein Auto. Und außerdem, was soll das, Champagner am hellichten Tag?»

«Wir gehen als nächstes zu Napoleons Grab und dann zur Bastille. Wir brauchen etwas Aufmunterndes.»

Der Sommelier verzog bei dem raschen Wortwechsel auf hebräisch das Gesicht, als würde auch er Dreyfus für schuldig halten. Yael bestellte einen mäßig teuren Rotwein, der offenbar große Kennerschaft bezeugte, denn das Gesicht des Kellners hellte sich auf, er verbeugte sich mit einem schnellen, lächelnden Kompliment und ging davon, als würde er den Fall Dreyfus noch einmal überdenken.

Das Essen war so erlesen, wie man es vom besten französischen Essen erwartete, und dieses ungewohnte mittägliche Festmahl und der Weingenuß ließen sie beide in eine Hochstimmung verfallen, in der sie über die Franzosen, Israel, die ganze Welt und sich selbst nur lachen konnten.

«Die arme Schaijna», sagte Yael. «Was sie alles verpaßt hat!»

«Yael, ich möchte, daß du Notizen machst und ihr davon erzählst. Erzähl ihr alles.»

«Haha. Sie wird mir die Augen auskratzen. Du erzählst ihr davon.»

«Falls ich je wieder mit ihr spreche», sagte Kischote in einem plötzlichen Anfall von Bitterkeit.

«Nun komm schon. Sie ist ein nettes, frommes Mädchen, und das wußtest du die ganze Zeit.»

Während er dem Kellner ein Zeichen gab und Lees Geldbündel aus der Tasche zog, grunzte er: «Auf zu Napoleons Grab.»

Zum Abschluß dieses Tages spazierten sie bei Sonnenuntergang durch die Gärten der Tuilerien, wo die Kinder noch immer in leuchtendbunten, warmen Mäntelchen unter den Kastanienbäumen spielten und schwatzende, in Umhänge gehüllte Kindermädchen langsam die Kinderwagen heimwärts schoben. Der Wind hatte zugenommen, und die Blätter wirbelten auf den Rasen, auf die Teiche und die Nachmittagsspaziergänger herab. «Im Stadtführer heißt es, wir sollen die Karpfen füttern, oder wir dürfen sie nicht füttern, ich habe vergessen, was es war», sagte Jossi. «Wie dem auch sei, ich bin für Füttern.» Er holte aus einer Hosentasche ein Brötchen hervor, brach es entzwei und gab ihr eine Hälfte. «Angesichts des stolzen Preises für unser Mittagessen, dachte ich mir, ich könnte ein Brötchen für die Fische mitnehmen.»

«Du denkst auch an alles, stimmt's?» lachte Yael. Kinder scharten sich um sie und sahen zu, wie sie Brotbrocken ins Wasser warfen und ein dicker Fisch an die Oberfläche kam, um sie zu verschlucken. «Paris ist umwerfend, Kischote. Unglaublich! Morgen laufen wir nur herum. Wir wollen überall hingehen.»

«Klar doch. Und nun, Lee sagte, der Portier vom Georges V würde uns Karten für alles besorgen, was wir wollen. Soll es immer noch in die Comédie-Française gehen?»

«Warum? Möchtest du lieber noch mehr gerupfte Hühner sehen?»

«Nein. Ich dachte, du wärst vielleicht müde.»

«Ich könnte nicht munterer sein. Ich gehe auf Wolken.»

Der Portier, eine grauhaarige Kugel mit dem würdevollen Gebaren eines Kardinals, in Eckenkragen und Frack, behandelte Jossi mit herablassendem Wohlwollen. Ach ja, Monsieur Bloom hatte veranlaßt, daß Karten für jede Art von Veranstaltung, die Monsieur zu besuchen wünschte, besorgt würden. Zudem hatte Monsieur Bloom Anweisungen hinterlassen für den Fall, daß Monsieur in seiner Penthouse-Suite oder im Grill des Georges V zu speisen beliebte, auch dafür sei gesorgt.

«Wir wollen mal einen Blick in Lees Suite werfen», sagte Kischote. «Er sagt, sie sei nett.»

«Schön, aber ich will in keinem Grill zu Abend essen. Ich sehe aus wie eine Hausiererin. Und überhaupt habe ich nach diesem Mittagessen keinen Hunger mehr.»

Als sie durch die prunkvollen Flügeltüren in die Suite traten, entfuhr Yael ein: «Wow!» Im Wohnraum boten sich eine Vielzahl üppig verzierter, antiker Möbelstücke und echter Gemälde dem Blick dar, die zwar nicht von berühmten Malern stammten, aber in ihren unerfahrenen Augen durchaus eindrucksvolle Kunstwerke waren. Sie durchquerten ihn und betraten das Schlafzimmer, wo Yael ein erneutes: «Wow!» ausstieß. Das Bett war von der Decke bis zum Boden in Stoffbahnen aus rostroter Seide gehüllt, und die Decke schmückte ein Muster aus chinesischen Buchstaben in Schwarz und Weiß.

«Schau nur!» Yael lugte ins Badezimmer. «Marmor. Goldene Wasserhähne! Mein Gott, was mag das alles kosten! Wie reich ist dein Bruder eigentlich?»

«Reich genug. Wie wäre es mit einem Drink?»

«Nein, nein, ich habe genug getrunken für heute, ich möchte *Tartuffe* nicht verschlafen. Laß uns die Aussicht bewundern.»

Jossi mußte kräftig an den mit Quasten geschmückten Schnüren der schweren Vorhänge ziehen. Die Fenster, die vom Boden bis zur Decke reichten, boten einen Ausblick über den Triumphbogen bis zum Eiffelturm. Paris erglühte unter ihnen in einem rosigen Abendrot, das sich über den ganzen Himmel wölbte. «Mein Gott», murmelte Yael.

«Weißt du was, Yael?» sagte er ruhig, während sie, in das rosige Glühen des Abendrots getaucht, so nebeneinander standen, «ich habe immer noch das Taschentuch, das du mir gegeben hast, als wir in Lod und Ramla einmarschierten. Das Blut ist vollkommen schwarz jetzt. Ich habe es nie gewaschen, ich habe es nur aufbewahrt.»

«Warum, du verrückter Mensch? Warum hast du diesen Fetzen aufbewahrt?»

«Weil ich dich für eine Göttin hielt. Ein weiblicher Soldat, der erste, den ich je zu Gesicht bekommen hatte, schön und hart im Nehmen und so hoch über mir! Ich habe es nie weggeworfen. Es muß irgendwo in meinem Gepäck sein.» Jossi spürte ein heftiges Zerren an seinem Ellbogen, das ihn eine halbe Drehung machen ließ, so daß er Yael ins Gesicht blickte. Sie sah ihn mit wild glitzernden Augen und einem kleinen Lächeln auf zusammengepreßten Lippen an.

«Eine Göttin, hey? Und was ist nun also noch einmal der Unterschied zwischen mir und der Venus von Milo?»

«Du hast Arme», sagte Kischote mit erstickter Kehle.

«Genau», erwiderte Yael und streckte sie ihm in den Ärmeln ihrer Lederjacke entgegen. Die Geste entsprang einem Impuls, genauso wie das Angebot, mit ihm nach Paris zu fahren. Jossi zögerte lange, bevor er eine Bewegung machte, so daß Yael sich leicht verlegen fragte, ob er sie machen würde. Dann aber riß er sie mit und setzte ihr Herz in Brand. Was das betraf, war Don Kischote, wie sie wußte oder hätte wissen können, kein Kind mehr.

Nachdem sie sich eine Weile atemlos geküßt und erregt gestreichelt hatten, machte Yael sich frei, um sich aus ihren Kleidern zu befreien; gerade noch angezogen, wenn auch zerzaust, stand sie einen Augenblick später schon nackt wie Eva vor ihm.

«Bei Gott, ich hatte recht, was diese Venus und dich anging», keuchte Don Kischote in seiner Verblüffung über diese unvermittelte Zurschaustellung nackter Schönheit. «Überhaupt kein Vergleich. Keiner! Besonders die Brüste.»

«Meine besten Stücke», sagte Yael und posierte mit vorgereckter Brust und hinter dem Rücken verborgenen Armen à la Venus von Milo.

«Stimmt, alle beide», sagte Jossi, und wie es in solchen Momenten passieren kann, brachen sie beide in ein nicht enden wollendes, grundloses Gelächter aus, während er sich so schnell wie möglich aus seinen Kleidern schälte, sie packte und ins Schlafzimmer schob und sich mit ihr auf das Himmelbett rollte.

Unten in der Bar wartete Emily Cunningham an einem schmalen Tisch auf Barak. Am Nebentisch rauchten zwei Deutsche schwere Zigarren, der eine korpulent und schwarzhaarig, der andere ein braungebrannter Skilehrertyp, und besprachen gewichtige Geschäfte. Es war fünfundzwanzig Minuten nach fünf. Der Rauch raubte ihr den Atem, aber die Bar war sehr voll, und sie wollte sich nicht von der Stelle rühren, ohne dem Israeli noch weitere fünf Minuten einzuräumen. Und siehe da, Wolf Blitz kam und bahnte sich auf der Suche nach ihr einen Weg durch die kleineren Männer, die in Dreierreihen um die Bartheke standen. Sie winkte ihm zu und setzte sich.

«Der Verkehr war unglaublich», sagte er. «Ich bin von außerhalb in die Stadt gefahren.»

«Ich bin gerettet. Fünf Minuten mehr, und mein Leben wäre ein Scherbenhaufen gewesen.»

«Sie haben eine komische Art, die Dinge auszudrücken.»

«Ich meine es absolut ernst.» Sie hustete, als ihr eine Rauchwolke in die Nase stieg.

«Das ist kein Ort zum Reden», sagte Barak. «Kommen Sie mit.»

«Wohin?» Sie erhoben sich beide.

«Ich kenne einen Amerikaner, der eine Suite hier hat. Er hat die Stadt verlassen, und er sagte, ich könnte sie benutzen, der Portier würde Monsieur Barak den Schlüssel geben. Zumindest werden wir dort ungestört sein.»

«Klingt reizend», sagte Emily Cunningham, während sie ihren pelzbesetzten Mantel ergriff. Sie trug einen schmucklosen Rock und eine blaue Hemdbluse, die den Ansatz ihres kaum vorhandenen Busens sehen ließ. Im Hinausgehen ergriff sie seinen Arm. «Fünf Minuten! Ich bin so froh, daß ich nicht aufgegeben habe! Irrsinnig froh!»

«Hören Sie auf, dummes Zeug zu reden.»

In Lees Suite waren Yael und Kischote übereinander hergefallen und lagen nun, noch immer schwer atmend, unter dem Bettbaldachin. Yael lag mit dem Gesicht nach unten, den Kopf auf die Arme gebettet. Er saß aufrecht mit dem Rücken an das Betthaupt gelehnt, sein Körper vibrierte im Nachhall der Lust, sein Gehirn war in Aufruhr. Was nun? Er wußte, wie so viele Leute, über Yael und Pasternak Bescheid. Er hatte die Bemerkung über das Taschentuch ohne Hintergedanken gemacht. Er hätte nicht zu sagen gewußt, ob dies oder der ganze traumartige Tag, der mit Lees Francs finanziert wurde, Yael zu ihm hatte überlaufen lassen oder sonst etwas. Niemand war verführt worden. Es war einfach passiert.

Sie wandte den Kopf und lächelte ihm sanft zu. «Wow. Ich liebe dich nicht, Kischote.» Ihre Stimme war leise, belegt, zärtlich. «Das weißt du.»

«Eine einmalige Angelegenheit», sagte er.

«Nun, äh ...» Sie ließ den Rest in der Schwebe, beide brachen in Gelächter aus, und er schlang einen Arm um ihre Schultern, um sie an sich zu ziehen. Genau in diesem Augenblick hörten sie das geräuschvolle Öffnen der Flügeltüren und die Stimmen eines Mannes und einer Frau.

«Oh, l'Azazel!» rief Yael aus und stürzte in Panik aus dem Bett ins Badezimmer. Zev Barak betrat das Schlafzimmer und erstarrte in sprachloser Verblüffung.

«Kischote! Was zum Teufel treibst du hier?»

«Ich habe nur ein Nickerchen gemacht», sagte Kischote trotz seines heftigen Erschreckens beiläufig. «Was machen Sie in Paris, Zev? Und noch dazu in Lees Suite?»

«Kümmere dich nicht darum. Dein Bruder ist genauso ein Luftikus wie du. Wo ist Yael Luria?»

«Ich vermute, sie hat sich mit mir gelangweilt. Sie macht einen Einkaufsbummel.»

Barak steuerte auf das Badezimmer zu. «Wir haben Karten für die Comédie-Française heute abend ... Ich würde nicht da hineingehen, Zev.»

«Warum nicht?»

Jossi hoffte, Yael hätte die Tür geistesgegenwärtig versperrt, aber offensichtlich war dem nicht so, denn Barak öffnete sie nun. »Na ja, ich war gerade auf der Toilette. Es stinkt da drin.»

«Na und?» Barak ging hinein und begann gerade, seinen Reißverschluß aufzuziehen, als eine leise weibliche Stimme hinter einem dicken Duschvorhang hervor halb knurrend hervorstieß: *«Monsieur, Monsieur, pour l'amour de Dieu – allez-vous-en* [Um Gottes willen, gehen Sie weg]!»

Überrascht wie nur je in seinem Leben machte Barak seine Hose zu und stürzte, die Tür knallend, aus dem Badezimmer.

«Du verrückter Hund», blaffte er Jossi an, der nackt und mit einem einzigartig dümmlichen Gesichtsausdruck auf dem Bett saß, «warum zum Teufel hast du mir nicht gesagt, daß du eine französische Hure da drin hast? Bei Gott, du vergeudest keine Zeit.»

«Sie ist keine Hure», sagte Jossi. «Sie ist die Tochter eines Professors an der Sorbonne. Er unterrichtet mittelalterliche Philosophie.»

«Wo hast du sie kennengelernt?»

«Ich habe sie in einer Bar aufgegabelt.»

«Du bist ein Wahnsinniger.»

«Haben Sie eine Hure da draußen?»

«Was, bist du verrückt. Sie ist noch ein Kind.»

«Ich habe einen Blick auf sie geworfen. Ganz schön großes Kind, Zev.»

Barak schlug die Schlafzimmertür beim Hinausgehen zu.

«Es ist wohl jemand da, vermute ich», sagte Emily. Sie stand am Fenster. In Paris gingen die Lichter an. Die langen Reihen der Straßenlaternen leuchteten bereits.

«Ja, dieser Amerikaner hat einen verrückten israelischen Bruder. Er ist da drin.»

«Eine phantastische Aussicht, Wolf. Kommen Sie her und sehen Sie selbst.»

«Ja, sehr hübsch.» Er hatte das Mädchen hierhergebracht, um ungestört mit ihr sprechen zu können, aber diese französische Schlampe konnte ohne weiteres, möglicherweise splitternackt, herausplatzen, um an der Bar einen Drink zu nehmen. «Wir wollen woanders hingehen, Emily.»

«Meine Eltern nehmen gewöhnlich um diese Zeit ihren Tee auf dem Mezzanin ein.»

«Das hört sich gut an. Tee auf dem Mezzanin ist das Richtige. Kommen Sie.» Barak schloß lautstark die Türen hinter sich.

Verhalten kichernd und mit einem verführerisch drapierten Handtuch steckte Yael eine nackte Schulter aus dem Badezimmer. «Habe ich recht gehört, daß sie weg sind?»

«Sie sind gegangen.»

«Uff! Es ist ein Wunder, daß er meine Stimme nicht erkannt hat.»

Jossi wiederholte: *«Monsieur, Monsieur, pour l'amour de Dieu* ... Das war super, Yael. Er hat dich für eine französische Hure gehalten.»

Yael sah ihn etwas fassungslos an, brach dann in ein rauhes Lachen aus und warf mit einem verführerischen Ansatz von Stripteasetanz ihr Handtuch weg. «Eine französische Hure! Weißt du, ich sage dir was, Don Kischote. In meiner augenblicklichen Stimmung finde ich das fast ein Kompliment.» Sie sprang ins Bett zurück. «Ein nacktes Mädchen, sagtest du, kann das Tollste sein, das es im Leben gibt. Ich bin wahrscheinlich das falsche Mädchen, aber ...»

«Aber du bist dasjenige, das hier ist.» Kischote schloß sie in seine Arme.

«Das ist überhaupt kein Kompliment», versuchte sie zu protestieren, doch ihr «überhaupt kein Kompliment» wurde von einem Kuß erstickt.

Das Mezzanin war so geräumig und ruhig, wie die Bar klein und laut gewesen war. Eine alte Dame mit blauen Haaren und einem großen Hörgerät trank allein Tee und fütterte dabei einen außergewöhnlich fetten Pudel, der neben ihr angebunden war, mit Kuchenstückchen. Barak und Emily nahmen in einiger Entfernung von ihr Platz, und Emily bestellte bei einer Bediensteten in gestärkter Tracht *thé à l'anglaise*. Sie starrte Barak aus weitgeöffneten dunklen Pupillen an. «Es ist schummrig hier drinnen, und falls Sie es noch nicht erraten haben, ohne meine Brille bin ich so blind wie eine Fledermaus. Stört es Sie, wenn ich sie aufsetze?»

«Wieso sollte es?»

Während sie ein Etui aus ihrer Tasche holte, eine Brille mit dicken

Gläsern daraus entnahm und sie sorgfältig aufsetzte, sagte sie: «Weil Männer selten Annäherungsversuche bei Mädchen mit Brille machen.» Er sah sie verdutzt an. «Oh, das sollte ein Scherz sein. Es ist ein Vers, den jedermann in Amerika kennt. Von einer populären Dichterin. Ich habe versucht, sie zu imitieren – sie heißt Dorothy Parker –, und ich habe sogar ein paar Sachen an einige Zeitschriften verkauft, aber die leichte Muse liegt mir nicht. Sowenig wie die Lyrik, ob englische oder französische. Das stelle ich derzeit fest. Es ist traurig, aber auch befreiend. Ich muß etwas anderes aus meinem Leben machen.» All das sprudelte aus ihr heraus, während sie den Blick nicht von ihm ließ. «Hm. Graue Haare, Wolf.»

«Nur ein paar. Tauchen auf mit der Zeit.»

«Sind Sie glücklich?»

«Emily, Sie wollten mit mir sprechen. Worüber?»

«Wie kommt es, daß Sie in Paris sind, Wolf? Vater sagt, wir stünden unmittelbar vor dem Ausbruch eines Krieges um den Suezkanal, und Israel würde wahrscheinlich darin verwickelt sein.» Barak blieb stumm. «Nun, ich werde mich hüten, Ihnen solche Fragen zu stellen. Ich plappere nur so daher. Ich bin nervös.»

«Ich habe keine Ahnung, warum.»

«Sie haben keine Ahnung? Nun, vielleicht erkläre ich es Ihnen. André war im übrigen sehr beeindruckt von Ihnen.»

«Das ist mir aber unangenehm.»

«Warum denn?»

«Ich fürchte, ich habe ihn als Hiroshima im Trenchcoat geschildert.»

Emilys Blick wurde böse, und sie brauste auf. «Das ist äußerst widerwärtig.»

«Tut mir leid.»

«Ich meine, abgesehen von dem Seitenhieb auf den armen André, der begabt und harmlos ist, zeugt es von üblem Geschmack. Hiroshima ist ein tragischer Horror der Geschichte. Es eignet sich nicht für dumme Witze.»

«Stimmt.»

«Sehr grausam und roh, Wolf.»

«Okay.»

Sie verzog den Mund und biß sich auf die Lippen.

«Was ist los, Emily?»

«Ich versuche mir das Lachen zu verkneifen.»

Die Kellnerin brachte den Tee. Emily schenkte Barak formvollendet ein, fragte, wie viele Zuckerstücke er wolle, und bediente ihn auf eine steife, förmliche Weise, die in krassem Widerspruch zu ihrem unordentlichen Haarwust und ihrer zwanglosen Freizeitkleidung stand.

«Sie machen mich nervös», sagte sie dann unvermittelt, «weil ich mir nicht sicher bin, ob das hier wirklich ist. Ich kann gar nicht sagen, wie seltsam das ist. Sie wissen doch, was Phantasien sind. Vielleicht haben Sie auch welche.»

«Jeder hat welche.»

«Na schön, wahrscheinlich verlischt jetzt jeglicher Funke in unserer Beziehung, aber ich werde dir die Wahrheit sagen. Seit der Nacht, in der du vor acht Jahren zu uns nach Hause gekommen bist – der Nacht der Leuchtkäfer, wenn ich es mir recht überlege –, bist du in fast allen meinen Phantasien vorgekommen. Daß sich unsere Wege in Paris gekreuzt haben, kommt mir nur vor wie eine weitere, und als du mich gebeten hast, mit dir in diese Suite hinaufzukommen, mußte ich mich beinahe ins Fleisch zwicken, denn ich kann dir sagen, in manchen dieser Phantasien ging es heiß her. So, jetzt ist es heraus.»

«Und jetzt hast du mich nervös gemacht.»

«O ja, das möchte ich wetten. Dich? Das Merkwürdige daran ist, daß du *genauso* bist, wie ich dich in Erinnerung habe, wie ich dich in meinen Phantasien gesehen habe. Sogar deine grauen Haare habe ich in den letzten Jahren vor mir gesehen.»

Sie blickten einander über ihre Teetassen hinweg schweigend an, Emilys Augen waren fast schwarz hinter den Brillengläsern. Wenn Barak auch ratlos war, wie er mit dieser Wendung umgehen sollte, so war er doch in einem sicher. Dieses schrullige Mädchen durchlöcherte seine innere Selbstbeherrschung auf der ganzen Linie und entfachte eine Spannung in ihm, wie er sie seit seinem ersten Zusammentreffen mit Nakhama nicht mehr verspürt hatte. Was ging in ihm vor? Sie reichte im Aussehen nicht annähernd an

Nakhama heran, und dürre Frauen hatten ihn noch nie interessiert. Er hatte einmal ein Buch mit Gedichten von Dorothy Parker gelesen; der letzte Schrei, dachte er, in der aufgeblasenen Intelligenzija New Yorks. Diese merkwürdige Zwanzigjährige hatte kosmopolitische Gedichte dieser Art hingekritzelt und sogar verkauft und schrieb an einer Doktorarbeit über Lamartine; alles schön und gut, aber was hatte das alles mit sexueller Anziehungskraft, mit diesem Aufruhr in seinem ganzen Körper zu tun?

«Ich bin Jungfrau», sagte sie.

Bei diesem Wort drehte sich die blauhaarige Dame, die weit entfernt von ihnen im Mezzanin saß, zu ihnen um, bevor sie einen ganzen Eclair an ihren Hund verfütterte. Emily bemerkte die Bewegung und sagte zu Barak: «Habe ich jetzt geschrien?»

«Sie fummelt an ihrem Hörgerät herum, seitdem wir uns hingesetzt haben. Ich glaube, sie hat jedes Wort bis jetzt verstanden.»

Emily senkte die Stimme. «Na, ich hoffe, sie amüsiert sich gut.»

«Was ist mit André? Soviel ich mitbekommen habe, handelt es sich um eine wilde Liebesgeschichte.»

«Ach, mit André hat alles seine Ordnung. Ich bin streng christlich erzogen worden, und das ist hängengeblieben. Ich bin gehemmt bis zum Exzeß, und ihm bleibt nichts übrig, als auf mich einzureden und zu jammern. Ich hatte keinerlei Erfahrungen. Auf dem William-und-Mary-College war ich eine schmierige Streberin, Mitglied von Phi Beta Kappa, hatte nichts als Einser. Ich trat einer Studentinnenvereinigung bei und kündigte meine Mitgliedschaft nach der ersten Schlafanzugparty, als sie die Jungs hereinschleichen ließen. Ich bin eine totale Einzelgängerin. Ich habe nie einen Typ getroffen, der meinem Vater das Wasser reichen konnte. Folglich blieb ich, nehme ich an, bei Phantasien. Sehr ungesund, zweifellos.» Sie legte ihre Hand auf seine, und die Berührung war unerwartet und rührend. «Wenn ich nach Israel käme, könnte ich dann deine Frau kennenlernen? Ich bin offenkundig harmlos. Ich bin sehr neugierig.»

«Nakhama spricht kein Englisch.»

«Ach ja? Nun, das macht nichts. Und ich möchte deine Kinder sehen.»

«Emily, du bist doch kein Dummerchen. Deine Eltern hofften, ich würde dir André ausreden oder es zumindest versuchen.»

«Na schön, schieß los.» Zum erstenmal schenkte ihm Emily Cunningham ein freimütiges Lächeln. Sie hatte schöne Zähne, und ihr Lächeln hatte einen seltsamen, ironischen Zug, der besser zu einer älteren Person, vielleicht auch zu einem Mann, gepaßt hätte. «Ich würde mit Vergnügen hören, wie du das anstellst.»

«Ich habe so ein Gefühl, als wäre es nicht notwendig.»

Das Lächeln verschwand. «Ich bin verrückt nach André.»

«Aus Gründen, die nur du kennst, möchtest du deinen Eltern Kummer machen. Das ist dir gelungen. Wann machst du deinen Abschluß?»

Emily holte aus ihrer Tasche ein Notizbuch und einen Stift und reichte beides Barak. «Schreib deine Adresse und Telefonnummer in Israel auf.»

Immer aufgewühlter – sosehr, daß er einen Augenblick lang kurz davor war, sich zu weigern – kritzelte er das Gewünschte hin. «Ich würde dir nicht raten, in nächster Zeit nach Israel zu kommen.»

«Hat mein Vater recht?»

«Es ist ein schönes Land, und wenn du kommst, werden Nakhama und ich dir mit Freuden alles zeigen.»

«Noch etwas Tee?»

«Ich muß gehen.»

Sie sprang auf. «Was für eine Verabredung! Ich glaube, ich bin geheilt.»

«Von André?»

«Das ist meine Angelegenheit. Von Phantasien.»

«Yael», rief Kischote, als er aus einem kurzen Schlaf der Erschöpfung hochfuhr, «wie spät ist es?»

Sie warf einen Blick auf ihre Armbanduhr, schüttelte den Arm, als wäre er gebrochen oder ausgekugelt. «Viertel vor sieben.»

«Gehen wir immer noch in die Comédie-Française?»

«Selbstverständlich ... Oh, nein. Nein. Nicht schon wieder. Nein!» Die Flügeltüren am Eingang zur Suite, die leicht im Schloß klemmten, öffneten sich hörbar. «Nicht schon wieder!»

Eine fröhliche und rauhe Männerstimme tönte durch das Apartment: «Nun, das nenne ich Luxus, Isobel. Dein süßer Lee Bloom weiß, was er tut.»

«Gütiger Gott.» Yael versteifte sich und packte Kischote an den Schultern. «Das ist Sam Pasternak.»

«Bist du sicher?»

«Er muß mit Barak nach Paris gekommen sein», flüsterte Yael. «Das ist sicher eine militärische Mission. Kischote!» Sie zischte ihm wie rasend vor Verzweiflung zu. «Bei deinem Leben, sieh zu, daß er aus dieser Suite verschwindet. *Bei deinem Leben!*»

Sie schoß in die Ankleidekammer, wo sie ihre Kleider aufgehängt hatte. Kischote ergriff das Handtuch, das sie beiseite geworfen hatte, schlang es um seine Taille und spazierte in das Wohnzimmer, wo Sam Pasternak Isobel Connors umarmte und küßte. Über Pasternaks Schultern hinweg erblickte sie Kischote. «Ii-iik!» Sie entzog sich und starrte ihn mit vor Staunen weitaufgerissenen Augen an.

«Hallo, Isobel», sagte Kischote. «Ich dachte, du wärst in Cannes.»

«O ja. Na ja, ich fliege heute abend dorthin und –»

Pasternak rief aus: «Kischote! Wieso bist du nackt, und wo zum Teufel steckt Yael?»

«Kann ich mit Ihnen sprechen, Sir?» Er nahm Pasternak am Arm und zog ihn ein wenig von Isobel weg, die sich einen Whiskey an der Bar einschenkte und sehr verwirrt schien. «Yael ist in ein Kaufhaus gegangen, ich glaube, es heißt Lafayette oder so ähnlich ...»

«Galéries Lafayette.»

«Genau, und ansonsten habe ich eine französische *zonah* da drin.»

Sam Pasternaks kriegerischer Blick milderte sich und ging in ein beifälliges Grinsen über. «Eine französische *zonah*? Wie ist sie?»

«Das wollte ich gerade herausfinden. Ich treffe Yael in der Comédie-Française. Wenn Sie und Isobel Lust haben, sich anzuschließen ...»

«Nein, nein, sie muß das Flugzeug nach Cannes nehmen, und ich habe zu tun. Wie lange wirst du noch hier sein?»

«Sagen wir eine halbe Stunde.»

«Das ist recht.»

Isobel Connors sagte mit wiedergewonnener Gelassenheit: «Also hast du ein Nickerchen gemacht? Weißt du, ich habe das Flugzeug nach Cannes heute morgen verpaßt. Mr. Pasternak ist ein alter Freund von mir. Wir sind uns soeben zufällig in einem Restaurant über den Weg gelaufen und –»

«Schön, schön», sagte Pasternak. «Wir wollen unserem jungen Freund sein Nickerchen gönnen, Isobel. Er hat heute eine Menge Sehenswürdigkeiten besichtigt. Ich spendiere dir einen Drink an der Bar.»

Kaum waren sie gegangen, kam Yael im Slip mit wild geföhnten blonden Haaren aus dem Schlafzimmer. «Wunderbar. Wie hast du das fertiggebracht?»

«Ich sagte, du wärst eine französische Hure.»

«Schon wieder? Langsam fange ich an, es zu glauben. Wer war die Frau in seiner Begleitung, dieses dreckige Schwein?»

«Ich habe keine Ahnung», erwiderte Don Kischote aus prinzipiellen Erwägungen heraus.

«Die arme Ruthie. Was für ein Schurke er ist! Na ja», preßte Yael zwischen den Zähnen hervor, «ich kann ihm offensichtlich keinen Vorwurf machen, aber dafür wird er mir büßen. Ich habe meine eigenen Methoden.»

«Ich muß mich duschen», sagte Jossi. «Sind meine Klamotten für die Comédie-Française gut genug?»

«Das spielt keine Rolle. Wir gehen so hin, wie wir sind.» Jossi sah an seinem in ein Handtuch gewickelten Körper hinab, und sie brach in schallendes Gelächter aus. «Wie wir bald sein werden.»

Er stand am Fenster, und aus einem gerührten Impuls befriedigter Lust heraus stürzte sie sich auf ihn und umarmte und küßte ihn zärtlich.

«Ach, sieh nur hinaus, Kischote. Paris hält alles, was die Bücher versprechen. Stimmt's? Es verzaubert einen. Ich hatte einen Traum. Du warst ein sehr netter Teil davon. Ich wünschte beinahe, ich würde dich lieben, aber es ist einfach kein Raum dafür. Und du hast ja Schaijna.»

«Auf zu *Tartuffe*», sagte Don Kischote einen Hauch gleichgültiger, als sie so bald nach ihrer gemeinsamen Hingabe gewünscht hätte. «Wer geht als erster duschen?»

16

Der Mitla-Paß

Die Villa, in der Ben Gurion wohnte und mit den französischen und britischen Ministern zusammentraf, war etwa eine halbe Autostunde von Paris entfernt. Pasternak und Barak trafen am folgenden Tag kurz vor Mittag dort ein und fanden ihn in einem alten Pullover und mit offenem Hemdkragen, wie er unter Obstbäumen, deren herbstfarbene Blätter zu Boden fielen, Prokop las. Seine Unbeschwertheit und Gelassenheit, mit denen er sie begrüßte, ließen Zev Barak schlußfolgern, daß er zu einer Entscheidung gekommen war und daß diese zugunsten eines Krieges ausfiel. Wenn Ben Gurion vorgehabt hätte, seine Gastgeber abschlägig zu bescheiden, nach Israel zu verschwinden und aus dem Spiel auszusteigen, dann hätte er jenen verbissenen, besorgten Gesichtsausdruck aufgesetzt, mit dem er unerfreulichen Konfrontationen entgegensah.

«Es ist verblüffend», begrüßte er sie und schwenkte sein Buch, «was ich hier lese. Seht ihr, dieser Typ hier war der offizielle Geschichtsschreiber von Byzanz unter Justinian. Er pries seinen Kaiser als Giganten, als Genie und so weiter. Später schrieb er eine ‹Geheime Geschichte›, die in diesem Buch enthalten ist. Darin greift er Justinian so an, wie unsere Zeitungen mich angreifen. Nichts ist von Dauer in der Geschichte, aber wahr ist auch, daß es keine großen Veränderungen gibt ... Aha, da ist Mosche.»

Einen Apfel kauend erschien Dayan, gefolgt von einigen Assistenten. Ben Gurion holte aus seiner Brusttasche ein gelbes Papier, das auf beiden Seiten über und über mit seiner Handschrift bedeckt war. «Mosche, ich habe mir über Nacht deinen Kompromiß durch den Kopf gehen lassen. Erklär mir noch einmal in einfachen Worten, worin der neue Plan besteht und warum die Briten ihn akzeptieren müßten. Und wenn *sie* es tun, warum *ich* es dann auch tun sollte. Ist das keine *tartai d'satrai* [kein Widerspruch]?»

«Sam, hast du eine Operationskarte vorbereitet?» fragte Dayan. Als er in der vergangenen Nacht mit Ben Gurion in aller Eile die Veränderung der Operation KADESCH durchgegangen war, hatte der Stabschef die neue Strategie nur auf die Innenseite einer Zigarettenpackung skizziert.

«Kleiner Maßstab», sagte Pasternak und reichte ihm eine herausgerissene Seite aus einem Geschichtsbuch, das er in der Botschaft gefunden hatte.

Dayan musterte schnell die kleine Karte, die übersät war mit Pfeilen und Truppensymbolen, und gab sie Ben Gurion. «Sie taugt schon für unsere Zwecke. Die Änderung betrifft hauptsächlich den zeitlichen Ablauf, Herr Premierminister, wie Sie gleich sehen werden.» Dayan deutete forsch auf die Karte. «Die meisten feindlichen Streitkräfte auf dem Sinai sind im Norden konzentriert, daher hatte ich ursprünglich vor, dort zuerst anzugreifen. Statt dessen werden wir auf der zentralen Achse mit einem Fallschirmspringereinsatz in Bataillonsstärke über dem Mitla-Paß, wo Sam einen Stern eingezeichnet hat, beginnen. Das liegt mehr als hundertfünfzig Kilometer hinter der ägyptischen Grenze, weniger als sechzig vom Kanal entfernt. Man kann also mit Fug und Recht darin die Kriegshandlung sehen, die die Briten wünschen, *wir* aber können es als großen Vergeltungsangriff ausgeben, und wenn die Situation keine günstige Entwicklung nimmt – wenn die Briten beispielsweise am Ende nicht Wort halten –, können wir die Jungs leicht wieder herausholen. Mit Sicherheit ist es ein großer taktischer Überraschungscoup. So weit weg von unseren Flughorsten, so nahe bei den ihren.»

«Und angenommen», entgegnete Ben Gurion mit einem prüfenden Blick auf Dayan, «Nasser sieht darin auch eine Kriegshandlung und schickt seine fünfzig Iljuschin-Bomber aus, damit sie Tel Aviv und Haifa in Brand setzen? Hm? Was ist dann?»

«Sir, die Franzosen haben versprochen, daß sie drei Kampfgeschwader auf unseren Flugbasen stationieren. Wenn sie sie bis zur Stunde X nicht in Bewegung gesetzt haben, sind wir nicht mehr an die Abmachung gebunden. Aber sie wollen, daß wir marschieren, Sir, und sie werden sie in Bewegung setzen.»

Der Premierminister konsultierte sein gelbes Blatt und überhäufte Dayan mit Fragen. Offensichtlich hatte er den Plan verstanden und hatte nur nach einer «einfachen» Erklärung gefragt, um zu hören, wie Dayan den Plan den Briten gegenüber erläutern wollte. Dayan schmetterte die bohrenden Fragen des Premierministers mit klaren Tatsachen und Zahlen ab. Er würde den Briten nicht sagen, so erklärte er, wo genau Israel angreifen werde, ausgenommen, daß der Einsatzort so weit hinter den ägyptischen Linien läge, daß die damit verbundene Bedrohung der Kanalzone als Kriegshandlung gewertet werden würde. Was das betraf, so müßten sie sich mit Ben Gurions Wort zufriedengeben.

«Nun, sie sollten sich lieber auf mein Wort verlassen, wenn sie wollen, daß ich ihnen helfe, Nasser loszuwerden. Es ist ein guter Plan, Mosche. Er wird manches Leben retten. Nun wollen wir mal sehen, wie die Briten darauf reagieren. Zev, komm mit mir» – er steckte das Blatt Papier mit den Fragen ein und hievte sich aus dem Gartenstuhl hoch –, «während ich mich zu dieser Besprechung anziehe.»

Die Möblierung seines Schafzimmers war beinahe museumsreif, denn die Villa gehörte einer alteingesessenen und sehr wohlhabenden Familie, die in jeder Hinsicht vertrauenswürdig war. Der alte, glatzköpfige Jude mit seinem Schmerbauch, dem von der Wüstensonne verbrannten Gesicht und seinen weißen Haarbüscheln an den Schläfen bildete einen merkwürdigen Kontrast zu diesem Ambiente. Er ging in Unterwäsche umher, holte einen dunklen Anzug, ein weißes Hemd und eine rote Krawatte hervor und redete dabei pausenlos. «Und jetzt paß mal auf, Zev. Heute noch muß ein Protokoll über die Absprache abgefaßt werden. Wann und wo auch immer das geschieht, du mußt dabei sein und die Formulierung Wort für Wort überwachen. Das Tippen können auch Assistenten besorgen», sagte er, während er in weite Hosen schlüpfte, «aber es ist sehr wichtig. Ein falsches Wort kann höchst gefährlich sein. Angenommen, wir kommen zu einer Einigung, dann wird alles Weitere sehr schnell gehen. Die Engländer werden schleunigst verschwinden wollen. Es wird sehr schwierig werden, noch etwas am Wortlaut zu verändern, wenn das Ganze erst einmal auf dem Papier steht. Achte darauf, daß von unserer Seite kein Wort verändert werden muß! Verstanden? Das ist deine Aufgabe.»

«Ich verstehe, Herr Premierminister.»

Nach stundenlangen zähen Verhandlungen gaben die Briten sich mit Ben Gurions Wort zufrieden und akzeptierten Dayans «Kriegshandlung». Ben Gurion akzeptierte ihr widerstrebend gewährtes Zugeständnis, ihr Ultimatum und ihren Angriff auf Nassers Luftstützpunkte um einige Stunden vorzuverlegen. In dem kleinen Schlafzimmer, in dem das Protokoll getippt wurde, ging Barak auf und ab und hörte zu, wie die britischen, französischen und israelischen Assistenten einem britischen Kollegen an einer tragbaren Schreibmaschine Zeile für Zeile auf englisch aus den Notizen, die sie während der Zusammenkunft gemacht hatten, diktierten. Mehrere Male winkte Barak den israelischen Assistenten zu sich, um eine nebulöse Formulierung in einem lebenswichtigen Punkt zu korrigieren, und immer konnte er seine Änderung durchsetzen.

Schließlich nahmen die drei französischen Minister, die beiden britischen Diplomaten, Ben Gurion und Dayan an einem Konferenztisch Platz, wo der Text von einem Assistenten verlesen wurde. Ben Gurion unterbrach immer wieder, machte Bedenkpausen und wiederholte manche Sätze mit lauter Stimme, während die anderen mit unverkennbarer Ungeduld signalisierten, daß sie die Angelegenheit endlich hinter sich bringen wollten. Als die Lesung beendet war, blickten die Konferenzteilnehmer einander an und nickten. Ben Gurion nahm dem Assistenten das Papier aus der Hand, unterzeichnete und reichte es dem französischen Verteidigungsminister, der, mit gespitzten Lippen und hochgezogenen Augenbrauen, ebenfalls unterzeichnete. Ben Gurion schob die Vereinbarung über den Tisch dem älteren der beiden Engländer zu, einem rangniedrigeren Diplomaten als Selwyn Lloyd. Lloyd war nicht wiedergekommen.

«Die ganze Angelegenheit ist in keiner Weise offiziell», sagte der Diplomat und verzog das Gesicht. «Wozu also Unterschriften?»

Ben Gurion erwiderte mit einem kalten Lächeln, und sein russischer Akzent war deutlicher hörbar als sonst: «Mit Sicherrheit missen wier unserre Iberreinkunft irrgendwie festhalten. Wozu hätten wier sonst hierr zusammengesessen?»

«Nun gut, aber nur im Sinne eines Festhaltens», sagte der Engländer und unterschrieb. Ben Gurion faltete das Papier zusammen und steckte es in seine Brusttasche. Minuten später hatten alle mit Ausnahme der Israelis die Villa verlassen.

Ben Gurion sah einen nach dem anderen an, und auf seinem wechselvollen Gesicht stand ein so ernster Ausdruck wie damals vor acht Jahren, als er die Unabhängigkeitserklärung verlesen hatte. «Jetzt, meine Herren, ziehen wier also in den Krrieg», sagte er.

Nun also brach das Land, das es nicht gab, aus seiner Nichtexistenz aus, und die Kinder Israels zogen wieder einmal, wie in längst vergangenen Tagen, in die Wüste Sinai, nur dieses Mal in entgegengesetzter Richtung.

Oberst Nassers Land hatte abgesehen von der geographischen Lage und den großartigen Altertümern keine große Ähnlichkeit mehr mit dem Ägypten der Pharaonen; weder in sprachlicher noch in religiöser Hinsicht, weder in Hinblick auf seine Kultur noch auf seine Sitten und auch nicht auf seine arabische Bevölkerung. Die Juden aber waren drei Jahrtausende später wieder genau die gleichen, Zwietracht säenden Israeliten des Exodus, sie hatten denselben Gott, dieselbe Sprache und denselben Nationalcharakter bis hin zu ihrer unüberwindlichen Neigung, ewig zwischen dem Grandiosen und dem Balagan hin und her zu schwanken. Genauso schwankend verlief auch die Schlacht am Mitla-Paß; halb grandios, halb Balagan, ein heroisches Fiasko, eine verkehrte Schlacht an den Thermopylen, die vollkommen zwecklos war.

Das Fallschirmjägerbataillon wurde vereinbarungsgemäß am Mitla-Paß abgesetzt, um eine internationale Überraschungsbombe, die französischen und britischen Landungen am Suezkanal, zu zünden. Das war seine einzige Aufgabe. Es hatte keine andere. Doch der Brigadekommandeur Ariel Sharon war über diese globale, geheime Strategie nicht im Bilde. Daher dachte er, seine Truppe sollte sich hundertfünfzig Kilometer hinter die feindlichen Linien durchschlagen, eine verständliche Fehlinterpretation.

Fünf Tage nachdem Ben Gurion das Abkommen in seine Tasche gesteckt hatte, stiegen sechzehn Transportflugzeuge auf, fünfundzwanzig Fallschirmjäger pro Flugzeug, und nahmen Kurs auf die über dem Sinai untergehende Sonne. Das war das Bataillon, das über dem Mitla-Paß abspringen und dortbleiben sollte, bis Ben Gurion die Reaktion der Ägypter und die Zuverlässigkeit der Briten abschätzen konnte. An den Franzosen zweifelte er nicht. Ihre drei Kampfgeschwader standen wie versprochen startbereit auf seinen Flugbasen.

Die sechzehn Dakotas, die dicht über dem Boden flogen, um nicht auf dem Radarschirm erfaßt zu werden, vermittelten zwar Fallschirmspringern wie Don Kischote, der durch die schmalen Fenster nach unten starrte, das Gefühl, dem Kampf entgegenzubrausen, in Wahrheit aber waren diese Maschinen klapprige, alte Armenhaus-DC-3s, die mit Mühe und Not dreihundert Kilometer in der Stunde schafften. Sie mußten weniger als dreihundert Kilometer zurücklegen, und eine halbe Stunde nach dem Start erreichten sie bereits ihre Absprunghöhe.

Das war eine lange halbe Stunde für Don Kischote, ein surrendes, angespanntes Schwirren ins Unbekannte. Diesmal gab es keine genau definierte Rückzugslinie wie bei den nächtlichen Überfällen, die durch Sperreinheiten und Deckungsfeuer abgesichert waren; das Bataillon würde weit weg in einer bergigen Wüste über einem Hornissennest aus feindlichen Panzern abspringen und in puncto Verpflegung, Treibstoff, Wasser und Waffen vollkommen vom Nachschub per Fallschirm aus der Luft abhängig sein, bis Arik Sharons Brigade sich hinter feindliche Stellungen und durch zerklüftetes Wüstengebiet zu ihnen durchschlagen konnte. Schwerfällig und durch seine Ausrüstung behindert, die er bis zum Überdruß kontrolliert hatte, verbrachte Jossi die sorgenbeladenen, sich dahinschleppenden Minuten in unbehaglicher und angespannter Stimmung. Seine Gedanken weilten bei dem heiklen gestrigen Treffen mit Schaijna, und er versuchte nach den merkwürdigen Geschehnissen in Paris, sich über seine Gefühle Klarheit zu verschaffen.

Schaijna war mit einem gewaltigen Niesen ans Telefon geeilt und hatte ihn dann überraschend unbeschwert begrüßt: «Sieh an, du bist zurück! Wie war es in Paris, und wo bist du jetzt?»

«In Paris war es ganz schön. Ich rufe aus dem Falafel King außerhalb meines Stützpunkts an. Hast du dich erkältet?»

«Und wie! Aber ich bin schon auf dem Weg der Besserung. Ich hab' mir die Erkältung in der Nacht von dieser Party geholt, draußen im Regen. Was für ein Glück, daß ich nicht mit dir gekommen bin, ich hätte dort wie hier nur mit Fieber im Bett gelegen. Komm und erzähl mir alles über Paris.» Aus ihrem Tonfall schloß Jossi, daß ihr Streit und die Tatsache, daß er mit Yael nach Paris gefahren war, spurlos an ihr vorübergegangen war und daß sie wieder ganz die liebevolle Schaijna war.

«Ich kann nicht.» Er telefonierte von einer öffentlichen Zelle vor den Toren der Luftwaffenbasis, wo Piloten und Fallschirmjäger mit ihren Frauen oder Geliebten zusammensaßen und sich bei Falafels und Bier auf gut Glück verabschiedeten, denn es lag in der Luft, daß die Aktion unmittelbar bevorstand. Er senkte die Stimme. «Höchste Alarmstufe.»

«Dann komme ich auch hin.»

«Nicht, wenn du krank bist.»

«Blödsinn. Wann paßt es?»

«Ich habe meiner Kompanie ab sieben freigegeben.»

«Ich werde dort sein.»

Wortkarg wie immer hängte sie ohne ein Kosewort ein. Schaijna hatte ihre undurchschaubaren Abgründe! Er wollte sie sehen, mit ihr zusammensein, bevor er in die Schlacht zog. Zugleich fürchtete er sich davor. Diese verrückte Affäre mit Yael in Paris hatte nichts mit seinen üblichen Spielchen in der Karl-Netter-Straße gemein. Wie konnte er Schaijna von Paris erzählen und das verschweigen? Das war es schließlich, was in Paris passiert war.

Als er um sieben Uhr am Tresen des Falafel King eintraf, stand sie bereits in einen Mantel gewickelt da. «Was ist los?» waren ihre ersten Worte, gefolgt von einem Niesen.

«Gott segne dich! Nichts.» Er sank in den Stuhl neben ihr. In dem trostlosen, frostigen Versammlungsraum des Stützpunkts mit großen Karten des Sinai und durchsichtigen Folien darüber, die gespickt waren mit Pfeilen, war die Mitla-Truppe soeben über ihre Mission aufgeklärt worden. Haarig! Es war eine Erleichterung, nicht mehr an Krieg, sondern an Liebe zu denken. Er liebte dieses Mädchen; ein Blick auf sie, und er wußte es. Paris bedeutete nichts. Selbst die gerötete Nase rührte ihn, weil sie ihm leid tat. Wenn sie lächelte, rundeten sich ihre Wangen auf eine ganz eigene Weise, die sie sehr apart aussehen ließ, und ihre Augen strahlten ihn an, wie es Yaels in Paris nie getan hatten. Aber wie Yael schon gesagt hatte, sie war nicht in ihn verliebt.

«Alle sagen, daß es Krieg gibt. In Jerusalem fangen die Leute wieder zu horten an», sagte Schaijna. «Mama ist nicht besser als die anderen, unsere Schränke quellen über. Die Läden leeren sich. Aber ich stelle dir keine Fragen.» Ihr scharfer Blick forschte in seinem Gesicht.

«Gut so. Laß es.»

«Und nun?» Sie umschloß seine Hand mit der ihren. «Erzähl mir von Paris. Hast du dich amüsiert?»

Eine vollkommen unschuldige Frage, oder etwa nicht? Auf ihrem Gesicht stand die übliche unverhüllte Freude über das Zusammensein mit ihm. Und doch, war sie nicht ein wenig zu unbeschwert und unbekümmert? Sie preßte seine Hand und fuhr fort. «Na schön, das war ein schrecklicher Streit letztes Mal. Ich werde als erste darüber sprechen. Es tut mir leid, Jossi. Hast du mir nicht über diese Fallschirmjäger erzählt, die wie festgefroren sind und nicht springen wollen? Das war es. Paris war wie ein Sprung, und ich bin festgefroren. Den Kampf mit meinem Vater hätte ich wohl durchstehen können, aber ich habe es nicht getan, und jetzt ist es vorbei und erledigt. Wie der Zufall es will, bin ich dann krank geworden, so war es ein Glück für uns. Ich hätte dich nur gestört. Und meine Eltern waren überglücklich, daß ich nicht gefahren bin!»

«Paris wird überschätzt», sagte Jossi.

«Nun komm schon. Inwiefern?»

«Na ja, vielleicht war ich auch nur nicht in der rechten Stimmung. Du hast mir gefehlt.» *Darin* war immerhin ein notwendiges Quentchen Wahrheit enthalten.

Ihre Wangen rundeten sich bezaubernd. «Oh, habe ich das? Wie nett. Fang ganz von vorne an. Erzähl mir alles, was du und Yael unternommen habt.»

(Zum Teufel!)

«Nun, am ersten Abend lud Lee uns in die Folies-Bergère ein.»

«Oh, là, là! In die Folies-Bergère. Tanzen die Tänzerinnen wirklich splitternackt?»

«Ja, oder mit den prächtigsten Kostümen, die du je gesehen hast. Mit gefielen sie angezogen besser.»

Sie warf ihm einen schnellen Blick voll alter Frauenweisheit zu und sagte: «Bestimmt. Und dann?»

Seine Schilderung des Oberkellners im Tour d'Argent und der Flohbude von Hotel brachte sie zum Lachen. Sie beneidete ihn um die Besteigung des Eiffelturms – «das klingt am tollsten» – und lauschte begierig seiner Beschreibung der Vier-Sterne-Sehenswürdigkeiten und der *Tartuffe*-Vorstellung. «Das war es schon», sagte er. «Bei unserer Rückkehr in dieses erbärmliche Hotel fanden wir die Telegramme vor, die uns mit dem ersten Flugzeug zurückbeorderten.»

«Was war mit dem Hotel George V?» sagte sie.

«Was soll damit sein?» Er erschrak zutiefst. «Möchtest du ein Falafel?»

«Diese protzige Suite, die deinem Bruder gehört. Was ist dort passiert?»

«Ich glaube, ich werde ein Falafel bestellen.»

«Dann nehme ich auch eins.»

Er warf ihr einen verstohlenen Blick zu, während sie warteten, bis der Mann am Tresen die Falafels einpackte. Sie saß in gefaßter Haltung da und zeigte keinerlei Regung von Eifersucht, Wut oder Argwohn. Was wußte sie? Hatte sie womöglich mit Yael gesprochen? Aber Yael war direkt mit ihm zur Basis von Ramla gekommen, wo Sam Pasternak Mosche Dayans Hauptquartier eingerichtet hatte, und seitdem hatte sie Tag und Nacht gearbeitet. Sie war ihm einmal in einem Flur begegnet und hatte blaß und mitgenommen ausgesehen und kaum ein freundliches Hallo im Vorbeigehen für ihn übriggehabt. Wie dem auch war, Yael würde niemals ein

Wort darüber verlieren. Oder etwa doch? Yael war eine harte Lady mit scharfen Krallen. Was verbarg sich hinter dem süßen Gesicht dieser neunzehnjährigen Sphinx?

«Bist du gar nicht in dieses Hotel gegangen?» fragte sie, als er die Falafels brachte. «Dein Bruder hat mir auf der Party von dieser Suite erzählt. Er sagte, er würde sie uns überlassen. Es hörte sich phantastisch an.»

«Oh, Lee gibt gerne an. Ja, wir sind mal hinaufgegangen, um ein Glas zu trinken. Man hatte eine wunderbare Aussicht von dort, aber mir kam sie mehr wie eine Filmkulisse vor. Unecht.»

«Ich wette, daß Yael begeistert war.» Er sah sie dümmlich an. «Sie hat einen Hang zum Luxus, da bin ich sicher.»

«Nun, wir waren beide ziemlich müde zu diesem Zeitpunkt. Sie hat sich ein wenig hingelegt.»

«Dort? In der Suite? Wie eigenartig. Warum nicht in eurem Hotel?»

«Sie behauptete, es gäbe dort Wanzen.»

«Wanzen! Igitt!»

«Sie hat sich nur kurz ausgeruht, danach gingen wir in die Comédie-Française.»

«Was hast du getan, während sie schlief?»

«Lee hatte ein paar schmutzige französische Heftchen dort rumliegen. Die habe ich gelesen.»

«Das sieht dir ähnlich.» Sie blickte ihn schweigend an, inzwischen mehr als nur ein bißchen skeptisch.

«Noch ein Falafel, Schaijna?»

«Ich schaffe nicht mal dieses hier.»

Jossi schien es offensichtlich, daß sie etwas spitzbekommen hatte oder schon etwas wußte. Warum nur hatte er so plump gelogen? Wozu Yaels Schläfchen, l'Azazel? Wozu die schmutzigen Heftchen?

«Ich sage dir etwas, Jossi. Langsam werde ich mißtrauisch.»

«Was? Warum das?»

«Ich glaube, daß du eine wunderbare Zeit verbracht hast, und du willst mich nur nicht unglücklich machen. Aber sei kein Narr, eines Tages werden wir zusammen nach Paris fahren. Wieviel Zeit hast du noch? Kannst du mich zur Bushaltestelle bringen? Der Bus muß in fünfzehn Minuten abfahren.»

«Gehen wir.»

In der Dunkelheit wollte er sie küssen. «Laß das. Du wirst dich anstecken.»

«Mir egal.»

«Nein, ich meine es ernst. Laß das.»

Er wußte, wann sie etwas ernst meinte. Schaijnas enganliegende Blue Jeans signalisierten eine gewisse begrenzte Bereitschaft zu Zärtlichkeiten, aber bestimmt nicht heute nacht. Schweigend gingen sie eine Weile nebeneinander her, dann sagte sie: «Hör zu, Jossi, meine Cousine Faiga heiratet demnächst. Gibt es irgendwelche Aussichten, daß du mich zur Hochzeitsfeier begleitest?»

Jossi, dem die Karten zum Absprung über dem Mitla-Paß noch frisch im Gedächtnis hafteten, erwiderte: «Wenn ich kann, werde ich kommen.»

«Es jagt mir Angst ein, wie meine Freunde rings um mich herum heiraten.» Schaijna lachte fröhlich in die Dunkelheit. «In einem Jahr werde ich die alte Jungfer in unserer Clique sein. Nicht, daß es mir etwas ausmachen würde. Weißt du, daß ich während deines Aufenthalts in Paris einen Heiratsantrag bekommen habe? Denk nur, was ich verpaßt hätte, wenn ich mitgekommen wäre!»

Das traf Kischote. «Wer denn jetzt?»

«Was meinst du mit: ‹Wer denn jetzt?› Bekomme ich so viele? Bertram Packer heißt er. Er kam vorbei, als ich krank im Bett lag. Genaugenommen hat er mich schon vor zwei Jahren gefragt, und jetzt, peng, kam er und fragte mich wieder.»

«Ist das einer deiner Freunde aus der Jeschiwa, die vom Militärdienst befreit sind?»

«O nein, Bert ist sehr fromm, aber er gehört zu den B'nai Akiva. Er hat seine drei Jahre abgeleistet und ist nun Reservist der Artillerie. Mach dir keine Sorgen, ich habe nicht angenommen.» Sie ergriff Jossis Hand. «Knurr nicht so. Du bist mit dieser reizenden Yael Luria nach Paris gefahren, und hast du mich etwa knurren gehört?»

«Letzter Check-up!» Ein schroffer Ruf des Sprungmeisters übertönte das Dröhnen des zweimotorigen Flugzeugs. Schnallen rasselten, Schalensitze knarrten, Uzis klirrten, unter den jüngeren Fallschirmjägern wurde krampfhaft gewitzelt, die Veteranen setzten einen geschäftsmäßigen Gesichtsausdruck auf, während sie Gurte, Rückenschirm, Reserveschirm, Aufziehleinen und die Befestigung der Beinsäcke überprüften. Zumindest in nächster Zeit hatte er anderes zu tun, als über Schaijna zu grübeln.

«*Dvukah Aleph* [Erste Seilschaft]!» Jossi und die fünf mit ihm verbundenen Männer standen auf und krochen mit am Seil eingehakten Aufziehleinen nach vorn, linkes Bein nach vorn, rechtes Bein nach hinten. Die Seitentür glitt auf, ein Schwall eisiger Luft schoß ihnen rauschend entgegen, das rote Licht der Abendsonne blitzte durch die dämmrige Dakota und tauchte die jungen Gesichter in Scharlachrot. Alle Witzeleien verstummten.

«*Kfotze* [Springen]!»

Jossi hatte sich als dritter in der Seilschaft plaziert, um zu sehen, ob der Sprung mit einem normalen Start begann. Der erste Springer machte seine Sache gut. Raus, und weg war er! Beim zweiten Springer sah man eine Andeutung von Erstarren, er trödelte länger als nötig.

«Kfotze!» Ein unwirscher Schubs ins Kreuz vom Unteroffizier. Weg war er!

Jetzt war Jossi an der Reihe. Er schob sich an die Öffnung, in den Wind, das Dröhnen! Die rote, halb versunkene Abendsonne hinter schwarzen Bergen. Anders als der Negev, wirklich hohe Berge. Vielleicht der Berg Sinai da draußen? Moses, die Zehn Gebote ...

«Kfotze!»

Lachend stürzte Don Kischote sich in die Tiefe, drehte sich immer wieder in der rauschenden kalten Luft. Kurzer freier Fall, wie zu erwarten ein komisches Gefühl in den Eiern – dann zogen ruckartig die Gurte an! Ein langsames Schwingen und Schweben, der Fallschirm flatterte und wogte wundervoll über ihm. Friedliche Stille, einzig das Knattern des Fallschirms war zu hören. Da und dort glitten Fallschirme am dunkelblauen Himmel dahin. Den Beinsack lösen, den Brustschirm lösen, alles frei treiben lassen ...

Da war sie, weit unten im Westen, die gerade noch in der Dämmerung erkennbare, einsame Säule des Parker Memorial, die den Beginn des Mitla-Passes markierte. Er und die anderen Springer, die den Himmel sprenkelten, landeten alle zu kurz, vier oder fünf Kilometer weiter östlich. Soviel konnte Jossi erkennen, dann kam ihm der graubraune, mit Felsgeröll übersäte Sand entgegen. Nicht viel Bodenwind. Gut. Er landete hart und gut, mit zusammengeklemmten Beinen, kippte leicht vornüber, sein bester Sprung bis jetzt! Und nun auf zu den Ägyptern! Überall um ihn herum landeten Fallschirmjäger, manche unbeholfen, andere geschickt; ganz in seiner Nähe ächzte und krümmte sich ein Junge aus einer anderen Kompanie vor Schmerzen, sein Bein lag verrenkt und verdreht im Sand. Jossi befreite sich von seinem Schirm und seiner Ausrüstung und rannte ihm zu Hilfe.

Der Abendstern war ein Edelstein im Sonnenuntergang, die Luft kühlte ab, und der Wind frischte auf, und im violetten Dämmerlicht war das Denkmal eine kleine, dunkle Erhebung direkt im Westen, wo der Horizont noch immer mit orangefarbenen Streifen überzogen war. Raful Eitan, der Bataillonskommandeur, ein kleiner, lederartiger Moschavnik, der ebenso charmant lächeln konnte, wie er zu kalter Grausamkeit fähig war, trommelte seine Truppe zusammen und musterte sie; ein guter Einsatz, nur ein Dutzend leichte Verletzungen bei vierhundert Springern. Raful dirigierte die drei Kompanien auf einer nur andeutungsweise erkennbaren Straße, die einer Kamelpiste ähnelte, durch die stille, frostigkalte Wüste westwärts. Kein Lebewesen und keine Vegetation waren zu sehen. Keine Spur von einem Ägypter. Nur vierhundert marschierende Männer, die in der leeren Unendlichkeit aus Sand und Felsen unter einer weiten, dunklen Himmelsschüssel wie eine verirrte Patrouille aussahen.

Als sie in der herabsinkenden Dämmerung unter dem zunehmenden Funkeln der Sterne das Denkmal erreichten, steckten sie eilig ihre Verteidigungsbastion ab, gruben sich ein, errichteten Sperren und Hinterhälte entlang der Kamelpiste und schalteten die Flugleitstrahlen ein. Während die Soldaten ihre Feldration aßen, dröhnten hochwillkommene dunkle Umrisse unter den Sternen heran, und

Gruppen von Fallschirmen schwebten herab und setzten unter den begeisterten Rufen der Fallschirmjäger Jeeps, Mörser, Munition, Gewehre, Verpflegung, Wasser und Medikamente ab. Die Fluggeräusche verstummten in der Nacht, und das Bataillon war in der Wildnis ausgesetzt, eine kleine leichtbewaffnete Fallschirmjägereinheit, ein gefundenes Fressen für jeden Panzerangriff.

«Ben Gurion hat hohes Fieber.»

Glattrasiert und mit blitzendem Auge betrat Mosche Dayan in den frühen Morgenstunden des folgenden Tages Pasternaks persönliches Büro in der Befehlszentrale, das in einer baufälligen Baracke auf dem alten britischen Luftwaffenstützpunkt außerhalb Ramlas untergebracht war. Es gab auch frisch ausgegrabene Kommandobunker auf dem Stützpunkt, aber Sam Pasternak hatte nicht die Absicht, diese Löcher zu benutzen. Bis jetzt war die ägyptische Luftwaffe nicht aufgestiegen, und wenn sie es tat, würde er bleiben, wo er war, so sagte er, und sich, was sein eigenes Überleben betraf, auf die ägyptische Treffsicherheit verlassen.

«Der Alte stand unter immensem Streß», sagte Pasternak.

«Trotzdem ist er vollkommen klar und will wissen, was vor sich geht.»

Pasternak wies müde auf das Durchschlagpapier über der großen Sinaikarte. Ein großer roter Kreis bezeichnete die Fallschirmjäger weit draußen auf dem Mitla-Paß, und zwei kurze schwarze Pfeile an der ägyptischen Grenze, im Norden und in der Mitte, markierten Infanterievorstöße, die schnell wieder zurückgenommen werden konnten. Dayan klopfte mit dem Knöchel auf die Markierung des Mitla-Passes und fragte: «Ist Arik Sharon schon aufgebrochen, um sich mit ihnen zu vereinen?»

«Vor einer halben Stunde funkte er: ‹Ich breche auf.› Er hatte nicht einmal die Hälfte der Sechsradwagen bekommen, die wir ihm versprochen hatten, also beschlagnahmte er jeden Zivilbus und jedes Auto, das ihm in die Hände fiel.»

«Du treibst jetzt diese Sechsradwagen auf, Sam, und befiehlst ihnen, sich ihm anzuschließen!»

«Das habe ich schon getan. In der Zwischenzeit marschiert er.»

Pasternak drückte einen Summer auf seiner Sprechanlage. «Yael, bring mir diese Depesche von Raful... Die erste Nachricht vom Mitla-Paß, Mosche, sie ist ziemlich beunruhigend. Seine Fernmeldeausrüstung wurde beim Sprung außer Gefecht gesetzt und fing gerade wieder an zu funktionieren...»

Mit der Depeschenmappe in der Hand und fliegenden Haaren eilte Yael herein. Dayan blickte auf das oberste Blatt und zeichnete es ab. «Ein paar ägyptische Patrouillenjeeps sind also im Dunkeln auf Raful gestoßen und davongekommen. Na und? Sie werden sich keinen Reim darauf machen können. Kairo ebensowenig. Nicht, bevor es eine Luftaufklärung gibt – Yael, du brauchst Schlaf.»

Sie lehnte sich gähnend und mit roten Augen an die Karte. «Sam braucht Schlaf. Kaffee, Dode Mosche?»

Dayan schüttelte den Kopf.

«Ich nehme noch einen», sagte Pasternak, und sie ging hinaus.

«Sowie ich mit B.G. gesprochen habe, fliege ich nach Süden», sagte Dayan.

«Wohin nach Süden?»

«Wo gekämpft wird.»

«Mosche, du wirst hier gebraucht.»

«Ich muß die Soldaten sehen, und es ist gut für sie, wenn sie mich sehen. Der Feldzug ist bis in alle Einzelheiten geplant. Du bleibst in Kontakt mit mir und hältst mich über alles auf dem laufenden, was ein Eingreifen meinerseits erforderlich macht.» Dayan musterte eine Zeittafel an der Wand, auf der in vier senkrechten Spalten – Israel, Frankreich, Großbritannien und die Vereinten Nationen – die geplanten Aktionen der nächsten beiden Wochen Tag für Tag dargestellt waren. «Du bist sehr optimistisch in Hinblick auf die UNO, nicht wahr? Keine endgültige Abstimmung in den nächsten zehn Tagen? Geh von der Hälfte aus.»

«Warum, Mosche? Alles hängt von den Amerikanern ab. Die Russen werden zetern und drohen, aber glauben Sie, Eisenhower wird seine Verbündeten im Stich lassen? Er wird schreien: ‹Was für eine Schandtat!›, das wohl. Aber er wird keine harten Maßnahmen ergreifen.»

Dayan schüttelte heftig den Kopf. «Dieser Dulles wird England und Frankreich sehr wohl im Stich lassen. Wir befinden uns in einem Wettlauf mit diesem alten Meckerfritzen, wenn *das hier* heute geschieht.» Sein steifer Finger zeigte auf zwei Eintragungen in der britischen und der französischen Spalte: *Ultimatum*. «Sonst stehen wir mit KADESCH allein da. Was auch okay ist. Wir wollen einen Blick in den Strategieraum werfen.»

In der Mitte des großen Raums, an dessen Wänden Operationsschaubilder aufgehängt waren, schoben weibliche Soldaten an einer breiten Tischkarte Markierungen hin und her, die ägyptische oder israelische Brigaden oder Bataillone symbolisierten, und bewegten Nadeln, die Frontlinien anzeigten. Junge Offiziere an Schreibtischen oder an den Schaubildern, viele davon mit Kopfhörern an langen Drähten, verfolgten inmitten des geschäftigen Summens der Gespräche, das vom Läuten der Telefone und von in den Hörer gebellten Befehlen unterbrochen wurde, den Gang der Ereignisse. Pasternak und Dayan gingen durch den Raum, befragten die Offiziere und erhielten Antworten wie: *«Ich bekomme keine Antwort»* ... *«Wir kommen nicht durch»* ... *«Die Meldung ist entstellt»* ... *«Ich kann nur raten»* ...

Als Yael Pasternak den Kaffee reichte, führte er die Tasse ohne ein Wort des Dankes oder einen Blick für sie zum Mund. «Tatsache ist, Mosche», brummte Pasternak, «die Verbindung ist eine Katastrophe. Schlechte Ausrüstung, ungenügende Ausbildung.»

«Ein Grund mehr, mich an die Front zu begeben.» Dayan machte eine Armbewegung zum Stabsraum hin. «Was das Bild angeht, das sich hier abzeichnet, so weit, so gut. Ich möchte um vier Uhr dreißig ein startklares Flugzeug.»

«Es wird bereitstehen.»

Dayan ging. Yael näherte sich Pasternak mit einem Fleischsandwich auf einem Pappteller. Er sagte kurz angebunden. «Ich habe keinen Hunger.»

«Du weißt gar nicht, ob du Hunger hast oder nicht.» Ihr Tonfall war leise und vertraulich. «Du weißt nicht, was du tust. Es ist ein Wunder, daß du noch stehen kannst. Du hast seit vierzig Stunden nicht geschlafen, ist dir das eigentlich klar?»

«Führst du Buch darüber?»

«Ich habe das Feldbett in dem Luftschutzraum hergerichtet.»

«Da riecht es wie in einem Grab. Ich werde nicht in dieses Loch gehen.»

«Doch, das wirst du. Mosche sagte zu mir: ‹Paß auf Sam auf, er macht seine Sache hervorragend, er ist unersetzlich.› Genau das sagte er, Wort für Wort.»

«In Ordnung.» Pasternak nahm das Sandwich. «Ich werde etwas essen.»

«Du wirst schlafen», sagte Yael halb flüsternd, ihre Stimme duldete keinen Widerspruch, «und zwar jetzt. Ich werde dich in einer Stunde aufwecken – oder früher, falls etwas Wichtiges durchkommt.»

«Also gut, dann kümmere dich um diese Sechsradwagen, die sich Sharon anschließen sollen, hörst du? Und sag Uri, er soll den verantwortlichen Offizier warnen, daß er sich auf das Kriegsgericht gefaßt machen kann, wenn er sich nicht mit Sharon trifft.»

Im Bunker deckte sich Pasternak mit einem Militärmantel zu, anstatt sich unter die rauhe Decke auf dem Feldbett zu legen, und zog an einer Schnur, um die nackte Glühbirne über sich auszuschalten. Yael kam mit einer Taschenlampe die Treppe herab und zog ihm, ohne sich um sein widerstrebendes Brummen zu kümmern, die Stiefel aus. «Es riecht wie in einem Grab», sagte sie. «Angenehm und friedlich. Die Rehovot-Sechsradwagen werden Arik treffen, tatsächlich werden sie als erste am Treffpunkt sein.»

«Was hast du in den Galéries Lafayette gekauft?» murmelte er im Halbschlaf.

«Wie?» Selbst halb schlafend, brauchte Yael einen Moment, um die Frage zu begreifen. «Oh, du meinst in Paris?» Es schien schon Monate zurückzuliegen.

«Nun, wenn du es genau wissen willst, französische Oh-là-là-Dessous.»

«Aha! So ist das. Also etwas, worauf man sich freuen kann.» Er versuchte, sie zu betätscheln, als sie den Mantel enger um ihn wickelte, und sie stieß seine Hand beiseite.

«Ach ja, glaubst du? Da wirst du dich noch lange darauf freuen können.»

«Du willst diesen Unfug also noch weiter treiben?»

Yael hatte seit einigen Monaten nicht mehr mit Sam Pasternak geschlafen, weil ihre Unzufriedenheit mit ihrer persönlichen Situation sich bis ins Unerträgliche gesteigert hatte. Es war nicht das erste Mal, daß es zu einer solchen Abkühlung zwischen ihnen kam, bisher war jedoch immer eine Phase wiederaufflammender Leidenschaft gefolgt.

«Nein, ich habe mit allem Unfug Schluß gemacht, ein für allemal. Kümmere dich nicht um diese Dinge, Sam, ruh dich aus.»

In Sams Büro fand sie ihren Bruder Benny mit einer fellbesetzten, verwegen aufgesetzten Kappe, wie man sie in Filmen über den Zweiten Weltkrieg sah. Im Gegensatz zu den meisten Offizieren in der Kommandobaracke wirkte er ausgeruht und bester Laune. «Hier ist der Bericht über meinen Auftrag, den Dode Mosche wollte», sagte er.

«Mosche war da und ist schon wieder weg. Wir haben eine ziemlich wilde Geschichte über dich gehört, Benny.»

«Lies erst mal, dann wirst du schon sehen.»

Sie zog aus dem Umschlag mit dem Siegel der Luftwaffe ein Durchschlagpapier, das engzeilig beschrieben war.

29. Oktober 1956

Aktionszwischenbericht – Dringend

Thema: Ausrüstungsmängel

1. Meine Gruppe hatte den Auftrag, die Überlandtelefonleitungen auf dem Sinai zu durchtrennen und so die Kommunikation des Feindes zu unterbrechen, um Meldungen über die Fallschirmjägerlandung auf dem Mitla-Paß zu verhindern. Vier Mustangs waren speziell für diese Aufgabe mit extra schweren Kabeln, an denen Haken befestigt waren, ausgerüstet, um die Drähte von den Polen wegreißen zu können.
2. Der Fliegereinsatz verlief planmäßig. Die Kabel mit den Haken wurden jedoch durch die Telefonleitungen von den Flugzeugen abgerissen oder gingen auf dem Weg zum Ziel verlo-

ren. Die Ausrüstung erwies sich als zu instabil für diesen Zweck.

3. Daher wurde beschlossen, die Leitungen mit Hilfe unserer Flügel und Propeller zu durchtrennen. Das geschah auch, der Auftrag wurde somit erfüllt. Alle bezeichneten Leitungen wurden ausgeschaltet.
4. Diese Methode ist allerdings sehr riskant, denn die Flugzeuge müssen vier Meter über dem Boden fliegen, und es besteht die Gefahr, daß sich Leitungen um die Propeller wickeln oder Flügel beschädigt werden. Wir schlagen daher vor, in Zukunft stärkere Kabelhaken oder eine effektivere Trennvorrichtung zu verwenden.

Benny Luria
Befehlshabender Offizier

Yael starrte ihren Bruder an, der Pasternaks angebissenes Sandwich aufaß. «Hast du diesen Auftrag wirklich ausgeführt?»

«Ich und drei andere Jungs. Warum?»

«Welcher total Verrückte hatte diese Propelleridee? Und wie konntest du bloß ein solches Risiko eingehen?»

«Also, das war so, Yael, letzten Monat flog ein Pilot im Training am Stützpunkt aus Versehen in einige Telefonleitungen und durchtrennte sie. Daher wußten wir, daß die Sache möglich war. Und es war nicht so schlimm. Es hat nur heftig gescheppert, und man wurde durchgeschüttelt. Ich habe meine Leitungen zweimal verfehlt, bevor ich sie entzweibekam.»

«Wurden die Flugzeuge beschädigt?»

«Nur ein paar Dellen und Kratzer. Der Propeller meines Flugzeugs bekam eine Kerbe ab. Mustangs sind zähe Arbeitspferde.»

Sie benahmen sich beide wie Filmschauspieler; der Flieger gab sich lässig, Yael tat entrüstet. In Wahrheit platzte sie vor Bewunderung für ihren Bruder, und Benny vor Bewunderung für sich selbst. Er hatte Blut und Wasser geschwitzt, als er in diese Leitungen hineingeflogen war.

Pasternak betrat mit Zev Barak den Raum, der soeben völlig erschöpft eingetroffen war und sich dringend rasieren mußte.

«Yael, ich konnte nicht schlafen. Hallo Benny! Hast du gehört, wie dieser Wahnsinnige die Telefonleitungen zersäbelt hat?» bemerkte er an Barak gewandt.

«Ich habe so etwas gehört.»

«Sam, warum greifen wir die ägyptischen Flughorste nicht an, weißt du das?» fragte Benny forsch. «Spätestens bei Tagesanbruch werden sie mit Sicherheit alle ausschwärmen. Sie sind uns vier zu eins überlegen. Wir verpassen die beste Gelegenheit, die wir haben.»

«Stell keine Fragen über Dinge, die dich nichts angehen.»

«Wessen Aufgabe ist es denn, gegen die ägyptische Luftwaffe zu kämpfen? Egal, hier ist jedenfalls mein Bericht.»

Yael sagte: «Zwei Kinder, und ein drittes ist unterwegs, und er macht etwas derartig Verrücktes.»

«Eine verrückte Familie», sagte Pasternak. Bruder und Schwester gingen lächelnd zusammen hinaus.

Als sie gegangen waren, sagte Barak: «Du hättest Benny in groben Umrissen erklären können, was los ist.»

«Was hätte ich ihm sagen können?» schnappte Pasternak. «Daß ein Luftangriff eine eindeutige Kriegshandlung ist und daß wir bis zum nächsten Zug der Briten so tun müssen, als handle es sich nur um einen Überfall? Du kannst ihn ja *im allgemeinen* informieren, ohne unsere Sicherheit zu gefährden. Meine Erlaubnis hast du!»

Barak betrachtete eingehend das Transparentpapier auf der Wandkarte, auf dem die geplanten Vorstöße in den Sinai eingezeichnet waren. Er fuhr mit dem Finger an der Südachse entlang, die in Eilat, dem südlichsten Punkt Israels, begann und dreihundert Kilometer an der Ostküste des Sinai nach Süden verlief bis nach Sharm el-Sheikh, der unteren Spitze der Halbinsel. «Sharon hat eine schwere Aufgabe, aber die Mission meiner Brigade ist womöglich noch heikler. Wir haben schlechtere Fahrzeuge, unsere Truppen bestehen aus älteren Reservisten, und das Gelände ist für Sechsradwagen ungeeignet. Wir können nicht genügend Vorräte für den ganzen Weg nach Sharm el-Sheikh mitnehmen, das ist klar.»

«Das ist dein Problem und das von Yoffe», sagte Pasternak. Barak war Oberst Yoffes stellvertretender Kommandeur. «Unser ganzes Ziel in diesem Krieg besteht darin, die Meerenge von Tiran wieder zu öffnen, egal, was die Briten und die Franzosen tun. Rede also kein dummes Zeug, sondern finde einfach eine Lösung für dein Nachschubproblem.»

«Nun, ich habe bei der Marine angefragt, ob sie uns in Dahab Nachschub liefern können. Das liegt auf halbem Weg nach Sharm. Unglücklicherweise liegen die Landungsboote, die den Nachschub transportieren könnten, in Haifa vor Anker.»

«In Haifa? Warum denn in Haifa? Warum sind sie nicht in Eilat, wenn wir seit Monaten terroristische Anschläge und Pläne für einen Krieg im Süden haben?»

«Das weiß keiner. Ein Balagan. Frag die Marine.»

«Schaff die Schiffe über Land nach Eilat.»

«Diese Möglichkeit habe ich gerade überprüft.»

«Und?»

«Es wäre wohl machbar. Man könnte sie per Bahn von Haifa nach Beersheba transportieren. Dort könnte man sie auf Plattformgüterwagen verladen und nach Eilat verfrachten.»

«Dann hast du die Anwort auf deine Probleme gefunden.»

«Nein. Ich habe mir die Mühe gemacht, die Strecke zu überprüfen. Es ist so, daß die Schiffe an einigen Gebäuden entlang der Gleise nicht vorbeikommen – Bahnhöfe, Hallen, Lagerräume, das Übliche.»

«Reiß sie ab.»

Baraks besorgtes Gesicht verzog sich zu einem vergnügten Grinsen. «Wirklich? Und wer gibt mir die Erlaubnis für eine solche Zerstörung? Und wer kommt dafür auf?»

«Das wird sich herausstellen. Du jedenfalls machst es.»

Yael kam mit düsterem Gesichtsausdruck zurück und übergab Pasternak eine Depesche. «Neues vom Mitla-Paß.»

«Hm!» Pasternak zeichnete die Nachricht ab und reichte sie Barak. ERWARTEN PANZERANGRIFF AUF UNSERE TRUPPE BEI TAGESANBRUCH. FORDERN DRINGEND LUFTUNTERSTÜTZUNG AN.

«Weck den französischen Verbindungsoffizier», befahl Pasternak Yael. «Deinem Freund Don Kischote wird eingeheizt.»

«Dem? Der wird die Granaten wie Schuppen abstreifen», erwiderte Yael beim Verlassen des Strategieraums, der nun in heller Aufregung war.

Barak und Pasternak sahen einander an. «Ist ein langer Weg von dieser tollen französischen Villa», sagte Pasternak.

«Ein langer Weg nach Sharm el-Sheikh», gab Barak zurück.

17
Musketiere und Omeletts

DON KISCHOTE lag in einem Schützengraben auf dem Rücken, starrte hinauf zu den funkelnden Wüstensternen, und durch seinen Kopf schossen fetzenhaft die Gedanken eines erschöpften Soldaten – Ehrfurcht vor der schwarzen Endlosigkeit des Universums, Sehnsucht nach Schaijna, nach ihrem schlanken Körper in seinen Armen, Besorgnis über das verwirrende letzte Zusammentreffen mit ihr, die Erinnerung an die verrückte Zeit mit Yael in Paris, die ihn laut im Dunkeln auflachen ließ. Eine französische Hure, in der Tat! Eine Leopardin! «*Eine einmalige Affäre . . .*» In der Tat, Yael!

Die ägyptische Panzerkolonne auf dem Weg zum Mitla-Paß war durch die Luftwaffe ausgeschaltet worden; so weit – so gut. Aber nach einem Tag voller Strapazen, an dem er Schützenstellungen aus Fels und Sand aufgetürmt hatte, und nach feindlichen Angriffen, die zwar keinen großen Schaden angerichtet, aber seine Arbeit zunichte gemacht hatten, fühlte er sich ausgelaugt und erschöpft. Was von anderswoher gerüchteweise zu ihnen drang, klang durchweg erfreulich; Siege im Norden, und Sharons Entsatzungsbrigade kam gut voran, nahm befestigte Vorposten ein oder umging sie und wurde für morgen irgendwann erwartet. Er hatte sich gemütlich hinter hohen Sandhaufen, gut geschützt vor einer steifen kalten Brise, eingerollt, um bis zur nächsten Wache noch eine Stunde zu schlafen, und dämmerte gerade ein, als ein Prickeln in den Nerven ihn aufschrecken ließ. Was war das? Ein schwaches Grollen; auf dem Boden oder in der Luft? Ein nächtlicher Angriff? Er ergriff sein Gewehr und sprang aus dem Graben. Überall um ihn her tauchten aus der Erde schattenhafte Gestalten von Fallschirmjägern mit ihren Waffen auf. Dann rief jemand: «Arik!» Der Ruf war hier und da zu vernehmen, und dann erkannte er eine Kriechspur schwarzer Käfer im Sternenlicht, eine kilometerlange Kolonne unter einer dahintreibenden Staubwolke weit weg im Nordosten.

«Arik! Arik!»

Er fiel ein in das Begrüßungsgeschrei, das die Fahrer der Lastwagen, Busse, Panzer und Halbkettenfahrzeuge empfing, als sie klirrend und mit heulenden Motoren eintrafen, viele mit zischenden Kühlern und dem Schlagen platter Reifen. Jubelnde Fallschirmjäger vollführten Freudensprünge und brüllten hurra. Soldaten sprangen von ihren Fahrzeugen herab, schmutzig, voller Sand und mit Bartstoppeln im Gesicht, und umarmten und küßten andere, die ebenso schmutzig und verstrubbelt waren wie sie. Besonders überschwenglich fiel das Wiedersehen zwischen Don Kischote und einem großen, pummeligen Soldaten mit roten Haaren aus. Sie schlugen sich gegenseitig auf den Rücken und schmeckten in atemlosen Küssen Schmutz und Staub auf stoppeligen Wangen.

Kischote liebte Aaron Stein, diesen dicken, nicht allzu hellen Kibbuznik, der seiner roten Haare wegen Jinji genannt wurde. Jinji wäre beinahe durch die Fallschirmspringer- und durch die Zugführerprüfung gefallen, und er liebte Kischote, weil er ihm geholfen hatte, beide zu bestehen. Ihrer Herkunft nach waren sie ungleiche Freunde; Kischote ein polnischer Immigrant aus Zypern, Jinji Sohn und Enkel von Pionieren aus Deganya Aleph. Jinji war ein hundertprozentiger Sabra, der von Geburt an nur ein breites Hebräisch sprach und von der Außenwelt sowenig Ahnung hatte wie von jüdischer Religion. Sein Weltverständnis beschränkte sich auf simplen zionistischen Sozialismus und seine Lebensweise auf das Wetteifern mit Gleichaltrigen aus Deganya Aleph. Er hatte sich einen Knöchel bei einem Sprung im Gurtzeug verknackst und anschließend bei seinem ersten Flugzeugabsprung zwei Rippen auf einem Felsen gebrochen. Der Kursleiter hatte ihm geraten, es statt dessen bei der Artillerie oder bei einer Panzerbrigade zu versuchen. Aber er war aus Deganya Aleph, er würde Fallschirmjäger werden oder sterben, und er war Fallschirmjäger geworden, wenn auch noch immer Zugführer, während Jossi es zum Kompanieführer gebracht hatte.

«Was für ein Marsch! Du wirst in die Geschichte eingehen», rief Jossi aus. «Vom Jordan zum Mitla-Paß in einer Nacht und einem Tag!»

«Der größte Balagan, von dem du je gehört hast», sagte Jinji mit rauher Stimme. «Wir haben ein paar Gefechte gewonnen, in dieser Hinsicht war alles okay, aber was Planung, Nachschub, Versorgung, Ersatzteile angeht – nichts! Ich sterbe vor Durst. Kann ich einen Schluck Wasser von dir haben?» Kischote setzte ihm seine Feldflasche an den Mund. «Reifenpannen, Motorschäden, Maschinen, die den Geist aufgaben, es ist unbeschreiblich. Wir wurden so kurzfristig mobilisiert, wir mußten so schnell aufbrechen, daß nichts organisiert war. Ich habe viermal unterwegs das Fahrzeug gewechselt und –»

«Aber jetzt bist du da.»

«Ich bin hier, du bist hier, und wir werden in die Geschichte eingehen! Seid ihr aus der Luft angegriffen worden?»

«Kein Problem. Unsere Luftunterstützung stieg auf. Sobald sie unsere Flugzeuge sahen, nahmen sie Reißaus.»

Jinji bohrte Kischote einen Ellbogen in die Rippen. «Schau her.» Raful Eitan und Arik Sharon beugten sich über eine auf der Motorhaube eines Jeeps ausgebreitete Karte und berieten im Schein einer Taschenlampe. Sharon drückte die windgepeitschte Karte mit einem langen Messer aus einem Futteral an seiner Hüfte nieder. Sharon, ein kräftiger blonder Sabra, der sich bei der Planung und Führung schonungsloser Vergeltungsmaßnahmen einen blutbefleckten Ruf erworben hatte, sah so schmutzverkrustet wie seine Männer aus. «Was kommt als nächstes, was meinst du?» fragte Jinji.

«Wenn ich diese beiden richtig einschätze», sagte Kischote – und als Kompanieführer hatte er viel Kontakt zu ihnen gehabt –, «dann brechen wir bei Tagesanbruch zum Suezkanal auf. Direkt hier durch.» Er schnipste mit dem Daumen zu dem Hohlweg hin, der zum Mitla-Paß hinaufführte, eine dunkle Erhebung im Sternenlicht. «Arik Sharon wird jeden einzelnen zum Kanal prügeln oder uns alle auf dem Weg dorthin umbringen.»

«Wurde der Paß ausgekundschaftet, Jossi?»

«Ja, aus der Luft. Sind keine Ägypter dort.»

An der Karte markierte Sharon mit dem Messer eine Route. «Es wird einige Zeit dauern, bis wir durch diese zwei Hohlwege marschiert sind, Raful, aber in dieser Suppenschüssel» – das Messer umkreiste den breiten zentralen Abschnitt des Passes –, «und das ist der größte Teil der Strecke, ist jede Menge Platz zum Manövrieren.» Seine Stimme war nur noch ein Krächzen, seine Augen waren geschwollen und beinahe geschlossen in einer Maske aus Schmutz und Sand, aber seine Zähne blitzten in einem wilden Grinsen, und seine Stoffkappe saß verwegen auf den Ohren. «Wenn wir erst einmal da heraus sind, haben wir mehr als die Hälfte des Weges geschafft.»

«Zu Befehl», sagte Eitan, der ebenso wie Sharon die Anweisung aus dem Generalhauptquartier kannte – wenn er auch kein Wort darüber fallenließ –, die besagte, daß jeder Vorstoß nach Westen in den Paß hinein untersagt war.

Denn noch immer war keiner der beteiligten Kommandanten in die weltpolitischen Bombenspielertricks der anglo-französischen Allianz eingeweiht worden. Eine Panzerbrigade im Norden hatte voreilig in einem nächtlichen Angriff die Grenze überschritten, woraufhin Dayan kochend vor Wut angeflogen kam und die befehlshabenden Offiziere der Brigade und der Nordfront heruntergeputzt hatte; das hatte beide zutiefst verwirrt, denn niemand anders als Dayan hatte in Lod und Ramla diese Heldenlegende für ehrgeizige Offiziere aus der Taufe gehoben, der sie nacheiferten, er hatte die Tradition begründet, Befehle zu mißachten und sich mit Karacho in den Kampf zu stürzen. Für Arik Sharon stellte der Mitla-Paß eindeutig die Chance dar, Lod und Ramla in den Schatten zu stellen, indem er als erster den Kanal erreichte, und Kischotes Vermutung war zutreffend; nichts würde ihn aufhalten können.

Am Morgen ersuchte Sharon per Verbindungsflugzeug um die Erlaubnis, auf den Paß vorzustoßen. *Abgelehnt.* Als nächstes erbat er die Zustimmung zur Entsendung einer «Patrouille», die nur den nahegelegenen östlichen Hohlweg auskundschaften sollte, damit er höhergelegenes Terrain am Paßeingang einnehmen konnte. Die Erlaubnis dazu wurde durch einen Stabsoffizier aus dem Hauptquartier überbracht, der mit sehr präzisen und begrenzten Anweisungen in einer Piper kurz landete. Als das Flugzeug wieder abgeflogen war, stellte Sharon eine «Patrouille» in Bataillonsstärke auf, die imstande war, den Paß in seiner gesamten Länge von sechsundzwanzig Kilometern gegen jeden potentiellen Widerstand zu erobern, und schickte sie los. Die Soldaten brachen an einem schönen Wüstenmittag in einer langen Kolonne aus Halbkettenfahrzeugen, Lastwagen, Panzern und schweren Mörsern zu den kahlen, flachen Hügeln der Talschlucht auf, während Rafuls Fallschirmjäger sich weiter in ihren Stellungen verschanzten.

Don Kischote hockte mit der Maschinenpistole in der Hand vor seinem Schützengraben, sah zu, wie die Kolonne knirschend davonzog, und rief dem vorbeifahrenden Jinji, der grinsend von einem Laster herabwinkte, zu: «Ich beneide dich!» Viele Male war Kischote in einer solchen Kolonne aufgebrochen und zum Ausgangspunkt eines Vergeltungsschlags gefahren. Aber das hier war Krieg, und das Ziel war kein geringeres als der Suezkanal! Die karge Felsenlandschaft ringsherum, die in zerfurchten Klippen und Bergen der Sonne entgegenstrebte, wühlte sein Blut auf; das war der Sinai des Mannas, des Goldenen Kalbs und der himmlischen Donnerstimme, genauso wie er ihn sich als Kind vorgestellt hatte. Natürlich wußte er nichts von dem globalen strategischen Konzept, sowenig wie Sharon oder Raful. Noch ahnte Kischote, daß dieser massive Vorstoß in den Paß einer Verletzung ausdrücklicher Befehle gleichkam; und er konnte ebensowenig wie Raful und Sharon wissen, daß im Laufe der Nacht eine starke ägyptische Abteilung, ausgestattet mit leistungsfähigen Waffen, den Mitla-Paß besetzt und sich in den Höhlen der Felswände eingenistet hatte.

Sam Pasternak ging mit wiegenden Schultern wie ein Bär im Zoo auf und ab. Er knurrte Barak an, der soeben zurückgekehrt war, nachdem er die Bahnstrecke nach Beersheba auf ihrer gesamten

Länge erkundet hatte. «Na gut, immerhin bist du endlich *hier*. Was ist nun mit diesen Landungsbooten? Hast du mit den Abrißarbeiten an der Strecke begonnen?»

«Wie sollte ich? Ich habe nie eine schriftliche Genehmigung von dir erhalten.»

«Ich werde Yael erwürgen.»

«Wo steckt sie?»

«Sie holt diesen Oberst Simon ab, Ben Gurions Verbindung zur französischen Regierung. Wir gehen zu B. G.s Haus – er liegt immer noch mit Fieber im Bett –, sobald Dayan hier ist. Dieses Flugzeug ist schon seit Stunden überfällig.» Pasternak warf mit Sorgenfalten auf der Stirn einen Blick auf eine Wanduhr. «Der Alte hat einen Brief von Eisenhower erhalten, der ihm nicht gefällt.»

Das Telefon klingelte. «Ja? Schnurstracks.» Er hängte ein und sagte, auf den Strategieraum deutend, zu Barak: «Es geht los. Dayan ist soeben eingetroffen, und er veranstaltet ein Höllenspektakel wegen dem Mitla-Paß.»

«Dem Mitla-Paß? Was ist am Mitla-Paß passiert?»

«Hast du nichts von Sharon gehört? Das wird sich gleich ändern. Komm.»

Zev Barak sah mit Entsetzen, wie Dayans Auge vor Wut unter dem mit einem Netz versehenen Helm hervortrat, so daß das Weiße in einem breiten Rand um die Pupille herum sichtbar wurde. Die Uniform des Generalstabschefs war staubbedeckt; sein Gesicht schmutzig und schweißnaß. Wütende Fragen hagelten auf Pasternak nieder: Wie war das passiert? Wer hatte Sharon die Erlaubnis gegeben, auf den Mitla-Paß vorzustoßen? Wo waren die Depeschen? Was geschah im Augenblick? Und was hatte es mit diesem Wahnsinn auf sich, daß Ben Gurion die Operation KADESCH abblasen wollte?

Pasternak nahm seine Zuflucht zur Sanftheit. Arik hatte nur die Genehmigung zur Entsendung einer Patrouille in die Talschlucht erhalten. Wie es hatte geschehen können, daß nun ein ganzes Bataillon unter schwerem Beschuß dort lag, das versuchte er erst noch herauszufinden. Was Ben Gurion anging, so war das britische Ultimatum vor Stunden abgelaufen, ohne daß die Engländer die ägyptischen Flughorste wie vereinbart bombardiert hätten, deshalb fürchtete der Alte, sie würden aus dem Krieg aussteigen. Die Amerikaner und die Russen beriefen eine Sitzung der Generalversammlung der Vereinten Nationen ein, und er beabsichtigte, vor dem Beginn der Versammlung – vermutlich durch ein Telegramm an Eisenhower – bekanntzugeben, daß Israels Vergeltungsschläge ihren Zweck erfüllt hatten und die Truppen abgezogen würden. Er hatte den französischen Oberst zu sich rufen lassen, um ihn über seine Absichten in Kenntnis zu setzen.

«Wo sind diese Meldungen über den Mitla-Paß?» brüllte Dayan. Ein junger Offizier mit verängstigtem Gesicht stürzte los, um ihm eine Depeschenmappe zu reichen. Während er durch die dünnen Seiten blätterte, brachte ein anderer Offizier Pasternak ein Telefon mit einer langen Schnur. Die Unterhaltung bestand an seinem Ende nur aus einem oder zwei kurzen Knurrlauten. Dann legte er auf und sagte: «Nun, Yael hat diesen französischen Oberst aufgetrieben, Mosche, du wirst also in B. G.s Haus erwartet.»

«Gut!» Dayan ließ die Depeschen auf den Tisch fallen. «Die Kriegsgerichte werden einiges zu tun bekommen, wenn das hier vorbei ist. Dieser Mangel an Disziplin ist unerträglich. Arik hat sich ordentlich in die Patsche gesetzt, und was auch immer geschieht, er wird mir jeden einzelnen verwundeten oder getöteten Soldaten da herausholen! Richte ihm das von mir aus, Sam!»

«Ja, Mosche.»

«Zev, holen Sie mich in fünf Minuten draußen ab. Wir werden mit Ihrem Auto zum Premierminister fahren.»

Als Dayan gegangen war, fragte Barak Pasternak: «Was war der Grund für diese Verspätung von Oberst Simon?»

«Er hat zu Mittag gegessen. Bei einem Franzosen kann das drei Stunden dauern. Ich wußte, Yael würde ihn loseisen, sie sagt, er kann die Augen nicht von ihrer Bluse abwenden. Sie erzählte mir, ihre Brust würde sich dann ganz komisch anfühlen.»

«Na ja, sie ist angezogen, das ist der Grund», sagte Barak. «Er ist an die Folies-Bergère gewöhnt.»

In Baraks beschlagnahmtem Wagen, einem alten Mercedes, der hin und wieder spuckte und dabei einen Satz nach vorn machte, fragte Dayan Barak: «Wenn Ihre Brigade heute abend Eilat verläßt, kann sie dann in drei Tagen Sharm erreichen?»

«Abraham Yoffe ist unser Kommandeur, Sir. Ihn müssen Sie fragen.»

«Ich frage seinen Stellvertreter, also reden Sie.»

Barak trommelte mit den Fingern auf dem Lenkrad, er ließ sich Zeit mit seiner Antwort. «Wir sind noch immer bei der Mobilmachung. Wir sind eine Reservistenbrigade, lauter Männer, die ihre Familien und ihren Beruf verlassen. Die zugeteilten Transportfahrzeuge sind immer noch nicht alle eingetroffen. Es gibt Probleme mit dem Nachschub, wie beispielsweise –»

«Die Sache ist die», unterbrach ihn Dayan mit trockener professioneller Ruhe, «uns bleiben vielleicht nicht mehr als drei Tage. Ich glaube, die UNO läßt sich so lange hinhalten, selbst wenn die Franzosen und die Briten aussteigen – was ich übrigens nicht annehme. Aber unser Ziel bei KADESCH war immer Sharm, und das ist es noch. Wir haben schon eine Menge Jungs verloren, und Sharon verliert noch mehr.» Pause. Dann sagte er in verändertem, leichterem Tonfall: «Also drei Tage? Ja oder nein, Zev?»

«Erinnern Sie sich, Sir, ich war bei der Operation YARKON dabei?»

«Und ob ich mich erinnere, ich habe Ihnen eigenhändig eine Auszeichnung angesteckt.»

«Das haben Sie, Sir, und wenn ich ‹ja› zu drei Tagen sagen soll, dann bin ich der falsche Mann.»

Dayan verfiel in bedrücktes Schweigen, während in Barak tief vergrabene Erinnerungen an die Torturen der YARKON-Mission aufstiegen. Vor mehr als einem Jahr hatte er in einer Patrouille gedient, die mit einem Schlauchboot weit unten auf dem Sinai gelandet war, um die glühendheiße Wüste zu Fuß zu erkunden und für den Fall eines Krieges eine Route für einen motorisierten Überraschungseinfall von Eilat nach Sharm zu skizzieren. Die Patrouille mit dem Codenamen YARKON war ausgeschickt worden, nachdem Nasser in Sharm el-Sheikh schwere Geschütze installiert hatte, die die Straße von Tiran blockieren konnten. Barak war dem Tod oder der Gefangenschaft näher gekommen, als er je gewollt hatte. Drei

Tage und Nächte lang war die Patrouille in der infernalischen Sommerhitze durch den Sinai getrottet, bis eine Beduinenbande auf ihre Fußabdrücke gestoßen war und eine ägyptische Kamelpatrouille alarmiert hatte, die ihre Spur aufnahm. Verzweifelt hatten sie um Hilfe gefunkt und waren schließlich von Zweisitzern aus der Luft gerettet worden, die halsbrecherische Lande- und Startmanöver auf ebenen Sandfleckchen vollführten. Lange Zeit danach noch litt Barak unter einer schweren Dehydration, die Sonne hatte ihn dem Tod weit näher gebracht als der Feind.

Nach einer Weile fragte Dayan unvermittelt: «Wenn man vom Zeitfaktor einmal absieht – gibt es noch andere ernsthafte Schwierigkeiten?»

«Eine vor allem, Sir.» Barak schilderte die Probleme mit dem Transport der Landungsschiffe.

«Ist es hoffnungslos?»

«Ich bin noch dran, Sir.»

«Nun gut, wenn der Abriß nicht rechtzeitig erfolgt, Zev – wird Ihre Brigade dann, angenommen, sie kann nicht von See aus versorgt werden, imstande sein, sich nach Sharm durchzuschlagen?»

«Nein, das wird sie nicht. Sie kann Sharm unmöglich erreichen. Es ist ein mörderisches Gelände für Mensch und Maschinen, davon hundertzehn Kilometer bergauf.»

«Dann muß das Nachschubproblem aus der Welt geschafft werden», sagte Dayan, «denn selbst wenn der Alte den Rest der Operation KADESCH abbläst, Zev, dann müssen wir beim jetzigen Stand bis Sharm el-Sheikh marschieren. Und nun los, Sie können ihm mehr über YARKON erzählen als ich.»

«Was kann ich erzählen?»

«Sie können ihm nach Ihrer Erfahrung aus der Operation YARKON erzählen, daß Ihre Brigade es in drei Tagen schaffen wird, egal, was passiert.»

«Sie wollen, daß ich lüge, Sir?»

Achselzuckend und mit einem schrägen Blick aus seinem einen Auge sagte Dayan: «Sehen Sie, es ist ja nur eine Schätzung. Jeder kann sich irren. Wenn wir erst einmal aufgebrochen sind, dann ziehen wir weiter, bis wir Sharm el-Sheikh erreicht haben. Dann kann er sich mit der Politik befassen. Das ist sein Job. Selbst wenn wir zum Rückzug gezwungen werden, können wir noch über eine Öffnung der Straße von Tiran und eine Garantie der Amerikaner für freie Durchfahrt verhandeln – aber nur, wenn wir Sharm haben, Zev.»

«Fünfzehn Minuten, nicht mehr», sagte Paula Ben Gurion. Sie stand in ihrem üblichen formlosen schwarzen Kleid vor dem Schlafzimmer Dayan und Barak gegenüber. «Dieser Franzose ist jetzt bei ihm, mit der kleinen Yael. Sie sind gerade gekommen.»

«Wie geht es Ben Gurion?» fragte Dayan.

«Er hat vierzig Grad Fieber. Eine schreckliche Grippe. Fünfzehn Minuten! Was auch immer an Entscheidungen ansteht, ihr werdet es binnen einer Viertelstunde entscheiden. Verstehst du, Mosche?»

«Eine Viertelstunde, Paula.»

Ben Gurion lag in einem weißen Nachthemd, das zusammen mit seinen lodernden weißen Haaren die auffällige knallige Röte seines alten Gesichts noch betonte, zurückgelehnt auf einem Berg Kissen. Seine Augen waren geschlossen, seine Arme auf der Decke ausgestreckt. Oberst Simon stand, die Hände auf dem Rücken verschränkt, am Fenster, ein beleibter, grauhaariger Militär mit einer prunkvollen, goldbestickten französischen Offizierskappe und Reihen vielfarbiger Orden auf seiner maßgeschneiderten Uniform. Er sah äußerst unbehaglich aus. Yael war an seiner Seite.

«Mosche ist hier, Ben Gurion», sagte Paula. Der Premierminister öffnete seine glänzenden Augen und richtete sich auf, wobei er seine Arme steif machte, um sich darauf abzustützen.

«Was ist auf dem Mitla-Paß los?» fragte er mit schwacher, heiserer Stimme.

Dayan gab eine knappe Zusammenfassung der Nachrichten. Ben Gurion wandte sich an den französischen Oberst und sagte auf englisch zu ihm: «Sehen Sie? Wir haben diese Jungs nur deshalb so nahe am Kanal abgesetzt, weil Ihre Regierung eine ‹Kriegshandlung› wünschte.» Sein Tonfall war müde und sarkastisch. «Nun sind meine Truppen heftigem Bodenbeschuß ausgesetzt, und was ist, wenn sie als nächstes von der ägyptischen Luftwaffe angegriffen werden? Wo bleibt der gute Wille Ihrer Regierungen? Die Briten versprachen, die ägyptischen Flughäfen lange davor zu bombardieren! Was also ist los?»

Während Yael übersetzte, murmelte Ben Gurion den israelischen Offizieren zu: «Ich glaube nicht, daß er Hebräisch versteht. Aber kann er Englisch?»

Plötzlich unterbrach der französische Oberst Yael mit einem schweren Akzent. «Mistair Premiairministair, verzeihen, für ernste Angelegenheit mein Englisch ist nischt gut genug.» Er lauschte aufmerksam, bis Yael geendet hatte, und antwortete dann ausführlich mit weitausholenden, gallischen Gesten. Baraks Französischkenntnisse waren nicht schlecht, aber ihm schien, als wanderten die Gedanken des Obersts ziellos umher, als spräche er ohne Sinn und Verstand über Omeletts und Musketiere. Er hatte den Eindruck, als entginge ihm der Sinn des Ganzen. Auch Dayan sah verdutzt aus.

Paula hörte mit gefurchter Stirn zu. «Er redet die ganze Zeit über ein Omelett. Hat er Hunger? Soll ich ihm ein Omelett machen? Aber erst nach dieser Versammlung.» Sie warf einen Blick auf den Wecker neben dem Bett.

«Musketiere ist der Codename für ihre Landungsoperation, das weiß ich», sagte Ben Gurion, «aber was will er ständig mit diesen Omeletts?»

Yael erklärte in schnellem Hebräisch, daß eine Operation OMELETT die Operation MUSKETIER ersetzte oder zumindest modifizierte. Damit verbunden war eine komplizierte Änderung der Landepläne, so daß die Flughäfen im Endeffekt zwar bombardiert würden, jedoch frühestens an diesem Abend.

Ben Gurion schüttelte schwer und zornerfüllt den Kopf. «Das ist nicht zufriedenstellend. Ich bin zutiefst enttäuscht. Wir sind praktisch in den Augen der Vereinten Nationen und der ganzen Welt schon als Aggressor verurteilt, während eigentlich Nasser mit seiner Blockade und seinen Fedajin-Angriffen den Krieg eröffnet hat. Wir haben zwei Fedajin-Nester zerschlagen, und das reicht. Ihre Regierung hat mein Vertrauen mißbraucht, Herr Oberst. Ich habe meinen Generalstabschef hierher beordert», er wies auf Mosche

Dayan, «um die Vergeltungsmaßnahmen zu beenden und meine Soldaten aus dem Sinai zurückzuziehen.»

Oberst Simons Gesicht wurde immer länger und betrübter, während Yael ihm dies in klarem Französisch erläuterte. Barak konnte nicht feststellen, daß er auf ihre Bluse starrte, die sich keß hervorwölbte. Das war Yael Luria für dich, dachte er. Für sie kreiste die Weltpolitik um ihre Titten.

«Er sagt», übersetzte sie die aufgeregte Antwort des Obersts, «daß er sofort mit seiner Regierung telefonieren möchte.»

«Paula, zeig ihm das Telefon in meinem Büro.»

«In Ordnung. Also will er doch kein Omelett? Wenn er eins will, kann er es haben.»

«Kein Omelett», versetzte der Premierminister.

«Neun Minuten», sagte seine Frau und winkte dem Franzosen, der in ihrem Gefolge das Zimmer verließ.

Ben Gurion ergriff aus den auf seinem Bett verstreuten Papieren ein Fernschreiben und reichte es Dayan. «Das kam vor einer Stunde aus Washington. Rabbi Abba Hillel Silver wurde ins Weiße Haus gebeten und beauftragt, es in unsere Botschaft zu bringen.» Ein schneller Blick, dann gab Dayan es achselzuckend an Barak weiter. Ben Gurion sagte: «Dulles hat es geschrieben oder diktiert, das ist sein Stil. Aber Eisenhower hat unterzeichnet. Es ist viel schlimmer als das letzte.»

In dem Brief, der in steifen politischen Phrasen abgefaßt und dem Rabbi persönlich anvertraut war, wurde in der Tat mit einer vollständigen Einstellung der militärischen und wirtschaftlichen Hilfe für Israel, mit einem Verbot von Spendensammlungen und mit Sanktionen bis hin zu einem Embargo für lebenswichtige Importe gedroht, falls die israelische «Aggression» nicht auf der Stelle beendet und die Truppen bis zu den Waffenstillstandslinien zurückgezogen würden. «*Es bleibt zu hoffen und zu erwarten*», fuhr der Schreiber fromm fort, «*daß die israelische Regierung die jüngsten Entwicklungen noch einmal reiflich überdenken wird, so daß die Notwendigkeit, derartige drastische Maßnahmen zu ergreifen, entfällt.*» Der Brief schloß mit einer Freundschaftsadresse an das jüdische Volk.

«In London gibt es einen Aufruhr am Trafalgar Square gegen Anthony Edens Politik.» Ben Gurions Stimme wurde schwächer. «Die Generalversammlung wird heute abend zusammentreten, um uns zu verurteilen und vielleicht aus der UNO auszuschließen. Die ägyptische Marine bombardiert Haifa und rückt in den Golf von Akaba ein. Ihre Luftwaffe greift unsere Truppen an allen Fronten an. Es gibt Hinweise, daß der Irak und Jordanien mobilmachen.» Er wandte sein vom Fieber gerötetes Gesicht Dayan zu. «Und du willst die Operation KADESCH fortsetzen? Warum?»

«Weil wir überall siegreich sind, Herr Premierminister», versetzte Dayan energisch, «und weil ich glaube, was Oberst Simon sagt. Sobald die Flughäfen bombardiert werden, wird die gesamte ägyptische Front auf dem Sinai auseinanderbrechen. Wir stehen vor einem großen Sieg und dürfen jetzt nicht aufhören.» Ben Gurion verzog das Gesicht zu einer sehr jüdischen, skeptischen Grimasse, krümmte die Schultern und neigte den Kopf. «Und um jeden Preis müssen wir Sharm el-Sheikh einnehmen.»

Ben Gurion wandte sich an Barak. «Wie lange wirst du brauchen bis Sharm?»

«Wenn es losgeht», antwortete Barak, «drei Tage.»

«Wann kann es losgehen?»

«Wenn der Befehl erteilt wird, auf der Stelle.»

Ben Gurion blickte zu Dayan, der mit ausdruckslosem Gesicht und leerem Blick vor sich hin starrte, dann wieder zu Barak. «Wolfgang, du erzählst mir eine Bobe-maisse.»

Paula trat ein, gefolgt von Oberst Simon und Yael. In einem schnellen französischen Redeschwall erzählte der Oberst, dem die Erleichterung ins Gesicht geschrieben stand, erneut etwas von Omeletts und Musketieren, wobei er einige mysteriöse Bemerkungen über Teleskope hinzufügte. Yael erklärte, daß durch die letzte Modifikation des Plans, die den Codenamen TELESKOP trug, die Landung um zwei Tage vorverlegt und die massive Bombardierung der Flugplätze garantiert mit Einbruch der Dunkelheit an diesem Abend angesetzt wurde. Der französische Verteidigungsminister war bereit, dies falls nötig Ben Gurion telefonisch zu bestätigen. Der Alte nickte ein ums andere Mal und lächelte dem Oberst zu.

«Ich werde Ihnen nicht die Hand geben», sagte er, «Sie könnten sich meine Grippe holen. Ich vertraue Ihrem Wort, und ich werde vor heute abend nichts weiter unternehmen. Richten Sie das Ihrem Verteidigungsminister aus.»

Yael übersetzte. Paula sagte: «Die Zeit ist um. Ruh dich aus, Ben Gurion! Yael, frag den Franzosen, ob er bestimmt kein Omelett will.»

«Oder ein Teleskop», murmelte Barak Dayan zu.

Ben Gurion überhörte das, und seine Augen blitzten sie witzelnd und listig an. «Wolfgang, keine weiteren Bobe-maisses. Mach deine Brigade startklar. Du hast eine schreckliche Strecke vor dir. Überstürz nichts, wenn du nicht dazu bereit bist. Das haben wir zur Genüge gehabt.» Er ließ seinen Blick auf Dayan ruhen, dann legte er sich in die Kissen zurück. «Ich möchte unverzüglich jede Meldung über den Mitla-Paß erfahren, die hereinkommt. Falls nötig, weckt mich auf.»

Die Lage am Mitla-Paß entwickelte sich viel schlimmer, als irgend jemand, der nicht vor Ort war, ahnen konnte.

Die Hügel am Eingang in den Engpaß sahen aus wie alle anderen im Negev und auf dem Sinai: braun, unfruchtbar, vom Wind erodiert, mit Felsbrocken übersät und ohne jedes Anzeichen von Leben, abgesehen von hartem, struppigem Gebüsch hier und da. Das Problem war das unsichtbare Leben darin. Von diesen stillen, toten, flachen Anhöhen herab explodierten gewaltige Salven. Diese hatten die Vorhut in einem Überraschungscoup überrumpelt und ihren Munitionswagen himmelhoch in die Luft gejagt, den Tanklaster unter schwarzen Rauchschwaden in einer Flammensäule aufgehen lassen, zwei Panzer zerfetzt sowie den Kommandeur und seine Truppe in einer Falle eingeschlossen. Hinter ihnen lagen brennende Fahrzeuge und unsichtbare Geschütze; vor ihnen unbekannte Überraschungen; von den Hügeln der Talschlucht kam tödliches Kreuzfeuer, sobald die in der Falle sitzenden Soldaten die Deckung ihrer Fahrzeuge verließen oder ihre Köpfe aus dem Schutz der Wadis, den Schützengräben der Natur, erhoben. Über Funk kamen nur noch entstellte, verzweifelte, sich überschneidende Durchsagen:

«Uri, Uri, hör auf, du schießt auf uns...»

«Negativ, negativ, Motta, wir schießen nicht...»

«...Ja, ja. Wir versuchen kehrtzumachen und euch zu helfen» – das kam von einer Kompanie mit Halbkettenfahrzeugen, die den Kommandeur überholt hatte –, *«aber wir kriegen einen beschissenen Kugelhagel ab...»*

Und so ging es weiter, ein endloses Durcheinander heiserer Stimmen, das hin und wieder durch herabprasselnde, pfeifende Kugeln, Mörsergedonner und die dünnen Rufe der Verwundeten übertönt wurde.

Außerhalb der Reichweite des feindlichen Feuers befanden sich weit abgeschlagen die Fahrzeuge zweier Fallschirmjägerkompanien, die von Sharon zur Rettung der im Hinterhalt gefangenen Truppe losgeschickt worden waren. Sharon selbst hielt sich fern und bereitete sich auf den Kampf gegen eine Panzerkompanie vor, die laut Berichten von Norden her im Anmarsch war. Die Fallschirmjäger, die an der Rettungsaktion teilnahmen, stellten eine Batterie schwerer Mörser auf; die Frage war nur, wohin sie sie abfeuern sollten? Im strahlenden Licht der Nachmittagssonne und in den aus dem Hinterhalt aufsteigenden Rauch- und Staubschwaden schien das feindliche Geschützfeuer von überall und nirgends herzukommen.

Wie also sollte man gegen diesen unsichtbaren Hinterhalt ankämpfen? Der Befehlshaber des Rettungstrupps beschloß, zu einem verzweifelten Mittel zu greifen und einen Jeep als bewegliches Ziel direkt durch die Schlucht zu schicken, während Späher die Hügel mit Ferngläsern beobachteten, um so die Gewehrstellungen festzustellen. Don Kischote gehörte zu denen, die sich als Freiwillige meldeten, und Raful Eitan, der die Rettungsaktion beobachten sollte, bot sich selbst als Fahrer des Jeeps an. Ausgewählt wurde schließlich Yehuda Kan-Dror, der persönliche Fahrer des Kommandeurs. Kischote ertrug es kaum, ihn weggehen zu sehen, denn er wußte, daß Kan-Dror bereits einen Bruder im Unabhängigkeitskrieg verloren hatte.

Nach wenigen Minuten war alles vorbei, doch es waren sehr lange Minuten, in denen der Jeep auf der unebenen Piste in die

Schlucht hineinholperte, hinter sich eine Staubfahne, und dabei ein ohrenbetäubendes, ununterbrochenes Trommelfeuer von den Hügeln herab auf sich zog. Kischote, der durch sein Fernglas die Hügel hätte beobachten sollen, brachte es nicht über sich, seine Augen von Kan-Drors schlingerndem Kurs abzuwenden. Er konnte sehen, wie auf dem ganzen Fahrzeug dunkle Einschußlöcher erschienen, wie der Helm des Fahrers hin und her zuckte, während er immer wieder getroffen wurde. An einer Biegung der Schlucht kam der Jeep mit rauchendem Motor zum Stillstand. Kan-Dror taumelte vom Fahrersitz, machte ein paar stolpernde Schritte und entzog sich ihren Blicken im Schutz eines Wadis.

«*Gibor hayil* [ein tapferer Mann]», sagte jemand mit gedämpfter Stimme, und er sprach allen Zuschauern aus der Seele. Doch der Heldenmut war vergeblich. Die weit auseinandergezogenen, flachen Hügel im Norden und Süden waren mit Höhlen übersät, und es war nicht auszumachen – so behaupteten die Späher –, von welcher das gewaltige Rundumfeuer gekommen war. Kischote fragte sich, wie viele von ihnen es wirklich fertiggebracht hatten, den Blick von Yehuda Kan-Drors Fahrt abzuwenden.

Die Rettungseinheiten hatten Befehl, die Opfer um jeden Preis herauszuschaffen. Das war eine eiserne Regel in der israelischen Armee, die noch auf Palmachzeiten zurückging, als die Stoßtrupps aus Sandkastenfreunden bestanden. Ein Soldat wie Yehuda Kan-Dror, der mit dem weißen, starren Gesicht eines Mannes aufbrach, der glaubte, in den Tod zu ziehen – Don Kischote würde nie dieses Gesicht beim Start des Jeeps vergessen –, wußte, daß er wahrscheinlich in ein Krankenhaus gebracht würde, wenn er verletzt war; und wenn er fiel, dann würde er ein Grab in Israel bekommen, wo seine Eltern ihn besuchen konnten. Doch die Schlucht wurde noch immer von den Höhlen aus beherrscht, und die Opfer konnten unter ihrem Beschuß nicht geborgen werden. Es blieb nur eine einzige mühsame und gefahrvolle Alternative: ein Schützennest nach dem anderen durch kleine Angriffstrupps auszuräumen.

Diese Aktion begann nach Kan-Drors Fahrt und zog sich den ganzen Nachmittag über bis zur Dämmerung hin, als es einfacher wurde, die Geschütze an ihrem Mündungsfeuer auszumachen.

Kleine Trupps erkletterten auf Umwegen die Hügel an den Flanken, krochen durch Gelände, das vielleicht unter feindlichem Beschuß lag, kämpften sich stundenlang felsige, steile Hänge hinauf, um zu den Höhlen vorzudringen, ohne in die Schußlinien zu geraten. Als die Dämmerung sank und die ersten Sterne aufgingen, wurde klar, daß an der südlichen Flanke die meisten und die schwersten Waffen in Stellung gebracht waren; sie bestrichen die Trupps, die sich an der Nordflanke bewegten, mit weitreichenden Waffen und mehrten die Zahl der jüdischen Opfer.

Don Kischote und sechs Soldaten aus seiner Kompanie schoben sich auf einer schmalen Felsnase an der Südflanke, wo ein unsicherer Stand im Geröll und tiefe Abgründe zu beiden Seiten ein langsames Vorwärtstasten erzwangen, zu einer Stelle vor, aus der blitzende, lautstarke Salven hervorkrachten. Das Gelände wurde breiter, er sah schattenhafte Umrisse unter sich, und auf seinen scharfen Anruf antworteten schnelle Rufe auf hebräisch. Es war Jinjis Zug, und sie zeigten ihm den abfallenden Hang und einen langen, gewundenen Pfad, der in die Geschützhöhle führte. «Er versuchte, uns dort hinunterzuführen. Er ging als erster, und da hat es ihn erwischt», sagte Jinjis zweiter Mann, eine schmale, bärtige Gestalt. «Ich hab' versucht, mich zu ihm durchzuschlagen, aber dieser Pfad liegt in ihrem Schußfeld. Die Kugeln sind mir nur so um die Ohren gepfiffen.»

«Lebt er? Wißt ihr das?»

«Vor einer Weile schrie er uns zu. Er liegt auf einem Vorsprung da unten. Ich weiß nicht, ob sie noch einmal auf ihn geschossen haben. Seither haben wir ihn nicht mehr gehört.»

«Habt ihr versucht, von der anderen Seite an sie ranzukommen?»

«Unmöglich. Da geht es steil bergab. Man findet keinerlei Halt.»

«Ich werde mal einen Blick drauf werfen.»

Im aufblitzenden Licht des Mündungsfeuers aus der Höhle und dem entfernten Glimmen eines brennenden Fahrzeugs sah Kischote, daß es auf der anderen Seite in der Tat beinahe senkrecht nach unten ging. Die Höhle selbst war unter überhängenden Felsen verborgen. Während er hierhin und dorthin spähte, seine Gruppe vorsichtig und bedächtig am Grat entlangführte und die Steilwand im Mündungsfeuer betrachtete, glaubte er, einen Weg nach unten zu erkennen. Man mußte ein gutes Stück auf dem beinahe senkrecht abfallenden, mit Geröll bedeckten Hang nach unten rutschen, dann mit einem Satz auf einem über die Höhle hinausragenden Felsvorsprung landen und anschließend mit viel Glück rückwärts in die Höhle springen. Die ägyptische Geschützmannschaft beobachtete den anderen Weg nach unten, das war sicher. Von dieser Seite aus konnte man sie vielleicht überraschen.

Kischote hatte bei nächtlichen Vergeltungsschlägen schon viele Gefahren auf sich genommen. Doch hier hatte er es nicht mit Fedajin, sondern mit Soldaten zu tun, die mit machtvollen Waffen ausgerüstet waren und in angespannter, verzweifelter Alarmbereitschaft lauerten, denn die Fallensteller saßen langsam selbst in der Falle. Ohne Verstärkung und in Erwartung von Ariks Truppen, die einen unerbittlichen, systematischen Angriff gegen die Höhlen führten, mußten diese Gewehrschützen bei ihren Waffen bleiben, bis sie getötet wurden, oder ihr Heil des Nachts in der Flucht suchen. Manche hatten schon versucht zu fliehen, waren entdeckt und erschossen worden. Andere waren entkommen. Die Kampftrupps berichteten über verlassene Stellungen mit intakten Geschützen und haufenweise scharfer Munition. Diese Stellung hier allerdings war in voller Aktion.

«Ich glaube, ich werde einen Versuch wagen», sagte Kischote zu den anderen.

Sein Stabsfeldwebel sagte bebend: «Tun Sie das nicht, Sir. Es ist Wahnsinn.»

«Mag sein, aber wir müssen Jinji da rausholen.»

Er plazierte seine Männer, so daß sie ihm Deckung geben konnten, und wartete auf die Lichtblitze und den Lärm der nächsten Schießerei. Die Sache war nicht so riskant wie Kan-Drors Unternehmen, aber immer noch riskant genug. In angstvoller Erregung und mit aufgewühlten Nerven wartete er auf den geeigneten Moment.

Gewehrsalven. Licht, Licht und noch mehr Licht! Und hinab ging es, das Maschinengewehr baumelte an einem Riemen, seine Hände krallten sich in die Felsen. Hier war der Vorsprung. Ein weitausholender Satz, noch ein Sprung, und er landete krachend, klirrend und mit einem furchterregenden Schrei in der Höhle. Er fand sich in der Nähe einer verschwommenen Lampe neben einem Berg von Automatikgeschossen wieder, von Angesicht zu Angesicht mit sechs oder sieben fassungslosen Ägyptern, die sich beim Anblick der hochgewachsenen, mit einem Gewehr bewaffneten Erscheinung, die vom Himmel gefallen war, zu Boden duckten. Er hatte kaum Zeit zu denken, wie sehr sie seiner eigenen Gruppe ähnelten, ein Haufen junger Burschen in Uniform, da sah er, wie der Soldat, der ihm den Rücken zuwandte und den Pfad bewachte, auf dem Jinji niedergeschossen worden war, zu ihm herumwirbelte, das Maschinengewehr im Anschlag. Jossi erschoß ihn, und dann erschoß er alle anderen. Während sie zu Boden stürzten, sich in ihrem Blut krümmten und dabei in seltsamen Worten schrien, schob er sich vorsichtig, mit rasendem Puls, immer auf der Hut vor Ägyptern, die er womöglich übersehen hatte, durch die Gewehrstellung zu dem Pfad vor. Niemand war da, und außer dem Schreien und Stöhnen der niedergeschossenen Schützenmannschaft war nichts zu hören.

«Hei!» schrie er den Pfad hinauf. «Ich bin's, Jossi. Ziel ist erreicht. Sucht Jinji!»

Verdeckte Leuchtsignale markierten die improvisierte Landebahn in der Nähe des Parker Memorial, den einzigen Flecken ebenen Geländes in diesem Gebiet, der nicht hoffnungslos zerklüftet und von Wadis ausgehöhlt war. Während eine Dakota mit einer vollen Ladung Verwundeter abhob und ihre beiden Motoren dabei einen grellen blauen Abgasstrahl auf die Bahn warfen, kreiste eine andere bereits im Landeanflug. Die Luftwaffe hatte einen Ingenieur geschickt, der das Gebiet inspizieren sollte, und dieser hatte berichtet, es gäbe keinen Platz, auf dem eine Dakota landen könnte, höchstens eine Piper könnte sicher auf dem Mitla-Paß landen. Doch Arik Sharon hatte eine Dakota mit Medikamenten und Tragen für die Verwundeten «heruntergelotst», und nun ging eine nach der anderen in den frühen Morgenstunden nieder, um die Opfer zu evakuieren: Mehr als hundert hatte man bis jetzt gefunden, mehr als dreißig davon tot.

Kischotes Kompanie hatte die Aufgabe, die Opfer an Bord zu bringen und die Dakotas in aller Eile zu Sanitätsflugzeugen umzurüsten, indem sie die Schalensitze daraus entfernten und provisorische Pritschen und Befestigungsleinen zur Sicherung der Verwundeten einbauten. Bei dieser betrüblichen Arbeit, die im Licht von Taschenlampen und Leuchtfeuern ausgeführt wurde, entdeckte Jossi zu seiner Überraschung, daß Yehuda Kan-Dror am Leben war; weiß wie Papier zwar aufgrund des hohen Blutverlusts und kaum bei Bewußtsein, aber lebendig. Nachdem man ihn eigentlich schon aufgegeben hatte, war es ihm gelungen, aus dem tiefen Wadi herauszukriechen und vor den Füßen einer Patrouille, die nach Verwundeten suchte, zusammenzubrechen.

Auch Jinji war am Leben und gab deutlich mehr Lebenszeichen von sich als Kan-Dror, da er Kischote im Schein der Leuchtfeuer erkannte. Sein Kopf und ein Bein waren dick verbunden, und ein Arzt hielt eine Flasche mit Infusionslösung über ihn. «Kischote! Es heißt, ich hätte dir mein Leben zu verdanken», keuchte er und winkte ihm kraftlos zu, während seine Trage in das Flugzeug gehievt wurde.

«Werd erst mal gesund, Jinji, und dann überlegen wir, was du mir schuldest.»

Überall um ihn herum hoben die Bahrenträger die Verwundeten hoch und hievten sie an Bord. Auf einigen Bahren waren die Gesichter verhüllt, die Soldaten waren im Verlauf der Rettungsaktion gestorben. Diese Dakota war genau dieselbe, mit der seine Kompanie zum Fallschirmabsprung geflogen worden war; die Flugzeuge sahen zwar alle mehr oder weniger gleich aus, aber bei diesem hier hatte ein Witzbold mit einer Schablone ein Bambi auf das Vorderschott gezeichnet.

«Nun, Bambi», murmelte Don Kischote, «der Heimflug nach der Party ist kein großes Vergnügen, nicht wahr?»

18
Das Wettrennen

Während die morgendlichen Berichte eintrafen, erwarteten alle Offiziere gutgelaunt eine Wendung zum Besseren. Selbst der mürrische, todmüde Pasternak betrachtete die große Tischkarte mit so etwas wie einem Lächeln auf den Lippen. Die Mädchen schoben die Fähnchen und Symbole der Einheiten weit in den Sinai hinein, ausgenommen Oberst Yoffes Brigade, die sich noch nicht von der Stelle gerührt hatte.

Die Operation KADESCH nahm endlich ihren Lauf, wie Dayan es geplant hatte. Die halbherzige Bombardierung der Flugplätze durch die Briten hatte ihren Zweck erfüllt und die feindliche Luftwaffe aus dem schnell sich entwickelnden Kriegsgeschehen ausgeschaltet; und die ägyptischen Truppen, die auf den Sinai eingedrungen waren, flohen Hals über Kopf zurück in die Kanalzone. So konnte Yoffes Brigade nun endlich – und das war der Grund für den Ansatz eines Lächelns auf Pasternaks Gesicht – jenen Weg einschlagen, den die Yarkon-Patrouille an der Ostküste des Sinai ausfindig gemacht hatte; bis dahin wäre sie durch Luftangriffe zu verwundbar gewesen. Yoffe mußte jedoch im Eiltempo vorrücken, um Sharm zu erobern, bevor die Vereinten Nationen über eine amerikanische Waffenstillstandsresolution abstimmten, die in der Generalversammlung bereits Gegenstand von Diskussionen war. Es galt nun, zwei Feinde zu besiegen, die Ägypter und die Uhr.

Ein Soldat am Tisch sagte: «Sir, Telefon für Sie.»

«Hallo, hier ist Pasternak.»

«Ein verrückter Balagan», waren Zev Baraks erste Worte. «Es hat keinen Zweck, die ganze Geschichte zu erzählen. Ich brauche deine Genehmigung zum Kauf von siebenundachtzig Kühen.»

«Siebenundachtzig Kühe? Soll das ein Witz sein?»

«Willst du eine Erklärung, oder gibst du mir einfach die Einwilligung? Wir haben hier ein ernstes Problem.»

«Erzähl mal.»

Barak warf einen Blick aus dem offenen Fenster des Bauernhauses auf die stämmige, weißhaarige Gestalt, die die Bulldozer in Schach hielt. Der aus den Ställen kommende Geruch machte seiner Städternase zu schaffen. «Also, wir haben hier so einen alten Knaben, dessen Ställe ein paar Meter weit in die für die Bahngleise vorgesehene Trasse hineinreichen. Genaugenommen geht es um einen sehr langen Stall, der die Gleise säumt. Es fahren keine Züge mehr hier, so daß er seit Jahren keine Probleme damit hat. In dem Stall stehen siebenundachtzig Kühe. Er ist einer von diesen alten russischen Juden, die aussehen wie ein Felsbrocken, ein besessener Individualist. Er behauptet, das miese sozialistische Kibbuz-System stecke hinter all dem, die ganzen miesen Kibbuzim wären nur neidisch auf seine Erfolge bei der Milchproduktion und wollten ihm nun ans Leder.»

«Na und? Reißt den Stall ein.»

«Er hat eine Uzi, und er ist bereit, die Bulldozerfahrer über den Haufen zu schießen.»

«Na, dann entwaffnet den alten Irren doch! Ist das so schwer?»

«Sam, wir sind ins Reden gekommen. Es hat sich herausgestellt, daß er meinen Großvater in Plonsk kannte, er sagt sogar, er sei in meine Großmutter verliebt gewesen. Er tut mir leid.»

«Zev, was zum Teufel soll die Armee mit siebenundachtzig Milchkühen anstellen?»

«Wir können sie doch essen, oder?»

«Bei meiner Seele, du bist genauso bescheuert wie er. Milchkühe sind nicht zum Essen da, sondern zum Melken. Reiß diesen Stall ein, sage ich dir, und zwar schnell. Sag ihm, Solel Boneh wird ihm einen nagelneuen hinstellen.» Solel Boneh war die riesige, regierungseigene Straßenbau- und Konstruktionsfirma.

«In Ordnung, ich will's versuchen.»

«Zev, du klingst, als wärst du nicht ganz klar im Kopf. Was ist mit deiner Brigade? Ist sie auf dem Vormarsch?»

«Jawohl. Yoffe ist Richtung Süden aufgebrochen, und ich werde ihn einholen, sowie ich diese Geschichte hier geklärt habe. Die Landungsboote sind auf offene Güterwaggons in Haifa verladen und startbereit. Die anderen Abrißaktionen sind beendet. Es bleibt nur noch dieser Kuhstall.»

Barak war tatsächlich wie benebelt, weil er die ganze Nacht über bei der Anstrengung, die Brigade in Marschbereitschaft zu versetzen, kein Auge zugetan hatte. Er fand die festgefahrene Stallgeschichte umwerfend komisch und genoß es, Pasternak damit zu nerven. Hinzu kam, daß er sich wirklich keinen Rat mehr wußte, außer mit Gewalt gegen den alten Mann vorzugehen.

«Mach, was du für richtig hältst«, schnappte Pasternak. «Kauf die Kühe, schieß dem alten Knaben aus Versehen in die Beine, mir ist es egal. Die UNO kann heute oder morgen über den Waffenstillstand abstimmen. *Beweg dich*!»

Barak gesellte sich zu dem Milchbauern. Abgesehen von seinem borstigen, weißen Bart glich er mit seinem kampflustigen Kinn, der dicken Nase und den grimmigen Augen unter buschigen, schneeweißen Brauen in vielem dem Premierminister. Als Barak den Vorschlag mit Solel Boneh machte, explodierte der Russe. «Solel Boneh? Ich habe für Solel Boneh *gearbeitet*! Ich habe bei Solel Boneh *aufgehört*! Das einzige in diesem Land, das noch schlimmer als die Kibbuzim ist, ist Solel Boneh. Bis Solel Boneh damit fertig wird, hat der Messias mir einen Stall gebaut.»

«Dann wird die Armee Ihre Kühe kaufen.»

«Und was soll ich ohne Kühe machen? Wieder für Solel Boneh arbeiten? Ich *furze* auf Solel Boneh!»

Barak entnahm einem Beutel seine Operationskarte von KADESCH. «Sehen Sie, Reb Schloimeh, so stehen die Dinge.« In schnellen Sätzen skizzierte er die Kriegssituation, erklärte so gut wie möglich den Grund für den Abriß und den Wettlauf mit der Zeit gegen die UNO-Abstimmung. «Ohne Nachschub von See, Reb Schloimeh, werden die Jungs Sharm el-Sheikh nicht einnehmen, weil die Panzer und Lastwagen nicht genug Treibstoff haben, um bis dorthin zu kommen. Und Ihr Stall steht den Schiffen im Weg, die ich nach Eilat verfrachten muß. *Zeh mah she'yaish* [So sieht es aus].»

Der Milchbauer hörte zu, studierte eingehend die Karte und nickte. «Warum haben diese Typen auf den Bulldozern mir nichts davon gesagt?»

«Das sind nur Fahrer, sie hatten ihre Befehle. Wir sind im Wettlauf um die Zeit gegen die UNO.»

«Ich *furze* auf die UNO«, sagte der Bauer und ließ sein Gewehr sinken. «Lassen Sie mich meine Kühe auf die Felder treiben.»

«Ich gebe Ihnen eine schriftliche Bestätigung, daß die Regierung Ihren Stall wieder aufbauen wird.»

«Sie können sich mit Ihrer Bestätigung den Hintern abwischen. Ich werde meinen Stall selbst wieder aufbauen.»

Oberst Abraham Yoffe, der große, kräftige Brigadekommandeur, hatte Zev Barak als Stellvertreter angefordert, weil er ihn aus der Zeit der Jüdischen Brigade bei den Briten kannte. Als Feldwebel Wolfgang Berkowitz hatte Zev sein Geschick im Umgang mit dem tiefen Sand und den widerspenstigen Maschinen in der nordafrikanischen Wüste unter Beweis gestellt. Außerdem hatte Barak zur YARKON-Patrouille gehört, daher war ihm klar, daß es gleichermaßen auf den Vorstoß der Brigade an der Sinaiküste nach Süden wie auf die Einnahme Sharm el Sheikhs ankam.

Barak war mit seiner Aufgabe gewachsen, hatte riesige Bedarfslisten erstellt und ohne zu schlafen darüber gewacht, daß das benötigte Material geliefert und zugeteilt wurde. Er hatte Yoffes Mannschaft bis zur Erschöpfung getrieben und keine andere Meldung akzeptiert als ein: «Erledigt!« Nun, da die lange Kolonne der Neunten aus dem Negev in feindliches Gebiet hinauskroch, mangelte es in der sechzehn Kilometer langen Schlange weder an Ersatzteilen noch an Reparaturausrüstung, weder an Wasser noch an Nahrung, Treibstoffvorräten, Reservereifen und den tausend, für den Marsch durch eine Wüste erforderlichen Kleinigkeiten, die eine Panzergrenadiereinheit benötigte, welche alles für ihr Überleben Notwendige wie eine Flotte, die in See sticht, mit sich führte.

Barak fuhr mit einer auf Jeeps verladenen Kompanie von Technikern und Mörsersoldaten der Haupttruppe um Kilometer voraus und spähte nach Hinterhalten und Minenfeldern. Als die Sonne höher stieg und die flache, offene Wüste langsam in die Berge überging, wurde der Boden rissiger. Dann erreichte seine Kompanie die Dünen, mächtige, gewellte Sandwogen, die sich bis zum Horizont auftürmten, und hinter ihm tauchte Yoffes Kolonne in die Dünen ein, wo ihre Geschwindigkeit fast bis auf Null sank.

Durch drängende Botschaften aus den Hauptquartieren zu höchster Eile angetrieben, hetzte Oberst Yoffe seine Truppe mit rohen Sprüchen und unheimlicher Willenskraft voran. Halbkettenfahrzeuge gruben Spurrillen durch den alles einhüllenden Sand, und die Lastwagen hatten Anweisung, in diesen Spuren zu fahren, aber sie sanken noch immer bis zu den Radnaben ein. Die Granatwerfer begruben sich halb selbst im Sand, den sie mit ihren Rädern aufwühlten. Während des ganzen Marsches stiegen Soldaten immer wieder unter einer mörderischen Sonne aus ihren Fahrzeugen, um sie aus dem Sand zu zerren und zu wuchten. Überhitzte Motoren keuchten und kreischten, Räder wirbelten Schauer von stechenden Sandkörnern auf, und Halbkettenfahrzeuge donnerten neben der Kolonne hin und her, um liegengebliebene Fahrzeuge ins Schlepptau zu nehmen.

Sam Pasternak im Hauptquartier konnte sich dank der wendigen Piper-Leichtflugzeuge der Flugverbindung ein nur allzu lebhaftes Bild davon machen: Die Kolonne blieb im Sand stecken, schmorte bewegungslos auf dem graubraunen Sand des Sinai, eine gesprenkelte Linie schwarzer Maschinen, die sich parallel zur felsigen Küste am glitzernden Meer entlangzog. Inzwischen rieselte in New York der politische Sand seinem Ende entgegen. Die französischen und britischen Diplomaten konnten mit ihrer Verzögerungstaktik die Abstimmung über den Waffenstillstand höchstens noch einen Tag hinausschieben, doch ihre Streitkräfte auf den Landungsbooten waren noch immer auf See, ein gutes Stück von Suez entfernt. Die Unruhen in London drohten die Regierung Eden zu Fall zu bringen. Die Chancen, daß es Yoffe rechtzeitig bis nach Sharm schaffen würde, schwanden von Minute zu Minute.

Dayan hatte recht daran getan, wie Pasternak bitter erkannte, daß er Yoffe zurückgehalten hatte, bis die feindliche Luftwaffe ausgeschaltet war, aber die Briten hatten die Bombardierung zu lange hinausgezögert, und nun war John Foster Dulles entschlossen, dem Suez-Feldzug mit allen Mitteln ein Ende zu machen. Während die Ägypter im Norden auf dem Rückzug waren und kurz vor dem Zusammenbruch standen, stand der reale Einsatz des Krieges, Sharm el-Sheikh, auf dem Spiel und entglitt zu dieser Stunde Israels Händen.

«Was meinst du damit«, knurrte er Yael an, «sie können Dayan nicht finden? Ist sein Flugzeug gelandet? Ich *muß* mit ihm sprechen.»

Der Generalstabschef war ständig auf dem Sprung zwischen den Fronten, erwiderte Yael, und kaum hatte man ihn irgendwo ausfindig gemacht, war er schon wieder weg und von neuem in der Luft. Das Funkgerät in seinem Flugzeug funktionierte oder reagierte zumindest nicht. Pasternak saß unrasiert und übellaunig an seinem Schreibtisch. «Ich sehe nur einen einzigen Ausweg aus diesem Balagan», sagte er und mampfte, ohne zu merken, was er aß, ein Sandwich in sich hinein, das sie ihm gebracht hatte. «Sharons Brigade am Mitla-Paß tut zur Zeit nichts anderes als ihre Wunden zu lecken. Rafuls Fallschirmjäger sind noch in ganz passabler Verfassung. Sie könnten ihren Hintern in Bewegung setzen und den Mitla-Paß umrunden, um zur anderen Sinaiküste zu marschieren. Das ist kein Vergleich zu dem Gelände, in dem Yoffe festsitzt. Die Straßen sind ziemlich gut, manche sind sogar geteert. Raful könnte durch einen Fallschirmjägereinsatz einen Flughafen erobern und schweres Angriffsgerät auf dem Luftweg hinbefördern lassen. Das Bataillon könnte direkt nach Sharm rollen, und wenn Yoffe nicht rechtzeitig dort eintrifft, dann schafft es vielleicht Raful. Ich möchte diesen Vorschlag auf der Stelle Mosche Dayan unterbreiten, aber wo steckt er?»

«Mach es einfach und entscheide selbst», sagte Yael.

«Was?»

«Mach es, Sam.»

Er starrte sie an und brachte ein säuerliches Grinsen zustande. «Einfach so? Auf eigene Verantwortung? Das taktische Vorgehen meines Vorgesetzten ändern?»

«Ist es richtig? Ist es dringend?»

«Dringend? Es ist die einzige Möglichkeit. Vielleicht schaffen Yoffe und Barak es so, aber zur Stunde sieht es eher schlecht aus.»

«Was hast du zu verlieren, wenn du diesen Befehl erteilst, im Vergleich zum Verlust von Sharm el-Sheikh?»

Pasternak war an Yaels quasi ehefraumäßigen Vorwitz gewöhnt, den sie auch vor der Truppe kaum zu verbergen suchte. Sie sah bedrückt und niedergeschlagen, fast krank aus, aber ihrer Unverfrorenheit tat das keinen Abbruch. «Nun, wir werden sehen. Sag Uri, er soll reinkommen. Und bring mir das Verzeichnis der per Luft transportablen Reservepanzer.»

«In Ordnung, und ich versuche weiter, Mosche zu erreichen.»

«Tu das.» Sein rauhes Lachen ließ sie zusammenfahren. «Weißt du, was die größte Gefahr dabei ist? Wenn ich diesen Befehl gebe, und Raful Eitan schlägt Abraham Yoffe und erreicht Sharm vor ihm, dann wird sich Abraham meine Leber am Spieß servieren lassen. Mit Zwiebeln.»

So kam es zu einem merkwürdigen Wettlauf auf dreierlei Wegen: Raful Eitans Fallschirmjäger jagten an der Westküste der Halbinsel nach Sharm, und Abraham Yoffes Brigade kletterte über die Dünen an der Ostküste; beide steuerten den südlichsten Punkt des Sinai-Dreiecks in Sharm el-Sheikh an; und in New York drängte Eisenhowers UNO-Delegation, in seltsamer Übereinstimmung mit den Russen, die Generalversammlung zu einer baldigen Abstimmung über einen Waffenstillstand. Genau zu diesem Zeitpunkt schlugen die Panzer der Roten Armee blutig einen Aufstand gegen das sowjetische Marionettenregime in Ungarn nieder, und während die Amerikaner den Kreml milde für sein ungebührliches Verhalten tadelten, reservierten sie ihre Entrüstung für Israel und, in geringerem Maße, für dessen Verbündete, die Briten und Franzosen. In Sam Pasternaks Augen, der wie jedermann im Zentrum des Geschehens über die Gesamtsituation im Bilde war, ähnelte die Weltpolitik jenen surrealistischen schmelzenden Uhren Dalis, doch diese alptraumhaften Uhren maßen die verrinnenden Stunden, die Israel noch blieben, um die Straße von Tiran zu öffnen.

«Marschieren Sie weiter», funkte Pasternak an Abraham Yoffe, der gegen Mitternacht berichtete, daß die Brigade sich endlich über den Kamm der hundertzehn Kilometer langen Steigung gequält hatte, nun jedoch vom Grat abwärts weit außer Sichtweite über den ganzen Abhang verstreut war und dringend eine Rast brauchte. «Ich sage Ihnen, *marschieren Sie weiter*! Die politische Situation verschlechtert sich rasant. Für alle Fälle schlägt Raful sich an der Westküste nach Süden durch, um Sie bei der Einnahme von Sharm zu unterstützen, falls notwendig.»

Das verlieh dem Brigadekommandeur neuen Auftrieb, genau wie Pasternak es sich gedacht hatte. Er gestattete seiner Truppe nur zwei Stunden, in denen sie sich im Sternenlicht ausruhen und die Maschinen warten konnten, während in der Nachhut Halbkettenfahrzeuge und Mechaniker sich abmühten, um steckengebliebene oder kaputte Fahrzeuge wieder in Gang zu bringen. Dann setzte sich die sechzehn Kilometer lange Schlange aus überlasteten Maschinen und zweitausend erschöpften Männern wieder in Bewegung und holperte und ächzte in den schwarzen Stunden vor Tagesanbruch bergab durch Wadis, die kreuz und quer von Spalten durchzogen waren, so daß die Männer bis in die Gedärme durchgerüttelt wurden.

Der Himmel wurde heller, und eine orangefarbene Sonne stieg über der seltsamen eisernen Karawane auf, die inmitten der Abgründe Kamelpfade kreuzte, welche so alt wie die Genesis waren. Die große Frage lautete nun: Würden die Landungsschiffe am Treffpunkt sein? Im Kampf gegen den Sand und bei dem mühsamen Aufstieg hatte die Kolonne den größten Teil ihres Treibstoffs verbraucht, wie Barak vorausberechnet hatte. Ohne Nachschub von See aus würde sie weit vor Sharm stotternd zum Stillstand kommen. Als daher Baraks erste Aufklärungsjeeps aus einer engen, ausgedörrten braunen Schlucht auftauchten, brachen er und seine Männer beim Anblick von wogenden Palmen, leuchtendblauem Wasser und drei sich nähernden Schiffen auf dem Meer in Jubel aus.

Aber seine Freude währte nur kurz. Aus einigen kleinen Häusern unter Palmen in der Oase drang das Knallen und Zischen von Kugeln, und diese erste Begegnung mit einer menschlichen Siedlung brachte der Brigade die ersten Toten. Bis ein eilends aufgestellter Suchtrupp die Heckenschützen aufstöberte und tötete, traf Yoffe mit dem Gros der Brigade ein. Taucher, die Barak mitgenommen hatte, schnorchelten vom Strand weg, um nach Minen und Unterwasserhindernissen Ausschau zu halten. Die Soldaten verließen in Scharen ihre Fahrzeuge, um sich ins Wasser zu stürzen, und Barak genehmigte auch seiner eigenen Aufklärungsmannschaft ein Bad. Dann, als die Landungsschiffe langsam zum Strand hochkrochen, rief er sie zurück zu den Jeeps.

«Werden wir Raful schlagen?» In seiner von Schweiß verdunkelten Uniform baute sich Abraham Yoffe neben Baraks Jeep auf, der bei laufendem Motor mit Treibstoffkanistern beladen wurde.

«Es wird knapp werden. Unser Problem ist das Wadi Kyd.»

«Ich werde dir was sagen, es war eine vernünftige Vorsichtsmaßnahme, Raful loszuschicken, kein Zweifel. Aber wenn er Sharm einnimmt, dann *bring* ich ihn *um.*» Er schüttelte einen dicken, haarigen Arm in Richtung der Fahrzeuge, die in einer geschlossenen Reihe zum Auftanken aufgestellt waren und die Wüste bis zu den Wänden der Schlucht bedeckten. «Sharm el-Sheikh ist *mein* Ziel!»

Wie schon die YARKON-Erkundung kam auch Baraks Erkundungsfahrt ins Wadi Kyd einer furchterregenden Reise durch biblische Wildnis gleich; und die Schlange seiner Fahrzeuge, die in den urzeitlichen Felswänden Motorenlärm widerhallen ließ, schien ein seltsamer Anachronismus wie in einem Film über eine Reise durch die Zeit. Jene kurzen Tage in Paris, so dachte er, jene grotesken Zusammenkünfte einiger alter Männer in der Villa in Sèvres hatten einen phantastischen Aufruhr an weitentfernten Orten ausgelöst. Niemand konnte wissen, wie die Briten und die Franzosen, bis zu deren Landung noch Tage vergehen mochten, am Ende mit ihrer verzögerten Operation dastehen würden, während die Russen schreckliche Andeutungen über eine Truppenintervention auf dem Sinai und Raketen auf Paris machten und die Amerikaner zwar keine schrecklichen Drohungen von sich gaben, aber weitgehend mit der russischen Position übereinstimmten und nur nach kühleren Köpfen riefen, ausgenommen, wenn es um die unentschuldbare israelische Aggression ging.

Inzwischen war Israel nahe daran, eine Halbinsel zu erobern, die dreimal so groß war wie der Küstenstreifen, der sein gesamtes Territorium ausmachte. Wenn auch ein paar Dinge bei der Operation KADESCH schiefgelaufen waren, so hatte Dayan doch im großen und ganzen recht behalten, wie Barak erkannte; und so wie der Alte bei all seinen Schwächen ein politisches Genie war, so entpuppte sich der einäugige Moschavnik bei all seinen Fehlern als ein militärisches Genie. Die nördlichen Brigaden hatten die Ägypter bereits in die Flucht geschlagen und bis nach Suez gejagt. Einzig die Eroberung Sharms fehlte noch. Baraks weit zurückreichendes Gefühl eines drohenden Verhängnisses, das über der grotesk winzigen Sandbank inmitten des düsteren, bedrohlichen Meers des Islam schwebte – ein Gefühl, das er nie äußerte, das aber unablässig an ihm nagte –, schwand im blendenden Glanz dieser triumphalen Mission dahin.

Während Baraks Jeep unter der sengenden Sonne bis in die sternenbesetzte Nacht hinein dahinholperte und ruckelte, weckte der Rückblick auf Paris in seinem Kopf auch Erinnerungen an die schwatzhafte, staksige Emily Cunningham. Seit seiner Rückkehr war ihm das merkwürdige Mädchen immer wieder in den Sinn gekommen. Das Verblüffende war, daß sie ihm nicht einmal in der Zeit, als er Tag und Nacht und unter großem Druck Yoffes Brigade aufgestellt, ausgerüstet und abmarschbereit gemacht hatte, ganz aus dem Kopf gegangen war. Er erinnerte sich selbst an Kleinigkeiten – an die Art, wie sie ungeduldig mit ihren langen, dünnen Händen fuchtelte, wie sie plötzlich bei Worten, die sie aufrüttelten, die Augen weitete, an ihre unordentlich zerzausten Haare, an die billige amerikanische Armbanduhr, die sie trug –, vor allem aber an das Verlangen, das sie in ihm geweckt hatte, jene Art von jugendlichem Appetit, den er unter einem Dutzend Jahre glücklicher Ehe und Vaterschaft begraben hatte. Das Cunningham-Mädchen konnte sich weder im Aussehen noch im Charme mit Nakhama messen – sie war Haut und Knochen, wo seine Frau üppig war, herb, wo seine Frau süß war, schroff und direkt, wo seine Frau, selbst in müdem oder überanstrengtem Zustand, weich und weiblich war. Allerdings gehörte Emilys kluges Wesen ganz und gar der großen Welt außerhalb Zions an. Der Krieg hatte die Tendenz, diese Welt auszulöschen, aber Emily gelang es, bis hierher zu ihm durchzudringen, mitten in die Felsen und Dünen des Sinai. Ein Mann war nie zu alt für Dummheiten, so schien es wohl, oder zumindest *er* war es nicht.

Im Wadi Kyd verengten sich die Wände der Schlucht, wie er befürchtet hatte, zu einem Hohlweg, den zwar Kamele passieren konnten, nicht jedoch Militärfahrzeuge. Ohne sich um die Gefahr von Minen oder einen möglichen Hinterhalt zu kümmern, passierte er mit einer kleinen Patrouille zu Fuß im Dunkeln den Flaschenhals und beschloß, eine Öffnung zu sprengen, denn er hatte weder Zeit noch genügend Treibstoff, um die Brigade kehrtmachen zu lassen und einen anderen Weg nach Sharm el-Sheikh zu suchen. Hier ging es nicht um den Abriß eines Kuhstalls, aber auch dieser Job mußte getan werden.

Oberst Yoffe entsendete auf seinen dringenden Bericht hin sofort Ingenieure mit hochexplosivem Sprengstoff an die Spitze. Sie gingen ohne zu zögern ans Werk. Die furchterregenden grollenden Donnerschläge und die Flammensäulen, die die Nacht erhellten, verstärkten in Barak noch mehr das unwirkliche Gefühl, einer biblischen Szene beizuwohnen. Als der lange Zug der Brigade, von scharlachroten Blitzen beleuchtet, sich durch das gewundene Wadi näherte, lag das durch die Explosionen gelockerte Geröll hoch aufgetürmt in dem Hohlweg, und immer mehr davon krachte bei jedem weithin hallenden *Peng!* in Wolken, Feuer und stechendem Rauch hernieder.

Er kommandierte die gesamte Brigade dazu ab, die Felsbrocken mit bloßen Händen aus dem Weg zu räumen und zu einem provisorischen Straßenbett hinzuschichten. Viertausend Hände sind eine Menge Hände, und erstaunlich kurze Zeit später schon – obwohl Oberst Yoffe minütlich davon vorbeimarschierte und Befehle bellte – machten ein Halbkettenfahrzeug und dann ein schwerer Tanklaster eine Testfahrt auf der Piste und kamen durch. Daraufhin übernahm Barak mit seiner Kundschaftertruppe die Führung, während die Brigade sich langsam wieder in Bewegung setzte. Etwa eineinhalb Kilometer hinter der Schlucht fuhr sein Jeep auf eine Mine. In einem pfeifenden plötzlichen Aufflammen wurden er und sein Fahrer hinausgeschleudert, und schweres Kreuzfeuer prasselte in der Dunkelheit auf die Patrouille herab. Benommen und blutend sammelte er seine Männer und Fahrzeuge und zog sich zurück, um bis Tagesanbruch zu warten. Er hatte gefunden, wonach er gesucht hatte: einen Hinterhalt, der einen Luftangriff erforderlich machte, und Minen vor sich, die nach Pionieren verlangten.

Rafuls Fallschirmjägerbataillon dagegen hatte nach einem langen Tag in der Wüste, an dem es den Mitla-Paß umständlich umgangen hatte, eine Verschnaufpause. Der Konvoi legte einen ausreichend langen Halt ein, um die schweren Waffen und die Munition aufzusammeln, die mit Fallschirmen auf einem eroberten Flughafen abgesetzt worden waren, und von dort aus ähnelte die Fahrt auf einer guten, geteerten Straße am tiefblauen Golf entlang – zumindest für Don Kischote, der in einem Jeep an der Spitze der vordersten Kompanie saß – einem Vergnügungsausflug; das um so mehr, als seine Heldentat zur Rettung Jinjis ihm bereits eine rauhe Belobigung und ein Schulterklopfen durch den schweigsamen Raful Eitan eingetragen hatte.

Der Konvoi umrundete die Südspitze des Sinai in tiefster Nacht. Bei seiner Fahrt nach Norden Richtung Sharm wurde er schließlich in den Morgenstunden bei einer Schlucht, die direkt zur Festung führte, in ein Gefecht verwickelt. Dort hörte Don Kischote, dessen Jeep sich ganz in der Nähe von Raful Eitans Kommandowagen befand, wie dieser Oberst Yoffe anrief, um ihm mitzuteilen, daß er nun Funkkontakt habe und bereit sei, sich nach Sharm el Sheikh durchzuschlagen.

«*Abgelehnt, abgelehnt! Ich greife jetzt von Norden her an*», antwortete die schroffe Stimme Yoffes leicht verzerrt, aber unmißverständlich. «*Rücken Sie bis in eine Entfernung von eineinhalb Kilometer an die südlichen Geschützstellungen des Feindes heran und dann halt! Ich wiederhole: halt! Wir wollen nicht noch einmal einen Balagan riskieren, wie er gerade erst oben im Norden passiert ist!*» Er spielte auf eine üble Geschichte an, bei der zwei Panzerbrigaden beim Marsch auf dasselbe Ziel begonnen hatten, gegenseitig ihre Panzer abzuschießen.

Oberst Yoffe war als Brigadekommandeur der ranghöhere Offizier vor Ort. Raful Eitan, ein Bataillonskommandeur, war theoretisch verpflichtet, sich dieser barsch per Funk geknurrten Anweisung zu fügen, die noch durch eine in einer Piper überbrachten Nachricht unterstrichen wurde. Nachdem die Maschine schwankend auf dem ebenen Sand in der Nähe des Bataillons zur Landung aufgesetzt hatte, war der Pilot herausgesprungen und mit einer flatternden Depesche in der Hand zu Raful Eitans Jeep gestürmt. Nicht weit entfernt davon war in der Morgendämmerung das schnelle Aufblitzen von Mündungsfeuer aus schweren Geschützen zu sehen. Kischote hörte die Diskussion über die Depesche zwischen Raful und seinem zweiten Befehlshaber, einem hochgewachsenen, bärtigen Major, der so aggressiv war wie Raful, mit an. «Jetzt haben wir es also schriftlich», sagte der Stellvertreter. «‹*Halt, Feuer nicht erwidern,* NICHT VORRÜCKEN!› Sollen wir trotzdem weitermarschieren?»

«Selbstverständlich! Sofort! Woher sollen wir wissen, wie die Situation sich seit der Entsendung der Depesche entwickelt hat?» Raful deutete in die Richtung des fernen Artilleriedonners. «Hört sich so an, als würden sie ihm schwer zusetzen. Er wird wahrscheinlich entzückt sein, uns zu sehen.»

Als sie sich angrinsten, wurden ihre weißen Zähne in den braunen, staubigen Gesichtern sichtbar, und das Bataillon zog weiter nach Sharm el-Sheikh.

So fand sich der ägyptische Kommandant der Festung unversehens von Norden wie von Süden heftigem Geschützfeuer ausgesetzt. Nach einem mehrstündigen Gefecht schickte er einen Emissär zu Yoffes überlegener Streitmacht. Als Don Kischote im Jeep hinter Raful in Sharm el Sheikh eintuckerte, wurden sie von einer provisorischen blau-weißen Flagge mit dem Davidstern empfangen, die von Yoffes Soldaten auf einem Festungsgebäude aufgepflanzt worden war. In Begleitung von Raful fuhr Mosche Dayan persönlich ein. Er hatte einen Teil der Strecke mit dem Flugzeug zurückgelegt und war dann, Kopf und Kragen riskierend, an der Westküste allein in einem Kommandowagen nach Süden gerast, um an der Begeisterung über den Fall Sharm el Sheikhs teilzuhaben. Dabei hatte er sich einen Weg durch verzweifelte Massen von flüchtenden ägyptischen Soldaten gebahnt, die ihn leicht hätten töten können.

«So trifft man sich wieder», sagte Don Kischote zu Barak, der zufällig vor ihm auftauchte, während sie die Ruinen der Festung, die die Luftwaffe vor der Bodenoffensive in Schutt und Asche gelegt hatte, nach Heckenschützen durchkämmten. Die Leichen ägyptischer Soldaten, aus denen noch immer Blut sickerte, lagen in der

Sonne verstreut oder halb unter Trümmern begraben, und Rauchschwaden trieben über der düsteren Szene, die von der Kulisse eines Naturhafens mit blauem Wasser und roten Felsen eingerahmt wurde.

«Die Welt ist klein», sagte Barak, dessen Kopf und rechte Hand in einem blutdurchtränkten Verband steckten.

«Alles in Ordnung?»

«Ja. Bin auf eine Mine gefahren. Nichts sehr Ernstes.»

«Die Aussicht hier ist besser als vom George V aus», sagte Kischote, während er auf die zerklüfteten, rotbraunen Inseln in der Straße von Tiran blickte, die sich aus dem violetten Meer erhoben.

«Alles Geschmackssache.»

«Wer hat gewonnen, Zev?»

«Was gewonnen, den Krieg? Was für eine Frage! Frag die Ägypter!»

Kischote machte eine Bewegung zu der flatternden Fahne hin. «Nein, ich meine das Wettrennen um Sharm – Yoffe oder Raful?»

Barak antwortete nicht sofort, sondern warf zuerst einen langen Blick auf die Trümmer, das Gemetzel und die schöne Landschaft. Er hatte einen fehlgeschlagenen Angriff um zwei Uhr morgens geleitet und war vor dem geharnischten Sperrfeuer aus Kanonen und Maschinengewehren zurückgewichen. Yoffe war zwar darauf versessen gewesen, Raful um jeden Preis im Wettlauf um Sharm zu schlagen, aber Barak hatte dies nicht für vordringlich gehalten. Worauf es ankam, war, das Ziel mit einem Minimum an Opfern einzunehmen. Dennoch hatte er frohlockt, als seine Halbkettenfahrzeuge hinter dem ägyptischen Befehlswagen, der die weiße Flagge gehißt hatte, in der Festung einfuhren und keine Spur von Raful zu sehen war. Nakhama warf ihm oft vor, daß ihm Kriegsspiele und Kämpfe Spaß machten. «Spielst du hier Luna Park?» sagte sie manchmal zu ihm. Eine kluge Frau.

«Nun, Kischote», erwiderte er, «das wird davon abhängen, wer die Geschichte aufschreibt. Als ehrlicher Historiker würde ich sagen, es war ein Unentschieden. Als Yoffes Stellvertreter werde ich behaupten, daß wir im Spazierengehen gewonnen haben.»

Kischote lachte mit Augen, die triumphierend glühten, und zog ab. Barak sah Raful, Dayan und Yoffe in eine ernste Unterhaltung vertieft beisammen stehen, und auch auf ihren Gesichtern stand die grimmige Freude der Eroberer geschrieben.

Doch in ihm verebbte der Siegesrausch rasch beim Anblick und dem Gestank der ägyptischen Toten. Zwar waren ihm solche Anblicke und Gerüche von früher vertraut, aus Nordafrika und Israels Kriegen; dieses Mal jedoch brachen sie direkt nach einer absoluten Hochstimmung, nach dem erhebenden Gefühl einer vollbrachten Tat, über ihn herein. Den drei Eroberern war eine derartige Ernüchterung fremd, oder es gelang ihnen, sie zu unterdrücken. Vielleicht lag es daran, daß die drei Sabras waren und ihr ganzes Leben lang die Araber bekämpft hatten. Das weckte in Zev Barak Zweifel, ob er tatsächlich das Zeug zu einem zukünftigen israelischen General hatte oder ob er im Herzen nicht ein deplazierter Wiener Jude war.

19

Die Außenministerin

Auf einem mit Bleistift handgeschriebenen Schild, das an einer kleinen Tür in einem schummrigen Flur vor dem Strategieraum angeheftet war, stand *Hayalot* geschrieben, weibliche Soldaten. Yael öffnete die Tür und schloß sie eiligst wieder hinter sich zu, denn die Außenministerin Israels stand dort mit seitlich hochgeschürztem Rock und stellte dabei voluminöse, rosafarbene Miederhosen aus Wolle zur Schau. «Haben Sie eine Sicherheitsnadel bei sich?» fragte die Außenministerin mit ihrer von vielen Zigaretten heiseren Stimme.

Yael verschlug es die Sprache. Sie war soeben aus dem Hauptquartier von Ramat Gan zurückgekehrt, wo sie einige Geheimunterlagen für Pasternak abgeholt hatte. Er konferierte nun mit Ben Gurion und anderen Ministern vor der großen Tischkarte, auf der der Feldzug abgebildet war.

«Äh, ich kann Ihnen eine besorgen, Frau Ministerin.»

«Vielen Dank.» Golda Meyerson fummelte am Gummizug ihrer Miederhosen. «Daß mir das ausgerechnet jetzt passieren muß.»

Yael fegte hinaus zu dem Spind, in dem sie ihre persönlichen Dinge aufbewahrte. Sie war an den Umgang mit wichtigen Leuten gewohnt, aber «der Amerikanerin», wie Mrs. Meyerson oft genannt wurde, war sie noch nie so nahe gekommen. Mrs. Meyerson war vor kurzem von Ben Gurion in einer aufsehenerregenden Kabinettsumbesetzung vom Arbeitsministerium ins Außenministerium befördert worden. Auf sein Drängen hin hatte sie ihren Namen hebraisiert, und die Leute mußten sich erst noch daran gewöhnen, sie Golda Meir zu nennen. Golda entsprach Yael Lurias Idealvorstellung von einer Frau: Sie verkehrte gleichberechtigt mit den größten Männern in der Politik und – so ging das Gerücht – auch im Bett und spielte in Israels Geschichte eine ebenso wichtige Rolle wie jeder von ihnen.

«Sie sind sehr hübsch», sagte Golda Meir und musterte sie mit einem langen, scharfen Blick, während sie die Nadel feststeckte, ihren langen Rock fallen ließ und glattstrich und vor einem kleinen, rechteckigen Spiegel, der an die Sperrholzwand genagelt war, ihre Zöpfe berührte. «Sie sind Nahum Lurias Tochter, stimmt's? Sam Pasternaks Assistentin?» Golda hatte sich in der Arbeitspartei nach oben gearbeitet und kannte alle Kibbuz- und Moschav-Führer.

«Ja, ich bin Yael Luria.» Möglicherweise wußte Golda über sie und Pasternak Bescheid; das wäre weiter nicht überraschend gewesen.

«Als ich Sie das letzte Mal gesehen habe, waren Sie noch ein kleines Mädchen. Man hört ja wahre Wundergeschichten über Ihren Bruder, den Flieger.» Goldas strenges, sorgenbeladenes Gesicht verzog sich zu einem kurzen, entspannten Lächeln. Sie zündete sich eine Zigarette an und inhalierte wie ein Lastwagenfahrer. «Sam sieht aus, als hätte er seit Kriegsbeginn nicht mehr geschlafen.»

«Das hat er wirklich nicht.»

«Nun, jetzt kann er schlafen – hoffen wir.»

Sam Pasternak fühlte sich jedoch einigermaßen auf der Höhe, während er an der Tischkarte die Lagebesprechung abhielt. Seine Augen in den tiefen dunkeln Höhlen sahen zwar glasig aus, und Yael fürchtete schon, er würde im Stehen einschlafen und umkippen. Doch nachdem er gehört hatte, daß der Alte mit seinen Spitzenministern kommen wollte, hatte er es geschafft, eine erfrischende Dusche zu nehmen, sich zu rasieren und die Uniform zu wechseln. Er hatte mehrere Tiefpunkte mörderischer Erschöpfung überwunden, sich ein ums andere Mal wieder aufgerafft, und nun hielt ihn der Adrenalinschub des Sieges bei Laune.

«Keinen Zentimeter!» sagte Ben Gurion, als Yael auf einen Wink von Pasternak hin an die Tischkarte trat. «Keinen Zentimeter zurück!» Ein steifer Finger streckte sich den Ministern, darunter auch Golda, und ihren Assistenten entgegen. Der Premierminister reckte sein Kinn empor, sein Mund war eine schwarze Linie der Entschlossenheit, und seine Augen sprühten vor Zorn, echtem oder aufgesetztem. Er sah kerngesund aus, ausgeruht und mit rosigem Gesicht. Pasternak flüsterte Yael zu, daß der französische Verbindungsoffizier kommen würde und daß sie als Übersetzerin anwesend sein solle.

Ein Minister mit buschigen grauen Haaren äußerte sanft: «Ben Gurion, die Abstimmung über die Waffenruhe und den Rückzug ging fünfundachtzig zu fünf gegen uns aus, und es gibt ernstzunehmende Gerüchte, daß wir aus den Vereinten Nationen ausgeschlossen werden sollen.»

«Es gibt Gerüchte!» Mit einer weit ausholenden Geste zur Lagekarte hin sagte Ben Gurion, plötzlich die Liebenswürdigkeit in Person: «Warum seid ihr alle so besorgt? Solange in New York palavert und palavert wird und wir auf dem Sinai sitzen, stehen die Dinge nicht so schlecht.»

«Und Bulganins Brief?» Goldas Einwurf klang beinahe wie eine Kriegserklärung. «Was ist mit diesem Brief?»

«Golda, ich bin kein Jude, dem gleich die Knie zittern. Das weißt du, glaube ich. Er hat auch Briefe an die Briten und die Franzosen geschrieben. Sie fahren trotzdem mit ihren Landemanövern fort, stimmt's? Auch sie haben keine Angst.»

«Er hat nicht dieselben Formulierungen benutzt: ‹... *stellt die Existenz Israels als Staat in Frage* ...› Das sind harte Worte.» Golda schwenkte ihre Zigarette wie einen mahnenden Finger. «Er droht mit einer militärischen Intervention.»

«Und die Meldungen aus Moskau?» fügte der Minister mit den buschigen Haaren hinzu. *«‹Wenn Israel sich nicht zurückzieht, wird die Sowjetunion Vorbereitungen treffen, um es in den nächsten vierundzwanzig Stunden auszuradieren.›»*

«Du mußt lernen, wie man eine Karte liest, Pinkhas.» Ben Gurion zeigte auf eine Wandkarte Europas und des Nahen Ostens. «Das ist nichts als Panikmache. Vierundzwanzig Stunden! Es ist technisch unmöglich. Die Russen versuchen, von ihren mörderischen Aktionen in Ungarn abzulenken. Und sie wollen die Ehre beanspruchen, daß sie den Suezkrieg beendet haben, falls Eisenhower ihn stoppt.»

«Herr Premierminister, Oberst Simon ist hier», sagte Pasternak auf ein Zeichen des diensthabenden Offiziers an einem entfernten Schreibtisch.

«Nun, die Einsatzbesprechung ist beendet. Golda, du bleibst hier.» An die anderen gewandt, die den Raum verließen, sagte er, sie würden am Abend wieder zusammentreffen. «Und nun, Golda», bemerkte er, «jetzt wirst du alles über Omeletts und Teleskope erfahren.» Er kicherte über ihre verdutzte Reaktion.

Der französische Offizier schritt herein, so aufrecht wie sein umfänglicher Wanst es gestattete. In seiner mit allerlei Orden behängten Uniform sah er wie aus dem Ei gepellt aus. Seine glanzvolle martialische Gestalt stand in scharfem Kontrast zu den ramponierten und meist unrasierten israelischen Offizieren, von denen einige alte Pullover trugen. *«Monsieur le Premier»*, hob er ohne weitere Begrüßung an, *«vous nous avez faites tous des dindons.»*

Yael übersetzte. «Herr Premierminister, sie haben uns alle zu Truthähnen gemacht.» Ben Gurion zog die Augenbrauen hoch. Sie zuckte mit den Schultern und fügte auf hebräisch hinzu: «Genau das hat er gesagt, Herr Premierminister. *Dindons*. Das französische Wort für *hodim* [Truthähne].»

«Truthähne?» Ben Gurion wandte sich direkt an Simon. «Wieso Truthähne, Monsieur le Colonel?»

Oberst Simon erklärte in seinem gekränkten Tonfall, daß Israel seine Verbündeten im Stich gelassen hätte, indem es den Waffenstillstandsbeschluß der Generalversammlung akzeptierte, als die Landungen eben erst begannen. Ägypten hätte sich natürlich begeistert auf beide Abstimmungsbeschlüsse über einen Waffenstillstand gestürzt, im Sicherheitsrat wie in der Generalversammlung. Welche Rechtfertigung gab es nun noch für eine Fortsetzung des Angriffs, der angeblich der «Wiederherstellung des Friedens» diente? *Malheureusement* – der Oberst wiederholte das Wort mit übertriebenen Gebärden – *malheureusement* hatte es kein Veto in der Generalversammlung gegeben. Die Landungen machten «großartige» Fortschritte, aber sie müßten möglicherweise abgebrochen werden, und der Schurke Nasser würde überleben, außer wenn Israel seine Meinung revidierte und den Kampf fortsetzte.

«Aber worum sollen wir kämpfen, Herr Oberst?» Ben Gurion wies auf den Tisch. «Ihre Regierungen haben uns angewiesen, fünfzehn Kilometer vor der Kanalzone haltzumachen. Dort stehen wir jetzt, auf der gesamten Linie. Im Süden sind wir in Sharm el-Sheikh angelangt. Was nun? Sollen wir nach Kairo marschieren?»

Yaels Übersetzung entlockte dem Oberst ein widerstrebendes Lächeln. «*Monsieur le Premier*, natürlich bewundere ich Ihre Erfolge, aber ich trage hier das schwere Dilemma meiner Regierung vor.»

«Aber bedenken Sie doch einmal *mein* Dilemma», sagte Ben Gurion mit einem Hauch von Pathos in der Stimme. «Die Amerikaner haben uns mit ruinösen wirtschaftlichen Sanktionen gedroht. Die Russen haben gedroht, unseren Staat auszuradieren! Oder etwa nicht, Golda?»

«Wir haben einen erschreckenden Brief von Bulganin erhalten, Oberst», sagte sie. «Absolut furchteinflößend.»

«Sehen Sie, Herr Oberst? Wir sind ein sehr kleines Land, das von mächtigen Supermächten in die Zange genommen wird. Dank dem edlen Frankreich und nur dank Frankreich waren unsere Soldaten in der Lage, die Terroristennester auf dem Sinai auszuheben und uns wieder einen Zugang zum Meer zu verschaffen. Das werden wir nie vergessen.»

«Ich werde diese erfreulichen Worte an meine Regierung weiterleiten. Dennoch, *Monsieur le Premier...*»

«Herr Oberst, einzig die Verrücktheit der Engländer, die darauf bestanden, die Landungen um eine Woche hinauszuzögern – um einen fadenscheinigen Vorwand zu haben, über den die ganze Welt jetzt lacht –, ist schuld an unserem Dilemma. Gewiß ist Ihnen das klar. Nach dem französischen Plan wären sie sechs Tage früher gelandet. Sie hätten nunmehr die Vorherrschaft über den Kanal, und Nasser würde als Flüchtling in der Schweiz sitzen.»

«*Hélas*, wie wahr!» erwiderte Oberst Simon. «Einmal mehr hat England Frankreich zum Truthahn gemacht. Es ist alles wieder so wie 1940. Der Verrat von Dünkirchen! Sie können also Ihre Ansicht nicht noch einmal überdenken?»

Ben Gurion hielt die gespreizten Handflächen nach oben und blickte zu Golda, die traurig den Kopf schüttelte. «Ich sehe mich außerstande dazu, Oberst.»

«*Monsieur le Premier*, ich habe meine Pflicht als Emissär erfüllt. Ich werde Ihre höchst bedauerliche Antwort unverzüglich weitergeben.» Der französische Oberst zog daraufhin seinen Bauch ein und straffte sich noch mehr. «Ich spreche nun als Privatmann und Soldat zu Ihnen. Frankreich hat Ihnen zwar geholfen, aber die Blitzeroberung des Sinai ist Israels Verdienst. Mit diesem Hundert-Stunden-Sieg gehen Sie in die moderne Geschichte ein, Israel ist nicht mehr ein Volk der Opfer, sondern der Krieger. Ich möchte Ihnen und den Juden meine Hochachtung ausdrücken.» Er salutierte sehr förmlich.

Ben Gurion erhob sich ebenfalls, zog seinerseits den Bauch soweit wie möglich ein und salutierte ebenfalls. «Ich gelobe, daß Israel Frankreich auf ewig dankbar sein wird. Was Ihren Verbündeten England angeht, so empfinde ich nur Bedauern. Was immer sonst geschehen ist, die Briten haben den jüdischen Staat erst ermöglicht, und wir Juden werden ihnen das nie vergessen.»

«Ach, die Briten.» Oberst Simon zuckte die Achseln. «*Hélas*, ich fürchte, daß der britische Löwe von der Bühne der Geschichte als Truthahn abtritt. *C'est la guerre.*» Mit einer knappen Verbeugung vor Golda Meir schritt er hinaus, nicht ohne beim Anblick einer verdreckten, bandagierten Gestalt, die durch dieselbe breite Tür eintrat, stehenzubleiben und vor Überraschung zu blinzeln.

«Zev Barak ist da», sagte Sam Pasternak.

«Gut.» Ben Gurion wandte sich an Golda Meir. Sein Ausdruck verhärtete sich, tiefe Sorgenfalten gruben sich in sein Gesicht, und seine Stimme wurde scharf. «Der Brief von Bulganin ist eine beleidigende und sehr gefährliche Botschaft. Was machen wir damit?»

«Ich kenne den Mann. Ich bin ihm oft in Moskau begegnet.» Golda Meyerson war Israels erste Botschafterin in Moskau gewesen, wo sie die Russen verärgert hatte, weil sie Scharen singender, jubelnder Juden anzog. «Er ist nur ein x-beliebiger Sowjetpolitiker. Sie sind alle gleich. Sie begreifen erst dann etwas, wenn man ihnen mit gleicher Münze heimzahlt. Ich werde eine Antwort entwerfen, die ebenso grob ist wie sein Brief.»

«Sei so grob, wie du willst, und ich werde ihn unterzeichnen. Nur reize ihn nicht, uns auszuradieren. Ich glaube nicht, daß wir die Rote Armee besiegen können.»

«Ich werde daran denken.» Im Hinausgehen sagte sie zu Yael: «Danke für die Nadel.»

«Was für eine Nadel?» fragte Ben Gurion Yael mit seiner üblichen unstillbaren Neugier. «Du hast Golda eine Nadel gegeben? Wozu wollte sie eine Nadel haben?»

Yael grübelte noch über eine Antwort nach – «Um ihre Miederhosen festzuhalten» schien ihr Ben Gurion gegenüber unpassend –, als Zev Barak, staubig und sandig von Kopf bis Fuß, sich ihnen näherte. «Die Piper traf mit Ihrer Nachricht ein, Herr Premierminister, und ich bin unverzüglich eingestiegen, wie ich war. Bitte um Entschuldigung.»

«Das ist Dreck aus Sharm el-Sheikh», versetzte Ben Gurion. «Wunderbarer Dreck. Und diese Verbände, was Ernstes?»

«Nein, ich bin in Ordnung. Bei meinem Aufbruch waren wir dabei, die Kanonen zu durchsieben. Selbst wenn die Ägypter morgen zurückkehren sollten, wird eine Menge Zeit vergehen, bevor sie die Straße von Tiran wieder sperren können.»

«Sie werden nie zurückkommen. Nie!» Ben Gurions Kinn reckte sich vor, und seine Augenbrauen senkten sich drohend. «Sharm el-

Sheikh ist nichts als ein felsiger Punkt an der Straße von Tiran. Historisch gesehen gehört alles zu Jotvat. Die Hauptinsel in der Straße von Tiran war eine jüdische Siedlung, und wir waren schon vor zweitausend Jahren dort, es steht alles bei Prokop, ich habe es euch ja gezeigt. Wir sind nur zurückgekehrt. Und dort bleiben wir. Das ist unabänderlich.»

Er bombardierte Barak mit einer Flut von Fragen über die Schlacht, die den Durchbruch gebracht hatte, die Haltung des ägyptischen Kommandeurs, den Umgang mit den Gefangenen, die Situation der israelischen Truppen, die Versorgung mit Nachschub und den Wiederaufbau der zerstörten Festung als Verteidigungsanlage. «Zev, ich habe heute morgen mit Mosche gesprochen. Abraham Yoffe schlägt dich für eine *tziyun l'shvakh* [Belobigung] vor.»

«Warum mich? Er ist es, der sie verdient hat. Wer sonst hätte die Männer dazu gebracht, ihm den ganzen langen Weg durch diese Gehenna zu folgen?»

«Hast du Mosche in Sharm gesehen?»

«Ja, er traf mit Raful ein.»

«Er war überall, nur hier nicht, stimmt's, Sam?» Der Premierminister lächelte Pasternak zu. «Den ganzen Krieg hindurch.»

Anstelle einer Antwort erntete er nur ein blickloses Starren. Yael berührte Pasternak am Arm, und er fuhr hoch. «Was? Entschuldigung», murmelte er blinzelnd.

«Sam, ich befehle dir, dich auszuruhen!» rief Ben Gurion aus. «Ich weiß, was du hier getan hast. Mosche Dayan selbst hat mir gesagt: ‹*Was wir am Vormittag auf dem Feld vermasselt haben, hat Sammy nachmittags im Hauptquartier wieder ausgebügelt.*› Du hast hervorragende Arbeit geleistet.»

«Ich habe nie eine Kugel pfeifen hören», murmelte Pasternak.

Ben Gurion zog ihn am Arm. «Du wirst in meinem Wagen mitfahren.»

«Sag Uri Bescheid», sagte Pasternak an Yael gewandt, während der Premierminister ihn mit sich fortzog.

«Ich möchte mit Nakhama telefonieren», sagte Barak zu ihr.

«Geh in Sams Büro.»

Als Yael in das Büro trat, war Barak am Telefon und lachte. Die jubelnden Ausrufe seiner Frau erzeugten ein Knacken im Hörer. «Nun», sagte er, als er auflegte, «sie ist angenehm überrascht, daß ich schon zurück bin.»

«Das kann ich mir vorstellen.»

«Dein Freund Kischote ist übrigens ein großer Held. Hast du davon gehört?»

«Er ist nicht mein Freund.»

Ihre hastige, scharfe Reaktion ließ Barak fragend aufblicken. «Dann eben dein Reisebegleiter. Wie du willst. Er wird zweifellos eine Auszeichnung erhalten.»

«Warum, was hat er denn getan?»

Die Heldentat war Barak in der typischen Ausschmückung von Schlachtfeldgeschichten zu Ohren gekommen. Don Kischotes Sprung war zum gewaltigen Satz einer Bergziege geworden, der alle menschlichen Kräfte überstieg, er hatte einen ganzen Zug Ägypter ausgeschaltet, und – ein reines Phantasieprodukt – er war auf den Felsvorsprung hinabgeklettert, auf dem Jinji lag, und hatte ihn eigenhändig nach oben in Sicherheit geschafft. «Ich habe an einem guten Teil der Geschichte meine Zweifel», sagte Barak, «aber ich weiß, daß er das Leben des Mannes gerettet und eine Höhle voller Schützen erledigt hat. Soviel hat mir Raful erzählt.»

«Nun, er ist ein wahnsinniges Risiko eingegangen. Findest du das so großartig?»

Yaels Kommentar klang schnippisch und, so dachte Barak, eigenartig frostig. «Wie lange wird er solche Aktionen überleben, und was ist das für eine Art von Führung?»

Barak erhob sich. «Abraham Yoffe hat mir gesagt, ich soll zweiundsiebzig Stunden freinehmen. Drei Tage mit meiner Frau und meinen Kindern! *Das* ist Führung!»

«Wurde Kischote verletzt? Hast du ihn gesehen?»

«Ja. Er hat keinen Kratzer abbekommen.»

«Dann kann ich nur sagen: ‹*Es hütet die Einfältigen der Ewige!*›» Das war ein Spruch aus den Psalmen.

«Ich sage dir was, Yael. Kischote ist ein bißchen übergeschnappt. Genauso wie sein Freund Gulliver es war. Und Theodor Herzl. Und Ben Gurion. Kischote ist ein Soldat, ein Kämpfer und ein Spieler, und wenn er lange genug lebt, wird er es damit bis an die Spitze bringen.»

Barak ließ Yael sorgenvoll und in aufgewühlter Stimmung über einen Pappbecher lauwarmen Kaffees gebeugt zurück.

Sie bekam ihre Periode immer sehr regelmäßig und war deshalb höllisch beunruhigt. Einmal, ein einziges Mal nur war ihre Periode ausgeblieben, in der nervenzermürbenden Zeit der Abiturprüfungen. Damals war sie noch Jungfrau gewesen, und es hatte keine andere mögliche Erklärung als ihre Anspannung dafür gegeben. Dieses Mal allerdings war die andere Erklärung nur zu naheliegend: Highlife im Penthouse des Georges V. Sie hatte geglaubt, der Zeitpunkt wäre sicher gewesen, es wäre nur eine spontane Narrheit ohne Folgen gewesen, nun aber gab es summa summarum nur zwei Möglichkeiten – entweder war die Anspannung schuld am Ausbleiben ihrer Regel, oder die französische Hure war in Schwierigkeiten.

Die Unwahrscheinlichkeit des Ganzen, die schiere *Ungerechtigkeit* davon brachten Yael Luria noch mehr auf. Jahrelang hatte sie eine leidenschaftliche Liebesbeziehung mit Sam Pasternak gehabt, und manchmal hatten sie in einem stürmischen Streit oder nach einer Versöhnung miteinander geschlafen und alle Vorsicht vergessen, und doch – nichts war passiert! Wäre es mit Sam passiert, hätte sie in gewisser Weise ein Druckmittel in der Hand gehabt. Wenigstens liebte sie ihn! Doch das größte Unglück war, daß sie Sam in letzter Zeit wieder die kalte Schulter gezeigt hatte, so daß es Sam einfach nicht sein konnte. Sie konnte nicht einmal so tun, als ob er es gewesen sei. In was für einer Patsche saß sie da! Es mußte der Streß des Krieges sein – es konnte natürlich am Krieg liegen –, oder sie war tatsächlich von diesem Narren Don Kischote schwanger, der zusätzlich zu seinen eigenen Nachteilen noch diese streng religiöse Jerusalemer Freundin hatte. Eine entsetzliche Möglichkeit, daß es Don Kischote sein könnte! Sie mußte dies aus ihren Gedanken verbannen, bis die nächste Periode fällig und vorbei war.

Während der ganzen Operation KADESCH, als sie Tag und Nacht in Befehlszentralen Dienst tat, hatte sich die wachsende Zahl von Tagen mit ausbleibender Regel auf enervierende Art die Waage gehalten mit der Zunahme der Siege. Der einzige Lichtblick in dem Schlamassel war der Gedanke, daß sie, falls das Schlimmste wahr werden sollte, wenigstens wüßte, daß sie fruchtbar war. Yael hatte zu oft verhütet, mit Pasternak und vor ihm, um nicht leise, unterdrückte Zweifel diesbezüglich zu verspüren. Und nun hatte Barak ihr noch einen weiteren Lichtblick in ihrer prekären Lage aufgezeigt. Jossi war zwar kein Sam Pasternak, aber er stach immerhin aus der Masse heraus. Letzten Endes hatte er bei der Operation KADESCH ausgezeichnet abgeschnitten. *«Wenn er lange genug lebt, wird er es bis an die Spitze bringen!»*

Trotzdem wäre es besser, wenn es nur an der Anspannung lag. Als Mann ihres Lebens wollte sie mit diesem verführerischen Draufgänger Don Kischote nichts zu tun haben.

«Du bist verletzt!» rief Nakhama aus, als sie Barak die Tür öffnete.

«Hauptsächlich bin ich dreckig.» Er hielt seine Frau auf Armeslänge von sich, um sie zu küssen, doch sie warf sich in seine Arme, um ihn gierig zu umarmen und zu küssen. Dann berührte sie die Verbände. «Zev, was ist passiert?»

«Kratzer und eine Verstauchung. Mehr nicht. Hatte großes Glück, mein Jeep ist auf eine Mine gefahren. Ich werde duschen, und du wechselst dann die Verbände.»

Noah erschien in einer Pfadfinderuniform, ein schmaler, braunhaariger Junge mit scharfen Augen, der eine Zeitung in der Hand hielt. Mit seinen beinahe zwölf Jahren zeigte er sich ganz dem Ernst der Situation gewachsen, weit davon entfernt, um seinen Soldatenvater herumzutollen und zu -tanzen, wenn dieser nach Hause kam. «Schau, Abba!»

Eine Abbildung über drei Spalten auf der Titelseite von *Ha'aretz* (Das Land) zeigte den ägyptischen Befehlswagen, der eine weiße Fahne gehißt hatte, und dahinter Barak am Steuer seines Jeeps mit einem behelmten Soldaten, der das Maschinengewehr bediente.

Michael Berkowitz hinkte in Hut und Mantel mit einer dicken Aktenmappe unter dem Arm aus einem Schlafzimmer. «Wolfgang, willkommen zu Hause! Bist du in Ordnung?» Er legte einen Arm um Baraks Schultern, küßte ihn auf die staubbedeckten Wangen und zeigte auf *Ha'aretz.* «Du bist *das* Gesprächsthema an der Universität.»

«Sind die Kurse nicht ausgesetzt?»

«Am Montag werden sie wiederaufgenommen. Ich erledige aufgeschobenen Schreibkram. Dieses Mädchen, Schaijna, hilft mir dabei.»

«Gut, dann sag ihr, daß es ihrem Fallschirmjäger gutgeht. Ich habe ihn in Sharm el-Sheikh getroffen. Er hat sich im Kampf ausgezeichnet.»

«Ach, da wird sie strahlen! Sie hat nichts gesagt, aber sie war krank vor Sorge. Nun, dann werden wir uns heute abend ausführlich unterhalten.»

Aber die Brüder unterhielten sich nicht an diesem Abend. Nakhama bereitete ein frühes Abendessen und brachte Galia, das Baby, ins Bett. Noah bockte und beharrte darauf, daß er alles über den Marsch nach Sharm el-Sheikh wissen wollte. Sein Vater war gerade bei der Ankunft der Landungsschiffe in der Oase und der Suche nach Heckenschützen, die seine Soldaten umgebracht hatten, angelangt, als Nakhama einschritt. «Abba ist erschöpft, ab mit dir jetzt, Noah. Er wird drei Tage bei uns sein, du wirst alles erfahren.» Da ihr Mann so lange abwesend war, führte sie das Regiment in der Familie ganz wie eine marokkanische Mutter alten Stils.

Barak kippte ins Bett zwischen die frischen Laken, freute sich über den Komfort und seine wiedergewonnene Sauberkeit, war jedoch zugleich verwirrt durch den abrupten Wechsel vom schönen Panorama des umkämpften Sharm el-Sheikhs zu den engen Wänden der Wohnung, zum anheimelnden Geplätscher der familiären Unterhaltung und dem Geruch der würzigen Gerichte seiner Frau sowie Nakhamas eigenem Duft. Sie war ganz geschäftsmäßig geblieben, als er nackt im Badezimmer saß und sie seine Verbände gewechselt hatte, eine leidige Aufgabe, die ihr vertraut war. Und sie änderte ihr Verhalten auch nicht, als sie das Radio ins Schlafzimmer brachte und die Jalousie des Fensters, das in purpurfarbenes Dämmerlicht getaucht war, herabzog. «Du bist vollkommen fertig. Du wirst noch die Sechs-Uhr-Nachrichten hören, und dann gehst du schlafen. Laß das», sagte sie und schob den Arm beiseite, den er nach ihr ausstreckte. «Hör die Nachrichten, sage ich.»

Sie saß auf dem Bett, und ihre Hände umklammerten einander, während die Meldungen auf sie einstürmten, die internationalen zuerst. Die französischen und britischen Landetruppen waren gegen den schwachen Widerstand der Ägypter in der Kanalzone auf dem Vormarsch, doch die politische Situation entwickelte sich katastrophal. In London stand die Regierung Eden nach wachsenden öffentlichen Unruhen und einem Tumult im Parlament kurz vor dem Zusammenbruch. In der UNO regte sich, angezettelt und geschürt durch die Amerikaner, wachsender, lautstark geäußerter Unmut gegen Frankreich, England und Israel. Die Russen bereiteten sich offen auf die Landung von Truppen in Ägypten vor und forderten die Amerikaner auf, sich ihnen bei dieser Expedition zur «Vernichtung der Aggressoren» anzuschließen. Der Brief Bulganins an Ben Gurion machte weltweit Schlagzeilen. Der Ansager zitierte Beispiele: *«Rußland will Israel ausradieren – Bulganin»* und: *«Endgültige Ausmerzung des Zionismus durch die UdSSR!»*

Nakhamas Hand schloß sich bei diesen Sätzen fester um die ihres Mannes. «Zev ...», murmelte sie.

«Nichts davon wird geschehen. Die Amerikaner sind darauf aus, die Landungen zu stoppen, und wahrscheinlich wird ihnen das gelingen. Die Russen machen nur Wirbel.»

«Schrecklichen Wirbel!»

«Nun, sowjetischen Wirbel.»

In den israelischen Nachrichten wurde überschwenglich die Kehrseite der Medaille ausgebreitet. Weitere Einzelheiten über siegreiche Gefechte, Heldengeschichten, niedrige, wenn auch immer noch betrübliche Angaben über die Zahl der Opfer: weniger als zweihundert Tote und Vermißte, während die Ägypter viele Tausende eingestanden.

Die Sendung brachte außerdem ein Interview mit Oberst Yoffe durch einen Korrespondenten in Sharm el-Sheikh. Als Yoffe die «heldenhaften» Anstrengungen seines Stellvertreters, Oberstleutnant Baraks, erwähnte, drehte sie sich um, um ihn zu umarmen, und fühlte, wie sie auf das Bett herabgezogen wurde.

«Nein! Nein, sage ich. Du mußt dich ausruhen. Wir haben noch genug Zeit dafür. Nicht.» Erfolglose Proteste, ein leichtes Gerangel, ein verzweifeltes Flüstern: «Sieh nur, das Kissen ist naß, und es ist Blut. Ich habe es dir ja gesagt.»

«Der Schorf ist abgefallen. Ist nicht schlimm.»

«Komm, ich bring das wieder in Ordnung und wechsle den Kopfkissenbezug.» Sie schaltete eine schwache Nachttischlampe ein. «Gott, es ist erst halb acht. Das ist doch skandalös. Stell dir vor, Michael käme heim und würde uns so vorfinden? Beeil dich.» Sie legte einen neuen Verband um seine Kopfverletzung, brachte ihn entschlossen ins Bett und beugte sich über ihn, um ihn zu küssen. «Willkommen zu Hause, mein Held. Schlaf gut.»

Als er am nächsten Morgen blinzelnd im Morgenmantel in das blendende Sonnenlicht der Küche trat, war seine Frau gerade damit beschäftigt, das Geschirr abzuräumen. Auf dem Küchentisch lag ein Umschlag mit dem Emblem des King-David-Hotels. «Was ist das hier?»

«Tut mir leid, das habe ich ganz vergessen. Ein Mädchen brachte ihn gestern nachmittag. Die Tochter eines amerikanischen Archäologen. Eine Nachricht von ihrem Vater.»

«Eines Archäologen?» Er öffnete den Brief.

«Ich glaube. Wir haben Französisch gesprochen und sind nicht sehr weit damit gekommen.»

6. November 1956

Hallo, Wolf Blitz,

ich schreibe diese Zeilen bei Tee und Gebäck im King David nieder. Oberstleutnant Pasternak hat einen versiegelten Brief, den mein Vater mir nach Paris geschickt hat mit der Anweisung, ich solle hierherfliegen und ihn persönlich übergeben. Mittwoch werde ich die meiste Zeit über bei den Ausgrabungen in Ramat Rakhel sein, die Paps mitfinanziert. Ich stehe auf der Warteliste für einen Flug nach Paris am Donnerstag. Pasternak sagte, Du seist irgendwo auf dem Sinai, aber ich habe in jedem Fall vor, Deine Frau und Deine Kinder zu besuchen. Ein verblüffender Sieg Israels, wenn auch mein Vater darüber sehr unglücklich ist. Es tut mir verdammt leid, Dich zu verpassen, aber wie meine Mutter sagen würde, alles fügt sich zum Besten. Möglich.

Emily C.

Während die Spiegeleier vor sich hinbrutzelten, sagte Nakhama: «Sam Pasternak hat angerufen. Er sagte, ich solle dich schlafen lassen, aber sobald du wach wärst, sollst du dich bei ihm melden.»

«Erst werde ich was essen.»

«Dieses Mädchen unterhielt sich mit Noah und meinte, sein Englisch sei *merveilleux*. Nettes Mädchen. Ist sie auch Archäologin?»

«Ich weiß nicht. Ich habe ihren Vater in Amerika kennengelernt.»

Während der Gefechte um Sharm el-Sheikh waren Baraks abartige Gedanken an Emily Cunningham ziemlich verblaßt. Ein Brief von Cunningham, der persönlich von Paris überbracht wurde! Beunruhigend. Der unverfrorene, abgehackte Brief rief ihm verwundert seine seltsamen Grübeleien über das Mädchen während des langen Sinaitrecks in Erinnerung; die Folge von Langeweile, Erschöpfung und Anspannung, so dachte er, eine Art bedeutungsloser Wachtraum. Nakhama strahlte, als sie ihm sein Frühstück servierte. Er hatte dieses Strahlen oft an ihr bemerkt, wenn er aus einem Kampf oder nach langer Abwesenheit zurückkehrte. Sie trug ein schlichtes blaues Hauskleid, und ihr Haar fiel üppig und wild auf ihre Schultern. Er sagte: «Du siehst wundervoll aus.»

Sie küßte ihn unterhalb des Verbandes auf die Stirn. «Iß und ruf Sam an. Er klang beunruhigt, ich weiß nicht, warum. Man hört nur positive Nachrichten, außer daß die Briten und Franzosen ihren Truppenvormarsch gestoppt haben und daß die Vereinten Nationen möglicherweise die Kanalzone besetzen. Es liegt was in der Luft.»

20

Issur yikhud

GOLDA MEIR zündete eine Zigarette an der anderen an, während sie ohne jeden Kommentar Cunninghams zwei Seiten langen Brief las und von Zeit zu Zeit über ihren Schreibtisch hinweg von Pasternak zu Barak blickte. Barak war zum erstenmal in ihrem Büro. Es war ein schmuckloser, bescheidener Arbeitsplatz für eine Außenministerin, mit nackten Wänden, abgesehen von Fotografien Ben Gurions und des ausgemergelten Präsidenten Ben Zvi, beide mit offenen Hemdkragen. Auf einer großen Karte Israels fand sich der besetzte Sinai rot gestrichelt eingezeichnet. Der Rauch zog aus dem kleinen, halbgeöffneten Fenster hinaus, und von einem vor Kippen überquellenden Aschenbecher stieg abgestandener Geruch auf. «Sagen Sie mir noch mal, wer dieser Mann ist.» Sie setzte ihre Brille ab und ließ den Brief auf den Tisch fallen.

«Ein Freund», sagte Pasternak. «Weit oben in der CIA.»

«In der CIA? Ein seriöser Mensch? Was soll dann diese ganze *Geheimnistuerei*», Golda benutzte den englischen Ausdruck, «mit der Diplomatenpost einen persönlichen Brief an seine Tochter in Paris zu schicken, den sie dann mitten im Krieg per Flugzeug hierher überbringen soll?»

«Ich vermute, er traute dem Telegramm oder dem Telefon nicht, Frau Ministerin, und auch nicht dem direkten Postweg nach Tel Aviv.» Pasternak zuckte mit den Schultern. «Mr. Cunningham ist ein bißchen meschugge in Sachen Sicherheit. Wie andere beim Geheimdienst.»

«Und reichlich meschugge, wenn es um die Russen geht», sagte Golda mit einer wegwerfenden Handbewegung in Richtung Brief. «Ich bin in Kiew geboren, wißt ihr. Ich kann euch versichern, daß auch ein Russe nur ein Mensch ist. Ein Russe ist kein Dreimetermann. Wenn man in Moskau umherspaziert, sieht man eine Menge kleiner Russen. Manche Amerikaner haben seltsame Vorstellungen von den Russen.» Sie starrte Barak an, der mit ausdruckslosem

Gesicht dasaß. Pasternak hatte ihn mitgenommen, damit er gegebenenfalls seine Meinung über Cunningham und den Brief beisteuerte. «Kennen Sie diesen Mann, Barak?»

«Nicht so gut wie Sam.»

«Was halten Sie von ihm?»

«Ein merkwürdiger Mensch, ein scharfer Geist, mit äußerst guten Beziehungen.»

Golda runzelte ihre große, kühne Nase, ergriff den Brief und las in süffisantem Ton die einleitenden Sätze vor.

Lieber Sam,
ich schreibe dies nieder in einer schlaflosen Nacht. Ich bin verflixt beunruhigt. Euer Sieg ist in militärischer Hinsicht bewundernswert, politisch jedoch könnte er sich als selbstmörderisch erweisen. Der amerikanische Schutzschild ist gefallen. Alle politischen Entscheidungen Israels müssen dieser Tatsache Rechnung tragen. Ihre Außenministerin mit ihrem amerikanischen Hintergrund sollte das verstehen. Die nachrichtendienstlichen Erkenntnisse aus Rußland sind erschreckend, und wir nehmen sie sehr, sehr ernst hier...

«Der amerikanische Schutzschild?» Golda schnaubte beinahe. «*Was* für ein amerikanischer Schutzschild? Was haben die Amerikaner in dieser Geschichte für uns getan, außer Ärger zu machen?» Sie warf den Brief auf den Schreibtisch, während die beiden Männer Blicke tauschten. «Also, Sam, erklären Sie mir mal, was es mit dem amerikanischen Schutzschild auf sich hat.»

Pasternak forderte Barak mit einer Bewegung, die zugleich ein Befehl war, zum Sprechen auf. «Zev hat vor gar nicht langer Zeit die Ausführungen Christian Cunninghams gehört.»

«Ich kann das nicht in ein oder zwei Sätzen erklären, Frau Außenminister», gab Barak zurück.

«Aber was dieser Mann sagt, erscheint Ihnen einleuchtend?»

«Ja.»

«Dann wollen wir es uns anhören, und lassen Sie sich ruhig Zeit.»

Warum hatte Sam ihn so in die Bredouille gebracht? Es handelte sich hier nicht etwa um eine Beziehung, wie Barak sie zu Ben Gurion hatte, mit dem er beinahe wie mit einem Familienmitglied sprechen konnte. Er mußte aus dem hohlen Bauch heraus über Weltpolitik parlieren, und das mit dieser Frau, die Außenpolitik machte – soweit das neben Ben Gurion überhaupt jemand tat – und die dafür gefürchtet war, daß sie Dummköpfe verabscheute. Was könnte er ihr sagen, das sie nicht schon wußte?

Er nahm sich zusammen und begann. Der «Schutzschild» stand offensichtlich, so führte er aus, für die Freundschaft einer Großmacht. Nach Cunninghams Auffassung hatte sich der Zionismus 1917 mit der Balfour-Deklaration hinter dem Schutzschild Englands «in die Geschichte eingeschlichen» – Golda Meirs dunkle Augenbrauen hoben sich bei diesem Satz. Dieser Schild hatte bis zu den Araberaufständen und dem Teilungsvotum der Vereinten Nationen Bestand gehabt, das wiederum unter amerikanischer Protektion und insbesondere aufgrund Präsident Trumans Intervention zustande gekommen war. Andernfalls würde Israel nicht existieren. Die größte Gefahr drohte Israel nicht von den Arabern, sondern durch die Politik einer Großmacht, die die arabische Welt mit einer feindseligen, manchmal drohenden Haltung gegenüber dem Zionismus infiltrierte. Rußland spielte nun Gambit im großen Spiel der Macht, und einzig der amerikanische Schutzschild hatte ihm bisher Einhalt geboten. Nun aber, da Eisenhower so wütend auf Israel war, wurde Israels ohnehin immer prekäre politische Lage extrem schwierig. Das, so sagte Barak, war Cunninghams Ansicht, die hinter diesem Brief steckte.

«Gut gesprochen, Zev. Chris weist außerdem auf zwei wesentliche Punkte hin», fügte Pasternak hinzu und tippte mit zwei Fingern auf den Brief. «Punkt eins: Dulles liegt mit Krebs im Krankenhaus, so daß Eisenhower selbst die politischen Entscheidungen trifft. Er ist kein Diplomat, sondern ein Militär, der an schnelles, skrupelloses Handeln gewohnt ist. Punkt zwei: Das Außenministerium hat aus gutinformierten Kreisen durchsickern lassen, daß ein russischer Angriff gegen England oder Frankreich einen amerikanischen Vergeltungsschlag zur Folge hätte.» Pasternak hielt inne. «Und Chris betont, *daß Israel nicht in diese Warnung miteingeschlossen ist.*»

«Ja. *‹Israel wird nicht* – ich wiederhole – *nicht erwähnt.›* Das habe ich gesehen.» Golda Meir schob den Brief über den Tisch hinweg zu Pasternak. «Nun, jetzt verstehe ich euch beide, und unsere Meinungen könnten kaum gegensätzlicher sein. Euer CIA-Freund meint, daß wir vor der russischen Drohung in die Knie gehen, der UNO gehorchen und den Rückzug vom Sinai antreten sollten. Das kommt überhaupt nicht in Frage. Ein miserabler Ratschlag.» Sie wandte sich an Barak. «Schutzschilde, Schmutzschilde! Was ist mit Ihnen los? Das finden Sie einleuchtend? Was für Schilde? Wir Zionisten sind selbst unseres Glückes Schmied! Wir haben dieses Land aufgebaut und dafür gekämpft und es schließlich erobert, und *das* ist der Grund, warum Israel existiert! Wenn eine Großmacht uns unterstützt, dann deshalb, weil sie ihre eigenen Interessen in der Region verfolgt, sonst nichts. Für die Briten waren wir ein Puffer gegen die Franzosen, bis die Araber ihnen so sehr einheizten, daß ihnen die Lust, noch länger hierzubleiben, verging. Was die Amerikaner angeht, wo war denn ihr Schutzschild, als sie ein Waffenembargo gegen uns befürworteten, während die Russen die Ägypter aufrüsteten? Wären die Franzosen nicht, die ein Interesse daran haben, Nasser zum Teufel zu jagen, dann könnte er uns jetzt überrennen anstatt umgekehrt. Würde *er* dann den Rückzug antreten? Hm, Sam?»

«Kaum, Frau Ministerin.»

«Nein, wohl kaum. Also warten wir, bis die Ägypter Friedensabsichten bekunden und mit uns sprechen! Werden sie Friedensgespräche führen wollen, wenn wir das große Zittern kriegen und aus dem Sinai abziehen? Was für ein Witz! Und was die Russen angeht, nun, sie sind weit weg, und im Augenblick haben sie reichlich damit zu tun, unter ihren Panzern ungarische Frauen und Kinder plattzuwalzen.» Sie erhob sich, strich ihr Kleid glatt und warf einen Blick auf ihre Armbanduhr. «Ben Gurion wird in einer Stunde eine Radioansprache halten. Ich rate Ihnen, ihm zuzuhören. Ich werde jetzt zu ihm gehen.»

«Hast du etwas anderes erwartet?» fragte Barak Pasternak, während sie in den Nieselregen des bewölkten Nachmittags hinaustraten.

«Kaum, aber Chris' Brief hat mich aufgeschreckt, und ich dachte, sie sollte ihn sehen. Sie hat sich eine Meinung gebildet, damit ist die Sache erledigt. Oder vielleicht sollte ich sagen, der Alte hat sich eine Meinung gebildet. Es läuft auf das gleiche hinaus, und wir stehen möglicherweise vor einer Katastrophe.»

Als Barak nach einem Besuch bei der Bank am King-David-Hotel vorbeiging, fiel ihm ein, daß Emily Cunningham an diesem Tag abreisen wollte oder vermutlich schon abgereist war. Sollte er hineingehen und nachfragen? Wozu die Mühe? Es war Zeit für B. G.s Radioansprache. Aber ein irrationaler Impuls lenkte seine Schritte hinein, und da stand sie, in einem Eichhörnchenmantel und einem grauen Schal, mit einer blauen Ledertasche zu ihren Füßen, an der Rezeption und gab ihren Schlüssel zurück. Er spürte, wie ihn unvermittelte Freude durchzuckte. Als sie ihn erblickte, traten ihre Augen komisch hervor, und ihr Mund blieb in einem hörbaren Keuchen offenstehen. «Du hier! Du bist doch angeblich in Sharm el-Sheikh! Ich habe dein Bild heute in der Zeitung gesehen!»

«Reist du jetzt ab?»

«Ich habe noch stundenlang Zeit, aber ich hasse es, auf gepackten Koffern in einem Hotelzimmer zu sitzen.»

«Gibt es in deinem Zimmer ein Radio?»

«Ja.»

«Laß dir deinen Schlüssel wieder zurückgeben.» Er ergriff ihre Tasche. «Der Premierminister wird in Kürze eine Ansprache halten. Ich will hören, was er sagt. Er wird auf hebräisch sprechen, und ich werde dir das Wesentliche erzählen. Einverstanden?»

«Ja selbstverständlich.»

Während sie schweigend die breite Treppe zum zweiten Stock hinaufstiegen, warf sie ihm verstohlene Blicke aus untertassengroßen Augen zu. «Eine deprimierende Aussicht. All dieser Stacheldraht und die Altstadt dahinter. Wenn die Sonne auf die Mauern scheint, ist es noch deprimierender. Dann sieht Altjerusalem aus wie das verlorene Paradies.»

Das kleine Radio pfiff, kreischte und rauschte in atmosphärischen Störungen, bis er es auf einen schnellen hebräischen Redefluß eingestellt hatte. «Er wird in wenigen Minuten auf Sendung sein», sagte Barak.

Sie warf Mantel und Schal auf einen Stuhl. «Weißt du, daß ich deiner Familie einen Besuch abgestattet habe?»

«Ja.»

«Deine Verwundungen sind nichts Ernstes, oder?»

«In einer Woche kommen die Verbände runter.»

Sie machte eine unbeholfene Geste mit einem steifen Arm und einem leicht angewinkelten Ellbogen. «Du bewegst deinen Arm immer noch so merkwürdig. Ist dir das eigentlich bewußt? Es ist mir schon in Paris aufgefallen.»

«Niemandem sonst ist das aufgefallen. Oder zumindest hat niemand eine Bemerkung darüber gemacht.»

Auf ihrem Gesicht erschien jenes erwachsene Lächeln, das ihre mädchenhaften Züge mit ironischen Fältchen und Grübchen überzog, und langsam kehrte seine Erinnerung daran zurück, warum er sie so reizvoll gefunden hatte. «Schreckliche Sitten.»

«Wie geht es André?»

«Oh, ganz gut.» Das Lächeln verschwand. «Sag, kannst du mir erzählen – wenigstens einen Tip geben –, was im versiegelten Brief meines Vaters stand? Eine unheimliche Geschichte! Stehen die Dinge hier so schlimm?»

«Wir lassen uns nicht so leicht Angst einjagen. Das können wir uns nicht leisten. Wir haben einen großen Sieg errungen, soviel steht fest. Setz dich, hör auf, wie ein Tiger im Käfig herumzuspringen.» Er zeigte zum Radio. «Tut mir leid, wenn dich dieses Hebräisch langweilt. Es ist ein politischer Kommentar. Mich langweilt er auch.»

Sie ließ sich aufs Bett fallen und stützte die Ellbogen auf. «Mein Gott, deine Frau ist wunderschön, und deine Kinder sind phantastisch. Das kleine Mädchen ist reizend, und Noah wird eine Führungspersönlichkeit werden.»

«Nakhama sagte, du wärst ein nettes Mädchen.»

«*Ha!*» Der Laut entrang sich ihrer Kehle. «Sagte sie das? Wir konnten uns kaum unterhalten. Heißt sie so – Nakkama? Klingt wie eine amerikanische Indianerin. Tochter des Mondes oder etwas in der Art. Wie Wolf Blitz. Vielleicht sind die Indianer wirklich der verlorene Stamm Israels.»

«Du redest Unfug, Emily. Und es heißt Na*kh*ama.»

«Was bedeutet das, Nakhama?» Sie sprach den Kehllaut übertrieben deutlich aus.

«Trost.»

Ein Schatten legte sich über das Gesicht des Mädchens. «Ich kann es dir ebensogut sagen oder dich warnen, daß ich überirdische Kräfte besitze. Lach nicht, ich mache sehr selten davon Gebrauch, aber wenn ich es tue, flößen sie mir direkt Angst ein, so gut funktionieren sie. Ich habe dich durch meine Willenskraft gezwungen, genau in diesem Augenblick durch die Drehtür dieses Hotels zu treten. Das habe ich getan! Ich sagte mir: *‹Ich weiß, daß er in Sharm el-Sheikh ist, aber nichtsdestotrotz will ich, daß er durch diese Drehtür hereinkommt.* Und du bist gekommen. Glaubst du mir? Ich schwöre es auf die Bibel. In der Schublade dort ist eine Gideon-Bibel, und ich bin ein gläubiger Mensch.»

«Hör zu, unsere Bank ist nur ein Stück die Straße hinunter, und Nakhama brauchte Geld. Hast du all das mit deinem Willen erzwungen?»

«Mach dich nicht über mich lustig. Ich sage dir, ich habe so etwas schon früher getan. Einmal im College brauchte ich unbedingt zwanzig Dollar, um aus einer schrecklichen finanziellen Patsche zu kommen, einem furchtbaren Schlamassel. Ich habe mit meinem Willen erzwungen, daß ich eine Zwanzigdollarnote fand, und ich fand sie in einer alten Geldbörse, die ich eigentlich wegwerfen wollte. Ich habe so etwas auch noch öfter getan.»

«Angenommen, ich wäre nicht hereingekommen? Was wäre dann mit diesen übernatürlichen Kräften gewesen?»

«Ach, aber du bist hereingekommen.»

Aus dem Radio platzte unvermittelt ein rauhes, anderes Hebräisch. «Das ist er.» Barak stellte den Sender genauer ein.

«Hältst du mich für verrückt?»

«Nicht wirklich.»

«Hübsch?» Sie warf ihre Beine hoch, die dünn, aber wohlgeformt waren.

«Sei still, ich will hören, was er sagt.»

«Gott im Himmel, Wolf Blitz, ich bin so froh, daß du durch diese Drehtür gekommen bist.»

«In Ordnung.»

«Weißt du, du würdest nicht zu mir sagen, daß ich still sein soll, wenn du nicht eine gewisse Vertraulichkeit mir gegenüber empfinden würdest. Interessant.»

Ben Gurion begann eben erst, aber Barak wollte kein Wort davon verpassen. Er ging zu ihr und verschloß ihren Mund mit seiner Hand. Sie biß mit ihren scharfen Zähnen hinein. «Tut mir leid, ich werde ruhig sein.»

Er schüttelte den Kopf über dieses Mädchen, das sich gebärdete wie ein Fohlen, und schob ihren Eichhörnchenmantel beiseite, um sich in den Sessel zu setzen. Emily ging zum Fenster und blickte von dort mit verschränkten Armen auf die Altstadt hinab. Sie trug denselben Pullover und denselben Rock wie in Paris. Während die Stimme so schrill und durchdringend weiterschmetterte, daß das Radio zu krachen begann, sank Barak bedrückt und kraftlos immer tiefer in seinen Sessel.

Denn das hier war die triumphierende Rede eines Siegers, unnachgiebig, überschwenglich, kompromißlos, genauso wie Golda Meir sich bei ihrem Zusammentreffen verhalten hatte. Die alten Waffenstillstandsvereinbarungen waren tot und begraben. Ägyptens Aggressionen hatten sie ausgelöscht. Die bisherigen Waffenstillstandslinien existierten nicht mehr. Was den Vorschlag einer UNO-Friedenstruppe in den umstrittenen Gebieten anbelangte, so würde Israel keinerlei fremde Truppen auf seinem Boden *noch auf irgendeinem der von ihm besetzten Territorien* dulden! Als Barak diese herausfordernden Worte hörte, zuckte er zusammen und griff sich an die Stirn. «Was?» flüsterte Emily. «Was hat er eben gesagt? Für mich ist das das reinste Chinesisch.» Barak legte einen Finger auf seine Lippen. Sollten Ägypten und seine Nachbarn ihre Bereitschaft zu Friedensgesprächen signalisieren, so würden sie auf seiten Israels auf ein überraschendes Entgegenkommen stoßen. Bis dahin könne Israel sich auf seine Soldaten verlassen, wenn es darum ging, alle Eindringlinge zurückzuschlagen. Die ausgedehnten Festungsanlagen und Waffenlager, die sie auf dem Sinai entdeckt hätten, bewiesen, daß Israel gerade noch rechtzeitig zu seiner Selbstverteidigung gehandelt habe.

«Die Ansprache hat dir nicht gefallen», sagte sie, als sie das Radio ausschaltete.

«Deinem Vater wird sie auch nicht gefallen. Folgendes hat Ben Gurion gesagt, in ein paar Worten.» Als er die Rede für sie zusammenfaßte, verdüsterte sich seine Stimmung noch mehr, obwohl er die Anwesenheit des Mädchens so unterhaltsam wie bezaubernd fand.

«Wahrscheinlich hast du recht, Chris wird entsetzt sein. Aber ich bin in politischen Fragen eine schreckliche Null.»

«Wie kommst du mit deiner Doktorarbeit über Lamartine voran, Emily?»

«Ich bin jetzt nicht in der Stimmung, um darüber zu reden.»

«Ich verstehe.» Eine betretene Pause. «Also, ich glaube, ich mache mich jetzt auf den Weg. Danke für das Radio.»

«Ich muß noch nicht aufbrechen.»

«Ich muß noch einiges erledigen.»

«Na gut.»

Sie warf den Mantel über die Schultern und band den Schal um ihre Haare. «Du hast recht. Wenn ich dich erst mal küsse, bin ich verloren, also machen wir lieber, daß wir hier rauskommen.»

Während sie sich in gebührender Entfernung gegenüberstanden, die zwanzigjährige Amerikanerin in ihrem Eichhörnchenfellmantel und der bandagierte israelische Offizier Anfang Dreißig, mußte Barak plötzlich an eine religiöse Vorschrift, *issur yikhud*, denken, über die er und Michael als Jugendliche oft diskutiert hatten. Nach strikter Auslegung des Talmuds war es verboten, daß eine männliche und eine weibliche Person – bis zu einem lächerlich jungen Alter hinab –, die nicht miteinander verwandt waren, allein in einem geschlossenen Raum verweilten. Zev hatte argumentiert, daß Issur yikhud in der modernen Zeit unsinnig und nicht durchsetzbar sei. Michael, ein ernster Jeschiwa-Student, hatte erwidert, es sei in der Tat nicht durchsetzbar, außer durch Willenskraft; unsinnig dagegen sei es überhaupt nicht. Barak hatte selbstverständlich nie den geringsten Gedanken daran verschwendet, sehr zum Frommen seiner Vergnügungen im Lauf der Jahre. Bis zu diesem Augenblick war ihm die Sache nicht mehr in den Sinn gekommen.

«Unsinn», sagte er. Er ergriff ihre Ellbogen und küßte sie beiläufig auf den Mund. «In Ordnung? War's denn so umwerfend?»

«Das war unvermeidlich», sagte sie, «seit der Nacht der Leuchtkäfer. Du hast es getan, nicht ich. Denk daran. Eines Tages wirst du dich daran erinnern müssen.»

Sie schoß durch die Tür und griff im Hinausgehen nach ihrer Tasche. Er folgte ihr. «Laß mich das tragen.»

«Oh, bitte. Sei nicht so verdammt höflich. Das ist lächerlich.» Im Korridor wandte sie ihm ihr Gesicht zu. Es war tränenüberströmt.

«Was zum Teufel hast du? Warum bist du *jetzt* unglücklich?»

«Mein Gott, du hast wirklich keine Ahnung. Ich versuche, vor Freude nicht überzuschnappen.»

Seine Kehle wurde eng. Zev Barak sagte: «Das nächste Mal, wenn wir uns wiedersehen, falls wir uns wiedersehen, wirst du wahrscheinlich wie Nakhama verheiratet sein und zwei Kinder haben und ebenso glücklich sein.»

«Das bezweifle ich sehr, aber selbst wenn es so ist, macht es nicht den geringsten Unterschied.» Sie führte ein Papiertaschentuch an ihre Augen. «Das nennt man über Phantasien reden! Wow! War die Ansprache wirklich so schrecklich? Der Taxifahrer am Flughafen hat Francs genommen. Werden sie hier auch welche nehmen?»

«Ich werde dir ein Taxi rufen.»

«Ach ja, du kommst ja direkt aus der Bank, du bist flüssig. Danke.»

Während sie die Treppe hinabgingen, sagte sie: «Ich habe mit André Schluß gemacht. Das wundert dich bestimmt! Ha! Beim ersten Blick auf ihn hast du gewußt, daß ich das tun würde. Der arme André! Und ich werde meinen Magister nicht in Paris machen, wenn du schon fragst. Ich fahre nach Hause. Ich werde meine Arbeit dort beenden, vielleicht in Georgetown.»

«Du willst Lehrerin werden?»

«Ja. In einer Mädchenschule. Es gibt einige in der Umgebung von Washington, auf dem Land. Ich liebe Mädchen. Sie sind realistisch und zäh. Jungen sind fast alle eingebildete, verweichlichte Schweine.»

«Du kehrst die Geschlechterrollen um, nicht wahr?»

«Nein, das ist die Wahrheit, das Gegenteil ist nur billiges Klischee.» Sie nahm seinen Arm. Sie waren im Begriff, die Hotelhalle zu betreten. «Hör mir zu. Wenn ich dein Hund sein könnte, einfach dein Hund, würde ich einen Weg finden, um in Jerusalem zu leben. Es ist hoffnungslos, das ist völlig klar. Also setz mich ins Taxi und sag mir Lebwohl, bis wir uns wiedersehen.»

Er zwang sich zu einem scherzhaften Tonfall. «Du wirst deine übernatürlichen Kräfte einsetzen, nehme ich an, um sicherzugehen, daß es klappt.»

«Das wird nicht nötig sein.» Sie lächelte unvermittelt, ein anderes, liebendes Lächeln. Sie hatte schöne weiße Zähne und breite rote Lippen, die sich an den Mundwinkeln merkwürdig kräuselten. «Hiroshima im Trenchcoat! Wie grob, wie brutal. Aber in gewisser Hinsicht hat es seinen Zweck erfüllt.»

Er stellte die Tasche zu ihren Füßen in das Taxi. «Ich liebe dich», sagte sie.

«Ich nehme an, daß du das ernst meinst. Warte, bis du den Richtigen triffst. Den Mann, den du heiraten wirst. Dann weißt du, was Liebe ist.» Er hielt ihr die Tür auf, gegen bessere Einsicht widerstrebte es ihm, Emily Cunningham abreisen zu sehen.

«Ich weiß ganz genau, was Liebe ist, und sie bedeutet alles. Ich weiß, daß du und Nakhama euch liebt und daß ihr vollkommen glücklich seid. Sie ist umwerfend schön und sanft, und soweit ich sagen kann auch klug. Wir hatten uns überhaupt nichts zu sagen. Nun, mach die Tür zu und sag mir Lebwohl. Es führt kein Weg dran vorbei.»

«Ich glaube, du bist verrückt. Oder vielleicht auch nur *yotzet dofan.*»

Der Taxifahrer, ein dunkelhäutiger Mann in einer kegelförmigen Wollmütze, blickte sich bei diesen Worten um.

«Und was bedeutet das, *yotzet dofan*?»

«Soviel wie ‹aus der Seite auftauchen›. Im Englischen heißt es Kaiserschnitt. Im Hebräischen hat es auch diesen Sinn, aber mit der Zeit hat es die Nebenbedeutung ‹außergewöhnlich› angenommen.»

Da war das spöttische Lächeln wieder. «Du willst mich wohl aufziehen», sagte sie. «Wie der Zufall es will, bin ich durch einen Kaiserschnitt zur Welt gekommen. ‹Vor der Zeit geschnitten ward aus Mutterleib.›»

Ihr dramatisches Zitat brachte ihn zum Lachen. «‹*Nun magst dich wahren.*›» sagte er. «‹*Wer Halt! zuerst ruft, mag zur Hölle fahren!*› Kommt das nicht als nächstes?»

«Falsch! Netter Versuch, aber es heißt: ‹*Verflucht die Zunge, die mir dies verkündet.*› Du mußt deinen Shakespeare auffrischen, alter Pfadfinder. Vielleicht kann ich dir eines Tages dabei helfen.» Ihre Augen schossen Lichtblitze auf ihn ab. «Auf Wiedersehen, Wolf Blitz.»

Schaijna Matisdorf beschäftigte sich sehr stark mit Issur yikhud, während sie nach der Hochzeitszeremonie vor der geschlossenen Schlafzimmertür ihrer Cousine Faiga saß.

Aus dem Salon drang in voller Lautstärke der fröhliche Tumult der Hochzeitsfestivitäten – Singen, Scherzen, Lachen, Tanzen, Debattieren und die lärmende Klezmermusik zweier Saxophone und einer Baßgeige –, während sie, ein anderes Mädchen und zwei Jeschiwa-Studenten im Flur standen, um zu bezeugen, daß Faiga mit ihrem Bräutigam Feivel lange genug allein war, damit die Sache theoretisch vollzogen werden konnte. Dieser kurze Yikhud der Frischvermählten war eine reine Formalität, wurde in Schaijnas Milieu jedoch so strikt befolgt, daß sie ihn für unumstößlich hielt und darin nichts Merkwürdiges oder Spektakuläres sah. Faiga und Feivel verbrachten die vorgeschriebenen acht oder zehn Minuten dort drinnen bei Tee und Kuchen – denen sie mit gewaltigem Appetit zusprachen, denn sie hatten den ganzen Tag gefastet –, und selbstverständlich würden sie beide so jungfräulich daraus hervorkommen, wie sie hineingegangen waren. Da Schaijna Feivels Schüchternheit kannte, dachte sie, Faiga würde womöglich nicht einmal einen Kuß hinter dieser Tür bekommen. Nichtsdestoweniger wurde durch diesen Akt des Yikhud die Heirat besiegelt, ebensosehr wie durch die Zeremonie unter dem Baldachin und das Zerbrechen von Glas.

Die Tür öffnete sich, und heraus trat das glückliche Paar, der bleiche Bräutigam in seinem weißen *kittel* und Faiga wie ein Wirbelwind in den cremefarbenen Schleiern und Spitzen ihres Hochzeitskleides. Sie lachte mit hochrotem Gesicht, und Feivel mit seinem spärlichen Bartflaum blickte verwirrt und ziellos umher, als hätte er einen schweren Schlag auf den Kopf erhalten, woraus Schaijna schloß, daß es doch zu einem Kuß gekommen war. Ein gutes Zeichen, und ohne Frage Faigas Werk. Faiga ging es gut.

Während dieser kurzen Wache vor der Schlafzimmertür faßte Schaijna einen weitreichenden Entschluß, den sie auf der Heimfahrt im Bus einer gründlichen Überprüfung unterzog. Sie verließ die Hochzeit unmittelbar nach dem Yikhud, obwohl die Festlichkeiten noch stundenlang andauern sollten; denn Jossis Bataillon wurde nach sechs langen Wochen auf dem Sinai, die nur durch seltene Wochenendurlaube unterbrochen worden waren, wieder zurückversetzt. Die Hochzeit hatte er leider gerade verpaßt, aber sie rechnete mit einem Anruf von ihm, vielleicht noch in dieser Nacht. Schaijna hatte während des kurzen Krieges Höllenqualen ausgestanden und wußte nun mit unumstößlicher Sicherheit, daß sie verliebt war, verrückt vor Liebe für den Fallschirmjäger, den sie Don Kischote nannten; und daß es an der Zeit war, ja allerhöchste Zeit war, diesbezüglich etwas zu unternehmen.

Schaijna hatte ihre Konfrontation im Falafel King so gut sie konnte hinter sich gebracht, obwohl sie wegen ihrer Erkältung in miserabler Verfassung gewesen war und Eifersucht und Mißtrauen an ihr genagt hatten. Es fehlte ihr zwar an Erfahrungen mit derartigen Komplikationen, doch war sie klug genug, um zu erkennen, daß ein zwangloses und freundliches Verhalten, verbunden mit dem Bemühen, soviel wie möglich über die Episode in Paris herauszufinden, nach der Art, wie sie die Geschichte verpfuscht hatte, noch das Beste war, was sie tun konnte. Jossi hatte sie mit seinen gestammelten Antworten auf ihre Fragen nicht eben beruhigt. Wahrscheinlich würde sie nie erfahren, was geschehen war, aber eines wußte sie nun: Sie verabscheute Yael Luria und tat gut daran, sie in Zukunft als Bedrohung zu behandeln. Das Gerede über Yael und Pasternak war nie bis an Schaijnas Ohren gedrungen; zwischen der Armee und ihrer kleinen Clique gab es kaum Berührungspunkte. Alles, was sie wußte, war, daß Yael schön, willensstark und freizügig war und – sofern ihr Instinkt sie nicht grob irreführte – eine gefährliche Rivalin.

Im Innersten ihres Herzens liebte Schaijna Kischote schon, seitdem sie ihn als kleines Mädchen kennengelernt hatte, als sie ihn noch aufgezogen und ihm die kalte Schulter gezeigt hatte. Sie mußte daran denken, wie sie seine komische Gestalt zum erstenmal in zerrissenen Hosen erblickt hatte; wie sie mit ihren Fäusten auf ihn eingetrommelt hatte, als er mit ihrem Eimer voll Wasser eine Dusche nahm, und selbst in diesem Augenblick hatte sie sich zu ihm hingezogen gefühlt. Als Beginn ihrer bewußten Verliebtheit betrachtete sie die Rede, die er an der Universität gehalten hatte, als er mit so viel verhaltener Emotion über Gulliver und die leeren Sitze in dem Bus, der das Überfallkommando ins Camp zurückbrachte, gesprochen hatte. Aus dem mageren Immigrantenjungen aus der Zeit der Belagerung von Jerusalem war ein hochgewachsener, kräftiger Soldat geworden, die Zeitungen hatten die Geschichte seiner Heldentat auf dem Mitla-Paß gebracht, und er war *ihr* Jossi und niemandes sonst. Ganz bestimmt nicht der von Yael Luria! Mit einem Wort, Schaijna wollte heiraten.

Die Sache hatte allerdings den Haken, daß Don Kischote ihr keinen Antrag gemacht hatte. Er hatte sie einfach oft getroffen. Sie hatte klargestellt – vielleicht ein bißchen zu klar, wie sie nun dachte –, daß sie sich noch nicht reif genug zum Heiraten fühlte und zudem ihre Zweifel an ihm hatte, denn sie war ein frommer Mensch und gedachte das auch zu bleiben, und er war ein Wildfang; er war zwar in religiösen Dingen bewandert, aber weit davon entfernt, die Religion auch zu praktizieren. Auf ihre Weise hatte Schaijna sich immer an Issur yikhud gehalten, in Gegenwart anderer junger Männer ganz selbstverständlich, und Kischote gegenüber hatte sie dies von Anfang an unmißverständlich zur Regel gemacht. «B'seder, Issur yikhud, kein Problem», sagte er, und die Zärtlichkeiten, in die sie einwilligte, geschahen auf Abendspaziergängen oder in seinem

Jeep und waren überdies ziemlich harmlos, auch wenn all das für Schaijna neu und köstlich schockierend war. Für ihre religiöse Umgebung trieb Schaijna ein gefährliches Spiel mit den Grenzen des Anstands, aber ihr eigenes Bewußtsein und Gewissen waren klar. Die Liebe ließ gewisse süße Freiheiten zu, aber Issur yikhud war die unantastbare rote Grenzlinie.

So kam sie auf der langen Heimfahrt im Bus, während sie sich die Angelegenheit durch den Kopf gehen ließ, auf die Idee, sie könnte Jossi keinen unverblümteren Hinweis darauf geben, daß sie einen Heiratsantrag von ihm wünschte, als den, daß sie sich mit ihm allein in einem geschlossenen Raum aufhielt. Ein ehrbares, religiöses Mädchen konnte beim besten Willen nicht noch weitergehen. Natürlich würde nichts passieren, nicht mehr als zwischen Faiga und Feivel, aber er würde den Hinweis bestimmt verstehen. Wenn Schaijna einen Entschluß gefaßt hatte, dann handelte sie. Als das Telefon klingelte, war sie mit einem Satz am Gerät. Er rief aus der Wohnung in der Karl-Netter-Straße an, und nach einigen Begrüßungsworten und etwas verliebtem Geplänkel sagte sie, sie wolle ihn dort treffen.

«Hier? Warum hier?» fragte er erstaunt. Noch nie hatte sie seine Lasterhöhle besucht. «Ich komme nach Jerusalem.»

«Nein, du bist sicher müde und hast nicht viel Zeit. Ich werde gegen sieben Uhr da sein. Keine Einwände, ich gehe jetzt zur Sherut-Station.»

Jossi legte auf und sagte zu seinen beiden Zimmergenossen, die auch Fallschirmjäger waren, Schmuel und Amir: «Heute mal was Neues. Schaijna kommt hierher.»

Schmuel, ein sehr großer türkischer Jude mit einem dichten schwarzen Bart saß gerade engumschlungen mit seiner Herzensflamme, einem strammen weiblichen Feldwebel des Fernmeldekorps namens Miriam, auf ihrem lädierten Sofa. Amir briet Salami und Eier in der kleinen Küche und produzierte dabei eine Menge Qualm und Wohlgerüche. «Nun, was machen wir jetzt», sagte Amir, «sollen wir uns verdrücken?»

«Nein, nein, ganz im Gegenteil, ihr müßt hierbleiben. Alle beide.»

Er erklärte kurz, was es mit Issur yikhud auf sich hatte. Schmuel hatte während seiner religiösen Kindheit in der Türkei davon gehört, aber für Amir, der in einem Mapam-Kibbuz aufgewachsen war, war das alles vollkommen neu und ebenso blödsinnig wie der andere religiöse Unfug. Miriam sagte, sie sei froh, davon gehört zu haben, und würde noch daran denken. Wenn einige dieser schneidigen Offiziere versuchten, sie auszunutzen, würde sie Issur yikhud ins Feld führen. Es tat ihr leid, daß sie zu ihrer Baracke zurück mußte, denn sie hätte gerne ein Mädchen kennengelernt, das so skrupelhaft war. In Haifa, der Freidenkerstadt, in der sie aufgewachsen war und in der selbst am Samstag Busse verkehrten, gab es keine Möglichkeit, über solche Dinge etwas zu erfahren. Issur yikhud bot allemal eine bessere Ausrede, sich aus der Affäre zu ziehen, als die Behauptung, man hätte seine Periode. Es war weniger peinlich.

Während Schmuel sie zum Abschied umarmte und küßte, sagte er: «Wenn du nur dieses Issur yikhud nicht an mir ausprobierst.»

«An dir? Was würde bei dir etwas nutzen? Nicht einmal ein Küchenmesser hat da gewirkt.»

«Na ja, damals wußte ich, daß du nur die Verschämte gespielt hast.»

«Türke bleibt Türke», sagte Miriam und ging.

Als Schaijna schließlich in der Karl-Netter-Straße eintraf, fand sie in dem Sündenpfuhl nicht nur ihren bebrillten Helden vor, sondern zwei weitere Fallschirmjäger in kompletter Montur und roten Stiefeln, mit denen er sich die Wohnung teilte. Hier war der nächste Haken. Sie wirkten beide merkwürdig begriffsstutzig, wie sie nebeneinander auf dem altersschwachen Sofa saßen, und machten keinerlei Anstalten, zu gehen und ihr dadurch eine Chance zu geben, das in ihrem Kopf zurechtgelegte Szenario in die Tat umzusetzen: nämlich einen kleinen Yikhud zu inszenieren, der, wenn auch innerhalb klarer Grenzen, in ein leidenschaftliches Techtelmechtel übergehen und dann zu ernsten Dingen führen sollte. Sie ärgerte sich über Jossi. Hätte er nicht dafür sorgen können, daß sie bei ihrem ersten Treffen in seiner Wohnung ungestört waren? Er hatte sie mit einem schicklichen Kuß begrüßt, und nun saß auch er einfach in einem Sessel und sah braungebrannt und ruhmbedeckt, aber irgendwie seltsam dümmlich aus.

Das Gespräch verlief schleppend und gezwungen. Der riesige Typ mit dem schwarzen Bart fragte, ob sie je in der Türkei gewesen sei.

«Nein, ich habe Israel noch nie verlassen.»

«Ich komme aus der Türkei. Ein schönes Land, die Türkei. Aber kein Ort für Juden.»

Schaijna wußte, daß Soldaten, die eben erst von der Front zurück waren, nicht gerne über Kämpfe sprachen, das war also kein geeignetes Thema für den Anfang. Sie hatte ohnehin keine Lust, Konversation zu betreiben. Sie hielt den Mund, sah sich in der kleinen, schmuddeligen Wohnung, diesem Hort des Lasters, um und wartete, bis die anderen gingen. Was war nur mit ihnen los? Sie wußten doch, daß sie Jossis Mädchen war.

«Hast du Lust auf Salami und Eier?» fragte Amir.

Sie lehnte ab.

«Ich glaube, ich mache mir ein Salamibrot», sagte Jossi und sprang auf. Er zerbrach sich den Kopf über den Grund für Schaijnas Kommen und sehnte sich danach, ihre reizende, schlanke Gestalt in die Arme zu schließen, aber er war ratlos, wie er das anstellen sollte. Als er in der Küche war, bedeutete Schaijna, die langsam die Nase voll hatte, den beiden Fallschirmjägern mit einer unmißverständlichen Geste, daß sie verschwinden sollten. Der große Schwarzbärtige, der dicht neben ihrem Stuhl stand, zischte leise: «Was ist mit Issur yikhud?»

Verdattert zischte Schaijna zurück: «Haltet ihr euch in der Türkei daran?»

«Nun ja, manche schon», zischte Schmuel.

«Das ist alles nur Aberglauben», sagte Amir in normaler Lautstärke.

«Was ist alles nur Aberglauben?» rief Kischote aus der Küche.

«Nichts», sagte Schmuel, als Schaijna sie erneut mit einer energischen Bewegung ihres Daumens zum Gehen aufforderte. Er zog Amir am Ellbogen hoch. «Wir gehen jetzt.»

«Warum?» Jossi steckte seinen Kopf aus der Küche. «Bleibt hier! Bitte!»

Aber sie schritten durch die Tür und schlossen sie hinter sich. Daraufhin ging Schaijna zu ihm, schlang ihre Arme um seinen Hals und gab ihm einen glühenden Kuß; und noch währenddessen dachte sie, daß Faiga Feivel nicht so geküßt haben konnte. Aber Feivel war nicht Don Kischote, und sie war nicht Faiga. Jossi seinerseits reagierte mit kampferprobter Schnelligkeit auf die neue Lage der Dinge, wenngleich er kaum begriff, was vor sich ging. Als Yael sich ihm im Georges V an den Hals geworfen hatte, war das eine Überraschung gewesen, aber nichts sonderlich Neues, abgesehen von der Tatsache, daß sie die Freundin eines Obersts war. Das hier aber war *Schaijna*, ein ganz anderer Mensch, unendlich viel süßer und wie ein Blick ins versprochene Paradies. Es dauerte nicht lange, da schob ihn Schaijna entschlossen und liebevoll von sich. «Genug jetzt! Weißt du, daß ich vor Sorge um dich beinahe gestorben wäre? Ich bin so stolz auf dich! Du siehst so gut aus, so wundervoll. Du bist unversehrt nach Hause gekommen! Der Allmächtige, gesegnet sei er, hat meine Gebete erhört.»

Damit hatte sie womöglich eine falsche Saite angeschlagen. Jossi fragte: «Soll ich die Tür öffnen?»

«Oh, um Himmels willen, Jossi! Gib mir ein Salamibrot. Ich möchte mit dir reden. Ernsthaft.»

Als Schmuel und Amir durch das Tor des Luftwaffenstützpunkts Ramla schritten, stießen sie auf Yael Luria, die eben abfahren wollte. «Hallo ihr beiden!» rief sie. «Euer Bataillon ist also wieder zurück? Wo ist Don Kischote?»

Sie blickten einander an, und während Schmuel sagte: «Ich habe nicht die leiseste Ahnung!», rief Amir gleichzeitig: «Wir haben ihn eben in der Karl-Netter-Straße zurückgelassen.»

Yael, der das Verschwörungsgehabe von Männern zu ihrem Selbstschutz vertraut war, sah sie mit einem verkrampften Lächeln an. «In der Karl-Netter-Straße, so? Kommt er heute nacht zum Stützpunkt zurück?»

Keiner von beiden antwortete ihr. Im Halbdunkel des Tors, das nur durch die Lampe des Wachpostens erhellt war, hatte Amir einen schmerzvollen Rempler mit dem Ellbogen von dem Türken kassiert, der keine Ahnung hatte, was Yael von Kischote wollte, aber von Kindheit an die osmanische Weisheit gelernt hatte, daß man einer Frau niemals die Wahrheit über einen anderen Mann oder überhaupt über irgend etwas sagte.

«Na dann, danke», sagte sie. «Euer Bataillon hat ja Wunder vollbracht. Meinen Respekt.»

Sie drehte sich um und ging in die Befehlszentrale zurück. Mehr als zwei Monate waren inzwischen vergangen, und Yael mußte definitiv ein Wörtchen mit Jossi reden. Das immer knackende Telefonsystem von Tel Aviv war mit den Anrufen heimkehrender Soldaten nach dem Krieg überlastet, und es dauerte etwas mehr als eine halbe Stunde, bis sie das im gesamten Netz ertönende Besetztzeichen überwunden und zur Karl-Netter-Straße durchgekommen war.

«Hallo Jossi? Hier ist Yael. Willkommen zu Hause! Meine Glückwünsche! Im Hauptquartier hier heißt es, du hättest wahre Wunder auf dem Schlachtfeld vollbracht!»

«Oh, hallo», erwiderte Jossi in neutralem Tonfall, denn Schaijna saß mit fragendem Gesichtsausdruck neben dem Telefon. «Nett, daß du dich meldest.»

«Jossi, ich muß dich sehen. Wir müssen miteinander sprechen. Es ist ziemlich dringend.»

Jossi war wohl etwas begriffsstutzig, aber der wahrscheinliche Grund für diesen Anruf kam ihm nicht in den Sinn. Yael war Oberst Pasternaks Freundin, wie jedermann wußte; ein unberechenbarer, impulsiver Mensch, und er konnte sich höchstens vorstellen, daß sie sich ein wenig im Glanz seines Kampfesruhms sonnen oder mit ihm flirten wollte, oder was mochte ihr sonst eingefallen sein?

«Aber natürlich. Ich werde mich in den nächsten Tagen bei dir melden.»

«Wer ist das?» fragte Schaijna, die eine eindeutig weibliche Stimme aus dem Telefonhörer vernahm.

«In den nächsten Tagen, *kommt nicht in Frage!*» rief Yael aus. «Morgen früh! Hier im Stützpunkt oder in deiner Wohnung?»

«Ich sagte: *Wer ist das?*»

Schaijnas Yikhud mit Jossi war planmäßig verlaufen. Sie hatte ihn tatsächlich entwaffnet und besiegt. Sie waren zwar nicht richtig verlobt, denn sie sagte, sie wolle zuerst die Zustimmung ihrer Eltern und Reb Schmuels einholen; aber sie hegte bereits Besitzansprüche und verlor keine Zeit mehr, sie auch zu behaupten. Jossi seinerseits war vollkommen vernarrt in sie, er wußte, daß es keine andere Möglichkeit gab, mit ihr das Bett zu teilen, als eine Heirat, und begehrte sie unendlich – ganz gewiß in diesem Augenblick! Zudem regte sich in ihm langsam der Wunsch nach Kindern. Sollte es also ruhig Schaijna sein. Sie war bei weitem die beste, die er kannte, und sie hatte ihm so viel von ihrer Tugend geopfert, wie sie vor einer Heirat zu opfern bereit war, das war so sicher wie der Sonnenaufgang. Er legte seine Hand auf den Hörer. «Ach, weißt du, es ist nur eines dieser Mädchen. Tut mir leid.»

Schaijnas Antwort bestand in einem wilden Stirnrunzeln und einem strengen Kopfschütteln.

«Jossi, bist du noch dran? Hast du etwa eingehängt? *Wage* es nicht!»

«Ich bin noch da, ich bin da. Tut mir leid. Ich muß heute nacht wieder zum Stützpunkt zurück.»

«Dann werde ich dich morgen um sieben Uhr im Falafel King treffen. *Sei dort!*»

Schaijna sagte: «Was redet diese *shmata* [Waschweib] die ganze Zeit über für einen Unsinn? Häng einfach ein. Für dich ist jetzt Schluß mit all dem.»

«In Ordnung», sagte Jossi, was für beide als Antwort diente, und legte auf. Schaijna wurde wieder ganz liebende Frau, und es verging noch einige Zeit, bevor sie erklärte, sie müßte nun nach Hause fahren. Er spazierte mit ihr durch die gewundenen Straßen des alten Zentrums von Tel Aviv, und in beiden hallte noch die Erinnerung an ihre fortgeschrittene Intimität nach. An der Sherut-Haltestelle küßten sie sich, bevor sie in das Sammeltaxi stieg.

«Keine Shmatas mehr», waren ihre geflüsterten Abschiedsworte. «Ich bin dein, und du bist mein, und das ist alles.»

«Keine Shmatas mehr», sagte Don Kischote, der den Heimweg in die Karl-Netter-Straße in einer Wolke erregten Glücksgefühls zurücklegte. Er hatte niemals einem Mädchen gegenüber eine solche

Anbetung empfunden, wie sie ihn überflutet hatte, nachdem Schaijna ihn erhört, besser gesagt, halb erhört hatte. Das Leben fing erst richtig an. Sieg, vielleicht eine Auszeichnung und dazu noch Schaijna!

21
Die Shmata

DER KAFFEE IM BEREITS geöffneten King Falafel war nicht schlecht, aber die Kuchen waren altbacken und nicht ganz frei vom überall umherschwirrenden Staub Ramlas. Jossi, dem der militärische Drill in den Knochen saß, war Punkt sieben Uhr dort. Im Schein einer kraftvollen Morgensonne verzehrte er zwei Stück Kuchen, während er auf Yaels Erscheinen wartete. Daß sie zu spät kam, überraschte ihn nicht; sie war ein weiblicher Offizier, und dazu noch ein verwöhnter, das Liebchen des Obersts. Landende Flugzeuge gingen dröhnend auf dem Flugplatz nieder und dröhnten wieder davon, Lastwagen voller Soldaten kamen an und fuhren durch das Wachtor, und das kleine Café begann sich zu füllen, während Kischote dasaß und staubigen Kuchen mit Kaffee hinunterspülte und nicht im geringsten an Yael dachte, sondern an Schaijna.

Sie hatte ihn im Sturm erobert, und das war gut so! Er hatte sich schon vor Monaten in sie verliebt und hatte sich gefühlsmäßig ziemlich engagiert, daran bestand kein Zweifel, aber in seiner Unbekümmertheit war er davon ausgegangen, daß sie mit ihrer Reserviertheit die Beziehung endlos in der Schwebe halten würde. Blitzartig hatte sie all das geändert. Nun, sollte es ruhig so sein. Es war Zeit, ins Wasser zu springen. Früher oder später mußte es ohnehin soweit kommen. Kfotze, Kischote! Sie war nicht eben das hübscheste Mädchen, das er kannte, nicht einmal so hübsch wie manche von denen, mit denen er herumgespielt hatte, auf keinen Fall so umwerfend wie Yael Luria; sie war zierlich, dunkel, ihr Gesicht ein wenig scharf, und ihre frische, weiche Haut war, vielleicht aufgrund ihrer Jugend, nicht ganz rein. Von ihren schönen Haaren, ihren tiefen Augen, die in beherrschter Leidenschaft aufflammen konnten, und ihrer schnellen Auffassungsgabe ging eine strahlende Verzauberung aus, der zumindest er sich nicht entziehen konnte. Sie würde eine großartige Mutter abgeben, mit einem Charakter wie ein Felsen. Sie hatten bereits über Kinder gesprochen, und er hatte sich ihrem eindeutigen Beschluß, daß sie streng religiös erzogen werden sollten, nicht widersetzt. Kischote lag an der Religion, und er fand, daß Kinder fromm sein sollten. Was sie später daraus machten, war, wie in seinem Fall, ihre eigene Angelegenheit. Diese Spitzfindigkeit hatte er Schaijna verschwiegen.

«Es tut mir schrecklich leid! Riesenverkehr, Riesenchaos.» Yael wirbelte in das Café herein, jedes blonde Haar an seinem Platz, mit gestärkter Uniform und natürlicher, lebhafter Hautfarbe. «Ich kann nicht bleiben.»

«Nein? Trink wenigstens eine Tasse Kaffee.»

«Nun ...» Sie ging zur Theke, und der King, ein dicker, schmieriger Mann in Schürze und Papphut, bediente sie ehrerbietig vor den anderen Wartenden. «Kein Kratzerchen zu sehen», sagte sie und ließ sich neben ihn fallen, «nach allem, was du durchgemacht hast!»

«Yael, was ist los? Was kann ich für dich tun?»

Sie musterte die Tische in Hörweite, die vollbesetzt waren mit lärmenden jungen Soldaten. Mit einem seltsamen Lachen sagte sie: «Wie findest du, sehe ich aus?»

«Wie immer, umwerfend.»

«Wirklich? Danke. Ich fühle mich – also, ich habe mich noch nie so gefühlt wie jetzt. Irgendwie wunderbar und irgendwie auch schrecklich.» Sie nippte an ihrem Kaffee und warf erneut einen Blick in die Runde. «Oh, es ist unmöglich, das war ein Fehler. Egal, es ist sowieso keine Zeit mehr. Ist dein Bataillon im Dienst oder in Reserve oder was?»

«Drei Tage dienstfrei, dann zurück in die Reserve.»

«Kann ich dich in der Karl-Netter-Straße treffen? Heute nachmittag vielleicht? Um drei Uhr?»

«Warum? Was ist denn los?»

«Nun, Hamood –» Sie legte ihren Arm auf seinen.

Tüt-tüt-tüt! Sam Pasternak drückte am Steuer eines Militärwagens auf die Hupe. «Wo sind die Schautafeln», rief er ihr zu, «und was zum Teufel treibst du hier draußen? Hallo, Kischote.»

«Alles ist *fast* fertig, Sir», rief sie zurück. «Es fehlt nur noch die letzte Karte, Uri ist gerade dabei und ...»

«*Fast* fertig? Du steigst jetzt ein! Ich habe in einer Stunde einen Termin beim Premierminister.»

«Um drei Uhr in der Karl-Netter-Straße», murmelte sie, «versetz mich nicht», und damit eilte sie zum Auto.

An diesem Punkt hätte Jossi wohl erraten können, was im Busch war, wenn er in Gedanken weniger mit Schaijnas Überraschungscoup beschäftigt gewesen wäre. Vielleicht aber auch nicht. Für ihn war Yael Yael, Benny Lurias ehrgeizige Schwester, eine alte Geschichte. Sie hatten sich in Paris ein bißchen amüsiert und ein *z'beng v'gamarnu* miteinander gehabt, eine schnelle Nummer. Nach dem Mitla-Paß und Schaijna und Sharm el-Sheikh war das Georges V nichts als verblaßter Blödsinn. Die Frage war vielmehr, was mit der nächsten Monatsmiete für die Karl-Netter-Straße war? Amir und Schmuel konnten die Wohnung nicht behalten, wenn er seinen Anteil nicht mehr entrichtete, aber Schaijna hatte unumstößlich erklärt: Auf Wiedersehen Karl-Netter-Straße! Eine schwerwiegende Entscheidung.

Pasternak sah sich einem veränderten Ben Gurion gegenüber; verschwunden waren die gute Laune, die Zuversicht und das siegessichere Lächeln. Auf den Gesichtern von Dayan, Golda Meir und ihren Assistenten rings um den Tisch spiegelte sich überall die düstere Miene des Alten wider. Während Yael die Schautafeln des Sinai auf einem Ständer aufbaute, dachte Pasternak an den Freitagnachmittag im Tel-Aviv-Museum, als Ben Gurion vor den dichtgedrängten Reihen zionistischer Führer die Unabhängigkeitserklärung verlesen hatte. So hatte er damals ausgesehen: entschlossen, herausfordernd, ernst.

Damals und genau hier war der Staat in einem Balagan entstanden! Als er mit der Verlesung fertig gewesen war, hatten die Musiker ihren Einsatz zum Spielen der «Hatikwa», der Nationalhymne, verpaßt, so daß der Alte ein Solo anstimmte, die Zuhörer fielen zögernd ein, und dann schleppte sich die Musik zur Gründung des jüdischen Staates mit schrillen Mißtönen dahin. Danach hatte Sam junge Leute getroffen, die auf der Straße getanzt hatten, aber der ernste Gesichtsausdruck Ben Gurions hatte sich ihm eingeprägt. Hier war er wieder, und in gewisser Hinsicht war das ganze Unternehmen, zum Guten oder zum Schlechten, noch immer ein Solo Ben Gurions mit einem mißtönenden Chor, der versuchte, ihm zu folgen.

«Wozu brauchen wir vier Schautafeln?» fragte Ben Gurion, dem nichts entging. «Wir hatten doch drei Rückzugsmodelle beschlossen.»

Nach Wochen geschickter Verzögerungstaktik durch Abba Eban, Israels Botschafter in Washington, legte die israelische Regierung nun endlich unter dem unerbittlichen Druck der USA Karten vor, auf denen mögliche Abläufe eines Rückzugs aus dem Sinai dargestellt waren.

Golda Meir sagte: «Mosche Dayan und ich haben um eine weitere gebeten.»

«Wir haben sie heute morgen erst fertiggestellt», versetzte Pasternak. «Sie ist nicht sehr detailliert.»

«Zu welchem Zweck?» fragte Ben Gurion Golda.

Sie blickte zu Mosche Dayan. «Wegen einer längeren Dauer des Abzugs, Herr Premierminister.» Auch Dayan war nicht so selbstsicher wie gewohnt. «Eine längere Zeitspanne, bevor die Rückzugsmanöver beginnen.»

Ben Gurion seufzte. «Vergeudete Liebesmüh.»

«Wer weiß?» sagte Dayan. «Jeder Tag bringt etwas Neues. Je länger wir durchhalten, um so mehr Möglichkeiten tun sich vielleicht auf.»

«Wenn es eine Gerechtigkeit gäbe», sagte Golda Meir, «würde über einen Abzug, der nicht mit einem Friedensschluß verbunden ist, überhaupt nicht diskutiert werden.»

«*Joischer* [Gerechtigkeit]?» In Ben Gurions Intonation des alten jiddischen Wortes schwangen die Weisheit, Traurigkeit und Ironie des Ghettos mit. «Joischer will sie? Von der Oom [UNO]? Nun, Sam, dann laß uns die Pläne hören.»

Pasternak ergriff seinen Zeigestock und begann mit dem Minimalvorschlag, der als Verhandlungsgrundlage dienen sollte; er hatte kaum Chancen auf Verwirklichung, würde dazu dienen, den Druck zu testen. Der Handlungsspielraum war ohnehin bereits sehr eingeschränkt. Bereits am Tag nach seiner triumphalen Rede hatte Ben Gurion bedingungslos vor Eisenhower kapituliert, der wutentbrannt gedroht hatte, daß seine eben wiedergewählte Regierung UNO-Sanktionen gegen Israel bis hin zu einer Blockade unterstützen würde; und daß die Vereinigten Staaten für den Fall, daß Ben Gurion an seinem realitätsfernen Starrsinn festhielte und die Sowjetunion militärisch gegen Israel vorginge, nicht intervenieren würden!

Chris Cunningham hatte von dieser Wende gesprochen, wie Pasternak nun erkannte, der amerikanische Schutzschild war gefallen; und auch B. G. war schnell und bedrückt zu dieser Erkenntnis gelangt. Sein Kabinett hatte unverzüglich und öffentlich einem totalen Abzug aus dem Sinai im Prinzip zugestimmt, sowie Vereinbarungen mit einer Friedenstruppe der Vereinten Nationen getroffen werden konnten; und auf derselben Grundlage verließen auch die Franzosen und die Briten Suez mit eingezogenem Schwanz.

Nun ging es einzig noch darum, Zeit zu gewinnen, Zusicherungen herauszuschlagen, so daß die Fedajin nicht zurückkehrten, vor allem aber die Garantie zu erhalten, daß die Straße von Tiran für die israelische Schiffahrt geöffnet blieb. Seitdem hatte Pasternak verschiedenste Karten, Phasen und Zeitpläne für den Abzug der Armee vom Sinai ausgearbeitet, eine Aktion, die in gewisser Weise dem Herausziehen einer Hand aus einem Korb voller Angelhaken glich. Der letzte Haken war Sharm el-Sheikh. Alle Pläne basierten darauf, daß die Stellung dort bis zum letzten Augenblick gehalten wurde.

«Die amerikanischen Juden haben uns im Stich gelassen», bemerkte Golda Meir, während Yael die Schautafeln auf dem Ständer auswechselte. «Wo waren sie? Er hat New York mit der größten Mehrheit gewonnen, die es je gab.»

«Sie haben keine Vorstellung von unseren strategischen Realitäten», sagte Dayan. «Die meisten von ihnen wissen nicht einmal, wo der Sinai ist. Das ist eine Tatsache, mit der wir leben müssen.»

Stunden später, nachdem Pasternak eine Vielzahl von Fragen über die vier Pläne beantwortet hatte und die Luft zum Schneiden dick war vor Rauch, strich Ben Gurion müde mit den Händen über sein Gesicht, blickte mit geröteten Augen um sich und sagte: «Dieser Rückzug, den wir jetzt in gutem Glauben durchführen, wird sich eines Tages enorm auszahlen. Jetzt freilich ist er schmerzlich. Wir haben schon andere schmerzliche Momente durchgestanden. Wir haben die besten Soldaten der Welt. Das haben wir bewiesen, und niemand wird es je wieder vergessen.»

«Gestern habe ich», warf Mosche Dayan ein, «die Kopie eines Artikels des britischen Experten Liddell Hart über unseren Feldzug erhalten. Er bezeichnet ihn als *‹einen Klassiker der Kriegskunst›*.»

Der Premierminister nickte mit einem melancholischen Lächeln. «Das ist sehr nett. Und wahr. Aber dieses kleine Land kann nicht den zwei Supermächten trotzen. Versteht ihr, nicht einmal Frankreich und England konnten es.» Mit einer Geste der Resignation drehte er die Handflächen nach außen. *«Zeh mah she'yaish.* Und nun? Wer bringt diese Pläne nach New York?»

«Sam sollte fahren. Niemand sonst», sagte Golda.

«Ich will Sam hier haben», stieß Mosche Dayan aus.

«Dann stellt Zev Barak für diese Mission frei», sagte Pasternak. «Das ist meine Empfehlung. Ich werde ihn ins Bild setzen.»

Ben Gurion sah zu Mosche Dayan, der nickte, dann zu Golda. Sie zuckte die Schultern. «Ich kenne Oberstleutnant Barak nicht so gut. Wenn Mosche einverstanden ist, dann bin ich es auch.»

«Wolfgang ist b'seder», sagte der Premierminister. «Ich kenne ihn. So soll es sein. Sam, du schickst ihn mit diesem Zeug nach New York, und während seines Aufenthalts dort kann er ein paar private Botschaften von mir nach Washingten bringen.»

Yael fuhr Pasternak zum Stützpunkt von Ramla zurück. Sie mußten auf dem Weg die Instruktionen besprechen, deshalb hatte er nicht seinen normalen Fahrer genommen. Nach einem langen, bedrückten Schweigen sagte sie schließlich, ohne ihn anzusehen: «KADESCH war also völlig umsonst? Der Hundertstundenkrieg, hm? Ein Klassiker der Kriegskunst, ja? Eine Rundreise auf den Sinai, hin und zurück.»

«Rede keinen Unsinn. Nasser hat mit seiner Blockade der Straße von Tiran die Waffenstillstandsvereinbarungen gebrochen, aber die UNO hat nichts dagegen unternommen, und die Amerikaner haben auch nichts unternommen. Sie hielten uns nicht für so wichtig. Israel war einfach nicht auf der Karte eingezeichnet. Kein Problem! Jetzt aber wird eine UNO-Friedenstruppe in Suez, Sinai und Gaza stationiert werden und Überfälle der Fedajin verhindern. Und die Straße von Tiran wird offen bleiben, und zwar mit amerikanischer Garantie.»

«Wie lange?»

«Wer weiß? Die Hauptsache ist», fügte er mit zusammengebissenen Zähnen hinzu, «daß Israel jetzt auf der Karte ist.»

«Du versuchst nur, aus einem miesen Geschäft das Beste zu machen.»

«Genau.»

«Kannst du ein paar Stunden heute nachmittag auf mich verzichten?»

«Heute nachmittag? Wenn wir so unter Druck stehen? Nein.»

Sie drehte sich um, um ihm in die Augen zu sehen. «Du meinst ja.»

«Wozu?»

«Um was zu erledigen.»

Er antwortete nicht. Als sie ihm erneut einen Blick zuwarf, nickte er verdrossen.

In der Karl-Netter-Straße, wo Jossi vorzeitig eingetroffen war, um die rückständige Miete zu bezahlen und seine Sachen auszuräumen, begann er endlich doch darüber nachzugrübeln, was zum Teufel Yael Luria wohl von ihm wollte. Er wartete auf einen Anruf Schaijnas und versuchte vergeblich, zu ihr nach Jerusalem durchzukommen. In der Zwischenzeit war Yael im Anmarsch. Der wahre Grund schoß ihm sogar kurz durch den Kopf, erschien ihm jedoch zu grotesk. Erstens hatte Yael selbst ihm bei diesem immer mehr verblassenden *z'beng v'gamarnu* in Paris, als sie ins Bett fielen, versichert, es bestünde keine Gefahr. Sie hatte lachend geflüstert: «*Zeh b'seder* [Es ist in Ordnung].» Sollte das jedoch zufällig tatsächlich ihr Problem sein, nun, dann mußte Sam Pasternak nach allen Gesetzen der Wahrscheinlichkeit und der Natur – das hing dann vom Standpunkt ab – der Glückliche oder Unglückliche sein. Oder etwa nicht? Yael wußte das so gut wie er. Worauf also wollte sie hinaus? Es blieb ihm nichts anderes übrig, als abzuwarten und in der Zwischenzeit noch einmal Schaijnas Nummer zu wählen.

Inzwischen legte Yael, nachdem sie geduscht und sich sorgfältig geschminkt hatte, für ihren Besuch in der Karl-Netter-Straße ihre Uniform ab und zog eine hübsches, rosafarbenes Kleid an. Der richtige Umgang mit Don Kischote war eine Angelegenheit von weitreichender Bedeutung, und ein rosig-duftiges Aussehen war unbedingt erforderlich. *Les jeux sont faits*, wie die Franzosen sagten. Die Würfel sind gefallen. Yael hatte gründlich über ihre Möglichkeiten nachgedacht und ihrer drei gefunden, oder vielleicht vier. Um zwei Uhr morgens nach einer schlaflosen Nacht hatte sie sie in ihrer systematischen Art aufgelistet und dann das Papier in Schnipsel zerrissen.

1. Abtreibung. Scheidet absolut aus, ich will dieses Kind bekommen!
2. Kischote heiraten. Bei weitem die beste Alternative. Ein erstklassiger Soldat, ein kluger Kopf hinter seinem Hang zur Verrücktheit, und die läßt schon nach, je mehr er in der Armee aufsteigt und je reifer er wird. Nicht mein Typ, Gott weiß, aber zumindest hat er eine Zukunft. Und wie dem auch sei, er ist der Vater meines Babys!
3. Sam zum Handeln zwingen. Hoffnungslos. Mit dem Kind eines anderen Mannes im Bauch bin ich in einer total miserablen Position. Hab' mir selbst eine Falle gestellt. *Zeh mah she'yaish*. Adieu, armer Sam! Aber er hatte lange genug Zeit, sich darauf einzustellen. Viel Spaß mit deiner Ruthie, Sam!
4. Andere Männer? Jacob? Ariel? Ron? Zum Verzweifeln, nur wenn alle Stricke reißen.

Soweit Yaels nüchterne Einschätzung ihres Dilemmas. Ausgespart hatte sie nur den unvorhersehbarsten Aspekt. Als in der Praxis des Arztes alle Zweifel beseitigt waren und ihr Zustand feststand, wurde sie in ihrem inneren Aufruhr und Kummer plötzlich von einem unerwarteten Glücksgefühl durchströmt. In ihrer Seele waren wie eine glorreiche Musik nie gesprochene Worte erklungen. *Ich bin eine Frau.*

Bei einer Hochzeit im Moschav vor langer Zeit hatte der Wanderrabbi einmal über eine biblische Gestalt gesprochen, vielleicht Lot oder Lamech, der zwei Frauen hatte, die eine zum Vergnügen und die andere zum Kindergebären. Als Yael das hörte, beschloß sie mit dem Zynismus einer Sechzehnjährigen, daß *sie* die Frau zum Vergnügen sein würde, inzwischen aber verspürte sie ein heftiges Verlangen danach, die andere zu werden. Don Kischote hatte diese Lebenspforte für sie geöffnet, und sie hatte die Absicht, ihn mit sich dort hineinzuziehen, entweder durch Verführung oder durch Willenskraft.

Er begrüßte sie mit seinem typischen koboldhaften Lächeln und schob seine Brille auf der Nase hoch. «Hei, du siehst hübsch aus, Yael. So anders.»

«Du meinst, ich bin nicht in Uniform.»

«Ach, du siehst auch in Uniform schick aus, aber das hier ist ein hübsches Kleid. Komm herein, komm in den alten Schweinestall.»

Sie hoffte, er würde sie in den Arm nehmen, wenn sie in einladender Nähe zu ihm die Wohnung betrat. Sie standen sich direkt gegenüber, aber nichts geschah. «Kann ich dir etwas anbieten? Ein Erfrischungsgetränk? Es gibt Orangenlimonade.»

«Nein, danke.»

«Tee?»

«Nun... eine Tasse Tee vielleicht.»

Er ging in die Küche und fing an, herumzuklappern und zu scheppern. Falsche Richtung, dachte sie. Schlechte Richtung. Er sagte: «Ich weiß nie, wo diese Typen die Sachen hinstellen. Ich schwöre, daß wir Teebeutel haben, ich habe sie eigenhändig gekauft –»

«Ach, vergiß den Tee.» Sie kam zur Küchentür.

«Wenn du Tee willst, wirst du auch Tee bekommen. Schau, hier sind Crackers. Nein, alle verschimmelt. Diese Typen –»

«Jossi, ich bin schwanger.»

Das machte dem Getue und Geplapper abrupt ein Ende. Don Kischote blieb wie angewurzelt stehen. Er starrte sie an und schob seine Brille hoch.

«Bist du das?»

«Ja, bin ich.»

«Na ja, dann mazel tov!»

«Danke! Und mazel tov für dich, mein Lieber. Du bist der Vater des Babys.»

Durch die Küchentür starrten sie einander an. Seine zweite Chance, sie in die Arme zu nehmen. Er tat nichts dergleichen. Yael durchfuhr ein leiser Zweifel. War es wirklich klug gewesen, das Kleid anzuziehen? Hatte er deshalb etwas geahnt, hatte es ihn mißtrauisch gemacht? Er war es gewohnt, sie in Uniform zu sehen. Don Kischote verließ die Küche, ergriff ihren Ellbogen und führte sie zum Sofa. Aha, das sah schon besser aus – doch er sagte nur: «Setz dich, Yael», schob sie sanft vor sich her und setzte sich in sicherer Entfernung von ihr hin.

«Du brauchst nicht so besorgt zu sein», lachte sie. «Ich fühle mich großartig, und es sind ja erst ein paar Monate.»

Er ließ sich Zeit mit seiner Antwort und sah sie forschend an. «Woher weißt du es, Yael?»

«Woher weiß ich *was*?» Gegen ihren Willen reagierte sie gereizt. «Daß ich schwanger bin? Der Erzengel Gabriel erschien mir im Traum, verkündete es mir und sagte, ich solle ihn Emmanuel nennen!» Dann nahm sie sich zusammen und fügte gelassener hinzu: «Ganz einfach, mein Lieber, meine Periode ist zweimal ausgeblieben, dann habe ich einen Test gemacht, und das war's. Ich bin schwanger.»

«Sei mir nicht böse, Yael.»

«Ich bin überhaupt nicht böse.»

«Was ich meinte, war – du hast gesagt, du wärst mir nicht böse –, woher weißt du, daß ich es bin?»

Sie biß sich auf die Lippen und hoffte, daß sie sie nicht durchgebissen hatte. Es schmerzte fürchterlich, und sie schmeckte den Geschmack von Blut. «Was meinst du damit? Ich *weiß* es.»

«Beruhige dich, du hast gesagt, du würdest nicht böse werden.»

«Ich bin es nicht, um Himmels willen, ich bin nicht böse, Jossi. Nun rede schon! Sag, was dir auf dem Herzen liegt. Wir müssen ehrlich miteinander umgehen.»

«Du sprichst über das Georges V.»

«Worüber sonst?» Sie stieß ein fröhliches Kichern aus. *(Nimm's leicht, Yael!)* «Die französische Hure, du erinnerst dich?»

«Sicher, und ich erinnere mich, daß du sagtest: ‹Zeh b'seder.›»

«Habe ich das gesagt?» Ein unschuldiges Wimpernklimpern.

«Das hast du.»

«Zeh b'seder?»

«Das waren deine Worte.»

«Nun, mag sein, ich nehme an, ich habe es damals auch geglaubt. Mein Fehler.» Sie lächelte. «Aber ich bin *glücklich* über dieses Kind, Kischote, und was passiert ist, ist passiert.»

«Du bist mir bestimmt nicht böse, Yael?»

«Warum sollte ich?»

Kischote zögerte, aber es führte kein Weg drumherum, er mußte damit herausrücken. «Dann sag mir nur eines. Was ist mit Sam Pasternak?» Ihre Antwort war ein kalter, gefährlicher Blick. Er holperte weiter: «Ich meine, wie kannst du das so eindeutig sagen?»

Yael sprang auf. «Oh, was für ein Schlamassel! Ich werde nicht weinen, das werde ich nicht tun!»

Sie durchmaß mit schnellen Schritten den Raum, und ihre Hüften schwangen dabei in einer Weise, die Kischote wahnsinnig aufregend fand, obwohl sie sich nicht im geringsten um diese Wirkung bemühte. «Aber du *bist* der Vater, und ich werde dieses Baby bekommen, und was werden wir nun deswegen unternehmen?»

Sie kam zu ihm herüber, und Jossi sprang ebenfalls auf. Wieder standen sie sich unmittelbar gegenüber. Ihr Ton wurde weicher. «Was Sam angeht, die Geschichte zwischen uns ist seit Monaten aus. Frag mich nicht, warum. Sie ist vorbei. Ich würde dir darüber keine Lügen erzählen, das weißt du bestimmt. Ich bin absolut sicher, Don Kischote. Du bist der Vater.» Sie blickte zu ihm auf und legte ihre ganze Verführungskraft in ihre Augen und ihre Stimme. «Du sagtest, ich sei eine Göttin. Deshalb ist es passiert. Und nun? Findest du mich so schrecklich abstoßend?»

«Abstoßend? Großer Gott, Yael –» Er schloß sie in die Arme, er konnte nicht anders. Das Telefon läutete. Es stand auf einem kleinen Tischchen direkt neben ihnen, und er nahm den Hörer ab. «Hallo?»

«Jossi, es ist alles in Ordnung!» In Schaijnas Stimme schwang Jubel mit. «Mama und Papa sind glücklich, und Reb Schmuel sagt, unsere Kinder werden große Männer Israels werden! Jossi? Hallo, Jossi?»

Yael machte eine Grimasse und entfernte sich von ihm. Sie hörte den Tonfall, ohne die Worte zu verstehen. Es war nicht schwierig zu erraten, wer am anderen Ende der Leitung war. Kischote machte eine unbestimmte Bewegung zu ihr hin, ein unverbindliches Winken.

«Was ist denn los mit dir?» fragte Schaijna.

«Gar nichts. Das ist ja großartig», sagte er. «Wirklich großartig.»

«Du klingst merkwürdig, Jossi. Und nicht sehr glücklich, oder bin ich verrückt?»

«Natürlich bin ich glücklich. Warum sollte ich es nicht sein? Es ist großartig.»

«Jossi», sagte Schaijna, und ihre Stimme verhärtete sich, ihr Instinkt sagte ihr untrüglich die Wahrheit. «Du hast eine Shmata bei dir. Stimmt's? Wie kannst du es wagen!»

«Wieso sagst du so etwas? Niemand ist hier.»

«Dann ist es ja gut. Wann kann ich dich sehen? Kannst du jetzt nach Jerusalem kommen?»

«Nach Jerusalem? Jetzt?»

Yael ging mit wiegenden Hüften auf und ab. Sie flüsterte hörbar: «Nein! Wir müssen miteinander reden!»

Das war ein wenig zu laut, und Schaijna war bereits zu mißtrauisch. «Wer war das? Jossi, ich habe eine Shmata gehört! Wirf sie sofort hinaus, hörst du mich? Wirf diese Shmata *auf der Stelle* hinaus! Ich lege nicht auf.»

Das Wort «Shmata» war wiederholt aus dem allgemeinen Summen des Hörers herauszuhören, und Yael brauste, wenn auch noch flüsternd, auf: «Wen nennt sie eine Shmata! Die Mutter deines Kindes? Laß mich mit ihr sprechen!»

«Liebling, es ist jemand an der Tür», sagte Jossi. «Ich rufe dich zurück.»

«*Niemand* ist an der Tür. In deiner Wohnung sitzt eine Shmata, und wenn du mich jemals wiedersehen willst, dann sag ihr jetzt, sie soll gehen!»

Jossi schlug mit der Faust an die Wand. «Das muß der Vermieter sein. Wir sind mit der Miete im Rückstand. Er bricht die Tür ein, Schaijna! Ich schwöre dir, ich rufe dich sofort zurück.»

«Jossi –»

Er legte auf und begegnete Yaels zornbebendem Blick. Sie war von strahlender Schönheit, eine wahrhaftige zornentbrannte Göttin. «Das ist schon besser, und du rufst sie *nicht* zurück. Nicht bevor wir die ganze Angelegenheit geklärt haben. Vielleicht auch dann nicht.»

Aber Jossi hatte jetzt genug. «Du liebst mich nicht, Yael. Was auch immer zwischen euch im Augenblick los ist, du liebst Sam Pasternak. Du bist seine Frau.»

«Ich war es. Das streite ich nicht ab.»

«Ich liebe Schaijna Matisdorf. Sie ist meine Frau, und ich habe vor, sie zu heiraten.»

«Schaijna wollte nicht mit dir nach Paris fahren, Don Kischote. Aber ich bin mitgefahren.»

Die Türme Manhattans, die sich beim Landeanflug durch den schmutzigen Dunst bohrten, riefen Barak seine letzte Ankunft in New York in Erinnerung. In diesem Augenblick beschloß er, Marcus' Grab aufzusuchen. Er hatte genug Zeit, drei Tage insgesamt, jede Menge für diesen elenden Botengang zur UNO. Ein Besuch an Marcus' Grab wäre wenigstens eine Mizwa, eine gute Tat, wenn auch eine betrübliche.

Während er eingehend die verschiedenen Abzugspläne und Schautafeln studierte, um sie auseinanderhalten zu können, waren die langen Stunden im Flugzeug vorübergezogen wie eine einzige endlose Stunde, wenn er grübelnd um drei Uhr morgens wach lag.

Neben ihm saß eine überparfümierte, pummelige Frau in den Fünfzigern, die, sofern sie nicht schlief oder aß, Modezeitschriften durchblätterte. Sie sah nicht so aus, als würde sie heimlich auf verschwommene hebräische Kopien schielen. Abzug, Abzug, Abzug; dieser glanzvolle Sieg, der aberwitzige Marsch des neunten Bataillons nach Sharm, der ihm jetzt wie sein eigenes Vorrücken auf der Römerstraße 1948 als ein kurzer Ausbruch glorreicher Stunden erschien, der für lange Jahre der Plackerei in Uniform entschädigte und belohnte. Und nun so zu Kreuze zu kriechen! Zurück an die Hundeleine, dieses Mal mit Würgekette. Gehorchen oder erdrosselt werden war die Devise.

Die Sitzungen mit der israelischen UNO-Delegation in den folgenden zwei Tagen waren eine bittere Pille, der Kater nach dem kurzen Rausch des Sieges. Es war ein elender Wechsel vom Leben im Feld mit seiner Brigade zum gräßlichen Kurierdienst, ein Schicksal, das ihn zu verfolgen schien. Er war froh, als er am zweiten Tag entfliehen konnte und in einem Zug am majestätischen Hudson entlang durch eine neblige Landschaft fuhr, in der alle Herbstfarben zu Braun verblaßt waren. Der Friedhof von West Point mit seinen akkurat gemähten Rasenflächen und den Fichten war noch immer grün. Während er durch die Reihen der Grabtafeln schritt, erblickte er einen mageren Armeeoffizier, der mit verschränkten Armen und gesenktem Kopf weit entfernt von Marcus' Grab stand. Sonst war der Friedhof menschenleer. Vor Marcus' Grabstein sagte er stokkend ein halbvergessenes *El Male* [Totengebet] auf und begann dann, einem Impuls folgend, mit feuchten Augen zu flüstern:

«Lagebericht, Oberst Stone. Wir stehen entschieden besser da als damals bei Ihrem Tod. Wir haben den Negev erobert und lebenswichtige Gebiete im Zentrum und in der Umgebung von Jerusalem. Sie würden staunen, wie gut das Land sich entwickelt hat. Die Bevölkerung hat sich mehr als verdoppelt. Latrun haben wir nie erobert, deshalb führt die Autobahn drumherum. Aber gerade erst haben wir einen großen Sieg errungen, wir haben den ganzen Sinai erobert, auch wenn wir ihn aus politischen Gründen nicht halten können. Der Landkopf jedenfalls hält. Ruhe in Frieden, Mickey, und –»

Auf dem Kies waren Schritte zu hören. Er verstummte, rieb sich mit den Fingern über die Augen. Die Schritte machten halt, näherten sich, machten wieder halt. Barak stand lange Zeit mit gesenktem Kopf, bis er schließlich aufblickte. Der Offizier war ein dunkelhaariger und sportlich aussehender Major mit einem rundlichen, freundlichen Gesicht. «Oberst Marcus, hm? Kannten Sie ihn?»

«Sehr gut.»

«Sind Sie aus Israel?»

Barak trug Zivilkleidung, um auf seiner Reise kein Aufsehen zu erregen. Er streckte ihm die Hand entgegen. «Zev Barak. Israelische Verteidigungsstreitkräfte.»

«John Smith.» Der Offizier lächelte schwach, als sie einander die Hände schüttelten. «Das ist mein richtiger Name.»

«Warum sollte er das nicht sein?»

«Na ja, er ist so verbreitet, daß die Leute Witze darüber machen.» Er zeigte auf einen in einiger Entfernung geparkten Wagen. «Ich habe gesehen, daß Sie in einem Taxi angekommen sind. Ich kann Sie mitnehmen. Nicht den ganzen Weg bis New York allerdings, ich fahre nach Washington.»

«Da muß ich jetzt auch hin, nach Washington, aber ich hatte vor zu fliegen.»

«Kommen Sie mit.» Sie setzten sich nebeneinander in Bewegung. «Ich würde mich gerne mit Ihnen über den Sinaifeldzug unterhalten. Mein Krieg war Korea. Es gibt da gewisse Parallelen. Militärische Glanzleistung, politische Pleite.»

«Wie lange dauert die Fahrt mit dem Auto?»

«Fünf oder sechs Stunden. Bis Sie am Flughafen sind und Ihr Flugzeug besteigen, um dann bei diesem Wetter zu fliegen – da werden Sie auch nicht viel schneller sein.»

Es war Barak nie in den Sinn gekommen, daß es eine Parallele zwischen Korea und dem Sinai gab. Die Idee interessierte ihn, und Smith hatte eine angenehm sachliche Art. Schön, ich nehme Ihr Angebot an. Vielen Dank.»

Baraks Erinnerungen an Marcus faszinierten den Amerikaner, besonders der Bericht über die «Burmastraße». Er hatte nie zuvor davon gehört, und die Verwendung des Namens entlockte ihm ein

Lächeln und ein Nicken. Die Fahrt verging mit Erfahrungsvergleichen zwischen Korea und dem Sinai. In Korea hatte selbst das mächtige Amerika an einer politischen Hundeleine stillhalten müssen. MacArthur hätte den Krieg gewinnen können. Die UNO und die politischen Gegebenheiten an der Heimatfront hatten ihm Einhalt geboten und ihn schließlich ganz zum Teufel gejagt. Smith fuhr umsichtig mit hoher Geschwindigkeit. Er war bei den Panzern und wollte nichts anderes, so sagte er. Die Anwendung von Gewalt auf internationaler Ebene konnte heutzutage nichts anderes als den Einsatz von Panzern bedeuten, der Sinai hatte dies ein weiteres Mal unterstrichen. Er brachte Barak dazu, ausführlich die Operation der neunten Brigade zu schildern.

«Sehr beeindruckend, wie der Marsch der Japaner die Malaiische Halbinsel hinunter nach Singapur», bemerkte er. «Ein Überraschungscoup auf einer Überlandstraße, die niemand für möglich hielt.»

«Stimmt, aber in drei Tagen, nicht in siebzig.»

«Ihre Operationsbühne ist sehr klein. So wie Ihre Burmastraße. Ein paar Kilometer anstatt tausend Kilometer, aber der gleiche Grundgedanke. Die Prinzipien der Kriegführung ändern sich nicht.» Mittlerweile hatten sie Baltimore passiert und näherten sich Washington. «Und jetzt, Barak, kann ich Sie offen etwas fragen?»

«Warum nicht?»

Smiths Tonfall veränderte sich; er wählte seine Worte mit Bedacht und sagte trocken, fast schon feindselig: «Ihr Juden sagt, ihr wäret in eure Heimat zurückgekehrt. Ihr behauptet, ihr wäret schon vor den Arabern dort gewesen. Nehmen wir einmal an, die Indianer Nordamerikas würden geltend machen, daß sie zuerst hier waren und nun alles zurückhaben wollen. Was dann?»

Derartige Diskussionen waren Barak nicht fremd. Auch sein Tonfall veränderte sich, er sprach überlegt und kühl. «Darauf gibt es zwei Antworten. Wenn sie die Macht hätten, es zurückzuerobern, würden sie es tun, und die Welt würde vermutlich staunen und Beifall klatschen. Aber das ist zu hypothetisch, so wie Ihre Frage, und es ist nicht die wirkliche Antwort. Nach allem, was meinem Volk widerfahren ist, brauchen wir einen eigenen Staat, der stark genug ist, um zu gewährleisten, daß nie wieder etwas Ähnliches geschehen wird. Also sind wir dorthin zurückgekehrt, wo wir hergekommen sind. Wohin sonst?»

«Dort leben achtzig Millionen Araber. Es gibt achthundert Millionen Muslime. Sie wollen euch dort nicht haben, sie glauben nicht, daß ihr dorthingehört. Meinen Sie, Sie können sich auf lange Sicht dort halten?»

«Wir versuchen es. Es ist unser letzter Schuß. ‹*Keine andere Wahl*› ist ein gutes Motiv.»

Smith nickte mit unbewegtem Gesicht, und eine Weile lang sprach keiner. Er fuhr zu einem Haus in McLean, nicht weit entfernt von dem der Cunninghams, wo er bei einem verheirateten Bruder wohnte, solange er eine Junggesellenwohnung in Washington suchte. Er war soeben erst von einem dienstlichen Aufenthalt in Deutschland zurückgekehrt und hatte am gleichen Tag in West Point eine Vorlesung über sowjetische Panzer gehalten, bevor er das Grab seines in Korea gefallenen Kameraden von der Militärakademie besucht hatte.

Pasternak hatte Barak angewiesen, Cunningham anzurufen und wenn möglich zu treffen; der CIA-Mann erwartete ihn daher. Der Vater hatte Emily am Telefon mit keinem Wort erwähnt, und Barak hatte nicht nach ihr gefragt, obschon ihm in seiner düsteren Stimmung im Flugzeug auch der spöttische Gedanke durch den Kopf geschossen war, ob das Mädchen mit seinen wunderbaren übernatürlichen Fähigkeiten ihn dazu gezwungen hatte, diese Reise anzutreten. Wie sich herausstellte, war sie nicht da; sie befand sich noch in Paris und wurde nicht vor Januar zurückerwartet, und ihre Mutter war bei ihr. In der Empfangshalle des Hauses riß ein großes Ölgemälde Emilys Barak aus seinen Gedanken.

«Wer ist das?» fragte Major Smith beim Hinausgehen. Cunningham hatte ihn auf einen Drink eingeladen.

«Meine Tochter. Keine große Ähnlichkeit, eine Freundin aus dem College hat es gemalt.»

«Sieht aus wie ein Mädchen, das mich abblitzen ließ, als ich in West Point meine Abschlußprüfung machte. Sue Funston.»

«Sagt mir nichts», erwiderte Cunningham. Als Smith gegangen war, fragte Cunningham Barak, was er von dem Mann hielt.

«Nun, wir haben über vieles gesprochen auf dieser langen Fahrt. Er ist ein kluger Profi. Warum fragen Sie danach?»

«Ich kenne ihn. Er wird es noch zu etwas bringen in der Armee.»

«Nun, ich würde sagen, er ist Israel nicht eben wohlgesonnen.»

«Die ganze Armee ist das nicht. Oder ich sollte vielleicht sagen, sie war es nicht. Das kann sich ändern.» Chris Cunningham führte dies nicht weiter aus. Er liebte es, sich in rätselhaften Andeutungen zu ergehen, und Barak beließ es dabei. Ein seltenes Lächeln auf den Lippen, tippte Cunningham mit dem Finger auf das Porträt. «Barak, Emilys Mutter glaubt, daß Sie unsere Tochter vor diesem dicklichen kleinen Franzosen gerettet haben. Wir stehen in Ihrer Schuld.»

Sie tranken Cocktails auf der verglasten Veranda voller Topfpflanzen. «Ein verrücktes Ende hat dieser Krieg genommen», sagte Cunningham, der einen großen Martini schlürfte, während Barak an seinem Sherry nippte, «und es ist verdammt gut, daß Mr. Ben Gurion von seiner unbedachten Siegesrede abgerückt ist. Ihr seid am Rande eines Abgrunds gestanden, Barak. Habt ihr das eigentlich begriffen? Eisenhower kochte vor Wut. Die Russen hatten ihn mit ihrem Raketengetöse reingelegt und die Lorbeeren eingeheimst, als hätten sie den Krieg beendet, während natürlich er und Dulles das Ende des Krieges herbeigeführt haben. Die Franzosen und Briten sind am Boden zerstört, ihr mußtet abziehen, und Nassers Schinken war gerettet.»

«Nun, Chris, die Russen drohten, uns binnen vierundzwanzig Stunden plattzumachen, falls wir nicht aufhörten. Das war nicht sehr angenehm.»

«Nichts als Geschrei. Und jetzt machen sie ein Mordsgeschrei wegen eures Abzugs. Aber ihr werdet abziehen, weil Ike euch Sanktionen androht und es ernst damit meint.» Er trank sein Glas aus und stand auf. «Wir wollen einen Happen essen. Ich sage Ihnen aber, Ike hat auch noch eine andere Seite, wenn das ein Trost ist. Er ist Soldat. Er wird verstehen, daß er euch zwingt, einen Sieg zu opfern, den ihr euch redlich verdient habt, und er wird sich wahrscheinlich daran erinnern.»

Als Barak vor seinem Rückflug in New York wieder mit Abba Eban zusammentraf – Eban hatte eine Doppelfunktion als Israels Botschafter in Washington und als UNO-Vertreter –, schlug er vor, diese Ansichten eines «uns freundlich gesonnenen, scharfsichtigen CIA-Mannes», wie er sich ausdrückte, zu zitieren. Der hochgewachsene und hochintellektuelle Abba Eban entsprach kaum den gängigen Vorstellungen von einem israelischen Diplomaten, war jedoch ein ganz idealer Repräsentant seines Landes, so dachte Barak, für den UNO-Posten; er sprach besser Englisch als der britische Vertreter und formulierte seine pointierten Ansichten in klangvollen, makellosen Sätzen, kurz, er war entsprechend seiner beinahe vollkommen ovalen Kopfform die Personifizierung dessen, was die Amerikaner einen Eierkopf nannten. Eban hörte ihm mit einem gebieterischen Lächeln zu und nickte dann und wann. «Wir werden schrittweise abziehen, natürlich», bemerkte er. «*En brera!* Und auf amerikanischen, nicht auf russischen Druck hin. Das ist wahr. Aber wir werden nach diesen äußerst schwierigen Verhandlungen, für die ich verantwortlich sein werde, mit wesentlichen Gewinnen dastehen. Meiner Überzeugung nach werden wir für lange Zeit unsere Ruhe vor Überfällen der Fedajin aus Gaza und dem Sinai haben. Die Amerikaner werden garantieren, daß wir ungehindert durch die Straße von Tiran fahren können, und das war unser zentraler *casus belli.* Und zumindest einige Jahre lang, vielleicht bis zu zehn Jahre, wird die Bedrohung eines vereinten arabischen Angriffs nicht mehr über uns schweben. Auch das ist bei unserem eingeschränkten Spielraum ein Sieg oder Sieg genug, würde ich sagen.»

Sharm el-Sheikh, März 1957, vier Monate nach Kriegsende. Truppen und Fahrzeuge von Yoffes letztem Bataillon haben unter der sengenden Sonne in Reih und Glied auf dem Paradefeld Aufstellung genommen. Ihnen gegenüber steht das Bataillon der einmarschierenden ägyptischen Verbände beinahe wie eine spiegelbildliche Formation. Militärkapelle, laute Befehle.

«Warum Abba? Warum müssen wir ihn zurückgeben?» Noahs Stimme war halberstickt vor Zorn. «Wir haben den Krieg gewonnen.»

Barak ist für die Zeremonie nicht verantwortlich. Das ist die triste Aufgabe des Bataillonskommandeurs. Er ist als ranghöherer Offizier der neunten Brigade zum Zuschauen gekommen, und Yoffe hat ihm die Erlaubnis erteilt, Noah und seine Pfadfindergruppe mitzubringen. Obwohl die Jungen wissen, welches Schauspiel ihnen hier vorgeführt wird, sehen sie mit schockierten, erstarrten Gesichtern zu, wie die Flagge mit dem Davidstern eingeholt wird und die ägyptischen Soldaten aufspringen, um ihr grünes Banner mit dem weißen Halbmond und den Sternen zu hissen.

Barak mustert seinen Sohn, dessen Gesicht zu einem eigenartig verhärteten Erwachsenenausdruck versteinert ist.

«Warum, Abba?» wiederholt er. «Warum, wenn wir sie geschlagen haben?»

«Wir tun es für den Frieden, Noah.»

«Aber sie hassen uns. Sieh sie doch an.»

Auf den Gesichtern der Ägypter stand in der Tat ein unfreundliches, triumphierendes Grinsen.

«Das kann sich ändern mit der Zeit.»

Ein Soldat geht mit der zusammengefalteten blau-weißen Flagge an ihnen vorbei.

«Wir werden ihn uns wieder holen, du wirst sehen.» Noah reckt sein kleines Kinn vor und hebt den Kopf, mustert den Stützpunkt, die Felsen und das glitzernde blaue Wasser. «*Ich* werde ihn zurückholen.»

DRITTER TEIL

MISSIONEN IN AMERIKA

22

Emilys Briefe

Nach dem Fiasko am Suezkanal waren Großbritannien und Frankreich im Nahen Osten zur Bedeutungslosigkeit herabgesunken, und Israel war als ihr Mitverschwörer bei diesem gescheiterten letzten Aufzucken des Imperialismus gebrandmarkt. Oberst Nasser hingegen hatte sich ein ungeheures Ansehen als heldenhafter Vernichter von Riesenreichen erworben. Denn hatte er etwa nicht den Suezkanal erobert, zwei großen Kolonialmächten die Stirn geboten, dem Sturm getrotzt und sie zu Fall gebracht? Im Hochgefühl seines Triumphes rief er eine Konföderation mit Syrien und Ägypten ins Leben, die er Vereinte Arabische Republik taufte und als ersten Schritt auf dem Weg zu einem starken Block aller arabischen Staaten pries. Den amerikanischen Strategen blieb nichts anderes übrig, als ihn zu umwerben, doch er verstand es geschickt, mit lächelnder Miene unverbindlich zu bleiben und zugleich von der Großzügigkeit beider Supermächte zu profitieren; von den Amerikanern erhielt er ökonomische Unterstützung, von den Russen massenweise neue Waffen.

Israel sah sich wieder einmal mit dem gravierenden Problem des Rüstungsnachschubs konfrontiert. Frankreich befand sich in tiefen politischen Wirren, und früher oder später mußte man mit einem Versiegen dieser Quelle rechnen. Bestimmte britische Waffen waren, ausschließlich gegen Barzahlung, in beschränkten Mengen zu beziehen. Was die USA betraf, so sahen einige Militärstrategen in Israels «Klassiker der Kriegskunst» zwar einen neuen Faktor in der Region, ein mögliches Gegengewicht zu Nasser, falls er voll und ganz zu den Russen umschwenken sollte. Doch die Vorstellung, eine Million Juden als Gegengewicht für den Helden von achtzig Millionen Arabern zu benutzen, setzte sich nur zögerlich durch. Im großen und ganzen hielten sich das State Department und das Pentagon an die alte britische Devise im Nahen Osten: enge Bindungen an die Araber und Israel die kalte Schulter zeigen.

Nachdem dieses Problem etwa zwei Jahre ungelöst auf Israel lastete, schrieb Zev Barak, inzwischen ein aufsteigender Panzerkommandeur, an Chris Cunningham und bat ihn um eine vertrauliche Einschätzung, ob Hoffnung auf eine Änderung der amerikanischen Politik hinsichtlich Panzerlieferungen für den jüdischen Staat bestünde. Der CIA-Mann ließ sich Zeit mit seiner Antwort. Als Barak den dicken Umschlag öffnete, fiel aus dem Bündel von Cunninghams maschinengeschriebenen Seiten ein Gekrakel auf gelbem, liniertem Papier in Emilys Handschrift heraus. Kopfschüttelnd und lächelnd las Barak ihren Brief zuerst.

Foxdale School Middleburg, Va.
15. September 1958

Lieber Wolf Blitz,

hallo! Eine Stimme aus der Vergangenheit! Ich halte mich eigentlich nicht für besonders raffiniert, aber das hier ist ein ziemlich raffinierter Coup, ein *billet-doux* von mir in einen Brief meines Vaters zu stecken. Ich sollte den Brief zur Post bringen, und er war nicht besonders gut versiegelt. Einer plötzlichen Eingebung folgend brach ich das Siegel auf – selbstverständlich habe ich den Brief nicht gelesen –, und kritzle nun hastig diese unüberlegten und sicherlich dussligen Worte hin. Ich kann einfach nicht anders. Über ein Jahr lang habe ich mich danach gesehnt, Dir zu schreiben. Wenn ich daran denke, daß ich Deinen Besuch nach dem Krieg verpaßt habe, als Du Jack Smith mitbrachtest, könnte ich vor Enttäuschung mit den Zähnen knirschen.

Die Sache ist die, daß ich nicht weiß, ob Nakhama vielleicht Englisch lesen kann, wenn sie auch kaum zehn Worte spricht. Wenn ich Deine Frau wäre, würde ein Brief aus Amerika in einer (irgendwie) weiblichen Handschrift mit absoluter Sicherheit meine Neugier erregen! Ich hätte schon längst auf die Idee kommen sollen, Papas Briefpapier zu benutzen und eine Adresse darauf zu tippen, aber wie ich schon sagte, ich bin wirklich nicht besonders raffiniert. Es kam mir nie in den Sinn. Falls Nakhama Deine Post öffnet (was ich bezweifle) und dies hier findet, hast Du ein Problem am Hals. Aber kein sehr großes, während ich schwer darunter leide, daß ich von jedem Kontakt zu Dir abgeschnitten bin. Also ergreife ich jetzt diese Chance. Wenn ich Dir auf die Nerven falle, schick mir ein kurzes Knurren oder ignoriere mich, und das war's dann. Ich werde warten. Ich werde warten, bis Du wieder hierherkommst oder unsere Wege sich in Deinem Land oder in Europa oder auch auf Madagaskar oder wer weiß wo kreuzen werden. Ich weiß, daß das geschehen wird.

Und jetzt, da ich diese schmähliche Tat begangen habe, was kann ich Dir nun erzählen? Ich werde einfach schreiben, was mir in den Sinn kommt. In den letzten Jahren hat nur ein Ereignis in meinem bescheidenen Leben eine Rolle gespielt, Wolf, *mon vieux* – und das war Dein Kuß in diesem verstaubten Zimmer im King-David-Hotel. Bis dahin führte ich ein zielloses, belangloses Dasein und war ein wenig verrückt nach einem israelischen Soldaten, auf den ich als kleines Mädchen mit zwölf Jahren einen Blick geworfen hatte. Seitdem bin ich Deine *yotze dofen* (stimmt das ungefähr?), «zur Unzeit geschnitten aus dem Mutterleib», und verbringe die Tage mit einer einzigen bohrenden Erinnerung, die mir die Kraft zu leben gibt.

Keiner von uns kann daran etwas ändern. *Wie gut ich das weiß!* Wenn ich es recht bedenke, hast Du vielleicht mehr für mich getan, als Dir bewußt ist, indem Du mir einen Ausweg aus dieser Sackgasse gezeigt hast, falls ich einen Ausweg will. Rate mal, was für einen? Major Jack Smith ist mein Galan geworden! Man könnte auch sagen, mein Freier oder Verehrer, alles, was Du willst, außer mein Freund. Ich hatte nie einen Freund, ausgenommen den alten Hiroshima, der mir im übrigen noch immer lange Briefe in gewähltem Französisch mit eleganten Gedichten schreibt. (Obwohl er inzwischen mit einem anderen Dichter, einem Inder aus Trinidad, zusammenlebt, der, wie ich vermute, *sein* Freund ist. Moderne Zeiten.) Ich halte die Korrespondenz aufrecht, André war und ist reizend, sehr witzig, wenn er in der richtigen Stimmung ist, und ein absoluter Mandarin in literarischen Fragen, und auf seine Art liebt er mich noch immer. Es ist angenehm, geliebt zu werden. Ich hoffe, Du stimmst in dieser einfachen Aussage mit mir überein.

Ich hätte wahrscheinlich die Bekanntschaft von Major Smith nicht gemacht, wenn Du ihn nicht vor meiner Haustür deponiert hättest. Seinen älteren Bruder, der in unserer Nähe wohnt, habe ich nie kennengelernt. Jack wohnte nur ein oder zwei Wochen bei ihm, bis er in ein möbliertes Zimmer in Arlington umzog. Aber dank Dir sah Jack das Porträt von mir, das Hester Laroche gemalt hat (sie war lange Zeit – platonisch, aber leidenschaftlich – meine Freundin), im Foyer, und es erinnerte ihn an sein Mädchen, das ihn verlassen hatte. Seitdem macht er mir auf eine sittsame, zurückhaltende Art den Hof. Ich glaube, daß das Mädchen, das ihn abblitzen ließ, seinen Sinn für Romantik beschädigt hat. Er ist kein Hiroshima aus Unfähigkeit, sondern wirklich mädchenscheu, und das ist merkwürdig, denn Papa erzählt, daß er in der Armee als Draufgänger gilt.

Es besteht keine Aussicht, daß ich Jack lieben könnte, so liebenswert und männlich er auch ist. Er ist ein großartiger Begleiter für Konzert- und Theaterbesuche und ein guter Partner beim Tennis oder Reiten, und er ist ein sehr guter Tänzer. Zuvor war ich nur selten tanzen. Ich gehe sehr wenig aus. Die meisten Jungen sind Nervensägen. Was Dich und mich angeht, so sind diese Dinge im Grunde bedeutungslos, möchte ich behaupten, aber ich habe ziemlich gut begriffen, so weit wie möglich eben. Offensichtlich ist die ganze Geschichte nur einseitig, abgesehen von einem seltsamen und vielleicht auf bloßem Wunschdenken beruhenden Gefühl von mir, daß es nicht immer so sein wird.

Du warst der erste Israeli, den ich je gesehen oder mit dem ich gesprochen habe. Du korrespondierst mit Papa, daher bin ich sicher, daß Du Dir mittlerweile ein Bild von ihm gemacht hast. Er ist Dr. Jekyll und Mr. Hyde, ein harter, hervorragender Geheimdienstmann, absolut nüchtern und grenzenlos skeptisch, mißtrauisch und zynisch und zudem besessen von der Sowjetunion. Er ist aber auch ein religiöser Visionär, den manche Leute als Spinner bezeichnen würden, weil er so fundamentalistische und

tausend Jahre alte Ansichten hat. Mein Professor in vergleichender Theologie nannte so etwas «chiliastisch». Papa glaubt, daß das Jüngste Gericht naht und daß die Rückkehr der Juden ins Heilige Land das ZEICHEN, die HOFFNUNG ist. Er hat eine vollkommen mystische Auffassung davon, wie die Juden sich aus der Asche von Auschwitz erhoben haben und als Josuas wiedergeborene Krieger nach Jerusalem zurückgekehrt sind. Er behauptet, es gäbe in der Geschichte keinen vergleichbaren Vorgang, es sei dies kein natürliches Geschehen, sondern Folge der Wendung weltlicher Angelegenheiten zum Religiösen hin, die durch das Zeitalter der Atomwaffen bewirkt wurde. Selbstverständlich vertritt er diese Ansichten nicht in seinen Geheimdienstberichten, aber das sind seine ureigensten Überzeugungen. Das ist es, was ich seit der Gründung Israels immer wieder gehört habe.
Und in der berühmten Nacht der Leuchtkäfer warst Du plötzlich da; auch Major Pasternak, aber ich hatte nur Augen für Dich mit deinem angewinkelten Arm, der leibhaftigen Verkörperung all des Ruhmes und des Glanzes aus den Visionen meines Vaters. Das war, bevor Du ein Wort gesagt hattest. Als Du ihn dann in der Unterredung bei Tisch so becirct hast und vor allem nach der Unterhaltung zwischen uns auf der Terrasse – die ich bis zum heutigen Tag Wort für Wort niederschreiben könnte –, hing ich an der Angel oder, genauer gesagt, ich stand da wie festgewurzelt, von Cupidos Pfeil durchbohrt, ein klägliches, mageres Nichts von einer geschwätzigen Zwölfjährigen.
Nun, was will ich jetzt von Dir?
Nur korrespondieren. Einverstanden? Glaubst Du mir? Hester Laroche kehrte nach der Universität nach Oregon zurück, heiratete den Sohn eines einheimischen Bankiers und hat bereits zwei Kinder, aber wir schreiben einander noch immer mindestens einmal in der Woche oder manchmal sogar öfter. Ich bin ihr heimliches Leben, während sie sich ansonsten an die Erwartungen ihrer Heimatstadt angepaßt hat, was sie im großen und ganzen genießt und womit sie glücklich ist. Wir sprechen nicht viel über Mahler oder Laura Riding oder John Donne (wir haben uns gegenseitig Donne vorgelesen, was für ein süßes Brimbo-

rium!) oder Plutarch, der, wie wir zusammen entdeckten, unendlich tiefgründig, weise und amüsant ist. Wir unterhalten uns auch über Nebensächlichkeiten, über Kleider und Kochen und das Wetter und was gerade im Garten blüht. Es ist reizend. Ein Brief von Hester verschönt meinen Tag.

Können wir das auch versuchen, Wolf? Ist irgend etwas Schlechtes daran? Du hast mir vielleicht nicht viel zu sagen, aber ich sterbe vor Sehnsucht, Dir zu schreiben. Die Geschichte mit Jack Smith wird wohl zu nichts führen, aber ich weiß, daß ich früher oder später tun werde, was Hester getan hat, einen Mann finden, der einigermaßen paßt. Fürs erste habe ich keinerlei Eile damit. Ich liebe die Mädchen in Foxdale, und ich liebe meine Arbeit dort. Es ist ein bezaubernder Ort. Wenn Du mir antwortest und wir uns zu schreiben beginnen, werde ich Dir darüber erzählen. Ich möchte nur wissen, daß Du da bist. Ich bin hier.

In Liebe
Emily Cunningham

Es war die gleiche eilige, beinahe senkrechte Handschrift, t's ohne Strich und umgekippte Buchstaben, dafür jedoch ziemlich deutlich und mit weit geschwungenen Schleifen. Die Behauptung des Mädchens, daß ein einziger Kuß in einem Hotelzimmer der Wendepunkt seines Lebens war, kam ihm übertrieben, ein bißchen lächerlich und ein bißchen traurig vor. Seine Gedanken kehrten zu diesem Zeitpunkt kaum noch zu Emily zurück, wenn er sie auch nie ganz vergessen hatte.

Eineinhalb Jahre tiefreichender militärischer Umstrukturierung und Manöver, in denen die Erfahrungen aus dem Sinaifeldzug umgesetzt wurden, der Druck familiärer Ereignisse – der Umzug in eine größere Wohnung, die Krankheiten und Schulleistungen der Kinder, eine Fehlgeburt Nakhamas, Michaels schwierige Werbung um seine atheistische Lena – und die Randereignisse mit dem internen politischen Firlefanz, der Israels Tage ausfüllte: All das hatte seit langem die seltsamen Stimmungen und Geschehnisse aus der verblaßten Zeit der Operation KADESCH in den Hintergrund gedrängt.

«Was ist denn so lustig, Abba?» Noah platzte in das winzige Hinterzimmer, das Barak als Büro benutzte, und fand ihn noch immer lächelnd.

«Ach, nichts. Ein komischer Brief von einer Freundin aus Amerika.»

«Dann hast du jetzt noch einen Grund zur Freude. Ich habe die Aufnahme in die Akademie bestanden.»

Der Vater sprang auf und umarmte den Jungen, der seit seiner Bar Mizwa dreißig Zentimeter gewachsen war und nun bereits einen Hauch von Bart hatte. Auch sein Gesicht veränderte sich. Die Berkowitz-Knochen traten langsam aus den weichen, ovalen Gesichtszügen Nakhamas hervor; das Kinn streckte sich, die Augenhöhlen wurden tiefer, und aus den braunen Augen sprach mehr Klugheit, aber auch eine neue Spur jugendlicher Schüchternheit. Die prämilitärische Akademie von Haifa war die beste in Israel, das Tor zur militärischen Elite.

«Ich habe es heute in der Schule erfahren. Bist du stolz auf mich?» Noah blickte noch immer zu seinem Vater hoch, und Barak dachte, daß er ihm bei seinem Wachstumstempo in einem Jahr gerade in die Augen sehen würde. Das frische, rosige Gesicht des Knaben glühte.

«Ich könnte gar nicht stolzer sein.»

Als Noah gegangen war, setzte Barak sich an seinen Schreibtisch und studierte Cunninghams Antwort auf seine Anfrage bezüglich der Panzerlieferungen. Die amerikanische Politik wurde derzeit dominiert von dem Bestreben, die Sowjetunion in Schach zu halten, so schrieb er, und die Araber stellten ein so schwaches Glied in dieser Politik dar, daß die Strategen der Außenpolitik größte Vorsicht bei jeder Handlung walten lassen mußten, die sie verletzen könnte. An diesem Punkt zitierte Cunningham ausführlich Major John Smith, der inzwischen im Planungsstab der Armee saß. Smith sei weder projüdisch noch antijüdisch, schrieb der CIA-Mann, und er habe eine ziemlich nüchterne Einschätzung Nassers, in dem er nicht mehr als einen charismatischen Senkrechtstarter sehe, der auf einer politischen Glückssträhne ritt. Dann aber fuhr Cunningham fort:

Jack sieht in Israel «einen kleinen Stachel im Fleisch der arabischen Welt, der manchen politischen Eiter hervorruft und nach einigen Jahren der Entzündung und Schmerzen unweigerlich ausgestoßen werden muß». Nach Jacks im Pentagon vorherrschender Denkrichtung muß man Israel als vorübergehende historische Erscheinung im Nahen Osten betrachten, die durch den weltweiten Abscheu vor den Massakern der Nazis und durch Präsident Trumans projüdische Sympathien ermöglicht wurde. Ich versuche, dem entgegenzuhalten, daß die Juden selbst eine historische Erscheinung sind, die immerhin schon dreitausend Jahre und mehr besteht und daß man sie mit gewöhnlicher Logik nicht erfassen kann; Jack belächelt mich dann ob der religiösen Macke, die ich in seinen Augen habe.

Sie sollten Smith kennenlernen. Er ist ein vernünftiger Mann und ein aufsteigender Stern in der Armee. Israel muß solche Offiziere und ihre Vorstellungen in seine Überlegungen miteinbeziehen. Sie sind pragmatische Patrioten vom Schlage eines George Marshall, ein wirklich großer Mann, der Trumans Politik in Israel für einen großen Fehler hielt und sich bis zuletzt dagegen stemmte. Ich denke, Sie oder jemand wie Sie sollte sich hier in einen militärischen Fortbildungskursus einschreiben – über Bereiche wie Panzer oder Artillerie, die nicht als geheim eingestuft sind. Es gibt hier einen professionellen Respekt vor Ihrem Sieg auf dem Sinai. Wenn Sie erst einmal hier sind, könnten Sie den hartgefrorenen Boden aufweichen und als Anfang den Kauf einer kleinen Menge eingelagerter alter Shermans auf den Weg bringen. Selbst das könnte Jahre dauern. Ike hat euch den Suezkrieg nach wie vor nicht verziehen, obwohl er beiläufig Israels Gutwilligkeit beim Abzug und die brillante Durchführung des Feldzugs lobte.

Barak zeigte Cunninghams Antwort Dayan, der sein Intermezzo als Stabschef beendet hatte und nun an der Hebräischen Universität politische Wissenschaften des Nahen Ostens studierte. Doch Dayan blieb, ob als General oder Zivilist, die Nummer eins der Armee. «Eine gute Idee», sagte Dayan. «Wir könnten diese Shermans gebrauchen. Legen Sie los, und befolgen Sie seinen Vorschlag.»

«Sie meinen, ich soll mich an der Panzerschule bewerben?»

«Genau das. Die Amerikaner sind führend auf diesem Gebiet. Es würde Sie beruflich weiterbringen, Zev, und vielleicht können Sie dabei das Eis brechen und ein paar Panzer auftreiben.» Dayan musterte ihn abschätzend mit seinem halbgeschlossenen Auge. «Sie sind vielleicht genau der Richtige dafür.»

«Sie schmeicheln mir, Sir.»

«Nein, das tue ich nicht», sagte Dayan.

So kam es, daß Barak sich für den nächsten Kurs an der Panzerschule in Fort Knox, Kentucky, bewarb, der 1960, beinahe zwei Jahre später, beginnen sollte. Glücklicherweise war er jetzt mit dem Kommando seiner Brigade beschäftigt; in zwei Jahren konnte viel geschehen, und so verdrängte er die Gedanken daran.

Emilys «billet-doux» zerriß Barak und versuchte, es sich ebenfalls aus dem Kopf zu schlagen. Doch er konnte sich die Enttäuschung des Mädchens zu gut vorstellen – nicht, daß sie noch ein Mädchen im engeren Sinne war, sie mußte die Zwanzig überschritten haben –, wenn sie Tag für Tag und Woche für Woche keinerlei Antwort von ihm erhielt. Der Brief war durchdrungen von ihrem herben Charme. Beim Lesen ihrer Worte hatte er beinahe ihre angespannte, hastige Stimme zu hören vermeint. Diese Stimme hallte in seltsamen Augenblicken wie ein Echo in ihm wider, selbstsicher und doch bittend: «*Ich möchte nur wissen, daß Du da bist. Ich bin hier . . .*»

Schließlich setzte er sich hin, um irgend etwas zu Papier zu bringen.

Liebe Emily,

ich habe Dein reizendes «billet-doux» erhalten. Als ich Jack Smith vor Deiner Haustür deponierte, wie Du es ausdrückst, hatten wir beide uns auf der langen Fahrt von West Point eine ganze Weile unterhalten. Er ist ein fähiger Mann, und ich kann mir nicht vorstellen, daß er seine «Mädchenscheu» länger zur Schau trägt, als er für angemessen hält. Außerdem sieht er gut aus. Ich tippe darauf, daß er für Dich der Richtige ist.

Ich befehlige jetzt eine Panzerbrigade und bin dabei, sie zur besten in der Armee zu machen. Mein Sohn Noah, der Dir so gefiel, hat die Aufnahmeprüfung zu unserem exklusivsten Gymnasium bestanden. Uns allen geht es gut.

Es ist interessant, daß zwei amerikanische College-Mädchen Plutarch zusammen entdecken. Ich lese Plutarch noch immer beinahe jede Nacht. Die Paperbackausgabe, die mir beim britischen Militär in die Finger fiel, fällt bereits auseinander. Wenn ich drei Bücher auswählen müßte, die ich auf eine einsame Insel mitnehme, dann würde ich ohne Zögern die hebräische Bibel, Shakespeare und Plutarch wählen.

Ich bin kein großer Briefeschreiber, aber ich würde mich freuen, von Zeit zu Zeit von Dir zu hören. Warum nicht? Du kannst Deine eigenen Briefumschläge verwenden. Nakhama steckt ihre Nase nicht in meine Post, sie hat auch ohne das genug um die Ohren. Zwei Kinder, eine neue, größere Wohnung, die wir uns mit meinem Sold eigentlich gar nicht leisten können, und so weiter. Du bist sehr liebenswert und sehr nett, und der Mann, der Dich glücklich machen wird, ist auf dem Weg zu Dir, falls es nicht Major Smith ist.

Mit den besten Grüßen

Barak mochte diesen Brief nicht besonders, aber er brachte ihn zur Post, um die hartnäckige Stimme zum Verstummen zu bringen, und es funktionierte. «Dieses Mädchen» verschwand aus seinen Gedanken.

Ein Jahr später korrespondierten sie noch immer, wenn auch meist nur sporadisch, und in der Hauptsache stammten die Briefe aus ihrer Feder.

22. September 1960

Liebster Zev,

dieses Mal habe ich Dir einiges zu erzählen – Hester hat einen Selbstmordversuch unternommen, und ich war in Oregon, um sie zu besuchen –, aber bevor ich darauf komme, möchte ich Dir sagen, wie unendlich leid es mir tut, daß Du auf diesen Armeekursus verzichten mußt. Ich habe die Monate und nun schon die

Wochen gezählt, aber Du hast sicher richtig gehandelt, Du hast keine andere Wahl. Natürlich kannst Du Nakhama in einem solchen Augenblick nicht allein lassen. Immerhin gibt es noch Hoffnung, daß sie das Baby behalten kann, auch wenn die Aussicht, monatelang ans Bett gefesselt zu sein, deprimierend ist. Bitte übermittle ihr meine besten Wünsche für eine vollkommene Genesung und ein wunderbares Baby. Tut mir leid, ich bin nicht daran interessiert, den Offizier zu treffen, der an Deiner Stelle kommen wird. Er ist nicht Du. Ende.

Und nun zu Hester, was für ein Malheur! Ich kann mir nicht vorstellen, daß Du meine Briefe aufbewahrt hast, aber falls Du das getan hast, zerreiß sie! Ich denke nie nach, wenn ich schreibe, ich lasse es einfach aus mir herausströmen, wie Du inzwischen weißt. Ihr Mann stieß auf ein Päckchen Briefe von ihr und mir, und er war zutiefst empört, vor allem über einen unvollendeten Brief von ihr, der sehr gefühlvoll war. «Ich wünschte, ich könnte deine sanften Arme um mich spüren» und ähnliches. Außerdem ein süßes Gedicht. Es hat nicht das geringste zu bedeuten, dieser Mädchenquatsch, aber in Eugene, Oregon, geht so etwas nicht. Es gab einen Riesenstreit, und Hester versuchte, sich am Kronleuchter zu erhängen, an dem man nicht einmal einen Hund aufhängen könnte, und er kam mit Karacho auf sie herabgestürzt. Ich meine nicht einen Collie, ich meine einen Pudel; ich hab' den Kronleuchter gesehen, er ist wieder an seinem Platz, wirklich ein mickriges Ding. Na ja, danach war Bruce, ihr Mann, in Tränen aufgelöst und voll der Zerknirschung. Die Sache wurde vertuscht, und er kaufte ihr ein Mercedes-Kabriolett, und ich wurde eingeladen, um zu zeigen, daß er Verständnis und keine unguten Gefühle oder Mißtrauen mehr hatte.

Er ist ein ganz netter Mann, aber total stumpfsinnig. Hester hat an die tausend Bilder gemalt, um nicht verrückt zu werden, sie stapeln sich hüfthoch auf ihrem Speicher. Porträts ihrer Kinder, Landschaftsgemälde aus Oregon – ein großartiger Staat, Oregon –, aber die meisten sind scheußlich abstrakte Bilder, die auf einen gestörten Geist hindeuten. Hester war noch nie dünn, die Mädchen in der Schule nannten uns immer Dick und Doof, aber mittlerweile ist sie aufgegangen wie ein Ballon. Das ist jedoch nicht der Grund für den Absturz des Kronleuchters. Sie konnte es nicht ernst damit meinen, so von einem Stuhl zu springen und zu erwarten, daß dieser Kronleuchter sie ins Jenseits befördert. Sie kann von Glück reden, daß sie nicht die ganze Decke zum Einsturz brachte. Hester ist einfach unglücklich.

Und nun, mein feiner, gefiederter Freund, wie wir als Kinder zu sagen pflegten, wage es nicht, mir weiterhin diesen Unfug zu erzählen, ich würde bald heiraten. Was treibt Dich dazu? Dein Schuldbewußtsein über diese dummen Briefe, vier von mir auf einen von Dir? Ich werde heiraten, wenn ich wirklich bereit dazu bin, und das kann auch nie sein! Ich fühle mich bestens, so wie ich bin. Also hör auf, mich mit dieser immergleichen Leier anzuöden, das ist das einzige in Deinen vorsichtigen, onkelhaften Briefen, was mich wirklich zur Weißglut bringt. Ich freue mich sehr, daß Deine Panzerbrigade wegen herausragender Leistungen vom Verteidigungsministerium ausgezeichnet wurde, aber das geschieht wohl mit allem, was Du anfaßt.

Dein Ausstieg aus diesem Panzerkursus ist wohl ein Fingerzeig für Dich und mich. Es ist unsere Bestimmung, wie Shaw und Terry – ich zögere zu sagen: wie Héloise und Abélard – miteinander zu korrespondieren, mehr nicht, und diese Briefe augenblicklich zu vernichten, so daß nur wir beide in ihren Genuß kommen, nicht die ganze blöde schnüffelnde Welt. Shaw traf Terry nur ein einziges Mal hinter den Kulissen in einer Menschenmenge, weißt Du. Es ist nicht bekannt, daß er sie küßte, also habe ich Ellen Terry gegenüber einen Punkt voraus und kann es dabei belassen. Die Wahrheit ist, daß ich es über alles liebe, Dich aus der Ferne zu lieben. Ich habe mich daran gewöhnt. Halte Dich also fern von mir, denn so will es unser guter Herr offenbar, und leg einfach die Heiratsplatte beiseite, in Ordnung?

Jack Smith ist übrigens wieder auf der Bildfläche erschienen. Er spielte den Kavalier für eine schöne Armeegöre, nachdem wir uns aus den Augen verloren hatten, und ein halbes Jahr lang sah es wohl so aus, als würden bald die Hochzeitsglocken läuten. Jack war ein wenig alt für sie, aber er macht sich einen Namen beim

Militär, und ich nehme an, sie fühlte sich geschmeichelt, und es machte ihr Spaß, sich ihn zu angeln und ihn dann abblitzen zu lassen. Was es nicht alles gibt. Jetzt hat er sich also zweimal die Finger verbrannt, ein geschlagener Mann, aber das beeinflußt seine Karriere nicht im geringsten. Ich nehme an, er sieht in mir eine alte Freundin, die ihn zumindest nicht verletzt, und wir verbringen angenehme Stunden miteinander.

Verfolgst Du unseren Wahlkampf hier? Kennedy ist ein glanzvoller Strahlemann, aber ich bin mir nicht über sein spezifisches Gewicht im klaren. Nixon ist ein finsterer Aufsteiger, den keiner mag, er ist nichts als Ikes Junge. Aber er ist ein fähiger Mann. Als er sich vor Jahren mit Ike um die Vizepräsidentschaft bewarb, geriet er durch die Entdeckung einer Art illegalen Fonds, den er besaß, ins Abseits, und es sah so aus, als sei er am Ende. Aber mit Hilfe einer tränenseligen Fernsehshow über seine Frau und seinen Hund Checkers kämpfte er sich wieder aus dem Dreck heraus, eine richtig aalglatte Vorstellung. Die Juden hier, zum größten Teil Liberale, sind alle gegen ihn, daher nehme ich an, daß auch ihr Israelis für Kennedy seid. Obwohl ich mir nicht sicher bin, in welcher Beziehung ihr zu den amerikanischen Juden steht, es scheint, als wäret ihr wirklich ein anderer Schlag.

Übrigens, nicht daß es mich etwas anginge, aber ist an den Zeitungsgerüchten über einen israelischen Atomreaktor etwas dran? Hier schlagen die Wogen hoch deshalb. Nasser droht, sechs Millionen Männer zu mobilisieren und einzumarschieren, um ihn zu zerstören und ähnliches. Muß ich mir Sorgen machen?

So, das wär's für heute. Du hast keine Vorstellung davon, lieber alter Zev, wieviel widerstrebende Zuneigung durch die wenigen, mit Bedacht formulierten Zeilen von Dir hindurchsickert. Jetzt endlich glaubst Du mir. Du weißt, daß ich weder gewöhnlich noch dumm bin, und Du schätzt meine Achtung. Das solltest Du auch. Du solltest einmal meinen Vater hören, wenn er Liebesgedichte vorliest, Sonette von Shakespeare, Browning, Swinburne. Er wirkt stocksteif, aber ich glaube, zwischen ihm und mir gibt es eine große Seelenverwandtschaft. Er hat seine Emotionen in den Patriotismus kanalisiert, und er ist einigermaßen glücklich mit meiner Mutter, aber unter dem Deckel toben stürmische Gefühle.

Wie dem auch sei, ich komme nun zum Ende in unverändert angemessen reiner Liebe. Meine Träume gehen nur mich etwas an. Ich werde mir d*ie Anatomie der Melancholie* vornehmen, da Du mich dazu drängst, aber der Titel hat mich immer abgestoßen. Ich glaube ohnehin nicht, daß es ein Buch gibt, das an Plutarch heranreichen könnte. Aber wenn natürlich Onkel Zev es sagt –

Ganz die Deine
Emily

31. Dezember 1960

Liebste Emily,

Du siehst, mein Widerstand ist gebrochen, schon nenne ich Dich «liebste». Alle Vorsicht ist dahin.

Nakhama hat ein Mädchen zur Welt gebracht, ein großes, reizendes Kind, achteinhalb Pfund schwer, und es geht ihnen beiden gut! Jetzt haben wir also einen Jungen und zwei Mädchen, und damit ist dieses Kapitel für Nakhama erledigt. Sie hatte eine schwere Zeit, aber nun sind wir sehr glücklich, obwohl wir uns beide noch einen Jungen gewünscht haben. Zwar kämpfen auch die Mädchen in unserem Land, aber es sind die Jungen, denen wir die Fackel des Krieges in die Hand geben. Ich hoffe, daß die Araber ihre Illusion, wir könnten dieses Land je wieder aufgeben oder uns vertreiben lassen, aufgegeben haben, bis dieses Kind erwachsen ist. Aber es sieht nach einem langen Tauziehen aus, und vielleicht ist es schon bald an Noah, die Fackel aufzunehmen. Wenn es so kommen sollte, wird er sie hochhalten.

Ich schreibe um elf Uhr nachts, und vor meinem Fenster fällt Schnee auf Jerusalem. Bei euch ist heute Silvester. Für uns ist heute kein Feiertag, wir haben Neujahr im September gefeiert, an eben dem Tag, an dem Du mir über Hester Laroche und den Kronleuchter geschrieben hast. An Silvester, das nach einem unbedeutenden Heiligen benannt ist, betrinken sich hier die amerikanischen Touristen, blasen Trompeten und werfen mit bunten Papierfetzen um sich. Wir gehen unseren Geschäften nach.

Das ist ja eine echte Horrorgeschichte über Deine arme dicke Freundin und den Kronleuchter, ihre tausend Bilder und ihren langweiligen Mann, aber so wie Du sie erzählt hast, mußte ich immer wieder darüber lachen. Übrigens ein typisch israelischer Zug, über die schrecklichen Dinge, die sich hier ereignen, zu lachen. Ich selbst bin in diesem Augenblick so glücklich, und mein Leben ist so erfüllt, daß ich eingestehen kann, Deine Zuneigung zu erwidern; keineswegs auf die gleiche Weise, ohne die Gerissenheit (ist das korrektes Englisch?), die Dein Markenzeichen ist, und ohne daß diese Zuneigung die geringste Ähnlichkeit mit meiner Liebe zu Nakhama hätte, die mein Leben ist. Ich hätte es nicht gedacht, aber Deine Briefe und Gefühle bedeuten mir etwas. George Bernard Shaw bin ich nicht. Gott bewahre mich davor, Abélard zu sein. Ich kann Dir nicht viel sagen, Emily, aus Gründen, die auf der Hand liegen, und wenn Du Zuneigung zwischen den Zeilen spürst, dann wollen wir es damit gut sein lassen.

Mit diesen wenigen Zeilen verabschiede ich mich nun als freudiger Vater und

Dein weitentfernter Freund
Zev

P.S. Was den Reaktor betrifft: Es handelt sich um eine französische Anlage zur Energiegewinnung, und bis zu ihrer Vollendung werden noch Jahre vergehen. Zeitungsgeschwätz.

Z. B.

(Eine Glückwunschkarte zur Geburt eines Mädchens auf hebräisch und englisch. Auf der unbeschriebenen Innenseite folgendes Gekritzel:)

10. Januar 1961

Zev, mein Lieber – ich bin zu einem jüdischen Buchladen in D.C. gegangen, um diese Karte aufzutreiben. Ich weine, während ich diese Worte niederschreibe, weil Du und Nakhama noch ein

Baby habt, weil ich glücklich bin in Deinem Glück und weil Du mich auf Deine Art liebst. Es ist Mitternacht, kalt und frostig in McLean, und wider alle Natur blinken Leuchtkäfer in der Nacht.

Deine Emily

23
Eine türkische Phantasie

KFOTZE!» Der gambische Oberst sprang hinaus, als die Hand des Hauptfeldwebels auf seiner Schulter landete, und die anderen Springer der Dvukah, der Seilschaft, schoben sich zu der offenen Luke hin, durch die der Luftstrom toste und die Sonne hereinschien.

«Kfotze!» Hinaus sprang ein Trainingsteilnehmer, den Kischote besonders mochte und bewunderte: der Brigadegeneral von der Elfenbeinküste, ein stämmiger, ernsthafter Mann, so schwarz wie Kohle, unermüdlich bei der Gymnastik, der in seiner Freizeit immerzu wissenschaftliche Bücher über Politik las, weil er seinen Magister an der John-Hopkins-Universität ablegen wollte.

«Kfotze!» Nun war der witzelnde Oberst aus Kamerun an der Reihe, der seine exotisch gewandete Frau mit nach Israel gebracht hatte und seltsame Melodien auf einem Instrument spielte, das einer verlängerten Piccoloflöte ähnelte. «Fahr hin, grausame Welt!» rief er lachend mit französischem Akzent, als er sprang.

«Kfotze!»

«Nein.»

«Kfotze!»

«Niemals!»

«Kfotze!»

«Das werde ich nicht! MEIN FALLSCHIRM HAT SICH GELOCKERT!» Das Gebrüll eines sehr großen, dicken Offiziers, der sich an den Seitenrahmen der Luke festklammerte. «ICH SPRINGE NICHT!»

Der Feldwebel stellte sich hinter den Auszubildenden und pflanzte einen schweren Stiefel auf dessen Hinterteil. «KFOTZE!»

«Nein! Hören Sie zu, wenn Sie mich treten, lösen Sie einen Krieg mit Uganda aus!»

«Hak ihn los, Uri.» Don Kischote hatte Ärger mit diesem Kerl kommen sehen, einem Großmaul, das die anderen überragte und bei den Automatiksprüngen mit Gurtzeug kindische Possen gerissen hatte, um seinen Mut zu beweisen. Der kleine, knorrige Hauptfeldwebel warf Kischote einen bösen Blick zu, er haßte es, Angsthasen zu befreien. Doch er schnallte den ugandischen Offizier ab und stieß ihn von der Absprungluke weg.

«Kfotze! ... Kfotze! ... Kfotze!»

Die letzten drei afrikanischen Offiziere sprangen einer nach dem anderen hinaus, stolz auf ihre Nerven, nachdem Idi Amin so kläglich gekniffen hatte. Idi Amin zeigte mit einem dicken Finger auf den Feldwebel, der die Lukentür zuschob, und rief über das Dröhnen des Motors hinweg: «Major, ich möchte, daß über diesen Mann Meldung gemacht wird wegen widersetzlichen Benehmens, wegen Bedrohung eines Militärangehörigen einer befreundeten Macht und weil er einen Stiefel auf meinen Hintern gestellt hat. Fassen Sie meinen Fallschirm an. Er ist locker!»

Jossi hatte bei diesem unerfreulichen Auftrag jeden Fallschirm eigenhändig überprüft, weil er den Tod eines hohen afrikanischen Tiers weder in seiner Akte noch auf seinem Gewissen haben wollte, und er wußte, daß der Fallschirm so festgezurrt war, als wäre er an diesen riesigen fetten Rücken geklebt. «Ja, er fällt beinahe schon runter. Der Feldwebel hat es nicht bemerkt. Tut mir leid.» Idi Amin lächelte Jossi zähnefletschend an, und der Feldwebel gab ein würgendes Geräusch von sich.

Am gleichen Nachmittag noch saß Kischote der Außenministerin in ihrem Büro gegenüber. «Nehmen Sie Platz, Major Nitzan.» *Nitzan* bedeutete Blüte, eine Hebräisierung aus Blumenthal, und so hieß Jossi seit seiner Heirat. «Dieses Gespräch findet unter vier Augen statt», fuhr sie fort. «Ich umgehe aus hinreichend bekannten Gründen militärische Kanäle.»

«Ja, Frau Minister.»

«Nun, was ist das für eine Geschichte mit diesem ugandischen Offizier? Uganda ist wichtig für uns, und dieser Mann ist dort ein Bulle mit Hörnern.»

Jossi schilderte den Zwischenfall. Golda Meir nickte schwach mit abwesenden und glasigen Augen. «So, nun dann nehmen Sie ihn morgen wieder mit, und sorgen Sie dafür, daß er springt. Verstanden? Das ist alles.»

Sie griff nach einem Blatt Papier auf dem Schreibtisch.

«Frau Außenministerin», sagte Jossi, «der Mann wird nicht springen. Und wenn er springt, wird er sterben.» Golda legte das Blatt hin und warf ihm aus wachsamen, geröteten Augen einen giftigen Blick zu. «Er mag ein Bulle mit Hörnern sein, aber er ist nicht zum Fallschirmspringer geboren.»

Golda spitzte die Lippen. «Aber ich habe gehört, er sei ein Boxchampion. Wollen Sie sagen, er sei ein Feigling?»

«Er ist der größte Feigling, den ich je gesehen habe.»

Sie musterte ihn mit halbgeschlossenen Augen durch Rauchkringel hindurch. «Major Jossi Nitzan, ich habe gute Berichte über Sie gehört. Ich hörte, daß man Sie Don Kischote nannte. Ich weiß über Ihr *tziyun l'shvakh* Bescheid. Sie wurden nicht zufällig mit dieser Aufgabe betraut. Morgen werden Sie mir wieder Bericht erstatten. Ihr Bericht wird aus drei Worten bestehen. ‹Er ist gesprungen.›»

«Ja, Frau Außenministerin.»

«Wenn er stirbt, wird das schlecht für Israel sein und für Sie, nicht gerade ein *tziyun l'shvakh*.»

«Ich verstehe.»

«Drei Worte. ‹Er ist gesprungen.›»

«Ken, ha'mfakedet.» Kischote brachte die formelle militärische Antwort hervor und salutierte. Das war das Maximum an Ironie, das er sich der imposanten Golda gegenüber erlauben konnte. Sie lächelte nicht und salutierte mit der Zigarette in der Hand zurück.

In einem nahezu unmöblierten Zimmer jagte ein lockenköpfiges Kleinkind tolpatschig Jossi Nitzan um einen Tisch herum, der aus einem Brett auf zwei Böcken bestand. «Wauwau! *Ani kelev, Abba hatool* [Ich bin ein Hund, Papa-Katze]!»

«Miau! Ich habe Angst, ich habe Angst!» Kischote drehte sich um, zischte und spuckte mit hochgezogenen Schultern.

Sein Sohn quietschte vor Vergnügen. «Nette Katze! Jetzt Papa Elefant!»

Kischote legte einen Arm wie einen Rüssel an die Nase und trompetete, während er von einer Seite zur anderen schwankte.

«Jetzt Löwe, Löwe!» schrie der Junge. Sein Vater ließ sich auf alle viere fallen und stieß ein furchterregendes Brüllen aus.

Das Kind schrak zurück. «Böser Abba. Angst vor Abba.»

«Nein! Aryeh Nitzan hat nie Angst. Heißt Aryeh das gleiche wie *ari* [Löwe]?»

«Ken, Abba.»

«Na also, und hat ein Löwe Angst vor einem Löwen?»

Die großen grauen Augen des Kindes leuchteten auf. «Nein.»

«Dann wollen wir mal sehen.» Jossi brüllte wieder mit glühenden Augen und gefletschten Zähnen. Das Kind erbebte, wich jedoch nicht von der Stelle, fiel dann auf Hände und Knie und stieß ein Sopranbrüllen ins Gesicht seines Vaters aus. So brüllten sie einander Nase an Nase an, als eine Tür ins Schloß fiel. «Jossi, bist du hier? Es gibt ein großes Problem – au! Was ist denn hier los?»

«Die Löwin!» rief Kischote aus. «Sie bringt was zum Fressen!» Beide wandten sich brüllend Aryehs Mutter zu, die die Einkäufe beiseite stellte, ihren Rock weit über die Beine in den Seidenstrumpfhosen hochschob und sich auf den Boden niederließ. Alle drei brüllten und knurrten einander an, bis das Kind sich atemlos vor Lachen auf den Rücken rollte.

«Was gibt es für ein Problem?»

«Was meinst du wohl, wer heute in den Laden spaziert ist?» Yael war aus der Armee ausgeschieden und führte nun sehr erfolgreich ein Geschäft für Brautmoden auf dem Dizengoff-Boulevard.

«Ich weiß nicht. Golda?»

«Ha! Golda als Braut? Kaum vorstellbar. Rate mal. Eine alte Freundin von dir.»

«Schaijna», sagte Jossi sofort.

Ein Nicken und ein säuerliches Lächeln. «Niemand anders als Schaijna Matisdorf.»

«Also heiratet sie nun doch.»

«Schau mich nicht so todunglücklich an, bitte.»

«Unsinn, ich freue mich sehr für sie. Wer ist ihr Zukünftiger?»

«Es war nicht ihr Zukünftiger, und sie heiratet nicht. Sie kam mit ihrem Chef, Professor Berkowitz, und –»

«Zevs behinderter Bruder?»

«Ja, und er brachte seine Zukünftige mit, eine Lena sowieso. Sie ist die Braut, und weil sie in Haifa nichts Passendes fand, kamen sie nach Tel Aviv. Und das Problem ist, daß ich etwas Idiotisches getan habe. Ich habe alle drei zu uns eingeladen.»

«Zu uns? Und Schaijna nahm die Einladung an?»

«Genau. Alle drei nahmen an.»

Kischote warf einen Blick auf den Sägebocktisch und die drei Klappstühle, die die gesamte Wohnungseinrichtung bildeten. «Ach, das ist kein Problem, ich werde noch ein paar Stühle auftreiben. Sie werden Verständnis dafür haben. Du bist eine vielbeschäftigte Frau, und ich bin so oft im Feld –»

«*Gar nichts* werden sie verstehen, denn wir werden diese Wohnung im Eiltempo einrichten. Es ist eine Schande. Wir sind schon vor Monaten hier eingezogen.» Yael blickte sich wütend um. «Die Sache kam so, Schaijna hat eine Freundin, deren Kind in Aryehs Kindergarten geht, und sie sagte mir, sie hätte gehört, Aryeh sei das klügste und hübscheste Kind, das man je gesehen hätte. Sie war wirklich sehr nett und meinte es ehrlich, und da sagte ich ohne nachzudenken: Nun, komm doch zu uns, dann wirst du ihn sehen. Und Professor Berkowitz wollte ihn auch sehen, und natürlich wird er diese Lena mitbringen.»

«Wann kommen sie?»

«Am Freitag.»

«Wo ist dein Bruder?»

«Benny? Was hat er damit zu tun?»

«Ich muß mit ihm sprechen. Es ist dringend. Er ist nicht auf dem Luftwaffenstützpunkt.»

«Das stimmt, sein Jüngster hat Geburtstag. Er muß im Moschav sein. Versuch es dort.» Sie hob Aryeh auf und trug ihn in sein Zimmer, das im Gegensatz zum Rest der Wohnung reichlich mit

Bett, Stühlen, Tisch, Spielzeug und Schaukelpferd vollgestopft war. «Zieh dich aus. Zeit zum Baden.»

«Nein. Essen.»

«Baden.» Ein bestimmter, mütterlicher Tonfall. Aryeh knöpfte seine Spielhose auf. Später, als sie an dem Tisch auf Böcken aßen und Aryeh gierig und unter beachtlichem Geschmiere zerdrückte Kartoffeln aß, fragte sie: «Wie lief es mit den Afrikanern?»

«Ganz gut.»

«Ist es vorbei?»

«Nicht ganz.»

«Hast du Benny erreicht?»

«Ja, ich werde mich nach dem Abendessen mit ihm treffen.»

«Heute abend? In Nahalal?» Kischote nickte mit ernstem Gesicht. «Dann wirst du draußen übernachten?»

«Wahrscheinlich. Mal sehen.»

«Versuch zurückzufahren.» Yaels Stimme senkte sich zu einem Schnurren. «Du wirst mir fehlen ...»

Er blickte sie schief an und grinste schwach. «Was unterscheidet diese Nacht von allen anderen Nächten?»

«Ist das eine Beschwerde?»

Sein angespannter Ausdruck löste sich. Spöttische Zuneigung und versteckte Belustigung glitzerten in seinen Augen.

«Mehr», sagte Aryeh. Yael wischte das verschmierte Gesicht des Kindes ab und füllte seinen Teller nach.

«Ich werde versuchen zurückzukommen», sagte Don Kischote.

«Ja, versuch es.»

Sie legte ihre Hand auf seine. «Ich weiß nicht, warum, heute mußte ich an Paris denken ... an den Eiffelturm, die Venus von Milo, das Georges V, all diese ... Dinge, die du nie vergessen solltest, aber du vergißt sie, du stürzt dich in Aktivitäten ...»

«Nun, du hast Schaijna getroffen.»

Sie warf ihm einen unbehaglichen Blick zu. «Sie sieht *sehr* gut aus. Vielleicht ein wenig magerer. Das kannst du von mir nicht behaupten, oder?» Ein betrübter Klaps auf ihre Gestalt in der Schürze.

«Mir sind die Übergewichtigen und Pummeligen am liebsten.»

Sie versetzte ihm einen harten Schlag mit der Faust auf den Arm.

Don Kischote erhob sich, zog sie hoch und umarmte sie. Yaels anschmiegsame Gestalt war in der Tat ein ganzes Stück rundlicher als in Paris, schlug mehr nach der Venus. «In Ordnung, ich komme zurück.»

«Tust du das? Gut! Aber wirklich nicht meinetwegen. Vier Stunden Fahrt –»

«Die Sache ist die», sagte Kischote, «ich habe diese späte Verabredung mit einer französischen Hure.»

Yael kicherte. «In der Nähe meines Ladens ist ein Geschäft, das Möbel vermietet. Ich werde es dort versuchen.»

«Leih wenigstens ein Bett aus. Um des Scheins willen. Sie werden nicht erfahren, daß ich es liebe, auf einer Matratze auf dem Betonboden zu schlafen.»

«Lauter Beschwerden! Komm schnell zurück. Alles Liebe an Benny und Irit und herzlichen Glückwunsch zum Geburtstag für Danny.»

Don Kischote machte die lange Fahrt nach Nahalal nicht gerne. Zuviel Zeit zum Nachdenken. Schaijna sollte in ihre Wohnung kommen! Das war eine Wende. Seit der grauenhaften Nacht ihres Zerwürfnisses, die er aus seiner Erinnerung zu verbannen versuchte, hatte er Schaijna nur sporadisch und aus der Ferne bei Versammlungen in Jerusalem gesehen, und einmal waren sie sich unvermittelt in einem Flur vor einem Vorlesungssaal gegenübergestanden. Sie war in Begleitung eines Mannes mit einer Jarmulke, und mit einem beiläufigen *Hallo* waren sie aneinander vorbeigegangen.

Bedauern gehörte sowenig wie Schuldgefühl zu Jossis natürlichen Gefühlsregungen. Für ihn war das Leben eine Art taktisches Gefecht, was ihn vielleicht zu einem guten Soldaten machte. Es galt, die Situation zu erfassen, eine Entscheidung zu treffen, zu handeln! War die Angelegenheit erledigt, kam die nächste an die Reihe. Yaels katastrophale Überraschung hatte damals eine neue Situation geschaffen, die nach Urteil, Entscheidung und Handeln verlangte. Sollte er Yael sagen, sie könne in ihrer selbsteingebrockten Suppe schmoren, und mit Schaijna weitermachen? Das war aus zwei Gründen unmöglich.

Zunächst einmal war er allen seinen Dummejungenstreichen in der Karl-Netter-Straße zum Trotz im Grunde ein braver jüdischer Junge; ein Kind war etwas Wundervolles, und das Kind, sein erstes, würde einen Vater brauchen und seine Mutter einen Mann. Zweitens konnte er auf keinen Fall mit Schaijna weitermachen, auch wenn es ihn noch so sehr danach verlangte. Er würde ihr alles beichten müssen. Sie war ein braves jüdisches Mädchen, fromm bis in die Knochen, und ihr schnelles und unwiderrufliches Urteil wäre, daß er Yael *natürlich* heiraten mußte, und dann würde sie ihn hinauswerfen.

Genauso war es geschehen, und er hatte das alles hinter sich gelassen. Lange Zeit jedoch hatte ihr zutiefst verwundeter Blick, als er ihr von Yael erzählte, ihn verfolgt, das Entsetzen in ihren weitaufgerissenen, tränenerfüllten Augen, als ob sie ihn verbluten sähe, während er sprach. Am unangenehmsten war ihm die Erinnerung an seinen letzten tölpelhaften, gestammelten Fehler; er fing an, Schaijna zu erklären, daß es mit ihm und Yael nicht wirklich lange gutgehen könne, daß er sie heiraten würde, weil es richtig war, aber daß vielleicht eines Tages ...

«*Hör auf der Stelle auf!*» Mit diesen schneidenden Worten und einem einzigen keuchenden Schluchzen hatte sie ihm das Wort abgeschnitten. «Jossi, du bist ein großes, dummes Kind. Es gibt nichts mehr zu sagen. Es ist vorbei. Du hast mich beinahe umgebracht. Es ist *vorbei*, für immer und absolut, kapier das endlich! Wir dürfen uns nie, nie, nie mehr wiedersehen.» Mit diesen Worten war sie in die Nacht hinausgerannt und hatte ihn an der Windmühle der Yemin-Moschee mit Blick auf die Altstadt stehengelassen; an diesem romantischen malerischen Fleckchen, wo sie sich zum erstenmal geküßt hatten, wo die Frischvermählten sich fotografieren ließen und wohin sie ihn bestellt hatte, um über die Hochzeitspläne zu sprechen, nachdem ihre Eltern ihre Zustimmung gegeben hatten. Wenige Minuten nach dem Gespräch mit Yael in seiner Wohnung hatte er sich dumpf bereit erklärt, dorthinzukommen und sie zu treffen. Das war taktischer Instinkt; das Unvermeidliche brachte man am besten schnellstmöglich hinter sich, damit es vorbei war.

Kfotze, Kischote!

Viel Zeit war seitdem vergangen. Er hatte vieles vergessen. Aryeh war die Freude seines Lebens, und er kam schnell voran in der Armee. Was Yael anging, so war sie eine richtige Frau, und in gewisser Weise empfand er Zuneigung für sie, wenn er sie auch nicht liebte und nicht lieben konnte. Da sie beide jung, gesund und attraktiv waren und ein gemeinsames Leben führten, gehörte auch Sex dazu, aber er achtete darauf, keine weiteren Kinder mit ihr zu bekommen. Und nun kam Schaijna schließlich zurück, wenn auch nur, um Aryeh zu besuchen! Ein überraschender Einbruch der Vergangenheit, beunruhigend und dunkel aufregend; wie würde der Abend verlaufen? Was wollte sie wirklich? *«Nie, nie, nie»*, waren vor Jahren ihre letzten Worte gewesen.

Kurz vor Mitternacht traf er im Moschav ein und fand Yaels Fliegerbruder, der im Morgenmantel in der kleinen Bibel las, die die Armee kostenlos verteilte und die in den Regalen manch eines Israeli verstaubte. «Wirst du jetzt fromm, Benny?»

Luria legte das Buch mit einem scherzhaften Grunzen beiseite. «Hei. Mosche Dayan sagt, daß wir in diesem Land nach dem Tanakh [der Schrift] leben sollen. Er meint damit natürlich den geschichtlichen Teil, nicht die Religion, dieser Typ! Und er hat recht, weißt du das? Zumindest erfährt man in diesem Buch, warum wir hier sind.»

«Wir sind hier, weil wir fast überall sonst verjagt und ermordet worden sind.»

«Das ist nicht alles. Bei weitem nicht. Was kann ich für dich tun, Kischote?»

Bei seiner Rückkehr aus Nahalal schlief Yael wie eine Tote auf dem Boden. Sie wachte auf, als er sich auf dem kalten Zementboden entkleidete und unter die Decken kroch. «Oh, du bist wieder da.» Sie gähnte und rief dann: »Oh, es ist ja schon hell draußen.»

«Es ist fünf Uhr.»

«Wie geht es Benny?»

«Gut. Ich bekam noch ein Stück von Dannys Geburtstagskuchen.»

«Das ist nett. Du mußt erschöpft sein.» Er schloß sie in seine

Arme. Sie leistete nur verschlafen und schwach Widerstand. «Hör zu, schlaf noch ein bißchen. Das können wir auch ein andermal machen.»

«Nein. Es muß jetzt sein.»

Das rief ein heiseres Lachen hervor, doch aus dem späten Techtelmechtel wurde nichts, weil Aryeh, der durch die Rückkehr seines Vaters wach geworden war, im pinkfarbenen Schlafanzug ins Zimmer hüpfte und dabei ein Lied sang, das er im Kindergarten gelernt hatte: *«Der Herr der Welt, der herrschte, bevor irgend etwas erschaffen war ...»*

«Hei! Raus mit dem Herrn der Welt hier», sagte Kischote, «und weck mich in zwei Stunden. Dein Bruder fliegt hierher, um mich abzuholen.»

Die Sonne stand schon hoch am Himmel, und es war heiß, als der Flieger ihn in einem Militärwagen abholte und zur Fallschirmjägerbasis fuhr. «Benny, wird die Sache wirklich klappen?» fragte Jossi. «Ich krieg langsam das Zittern.»

«Die beste Idee, die ich mir vorstellen kann, Kischote. Es muß klappen.»

Benny war ein hundertprozentiger Oberst, er war zwar kleiner als Kischote, sah aber bedeutend imposanter aus; seine zerfurchten, sonnenverbrannten Gesichtszüge paßten in einen Western, er hatte einen Stiernacken und hielt sich selbst am Steuer eines Autos kerzengerade. Die kurzgeschnittenen Haare und die tiefen Augen verliehen ihm ein hartes Aussehen, aber er konnte gleichzeitig lächeln und freundlich, ja sogar väterlich dreinschauen. Er hatte drei Kinder, befehligte eine Jägerstaffel, und er war in vieler Hinsicht ein Ausbund an militärischer Tugend und ein mustergültiger Familienvater; das heißt, er hielt seine junge Geliebte in Tel Aviv unter Verschluß, in der respektablen Stellung als Empfangsdame eines Hotels, und beschränkte seine Tändeleien mit alten Freundinnen auf ein diskretes Minimum. Wie die Dinge lagen, berührte seine Bibellektüre diesen Teil seines Lebens nicht, sowenig wie sie Einfluß auf Mosche Dayans Leben hatte. Seine geliebte Frau Irit hatte keine Ahnung von alledem oder tat zumindest so, als sei dies der Fall.

«Er wird sich wohl nicht am Schwanz aufhängen und sich selbst umbringen, oder Benny?»

«Nicht, wenn ihm einfällt, daß er nur bis drei zählen muß. Dann muß er daran denken, daß er die Leine zieht. Ach übrigens, kann er bis drei zählen?»

«Ja, das habe ich überprüft.»

«Ausgezeichnet. Dann ist alles klar. Wenn er Schiß bekommt, machen wir die andere Variante. Es ist alles vorbereitet.»

«Ich bin dir zutiefst dankbar, Benny.»

«Kein Problem.»

Idi Amin kam eine halbe Stunde zu spät zum Stützpunkt. Eine Limousine des Außenministeriums, eine der ganz wenigen in Israel, brachte ihn an: ausstaffiert in weißer Galauniform, die behängt war mit Reihen von Orden und Litzen, Goldepauletten und gesprenkelt mit Goldtupfern. «Heute ist mein Glückstag», sagte er zu Kischote. «Heute gehen wir die Sache an.»

Jossi stellte ihm Benny Luria vor. Idi Amin sah auf den Flieger herab, während er ihm die Hand schüttelte. «Oberst Luria ist mein Schwager», erklärte Kischote. «Er wird das Flugzeug steuern, und nur wir drei werden mitfliegen.»

Es war ein viersitziges Schulungsflugzeug mit einer breiten Seitentür. Für den Sprung mit einem von Jossi befestigten und festgezurrten Fallschirm ausgerüstet, kletterte der Ugander als erster hinein und setzte sich neben einem großen Sandsack nieder. «Wozu ist das hier?» fragte er mit einer Spur von Angst.

«Ballast», erwiderte Oberst Luria.

«Aha, Ballast», sagte Idi Amin. «Ja. Ballast ist sehr wichtig.»

Das Flugzeug gewann sanft an Höhe und verließ in Absprunghöhe über grünem, vom glitzernden Mittelmeer eingesäumtem Weideland den Steigflug. «Wir sind soweit, Sir», sagte Kischote. «Fertig?»

«Hier? Ich werde im Wasser landen», protestierte Amin mit hervorquellenden Augäpfeln, so daß das Weiße heraustrat.

«Der Wind kommt mit einer Geschwindigkeit von zehn Knoten vom Meer her», sagte Oberst Luria. «Sie werden landeinwärts treiben.»

«Wir sind bereit», sagte Kischote und zeigte zur Tür. «Springen Sie, zählen Sie bis drei, ziehen Sie die Leine, und» – er wies auf das silberne Fallschirmjägerabzeichen auf seiner Brust – «Sie sind einer von uns.»

Idi Amin starrte auf die Erde hinab, auf das Meer hinaus, zu Oberst Luria und Major Nitzan und schüttelte dann langsam und mit Nachdruck den Kopf.

«Sir», sagte Jossi, «ich habe strikten Befehl aus dem Außenministerium, zu berichten, daß Sie gesprungen sind, und *das werde ich auch tun*. Also, entschließen Sie sich, Sir!»

Der Fallschirm blähte sich weiß am azurblauen Himmel, und das Flugzeug kreiste im Steilflug nach unten. Bald darauf lenkte Don Kischote den Militärwagen zu dem aufgelassenen Kartoffelfeld, auf dem der Fallschirm, ein schneeweißer Tupfer, der sanft in der lauen Brise flatterte, niedergegangen war. «Wir wollen Ihren Schirm einholen, Sir», sagte Kischote zu Idi Amin, «damit Sie ihn zurückgeben können.»

Mit einem schlauen, keinesfalls verlegenen Grinsen stieg der Ugander aus und sammelte das Bündel Leinen und Seide mit seinen langen Armen ein. Kischote half ihm dabei. «Was ist damit?» fragte Amin, als Jossi die Leinen von dem Sandsack losband.

«Hat seinen Zweck erfüllt», erwiderte Jossi.

Mit dem auf dem Rücksitz zusammengeknüllten Fallschirm fuhr Jossi auf einer unbefestigten Straße nach Westen und hielt am Rand einer grasbewachsenen Böschung an. Gut zwei Meter darunter lag der Sandstrand. Sanft plätscherten die Wellen an den Strand. Idi Amin starrte ihn an. «Was soll das denn nun?»

«Sir, ich habe Befehl, der Außenministerin in drei Worten Bericht zu erstatten: ‹Er ist gesprungen.› Genau das beabsichtige ich zu tun. Also springen Sie, und dann geben Sie das hier zurück» – eine Bewegung mit dem Daumen zur Rückbank –, «und Sie haben Ihr silbernes Fallschirmjägerabzeichen in der Tasche.»

Idi Amins breites, dunkles Mondgesicht verzog sich zu einem bezaubernden, entzückten Lächeln, das Kischote auf seltsame Art an Aryeh erinnerte. «Haha! Ich verstehe! Die Außenministerin erwartet von Ihnen die Meldung: ‹Er ist gesprungen!› Also tricksen wir sie aus! Ich springe, und Sie berichten ihr die Wahrheit. ‹Er ist gesprungen!›»

«Genau das, Sir.»

«Major, Sie sind ein Schlaumeier. Los geht's.» Amin beugte ein- oder zweimal die Knie an der Böschung, dann sprang er, traf im Sand auf und taumelte. «Verdammt, au, das tut weh!» schrie er. «Ich glaube, ich habe mir den Knöchel verstaucht.»

«Um so besser, Sir. Sie werden zurückhumpeln. Realistisch! Bürsten Sie nur den Sand nicht weg!»

Nachdem Don Kischote Idi Amin bei seiner Limousine abgesetzt hatte, fuhr er geradewegs zum Außenministerium. Golda Meirs Sekretärin ließ ihn in ihr Büro eintreten, wo sie mit mehreren Stabsoffizieren in kurzärmeligen Hemden eine Besprechung abhielt.

«Nu?» begrüßte sie Kischote ohne Umschweife.

«Er ist gesprungen.»

Sie nickte grimmig. «Wie ich höre, hat er sich den Knöchel verletzt und humpelt.»

«Der Arzt hat ihn zusammengeflickt. Es ist nichts Ernstes.»

«*Asita hayil* [Gut gemacht].»

«*Ken, ha'am fakedet.*» Der scharfe Tonfall ließ die Köpfe der Offiziere herumfahren. Don Kischote machte auf dem Absatz kehrt und marschierte hinaus. Ohne zu salutieren.

Nach einer zwei Tage dauernden Nachtsprungübung der Brigade im Negev kam Kischote spätabends nach Hause und fand dort Yael, die niedergeschlagen auf einem abgewetzten, gelben Sofa saß. Die gesamte Wohnung war möbliert: mit Wohnzimmergarnitur, Schlafzimmereinrichtung, Teppichen, Stühlen und Sesseln, Couchtisch, Lampen auf Beistelltischchen, ja selbst Bilder hingen an den Wänden – ein Wolf, der den Mond anheulte, und ein Rabbi, der eine Thora umklammerte. Doch das Ganze machte einen trostlosen und schäbigen Eindruck, sah aus wie ein Sammelsurium aus Secondhandläden. «Na ja», begrüßte Yael ihn, «immerhin sieht es nicht mehr so aus, als hättest du keine Frau.»

«Wann, sagtest du, kommen sie?»

«Morgen zum Tee, dann fahren sie nach Haifa zurück.»

«Haben wir irgendwo Wein im Haus?»

«Was ist los? Hast du schon zu Abend gegessen?»

«Nur ein Glas Wein.»

Er erzählte über das Manöver, während er zwei Gläser des Adom Atik trank, den sie für den Sabbat-Kiddusch im Haus aufbewahrten. Er wollte, daß Aryeh sich an das Ritual gewöhnte, und normalerweise reichte eine Flasche etwa einen Monat lang, aber Don Kischote war in selten verbitterter Stimmung. In seiner Funktion als stellvertretender Brigadekommandeur hatte er mit dem Kommandeur über die Abhaltung eines Nachtmanövers gestritten. «Ich sagte zu Doron: ‹Hören Sie zu, wir werden wahrscheinlich nie wieder in einer Kampfsituation springen, die Taktik ist veraltet. Ganz bestimmt nie nachts, wozu also das Manöver?› Weißt du, was er geantwortet hat? ‹Das Manöver läuft.›» Kischote trank den Wein mit einem großen Schluck aus. «Es gab eine Menge Verletzte. Das Fallschirmspringertraining ist prima, es schafft eine Elite in der Infanterie, davon bin ich überzeugt, aber alles hat seine Grenzen.»

«Ich könnte noch Blumen kaufen», sagte Yael mit einem Blick um sich herum, «und ein paar Bücher. Blumen und Bücher machen eine Menge aus.»

Er legte einen Arm um sie. «Wie geht es Aryeh?»

«Er wünscht sich einen Hund. Ich habe ihm einen neuen Anzug gekauft. Er sieht so hübsch aus darin!»

«Yael, sie wissen doch, daß ich eine Frau habe!»

Sie blickte ihn direkt an. «Ich sage dir etwas. Sam Pasternak sagte immer, du solltest zu den Panzern gehen. Er glaubt, daß du eine große Zukunft hast, und Panzer sind die richtige Waffengattung, Panzer entscheiden einen Krieg. Panzer und die Luftwaffe.»

Irgendwie verdroß es Kischote noch immer, wenn sie über Pasternak sprach.

«Ich war bei den Panzern. Ich bin Fallschirmjäger. Ich liebe meine Brigade, und ich denke nicht an die Zukunft.»

«Aber ich. Das solltest du auch.»

«Übermorgen wird den Afrikanern ihr Fallschirmjägerabzeichen überreicht. Ich könnte mich krank melden. Blumen und Bücher sind eine gute Idee.»

Am nächsten Tag hastete sie schon früh in einem Taxi nach Hause, um sich auf den Besuch vorzubereiten. Vor dem Apartmenthaus in der Gartenstadt Ramat Aviv luden Soldaten Möbelstücke von einem Militärlaster und strömten in ihre Erdgeschoßwohnung hinein und heraus. «Was zum Teufel –!» rief sie aus und stürzte hinein. Don Kischote und sein alter Freund Schmuel aus der Karl-Netter-Straße, der große bärtige Türke, waren im Wohnzimmer und dirigierten die Soldaten, Möbelstücke hierhin und dorthin zu schleppen.

«Wir sind beinahe fertig», sagte Kischote. «Die Blumen und die Bücher sind übrigens eingetroffen. Wir werden sie am Schluß verteilen.»

Schmuel sagte: «Sieht es nicht reizend aus, Yael?»

«Reizend!» stieß sie hervor.

Schmuels Vater war ein wohlhabender Möbelhändler, und zur Hochzeit seines Sohnes mit einem drallen weiblichen Luftwaffenkorporal aus Argentinien hatte er ihnen eine herrliche Wohnung eingerichtet. Dieser Überfluß überwältigte Yael nun: ein verschwenderischer, nobler türkischer Teppich, bedruckte Vorhänge und Seidenkissen, die die schäbige Einrichtung kaschierten; an den Wänden hingen üppige Brokatdecken und Gobelins anstelle des Wolfs und des Rabbis, und wohin auch immer das Auge schweifte, waren erlesene Kunstgegenstände arrangiert.

«Bei deinem Leben, Kischote, was hast du getan?

«Yael, meine Liebe, du willst doch nur eines, nämlich daß Schaijna Matisdorf in den Boden versinkt. Das sollte genügen. Oder?»

«Du bist ein Verrückter. Ich will nichts dergleichen!»

«Gefällt es dir nicht?» fragte Schmuel leicht beunruhigt. «Wir können alles wieder wegbringen.»

«Aber nein, es ist großartig. Es ist nur so, also Schmuel, es ist so *türkisch*.»

Als sein Gesicht zusammenfiel, fügte sie schnell hinzu: «Nicht, daß ich etwas gegen den türkischen Stil hätte, ich liebe ihn.»

«Morgen wird alles zurückgebracht», sagte Don Kischote, «es geht nur darum, daß Schaijna in den Boden versinkt.»

«Hör auf, so etwas zu sagen. Du weißt, daß das nicht meine Art ist.» Yael brach in Lachen aus. «Vorsicht, Schmuel, ich könnte mich leicht an diese Dinge gewöhnen, sie sind wunderschön. Danke!»

«Kein Problem», sagte Schmuel mit einem widerborstigen Grinsen.

«Ich werde Aryeh vom Kindergarten abholen», sagte Kischote.

Yael sagte: «In Ordnung, du verrückter Mensch. Wo sind nun die Blumen? Und die Bücher? Und willst du vielleicht diese zerknitterte Uniform tragen?»

Der kleine Aryeh nahm die türkische Verwandlung seines Heims ohne allzuviel Verwunderung auf, da fast alles in seinem Leben eine Neuigkeit war. Als Professor Berkowitz und Lena eintrafen, legte er ein frühreifes Gespür für die Situation an den Tag, indem er still und Kekse mampfend in seinem neuen Anzug auf einem Stuhl saß und die Besucher mit scharfen Augen beobachtete. Als Kischote bemerkte, wie sein Blick bei der Ankunft des Professors auf dessen Krücken ruhte, zuckte er zusammen, doch sein Sohn sah zu ihm auf, registrierte das warnende Strinrunzeln und das angedeutete Kopfschütteln und schenkte den Krücken hinfort kein Beachtung mehr.

«Schaijna wird noch unterwegs sein», sagte Michael. «Eine entzückende Wohnung haben Sie hier.»

«So geschmackvoll», sagte Lena, eine pummelige Frau Ende Zwanzig, mit rundem Gesicht, einer breiten Bauernnase und einem klugen, gutmütigen Ausdruck. «Irgendwie türkisch, nicht wahr?»

«Irgendwie schon», erwiderte Kischote. «Ich hatte einen Onkel in Ankara. Er starb und hinterließ mir diese Sachen. Er hat mit Feigen sein Geld verdient. Er war recht wohlhabend.»

«Ich finde mein Brautkleid wirklich wunderbar», sagte Lena zu Yael. «Es gibt nichts Vergleichbares in Haifa.»

«Das freut mich.»

Während sie solchermaßen unbeholfen Konversation trieben, klingelte es an der Tür. Don Kischote stand auf und öffnete. Schaijna stand dort in ihrem alten Regenmantel, und sie sah kein bißchen anders aus als damals an der Windmühle, selbst die gequälten, weit aufgerissenen Augen waren die gleichen. Jossi empfand ihren Anblick an dieser Tür beinahe wie den Aufprall eines Autos, so bestürzt und verletzt fühlte er sich. Ihre dunklen Augen trafen die seinen, und alles war unverändert wieder da; die Tiefe, die tödlich verwundete Liebe und die ganze Qual ihres letzten Auseinandergehens.

In beinahe drei Jahren hatte sich nichts zwischen ihnen verändert! Das war der wirkliche Schock. Weder für sie, diese Wahrheit stand in ihren Augen; noch für ihn, wie er an der Gewalt erkannte, mit der diese Wahrheit ihn zu erschüttern vermochte. Ihr Gesicht war bleich und gefaßt. «Hallo, Jossi.» Sie reichte ihm die Hand und trat ein. «Das ist also Aryeh. Hallo, Yael. Nun, er sieht aus wie du, Jossi, oder?»

«Das sagen alle.»

Sie ging zu Aryeh und bückte sich. «Ich heiße Schaijna.»

Das Kind öffnete zum erstenmal den Mund. «Lehrerin Schaijna.»

«Das stimmt», sagte Yael. «Seine Kindergartenbetreuerin heißt auch Schaijna.»

Lena sagte: «Wir haben so viel Nettes über dich gehört, Aryeh. Du kannst singen und tanzen, nicht wahr? Willst du uns nicht etwas zeigen?»

Aryeh schüttelte brüsk den Kopf.

«Seitdem man ihm die Mandeln unter Äther entfernt hat», sagte Kischote, «war er nicht mehr so still.»

«Wir wollen Tee trinken», sagte Yael, «und ihn eine Weile in Ruhe lassen. Das wird wirken.»

Nach dem in Israel üblichen Geplauder über politische Themen verkündete Michael Berkowitz beim Tee, daß er im Rang eines Hauptmanns in die Armee aufgenommen worden sei. «Ich komme auf einen Tauglichkeitsgrad von sechzig Prozent, aber die Armee will meine Physik, nicht meine Physis.» Er kicherte über diesen akademischen Witz und fummelte an seinem zerknitterten Scheitelkäppchen herum. «Dieser Nuklearreaktor, den die Amerikaner uns verkauft haben, ist nur eine kleine Versuchsanlage. Es wimmelt von amerikanischen Inspektoren und Kontrolleuren. Mit den Franzosen laufen Verhandlungen über einen richtigen Reaktor. Eine Anlage, die wir selbst aufbauen und betreiben sollen.»

«Gepriesen und gelobt sei der lebendige Gott...» Aryeh machte sich mit einem Lied bemerkbar und stand von seinem Stuhl auf.

«Aha, jetzt aber», sagte Yael. «Nichtbeachten bringt ihn auf Trab.»

«Er existiert, doch er existiert außerhalb der Zeit...» Die Melodie zu diesen ernsthaften Worten wurde fröhlich synkopiert, und Aryeh stellte sich mit lebhaftem Hopsen und Kreiseln zur Schau.

«Was um alles in der Welt singt dieses Kind da?» fragte Lena.

«Bestimmt kennen Sie das», sagte Schaijna. «Das ist ‹Yigdal›. Das Morgenlied der Synagoge.»

«Ich habe in meinem ganzen Leben noch keinen Fuß in eine Synagoge gesetzt.»

«Er ist der Eine, und es gibt kein Wesen das ihm gleicht...»

Während das Kind Luftsprünge vollführte und beifallheischend um sich blickte, bohrte Lena weiter: «Aber hat er denn die blasseste Ahnung, was diese Worte bedeuten? Geht er in einen superreligiösen Kindergarten?»

«Er ist überhaupt nicht religiös. Ein ganz normaler Stadtteilkindergarten», erwiderte Kischote.

«Er ist ein Geheimnis, und seine Einheit kennt keine Grenzen...»

«Was für ein Gedächtnis, Aryeh!» Schaijna klatschte im Rhythmus seines Gesangs, und er tanzte mit leuchtenden Augen vor ihr.

«Michael, mein Lieber», sagte Lena mit sorgenvoll zusammengekniffenen Augenbrauen, «werden unsere Kinder etwa auch solche Sachen lernen müssen?»

«Das wird sich nicht umgehen lassen, meine Liebe, sofern wir sie nicht bei einem marxistischen Kibbuz in Pflege geben.» Er zuckte mit den Schultern und lächelte die anderen an. «Na los, und jetzt die Kommentare über die Heirat der Gegensätze!»

«Ich stehe zu unserer Abmachung, aber ich werde dafür sorgen, daß sie auch ein paar ganz normale Kinderreime lernen.»

Schaijna fing den kleinen Jungen ein und küßte ihn. Er legte ihr die Hände aufs Gesicht und küßte sie auf die Stirn.

«Nun, er ist wirklich eine Wonne», sagte Professor Berkowitz mit einem Blick auf Lena und seine Uhr. *«Halevai af unz* [Mögen auch wir so gesegnet werden].»

«Amen», sagte sie, «und wir sollten langsam aufbrechen.»

Schaijna setzte den Jungen ab, und während alle sich verabschiedeten, kam er mit Helm und Schwert bewaffnet aus dem Schlafzimmer zu ihnen. «Schaijna, ich bin Juda Makkabi!» rief er und begann einen stolzen Schwertkampf wie an Chanukka für sie aufzuführen. Sie hob ihn wieder hoch, küßte ihn und reichte ihn kopfschüttelnd und lächelnd an Yael weiter. «Er ist ein Schatz», flüsterte sie. Yael hielt Aryeh fest im Arm und antwortete mit einem mißbilligenden Achselzucken, als wollte sie sagen: *«Wenn du nur wüßtest, was für eine Plage er ist.»*

Kischote begleitete sie hinaus. Michael hinkte zu einem rostigen kleinen Auto, und Lena half ihm beim Einsteigen. Schaijna blieb zurück und schlenderte neben Jossi her.

«Schaijna», sagte Don Kischote mit untypischer Sanftheit, «das war eine große Überraschung. Eine sehr nette.»

«Nun, Jossi, es ist eine Menge Zeit inzwischen vergangen, nicht wahr? Ich habe von Aryeh gehört und wollte ihn sehen.»

«Ich freue mich sehr, daß du gekommen bist, Schaijna.»

«Ich auch. Er ist ein wunderbares Kind. Und Yael sieht aus wie von Renoir.»

«Bist du glücklich, Schaijna?»

Sie blieb stehen. Er sah sie an, und die Abgründe in ihren Augen erschütterten ihn wie zuvor schon. «Mir geht es gut. Und du bist jetzt Vater. Es kommt mir immer noch merkwürdig vor.»

«Hast du gedacht, ich würde nie erwachsen werden?»

«Bist du es?»

«Hei, ich bin ein Major, Schaijna.»

«Ich weiß. Major Nitzan. Nitzan gefällt mir.» Sie reichte ihm die Hand. «Ich mag Aryeh.» Er wollte ihre Hand festhalten und weitersprechen, aber sie entzog sie ihm und stieg ins Auto. «Auf Wiedersehen, Herr Major.»

«Schaijna ist nicht in den Boden versunken», sagte Yael, als er in die Wohnung zurückkehrte. «Ich glaube, sie hat die Einrichtung gar nicht wahrgenommen.»

«Aber Lena hat sie registriert. Diese Lena ist in Ordnung», sagte Jossi. «Eine offene Frau.»

Yael fing an, das Teegeschirr abzuräumen. «Nun, sie ist hart im Verhandeln, das kann ich dir sagen.» Aryeh, der noch immer seinen Helm trug, mopste einen Sahnekuchen. Yael wollte ihn ihm wieder fortnehmen und zermatschte ihn dabei. Aryeh verzog sein Gesicht in gekränktem Ärger. «Zeit zum Abendessen. Du wirst dir den Appetit verderben.»

Jossi ergriff seine Hand. «Komm, Juda Makkabi, das Fest ist vorbei. Ich werde dich jetzt baden.»

Es spielte eine Musikkapelle, ein Fallschirmjägerbataillon in Galauniform mit rotem Barett paradierte unter der sengenden Sonne und stand dann still, um der feierlichen Verleihung silberner Fallschirme an die afrikanischen Offiziere beizuwohnen. Major Nitzan ging hinter General Tzur, dem Ramatkhal (Stabschef), während dieser die Reihe abschritt, die Abzeichen anheftete und einem nach dem anderen die Hand schüttelte. Als Kischote an Idi Amin vorbeiging, zwinkerte ihm dieser unverhohlen zu.

Zev Barak war ebenfalls als Zuschauer bei der Zeremonie zugegen. Als der Ramatkhal anschließend mit den afrikanischen Offizieren plauderte und die Fallschirmjäger sich lärmend zerstreuten, winkte er Jossi zu sich, der mit schnellen Schritten den Exerzierplatz verließ. «Don Kischote! *Ma nishma?* Ich habe gestern mit meinem Bruder Michael telefoniert. Er sagte, du und Yael, ihr hättet ein Wunderkind.»

«Zev, wann kann ich mit Ihnen sprechen?»

«Warum nicht gleich? Ich warte nur auf den Ramatkhal. Wir planen ein Manöver mit Luftwaffe und Panzern später im Jahr.»

«Genau darüber möchte ich mit Ihnen sprechen, über Panzer.»

Yael blieb lange auf und fragte sich, wo ihr Mann wohl blieb. Gewöhnlich rief er an, wenn ihm etwas dazwischenkam, doch mittlerweile war die Abendessenszeit vorüber, und das Huhn, das sie gegrillt hatte, lag kalt und unberührt im Ofen. Wenn er nicht kam, begnügte sie sich zum Abendessen mit Hüttenkäse und Salzkeksen. Die Wohnung war wieder so schäbig wie zuvor, die türkische Phantasie war fortgeräumt. Schaijnas Besuch war gekommen und vergangen wie ein Sommergewitter, kurz und stürmisch, aber ohne Schaden anzurichten. Jossi war in dieser Nacht wachgeblieben und hatte gelesen, bis sie einschlief, und war dann in die andere Hälfte des geliehenen Ehebetts geschlüpft, ohne sie zu stören.

Die Tür ging auf, und mit einem Lächeln trat er ein. «Tut mir leid, ich wurde aufgehalten. Ich habe Hunger.»

«Es gibt ein fertig gebratenes Hähnchen. Ich werde es aufwärmen.»

Er aß mit Appetit, verdrückte ein halbes Hühnchen und den größten Teil eines Laibs Brot und sprach zusammenhanglos über Politik. Sie stellte die große Kanne Tee, die er gewöhnlich nach einem guten Essen trank, neben seinem Ellbogen ab. «Hör zu, ich habe eine Neuigkeit für dich», sagte er, während er sich die erste Tasse einschenkte. «Du weißt ja, daß Zev Barak der Operationsoffizier des Panzerkorps ist.»

«Ja?»

«Ich habe ihn heute bei dieser – dieser *Zeremonie* getroffen.» Er spuckte das Wort aus. «Wie sich herausstellte, braucht er einen Stellvertreter. Wir kamen ins Reden. Ich erzählte ihm, ich sei vielleicht an einem Wechsel zu den Panzern interessiert. Er hat mir *einfach so* den Job angeboten.»

«Hast du angenommen?»

«Das konnte ich nicht so auf die Schnelle. Es ist eine schwerwiegende Entscheidung. Ich kenne Panzer, aber ich müßte trotzdem noch eine Panzerschulung machen. Vielleicht auch einen Kurs für Spezialkommandos.»

«Nimm sein Angebot an, Jossi.»

«Es ist ein Stabsposten. Ich wäre oft im Feld.»

«Ich sage dir, nimm den Job an.» Ihr Tonfall war bestimmt, fast schon herrisch. «Ich weiß, wovon ich spreche. Und du auch.»

«Wahrscheinlich hast du recht.»

Sie ging um den Tisch herum, um ihn zu umarmen und zu küssen. In dieser Nacht liebten sie sich in Yaels Bett. Nach einer Weile sagte er plötzlich im Dunkeln: «Weißt du was? In einem Bett schläft es sich doch besser als auf dem Boden.»

Yael erwiderte schalkhaft und irgendwie beruhigt nach dem

Aufruhr von Schaijnas Besuch: «Ein großer Sprung nach vorne, wie der große Vorsitzende Mao sagen würde.»

«Ein schmales Bett hat auch seinen Reiz», sagte er. «Nämlich diesen Hauch von Unsicherheit. Man klebt nicht nur aneinander, um sich zu lieben, sondern auch, um nicht aus dem Bett zu fallen.»

Es folgte eine lange Pause. Dann sagte Yael kühl und ruhig: »Schaijna Matisdorf wird nie heiraten.»

«Du bist verrückt.»

«Du wirst schon sehen. Nicht solange du lebst.»

«Sie ist schon lange über mich hinweggekommen. Ich war sowieso nie fromm genug für sie.»

«Ha!» Sie beugte sich über ihn, ihre Brüste streiften seine Brust, ihr duftendes Haar fiel ihm ins Gesicht. «Ich habe dich, und ich habe Aryeh, das ist hart für Schaijna. Willst du heute nacht in diesem Bett bleiben? Herzlich willkommen, aber das Quartier ist eng.»

«Wir können es ja versuchen.»

Sie legte sich in die Kissen zurück, zögerte kurz und sagte schließlich widerstrebend: «Schaijna hätte mit dir nach Paris fahren sollen.»

«Genug jetzt mit Schaijna, ja?» sagte Don Kischote und drehte sich vorsichtig um.

24
Missionen in Amerika

Eine geringfügige Kleinigkeit bewog Zev Barak, von einem Auftrag, der ihn zusammen mit Pasternak nach Washington führen sollte, zurückzutreten.

Er saß um ein Uhr nachts an dem kleinen Schreibtisch in seinem Arbeitszimmer und versuchte, einen Brief an Emily Cunningham zu Ende zu bringen, bevor Sam ihn zur Inspektion einer Panzerübung im Negev abholte. Der Mond schien schwach durch das schwarze

Fenster. An die Schreibtischlampe war die neueste Aufnahme gelehnt, die Emily ihm geschickt hatte und auf deren Rückseite geschrieben stand: «*Die neue Konrektorin der Foxdale-Schule mit ihrem geliebten Freund Zev.*» Zev war ein großer Fuchs. Emily Cunningham mit ihren braunen, ausgebeulten Reithosen und ihrer Brille wirkte farblos, mager und ziemlich unansehnlich. Die zweite Seite seines Briefes lautete folgendermaßen:

> ... Jedesmal, wenn ich das Thema Heirat wieder aufs Tapet bringe, liebste Emily, machst Du mir die Hölle heiß, aber ich schwöre Dir, daß ich mir wirklich Sorgen um Dich mache. Wie sehr diese Fotografie täuscht! Du siehst aus wie eine leibhaftige alte Jungfer von Konrektorin. Dein Feuer erlischt unbemerkt, Du verzehrst Dich selbst. Du könntest durch Deine Kraft zu lieben nicht nur einen Mann sehr glücklich machen, Du würdest auch zum erstenmal entdecken, was Glück sein kann. Die höchste Freude im Leben sind Kinder, aber der Gipfel der Süße ist eine leidenschaftliche Liebe, und da Deine Erziehung oder Deine Anspruchshaltung – ich bin mir nicht sicher, was es ist – Dir belanglose Beziehungen verbieten, wirst Du Dich mit meinem Drängen abfinden müssen. Erinnerst Du Dich, wie Shakespeare in den Sonetten fortwährend diese geheimnisvolle hübsche Freundin ermahnt, zu heiraten und Kinder zu bekommen? So viele dieser Zeilen treffen auch auf Dich zu, und «der Vogel der Zeit ist aufgestiegen». Vor kurzem habe ich, ich könnte nicht sagen, warum, das *Rubaijat* wiedergelesen – es dauerte nur zehn Minuten, weißt Du –, und am Ende liefen mir die Tränen herab. Ich mußte immerzu an Dich denken ...

All das hatte er in der vorhergehenden Nacht geschrieben, während Nakhama neben ihm saß und im Schein derselben Lampe einen neuen hebräischen Roman las. Sie wußte über ihre Brieffreundschaft Bescheid. Er hatte ihr die im Laufe der Jahre eintreffenden Aufnahmen des merkwürdigen Mädchens gezeigt, das ihr einmal einen kurzen Besuch abgestattet hatte. Nakhama hatte offenbar seit langem seine Geschichte akzeptiert, daß die Tochter des CIA-

Mannes als Schulmädchen für ihn geschwärmt und sich daraus eine interessante Brieffreundschaft entwickelt hatte. Nachsichtig sagte sie, sie fände nichts Schlimmes dabei. Es war auch wirklich nichts Schlimmes dabei, nur daß Barak sich langsam in das schulmeisterliche Geschöpf, das diese Briefe verfaßte, zu verlieben begann. Er bemühte sich noch immer, diese seltsame Entwicklung, die er nicht mehr leugnen oder verdrängen konnte, zu begreifen, zunächst aber mußte er den Brief zu Ende bringen.

> Ich mußte immerzu an Dich denken, zweifellos weil Du mir letztes Jahr geschrieben hast, daß Dein Vater Dir das *Rubaijat* vorgelesen hat und sagte, es sei eine lyrische Version des Predigers Salomo. Diese Parallele ist auch mir aufgefallen, aber ich habe sie nirgends erwähnt gefunden oder von jemand anderem einen Hinweis darauf gehört. Dein Vater ...

«Was möchstest du zum Frühstück?» Nakhamas Frage ließ ihn aufschrecken, als sie plötzlich in einem Wollkleid neben ihm stand.

«Oh, du bist wach? Ich dachte, ich hätte dich nicht geweckt.»

«Wahrscheinlich war es deine Schreibtischlampe. Macht nichts.» Sie musterte die angelehnte Fotografie. «Deine Freundin sieht immer schlechter aus, nicht wahr? Wie alt ist sie jetzt?»

«Dreiundzwanzig oder vierundzwanzig.»

«Sie sollte heiraten.»

Er zeigte auf seinen Brief. «Genau das schreibe ich ihr immer wieder. Sie leidet unter einer Art Komplex, glaube ich, wegen ihres tollen Vaters. Vermutlich kann ihm kein Mann in ihrem Alter das Wasser reichen. Kann ich eine Portion heiße Getreideflocken und Tee bekommen? Es ist ein langer Weg nach Sde Boker.»

«Sde Boker? Fährst du nicht zu einem Panzermanöver?»

«Ben Gurion möchte es inspizieren.»

«Na gut, dann also Haferbrei, Tee und ein Toast.»

Als sie weg war, packte er das Foto und stopfte es zusammen mit seinen Briefseiten in eine Schublade, und ohne daß seine Frau ihm durch Worte, Tonfall oder Taten einen Grund dazu gegeben hätte, fühlte er sich wie ein gemeiner Schurke. Was immer das Problem war, es konnte nur in seinem eigenen Bewußtsein existieren. Was war nur mit ihm los?

Letztlich, dachte er, während er seine Uniform anzog, war das Ganze nicht so rätselhaft. Zwischen Armee und Familie und in den Grenzen des kleinen Israel verlief sein Leben wie in eine Zwangsjacke eingepreßt. Emily war ein Fluchtweg, ein Tagtraum; zugleich aber auch eine lebendige Frau jenseits des weiten Ozeans, und *das* war der Grund, weshalb er zögerte, nach Washington zu fahren. Emily Cunningham bezeichnete sich selbst manchmal als seinen Schreibkumpel, und in dieser Nische hatte sie sich eingenistet. Die transatlantische Papierromanze war ein rührendes Vergnügen, und er wollte es nicht vergiften. Er hatte vor langer Zeit einmal eine außereheliche Affäre gehabt und war sich sehr gemein dabei vorgekommen. Wenn er Sam wiedersah, würde er ihn bitten, einen anderen mitzunehmen. Er hatte genug um die Ohren.

Stunden später saßen Barak und Pasternak nach ihrem Flug nach Beersheba auf der Rückbank eines Kommandowagens und fuhren in der frostigen Morgendämmerung zum Kibbuz von Sde Boker. Barak, der hellwach war und in dessen Kopf ein Aufruhr tobte, glaubte, Pasternak schliefe, bis dieser plötzlich sagte: «Zev, warum willst du nicht mit mir nach Washington fliegen?»

«Habe ich etwa abgelehnt?»

«Du hast nicht zugestimmt.» Pasternak blickte hinaus auf die Hügel, die vom roten Schein der Morgendämmerung überhaucht waren, und zeigte auf das schmale geteerte Band, das die leere Negev-Wüste vor ihnen zerschnitt. «Weißt du noch, wie es war, als das hier eine unbefestigte Straße war und wir einen Jeep mit Maschinengewehr als Eskorte brauchten? Zumindest das hat KADESCH bewirkt.»

«Wirklich?» gähnte Pasternak. «Gestern abend habe ich mit Dayan zusammen gegessen. Er glaubt noch immer, wir hätten Sharm el-Sheikh nicht aufgeben sollen. Nicht ohne einen Friedensvertrag.»

«Im nachhinein läßt sich leicht reden.»

«Vielleicht. Seiner Ansicht nach bluffen die Russen nur, und

Eisenhower und Dulles hätten Sanktionen und eine Blockade nicht durchgepeitscht. Der Kongreß hätte sie gestoppt. Der Alte hat kalte Füße bekommen.»

«Mosche trug nicht die Verantwortung. Der Alte schon.»

«Warum will Ben Gurion diese Panzerübung sehen, Zev? Ist es keine Routinesache?»

«Nun, er ist ohnehin unten in Sde Boker, und er stattet den Soldaten gerne einen Besuch ab», sagte Barak. «Und da du das Thema nun schon aufgebracht hast, Sam, bitte nimm jemand anderen mit nach Washington, wenn du kannst.»

«Aha. Jetzt rückst du damit heraus. Warum? Du kannst gut mit Amerikanern umgehen, und du weißt besser über Panzer Bescheid als ich.»

«Laß mich aus dem Spiel.» Barak sprach mit leiser, harter Stimme.

Pasternak zuckte unbeteiligt die Achseln, doch er fand Baraks Verhalten merkwürdig. Zev Barak war inzwischen stellvertretender Befehlshaber des Panzerkorps, und wenn man den nicht enden wollenden Spekulationen in der Armee Glauben schenkte, so war er bereits als Befehlshaber für das Nord- oder Zentralkommando ausersehen, ein riesiger Sprung nach oben auf dem *maslul*, der Karriereleiter. Die Beförderungspyramide verengte sich drastisch ab dem Grad des Obersts, und soweit war Zev bereits gekommen. Böse Zungen behaupteten, Baraks Aufstieg sei der Protektion durch Ben Gurion und Dayan zuzuschreiben, er sei ein hundertprozentiger Gefolgsmann Ben Gurions, doch Pasternak hielt ihn für einen fähigen und gescheiten Offizier; er war kein rücksichtsloser, spektakulärer Draufgänger, wie Arik oder Raful, sondern ein aussichtsreicher Kandidat für den Generalsrang, wenn er das Spiel richtig spielte und kein großes Pech hatte.

«In Ordnung, aber du überraschst mich. Ich dachte, eine Reise nach Washington würde dir Spaß machen.» Kurze Pause. «Als Abwechslung.»

Er sprach leichthin, ohne die Spur einer Anspielung; doch Barak schoß ein beunruhigender Gedanke durch den Kopf, daß nämlich Pasternak, der inzwischen Chef des militärischen Geheimdienstes war, über seine Korrespondenz mit Emily Cunningham im Bilde sein könnte. Zwar gab es keinen Grund, wieso der Geheimdienst die Briefe hätte abfangen sollen. Er hatte sich nie bemüht, sie geheimzuhalten. Doch ihr Inhalt war alles andere als belanglos und nicht für andere Augen bestimmt. Eine grundlose Angst, gewiß.

«Hör zu, Sam, wir arbeiten an einer Revision der Panzerdoktrin, und ich möchte dabei sein. Außerdem kommt Noah in den Sommerferien nach Hause. Du bist der Verhandlungsführer. Wir haben jede Menge Panzerexperten, du kannst dir einen aussuchen.»

«Wir werden sehen.»

David Ben Gurion stand in seinen maßgeschneiderten Khakihosen vor seinem Häuschen auf dem Kibbuz-Gelände und wartete. Eine rote Sonne, die keine Wärme spendete, lugte über die Berge Moabs in Jordanien und warf ihr Licht auf die grünen Felder und Obstplantagen von Sde Boker und die steinübersäten Sandflächen, die sich ringsherum bis zum Horizont ausdehnten.

Vor ihm ausgebreitet lagen die Träume und die Wirklichkeit des Alten, scharf abgehoben durch die grelle Morgensonne und die langen Schatten, dachte Zev Barak. Mit ehrfurchtgebietender Willenskraft hatte er versucht, die Wüste erblühen zu lassen und die Juden der Welt nach Zion zurückzubringen. Bis jetzt war ihm nur gelungen, der Ödnis der Wüste kleine, bewässerte Flecken wie diesen abzuringen, und die meisten Juden lebten nach wie vor außerhalb Zions und hatten offensichtlich die Absicht, dort auch zu bleiben. Ben Gurion sah alt und verbraucht aus. Anstatt dünner wurde er dickleibiger. In der Khakiuniform der Armee gab er mit seiner kleinen Statur und seinem hervorquellenden Bauch eine seltsame Figur ab. Wenn er sich dessen bewußt wurde, versuchte er als Ausgleich den Bauch einzuziehen und ein grimmiges Gesicht aufzusetzen. Doch Ben Gurions Grimm brach sich vor allem in kleinen Ausschußsitzungen Bahn, in denen er Männer zerbrach und politische Entwicklungen in eine andere Richtung lenkte.

Ohne ein Wort des Grußes sagte er: «Sam, wie steht es mit deiner Mission in Washington?»

«Wir fliegen am Sonntag.»

«Dann müssen wir uns unterhalten.» Er wandte sich an Barak. «Wann wird die Übung beendet sein?»

«Um zehn Uhr.»

«Dann werden wir anschließend nach Sde Boker zurückfahren.» Ben Gurion lehnte sich in seinem Sitz zurück und nickte ein. Der Wagen kletterte behende auf eine Hügelkuppe, von der aus man das Manöver überblicken konnte. Dort erwartete sie der breitschultrige Panzerkommandeur David «Dado» Elazar, dessen dichte schwarze Haare eine steife Brise zerzauste. Auf dem graubraunen Sand unter ihnen lag ein simulierter ägyptischer Stützpunkt: mehrere Gürtel von Panzersperren, markierte Minenfelder, ein Gewirr von ineinander verzahnten Schützengräben, steinerne Brustwehren, mit Sandsäcken geschützte Artilleriestellungen auf Erhebungen und eingegrabene Panzer, von denen kaum eine Gewehrmündung sichtbar war; alles streng nach den Richtlinien der sowjetischen Militärdoktrin. Innerhalb der Befestigungsanlagen krochen die Maschinen umher, die die «Blaue Armee» verteidigten, und Massen von Fußsoldaten verschanzten sich in den Schützengräben. In Kürze, so berichtete Elazar dem Premierminister, würde von Norden ein Angriff des «Roten Heers» stattfinden.

Der Premierminister musterte blinzelnd im grellen Sonnenlicht das Schauspiel und sah dabei höchst mißbilligend aus. «Also, Dado, was ist da unten los?»

B. G. tippte Elazar auf die Schulter und zeigte auf eine Staubwolke im Südosten, direkt in der Sonne.

«Was zum Teufel ist das da!» Elazar wandte sich an Barak, der durch ein großes deutsches Fernglas auf die Wolke starrte. «Das kann nicht das Rote Heer sein.»

«Aber das ist es», sagte Barak.

Jossi Nitzan, der inmitten des Staubnebels und Auspuffqualms an seiner Figur und dem Blinken der Sonne auf seiner Brille zu erkennen war, führte aufrecht im Geschützturm stehend sein Bataillon zum Angriff; er kam aus einer Richtung, die nicht nur außerplanmäßig, sondern in Anbetracht seines Ausgangspunktes und des Aktionsspielraums seiner britischen Centurion-Panzer unerreichbar war. Ben Gurion bat um das Fernglas und starrte hindurch. «Wo sind denn nun die Panzer?» Nur vier Panzer waren in der heranrükkenden Formation zu erkennen, gefolgt von vielen Jeeps und Halbkettenfahrzeugen. «Ich dachte, das hier sollte eine Panzerschlacht werden?»

«Eine Rumpfübung», erwiderte Dado Elazar. «Wir können es uns nicht leisten, Panzer und Panzertransporter bei Manövern zu verschleißen. Wir haben nicht genug, sie sind zu alt, und sie brechen zu oft zusammen. Wir müssen sie für den Kriegsfall aufsparen und in Schuß halten.»

Barak fügte hinzu: »Das Depot ist monatelang mit Reparaturen im Verzug. Besonders bei den Centurions.»

«Das hat keinen Zweck. Die Ägypter werden nicht mit einer Rumpfstreitmacht angreifen», sagte Ben Gurion. «Sie haben so viele russische Panzer, daß sie gar nicht mehr wissen, was sie damit anstellen sollen.»

«Genau, Herr Premierminister, sie wissen nicht, was sie damit anstellen sollen», sagte Pasternak. «Unserer Einschätzung nach sind ihre Panzercrews miserabel ausgebildet, und ihre Manöver verlaufen chaotisch.»

«Aber sie haben jede Menge Panzer für ihre chaotischen Manöver, stimmt's?»

Dado Elazar war am Funkgerät und setzte das Manöver aus, bis die Schiedsrichter über Don Kischotes eigenmächtiges Vorgehen geurteilt hatten. Ben Gurion unterbrach Elazars Redestrom. «Wer ist dieser Typ, dieser Don Kischote, von dem du sprichst?»

«Er ist der Kommandeur des Roten Heers», erwiderte Elazar.

«Befiehl ihn her.»

«Das habe ich getan.»

«Was ist los mit ihm, Dado? Ist er übergeschnappt?»

«Nun, er ist ein guter Offizier, Herr Premierminister.» Dado warf Barak einen Blick zu. «Etwas unorthodox vielleicht, könnte man sagen.»

«Etwas meschugge, könnte man sagen», knurrte Barak. Kischote war ein Protegé von ihm, und er war sehr verärgert. Während der Premierminister mit grimmigem Gesichtsausdruck zusah, kam Jossi Nitzan den felsigen Abhang herauf.

«Sie haben Ihre Befehle mißachtet, Nitzan», empfing ihn Dado, fast ohne seinen Gruß zu erwidern, «und die ganz Übung über den Haufen geworfen.»

«Sir, die Ausgangsrichtung des Angriffs war mir freigestellt.»

«Ja, innerhalb eines bestimmten Radius.»

«Sir, meine Centurions hatten genügend Treibstoff für diese Angriffsvariante.»

«Außerhalb der Panzer geladen?»

«Nun, ja. Innen war kein Platz dafür.»

«Dann haben Sie eine Truppe beweglicher Fackeln, die nur auf einen Funken gewartet hat, in feindliches Territorium geführt. Die Schiedsrichter werden entscheiden, daß Sie die Schlacht verloren haben, bevor sie überhaupt beginnt.»

«Sir, wir haben den gesamten Treibstoff im Innern aufgebraucht, bevor wir in Reichweite des feindlichen Geschützfeuers kamen. Wir haben in tiefster Dunkelheit aus den Kanistern aufgetankt. Die Übung beinhaltet keine nächtlichen Flugaktivitäten des Feindes.»

Barak, Elazar und der Alte Mann sahen einander an. Ben Gurion wirkte leicht belustigt.

«Kischote, wozu sollen diese *kuntzen* [Tricks] gut sein?» schnappte Barak.

«Training in taktischen Überraschungsmanövern, Herr Oberst. Für mein Bataillon und für die da.» Er zeigte auf die Blaue Armee unter sich, wo trotz des Befehls zum Aussetzen fieberhafte Umschichtungen von Nord nach Süd im Gange waren.

Drei Militärschiedsrichter, kahlköpfige ältere Offiziere, trafen auf dem Hügel ein, um mit Dado und Barak zu beraten. Während sie debattierten, fragte Ben Gurion Nitzan: «Warum nennt man dich Don Kischote? Kämpfst du gegen Windmühlen?»

«Wer tut das nicht, wenn er in diesem Land lebt?»

«Das stimmt.» Ben Gurion schenkte ihm ein mattes, weises Lächeln. «Was sind wir anderes als ein kollektiver Don Kischote, hm, junger Mann?» Das Lächeln verschwand. Er wollte wissen, aus welchem Land Jossi stammte, ob er verheiratet sei und mit wem. «Yael Luria? Ihr Vater ist ein großer Zionist. Ihr Bruder wird vielleicht eines Tages die Luftwaffe führen. Du hast eine gute Wahl getroffen.»

Die Schiedsrichter kamen zu dem Schluß, daß Nitzans Überraschungsangriff zulässig war. Das Manöver wurde fortgesetzt, eine riesige Staubwolke stieg auf, und der Motorenlärm der hin und her donnernden Jeeps und Halbkettenfahrzeuge hallte in den Hügeln wider. Doch es wurde keine scharfe Munition verwendet, und über allem lag ein Gefühl unwirklicher Konfusion. Selbst Barak, der schon viele derartige Übungen miterlebt hatte, hatte Mühe, dem imaginären Kampfgeschehen zu folgen. Das war Sache der Schiedsrichter, dachte er. Zumindest waren die Panzerführer und die Truppenführer gezwungen, in Kategorien eines realen Kampfes zu denken, wie abstrakt auch immer das Kriegsspiel sich gestaltete. Ben Gurion saß auf einem rauhen, niedrigen, rötlichen Felsblock, gähnte und achtete kaum auf den Ablauf. «Das Zusehen hat sich gelohnt», bemerkte er an Barak gewandt und streckte ihm die Hand entgegen, damit dieser ihn hochzog. «Wir fahren jetzt zurück. Komm, Sam.»

Im Auto sagte er: «Erzähl mir etwas über diesen Don Kischote, Zev.»

«Er war ursprünglich bei den Fallschirmjägern und hat dann zu den Panzern gewechselt, Herr Premierminister, machte die erforderlichen Kurse, und binnen eines Jahres hatte er das beste Bataillon im Panzerkorps. Er achtet unerbittlich auf die Instandhaltung, drillt seine Leute gnadenlos, egal bei welchem Wetter. Die Männer gehorchen ihm, weil er alles, was er von ihnen verlangt, auch selbst macht.»

Sam Pasternak saß schweigend während dieses Gesprächs über Yaels Mann dabei. Ben Gurions Kopf fuhr mit einem schlauen Lächeln zu ihm herum. «Irgendwie habe ich nie davon erfahren, daß Yael Luria geheiratet hat. Und noch dazu einen Einwanderer aus Zypern.»

«Ja, und sie haben einen Sohn», sagte Pasternak in einem Tonfall, der das Thema beendete.

Als sie das Haus in Sde Boker betraten, tauchte Paula aus der Küche auf und wischte sich die Hände an einer grauen Schürze über ihrem langen schwarzen Kleid ab. «Die Hühner werden gerade geschlachtet. Ihr bleibt beide zum Mittagessen», sagte sie zu Barak und Pasternak. «Wann habt ihr zum letztenmal frisch geschlachtete Hühner gegessen? Wirklich frisch geschlachtet?»

Pasternak blickte unbehaglich zum Alten Mann. «Ich habe um zwölf eine Besprechung in Beersheba, Paula. Ein Hubschrauber holt mich ab.»

«Und ich muß zu der Truppenübung zurück», sagte Barak, «wegen der Manöverkritik.»

Paula machte eine wegwerfende Handbewegung. «Ihr rackert euch beide ab wie die Hunde, ihr habt euch eine Verschnaufpause verdient. Ihr bleibt hier. Frisch geschlachtet!»

«Streitet ihr mit ihr», sagte Ben Gurion und ging ins Bad.

Mit verändertem Gesichtsausdruck sah sie die beiden Männer an. «Es geht ihm nicht gut. Er schläft nicht. Er hat keinen Appetit mehr. Also bleibt! Bitte! Vielleicht ißt er dann ordentlich zu Mittag. Und dann erzählt ihr mir, wann ihr das letzte Mal so ein Huhn gegessen habt. Ich mache es mit Paprika.»

Ben Gurion führte sie in sein Arbeitszimmer und sank ermattet in den Sessel vor einem Schreibtisch, auf dem sich ein wildes Durcheinander von Zeitungen, Zeitschriften und Briefen auftürmte. Dahinter befand sich eine Bücherwand, und auch auf anderen Regalen und auf dem Boden waren Bücher. Mit einer Handbewegung forderte er sie auf, Platz zu nehmen, und blickte unter anhaltendem Schweigen von einem zum anderen.

«Ich habe Angst», sagte er schließlich. «Rumpfübungen! Wir werden keine Rumpfkriege führen.»

Wieder trat Schweigen ein. Er nahm ein Buch vom Schreibtisch. «Platon. Vor einem Monat habe ich zuletzt Griechisch gelesen. Ich hatte mir vorgenommen, jeden Tag ein wenig Griechisch zu lesen. Ein Mann, der sich seine Zeit nicht einteilen kann, hat Probleme.»

Paula trat mit drei Gläsern Tee ein. Ihr Mann machte ein finsteres Gesicht, und sie verließ wortlos das Zimmer.

«Letztes Jahr habe ich Präsident Kennedy getroffen», sagte Ben Gurion und nippte an seinem Tee. «Ich habe ihn schon vorher kennengelernt, als er noch Senator war. Er ist jetzt ein anderer Mensch. Beeindruckend. Allerdings kein Eisenhower, kein de Gaulle. Auch kein Adenauer. Das sind große Männer, man muß nur in einem Raum mit ihnen sein, um das zu wissen. Was Kennedy angeht, so habe ich mich nach seiner Wahl gefragt, wie so ein Junge amerikanischer Präsident werden kann. Aber er ist der Präsident, und wir müssen ihn dazu überreden, daß er uns Panzer liefert.» Er wandte sich an Pasternak. «Was gibt es Neues von Abe Harman über eure Mission?» Das war der Botschafter in Washington. «Wird der Verteidigungsminister euch empfangen?»

«Nein. Was das angeht, Herr Premierminister, so behalten sie Eisenhowers Linie bei. Es wird eine Zusammenkunft mit Vertretern des Außenministeriums und des Geheimdienstes geben, bei der ausschließlich leichte Verteidigungswaffen zur Diskussion stehen, keine neuen Waffen für die Region. Keine finanzielle Unterstützung. Der Hauptunterschied besteht darin, wie Abe berichtet, daß diese Kennedy-Leute mehr Gesprächsbereitschaft uns gegenüber zeigen.»

Ben Gurion seufzte schwer. «Das Gute an KADESCH war, daß Israel nun als ernstzunehmender Staat gilt. Das Schlechte daran ist, daß de Gaulle mir daraufhin sagte, Israel sei unbesiegbar, egal, wie sehr die Araber uns waffenmäßig überlegen seien. Er sagte mir das ins Gesicht, als ich ihn besuchte. Was er glaubt, steht auf einem anderen Blatt. Was er mir sagen wollte, war, daß wir nicht mehr mit französischen Waffenlieferungen rechnen können.»

Er starrte sie an und streckte ihnen eine pummelige Hand entgegen.

«Ich habe Adenauer in New York die Hand geschüttelt. Das habe ich getan. Der Premierminister Israels schüttelte dem deutschen Bundeskanzler die Hand. Seitdem höre ich Geschichten über das jüdische Blut, das an dieser Hand klebt.» Er ballte die Hand zur Faust und ließ sie dann auf den Tisch sausen. «Dieser Handschlag bedeutete eine halbe Billion Dollars Hilfszahlungen, als die Reparationszahlungen am Auslaufen waren. Wenn ich ins Jenseits komme, werde ich versuchen, den europäischen Juden zu erklären, warum ich die Hand eines Deutschen schüttelte. Ich muß an die lebenden Juden denken, an den jüdischen Staat. Vielleicht werden sie das noch in dieser Welt verstehen.» Eine Pause und dann ein scharfer Blick zu Pasternak. «Ich warte noch immer auf den Bericht der

Armee über die ägyptischen Raketen. Haben deutsche Wissenschaftler etwas damit zu tun oder nicht? Der Mossad-Bericht behauptet klipp und klar, daß Deutsche an ihrem Bau und den Versuchen beteiligt sind.»

Pasternak bewegte seine Lippen, als ob er sich selbst die Antwort innerlich vorsagte. «Es gibt Hinweise, ja, Herr Premierminister. Aber noch keine Beweise. Die bei den Tests abgefeuerten Raketen trafen nicht, wie unsere Leute melden, und es gab Fehlstarts.»

«Falls wirklich deutsche Wissenschaftler beteiligt sind und die Geschichte herauskommt», sagte Ben Gurion, «ist meine Deutschlandpolitik ein Scherbenhaufen. Ich werde stürzen.»

Impulsiv sagte Barak: «Sie werden nicht stürzen, B. G. Es gibt niemand sonst.»

Der Alte schüttelte den Kopf und preßte mit einer unverkennbar skeptischen Bewegung die Lippen zusammen. «Also. Über welche Rüstungslieferungen werdet ihr mit den Amerikanern sprechen?»

«Jedenfalls nicht über Panzer. Sie sind ausgeschlossen, da sie als Angriffswaffen gelten», erwiderte Pasternak.

«Kümmert euch nicht darum, bringt sie aufs Tapet! Sprecht zumindest darüber. Brauchen wir etwa keine Panzer, um uns gegen einmarschierende Panzer zu verteidigen? Jetzt wollen wir mal sehen.»

Er fand ein Papier in dem Haufen auf seinem Schreibtisch und las seine Prioritätenliste bezüglich Waffenlieferungen vor. In der Zwischenzeit, so sagte er, sollte man verstärkt den Stahlschrottmarkt nach ausgemusterten Panzern durchkämmen. Tausende davon rosteten rund um die Welt vor sich hin. Israel müßte sie reparieren und sich damit begnügen, bis zumindest bei einer Weltmacht ein Durchbruch erzielt würde und neue Panzerlieferungen in Aussicht standen.

«Wir sind umzingelt», sagte er. «Wir haben keinen einzigen Verbündeten. Nasser hetzt die arabischen Massen auf, und die Russen liefern ihm Waffen. De Gaulle sagte zu mir: ‹*Ich werde nicht zulassen, daß Israel ausgelöscht wird.*› Eisenhower sagte das gleiche, als er meine Bitte um Panzer ablehnte. Ich sagte zu de Gaulle: ‹Bis ihr feinen Herren zu der Erkenntnis kommt, daß wir ausgelöscht werden, könnte es zu spät sein, um noch etwas dagegen zu unternehmen.›»

Trotz all dieser düsteren Reden bemerkte Barak, daß Ben Gurion im Laufe des Gesprächs auflebte und daß sein trüber Blick klar wurde. Köstliche Gerüche strömten aus der Küche zu ihnen, während der Alte Pasternak mit Nachdruck letzte Anweisungen für den Besuch in Washington gab. Kennedys Leute hatten widerstrebend eingewilligt, Israel die Hawk-Flugabwehrraketen zu verkaufen, doch nun übten sie Druck auf ihn aus, er solle sich statt dessen mit einer britischen Rakete, dem Bloodhound, zufriedengeben.

«Die Antwort lautet *nein*. Wir halten an der Hawk fest!» B. G. schlug mit der Hand, die Adenauers Hand geschüttelt hatte, auf den Tisch. «Das ist reine Drückebergerei, einer schiebt es dem *anderen* zu, die Araber vor den Kopf zu stoßen. Wir brauchen die Hawk, um uns gegen die Iljuschin-Bomber zu verteidigen, stimmt's? Und wir sind noch mehr darauf angewiesen, daß wir die Amerikaner dazu bringen, uns mit *einer* richtigen Waffe zu unterstützen und das Eis zu brechen.» Er musterte Pasternak, dann Barak scharf. «Habt ihr beide das verstanden?»

Pasternak sagte: «Zev hat um Freistellung von diesem Auftrag gebeten.»

Der Alte warf Barak einen fragenden Blick zu.

«Familiäre Gründe, Herr Premierminister.»

«Geht es Nakhama gut? Und den Kindern?»

«Es geht ihnen gut.»

Ben Gurion wartete darauf, daß Barak sich näher erklärte, doch dieser blieb stumm. «Nun, Sam, dann such dir jemand anderen. Es wird noch mehr Aufträge geben, noch wichtigere.»

«Nie in eurem Leben habt ihr so ein Huhn gegessen», rief Paula durch die Tür. «Kommt!»

«Tatsache ist, daß ich vor Hunger sterbe», sagte der Premierminister und sprang auf.

Zev Barak registrierte überrascht seine eigene Reaktion auf die Freistellung von der Reise nach Washington. Bedauern! Ein verspätetes, irrationales Bedauern. Zugleich war er erleichtert, seine

Entscheidung war vernünftig gewesen, doch er wünschte, er hätte dieses verdammte Foto von dieser verdammten Emily nicht so aufgestellt, daß Nakhama es sehen mußte.

Paula Ben Gurion hakte sich bei Barak unter. «Siehst du, Zev? Es hat ihm gutgetan, daß ihr geblieben seid. Er konnte sich aussprechen.» Sie schlug auf ihr formloses Mieder. «Er trägt das ganze Land da drin.»

«Macht es dir wirklich nichts aus, wenn ich zu der Hochzeit fahre?» fragte Yael. «Alleine?»

«Nun, Aryeh ist versorgt, wie du sagst, und was soll sonst dagegen sprechen?»

Yael hätte eine andere Antwort vorgezogen; einen Protest, einen Streit, selbst eine herrische Ablehnung. Sie räumte das Geschirr nach einem späten Abendessen ab. Kischote schrieb, noch immer in seiner staubigen Uniform, auf einem Klemmbrett, und die vervielfältigte Übungsanweisung, die in der Mitte aufgeschlagen war, lag vor ihm auf dem Küchentisch. Daneben lag die Einladung und ein Bild von Lee Blooms zukünftiger Frau.

«Wir waren nie in Amerika, keiner von uns», sagte sie. «Wäre es nicht nett, zusammen hinzufahren? Alle Unkosten werden erstattet, Jossi!»

«Unmöglich. Fahr nur hin, mach dir eine schöne Zeit.»

«Die Sache ist die» – ihr Tonfall wurde schärfer –, «wenn ich erst einmal in Kalifornien bin, werde ich es mit der Rückkehr nicht sehr eilig haben. Es gibt soviel zu sehen!»

«O Gott, hatte ich einen Hunger!» Kischote legte das Klemmbrett beiseite und stand auf. «Und jetzt eine Dusche.»

«Sie ist schön, nicht wahr?»

Jossi nahm das Foto, eine Studiohochglanzaufnahme, und runzelte darüber die Nase. «Wie alt, sagt er, ist sie, neunzehn? Sie sieht nicht einmal so alt aus.» Er las von der dicken cremefarbenen Hochzeitsanzeige mit hauchdünner Kursivschrift ab: «Mary Macready. Hm. Alter chassidischer Name.»

«Er sagt, ihre Mutter wäre Jüdin. Jedenfalls heiraten sie in einem Tempel.»

«Lee ist ein Narr.» Er ließ das Bild fallen, als würde er eine Spielkarte abwerfen.

«Wie viele Millionen Dollar ist er jetzt schwer?»

«Ja, er kann sie sich leisten.» Kischote ging in Aryehs Zimmer, um nach dem schlafenden Kind zu sehen. Bald schon hörte man das Rauschen der Dusche.

Yael zog sich hastig aus und warf ein pfirsichfarbenes Negligé aus Paris über, das in ihrem Geschäft leicht beschädigt worden und billig zu haben war. Vor einem Spiegel unterzog sie sich selbst einer mitleidlosen Überprüfung. Sie fand nichts auszusetzen an dem, was sie sah. Die meisten Männer, die sie kannte, wären davon angetan, manche sogar sehr. Manche machten noch immer Annäherungsversuche. Nach fünf Jahren Ehe verblüffte dieser Don Kischote Yael immer wieder. Ob er liebte oder nicht, wenn er nach Hause kam, hing mehr oder weniger nur von ihr ab. Wenn sie ihn durch Bewegungen, Worte oder Blicke dazu animierte, reagierte er hundertprozentig; andernfalls ging er selbst nach ein oder zwei Wochen im Feld wunschlos schlafen, las oder arbeitete an Militärpapieren. Würde er das Negligé als Aufforderung verstehen? Sie legte Parfüm auf. Er kam im Morgenmantel aus dem Gang und trocknete sich die Haare. «Die Frage ist, ob Aryeh Nahalal nicht auf den Kopf stellt. Weiß Benny, auf was er sich da einläßt? Und Irit? Weiß es der Moschav-Rat?»

«Irit wird mit ganzen Krippen fertig. Aryeh wird nicht so wild sein, wenn er all die anderen Moschav-Kinder zum Spielen hat.»

«Vielleicht nicht.»

«Warum kannst du nicht mitkommen? Es ist eine Ewigkeit her, daß du das letzte Mal Urlaub hattest.»

«Meine Einheit hat bei der Übung ein jämmerliches Schauspiel geboten. Ich muß ihnen die Köpfe abreißen und personelle Veränderungen vornehmen.»

Yael zögerte. Dann, als er das Klemmbrett ergriff und sich im Sessel niederließ, sagte sie sehr beiläufig: «Warum denn, Sam Pasternak hat mir erzählt, du wärst der Star des Manövers gewesen. Er sagte, daß sogar Ben Gurion dich gelobt hat.»

Der Schuß streifte ihn zumindest. Er blickte mit hochgezogenen

Augenbrauen auf. «Sam? Du hast mit Sam Pasternak gesprochen? Wann? Wie das?»

«Nun, es war rein zufällig.» Yael schlug ihre wohlgeformten Beine übereinander, so daß der Satinrock zur Seite fiel. «Ich war im El-Al-Büro wegen der Reservierung für Los Angeles. Es ist ein einziges Durcheinander. Man muß ständig umsteigen.»

Lange Pause.

Nach einer Weile sagte er: «Und Sam Pasternak?»

«Ach ja. Sam. Er fliegt demnächst nach Washington. Keine weiteren Einzelheiten natürlich. Du kennst ja Sam. Er besorgte sein Ticket. Wie dem auch sei, er sagte, deine Einheit hätte sich hervorragend geschlagen.»

«Die anderen waren schlechter, das ist alles. Ein hübscher Morgenmantel.»

«Dieses Ding? War leicht beschädigt.»

«Komm, laß uns ins Bett gehen.»

«Du mußt noch arbeiten, oder?» Er legte das Klemmbrett beiseite, zog sie hoch und legte einen harten, muskulösen Arm um ihre Schultern. «Und du mußt todmüde sein», fügte sie hinzu.

«Sei still», sagte er. «Weck Aryeh nicht auf.»

Ihr sexuelles Verhältnis war immer befriedigend; ganz anders als Sam Pasternaks rohe Art, die sie nicht vergessen konnte und die sie oft schockiert und ihre Nerven bis aufs Blut gereizt hatte. Ihre Bettgeschichten waren die nahtlose Fortsetzung ihres ersten amourösen Zusammenseins im Georges V; Spaß und Spielchen zwischen zwei Menschen, die einander nicht liebten, aber unkomplizierten Sex genossen. Yaels Problem war nur, daß er für sie komplizierter wurde.

Nicht so für ihren Mann. Er witzelte offen, selbst in Gegenwart anderer, über ihre Heirat und bezeichnete sie als «Vereinigung zur Aufzucht Aryehs».

Don Kischote war zu tiefsten Gefühlsregungen fähig. Das wußte sie. Er vergötterte den Jungen, und ihr Instinkt sagte ihr, auch wenn sie das nicht beweisen konnte, daß er auch diese prüde Mathematikerin Schaijna Matisdorf vergöttert hatte und es vielleicht noch tat. Er sprach nie über Schaijna. Soweit Yael wußte, hatte er sie seit ihrem Besuch in ihrer vorübergehend türkischen Wohnung, in der sie noch immer lebten, nicht mehr gesehen.

«Bist du dir sicher?» flüsterte sie, als Kischote nach einer Weile im Dunkeln die Hand nach ihr ausstreckte und sie an sich zog. «Du mußt mich nicht beeindrucken. Ich bin beeindruckt.» Was hatte nun das bewirkt, fragte sich Yael, während sie sich ihm überließ. Das Negligé? Eine gute Investition in diesem Fall für neununddreißig Lira! Die Erwähnung Sam Pasternaks? Die Aussicht auf ihre Reise nach Kalifornien? Wie sollte sie es wissen?

Er flüsterte die richtigen Koseworte, tat die richtigen Dinge, es war das reinste Vergnügen mit diesem Ehemann. Und dennoch blieb Don Kischote – auf eine Art, die man ihm nicht zum Vorwurf machen konnte – unbeteiligt, undurchschaubar, abwesend. Sie küßten sich und wünschten einander gute Nacht. Yael war hellwach und dachte mit einigem Groll an eine Reise nach Amerika ganz alleine; und wieder fühlte sie sich, was nur allzuoft vorkam, wie eine verheiratete Shmata.

25

Dorothy in Oz

In ihrem Büro mit Blick auf das Spielfeld, auf dem die Mädchen des Sommersemesters in grünen Shorts lärmend, kreischend und mit wildem Schlägergeklapper Hockey spielten, betrachtete Emily Cunningham das Bild Zev Baraks, das sie gewöhnlich auf dem Schreibtisch aufstellte, wenn sie ihm schrieb. Es war vor zwei Jahren anläßlich seiner Beförderung zum Oberst für eine Militärzeitschrift aufgenommen worden und zeigte ein wenig Grau in seinen dichten Haaren, doch davon abgesehen hatte sich an dem runden Gesicht mit dem energischen Kinn und den klugen, leicht besorgten braunen Augen seit der berühmten Nacht der Leuchtkäfer nichts verändert.

FOXDALE SCHOOL
MIDDLEBURG, VIRGINIA

Brief Nr. 26

Wolf! Du elender Grauer Wolf!
Hast Du etwa geglaubt, ich würde es nicht herausfinden? Hast Du etwa geglaubt, ich wäre umsonst die Tochter des größten Geheimdienstmannes in den USA? Du hättest nach Washington kommen können, Du hattest Befehl zu kommen, und *Du hast Dich befreien lassen!* Ich bestehe auf einer Erklärung – auf einer vollen, überzeugenden und unterwürfigen Erklärung –, oder ich ziehe einen Schlußstrich unter diese Korrespondenz – unter diese gesamte eigenartig strahlende und bezaubernde Freundschaft zwischen uns. Das meine ich todernst. Ich dulde keine Ausflüchte. Und ich werde erfahren – *warum?* Warum hast Du die Gelegenheit, mich zu sehen, vorbeiziehen lassen?

Nachdem sie ihrer Enttäuschung Luft gemacht hatte, wußte sie nicht recht, wie sie fortfahren sollte, und erwog eine schroffe Verabschiedung mit *Deine Emily*. Doch Zev Barak zu schreiben bereitete ihr ebensoviel Freude, wie einen Brief von ihm zu erhalten oder allein durch schattige Herbstwälder zu streifen. So fuhr sie nach einer Bedenkpause fort:

Na schön, ich habe meine Wut um der alten Zeiten willen hinuntergeschluckt und erwarte Deine Entschuldigung. Die größte Neuigkeit meinerseits ist, daß ich, so unglaublich es scheinen mag, vielleicht schon bald Direktorin hier werde, obwohl ich lächerlich jung und ungeeignet dafür bin! Unsere Direktorin, Fiona Salmeter, ist eine ausgezeichnete Lehrerin und Verwaltungsfrau, kommt gleichermaßen wundervoll mit Eltern wie Schülerinnen zurecht und ist tief religiös, was in einer angeblich unkonfessionellen, in Wahrheit aber durch und durch christlichen Schule, mit richtiger Kapelle und ähnlichem, sehr wichtig ist. Unser Stargastprediger hier war Reverend Wentworth, ein hervorragender Redner, ein großer Kenner des Alten Testaments. Er hat viele Artikel über das Buch Amos veröffentlicht.

Nun es scheint, als hätte Fiona Reverend Wentworth einen Schuß in den Unterleib verpaßt. Sie hatten fünfzehn Jahre lang eine heimliche Affäre miteinander. Nun hat Reverend Wentworth versucht, sie zu beenden, denn er ist vor kurzem Witwer geworden und will nun wieder heiraten, und seine neue Herzallerliebste will von Fiona nichts wissen. Seine verstorbene Frau Millicent störte sich nicht im geringsten an Fiona. Sie ritten viel zusammen aus, spielten abends Rommé und tranken Kahlúa. Millicent war in ihrem Innern Atheistin und nicht übermäßig glücklich in ihrer Ehe mit Reverend Wentworth, wenn er ihr auch nicht direkt unsympathisch war. Sie war einfach froh darüber, daß er sich in gewisser Hinsicht mit Fiona behalf, so könnte man sagen. Ich kannte diese Millicent und mochte sie, obschon mich ihre Unempfänglichkeit für religiöse Dinge etwas störte. Sie liebte Lyrik, besonders von Frauen. Manchmal lasen wir einander Elizabeth Barrett Browning oder Elinor Wylie vor. Wenn Fiona nicht mit Millicent Rommé spielte, spielte sie mit Reverend Wentworth Gitchi-gitchi, und dann lasen Millie und ich einander Gedichte vor. Das war während des College der Ausdruck, mit dem Hester und ich Gefummel bezeichneten, Gitchi-gitchi. Es ist interessant, daß in all den Jahren, in denen sich die englische Sprache seit Beowulf entwickelt hat, niemals ein höflicher Ausdruck für diesen schlichten Akt aufgetaucht ist. Ich als Karrierejungfrau bin für die Erfindung eines solchen denkbar ungeeignet, also behelfe ich mich mit Gitchi-gitchi. Wie dem auch sei, Reverend Wentworth schwebt nicht in Lebensgefahr, aber eine Zeitlang wird er kein Interesse an Gitchi-gitchi haben. Dem Sheriff und dem Kollegium haben er und Fiona die Geschichte erzählt, sie hätte ihn darum gebeten, ihr Gewehr zu reinigen, und er hätte sich selbst aus Versehen in den Unterleib geballert. Da es in ihrem Schlafzimmer passierte, riecht die Geschichte etwas faul, und all das bewegt jetzt die Gemüter.

Was gibt es sonst? Oh, Hesters Ausstellung in dieser New Yorker Galerie war ein überraschender Erfolg. Habe ich Dir geschrieben, daß sie ihre eigene Methode der abstrakten Malerei entwickelt hat, nach Art von Jackson Pollock? Sie macht Löcher in die Seiten geschlossener frischer Farbtuben, und wenn sie sie ausdrückt, quillt die Farbe in vollkommen zufälligen Mustern auf die Leinwand. Hester bezeichnet das als «stochastischen Holismus». In der *New York Times* stand ein langer Artikel mit einem ungeheuren Verriß des stochastischen Holismus, aber das Ergebnis war, daß Hester Laroche eine Neuigkeit war, und die Käufer kamen und kauften. Zu mäßigen Preisen, aber sie hat das Zeug verkauft. Die Leute setzen Wetten auf neue Maler, weißt du. Pferde auf lange Sicht. Ich ging zur Eröffnung, und da stand die alte Hester in einem Buster-Brown-Haarschnitt und einem pinkfarbenen Zeltkleid aus Satin, und ihr Mann im Smoking blickte stolz und verdattert drein. Hester geht vielleicht nie nach Eugene, Oregon, zurück. Im Gegensatz zu den smarten New Yorkern wissen diese Spießbürger in Eugene stochastischen Holismus nicht zu schätzen.

Bis hierher und nicht weiter! Mehr verdienst Du nicht! Denk hinfort daran, Du elender Grauer Wolf, daß Christian Cunningham über alles informiert ist, was in der Welt vor sich geht, und über Israel weiß er *absolut alles*. Stell Dich darauf ein, und Du wirst nicht wieder ertappt werden. Heute gibt es keinen Turteltaubenabschied, ich bin Dir böse. Falls es Dich interessiert, CC hält große Stücke auf Sam Pasternak und glaubt, daß die Mission einen gewissen Erfolg haben wird. Du warst ein Narr, daraus auszusteigen. Warum? *Warum?* Fürchtest Du, ich würde Dich auffressen?

Deine empörte
Emily

Das Flugzeug der Air France dröhnte ruhig über dem schwarzen Ozean. Soeben war nach dem Film die Beleuchtung erloschen, und durch das kleine rechteckige Fenster fiel das Mondlicht auf Yaels Gesicht.

«Sam, sei nicht lächerlich.» Yael nahm die vertraute haarige Hand von ihrem Schenkel und ließ sie in seinen Schoß zurückfallen.

Sams Stimme klang sanft aus der Dunkelheit neben ihr. «Sind wir etwa keine Freunde?»

«Was für ein blöder Film», sagte Yael. «Ich hätte mich schlafen legen sollen. Du auch.»

«Yael, ich spiele mit dem Gedanken, einen Blitzausflug zu dieser Hochzeit nach Los Angeles zu machen. Ich bin auch eingeladen, weißt du.»

«Und dein Auftrag in Washington?»

«Die Hochzeit findet am Wochenende statt. Das Außenministerium macht jeden Samstag und Sonntag so dicht wie wir an Jom Kippur. Sogar noch kategorischer.»

«Mach, was du willst.»

Schweigen. Die Dunkelheit lud zu vertraulichen Gesprächen ein, und nach einer Weile sagte Sam: «Dein Mann ist ein ganz schönes Original, dieser Don Kischote.»

«Mag sein.»

«Er kommt nach oben.»

Keine Antwort.

«Bist du glücklich?»

«Sehr. Sam, auch wenn du nicht müde bist, ich bin es.»

«Wie kommt es dann, daß ihr nicht mehr Kinder habt, nur das eine? Hast du Probleme?»

«Ich? Bestimmt nicht. Er will nicht mehr.»

«Komisch. Ruthie und ich verstehen uns nicht, haben uns nie verstanden, aber wir haben drei. Das passiert eben.» Keine Antwort. «Weißt du, Yael, ich bin kein sehr frommer Mensch, aber ich glaube, daß Ehen im Himmel geschlossen werden.»

Yael war pikiert. «Glaubst du das?»

«Hundertprozentig. Solche Pfuschereien müssen das Werk einer jüdischen Bürokratie sein.»

Gegen ihren Willen brach sie in Lachen aus, zu laut für ein verdunkeltes Flugzeug. Sie legte eine Hand auf ihren Mund und sagte dann: «Nun *hamood*, es war deine Idee, dich nicht von Ruth zu trennen – fünf sehr lange Jahre lang, während ich mit dir zusammen war.»

«Ich weiß, ich weiß.» Das Flugzeug sackte heftig ab. Der Maschinenlärm wurde lauter, die Anschnallzeichen leuchteten auf. Während er seinen Gurt befestigte, sagte er: «Zufällig war ich letztes

Wochenende in Tiberias. Eine kleine Verschnaufpause vor diesem Ausflug. Die Pension Geffen gibt es nicht mehr, Yael, wußtest du das? Alles abgerissen, und jetzt bauen sie ein großes Hotel hin.»

«Nun, nichts währt ewig, Sam. Das ist eine erstklassige Lage am Meer.»

«Manche Dinge bleiben doch. Erinnerungen.»

«Auch sie verblassen.»

«Wirklich?» Er ergriff ihre Hand. «Willst du mir weismachen, du würdest dich nicht an das Geffen erinnern? Sankt-Petersfisch zum Frühstück mit einer Flasche Weißwein aus dem Karmel? Rudern auf dem See Genezareth?»

«Ich erinnere mich bestens daran, daß du mich hast rudern lassen, du Monster.»

«Ich war dein vorgesetzter Offizier. Im übrigen hatte ich eine anstrengende Nacht hinter mir.»

Sie entzog ihm ihre Hand und versetzte ihm einen kleinen Klaps. «Das reicht jetzt. Ist Ruthie mit dir nach Tiberias gefahren?»

«Ruthie ist wieder in ihre Londoner Wohnung zurückgekehrt, wußtest du das nicht?»

«Woher sollte ich?»

«Nun, jedenfalls ist es so. Amos und Ilana wohnen bei mir. Sie hat Leah mitgenommen.»

«Man stelle sich das vor. Der Leiter des militärischen Geheimdienstes war nicht wichtig genug für Ruthie, hei?»

«Das war nicht der Punkt. Porfirio wurde als Botschafter nach London versetzt.» Porfirio war der kolumbianische Chargé d'affaires in Tel Aviv gewesen.

«Oh, ich verstehe. Wie praktisch, daß sie eine Wohnung dort hat.»

«Sei nicht gemein, Yael. Ruthie ist wirklich ein Schlamassel. Wir werden nicht mehr lange zusammenbleiben, Yael.»

«Ich wünschte, dieses Flugzeug würde aufhören, so herumzuhüpfen.»

«Hör zu, ich werde nach Los Angeles kommen. Wo wirst du wohnen?»

«Ich weiß noch nicht. Lee Bloom hat sich um alles gekümmert.

Verschwende deine Energie nicht an mich, es ist zwecklos. Sam, sei still, oder ich suche mir einen anderen Platz. Ich bin müde.»

Schweigen. Leise Motorengeräusche, kleine Stöße, dann glitt das Flugzeug wieder sanft dahin. Nach einer Weile erloschen die Anschnallzeichen.

«Sam» – ihre leise Stimme vibrierte –, «du wirst deine Hand im State Department brauchen, um Diplomatenhände zu schütteln. Du willst sie dir kaum brechen. Das ist meine letzte Warnung. Schluß jetzt! ... Es ist besser so.»

Ein leises Baritonlachen. «Schlaf gut.»

«Du auch.»

An einem Sonntagmorgen sieht das Börsenviertel Manhattans nicht nur geschlossen aus, sondern wirkt, als wäre es von einer Seuche befallen, so leergefegt sind die hohen Häuserschluchten. Yael und Pasternak stiegen aus dem Hertz-Wagen, und ihre Schritte hallten wider, während sie im weißen Sonnenlicht, das schräg durch die schweigenden leeren Türme nach unten fiel, die Broad Street entlanggingen.

«Mein Gott», sagte Yael, blieb stehen und zeigte auf die weißen Blockbuchstaben auf dem blauen Grund des Straßenschilds: WALL STREET.

«Was ist damit?»

«Sam, die Lehrer meiner Kindheit in Nahalal waren Sozialisten, Marxisten. In der Wall Street schlug das böse Herz der kapitalistischen Hölle. Und hier ist es jetzt. Wall Street!»

«Auch nur eine Straße, wie du siehst», erwiderte Pasternak. «Wir sollten auf das Empire State Building steigen. Von dort oben sieht man alles.»

«Aber wann geht dein Flugzeug?»

«Es gibt immer Flüge nach Washington.»

Yael lachte bebend. «Kischote hat mich einmal auf den Eiffelturm geführt, und ich habe das große Zittern bekommen. Welcher ist höher?»

«Dieser hier. Aber du wirst kein Zittern bekommen.»

Auf der Aussichtsplattform des Empire State Building wehte ein so heftiger Wind, daß er sie ins verglaste Innere führte. «Sieh nur da unten», sagte er mit einer weitausholenden Armbewegung, «da liegt nicht nur Manhattan. Da liegt ganz New York. Da ist Long Island, dort ist New Jersey, dort ist Brooklyn. Ein außergewöhnlich klarer Tag. Manchmal ist alles eine einzige Suppe, und man kann nicht einmal die Freiheitsstatue erkennen. Sieht aus wie ein Spielzeug da unten, nicht wahr?»

Sie blickte um sich, zog dann einen Seidenschal aus ihrer Tasche, band ihn um ihre Haare und schritt in den Wind hinaus. «Ist das alles wirklich wahr?» Sie schien Selbstgespräche zu führen. «Es ist alles echt. Es ist kein Film und kein Traum. Sam, warum sollte irgend jemand woanders auf der Welt leben wollen als hier? Welcher andere Ort ist mit dem hier zu vergleichen? Paris ist *nichts* dagegen.»

«Warte, bis du Los Angeles siehst.»

«Es wird nicht dagegen ankommen.»

«Du täuschst dich. Das ist der Ort, wohin die New Yorker ziehen. Entweder sterben sie, oder sie ziehen nach Los Angeles. Ich werde dich nächste Woche dort treffen, und dann werden wir vergleichen.» Er warf einen Blick auf seine Uhr und erhob die Stimme, um das Heulen des Windes zu übertönen. «Ich bringe dich jetzt besser zu deinem Flugzeug.»

Während der Aufzug nach unten fuhr, sagte er mit einem Blick auf ihr verwirrtes Gesicht: «Yael, ich glaube, du entdeckst Amerika. Frau Kolumbus.»

Sie lächelte schwach.

Yaels Verwirrung verstärkte sich noch auf ihrem Flug nach Westen. Stunden um Stunden dröhnender Fluglärm, mehr als genug, um von Tel Aviv nach Paris zu fliegen, und noch immer flogen sie weiter! Die Landung in Chicago inmitten eines Gewittersturms, in dem blauweiße Zickzackblitze vom Himmel fuhren und hinter ihrem Fenster krachten, hätte ihr Angst einjagen sollen, wie es bei den anderen Passagieren ringsherum offensichtlich der Fall war. Kinder weinten, Erwachsene übergaben sich, die Stewardessen hasteten taumelnd durch den Mittelgang, die Lichter gingen aus und an, und Yael empfand nichts als trunkene Begeisterung; sie war Frau Kolumbus auf dem stampfenden Deck der *Santa Maria*, gefeit gegen Seekrankheit, die Neue Welt vor Augen.

In Chicago mußte sie umsteigen. Alle Flüge waren verschoben worden. Stundenlang wanderte sie inmitten einer übellaunigen, nassen Menschenschar im Flughafen umher und genoß seine pure Größe und die Vielfalt der Geschäfte. Als das Flugzeug schließlich über hohen Wellen, die gegen eine von Wolkenkratzern gesäumte Küste donnerten, abhob, war die Sonne wieder zu sehen. Jenseits der Küste war, soweit das Auge reichte, nichts als blaues Wasser; der Lake Michigan, ein Binnenmittelmeer, und noch nicht einmal der größte unter den Großen Seen! So ging es weiter, Stunden um Stunden; grenzenlose Ausblicke auf grünes Ackerland, gesprenkelt mit großen Städten, noch mehr Ackerland, soweit durch die dahinziehenden Wolken zu erkennen war. Der Pilot zog eine Schleife über dem Grand Canyon. *Oh-ah!* Ein Wadi, nicht mehr, aber wenn Amerika ein Wadi hervorbrachte, dann verschlug es einem die Sprache mit seiner Tiefe, seiner Breite, seiner Majestät, seiner zerklüfteten, sich windenden, gewaltigen, roten Kahlheit. Mars auf Erden, hingeduckt in den Winkel eines einzigen Staates mit dem schönen Namen Arizona ...

Auf einem handgeschriebenen Schild, das ein kleiner Orientale in schwarzer Chauffeursuniform an der Flugzeugtür hochhielt, stand NITZAN geschrieben. Yael hatte nicht damit gerechnet, daß sie abgeholt würde. Hatte der freigebige Kapitalist Lee Bloom einen Wagen für sie geschickt? «Ich bin Mrs. Nitzan.»

«Jawohl, Madame.»

Er verneigte den Kopf, entblößte lächelnd seine großen Zähne und ergriff ihre Handtasche, half ihr sodann bei der Beschaffung des Gepäcks und führte sie durch die automatischen Türen zu einem geparkten silbernen Rolls-Royce, aus dem ein kleiner, schlanker Mann mit kurzgeschorenen, dünnen grauen Haaren stieg. «Willkommen in Los Angeles, Yael.» Wenn er lächelte, verzogen sich seine Lippen zu einem eigenartigen U. «Ich bin Sheva Leavis, Lees Partner. Ich bin gerade auf dem Weg nach Hongkong. Zu Lees Hochzeit werde ich wieder zurück sein. Wang wird Sie in die Stadt bringen.» Sein Englisch hatte nur einen geringfügigen Akzent.

Aufs höchste verblüfft und wie hypnotisiert durch den glitzernden Rolls-Royce bemühte sich Yael um Fassung. «Nun, vielen Dank. Wie freundlich von Ihnen. Wo werde ich wohnen?»

«Nun, das hängt von Ihnen ab. Lee hat im Beverley Wilshire für Sie reserviert. Aber ich habe ein kleines Haus hier, und meine Frau ist in Vancouver, sie fühlt sich nicht wohl, so daß im Augenblick niemand dort ist. Ich würde mich freuen, wenn Sie im Gästehaus wohnen würden. Wang und seine Frau werden sich gut um Sie kümmern.»

«Mr. Leavis, ich möchte mich keinesfalls aufdrängen. Ich glaube, ich gehe besser ins Hotel.»

«Madame, bitte kommen Sie, es wird uns ein Vergnügen sein», ließ sich der Chauffeur mit undeutlichen l- und r-Lauten vernehmen. «Meine Frau ist eine sehr gute Köchin. Alles streng koscher.»

Yael fragte sich indessen, ob Lee Bloom sich einen ausgefuchsten Scherz mit ihr erlaubte. Selbstverständlich hatte sie von Sheva Leavis, dem geheimnisvollen Iraker, gehört. Doch es gab kein Foto von ihm, und diese schlichte kleine Gestalt in Hosen und Polohemd entsprach nicht im geringsten ihrer Vorstellung von einem Tycoon. Sie sah ihn an, und auf seinem Gesicht erschien wieder das merkwürdige Lächeln mit hochgeschürzten Mundwinkeln. «Sie werden sich wohl fühlen, Yael. Hotels sind kalt.»

Es war die Art von Entscheidung, für die Yael geschaffen war, wie die Reise nach Paris mit Don Kischote. Sie streckte Leavis die Hand entgegen, der sie in einem trockenen, kühlen Griff schüttelte. «In Ordnung, Mr. Leavis. Ich kann ja kaum ablehnen.»

Er öffnete ihr den Wagenschlag. «Ausgezeichnet. Ich sehe Sie dann am Freitag. Es wird nett sein, zum Sabbatmahl Gesellschaft zu haben. Wang wird in Kürze bei Ihnen sein. Wie nett, daß wir uns bei einem so glücklichen Anlaß kennenlernen.» Seine Mundwinkel schoben sich lächelnd nach oben, und er schloß die Tür und ging mit dem Chauffeur davon. Yael blieb zurück, atmete die reichhaltigen Gerüche im Innern eines Silver-Cloud-Rolls-Royce ein, bewunderte die Holzintarsien und genoß die Liebkosung des glatten Leders unter ihren Schenkeln.

Das Auto fuhr oder schwebte vielmehr wie eine Wolke durch

einen phantastischen Wald aus Ölbohrtürmen dahin, hinein in ein palmenbestandenes Traumland aus Herrenhäusern auf parkähnlichen Grundstücken an einem in scharfen Kurven sich hinziehenden Highway namens Sunset Boulevard. Wang fuhr durch einen Steinbogen von der Straße ab und einen Hügel hinauf, der gänzlich aus gepflegtem Rasen und farbenfrohen Blumen bestand, auf ein ausgedehntes Gebäude mit einem roten Ziegeldach zu. Ein Stück Weges den Hügel hinauf lag, halb verborgen hinter einer Hecke mit riesigen roten Blüten, ein weißes Häuschen. «Hier ist das Gästehaus, Madame.» Wang trug ihre Taschen hinein, überreichte ihr die Schlüssel und fragte, ob sie einen Drink wünsche, vielleicht ein Glas Champagner.

«Nun, ich glaube, ein Glas Champagner wäre sehr nett.»

Nachdem er gegangen war, ließ sie sich in einen luxuriösen, rosafarbenen Sessel fallen, schleuderte ihre Schuhe von sich und musterte ihre Umgebung; ein großer Wohn- und Eßraum, der mit modernen Möbeln eingerichtet war, ein rohbehauener offener Kamin aus Stein mit echten breiten Holzscheiten, ungewohnte Bilder an den Wänden, die keine Reproduktionen waren, wie sie an den Rändern der aufgetragenen Ölfarbe erkennen konnte. Yael war nicht mehr Frau Kolumbus. Sie war Dorothy Oz.

Barak suchte lange nach den richtigen Worten für eine Antwort auf Emily Cunninghams sechsundzwanzigsten Brief. Er erwog, ihn unbeantwortet und die Sache damit sterben zu lassen. Doch er brachte es nicht fertig, und nachdem er einmal zu schreiben begonnen hatte, schrieb er mehrere Seiten spät in der Nacht, als Nakhama und die Kinder schliefen. Beim Lesen seines Ergusses wurde ihm klar, daß er entweder auf seine erste Idee zurückkommen, den Brief zerreißen und die Beziehung abwürgen oder aber ihn abschicken und sich kopfüber in gefahrvolle Gewässer stürzen mußte. Der Brief endete mit den Worten:

> ... da hast Du es nun. Du hast eine Erklärung verlangt, und nun weißt Du, warum ich mich von diesem militärischen Beschaffungsauftrag ferngehalten habe. Beim Militär unterziehen wir

jede Operation oder jeden Feldzug einer Manöverkritik, um zu sehen, wo unsere Fehler lagen, was wir gut gemacht haben, was wir nicht vorhergesehen hatten und was für neue Ideen und Anweisungen wir daraus ableiten können. Vermutlich ist mein Kopf an diese Funktionsmuster gewöhnt. Ich habe aus dieser Erfahrung seltsame Lehren gezogen. Als erstes und an vorderster Stelle und auch am unbegreiflichsten für mich die, daß ein Mann wirklich zwei Frauen lieben kann, sie auf vollkommen unterschiedliche Art lieben kann. Dann scheint es so, als ob die Liebe zwischen Mann und Frau ohne Sex oder ohne die Möglichkeit von Sex aufflammen kann, denn Du bist dort, weit entfernt auf diesem Erdenrund, und ich bin hier, und doch ist dies geschehen.

Ich muß also feststellen, daß Briefe allein Liebe wecken können. Das ist keine Illusion, soviel ist sicher. Ich weiß, was Liebe ist – weit mehr als Du –, weil ich Nakhama seit unzähligen Jahren liebe, und Du behauptest, Du hättest nur diese einzige unerfüllte Vernarrtheit mit einem fernen Fremden gekannt, wenn wir den alten Hiroshima einmal aus dem Spiel lassen.

Heute glaube ich, daß ich der Verrücktere von uns beiden bin. Du kannst Dich immerhin auf Deine Unerfahrenheit berufen. Ich habe keine Entschuldigung. Ich liebe Dich einfach, Dich und Deine lächerlich spaßigen und doch rührenden Briefe und Deinen exzentrischen scharfen Verstand und Deine pfeilschnellen Hände und Deine lachenden Augen und Deine schmale Gestalt, die selbst auf diesen schulmeisterlichen Fotografien, die Du mir schickst, so süß aussieht. Eine gute Tarnung, aber ich sehe schnurgerade durch sie hindurch auf Emily, die mich bezaubert und verfolgt.

Daher, mein Kind, werde ich auch weiterhin jeder Berufung nach Washington aus dem Weg gehen, bis Du sicher verheiratet bist. In Ordnung? Darauf kannst Du Dich verlassen. Nakhama ist nicht nur die Liebe meines Lebens, die Mutter meiner Kinder, sie ist mein bester und wahrster Freund. Du bist zwar weder Deiner Veranlagung nach noch mit Absicht eine Sirene, aber wir beide legen besser einen Ozean zwischen uns, oder – wie Du drohst –

wir müssen diese «strahlende» und so ungewöhnliche Beziehung abbrechen. Das sind die Bedingungen. So oder so. Wie wir hier sagen: *zeh mah she'yaish*. So steht es.

Wolfgang

Nie zuvor hatte er mit seinem früheren Namen unterzeichnet. Er wußte auch nicht, warum er es jetzt tat. Er las den Brief mehrmals durch, steckte ihn in eine Schreibtischschublade, schlief darüber, und nachdem er morgens wie üblich mit Nakhama gefrühstückt hatte, hielt er auf dem Weg ins Verteidigungsministerium an der Post an und warf ihn ein.

26

Lee Blooms Hochzeit

YAEL BLIEB fast die Luft weg, so dick hing der Zigarettenqualm in Herschel Rosenzweigs Wohnung an der Fairfax Avenue. Wegen der lebhaften hebräischen Unterhaltungen in dem gedrängt vollen Raum verstand sie kaum, was ihre alte Schulfreundin Osnat Friedkin zu ihr sagte. «Gefällt es dir? Jeder hier kennt Herschel und Bluma, und wir alle schauen Freitag abend vorbei.»

«Ich komme mir vor, als wäre ich zurück in Tel Aviv», rief Yael.

«Das bist du auch», sagte Osnat. Sie arbeitete in einer Reiseagentur, deren Hauptklientel Israelis waren, die in Los Angeles ankamen oder von dort abreisten, hauptsächlich ankommende.

Die Szene war Yael in der Tat weitaus vertrauter als das Sabbatmahl, das sie soeben mit Sheva Leavis eingenommen hatte und das von Wang in einem weißen Kittel an einer langen polierten Tafel serviert worden war. Leavis hatte sie aufgefordert, die Kerzen anzuzünden und den Segen zu sprechen. Diese Leute hier, die Zigaretten rauchten, Tee oder Soda tranken, während ihrer Unterhaltungen oder Auseinandersetzungen Krabben und Salzgebäck knabberten, waren mehr nach ihrem Geschmack. Herschel Rosenzweig, ein beleibter Journalist mit grauem Bart, saß in einer Ecke auf einem breiten Sessel, der ihm einen vollkommenen Überblick über den Raum gewährte, hatte die Beine hochgelegt, rauchte eine lange Zigarre und verbreitete sich über ein vertrautes Thema; nämlich daß David Ben Gurion ein faschistischer Diktator mit einer natürlichen Seelenverwandtschaft zu den Deutschen sei und daß Israels Hoffnung, eine gerechte sozialistische Gesellschaft zu schaffen, vor langer Zeit schon den Bach hinuntergegangen sei. Der Zionismus habe seine Seele verloren, und die Araber hätten inzwischen moralisch Oberwasser. Nur die Gäste in seiner nächsten Nähe hörten ihm zu, die anderen redeten alle gleichzeitig.

Die Grüne Sozialversicherungskarte war, wie Yael feststellen konnte, Thema Nummer eins. Diese Israelis hatten entweder Grüne Karten oder warteten auf sie, oder sie gingen das Risiko ein, ohne sie zu arbeiten. Außerdem gab es heftige Diskussionen über die Frage, wer ein Snob war und wer nicht und warum. Osnat hatte ihren amerikanischen Zahnarzt geheiratet und sich dann scheiden lassen, doch in der Zwischenzeit hatte sie zwei Kinder und die Staatsbürgerschaft bekommen, also brauchte sie keine Grüne Karte mehr.

«Hallo, Yael.» Rosenzweig begrüßte sie laut, ohne sich von seinem Sessel zu erheben, als sie und Osnat sich zu ihm gesellten. Er war ein ausgewandertes Nahalal-Mitglied, und seine *Jerida*, sein «Abgang», von Israel nach Los Angeles, war noch immer ein Dorn im Fleisch des Moschav; besonders da er früher glühende nationalistische Gedichte geschrieben hatte und seine Lieder noch immer von marschierenden Soldaten gesungen wurden. «Wie geht es Don Kischote? Wie ich höre, ist er ein Star bei den Panzertruppen. Ich war auch bei den Panzern, weißt du.»

«Jossi geht es gut.»

«So! Du bist zu der großen Hochzeit gekommen, und du wohnst beim alten Sheva Leavis.» So weit ging also die Ähnlichkeit des israelischen Los Angeles mit Tel Aviv, dachte Yael; jeder wußte mehr oder minder alles über jeden anderen. Osnat hatte sie bereits in den ganzen Klatsch über die anwesenden Leute eingeweiht.

«Ja, dort wohne ich.»

«Nun, Sheva ist kein Snob. Das stimmt. Dein Schwager, der ist jetzt ein Snob. Ist es wahr, daß Frank Sinatra zur Hochzeit kommt?»

«Ich habe keine Ahnung.»

Yael hatte Lee Bloom nur einmal gesehen, als er sie eine halbe Stunde lang in großer Eile in ihrem Gästehaus aufsuchte. Er sah stämmig, glatt und nervös aus. Das erste, was er sagte, noch bevor er Platz genommen hatte, war, daß Frank Sinatra zur Hochzeit käme. Ein von Lee gechartertes Flugzeug sollte ihn in Las Vegas abholen und ihn später wieder zurückbringen. Sinatra trat dort in einem der großen Hotels auf und konnte sich nicht erlauben, eine Vorstellung ausfallen zu lassen. Er beabsichtigte, sowohl in den Tempel wie auch zu dem Empfang im Bel-Air-Hotel zu kommen. «Frank ist ein toller Typ, ein guter Katholik, aber sehr tolerant», so Lees kurze Charakterisierung der alles überragenden Berühmtheit. Yael war bewußt, daß Mary Macready mit Achtzehn oft an der Seite des großen Sinatra auf Partys und in Nachtklubs fotografiert worden war. Die Wettervorhersagen seien noch immer ungewiß, sagte Lee, das sei das einzige Problem, aber es sei ein viermotoriges Flugzeug, und sie rechneten mit Sinatra. Er war ein guter Freund Marys, und das Wetter war um diese Zeit selten schlecht.

Bluma Rosenzweig unterbrach für einen Moment die Verteilung alkoholfreier Getränke und Canapés, warf ein Kissen neben Yaels Stuhl und ließ sich zum Plaudern darauffallen. Sie war ein Mädchen vom Land aus Nahalal, wenige Jahre älter als Yael, und hatte sich ihre durchtrainierte Figur bewahrt, und der kohlschwarze amerikanische Hosenanzug stand ihr gut. Das Make-up verriet noch immer israelischen Stil, zuviel Grün um die Augen, zuviel Schwarz auf den Augenbrauen. Sie machte Yael ein Kompliment über ihr Aussehen und erklärte gerade, daß sie zu Hause der Kinder wegen darauf bestand, daß Hebräisch gesprochen wurde, als Sam Pasternak in den Rauchwolken auftauchte. Herschel Rosenzweig quälte sich aus seinem Sessel hoch.

«Sam, was für eine Überraschung!»

Das Gerede über Filme, Partys, Snobs und Grüne Karten verstummte, und in der eintretenden Stille richteten sich aller Augen auf Pasternak. Yael hatte schon erlebt, wie bei einer Militärbesprechung beim Eintreffen einer Person das lärmende Durcheinanderreden verstummte und gespannter Aufmerksamkeit Platz machte, wenn diese Person Ben Gurion oder Dayan war. Sie fühlte sich als Zielscheibe verstohlener Blicke und spürte, wie hinter vorgehaltener Hand über sie geflüstert wurde. Diejenigen, die noch nicht gewußt hatten, daß sie die ehemalige Freundin des Chefs des militärischen Geheimdienstes war, waren sicherlich von Osnat Friedkin mittlerweile darüber aufgeklärt worden.

«Ich habe mir gedacht, daß ich dich hier finden würde», murmelte ihr Pasternak im Vorbeigehen zu, als Rosenzweig ihn zu dem dominierenden Sessel führte, wo er um ein Club Soda bat. Die Israelis versammelten sich in einem chaotischen Halbkreis um ihn, zogen Stühle heran oder blieben stehen und überhäuften ihn mit Fragen – über terroristische Grenzüberfälle in jüngster Zeit, eine Bombenexplosion auf dem Jerusalemer Marktplatz, einen angeblichen Faustkampf zwischen Politikern in einem Ausschußraum der Knesset – und immer: «*Mah b'emet ha'matzav* [Wie steht es wirklich]?» Die Fragen prasselten auf ihn nieder, gefolgt von seinen kurzen Antworten, bis Rosenzweigs heisere Stimme den Lärm durchschnitt: «Sam, was ist mit den ägyptischen Raketen?»

Unvermittelt trat Stille ein. Pasternak nippte mit dem schläfrigen Blick unter halbgeschlossenen Lidern, der sein Markenzeichen war, an seinem Soda.

«Was soll damit sein?» antwortete er nach einer Weile in einem harschen Ton, der ausdrückte, daß sie besser nicht weiter insistierten.

«Nasser sagt – er hat es im Fernsehen gesagt, und wir alle haben es gehört –, daß diese Raketen jedes Ziel südlich Beiruts treffen können.»

Pasternak knurrte: «Nasser erzählt eine Menge. Nasser ist nicht gerade mundfaul.»

«Ist denn etwas Wahres an all dem?» wagte Osnat Friedkin zu fragen, die vielleicht kühner war als die anderen, weil sie keine Grüne Karte mehr brauchte.

«Ihr habt die Filme über die Raketen im Fernsehen gesehen», sagte Pasternak. «Es gibt Raketen in Ägypten. Die Frage ist» – er zuckte mit seinen massigen breiten Schultern –, «ob die Ägypter auch etwas damit treffen können. Ich meine, absichtlich.» Das löste ein verkrampftes Lachen im Raum aus. «Na ja, Raketen sind natürlich nicht zum Spaßen, aber ich möchte nur soviel dazu sagen: Wir haben größere Probleme im Augenblick.»

«Zum Beispiel?» fragte Bluma Rosenzweig.

Pasternaks großer Kopf drehte sich hierhin und dorthin, registrierte alle Anwesenden. «Nun, zum Beispiel die Jerida.» Tiefes Schweigen. «Das soll nicht persönlich gemeint sein, Kameraden, aber die Araber brauchen wirklich keine Raketen, oder? Sie brauchen nur Geduld. Sie müssen nur abwarten, während Israel sich allmählich nach Amerika absetzt, mit oder ohne Grüne Karte.»

«Sehen Sie mich nicht so an», sagte ein schmaler junger Mann mit buschigen Haaren und einem strichdünnen Schnurrbart. «Ich mache nächsten Juni meinen Doktor, und dann kehre ich zurück. Meine Frau ist mit den Kindern schon zu Hause.»

Ein kräftiger, rotgesichtiger Mann sagte: «Ich habe in zwei Kriegen gekämpft. Als ich aus der Armee kam, fand ich nirgends Arbeit. Was sollte ich tun? Fotos von Herzl essen?»

«Wir alle haben gekämpft», sagte eine wütende Stimme, «das ist kein Argument. Und es gibt wieder Arbeit zu Hause. Nur verdient ein Tellerwäscher hier mehr als ein Bankmanager dort. So sieht es aus.»

«Aber bei diesen Preisen hier gibt er alles wieder aus», ertönte eine andere Stimme, «und am Ende steht er nicht besser da und wäscht auch nur Teller ab. *So* sieht es aus. Sam hat recht, und Sarah und ich haben vor zurückzugehen, sobald Irma das Gymnasium abgeschlossen hat.»

Überall im Raum setzte eine so heftige Kakophonie von Auseinandersetzungen ein, daß Pasternaks und Yaels Aufbruch, die sich nacheinander hinausschlichen, beinahe unbemerkt blieb.

«Nicht eben taktvoll», sagte sie beim Einsteigen in einen gemieteten Ford.

«Ich war müde. Sie sollen ruhig einmal an der Wahrheit kauen.» Er fuhr mit überhöhter Geschwindigkeit die Fairfax Avenue entlang und machte eine Vollbremsung vor einer roten Ampel.

«Du bist schlecht gelaunt.»

«Mein Neffe Uri war da. Hast du ihn gesehen? Roter Pullover,

Brille? Ein ausgezeichneter Maschinenbauer. Sah mir nicht in die Augen. Saß in einer Ecke und futterte Kürbiskerne.»

«Ist es schlecht gelaufen in Washington?»

Er warf ihr seinen typischen Blick unter halbgeschlossenen Lidern zu, und sie sagte nichts mehr, bis sie den Sunset Boulevard entlangbrausten. «Ich mache diesen Typen vom Außenministerium keinen Vorwurf. Sie sind seit der Balfour-Deklaration keinen Zoll von ihrer Linie abgewichen. Es gibt siebenhundert Millionen Muslime und nach Hitler noch etwa zehn Millionen Juden. Es gibt achtzig Millionen Araber und vielleicht eine Million Israelis – die, die sich noch nicht verdünnisiert haben. Die Araber haben Öl, die Juden haben Ziegenmist. Wo liegt also Amerikas Interesse? Noch Fragen? Das bedeutet, daß die Jungs in den gestreiften Hosen, wie Truman sie nannte, die Militärfritzen, keine Antisemiten sind. Manche sind es, aber das ist nicht der Punkt.»

«Du hattest recht mit Los Angeles, Sam. Es ist der Garten Eden. Falls ich mich absetze, dann werde ich dort landen.»

Das entlockte ihm einen liebevollen Seitenblick. «Hast du viel gesehen?»

«Sheva Leavis hat diesen chinesischen Hausdiener. Er fuhr mich in einem Silver-Cloud-Rolls-Royce überall herum. Du brauchst nur nachts zum Griffith Observatorium hinaufzufahren, Sam, um dich für die Jerida zu entscheiden, wenn dir danach ist.»

«Kenn ich nicht.»

«Erzähl mir etwas über Leavis. Wie kann ein Mann so reich sein? Ein prachtvolles Anwesen in Beverley Hills besitzen, in dem er vielleicht zehn Tage im Jahr verbringt? Ausgestattet mit Rolls und einem chinesischen Dienerpaar?»

Pasternak grunzte. «Grundbesitz in Beverley Hills bedeutet Ölvorkommen. Auch der Rolls steigt im Wert. Er hat das Nutzungsrecht, und während es alles nur herumsteht, macht er Geld. Das ist Sheva.»

«Er scheint wirklich fromm zu sein.»

«Das waren auch die ersten Rothschilds.»

Im Stop-and-Go vor den Ampeln fuhren sie wortlos ein gutes Stück nach Westen, wo die Kurven des Sunset Boulevard enger wurden und zwischen schattigen Bäumen an weit auseinanderliegenden, abendlich erleuchteten Herrenhäusern vorbeiführten. Yael hatte unterwegs halb eine Hand auf ihrem Knie (oder weiter oben) erwartet, und es hätte sie nicht sonderlich gestört. Es war immer gut zu wissen, daß Sam sie noch begehrte. Sie hatte seine Bemerkung in dem verdunkelten Flugzeug, daß seine Ehe wohl nicht mehr lange halten würde, nicht vergessen.

«Also hat sich unter Präsident Kennedy nichts verändert?» Sie brach das Schweigen. «Überhaupt nichts?»

Er hob eine Hand hoch. «Ich habe nicht gesagt, daß die Mission gescheitert ist. Das ist nicht das gleiche. Aber weißt du, Kennedy sagt, die größte Überraschung, die er bis jetzt als Präsident erlebt habe, sei, daß er Befehle gibt und nichts geschieht.»

«Dann ist er ein schwacher Präsident.»

«Yael, Präsidenten kommen und gehen. Die Bürokraten sitzen da und unterlaufen Anweisungen, die ihnen nicht passen. Die Typen im State Department sind darin Weltmeister. Sie warten, bis die Präsidenten weg vom Fenster sind. In diesem Fall benehmen sie sich wie Wesire, die einen Kinderkönig dirigieren. Es würde sie ziemlich überraschen, wenn er wiedergewählt wird. Er hat es nur ganz knapp geschafft, deshalb ist er seiner selbst oder seiner Macht nicht sicher.»

«Shevas Anwesen liegt gleich links hinter dieser Laterne.»

«Ich weiß, wo Sheva wohnt.» Er lenkte den Wagen unter dem steinernen Torbogen hindurch, hielt an und wandte sich mit seinem altbekannten gerissenen Grinsen, das im Licht des Torbogens kaum erkennbar war, zu ihr. «Zu dumm, daß du nicht im Hotel wohnst.»

«Warum?»

«Ich würde versuchen, an die Tür zu klopfen.»

«Du würdest dir nur einen wunden Knöchel holen.»

«Du hast dich nicht verändert, Yael.»

«Das Gästehaus ist dort oben. Soll ich zu Fuß gehen?»

Er ließ den Motor an, fuhr den Hügel hinauf und bremste bei laufendem Motor. «So. Könnte Wang es besser machen?»

«Danke.» Sie gab ihm einen kühlen Kuß auf die Wange und

drückte seine Hand. «Israel setzt sich nicht vollständig ab, dank Leuten wie dir.»

Er sagte: «Und wie Don Kischote.»

«Wir sehen uns im Tempel, Sam.»

Pasternak nahm auf der Fahrt zu seinem schmuddligen Hotel die Kurven des Sunset Boulevard zu schnell, ihn quälte der Verdacht, daß Yael sich sehr wohl nach Amerika absetzen könnte, vielleicht nicht auf dieser Reise, sondern irgendwann später, wenn sie alles genau vorherplanen konnte. Darin war sie gut, und am Ende machte Yael immer, was ihr paßte. Die Vorstellung eines Israels ohne Yael – selbst als Don Kischotes Frau – ließ in Sam Pasternak ein unangenehmes Gefühl der Leere aufsteigen. Der Mietwagen schleuderte und holperte den gewundenen Boulevard hinab, und nach einer Kurve mußte er vor einer roten Ampel voll auf die quietschenden Bremsen steigen. Er saß da und grübelte, warum Ampeln in Amerika so verdammt lange zum Umschalten brauchten, dachte an Yael und an diese grausame Nacht vor langer Zeit in Tiberias.

Die schnell auf und nieder tanzenden Scheibenwischer konnten mit dem strömenden Regen, der gegen die Windschutzscheibe trommelte, nicht Schritt halten, und Wang mußte langsamer fahren. Wenige Meter vor dem Rolls war der Sunset Boulevard nur noch ein verschwommener grauer Fleck fließenden Wassers.

«Wird wohl nichts werden mit Frank Sinatra, vermute ich», sagte Yael.

Sheva Leavis' Mundwinkel glitten als Antwort zu einem kurzen Lächeln nach oben. Nach seiner Rückkehr aus Hongkong am Freitagabend hatte er totenbleich und schwer mitgenommen ausgesehen und beim Abendessen waren lange Gesprächspausen aufgekommen. Doch beim Frühstück an diesem Morgen war er bereits wieder bester Stimmung und sah gesünder aus.

«Wir werden zu spät zur Zeremonie kommen, Mr. Leavis», sagte Wang, «aber schneller zu fahren wäre gefährlich.»

«Sie werden so lange warten, Wang.» Und an Yael gewandt fügte er hinzu: «Und wenn Sinatra nicht kommen kann, werden sie die Sache ganz verschieben.»

Sie blickte ihn an, um zu sehen, ob er lächelte. Das tat er nicht, aber um seine Augen saßen Lachfalten. «Sheva, *wann* waren Sie in meinem Geschäft am Dizengoff-Boulevard? Ich komme mir so dumm vor, weil ich mich nicht daran erinnern kann.»

«Warum sollten Sie? Vor zwei Jahren, ich brachte meine Nichte mit. Eine Waise, ich habe sie verheiratet, gab ihr Geld und ließ sie die Rechnungen bezahlen. Sie führen ein nettes Geschäft. Lukrativ. Ist was wert.»

«Ich muß etwas tun.»

«Ja, der Armeesold ist nirgends großzügig bemessen, aber in Israel ist er miserabel.»

«Wahrscheinlich habe ich den falschen Bruder geheiratet.»

Er lächelte ihr zu. «Ihr Mann ist ein großartiger Kämpfer für unser Volk. Lee handelt nur mit Immobilien.»

«Ist das alles, was Lee heute macht?»

«Lee macht verschiedenes. Einiges mit mir, einiges auf eigene Rechnung. Er macht es gut.» Leavis zuckte die Achseln. «Nur Las Vegas gefällt ihm zu gut.»

Vor dem Tempeleingang reihte sich Limousine an Limousine. Sam Pasternak stand im Regenmantel und barhäuptig an eine hohe Säule des Portikus gelehnt und rauchte eine Zigarette. «Ach, da bist du ja, Yael. Du sollst direkt ins Zimmer der Braut gehen. Lee rennt wie von Sinnen umher. Er fürchtet, daß Sinatras Flugzeug abgestürzt ist. Hallo, Sheva.»

«Das meinst du doch nicht im Ernst», sagte Leavis.

«Nun, die Chartergesellschaft sagte ihm, Sinatra sei bei dem Regen gestartet, und jetzt können sie keine Verbindung zum Piloten herstellen. Lee ruft alle fünf Minuten an. Komm, Yael.»

«Wieso in das Zimmer der Braut?»

«Du bist ihre einzige Verwandte bei der Feier. Sie bat mich, dich zu ihr zu führen.»

Lee Bloom boxte sich in Cut und gestreifter Hose, mit schiefsitzender Ascot-Krawatte und zerzausten Haaren einen Weg durch die Menge in der Halle. «Sie haben den Piloten kontaktiert! Frankie ist in Ordnung! Der Sturm hat die Funkfrequenzen gestört.»

«So ein Glück», sagte Pasternak.

«Ja, nicht wahr? Es kommen ohnehin alle zu spät. Was für ein Tag! Der Organist und der Chor haben reichlich Musik im Repertoire, um die Zeit totzuschlagen, das ist also kein Problem. Sheva, du wirst mit dem Rabbi, dem Kongreßabgeordneten Milstein, dem Bundessenator Harrigan und Frankie auf dem Podium sitzen. Komm, Yael, Mary fragt ständig nach dir.»

Leavis griff in die Brusttasche eines exquisiten, maßgeschneiderten schwarzen Anzugs und setzte ein kleines Scheitelkäppchen auf.

«Das wirst du hier nicht brauchen», sagte Pasternak. «Es ist ein reformierter Tempel.»

«Aber in dem Gebäude befinden sich Thorarollen.»

Lee Bloom führte Yael durch das lärmende Foyer und dann einen Gang mit rosafarbenem Teppichboden entlang. «Warum bin ich die einzige Verwandte, Lee? Was ist mit all diesen Blumenthal-Cousins in Buffalo?»

«Hör zu, ich habe ihnen angeboten, sie alle einzufliegen, drei Familien! Sie sind orthodox, sie würden keinen reformierten Tempel betreten. Verrückt. Deshalb bin ich verdammt froh, daß du hier bist. Warum ist Jossi nicht mitgekommen?»

«Die Armee, Lee.»

Lee schüttelte den Kopf. «Er wird nie eine Spitzenposition in dieser Armee erreichen. Er ist kein Palmachnik, er ist kein Kibbuznik oder Moschavnik, er ist kein Protegé von B. G., er ist ein Außenseiter, ein Niemand. Vielleicht bringt er es bis zum Brigadegeneral. Vielleicht! Ihr hättet beide herkommen sollen, hier könnt ihr mehr für Israel tun. Das hier ist das Zimmer der Braut. Geh rein, ich soll sie jetzt nicht sehen.»

Mary Macready warf Yael die Arme um den Hals. «Meine Schwägerin! Mama, das hier ist Yael Nitzan, sie ist den ganzen Weg von Tel Aviv gekommen!»

Die Mutter, eine kleine Frau in bodenlangem Kleid, sagte: «Hallo. Ich bin Jüdin.»

«Das habe ich gehört», erwiderte Yael.

Die Brautjungfern, die um Mary herumschwirrten, waren so hübsch, daß Yael sie für Revuemädchen hielt. Doch keine kam an Mary Macready heran. Lee hatte sich ein auserlesenes Schmuckstück geangelt: Riesige grüne Augen saßen wie schräge Smaragde in ihrem Gesicht, sie hatte eine kleine Stupsnase, einen reizvollen Mund mit voller Unterlippe, einen Wasserfall glänzender schwarzer Haare und eine unglaublich biegsame Figur mit Wespentaille und üppigem Busen.

«Wenn nur Bill das noch erlebt hätte», sagte Mrs. Macready. «Bill war mein Mann, ein Methodist, aber sehr tolerant. Bill war ein großer Fan von Frank Sinatra.»

Der Sturm brachte keine große Verzögerung der Zeremonie mit sich. Sinatra schritt mit weißer Scheitelkappe den zentralen Mittelgang des beinahe vollständig besetzten Tempels entlang und begrüßte lächelnd, winkend und Hände schüttelnd die aufgeregt flüsternden Hochzeitsgäste. Der Rabbi verließ das Podium, um ihn die mit Teppich ausgelegten Stufen hinauf zu einem Stuhl mit hoher Lehne zwischen dem Thoraschrein und Sheva Leavis zu geleiten.

«Warum um alles in der Welt hat er diese Jarmulke aufgesetzt?» fragte Yael Pasternak. Sie saßen zusammen in einer der vorderen Reihen. «Sieht er denn nicht, daß niemand sonst außer Sheva eine hat?»

«Ich vermute, so stellt er sich die Aufmachung bei einer jüdischen Zeremonie vor.»

«Und wer sind all diese Leute überhaupt?» Sie blickte auf die endlosen Reihen der Gäste.

«Lee macht viele Geschäfte in Los Angeles. Und er hat zwei Flugzeuge voll aus Las Vegas eingeflogen.»

Das glückliche Paar stand schon bald mit dem Rabbi unter dem von Blumen eingerahmten Baldachin. Der Kantor, ein stattlicher junger Mann in schwarzem Gewand, stimmte, begleitet von einem unsichtbaren Chor, ein stimmungsvolles hebräisches Hochzeitslied an.

«Falls Ruth und ich uns trennen», murmelte Pasternak und berührte Yaels Finger dabei, «gibt es dann eine Chance für uns beide?»

Sie stieß seine Hand weg und sagte fast unhörbar: «Oh, Sam, hör auf.»

«Ich meine es absolut ernst.»

«Ich habe einen Mann, vielen Dank. Und noch dazu einen wunderbaren. Sei still!»

«Ich weiß, warum Don Kischote dich geheiratet hat.»

Trotz des heftigen Schocks verzog sie keine Miene und sagte: «Mir gefällt diese Musik. Pst!»

Hinter ihnen ertönte ein weiteres: «Pst!»

Sheva verließ das Fest vor dem Beginn des Hochzeitsmahls. Es fand in einem Versammlungssaal statt, in dem eine große Jazzkapelle spielte und ein verschwenderisches Buffet auf langen Tafeln aufgebaut war. Lee tanzte unter großem Applaus den Eröffnungstanz mit Mary Bloom, und der Beifall wurde noch stürmischer, als Sinatra, nunmehr ohne Scheitelkappe, als nächster die Braut herumwirbelte. Bedienstete servierten pausenlos Champagner. Yael trank eine Menge davon, griff herzhaft zu und tanzte sogar. «Du trittst mir ständig auf die Füße», sagte sie zu Pasternak. «Warum hast du mich auf die Tanzfläche geschleppt? Du weißt, daß ich nicht tanzen kann. Du übrigens auch nicht.»

«Ich kann es mit jeder anderen Frau.»

«Vielen Dank.»

Sie tanzten unbeholfen weiter. Danach brachte er sie zu Sheva Leavis' Gästehaus. «Du kannst hereinkommen, wenn du Lust hast», sagte sie, als er die Zündung abstellte.

«Ich muß den Wagen zurückgeben.» Er warf einen Blick auf seine Uhr. «Wir sind zu lange bei diesem Balagan geblieben. Mein Flugzeug geht um eins.»

«Was hast du damit gemeint, als du sagtest, du wüßtest, warum Jossi mich geheiratet hat? Was war das für ein Blödsinn?»

Sein kräftiges Gesicht wurde ernst. Die schweren Augenlider fielen beinahe ganz zu. «Ich wußte es schon lange vorher.»

Yael schossen verschiedene Möglichkeiten durch den Kopf, von wem Sam Pasternak, absichtlich oder nicht, etwas hätte erfahren können. Jossi hätte selbstverständlich nie darüber gesprochen. Schaijna Matisdorf wußte Bescheid und mochte sie hassen, aber sie war nicht fähig, sie derart zu verletzen. Was also sonst? Aryehs Frühgeburt? Sam Pasternak hatte nicht geraten. Wenn er sagte, er wisse etwas, dann wußte er etwas.

«Ich habe nicht die blasseste Idee, wovon du sprichst.»

«Monate nach KADESCH, Yael, haben wir uns über deine Reise nach Paris unterhalten. Ich fragte dich, wie es dir in den Galéries Lafayette gefallen hätte. Du sagtest, du wärst nicht nach Paris gefahren, um deine Zeit in einem Kaufhaus zu verschwenden. Während KADESCH aber hast du mir erzählt, als ich mich im Bunker schlafen legen wollte, du hättest dort eine Oh-là-là-Unterwäsche gekauft.» Sie starrten einander böse an. «Jossi hatte keine französische Hure in diesem Schlafzimmer im Georges V.»

Leichthin lachend antwortete Yael: «Wenn du glaubst, ich hätte in Paris mit Jossi geschlafen, na schön. Es hätte nicht das Georges V sein müssen, Sam, wir haben auch zwei Nächte im gleichen drittklassigen Hotel verbracht.»

Pasternak nickte, seine halbgeschlossenen Augen waren unverwandt auf ihr Gesicht gerichtet. «Ich werde dich also wiedersehen, wenn du zurück bist. Oder willst du dich hier und jetzt schon nach Los Angeles absetzen?»

«Ich könnte Ruthie gut verstehen, wenn sie dich hinauswürfe.» Sie lehnte sich an ihn, küßte ihn auf den Mund und ließ den Kuß andauern. «Du bist ein Tier und eine Qual. Was für eine Hochzeit, nicht wahr? Sie war die Reise wert.»

«Ganz bestimmt.» Er ließ den Wagen an. «Wann werden wir je wieder so in die Nähe von Frank Sinatra kommen?»

Pasternak war an die beeindruckende Größe Amerikas, wie sie sich auf einem Transkontinentalflug offenbarte, gewöhnt. Er verbannte Yael und diesen aufreizenden Kuß – sie war ein Satansweib, wenn es darum ging, ihren Kopf durchzusetzen – aus seinen Gedanken und verbrachte die Stunden seines Rückflugs damit, einen ersten Bericht für Ben Gurion zu entwerfen, den er zuerst Christian Cunningham zu zeigen beabsichtigte. Er endete folgendermaßen:

Schlußfolgerung

Ergebnisse dieser Mission gleich null, ausgenommen, daß die Verhandlungen über Hawk-Flugabwehrraketen weitergehen. Das Ablenkungsmanöver mit den Bloodhounds ist erfolgreich abgewehrt. Irgendwann werden wir diese lebenswichtige amerikanische Waffe erhalten, aber um die Araber nicht zu brüskieren, wird die Auslieferung so lange wie möglich hinausgezögert, und man wird uns bitten, die ganze Angelegenheit mit äußerster Diskretion zu handhaben.

Die Unterhändler des Außenministeriums konnten schwerlich ihrem eigenen Geheimdienst widersprechen, der in Übereinstimmung mit dem unseren feststellt, daß die sowjetischen Lieferungen von Bombern und Kampffliegern die Existenz unseres Staates gefährden. Doch an der amerikanischen Grundposition hat sich nichts verändert: (1) Sie werden keine bedeutsamen neuen Waffensysteme in unsere Region einführen, (2) wir werden unsere Hauptwaffenlieferanten anderswo suchen müssen und (3), sie werden uns keine Angriffswaffen liefern. Das heißt Panzer.

Doch gibt es nicht nur Negatives zu berichten. Es hat eine Veränderung stattgefunden. Sie haben unsere gesamte Verteidigungssituation mit uns zusammen einer Überprüfung unterzogen, und das ist an und für sich ein Fortschritt. Sie sind bereit, zuzuhören und gegebenenfalls eine erneute Revision vorzunehmen, «falls die Situation es erforderlich macht». Wahrscheinlich ist der wirkliche Unterschied der neue Präsident. Doch bis der Wille des Präsidenten durch die Filter der Bürokratie nach unten durchdringt, ist er verwässert und vernebelt. Ein direkter Draht zu Präsident Kennedy bezüglich dieser Dinge könnte daran etwas ändern. Allerdings besteht gegenwärtig keine Aussicht darauf.

27
Die gelben Blumen

Es klopfte an der Tür von Schaijna Matisdorfs heißem, fensterlosem Büro im Technion-Institut. «Herein!» Sie blickte vom Konstruktionshandbuch des Mirage-Fliegers auf, setzte ihre schwarze, runde Brille ab und ließ sich in den Stuhl zurückfallen. «Du!»

«Komm mit, wir machen eine Fahrt aufs Land», sagte Don Kischote. «Du siehst so blaß aus.»

Sprachlos starrte sie ihn an. In den mehr als zwei Jahren seit ihrem Besuch Aryehs hatte sie Jossi Nitzan nicht gesehen noch von ihm gehört. Sie hatte sich angewöhnt, die Militärgeschichten in den Zeitungen nach seinem Namen zu durchforsten, und blätterte jede Ausgabe der Armeezeitschrift in der Bibliothek des Technion-Instituts durch, so daß sie über seine Beförderungen im Bilde war; und sie hatte ein Foto von ihm ausgeschnitten und aufbewahrt, auf dem er halb verdeckt, die Hände in die Hüften gestemmt, zwischen Panzeroffizieren zu sehen war, die sich über eine Karte auf der Motorhaube eines Jeeps beugten.

Und nun platzte eben dieser groteske Kischote hier bei ihr herein, strotzend vor Gesundheit, kein bißchen älter und bezauberte sie mit seinem Grinsen.

Sie war entsetzt über den Anblick, den sie ihm bieten mochte, in Schweiß gebadet und mit verstrubbelten Haaren, die ein lärmender Ventilator vergeblich gegen die Hitze durcheinandergewirbelt hatte, in einem ärmellosen alten Kleid, das so dünn war, daß man es kaum noch herzeigen konnte; wenigstens war ihr brauner Büstenhalter undurchsichtig, wenn auch von unschlagbarer Häßlichkeit. Sie war nicht ins Technion gekommen, um jemanden zu becircen, sondern nur um Kühle zu suchen, sofern das am dritten Tag eines Chamsin möglich war.

«Was zum Teufel machst du in Haifa?» brachte sie schließlich heraus, ohne nach Luft zu schnappen.

«Das erzähle ich dir unterwegs. Komm, eine kleine Fahrt wird dir Kühlung verschaffen.»

«Wie geht es deiner Frau?»

«Das ist der Punkt, sie kommt zurück, deshalb muß ich Aryeh in Nahalal abholen. Es ist nicht weit, wir werden in ein paar Stunden zurück sein. Hast du keine Lust, Aryeh wiederzusehen? Er ist sehr gewachsen.»

«Sie kommt zurück? Von woher?»

«Aus Kalifornien. Sie ist zur Hochzeit meines Bruders gefahren. Wir haben heute miteinander telefoniert. Frank Sinatra war auf der

Hochzeitsfeier. Allerdings hat er nicht gesungen. Ich habe sie gefragt.»

Schaijna schüttelte aufgebracht, erregt, ratlos den Kopf. «Hör zu, fahr nach Nahalal.» Sie zeigte auf ihren Schreibtisch. «Ich habe zu arbeiten. Es ist absurd, mich so zu überfallen, einfach typisch für dich. Hättest du nicht anrufen können? Schließlich hast du auch Yael in Kalifornien angerufen.»

«Sie hat angerufen, vom Haus eines reichen Typen aus. Ich kann mir keine Telefonate nach Kalifornien leisten. Freust du dich gar nicht, mich zu sehen? Du hast mir gefehlt, Schaijna. Es ist dumm, daß wir sowenig Kontakt haben.»

Schaijna widerstand dem Impuls, aufzuspringen und diesen Menschen zu erdrosseln, und sagte: «Du hast den falschen Tag erwischt, tut mir leid. Ich muß Michael mit seinen Töpfen helfen.»

«Was für Töpfe?»

«Weißt du, er und Lena haben getrennte Töpfe in ihrer Küche. Er kocht koscher und sie nicht. Sie hat ein Fest veranstaltet und seine Töpfe benutzt, und dann haben sie sich heftig gestritten deshalb. Ich habe versprochen, daß ich ihm helfe, seine Töpfe wieder koscher zu machen. Und sein Besteck.»

«Aber das geht doch blitzschnell.»

«Das glaubst du vielleicht. Es ist sehr kompliziert.»

«Wo ist Dr. Berkowitz?»

«Nächste Tür.»

«Komm mit mir.»

Michael saß vor dem offenen Fenster in einem so starken Windzug, daß der Kragen seines Sporthemds flatterte und sein dünnes Haar unter der Scheitelkappe zerzaust war.

Hinter dem Fenster funkelte die blaue Bucht, und zwei Patrouillenboote fuhren aufs Meer hinaus. Die Papiere auf dem Schreibtisch wurden durch einen Briefbeschwerer, eine Brille und ein gerahmtes Foto von Lena festgehalten. Aber der Wind war heiß, und sein Hemd war durchgeschwitzt. Er hörte Jossi zu, spitzte die Lippen und nickte.

«Ja, das wird genügen», sagte er und holte einen Schlüsselbund aus einer Schublade. «Schaijna, du weißt, wo meine Töpfe sind, rote für Fleisch, blaue für Milch. Lenas Töpfe sind weiß, kümmere dich nicht darum. Danke, Jossi.»

Schaijna sagte: «Sie meinen, ich soll mit ihm fahren?»

«Warum nicht? In der Gegend von Nazareth müßte es kühler sein. Hören Sie zu, Jossi, wie wäre es, wenn Sie mit uns zu Abend essen würden. Mein Bruder Zev kommt vielleicht auch. Er dreht eine Runde bei den Fabriken im Norden.»

«Ich werde meinen fünfjährigen Sohn dabei haben.»

«Aryeh? Schön.»

Die Töpfe schepperten im Koffer, während Jossis Fahrer sie auf der schmaler werdenden Teerstraße nach Osten beförderte. «Es ist fast wie in alten Zeiten», sagte Jossi. «Weißt du noch, wie wir immer auf den Hügeln um Nazareth herumkletterten?»

«Ich bin verlobt», sagte Schaijna. Sein schockierter Blick erfüllte sie mit Freude.

«Aha! Mazel tov. Wer ist es?»

«Du wirst ihn heute abend beim Essen kennenlernen. Er ist der Sohn von Haifas Oberrabbiner. Er wird nicht mitessen. Er ist sehr strenggläubig. Er ißt nur, was seine Mutter ihm kocht.» Kurze Pause. Dann ein Zusatz, scharf wie ein Stilett. «Und ich, jetzt.»

«Hm! Wann wirst du heiraten?»

«Chaim muß erst noch seinen Doktor machen. Er ist ein Mathegenie. Sein Militärdienst wurde aufgeschoben. Er ist zweiundzwanzig.»

«Viel jünger als du, hm?»

Wieder der Stilett-Ton. «Reifer als manche, die viel älter sind.»

«Also kann es noch Jahre dauern.»

«Nicht unbedingt. Vielleicht kann er seinen Militärdienst am Technion ableisten.»

Er sah sie mit unverhülltem Bedauern an und sagte: «Nun, ich wünsche dir Glück, das weißt du.»

Sie wandte sich von ihm ab und streckte den Zeigefinger aus. «Da ist ein ganzer Hang voll mit diesen gelben Blumen, die wir immer gepflückt haben. Wie hießen sie gleich?»

«Wir haben es nie herausgefunden, Schaijna. Du wolltest nachsehen, aber du hast es nicht getan.»

«Du konntest dich eben nie auf mich verlassen, stimmt's?»

Er legte einen Arm um sie und drückte sie unbeholfen an sich. Bevor sie sich wehren konnte, gab er sie wieder frei. «Biegen Sie hier ab», befahl er dem Fahrer.

Eine gewundene einspurige Sandstraße führte zu einem umzäunten Armeecamp, wo der Kommandeur, ein Freund aus Fallschirmjägertagen, sie am Tor erwartete. «Du hast Glück, Kischote», sagte er und kletterte auf den Beifahrersitz, «heute ist Putztag, die Bottiche kochen.» Er dirigierte den Fahrer zu der langgezogenen, hölzernen Eßbaracke. Schaijna, Jossi und der Fahrer schleppten Michaels Töpfe durch Reihen nasser Tische nach hinten, wo halbnackte Soldaten die zum Ersticken heiße Küche scheuerten und auswischten. Bei Schaijnas Erscheinen verstummten ihre Zoten.

«Kein Problem», sagte der diensthabende dicke Koch mit blondem Bart. Er steckte das Besteck in ein grobes Netz, warf es in einen dampfenden Bottich und tauchte einen Topf nach dem anderen mit Hilfe eines langen Hakens hinein. «Das ordnet der Rabbi immer vor Pessach an. Und auch wenn wir unsere Töpfe durcheinandergebracht haben. Fragen Sie mich nicht, warum. Ich bin Mitglied bei Haschomer Hatzair.» Die Jungen Wächter waren eine sehr radikale, atheistische Fraktion der Zionisten.

«Sind Sie denn gar nicht neugierig? Sie könnten zumindest fragen», sagte Schaijna. «Dann wüßten Sie, was Sie tun.»

«Entschuldigen Sie», erwiderte der Koch. «Wenn man unserem Rabbi eine Frage stellt, kann leicht der ganze Nachmittag draufgehen. Wenn er sagt: ‹Töpfe tauchen›, dann tauche ich Töpfe und fertig.» Achselzuckend verdrehte der Koch die Augen über Don Kischote. Die Freundin eines Majors, die sich streng an das Tauchen von Töpfen hielt. Seltsam!

An Obstplantagen, Korn- und Gemüsefeldern, Bauernhäusern und kommunalen Gebäuden vorbei fuhren sie nach Nahalal zu Benny Lurias Haus, einem der ältesten des Moschavs, das er von seinem Vater geerbt hatte. In dem bescheidenen kleinen Häuschen, wo auf einer ziemlich verwitterten, durchhängenden Veranda um eine Waschmaschine herum Kinderspielzeug verstreut lag, war niemand zu sehen. «Sie müssen draußen bei der Arbeit sein», sagte

Jossi. Er setzte sich ans Steuer und fuhr kreuz und quer durch die konzentrischen Kreise der Anlage von Nahalal. «Da sind sie! Siehst du ihn, Schaijna? Den Lockenkopf? Der Junge muß zum Friseur!» Mehrere Kinder arbeiteten mit der Hacke neben Benny Luria auf einem brachliegenden Flecken Erde voll geborstener brauner Erdklumpen, inmitten von grünen Feldern. Der Flieger trug abgewetzte Shorts, einen Segeltuchhut und Turnschuhe, und der Schweiß rann den stämmigen Hals hinab auf seine haarige, braungebrannte Brust.

Aryeh schrie: «Abba, Abba», ließ die Hacke fallen und rannte auf ihn zu. Schaijna hatte ihn zuletzt als kleines Kind gesehen, nun aber hatte sie einen stämmigen, großgewachsenen Jungen vor sich, der in die ausgestreckten Arme seines Vaters sprang. «Abba, *ani eh'yeh tayass* [Ich will Pilot werden]!»

«Warum behauptet Yael, er sei schrecklich?» fragte Luria. «Er ist ein guter Junge, er arbeitet gerne. Hallo, Schaijna.»

Sie zwang sich zu einem Lächeln und kam sich wie eine Närrin vor. Erst jetzt wurde ihr klar, daß natürlich Yaels gesamte Familie in Nahalal war. Don Kischote hatte sie mitgerissen, und alles war zu schnell gegangen. Nicht daß Benny Luria auch nur eine Augenbraue hochgezogen hätte, aber sie wußte genau, daß israelische Militärangehörige aus gegenseitiger Gefälligkeit jede Paarkonstellation ohne mit der Wimper zu zucken überspielten.

«Schaijna ist mit dem Sohn von Haifas Oberrabbiner verlobt», sagte Kischote betont lässig.

«Mazel tov! Ein großartiger Typ, Rabbi Poupko. Er kommt manchmal zum Stützpunkt und spricht über den Talmud und die Kabbala. Die Jungs mögen ihn.»

«Erinnerst du dich an mich?» sagte Schaijna zu Aryeh, der noch in Jossis Armen hing und sie mit scharfen hellen Augen musterte.

Er legte eine Hand auf ihr Gesicht und sagte mit einem Lächeln, das sie dahinschmelzen ließ und zugleich traf: «Tante Schaijna.»

«Stimmt! Tante Schaijna.»

Aryeh bat, daß Lurias ältester Sohn im Wagen mitfahren dürfe, während die anderen Kinder zu Fuß den Rückweg antraten. Dov, ein schmächtiger, braungebrannter Junge, hatte bis zu den Turnschuhen, Shorts und dem Segeltuchhut viel Ähnlichkeit mit Benny.

«Dov wird Pilot», sagte Aryeh auf dem Schoß seines Vaters. «Und ich auch. Kann ich nicht noch bis zu Dovs Bar Mizwa nächste Woche hierbleiben? Oder zurückkommen?»

«Bar Mizwa?» Kischote blickte überrascht zu Luria. Moschavniks hielten meist nicht viel von Ritualen, und Benny Luria war, so dachte er, auch wenn er die Nase in die Bibel steckte, ein ebensolcher Freidenker wie Yael.

«Es kann ja nicht schaden», sagte der Flieger. «Wozu sind wir schließlich in diesem Land? Er soll ruhig ein bißchen Tradition aufschnappen.»

Dov sprach auf dem Vordersitz, ohne sich umzudrehen. «Rabbi Poupko hat Abba dazu überredet, also mußte ich es lernen.» Es war eine sachliche Feststellung ohne Groll.

Jossi sammelte Aryehs Kleider in einem Schlafraum ein, in dem zwei Holzstockbetten nur wenig Bewegungsspielraum ließen. Lurias Frau Irit erschien mit Heu in den Haaren und auf ihrem Baumwollkleid, und sie überredete die Besucher fröhlich, zu Kuchen und kaltem Mineralwasser. Während Dov und Aryeh auf dem Gras Rad schlugen und Handstand machten, erzählte Jossi den Lurias von den ehemaligen Nahalal-Bewohnern, die Yael in Kalifornien getroffen hatte.

«Weißt du, Herschel Rosenzweig kann uns gestohlen bleiben», sagte Irit. «Und diese Bluma auch. Sie war diejenige, die nach Amerika wollte. Ein Jammer nur um die drei wunderbaren Kinder.»

«Yael hat mit den Kindern gesprochen. Sie vermissen den Moschav.»

«Ich wette, daß die Jungen zurückkommen», sagte Benny. «Sie waren Dovs Kumpel. Sie schreiben noch immer, und ihr Hebräisch ist perfekt.»

«Was sagst du zu Dovs Bar Mizwa?» fragte Irit an Jossi gewandt. «Als nächstes wird Benny mich wohl zum Tragen einer Perücke zwingen, ihr werdet sehen.» Strenggläubige Frauen trugen traditionsgemäß ihre Haare kurzgeschnitten unter einer Perücke oder einem Kopftuch oder beidem.

«Wieso? Schaijna hier», versetzte Kischote, «ist mit Rabbi Poupkos Sohn verlobt. Sie trägt auch keine Perücke.»

«Verlobt mit diesem Chaim? Meinen Glückwunsch.» Irit sah sie interessiert an. «Nun, wenn du erst einmal verheiratet bist, wirst du eine Perücke tragen. Schade, du hast so schönes Haar.»

«Wir werden sehen», sagte Schaijna.

Sie verließen Nahalal, und der Wagen schlängelte sich die grünen Hügel hinab, als Jossi dem Fahrer sagte, er solle anhalten. «Aryeh, willst du Blumen pflücken?»

«Ja, ja.» Der Junge hüpfte auf dem Sitz auf und ab.

«Jossi, wir wollen nicht noch mehr Zeit verschwenden, ich muß nach Haifa zurück», sagte Schaijna. Doch sie ging mit ihnen, kletterte auf dem felsigen Hügel umher und pflückte gelbe Blumen mit haarigen Stengeln, die leicht piekstén.

«Pflück ganz viele», sagte Jossi zu seinem Sohn. «Wir werden Mama welche mitbringen.»

Der schwache, süße Geruch traf Schaijna mit der ganzen Wucht der Erinnerung an ihre ersten echten Küsse, als sie vor langer Zeit in diesen Hügeln umhergeklettert waren. Nicht wie die ersten schüchternen Schnäbeleien an der Windmühle. Küsse! Sie konnte es kaum ertragen, Jossi anzusehen, aber sie sah, daß auch ihn die Erinnerung – wie viele Mädchen er auch geküßt hatte und mehr als das – ins Mark traf.

«Genug, genug», sagte sie. «Laß uns aufbrechen!» Alle drei hatten die Arme voller duftender gelber Blumen.

«Ich will noch mehr pflücken», sagte Aryeh.

«Nein, wir fahren jetzt», bellte sein Vater.

Sie waren zu fünft beim Abendessen in der Wohnung der Berkowitz'. Aryeh hatte früher gegessen und gierig geschlungen und schlief bereits. Schaijna und Zev Barak war die eigenartige Tischordnung schon vertraut, doch für Don Kischote war alles neu: Es gab zwei Tischdecken, eine rote und eine weiße, zweierlei Geschirr in unterschiedlichen Farben und zwei Arten Besteck; metallenes auf der roten Seite, Besteck mit Holzgriffen auf der weißen Seite. Lena erklärte ihm kurz angebunden und säuerlich, daß die rote Seite koscher war, und überließ ihm die Entscheidung. Er setzte sich zu ihr.

«Was macht deine Fabrikrunde?» fragte Michael Barak im krampfhaften Bemühen, das Thema zu wechseln. «Bist du optimistisch? Oder pessimistisch? Wie sieht es aus?»

Barak schüttelte den Kopf. *«Der Ewige Israels wird nicht falsch handeln»*, zitierte er aus dem Buch Samuel ein israelisches Sprichwort, das für den Mut der Verzweiflung stand. «Andernfalls stecken wir in Schwierigkeiten.» Barak überprüfte die für die nächsten zehn Jahre geplante Produktionskapazität für Waffen; Zweck seiner Mission war es zu erkunden, ob Israel imstande wäre, selbst Panzer zu produzieren.

«Was ist mit dieser französischen 155-Millimeter-Haubitze, Zev?» fragte Kischote. «Wird man sie auf ein Sherman-Fahrgestell montieren können?» Israel besaß eine Reihe alter Shermans, die aus Kriegsrestbeständen und auf dem Schrottmarkt aufgekauft worden waren.

«Nicht ohne einen radikalen Umbau der Shermans. Vielleicht auch überhaupt nicht. Die Tests laufen noch.»

«Die Antwort sollte besser ja lauten!» Kischote schüttelte den Kopf, er wirkte wütend, und seine Stimme klang erbittert. «Oder wir werden im Feld abgeknallt, bevor wir überhaupt Feindberührung haben. Die Hälfte unserer Panzer wird von der sowjetischen Artillerie, die außerhalb der Reichweite unserer Waffen feuert, zerfetzt werden.»

«Nun, wir haben noch drängendere Probleme», sagte Barak. «Mit dem Geschützturm des Centurion kann man die deutschen Kanonen, die wir bestellt haben, nicht lenken. Der Vertrag muß annulliert werden.»

Beim Abendessen schaltete sich Professor Berkowitz in den Wortwechsel der Offiziere ein, die sich in schnellen, knappen Fachbegriffen und Abkürzungen über den Stand der Waffenlieferungen austauschten. Wie die meisten Akademiker hatte er eine Funktion im Verteidigungsbereich, Analyse und Konstruktion von Waffen, ein Fachgebiet, das er am Technion lehrte. Schaijna entdeckte überrascht einen ihr unbekannten Wesenszug an Jossi Nitzan. Daß er ein fähiger Soldat war, wußte sie, hier aber ging es um eine Technologie, für die er keine akademische Ausbildung hatte. Beim Sprechen veränderten sich sein Gesichtsausdruck und sein Verhalten. Als er seine Brille hochschob, war der Schalk aus seinen Augen verschwunden, und die anderen Männer schenkten seinen analytischen, am Kampfgeschehen orientierten Überlegungen aufmerksam Beachtung.

«Es wäre nicht das Dümmste», sagte Barak, während er seine Fischsuppe löffelte, «wenn du dich an der Technischen Militärakademie in Washingten für einen Kurs bewerben würdest. Sie würden dich nehmen, da bin ich sicher.»

«Ich verlasse nicht meine Brigade, um in amerikanischen Klassenzimmern herumzusitzen.»

«Das ist Unfug», erwiderte Berkowitz. «Ihr Kopf platzt geradezu vor praktischem Wissen und Kampferfahrungen. Zum Führen eines Krieges gehört mehr, als Kämpfer zu sein.»

«Letzten Endes ist das aber die Basis für alles», entgegnete Kischote. «Erfahrene Kämpfer führen junge Kämpfer. Das Neue an Israel ist, daß Juden kämpfen. Sonst nichts.»

«Das Neue an Israel ist», rief Lena aus, die sich nicht mehr zurückhalten konnte, «daß die Juden nach zweitausend Jahren in ihre Heimat zurückgekehrt sind.»

«Die Araber streiten ab, daß das unsere Heimat ist, sie haben ihre eigene Auffassung darüber», sagte Schaijna. «Bis jetzt können sie aber nicht bestreiten, daß wir Juden kämpfen.»

«Genau, und wenn sie das auch nur ein einziges Mal erfolgreich bestreiten, Schaijna», sagte Kischote mit düsterer Miene und einem zustimmenden Nicken, «dann ist alles aus. Meine Aufgabe und vielleicht auch die Aryehs ist es, dafür zu sorgen, daß sie das nicht tun! Notfalls hundert Jahre lang.»

«Das ist doch alles nur Geschwätz», sagte Barak. «Du willst auf dem Brigadeniveau stehenbleiben, das hast du im Sinn. Jede darüber hinausgehende Führung erfordert eine Ausbildung, genauso wie man eine Ausbildung als Zugführer braucht.»

«Wie dem auch sei, sprecht nicht in Gegenwart Yaels über einen möglichen Aufenthalt in Amerika», sagte Kischote. «Sie hat schon den Duft von Beverley Hills in der Nase, das könnt ihr mir glauben.»

Schaijna sprang auf, als es an der Tür klingelte. «Das ist Chaim.»

Kischote war auf den Anblick eines typischen Jeschiwa-Produkts gefaßt: bleich, bucklig, unterernährt und schäbig oder die blühende Alternative, eine birnenköpfige Version. Statt dessen betrat ein hochgewachsener, aufrechter Mann den Raum, ganz in sauberes Schwarz gekleidet und mit einem extrem üppigen Bartwuchs, der von seinem Gesicht unterhalb der Stirn nur Augen, Mund und Nase freiließ. Auf seinen schweren, langen schwarzen Haaren, die in den Bart hineinwuchsen, saß ein schwarzer Filzhut. Er hatte eine große, beeindruckende Nase und wilde braune Augen. Frisiert und gekleidet nach Wiener Art, mochte er durchaus eine gewisse Ähnlichkeit mit Herzl haben. Auf Lenas Aufforderung hin nahm er auf der weißen, nichtkoscheren Seite Platz und lehnte lächelnd einen Tee ab.

«Was stimmt nicht mit meinem Tee?» fragte Lena immer noch kampflustig.

«Danke, Lena, ich nehme Tee.» Er ließ ihn unberührt stehen.

Schaijna sagte mit liebevollem Lächeln zu ihm: «Dr. Berkowitz hat mir den schriftlichen Abriß deiner Doktorarbeit gezeigt, und er ist ganz meiner Meinung. Du nimmst dir mehr vor, als du schaffen kannst.»

«Riemann oder Gauss, Chaim», sagte Michael. «Nicht beide.»

«Mein Thema schafft die Verbindung zwischen ihnen», sagte Poupko. «Die Verbindung hat die differentielle Geometrie geschaffen.»

«Es ist durchaus originell», sagte Michael, «aber es wird einige hundert Seiten Gleichungen erfordern, und selbst dann bin ich nicht sicher, daß es funktionieren wird.»

«Das wird es nicht», sagte Schaijna. «Zwei Katzen in einem Sack.»

Es folgte ein Feuerwerk mathematischer Kabbalismen zwischen den dreien, und Kischote konnte eine unübersehbare Wärme zwischen Schaijna und Poupko feststellen. Er fragte sich, ob er gut daran getan hatte, auf dem Weg nach Nahalal bei ihr vorbeizuschauen. Die Folge war, daß er nun mit der Nase auf das Glück dieses haarigen Sohns eines Oberrabbiners und Schaijnas unverkennbare Zuneigung zu ihm gestoßen wurde.

«Wir werden zu spät zu Alterman kommen», sagte Poupko unvermittelt und stand auf. «Die Türen werden geschlossen, und wir verpassen die erste Hälfte.»

«Ich liebe Altermans Gedichte», sagte Lena. «Aber ich hasse Dichterlesungen. Dichter sind nicht imstande, ihre eigenen Werke zu lesen.»

«Wir wollen gehen.» Schaijna streckte Kischote die Hand entgegen. «Gib Aryeh einen Kuß von Tante Schaijna.»

Als die Tür sich hinter ihnen geschlossen hatte, sagte Kischote: «Ein beeindruckender Typ.»

«Ein hervorragendes Gehirn. Talmudische Strenge und mathematische Begabung», sagte Berkowitz. «Und nicht jeder Schwarzhut geht zu Natan Altermans Lesungen.»

«Und er wird seinen Militärdienst am Technion ableisten? Zu dumm», sagte Kischote. «Er sieht aus, als gäbe er einen guten Soldaten ab.»

«Das ist Schaijnas Idee, nicht seine», sagte Berkowitz. «Tatsächlich hat er mit mir darüber gesprochen, seine Doktorarbeit zu verschieben und erst zweieinhalb Jahre zur Armee zu gehen.»

«Nun, sie hat recht, und er ist verrückt», sagte Lena. «Was soll er essen? Er wird dem koscheren Essen in der Armee nicht trauen. Er ißt nicht einmal bei Michael. Er wird verhungern.»

«Ich kann mir nicht vorstellen, daß dieser Typ verhungert», sagte Zev Barak.

«Wenn er sich entschließt, eine Uniform anzuziehen, sagen Sie ihm, er soll sich bei den Panzern bewerben», sagte Kischote zu Berkowitz. «Ich hätte ihn gerne in meiner Brigade. Ich werde darauf achten, daß er was Richtiges zu essen bekommt.» Er stand auf und weckte Aryeh. «Komm, wir fahren heim.»

Aryeh streckte sich und fragte: «Wo ist Tante Schaijna?»

«Das hier ist von Tante Schaijna.» Der Vater küßte ihn. «Sie ist gegangen.»

«Vergiß Mamas Blumen nicht. Sie riechen gut, Abba.»

«Sehr gut.» Kischote hob den tropfenden Strauß aus einer Vase. «Komm und sag auf Wiedersehen.»

«Ach, Aryeh! Sie wachsen einem davon, nicht wahr?» sagte Zev

Barak, als Kischote mit dem gähnenden Jungen eintrat. «Ich habe heute meinen Sohn an der Akademie besucht. Er macht nächstes Jahr seinen Abschluß, und er will zur Marine.»

«Zur Marine?» Kischote runzelte seine Brauen. «Warum denn zur Marine? Das ist eine Sackgasse.»

«Wir leben in einer Marinestadt», sagte Lena, während sie beide Seiten des Tisches abräumte.

«Das ist Noahs Entscheidung», sagte Barak, «aber ein Jahr ist eine lange Zeit.»

«Ich werde Kampfpilot wie Dov Luria», sagte Aryeh.

Zev Baraks melancholische Augen leuchteten bei Aryehs Worten auf. «Das glaube ich dir.»

Der kleine Saal, in dem Alterman seine Gedichte vorlas, war nur halb voll. «Haifa ist keine Stadt für Lyrik», bemerkte Poupko, als sie in der Pause das verrauchte Foyer betraten. Einige Leute brachen auf.

«Es ist zu heiß für Gedichte», sagte sie. «Aber wir wollen bleiben. Die Gedichte sind es wert. Sie sind bitter, atheistisch. Gut.»

«In jedem Fall.» Nach kurzem Schweigen sagte er: «Das war also dein berühmter Don Kischote.» Es war seine erste Bemerkung zu Nitzan. Auf dem Weg zu der Lesung hatten sie über seine Doktorarbeit gesprochen.

«Nicht *mein* Don Kischote», schoß sie zurück. «In zwei Jahren hat er kein Wort von sich hören lassen, und dann taucht er auf wie vom Himmel gefallen, kannst du dir das vorstellen, um mit mir nach Nahalal zu fahren und seinen Sohn abzuholen. Schade, daß du Aryeh nicht gesehen hast. Er ist reizend.»

«Nitzan ist ein gutaussehender Mann. Einer von der ruhigen Sorte.»

«Ha! Ruhig? Kischote?» Schaijna stieß ein rauhes Lachen aus. «Er hat dich gemustert, und zwar sehr genau. Ich vermute, du hast ihm gefallen. Nicht, daß es mich kümmern würde.»

«Glaubt er an irgend etwas?«

Schaijna hustete pausenlos. «Laß uns rausgehen. Ich ersticke hier.»

Die Sterne leuchteten hell über der dunklen, beinahe menschenleeren Straße. «Glauben? Jossi ist nicht strenggläubig, aber er ist durch und durch Jude, nichts sonst. Er liebt Israel, er liebt den Boden, auf dem er geht. Kurz vor deiner Ankunft hat er einen Vorschlag, eine amerikanische Militärakademie zu besuchen, von sich gewiesen. Er hat seine Kindheit in den Lagern verbracht, weißt du. Vielleicht ist er deshalb so ein verrückter Kämpfer. Ich bin wirklich nie aus ihm schlau geworden. Ich habe ihn nicht gut genug kennengelernt. Nach deinen Begriffen jedenfalls ist er nicht religiös.»

«Klingt wie mein Großvater.»

«Dein *Großvater?* Der Ezrakh?» Dieser in Jerusalem geborene Weise, der mit Achtzig noch immer rüstig war, wurde allgemein nur der Ezrakh genannt, der «Eingeborene», weil er in seinem ganzen Leben keinen Fuß außerhalb des Heiligen Landes gesetzt hatte. «Chaim, das wirst du mir erklären müssen, wenn es nicht nur ein dummer Witz ist.»

Die Klingel ertönte. «Zeit für mehr Gedichte», sagte Poupko. Später auf dem Heimweg ging er nicht mehr darauf ein, und sie brachte das Gespräch nicht mehr auf Jossi Nitzan. Als sie allein in ihrer Wohnung war, vergrub sie die Nase in den Blumen neben ihrem Bett und ließ sich dann bäuchlings auf die Kissen fallen.

Das Wetter war nicht ganz unschuldig an Yaels Stimmung, während sie die Einreiseformalitäten am Flughafen hinter sich brachte: Es war grau, drückend, stickig, windig und nieselte, die schlimmste Art von Sommerklima in Tel Aviv, wenn jeder, der konnte, woanders hinfuhr. Außerdem war der Flug über das Mittelmeer unruhig gewesen, und der Pilot, mit dem sie während des Gymnasiums kurzzeitig befreundet gewesen war, hatte sie ins Cockpit eingeladen und mit Prahlereien über seine fünf Kinder gelangweilt. Nach den Flughäfen in Amerika kam ihr der Terminal Lod wie ein Kuhstall in Nahalal vor. Sie konnte den Kuhmist beinahe riechen, den beengenden, bedrückenden Geruch verhaßter Kindheitspflichten.

«Da bist du ja! Aryeh, Aryeh!» Der Junge rannte ihr entgegen, und ihre Laune besserte sich, als sie ihn hochhob. Er sah braungebrannt wie ein Soldat aus, und er war schwerer, als sie ihn in Erinnerung hatte. Don Kischote schlenderte hinter ihrem Sohn her, und auch er war ein erfreulicher Anblick, diese eindrucksvolle, uniformierte Gestalt mit Brille und dem einnehmenden Lächeln. Sie küßten sich überschwenglich.

«Willkommen!» sagte er. «Ich dachte mir, daß du aus Los Angeles zurückkommen würdest, aber wer kann da schon sicher sein?»

«Erzähl keinen Unsinn.»

Er lenkte den Militärwagen mit Yael auf dem Beifahrersitz und Aryeh auf ihrem Schoß aus dem Flughafengelände. Auf dem Weg nach Ramat Gan erzählte sie ihm von Sheva Leavis' Herrensitz, der Hochzeit und Sinatra; außerdem noch weitere Einzelheiten über den Abend bei den Rosenzweigs. Ihr Telefongespräch hatte in großer Eile stattgefunden, denn sie wollte keine hohe Rechnung entstehen lassen, auch wenn es für Leavis nur Pfennigbeträge gewesen wären. Jossi lachte viel. «Das war ja ein richtiges Abenteuer. Pasternak hat es den *yordim* [Emigranten] wirklich gezeigt, hm?»

«Er hat sie fertiggemacht.»

Doch als Yael sich nach den glatten, zehnspurigen Autobahnen Kaliforniens auf den engen Asphaltstraßen voller Schlaglöcher wiederfand, schien ihr, daß die Yordim durchaus auch recht hatten. Die wenigen Reklametafeln an den von Unkraut überwucherten Straßenrändern waren von der Sonne ausgebleicht, die Rahmen hingen schief im Wind. In den Einkaufsstraßen von Ramat Gan war die Hälfte der bescheidenen kleinen Geschäfte aufgrund einer weiteren *mitun*, einer Rezession, geschlossen, und in den staubigen, schmutzigen Schaufenstern lagen Schilder mit der Aufschrift: *Zu vermieten*. Wie heruntergekommen, wie trübsinnig, wie vertraut, wie klein, wie durch und durch israelisch das alles war! Als der Wagen in ihre Straße einbog, sagte sie unvermittelt: «Ich bin wieder zurück in Liliput.»

Er warf ihr einen scharfen Blick zu. «Stimmt. Freust du dich, wieder zu Hause zu sein?»

Sie umarmte ihren Sohn und wechselte ins Englische: «Home, sweet home.»

Als sie die Wohnung betraten, fiel ihr Blick sogleich auf die gelben Blumen; sie standen in einer Vase auf dem Dielentisch, und davor stand auf einer Grußkarte aus zerrissenem Pappkarton mit kindlichen hebräischen Schriftzeichen in drei Wachsmalkreidefarben: WILLKOMMEN MAMA.

«Wunderschön», sagte sie. «Danke, Aryeh.»

«Wir haben sie auf dem Rückweg von Nahalal gepflückt», sagte Kischote.

«Tante Schaijna hat nicht viele gepflückt», sagte Aryeh. «Sie ist faul.»

«Schaijna?» Ein fragender, beiläufiger Ton, während Yael den Duft der Blumen einsog.

«Sie heiratet den Sohn des Oberrabbiners von Haifa», sagte Kischote. «Ich habe sie mitgenommen, damit sie Aryeh wiedersieht.»

«Aha. Wie sah sie aus?»

«Heiß.»

Aryeh stürmte in sein Zimmer.

«Hast du ihren Zukünftigen kennengelernt?»

«Ja. Ein schwarzbärtiger Hüne, ein Mathegenie, jünger als sie. Ich mochte ihn.»

«Wildblumen halten sich nicht. Ihr Duft ist verflogen.»

«Nun, dann wirf sie weg.»

«Aryeh wäre traurig darüber. Ich werde sie morgen wegwerfen.»

Auch wenn die Geschichte mit den Wildblumen und Tante Schaijna Yael leicht irritierte oder vage eifersüchtig machte, sie hatte in dieser Nacht jedenfalls keinen Grund, sich über ihren Empfang im Bett zu beklagen; für ein langverheiratetes Paar ging es hoch her. Yael war nie ganz sicher, ob dieser rätselhafte Mann an ihrer Seite Shmatas hatte, sozusagen, oder Freundinnen; wenn dem so war, dann war er diskreter, als sie ihm zugetraut hätte. Schaijna Matisdorf stand selbstverständlich nicht zur Debatte. Don Kischote verhielt sich jetzt jedenfalls ganz wie ein vernachlässigter Ehemann und heizte ihr ordentlich ein.

«Was ist los? Bist du immer noch nicht müde?» fragte er und rieb sein haariges Bein an ihrem. «Es ist nach drei.»

Sie setzte sich, beglückt und erschöpft, mit dem Rücken an das Kopfteil gelehnt im Dunkeln auf. «In Los Angeles ist es jetzt nachmittag. Ich bin vollkommen durcheinander.»

«Trink einen Schluck Wein.»

«Weißt du was, Jossi? Wir müssen nicht so leben.»

«Wie?»

«So.»

Ihre Hand machte eine kreisende Bewegung. «Zwei winzige Schlafzimmer, ein Bad, das immer mit Aryehs Kram vollgestopft ist, keine Waschmaschine und so weiter. So.»

«Was sollen wir denn machen?»

«Ich hab' da ein paar Ideen. Wir können morgen darüber sprechen.»

«Nein, los, erzähl schon.»

«Na ja, es ist noch nichts Genaues. Sheva Leavis und dein Bruder besitzen ein Gebäude in Beverley Hills am Wilshire Boulevard. Ein sehr feines Viertel. Ein Geschäft für Brautmoden darin macht möglicherweise bankrott, und sie haben mich mitgenommen, damit ich mich ein bißchen umsehe. Ein prachtvoller Laden, perfekte Lage, eine phantastische Einrichtung, aber zwei dumme Französinnen richten ihn zugrunde und –»

«Du willst, daß wir nach Kalifornien auswandern, damit du diesen Laden übernehmen kannst?»

«Immer mit der Ruhe, mein Liebster, sei nicht gleich so eingeschnappt. Ich weiß, daß ich aus diesem Geschäft eine Goldgrube machen könnte, wenn ich dorthinginge, nur ich, nur für ein paar Jahre. Ich *weiß* es. Leavis sagte, wenn ich das schaffen würde, könnte ich einen Manager einstellen und mit einer Teilhaberschaft nach Hause zurückkommen. Das würde ein regelmäßiges Einkommen in Dollars bedeuten, Jossi.»

«Und Aryeh? Was ist mit ihm in all den Jahren? Soll er ohne Mutter aufwachsen? Oder soll er mit dir nach Los Angeles fahren und auch den Virus einfangen. Da sei Gott vor!»

«Okay, okay. Ich habe nicht gesagt, daß die Sache so einfach ist, Hamood. Laß es jetzt gut sein. Ich werde den Wein probieren.»

28
Präsident Kennedy wird liefern

Ben Gurion ist keinen Tag zu früh zurückgetreten. Er hätte schon vor Monaten zurücktreten sollen», sagte die Außenministerin, während sie an ihrer Küchenspüle in einer weißen Schürze voller Essensflecken Zwiebeln schälte. «Wenn er erwartet, daß die Arbeitspartei ihn dieses Mal bittet, noch einmal anzutreten, dann täuscht er sich. Er ist fertig, *kaput*, erledigt! Und das ist gut so!» Golda warf einen schnellen Blick über die Schulter und ertappte Barak und Pasternak, die am Küchentisch saßen, Orangenlimonade tranken und sich schiefe Blicke zuwarfen. «Hört zu, es bricht mir das Herz!» rief sie aus. «Jeder weiß, daß ich seine stärkste Anhängerin war, seitdem ich in die Politik hineingezogen wurde – von *ihm* und von niemandem sonst.»

Zwei schmutzstarrende Jungen kamen unter lauten Debatten, wer von ihnen einen Ringkampf gewonnen hatte, in die Küche gepoltert. Sie schnappten sich eine ordentliche Portion Kekse aus einem Topf und trabten, noch immer schreiend, wieder hinaus.

«Ach, diese Enkel! Ich bin gerade Babysitter, während Menachem und seine Frau nach Salzburg zum Festival fahren.» Sie gab die Zwiebeln in einen Topf auf dem Ofen. «Nun, sie sind reizend, aber verzogen. Pioniere sind es jedenfalls nicht. Eine neue Generation.»

«Hat das State Department endlich zugestimmt, Frau Minister?» fragte Pasternak vorsichtig. «Und falls ja, wann fahren wir?»

«Zugestimmt. Das Datum steht noch nicht fest. Oktober oder November.» Golda hängte die Schürze an einen Haken und schüttelte drohend ihren Zeigefinger zu Zev Barak. «Und jetzt hören Sie mir mal zu. Letztes Jahr haben Sie den Auftrag abgelehnt, wie ich höre. Dieses Mal fahren Sie. Keine Zicken! Der Mossad weiß vom CIA, daß Sie in Washington ein gerngesehener Mann sind.»

«Wahrscheinlich, weil ich seit Jahren nicht mehr dort war», sagte Barak und dachte, daß Chris Cunningham dahinterstecken mußte.

«Das macht nichts. Jitzhak Rabin wird diese Mission leiten. Kein

Geplänkel mehr, der stellvertretende Stabschef wird ihnen klarmachen, *daß wir diese Panzer haben müssen.* Und Präsident Kennedy wird die richtigen liefern, Sie werden sehen.» Sie setzte sich an den Tisch und nahm eine Birne aus der Obstschale. «Es ist Birnenzeit jetzt. Köstlich! Wir können nicht gegen neue sowjetische Panzer mit zusammengeflickten Restbeständen aus dem Zweiten Weltkrieg kämpfen. Das habe ich Kennedy in Florida gesagt. Er hat mir zugehört. Haben Sie den Bericht über mein Zusammentreffen mit ihm gelesen? Es war erstaunlich. Von geschichtlicher Tragweite. Was er mir sagte, was er mir versprach, hat Ben Gurion nie von ihm erreicht. Von *keinem einzigen* Präsidenten. Sie fanden ihn alle unausstehlich, was er auch immer war, selbst in seinen besten Zeiten. David, König Israels!» Sie biß in die Birne. «So süß, so saftig. Eine Frucht unseres Landes. Er hat mich sechs Jahre lang wie Dreck behandelt, mich nach Afrika, Asien, Gott weiß wohin geschickt, um mich aus dem Weg zu haben, während *er* die Außenpolitik bestimmte. Zu Ihrer Information, meine Herren, das Außenministerium wird von nun an von der Außenministerin geleitet.»

Barak hatte von dem stürmischen Parteitag der Arbeitspartei gehört, auf dem Golda Ben Gurion ihre erbitterte Anklage ins Gesicht geschleudert hatte, nachdem er bereits schwer angeschlagen war durch ein Wiederaufflammen alter politischer Streitigkeiten. Außerdem hatten Berichte über israelische Soldaten, die heimlich in Deutschland an hochtechnischen Waffen ausgebildet wurden, in den Zeitungen einen Sturm der Entrüstung ausgelöst. Was blieb der Armee oder Ben Gurion aber anderes übrig, wenn nur die Deutschen Israel einige wenige High-Tech-Systeme verkaufen wollten? Doch der alte Löwe war am Ende, und alle zerrissen ihn nun. Was Barak mißfiel, war Goldas Rolle und ihre unverhohlene Freude an seinem Sturz.

«Präsident Kennedys Worte», fuhr Golda fort, «sind in meinem Gedächtnis eingebrannt.» Sie veränderte ihre Stimme zu einer grotesken Karikatur von Kennedys Harvard-Akzent und zitierte auf englisch: ‹*Frau Minister, die Vereinigten Staaten haben eine besondere Beziehung zu Israel, die nur mit unserer Beziehung zu Großbritannien auf einer globaleren Ebene weltpolitischer Fragen ver-*

gleichbar ist.› Wenn Sie den Bericht noch einmal durchlesen, werden Sie sehen, daß es wortwörtlich stimmt. Was für eine Erklärung! Was für ein Wandel, seitdem Eisenhower Ben Gurion vor den Kopf gestoßen hat!»

«Es wird ein großer Tag werden», sagte Pasternak, «wenn Sie diesen Bericht freigeben.»

«Oh, das wird noch Jahre dauern! Die Araber würden ein Mordsgeheul anstimmen! Was macht das schon für einen Unterschied? Seine Berater waren mit uns auf der Veranda. Es ist alles in Washington protokolliert.» Sie lächelte wie aus weiter Ferne, aß die Birne auf und wischte sich den Saft mit einem Taschentuch ab. «Nehmen Sie doch etwas Obst, meine Herren!»

Sie lehnten beide ab.

«Ja, ich sehe Kennedy geradezu vor mir, wie er hemdsärmelig, ohne Krawatte in seinem Schaukelstuhl sitzt und die Wellen sich am Strand brechen... Er sieht aus wie ein Student, wissen Sie. Ich mußte mir immer wieder vorsagen: *‹Das ist der Präsident der Vereinigten Staaten, mit all seiner Macht!›*» Golda lachte unvermittelt. «Vielleicht mußte er sich immer wieder vorsagen: *‹Diese alte Yenta ist eine Außenministerin.›*»

Dann wurde sie wieder ernst und schüttelte an Barak gewandt den Finger. «Während Ihres Aufenthalts müssen Sie engsten Kontakt zu unserem Militärattaché halten. Halten Sie ihn auf dem laufenden. Der Botschafter rennt nur mit dem Kopf gegen die Wand des State Department. Die Armee der Vereinigten Staaten dagegen bringt uns Respekt entgegen. Dafür bekommen wir immer wieder Hinweise! Ich weiß, welche Überlegung sich langsam in den Köpfen ihrer Militärstrategen durchsetzt. *‹Vielleicht kann uns dieses kleine Israel an der Südflanke der NATO eines Tages von Nutzen sein!›* Auch wenn Dulles uns enttäuscht und betrogen hat, unser Sieg im Sinaikrieg war von großem Nutzen.» Sie zündete sich eine Zigarette an und blinzelte Barak durch den Rauch zu. «Wie würde es Ihnen gefallen, diesen Posten einmal selbst einzunehmen?»

«Wenn Sie mich so fragen, Frau Minister, es wäre mir höchst zuwider.»

«Sie sind ein Narr. Es wäre ein gewaltiger Karrieresprung, und Sie wären der Richtige dafür. Aber das liegt noch in weiter Ferne. Nun, ich muß jetzt Abendessen für die Kinder kochen, sie sind hungrig wie die Wölfe.» Die Offiziere sprangen auf. «Sie beide werden also mit Rabin und seinem Stab das Programm für diese Mission ausarbeiten. Ich möchte es nächste Woche sehen.»

«Ja, Frau Minister», sagte Pasternak.

Sie legte einen rundlichen Arm um seine Schultern. «Sehen Sie, das hat Kennedy gemacht, als ich ihn verließ. Genau das, Sam! Und er sagte: *‹Mrs. Meir, machen Sie sich keine Sorgen, Israel wird nichts geschehen!›* So ernst, so aufrichtig! Sie müssen diese Mission richtig planen, die Tatsachen eindringlich schildern, die Sache durchziehen. Sie werden vom Präsidenten nichts sehen oder hören, aber er wird alles erfahren, und wir werden die Panzer bekommen.»

Draußen war ein frischer und klarer Nachmittag in Jerusalem, wie man es in der Heiligen Stadt manchmal auch im August erlebt, während Tel Aviv im Dampf der Küste schmort. «Nun, sie sitzt wieder fest im Sattel», sagte Pasternak, «mit Karacho.»

«Hör zu, Sam, wenn ich die Delegation begleite, was wird dann aus den Oktobermanövern?»

«Wieso, wo liegt da ein Problem? Nitzan kann die Brigade übernehmen, oder nicht? Er macht seine Sache gut.»

Pasternak blickte auf seine Armbanduhr. «Ich habe eine Verabredung mit meinem Rechtsanwalt in Tel Aviv.»

«Ich komme mit dir, wenn es nicht zu lange dauert. Dann können wir mit Rabin sprechen.»

«Gemacht!»

«Tut mir leid, das mit dir und Ruth», sagte Barak, während sie in Pasternaks Auto stiegen.

«Die Sache ist gelaufen. Weißt du, ich war nicht gerade ein Engel. Sie sagt, dieser Kolumbianer will sie heiraten.» Er drehte die Handflächen nach außen. «Wenigstens geht Amos zur Armee, das wäre geklärt. Was die Mädchen betrifft, so vermute ich, daß der Typ sich am Ende nach Bogotá verzieht, und sie wird zurückkommen und wieder ihre Partys für die Boheme in Tel Aviv schmeißen und nach einem neuen Diplomaten Ausschau halten. Sie hat das ganze Loeb-Geld, das dürfte kein Problem sein.»

Barak wartete, bis Pasternak sich in den dichten Verkehr auf der Autobahn eingefädelt hatte, bevor er weitersprach. «Hör zu, Golda hat mir einen gehörigen Schrecken eingejagt, Sam. Militärattaché in Washington!»

«Es ist eine Spitzenposition, Zev.»

«Es ist ein reiner Schreibtischkram. Versuch nicht, mir etwas anderes weiszumachen.»

«Nun, sie hat ja nur dahergeredet. Wie ich höre, hat man dich als Stellvertreter für das Zentralkommando vorgeschlagen.»

«Das habe ich auch gehört, aber du kennst die Armee. Sam, woher rührt Goldas Rachedurst gegenüber dem Alten?»

Er warf ihm achselzuckend einen Seitenblick zu. «Es gibt Leute, die behaupten, die Sache hätte im Bett angefangen.» Es gab nicht viele Behauptungen zu einem israelischen Thema, die Zev Barak überraschen könnten, aber das rief ein ungläubiges Lachen bei ihm hervor. «Vor langer Zeit natürlich. Ansonsten kannst du sie beim Wort nehmen. Er entfernte sie aus dem Arbeitsministerium, das sie liebte, und steckte sie in das Außenministerium, das sie nicht wollte, und dann schickte er sie auf Staatskosten in der Weltgeschichte herum, nach Burma oder Liberia, während er sich die Außenpolitik unter den Nagel riß.»

Die meisten Autos, an denen sie vorbeifuhren, waren klapprige, alte europäische Minis, die die Hügel hinaufkeuchten und hinunterschepperten und dabei schwarze Auspuffschwaden ausstießen. Fünfzehn Jahre nach der Belagerung von Jerusalem war die Bergstraße zwischen Kastel und Latrun noch immer gesäumt von Autowracks, Kriegsdenkmäler, die mit roter Grundierfarbe konserviert wurden. Unten in der Ebene machte die zweispurige Überlandstraße einen Bogen um die Festung von Latrun. «Ein Dorn in unserem Fleisch», sagte Pasternak mit einer Handbewegung. «Wir hätten es 1948 einnehmen sollen, und wir hätten es schaffen können.»

«Ben Gurion konnte es nicht ertragen, noch mehr jüdisches Blut zu vergießen», erwiderte Barak, «und ich habe ihm nie einen Vorwurf daraus gemacht.»

Die ersten Zeilen von Emilys letztem Brief, der aus einem Brief ihres Vaters herausfiel, überraschten und erleichterten ihn.

Brief 33 (Stimmt's? Oder verliere ich den Überblick?)
Alter Wolf –
ich bringe schnell noch eine große Neuigkeit für Dich zu Papier, die ich in einen Brief stecken will, den Chris gleich an Dich abschicken wird. Kein großes Geheimnis, bin nur in größter Eile. Am ersten Oktober breche ich mit Hester zu einer Kreuzfahrt auf! Weihnachten auf Tahiti, bin im Januar zurück.

Also würde sie nicht da sein... eine Sorge (und auch eine Erwartung) weniger...

Es hat einiger Überredungskünste bedurft, eine Beurlaubung von Foxdale hinzubekommen, aber am Ende hat sich Fiona hilfsbereit gezeigt. Sie hat auch allen Grund dazu, denn ich habe bei der Untersuchung der Schulbehörde in Sachen Reverend Wentworths Unterleib gelogen wie gedruckt. Meine Seele mit einem Meineid befleckt (wenn ich auch glücklicherweise nicht auf die Bibel schwören mußte), mit der Behauptung, daß sie beide so rein wie frischgefallener Schnee wären. Mir als ihrer engsten Vertrauten glaubte man. Der Reverend ist wieder gesund, und nun treiben sie weiterhin und wieder am Sonntag Gitchi-gitchi. Seine Zukünftige gab ihm, zweifellos abgeschreckt durch *L'affaire* Unterleib, den Laufpaß.
Hester und ihr Göttergatte haben eine Reise auf einem Matson Passagierdampfer gebucht, und Hester hat mich eingeladen. Wie sie sagte, liebt sie ihn, er ist ein Schatz, aber er langweilt sie bis zum Verrücktwerden, und auf einer langen Kreuzfahrt würde sie ihn bestimmt in einer dunklen Nacht über Bord werfen. Das will sie vermeiden, es wäre zu hart für ihre drei Kinder. Du weißt also nun, daß ein Schweigen zwischen Oktober und Januar KEINEN Bruch unserer Beziehung bedeutet. Ich bin nur unerreichbar.
Die andere Neuigkeit ist, stell Dir vor, daß ich mich langsam mit der Alternative Jack Smith anfreunde. Überrascht? Eifersüchtig?

Hellauf begeistert? Ich werde in der Südsee sehr gründlich darüber nachdenken. Jack und ich, wir haben eine seltsame, altmodische Beziehung zueinander, fast wie aus einem Roman von Thackeray. Ich weiß nicht, was Jack in Sachen Gitchi-gitchi treibt – falls er überhaupt etwas treibt –, er hat keine Nakhama wie eine gewisse zweigleisig fahrende Laus meiner Bekanntschaft, aber er wartet jetzt schon lange Zeit auf mich, und wer weiß, wer weiß? Ich bleibe dran.

Deine Emily – *quand même*

Große Neuigkeiten in der Tat! Die Kreuzfahrt, nicht etwa Jack Smith; das war reiner Quatsch nach Emilys Art. Damit würde die große Entfernung auf dem Erdball zwischen Emily und ihm ungefähr gleich bleiben, wenn er in Washington war. Er ging in sein winziges Arbeitszimmer und schloß die Tür, um Cunninghams Brief zu lesen, der lang und eigenartig war. Er saß in seinem abgewetzten Sessel und knabberte Pistazien, ein Laster, das seine Hosen eng werden ließ; zum Teil war es eine nervöse Angewohnheit, aber zugleich liebte er diese verwünschten, dick machenden grünen Nüsse aus Persien. Dann machte er sich daran, einen Antwortbrief an den CIA-Mann zu entwerfen, aber seine Gedanken wanderten immer wieder zu Emily zurück.

Er hatte sich zu weit auf diese Sache eingelassen. Das war der Kernpunkt. Das Schreiben von Liebesbriefen war ein kleines Laster geworden, so wie die Sucht nach Pistazien, nur noch weniger empfehlenswert. Die frisch vermählte Nakhama hatte einst solche gefühlsseligen Ergüsse genossen, und sie liebte es noch immer, mit Liebkosungen und Komplimenten bedacht zu werden, aber sie war eine handfeste Frau: Für alles im Leben gab es eine Zeit, und die Zeit für Schmalzergüsse hatte mit Noahs Geburt geendet. Sie hatte zweifellos recht. Gesegnet sei daher, so dachte Barak, die schwabblige Hester Laroche und ihre Kreuzfahrt in der Südsee.

Seine unkontrollierten Ergüsse an Emily waren Hand in Hand gegangen mit selteneren Briefen an ihren Vater. Das Verbindende zwischen beiden Beziehungen war die Flucht vor dem Leben in dieser Unterwasserwelt, wie Barak Israel manchmal empfand, zur großen Außenwelt jenseits davon. Vater und Tochter boten ihm jeder auf seine Art einen Fluchtweg daraus. Cunningham hatte einen unkonventionellen, provokativen Geist, und der Briefwechsel mit Emily hob Barak aus seiner zwar glücklichen, aber durch die Interessen und das Wesen seiner Frau beschränkten Ehe heraus.

Nakhama hatte sich nie für europäische oder amerikanische Bücher, Theaterstücke, Gedichte oder ernsthafte Musik interessiert. Sie konnte sehr wenig Englisch, und selbst ihr Französisch aus Kinderzeiten, das sie von verwandten Immigranten aus Marokko gelernt hatte, war mangels Praxis eingerostet. Ausländische Literatur, die nicht ins Hebräische übersetzt war, nahm sie kaum zur Kenntnis und brachte auch kein Interesse dafür auf. Im Laufe der Jahre hatte ihr Horizont sich verengt auf die Erziehung von drei Kindern, zwei Mädchen und einem Jungen, und auf die Führung eines ordentlichen Haushalts mit den sparsamen Mitteln eines israelischen Militärsolds.

Im Gegensatz dazu las Emily Cunningham alte wie neue Bücher, machte Wochenendausflüge nach New York, um dort ins Theater, ins Konzert oder zu Kunstausstellungen zu gehen, und schrieb amüsante Kommentare dazu. Ein Jahr lang hatten sie sich über Sartre ausgetauscht. In einer kalten Wüstennacht hatte Barak während eines Feldmanövers auf einem Panzer sitzend im Schein einer Taschenlampe einen ernüchterten Ausbruch hingekritzelt; Sartre sei letztendlich nicht mehr als ein redegewandter Eklektiker, der nichts Neues zu sagen hatte, ein Plagiator und ein Selbstdarsteller, dessen «Existentialismus» sich auf eine von Heidegger und anderen Deutschen abgekupferte Effekthascherei reduziere. Emilys prompte, bewundernde Zustimmung hatte sein Herz erwärmt. Für Nakhama wäre Sartre, auch auf hebräisch, ein Buch mit sieben Siegeln gewesen.

Er zerriß Emilys Briefchen und machte sich daran, den Antwortbrief an ihren Vater zu beenden.

...Als Juden berührt es mich natürlich, wenn Sie die Wirren dieses Jahrhunderts als «donnernden Schritt von Gog und Magog» interpretieren und in unserer Rückkehr ins Heilige Land den «Neubeginn der Geschichte» sehen, die HOFFNUNG, das erste schwache Erklingen des Großen Horns, das den Messias ankündigt. «*Halevai*» sagen wir auf hebräisch; wenn es so wäre! Mir jedoch scheint all das der Schritt eines vorbeiziehenden Greuels zu sein, des Totalitarismus. Mit dem Auseinanderbrechen der alten Herrschaftsstrukturen schien die Freiheit in greifbare Nähe zu rücken, Chris, doch schlechte Menschen haben die Macht ergriffen und sich die ganze neue Technologie unterworfen, um ihr Volk mit Furcht und sprachlosem Gehorsam niederzuzwingen. Das ist der Leninismus, der Nazismus, der Maoismus. Doch ich glaube, die Völker der Welt werden sich ermannen und die neuen Könige und Herzöge in ihrer Verkleidung mit Schlägermützen und Maokragen zum Teufel jagen. Vielleicht werden wir das noch erleben.

Im Gegensatz zu Ihnen, Chris, habe ich im Marxismus nie eine apokalyptische neue Religion gesehen, die den Westen bedroht. Er hat keine große Prophetengestalt. Marx war ein bourgeoiser, zügelloser Geizhals, und Lenin, der einer Ikone noch am nächsten kommt, war ein selbstgerechter Schlächter, ein slawischer Robespierre. Mit dem Schwinden seiner Anziehungskraft wird der Marxismus dort Status quo bleiben, wo die Roten die Regierungs- und die Waffengewalt übernommen haben, so glaube ich; und wo das nicht der Fall ist, wird er unter kurzsichtigen oder korrupten Regierungen als Begründung für Aufstände herhalten, in denen der vorhandene Reichtum umverteilt werden soll.

Doch Sie haben hundertprozentig recht, wenn Sie in den Sowjets die wahre Bedrohung Israels sehen. Sie werden nicht davon ablassen, die Araber zu ermuntern, uns auszulöschen, einfach, weil es in ihr Konzept paßt, in dieser Region Fuß zu fassen. Sie werden weiterhin, vielleicht noch ein halbes Jahrhundert lang, irregeführte junge Araber in den Tod schicken, bis die Araber zur Vernunft kommen und aufhören, sich als austauschbare russische Bauern im großen Spiel der Macht herzugeben. Das alles hat mit Marxismus nichts zu tun. Und bis dahin müssen wir durchhalten, daher unsere verzweifelte Suche nach Waffen. Unsere jungen Kämpfer können es mit den Besten in der Welt aufnehmen, und sie sind hochmotiviert. Aber zwischen Speeren und Artillerie kann es keinen Wettkampf geben. Die Lage ist zwar noch nicht ganz so einseitig, aber die Tendenz geht dahin. Wir brauchen unbedingt Panzer, Chris!

Ich teile Ihre Sorge über Ben Gurions Sturz. Auch darin haben Sie recht. Zwar ist er formell zurückgetreten, in Wahrheit aber wurde er abgesetzt. Sein Nachfolger Eshkol ist von anderem Schlag. Er ist so grau wie ein wolkenverhangener Tag. Israel ist klein, aber zufällig liegt es am Dreh- und Angelpunkt eines gigantischen Weltgeschehens, dem Showdown zwischen Amerika und Rußland. Ben Gurion wußte das. Eshkol weiß über Pipelines und Elektrizitätswerke Bescheid. Er ist ein Mann der ersten Stunde in der Arbeitspartei, und er hat im stillen entscheidend zum Aufbau des Landes beigetragen, vielleicht wird er sich also noch machen...

Während er schrieb, hörte Barak, wie Nakhama ins Haus kam und dann die Mädchen, die inzwischen acht und drei Jahre alt und offenbar beide heute sehr fröhlich waren, wie er erfreut feststellte. Der übliche Nachmittagslärm war durchsetzt mit kleinen Zänkereien und gelegentlich einer scharfen mütterlichen Zurechtweisung. Dann klopfte es an seine Tür, und Nakhamas Stimme ertönte: «Abendessen, Zev.»

«Ich komme.»

Nun, genug mit diesen Visionen, zurück auf den Boden. Das Abendessen ruft. Ich könnte Ihnen noch vieles mehr über die neue Regierung Eshkol erzählen. War es Churchill, der sagte, daß die Demokratie ein schreckliches System sei, schlimmer als alle anderen, ausgenommen die, die man schon ausprobiert habe? Ungefähr so sagte er. Wie dem auch sei, das israelische System ist wahrlich nicht großartig, das ist sicher, aber wir sind wie Menschen in einem lecken Boot im Sturm. Wenn wir uns die Zeit nehmen, die Lecks zu stopfen, werden wir sinken. Wir müssen schöpfen und schöpfen und immer weiter schöpfen, bis der Sturm vorüber ist...

Als Barak in die Küche kam und sich hinsetzte, stand Nakhama am Ofen und lächelte eigentümlich. Die Mädchen saßen um den Tisch herum, kicherten und blickten fortwährend verstohlen auf einen Stuhl, der leer blieb. «Für wen ist der denn?» fragte Barak.

«Für mich», sagte Noah, der in Uniform eintrat, hochgewachsen wie sein Vater, aber schmaler, das jungenhafte Gesicht ernst und streng. Angesichts Baraks Verblüffung brach er in Lachen aus. «Marinerekruten unterschreiben früh.»

Zev Barak sprang hoch und umarmte seinen Sohn. Noahs Umarmung war fest und lang. «Also hast du dich schließlich für die Marine entschieden.»

«Ich weiß, daß du mich lieber bei den Panzern gesehen hättest.»

Barak hielt seinen Sohn auf Armeslänge von sich, kostete die Freude und die leise Furcht aus, ihn im Kampfanzug zu sehen. Alle Waffengattungen trugen die Zahal-Uniform, sie unterschieden sich nur in den Kappen und den Emblemen. «Du bist es ja, der seinen Militärdienst leisten mußt. Diene, wo du willst und wo du kannst.»

«Er kam an, während du da drin warst und gearbeitet hast.» Nakhamas rundliches Gesicht strahlte, und in ihren Augen standen Tränen. «Ich bin beinahe ohnmächtig geworden, ich dachte, er wäre noch in Haifa.»

«Noah sieht besser aus als Papa», sagte Galia, die Achtjährige.

Noah setzte sich. «Ich bin halbtot vor Hunger», sagte er in seinem altvertrauten, kindlichen Tonfall, «und niemand sieht besser aus als Abba.»

«Weißt du», sagte Barak in dieser Nacht in ihrem Schlafzimmer, «Galia hat recht. Ich bin ein fetter alter Gaul. Früher einmal hat mir diese Uniform gepaßt. Das ist vorbei!» Er saß aufrecht im Bett und las mit einer Brille, seiner ersten. Er hatte dem Optiker erzählt, er könne ausgezeichnet sehen, nur seien seine Augen abends oft so angestrengt. Der Optiker hatte genickt und ihm eine Brille aufgesetzt, und plötzlich sah das Gedruckte doppelt so schwarz aus, und der Optiker hatte rote Adern in der Nase.

«Erzähl mir nichts über Fett.» Nakhama bürstete im Morgenmantel ihre Haare. «Ich bin ein Nilpferd.» Sie hatte ein paar Pfunde zugenommen.

«Ich muß aufhören, Pistazien zu essen.»

«Ich muß aufhören zu essen.»

Barak erzählte ihr von seiner Entsendung nach Washington. «Es wird nicht vor Oktober oder November aktuell, und ich werde nicht mehr als zehn Tage weg sein, wenn überhaupt so lange.» Er schloß den Roman von Evelyn Waugh und nahm seine Brille ab. «Nakhama, Golda sprach davon, ich könnte einmal als Militärattaché dorthingehen. Nicht jetzt natürlich, aber sie hat es im Kopf.»

Nakhama hielt mit dem Bürsten inne und starrte ihn an. «Würdest du das wollen?»

«Würdest du es wollen?»

Nakhama spitzte die Lippen, das war ihre Art, angestrengtes Nachdenken zu signalisieren. «Für die Mädchen wäre es vielleicht von Vorteil. Sie würden ein für allemal gut Englisch lernen. Selbst Noah ist nicht sehr gut darin, und ich bin eine völlige Null. Es ist schrecklich. Wenn wir dorthingingen, würde ich daran arbeiten.»

«Aber Sam glaubt, ich hätte Aussichten auf den Oberbefehl im Zentralsektor. Das glaube ich auch.»

Der Zentralsektor lag Jordanien gegenüber, das seit der Vertreibung der britischen Armeeoffiziere während des Suezfiaskos geschwächt war und Ruhe wahrte. Es war der unterste unter den drei Kommandoposten, der Sektor grenzte hinten ans Mittelmeer, und seine Front verlief durch das geteilte Jerusalem, an der gezackten Waffenstillstandslinie entlang – der «Grünen Linie» –, die an manchen Stellen in Sichtweite von Tel Aviv und dem Meer lag. Der nördliche Befehlsbereich lag Syrien gegenüber, der südliche hielt Ägypten in Schach; alles Traumberufungen für zukünftige Stabschefs. Er war noch nicht soweit, aber er hatte in seiner Jugend im gesamten Zentralsektor gekämpft und kannte jeden Stein dort, und das war der Posten, den er als nächstes anstrebte.

Nakhama ging zu Bett, und sie unterhielten sich noch, wie sie es häufig taten, über seine Mitbewerber für den Generalsrang und ein Sektorenkommando: alles Veteranen von 1948, alle dekoriert und kontinuierlich im Aufstieg, alle mit genauestens durchgecheckten Fähigkeiten, Mängeln und Positionen in der Armeepolitik. Vielleicht war er zu nachdenklich und eine Spur zu fatalistisch, dachte

Barak manchmal, um ein wirklich verbissener Karrierehengst zu sein. Sam Pasternak hatte einmal bemerkt, er sei möglicherweise eine Spur zu zivilisiert. Falls dem so war, konnte er auch nichts daran ändern.

Als er das Licht löschte, sagte Nakhama: «Dann fährst du also im Oktober oder November eine Woche nach Washington, ja? Ich nehme an, du wirst dann deine Freundin Emily dort treffen.»

«Nein. Sie wird auf einer Kreuzfahrt im Südpazifik sein. Sie ist gewissermaßen von ihrer Stelle freigestellt.»

«Oh? Das ist aber dumm.» Nakhamas Stimme war im Dunkeln keine Spur von Mißtrauen, Erleichterung oder irgendeinem Gefühl anzuhören. «Es ist keine Hochzeitsreise, oder?»

«Nein. Es wäre besser eine. Sie ist fast schon eine alte Jungfer.»

Pause. «Als ich Noah heute sah, Zev, mußte ich daran denken, wie du in deiner britischen Uniform in Papas Eßlokal gekommen bist. Noah sieht genauso aus wie du damals.» Sie beugte sich zu ihm und küßte ihn sanft. «Er sieht nicht besser aus als du. Iß ruhig weiter deine Pistazien. Schließlich arbeitest du hart. Du hast ein Recht darauf.»

Die Dämmerung sank herab, und die ersten Sterne zeigten sich am Himmel. Auf einer dunklen Anhöhe reihten sich schattenhafte Centurion-Panzer, Jeeps und gepanzerte Transporter aneinander. Der Wachposten stoppte Barak mit vorgehaltenem Gewehr, salutierte dann und wies ihm den Weg zu Kischotes Zelt. Vor seiner Abreise nach Washington stattete Barak seiner Brigade noch einen Besuch ab. Er schritt in den knirschenden Schnee und den eisigen Wind hinaus, wofür er unpassend angezogen war, denn er war an einem sonnigen, milden Nachmittag in Jerusalem losgefahren. Daß es bereits im November schneite, war zwar verrückt, aber was war schon nicht verrückt in Israel in diesen Tagen?

Chaim Poupko sagte soeben in dreckverschmiertem Arbeitsanzug, als Barak das Zelt betrat: «Die Steigung liefert ihnen die Ableitung, Sir.» Er stand vor Kischote, der im grellen Schein einer nackten Glühbirne an einem Brettertisch saß und eine Kurve auf Millimeterpapier betrachtete.

«Zev! Du fährst nach Amerika?» Kischote stand auf. Poupko nahm Haltung an und salutierte. In Uniform sah der Mathematiker magerer und mit seiner Scheitelkappe und dem ungestutzten Bart entschieden seltsam aus.

«Also sind Sie schließlich bei den Panzern gelandet, Poupko? Was machen Sie?»

«Ich werde zum Panzerfahrer ausgebildet, Sir.» Er sprach mit unbeholfener soldatischer Ehrerbietung.

«Ich versuche mich in einem autodidaktischen Kurs in Differentialrechnung», sagte Kischote und zeigte auf die Kurve. «Solange ich ein Mathegenie in der Brigade habe, lasse ich meine Arbeit von ihm korrigieren.»

Barak lächelte den Sohn des Rabbis an. «Und wie macht sich unser Oberstleutnant?»

«Lauter Einser, Sir.»

«Ein Diplomat», sagte Kischote.

Barak fragte: «Ist das Essen in Ordnung?»

«Kein Problem, Sir.»

Auf ein Nicken Kischotes hin salutierte Poupko vor beiden und ging davon. «Er überlebt dank hartgekochter Eier und gebackener Kartoffeln», sagte Kischote. «Seine große Liebe sind Sardinen. Schaijna bringt sie ihm, auch frisches Gemüse und hin und wieder ein gekochtes Huhn. Er ißt, was sie kocht.»

«Sie haben nicht geheiratet, erzählte mir Michael.»

«Nun, die Sache ist anscheinend zumindest fürs erste erledigt.» Kischotes Stimme wurde flach. «Ich bin mir nicht sicher. Wann reist du ab?»

«Am Sonntag. Wie läuft die Übung?»

Ein weiblicher Soldat in einem dicken grünen Pullover, ausgebeulten, gefütterten Hosen und Ohrenschützern brachte ihnen Becher mit Kaffee und Wurstbrote. Kischote erzählte ihm, bei einem Manöver des nördlichen Befehlssektors spiele eine Rumpftruppe die Syrer. Der extrem frühe Kälteeinbruch mit Schneefall hätte aber alles über den Haufen geworfen. Manöver bei Temperaturen unter Null und bei Schnee hätten gravierende Probleme bei diesen Einheiten, die aus der südlichen Wüste verlagert worden waren, zum

Vorschein gebracht: vereiste Visiere an Gewehren, Schmiermittel, die so dickflüssig wurden, daß die Motoren nicht ansprangen, und so weiter. «Eine gute Möglichkeit, um Erfahrungen zu sammeln», sagte Kischote. «Woher sollen wir wissen, ob wir nicht eines Tages in einer Notsituation nach Norden verlegt werden? Das hat mir die Augen geöffnet, Zev. Wir werden eine vollständige Einsatzdoktrin unter Frostbedingungen ausarbeiten müssen.»

«Gut. Fang schon mal damit an. Wozu brauchst du übrigens Differentialrechnung?»

«Ach weißt du, ich bin immer wieder auf Differentialrechnungen gestoßen, wenn ich versucht habe, Bedarfs- und Verteilungsberichte, detaillierte Waffenbeschreibungen oder Manöveranalysen nachzuvollziehen. Kennst du dich damit aus?»

«Ich habe es gelernt. Es läuft auf einige wenige mechanische Operationen hinaus, die nicht schwierig sind.»

«Vielleicht dann, wenn man weiß, was man tun muß.»

Sie gingen hinaus, und während sie zwischen den Maschinen im Schnee umherwanderten, sprachen sie über Probleme der Brigade: die Leistungen der Offiziere, personelle Veränderungen, Mängel in der Ausrüstung, Trainingspläne und ähnliches. Barak war schon vor langer Zeit aufgefallen, wie hartnäckig und unermüdlich Kischote sich mit diesen grundlegenden Fragen beschäftigte. Wie unstet Jossi Nitzan auch in seinem persönlichen Leben sein mochte, als Soldat zeigte er eine andere Seite seines Wesens. Barak überließ ihm bedenkenlos die Brigade und beabsichtigte, ihn als nächsten Kommandeur vorzuschlagen.

Sie trafen Poupko, der scherzend mit den anderen Soldaten an einer Raupenkette arbeitete, die sie abmontiert und im Schnee ausgebreitet hatten. Barak kletterte auf den Panzer und sprang zu einer Überraschungsinspektion hinein. Er war allem Anschein nach ausgezeichnet in Schuß; kein unnützer Kram, saubere Ausrüstung, Ordnung im Stauraum, und der beengte Raum zusammen mit den Ausdünstungen von Dieselöl, Metall und Elektronik versetzten ihm einen sehnsüchtigen Stich. Verdammtes Washington.

«Ich mache mich auf den Weg», sagte er, wieder zurück im Zelt. «Es ist eine lange Fahrt nach Jerusalem.»

Kischote kritzelte hastig etwas auf ein Depeschenformular. «Sieh her, hier ist Yaels Telefonnummer und Adresse in Los Angeles. Ruf sie mal an, ja?»

«Aber sicher.» Baraks Blick glitt über das Formular. «Wie lange wird sie dort bleiben?»

«Das ist noch nicht klar. Sie sieht sich ein Geschäftsangebot an. Noch etwas, frag, ob du mit Aryeh sprechen kannst. Er kennt dich. Er mag Onkel Zev.» Kischote zögerte. «Man kann eine Menge aus der Stimme eines Kindes heraushören.»

«In Ordnung, ich werde mit Aryeh sprechen.»

Kischote streckte ihm dankbar die Hand entgegen. Während sie im Mondschein zum Auto gingen, knirschte die dünne Schicht trockenen Schnees unter ihren Stiefeln. «Komm nicht zurück ohne vierhundert Panzer», sagte er.

Auch in Washington fiel verrückterweise im November Schnee, was zu einem abendlichen Verkehrschaos führte. Das Washington Monument ragte verschwommen durch die schwebenden Schneeflocken empor, seine Spitze war im schimmernden Nebel nicht zu erkennen. Barak hatte diesen großen Obelisken zum letztenmal nach dem Marsch auf Sharm el-Sheikh gesehen. Auch wenn Dulles sie der Früchte des Sieges beraubt hatte, war es letztendlich doch ein Sieg gewesen; sieben Jahre später aber hatte der Kampf noch immer kein Ende gefunden, und da stand er nun wieder in Washington und bettelte um Waffen.

«Nicht schlecht für ein erstes Zusammentreffen», sagte Pasternak. Das Taxi, das sie vom Außenministerium zu Christian Cunninghams Haus in McLean brachte, kam nur schleppend über die verstopfte, matschige Potomac-Brücke voran.

«Keinerlei Zugeständnisse», sagte Barak. «Null.»

Pasternak hob eine geöffnete Hand. «Ich spreche über die Atmosphäre. Du warst letztes Mal nicht dabei. Das Klima war eisig! Rabin macht seine Sache gut. Wir werden Fortschritte erzielen.»

Der Lautsprecher in der Kuppel über Cunninghams Vordach antwortete mit Grabesstimme auf ihr Läuten: «Habe ich die Ehre mit Oberst Pasternak?»

«Hallo Chris.»

Eine andere Stimme, die einer jungen Frau, ertönte: «Habe ich die Ehre mit dem Grauen Wolf?»

29
Queenie

Was zum Teufel machst du hier?» flüsterte Barak Emily in der Empfangshalle zu und packte sie vor ihrem ins Auge fallenden Porträt am Ellbogen, während Pasternak mit Cunningham in die Bibliothek voranging. «Warum bist du nicht auf Samoa oder Bali?»

«Mein Gott, Zev, du wirst ja grau! Aber es steht dir. Wirkt sehr distinguiert.» Sie trug ein dunkles maßgeschneidertes Kostüm und eine blaue Hemdbluse mit Rüschen und einer goldenen Anstecknadel, auf der sich ein Wolfskopf befand. Bei ihrer letzten Begegnung hatte sie noch die leger gekleidete Studentin gespielt; und auf den Fotos, die sie ihm seitdem geschickt hatte, verkörperte sie die reizlose Lehrerin.

«Komm schon, Emily, was ist passiert?»

«Ich werde es dir erklären, ich werde es erklären.» Sie war außer Atem, strahlte und lachte. «Wir müssen uns treffen und miteinander sprechen.»

«Na schön, wann? Wo?»

«Am Lincoln Memorial. Heute nacht.»

«Heute nacht? Bist du verrückt? Und wieso am Lincoln Memorial?»

«Es ist schön im Schnee. Sei dort, Wolf. Um zehn Uhr. Vor der Statue. Wage nicht, mich zu enttäuschen. Komm jetzt, Zeit für einen Sherry.»

«Hör zu, Emily …», doch sie war schon in der Bibliothek verschwunden.

Während des Abendessens hatte Barak Mühe, sich auf Christian Cunninghams Ausführungen über ihre Mission zu konzentrieren.

Der CIA-Mann wußte bereits, daß General Rabin in seiner Eröffnungsvorstellung beim Außenministerium über eine Reihe neuer Waffensysteme wie auch über Panzer gesprochen hatte. «Es wird nicht funktionieren, meine Herren», sagte Cunningham. «Wir haben es hier nicht mit einer Situation zu tun, in der Sie Druck ausüben und den Mond verlangen können, um sich dann mit der Mondsichel zufriedenzugeben. Sie können ebensogut am Ende mit leeren Händen dastehen, wissen Sie.»

Emily schien zuzuhören, aber Barak wußte es besser. Er fühlte, wie sie immer wieder schnell und unmerklich einen Blick auf ihn warf, und konnte nur hoffen, daß die anderen es nicht bemerkten. Pasternak schien nichts um sich herum wahrzunehmen. Cunningham mit seinem kühlen, unbewegten Gesichtsausdruck und der dicken Brille war wie immer undurchschaubar.

Barak schreckte hoch, als er sich direkt an ihn wandte. «Und dieser letzte Brief von Ihnen, Zev, war reichlich lächerlich. Artillerie gegen Speere, was Sie nicht sagen! Lassen Sie dergleichen nicht bei den Gesprächen hören. Ihr Israelis verpatzt euren Fall mit euren Übertreibungen.»

«Eine Redewendung, wissen Sie.»

«Ziemlich daneben. Unserer Einschätzung nach seid ihr den Arabern militärisch ebenbürtig, wenn nicht sogar leicht überlegen.»

«Das ist erstens auf der schlichten Ebene des Waffenbestands falsch», sagte Pasternak. «Vor allem im Hinblick auf Panzer. Diesbezüglich können wir unwiderlegbare Beweise vorlegen. Und selbst wenn es so wäre, ein Gleichgewicht der Kräfte ist für uns sehr gefährlich.»

«Da komme ich nicht mit», sagte Emily. Seit den Vorhaltungen ihres Vaters an Baraks Adresse folgte sie dem Gespräch wieder. «Bin ich begriffsstutzig?»

«Wenn es in unserer Region zu einem Krieg kommt», sagte Pasternak geduldig, «wird die vorhandene Munition tendenziell innerhalb sehr kurzer Zeit verpulvert, verbraucht, ins Kampfgeschehen geworfen.»

«Das dürfte stimmen», erwiderte sie. «Und dann?»

«Und dann verfügen die Araber über unbegrenzte Reserven, die ganz in ihrer Nähe in Rußland bereitstehen. Flugzeuge, Panzer, Granaten, Artillerie, alles, was sie brauchen, lieferbar über Nacht. Wir haben eine einzige Nachschubquelle, die Franzosen. Nun, da sie Algerien verloren haben, sind wir nicht mehr so interessant für sie. Jede Waffenlieferung von ihnen kommt auf dem Seeweg und braucht Zeit. Und sie ist starkem Druck von arabischer Seite ausgesetzt und abhängig von den Unwägbarkeiten der französischen Politik, insbesondere jetzt, da de Gaulle wieder auf der Bildfläche erschienen ist.»

Emily blickte zu ihrem Vater, der kurz und ernst nickte.

«Sam stellt nur Fakten fest, und darauf wollte ich auch hinaus», sagte Barak zu ihm. «Wenn das unmittelbar zur Verfügung stehende Material erst einmal verpulvert ist, kann es in der Tat leicht zu einem Kampf Speere gegen Artillerie kommen. Das wissen Sie auch, Chris.»

«Dann solltet ihr den Krieg besser noch während des Verpulverns gewinnen», sagte Cunningham.

«Wir leben und planen nach dieser Devise. Die Araber können zehn Kriege verlieren, aber wir können sie nicht auslöschen. Sie dagegen können uns nicht nur auslöschen, das ist auch ihr erklärtes Kriegsziel. Wir müssen zu stark für sie sein, so daß sie es erst gar nicht versuchen.»

«Nun, *das* ist klar, Zev», sagte Emily und strich sich über ihr Kinn wie Abraham Lincoln über seinen Bart. Barak schüttelte kaum merklich mit gerunzelter Stirn den Kopf zu ihr hin.

Cunningham sagte: «Es ist alles andere als klar, Emily. Ein Rüstungswettlauf festigt die Stellung der Russen in der Region nur noch mehr. In Syrien und Ägypten haben Sie schon Fuß gefaßt. Eines schönen Tages wird Rußland Israel mit einer einzigen Bewegung seiner Bärentatze zerschmettern, wenn die Juden nicht einen Weg finden, wie sie mit den Arabern in Frieden leben können. Und zwar bald!»

«Die Frage ist, wie», versetzte Pasternak. «Die muslimische Welt erkennt nur eine Oberhoheit an, den Islam. Wir stehen nicht nur den Arabern gegenüber, nicht nur der Sowjetunion, sondern mehr als einer halben Billion Muslimen, oder nicht?»

«In gewisser Weise ja.»

«Das ist ein bißchen rätselhaft, nicht?»

«Ein Rätsel, das ihr lösen müßt. Die muslimische Welt wird sich rühmen können», erwiderte Cunningham, «daß sie das Volk Gottes endlich akzeptieren und beschützen wird, nachdem die Christen es beinahe vollständig umgebracht hätten.»

«Da komme ich nicht mehr mit», sagte Pasternak. «Klingt ja alles wunderbar. Ich hoffe, du hast ein paar Informationen, die mir unbekannt sind.»

«Emily, wir wollen Kaffee und Cognac in der Bibliothek einnehmen.»

«Ja, Vater. Danach werde ich mich absetzen und nach Foxdale zurückfahren.»

Aus dem Taxifenster heraus durch den dichten Schneefall gesehen war Emily eine kleine, dunkle Gestalt neben dem gewaltigen, von Scheinwerfern angestrahlten Sockel des Denkmals. «Warten Sie», sagte Barak, nachdem er den Fahrer bezahlt hatte, und stieg so schnell er konnte die frischverschneiten Stufen hinauf. «Hast du ein Auto?» rief er. Auf ihr Nicken hin winkte er dem Taxi zu, das verschwand.

Sie streckte ihm die Arme entgegen. «Sieben Jahre», sagte sie. «Sieben Jahre.»

Ihr Pelzmantel und sein Militärüberzieher hielten sie auf eine gewisse Distanz, als sie sich küßten. «Emily, was zum Teufel ist aus dieser Kreuzfahrt geworden?»

Emily zog einen schwarzen Handschuh aus, um ihre kalten Finger mit seinen zu verschlingen. «Hester ist schwanger. Kaum zu glauben von ihrem armen Göttergatten. Eine verblüffende bergsteigerische Meisterleistung.»

Gegen seinen Willen mußte Barak lachen. «Geht es ihr gut?»

«Blendend. Warum hast du gefragt, ob ich ein Auto hätte?»

«Ich möchte nur ungern zu Fuß in mein Hotel zurückkehren.»

«Teilst du ein Zimmer mit Pasternak?»

«Nein, er wohnt bei unserem Militärattaché.»

«Perfekt.» Der Druck ihrer Finger verstärkte sich, ihre Nägel bohrten sich in seine Handflächen. «Wir wollen einen kleinen Spaziergang machen.»

«Hier? Im Schnee?»

«Selbstverständlich. Es ist still und schön, nicht wahr?»

«Und dann?»

«Nun, dann gehen wir in dein Hotel und lieben uns.»

«Was tun wir?»

«Du hast es doch gehört. Gitchi-gitchi. Wir werden vögeln.»

«Emily, also wirklich!»

«Ist das vulgär, mein Lieber? Weißt du, für mich ist das alles noch neu. ‹Vögeln› steht in jedem Buch, der gängigere Ausdruck ist eigentlich –»

«Halt. Schluß damit!» Barak befreite seine Hand.

«Da steht mein Wagen, unter der Laterne. Wir werden ein bißchen spazierengehen und dann auf in dein Hotel. Liebst du mich nicht?»

«Doch. Komm, wir wollen gehen. Wir können zusammen etwas trinken gehen, uns unterhalten, aus der Kälte verschwinden. Ich muß morgen früh aufbrechen.»

«Grauer Wolf, wir werden uns lieben.»

«Emily, hör mit diesem Unfug auf. Nie und nimmer.»

«Warum nicht? Bist du impotent?»

Er konnte nicht anders, er mußte wieder lachen, dann fiel ihm ein, daß er ebensogut diesen Weg einschlagen konnte, um diese altjüngferliche Verirrung abzuwürgen. «Also, es ist sehr unangenehm, aber du hast mich ausgesaugt.»

«Warum lachst du dann? Das ist sehr traurig.»

«Ja, es war hart für Nakhama. Aber wir lieben uns, und wenn man älter wird, Emily, dann spielt das nicht mehr so eine große Rolle. Wir haben ja unsere Familie.»

Sie starrte ihn aus riesengroßen Augen an. «Lügner! Ich wette, daß ihr noch immer zehnmal pro Nacht vögelt. Ich wette, daß sie dich anfleht, du sollst sie schlafen lassen.»

Er legte einen Arm um sie. «Du schockierst Abe Lincoln. Wir wollen ein bißchen gehen.»

Wortlos drehten sie eine Runde um das Denkmal. Schnee überpuderte ihre Mäntel. Sie hielt seine Hand fest. Im Wagen steckte sie den Schlüssel in die Zündung und wandte sich dann zu ihm. «Das war kein Kuß dort oben. Komm.»

Er küßte sie. Keine Veränderung in sieben Jahren. Ein langer Kuß, süß wie im King David.

«Das war schon besser», keuchte sie und löste sich von ihm.

«Laß den Motor an.»

Sie gehorchte und sprach lauter, um das Surren des kalten Motors zu übertönen. «Weißt du, ich habe mich immer wieder gefragt, wie unser Zusammentreffen heute nacht verlaufen würde. Bis jetzt, glaube ich, läuft es gut. Wir haben die Klippe überwunden.» Der Motor sprang an, und sie legte einen Gang ein. «Ich habe nicht wirklich erwartet, daß du mich auf dein Hotelzimmer mitnimmst.»

«Das ist gut.»

«Ich wollte nur, daß du dich an die Vorstellung gewöhnst.» Bevor er etwas einwenden konnte, wechselte sie den Tonfall und das Thema, während sie angestrengt durch die Halbkreise in den Schneeflocken starrte, die die Scheibenwischer freimachten. «Zev, ich glaube, eure Mission wird erfolgreich verlaufen. Mein Vater ist übervorsichtig. Das ist sein Job. Es gibt hier große Sympathien für Israel. Nicht nur wegen des Holocausts. Das ist eine negative Geschichte. Sondern wegen der Parallelen zur amerikanischen Geschichte.»

«Welche Parallelen?»

«Nun, das ist eines der Lieblingsthemen meines Vaters. Wenn er in der richtigen Stimmung ist, kann er sich richtig darüber ereifern. Ihr seid an einer feindlichen Küste gelandet und habt versucht, einen neuen, auf Freiheit gegründeten Staat zu schaffen, nicht wahr? Ihr habt wie wir angefangen als Kolonien, die die Briten hinauswarfen. Beide hatten in der Gründerzeit mit gefährlichen Widrigkeiten zu kämpfen, nur daß die euren noch andauern. Eine beinahe spiegelbildliche Vorgeschichte, so behauptet Chris manchmal.»

«Ziemlich an den Haaren herbeigezogen, Emily. Eure Pilgrim Fathers hatten keine Vorgeschichte hier, das ist aber die Hauptwurzel des Zionismus. Wenn noch eine weitere Million Juden käme, würden die Araber vielleicht daran glauben und Frieden schließen – paß auf!»

Ein gelbes Taxi, das sie zu überholen versuchte, kam vor ihnen ins Schleudern und blieb quer zu ihrer Fahrtrichtung stehen. Emily trat gelassen auf die Bremse, lenkte den Wagen auf die Böschung, um auf dem schneebedeckten Grünstreifen neben der Autobahn zu passieren, und schlitterte dann ein gutes Stück vor dem Taxi auf die Autobahn zurück.

«Uh-ah», sagte Barak, «du weißt, was du tust.»

«Meistens schon.»

Als sie das kleine Hotel in der Nähe der Union Station betraten, blickte Emily sich um wie eine Katze auf Streifzug. «Hier war ich noch nie.»

«Es ist billig. Aber selbst dafür reichen meine Reisespesen nicht aus.»

In der düsteren, nach saurem Schweiß riechenden Bar veranstalteten drei Männer und drei Frauen an einem runden Tisch das lärmende Getöse, das Callgirls und ihren Kunden als launiges Vorspiel dient. «Ich weiß nicht recht, was ich davon halten soll», sagte Barak.

«Schön, wir wollen auf dein Zimmer gehen.»

«Kommt nicht in Frage. Du setzt dich hin.»

Ein rattengesichtiger Kellner in schmutzigem roten Kittel kam und wischte ihren kleinen Tisch ab. «Was soll's denn sein, Leute?»

Sie sagte: «Zev?»

«Ich? Oh, ein Bier.»

«Bier? Nach dem Schnee?»

«Na ja, ich trinke nicht viel. Ein Coca Cola tut es genauso. Und du?»

«Einen doppelten Jack Daniel's auf Eis mit einem Spritzer Zitrone.»

Der Kellner entblößte in Anerkennung ihrer Bestellung wohlwollend seine Fangzähne vor ihr. «In Ordnung, Queenie.» Emily sah vielleicht nicht aus wie ein Callgirl, aber die kamen ja in mancherlei Verkleidung an.

«Willst du mich schockieren?» fragte Barak. «Du mußt noch nach Middleburg fahren.»

«Wie du schon sagtest, ich weiß, was ich tue.»

An dem runden Tisch erzählte ein massiger Freier mit einer rauhen Stimme aus dem Mittleren Westen einen Witz. «... Da sagt der Barkeeper: ‹Hören Sie, Mister, in dieser Bar wird nicht über Religion gesprochen.› Der Typ sagt: ‹Und über Politik?› ‹Über Politik reden wir hier auch nicht.› ‹Na, und über Sex?› ‹Über Sex natürlich, über Sex können Sie reden, solange Sie wollen.› Darauf sagt der Betrunkene: ‹Okay, was halten Sie von Ihrem verfickten katholischen Präsidenten?›»

Die Mädchen quietschten, die Männer wieherten vor Lachen. Der massige Mann setzte zu einem weiteren Witz an, und der Kellner brachte das Coca-Cola und den doppelten Bourbon. Emily hob ihr Glas. «Prost! Und jetzt hör mir mal zu, Grauer Wolf, ich habe im vergangenen Jahr einen Haufen Geld und viel Zeit für einen Psychiater ausgegeben. Glaubst du, ich wüßte nicht, daß ich irgendwie komisch bin? Er kam schließlich zu dem Ergebnis, daß mir hauptsächlich eines fehlt: Ich müßte mal ordentlich durchgevögelt werden. Außerdem bot er sich mehr oder minder als Freiwilliger an, um diese Aufgabe zu erfüllen. Eine kleiner dicker Kerl mit einem schlappen Schnurrbart und einem Zwicker auf der Nase. Du trinkst ja dein Cola gar nicht.» Sie nahm einen tiefen Schluck von ihrem Bourbon.

Barak nippte und starrte sie an. «Ist das alles wirklich wahr?»

«Aber sicher.»

«Hat der Mann es ernst gemeint?»

«Nun, ich fing gerade an, ihm zu glauben, da kam er zur Couch und begann mich am Bein zu tätscheln. An beiden Beinen, ziemlich weit oben. Da, wo sie zusammentreffen, du verstehst?»

Am Nebentisch ertönte Baritongegröle und fiepsendes Gekicher. Auch Barak mußte lachen. «Ja, ich verstehe. Was hast du dann getan?»

Sie runzelte die Stirn. «Lach nicht, ich erzähl' dir die Wahrheit. Er sagte, ich sei die reizendste Patientin, die er je gehabt hätte, und ich hätte prächtige Beine, das hätte er bei der Art, wie ich mich auf der

Couch hin und her geworfen hätte, nicht übersehen können, und ich müßte wirklich über meine Vaterfixierung hinwegkommen. Andernfalls würde ich als alte Jungfer enden, und das wäre zu dumm, denn ich könnte eine wundervolle Frau und Mutter abgeben. Er hat mir geholfen, ich treffe ihn noch immer.»

«Aber wie hast du ihn dazu gebracht, mit dem Tätscheln oder was auch immer aufzuhören?»

«Oh, das war kein Problem. Seine Armbanduhr summte, die fünfzig Minuten waren um, und damit war der Fall erledigt. Nächster Patient.»

Die Mädchen und ihre Kunden verließen unter fröhlichem Geplapper die Bar. Plötzlich herrschte Stille, abgesehen vom leisen Klirren der Gläser und Flaschen, die der Kellner abräumte.

«Ray hat eine Frau und fünf Kinder», fuhr Emily fort.

«Ray?»

«Raymond Sapphire. Sein richtiger Name ist Shapiro. Er hatte seine erste Praxis in West Virginia, wo es keine Juden gibt, also nannte er sich Sapphire. Tatsache ist, daß ich Ray mag, aber körperlich finde ich ihn so abstoßend wie eine gehörnte Kröte. Zev, so geht es mir mit den meisten Männern. Ray hat mich davon nicht geheilt, und ich nehme an, das ist ihm auch klargeworden. Jedenfalls gibt es keine Annäherungsversuche durch die gehörnte Kröte mehr.»

«Hast du ihm von uns erzählt? Von den Briefen.»

«Selbstverständlich.»

«Und wie hat er das interpretiert?»

«Oh, ganz einfach. Du bist eine Vaterfigur, und ich kann zulassen, daß ich dich liebe, weil du neuntausend Kilometer entfernt bist und keine Gefahr einer realen sexuellen Beziehung besteht.» Sie legte ihre Hand auf seine und sah ihm tief in die Augen. «Von wegen!»

«Austrinken, meine Herrschaften!» rief der Barkeeper. «Letzte Bestellung.»

«Ja, ich nehme noch einen», sagte Emily.

«Nein, das wirst du nicht tun», sagte Barak. Er bezahlte und half ihr in den Mantel.

Der Barkeeper ließ seine kleinen, spitzen Zähne aufblitzen und sagte: «Kommen Sie wieder, Queenie.»

In der schmierigen Hotelhalle schlief ein grauhaariger Portier am Empfangspult, und ein Matrose küßte ein Mädchen in der Telefonzelle. «Wo hat er dieses ‹Queenie› nur her?» sagte Emily. «Es klingt so minderbemittelt und verrucht. Ich fühle mich geschmeichelt.»

Es hatte beinahe aufgehört zu schneien. Barak begleitete sie zu ihrem Wagen, der in einer dunklen Seitenstraße geparkt war. Dort knöpfte sie ihren Mantel auf, dann seinen und warf sich an seine Brust, um ihn zu küssen. Ihre Stimme klang erstickt, ihr Gesicht ruhte an seiner Schulter. «Habe ich dich in die Flucht getrieben? Wolf, ich liebe dich so, ich liebe es, von dir umarmt zu werden, daran ist doch nichts Böses, oder? Es ist wunderbar, es ist so schön. Du kannst sagen, was du willst, es ist hundertmal besser als Briefeschreiben.»

«Wie lautet die Telefonnummer der Foxdale-Schule, Queenie?»

Nach der Beendigung einer vormittäglichen Strategiedebatte in der Botschaft trödelte Barak noch im Konferenzraum herum, und sobald die anderen weg waren, griff er zum Telefon. Emily war ihm in den ganzen drei Stunden öder Diskussion nicht aus dem Kopf gegangen. Es war Zeit, etwas zu unternehmen.

«Ja, Miss Cunningham am Apparat.» Ein geschäftsmäßiger, lehrerhafter Tonfall, beinahe wie eine andere Stimme.

«Hei, Queenie.»

Pause. Dann brach sie in fröhliches Gelächter aus und senkte ihre Stimme um eine halbe Oktave. «Du bist es! Oh, Wolf, du bist es! Mein Gott, da rede einer von meinen okkulten Kräften! Wie –»

Er unterbrach sie. «Hör zu! Ich spreche auf einer Botschaftsleitung, wir wollen es also kurz und bündig machen. Verstanden?»

«Verstanden, Sir.»

«Ich störe dich hoffentlich nicht gerade?»

«Großer Gott, nein. Ich sitze nur hier und korrigiere irgendwelche dummen französischen Prüfungsarbeiten der Oberstufe. Zumindest versuche ich es, ich bin nur mit etwa zehn Prozent meines Gehirns bei der Sache. Was kann ich für Sie tun, Sir?»

«Wie wäre es, wenn wir uns morgen abend treffen würden? Nicht wieder bei Abe. Da, wo wir danach hingegangen sind.»

«Morgen abend?» Sie zog hörbar die Luft ein. Schweigen. Dann ertönte ihre Stimme, noch eine halbe Oktave tiefer, beinahe ein Flüstern. «Sprechen wir womöglich über Gitchi-gitchi, *mon vieux?*»

«Nun, es gibt da diese unerledigte Geschichte, mit der wir uns befassen sollten. Ich werde nicht lange hier sein, weißt du.»

«Oh, ich verstehe. Ich bin ganz deiner Ansicht. Sag, wie wäre es mit heute nachmittag? Ich könnte es einrichten, und –»

«Tut mir leid, ich kann nicht.»

«Schade. Dann heute abend? Die Sache eilt, wie du richtig sagtest.»

«Morgen abend, Miss Cunningham. Vorher bin ich nicht frei. Sagen wir um acht Uhr?»

«Volltreffer! Die Wette gilt! Acht Uhr! Bis dann!»

Barak legte auf in der Hoffnung, daß die Mädchen in der Vermittlung viel zu tun hatten oder ihn für einen der uninteressanten guten Ehemänner hielten.

Am nächsten Abend kroch der Zeiger der Uhr in der Hotelbar auf acht, dann auf nach neun, während er unter dem spärlichen gelben Licht an einigen Papieren arbeitete. Ein Fall jungfräulicher Panik in letzter Minute? Falls dem so war, so war es wohl das beste für ihn. Schließlich hatte er jede Menge zu tun! Was kümmerte ihn das unerwartete Klopfen seines Herzens. In seinem Alter, das war doch zu dumm! Diese Papiere waren zutiefst deprimierend. Während einer Besprechung an diesem Nachmittag in einem kleinen, kalten Konferenzzimmer des Außenministeriums hatten die Amerikaner scharf die israelischen Behauptungen über Umfang und Zunahme des arabischen Bestands an sowjetischen und britischen Panzern zurückgewiesen. Seine Aufgabe war es nun, ein Dokument mit Auszügen aus Geheimdienstmeldungen zusammenzustellen, um ihre Position zu untermauern, und General Rabin wollte es bis zum nächsten Morgen haben. Natürlich hätte er sein Rendezvous absagen sollen, aber die leibhaftige Emily erwies sich als eine zu verlockende Versuchung. Der Barkeeper brachte ihm ein zweites Cola.

«Sie warten wohl auf Queenie, Mister?» Barak nickte. «Sie ist erstklassig. Sie werden sehen. Die kommen meistens zu spät.» Er senkte die Stimme und machte eine Handbewegung. «Wir bekommen Besuch von ein paar echten Nutten.»

Eine echte Nutte in einem engen roten Kleid saß mit übereinandergeschlagenen Beinen auf einem der beiden Barhocker und entblößte dabei fette Oberschenkel und rüschenbesetzte blaue Strumpfbänder. Außer dem Kellner befand sich kein Mensch in der Bar, also arbeitete Barak weiter, so gut es ging, und kritzelte mit Bleistift Anmerkungen auf seine Unterlagen, bis Emily schließlich hereinrauschte. «Hier bin ich, hier bin ich. Fiona hatte einen ihrer Migräneanfälle, deshalb mußte ich so lange bleiben.» Sie ließ sich auf den Stuhl neben ihm fallen und umschloß seine Hand mit einem kalten, klammen Griff. «Zev, hast du das ernst gemeint, was du am Telefon sagtest? Ich habe die ganze Nacht kein Auge zugetan. Keine Sekunde lang.»

Er drückte fest ihre Hand. «Hei. Laß mich diesen dummen Papierkram wegstecken, und dann werden wir gleich zur Sache kommen.»

«Oh, wow! Geht es los, mein Lieber? Richtig los?»

Er entzog ihr seine Hand, um die Papiere zu verstauen, und lächelte ihr zu. «Falls du deine Meinung nicht geändert hast, als Dame steht dir dieses Privileg zu.»

Sie starrte ihn aus Lemurenaugen an und musterte dann mit Bedauern die Bar, den Barkeeper und die Nutte. «Die Sache ist die, Alter Wolf, ich habe mir das alles ganz anders vorgestellt. Also hilf mir ein bißchen, ich komme mir vor wie bei einem Zahnarzttermin.»

Er mußte laut herauslachen. «Wirklich? Warum, was hast du denn erwartet, Queenie?»

«Ach, was weiß ich. In meiner Phantasie habe ich uns an einem zauberhaften, schrecklich eleganten Ort gesehen, und es gab Champagner in einem Kühler und Kerzen und Rosen und all das, und du hast mich durch Süßholzraspeln überredet.»

«Dich überredet? Ich kann es dir nicht ausreden. Das ist offensichtlich. Dein absurder Dr. Sapphire weiß warum, also gehen wir.»

Er schloß den Reißverschluß seiner Aktenmappe, ein lautes Ratschen in der beinahe leeren Bar.

«Du hast ja recht, du hast recht, absolut recht. Bringen wir es hinter uns.» Ihre Stimme zitterte. «Wenn ich's mir recht überlege, bekomme ich noch einen Drink davor? Statt Lachgas?»

«Unbedingt.» Er winkte dem Barkeeper. Langsam sah es so aus, als würde Emily zurückschrecken und am Ende kneifen. Sei's drum! Ihre Entscheidung. Er würde sie nicht drängen, obwohl ihre schlanke junge Gestalt in einem schwarzen Kostüm eine aufregende Erscheinung war und auch alles andere an ihr ihn bezauberte: ihre leicht atemlose Art zu sprechen, ihr Talent, mit ernstem Gesichtsausdruck verrückte witzige Geschichten zum besten zu geben, ihre schnellen, kreisenden Handbewegungen und besonders eine ausdrucksvolle Geste, mit der sie ihm zehn gespreizte Finger ins Gesicht schleuderte; das waren nur einige wenige der bestrickenden Reize dieser hellseherischen Jungfer, die den halben Jack Daniel's in einem Zug leerte. «Ah! Jetzt geht es mir besser. Wolf, wann warst du Nakhama zum letztenmal untreu?»

«Zum Teufel, du bist unmöglich, Emily. Das hättest du nicht sagen sollen.»

«Du hast wohl recht. Tut mir leid. Sag mir, daß du es nie warst, und die Zahnarztgeschichte ist erledigt. Das meine ich ernst, Liebling. Ich *meine* es ernst. Ich mache keine Ehe kaputt.»

«Du machst gar nichts kaputt, aber ...» Er zögerte. «Ach, zur Hölle – na schön, ich erzähle dir von dem einzigen Mal, wo es ernst war.»

«Gut.» Sie leerte ihren Drink mit einem zweiten Schluck und machte dem Barkeeper ein Zeichen, nachzuschenken.

«Emily, wo um alles in der Welt hast du gelernt, so zu trinken?»

«Von Fiona, wirklich. Sie ist eine regelrechte Säuferin. Immer ganz Dame, aber wenn es an der Schule hart auf hart geht, fährt sie nach Middleburg in die Red Fox Bar und tankt eine Ladung Bourbon. Gewöhnlich habe ich Sherry mit ihr getrunken. Jetzt habe ich gewechselt. Erzähl weiter. Das einzige Mal, als es ernst war.»

«Also, falls dich das beeindruckt, sie war eine Marchesa. In Italien, 1945.»

«Eine Marchesa! Oh!»

Er erzählte in knappen Worten, aber die Erinnerungen überschwemmten ihn, und er konnte die Kletterrosen am Balkon vor dem Boudoir der Marchesa, von dem aus man einen Blick über die violette Adria hatte, beinahe riechen.

«Dann war sie es, die die Initiative ergriffen hat!» rief Emily aus. «Was bist du nur für ein Mann, unglaublich! Wir müssen uns im Sturmangriff auf dich stürzen, stimmt's? Sie ließ dir eine Flasche Wein an den Tisch bringen, und du hattest sie bis dahin nicht einmal bemerkt!»

«Ich hatte sie tatsächlich nicht gesehen. Aber ich war einundzwanzig und sah wohl nicht schlecht aus. Jedenfalls nicht dick und grau. Also warf sie ein Auge auf mich.»

«Brunello, sagtest du.»

«Ja. Es war übrigens ein hervorragender Wein. Der Kellner brachte ihn mit den besten Grüßen der Marchesa an den siegreichen britischen Soldaten. Von ihrem eigenen Weinberg.»

«War sie hübsch?»

«Emily, sie war dünn und blond. Sie war siebenunddreißig. Irgendwie sehnig. Eine außergewöhnliche Frau, sie sprach mehrere Sprachen, war sehr klug, sehr chic. Sie faszinierte mich wirklich, und es fiel mir schwer, Nakhama in die Augen zu sehen, als ich nach Hause zurückkehrte.» Er zuckte die Schultern. «Nach einer Weile ging es wieder.»

«Und die anderen Male? Erzähl mir davon.»

«Oh, Emily, hör auf.»

Plötzlich ernüchtert sagte sie: «Wolf, mein Allerliebster, möchtest du die Sache abblasen?»

«Mein Gott, nein. Komm.»

Im Aufzug legte er seinen Arm um sie und konnte fühlen, wie sie schauderte. Er verspürte eine eigenartige Erregung deswegen; sie tat ihm leid, und zugleich zitterte er vor Hunger nach ihr.

«Hier soll es also stattfinden?» Emilys Stimme bebte, als sie ein nach Lysol riechendes Zimmer betraten, das vom roten Schein des Hotelschilds durch das Fenster erhellt wurde. «Die historische Gesellschaft wird ein Schild anbringen lassen.»

«Komm her, Queenie.» Er warf ihre Mäntel auf das Bett und küßte sie in dem blinkenden roten Lichtschein. Sie erwiderte seinen Kuß mit einigermaßen überzeugender Leidenschaft. Jungfräuliche Skrupel gingen über Bord! Sanft begann er, ihre Bluse aufzuknöpfen, ließ seine Hände über kleine, wunderbar straffe Brüste unter der weißen Seide gleiten. Sie starrte ihn aus großen runden Augen an, während seine Hand auf einer glatten Reihe von Perlenknöpfen nach unten wanderte. Plötzlich brach sie in halbersticktes, wildes Kichern aus. «Tschuldigung, tschuldigung.»

«Was ist denn *nun* los?»

«Zwei Dinge, Liebster. Erstens kitzelst du mich, und du riechst nach Coca-Cola. Nicht daß es ein unangenehmer Geruch wäre», fügte sie hastig hinzu und versuchte, ihren Lachausbruch mit einer kleinen Faust im Mund zu ersticken. «Mach weiter, warum hörst du auf? Ich bin wahnsinnig glücklich, ehrlich.»

Das Telefon läutete. Das Zimmer war so klein, daß er den Hörer abnehmen konnte, ohne sich von ihr zu lösen. «Ja, stellen Sie ihn durch.»

«Gerettet durch das Läuten?» fragte sie und küßte ihn sanft auf Wange und Ohr.

«Ja ... Hallo, Sam ... Wirklich? Ist das nun gut oder schlecht?» Lange Pause. Er warf einen Blick auf seine Armbanduhr und hielt sie hoch in den roten Lichtschein. «Ich verstehe. Aber hör zu, das ist schon in einer halben Stunde ... Kann sein, daß ich ein paar Minuten zu spät komme. Was für eine Wendung.»

Er legte auf und blickte sie an.

«Ich weiß, Herr Doktor» sagte sie. «Sie werden doch nicht bohren zu guter Letzt.»

«Ich liebe dich, Emily», sagte er. «Gott helfe mir, ich liebe dich, aber es wird kein Bohren geben. Nicht heute nacht. Ich muß in die Botschaft.»

«Auch gut. Das Zimmer hier ist einfach zu heruntergekommen, selbst für Queenie. Wir werden es das nächste Mal im Brummstübchen versuchen.»

«Im Brummstübchen? Was ist das?»

«Das wirst du schon sehen.»

Sam Pasternak ging unter einer Straßenlaterne vor der Botschaft auf und ab. «Da bist du ja endlich», begrüßte er Barak mit dampfendem Atem. «Der Typ hat seine Meinung geändert, wir sollen uns bei ihm zu Hause treffen, nicht hier. Rabin ist schon dort. Es ist nicht weit, wir können zu Fuß gehen.»

Sie trotteten zusammen durch den schmutzigen Matsch die Connecticut Avenue entlang. «Hast du Yael erreicht?» fragte Barak.

«Nach langem Hin und Her. Ich vermute, sie wird diesen Laden in Beverley Hills übernehmen. Das Problem ist immer noch Aryeh.»

«Ich habe Don Kischote versprochen, daß ich mit dem Jungen sprechen werde. Hast du mit ihm geredet?»

«Er wollte nicht ans Telefon kommen.»

Der stellvertretende Sonderberater des Präsidenten wohnte in einem schmalen, alten Sandsteinhaus in einer Seitenstraße des Dupont Circle. Er war ein prominenter Rechtsanwalt in Washington und gewissermaßen Kennedys Vorzeigejude, wenn das auch in der Presse und im Fernsehen niemand offen aussprach. Rabin und der Attaché nahmen in einem sehr kleinen, mit Bücherregalen tapezierten Raum im zweiten Stock einen Drink in seiner Gesellschaft ein, als Barak und Pasternak eintrafen. Rabin trug wie sie Anzug und Krawatte. Der Attaché, ein stämmiger General, unter dem Barak im Trainings- und im Theorieabschnitt gedient hatte, war in Uniform und sah extrem erschöpft aus.

«Ich nehme nicht an, daß Sie diese Exzerpte schon fertig haben?» sagte Rabin mit einem Blick auf Baraks Aktentasche.

«Ich habe sie ausgewählt. Wir können sie morgen früh vorlegen» – er wandte sich an den Attaché –, «falls Ihr Büro sich um die Abschriften kümmert.»

Ein Knurren. «Wird erledigt.»

«Wie aussagekräftig sind sie?» fragte der Berater. «Sind sie hieb- und stichfest?»

Barak blickte zu Pasternak, der ihm durch Gesten signalisierte, daß er vorbehaltlos sprechen konnte. Es folgte eine außergewöhnlich offene Diskussion über israelische Geheimdiensterkenntnisse. Der Berater, ein schlanker Mann in den Vierzigern, der sich im College-Stil kleidete – graue Flanellhose, braunes Tweedjackett, gestrickte schwarze Krawatte – erhob sich und marschierte in dem engen Raum auf und ab. General Rabin, in seiner typischen Haltung über die ewige Zigarette gebeugt, sagte nichts, bis der Berater sich an ihn wandte und fragte: «Na schön, ich bin jetzt überzeugt, aber wird das auch die Leute vom Verteidigungs- und vom Außenministerium überzeugen?»

Rabin antwortete auf seine bedächtige, leise Art: «Es ist nicht ihre Aufgabe, sich überzeugen zu lassen.»

«Stimmt. Ich habe vor nicht einmal zwei Stunden mit dem Präsidenten gesprochen. Er verfolgt diese Angelegenheit sehr genau.»

«Nun, das hören wir gern», sagte Rabin zu den anderen, und es gelang ihm, sich seine Freude nicht anmerken zu lassen.

«Denken Sie daran» – der Berater griff zur Scotch-Flasche, bot den anderen an, die ablehnten, und schenkte sich ein Glas voll –, «die Sache ist äußerst delikat. Er muß globale Interessen berücksichtigen. Die Vereinigten Staaten sind in vielerlei Hinsicht auf das Wohlwollen der Araber angewiesen.»

«Das haben wir gehört», sagte Rabin aus seiner Kauerstellung heraus.

«Allerdings sprechen drei Dinge für Sie.» Der Berater zählte sie an seinen gespreizten Fingern auf. «Erstens hat er Golda Meir das Versprechen gegeben, er würde Israels Situation wohlwollend betrachten. Er hält sein Versprechen. Zweitens ist er ein Mann des Zweiten Weltkriegs, und er erinnert sich sehr gut daran, wie die Araber ihr Spielchen mit Hitler getrieben haben. Er geht nicht davon aus, daß er sich je auf sie verlassen wird, und er denkt, daß Israel vielleicht eines Tages unser As aus der Hinterhand im Mittelmeerraum sein könnte. Drittens glaubt er, daß die Stimmen der Juden bei der Wahl ausschlaggebend für ihn waren.»

Rabins Gesichtsausdruck erhellte sich leicht, als er sagte: «Dann haben wir vielleicht eine Chance?»

«Vieles hängt von Ihrem Zusammentreffen mit den Vertretern des Außen- und des Verteidigungsministeriums am nächsten Montag ab. Sie entsenden ziemlich hochrangige Persönlichkeiten dorthin. Bis dahin werden sie wie auch der Präsident Gelegenheit gehabt haben, Oberst Baraks Ausführungen zu verdauen.» Der Berater schenkte Barak ein freundliches, aber distanziertes Lächeln. «Also, Herr Oberst, an die Arbeit!»

«Ich werde mein Bestes tun, Sir.»

Als die Zusammenkunft sich auflöste, sagte Barak zu dem Berater: «Sie kennen wahrscheinlich die Antwort auf meine Frage: Was ist ein Brummstübchen?»

«Brummstübchen ...?» Die scharfen Augen des Beraters blitzten auf. Seine Antwort kam wie aus der Pistole geschossen, ähnlich der eines Kandidaten bei einem Fernsehquiz: «Brummstübchen. Dikkens. *Bleakhaus*. Ein Ort, an den man sich verkriecht, wenn man vor Wut kocht. Warum?»

«Danke.» Barak schüttelte ihm die Hand. «Sie überraschen mich.»

«Englischer Major, Harvard», sagte der Berater und strich mit beiden Händen seine Haare glatt.

Der Wagen der Botschaft mit General Rabin darin fuhr ab. Pasternak, Barak und der Militärattaché stiegen zusammen in ein Taxi.

«Warum sind sie so erschöpft?» fragte Barak den Attaché, der mit geschlossenen Augen auf dem Sitz zusammensackte. Sie waren auf dem Weg in seine Wohnung, um die Auszüge aus den Geheimdienstberichten und die optimale Art ihrer Präsentation für die Amerikaner zu besprechen.

«Das werden Sie schon noch herausfinden. Sie werden eines Tages diesen Job übernehmen.»

«Nicht, wenn ich es verhindern kann.»

Der Attaché öffnete die Augen und wandte seinen Kopf Barak zu. «Da begehen Sie einen Fehler. Der Botschafter macht den offiziellen Wirbel, die Missionen kommen und gehen, aber unsere Abteilung liefert die Ware.»

30
Das Brummstübchen

Am Montagmorgen verließ Barak das Hotel in beklommener Stimmung. Während des Wochenendes war von seiten der Amerikaner keine Reaktion auf sein hart erarbeitetes Aide-Mémoire gekommen, nicht einmal von freundlich gesonnenen Kontaktpersonen auf unterer Ebene im Außenministerium und im Pentagon Andeutungen darüber, wie es aufgenommen worden war. Zudem hatte der Sonderberater des Präsidenten Rabins Anrufe nicht erwidert. Was Emily betraf, so hatte er keinen Pieps von ihr gehört, und bei einem Anruf an der Schule hatte er einzig einen Hausmeister mit breitem Südstaatenakzent aufgestöbert, ohne irgend etwas über Miss Cunningham in Erfahrung zu bringen.

Nicht das Memorandum war der Grund für sein Unbehagen. Es stellte seiner Überzeugung nach eine schlüssige, gut untermauerte Argumentation für die Notwendigkeit von Panzerlieferungen dar. Die gängige Ausflucht Washingtons, daß Israel nicht auf Waffenlieferungen angewiesen sei, da sein militärischer Fortschritt ohnehin einen Sieg in jedem Verteidigungskrieg garantiere, zerbröckelte angesichts der schieren Masse sowjetischer Waffen, die in die arabischen Länder strömten, und der unanfechtbaren Informationen über die Ausbildung arabischer Offiziere in der UdSSR. Besonders bei der Luftwaffe vollzog sich ein rapider Wandel des Gleichgewichts: Die einhundert vor kurzem an Ägypten gelieferten Iljuschin-Bomber und die MiGs-18 und MiGs-21, die sich auf siebenundzwanzig arabischen Flughorsten angesammelt hatten, übertrafen bei weitem die französischen Mirages, die auf Israels sieben Flugbasen stationiert waren.

Auch am Boden konnten Israels Centurion-Panzer sich – abgesehen von der zahlenmäßigen Differenz – nicht mit den T-54 und T-55 messen, die in Ägypten und Syrien eintrafen. Der Reiz eines Überraschungsangriffs auf den jüdischen Staat nahm in gefährlicher Weise zu, und die Lieferung amerikanischer Panzer zum richtigen Zeitpunkt – wie wenige es anfänglich auch sein mochten – würde nicht nur dieses Ungleichgewicht minimieren, sondern auch ein Zeichen setzen, das die Atmosphäre in der Region abkühlen ließe, und die Wahrscheinlichkeit eines globalen Kriegs verringern. Das war Baraks Argumentation, die er mit einer Reihe von nachrichtendienstlichen Erkenntnissen und Beweisstücken untermauert hatte. Sie war unanfechtbar, so dachte er, wenn Präsident Kennedys Zusagen an Golda Meir überhaupt etwas wert waren. Das war die Frage.

Während die Konferenzteilnehmer zum entscheidenden Treffen einen hellen, sonnigen Raum des Außenministeriums betraten, fiel Barak der rein äußerliche Kontrast zwischen den Parteien ins Auge. Er war der größte Israeli, und alle Amerikaner, abgesehen von einem Berater des Außenministeriums, waren größer als er. Der grauhaarige Armeegeneral mit dem rosigen Gesicht ragte gut einen Meter achtzig hoch; der Staatssekretär des Außenministeriums war eine schlanke, bleiche, düstere Gestalt von mindestens ebensolchen Ausmaßen; und ihre zumeist blonden Berater und Stellvertreter sahen aus, als hätte man sie extra ausgewählt, damit die Israelis wie gedrungene, dunkle Troglodyten aussahen, die aus primitiver Unwissenheit heraus unverschämte Forderungen stellten. So kam es Barak zumindest an diesem Morgen vor, und es schien ihm, als ob die Amerikaner bei der Begrüßung unheilvoll die Zähne fletschten und ihre Besucher mit glasigen Blicken anstarrten. Er konnte keinen Kontakt zu ihnen herstellen, ausgenommen zu dem General, dessen Lächeln kurz und unbehaglich ausfiel, während sie sich die Hände schüttelten.

Der Vertreter des Außenministeriums eröffnete die Sitzung mit den Worten, daß die Einschätzung des Waffengleichgewichts im Nahen Osten seitens der CIA leider in direktem Gegensatz zu Oberst Baraks so wortgewandtem Aide-Mémoire stünde. Anschließend führte er aus, welche Vergünstigungen Israel in jüngster Zeit durch die Vereinigten Staaten zuteil geworden seien, die dadurch ihre Beziehungen zu den arabischen Ländern massiv gefährdet hätten: die Freigabe der Hawk-Flugabwehrraketen (obschon deren Lieferung noch eine Weile dauern würde), die Unterstützung des Jordanwasserprojekts (auch wenn die arabischen Drohungen, dieses gewaltsam zu verhindern, zu gewissen Verzögerungen führten) und so weiter. Was nun die Waffenanfragen im einzelnen betraf, so übergab er das Wort dem Armeegeneral.

Der General informierte sie daraufhin, daß die USA über keine Raketenschiffe verfügten und auch nicht planten, solche zu produzieren; Israel würde sich also woanders umsehen müssen, um den russischen Raketenschiffen Paroli bieten zu können, die die Araber erhielten. Was die Boden-Boden-Raketen betraf, so seien die amerikanischen Waffen für nukleare Sprengköpfe konstruiert und nicht auf konventionelle Sprengköpfe umrüstbar und kämen folglich unglücklicherweise für Israel nicht in Frage. In der Frage der Panzer müsse jeglicher Transfer der verschiedenen amerikanischen Modelle letztendlich von einer politischen Entscheidung abhängig gemacht werden, und die falle ins Ressort des Außenministeriums, wie der General sich mit einer Bewegung zu dem düsteren Staatssekretär des Außenministeriums hin ausdrückte, der an einer erkalteten Pfeife zog.

Diese beiden Erklärungen, die durch das Verlesen vieler Auszüge aus technischen Dokumenten unterbrochen wurden, nahmen über eine Stunde in Anspruch. In einer Kaffeepause brachte der schwarzgekleidete Beamte des Außenministeriums, um einen freundschaftlichen Ton bemüht, das Gespräch auf sein Gärtnerhobby; er befürchtete, der verfrühte Wärmeeinbruch, der den Schnee hatte schmelzen lassen, könnte seine Krokusse zum Austreiben verführen und sie anschließend erfrieren lassen. Pasternak bemerkte, daß in der Umgebung von Washington immer die Gefahr bestünde, daß man durch einen Wärmeeinbruch verführt wurde und anschließend erfror. Seine rauhe Stimme und sein bärenhaftes Schulterwackeln riefen leises Gelächter hervor, doch der Staatssekretär des Außenministeriums lachte nicht, und Barak dachte, daß Sam sich im Ton vergriffen hatte. Nachdem sie wieder an dem Tisch einander gegenüber Platz genommen hatten, bat der Mann vom Außenministerium einen Assistenten, einen Protokollentwurf mit einer Zusammenfassung der Gespräche und den Empfehlungen des Außenministeriums vorzulesen, der auf dem Amtsweg zum Präsidenten befördert werden sollte. Selbstverständlich würde er es begrüßen, wenn die Israelis vor der endgültigen Abfassung des Textes ihren Kommentar dazu vorbrächten. Während der Verlesung kaute er auf seiner Pfeife herum, und seine Augen ruhten auf Rabins verdrossenem Gesicht.

Als die Lesung beendet war, senkte sich Schweigen auf die Versammelten.

«General Rabin?» fragte der Staatssekretär.

«Zutiefst enttäuschend.»

«Warum? Wir haben in der Frage der Panzer ein wesentliches Zugeständnis empfohlen, oder etwa nicht? Wir dachten, das würde Sie freuen.»

«Verzeihen Sie, Sir, ich als Soldat nehme kein Blatt vor den Mund. Von was für einem Zugeständnis sprechen Sie? Sie verlangen von uns unanfechtbare Informationen über ägyptische Panzertypen und -bestände. Bis dahin wird es, wenn ich recht verstehe, keine Panzer für uns geben. Was verstehen Sie unter unanfechtbaren Informationen?»

Der Staatssekretär blickte zu dem hübschen blonden Assistenten, der das Protokoll verlesen hatte. Der Assistent sagte mit Bostoner Akzent: «Informationen, die der CIA bestätigt oder akzeptiert.»

«Es könnte Monate dauern, bis wir das vorlegen können», warf Pasternak ein. «Oder ein Jahr, und es ist bestenfalls ein schwer definierbares Kriterium.»

«Und der Vorschlag, die Panzer in Europa zusammenzubauen, Sir», sagte Barak, «könnte eine Lieferverzögerung von Jahren bedeuten.»

«Unter den bestehenden politischen Bedingungen», erklärte der General mit bedrücktem Gesichtsausdruck, «gibt es keine andere Möglichkeit.»

Als sie vom Außenministerium ins Sonnenlicht traten, sagte Rabin: «Die Mission ist gescheitert, meine Herren.» Zu Barak gewandt fügte er hinzu: «Ihr Memorandum war ausgezeichnet. Das Ergebnis war von vornherein beschlossene Sache.»

Als Zev Barak nach einem niederdrückenden Nachmittag in der Botschaft, während dessen der Verlauf der Gespräche erörtert worden war, ins Hotel zurückkehrte, stellte er überrascht fest, daß sein Herz beim Anblick eines Telefonzettels in seinem Nachrichtenkästchen heftig klopfte. Er las das Gekritzel und zerknüllte es dann.

«Wo kann ich ein Auto mieten?» fragte er die Frau am Empfangspult.

Sie hörte auf, ihre Nägel zu feilen, und stach mit der Feile durch die Luft. «Am Union Square.»

Emilys Auto wartete mit ausgeschalteten Scheinwerfern vor der Post in Middleburg. Er parkte den Leihwagen und stieg neben ihr ein. «Hallo, Wolf.» Sie ließ den Motor an. «Du hast es aber schnell geschafft.»

«Klare Anweisungen.»

«Wie läuft die Mission, mein Lieber? Ich habe beschlossen, dich am Wochenende nicht zu stören.»

«Das war nicht zu übersehen. Kein Kommentar zur Mission.»

«Verstanden. Wieviel Zeit haben wir?»

«Ich muß um zehn zurück sein.»

«Gut. Auf ins Brummstübchen.»

Sie bog in eine schmale dunkle Straße ein, fegte um ein paar Kurven und rutschte schlingernd in eine zweispurige Chaussee hinein. «Hier draußen ist das Eis noch nicht ganz geschmolzen. Keine Angst. Es ist nicht mehr weit bis zur Schule.»

«Emily, was ist das Brummstübchen?»

«Das Pförtnerhaus des Grundstücks, das die Schule erworben hat. Die letzte Schulleiterin lebte darin. Fiona und ich benutzen es, um uns abzusetzen. Zum Entspannen, zum Arbeiten oder sonst was. Wir spielen Karten dort. Es ist gemütlich. Es gibt einen Kamin.» Sie legte eine feuchte Hand auf seine. «Nervös, mein Lieber?»

«Ich? Warum sollte ich nervös sein?»

«Reizend. *Ich* bin es nicht. Kühl wie eine Gurke. Gespannt wie eine Geige. Glücklich wie eine Venusmuschel.»

«Sind Venusmuscheln glücklich?»

«Warum nicht? Sie sind Zwitter, nicht wahr? Sie vögeln sich selbst. Was für ein weises System! Keine Komplikationen.»

«Austern sind Zwitter, glaube ich», sagte Barak. «Venusmuscheln nicht. Und außerdem können Zwitter sich in der Regel nicht selbst befruchten.»

«Oho, du weißt aber gut Bescheid! Was du alles über Zwitter parat hast. Ich bin schwach in Biologie. Mein Steckenpferd ist französische Literatur. Ach, da fällt mir etwas ein. Hiroshima hat einen Lyrikpreis gewonnen. Im Ernst! Er hat mir ein Exemplar des Buches geschickt. Du wirst ihn nicht wiedererkennen auf dem Einband. Er hat sich bei einem Autounfall die Nase gebrochen, und er hat eine Glatze. Er sieht aus wie Sokrates.»

«Emily, um Himmels willen, gib auf die Straße acht.» Sie wandte die Augen nicht von ihm ab, während sie dahinplapperte, und ihre Augen leuchteten im Schein entgegenkommender Autos auf.

«Ich kann diese Straße im Schlaf fahren. Ich liebe dich, Wolf. Es wundert mich, daß du gekommen bist. Ihr israelischen Militärangehörigen habt nur dummes Zeug im Kopf. Das weiß jeder. Ich hatte Angst, du könntest anders sein.»

«Sei still, Queenie.»

«Ich kann nicht. Dieses Mal führt kein Weg mehr dran vorbei, ich weiß, und um die Wahrheit zu sagen, ich bin in höchster Panik. Hier ist die Schule. Siehst du? Nur ein Katzensprung.» Sie fuhr durch ein Steintor, das von schmiedeeisernen Lampen erhellt wurde, und brachte den Wagen vor einem Holzhäuschen zum Stehen. «Das Brummstübchen. Die Schule ist dort oben.» Sie zeigte mit der Hand auf ein breites, ausladendes Gebäude, das im Mondschein am Ende eines gewundenen Kieswegs auf einem Hügel lag.

Barak zog seinen Mantel aus, während sie sich vor dem Kamin hinkauerte, eine helle Papierfackel anzündete und aufflackern ließ. Er sagte: «Hier also treiben Fiona und ihr Reverend ihr Hutschie-Knutschie?»

«Es heißt Gitchi-gitchi, mein Lieber. Nein, nein. Fiona hat eine Wohnung ein Stück die Straße hinunter. Ihre eigene Wohnung, ganz entzückend. Fühl dich wie zu Hause.»

Sie schaltete eine Stehlampe ein und ging hinaus. Das Feuer breitete sich aus und wurde heller, es knackte und verbreitete einen angenehmen Holzgeruch. Das Cottage hatte eine eckige Holzdecke, von der ein Wagenradleuchter herabhing, und an den Wänden des Wohnraums standen Bücherregale, auf denen sich kreuz und quer übereinander Bücher stapelten. Er setzte sich auf eine abgewetzte, aufgepolsterte Couch vor dem Feuer und erblickte auf dem niedrigen Tischchen vor sich eine Kristallschale mit Pistazien.

«Ich hätte dir nicht davon erzählen sollen!» rief er aus. «Ich bin dick genug.»

«Oh, meinst du die Pistazien? Laß es dir schmecken.» Dann hörte man das Klirren von Glas. «Ach, verdammt, Zev!»

«Sieh dir das an.» In einer kleinen Küche lagen Glasscherben in einem See aus Rotwein. Sie reichte ihm die Flasche. «Hier, mach die auf, während ich dieses Chaos beseitige. Ein schöner Anfang für unser Stelldichein, hm? O Gott, wie ich plötzlich zittere!»

«Brunello, wie ich sehe.»

«Was sonst? Mach schon, nimm ihn mit hinein. Hier sind Gläser, dort ist der Korkenzieher. Wir werden eine schöne, unvergeßliche Zeit miteinander verbringen, auch wenn ich keine Marchesa bin und es weder Kerzen noch Rosen gibt.»

Während sie im Schein des Kaminfeuers Wein tranken, gab sie ihm eine lebhafte Schilderung von Jack Smiths Hochzeit mit der Tochter eines der reichen Anwälte der Stadt in der Kathedrale von Washington. Sie hatten sich Hals über Kopf ineinander verliebt, und die Hochzeitsfeier war *das* gesellschaftliche Herbstereignis für Washingtons alteingesessene Familien gewesen. «Patricia ist sehr sanft und hübsch, ich würde sie sogar als Schönheit bezeichnen. Ich mag sie.» Emily saß auf dem Boden und lehnte ihren Kopf an Baraks Knie. «Sie ist eine gute Reiterin. Das einzig Dumme ist, daß sie verrückt ist. Nicht so harmlos verrückt wie ich, ich meine, daß man sie eigentlich einsperren müßte. Einmal kamen sie und ich von einer Jagd zurück, und wir saßen schweißgebadet in einer Ecke der Clubbar und tranken Pimm's Cups, da erzählte sie mir, sie hätte ein Raumschiff gesehen.»

Er streichelte ihr Haar. «Hör auf, sie hat sicher einen Witz gemacht.»

«Ganz bestimmt nicht. Sie sagte, sie sei alleine an einem Strand in Tortola – das gehört zu den Jungferninseln – unterwegs spazierengegangen, um Muscheln zu sammeln, und dann sei diese fliegende Untertasse herabgesaust und hätte Wolken von Wasser und Sand aufgewirbelt. Dann landete sie, und heraus kamen Außerirdische.»

«Und wie sahen sie aus, wie kleine grüne Männchen?»

«Nun, sie hatte gerade zu weiteren Ausführungen angesetzt – sie sagte, sie seien rund und irgendwie teigig gewesen –, als sie sah, wie Jack sich näherte. ‹Kein Wort zu Jack darüber, bei deinem Leben, er hält mich sonst für durchgedreht.› Na ja, danach haben sie sich verlobt, und ich habe seitdem kaum noch mit ihr gesprochen. Aber sie meinte jedes Wort bitter ernst, Zev. In ihren Augen stand so ein merkwürdiges Glitzern, weißt du? Armer Jack!»

Ein brennendes Holzscheit stürzte heraus und verqualmte das Zimmer. Barak schob es mit einem Feuerhaken zurück, ließ sich dann neben ihr auf den Boden gleiten und schloß sie in die Arme.

«Es gibt noch eine andere Flasche Brunello», stieß sie mit bebender Stimme hervor. «Ich habe drei gekauft.»

«Ich habe genug Wein getrunken.»

«Nun, dann nimm noch ein paar Pistazien.»

«Nicht jetzt.»

Er küßte und streichelte sie, zuerst sanft, dann mit wachsender Leidenschaft. Sie reagierte scheu und unerfahren, und er zog sie hoch. «Komm, Queenie.»

Atemlos stieß sie hervor: «Wohin, Liebster?»

Er ergriff ihre eisige Hand und führte sie zu einer offenen Schlafzimmertür. «Oh, dorthin», sagte sie. «Gott segne mich.»

Das Mondlicht fiel durch ein hohes Fenster auf das Doppelbett. Er zog seine Jacke aus.

«Ich verstehe. Jetzt ist es wohl soweit», sagte Emily. «Nun, ich bin dabei. Jetzt oder nie!» Entschlossen zog sie an ihrem Reißverschluß und schälte sich aus ihrem Wollkleid. Es lag wie eine Pfütze zu ihren Füßen. Sie stand in einem Spitzenhöschen vor ihm und verschränkte die nackten Arme vor der Brust. «Also, was hältst du bis jetzt davon? Ziemlich sehnig, wie die Marchesa?»

«Wundervoll, jung, grandios.»

«Danke, aber Wolf, ich komme mir verdammt seltsam vor. Ich geniere mich nicht im geringsten. Warum nur ist das so?»

«Willst du damit sagen, du seist nicht in Stimmung?»

«Liebling, siehst du nicht, daß ich vor Leidenschaft erglühe? Mannomann, du ziehst dich aber schnell aus! Militärtraining, hm? Unter diesem Slip hier», sagte sie und zog den duftigen Saum hoch, «ist alles französisch. Unglaublich lecker. Du wirst den Verstand verlieren.»

«Ich kann es gar nicht erwarten, aber wie wäre es, wenn wir die Jalousie herunterließen?»

«O ja, ja, sicherheitshalber. Es ist zwar niemand hier draußen, aber es kann nicht schaden. Ich bin irgendwie – Jesus auf einem Fahrrad!»

«Was?»

«Fiona.»

«Fiona!»

«Wolf, sie kommt zu uns. Ich habe sie im Red Fox zurückgelassen, normalerweise müßte sie noch Stunden dort außer Gefecht sein!» Sie stieß wild mit allen zehn Fingern nach ihm. «Zieh dich an! Oder kriech unters Bett! Spring in den Wandschrank! Tu *etwas*!» In größter Hast zog sie ihr Kleid an und schloß den Reißverschluß.

«Jetzt hör mir mal zu, Emily» – Barak griff nach seiner Hose –, «du gehst jetzt einfach hinaus und sagst Fiona, daß du einen Typen hier drin hast.»

«Einen Typen? Das wird sie mir nicht glauben. Sie wird denken, ich stelle etwas wirklich Schreckliches an. Wiener Würstchen im Kamin braten. Sie haßt Wiener Würstchen, wegen der Fettspritzer. Wir sind uns deswegen schon einmal in die Haare geraten.»

«Mach, was ich dir sage, Emily. Geh einfach hinaus.» Er schob sie am Ellbogen zur Tür.

«Du meinst wirklich, ich soll das tun? Na gut, ich mache es. Aber zieh dich an, zieh dich an, für den Fall, daß sie hereinstürmt. Fiona ist ein Rhinozeros.»

Während Barak sich anzog, hörte er draußen hysterisches Gekicher. Er ging zur Couch, nahm eine Handvoll Pistazien, verspeiste sie und warf die Schalen ins Feuer. Das hohe, überdrehte Geschnatter draußen nahm kein Ende. Es war bereits nach neun Uhr. Seine verliebte Stimmung verflog langsam, und als er nach einer gescheiterten Mission zur Waffenbeschaffung auf dem Boden eines Pförtnerhauses im Gelände einer Mädchenschule in Virginia saß und Pistazien knabberte und wartete und wartete, bis sich ihm endlich die Gelegenheit bot, seine Frau zu betrügen, kam er sich vor wie ein Narr. Schließlich kam Emily lachend herein und warf die Tür zu.

«Nun?»

«Du hattest vollkommen recht!» Sie ließ sich auf die Couch fallen. «Weißt du, was sie getan hat, als ich es ihr erzählte? Sie schrie ‹Hurra!› und schlang ihre Arme um mich und lachte sich schier kaputt. Sie ist sturzbetrunken, und wie! Sie hat mich über dich ausgefragt, wollte hereinkommen und schnell hallo sagen, und ich hatte größte Mühe, sie zum Abziehen zu bewegen. Jetzt ist sie weg und – ach Zev, hör auf, diese verdammten Pistazien zu essen!» Sie umarmte ihn und stieß ihn zu einem verzweifelten amateurhaften Kuß auf die Couch zurück. «Wo waren wir stehengeblieben? Soll ich den anderen Brunello aufmachen?»

«Vergiß den Brunello.» Er zog sie an sich und küßte sie lange auf ihren entzückenden schmalen Mund.

«Ah, jetzt geht die Post ab», murmelte sie an seinen Lippen. «Komm jetzt, Heißsporn.»

Aber es war alles nur leeres Gerede. Sie reagierte verkrampft und unbeholfen, ihre Ellbogen und Beine waren ständig im Weg. Nach einer Weile faßte er sie an den Schultern, hielt sie ein wenig von sich und sagte: «Und, Queenie, gilt die Wette noch? Sollen wir uns wieder ausziehen, alles wie gehabt machen, ja?»

«Warum nicht? Ich bin Feuer und Flamme, du nicht? Bloß muß ich immer daran denken, daß du um zehn Uhr zurück sein mußt, stimmt's? Und es ist schon nach neun Uhr. Würden wir das Ganze nicht zu sehr überstürzen? Wie lange dauert es eigentlich, Liebster?»

«Kommt drauf an, wie schnell das Novokain wirkt.» Mit einem schwachen Grinsen setzte Barak sich auf. Es war nur zu offensichtlich, daß auch sie aus der Stimmung gebracht worden war, und ihre unerfahrenen Versuche, das zu verbergen, waren ganz rührend. «Liebling, ich glaube fast, Fiona hat einen Eimer kaltes Wasser über dich gekippt.»

Emily setzte sich mit einem traurigen Lachen auf. «Stimmt, das hat sie ganz bestimmt getan. Aber wie hast du es gemerkt? Habe ich dich nicht geküßt wie die Garbo? Zev, ich will immer noch, ehrlich.»

«Du bist entzückend, und ich liebe dich», sagte Barak. «Du wirst den Brunello mit Fiona genießen.»

«In Ordnung. Das habe ich befürchtet, sowie sie aufgekreuzt ist. Gott, was hat sie sich amüsiert. Weißt du, was sie sagte, Wolf? Sie sagte: ‹Sieh an, sieh an, Schneewittchen kann ein scharlachrotes Kreuz im Kalender machen.›»

«Noch nicht.» Er half ihr auf die Beine. «Fahr mich zurück zu meinem Auto. Ein netter Versuch.»

Sam Pasternak flog auf Einladung von Sheva Leavis nach Kalifornien, um mit ihm zu besprechen, welche Waffen auf dem freien Markt erhältlich waren, während Barak einen Panzergeneral in Fort Knox besuchte, mit dem er seit Jahren in Kontakt stand. Unglücklicherweise erinnerte ihn die neue junge Frau des Generals mit ihrer schlanken, knabenhaften Figur an Emily, und Barak hatte eigentlich vorgehabt, Emily aus seiner Gegenwart und soweit wie möglich aus seinen Gedanken zu verbannen. Er fühlte, daß er bereits zu tief verstrickt war, und wohin sollte das führen?

Pasternak rief ihn aus Los Angeles in Fort Knox an. «Du hast Kischote doch versprochen, mit Aryeh zu reden? Er steht neben mir, in Shevas Gästehaus. Yael läßt dich grüßen. Sie ist gerade ausgegangen. Ich gebe dir den Jungen.»

Aryeh sagte mit trauriger Stimme: *«Mah shlomkha, Dode Zev?»* («Wie geht es dir, Onkel Zev?») Barak erfaßte auf der Stelle die Situation. Gefiel es ihm in Kalifornien? Ja, es war nett. Hatte er Freunde? Ja, aber er konnte sie nur nach der Schule sehen, und wenn sie Englisch sprachen, konnte er sie nicht verstehen. Fühlte er sich wohl? Ja, aber er würde gerne wieder nach Hause fahren.

Pasternak kam wieder ans Telefon. «Er hat dir ein Theater vorgeführt. Er macht es Yael auch schwer. Aber er schwimmt in Shevas Swimmingpool und spielt mit den Hunden des chinesischen Hausmeisters, und gewöhnlich ist er guter Laune. Er will nach Hause, und das ist gut so.»

«Wie geht es Yael?»

«Sie ist hochbeschäftigt. Ich komme heute nacht zurück. Findet dieser Abschiedsempfang an der Botschaft für uns nun statt?»

«Ja, und Rabin hat die ganzen Typen vom Außen- und vom Verteidigungsministerium eingeladen, mit denen wir verhandeln.»

«Das wird ja eine heitere Versammlung werden!»

Zu Baraks riesengroßer Überraschung wurde es das wirklich. Das Flugzeug aus Fort Knox hatte Verspätung, und als er in der Botschaft eintraf, war dort eine fröhliche Party im Gange. Jeder hatte ein Glas in der Hand, aber der bloße Alkohol konnte nicht für diese außerordentlich ausgelassene Stimmung verantwortlich sein und ganz gewiß nicht für General Rabins Lächeln und Scherzen mit dem schlaksigen, schwarzgekleideten Staatssekretär des Außenministeriums. Pasternak schob Barak in eine Bibliothek außer Sichtweite des Empfangssaals und nahm dort auf einer Eckcouch unter den Bronzebüsten von Ben Gurion und Herzl neben ihm Platz.

«Streng vertraulich, Zev, es ist etwas Wundervolles geschehen! Eine Kehrtwendung um hundertachtzig Grad! Der Sonderberater traf heute nachmittag mit einer Botschaft Präsident Kennedys zu einem Gespräch mit Rabin zusammen. Der Präsident hat das Protokoll des Außenministeriums gelesen, und er wird es ablehnen. Wir werden die Panzer auf Anweisung der Exekutive bekommen!»

«Oha! Gesegnet sei sein Name! Wann? Welche Typen? Wie viele?»

«Das ist alles noch Verhandlungssache. Das Wichtigste ist die Entscheidung, und die ist gefallen. Der Berater arbeitet zur Zeit die Anweisung des Präsidenten aus, und er sagte mir, ich solle dir ausrichten, daß ihm dein Aide-Mémoire sehr nützlich dabei ist. Kennedy wird die Anweisung bekanntgeben, wenn er von einer Vortragsreise zurück ist.»

Barak stellte sein Coca-Cola hin und streckte Pasternak die Hand entgegen. Nickend und lächelnd ergriff Pasternak sie. «Und diese Typen da draußen haben keinen blassen Schimmer davon», fügte er hinzu, «und rechnen es uns als Verdienst an, daß wir trotz unserer Abfuhr so gute Verlierer sind.»

Als sie zu dem Empfang zurückkehrten, sah Barak, daß Christian Cunningham Hut und Mantel anzog. Er hatte den Eindruck, als hätte der CIA-Mann ihm quer durch den Raum seltsame Blicke zugeworfen. Vielleicht bildete er sich das auch nur ein, weil der Name Cunningham ihn in größte Verwirrung stürzte. Er blieb zum Abendessen in der Botschaft, und mitten während des Essens rief ihn ein Assistent ans Telefon.

«Wolf, wie geht es dir? Ich rufe für meinen Vater an.»

Ein leichter, verbindlicher Ton. Der Klang ihrer Stimme ließ seine Nerven vor Freude vibrieren.

«Mir geht es gut. Ich war verreist.»

«Das sagte man mir an der Botschaft. Du reist übermorgen nach Israel ab, nicht wahr? Vater hofft, du kannst morgen mittag noch zu einem frühen Abschiedsessen kommen. Sagen wir gegen zwölf?»

«Sam Pasternak auch?»

«Nur du dieses Mal.»

«Ich werde kommen.»

«Hast du einen besonderen Wunsch? Ich werde kochen. Ich mache gute Pfefferomeletts.»

«Klingt gut. Wie ist es dir gegangen, Emily?»

«Wunderbar. Fiona und ich haben den Brunello geleert. Sie trank in einem fort auf *‹den Typen›*.» Emily lachte bezaubernd. «Wir waren total besäuselt, und ich bin um hundert Prozent in Fionas Achtung gestiegen. Auch Ray ist sehr angetan.»

«Ray? Angetan wovon? Was zum Teufel hast du diesem Quacksalber erzählt?»

«Ich sehe dich dann beim Mittagessen. Ray ist kein Quacksalber. Er sagt, du bist genau das, was der Doktor verschrieben hat. Er hat recht. Tschüs, Wolf.»

Das Taxi brachte Barak an einem windigen, grauen Novembertag nach McLean. Braunes Laub wirbelte vor der Windschutzscheibe hoch und tanzte auf der Straße. Er klingelte in Erwartung von Cunninghams geisterhafter Stimme aus der Kuppel. Doch statt dessen öffnete sich die Tür, und Emily stand mit glitzernden Augen und einem bebenden Lächeln auf ihrem totenbleichen Gesicht in einem austernfarbenen Negligé vor ihm.

«Komm herein, Wolf. Ich habe geschwindelt. Mein Vater ist nach New York gefahren.» Sie schloß die Tür hinter ihm. «Er hat dich nicht zum Mittagessen eingeladen. Wir sind allein. Möchtest du ein Pfefferomelett?»

Issur yikhud!

Und so geschah es, in Emilys Schlafzimmer im zweiten Stock, mit Blick auf die Terrasse, auf der sie vor fünfzehn Jahren die Leuchtkäfer betrachtet hatten. Danach lag sie auf dem Bauch und begrub lange Zeit ihr Gesicht in ihren Armen, während er sich nebelhaft über seine eigenen Gefühle – als hätte er einen elektrischen Schlag erhalten und überlebt – und über ihr beunruhigendes Schweigen wunderte. Schließlich rollte sie sich herum und blickte ihn eulenhaft an. Dann sagte sie mit sehr rauher Stimme: «Du weißt, daß all das absolut neu für mich ist.»

«Ja, ich weiß.»

«Nun, wie oft machen wir das jetzt? Ich möchte dich nicht strapazieren, aber ich könnte es noch viel öfter machen.»

«Wirklich?» Er umschlang den schmalen Körper mit seinen Armen. «Das ist gut. Dr. Sapphire wird sehr angetan sein.»

«Ich müßte eigentlich schreckliche Schuldgefühle wegen Nakhama haben. Warum ist es nicht so? Habe ich ihr weh getan? Du wirst wegfliegen, und ich werde dich wieder sieben Jahre lang nicht mehr sehen. Vielleicht nie mehr. Vielleicht werde ich jetzt heiraten.» Ihr Hände glitten sanft über seinen Rücken. «Mein Gott, Zev, Gitchi-gitchi ist nicht überbewertet. Ich dachte immer, es wäre irgendwie etwas Kloakenhaftes, etwas Widerwärtiges daran. Dabei ist es das Schönste auf der Welt, es ist unaussprechlich schön –» Sie küßte ihn wieder und wieder, bedeckte sein Gesicht mit Küssen.

«Ich hoffe, du wirst dich verlieben und heiraten, Emily. Ich möchte wissen, daß du glücklich bist –»

«Verlieben?» Sie legte ihm die Hand auf den Mund. «Die alte Emily D. hat einen Vierzeiler geschrieben, der diesen Punkt abhakt, Süßer:»

Ich hab' sie erwählt aus vielen –
sie allein –
Und ihr andres Sehnen, Fühlen –
ward zu Stein.

«Was nicht heißt, daß ich nicht eine gute Frau und Mutter sein könnte. Das werde ich sein, ich verspreche es dir, Wolf, aber diese Schleusen sind verschlossen.»

Später aßen sie wirklich Pfefferomeletts in einer geräumigen altmodischen Küche, von der aus man auf kahle Bäume und braune Sträucher blickte, als das Telefon läutete. Emily nahm ab, blickte dann mit großen Augen zu Barak und legte ihre Hand auf den Hörer. «Sam Pasternak?» murmelte sie.

«Natürlich. Er weiß, daß ich hier zum Mittagessen bin.» Er griff nach dem Telefon. «Wenn er auch keine Ahnung hat, was sonst noch auf dem Speiseplan stand – sowenig wie ich... Hallo, Sam. Ja, ich sagte, ich wäre gegen zwei Uhr zurück, aber – *Was?*» Die bestürzende Veränderung in Baraks Gesichtsausdruck ließ Emily aufspringen, sie eilte zu ihm und legte einen Arm um ihn. «Okay. Ja. Unbedingt.» Er legte auf und schaltete das Küchenradio ein.

«Zev, was ist passiert?»

Er hob eine Hand, sein Gesicht war zu einer Maske des Schrekkens erstarrt. «Hören wir zu.»

Es war ein kleines, altes Gerät, das wimmerte, bis es langsam warm wurde. Als das Wimmern aufgehört hatte, sagte ein Sprecher mit bebender Stimme, stammelnd und sich wiederholend, daß ein Attentat auf Präsident Kennedy verübt worden sei und daß zur Stunde niemand wisse, ob er lebte oder tot war.

«O mein Gott! Kennedy!»

Emilys Stimme war tränenerstickt. «Nein, nein! Nicht Präsident Kennedy! Das darf nicht wahr sein. Nicht der *Präsident*!»

«Pst!»

Einige Minuten lang sprach der Sprecher heiser und wirr von Menschenmengen, Autos, Polizei, Motorrädern, einem Krankenwagen, einem Mann auf einer Trage, noch mehr Menschen. Dann gewann er seine Fassung wieder und schilderte einigermaßen zusammenhängend die Ankunft des Präsidenten in Dallas, die Wagenkolonne und die Schüsse, die ihn und den Gouverneur von Texas schwer verwundet hatten und die möglicherweise vom Dach eines Gebäudes abgefeuert worden waren. Immer wieder schwadronierte er über schreiende Menschenmassen, die sich in Panik um eine Autokolonne scharten, ohne damit etwas Neues über den tatsächlichen Hergang des Geschehens zu offenbaren. Dann setzte er zu einem Rückblick an, rekapitulierte seine Erinnerungen an den hutlosen, lächelnden Kennedy, der vom Rücksitz eines offenen Wagens aus der Menge zugewinkt hatte, während neben ihm in einem rosafarbenen Kostüm mit Pagenkappe seine Frau saß.

«O Gott, Zev, dieser strahlende junge Mann, diese Göttin von einer Frau an seiner Seite – niedergeschossen! Es ist eine Geschichte wie aus Plutarch. John Kennedy! Jackie Kennedy!» Emily schluchzte, wischte sich mit der Faust Tränen aus den Augen.

Barak dachte, stumm vor Entsetzen, daß diese furchtbare amerikanische Katastrophe zugleich eine unermeßliche Katastrophe für Israel bedeutete. Er konnte nur hoffen, daß die ersten Berichte von Panik geprägt waren und daß der junge Präsident überleben würde.

«Emily, ich muß zur Botschaft.»

«Ich weiß.»

«Ruf mir bitte ein Taxi.»

«Natürlich.»

Als das Taxi hupte, klammerte sie sich vor der Tür an ihn und küßte ihn, während Tränen ihr Gesicht hinabrannen. «Werde ich dich je wiedersehen?»

«Ich rufe dich vor meiner Abreise an, Emily.»

«Hör mir zu, Wolf, ich möchte, daß du in diesem schrecklichen Augenblick weißt, daß es mir genügt, wenn auf diesen Morgen nichts mehr folgt. Es wird für mein ganzes Leben ausreichen, es wird nie verblassen ...»

Er schloß sie fest in die Arme, mit dem unförmigen Militärmantel zwischen ihnen, und sagte: «Und ich werde nichts vergessen, das Lincoln Memorial nicht, das Brummstübchen nicht, deine kleine Notlüge über das Mittagessen nicht –»

«Meine scharlachrote Lüge –»

«Deine schneeweiße Lüge, Queenie, Emily, Schneewittchen, Gott segne dich. Ich liebe dich. Gott möge dich glücklich machen. Lebwohl!»

«Schreib mir, Wolf, schreib mir! Laß uns immer schreiben!»

Ein kalter Wind fuhr ins Haus, als er die Tür öffnete.

Sommer. Kampfflieger landeten und starteten an einem dunstigen Tag im Negev, während Barak und Benny Luria vom Kontrollturm aus zusahen. Hin und wieder bellte Luria im Luftwaffenjargon ins Mikrophon, und aus dem Lautsprecher gurgelten noch mehr Fachausdrücke zu ihm zurück. Obwohl Barak einige dieser Fachausdrücke bei kombinierten Luft- und Panzermanövern aufgeschnappt hatte, fühlte er sich auf einem Luftwaffenstützpunkt immer fremd. Heyl Ha'avir, die Luftwaffe, war ein harter kleiner Asteroid in der Umlaufbahn eines kleinen Planeten namens Israel, so dachte Barak manchmal; es gab zwar eine Anziehungskraft, aber sie war minimal.

«Entschuldigung, ich mußte diese Übung bis zum Ende durchziehen», sagte Benny, als sie die Leiter hinabstiegen. «Sie war schon geplant, bevor ich von deinem Kommen erfuhr. Dafür bekommst du jetzt ein anständiges Mittagessen.»

«Wird dein Stab den Flugteil der Übung absolviert haben, bevor ich abfahre?»

«Wenn nicht, werden sie etwas von mir zu hören bekommen.»

Während sie in Lurias Büro saßen und Brathuhn mit Gemüse aßen, kamen sie auf die Beschaffung von Flugzeugen zu sprechen, und das brachte Barak darauf, vom Stopp des Panzerprogramms zu erzählen. Pasternak und der Mossad waren, so erzählte er Luria, nach einem halben Jahr noch immer auf der Suche nach «unumstößlichen» Informationen über die ägyptischen Panzerstreitkräfte, denn Präsident Johnson hatte sich das Protokoll des Außenministeriums zu eigen gemacht. Luria legte sein hübsches Gesicht in so groteske Falten, daß Barak ihn fragte, was mit ihm los sei.

«Mit *mir*? Was ist mit Pasternak los? Mit dem Mossad? Mit diesem ganzen verrückten Land? Hat irgend jemand daran gedacht, einmal bei der Luftwaffe Auskunft über die ägyptischen Panzerstreitkräfte einzuholen?»

«Wieso, was soll die Luftwaffe über ihre Panzer wissen?»

Luria drückte auf einen Knopf an seinem Schreibtisch. «Erinnerst du dich zufällig an Rotem?»

«Rotem?»

«Ja, Zev, Rotem.»

Rotem bezeichnete den massiven Überraschungseinmarsch auf den Sinai, den Nasser drei Jahre zuvor mit Panzer- und Infanteriedivisionen unternommen hatte. Der Einmarsch war unglaublicherweise tagelang von Israel unentdeckt geblieben. Die ersten schockierenden Berichte hatten geheimen Kriegsalarm und erste Schritte zu einer Mobilmachung ausgelöst. Nach zwei Wochen hatte Nasser seine Truppen zurückgezogen und verkündet, er sei nur israelischen Absichten eines Angriffs auf Syrien wegen Grenzstreitigkeiten zuvorgekommen. Da der Mossad und der militärische Aufklärungsdienst sich gegenseitig die Schuld für das Fiasko zuschoben, waren in beiden Diensten Umbesetzungen vorgenommen worden, Köpfe waren gerollt, Pasternak war auf seine derzeitige Stelle aufgestiegen, und viele Einsatzpläne waren drastischen Veränderungen unterzogen worden.

«Ich erinnere mich an Rotem», sagte Barak mit einer Spur Ironie.

Ein weiblicher Soldat trat ein, adretter und hübscher als die meisten in der Panzerdivision. Barak gönnte Luria die hübscheren Mädchen, die flotteren Uniformen, die komfortableren Kasernen und all die anderen Errungenschaften der Luftwaffe, deren Dienst unter einer so einfachen wie schicksalhaften Devise stand: *Freier Luftraum über Israel.*

«Mira, sag Yoram im Fotoarchiv, er soll die Rotem-Folios für uns heraussuchen.»

«B'seder.» Im Hinausgehen warf Mira noch schnell dem stämmigen Panzergeneral mit den graumelierten Haaren einen neckischen Blick zu.

Im grellen Licht einer Vergrößerungslampe in einem ansonsten dunklen, stickigen Archivraum studierten die beiden Offiziere Luftaufnahmen der Wüste aus einer umfangreichen, steifen Aktenmappe mit der Aufschrift ROTEM – ÄGYPTISCHE PANZER.

«Phantastisch», murmelte Barak.

«Ich habe selbst einige dieser Missionen geflogen.» Der junge Yoram sprach mit Stolz, seine schwarzen Lockenhaare hingen wild über dem Vergrößerungsglas. «Diese Aufnahme habe ich selbst gemacht, dieses Panoramafoto. Wir haben Aufnahmen mit Teleskop, auf denen die Typen zu erkennen sind, sogar Regimentskennzeichen. Wir hatten deutsche Objektive, richtig gutes Zeug.»

«Nun?» Luria stieß Barak mit dem Ellbogen an.

«Ich muß Sam anrufen.»

Pasternak war nicht in der Zentrale des militärischen Aufklärungsdienstes. «Treiben Sie ihn auf», befahl Barak dem diensthabenden Offizier, «höchste Dringlichkeitsstufe, und sagen Sie ihm, ich sei in Benny Lurias Büro.»

Kurze Zeit später rief Pasternak zurück. *«Gott im Himmel!»* rief er aus, als Barak ihm den Fund schilderte. «Wie konnten wir das nur übersehen? Der militärische Aufklärungsdienst war noch dümmer als der Mossad, und das will etwas heißen.»

Die bestechendsten Fotos gingen, mit präzisen und ausführlichen technischen Erläuterungen und Schlußfolgerungen versehen, per Kurier des militärischen Nachrichtendienstes nach Washington. Drei Wochen später traf ein jubelnder Bericht des Militärattachés ein: Der CIA war überzeugt! Das Verteidigungsministerium ebenfalls. Selbst das Außenministerium räumte ein, daß die Sowjetunion möglicherweise das militärische Gleichgewicht im Mittleren Osten zu Fall bringen würde und daß man Gegenmaßnahmen in Betracht ziehen sollte.

Der zögerlich vorgebrachte Vorschlag des Außenministeriums war, daß die Bundesrepublik Deutschland Israel Sherman- und Patton-Panzer verkaufen solle und die Vereinigten Staaten dafür Westdeutschland wiederaufrüsten würden. Die Regierung in Bonn, die von den Vereinigten Staaten sowohl als Rüstungslieferanten wie auch als Schutzmacht vor den massiven sowjetischen Truppenkonzentrationen in Ostdeutschland abhängig war, willigte wenig begeistert ein. Kurze Zeit später wurden von arabischer Seite Drohungen mit Wirtschaftsboykott und einem möglichen Ölembargo laut. Daraufhin zogen sich die Deutschen aus dem Geschäft zurück, nicht ohne Israel ihr Mitgefühl wegen seiner unglücklichen Lage zu bezeugen.

Als nächstes kam das Außenministerium auf die Idee, verschiedene europäische Länder mit Panzerbauelementen zu beliefern – ein Fahrgestell hierhin, einen Geschützturm dorthin, Geschütze und Zielvorrichtungen sonstwohin – und den Zusammenbau so zu organisieren, daß die Verantwortung für die Panzerlieferungen an Israel vernebelt und verwischt wurde und die Beziehungen Amerikas zu den empfindsamen Arabern ungetrübt blieben.

31
Der Briefwechsel zwischen Queenie und Wolf

LIEBER alter Wolf,
ist tatsächlich ein ganzes Jahr vorbeigerauscht? Die Zeitungen heute sind angefüllt mit Rückblicken auf die Ermordung Kennedys, voll mit zahlreichen Bildern und in einem durchgängig elegischen Tonfall gehalten. Für mich sind an diesem Tag auf ewig Glück und Entsetzen untrennbar vermengt, eine bizarre Mischung, die mich zeit meines Lebens verfolgen wird. Der Rest ist Schweigen, mein Liebster. Ich weiß, ich war das ganze Jahr über saumselig im Schreiben, ich, die Dich so drängte zu schreiben, zu *schreiben*! Und Du warst ein Schatz. Wenn Deine Episteln sich auch ein wenig wie Militärberichte lesen, reich mit Fakten gespickt und knauserig an Süßholz, nun, daraus spricht mein israelischer Spartaner.
Ich wollte es Dir nicht mitteilen, bevor es sicher war, aber die meiste Zeit des Jahres hatte ich alle Hände voll zu tun, Fionas Stelle als Rektorin zu übernehmen. Letzten Endes hat Reverend Wentworth nämlich die Kutte an den Nagel gehängt. Fiona hat mir millionenmal gesagt, sie würde *nie* die Frau eines Pastors, und in der Tat ist sie mit ihrer durstigen Seele auch kaum der Typ

dazu, also hat der Reverend die Theologie ad acta gelegt und sich eine Stelle als Lektor in einem christlichen Verlag gesucht. Im September schlossen sie den Bund fürs Leben. Ich nehme an, daß sie glücklich sind, aber Fionas Feuer scheint in letzter Zeit etwas zu erlöschen, ich weiß auch nicht. Kann es sein, daß das legalisierte Gitchi-gitchi sich im Vergleich zur klammheimlichen Variante als langweilig erweist? Nichts ist so appetitanregend wie ein Hauch von Sünde, stimmt's Süßer? Ist es das? Wird sie ihn in die andere Leiste schießen müssen, um den alten Zauber wiederherzustellen?

Was Deine Frage nach Hester in Deinem Brief vom Oktober betrifft, so bin ich sicher, daß ich Dir von meiner Reise nach Oregon zur Taufe ihres kleinen Mädchens geschrieben habe. Ich war Patin, sie nannte das arme hilflose Wurm sogar Emily. Nun, das nächste, was ich hörte, war, daß Hester unter einer schweren Schwangerschaftsdepression litt und drohte, den Coup mit dem Leuchter zu wiederholen, dieses Mal allerdings an einer großartigen alten Eiche in ihrem Garten, die schon dort gestanden haben muß, als Lewis und Clark im Treck vorbeizogen. Nicht einmal Hester könnte einen dieser Äste abbrechen, sie würde sich todsicher erhängen. Also bat ihr Göttergatte mich, noch einmal zu kommen und sie aufzumuntern.

Ich fuhr hin und tat mein Bestes. Wir schwatzten und hörten Mahler und lasen einander John Donne und Plutarch vor und tranken uns ein paarmal die Hucke voll (eindeutig das wirksamste Heilmittel), und sie taute auf und führte mich in ihr Atelier auf dem Dachboden, wo sie inzwischen Insekten malt. Sie betäubt sie mit Zigarrenrauch – sie hat sich angewöhnt, schwarze Zigarillos zu rauchen –, und dann studiert sie sie durch ein Vergrößerungsglas und malt sie. Ich glaube, Hester hat ihre Bestimmung als Audubon der kriechenden Krabbelwesen gefunden. Sie hat eine grausige Spinne gemalt! Ich dachte, sie würde schnurstracks mit ihren haarigen Beinen von der Leinwand springen und ihre Giftzähne in mich versenken. Mein Besuch hat seinen Zweck erfüllt, besonders meine Reaktion auf die Spinne. Sie malt jetzt wie verrückt Spinnen und schwebt im siebten Himmel mit ihrem unerträglich faden Angetrauten, der mir berichtet, daß sie die Eiche nicht mehr nach der besten Stelle für eine Schlinge absucht. Nun, Alter Wolf, ich möchte die Sache nicht durch zu große Hoffnungen verhexen, bevor sie spruchreif wird, aber es könnte sein, daß ein neuer Mann in mein Leben tritt. Es handelt sich um einen Klassenkameraden von Jack Smith; bevor Jack Pat heiratete, nahm er mich zu einem Klassentreffen in West Point mit, Abendessen und Tanz, und ich lernte diesen Oberstleutnant Bradford Halliday kennen. Er ist jetzt in Deutschland auf einem Luftwaffenstützpunkt stationiert. Ich hatte keine Ahnung, daß ich auch nur den *geringsten* Eindruck auf ihn gemacht hatte, Wolf, und dann kommt vor einigen Wochen aus heiterem Himmel dieser steife Brief hier an, in dem steht, seine Frau sei auf den Philippinen gestorben (eine tropische Krankheit hat sie allen Spritzen zum Trotz dahingerafft), und ich sei die einzige Frau, die jemals ... und so weiter und so fort, und er hoffe, ich würde es ihm nicht verübeln, wenn er nach seiner Rückkehr in die Staaten Kontakt mit mir aufnehmen würde.

Ich erinnere mich gut an den Mann. Er ist extrem groß, ein intelligenter Gesprächspartner, und hat ein melancholisches, aber durchaus einnehmendes Wesen. Jack sagte mir, «Bud» Halliday hätte in der Luftwaffe den Ruf eines Heißsporns. Werde nicht eifersüchtig, *mon vieux*, bis jetzt handelt es sich hauptsächlich um eine Phantasie. Aber Du hast mich immer gedrängt, zu heiraten, und seit jenem wundervollen und entsetzlichen Morgen vor genau einem Jahr kann ich diese Möglichkeit nun zumindest in Betracht ziehen.

Mein Gott, ich will dieses Gekritzel beenden, bevor ich in sinnloses Liebesgestammel und Tränen ausbreche.

Mit all meiner Liebe
Queenie

Sie setzten ihre Korrespondenz fort, mit großen Abständen, aber kontinuierlich, und ein Jahr später schrieb Barak einen seiner längsten Briefe.

22. November 1965

Meine liebste Queenie,
zunächst möchte ich Dir mein Beileid zum Tod Deiner Mutter aussprechen. Deinem Vater schreibe ich einen eigenen Brief. Sie möge ruhen in Frieden. Ich traf nur zweimal mit ihr zusammen, aber ich habe sie als elegante Dame mit einem feinen Sinn für Humor und einem Anklang von Tiefe in Erinnerung, eine Dame beinahe wie aus einem Buch von Henry James. Ich weiß, was das für ein Schlag sein kann, denn ich habe selbst beide Eltern vor nicht allzulanger Zeit kurz hintereinander verloren.

Wie es der Zufall will, ist heute wieder «dieser Tag», nicht wahr? Wieder ist ein Jahr vergangen! Soeben als ich das Datum niederschrieb, fiel es mir auf. Es scheint mir, als sausten die Monate in meinem Leben vorbei wie Stunden. Im Zentralsektor kam es zu einer Vielzahl terroristischer Anschläge, und ich steckte bis zum Hals in Vorbeugungs- und Vergeltungsschlägen, mehr will ich dazu nicht sagen. Ich bin sicher, Du vernichtest meine Briefe, so wie ich die Deinen. Ich habe Dir viel zu erzählen, aber was ich Dir nun über Deutschland schreibe, mußt Du vergessen, denn es berührt unsere Aufrüstungsprobleme. Letzte Woche habe ich meinen Fuß wieder auf diesen verfluchten Boden gesetzt, obwohl ich vor langer Zeit gelobt habe, es nie wieder zu tun.

Kein Land auf der Welt ist bereit, uns Frontkampfpanzer zu verkaufen, Queenie, aber wir sollen auf verschlungenen Wegen mit Hilfe eines internationalen Montageverbands, der uns zu Kontakten mit den Deutschen zwingt, einige amerikanische Panzer erhalten. Ich wurde mit der ersten Mission betraut, da Deutsch meine Muttersprache ist und Panzer meine Waffengattung sind. Es gab kein Entkommen. Nun, als die Flugzeugtür sich öffnete und wir auf die Gangway hinaustraten, stand unten auf dem Rollfeld eine Ehrengarde der Bundeswehr, und die deutsche und die israelische Flagge flatterten nebeneinander im Wind. Mir drehte sich der Magen um, das kann ich Dir sagen. Mein Vater brachte uns alle aus Wien heraus, bevor Hitler kam, aber die Nazis stolzierten schon in den Straßen herum. Lange verschollene Erinnerungen brachen auf, und eine Übelkeit der Seele überkam mich, die niemand sich vorstellen kann, der nicht damals Jude in Europa war. Die gezwungene Höflichkeit, die über unserem Zusammentreffen mit den Deutschen lag, war vom ersten Handschlag an einfach schrecklich (wie hätten wir Handschläge und Salutieren vermeiden können?), und diese Schrecklichkeit setzte sich bis zum Ende fort. Ich werde Dir symptomatisch dafür eine Geschichte erzählen.

Wir waren zu Cocktails und Abendessen in einem Club hochrangiger Offiziere eingeladen. Die Kellner füllten ständig unsere Weingläser nach, vermutlich, um die Atmosphäre zu lockern, während wir über alles plauderten, außer darüber, was uns allen wirklich auf dem Herzen lag; uns Israelis ohnehin, und den Deutschen auch, wie an ihrer künstlichen, verkrampften guten Laune zu erkennen war. Doch der ganze Wein ging als Schuß nach hinten los. Eine der Ehefrauen an meinem Tischende, eine Frau in mittlerem Alter, dick geschminkt und behängt mit Edelsteinen, platzte plötzlich lauthals heraus: «Was geht hier eigentlich vor sich? Wie lange wollen wir noch über alles hinweglügen? Ihr alle wart als Offiziere Mitwisser, und das wißt ihr ganz genau! Wir wollen wenigstens ehrlich sein diesen Juden gegenüber, ihnen sagen, daß es uns leid tut. Und selbst wenn dem nicht so ist, sollten wir besser anstatt all dieses dummen Gekichers und Geschwätzes über das sprechen, was geschehen ist...» Etwas in der Art rief sie aus, bevor ihr Mann sie packte und vom Tisch wegzerrte, wobei er sie noch mit den Worten überschrie, sie fühle sich schon seit einiger Zeit nicht wohl.

Die Mission selbst verlief durchaus erfolgreich, obwohl die Deutschen bei jedem Punkt hart und unerbittlich verhandelten. Schlechtes Gewissen oder nicht, keine Zugeständnisse an die Juden! Was den Panzerbau angeht, so muß man allerdings sagen, daß sie ihre Sache verstehen. Sie verstehen ihre Sache immer, seien es Panzer, Raketen oder Krematorien. Als die Tür des El-Al-Flugzeugs sich hinter uns schloß, atmete ich zum erstenmal seit vier Tagen tief auf. Am Abend unserer Rückkehr fand ein Konzert der Israelischen Philharmoniker unter Leitung von Leonard Bernstein statt, und für unser Team waren Sitze ganz vorne reserviert. Nakhama und ich saßen in der vordersten Reihe. Ich sage Dir, Queenie, als das Konzert begann und Bernstein und dieses großartige Orchester die «Hatikva», die Hoffnung, intonierten und der ganze Saal aufstand wie ein Mann, war ich zutiefst beseelt von dem Gefühl für das, was wir Juden hier im Heiligen Land vollbracht haben, ein Gefühl von Stolz und Kraft aus unserem Neubeginn, das alle schweren Zeiten und Opfer erträglich erscheinen ließ.

Doch der Rest des Abends verlief nicht auf diesem großartigen emotionalen Niveau. Du und Hester, ihr vergöttert Mahler, und auch ich liebe seine gewaltigen, schönen Sinfonien, aber für Nakhama, die ohnehin bei Konzerten meist einschläft, ist Mahler das reinste Chloroform. Sechzehn Takte, und sie ist weg. Wir saßen in der vordersten Reihe, keinen Meter vom ersten Geiger entfernt, der zufällig mein alter Freund Pinkhas ist, ein ausgezeichneter Musiker, und Pinkhas schielte unaufhörlich zu Nakhama hinüber, während er den Bogen durch diese phantastische Erste Symphonie führte. Ich habe sie ein- oder zweimal gezwickt und mit dem Ellbogen angestoßen, aber mehr als ein Murren war ihr nicht zu entlocken. Im übrigen war auch ich verdammt müde, und während des folgenden Klavierkonzerts von Brahms nickte auch ich ein. Ich bin Pinkhas seitdem nicht begegnet, und ich lege auch keinen großen Wert darauf.

Abgesehen von ihrer niedrigen Toleranzschwelle für klassische Musik ist Nakhama einfach großartig. Und auch die Kinder. Noah wird demnächst auf einem Patrouillenboot in See stechen, und ich, Queenie, komme möglicherweise als Militärattaché nach Washington.

Ich stelle das so in den Raum, nur als Möglichkeit. Ich habe mich immer wieder bemüht, dieser Ernennung aus dem Weg zu gehen, es ist ein zweifelhafter Schritt auf ein Nebengleis in meiner Karriere. Aber General Rabin denkt, daß ich (a) gut mit den Amerikanern kann, und nimmt (b) an, daß Nasser sich für einen militärischen Machtkampf mit uns rüstet. Wenn ich hartnäckig genug Widerstand leiste, kann ich mich wahrscheinlich entziehen, meinen Posten als Stellvertreter im zentralen Befehlssektor behalten und auf den nächsten Schritt auf der Karriereleiter als Kommandeur des Sektors zusteuern. Aber die Erfahrung in Deutschland hat mich nachdenklich gestimmt. Israel existiert erst seit siebzehn Jahren, und auch das nur mit Hängen und Würgen. Je besser ich die Dinge begreife, um so klarer werden mir die Zusammenhänge zwischen dem Wunder unserer Rückkehr und dem älteren Wunder Amerikas. Dein Vater hat jahrelang diesen Gedankengang verfolgt. Ich fange erst an, ihn zu begreifen. Zwei Giganten stehen sich auf der Welt gegenüber, Amerika und Rußland, Freiheit gegen Willkürherrschaft, und direkt im Zentrum des Kampfgeschehens liegt dieser prekäre kleine Unfug namens Israel, für mich der wertvollste Flecken Land auf Erden. Wenn General Rabin recht hat, kann ich dort drüben meinem Land am besten dienen, warum sollte ich mich also noch länger dagegen wehren?

Das sage ich zu mir selbst, und dann wieder sage ich mir, vergiß den Quatsch, was du meinst, ist, daß Queenie in Washington ist. Weiteres in Bälde.

In tiefer Liebe
Zev

P.S. Einer unserer besten Offiziere, Oberstleutnant Nitzan, mein früherer stellvertretender Brigadechef, ist nun an der Technischen Militärakademie in Fort McNair außerhalb Washingtons. Er ist mit einer höchst attraktiven israelischen Lady verheiratet und kommt folglich als Alternative für Oberstleutnant Halliday nicht in Frage, der vielversprechend klingt. Aber falls Eure Wege sich kreuzen sollten, wird Jossi Dir gefallen, er ist witzig und intelligent.

Z.

Yael verließ das belebte Geschäft für Brautmoden und eilte in ihr gemietetes Haus in Westwood. Sie hatte dem Koch eine sonderbare Anweisung hinterlassen: «Kochen Sie für zwei, decken Sie den Tisch für drei.» Sie fand alles in bester Ordnung, und ihr peruanisches Mädchen war gerade dabei, Huhn à la Kiew zuzubereiten, das Lee

Bloom so mochte. Der andere Gast hatte gewisse Ernährungsprobleme und würde seine eigene Verpflegung mitbringen.

Sie zog sich gerade um, als sie ein röhrendes Motorengeräusch in der Auffahrt hörte, das dann erstarb. Verdammt, kamen sie etwa eine halbe Stunde zu früh? Sie warf einen Hausmantel über und erblickte durch das Fenster ein knallrotes Cadillac-Kabriolett, dem zu ihrer größten Verblüffung nicht etwa Lee Bloom entstieg, sondern Don Kischote in Uniform, der diverse Gepäckstücke mit sich schleppte. Vor drei Tagen erst hatte er ihr am Telefon erzählt, daß sein Kurs zu Ende sei und er noch am selben Abend nach Israel zurückfliegen würde. Er kam ins Haus, ließ Koffer und Segeltuchtaschen in der Diele zu Boden fallen und begrüßte sie mit einem erschöpften Lächeln und einem flüchtigen Kuß. «Hei. Wann kommt Aryeh aus der Schule?»

«Kischote, was zum Teufel …?»

«Ich weiß, ich weiß, das ist eine lange Geschichte. Der Wagen da draußen gehört meinem Freund Alvaro, einem mexikanischen Oberst, der auch an dem Kurs teilgenommen hat. Alvaro ist so reich wie Korah, ein netter Typ, er erwähnte nebenbei, daß er jemanden suche, der seinen Cadillac nach L.A. überführt, und da sagte ich ihm, ich sei sein Mann, ohne Bezahlung, einfach um selbst hierherzukommen. Ich konnte es mir nicht leisten, ein Auto zu mieten, um damit quer durchs Land zu fahren, aber so –»

«Um Himmels willen, war das das Problem? Ich hätte dir Geld geschickt –»

«Yael, wer will dein Geld? Wann kommt der Junge nach Hause? Um drei, um vier Uhr? Mein Flugzeug geht um neun.»

«Dein Flugzeug?»

«Aber sicher, nach Tel Aviv, via New York.»

«Hör zu, *hör mir zu*, du verrückter Typ! Warum hast du mich nicht wenigstens angerufen? Was ist das für eine Art, hier einfach hereinzuschneien, und wieso mußt du heute abend schon wieder abreisen? Du mußt todmüde sein und –»

«Mir geht es gut. Ich habe zweimal versucht, dich zu erreichen.» Er warf einen Blick auf seine Uhr. «Faszinierend, quer durch Amerika zu fahren! Von Washington nach Los Angeles in dreiundsechzig und einer halben Stunde. Ich muß den Wagen jetzt zu Alvaros Hotel bringen, ins Beverly Wilshire. Wie komme ich dorthin?»

«Jossi, dein Bruder Lee kommt gleich mit einem Filmproduzenten zum Mittagessen. Warum leistest du uns nicht Gesellschaft? Aryeh kommt nicht vor vier Uhr nach Hause.»

Er winkte ab. «Dein Geschäft ist deine Sache. Lee und ich haben am Telefon miteinander gesprochen. Ich werde ihn begrüßen, wenn ich zurück bin, dann möchte ich ein Bad nehmen und eine Runde schlafen.»

Sie starrte ihn ungläubig an und erklärte ihm den Weg zum Hotel. «Du fährst durch das ganze Land, um Aryeh für eine Stunde oder so zu sehen, bevor du nach Israel zurückfliegst?»

«Und um dich zu sehen natürlich und ein wenig mit dir zu reden. Wir haben nichts geklärt in Washington, du hattest es eilig, Aryeh die Sehenswürdigkeiten zu zeigen, und mir hat der Kurs nicht viel Zeit gelassen. Sag Lee, daß ich bald wieder hier sein werde.»

Kurz nach Jossis Aufbruch traf Lee mit einer der merkwürdigsten Gestalten ein, die Yael je gesehen hatte; ein Mann, der so fett war, daß sein ganzer Körper erzitterte, während er hereinwatschelte; er war ganz in Schwarz gekleidet, einschließlich eines schwarzen Hemdes und eines schwarzen Halstuchs. «Mrs. Nitzan, Mr. Greengrass», sagte Lee, woraufhin der fette Mann lächelte und durch die Zähne sagte: «Ich heiße Jeff. Wenn Sie ein paar Strohhalme für mich hätten, Mrs. Nitzan, dann bin ich zum Mittagessen bereit.» Sein Ernährungsproblem sprang unmittelbar ins Auge, denn die oberen und die unteren Zähne waren miteinander verdrahtet und er trug zwei violette Dosen mit Flüssignahrung bei sich. «Meine Sekretärin hat dummerweise vergessen, mir die Strohhalme einzupacken.»

«Ich habe Strohhalme.»

«Großartig.»

Während Yael und Lee Huhn à la Kiew aßen, sog Jeff Greengrass an seinem Mittagessen und schilderte den Film, für den er Sheva Leavis als Finanzier zu gewinnen hoffte. Die Filmindustrie befand sich zur Zeit am Pleitepol ihres ewigen Kreislaufs, so erklärte er, und abgesehen für die großen Stars und Regisseure rückte keine Bank mehr Geld heraus. Dieser Film sollte eine Low-Budget-Produktion mit einem Einmannunterhalter namens Cookie Freeman werden, der für Drehbuch und Regie verantwortlich wäre.

«Cookie brennt darauf, einen Film zu machen», sagte Greengrass einigermaßen verständlich durch seine zusammengeklammerten Zähne hindurch, «also bekommen wir ihn für 'nen Appel und ein Ei. Der Plot ist prima. *Teitlebaum mit den zwei Knarren*, so heißt die Story, und es geht um einen jüdischen Schneider aus Brooklyn, der in einer Stadt im Wilden Westen ein Grundstück erbt, wo sein Onkel, ein ehemaliger Hausierer, den Saloon betrieben hat. Diese Stadt ist in der Hand von Banditen, und niemand will Sheriff sein, klar? Also machen sie diesen Juden, Hymie Teitlebaum, sofort nach seiner Ankunft zum Sheriff. Nun, ich schwöre bei Christus, Cookie Freeman schlachtet diese Idee für eine Komödie aus, wie man es nicht für möglich halten möchte. Mr. Leavis kann selbstverständlich das Drehbuch lesen. Oder Sie, Yael, wenn ich Sie so nennen darf? Es ist eine todsichere Sache.»

«Mr. Leavis kann ein Filmdrehbuch nicht beurteilen, und ich auch nicht. Lee hat mir Ihr Exposé geschickt, und ich habe es gründlich gelesen. Ich habe ein paar Fragen dazu.»

«Schießen Sie los.»

Die Antworten von Greengrass waren allerdings so weitschweifig und ausufernd, daß Yael bei all dem Filmjargon den Überblick verlor: über dem Strich, unter dem Strich, negative Kosten, einjährige Abschreibungsfrist, Investitionskredit, Bruttoeinnahmen des Verleihs, Nettoeinnahmen des Produzenten und so weiter und so fort, und das alles sprühte durch Greengrass' Zähne, als hätte er eine Nebelmaschine im Mund. Was sie zu verstehen glaubte, war, daß Greengrass als Produzent nichts dabei verlieren konnte, Cookie Freeman hingegen am Ende sehr gut ohne einen Pfennig für seine Arbeit dastehen konnte. Das Risiko jedenfalls läge ganz bei Sheva Leavis oder auch bei Lee, falls er als Teilhaber in das Geschäft miteinsteigen wollte. Währenddessen erschien Kischote wieder. Die Brüder umarmten einander kurz, dann ging er ins Bad.

«Wie geht es deinem kleinen Jungen?» fragte Yael Lee, nachdem der dicke Mann unter Zurücklassung zweier leerer Dosen nach dem Essen davongeschwabbelt war.

Lees bisher zur Schau getragene Launigkeit schwand dahin. «Ganz gut, aber die Ohrenentzündung verschwindet nicht. Der Arzt sagt, das wäre bei einem Dreijährigen nichts Ungewöhnliches. Es würde ihm besser gehen, wenn seine Mutter mehr bei ihm wäre, aber das einzige, was sie glücklich macht, sind Auftritte in den Clubs, also verschafft ihr Agent ihr die Engagements, und sie geht aus und singt. Wie fandest du Jeffs Sermon?»

«Nun, er scheint seine Sache zu verstehen. Vielleicht könnte *Teitlebaum mit den zwei Knarren* Geld einspielen. Klingt wie eine Art jüdische Parodie von *High Noon*, nicht wahr?»

Lee Bloom lächelte und klopfte ihr auf die Schulter. «Yael, du hast ins Schwarze getroffen, genauso nennt auch Cookie den Film, ein jüdisches *High Noon*.»

«Na ja, aber Sheva hält nichts von deinen Plänen, ins Filmgeschäft einzusteigen, und er steht der Idee, selbst Geld zu riskieren, sehr skeptisch gegenüber.»

«Sheva ist ein genialer Geschäftsmann, aber er ist altmodisch. Die Steuerabschreibungen beim Film sind der Punkt, den er übersieht.»

«Sheva übersieht gar nichts. Er sagt, Filme sind Träume, und seriöse Leute stellen keine Träume her.»

Lee Bloom schüttelte seinen Kopf. Seine kunstvoll hochgeschichtete Mähne grauen Haars gab die beginnende Glatze frei, und er strich die Haare wieder an ihren Platz zurück. «Falsch. Die Filmproduktion ist ein seriöses Geschäft, Yael. Genauso wie Baugrunderschließung. Sogar sehr ähnlich in meinen Augen. Du brauchst ein Stück Grund, das entspricht dem Erwerb der Geschichte. Du brauchst einen Bauplan, das ist das Drehbuch. Baumaterialien, das sind die Stars, die Schauspieler, die Szenarios. Einen Bauunternehmer, das ist der Regisseur. Und einen Kunden, das ist der Verleiher.» Lee sprach nun mit großem Ernst und stach dabei mit dem Zeigefinger in die Luft. «Und Geld natürlich. Das ist gleich. Die einjährige Abschreibungsfrist, *das* ist der große Unterschied. Das ist unglaublich, Yael. Wenn die Sache schiefgeht, schreibst du den Film schnell ab, es ist gelaufen, und das Finanzamt hat den größten Teil des Risikos übernommen. Wohingegen ein leeres Haus herumsteht, Steuern frißt und sich abnutzt. Sheva will das nicht einsehen, aber – nun Joe, fühlst du dich jetzt besser?»

Er und Yael kicherten, als Kischote in einem flauschigen gelben Bademantel, der ihm viel zu kurz war, mit nassem Kopf und ungekämmt wieder erschien. «Was höre ich da, Lee, du steigst ins Filmgeschäft ein?»

«Das ist schon möglich.» Lee wurde feierlich. «Heutzutage braucht man viele Standbeine.»

«Hör zu, Jossi», sagte Yael, «wenn dein Flug um neun Uhr geht, dann kommst du mitten in den Stoßverkehr. Wir werden um fünf Uhr aufbrechen müssen, und dir bleibt überhaupt keine Zeit für Aryeh. Soll ich nicht losgehen und ihn früher aus der Schule abholen?»

«Tu das.»

Sie ließ die Brüder allein in einem verlegenen Schweigen zurück. Lee sprach als erster. «Ganz schön wilder Trip, Joe. Sieht dir ähnlich.»

«Was hat Yael mit Filmen zu tun, Lee?»

«Nichts. Sie hat eine gute Nase fürs Geschäft, und Sheva wollte, daß sie Greengrass beschnuppert.»

«Nicht schlecht, das Haus, das sie gemietet hat», sagte Kischote mit einem Blick um sich.

«Sie kauft es gerade.»

«Was tut sie?» Jossi gähnte.

«Joe, ich glaube, du solltest noch ein wenig schlafen.»

«Das tue ich auch. Verdient sie soviel Geld?»

«Ich bin Mitunterzeichner der Hypothek.»

«Das ist nett von dir.»

«Nun, Sheva vertritt die eiserne Regel, daß man Geld nicht verleihen soll, aber ich weiß, daß er Yael schätzt. Sheva ist ein stilles Wasser. Ich vermute, daß er sich mehr für Filme interessiert, als er sich anmerken läßt. Er wird auf Yael hören, und Greengrass hat sie beeindruckt.»

«Er hat mich auch beeindruckt. Man sollte ihn auslassen und Walöl draus machen.»

«Nun, er könnte sich wohl nicht für deine Panzerbrigade qualifizieren», gab Lee humorvoll zurück, «aber er ist ein netter jüdischer Junge, und er wird es zu etwas bringen.» Kischote gähnte mit weit offenem Mund und rieb sich die Augen. «Joe, leg dich noch mal hin. Ich gehe jetzt. Es ist großartig, dich mal wiederzusehen. Ich muß dir nicht erst sagen, wie stolz ich auf dich bin. Sheva hält große Stücke auf dich. Ich wünsche dir einen guten Flug.»

Allein zurückgeblieben schlenderte Kischote durch das Haus. Es war zehnmal so groß wie ihre Wohnung zu Hause, es gab neue Möbel (ob sie die wohl auch kaufte?), mehrere Schlafzimmer und Bäder, einen gepflegten Vorgarten, gesäumt von rotblühenden Büschen, einen mit Mauern eingefaßten Garten mit einem Swimmingpool und einer Rutsche, Schaukeln, Palmen und Zitronen- und Orangenbäumen, die voller Früchte hingen. Im größten Schlafzimmer standen Fotos auf einer Kommode: Er und Benny, in Uniform und viel jünger, ein Foto von Mosche Dayan mit Widmung – «Für die hübsche Yael, von Onkel Mosche» – und, keine allzugroße Überraschung, eine frühe Aufnahme von Sam Pasternak, auf der er noch dünn und ohne Kahlkopf war. Wer unangemeldet bei einer Frau hereinplatzt, muß die Folgen tragen! Das größte Bild in einem Silberrahmen zeigte Aryeh als Baby in ihren Armen. Kischote schnüffelte nicht in Schränken und Schubladen. Soweit man das sagen konnte, hatte Yael keinen Liebhaber, oder aber sie verbrachte ihre Stelldicheins anderswo.

Aryehs Zimmer stimmte Kischote froh. Auf dem kleinen Schreibtisch des Jungen stand das letzte Foto von ihm, das bei seiner Beförderung zum Oberstleutnant aufgenommen worden war. An den Wänden hingen leuchtende El-Al-Poster von Jerusalem, Eilat und Haifa. Er bemerkte die Ecke eines Fotos, das unter der Schreibtischunterlage steckte, und zog es hervor; es versetzte ihm einen Stich, es war eine alte, vergilbte Aufnahme von ihm und Schaijna auf einer Uferpromenade in Tel Aviv.

«ABBA!» Aryeh sprang auf ihn drauf und weckte ihn aus einem unfreiwilligen Schlummer in einem Sessel auf. «Abba! Abba!» Der Junge umarmte und küßte ihn und sprudelte auf hebräisch seine Freude heraus. Yael stand daneben und betrachtete sie mit einem melancholischen Lächeln. «Kischote, sitz nicht in diesem lächerlichen Bademantel herum. Wenn du dich nicht hinlegst –»

«Ich werde im Flugzeug schlafen, was soll ich sonst dort tun? Komm mit Aryeh, während ich mich anziehe.»

«Ich habe lauter Einser im Zeugnis, außer in amerikanischer Geschichte», rief Aryeh triumphierend. «Es ist eine blöde Schule, und die Kinder sind alle blöd, sie können nur über Sport und Fernsehen reden. Ich habe sogar die drittbeste Englischnote, und außerdem –»

«Sprich doch Englisch mit Abba, warum tust du das nicht?» sagte Yael. «Zeig ihm, was du gelernt hast.»

Aryeh ignorierte sie und sagte: «Abba, fliegst du wirklich heute abend nach Hause? Warum? Bleib bei uns!»

«Du fährst mit mir zum Flughafen», erwiderte Kischote. «Ich muß zu meiner Brigade zurück, Aryeh.»

«Er fährt nicht mit uns», sagte Yael, «wenn er nicht zuvor seine Hausaufgaben erledigt.»

«Hast du Imma gehört? Geh in dein Zimmer Aryeh, und beeil dich», sagte Kischote. «Wir haben noch Zeit zum Reden.»

«Abba, ich hasse es hierzusein.» Aryeh küßte ihn noch einmal und schoß hinaus.

«Er weiß, was du von ihm hören willst», bemerkte Yael mit zuckenden Mundwinkeln. «Hast du Hunger?»

«Setz dich, Yael. Lee sagt, du willst dieses Haus hier kaufen.»

«Ich habe dir in Washington davon erzählt.»

«Nicht daß ich wüßte. Also willst du dich definitiv hier niederlassen?»

«Was bringt dich auf diese Idee? In Kalifornien kauft man ein Haus und verkauft es zwei Jahre später, mit fünfzig Prozent Gewinn, Motek. Es ist sinnvoller als mieten, das ist alles.»

«Na schön, noch zwei Jahre. Das macht zusammen vier Jahre. Kommst du dann bestimmt nach Hause?»

Yael saß am Rand der langen, modernen beigefarbenen Couch, sah ihn an und gab keine Antwort. Plötzlich brach es aus ihr heraus: «Hör auf, mich festzunageln, Jossi! Wenn ich genug verdiene, damit wir nicht mehr wie Hunde leben müssen, dann jawohl! Wenn nicht, was bedeutet schon noch ein Jahr oder so? Zu Hause kann ich nicht das geringste ausrichten, ich ersticke unter diesen Schafsköpfen! Hier herrscht Goldgräberstimmung, man weiß gar nicht, welche Gelegenheit man zuerst am Schopf packen soll! Ich komme zurück, wenn ich soweit bin, in Ordnung? Wenn ich uns und Aryeh ein anständiges Leben bieten kann, was ein Armeeoffizier, bei allem Respekt für die Armee, nicht kann.»

«Möchtest du dich nicht lieber scheiden lassen? Dann müßtest du nicht mehr unter diesen Schafsköpfen ersticken?»

Auf Yaels Gesicht spiegelte sich ein echter Schock; ihre Augen waren aufgerissen, ihr Mund stand offen, sie war kreidebleich. «Ist es das, was du willst?»

«Ich will meinen Jungen zurück mit seiner Mutter.»

«Jossi, wir haben eine Vereinbarung getroffen und –»

«Das war eine befristete Vereinbarung.»

«Hat Schaijna Matisdorf je diesen Sohn eines Rabbis geheiratet?»

Nun war Kischote sprachlos. «Was ist das nun für ein idiotisches Ausweichmanöver?»

«Hat sie oder hat sie nicht? Er ist doch in deiner Brigade, oder er war es.»

«Er hat seinen *sadir* geleistet, und jetzt ist er draußen. Ich denke, ich hätte davon gehört, wenn sie geheiratet hätten.»

«Ich schlage vor, du ruhst dich ein wenig aus, und dann essen wir einen Happen.» Yael stand auf. «Du bist sehr, sehr müde. Du siehst kaputt aus. Auch wenn solche Gespräche mir weh tun, ich bin glücklich, dich zu sehen. Aryeh liebt dich, und ich auch, was auch immer du glauben magst –»

«Dann kauf dieses Haus nicht. Komm nach Hause. Wir führen ein bescheidenes Leben bei der Armee, aber kein Hundeleben. So etwas darfst du nicht sagen, und vor allem sprich nie so vor meinem Sohn, Yael, hörst du?»

«Jossi, hör zu, dieser Blitzbesuch in Los Angeles und sofort wieder zurück ist doch vollkommen verrückt. Die Armee wird deinen Urlaub bestimmt verlängern. Verschieb deinen Flug und laß uns weiterreden, wenn du etwas klarer im Kopf bist. Und Aryeh wird sich so freuen!»

Er stand auf und umarmte sie unbeholfen. «Da hast du recht, aber ich kann nicht. Es gibt wieder Ärger in meinem Sektor.»

«Was, der Wasserkrieg? Du hast mir erzählt, daß die Syrer geschlagen und abgezogen sind.»

«Sie haben sich etwas Neues einfallen lassen. Hör zu, ich werde mit Aryeh auf seinem Zimmer reden. Ja? Vergiß die Hausaufgaben. Er wird sie schon hinkriegen.»

«Er ist dein Sohn. Geh nur.»

Später suchte das Küchenmädchen nach Yael und fand sie schließlich vor dem Spiegel ihrer Schlafzimmerkommode. In ihrem gebrochenen Spanisch-Englisch fragte sie, ob der Herr Oberst zum Abendessen bleibe. Da Yael keine Antwort gab, wiederholte die verwirrte Frau ihre Frage. Schließlich wandte Yael ihr ein verhärmtes Gesicht zu und sagte, sie könne das Abendessen vergessen, sie würden alle zum Flughafen fahren und dort vor dem Abflug des Obersts eine Kleinigkeit essen.

20. Juli 1966

Liebste Queenie,

es ist soweit. Die Würfel sind gefallen. Im Oktober werde ich meinen Dienst bei der Botschaft in Washington antreten, und Nakhama und die Mädchen werden im Januar nachkommen.

Ich habe Dir bereits über unseren seltsamen «Wasserkrieg» mit Syrien geschrieben, und es scheint, als käme es demnächst zur Eskalation. General Rabin beharrt darauf, daß ich in dieser gefährlichen Situation in Washington besonders nützlich sein werde, also habe ich salutiert und gesagt: «Zu Befehl, Sir.» Es gibt eine Art stillschweigende Übereinkunft, daß ich als nächstes Oberkommandierender im Zentralsektor werde, aber die Sache ist noch nicht spruchreif.

Um es mit Deinen anschaulichen Worten zu sagen, Nakhama ist glücklich wie eine Venusmuschel darüber. Sie muß sich hier ständig damit herumschlagen, wie sie mit meinem Armeesold einen ordentlichen Haushalt führen und zwei Mädchen anziehen und versorgen soll. Sie mußte eine Teilzeitstelle in einem Juweliergeschäft annehmen, damit wir über die Runden kommen. Sie

glaubt, daß sie mit den Unterhalts- und Wohnzuschüssen eines Militärattachés in Luxus schwimmen wird, wenngleich die Bezahlung nach amerikanischen Maßstäben ziemlich bescheiden ist. Die Mädchen sind außer sich vor Aufregung über ihren Umzug nach Amerika, auch wenn sie ihre Freunde nur mit Bedauern zurücklassen. Ihr Englisch ist ganz passabel, so daß wir sie direkt in die Schule schicken werden, und ich bin sicher, sie werden schnell neue Freundschaften schließen. Die anderen Botschaftskinder tun es meistens auch.
Da hast Du es, Queenie, und sofern Dein Oberstleutnant Halliday in der Zwischenzeit nicht auftaucht, werden wir uns etwas häufiger sehen als bis jetzt. Wird unsere Beziehung das überstehen, oder gedeiht sie nur auf der Basis von Entzug, Ferne, Tinte und Feder? Wir werden es schon bald wissen, nicht wahr?

Dein Wolf

1. August 1966

Wolf!
Ich bin sprachlos vor Freude und Fassungslosigkeit! Von Oberstleutnant Halliday ist kein Lebenszeichen gekommen, es würde ohnehin nicht das geringste ausmachen, selbst wenn er vor meiner Tür zelten würde. Das weißt Du. Das National Symphony hat von September bis Dezember einen Mahler-Zyklus im Programm, und ich glaube, ich werde für uns beide ein Abonnement bestellen, in Ordnung? An alle Leuchtkäfer Virginias: «*Neue Losung: leuchtet im Herbst.*»

A toi,
Queenie

VIERTER TEIL

DER SECHSTAGEKRIEG

32
Casus belli

IM SOGENANNTEN Wasserkrieg kam es noch jahrelang zu sporadischen Scharmützeln, und wenn man nach den Ursachen des berühmten Sechstagekriegs sucht, bietet er keinen schlechten Ausgangspunkt.

1964, drei Jahre vor Ausbruch dieses berüchtigten Krieges, vollendeten die Israelis ihr Nationales Fernwasserleitungssystem, eine etwa einhundertdreißig Kilometer lange Nord-Süd-Verbindung bestehend aus Kanälen, Tunneln und Pipelines, die Wasser vom Jordan in die Negev-Wüste transportierte. Die Araber sahen darin eine Bedrohung, denn dadurch würde sich das urbare Land in Israel und damit auch die Zahl der einwanderungswilligen Juden vermehren. Die Syrer begannen daraufhin, die Zuflüsse des Jordan umzuleiten, um das Wasserleitungssystem trockenzulegen.

Die Folge waren Panzerscharmützel entlang der Grenze. Je treffsicherer die Israelis wurden und je mehr Traktoren und Schwimmbagger, die die Umleitungskanäle gruben, sie außer Gefecht setzten, um so weiter zogen die Syrer ihre Maschinen von der israelischen Grenze zurück, bis die Ausrüstung jenseits der Reichweite von Panzergeschützen war und sie ungestraft Dämme und Kanäle abgraben konnten. Denn stillschweigend bestand in der Region Einigkeit darüber, daß ein Eingreifen der israelischen Luftwaffe in den Wasserkonflikt zu einem richtigen Krieg führen würde.

Dann erschien Oberst Israel Tar auf der Bildfläche, ein drahtiger, dunkler Sabra, nicht größer als Napoleon, der das Panzerkorps von Dado Elazar übernahm und seine Panzer so trimmte und auf Vordermann brachte, bis sie die erdbewegenden Geräte weit außerhalb der bekannten Reichweite trafen. Nach einigen erbitterten Gefechten wurde das Umleitungsprojekt fallengelassen, aber der Wasserkrieg war deshalb noch nicht zu Ende. Nachdem die Absichten der Syrer durchkreuzt waren, verlegten sie sich statt dessen darauf, die Plantagen und Kibbuzim Galiläas von den luftigen Klippen der Golanhöhen aus mit Granaten zu bombardieren. Die israelischen Panzer konnten dort nur schwer zurückschlagen. Ben Gurions vorsichtiger Nachfolger Levi Eshkol schickte schließlich doch die Luftwaffe, um der Bombardierung der galiläischen Dörfer ein für allemal ein Ende zu machen, und riskierte damit bewußt einen Krieg mit den Arabern, ja sogar eine Intervention der Sowjetunion.

Dieser Vergeltungsschlag wurde am 7. April 1967 durchgeführt. Die syrische Luftwaffe mobilisierte in der Tat in einem Soforteinsatz ihre MiGs-21, die damals stärksten sowjetischen Kampfflugzeuge, und eine israelische Staffel mit leichteren französischen Mirages schoß sechs von ihnen ohne eigene Verluste ab. Diese Neuigkeit erregte weltweit großes Aufsehen. Die Russen verloren das Gesicht, die UNO zeterte, und die Araber tobten und drohten.

So fand sich der Führer der Mirage-Staffel, Benny Luria, Mitte Mai als Star eines Galadiners mit Smokingzwang für tausend Menschen wieder, das der United Jewish Appeal, das Vereinte Jüdische Spendenkomitee, in Los Angeles organisiert hatte. Er saß auf einem langen Podium, rechts und links flankiert von bedeutenden Spendern, wie es im UJA-Sprachgebrauch hieß. Seine Schwester Yael, die mit dem armen, gähnenden Aryeh an einem der vorderen Tische saß, sah mit einem Lächeln zu ihm auf, das er nicht erwidern konnte, denn die Situation zu Hause nahm eine sehr schlimme Entwicklung; und er saß nun hier, hörte sich UJA-Reden an und mußte selbst auch eine halten. Sein Sieg hatte immer weitere Eskalationen ausgelöst. Ägyptische Panzerdivisionen marschierten inzwischen auf die Sinai-Halbinsel ein, Nasser verlangte, daß die Friedenstruppen der UNO sich aus ihren Stellungen entlang der Waffenstillstandslinie zurückzogen, und im Fernsehen sah man Straßenmobs in Kairo, Bagdad und Damaskus, die johlten: «Tod den Juden!» Doch der Führer der Mirage-Staffel mußte nichtsdestotrotz weiter auf Veranstaltungen wie dieser in San Francisco, Chicago und Washington nach der Götterspeise eine Ansprache halten. Benny hatte direkt vor dem

Abendessen mit Zev Barak telefoniert, um sich zu vergewissern, daß auf dem Fernschreiber der Botschaft kein Befehl zu seiner Rückkehr eingegangen war. Nein, nichts.

Der andere Hauptredner, ein hochgewachsener amerikanischer Senator mit Glatze, winkte mit den Armen und stampfte auf das Podium. «Und nun, meine Freunde, ein Wort zu diesen neuen Truppenbewegungen auf dem Sinai. Drei amerikanische Präsidenten – Eisenhower, Kennedy und Johnson – haben gelobt, Amerika werde Israels Zerstörung niemals zulassen. Dieser großmäulige Oberst Nasser blufft wie üblich, und meiner Ansicht nach wird die Krise beigelegt werden, sofern er nicht den Fehler seines Lebens begeht. In diesem Fall wird Israel siegen!» *(Standing ovations.)*

Das As der Luftwaffe, in einer leichten Galauniform ohne Auszeichnungen, erhob sich nach einer langen, blumigen Einführung durch den Vorsitzenden des Banketts, um seine Rede zu halten. «Ich möchte Sie alle bitten», so begann er, «Ihr Land in Ihrer Phantasie ein wenig umzugestalten. Beginnen Sie mit Rhode Island und plazieren Sie einige wirklich große Staaten drumherum; sagen wir, Texas im Süden, Illinois im Norden, Kalifornien im Westen. Die vierte Grenze bildet so wie jetzt der Atlantik.

Gut, dann, meine Freunde, plazieren Sie hinter diese drei Staaten Michigan, Pennsylvania, New York; nehmen wir einmal an, alle sechs lägen im Krieg mit Rhode Island, sie alle hätten sich verbündet, um es auszulöschen und seine Bewohner ins Meer zu treiben.» Benny wandte sich an den neben ihm sitzenden Senator. «Herr Senator, angesichts dieses Szenarios ist Ihre Versicherung, daß Rhode Island siegen wird, wirklich reizend.» Der Senator reagierte mit einem völlig verdutzten Gesicht. «Besonders da ich, um das Bild zu vervollständigen, nördlich von Illinois eine Supermacht plazieren müßte, die Rhode Island absolut feindlich gesonnen und zur uneingeschränkten militärischen Unterstützung seiner Feinde entschlossen ist.» Pause. Bedrückte Gesichter im ganzen Ballsaal. «Schön. Und nun werde ich meine Rede halten. Denn wie der Herr Senator, wollte auch ich Sie, meine Freunde, nur aufheitern.» Auf sein breites, unbeschwertes Lächeln hin brach das Publikum in Lachen und Applaus aus.

«Er ist gut», sagte Lee Bloom zu Yael. «Wo hat dein Bruder so gut Englisch gelernt?»

«Er war ein Jahr in England. An der Militärakademie der Royal Air Force und in Ingenieurkursen.»

«Er hat so einen charmanten Akzent», sagte Mary Macready. «Wie Charles Boyer.»

«Pst!» Sheva Leavis legte einen Finger auf die Lippen. Er saß nicht auf dem Podium bei den großen Geldgebern. Was Leavis für irgendeinen Zweck spendete, wurde nie bekannt.

Benny Luria spulte seine Standard-UJA-Rede ab, deren Zweck es war, die amerikanischen Juden bei Laune zu halten; alte Kamellen, aber durchaus zutreffend. Der Kern seiner Aussage war: Israel litt unter dem Mangel an strategischer Tiefe seines Territoriums, doch durch die Liebe und Unterstützung der Juden in aller Welt wurde ihm eine einzigartige strategische Tiefe in geistiger und finanzieller materieller Hinsicht zuteil. Benny wußte, daß es keinen Sinn hatte, seine Zuhörer, wie Ben Gurion es immer getan hatte, zu drängen, sie sollten echte Zionisten werden und mit ihrem Besitz und ihren Kindern nach Israel kommen. Dort unten saß seine eigene Schwester, die Israel auf Jahre hin verlassen hatte und eine Scheidung in Betracht zog, um in Amerika bleiben zu können; Yael Luria aus Nahalal, ein Reservehauptmann der Armee, der General Dayan mit «Dode Mosche» anredete! Was sollte man da erst von diesen wohlhabenden amerikanischen Juden erwarten? Benny wunderte sich, daß sie in so vielen Städten in solchen Mengen auftauchten und so viel Geld spendeten und einem israelischen Kampfpiloten mit so hingerissenen Gesichtern und glänzenden Augen zuhörten.

Er schloß mit einigen knappen Worten über den Sieg seiner Staffel. Die syrischen MiGs waren gute Kampfflugzeuge, und die syrischen Piloten waren tüchtig und tapfer, aber sie hatten kein starkes Motiv, ihr Leben zu riskieren. Ihr Land war in Sicherheit. Dort oben am Himmel hing alles von der Motivation des Piloten ab, der allein in seinem Cockpit saß. Israelische Piloten wußten, daß das Überleben ihres Landes von ihren Siegen oder Niederlagen in der Luft abhängen konnte. Darin bestand ihre kämpferische Überlegenheit; darin und in der damit einhergehenden Ausbildung. Egal, wie die gegenwärtige Krise ausgehen mochte, die Luftwaffe würde ihren Auftrag erfüllen: *Freier Luftraum über Israel.*

Die Zuhörer erhoben sich zu einem nicht enden wollenden Applaus, dann stimmte das Orchester einen beschwingten Tanz an, und der Tanzboden füllte sich mit wiegenden Paaren. Selbst Lee Bloom, der schon etwas zur Fülligkeit neigte, zog seine hübsche Frau bald hoch und tanzte davon, und Aryeh tanzte mit einem staksigen kleinen Mädchen im Abendkleid. Yael wandte sich lächelnd an Sheva Leavis. «Nun, jetzt sind nur noch wir beide übrig.»

Er hob abwehrend die Hand. Leavis war einer der wenigen Männer im Saal, die ein Scheitelkäppchen trugen, obschon er während seiner Geschäfte und auf Reisen immer barhäuptig war. Mit seinem lippenlosen, hochgeschürzten Lächeln sagte er: «Sag nichts. Denk nicht einmal daran.»

«Daß du mit mir tanzt? Eher würdest du mit dem Fallschirm abspringen.»

«Ich bin einmal gesprungen, Yael. Einfach um zu wissen, wie es ist.»

«Wirklich? Und wie war es?»

«Teuer. Ich habe auf dem ganzen Weg nach unten kostspielige Gelübde getan.»

Später saßen Benny Luria und Yael auf dem Balkon einer Wohnung am Sunset Boulevard. Unter ihnen glitzerten die Millionen Lichter von Los Angeles. Der Himmel war ungewöhnlich sternenklar. Sie sprachen über die Wahrscheinlichkeit eines Krieges, bis Aryeh zu Bett ging. «Du wolltest doch in drei Jahren einen Haufen Geld machen, Yael», sagte ihr Bruder, «und dann zurückkommen. Was ist passiert?»

Sie zuckte die Schultern. «Dies und das.»

«Kommst du überhaupt noch zurück?»

«Wer weiß? Jossi spricht immer wieder von Scheidung, aber wir leben wegen Aryeh noch so nebeneinanderher.»

«Ja, das tut mir leid. Ich bewundere Jossi.» Er musterte die Terrasse und das große Wohnzimmer hinter den Glastüren. «Dir geht es gut hier, das kann man sagen.»

«Ich kann mich nicht beklagen.»

«Jossi sagte mir, du würdest ein Haus kaufen.»

«Das hat ihn wütend gemacht, deshalb habe ich darauf verzichtet. Was soll's! Aryeh ist für ein Jahr nach Hause zurückgekehrt – darauf haben wir uns geeinigt –, und ich wäre in diesem großen Kasten verrückt geworden. Hier fühlen wir uns wohl.»

«Was macht dein Liebesleben?»

«Geht dich das etwas an?»

«Nein.»

Yael zögerte. «Na ja, ich habe Freunde. Ich bin sicher, Jossi hat auch Freundinnen. Und du auch im übrigen.»

«Nicht so viele, wie du vielleicht denkst. Nicht mehr heutzutage.» Bruder und Schwester blickten einander im verschwommenen Schein einer orangefarbenen Terrassenlampe an.

«Ach?»

«Die Staffel frißt viel Zeit und Energie.»

«Zweifellos.» Ein skeptischer Tonfall, schiefes Grinsen.

«Dov hat seine Grundausbildung im Pilotenkurs angefangen.»

«Das hast du mir geschrieben. Und?»

«Ich stelle fest, daß es mir wie allen anderen Eltern von Piloten geht. Ich mache mir Sorgen. Wie alle anderen.» Nach einem Augenblick des Schweigens setzte Benny hinzu: «Hast du von diesem alten Rabbi gehört, den man den Ezrakh nennt?»

«Natürlich. Der, der nie einen Fuß außerhalb Israels gesetzt hat. Sein Schwiegersohn ist der Oberrabbiner von Haifa.»

«Genau den meine ich. Ich bin wegen eines Jungen zu ihm gegangen, der bei der Fliegerausbildung ums Leben kam. Die Eltern baten mich darum.» Benny zündete sich eine Zigarette an und verfiel in kurzes Schweigen. «Lebt wie ein Bettler in einem Loch in der Mauer von Jerusalem, dieser Ezrakh, umgeben von Büchern. Er stellte mir verblüffend präzise Fragen über das Fliegen, über Flugzeugwartung und Leistung. Kein Wort über Religion, außer als er über den toten Jungen sprach. Ein interessanter Mann, dieser Ezrakh. Ich habe mir angewöhnt, ihn von Zeit zu Zeit aufzusuchen.»

Yael legte ihren Kopf schief und lächelte ihn an. «Willst du mir weismachen, Benny Luria, daß du dich der Religion zuwendest und den Frauen adieu sagst?»

Lange Pause. Die Antwort kam langsam und bedächtig. «Oben am Himmel hat man eine Menge Zeit zum Nachdenken, Yael. Man ist ganz allein. Wir überfliegen immer wieder den Sinai, wo Moses die Zehn Gebote empfing. Wenn wir mit unseren Flugkontrolleuren sprechen, benutzen wir dreitausend Jahre später die gleiche Sprache wie er. Das ist doch interessant, oder? ... Hast du noch ein bißchen Soda?»

Eine sanfte Brise wehte über die Terrasse und trug den Duft von Zwergorangenbäumen in Kübeln zu ihnen. Der Duft weckte Heimweh in Benny, denn er hatte als Junge unendliche Mengen von Orangen geerntet und sortiert. «Komm schon. Gibst du Eva auch auf?»

«Wer ist Eva?»

Sie lachte. «Ich verstehe. Es heißt, dieser Ezrakh vollbringt Wunder. Wenn du Eva aufgibst, glaube ich auch daran.»

«Wie kommst du damit zurecht, daß du Aryeh verlierst?» Keine Antwort. «Hat er fertiggepackt? Unser Flugzeug geht um sieben Uhr morgens.»

«Er ist fertig. Hör zu, ich habe eine Vereinbarung mit Jossi getroffen, also fährt er noch einmal nach Hause.»

«Ich habe mit dem Jungen gesprochen, Yael. Er wird nicht mehr hierher zurückkommen. Er wird erwachsen, und er haßt das Leben hier.»

«Hast du gesehen, wie er tanzt? Er machte keinen besonders unglücklichen oder deplazierten Eindruck.»

«Was für ein Typ ist dieser Sheva Leavis, Yael? Ein Mann voller Geheimnisse, hm?»

«Er ist ein Gigant und ein Gentleman. Sag, Benny, wird es Krieg geben? Wenn ich das glauben müßte, würde ich jetzt mit dir und Aryeh nach Hause fliegen.»

«Warum?»

«Nur um dort zu sein.»

«Braucht es einen Krieg dazu?»

Yael schüttelte unwillig den Kopf. «Ich habe dich etwas gefragt.»

«Woher soll ich das wissen? Es hängt alles von Nasser ab. Er hat die Initiative an sich gerissen, soviel ist sicher. Seit Ben Gurions Abgang sind unsere Politiker nur noch jiddische Mammes.»

«Ausgerechnet jetzt soll Aryeh zurück», ereiferte sich Yael sorgenvoll, «wo es einen Krieg geben kann! Und wie ich Don Kischote kenne, wird er den ersten Panzer auf den Sinai fahren.»

«Wer sonst?»

Am nächsten Abend saß Benny Luria auf einer anderen Terrasse, dieses Mal mit Blick auf den Potomac in Gesellschaft von Zev Barak und einem alten CIA-Mann mit verknöchertem Gesicht, der einen grauen Anzug mit Uhrkette trug. «Ihr Bericht über diese MiGs im Einsatz stimmt mit unseren Erkenntnissen überein», sagte Cunningham. «Besonders die Empfindlichkeit der Treibstofftanks.»

«Ja, das ist entschieden ihr Schwachpunkt, Sir, die Stelle, wo die Flügel am Flugzeugrumpf ansetzen.»

«Herr Oberst, wir wären Ihnen sehr verbunden für einen schriftlichen Bericht über Ihren Zusammenstoß mit den MiGs, streng vertraulich und ohne Nennung des Verfassers.»

Bennys Augen suchten den Blick des Militärattachés. «Kein Problem, Chris», sagte Barak. «Sie werden auch die Rohfassung der Piloteneinsatzbesprechung nach dem Flug und Abzüge der Kampfaufnahmen erhalten.»

«Das alles ist sehr entgegenkommend.»

«Und nun können Sie Benny Luria alle Fragen stellen, die Ihnen auf dem Herzen liegen.»

«Dieser weite Wendekreis der MiGs beim Kurvenkampf, Herr Oberst – ist der auf Beschränkungen des Flugzeugs oder auf übermäßige Vorsicht des Piloten zurückzuführen?»

«Es liegt nicht am Flugzeug, Sir. Ich habe eine MiG geflogen.»

Cunningham stellte sein Glas ab und starrte ihn an. «Wie zum Teufel haben Sie das angestellt?»

Aber das war zuviel für den Flieger, und er zögerte mit der Antwort, obwohl Barak ihm versichert hatte, daß Cunningham ein vertrauenswürdiger Freund war. Obsessive Geheimhaltung war in der Luftwaffe tief verwurzelt.

«Wir haben einen irakischen Piloten dazu gebracht überzulaufen, Chris», sagte Barak, «und uns das Flugzeug auszuliefern.»

«Wirklich?» Cunninghams buschige Augenbrauen wölbten sich über dicken Brillengläsern nach oben. «Ein bemerkenswerter Schachzug.»

«Ja, es war hauptsächlich Pasternaks Werk, und es hat ihm mehr als ein Jahr gekostet.»

«Na dann! Gibt es noch andere Schwachpunkte, Herr Oberst, vom Pilotensitz aus gesehen?»

«Einige blinde Flecken, Sir. Keine freie Sicht um dreihundertsechzig Grad wie in der Mirage. Und die Zündzeitpunkte der Geschütze sind ungenau. Aber es ist ein gutes Flugzeug.»

Eine magere junge Frau mit Brille in einem ärmellosen Sommerkleid kam die Ziegelsteintreppe herab, reichte Benny ein Glas Mineralwasser und übergab Christian Cunningham einen großen, versiegelten Umschlag. «Von deinem Büro, Vater.»

Cunningham öffnete ihn und las die Fernschreibermeldung. «Nun! So weit, so gut! Nasser hat die Straße von Tiran noch nicht dichtgemacht. Sharm el-Sheikh ist voller ägyptischer Soldaten, aber der israelische Schiffsverkehr kann noch unbehindert passieren.»

«Die Straße von Tiran zu schließen wäre ein Casus belli», sagte Luria. «Das weiß er.»

Barak warf einen Blick auf seine Armbanduhr. «U Thant fliegt eben jetzt nach Kairo. Vielleicht wartet Nasser ab, was die UNO ihm anbietet, damit er die Meerenge nicht sperrt.»

«Sir, nun bin ich an der Reihe», sagte Luria in das Schweigen hinein. «Kann ich Sie auch etwas fragen?»

«Schießen Sie los.»

«Was führt Nasser nach Ansicht der USA tatsächlich im Schilde? Spekuliert er darauf, daß die Araber es dieses Mal wirklich schaffen?»

Ein kurzes kaltes Lachen antwortete ihm. «Emily, kann ich noch einen Old-fashioned haben?»

Sie stand auf. «Herr Oberst?»

«Nein, danke.»

«Zev?»

Barak schüttelte den Kopf. Als sie hinter Benny Luria vorbeieilte, wehte ihm ein Hauch süßen Dufts in die Nase, der zusammen mit dem merkwürdig vertrauten «Zev» wie ein Lockmittel auf ihn wirkte.

«Was Nasser im Schilde führt? Nun, darüber kann man nur spekulieren, Herr Oberst, aber die eigentliche Frage ist, was führen die Russen im Schilde? Offensichtlich schüren sie den Konflikt. In letzter Zeit hat das Ansehen der Russen in der dritten Welt gelitten», sagte Cunningham, und seine kühle, ausdruckslose Stimme nahm einen leise erfreuten Unterton an, «und außerdem wird ein marxistisches Regime nach dem anderen gestürzt – Sukarno, Nkrumah, Ben Bella –, und wir vom CIA sind, wie ich sagen darf, nicht ganz unschuldig daran.»

Barak warf ein: «Sam Pasternak sagt, Sie hätten Wunder vollbracht.»

«Nun! Von Sam ist das in der Tat ein großes Lob. Wie dem auch sei, Syrien ist nun der Star auf Rußlands lädiertem Dritte-Welt-Weihnachtsbaum, folglich sind die Russen bestrebt, es aufzubauen und möglicherweise sogar Nasser, der ein unzuverlässiger Kerl ist, die Führungsposition unter den Arabern zugunsten dieses Diktators Assad abzuknöpfen. Das ist unsere Einschätzung, aber wer weiß? Diese Knaben im Kreml sind wie zweitklassige Zauberer, sie schenken roten und weißen Wein aus derselben Flasche ein.»

Cunningham nahm einen langen Zug von dem Old-fashioned, den seine Tochter ihm gebracht hatte, und ließ sein letztes Bild wirken. «Brillante Schachzüge *und* idiotische Fehler! Ob Zar oder Kommissar, das macht keinen Unterschied, die russische Seele ist immer die gleiche. Und darin liegt der Schlüssel zu dem Rätsel, aus dem Churchill nicht schlau wurde. Man kann versuchen, ihren nächsten brillanten Schritt zu erraten, aber wer kann die Verrücktheit eines Narren vorhersagen?» Ein Flugzeug dröhnte über sie hinweg, und Cunningham hielt kurz inne.

«Was sind das für kleine Lichtblitze auf dem Rasen?» fragte Luria, als der Lärm erstarb.

«Das sind Leuchtkäfer», erklärte Barak. «Sommerinsekten, die aufleuchten.»

«Wunderschön. Das gehört wohl zur Paarung, hm?»

Die Stimme von Cunninghams Tochter ertönte aus dem Dunkel. «Genau, Oberst Luria.»

«Chris, es handelt sich hier nicht nur um eine bloße Krise aus Prestigegründen», sagte Barak. «Nassers Panzer rollen auf unsere Negev-Grenze zu. Das ist ein weiterer Casus belli, und er weiß das.»

Der CIA-Mann nickte. «Die Geschichte gerät außer Kontrolle wegen der idiotischen Taktik der Sowjets. Sie haben Nasser eingeredet, daß ihr zwölf Brigaden hättet, die nur darauf warteten, in Syrien einzufallen. Nasser schützt seine eigene Führungsposition unter den Arabern, indem er Panzer auf den Sinai schickt. Es bleibt ihm gar nichts anderes übrig.»

«Dann haben wir wieder den Fall Rotem!» rief Benny Luria Barak zu. «Genau die gleiche verdammte Geschichte wie bei Rotem, Nasser schickt seine Panzer los, weil er behauptet, wir würden einen Angriff auf Syrien vorbereiten. Und beide Male alles erstunken und erlogen.»

«Selbstverständlich», sagte Cunningham, «sonst hätten die Russen Israels Einladung zu einer Inspektion der Grenze zu Syrien angenommen. Wir wissen, was ihr Botschafter geantwortet hat, auch wenn das nicht öffentlich bekannt ist.»

Emily fragte: «Nun, was hat er denn gesagt?»

«Daß die Sowjetunion es nicht nötig hat, Fakten zu überprüfen.»

Der Flieger rutschte unruhig auf seinem Stuhl. «Sir, kann ich Ihr Telefon benutzen?»

«Selbstverständlich. Kommen Sie mit mir.»

Luria folgte Cunningham die Treppe hoch.

Barak und Emily blickten sich an. Er sagte ruhig: «Hei!»

«Wolf, wie geht es Galia?» Ein leiser, vertraulicher Tonfall.

«Ihr Arm ist in Gips. Kein ernsthafter Bruch, Gott sei Dank.»

«Was ist passiert? Alles, was du am Telefon sagtest, war, daß du nicht zum Brummstübchen kommen könntest, weil du Galia ins Krankenhaus bringen müßtest.»

«Sie ist vom Rad gestürzt.»

«Ist das alles?»

«Warum fragst du?»

«Du bist von einem dichten Schleier der Düsternis eingehüllt. Ich fühle mich ausgeschlossen, und ich weiß, es bedrückt dich, daß du jetzt nicht in Israel bist. Das steht dir unübersehbar ins Gesicht geschrieben.»

«Meine Regierung will, daß ich hier bin.»

«Im Brummstübchen steht eine Schale mit frischen Pistazien, falls dich das irgendwie tröstet. Und reichlich Brunello. Denk daran.»

«Ganz bestimmt, Queenie.»

Der Kies knirschte, als Baraks Auto sich auf einer steilen, kurvenreichen Straße unter dichtbelaubten Bäumen vom Haus entfernte. «Hör zu, Benny, beruhige dich. Wenn du vor dem Bankett morgen abend zurückbeordert wirst, wird der Botschafter deine Rede halten, oder ich werde es tun.»

«Ein interessanter Typ, Christian Cunningham. Was ist mit seiner Tochter? Was macht sie?»

«Sie ist Rektorin an einer Mädchenschule.»

«Lebt sie bei ihm?»

«Er ist Witwer, deshalb ist sie viel bei ihm.»

Sie überquerten auf einer Brücke den Potomac und kamen wegen des starken Verkehrs in beiden Richtungen langsamer voran. Die angestrahlten Denkmäler und die Kuppel des Kapitols kamen in Sicht. Benny fragte: «Wie gefällt es dir hier?»

«Gut.»

«Du machst einen deprimierten Eindruck.»

«Ich hoffe einfach, daß es keinen Krieg gibt.»

«Das ist jetzt unvermeidlich. Daß ausgerechnet jetzt vier UJA-Bankette in einer Woche stattfinden müssen! Und ich deswegen hier festgenagelt bin!»

«Vielleicht ist das der Grund dafür, weshalb Nasser seine Truppen genau am fünfzehnten in Bewegung gesetzt hat, um uns am Unabhängigkeitstag zu überrumpeln.»

«Es ist komisch mit dieser Tochter. Sie ist nicht gerade eine Schönheit, aber irgendwie hat sie etwas Reizvolles.»

Barak grunzte. «Du bist einfach zu lange von Irit getrennt. Und von Eva.»

«Möglich.»

Beim Aussteigen aus dem Lift hörten sie Musik aus Baraks Wohnung. Aryeh brachte einem mageren Mädchen mit dem Arm in der Schlinge einen Tanz bei, und ein kleineres Mädchen hopste unbeholfen für sich allein. Nakhama sprang auf und schaltete die Musik aus. «Liebling, Noah hat gerade aus Haifa angerufen. Auf seinem Schiff wurde Kriegsalarm gegeben.»

«Jetzt ist es soweit», sagte Luria. «Ich werde zurückbeordert werden.»

Barak sagte: «Nicht unbedingt, die Marine ist immer die schreckhafteste Waffengattung.»

«Und weißt du, was noch, Zev?» rief Nakhama. «Du hast einen Neffen! Lena hat einen Jungen bekommen, sagt Noah, und dein Bruder Michael ist im siebten Himmel.»

«Schön, schön!» sagt Benny. «Wir wollen ihn für 1985 zur Pilotenausbildung anmelden.»

Nakhama lachte. Barak sagte: «Erst müssen wir einmal 1967 überstehen.»

«Ab ins Bett, Aryeh», sagte der Flieger. «Wir müssen möglicherweise früh aufbrechen.» Er führte den protestierenden Jungen weg, und Baraks Tochter ging in ihr Zimmer.

«Was sagt nun Mr. Cunningham, Zev?» Nakhama zog eine Schürze an. «Weiß der CIA etwas? Wird es Krieg geben?»

«Er sagt, alles sei jetzt außer Kontrolle geraten.»

«War Emily dort?»

«Sie kam auf einen Drink vorbei.»

«Noah erzählte, die Leute würden anfangen, Benzin zu horten, Zev, und die Läden und Märkte leerkaufen. Angeblich sind Pfadfindergruppen mit zivilen Verteidigungsaufgaben betraut worden, sie sollen die Luftschutzkeller säubern und mit Vorräten versorgen, vor Schulen Sandsäcke aufstapeln ...» Nakhama seufzte und schüttelte den Kopf. «Ein neues 1948, hm?»

Als Benny Luria wachgerüttelt wurde, konnte er sich zuerst nicht daran erinnern, in welcher Stadt er war. «Nun, Benny, dieses Mal hattest du recht.» Mit nacktem Oberkörper und in Unterhosen schaltete Barak eine Lampe ein. «Die Botschaft hat angerufen. Du wurdest per Fernschreiber nach Hause zurückbeordert. Nasser hat die Straße von Tiran dichtgemacht.»

Benny erhob sich hellwach von der Wohnzimmercouch und sagte: «Wie spät ist es?»

«Nach zwei. Ein Wagen der Botschaft wird dich nach New York bringen. Da hast du die besten Chancen. Pan Am fliegt um neun Uhr nach London. Nakhama macht Frühstück. Aryeh zieht sich an.»

«Flagge hoch, Zev!»

«Sieht so aus.»

Zev Barak, der an diesem Abend an Lurias Stelle im Washingtoner Hilton eine Rede hielt, sprach frei, als hätte er diese Ansprache wochenlang geplant, geschrieben und ausformuliert, und schloß nach einer mitreißenden halben Stunde, die immer wieder von Applaus unterbrochen war, mit den Worten:

«Wir verlangen keinen Zentimeter Territorium mehr, als wir haben! Sobald unsere Nachbarn wirklich Frieden mit uns schließen, werden wir Juden unsere Flugzeuge und Panzer ins Meer werfen!» Wieder wurde er von Beifall unterbrochen. Als er verstummt war, fuhr er mit ruhiger Eindringlichkeit fort. «Kämpfen ist keine Beschäftigung für Juden. Seit den Tagen der Makkabäer war es das nicht mehr. Aber in Europa haben wir zwei bittere Lektionen gelernt, die wir nie mehr vergessen werden. Wir müssen eine Heimat haben, und wir müssen fähig sein, sie zu verteidigen. Jetzt haben wir eine Heimat, und wenn sie angegriffen wird, werden wir unsere Feinde, koste es, was es wolle, in die Knie zwingen, wie wir es früher schon getan haben, denn EN BRERA – im Unterschied zu unseren Feinden haben wir keine andere Wahl! Keine andere Wahl als zu siegen!»

Er verließ das Podium. Emily, die zusammen mit Cunningham, Nakhama und zwei amerikanischen Armeegenerälen an einem der vorderen Tische saß, sprang auf und klatschte begeistert Beifall wie die anderen in dem Ballsaal, während ihr Vater und die Generale sitzenblieben und sich etwas zuflüsterten. Nakhama blieb ebenfalls sitzen, ohne zu klatschen (sollten die anderen doch ihrem Mann Beifall spenden!), und Christian Cunningham beugte sich zu ihr und sagte über den Applaus hinweg: «Mrs. Barak, ihr Mann ist ein begnadeter Redner! Ein unverhofftes Talent.»

«Nun, er ist ein stiller Mann. Aber wenn er etwas zu sagen hat, dann findet er die richtigen Worte.»

Als Emily sich wieder hinsetzte, fügte Nakhama hinzu: «Mr. Cunningham, Sie und Emily müssen bald einmal zu uns zum Abendessen kommen.»

«Mit Vergnügen. Emily, kümmere dich darum.»

«Ja, Vater», sagte Emily mit eigentümlich aufgewühltem Herzen.

In einem Hotel am Londoner Flughafen, wo Aryeh auf der Stelle eingeschlafen war, sah Luria fern, bis das Testbild aufflimmerte. Die letzten Bilder zeigten Aufnahmen aus dem Nahen Osten: ein übers ganze Gesicht strahlender Nasser, der sich den Fragen der Presse über den politischen Triumph, den er mit der Schließung der Straße von Tiran errungen hatte, stellte; ein grimmig blickender israelischer Regierungssprecher in offenstehendem weißem Hemd, der nervöse Antworten auf eine Flut von Fragen gab; weitere Aufnahmen von kreischenden und Fäuste schüttelnden Mobs in arabischen Hauptstädten; schließlich, und das fand Luria am eindringlichsten und beunruhigendsten, Aufnahmen verdunkelter, menschenleerer Straßen in Tel Aviv und Jerusalem, Bilder von Geschäften und Schulen hinter Sandsäcken, von Kindern, die im Schlafanzug in die Luftschutzkeller hinuntergetrieben wurden, von Interviews mit dem Mann von der Straße, die ausgewählt waren, um Furcht und Verzweiflung unter den Israelis zu säen.

Als Benny Luria später an diesem Tag israelischen Boden betrat, erkannte er sofort, wie zutreffend die Fernsehnachrichten die Stimmung im Volk wiedergegeben hatten. Die blauuniformierte Frau hinter dem Schalter des Einwanderungsbüros blickte mit verängstigten Augen von seinem Paß auf. «Sie sind also zurückgekommen, weil es Krieg gibt, Herr Oberst, hm?»

«Nur für den Fall, daß es einen geben wird.»

«Ich habe 1956 einen Bruder verloren.»

«Wie schrecklich. Tut mir leid.»

«Mehr halte ich nicht mehr aus. Ich habe gerade wieder ein Kind bekommen, und mein Mann ist bei den Panzern.» Während sie den Paß abstempelte und ihm zurückreichte, brachte sie ein klägliches Lächeln zustande: «Nun, Herr Oberst, wenn wir schon kämpfen müssen, dann brecht ihnen dieses Mal mit Gottes Hilfe die Knochen. Ein für allemal!»

Mit Erleichterung stellte er fest, daß nur wie Touristen gekleidete Menschen an den Ausreiseausgängen standen oder in der verlassenen Abfertigungshalle herumsaßen. Falls wirklich Gefahr drohte, waren sie ohnehin am besten aus dem Weg. Soweit er es beurteilen konnte, waren keine Israelis auf der Flucht. Wie groß ihre Beunruhigung auch sein mochte, sie waren bereit, der Gefahr die Stirn zu bieten.

Während sie in die Sonne hinaustraten, sagte Aryeh plötzlich: «Dode Benny, ich bin so froh, daß ich wieder zu Hause bin! Wann sehe ich Abba?»

«Sobald ich ihn gefunden habe.»

«Ich möchte auch Dov sehen.»

«Den kannst du vielleicht gleich sehen.» Er winkte seinem Fahrer, der sich in einem Militärwagen näherte. Von den Titelseiten der Zeitungen, die ihm der Fahrer überreichte, schlug Benny die gleiche jammervolle Stimmung entgegen, verstärkt noch durch das hysterische Katastrophengeschrei der israelischen Journalisten. Katastrophen jagten in diesem Land die Verkaufszahlen hoch, und je größer und schwärzer oder röter die Schlagzeilen waren, um so schneller waren die Ausgaben ausverkauft. Manchmal schien es Benny, als wäre sein Volk von der mit Krisen verbundenen Adrenalinausschüttung abhängig. Bei Kampffliegereinsätzen erhöhte dieses Adrenalin die Reaktionsgeschwindigkeit, schärfte die Wahrnehmung, rief Kampflust hervor. Staute es sich aber auf, ohne daß es in eine Handlungsmöglichkeit münden konnte, dann wirkte es wie eine chemische Injektion, die die Nerven der Zivilisten so überreizte, daß sie es zugleich als gruselig, angenehm, flüchtig und süchtigmachend empfanden.

In den Städten, durch die das Auto fuhr, entdeckte er in den verrammelten Läden, den leeren Schaufenstern, den mit Abfall übersäten Straßen und an den wenigen Passanten, die auf sonst überfüllten Gehwegen hierhin und dorthin eilten, immer mehr Anzeichen von öffentlicher Auflösung und Panik. Durch die Mobilmachung der Reservisten waren die normalen Geschäfte halb zum Erliegen gekommen. Den Hauptanteil des motorisierten Verkehrs bildeten die Mannschaftstransporter des Militärs, die Panzer- und Geschütztransporter, und er stellte mit Genugtuung fest, daß wenigstens die jungen Soldaten fröhlich aussahen.

Als er das Wachtor des Luftwaffenstützpunkts von Tel Nof passierte, war ihm, als würde er von einem bedeckten Himmel in den Sonnenschein hineinfliegen. Heyl Ha'avir! Ordentliche Straßen, kurzgemähte Rasen, exakt marschierende Staffeln von Auszubildenden, junge Frauen in properen Uniformen, die an den Lenkrädern von Jeeps vorbeiflitzten oder auf den Wegen mit aufrechter Haltung und vorgestrecktem Busen einherschritten. Wäre nicht die Steigerung des Tempos, die Aufgeladenheit der Atmosphäre gewesen, man hätte sich fast in Friedenszeiten wähnen können.

Benny ließ Aryeh bei Dov in dessen Baracke zurück und drehte eine schnelle Runde um die Hangars. Piloten standen im G-Anzug um ihre Flugzeuge herum, Bodentruppen wimmelten um die Mirages, und jeder einzelne beklagte sich über das Zaudern der Regierung.

«*Worauf warten wir denn noch?*» Diese Worte wurden ihm immer wieder entgegengeschleudert. Während er von Hangar zu Hangar ging, stellte er seinerseits Standard-Drillfragen über den Aktionsplan mit dem Codenamen MOKADE (Ziel).

«Chaim, was ist dein Ziel bei der ersten Angriffswelle?»

«Inchas, Herr Oberst.»

«Wann startest du? Welche Position nimmst du während des Fluges ein? Welche Höhe? Was sind deine primären Ziele?»

Der Pilot antwortete in knappen, zutreffenden Sätzen.

Das war es, was Benny seit Nassers erster Truppenbewegung verfolgt und was ihn Tag für Tag nervöser gemacht hatte, während er durch die Vereinigten Staaten geflogen und Reden auf UJA-Banketten gehalten hatte. Es war ein haarspalterischer Plan, alles hing vom exakten Timing ab, und falls es zum Krieg käme, mochte die Existenz Israels leicht vom Gelingen oder Mißlingen dieser Operation abhängen.

Einen anderen Piloten fragte er: «Tali, wie lautet deine planmäßige Ankunftszeit über dem Ziel?»

«Sieben Uhr fünfundvierzig, Herr Oberst.»

«Das zweite Ziel? Aufgabe beim ersten Anflug? Beim nächsten Anflug? Notfalloptionen?»

Selbst wenn man sie um Mitternacht weckte, mußten sie die Antwort wie aus der Pistole geschossen parat haben. Benny Luria, der den gesamten Operationsplan im Kopf hatte, konnte in ihren forschen Antworten keinerlei Unsicherheit erkennen. Wenn nur die Politiker ihnen jetzt freie Bahn ließen, so dachte er. Die Arbeit von Jahren stand auf dem Spiel. Zwar waren individuelle Aufgaben im Laufe der Zeit den veränderten Gegebenheiten angepaßt worden, doch die Operation MOKADE stand: *Die ägyptische Luftwaffe in den ersten Kriegsstunden überraschen und zerstören.*

33
Das Warten

Nun begann der Countdown bis zum Krieg, der als *Hamtana*, das Warten, in die Chroniken Israels Eingang fand. In der strategischen Doktrin Israels waren drei Bedingungen festgelegt, unter denen eine Krise zu einem regelrechten Krieg eskalieren konnte: zwei regionale, eine internationale.

1. Eine unmittelbare militärische Bedrohung der Nation durch einen massiven Truppenaufmarsch an Israels Grenzen.
2. Einen Bruch des Status quo, den Israel nicht ungestraft hinnehmen konnte, ohne seine militärische Glaubwürdigkeit zu verlieren.
3. Wenn Israel von der internationalen Gemeinschaft hilflos seinem Schicksal überlassen wurde.

Zwei dieser Bedingungen waren jetzt eindeutig erfüllt. Hunderttausend ägyptische Soldaten und Hunderte von Panzern waren über den Suezkanal auf den Sinai eingedrungen, hatten die Straße von Tiran geschlossen und damit Israel von seinem südlichen Zugang zum Meer abgeschnitten. Die Sowjetunion gab Nasser natürlich unverhüllt Rückendeckung bei sämtlichen Manövern, so daß nur eine entscheidende Frage offenblieb: Würden die Westmächte und die UNO den ägyptischen Diktator dazu bewegen oder zwingen, den Suezkanal wieder zu öffnen und seine Truppen vom Sinai abzuziehen, oder würden sie sich auf mißbilligende Erklärungen beschränken und es Israel überlassen, sich aus der drohenden Gefahr zu befreien?

Auf der Suche nach einer Antwort stattete Abba Eban, inzwischen Israels Außenminister, den drei ausschlaggebenden westlichen Hauptstädten per Flugzeug einen Besuch ab. In Paris wurde er beim Eintreten in das Büro des Präsidenten mit der dröhnenden Warnung Charles de Gaulles empfangen: «*Ne faites pas la guerre!*» De Gaulle äußerte sich nur unbestimmt zu der Frage, wie Nasser zu einer Änderung seines ungebührlichen Kurses bewegt werden konnte, doch er machte eines unmißverständlich deutlich: Falls Israel den ersten Schuß abgab, würde es der Freundschaft und Unterstützung Frankreichs restlos und ein für allemal verlustig gehen. In London erging es Eban insofern besser, als er von Präsident Wilson nicht mit derartigen Drohungen empfangen wurde; doch Wilson blieb genauso nebulös hinsichtlich möglicher Maßnahmen, um Nasser von seinen bedauerlichen Kriegsgelüsten abzubringen.

Einzig in Amerika wurde Eban mit einem konkreten Vorschlag empfangen. Präsident Lyndon B. Johnson sagte ihm nach einem herzlichen Empfang, daß er versuchen wolle, eine «internationale Flottille» von Kriegsschiffen ins Leben zu rufen, die die ungehinderte Durchfahrt durch die Straße von Tiran erzwingen würde, falls die Rüge der UNO und die bloße Existenz einer solchen Flottille nicht ausreichten, um den ägyptischen Diktator zum Einlenken und zur Aufhebung der Blockade zu bewegen. Selbstverständlich würde es eine gewisse Zeit dauern, bis eine solche Flottille aufgestellt war, so sagte der amerikanische Präsident, und bis dahin bat er die israelische Regierung, Nachsicht walten zu lassen – und zu *warten*.

Sam Pasternak saß im Büro von Motti Hod, dem Oberkommandierenden der Luftwaffe, einem hochgewachsenen kahlköpfigen Mann mit kleinem Schnauzbart in adretter blauer Uniform, und trank Kaffee. «Sam, Sam, willst du mir erzählen, daß wir zwei oder drei Wochen lang untätig herumsitzen sollen? Wo das ganze Land gelähmt ist, die Araber Truppen an unsere Grenzen geworfen haben und –»

«Motti, Lyndon Johnson braucht Zeit, um eine *‹internationale Flottille›* aufzustellen» – Pasternak sprach mit ironischer Stimme und skeptischem Gesichtsausdruck –, «so berichtet Eban, die die Öffnung der Straße von Tiran erzwingen soll. Die Abstimmung im Parlament fiel knapp aus, aber die Entscheidung war, Johnsons Spiel zu spielen und abzuwarten. Dahinter steckt die Idee, daß die Seemächte die freie Passage für ‹alle Nationen› verlangen sollen, das bedeutet aber auch für uns. Falls Nasser nachgibt, wunderbar. Falls nicht, wird diese internationale Flottille in die Meerenge von Tiran einfahren, so daß –»

«Aber welche Seemächte? De Gaulle ist zu den Arabern übergelaufen, das wissen wir. Von England können wir wie immer Ziegenmist erwarten. Amerika hat in Vietnam genug am Hals. Ich frage dich, welche Seemächte sollen das sein?»

«Nun, vielleicht Holland, vielleicht Kanada, vielleicht Schweden, vielleicht sogar Australien. Eban hat sich nicht sehr klar dazu geäußert.»

«Vielleicht niemand?»

«Vielleicht niemand.»

Hod schenkte sich aus einer großen Karaffe Wasser ein und trank ein Glas, das einzige Anzeichen für seine Anspannung. Über den Oberkommandierenden der Luftwaffe kursierte der Witz, daß seine Maschine wassergekühlt sei. Seitdem Pasternak nach der Regierungsdebatte über einen eventuellen Eintritt in den Krieg, die die ganze Nacht gedauert hatte, unrasiert und mit geröteten Augen eingetroffen war, hatte er mehrere Gläser getrunken. «Glaubt irgend jemand im Kabinett an diese Flottille? Glaubt Eban daran?»

«Es ist schwer zu sagen, was Eban glaubt, er so wortgewandt», sagte Pasternak. Hod knurrte und lächelte beinahe. «Aber er ist dagegen, jetzt in den Krieg zu ziehen, das hat er unmißverständlich klargemacht.»

«Hör mir zu, Sam. Nasser verkündet öffentlich, daß er legal dazu befugt ist, die Straße von Tiran zu schließen, weil er sich mit uns im Kriegszustand befindet. Stimmt's?»

«Hundertprozentig.»

«Nun, wenn wir uns im Kriegszustand befinden, warum können wir dann nicht zuschlagen?»

«Genau darauf hat Rabin immer wieder mit Nachdruck hingewiesen, bis ihm die Stimme versagte. Drei Päckchen Zigaretten haben nichts dagegen vermocht.»

«Wie geht es ihm, ehrlich?» Über die Gesundheit des Stabschefs waren beunruhigende Gerüchte im Umlauf.

«Rabin? Gut, soweit ich durch den Rauch sehen konnte.»

Hod senkte die Stimme. «Und was ist mit dem Gerede über einen Kollaps?»

«Hör zu, ich habe ihn bei seinem Besuch bei Ben Gurion begleitet. Der Alte mag auf dem Abstellgleis sein, aber er war ganz wie immer, er tobte, weil Rabin die Reservisten einberufen hatte. Er brüllte, Rabin würde die Ägypter provozieren, wir könnten einen solchen Krieg niemals allein durchstehen, und er, Jitzhak Rabin, würde persönlich die Verantwortung für den Untergang des jüdischen Staates nach nur neunzehn Jahren tragen. Rabin stürzte zwei Tage lang in tiefe Depressionen. Ich fühlte mich danach auch nicht so großartig. Ben Gurion war furchterregend.»

Nach einer Pause sagte Hod: «Ein großer Mann, aber er lebt in der Vergangenheit. Es wäre eine kriminelle Schlamperei gewesen, die Reservisten nicht einzuberufen.»

«Der Meinung bin ich auch.» Pasternak warf einen Blick auf seine Uhr. «Wo steckt denn Luria?»

«Benny fährt schnell. Er wird gleich kommen. Ich dachte, der Premierminister würde an dieser Einsatzbesprechung teilnehmen, Sam?»

«Eshkol bat mich, an seiner Stelle teilzunehmen und ihm Bericht zu erstatten. Er muß an seiner Radioansprache arbeiten. Das ganze Land wird ihm heute abend an den Lippen hängen.»

«Ich beneide ihn nicht darum.»

«Ich auch nicht. Die Politikermafia ist auf seinen Kopf scharf. Es ist ein Verbrechen.»

«Du warst immer ein Mann Eshkols.»

«Aus gutem Grund! In all den Jahren, in denen Ben Gurion der Star war, war Eshkol derjenige, der die Arbeit getan hat. Ich sage dir, die Infrastruktur dieses Landes ist Levi Eshkols Werk.»

«Du mußt mir Eshkol nicht anpreisen. Wir werden demnächst Skyhawks haben, weil er nach Amerika flog und Lyndon Johnson dazu brachte, sie uns zu liefern.» Der Summer ertönte. «Ja?... Gut... In Ordnung, Benny ist hier. Wir wollen gehen.» Auf dem Weg zum Besprechungsraum gingen sie einen langen Korridor entlang, an dessen Wänden sich Bilder von Mirages und Skyhawks im Flug, Fotos früherer Luftwaffenchefs und Werbeposter mit adretten Piloten und schönen Luftwaffenmädchen aneinanderreihten.

Benny Luria sah erstaunt, daß General Hod nicht in Begleitung des Premierministers den Besprechungsraum betrat, sondern in Begleitung von Sam Pasternak, den er tief verabscheute. Pasternak hatte das Leben seiner Schwester Yael beinahe ruiniert, indem er ihre Jugend mit Geplänkel dahinbrachte. Jetzt war er eine Art hohes Tier beim Geheimdienst, sein Status war obskur, abgesehen davon, daß er Eshkol sehr nahestand.

«Benny, setz General Pasternak über die Aufgabe deiner Staffel bei MOKADE in Kenntnis», sage Hod, «und gib ihm ein allgemeines Bild der ersten Angriffswelle.»

Luria kannte Hod gut genug und war davon abgesehen unverfroren genug, um ihn unverblümt zu fragen: «Motti, geht es morgen los oder nicht?»

Seit seiner Rückkehr hatte er mit schwerem Herzen eine gewisse Schlaffheit in der Luftwaffe gespürt, das Fehlen der erwarteten Spannung vor dem Schlag.

«Kümmere dich nicht darum. Fahr fort.»

Lurias klare Darstellung von MOKADE erweckte in Pasternak, so müde er auch war, eine unbändige Begeisterung. Eine phantastische Geschichte! Die aufeinanderfolgenden bunten Karten und Folienbogen, die Minute für Minute durchgeplanten Aktionsabfolgen waren bis zur letzten Einzelheit umwerfend präzise ausgearbeitet. Der Premierminister würde entzückt sein, und er konnte ein paar gute Neuigkeiten gebrauchen.

«Gut gemacht, Benny», sagte Pasternak, während die drei Männer hinausgingen. «Hast du deine Schwester in Los Angeles getroffen?»

«Natürlich.»

«Wie geht es ihr?»

«Zu gut. Sie verdient zuviel Geld.» Luria entfernte sich steifbeinig.

«Benny ist aus dem Gleichgewicht», sagte der Luftwaffenchef. «Er hat sicher damit gerechnet, daß wir heute oder morgen zuschlagen, und das Risiko, das jeder weitere Aufschub bedeutet, bringt ihn um den Verstand.»

«Warum? Es ist eine großartige Operation, Motti, wann auch immer sie durchgezogen wird.»

«Falsch, *falsch*! Wenn Nasser als erster zum Schlag gegen unsere Flugbasen ausholt, löst sich die ganze Arbeit, die ganze Planung und Einpaukerei in Nichts auf! Sam, um Gottes willen, sag Eshkol das.»

«Was glaubst du denn, was ich ihm sage?»

Levi Eshkol nahm in Schlafanzug und Morgenmantel sein Frühstück, bestehend aus gebratenem Sankt-Peters-Fisch, Rühreiern und einer Scheibe Schwarzbrot, zu sich. Der kahlköpfige, schmerbäuchige Premierminister blickte Pasternak durch eine dicke, randlose Brille an. «Sam, *kumt essen* [komm zum Essen].» Ein alter jüdischer Gruß, und Pasternak lehnte auf althergebrachte jiddische Art ab: «*Ess gezunt* [Iß und bleib gesund].»

«Setz dich. Der Fisch ist köstlich. Nach nur einer Stunde Schlaf hat man mich mit einem Brief von Kossygin aus dem Bett geholt. Essen ist Brennstoff, und den brauche ich jetzt. Lies diesen Brief.»

Pasternak überflog die hebräische Übersetzung auf dem Schreibtisch. Eshkol bemerkte: «Nicht so schlimm wie der Brief, den wir 1956 von Chruschtschow erhielten, stimmt's? Das war eine echte Bombe.»

«Nein. Aber der hier ist auch nicht erfreulich.»

«Überhaupt nicht erfreulich. Nun, wie steht es mit dem Angriffsplan?»

«Herr Premierminister, er ist meisterhaft. Ich war zutiefst beeindruckt. Ich bin auch zu den Hangars gegangen. Ich habe mit den Piloten und den Bodenmannschaften gesprochen. Sie sind alle scharf wie Rasierklingen, alle begierig loszulegen.»

«Wir wollen mal hören.» Während Pasternak MOKADE zusammenfaßte, verspeiste Eshkol den Fisch bis auf die Gräten und brach dann den Kopf auf, um die Bäckchen herauszuholen. «Klingt kompliziert», bemerkte er mit besorgtem Kopfschütteln. «Wie ein Ballett. Ein Darsteller macht einen Fehler, und es wird ein schrecklicher Balagan.»

Langsam wischte er sich den Mund mit einer Serviette ab. «Und in der Zwischenzeit gibt es solche *zores* [Scherereien]! Begin hat angerufen und auf mich eingeredet, ich sollte zurücktreten, damit Ben Gurion wieder Premierminister werden kann!» Er starrte Pasternak an. «Hast du gehört? *Begin* will Ben Gurion! Dann ist da noch Dayan! Vor elf Jahren hat er der Armee den Rücken gekehrt, und jetzt verlangt er seine sofortige Wiederaufnahme und den Oberbefehl über die Südfront! In meinem Kopf dreht sich alles, das sage ich dir.»

Pasternak, der sich des zunehmenden Bodengewinns Dayans nur zu genau bewußt war – in den Zeitungen war sogar schon davon die Rede, daß er Eshkols Platz einnehmen solle –, wich aus. «Haben Sie Ihre Radioansprache fertig, Herr Premierminister?»

«Ach, diese Ansprache! *Oy vavoi!* Nein, hab' ich nicht. Glaubst du, ich kann sie aufschieben?»

«Unmöglich!» stieß Pasternak alarmiert hervor. «Die Wirkung auf das Land –»

«Ich weiß, ich weiß. Aber mir graut dennoch davor. Und zuerst einmal muß ich Kossygin antworten und danach die Generäle treffen, die alle wegen der Hamtana kochen.» Er stand auf und ging mit langsamen, schweren Schritten und gesenktem Kopf auf und ab. «Aber, Sam, die Situation in Washington ist das schlimmste!» Er wandte Pasternak sein abgespanntes Gesicht zu. «Eban kommt zurück und erzählt eine Geschichte, und der amerikanische Botschafter hier erzählt eine ganz und gar andere. Unserem Botschafter vor Ort gelingt es nicht, dem Außenministerium ein klares Wort zu entlocken. Abteilungsleiter Rusk gibt verwirrende Erklärungen in der Presse ab. Von Präsident Johnson höre ich überhaupt nichts, und dabei glaubte ich, ich hätte gute Beziehungen zu ihm! *Sam, ich weiß bis zu dieser Minute nicht, was in Washington los ist!* Hörst du?»

«Herr Premierminister, lassen Sie die Luftwaffe jetzt angreifen. Heute, morgen!» Eshkol blinzelte ihn an. «Legen Sie los! Kämpfen Sie! Ich sage Ihnen, der MOKADE-Plan wird funktionieren. Er ist grandios bis ins letzte Detail. Es wird uns etwas kosten, aber wir werden siegen. Vor vollendete Tatsachen gestellt, werden die Amerikaner, Johnson eingeschlossen, Beifall klatschen.»

«Ich kann nicht.» Mit einem tiefen Seufzer setzte sich Eshkol an seinen Schreibtisch. «Das Kabinett hat mich nicht ermächtigt, den Krieg zu erklären. Es war eine wacklige, unentschiedene Abstimmung, kein Handlungswille. Im übrigen ist diese Hamtana vielleicht auch gar nicht so schlecht. Sie verschafft uns Zeit, uns gründlich vorzubereiten. Auch wenn ich das in dieser verdammten Rede nicht laut sagen kann.»

Er schwenkte eine Handvoll Papiere voller Notizen und fügte mit einem listigen Seitenblick hinzu: «Hör zu, Shafan [Kaninchen].» Das war Pasternaks Tarnname im Untergrund gewesen. «Es kann sein, daß du noch nach Washington fliegen mußt. Ich muß wissen, wo Johnson steht, bevor ich handeln kann. Ich muß es *wissen*!»

Pasternak antwortete mit Eshkols Tarnnamen. «Ich bin bereit, Layish [Löwe].»

«Oy vavoi!» ächzte Eshkol und lächelte. «So ein klappriger alter Löwe!»

In der Wohnung der Berkowitz' in Haifa, in der sich wegen der Beschneidung des Neugeborenen Lenas Verwandte aus dem Kibbuz und die akademischen Freunde des Professors zusammendrängten, wurde überall lärmend und gespannt über die angekündigte Rede Levi Eshkols spekuliert. Diese Hamtana, diese nervtötende Zeit, in der weder Krieg noch Frieden herrschte und die arabische Bedrohung an den Grenzen von Tag zu Tag zunahm, war jedenfalls nicht mehr lange auszuhalten! Da Don Kischote in Uniform erschienen war, wurde er pausenlos nach seinen Ansichten gefragt, was er mit Achselzucken und Grunzen beantwortete.

Im Schlafzimmer versuchte Schaijna, Lena Berkowitz zu beruhigen und zu trösten, die mit ihrem acht Tage alten Sohn auf dem Schoß dort hockte und klagte: «Warum bringen sie diese barbarische Angelegenheit nicht endlich hinter sich? Wenn sie das arme kleine Würstchen schon verstümmeln müssen, dann sollen sie es wenigstens gleich tun!» Lena war in einem marxistischen Kibbuz aufgewachsen, in dem alle Jungen bei ihrer Geburt beschnitten worden waren. Alle Kibbuzniks waren sich einig gewesen, daß das ein primitives, blutrünstiges Ritual sei, das abgeschafft werden sollte, und alle Eltern hatten die Beschneidung dennoch vollziehen lassen.

«Sie sind noch nicht da», sagte Schaijna und blickte zur Tür hinaus.

«Wer sind ‹sie›?»

«Oberst Luria und der Ezrakh. Sie kommen zusammen.»

«Na und? Der Ezrakh ist doch nur ein religiöses Mäntelchen, oder etwa nicht?» ereiferte sich Lena. «Und Oberst Luria mag ein großer Held sein, aber wenn er zu spät kommt, dann hat er eben Pech, sie sollen es endlich hinter sich bringen, um Himmels willen!»

Schaijna erklärte ihr, daß die beiden die ausgewählten Ehrenteilnehmer des *brit*-Rituals seien. Oberst Luria würde das Kind aus den Armen der Mutter übernehmen und es feierlich dem Ezrakh überreichen, und es würde auf den Knien des Ezrakh beschnitten werden, was eine große Auszeichnung für die Familie bedeutete. «Genaugenommen wird das Baby», sagte Schaijna, «durch die Anwesenheit zweier so bedeutender Persönlichkeiten geehrt.»

«Ja, ich bin mir sicher, es wird vollkommen aus dem Häuschen sein», sagte Lena. «Armer Schatz.»

Don Kischote warf einen Blick in das Zimmer. «Schaijna, sie kommen.»

«O Gott», sagte Lena.

Schaijna kam zur Tür. Benny Luria trat mit einem kleinen, aufrechten, weißbärtigen Mann in einem fadenscheinigen, langen schwarzen Mantel und einem schäbigen, breitkrempigen Hut ein. Ihnen folgte ein blondes Mädchen in einer neuen beigefarbenen Uniform mit einer schwarzen Kappe, die schief auf ihrer tadellosen Frisur saß.

«Wer ist das denn?» fragte Kischote Schaijna.

«Erkennst du sie nicht? Das ist Daphne Luria.»

«Was, die kleine rotznäsige Daphne mit den vorstehenden Zähnen, die immer in Nahalal herumlief? Das ist sie?»

«Ein hübsches Mädchen jetzt, nicht wahr?» sagte Schaijna. Daphne lächelte Noah Barak zu, der in Uniform aus der Gästeschar auftauchte und sie mit einem Kuß auf die Wange begrüßte. Ihre Zähne waren offensichtlich in Ordnung gebracht worden.

«Ein Kind», sagte Jossi. Ihm erschien sie wie die Reinkarnation Yaels, der Kriegsgöttin, die auf dem Schlachtfeld von Latrun über ihn gekommen war. «Sind sie und Noah verlobt oder so?»

«Sie ist in Ramat David stationiert», sagte Schaijna, «und sie sehen sich öfter. Eifersüchtig, Jossi?»

Kischote ignorierte den Hieb. «Schaijna, ich muß mit dir über Aryeh sprechen.» Der Junge wohnte während der Hamtana bei ihr, denn Kischote hatte mit seiner mobilisierten Brigade das Feldlager bezogen.

«Na schön.» Sie versuchte, sich einen unbeteiligten Anschein zu geben. «Bring mich und Aryeh nachher heim.»

Der Lärm in der Wohnung schwoll zu einem großen Tumult an, und die Männer scharten sich unter wildem Gestikulieren und Debattieren um den Ezrakh und Luria.

«Schaijna, ich verliere noch den Verstand», sagte Lena und umklammerte das Baby. «Finde heraus, was jetzt los ist.»

«Ich werde es versuchen.» Sie bahnte sich einen Weg durch das

Gewimmel, und Kischote sah, wie sie mit ihrem früheren Verlobten, dem schwarzbärtigen Chaim, sprach, der seit langem verheiratet war und zwei Kinder hatte. Sein Vater, der Oberrabbiner von Haifa, stand groß und kräftig im Mittelpunkt des Aufruhrs und disputierte mit dem Ezrakh. Bald kehrte Schaijna zurück und sagte: «Es geht los. Alles ist geklärt.»

Der Lärm verstummte und ging in gedämpften rituellen Singsang über. Lena fragte mit bebender Stimme: «Was war das Problem?»

«Es gibt kein Problem.»

Die Gäste machten Platz für den Ezrakh, der sich, bis zu den Knöcheln eingehüllt in einen vergilbten, schwarzgestreiften Gebetsschal, dem Schlafzimmer näherte. Mit einem freundlichen Lächeln streckte er Lena die Arme entgegen, die Schaijna zuflüsterte: «Was ist jetzt los?»

«Gib ihm das Baby.»

«Aber ich dachte, Oberst Luria –»

«Es hat eine kleine Änderung gegeben. Mach nur, alles ist in bester Ordnung, es geht los.»

Lena reichte das Kind auf einem Kissen dem Ezrakh. Er nickte, noch immer lächelnd, und ging mit gleichmäßigen Schritten von dannen. Widerstrebend sagte Lena: «Bei meinem Leben, er hat ein freundliches Gesicht.»

«Er lebt in der Wohnung unter meiner Mutter in Jerusalem», sagte Schaijna, als der Oberrabbiner und der *mohel*, ein sehr kleiner Mann in einem weiten Mantel und mit Mundschutz, die liturgischen Gesänge anstimmten. Benny Luria saß in einem Sessel zwischen ihnen und sah, einen Gebetsschal um die Schultern und das Baby auf dem Schoß, feierlich und ein wenig verwirrt drein. «Er ist sehr arm, der Ezrakh, seine Wohnung ist nur ein Kellerloch, aber die größten Thora-Gelehrten kommen dorthin, um seinen Rat einzuholen.»

«Werden sie es jetzt meinem Baby antun?»

«Es kann jede Minute passieren.»

«Sag mir, wenn es soweit ist.» Sie ließ sich aufs Bett fallen und hielt sich mit den Händen die Ohren zu.

Noch mehr Gesang ertönte, Michael Berkowitz' rauhe Stimme

rezitierte einen Segen, dann trat plötzlich Stille ein, und nach einem Augenblick ertönte allgemeines Rufen: «Mazel tov!»

«So! Sein Name sei Reuven!» rief Schaijna aus und küßte Lena. «Mazel tov! Es ist ein schöner Name.»

«Ist es vorbei? Hat er nicht geschrien?»

«Ich habe nichts gehört. Nur ein bißchen gewimmert, dann war Ruhe. Sie geben dem Baby Wein, weißt du.»

«Ich will ihn sehen!»

«Sie bringen ihn dir.»

«Was ist passiert? Warum haben der Oberst und der Ezrakh den Platz getauscht?»

«Der Ezrakh wollte es so.»

«Also wurde Reuven auf den Knien eines Kampfpiloten aus Nahalal beschnitten? Das gefällt mir.» Lena brach in hysterisches Gelächter aus. «Ein unvergeßliches Erlebnis, nicht wahr?»

Hungrig nach all den Verzögerungen fielen die Gäste gutgelaunt über das Essen und die Getränke her, die auf langen Tischen angerichtet waren. Benny Luria und der Ezrakh stießen mit dem bleichen glücklichen Vater an und verließen dann das Fest. Daphne Luria und Noah brachen ebenfalls unverzüglich auf. Die anderen Gäste blieben noch und kamen sogar einigermaßen in Fahrt, wenn man ihre vorherige Niedergeschlagenheit wegen der Hamtana bedachte. «Die Frage ist», rief Michael Berkowitz über das fröhliche Singen und Plappern hinweg, als das Fest bereits in den Abend ging und die schwarzen Vorhänge zugezogen wurden, «sollen wir uns jetzt die jordanischen Nachrichten ansehen oder nicht? Wollen wir in Depressionen versinken? Eshkol wird in einer Stunde sprechen.»

Israel hatte keinen Fernsehsender, aber der kleine Schwarzweißempfänger der Berkowitz' konnte die arabischen Sender empfangen. Während der Hamtana versammelten sich die besorgten Israelis in den Wohnungen und Geschäften, die Fernsehapparate hatten, denn von den jordanischen Bildern ging eine morbide Faszination aus. Jeder wollte, daß der Professor den Fernseher anstellte, und einen Augenblick später erfüllten die bekannten unheimlichen Bilder den winzigen Bildschirm: arabische Menschenmassen, die israelische Fahnen verbrannten und johlend die Ausrottung der Juden forderten; große, gedrungene russische Panzer, die zu Hunderten, soweit die Kamera reichte, auf dem Sinai aufgefahren und mit schwarzbärtigen Soldaten in schmucken Uniformen bemannt waren; Unmengen von Bombern und Kampffliegern, die den Himmel über einem triumphierenden Nasser und seinen lächelnden Stabsoffizieren verdunkelten.

Der jordanische Sprecher sagte: *«Ägyptens tapfere Streitkräfte stehen bereit für den Endkampf, um mit Waffengewalt dieses* fait accompli *aus der Welt zu schaffen, das den arabischen Völkern durch Gewalt, durch den amerikanischen Imperialismus aufgezwungen wurde, dieses zionistische Geschwür auf arabischem Boden.»* Es folgten Aufnahmen von syrischen, irakischen und jordanischen Truppen auf dem Vormarsch. Dann Nassers Ansprache vor einer jubelnden Gewerkschaftsversammlung: Der hochgewachsene, attraktive Ägypter strahlte Zuversicht und Macht aus, und seine leidenschaftliche Phrasendrescherei klang selbst in seinem schnellen, wohlklingenden Arabisch, das annähernd durch englische Untertitel übersetzt wurde, unheilschwanger.

«Lange haben wir auf den Tag gewartet, an dem wir uneingeschränkt zur Befreiung Palästinas bereit sind! Nun ist er gekommen! Die Einnahme von Sharm el-Sheikh bedeutete eine Konfrontation mit Israel, jetzt aber dreht es sich nicht mehr nur um den Golf von Akaba ... In dieser Schlacht wird es um alles gehen, und unser vorrangiges Ziel wird die ZERSTÖRUNG ISRAELS SEIN!»

Die zitternde Stimme eines weiblichen Gastes ertönte: «Das ist ein zweiter Holocaust.»

Während Nasser noch sprach, ging Kischote zum Fernsehapparat und schaltete ihn aus. «Unsinn! Wenn wir einen Fernsehsender hätten, würde er zwar nicht unsere Truppen zeigen, aber sie stehen bereit, das verspreche ich euch. Haifas Straßen sind leer, weil wir in höchster Alarmbereitschaft über das ganze Land verteilt in verborgenen Gefechtsstellungen liegen. Und in achtzehn Jahren wird Reuven Berkowitz dort sein, wenn die Araber bis dahin nicht zur Vernunft gekommen sind und uns in Ruhe lassen. Also wollen wir auf ihn trinken und fröhlich sein!»

«Wird es Krieg geben, Herr Oberst?» Die Stimme kam aus dem

Dunkel, denn die Lampen waren wegen des besseren Fernsehempfangs ausgeschaltet. Michael schaltete sie wieder ein, und die Gäste blinzelten.

«Ihr habt Nasser gehört», sagte Jossi. «Als nächstes werdet ihr Eshkol hören, und ich glaube, dann werdet ihr es wissen. Was ist eigentlich mit dem Wein los, Schaijna?»

Israelis trinken gewöhnlich nicht, jetzt aber gingen die Weinflaschen pausenlos reihum, und die Gespräche wurden wieder lebhafter, nachdem die Gäste die Betäubung abgeschüttelt hatten, die die jordanische Sendung hervorgerufen hatte.

«Noch fünf Minuten bis zu Eshkols Ansprache», sagte Lena. «Schalte das Radio schon mal ein, Michael.»

«Das wird Eshkols große Stunde», sagte Oberrabbiner Poupko. «Denkt an meine Worte.»

Pasternak, der in dem schwach erleuchteten Funkstudio in Eshkols Nähe saß, sprang auf, um eine Seite der Rede aufzuheben, die aus den zitternden Händen des Premierministers zu Boden gefallen war, während die Assistenten und die Radioleute nur fassungslos zu Boden starrten. Eshkol warf ihm den dankbaren Blick eines vor dem Ertrinken Geretteten zu und fuhr verzweifelt fort, durch seine dicken Brillengläser einen Sermon vorzulesen, dessen Verfasser er unmöglich selbst sein konnte.

«In der heutigen Kabinettssitzung hat die Regierung Prinzipien festgelegt für die ... äh, äh, Fortführung politischer Aktivitäten, die gewährleisten sollen, daß ... äh,äh, internationale Fraktionen – äh, Faktoren – veranlaßt werden, entsprechende Maßnahmen – effektive Maßnahmen zu ergreifen, um dafür Sorge zu tragen ...», er hielt sich angestrengt das Blatt vor Augen, «*... Freiheit der internationalen Schiffahrt durch die Straße von Tiran ...*»

L'Azazel, was war aus Eshkols eigener Rede geworden? fragte Pasternak sich zornentbrannt. Welcher erbärmliche Shlepper hatte dieses schwülstige Zeug zusammengebraut und dem unglückseligen alten Mann gegeben, der um sein politisches Überleben kämpfte? Was für ein krimineller Shlepper hatte ihn so vor einem niedrigen, schmalen Mikrophontisch plaziert, daß das einzige Deckenlicht aus der falschen Richtung auf ihn fiel? Welcher schafsköpfige Shlepper hatte es versäumt, auf einem Probedurchgang zu bestehen, versäumt, eine Aufzeichnung zu machen, in der Stotterer und Pausen herausgeschnitten werden konnten? Shlepper, Shlepper, nichts als Shlepper, die kollektive Achillesferse Israels!

Während der Premierminister weiterstammelte, kalkulierte Pasternak bereits die Schäden dieses Fiaskos. Die Amerikaner und die Araber mußten jedes Wort mithören, und Eshkol klang wie ein Mann in Panik, der unfähig war, seine Stimme oder seine Zunge zu kontrollieren, während er die Worte zu entziffern versuchte.

«Äh, äh, zudem wurden Richtlinien für die ... äh, äh, Entfernung von Truppenkonzeptionen – äh, äh, -konzentrationen an Israels südlicher Grenze aufgestellt ...»

Ich bin nicht dafür verantwortlich, für diesen verheerenden Balagan, dachte Pasternak, aber wer dann? Er war erst fünf Minuten vor Sendebeginn eingetroffen, um Eshkol anschließend zu der Verhandlung mit den Generälen zu begleiten. Es war ohnehin schon ein schwarzer Tag für den Premierminister gewesen, das wußte er. Das finstere politische Ränkespiel, mit dem Eshkol zur Aufgabe gezwungen werden sollte, war in Versammlungen, Telefonanrufen, Flurgeflüster, Angeboten, Gegenangeboten und Rücktrittsdrohungen hochgekocht. Seine ältesten Freunde ließen ihn im Stich. Ein Fernschreiben von Lyndon B. Johnson, in dem er ihn warnte, daß die Israelis alleine dastünden, falls sie irgendwelche Feindseligkeiten eröffneten, hatte eine hektische Kabinettsabstimmung herbeigeführt, in welcher der Verzicht auf jegliche militärische Intervention beschlossen wurde, solange Präsident Johnson sich um den Aufbau seiner Flottille bemühte. Eshkol mußte anschließend seinen Generälen gegenübertreten, wohlwissend, daß ein Aufschub sie an den Rand der Meuterei brachte, denn wie lange noch konnten ihre zahlenmäßig unterlegenen Truppen herumsitzen und darauf warten, daß der Feind an drei Fronten losschlug? Wie lange noch konnte die Wirtschaft diese Lähmung verkraften? Bedrängt von allen Seiten hatte Eshkol offensichtlich einen Assistenten angewiesen, seine Ansprache umzuschreiben, und hatte nicht genug Zeit gehabt, sie noch einmal durchzulesen, bevor er auf Sendung ging.

«... Aktion zum Schutz unserer ... äh, äh, substantiellen – äh, äh, souveränen Rechte sowie unserer Grenzen und zur Vorbeugung von Aggressionen ...»

In einem Café außerhalb des Luftwaffenstützpunkts standen Noah Barak und Daphne Luria zusammen mit Matrosen, Offizieren und Marinemädchen um ein altes Radio herum, das Eshkols Rede durch Rauschen und Pfeifen noch weiter entstellte. Die jungen Zuhörer tauschten verständnislose, bestürzte Blicke aus.

«Was soll das?»

«Ist er krank? Hat er einen Herzinfarkt?»

«Verstehst du das?»

«Das kann nicht sein.»

Noah ergriff Daphnes Arm und führte sie aus dem Café. «Ich kapier das nicht. Wie dem auch sei, mein Hauptmann hat mir nur zwei Stunden freigegeben, damit ich zu den Berkowitz' gehen konnte. Ich muß zurück an Bord.»

«Noah, was quält den Premierminister, hast du eine Ahnung? Er klingt völlig panisch.»

«Wer weiß? Auch wenn er Angst hat, die Marine hat jedenfalls keine. Wir werden unsere Auseinandersetzung über den Zionismus fortsetzen, Daphne, vielleicht nach einem Krieg.»

«Glaubst du wirklich, daß es Krieg geben wird?»

«Nach allem, was wir gerade gehört haben? Wenn ich Nasser wäre, würde ich bei Tagesanbruch losschlagen.»

Sie standen noch eine Weile im blauen Lichtschein des Wachpostens am Tor des Stützpunkts beisammen. «Du siehst schrecklich aus», lachte sie, «wie ein toter Mann.»

«Du siehst sogar in diesem Licht wunderschön aus.»

«Hör auf damit.» Sie puffte mit ihrer kleinen Faust gegen seine Schulter. «Und keine Auseinandersetzungen mehr, verstanden? Du bist Zionist? Na schön, Ehre sei dir. Ich bin zuallererst Daphneist. Ende der Debatte.»

«Nein, sie fängt ja gerade erst an.»

«Ach so.» Sie reichte ihm die Hand. «Du darfst deinen Ausgang nicht überziehen, Noah. Komm heil zurück, falls es Krieg gibt.»

Er ließ ihre Hand nicht los. «Soll ich dich anrufen?»

«Warum nicht?» Mit einem leichten Druck befreite sie ihre Finger und eilte in die Dunkelheit davon.

In der Wohnung der Berkowitzs herrschte nach dem Ende von Eshkols Ansprache Schweigen. Jemand ächzte: *«Ayzeh gimgoom* [Was für ein Gestotter]!»

Der Oberrabbiner sprach mit künstlicher Munterkeit: «Er stand unter schwerem Druck, das ist alles. Es war eine gute Rede.»

«Ich bringe meine Familie heute nacht in den Luftschutzraum», sagte ein Philosophieprofessor.

«Mach keinen Unfug, Alex», erwiderte seine Frau. «Wir gehen nicht in den Schutzraum.» Sie wandte sich an Jossi Nitzan. «Was halten Sie davon, Herr Oberst?»

«Er ist ein schlechter Redner», sagte Jossi, «aber er hat die Araber gewarnt, daß wir siegen werden, falls sie irgend etwas vom Zaun brechen. Das ist die Hauptsache, und es ist die Wahrheit.»

Die Gäste verabschiedeten sich hastig und brachen unter bedrücktem Gemurmel auf.

«Ben Gurion muß zurückkommen.»

«Dayan! Wir brauchen Dayan!»

«Nein, Allon! Allon ist zehn Dayans wert.»

«Ich glaube noch immer an Eshkol.»

«Eshkol? Es dauert noch zwei Tage, dann ist er nicht mehr im Amt.»

«Wenigstens als Verteidigungsminister muß er zurücktreten.»

Als das rote Licht über der Tür des Senderaums erlosch, nahm Eshkol seine Brille ab und rieb sich heftig die Augen, während er seinen großen Kopf hängen ließ. «Meine Augen brennen so! Sie brennen!» Er setzte die Brille wieder auf und sammelte die Papiere ein. Ein junger, bärtiger Assistent nahm sie mit schmerzlichem Blick entgegen. Eshkol erhob sich schwerfällig und trottete zu Pasternak. «Danke, daß du mir das Papier aufgehoben hast. Du hast mich gerettet. Wie war ich?»

«Nun, Herr Premierminister, Sie haben die Araber davor gewarnt, uns anzugreifen.» Pasternak sprach so überzeugend, wie er konnte. «Und Sie haben den Amerikanern klargemacht, daß die Hamtana von nun an ihre Sache ist und daß wir von ihnen erwarten, ihrer Verantwortung gerecht zu werden. Die Aufnahme ist eindeutig. Es ist alles Notwendige gesagt worden. Die Rede war in Ordnung.»

«Findest du? Gut.» Die anderen – die Shlepper, dachte Pasternak mit zorniger Verachtung, die den Mann wahrscheinlich zugrunde gerichtet hatten – scharten sich mit hohlen Glückwünschen um ihn. «So, Sam, was kommt jetzt? Ach ja, jetzt geht es zu den Generälen. In Ordnung, gehen wir.»

Während sie die Treppen hinabstiegen, verfehlte Eshkol eine Stufe und griff haltsuchend nach dem Geländer. Pasternak packte seinen Ellbogen und bewahrte ihn vor einem Sturz. Auf der Rückbank seines Autos legte Eshkol den Kopf nach hinten und schloß die Augen. «Du reservierst besser einen Flug, Shafan.»

«Ist schon geschehen, Layish.»

Die Augen des Premierministers öffneten sich, und der listige alte Mann lächelte ihn müde an. «Es war schlecht, stimmt's?»

«Herr Premierminister, Sie waren in einer üblen Situation.»

Eshkol schüttelte den Kopf. «Alles mein Fehler. Ich hätte alles andere aus meinem Kopf verbannen und mich nur auf diese Ansprache konzentrieren sollen. Das ist mir jetzt klar.»

«Es ist zuviel passiert. Sie konnten es nicht.»

«Nun, es ist vorbei. Und jetzt zu den Generälen.»

Während Jossi Schaijna durch die bläulich erleuchteten Straßen Haifas fuhr, eine Geisterstadt um neun Uhr abends, quasselte sie ihm unentwegt die Ohren über den Ezrakh voll, denn das Debakel des Premierministers hatte sie nervlich schwer mitgenommen, und neben Don Kischote in einem Auto zu sitzen, verwirrte sie noch immer. Ihre verkrampfte Beziehung war nun, da sie sich um Aryeh kümmerte, noch um vieles angespannter. «Als Kinder spielten wir in der Altstadt in seinem Hof», sagte sie. «Er rief uns in seine Behausung voller riesiger Bücher und schenkte uns Süßigkeiten. Er sah heute ganz genauso aus wie damals. Ich möchte schwören, er trug dieselben Kleider. Und er tat nichts als die Thora zu studieren, Tag und Nacht.»

«Wurde er beim Fall der Altstadt gefangengenommen?»

«Nein, einen Monat vor der Abstimmung über die Teilung zog er samt Büchern und allem aus in ein Loch in der Neustadt, in Geula. Es hagelte eine Menge Kritik und Zweifel an seiner Frömmigkeit. Später, nach dem Krieg, sagten die Leute, er sei ein Prophet. Er kümmert sich nicht darum, was irgend jemand sagt. Wir zogen unmittelbar nach ihm aus, Großvater mit seinem Schneiderladen ebenfalls. Großvater sagte, wenn der Ezrakh ginge, könnten wir es auch, und das taten wir dann.»

«Wovon lebt der Ezrakh?»

«Damals verkaufte er Kerosin. Heute verkauft er Kerzen. Nicht viele, um das Geschäft der anderen Kerzenverkäufer nicht zu schmälern. Die Leute würden ihm viel mehr abkaufen, als er verkauft. Es ist eine große Sache, an Sabbat die Kerzen des Ezrakh zu entzünden. Wenn er eine neue Lieferung bekommt, ist sie in ein oder zwei Tagen ausverkauft. Er nimmt keine Unterstützung oder Geschenke an.»

Jossi bog in die Straße ein, die sich am Berg Karmel hochwand. «Ich sage dir, Schaijna, dieser alte Mann hat mich beeindruckt, wie er Benny in den Sessel drückte und wir alle ihm gehorchten, der Mohel, die Rabbis, Benny! Eine wirkliche Autorität. Wenn er achtzehn und in meiner Brigade wäre, gäbe ich ihm einen Zug.»

«Na, die Geschichte wird sich bestimmt herumsprechen, daß der Ezrakh diese Ehrenaufgabe einem Oberst der Luftwaffe überlassen hat! Unter den *haredim* [den Frommen] gilt er jetzt schon als sonderbar, weil er Zionist ist. Er sieht in Israel den Beginn der Erlösung, die Schritte des Messias, das Große Zeitalter. Er wird nicht offen angegriffen, denn die größten Weisen bitten ihn um Rat. Sie halten ihn für einen wandelnden Berg Sinai.» Der Jeep holperte und röhrte eine steile Kopfsteinpflasterstraße zu dem alten Mietsblock hinauf, in dem sie wohnte. «Wach auf, Aryeh», rief sie, «wir sind da!»

Gähnend hüpfte Aryeh auf die dunkle, windige Straße hinaus. «Es ist kalt hier, Abba.»

«Laß mich mit hineinkommen, Schaijna», bat Jossi. «Mach mir eine Tasse Tee.»

«Bei meinem Leben, nein.»

«Warum nicht? Ich habe deine Wohnung nie gesehen.»

«Nein!»

«Warum nicht? Wegen Issur yikhud? Aryeh ist dein Beschützer.»

«Don Kischote, geh und zieh in den Krieg, falls es einen geben wird. Laß mich in Frieden. Ich werde gut für Aryeh sorgen.»

Er senkte seine Stimme, so daß der Junge, der im Eingang Schutz gesucht hatte, sie nicht hören konnte. «Du siehst mich vielleicht nie wieder. Nie. Ist dir das klar?»

«Hör auf! Elohim, du bist unfair, du bist abscheulich.»

«Zehn Minuten.»

«Ach, dann wartet hier. Du und Aryeh.»

Sie nahm vier Stufen der schwarzen Treppe auf einmal, schaltete die Lampen an und zog den Verdunkelungsvorhang zu. In rasender Eile riß sie von einer Wäscheleine zwischen Querbalken und Fenster billige Unterwäsche herunter, die sie zum Trocknen dort aufgehängt hatte – Strümpfe, Nachthemden, Schlüpfer, Büstenhalter, die angesammelte Wäsche von zwei Wochen. Schaijna lebte allein, brachte eine Menge Schreibtischarbeit mit nach Hause und neigte dazu, die Hausarbeit – Wäsche, Geschirr und Rechnungen – liegenzulassen und hin und wieder in einer Nacht wie ein Wirbelwind durch das Chaos zu fegen. Sie warf das ganze Zeug in ihr winziges, karges Schlafzimmer, wischte Bücher und Testunterlagen vom Küchentisch und räumte aufgestapelte Rechnungen und mathematische Fachzeitschriften von ihrem Schreibtisch. Dort standen, gewöhnlich halb verborgen, zwei gerahmte Fotografien: die verblassende Vergrößerung von ihr selbst und Kischote auf der Uferpromenade von Tel Aviv und eines ihres neuesten Anbeters mit kurzgeschnittenem Bart und charmantem Lächeln, dessen Scheitelkäppchen beinahe unsichtbar war. Schaijna beförderte das Foto von der Uferpromenade in das andere Zimmer, zerrte die Wäscheleine herunter und öffnete das Fenster. «In Ordnung! Kommt rauf!»

«Wir kommen!»

Aryeh ging schlafen, und während sie in der Küche Tee tranken, schwand Schaijnas Unbehagen dahin, denn sie merkte, daß Jossi ganz und gar sachlich gestimmt war. Er sprach über die Wahrscheinlichkeit eines Krieges. Falls es soweit kam, und er schätzte die Chancen nun fünfzig zu fünfzig, würde seine Panzerbrigade an vorderster Front stehen. Er hatte Vertrauen zu seinen Männer und zu sich selbst, aber Krieg war Glückssache, und er mußte an die Zukunft denken. «Da ist Aryehs Erziehung, Schaijna. Ich möchte, daß er auch eine Ahnung von jiddischer Kultur bekommt. Ich habe dich in meinem Testament als seine religiöse Erzieherin bestimmt und dir Geld hinterlassen. Yael weiß über alles Bescheid. Wenn er nach Los Angeles zurückgeht...» Jossi zuckte die Achseln und hob abrupt sein Glas. «Nun, ich glaube nicht, daß er das tun wird.»

Schaijna brauchte einen Moment, bevor sie ihre Stimme wiederfand. «Ich bin gerührt, und ich bin bereit, mich um Aryeh zu kümmern.»

«Gut. Ich danke dir. Bitte schenk mir noch ein wenig Tee ein.» Während sie einschenkte, fuhr er fort: «Lee und ich, wir haben beide an der Jeschiwa angefangen, weil meine Mutter es so wünschte. Er rebellierte, und sie schickten ihn an eine zionistische Schule, aber mir gefiel es dort. Selbst in den Lagern versuchte ich, meinen Glauben zu bewahren. Es war zu hart. Aryeh wird kein Ezrakh werden, aber er soll auch kein unwissender Ignorant sein. Manche der Sabra-Kinder in meiner Brigade tun mir leid. Es sind wunderbare Jungs, aber sie haben keine Ahnung von jiddischer Kultur.»

«Aryeh weiß schon ein wenig darüber, Jossi.»

«Ich freue mich, das zu hören. Nächster Punkt, dieser Typ auf deinem Schreibtisch. Ist das der neue? Der Kanadier?»

«Oh, hast du es bemerkt. Ja, das ist Paul.»

«Wie weit ist die Sache schon gediehen?»

«Jossi, fang nicht wieder mit diesem –»

«Schaijna, ich glaube, zwischen Yael und mir ist es aus. Ich habe versucht, die Beziehung um Aryehs willen aufrechtzuerhalten, aber –»

Schaijna verlor die Beherrschung. «O um Himmels willen, Jossi, was für ein unglaublicher Narr du doch bist! Yael wird dich nie freigeben. Du bist ein Star im Panzerkorps. Vor allem aber wird sie Aryeh nie gehen lassen, und du wirst es auch nicht. Du redest Unsinn.»

«Was du nicht verstehst», sagte er, um Geduld bemüht, «ist, was Los Angeles bedeutet. Yael will dortbleiben.»

«Sagt sie das?»

«Ihr Bruder Benny ist gerade von dort zurückgekommen. Sie lebt in einer Luxuswohnung in Beverley Hills und schaufelt Geld, was das Zeug hält.»

«Gibt es einen anderen Mann?»

«Ich weiß es nicht, und ein Problem ist, daß es mir ziemlich egal ist.»

Aryeh erschien im Schlafanzug. «Tante Schaijna, das lag auf meinem Bett.»

Kischote ergriff die Aufnahme der Uferpromenade, und sein Blick wanderte von dem Bild zu Schaijna. Jossi fragte sich, wie scharfsichtig dieser Zehnjährige wohl war. «Aryeh, ich fahre jetzt. Gib mir einen Kuß, sei ein guter Junge und gehorche Tante Schaijna. Ab ins Bett jetzt.»

Aryeh umarmte und küßte seinen Vater und ging aus dem Zimmer.

Kischote klopfte auf das Foto und sagte: «Das waren noch Zeiten, hm?»

«Jossi, die Leute sagen, daß die irakische oder die syrische Luftwaffe im Fall eines Krieges Haifa in Schutt und Asche legen könnte. Soll ich Aryeh woanders hinbringen?» Ihr unbeholfener Versuch eines Themawechsels mißlang. Er kam zu ihr und beugte sich über sie, um sie auf die Wange zu küssen. «Auf Wiedersehen. Bleib, wo du bist. Schaijna, was ist, wenn Yael mich freigibt? Ich sage dir, daß es so kommen wird. Es ist unvermeidlich.»

Heiser zitierte sie Ecclesiastes: *«Was gekrümmt ist, kann nicht gerade gemacht werden.»*

«Motek, vergiß diesen Kanadier!»

«Geh, oder ich werfe dich die Treppe hinunter!»

«Ich liebe dich, Schaijna.»

«Wir sind nicht auf der Uferpromenade von Tel Aviv, Kischote. Das liegt Millionen Jahre zurück. Gott schütze deinen Weg.»

Am nächsten Tag stand in Israels führender Tageszeitung *Ha'aretz* folgender Leitartikel auf der ersten Seite:

> ... Wenn wir glauben könnten, daß Eshkol wirklich in der Lage ist, das Staatsschiff in diesen kritischen Tagen zu steuern, würden wir ihm bereitwillig folgen. Doch nach Eshkols gestriger Radioansprache haben wir diesen Glauben verloren ... Daher scheint uns der Vorschlag, Ben Gurion wieder zum Premierminister zu ernennen und Mosche Dayan mit dem Verteidigungsministerium zu betrauen, während Eshkol die Verantwortung für innenpolitische Aufgaben übernimmt, sehr klug ...

Diese Reaktion auf Eshkols Rede dominierte gleichermaßen in der Presse, im Radio und bei Straßenversammlungen. Immer lauter ertönte ein Ruf: *«Dayan!»* Mosche Dayan, der den legendären Sturm auf Lod und Ramla geführt hatte, der vierte Ramatkhal, der die Zahal zu einer richtigen Armee gemacht hatte; Mosche Dayan, der Sieger des Sinaifeldzugs, ein Moschavnik, ein kaltblütiger Kämpfer, Knesset-Mitglied, eine weltbekannte Gestalt mit seiner Augenklappe – Mosche Dayan als Verteidigungsminister! Und der Kleinkrämer Eshkol, aus dem die Luft raus war, konnte weiter als Premierministerattrappe herumhängen, während der Held der Nation die Macht übernahm ...

Nasser wandte sich noch am gleichen Tag an die ägyptische Nationalversammlung. In seiner selbstsicheren, überschwenglichen Rede verkündete er, daß die Zeit nun reif sei, um *«in Palästina die Verhältnisse wiederherzustellen, die vor 1948 dort herrschten»* – also vor der Gründung Israels. Das schlug wie eine Bombe in den arabischen Ländern ein. König Hussein von Jordanien flog nach Kairo, um Nasser vor den Fernsehkameras der Weltöffentlichkeit in die Arme zu schließen und zu küssen. Jahrelang, bis zum Tag der Rede, hatten sie sich angefeindet. Dabei hatten Ausdrücke wie *Feigling, Unterdrücker, Räuber, Schurke, Lakai, Spion, Hund* noch zu den milden Beschimpfungen gehört. Der redegewandtere Nasser hatte mit Schöpfungen wie *die haschemitische Hure* oder *der verräterische Zwerg* den Sieg in diesem Wettstreit davongetragen. Über Nacht war nun alles anders geworden. Sie unterzeichneten einen Militärpakt, und der verräterische Zwerg nahm einen ägyptischen General mit zurück nach Jordanien, der seine Armee kommandieren sollte.

Der PLO-Führer, ein gewisser Ahmed Shukairy, erhob nun mit freudestrahlender Miene aus der Altstadt seine Stimme vor der Weltöffentlichkeit. Seine Truppen würden sich dem Krieg anschließen, so gelobte er, und nach einem schnellen arabischen Sieg würden alle Juden, die nicht in Palästina geboren waren, dorthin zurückgeschickt, wo sie hergekommen waren. Was die hier geborenen Israelis anging – die Sabras, also etwa die Hälfte der Bevölkerung –, so würde den Überlebenden gestattet zu bleiben. «*Ich glaube allerdings*», fügte er hinzu, «*daß es keine Überlebenden geben wird.*»

34
Pasternaks Mission

Zev Barak saß an seinem Schreibtisch, der mit Briefen, Telegrammen, Rechnungen, dem ganzen Wirbelsturm von Krisenpapieren, übersät war, und telefonierte mit einem ziemlich zwielichtigen Händler in Brasilien, der allerdings zuverlässig und schnell gewisse Waffen liefern konnte. Barak und sein Stab organisierten fieberhaft nicht nur Nachschub von Munition und Material aus allen erdenklichen Quellen, sondern auch Wege und Mittel zu ihrer Lieferung sowie fremde Flughäfen, auf denen Frachtflugzeuge trotz arabischer Drohungen landen und auftanken konnten. Ebenso wichtig war die Aufgabe, den Kontakt zum Pentagon aufrechtzuerhalten, wo einige hohe Offiziere uneingeschränkt auf Israels Seite waren und andere die Dinge schleifen ließen wie die Beamten des

Außenministeriums. Barak machte seine Sache gut, und der Botschafter hatte ihn telegrafisch bereits lobend erwähnt, aber seine Aufgabe ähnelte doch dem, was in der Bibel als «Sitzen auf den Waffen» bezeichnet wurde, ohne daß er den Feind auch nur zu Gesicht bekam. Das nagte an ihm, und die beste Methode, um dieses Nagen zu betäuben, war, sich in Arbeit zu stürzen.

Sein privates Telefon läutete. Das konnte nur Nakhama sein oder ein bestimmter Insider aus dem Pentagon oder eventuell Emily. Er bat den Brasilianer auf der anderen Leitung, sich kurz zu gedulden, damit er abnehmen könne. «Oh, du bist es. Ich ruf dich zurück, Queenie.»

«Bitte, mein Lieber. In der Schule.»

Es dauerte eine Weile, bis er das Gespräch mit dem Brasilianer, das mit Kabbalismen, Codes, Andeutungen und Zweideutigkeiten durchsetzt war, beenden konnte.

«Emily? Was ist los?»

«Das werde ich dir gleich sagen, Liebster. Ich glaube nicht, daß ich zu dem Essen heute abend kommen kann. Vater wird kommen, und er ist ja derjenige, dem Nakhamas Einladung wirklich galt, also –»

«Und du, warum kannst du nicht?»

«Nun, da ist dieses Mädchen, Ethel Windom. Sie ist vom Pferd gestürzt. Vielleicht ist es etwas Ernstes. Ich bleibe besser in ihrer Nähe, bis ich etwas vom Krankenhaus höre.»

«Emily, du lügst.»

«Tu ich nicht. Sie ist mit dem Vorderkopf auf eine Steinmauer gestürzt und hat sich die Nase gebrochen. Außerdem hat sie einen Schneidezahn verloren. Die Frage ist, ob sie auch eine Gehirnerschütterung hat.»

«Ich erwarte dich um sieben. Sei da.»

«Zev Barak, verflixt noch mal, ich habe dir geglaubt, als du sagtest, Galia sei vom Rad gefallen und hätte sich das Handgelenk gebrochen.»

«Das war die Wahrheit.»

«War es das? Vielleicht warst du nur nicht in Stimmung. Woher soll ich das wissen?»

«Emily, wenn du lügst, was selten vorkommt, wird deine Stimme ganz merkwürdig, wie bei Donald Duck. Nakhama gibt sich alle Mühe, um einen schönen Couscous zuzubereiten. Ich erwarte dich um sieben Uhr.»

«Nein, nein, Wolf! Und ich klinge *nicht* wie Donald Duck.»

«Doch, doch, in beiden Punkten, Queenie. Auf Wiedersehen.»

Die Ausrede mit dem Pferd war eine von mehreren möglichen gewesen, die Emily in Erwägung gezogen hatte: ein Brand in der Schulküche, ein Einbruch im Schlafsaal und die zu banalen rasenden Kopfschmerzen. Auf keinen Fall wollte sie zum Abendessen in Nakhamas Wohnung kommen. Daraus konnte nichts Gutes entstehen. Das sagte ihr ihr Bauch. Als der Schultag zu Ende war, ging sie ins Brummstübchen, nahm eine Dusche und legte sich hin in der Hoffnung, einzuschlafen, erst zur Abendessenszeit aufzuwachen und sich dann unterwürfig am Telefon mit der Erklärung zu entschuldigen, Ethel Windom habe Anzeichen einer Gehirnblutung gezeigt. Nachdem sie sich eine Stunde lang schlaflos herumgewälzt hatte, kleidete sie sich hastig an und raste zu dem Apartmenthaus an der Connecticut Avenue. Während der Fahrt hörte sie als erste Durchsage der Radionachrichten, daß noch mehr arabische Länder, sowohl kleine am Persischen Golf als auch Saudi-Arabien, Nassers militärischem Beistandspakt beigetreten waren, um *«das zionistische Krebsgeschwür aus Palästina herauszuschneiden»*.

«Ein ausgezeichneter Couscous», sagte Cunningham zu Nakhama und machte sich mit Appetit darüber her. «Als ich Sam Pasternak das erste Mal traf, aßen wir auch Couscous. Das war im Mai 1944 in Marseille. Der OSS hatte den Boden für die Landung in Südfrankreich bereitet. Die jüdische Untergrundbewegung war uns dabei eine große Hilfe.»

Als Emily beobachtete, wie ihr gewöhnlich kurz angebundener, einsilbiger Vater vor der dunkelhaarigen, üppigen Frau aufblühte und sich in weitschweifigen Erzählungen über die Sabotage der deutschen Truppenbeförderungszüge erging, wurde ihr klar, daß er Zevs Frau wirklich mochte. Das war durchaus verständlich! Sie strahlte eine natürliche Wärme aus, in ihren schwarzbraunen Augen stand Klugheit, ihr Lächeln war wach und entgegenkommend. Sie sprach jetzt einigermaßen Englisch und hatte einen reizvollen Akzent. Insgesamt eine attraktive, glückliche Frau; und doch wurde Emily bewußt, daß sie Nakhama Barak wirklich nicht beneidete und keinerlei Verlangen verspürte, ihre Stelle einzunehmen. In dieser Hinsicht zumindest war sie nicht die schuldbeladene «andere Frau». Sie spielte zwar eine leidenschaftliche Rolle in Baraks Leben, aber keine bedeutsame. Israel, seine Frau, seine Kinder und die Armee nahmen den größten Teil von ihm in Beschlag.

So unvollkommen ihr Liebesleben auch war, Emily war dankbar dafür wie für ein Geschenk des Himmels; dieser Gedanke ging ihr durch den Kopf, während sie stumm an Nakhama Baraks Tisch saß und auf die erstbeste Gelegenheit zum Aufbruch wartete. Sie hatte andere Dinge, die sie liebte. Sie liebte es, französische Literatur zu unterrichten, sie liebte die Mädchen, und sie liebte die Natur, die in Middleburg so nah war. Sie liebte die Pferde. Durch die Wälder und über grüne oder verschneite Felder zu reiten war ihr eine dauerhafte Freude. Das galt auch für die Rehe, die Füchse und die Vögel: Kardinäle, Eichelhäher, Schwalben, Finken, Kleiber, Rotkehlchen, Rotkopfspechte, all diese pfeilschnellen singenden Farbkleckse. Über allem aber stand die Liebe zu ihrem einzigartigen, einsamen Vater.

Der Graue Wolf füllte als der Mann in ihrem Leben, wenn auch nur begrenzt und sporadisch, eine Lücke aus. Die Briefe hatten sie beglückt, seine Gegenwart beglückte sie noch mehr, kurz gesagt, alles war in Ordnung – außer wenn sie der Frau dieses Mannes wie jetzt Auge in Auge gegenübertreten mußte. Auch Zev Barak schien in Gegenwart seiner Frau ein wenig verändert, ein großer, gutaussehender Mann mit ergrauenden Haaren, der zur Dickleibigkeit neigte, eben der Ehemann dieser Frau. Insgesamt fand Emily, wie sie bereits vermutet hatte, keinen Gefallen an diesem Eintauchen in die krude Realität ihrer Liebesaffäre. Sie sehnte sich danach, Reißaus zu nehmen, und außerdem hatte sie Couscous noch nie gemocht. Sie war daher ungeheuer erleichtert, als Zev auf seine Armbanduhr blickte und zu ihrem Vater sagte: «Es wird Zeit, Sam abzuholen.»

Während sie sich vom Tisch erhoben, sagte Nakhama: «Mr. Cunningham, wie schätzt der CIA unsere Situation wirklich ein? Was hat Oberst Nasser vor? Wird er uns den Krieg erklären?»

«Es ist bereits Krieg, Nakhama. Die Araber haben nie Frieden geschlossen, wissen Sie. Wenn Sie damit meinen, ob in Kürze eine große Schlacht bevorsteht» – er warf Barak einen Blick zu –, «nun, vielleicht werden wir gleich mehr darüber erfahren.»

«Und wie wird das alles je ein Ende haben?»

«Nun, das ist eine sehr weitreichende Frage. Damit ich sie beantworten kann, müssen Sie mich wieder zum Couscous einladen. Der beste, den ich je gegessen habe.» Mit dem freundlichsten Lächeln zu einer Frau, das Emily je auf dem ausgezehrten Gesicht ihres Vaters gesehen hatte, schüttelte er Nakhama die Hand und verließ dann mit Barak die Wohnung.

Emily unterdrückte einen Impuls, sich aus dem Staub zu machen, und sagte: «Lassen Sie mich beim Geschirrspülen helfen.»

«O nein, nein. Ich habe zwei kräftige große Mädchen. Sie machen gerade ihre Hausaufgaben.» Nakhama rief nach ihnen, und sie kamen angerannt. Galia mit einem Handgelenk in Gips (das hatte also gestimmt) war bei weitem die Hübschere; die jüngere, Ruti, war ein mageres kleines Geschöpf mit mürrischem Gesichtsausdruck. Galia sagte zu Emily: «Gibt es an Ihrer Schule wirklich Pferde?»

«Ja, wir geben Reitunterricht.»

Auf dem verdrießlichen Gesicht Rutis erstrahlte ein Lächeln. «Oh, könnten wir auf Ihren Pferden reiten? Ja? Wir können es, wir reiten immer im Kibbuz unseres Onkels –»

Nakhama wies sie lächelnd auf hebräisch zurecht, und die Mädchen begannen den Tisch abzuräumen. «Möchten Sie noch zum Tee bleiben? Oder auf einen Whiskey? Wir haben Bell's zwölf Jahre alten Scotch.»

«O nein, nein, danke. Ich muß gehen.»

«Müssen Sie? Zev kennt sie soviel besser als ich. Ihre Briefe haben ihm so lange Zeit soviel Freude bereitet und –»

(Ich hätte mich aus dem Staub machen sollen!) «Er ist ein außergewöhnlicher Mann, und ihre Mädchen sind ganz reizend. Ich

fürchte, ich muß jetzt gehen. Vielen Dank für das köstliche Abendessen.»

«Sie sind uns immer willkommen. Könnte ich mit den Mädchen wirklich einmal zu Ihrer Schule kommen, damit sie die Pferde sehen können? Sie wären überglücklich. Vielleicht hätten wir dann Gelegenheit, uns ein wenig zu unterhalten?»

«Irgendwann, warum nicht? Auf Wiedersehen.»

«Auf Wiedersehen. Wie wäre es mit morgen?»

«Tut mir leid, morgen sind Abschlußprüfungen.»

«Am Sonntag?»

«Tut mir leid. Sonntag geht nicht.»

«Dann vielleicht am Montag?»

(Diese Israelis! So überleben sie, ganz gewiß.) «Also, ja, ich glaube, das ginge. Ich muß in meinem Kalender nachsehen.»

«Schön, dann rufe ich Sie morgen an. Zev hat Ihre Nummer?»

«Ja, er hat sie.» *(Lieber Gott, laß mich hier weg!)*

Nakhama sprach auf hebräisch mit den Mädchen, die in der Küche das Geschirr abwuschen. Sie kamen herausgetollt. «Oh, das ist wundervoll! Wir lieben Pferde! Sie sind so freundlich! Wir können es gar nicht erwarten, bis Montag ist!»

«Ja also, wie ich schon sagte, ich muß in meinem Kalender nachsehen. Jetzt muß ich mich aber beeilen...» Emily schüttelte Nakhama die Hand und verließ fluchtartig das Haus.

Als Barak seinen kleinen Chevrolet in den dichten Verkehr an der Connecticut Avenue einfädelte, sagte er: «Haben Sie nur mit meiner Frau gescherzt, Chris, oder haben Sie tatsächlich eine Vorstellung, wie das alles enden könnte? Falls ja, bin ich ganz Ohr.»

Cunningham grunzte. «Als ich den CIA leitete, faßte ich einmal für Admiral Redman meine Vorstellungen zu diesem Thema zusammen. Meine Antwort hatte nichts mit Geheimdiensterkenntnissen zu tun. Ein kurzes Memo, absolut seriös. Er gab es mir mit einem unseriösen Kommentar zurück, und so habe ich es in meinen VORLÄUFIG-VERGESSEN-ORDNER gesteckt. Diesen Ordner blättere ich von Zeit zu Zeit wieder durch. Dabei stoße ich oft auf sehr interessante Dinge.»

«Was war das für ein Kommentar?»

«Nur ein Gekritzel in roter Tinte: ‹*Chris, wenn Sie das noch erleben dürfen!*›»

«Ich würde dieses Memo gerne lesen.»

«Barak, haben Sie ein Idee, was Sam von mir will?»

«Nein, auf dem Telegramm stand nur: ‹*Muß unbedingt unseren Freund treffen.*› Das ist alles. Der Premierminister schickt ihn, das weiß ich immerhin.»

«Ein fähiger Mann, hat aber Pech, euer Levi Eshkol. Wird er das überleben?»

«Als Premierminister? Bestimmt. Die Regierung kann in einer solchen Zeit nicht stürzen. Er muß vielleicht den Posten als Verteidigungsminister abgeben, was ein schwerer Schlag für ihn sein wird.»

«Wer wird ihn bekommen?»

«Dayan.»

Cunningham sprach erst wieder, als sie die Memorial Bridge überquerten. «Ihre Frau ist eine sehr einnehmende Persönlichkeit.»

«Sie ist ein guter Zuhörer.»

«Meine Quasselstrippe von einer Tochter war mächtig still. Sie muß ihre Zunge verschluckt haben. Dafür habe ich genug für uns zwei geredet, das kann man wohl sagen.»

Keine Antwort. Barak hatte seine Zunge auch verschluckt.

Pasternak war einer der ersten Passagiere, die das Flugzeug verließen. In seinem Leinenanzug sah er sehr unauffällig aus, ein untersetzter Geschäftsmann in mittleren Jahren, der vielleicht in Washington einen Vertrag abschließen wollte. Abgesehen von seinem Aktenkoffer hatte er kein Gepäck bei sich. Nachdem sie einige Höflichkeitsfloskeln ausgetauscht hatten, verließen sie schweigend die Abfertigungshalle.

«Nun, Sam, was kann ich für dich tun?» fragte Cunningham, nachdem sie sich von der Menge abgesondert hatten und auf dem Weg zum Diplomatenparkplatz waren.

«Kannst du eine Unterredung zwischen mir und dem Außenminister arrangieren?»

«Ist das alles? Nichts leichter als das.»

Pasternak sagte: «Ich meine es ernst, Chris.»

«Ich bin ernst, Sam.»

Als Barak in seine Wohnung zurückkehrte, kämmte Nakhama gerade im Nachthemd ihre dichten schwarzen Haare aus, in denen sich nun bei näherem Hinsehen ein paar silbrige Fäden zeigten. Sie sagte leichthin: «Was hältst du davon? Deine Freundin Emily hat mich eingeladen, mit den Mädchen zu ihrer Schule zu fahren und die Pferde anzuschauen.»

«Hat sie das? Das ist aber nett.» Barak war in Gedanken mit schwerwiegenderen Fragen beschäftigt, aber die nervöse Queenie mußte ihre Befürchtungen wegen des Abendessens vollständig überwunden haben, wenn sie so liebenswürdig zu Nakhama und den Mädchen sein konnte. Ein guter Zug, ein gutes Zeichen.

«Ja. Am Montag. Sie muß noch in ihrem Kalender nachsehen, deswegen soll ich sie morgen anrufen. Du hast doch die Nummer?»

«Aber sicher.»

An Zevs Wortkargheit gewöhnt, schlief Nakhama ein, ohne ein Wort über Pasternak zu verlieren. Er lag noch wach und verdaute Sams Nachrichten: Das Leben im Land war durch die Panik der Hamtana praktisch zum Erliegen gekommen, eine neue Regierung der nationalen Einheit war gebildet worden, Begin war ins Kabinett eingetreten, der Ruf nach Dayan erscholl immer lauter. Wenn Chris Cunningham für Pasternak eine Unterredung mit dem Außenminister arrangieren konnte, dann hatte er mehr Gewicht, als Barak wußte. Was Pasternak dem Außenminister zu sagen hatte, konnte Barak nur raten.

«Man sagte mir, er werde um zehn Uhr in seinem Büro erwartet», sagte Cunningham am nächsten Morgen. «Ich werde ihn dann anrufen. Das ist das einfachste, ein direkter Anruf.»

Barak fragte: «Wird er Ihren Anruf entgegennehmen?»

«Oh, er wird mit Chris sprechen», sagte Pasternak. Sie tranken Kaffee auf Cunninghams Terrasse. Die milde Morgenluft, der friedlich in der Ferne dahinfließende Potomac, der Duft der Gardenien und Bäume, auf die in der Nacht Regen gefallen war, riefen ein trügerisches Gefühl von Frieden hervor, als sei die Welt wohlgeordnet. «Was ist mit dieser internationalen Flottille?» fragte Pasternak

Cunningham. «Konntest du gestern abend irgend etwas herausfinden?»

«Da gibt es nicht viel zum Herausfinden. Sie existiert nicht.»

Pasternak warf Barak einen Blick zu, dieser sagte: «Sie meinen, sie kann nicht rechtzeitig aufgestellt werden?»

«Erzählen Sie mir nicht, was ich meine. Sie ist ein Phantom, ein Nichts. Vergessen Sie sie.»

Pasternak knurrte beinahe: «Willst du damit sagen, sie sei nichts als ein Trick?»

«Ach, nun kommt schon!» Christian Cunningham stand auf und ging mit Tasse und Untertasse in der Hand auf und ab. «Erinnert ihr euch, wie Eisenhower und Dulles den Suezkrieg beendet haben?»

«Ob wir uns erinnern?» fragte Pasternak. «Das hat uns den Sinai gekostet.»

«Auch die Briten und die Franzosen erinnern sich daran», versetzte Barak. «Es hat ihre Kolonialreiche vernichtet.»

«Nun, wißt ihr auch, was geschah, als Selwyn Lloyd, der britische Außenminister, Dulles kurze Zeit später im Krankenhaus besuchte?»

Beide schüttelten den Kopf.

«Das ist eine interessante Geschichte. Wir haben genaue Aufzeichnungen darüber. Dulles sagte zu Lloyd: ‹Selwyn, warum um alles in der Welt seid ihr nicht bis nach Kairo marschiert, da ihr schon am Suezkanal gelandet seid, und habt diesen Knaben ein für allemal zum Teufel gejagt?› Lloyd blieb die Spucke weg. Er sagte: ‹Foster, warum um alles in der Welt haben Sie uns keinen Wink gegeben, nicht einmal den kleinsten Hinweis, daß Sie und Eisenhower in Wirklichkeit dieser Meinung waren?› *‹Oh›*, erwiderte Dulles, *‹das konnten wir unmöglich tun.›* ... Sam, frierst du nicht in diesem leichten Anzug? Es ist windig hier draußen?»

«Das macht mir nichts aus. Mir wurde gesagt, in Washington sei es glühendheiß.»

«Nicht am Fluß. Wie dem auch sei, meine Herren, diese Flottillen-Geschichte ist mehr oder minder eine Neuauflage unseres Vorschlags einer ‹internationalen Aktion› während der Suezkrise. Damals sprach Dulles von einem *‹Konsortium der Kanalbenutzer›*. Die

‹*Seemächte*› sollten keine Kanalgebühren zahlen, sie sollten die Gebühren in diesem ‹Konsortium› einbehalten, um Nasser unter Druck zu setzen. Es war alles vage. Das war auch der Zweck der Aktion, vage bleiben, hinausschieben, die Gemüter abkühlen lassen, die Anwendung von Gewalt hinauszögern. Es hat den Briten und den Franzosen eine tödliche Verzögerung beschert. Sie können die Flottille als Neuauflage des Konsortiums ansehen. Das ist alles.»

«Ein Hinhaltemanöver also», sagte Barak.

Der CIA-Mann lächelte kalt. «Zev, ich wage zu behaupten, daß niemand bis hinauf ins Oval Office je unumwunden gesagt hat, daß die Flottille ein Hinhaltemanöver war. Niemand hatte Veranlassung dazu. Bei uns herrschen andere Verhältnisse als in Israel, wo alles zu Tode geredet wird. Manchmal zeugt es von Umsicht, etwas hinauszuschieben, Ideen zu prüfen, die wahrscheinlich zu nichts führen, und sie nicht explizit als Politik zu formulieren. Diese ganze Geschichte war eine französische Idee. Das sollte als Tip genügen.»

«In Ordnung, Chris», rief Pasternak aus, «wir haben kapiert! Die ‹internationale Flottille› ist ein diplomatischer Trick. Das steht zwar im Widerspruch zu allen Telegrammen, die wir seit der Schließung der Straße von Tiran durch Nasser erhalten haben, aber bitte schön. Und was jetzt?»

Cunningham konsultierte seine Uhr und begann, an einem einstöpselbaren Telefon, das neben seinem Stuhl eingesteckt war, eine Nummer zu wählen. «Jetzt werde ich anrufen.»

Das Telefon läutete mehrmals am anderen Ende der Leitung. «Guten Morgen, Herr Major. Hier spricht Christian Cunningham... Nett, von Ihnen zu hören. Ist der Herr Minister zu sprechen?» Eine merklich angespannte Pause. «Herr Minister?... Danke, Sir, mir geht es gut. Sir, bei mir zu Hause befindet sich ein israelischer General, ein Emissär von Premierminister Eshkol... Jawohl, Sir, ein Geheimdienstmann... Herr Minister, seine Identität ist geheim, aber wenn Sie wollen... Ich danke Ihnen. Er hat eine Botschaft, die nur für Sie bestimmt ist... Jawohl, Sir. Ich empfehle Ihnen dringend, ihn zu treffen... Verstanden, Herr Minister. Wir warten.» Er legte auf. «Er wird zurückrufen.»

«Wie klang er?» fragte Pasternak.

«Höchst interessiert. Ich glaube, er ruft den Präsidenten an.»

Keiner der Israelis zuckte mit der Wimper, doch Barak war erstaunt. Cunningham gehörte nicht zur Führung des CIA, nicht einmal zur Spitze, und das Ressort Naher Osten war bei weitem nicht die größte Abteilung. War Pasternak so locker, wie er sich gab, zusammengesackt in seinem Leinenanzug, oder empfand auch er die Angespanntheit des Augenblicks?

«Sam, du hast den Couscous in Zevs Wohnung gestern abend verpaßt», sagte der CIA-Mann. «Er war besser als der in Marseille.»

«Nakhama ist Marokkanerin, Chris, da mußte er ja gut sein. Weißt du, ich habe Nakhama kennengelernt, bevor dieser Tunichtgut es tat. Ich sagte ihm, sie sei das hübscheste Mädchen in Tel Aviv. Der größte Fehler meines Lebens war das. Wenn ich den Mund gehalten hätte, würde sie heute für mich Couscous machen.»

«Vielleicht hätte sie sich nicht in dich verliebt.»

«Unvorstellbar.»

Das Läuten des Telefons erschien Barak wie ein plötzliches Donnergrollen. «Hallo? ... Danke, Herr Major, stellen Sie ihn durch ... Herr Minister? Ja, Sir ... Nein, in Zivilkleidung selbstverständlich.» Cunningham gestattete sich ein Nicken zu den anderen, seine Augen blitzten durch die Brille. «Der Shirley-Eingang ... Jawohl, Herr Minister.» Schwungvoll legte er den Hörer auf. «Auf ins Pentagon, Sam.»

«Viel Glück», sagte Barak. «Ich werde in der Botschaft auf Nachricht warten.»

Während der Fahrt am Fluß entlang in seinem Wagen ließ Cunningham sich über sein Lieblingsthema aus. Pasternak sollte keine Sekunde die Russen vergessen, warnte er. Die Araber waren Rußlands Paradekunden. Sie würden einen Krieg exakt so planen und führen, wie sie es von den Militärberatern gelernt hatten, mit russischen Panzern, Flugzeugen, Artillerie und Raketen. Wenn man bedachte, was für Schläge Amerika in Vietnam einstecken mußte, konnte es Präsident Johnson oder dem Außenminister kaum das Herz brechen, wenn Israel sich gezwungen sah, Nasser kräftig vors Schienbein zu treten.

«Aber wie Dulles schon zu Selwyn Lloyd sagte», rief Cunningham ihm in Erinnerung, «das können sie unmöglich sagen. Achte also ganz genau auf den Wortlaut und vor allem auf die russische Melodie dahinter, wie auch immer die Formulierungen lauten mögen.»

Ein Major der Marine mit goldenen Schulteraufschlägen erwartete sie in einer Halle, die beherrscht wurde von großen Farbporträts des Präsidenten und des Verteidigungsministers. Pasternak war beeindruckt von der steifen, funkelnden Pracht des Pentagon, selbst hier an einem Seiteneingang. Amerika! Was für ein Unterschied zum schäbigen Eingang der Kirya, wo weibliche Soldaten schwatzten und Sonnenblumenkerne knabberten, und der kleinen zentralen Halle, die ständig eine dringende Reinigung nötig hatte! Der Verteidigungsminister, der aufsprang, das geräumige Büro durchquerte und ihnen zur Begrüßung fest die Hand schüttelte, hatte allerdings nichts Hoheitsvolles an sich, er war ein stattlicher Mann mittlerer Größe mit randloser Brille, glatten schwarzen Haaren und einem entgegenkommenden Lächeln. «Verbindlichen Dank, Chris.»

«Zu Ihren Diensten, Sir.»

Der Minister geleitete den Israeli zu einer Couch am anderen Ende des Raums. Cunningham löste sich in Luft auf wie ein Gespenst, und der Minister nahm gelassen in einem Sessel Platz. Als hätte er alle Zeit der Welt! Das ließ sich ja ganz gut an, dachte Pasternak. Er hatte einen schnellen, formellen Wortwechsel an einem Schreibtisch erwartet.

«Sind Sie soeben erst eingetroffen, Herr General?»

«Ich bin gestern abend angekommen, Herr Minister.»

«Dann hatten Sie ja ein wenig Zeit, sich auszuruhen.»

«Ich fühle mich ausgezeichnet, Sir.»

«Wir halten hier große Stücke auf den israelischen Geheimdienst.»

«Vielen Dank. Wir machen mehr als genug dumme Fehler.»

«Kaffee?»

«Chris Cunningham hat mir bereits reichlich serviert, Herr Minister.»

«Sie kennen Chris wohl ziemlich gut?»

«Wir haben uns im Krieg kennengelernt. Der OSS und die zionistische Untergrundbewegung haben zusammengearbeitet.»

Der Minister lächelte. «Ein kleines Meisterstück, diese irakische MiG zu kapern. Wie haben Sie das geschafft?»

Pasternak, durchaus nicht unbegabt im «Erkennen der Melodie», glaubte, hier eine freundliche Note herauszuhören. Offensichtlich hatte Cunningham dem Minister davon erzählt, und der Minister gab Pasternak zu verstehen, daß auch er eine besondere Beziehung zu Cunningham hatte.

«Nun, das ist eine lange Geschichte, Sir. Wir können Ihnen einen Bericht zukommen lassen, wenn Sie es wünschen. Es war hauptsächlich eine Menge todlangweiliger harter Arbeit. Monate vergeudeter Zeit, falsche Spuren, Enttäuschungen, das Übliche eben. Der Clou war, den Kontakt zu einem unzufriedenen Piloten herzustellen. Der Oberkommandierende unserer Luftwaffe bat uns, ihm eine MiG zu verschaffen, also haben wir ihm schließlich eine MiG verschafft.»

«Wir halten auch große Stücke auf Ihre Luftwaffe.»

«Wir auch, Sir.»

«Ja. Nun denn, Ihr Premierminister scheint derzeit alle Hände voll zu tun zu haben.»

Da war das Stichwort.

«Ich kenne ihn seit meiner Kindheit, Herr Minister. Levi Eshkol kann mit jeder erdenklichen Situation fertig werden. Ich überbringe Ihnen eine Botschaft von ihm, und was ich zu sagen habe, erfordert keine Antwort Ihrerseits. Der Herr Premierminister möchte Sie darüber in Kenntnis setzen, wie die Dinge seiner Ansicht nach stehen.»

Der freundliche Gesichtsausdruck des Ministers war gespannter Aufmerksamkeit gewichen. Seine Lippen waren zu einem Strich zusammengepreßt. «Fahren Sie fort, Herr General.»

«Sir, wenn die Vereinigten Staaten nicht schnell eingreifen, so daß eine entscheidende Veränderung der Situation eintritt, wird Israel zum Handeln gezwungen sein.» Pasternak machte eine effektvolle Pause.

Die halbgeschlossenen Augen des Ministers hinter der Brille

ruhten forschend auf seinem Gesicht, und er wiederholte mit ausdrucksloser Stimme: «Zum Handeln gezwungen?»

«Jawohl, Sir. Unser Land kann sich nicht unbegrenzt mit einer mobilisierten Bedrohung an allen drei Grenzen abfinden. Mit wiederholten öffentlichen Androhungen unserer bevorstehenden Auslöschung. Mit der wirtschaftlichen Belastung, Woche für Woche unsere Reservisten in Alarmbereitschaft zu halten. Das ist unerträglich.»

«Wir glauben hier nicht daran», sagte der Minister langsam und kalt, «daß Israels Auslöschung bevorsteht.»

«Das glauben wir auch nicht, aber die arabischen Regierungen drohen öffentlich, uns zu vernichten, und sie sind militärisch absolut imstande, es zu versuchen. Wir müssen das ernst nehmen.»

«Zugegeben.»

«Folglich müssen wir bald etwas unternehmen.»

«Was heißt bald?»

«In wenigen Tagen.»

«Zigarette?» Pasternak nahm eine aus der Silberdose. Der Minister hielt ihm sein Feuerzug hin.

«Vielen Dank, Sir.»

Ein lastendes Schweigen trat ein, während sie rauchten.

«Wieviel Zeit werden Sie benötigen?»

Obwohl sein Herz einen Satz machte, antwortete Pasternak im gleichen neutralen Tonfall wie der Minister. «Wir rechnen mit zwei oder drei Wochen.»

«Wie hoch schätzen Sie die Verluste ein?»

«Sechs- bis achthundert Mann.»

Der Minister spitzte die Lippen und sah Pasternak einen Augenblick an. «Was wollen Sie von uns?»

«Keine militärische Unterstützung. Zwei Dinge. Erstens verlassen wir uns darauf, daß die sechste Flotte in ihrem Stützpunkt bleiben wird. Zweitens erwarten wir politische Unterstützung nach dem Waffenstillstand.»

Der Minister lehnte sich in seinen Stuhl zurück und zog die Augenbrauen hoch. «Politische Unterstützung...»

«Herr Minister, 1956 zogen wir in gutem Glauben vom Sinai ab.

Wir haben dieses Risiko auf uns genommen, obwohl wir einen blutigen Krieg gewonnen hatten. Wir taten dies aufgrund Präsident Eisenhowers Versicherung, daß Amerika die freie Durchfahrt durch die Straße von Tiran und den Status quo auf dem Sinai garantieren würde.»

Der Minister nickte knapp. «Das ist richtig.»

«Aber das sollte in die Verantwortung der Vereinten Nationen fallen, und die Vereinten Nationen haben kläglich versagt, wie Sie wissen. Seit fast zwei Wochen warten wir auf eine internationale politische Lösung. Unsere Feinde haben sich in dieser ganzen Zeit an unseren Grenzen konzentriert, haben sich verschanzt, ihre Stellungen gefestigt, militärische Beistandspakte geschlossen und bereiten sich unverhüllt auf den Angriff vor. Der Herr Premierminister teilt Ihnen offen mit, daß es so nicht mehr lange weitergehen kann, und vertraut auf Ihr Verständnis.»

Nach einem Augenblick des Nachdenkens und einem langen, direkten Blick in Pasternaks Gesicht sagte der Minister: «Ich werde Ihnen etwas sagen, Herr General, wenn Sie mir zusichern, daß nur Levi Eshkol es erfahren wird und daß er mein Vertrauen nicht mißbrauchen wird.»

«Ich gebe Ihnen mein Wort darauf, Sir.»

Der Minister sprach langsam und wählte seine Worte mit Bedacht. «Präsident Johnson hat durch einen Mittelsmann eine mündliche Botschaft von Dwight Eisenhower erhalten. Eisenhowers Botschaft lautet, daß die Vereinigten Staaten angesichts des gutwilligen Rückzugs Israels vom Sinai 1956 und der amerikanischen Garantie des Status quo, den Nasser nun außer Kraft gesetzt hat, Israels Handlungsfreiheit nicht beschneiden sollten. Eisenhower sprach von ‹einer *Ehrenschuld*›. Genau das waren seine Worte.» Der Minister erhob sich und streckte Pasternak seine Hand entgegen. Pasternak war im selben Augenblick auf den Beinen. «Wir wissen die Offenheit Ihres Premierministers zu schätzen. Richten Sie ihm von meiner Seite aus, daß der Bote seine Aufgabe gut und getreu erfüllt hat.»

«Ich danke Ihnen sehr, Herr Minister.»

Im hellen Sonnenschein draußen wartete Chris Cunningham

neben seinem Wagen. Bevor Pasternak etwas sagen konnte, hielt er abwehrend die flache Hand hoch. «Wenn irgend etwas, das dort drinnen besprochen wurde, mich etwas angeht, dann werde ich es erfahren. Wo willst du hin?»

«In meine Botschaft.»

«Gut, ich fahre auch in die Stadt.»

Der Botschafter winkte zur Begrüßung müde hinter seinem Schreibtisch hervor. Grau vor Erschöpfung und mit hängenden Schultern sah Abe Harman aus, als würde er im nächsten Augenblick einen Kollaps erleiden. Doch er war einer der tatkräftigsten und zupakkendsten Männer, die Pasternak kannte, er sah immer so aus, und er brach nie zusammen.

«Nun?» fragte er mit schwerer Stimme, als Pasternak seine Schilderung der Unterredung beendet hatte, «was schließen Sie daraus?»

«Sie sind der Diplomat, Abe.»

«‹*Wieviel Zeit werden Sie benötigen?*› Das war seine erste Reaktion?»

«Wortwörtlich.»

«Ich glaube, Sie haben an einem Morgen mehr erreicht als wir in vielen Wochen.»

«Kulissendiplomatie, das ist alles.»

«Ja. Frustrierend für die Diplomaten im Rampenlicht.»

«Herr Botschafter, wo ist Zev?»

«Auf dem Kapitol. Der Außenminister sagt vor einem Kongreßausschuß über die Krise aus. Fahren Sie direkt nach Hause?»

«Ich verlasse Washington mit der Drei-Uhr-Maschine nach New York. El Al startet um sechs.»

«Wenn Sie eine Zusammenfassung der Unterredung anfertigen, kable ich sie sofort nach Tel Aviv.»

«Fünfzehn Minuten», sagte Pasternak.

«In Ordnung. Sie können mein Privatbüro benutzen.»

Pasternak kritzelte seinen Bericht in dem kleinen, stickigen Innenkabinett an einem Schreibtisch nieder, wo ihn die Frau des Botschafters von einem Foto anlächelte. Als er hinausging und die

Zusammenfassung dem Botschafter übergab, war auch Barak da, der außerordentlich gutgelaunt, geradezu aufgeregt wirkte.

«Da ist Sam ja!» Auch der Botschafter sah munterer und nur halb so gebeugt wie gewöhnlich aus. «Erzählen Sie es ihm, Zev!»

«Was soll er mir erzählen?»

«Dean Rusk hat dem Kongreß soeben eine neue Melodie vorgesungen», sagte Barak, «wie Chris Cunningham es ausdrücken würde. Er sagte, daß die Vereinigten Staaten augenblicklich keine eigenen Aktionen außer im Rahmen der UNO planen.»

Pasternaks Mundwinkel fielen ungläubig nach unten. «Im Rahmen der UNO?»

«Haben Sie das gehört?» rief der Botschafter aus. «Der UNO! Die von den Russen und den Arabern paralysiert wird und noch immer jede Notwendigkeit einer Intervention abstreitet!»

«Bye-bye Flottille also?» sagte Pasternak.

«Vielleicht selbst als rhetorisches Konstrukt», sagte der Botschafter, «und das ist noch nicht alles. Hören Sie zu, was danach kam. Erzählen Sie es ihm, Zev.»

«Die Pressemeute vor dem Ausschußraum bombardierte ihn mit Fragen», sagte Barak. «Er wehrte alle ab und ging nur auf eine einzige ein. Irgend jemand schrie: ‹Herr Minister, wird Amerika versuchen, Israel von übereilten Aktionen abzuhalten?› Rusks Hand fuhr nach oben, und er sagte: ‹Ich glaube nicht, daß es unsere Aufgabe ist, irgend jemanden von irgend etwas abzuhalten›, und dann eilte er davon.»

Pasternak blickte vom Botschafter zum Attaché. «Und wie war sein Verhalten vor dem Ausschuß? Das ist wichtig.»

«Ich hatte den Eindruck, daß er nach brandneuen Instruktionen handelte, die ihm nicht gefielen. Gut möglich auch, daß die Frage nach Absprache lanciert worden war.»

Einen Augenblick waren alle in Gedanken versunken. Dann sagte Pasternak: «Das Verteidigungsministerium hat mit dem Präsidenten gesprochen, und der Präsident mit dem Außenministerium. Die Lage hat sich verändert. Das ist meine Einschätzung.» Über Eisenhowers Botschaft an Johnson würde er nie ein Wort verlieren, ausgenommen seinem Premierminister gegenüber.

«Unsere auch», sagte der Botschafter.

Barak sagte: «Grünes Licht, Sam?»

«Gelb jedenfalls», sagte Pasternak.

Die drei Männer saßen schweigend da. Barak sehnte sich danach, endlich drüben mit dabeizusein, auf irgendeinem Posten, wo er Truppen gegen den Feind führen konnte. Denn sofern Nasser nicht durch Überredung, Bestechung oder Drohung zur Öffnung der Straße von Tiran bewogen werden konnte – und das schien angesichts der hysterischen Welle von Kriegsbegeisterung, auf der Nasser ritt, höchst unwahrscheinlich –, blieb nur noch die Frage, wann und wie es zum Krieg kommen würde.

«Überwachen Sie die Reaktionen der Araber?» fragte der Botschafter Pasternak.

«Immer.» Sam warf einen Blick auf seine Uhr und nannte mehrere Angehörige des Geheimdienststabs. «Ich muß jetzt für ein Stunde weg. Bei meiner Rückkehr möchte ich, daß Sie alle in Ihrem Konferenzraum versammelt sind.»

«Wird gemacht.» Der Botschafter griff zum Telefon.

Barak fragte: «Wirst du länger hierbleiben?»

«Nein, ich reise planmäßig ab.»

«Ich bringe dich zum Flughafen.»

35
Vor dem Ausbruch

Yael Nitzan musterte sich zufrieden in ihrem Ankleidespiegel. Washington gefiel ihr, sogar die Friseure. Hier gab es Klasse. Nach einer Weile in Beverley Hills sahen alle Frisuren gleich aus, besonders wenn man blond war. Diese Frisur ließ sie anders wirken, frischer, jünger, und sie kostete die Hälfte von dem, was sie dort bezahlt hätte.

Doch Yael machte sich große Sorgen wegen des Krieges, um Aryeh und um Kischote, so entfremdet sie einander auch waren. Sie hatte nicht die Absicht, Pasternak mit ihren Reizen zu betören, aber er hatte sie angerufen, um ihr mitzuteilen, daß er nach Washington käme und sie sehen wolle. Also war er noch immer verwundbar. Schön! Hier war sie. Sie hatte es sich zur Regel gemacht, ihn, wann immer sie sich trafen, durch gezielte Stiche soweit zu bringen, daß er sich bedauernd wünschte, er hätte sie nie gehen lassen oder, noch besser, er wäre gar nicht geboren worden! Sie war sich nicht sicher, ob er der Chef des Mossad war, aber da seine jetzige Tätigkeit unklar war und er zuletzt Leiter des militärischen Geheimdienstes gewesen war, konnte an dem Gerede durchaus etwas dran sein. In jedem Fall würde er besser über die Situation Bescheid wissen als fast alle anderen. Auch wenn er ihr vielleicht nicht viel sagte, so konnte sie aus Sam Pasternaks Tonfall und Augenbewegungen genug herauslesen.

Eine heisere Stimme ertönte aus der Haussprechanlage. «Hier ist Sam. Soll ich nach oben kommen?»

«Nein, nein. Ich bin gleich unten.»

Sie hatten das riesige Hauptrestaurant des Hotels fast für sich allein; die Frühstücksgäste waren schon gegangen, und für die Mittagsscharen war es noch zu früh. Yael bestellte ein Käseomelett und verspeiste es mit Appetit, während Pasternak Kaffee trank.

«Wie schaffst du es nur, so schlank zu bleiben? Du siehst wundervoll aus, schön wie eine Siebzehnjährige.»

«*Shtuyot* [Unsinn]. Und du wirst dick. Das ist nicht gut für dich.»

«Niemand kümmert sich um mich. Du läßt dich also von Jossi scheiden, Motek?»

Yael hörte auf, ihr Brötchen zu schmieren. «Wer sagt das?»

«Stimmt es etwa nicht?»

«Sam, was geht zu Hause vor sich? Was wird passieren? Nasser ist absolut furchterregend im Fernsehen. Mein Anwalt hat gestern mit seinem Bruder in Herzliyya gesprochen. Er sagte, man hätte begonnen, tausend neue Gräber in gesperrten öffentlichen Parks auszuheben, weil die Militärfriedhöfe bereits voll sind. Alle Schaufensterscheiben in Tel Aviv seien zugeklebt, die Busse würden kaum noch verkehren –»

«Yael, *yih'yeh b'seder* [es wird alles gut werden]. Wenn wir kämpfen müssen, werden wir siegen.»

«Werden wir das, Sam?»

«Ja. Hör zu, du warst zu lange fort, deswegen zittern dir so die Knie. Warum sitzt du hier und machst dir Sorgen wegen dummer Gerüchte? Komm mit mir zurück! Ich besorge dir einen Platz in der El-Al-Maschine heute abend.»

«Bist du verrückt? Glaubst du, ich bin an die Ostküste gekommen, um dich zu treffen? Ich habe dringende Geschäfte morgen in New York zu erledigen.»

«Hast du einen Typen in Los Angeles?»

Yael sah ihm in die Augen. «Wie könnte ich vor einem Geheimdienstmann irgend etwas verbergen? Ja, ich habe einen.»

«Wer ist es?»

«Wenn du mich so fragst, es ist mein Zahnarzt.»

Pasternak blinzelte. «Wer? Dein *guy*?»

«Ja. Sehr attraktiv, sehr sexy. Jude, verheiratet, witzig und dünn. Dünn wie eine Fahnenstange.»

«Ein Zahnarzt, der sexy ist? *Tartai d'satrai* [ein Widerspruch in sich].»

«Und du? Machst du immer noch mit all diesen freisinnigen Mädchen in Tel Aviv herum? Wie hältst du sie nur bei der Stange?»

«Tatsache ist, Motek, ich trete langsamer jetzt.»

Sie sah ihn scharf an. «Du meinst, du mußt jetzt vorsichtiger sein.»

«Na ja, das stimmt.» Er warf ihr ein verschmitztes, verlegenes Lächeln zu, und Yael spürte, wie alte Gefühle sich durch Schichten verlorener Zeit Bahn brachen. Sie hatten so gut zueinander gepaßt, er ein Kibbuznik der Pasternak-Pioniere von Mischmar Ha'emek und sie ein Mädchen aus einer der Gründerfamilien von Nahalal! Dann aber hatte er eine reiche Schweizer Jecke geheiratet, und sie hatte für einen verrückten Nachmittag in Paris mit der erzwungenen Heirat bezahlt. Pasternak unterbrach ihre Gedankengänge, als hätte er sie gehört.

«Komm nach Hause, Yael.»

«Und was dann?» rief Yael aus und warf Messer und Gabel auf

den Tisch. «Du weißt nicht, was Amerika ist, Sam, wirklich. Für dich gibt es nur Politik und Geheimdienst. Das hier ist eine Welt für *Mentschen*, Sam, nicht für Shlepper. Zu Hause wurde ich verrückt, wenn ich versuchte, etwas auf die Beine zu stellen. Hier kann man frei atmen, hier läuft es. Hier ist Geschäft Geschäft! Ein Versprechen ist ein Versprechen, Vertrag ist Vertrag, ein Telefonanruf ist ein Telefonanruf, eine Verabredung ist eine Verabredung, eine Abmachung ist eine Abmachung, eine Ja ist ein Ja, ein Nein ist ein Nein! Und was habt ihr in diesen vier Ellen Land zu bieten? Eine Armee, schön. Eine Armee, Gott sei Dank! Und außerhalb der Armee, was sonst? Shlepper, Shlepper, *Shlepper*!»

«Wir haben ein Land aufgebaut, wir mußten es, und jetzt gehört es uns. Das weißt du alles», sagte Pasternak, dessen Mut beim Gedanken an Eshkol in seinem dämmrigen Studio sank.

«Oh, erzähl mir um Himmels willen nichts über Zionismus! Ich bin Yael! Benny vollbringt große Taten. Kischote auch. Vielleicht wird auch Aryeh das eines Tages tun, ich weiß es nicht. Ich sage nicht, daß wir keinen jüdischen Staat brauchen. Ich sage nur, er wird auch ohne mich weiterbestehen.»

«Was machst du eigentlich genau, Yael? Was für Geschäfte hast du morgen in New York zu erledigen?»

Sie ging auf seinen Themawechsel in ruhigere Gefilde ein. «Ach, man könnte sagen, ich mache Mode für israelische Frauen. Sie ist im Kommen, vor allem Ledersachen.»

Sie blickte in den Spiegel an der Innenseite ihrer geräumigen Handtaschenklappe. «Ich habe schreckliche Ringe unter den Augen. Zu wenig Schlaf.»

«Zum Teufel, du bist so schön, Yael.»

Ihre Augen leuchteten auf anstelle eines Dankeschöns, dann sagte sie: «Das hast du nett gesagt. Hattest du einen besonderen Grund für deinen Anruf um zwei Uhr morgens aus Tel Aviv?»

«Mehr oder weniger. Wenn du und Jossi wirklich fertig miteinander seid, wäre ich daran interessiert, dich zu heiraten.»

Die Überraschung raubte ihr den Atem. Ebenso wie ihre eigene aufgewühlte Reaktion. Sie blickte ihn lange an, und ihre Stimme wurde weich. «Zehn Jahre zu spät, Motek, aber es ist reizend von dir. Du bist ein großer Israeli, und ich vermute, jede Frau wäre stolz auf diesen Antrag.»

«Du fehlst mir.»

«Weißt du was, Sam? Ich hoffe, daß es keinen Krieg geben wird, ich habe scheußliche Angst, der Gedanke an Benny und Kischote raubt mir den Schlaf. Und an Aryeh!» Ihre Augen brannten plötzlich, und ihre Stimme versagte. «Aber warum kommst du nicht hierher, wenn wir dieses fürchterliche Schlamassel überstanden haben und du deinen Job erledigt hast, was auch immer es für einer ist? Du könntest wirklich Großes vollbringen, wie Sheva Leavis.»

«Yael, du kennst doch die Geschichte vom Fuchs und vom Fisch.»

«Nein.»

«Doch, du kennst sie. Sie stammt aus dem Talmud, aber sie stand in unserer Kibbuz-Fibel. Der Fuchs lädt den Fisch ein, an Land zu gehen, wo es so schön und sonnig ist und alle Arten guter Sachen wachsen. Der Fisch sagt, nein danke, ich habe genug zu tun, damit ich in meinem eigenen Element überlebe.»

Sie lachte widerstrebend. «Hamood, ich freue mich, daß du angerufen hast. Ist Ruthie noch in England?»

«Nun, ja. Sie kommt gelegentlich, um die Kinder zu besuchen, und sie besuchen sie in London. Sie verabscheuen den Typen, halten ihn für einen Antisemiten.»

«Vielleicht ist es das, was sie wollte.»

Er bezahlte, und sie schritten in die Halle hinaus. «Ich komme mit hinauf und helfe dir beim Gepäck.»

«*Lo, b'aleph!* [Kommt nicht in Frage!] Es ist nur eine Hutschachtel. Tu mir einen Gefallen. Finde heraus, wie es Aryeh geht, und ruf mich an! Jossi hat es zweimal versucht, und ich war beide Male ausgegangen. Jetzt ist er im Süden mit Tals Panzern. Wenn du Benny siehst, richte ihm aus, daß ich ihn liebe und ihm wünsche, daß er siegt. Da ist der Aufzug.»

Er hielt sie zurück. «Yael du hast bestimmt nur einen Witz gemacht. Es gibt keinen Zahnarzt, der sexy ist.»

«Ach ja? Ich würde sagen, da hat der israelische Geheimdienst versagt.»

Er brach in Lachen aus. «Wie? Ist Novokain ein Aphrodisiakum? Sind sie etwas Neuem auf der Spur?»

«Auf Wiedersehen, Motek.» Sie küßte ihn. «Es geht dich zwar nichts an, aber zwischen Jossi und mir gibt es Probleme.» Damit entschwand sie hinter der Tür des Aufzugs.

Der Sicherheitsbeamte hinter dem kugelsicheren Fenster des Botschaftseingangs sprach durch ein Mikrofon. «Herr General, Ihre Stabsoffiziere warten im Konferenzraum.»

«Sehr gut.»

Pasternaks Besprechung mit seinem Stab verlief kurz und erfreulich. Im Mittelpunkt des Gesprächs standen die aufgefangenen Funkmeldungen der Araber, die bis jetzt von einer Veränderung der Stimmung in Washington nichts mitbekommen zu haben schienen. Anschließend betrat er Baraks Büro und sagte: «Auf zum Flughafen, Zev.»

K-R-R-A-C-H! Vor dem Fenster rissen Lichtblitze den Himmel auf, die blau-weiße Flagge flatterte wild hin und her, und Donner grollte und dröhnte am Himmel. «*Mah pitom!*» rief er aus. «Als ich hier eintraf, schien die Sonne!»

«So ist das Wetter hier», erwiderte Barak. «Wechselhaft.»

Bei strömendem Regen fuhren sie zum Flughafen. Auf dem kurzen Wegstück vom Diplomatenparkplatz zur Abfertigung der Zubringermaschine nach New York wurde Barak durchnäßt. Im Wartesaal drängten sich ungeduldige Passagiere, es roch durchdringend nach nasser Kleidung. Hinter den verschwommenen Aussichtsfenstern konnte man das Flugzeug kaum erkennen. «Du bist patschnaß», sagte Pasternak, der etwas abseits in einer Ecke saß und Kaffee und Doughnuts verspeiste.

«Du sagtest, du wolltest noch mit mir sprechen.»

«Ja. Nimm dir auch einen Doughnut. Für mich ist Amerika gleichbedeutend mit Kaffee und Doughnuts in einem Flughafen.»

«Das ist eine Froschperspektive.» Barak steckte einige Münzen in den Automaten. «Was wirst du dem Kabinett über diese aufgefangenen Funkmeldungen der Araber sagen, Sam? Es ist, als ob Rusk nichts gesagt hätte, was auch nur irgendwie von Bedeutung wäre.»

«Nun, die Araber haben diese Flottille nie ernst genommen. Sie waren schlauer als unsere Minister.»

«Nasser hat ziemlich gegeifert deswegen.»

«Er hat nur für die Presse die Zähne gezeigt.» Pasternak verspeiste seinen Doughnut und kaufte einen weiteren. «Denk an meine Worte, bei meiner Landung wird Dayan bereits Verteidigungsminister sein.»

«Nun, er ist ein großer Kämpfer.»

«Zweifellos. Die Frage ist, ob ein Mann, der lacht, wenn ihm die Kugeln um die Ohren pfeifen, der richtige Zivilist für die Leitung des Verteidigungsministeriums ist. Der Tod ist nicht zum Lachen.»

Barak sagte mit schwachem Lächeln. «Jetzt spricht der Eshkol-Mann aus dir.»

«Vorderer Abschnitt bitte einsteigen», ertönte es aus dem Lautsprecher. Die Passagier drängten zum Ausgang.

Pasternak blickte auf den strömenden Regen vor dem Fenster und ergriff seinen Diplomatenkoffer. «Hm. Ein wagemutiger Pilot. Hör zu, der Sinaifeldzug war sicher ein Meisterstück, aber mußte B. G. Mosche nicht ein ganzes Jahr lang im Zaum halten, bis sich die politische Chance dazu bot? Mosche braucht einen Boss. Er macht Eshkol nieder.»

«Ach, Sam, Dayan kann die nächsten Schritte nicht mehr sonderlich beeinflussen. Die Einsatzpläne stehen fest. Wenn es zum Krieg kommt, wird Rabin ihn dirigieren, und er wird so überraschend ausbrechen wie dieser Sturm.»

Sie steuerten auf das hintere Ende der Menschenschlange zu. «Sag mir», sagte Pasternak unumwunden, «was denkt Cunningham über dich und seine Tochter?» Barak gab keine Antwort. Pasternak blickte ihn unter gesenkten Lidern an. «Weiß er etwas?»

«Was soll er wissen?»

«Zev, wir haben hier keinen wichtigeren Freund als Cunningham.»

«Das weiß ich. Und Chris weiß, daß Em und ich alte Freunde sind. Wir haben jahrelang miteinander korrespondiert. Genaugenommen habe ich auf seine Bitte hin geholfen, sie von einem dämlichen französischen Dichter loszueisen, mit dem sie als dummes kleines

Mädchen in Paris zusammen war. Damals lebte seine Frau noch. Sie wußten gar nicht, wie sie mir danken sollten. So fing es an.»

«Nicht ganz. Sie war dabei, als ich dich 48 zum erstenmal nach McLean mitbrachte, damals war sie noch eine kleine Bohnenstange.»

«Stimmt.»

«Die Sache ist die, Zev, du mußt auch an deine militärische Zukunft denken.»

Die Blicke der zwei Männer trafen sich. Damit war alles gesagt. Zev Baraks Achselzucken bedeutete: *Was geschehen soll, wird geschehen.* Laut sagte er: «Ach Sam, ich wünschte, ich könnte mit dir in dieses Flugzeug steigen.»

Pasternak packte ihn an der Schulter. «Du sitzt genau an der richtigen Stelle. Alles Liebe für Nakhama.» Die Woge der Passagiere trug ihn mit sich. *«Yih'yeh b'seder!»* rief er winkend zurück.

An einem windigen, feuchten grauen Nachmittag kam er in Israel an und begab sich zur Sitzung des Kabinetts, das nun in der Eigenschaft als Notstandsregierung, als Vollständiger Ministerieller Verteidigungsausschuß, zusammengetreten war, um neuerlich über die Frage des Kriegseintritts zu beraten. Sein Bericht fiel knapp aus, denn das Wesentliche war den Versammelten bereits per Kabel bekanntgegeben worden und hatte unter anderem zur Einberufung dieser schicksalhaften Diskussionsrunde geführt.

Eshkol saß zusammengesackt, bleich und mit bitterem Gesicht am Kopfende des Tisches, flankiert von seinen zwei erbittertsten Widersachern, Menachem Begin und Mosche Dayan. In den wenigen Tagen seit Sams Abreise schien er um Jahre gealtert zu sein. Nationale Einheit, in der Tat! Diese seltsame Kabinettsumbildung mit alten Feinden erinnerte Pasternak an Hussein, der Nasser vor laufender Kamera küßte. Als er zu Ende gesprochen hatte, raffte Eshkol sich auf und sagte: «*Asita hayil* [gut gemacht], Sam!»

«Danke, Herr Premierminister.»

Mosche Dayan stellte ihm gezielte Fragen. Wie die anderen Minister trug auch er ein weißes Hemd mit offenstehendem Kragen, aber die alte Aura von Autorität und der kämpferische Glanz in seinen Augen zeigten nur zu klar, daß das hier kein Zivilist war, sondern der große General, der das Kommando wieder übernommen hatte. Alle anderen mit Ausnahme Eshkols, der in düsteres Schweigen versunken war, beugten sich ihm. «Wir treffen uns heute abend um elf Uhr, Sam», sagte Dayan schließlich. «Ich möchte umfassend über die neuesten Erkenntnisse aus Kairo ins Bild gesetzt werden.»

«Jawohl, Herr Minister.» Pasternak brachte den Titel nur mit Mühe über die Lippen. Mosche war und blieb Mosche.

Dayan nahm die Anstrengung mit schiefem Grinsen zur Kenntnis und fügte hinzu: «Du mußt müde sein. Ruh dich ein wenig aus inzwischen.»

In der herabsinkenden Dämmerung draußen traf Pasternak den Generalstabschef, der mit gesenktem Kopf eine Zigarette rauchend auf und ab ging. «Jitzhak, *ma nischma?*»

«Oh, du bist zurück.» General Rabin wirkte erfreut, ihn zu sehen. «Hast du dem Kabinett Bericht erstattet?»

«Ja.»

«Ich wurde vor dir gehört. Dein Kabel war umwerfend. Hat die Situation um hundertachtzig Grad gewendet.»

«Ich würde sagen, das war Mosches Ernennung.»

Rabin knurrte. «Nun, jedenfalls glaubt er das. Wohin gehst du?»

«Jetzt? Ich habe kein bestimmtes Ziel.»

«Dann laufen wir zusammen.» Rabin schloß sich ihm an und zündete eine Zigarette an der nächsten an. «Mosche hat gestern abend eine Versammlung der Spitzengeneräle einberufen. Er kam zu spät, und weißt du, was er als erstes sagte? Er fragte: ‹Habt ihr einen Plan?›»

«Typisch Mosche. Hat sich an dem Plan viel verändert? SPATEN, hieß er nicht so?»

«Nun ja, im Prinzip ist es immer der gleiche Plan, er wird nur den aktuellen Geheimdiensterkenntnissen angepaßt. Wir haben SPATEN, RECHEN, PFLUG, HACKE; und langsam gehen uns die Gartengeräte aus.» Er lachte grunzend. «Alles hängt von MOKADE und ROTES SEGEL ab, wie du weißt.» Rabin blieb stehen und warf Pasternak mit gesenktem Kopf einen Seitenblick zu. «Der Luftangriff macht mir Sorgen. Er ist hochkompliziert, extrem riskant.»

«Hast du mit Motti Hod gesprochen? Oder mit den Piloten?»

«Motti treibt sein eigenes Spiel. Nein, habe ich nicht.»

«Hör zu, Jitzhak, komm mit mir nach Tel Nof. Ich gebe Motti Bescheid, daß du kommst.»

«Wozu?»

«Mach es einfach, Jitzhak. Und wenn du genug Zeit hast, werden wir auch Tals Hauptquartier einen Besuch abstatten.»

Rabin blickte auf seine Uhr. «In Ordnung.»

Auf der Straße wimmelte es von Militärfahrzeugen, die mit ihren blauen Scheinwerfern die sinkende Dämmerung kaum erhellten. «Eine komische Kabinettssitzung», sagte Rabin. «Sie benehmen sich so, als wäre es an Dayan, die Entscheidung über den Kriegseintritt zu treffen. Dem ist aber nicht so. Ich treffe sie. Der Verteidigungsminister gibt den *politischen* Befehl zum Angriff – dann und nur dann, wenn ich *militärische Angriffsbereitschaft* melde. So soll es zumindest theoretisch funktionieren.»

«Mosche hat sich nie besonders ans Protokoll gehalten. Er hat sich nicht verändert.»

Rabin schwieg, während Pasternak in einem riskanten Überholmanöver einen langen, langsam und ächzend dahinkriechenden Transporter mit zwei Centurion-Panzern überholte. «Unter uns gesagt, Sam», bemerkte er, «ich habe Mosche gefragt, ob er meinen Job haben möchte. Mir ist klar, daß er jetzt alles haben kann, was er will. Ich habe ihn rundheraus gefragt. Er sagte, das wolle er absolut nicht, ich solle der Ramatkhal bleiben. Also ist er jetzt Verteidigungsminister.»

«Hör zu, Jitzhak, er hat das Volk zusammengeschweißt. Er hat es elektrisiert. Ich habe das sofort bei meiner Ankunft gespürt. Als ich abreiste, herrschte auf dem Flughafen eine Stimmung wie auf einem Friedhof. Heute haben sogar die Zollbeamten und die Gepäckträger gelächelt. Er reißt alle mit. Wie Churchill, als Frankreich besiegt wurde.»

«Das ist ein sehr treffender Vergleich», sagte Rabin. «Darauf bin ich noch gar nicht gekommen. Churchill konnte auch nichts unternehmen, was nicht schon längst feststand. Oder? Die Flieger und Piloten der Royal Air Force standen bereit. Die Radar- und Jägerüberwachungssysteme waren alle in Position. Sein einziger Beitrag zum Sieg in der entscheidenden Schlacht um England war, daß er brüllte wie ein Löwe und das Volk mit Kampfgeist erfüllte. ‹Blut, Schweiß und Tränen› und so weiter.»

«Mr. Charisma», sagte Pasternak.

«So könnte man es nennen. Das ist auch ungeheuer wichtig. Dennoch liegt die Entscheidung bei mir. Erinnerst du dich noch daran, wie B. G. mich abkanzelte? Du vielleicht nicht, aber ich schon.»

«Das werde ich nie vergessen.»

Der Luftwaffenchef erwartete sie am Tor des Stützpunkts von Tel Nof. Er sprang in den Wagen und sagte ohne weitere Umschweife: «Jitzhak, ich bringe dich zu einigen Piloten, die den ersten Angiff auf die Stützpunkte in Ägypten fliegen werden.»

«In Ägypten?» sagte Rabin nörgelnd. «Was ist mit den schweren Bombern auf dem Sinai? Sie sind doch die Hauptgefahr.»

«Genau», erwiderte Motti Hod sichtlich erfreut. «Mächtig nett von Nasser, seine Bomber dort zu postieren. Das verkürzt die Zeit, die wir zur Erreichung unseres Ziels brauchen. Wir werden sie erwischen. Später werde ich den Einsatzbefehl mit dir durchgehen.»

Die Piloten hatten sich in Erwartung des Ramatkhal in ihren Hangars versammelt. Während sie mit frischer Gesichtsfarbe, vor Kampfeslust blitzenden Augen und mit Eifer und klarem Verständnis ihrer Mission seine trockenen, forschenden Fragen beantworteten, konnte Pasternak sehen, wie seine Stimmung sich hob. Rabin ging um die Mirages herum, plauderte mit den Bodenmannschaften, die sich in einer sympathischen Mischung aus Respekt und Vorwitzigkeit mit ihm unterhielten. Diese Jungs von der Luftwaffe waren auf der israelischen Münze die Kehrseite der Shlepper, dachte Pasternak, und sie konnten die Rettung sowohl für Israel wie auch für die Shlepper bringen.

Als Motti Hod später Rabin den Einsatzbefehl für die Operation

MOKADE erläuterte, fiel ihm der Ramatkhal ins Wort. «Bei hellichtem Tage, Motti? Um Viertel nach acht Uhr morgens? Wo bleibt die taktische Überraschung? Was ist mit den Flugabwehrgeschützen?»

«Eine gute Frage. Die Entscheidung beruht auf Geheimdiensterkenntnissen.» Hod wandte sich an Pasternak. «Willst du antworten?»

«Sicher. Wir kennen den Routinetagesablauf der ägyptischen Kampfpiloten, Jitzhak. Sie kehren von ihrem morgendlichen Kontrollflug zurück, wenn die Sonne aufgegangen ist. Um sieben Uhr fünfundvierzig trinken sie Kaffee oder gehen in ihre Büros oder Wohnungen oder rauchen Shit, um es klar auszudrücken. Das ist die beste Zeit, um zuzuschlagen.»

«Außerdem herrscht auf den Flugbasen morgens oft Bodennebel, Jitzhak», fügte Hod hinzu, «und bis sieben Uhr fünfundvierzig hat die Sonne ihn aufgelöst. Was die taktische Überraschung angeht, so werden die Jungs so nah am Boden oder über dem Meer fliegen, wie sie können, unter den ägyptischen Radarschirmen. Vollkommene Funkstille. Selbst wenn einer der Männer Ärger mit seiner Maschine hat, selbst wenn er runtergeht oder den Schleudersitz betätigt, Funkstille.»

Der Ramatkhal nickte und schwieg, bis der Chef der Luftwaffe geendet hatte, dann sagte er: «Eins noch, Motti, habe ich dich richtig verstanden? Du wirst ganze zwölf Flugzeuge zurücklassen, um den Luftraum über Israel zu schützen? *Zwölf?*»

«In den ersten drei Stunden, ja.»

«Und was ist mit: ‹*Freier Luftraum über Israel*›?»

«*En brera*, Jitzhak. Die Araber sind uns zweieinhalb zu eins überlegen. Ich beabsichtige, sie mit allem zu attackieren, was ich zur Verfügung habe, selbst mit den Schulflugzeugen.»

«Extrem riskant. Extrem.»

«Ja.» Dann Schweigen. Motti Hod sagte: «Sind wir *in extremis*, Ramatkhal?»

Rabin überlegte, seufzte, drückte seine Zigarette aus und erhob sich. «Genehmigt.»

Der Hubschrauberpilot rief Rabin über die Schulter etwas zu und zeigte aus dem Fenster. «Dort unten ist sie, Sir. Die Siebte Panzerbrigade.»

Die Maschine machte einen Satz, der Motorenlärm nahm zu. Sterne und ein Mondviertel kreisten hinter der Fensterscheibe. Der Ramatkhal sah angestrengt nach unten und sagte dann: «Ich sehe gar nichts. Nur Wüste.»

«Gute Tarnung», sagte Pasternak.

Am Boden, an einem langen Tisch unter einer Netzbespannung, beendeten hochrangige Offiziere soeben im grünen Licht einer Feldlampe eine Kartenbesprechung mit General Tal. «Ich höre den Hubschrauber», sagte General Tal und ging hinaus, um den sternenübersäten schwarzen Himmel abzusuchen. Die Maschine landete, der Ramatkhal und Pasternak tauchten aus den Staub- und Auspuffwolken auf, und Tal salutierte. «Die leitenden Offiziere stehen zu Ihren Diensten, Sir.»

Die Offiziere lauschten ernst Rabins dürrer Schilderung der strategischen Lage. Er schloß mit den Worten: «General Pasternak und ich sind hierhergekommen, weil die Siebte Brigade die Speerspitze in diesem Krieg ist. Sind sie bereit?»

Die Offiziere tauschten Blicke aus, und Don Kischote ergriff das Wort. «Wir sind seit zwei Wochen bereit, Sir. Ist die Regierung endlich auch bereit?»

«Das ist eine Unverschämtheit, Nitzan», bellte Tal.

«Tut mir leid», sagte Kischote, der nicht allzu betrübt klang. «Ich sage nur, was meine Panzerbesatzungen denken.»

«Lassen Sie ihn reden, Tallik», sagte der Ramatkhal. «Fahren Sie fort, Nitzan, reden Sie frei heraus.»

«Sir, wir haben immer gewußt, daß unsere Chancen bei den Panzern zwei zu eins gegen uns stehen und noch schlechter in der Artillerie und daß die russischen Panzer stärker sind als unsere. Inzwischen aber hat der Feind zwei Wochen Zeit gehabt, den Sinai zu verschanzen, Minenfelder zu legen, Panzergräben zu ziehen, Befestigungsanlagen zu errichten. Also ist unsere Aufgabe jetzt viel schwieriger geworden. Warum sind wir nicht wenigstens schon vor einer Woche aufgebrochen?»

Aus dem Dunkel ließ sich eine Stimme vernehmen: «Wir haben den Zug verpaßt.»

Rabin zündete sich langsam eine Zigarette an. «Ich möchte die Frage an General Pasternak weitergeben.»

Danke, Jitzhak, für diese heiße Kartoffel, dachte Pasternak.

Diesen Offizieren stand, dessen war er sich wohl bewußt, ein langer mühseliger Marsch bevor, der sie mit einem feindlichen Panzeraufgebot konfrontieren würde, so riesig wie bei jeder beliebigen Schlacht des Zweiten Weltkriegs. Sie saßen neben Freunden, die nicht überleben würden. Sie würden ihre Soldaten in einen Fleischwolf aus Stellungskrieg und Panzerabwehrbeschuß führen, den sie – siegreich oder als Verlierer – nicht ohne schwere Verluste und grauenhafte Verwundungen überstehen konnten. Und solchen Männern, darunter Yaels Ehemann, sollte er nun die Hamtana erklären!

Er versuchte es. Die Armee hatte im Suezkrieg den Sinai besetzt, so begann er, doch die Supermächte hatten Israel zum Rückzug gezwungen. Der Sieg hatte sich als sinnlos erwiesen. Durch die Hamtana, durch den Verzicht auf einen sofortigen Angriff, hatte Israel die Amerikaner zu einer freundlichen Haltung bewogen. Daher war es dieses Mal möglich, daß die Armee nicht wieder ohne echten Frieden ein Gebiet evakuieren mußte, das sie eben erst erobert hatte. Pasternak ging dabei Eisenhowers Botschaft an Johnson im Kopf herum, über die er kein Wort verlieren durfte.

«Wollen Sie damit sagen, Sir», fragte Jossi, der wieder die Hand erhob – und den Gedanken, daß er den langjährigen Geliebten seiner Frau ansprach, aus seinem Kopf verbannte –, «daß wir mit unserem Blut und unseren Knochen bezahlen, um die Feinde wieder einmal zu zerschlagen, nur damit der Sinai anschließend für einen Vertrag, einen Fetzen Papier, erneut aufgegeben wird?»

«Ein Stück Papier, das von Amerika gegengezeichnet ist, Nitzan», warf General Tal streng ein, «ist ein ziemlich gutes Papier.»

Bei der Rückkehr zum Hubschrauber machte General Rabin einen Umweg zu den Reihen getarnter Panzer, die sich bis außer Sichtweite in die Dunkelheit erstreckten. Die unter dem Sternenhimmel zusammengeduckten Besatzungen unterhielten sich murmelnd, wie wartende Soldaten es tun, über Mädchen, Essen, Zukunftspläne, Sport, die Fehler der Offiziere und ähnliches mehr. Derartige Besuche gehörten zu Dayans Gewohnheiten, für den zurückhaltenden Rabin jedoch waren sie etwas Neues, und die Soldaten waren offenkundig aufgeregt und erfreut darüber. Über das Dröhnen des Hubschraubermotors beim Abheben hinweg schrie Rabin in Pasternaks Ohr: «Mosche kann seinen Befehl geben. Ich bin bereit.»

Am nächsten Tag war der Strand von Tel Aviv voll mit älteren Sonnenanbetern, fröstelnden Kindern und laut rufenden Teenagern, die im dunstigen Sonnenschein Wasserball oder Volleyball spielten. Auf der Terrasse, auf der Pasternak mit seinem Sohn Amos saß, verzehrten uniformierte Soldaten Falafels und tranken Bier oder löffelten Eis. Amos Pasternak sah, braungebrannt und durchtrainiert wie er war, selbst in seinen roten Boxershorts wie ein Soldat aus. Er beendete seinen Militärdienst in einer Eliteeinheit namens *Sayeret Mathkal* [Stabsaufklärung]. «Ich möchte erst eine Runde schwimmen, bevor ich etwas esse, Abba», sagte er. «Willst du wirklich sofort ein Falafel?»

«Sofort. Das meine ich ernst. Genau danach ist mir jetzt zumute, Amos.»

«Bin schon unterwegs.» Bald darauf kam der Sohn mit einem Falafel zurück und reichte es grinsend und kopfschüttelnd seinem Vater. «Nicht gerade ein Diätessen, Abba.» Er sprang über die Terrassenbrüstung, rannte in großen Sätzen zum Wasser und tauchte hinein, und erst weit draußen tauchte er zwischen den Badenden wieder auf.

Pasternak wollte das Falafel einzig wegen der nostalgischen Gefühle, die es in ihm weckte. Seit Jahren hatte er keines mehr gegessen, seit der Zeit, da er selbst so schlank wie Amos gewesen war und auf demselben Strand mit Mädchen wie denen, die auf dem Sand unten herumtollten, gescherzt hatte. Damals war Tel Aviv noch ein kleines Städtchen am Meer mit Alleen, wenigen großen Gebäuden und ohne Hotelriesen gewesen, das mehr oder minder friedlich unter dem britischen Mandat dahindämmerte. Hin und wieder muckten die Araber auf, gelegentlich gab es Vergeltungsschläge der Hagana. Ansonsten herrschten Frieden, Sonne, Musik, Cafés, Mädchen, Wasser, Tanz, Spaß.

Er erinnerte sich auch daran, wie er mit Yael Luria auf eben dieser Terrasse gesessen hatte, zu einer Zeit, als ihre Beziehung noch ein bloßer Flirt gewesen war; eine umwerfende Figur hatte sie damals gehabt, und auch er hatte ganz passabel ausgesehen. Die Stadt hatte sich damals noch nicht sehr verändert. Was für eine Veränderung aber war in den Jahren geschehen, in denen er diese ganzen Kilos zugelegt hatte! Eine belagerte Metropole mit langer, gezackter Skyline war daraus geworden, die heute am Militärverkehr erstickte und deren zusammengedrängte Gebäude mit Brettern vernagelt und hinter Sandsäcken verschanzt waren, deren provisorische Luftschutzräume mit grellfarbigen Plakaten beklebt waren und in der immer noch mehr Schutzräume ausgehoben wurden. Nur wenige Minuten entfernt warteten feindliche Bomberstaffeln auf dem Sinai. An der Grenze stand eine ungeheure Gegenmacht von mehr als tausend Panzern bereit. Diese unbeschwerte Strandszene war nichts als ein zerbrechlicher Anachronismus!

«Herr General, die letzten Depeschen.» Ein Bote des Mossad. Sein Büro wußte immer, wo er sich aufhielt.

General de Gaulle wird morgen um ein Uhr ein absolutes Waffenembargo gegen Israel verhängen. Die Auslieferung bereits bezahlter Flugzeuge und Waffen wird Zitatanfang: aufgeschoben Zitatende.

Das waren sehr schlechte Nachrichten, aber nicht weiter überraschend, nicht von de Gaulle.

Das Kabinett tritt um 13 Uhr wieder zusammen.

Ende des Strandzwischenspiels, doch er würde sein Falafel noch aufessen und zum Teufel noch mal auch ein Bier trinken. Nun, Motti Hods Jungs würden vor allem französische Flugzeuge mit allerlei raffiniertem Zubehör fliegen, die nach israelischen Angaben verbessert worden waren. Frankreich war zehn Jahre lang ein guter Freund gewesen. Ben Gurion liebte den Ausspruch: «Nichts ist von Dauer in der Geschichte.» Nächste Depesche:

Tagesbefehl des Oberkommandierenden der ägyptischen Streitkräfte auf dem Sinai: Die Augen der Welt ruhen auf euch in eurem ruhmreichsten Krieg gegen die imperialistische israelische Aggression auf dem Boden eures Vaterlandes ... Euer heiliger Krieg soll die arabische Nation in seine Rechte wiedereinsetzen. Holt euch das geraubte Land Palästina zurück ...! Mit Waffengewalt und Einigkeit im Glauben ...!

Der alte General Murtagi klang, als würde er diesmal Tacheles reden. Auf der anderen Seite hatten seine ultrageheimen Quellen in Kairo das Codesignal für KRIEG JETZT mit der genauen Angriffszeit nicht gesendet; und im Morgenbericht waren keine ungewöhnlichen nächtlichen Panzer- oder Truppenbewegungen gemeldet worden.

Pasternak leerte sein Bier und sah zu, wie Amos sich im Wasser vergnügte. Der Strand war voll mit weitaus dunkelhäutigeren sephardischen Jugendlichen, dem «zweiten Israel» der *mabarots*, der Durchgangslager, Kinder von Flüchtlingen aus arabischen Ländern, die ins Land strömten und den alten Jischuv beinahe überschwemmten. Bis jetzt war dieser Krieg hauptsächlich von den Söhnen von Sabras und Europäern ausgetragen worden. Diese Sephardim, die nur geringen Bezug zum historischen Zionismus hatten, dieser riesige Brocken andersartiger Juden, die von Hitler und Auschwitz kaum eine Ahnung hatten, waren in die Armee aufgenommen worden, weil es an Männern fehlte. Würden sie einem Maschinenkrieg gewachsen sein? Bedeutete ihnen Israel so viel, daß sie bereit waren, dafür zu sterben, diesen Juden aus den Mabarots?

Er stand auf und winkte. Amos sah ihn, rannte aus dem Wasser und sauste den Strand hinauf. «So bald schon, Abba? Ein Falafel gegessen, und schon willst du wieder weg?»

«Genau. Amos, ich wünsche dir viel Glück, wenn ich dich eine Zeitlang nicht sehen sollte.»

«Wir wollen das Beste hoffen», sagte Amos, «aber wir sind zu allem bereit.»

Diese Kabinettssitzung würde den Showdown bringen. Jedes Mitglied wußte das. Auf ihren Gesichtern stand die Vorahnung der zionistischen Honoratioren geschrieben, die Ben Gurion vor neunzehn Jahren bei der Ausrufung des Staates Israel gelauscht hatten. Auf der historischen Fotografie dieser Szene waren zum Teil dieselben Gesichter zu sehen, die heute, gealtert, beinahe nicht wiederzuerkennen waren.

Alle aktuellen Erkenntnisse zeichneten ein düsteres Bild. Ein gegenseitiger Besuch der Vizepräsidenten zwischen Washington und Kairo lag in der Luft. In Kairo hieß es, der amerikanische Botschafter hätte Nasser versichert, seine Regierung stünde nicht auf seiten Israels. Französische Waffenlieferungen an den jüdischen Staat waren im Hafen gestoppt worden. Irakische Truppen waren auf dem Vormarsch zur jordanischen Grenze. Eshkol saß da wie ein Buddha, nickte und machte sich Notizen, während Dayan gähnend auf seinem Stuhl herumrutschte.

Pasternak wußte, daß Eshkol, Dayan, Allon und Außenminister Eban – die entscheidenden Spieler – sich um Mitternacht bereits getroffen und über den Krieg entschieden hatten. An ihrem Gesichtsausdruck erkannten oder spürten dies auch die übrigen Kabinettsmitglieder. Aber sie waren israelische Politiker, und sie würden ihren Senf dazugeben. Einer nach dem anderen sprach und sprach und sprach. Endlich war es vorbei. Eshkol blickte zu Abba Eban, der die Hand hob.

«Herr Außenminister?» sagte Eshkol.

Der dickliche junge Eban stellte in seinem einzigartigen Hebräisch mit Oxfordakzent einen höchst gewunden formulierten Antrag, der darauf abzielte, Mosche Dayan die Kriegführungsvollmachten der Regierung zu übertragen und ihm Eshkol als Berater zur Seite zu stellen. Eshkol rief zur Abstimmung auf. Bedächtig gingen sechzehn Hände über sechzehn ernsten Gesichtern in die Höhe. Zwei Minister der extremen Linken, die mit dem Außenminister die Linie der Tauben vertreten hatten, starrten bestürzt auf die sprießenden Falkenklauen an Ebans erhobener Hand und enthielten sich der Stimme.

Als die Sitzung sich auflöste, rief Dayan Pasternak beiseite. «Sam, ich habe mich vor dem Rafi-Exekutivausschuß verpflichtet, daß ich immer in Fühlung mit Ben Gurion bleiben werde. Er saß genau in dem Stuhl dort drüben. Ich mußte es tun.» Rafi war die Splitterpartei, die Ben Gurion gegründet hatte, und Dayan hatte die Zustimmung der Partei zu seiner Ernennung als Verteidigungsminister gebraucht.

«Das ist mir klar, Mosche.»

«Fährst du jetzt nach Tel Aviv zurück?» Pasternak nickte. «Gut. Schau bei B. G. vorbei und berichte ihm von dem gefaßten Beschluß. Sag ihm, ich hätte jetzt zwar eine Menge zu tun, aber ich könnte zu ihm kommen und mich fünf Minuten mit ihm unterhalten.»

Sam Pasternak war nicht verpflichtet, Weisungen des Verteidigungsministers zu befolgen, aber es war typisch Mosche, das Protokoll zu umgehen, und er war wieder in Amt und Würden. «B'seder, Herr Minister.»

Ben Gurion öffnete selbst die Tür zu seiner Wohnung. Sein freudiges Lächeln schwand, als er sagte: «Komm herein, Sam, komm herein. Ich dachte, es wäre Mosche. Er soll mir Bericht erstatten nach der Sitzung. Setz dich. Wie wäre es mit einer Tasse Tee?»

«Danke, Ben Gurion. Ich muß in mein Büro und ...»

«Du machst deine Sache gut, Sam. Ich sagte Eshkol, du wärst der richtige Mann für diesen Job. Wenigstens dieses Mal hat er auf mich gehört, der Narr. Er ist nicht aus dem Holz, aus dem man Premierminister schnitzt. Er ist ein Mann für die zweite Reihe. Es war der größte Fehler meines Lebens, ihn an die Spitze zu befördern.»

Ben Gurion nahm hinter einem Schreibtisch Platz, dem einzigen Ort, wo er hingehörte und sich wohl in seiner Haut fühlte. Pasternak wollte nicht mit dem Alten, dessen feindselige Gefühle seinem Nachfolger gegenüber nicht zu erschüttern waren, über Eshkol streiten.

«Ich warte gespannt auf Dayans Bericht. Es wäre besser, sie würden nicht für einen Krieg stimmen!» Ben Gurion trommelte auf den Schreibtisch. «Ich sagte Mosche schon, daß wir jetzt nicht 1956 haben. Wir können nicht gegen die Araber kämpfen, ohne wenigstens eine Supermacht auf unserer Seite. Damals hatten wir die Franzosen *und* die Engländer. Und wir haben auch nicht 1948, als es nur Kampf oder Untergang gab. Das darf nie wieder geschehen.»

Auf dem ausgezehrten Gesicht erschien ein seltsam in sich gekehrter Ausdruck. Pasternak zögerte. Unvermittelt erhellte sich das Gesicht des Alten. «Nun, wenigstens Abba Eban hat den Kopf nicht verloren, und das ist entscheidend. Sie werden nicht gegen den Rat des Außenministers Krieg führen. Eshkol hat keinen Kopf, er zählt also nicht. Mosche hat sich verpflichtet, mit mir in Fühlung zu bleiben, das wäre also auch geklärt. Die anderen werden seiner Führung folgen. Ich hätte noch einmal Premierminister werden können, weißt du. Selbst Begin war für mich – Begin! –, aber so ist es am besten. Ich habe meine Zeit abgedient.»

«Ben Gurion, die Ausschußsitzung ging vor einer Stunde zu Ende. Ich komme direkt von dort.»

«Und?» Ein wachsamer Blick schoß in die stumpfen Augen. «Was war das Ergebnis?»

«Dayan wird nach Maßgabe militärischer Notwendigkeiten und in Absprache mit Eshkol entscheiden, wie Ägypten am besten Widerstand zu leisten ist. Der Außenminister hat den Antrag eingebracht, und er wurde angenommen.»

«Eban hat den Antrag gestellt? Aber das ist ein Antrag für Krieg.»

«Ja.»

«Wie war das Abstimmungsergebnis?»

«Einstimmig. Zwei Enthaltungen der Mapam. Hinterher sagten sie mir, sie würden ihre Stimme in ein Ja umändern.»

Ben Gurions breiter, weißhaariger Kopf sank auf seine Brust. Zwei tiefe Seufzer entrangen sich ihm, und er schüttelte den Kopf. «Das ist der folgenreichste Fehler in unserer Geschichte. Ströme jüdischen Blutes werden vergossen werden. Unsere Städte werden bombardiert, unsere Soldaten niedergemäht werden –»

«Vielleicht kommt es anders, Ben Gurion. Wir können sie durch einen großangelegten Luftangriff überrumpeln und –»

«Nein, nein!» Ben Gurion winkte ungeduldig ab. «Dieses ganze Gerede über Luftangriffe! Glaubst du etwa, Nasser wäre nicht in höchster Alarmbereitschaft? Er ist doch nicht verrückt! Und so oder so, Flugzeuge sind nur Wespen, sie können stechen und weh tun, aber ein Krieg wird auf dem Boden geführt, mit Geschützen, Panzern und *Blut*. Schau dir Deutschland an! Zwei Jahre lang hat die Luftwaffe es in Trümmer gelegt. Kein Stein blieb auf dem anderen, und was hat Hitler schließlich den Garaus gemacht? Bodentruppen! Panzer, Infanterie, Russen, Amerikaner, Briten, die von Osten und Westen auf ihn einschlugen und zu Zehntausenden dabei starben. Nun, ich erwarte Mosche jeden Augenblick. Er hört auf mich, ich kann ihn dirigieren, deshalb war KADESCH so erfolgreich. Wenn es schon Krieg geben muß, wird eine begrenzte Aktion genug sein. Also –»

«Ben Gurion, Mosche hat mich geschickt, damit ich mit Ihnen spreche.»

«So?»

«Ich soll Ihnen ausrichten, daß er eine Menge zu tun hat jetzt. Er kann kommen und sich fünf Minuten mit Ihnen unterhalten.»

David Ben Gurion sah wie vom Donner gerührt aus. Nach einer Minute kräuselte sich der entschlossene Mund zu einem langsamen Lächeln. «Fünf Minuten? Nun, Sam, sag Mosche Dayan, daß das nicht notwendig sein wird. In fünf Minuten kann man nicht viel ausrichten.»

Sam Pasternak wußte, daß Dayan ihn geschickt hatte, damit er dem Alten beibrachte, daß er politisch tot war, und das, obwohl vor nur wenigen Tage der Ruf nach seiner Rückkehr an die Macht großen Anklang gefunden hatte. Eine grausame Botschaft, aber es war erfrischend zu sehen, wie Ben Gurion sie aufnahm, mit einem mürrischen Lächeln und ein paar leichthin gesagten Worten. Was für Schwächen und Fehler Ben Gurion auch haben mochte, das hier war der Löwe Judas, der die Juden in ihre Heimat zurückgeführt hatte.

«Sam, du hast sicher auch eine Menge zu tun. Vielleicht noch mehr als Mosche.» Sie erhoben sich beide. Ben Gurion reichte ihm über den Schreibtisch hinweg die Hand und setzte sich dann schwerfällig wieder hin. «Rabin hat seine Pläne und gute Generäle. Sie werden kämpfen und siegen. Auf Wiedersehen.»

An der Tür hielt Pasternak inne, um noch einen Blick auf B. G. zu werfen. Der Alte saß mit einem stillen, gealterten und in sich gekehrten Gesicht da, als würde er durch die Jahre auf seine Kindheit zurückschauen; oder vielleicht durch die Jahrhunderte zurück auf die Zerstörung des Zweiten Tempels.

36
Midway

Montag, 5. Juni 1967.
Eine breite, sandige Ebene an der Grenze zwischen dem Sinai und dem Gazastreifen erzittert und dröhnt wie bei einem Erdbeben, als die Dieselmotoren der dreihundert Panzer von General Tal bei Tagesanbruch warmlaufen. Welten trennen diese veralteten oder gebrauchten Panzer – britische Centurions, französische MX-13 und amerikanische Shermans und Pattons – von den modernen sowjetischen Nachkriegspanzern, die auf dem Sinai zusammengezogen sind; aber auffrisiert und mit israelischer Technologie ausgestattet, sind sie das Beste, was die Juden ins Feld schicken können.

Tals Auftrag im Fall eines Krieges lautet, massive Truppenverbände im Norden auf die Sinai-Halbinsel zu werfen und den Gegner durch einen Überraschungsangriff in Panik zu versetzen. Panzerangriffe im Zentrum und im Süden sollen folgen. Die nördlichen Zufahrtsstraßen auf den Sinai sind nichts als schmale Bänder durch hohe Sanddünen und tiefe Wadis, ein Terrain, das für Panzer als unpassierbar gilt, daher stehen die Chancen für einen Überraschungscoup gut. Dennoch wird die Division Tal sich mit sowjetisch inspirierten Verteidigungsmaßnahmen konfrontiert sehen – Minengürtel, Schützengräben, Verschanzungen und Artilleriebatterien, alles während des großen Wartens befestigt, ausgebaut und mit ägyptischen Elitepanzertruppen bemannt. Bei einem Gespräch zu später Stunde hat Tal seine Führungsoffiziere gewarnt, daß Mosche Dayans Äußerung zu Gerüchten in der internationalen Presse über Vorbereitungsmaßnahmen Israels für einen Krieg: *«Jetzt ist nicht die richtige Zeit dafür. Es ist entweder zu spät oder zu früh»* nichts weiter als eine schlagfertige Vernebelungstaktik darstellt. Tatsächlich kann die Operation ROTES SEGEL jeden Moment ausgelöst werden, und da Israel nicht über die geringste strategische Tiefe verfügt, haben die Bataillone der Division Tal keine andere Möglichkeit, als vorwärts zu marschieren, und keine andere Wahl, als zu siegen. Sie führen den Hauptstoß aus. Die Weiterexistenz Israels kann leicht von ihrem Kampf abhängen.

In seinem ruhigen, schleppenden Tonfall gibt der kleine, knorrige General, dessen Gesicht von Furchen durchzogen ist, die im grünen Schein der Kerosinlampe schwarz aussehen, folgende Zusammenfassung: «Im Krieg läuft nichts nach Plan, und doch ist der Plan alles. Was auch immer passiert, denkt an den Plan! Denkt an euer Ziel! Schlagt euch zum Ziel durch, kämpft falls nötig bis zum Tod für die letzte Chance der Juden auf Erden. Es wird kein Halten, keinen Rückzug geben. Es wird nur Angriff und Vormarsch geben.»

Don Kischote bereitet auf einem Gaskocher unter dem verblassenden Sternenhimmel Rühreier zu, als Oberstleutnant Ehud Elad durch stickige graublaue Auspuffdämpfe in einem Jeep heranrumpelt. Über den ohrenbetäubenden Krach hinweg ruft er: «Jossi, warum zum Teufel antwortet dein Fernmeldefeldwebel nicht?»

«Tut sie das nicht? Das Kabel muß wieder geerdet werden.»

Um eine perfekte Überraschung zu gewährleisten, ist über Tals Division eine totale Verdunkelung und vollkommene Funkstille verhängt worden, so daß eine Verständigung nur mit Hilfe von auf dem Sand ausgelegten Kabelnetzen möglich ist. Die anderen Panzerstreitkräfte weiter im Süden dagegen machen uneingeschränkt Gebrauch von ihren Scheinwerfern und Funkgeräten und lassen demonstrativ ihre Hubschrauber verkehren. Es scheint, als würde diese taktische Täuschung funktionieren, denn der Aufklärungsdienst meldet, daß die Ägypter für eine Haupteröffnungsschlacht im Süden Stellung beziehen.

Kischote befördert das dampfende Gericht in zwei Blechteller. «Iß ein paar Eier mit, Ehud.»

«Oh, danke. Ich sterbe vor Hunger. Aber was ist hier los, habt ihr keine Köche im Hauptquartier?» Kischote ist inzwischen stellvertretender Kommandant der Siebten Brigade.

«Diese Clowns? Ha! Probier das hier mal. Ich schneide in die Eier Corned beef hinein, Zwiebeln, Tomaten und Avocado. Das schmeckt großartig. Wir werden noch früh genug aus Blechnäpfen futtern und wie die Tiere leben. Warum hast du nach mir gerufen?»

«Ich möchte, daß du zu meinen Männern sprichst.»

«Worüber?»

«Über das, was du mir letzte Nacht nach Talliks Rede gesagt hast.»

«Sag es ihnen doch selbst.»

«Ich möchte aber, daß sie es von dir hören. Iß auf und komm mit, Jossi.»

Das Licht der aufgehenden Sonne fällt auf das schnurrbärtige, rote Gesicht von Oberstleutnant Elad, als er mit den Händen in die Hüften gestemmt vor sein Bataillon tritt. Der heftige Sonnenbrand rührt von seinen Fahrten im Geschützturm her, bei denen er von der Taille aufwärts den Abgasschwaden und dem Staub der Panzermanöver ausgesetzt ist, weshalb die Schiedsrichter ihn bei Manövern schon mehr als einmal für tot erklärt haben. Elad behauptet, daß man etwas sehen müsse, um zu kämpfen oder auch nur um einen Kampf zu simulieren.

«Bataillon, hört genau zu, was Generalleutnant Nitzan euch zu sagen hat.»

Als Kischote vor das Bataillon tritt, bemerkt er Oberst Gonen, seinen Brigadekommandeur, der mit General Tal hinter den im Halbkreis sitzenden Panzerschützen steht. Er spricht nicht gerne, wenn sein Boss Gorodish – also Gonen – zuhört, aber nun kann er nicht mehr zurück. Gorodishs hebraisierter Name Gonen hat sich nie durchgesetzt. Für Soldaten wie Generäle ist er Gorodish geblieben; ein stierköpfiger Perfektionist, jähzornig, hart bis zur Grausamkeit, der imstande ist, einen Soldaten wegen eines offenen Knopfes zu degradieren.

«79. Bataillon, wir wissen noch immer nicht, wann oder ob wir in den Krieg ziehen werden», beginnt Kischote, der an ihrer gelangweilten, schlaffen Haltung die Demoralisierung der Hamtana spürt.

«Was wir wissen ist, daß der Feind dort draußen ist» – er zeigt zur Grenze –, «und das ist der Grund, wieso wir seit Wochen hier sind und warten. Nichts als warten. Gestern abend habe ich eurem Kommandanten gesagt, daß nur ein europäischer Jude wie ich wirklich begreift, was es bedeutet, ein israelischer Panzersoldat zu sein. Ich habe Jahre meines Lebens damit zugebracht, mich vor den Deutschen zu verstecken und vor ihnen davonzulaufen. Und noch ein Jahr in einem britischen Gefangenenlager auf Zypern. Ihr kennt diese Dinge nur aus Berichten. Ihr seid eine neue Generation.»

Auf den gelangweilten Gesichtern wird eine Spur von Interesse sichtbar: Die meisten von ihnen sind glatt und babyrosa, ein paar bärtig, alle mit einem dichten Haarschopf, in den der Wind hineinfährt.

«Ihr habt unzählige Male die Frage gehört», fährt Kischote fort, «warum die Juden Europas widerspruchslos diese gelben Sterne trugen und in die Züge stiegen wie die Lämmer, die man zur Schlachtbank führt. Warum haben sie nicht wenigstens zu kämpfen versucht?»

Er macht eine Pause, sein Gesicht ist ernst. Die Stille lastet schwer auf dem Halbkreis grüner Uniformen, während das Klirren und Kreischen der gewarteten Panzer über das ganze Lagergelände hallt.

«Nun, ich habe Ehud Elad gestern abend von drei meiner Cousins in Warschau erzählt, Jungen in eurem Alter etwa, die diese gelben Sterne trugen und widerstandslos in die Züge stiegen. Warum? Zunächst einmal, weil die Deutschen sie belogen haben, weil sie sagten, sie würden in Arbeitslager gebracht. War das so unglaubwürdig? Wie hätten sie statt dessen glauben sollen, daß zivilisierte Europäer, selbst wenn es Antisemiten waren, sie in Wirklichkeit in den Zug steckten, nur um sie abzutransportieren und umzubringen? Heute wissen wir, daß das die schreckliche Wahrheit war, aber damals war das unvorstellbar.»

Kischote hat nun ihre ganze Aufmerksamkeit, aller Augen ruhen auf ihm.

«Doch selbst angenommen, sie hätten die Wahrheit geahnt, wie hätten meine Cousins kämpfen können? Womit? Sie hatten keine Waffen. Sie waren europäische Juden. Sie verließen sich in puncto

Gesetz und Ordnung auf die Autorität der Gojim. Als einige wenige Juden die Wahrheit herausfanden und sich in die Wälder schlugen oder wie die Warschauer Juden versuchten, sich zu wehren, war es bereits zu spät.

Nun, was ich letzte Nacht zu eurem Kommandanten sagte, war einfach: Gott sei Dank sind wir anders. Wir sind die israelische Panzerstreitmacht!» Er machte eine Bewegung zu den Reihen rumpelnder Panzer hin. «Wir haben die da, und wir sind ausgebildet, um sie zu benutzen! Wir verlassen uns auf keine andere Regierung als unsere eigene, auf unser Zion, auf unsere Panzer, auf uns selbst!

Und das ist der Grund, weshalb –»

Ein fernes Brummen läßt ihn verstummen. Die Gesichter der Soldaten wenden sich dem Himmel zu. Die weitentfernten Punkte am blauen Horizont werden schnell zu Flugzeugen, die in Vierergruppen Richtung Meer fliegen. Das Motorengeräusch schwillt zu einem dröhnenden Donner an. Unter wirren Schreien und Rufen springen die Soldaten auf und winken mit Armen und geballten Fäusten, während die Flugzeuge in Formation über ihre Köpfe hinwegrasen. Sie glitzern in der Sonne und werfen flüchtige Schatten, und sie fliegen so niedrig, daß der blaue Davidsstern klar auf jedem Rumpf zu erkennen ist.

«Weitere Worte erübrigen sich!» ruft Kischote aus, während die Flugzeuge verschwinden und der Motorenlärm erstirbt. «Der Rest steht am Himmel geschrieben! Statt des gelben Sterns der blaue! *Am Jisroel khai*! Israel lebt!»

Oberstleutnant Elad stellt sich neben ihn. «Stillgestanden!» Plötzlich nehmen die Männer starr Haltung an, es herrscht absolute Stille, ihre Gesichter sind nicht wiederzuerkennen: tatendurstig, froh, begeistert. «Besatzungen zu den Panzern! Alle Mann auf Kampfposten, weiterhin Funkstille halten, weitere Befehle abwarten! Tarnnetze bleiben an Ort und Stelle!»

Ein Feldwebel springt vor das Bataillon: «*Alei* –»

Das Bataillon antwortet mit einem jugendlichen: «*KRAV* [Kampf]!»

«*Alei* –»

«Krav!»

«Alei –»

«Krav! Krav! KRAV!»

Die Soldaten laufen lärmend auseinander. Oberstleutnant Elad schließt Jossi in seine Bärenarme und küßt seine stopplige Wange. «Gut, hervorragend, Volltreffer. Danke! Jetzt geht es also los!»

«Ja. Sei vorsichtig, Ehud.»

«Aber sicher! Wir sehen uns in El Arish wieder, hm? Kischote, ich liebe dich.»

Er geht davon.

General Tal winkt Jossi zu sich. Er und Gorodish wirken forsch und kampflustig: braungebrannt, mit blitzenden Augen, in frischgebügelten Uniformen und neuen Käppis mit schweren Panzerschutzbrillen, die sie auf die Stirn geschoben haben. Jüdische Wüstenfüchse, denkt Kischote, israelische Rommels, und das ist ihnen durchaus bewußt! Tal schüttelt ihm die Hand und klopft ihm auf die Schulter. In nachgeäfftem Singsang spricht Gorodish, ein ehemaliger Talmudstudent, einen Jeschiwasegen. «*Goot gezogt! Yasher koyakh* [Gut gesprochen! Mehr Macht für dich]! Kommt mit.»

Die Flugzeuge haben die ganze Division in hektische Aktivität gestürzt. Scharen von Soldaten wimmeln geschäftig zwischen den etwa tausend Fahrzeugen herum, die es zusätzlich zu den Panzern dort gibt: Fernmeldejeeps, Kommando-Halbkettenfahrzeuge, Truppentransporter, Sanitätswagen, Tanklaster, Lastwagen mit Ersatzteilen, Verpflegung, Munition, ein Versorgungsschwanz, der weit größer ist als die Kampfspitze.

Gorodish geht zu einer hinten in seinem schummrigen Anhänger aufgehängten Karte. «Und jetzt sieh her, Jossi. Diese Flugzeuge bedeuten, daß die Operation ROTES SEGEL jeden Augenblick losgehen kann. Das südliche Oberkommando hat Tal die dreckigste Aufgabe zugeteilt, und Tal hat uns den schmutzigsten Teil davon zugewiesen. Wir werden den Durchbruch heute morgen nicht ohne schwere Verluste schaffen, aber wir können nicht haltmachen, egal, was passiert. Mein Platz wird hier vorne sein» – er klopft auf eine Straßenkreuzung tief im Gazastreifen –, «und ich möchte, daß du eine zweite Kommandogruppe aufbaust, für den Fall der Fälle. Verstanden?»

Sie starren sich unverwandt an. Gorodish sagt damit, daß er möglicherweise schon zu Beginn getötet oder verletzt oder im Chaos des ersten Sturmangriffs gefangengenommen werden kann. Dann wird es Kischotes Aufgabe sein, den Angriff zu führen.

«Ich verstehe.» Jossi mustert die versiegelten Umschläge mit Befehlen, die sich auf dem Tisch stapeln, zuoberst ein Zettel mit zwei Worten in Gorodishs sorgfältiger hebräischer Handschrift: SADIN ADOME [ROTES SEGEL]. «Wer wird als erster gehen?»

«Ehud mit seinen Pattons, wie geplant.» Ungefähr achtzig dieser amerikanischen Panzer hatte man durch ein heikles Geschäft mit der Bundesrepublik Deutschland aufgetrieben, bevor die Araber Lunte rochen, aufheulten und die Sache stoppten. «Er wird die Speerspitze bilden, danach die Kolonne in offener Schlachtordnung. Ich werde direkt dahinter folgen. Du bleibst *hier* und wartest auf Befehle, bis wir sehen, wie die Situation sich entwickelt.» Gorodish beugt sich über die Karte, markiert einen Punkt und nimmt ein Lineal und einen Zirkel zur Hand. «Der Codename für deine Kommandogruppe wird Karish [Hai] sein.»

«Hai.» Jossi entblößt seine großen weißen Zähne, soweit er kann. «Ausgezeichnet.»

Gorodish sagt ohne ein Anzeichen von Belustigung: «Abtreten.»

Benny Luria fliegt nach Koppelnavigation, er zählt die Minuten, bis er landeinwärts abdrehen muß. In den Kopfhörern herrscht abgesehen von atmosphärischem Rauschen Stille. Die vier Mirages dröhnen mit vierhundert Knoten über die schäumenden Wellenkronen hinweg. Die anderen fliegen in Formation neben ihm wie bei einer Flugschau, Kalman zu seiner Rechten, Itzhik und Ricki zu seiner Linken. *Markierung!* Ein schwungvoller, flacher Schwenk nach links, und die anderen folgen, halten die Formation. Gute Jungs, verläßlich wie Felsen. Treibstoff okay, Öldruck und Motorentemperatur in Ordnung, Bombenabwurf eingeschaltet, Bordbeschuß ausgeschaltet. Die Maschine könnte gar nicht schöner schnurren. Am Horizont taucht eine Linie aus Sanddünen auf, pünktlich nach Plan. Oberst Luria ist in Aktion, von Norden kommend, was niemand erwartet, zu niedrig für eine Radarerfassung.

Als die vier Flugzeuge über die Dörfer und Kanäle des sumpfigen grünen Nildeltas fliegen, winken ihnen Bauern zu, ohne zu merken, daß diese Flugzeuge nicht zu einer ägyptischen Patrouille gehören. Dort ist die Eisenbahnlinie, auf der ein kurzer Zug dahinzuckelt. Der Weiler dort vorne könnte Faqus sein, der Ausgangspunkt für den Angriff, aber er kommt drei Minuten zu früh in Sicht. Ein anderes Dorf, weit links hat mehr Ähnlichkeit mit Faqus, aber wenn es das ist, ist Benny vom Kurs abgekommen. Schnell alle Möglichkeiten durchgehen: *Was ist der alternative Ausgangspunkt, wenn ich Faqus verpasse? Kurs, Geschwindigkeit, Steigungsgrad, Höhe?* Er hält angestrengt weit vorne Ausschau nach Telefonmasten, Wachtürmen, jeder Art von Hindernis über dem Dunst, in das er in einem einzigen unachtsamen Moment hineinrasen kann...

Faqus! Da ist es, Hütten, Straßen, der Kanal, die Sandpiste, alles an seinem Platz. Die Zeit stimmt, gute Navigation. Vor ihm am Himmel kein Anzeichen einer MiG auf Patrouillenflug. In Ordnung, Handzeichen zu den anderen, Vollgas, *steigen*! Und da tauchen unter ihm Hangars in Tarnfarben, Kontrolltürme, Kasernen, Flugzeuge auf dem Rollfeld auf, eine Teleobjektivaufnahme, die lebendig wird. Die Abfangjägerbasis Inchas hat eine irritierende Ähnlichkeit mit Tel Nof. Ein Luftwaffenstützpunkt ist ein Luftwaffenstützpunkt.

Nachbrenner lassen die Maschine in die Höhe schießen wie eine Mörsergranate, in den Ohren knallt es dumpf, der Steigungsmesser rast nur so im Kreis. Drei-, vier-, fünftausend Fuß klettert die Maschine in einem tumultartigen steilen Steigflug in den Himmel. Sechstausend Fuß! Die anderen sind neben ihm. Was nun folgt, ist reine Routine. Benny Luria stürzt sich in einen aufheulenden Salto, Erde und Himmel drehen sich um ihn, und als er das Flugzeug abfängt, ist seine Schnauze direkt auf die vollbesetzte Hauptstartbahn gerichtet.

Er drückt es in einen steilen Fünfunddreißig-Grad-Winkel, legt die Schalter für die speziellen Rollfeldzerstörungsbomben um und taucht hinab. Unter ihm setzt sporadisches Flakfeuer ein: gelbe Blitze blinken, rote Leuchtspurgeschosse steigen auf. Die aufgereihten MiGs in seinem Gesichtsfeld werden immer größer. Was für eine verlockende Ernte! Aber nicht bei diesem Einsatz. Unten flitzen wild kleine Gestalten hin und her. Unablässig Korrekturen am Kontrollpult, damit der Sturzflug direkt, *direkt* ausgeführt wird. Der Höhenmesser dreht sich, geht auf zweitausend Fuß runter. Er löst die Bombe, fühlt den leichten Ruck, stürzt weiter nach unten, zieht dann die Maschine durch dichter werdende Detonationen von Flugabwehrgeschützen nach oben. Er legt die Schalter von Bombenabwurf auf Bordwaffenbeschuß um, geht auf geraden Kurs und schwenkt dann nach links, fliegt im Sturzflug hinter den hohen Hangars herum, um die Kontrollsperre für Flakfeuer zu durchbrechen. Ein schneller Seitenblick, *o ah*! Schwarze Rauchsäulen schießen da hinten zum Himmel! Die *papam*-Bomben haben ganze Arbeit geleistet, bei Gott...

Diese Bomben sind ein Eigenprodukt. Während sie fallen, entfaltet sich ein Schirm, der den Fall verlangsamt. Durch eine automatische Kontrollvorrichtung wird die Bombe in der richtigen Neigung für einen maximalen Bodeneinschlag ausgerichtet, eine Raketenladung treibt sie tief unter den Macadam, dann sprengt ein Zeitzünder ein riesiges Loch hinein. Jahre israelischer Innovationstechnologie stecken in diesen geschichtsträchtigen Sekunden...

Die anderen schließen sich zu einem geordneten Steigflug an und wenden. Die vier Flugzeuge bilden einen Halbkreis um den Stützpunkt. Durch den aufsteigenden Rauch hindurch können sie die zerstörten, nutzlos gewordenen Startbahnen mit pockennarbigen schwarzen Kratern, aus denen Flammen aufflackern, erkennen. Die Luftwaffe in Inchas ist nun am Boden festgenagelt, sitzt hilflos in der Falle.

Und jetzt Bordwaffenbeschuß im Tiefflug! Luria geht in einem flachen Winkel, zehn Grad, mehr nicht, nach unten. In maximaler Entfernung eröffnet er mit Bugkanone und Maschinengewehren das Feuer auf die MiG in seinem Gesichtsfeld, während sein Flugzeug bockt und rattert. Der Feuerstrahl durchbohrt die MiG, und sie explodiert in einer rotschwarzen Wolke aus Qualm und Flammen. Nicht wie ein Sieg in der Luft; aber doch ein gewisses Spektakel! Was für ein Anblick, was für ein Lohn! Ein russischer Kampfbomber nach dem anderen, am Himmel der Mirage mehr als ebenbürtig, steht nun als bewegungsloses Opfer am Boden und fliegt unter Lurias Beschuß in die Luft. Er zählt grimmig mit: noch einer und wieder einer, alles sichere Treffer, sie explodieren vor seinen Augen, ohne daß er sie noch einmal anfliegen muß. Das da sind Abfangjäger in permanenter Alarmbereitschaft. Gut möglich, daß die Piloten drinsitzen und in Flammen aufgehen ... eine teuflische Vorstellung, aber weiter mit der Mission. Erster Tiefflugangriff beendet. Der Befehl lautet, sie dreimal mit Bordwaffenbeschuß zu überziehen und dann abzudrehen, Minuten bevor die zweite Staffel eintrifft.

Während er das Flugzeug zum nächsten Anflug herumzieht, formieren sich die anderen, offensichtlich unversehrt bis jetzt; soweit er sehen kann, hat kein Rumpf auch nur einen Einschuß abbekommen. Das Sperrfeuer der Flugabwehrgeschütze wird dichter, rote Leuchtspurgeschosse und schwarze Schwaden wirbeln an Lurias Cockpit vorbei. Doch die israelische Taktik steht unverrückbar fest: die Flugabwehrgeschütze ignorieren, die Landebahnen zerstören, dann die Flieger. Während Luria zum zweiten Tiefflugangriff in Sinkflug geht und sich dem rauchenden, brennenden Stützpunkt nähert, bemerkt er, daß auch die anderen drei Piloten reichlich Treffer erzielt haben. Mit einem schnellen Blick zählt er achtzehn, neunzehn, zwanzig geschwärzte, in Flammen stehende MiGs dort unten!

Jede Menge Ziele sind noch übrig, und während er eine MiG nach der anderen in die Luft jagt und in einem bleichen, sonnenbeschienenen Blitz auflodern läßt, muß er an die französischen Experten denken, die behaupteten, daß eine Kanone nicht das richtige für eine Mirage wäre, veraltet, und daß Raketen die geeignete Bewaffnung wären. Manche Experten! Was diese Bugkanone zusammen mit den furchterregenden 30-Millimeter-Maschinenkanonen, die tausend Geschosse pro Minute ausspucken, für Verwüstungen anrichtet! Luria gehörte zu diesem israelischen Team, das die französischen Ingenieure überstimmte: Tolkowski, Weizman, Hod, großartige Flieger, große Israelis. Eine großartige Entscheidung!

Benny steigt über die Qualmsäulen, kann jedoch kein Anzeichen für das Herannahen der zweiten Welle erkennen. Kommandoentscheidung: Wenden und erneut im Tiefflug unter Beschuß nehmen.

Die Zerstörung vervielfachen, diese Bedrohung für die Heimat der Juden vernichten. Nur der Treibstoff setzt Grenzen. Er vollführt noch zwei weitere flache Angriffssturzflüge in den Qualm und das Feuer der Flugabwehrgeschütze, das nun sporadisch und chaotisch ist, dann führt Luria seine «Jungs» im Steilflug auf zehntausend Fuß. Es gibt keinen Grund, sich auf dem Rückflug durch die dicke Luft über Meereshöhe zu plagen.

In dieser Höhe bietet sich ein großer Teil des fruchtbaren grünen Niltals, die graue Ausdehnung Kairos auf beiden Seiten des Flusses mit den spielzeugkleinen Pyramiden und der Sphinx daneben, das gesprenkelte Delta, das blaue Meer dahinter und der braune Wüstensand, der sich nach Osten zum Suezkanal hin erstreckt, seinen Blicken dar. Schwarze Rauchsäulen, die hoch in die klare Morgenluft aufschießen, legen Zeugnis vom Geschehenen ab. Abu Sueir, Fayid, Kabrit, Kairo West, sie alle stehen in Flammen wie Inchas. Ein Gedanke schießt ihm durch den Kopf und erschüttert ihn: *Bei Gott, es ist wie die Schlacht bei den Midway-Inseln!*

Benny hat alle historischen Luftangriffe studiert, und das Bild der Midway-Inseln, die zerstörten japanischen Flugzeugträger, die auf dem Meer verstreut in Flammen stehen und die düsteren Flammen- und Rauchzeichen ihrer eigenen Opferung zum Himmel senden, hat sich seiner Erinnerung tief eingeprägt; eine verheerende Katastrophe, die innerhalb von fünf niederschmetternden Minuten das Kriegsglück und den Lauf der Geschichte wendete. «Elohim, wir haben den Krieg gewonnen», ruft er lauthals und schlägt mit der Faust auf die Kuppel des Cockpits. «Wir haben *gesiegt*!» Er wirft einen Blick auf die Uhr. Vom Beginn bis zum Ende haben sie sieben Minuten über Inchas verbracht. Er greift nach dem Mikrophon und durchbricht die Funkstille. Warum auch nicht jetzt?

«Tabor, Tabor, hier ist Steinschleuder zwei, wir sind auf dem Rückflug von Sonnenblume ...»

Lurias jubelnde Stimme hallt, durch Lautsprecher verzerrt, in der unterirdischen Kommandozentrale der Luftwaffe wider. Uniformierte Mädchen mit Kopfhörern kritzeln aufgeregt mit orangefarbenen Fettstiften auf eine gläserne Trennwand.

«Und jetzt Inchas!» ruft Dayan Rabin zu, während beide lächeln und sich staunend die Hände schütteln. «Wenn das alles stimmt, Jitzhak, dann macht das bis jetzt einundsiebzig zerstörte Flugzeuge, allein schon während der ersten Angriffswelle!»

Rabin zieht tief an einer Zigarette. Im Aschenbecher auf seinem Sessel häufen sich Kippen. Die tödliche Spannung in der unterirdischen Kommandozentrale läßt nur langsam nach. «Selbst wenn nur sechzig Prozent davon zutreffen, ist es ermutigend.»

«Zeichen und Wunder!» sagt Ezer Weizman, der ehemalige Luftwaffenchef, jetzt Rabins Operationsleiter, von einem Ohr zum anderen grinsend. «Die Jungs hören sich mit ihren verrückten Zahlen an wie arabische Piloten, aber wer weiß?»

Motti Hod trinkt aus einem riesigen, hochgehaltenen Wasserkrug. Er stellt ihn mit einem vernehmlichen Plumps ab und hebt die Hand. Der Tumult unter den Offizieren in dem Raum verebbt. Die herein- und hinauseilenden Offiziere bleiben stehen, wo sie gerade sind. Der Luftwaffenchef dreht sich zu Rabin um, der direkt hinter ihm sitzt. «In Aktion ist Benny Luria absolut kaltblütig», bellt er beinahe. «Sein Bericht ist glaubwürdig! Tatsächlich –» er zeigt mit einer Hand auf die orange markierte Trennwand – «könnt ihr alle diese Zahlen glauben. MOKADE läuft nach Plan.»

Pasternak, der neben Rabin sitzt, sagt: «Ich glaube ihm.»

«Ich muß grünes Licht für die Operation ROTES SEGEL geben.»

«Unbedingt», sagt Dayan. Er wendet sich an Pasternak. «Sam, ruf die Kommandanten des nördlichen und des Zentralsektors an. *Kein Einmarsch* in Syrien oder Jordanien, selbst wenn das Feuer auf uns eröffnet wird.»

«Mosche, das sind doch ohnehin ihre Befehle.»

«Ja, ja, aber die syrische Armee wird unweigerlich das Feuer eröffnen, vielleicht auch Jordanien. Wenn erst einmal eine unserer Einheiten die Grenze überschritten hat, ist es zu spät, sie zurückzubeordern. Wir erwidern das Feuer, aber ohne vorzurücken.»

«Ja, Mosche.»

«Und erstatte unverzüglich Abba Eban Bericht über die Ereignisse. Die politische Situation hat sich bereits verändert. Und natürlich auch Eshkol.»

Wieder setzt Dayan sich über das Protokoll hinweg und fällt in ihre frühere Beziehung aus Kadesch-Zeiten zurück, als Pasternak sein Stellvertreter war. Pasternak stört das nicht, auch wenn sie inzwischen jahrelang getrennte Wege gegangen sind, seit Mosche sich wenig erfolgreich in der Politik versucht hat. Dem beleibten, kahl werdenden Dayan haftet an diesem Morgen ein neues, majestätisches Gebaren an. Wenn man ihn ansieht, könnte man meinen, er sei nicht der Verteidigungsminister, sondern der wahre Premierminister. Die Nummer eins.

«Ben Gurion auch?» fragt Sam.

Dayan zuckt die Achseln. «Wie du meinst. Und jetzt kommt alles auf die Reaktionen der Araber an. Ich will wissen, was Radio Kairo und die anderen verlauten lassen. Und die Führer werden telefonieren oder per Funk miteinander Verbindung aufnehmen. Hört ihr sie ab?»

«Sie werden überwacht. Du bekommst alle halbe Stunde eine Zusammenfassung. Besondere Meldungen sofort.»

Dayan nickt und wendet sich ab. Pasternak schließt hinter sich die Tür zu einem Vorzimmer und tätigt die Anrufe. Durch das Fenster kann er sehen, wie die Mädchen einen Bericht über den Angriff auf Kairo West aufschreiben.

«Ich bin mitten beim Anziehen», sagt Levi Eshkol, «Aber sprich weiter, sprich weiter, du klingst so gutgelaunt ... Oi, wirklich? Sam, Sam, *mi darf makhen shekyanu* [da muß ich einen Segen für gute Nachrichten aussprechen]! Soll ich zur Kirya hinunterkommen? Ich warte lieber noch eine Weile. Hast du Abba Eban angerufen?»

«Das mache ich als nächstes.»

«Ja, ja, er muß sofort unsere Leute in Washington und New York unterrichten. Er wird sie mitten in der Nacht wecken, aber das ist es wohl wert, hm? Sie können sich auf einen Riesenwirbel gefaßt machen. Glückwünsche an Motti von mir! Ach, Sam! Wenn es nur so endet, wie es begonnen hat! Und hör zu, *ruf Ben Gurion an*. Er hat ein Recht darauf.»

Das ist typisch Levi Eshkol, denkt Pasternak; voll Rücksicht für den großen alten Mann, der einst sein Chef war und jetzt sein gehässigster Kritiker ist. Er ruft zuerst Ben Gurion an, dann den Außenminister.

Gorodish taucht aus seinem Anhänger auf. «ROTES SEGEL!» brüllt er seinem Fernmeldeoffizier in dem Halbkettenfahrzeug zu, das mit Antennen gespickt ist. «Alle Funknetze in Betrieb setzen und Befehle weitergeben!»

Läufer mit versiegelten Umschlägen schießen inmitten des dröhnenden Krachs von Auspuffausstößen und Lautsprecherplärren durch die dichtgedrängten Reihen der Panzer. Tarnnetze werden abgenommen, die Besatzungen schwärmen in die Luken, Gefechtstürme schwenken hin und her, Geschützrohre gehen hoch und nieder, und die Panzer setzen sich in Bewegung. Kommandanten mit Helm geben, halb unsichtbar hinter aufgewühlten Staubwolken, mit Flaggen Zeichen.

Jossi Nitzan führt seine Kommandogruppe, einen Zug Centurions mit Halbkettenfahrzeugen und Jeeps, zu einer Stellung in der Nähe der Grenze, ein bloßer Drahtzaun, der durch den flachen Sand gezogen ist. Die lange Kolonne von Gorodishs Brigade rollt mit den Pattons an der Spitze heran, die Ketten klirren, Sand zischt durch die Luft. Ehud Elad schreit aufrecht in seinem Turm stehend in sein Helmmikrophon, während sein Panzer den Zaun zermalmt. Als er Kischote in seinem Kommando-Halbkettenfahrzeug erblickt, winkt er und ruft ihm einen Gruß zu. In diesem Augenblick blitzt Feuer am Horizont auf, Sekunden darauf gefolgt vom dumpfen Rumoren schwerer feindlicher Artillerie. Die Überraschung des Luftangriffs ist dahin, und wie Tal tausendmal sagte, die Panzer müssen den Grund und Boden erobern, um einen Krieg zu gewinnen.

Schaijnas kanadischer Verehrer fährt sie zum Busbahnhof in Jerusalem, als ein furchterregendes, klagendes Heulen die Luft erfüllt. «Was ist das denn?» ruft sie aus.

«Das sind die Ägypter», antwortet Aryeh sofort. «Sie greifen Jerusalem an.»

Sie hält ihn auf dem Rücksitz eng umschlossen. «Hab keine Angst, Aryeh.»

«Ich? Ich fürchte mich nicht vor Ägyptern.»

«Schalt das Radio ein, Paul.»

Die Hochzeit einer Freundin aus Kindertagen, heute wie sie selbst beinahe eine alte Jungfer, hat Schaijna nach Jerusalem geführt, und nun wollen sie und Aryeh den Bus nach Haifa zurück nehmen. Die Nachrichten beginnen gerade.

«Die Stimme Israels aus Jerusalem. Es ist zehn Uhr. Heute morgen um sieben Uhr fünfundvierzig hat die ägyptische Luftwaffe erneut den israelischen Luftraum verletzt. Die Luftwaffe hat sie zurückgeschlagen, und alle unsere Flugzeuge sind unversehrt zurückgekehrt. Alle Truppen bleiben in höchster Alarmbereitschaft.»

Auf die restlichen Nachrichten, die kurz und harmlos sind, folgt eine Werbung für ein alkoholfreies Getränk, die Paul abstellt. «Klingt nicht direkt nach Krieg!» ruft er über das andauernde Sirenengeheul hinweg. «Oder?»

«Nein. Vielleicht testen sie die Sirenen. Fahren wir weiter.»

Auf der Jaffa Road sind die meisten Läden verrammelt, und der übliche Lastwagenstau fehlt, denn die mobilisierten Lastwagen des Landes sind an die Grenzen abgezogen. Durch das Heulen der Sirenen hindurch sind entfernte Einschläge zu hören. «Hör dir das an!» ruft er aus. «Vielleicht ist es ja auch ein Luftangriff.»

«Das ist Artilleriefeuer!»

«Artillerie!» Das fleischige, schwarzbärtige Gesicht dreht sich zu ihr um. «Du meinst, Jordanien greift uns an?»

Schaijna konstatiert sein Zugehörigkeit ausdrückendes «uns». «Es sieht ganz so aus.»

«Vielleicht solltest du besser nicht ausgerechnet jetzt nach Haifa zurückkehren, Schaijna. Die Straßen werden mit Militär verstopft und gefährlich sein. Du kannst mit Aryeh in meiner Wohnung wohnen. Ich werde in der Jeschiwa schlafen.»

«Warum? Wenn es sein muß, wohnen wir bei meiner Mutter.»

«Ganz schön eng in dem einen Zimmer.»

«Wir in Jerusalem sind einfache Leute.»

Weit weg ist eine Explosion zu vernehmen, Rauch steigt auf. Noch mehr Einschläge, die Sirene heult noch immer. Aryeh sagt: «Wir werden die Jordanier schlagen. Wir werden alle Araber schlagen, die uns angreifen.»

«Wir wollen zur Wohnung meiner Mutter fahren, Paul.»

«In Ordnung.»

Schaijnas Mutter lebt in einem arabischen Haus mit dicken Mauern in einem alten religiösen Stadtviertel. Der Ezrakh gestattet ihr, einmal in der Woche zu ihm hinunterzukommen, um sein Sabbatmahl zu kochen und sein Kellerloch zu säubern, das vom Boden bis zur Decke mit dicken Wälzern angefüllt ist. Die älteren Frauen in ihrer ärmlichen Nachbarschaft beneiden und verehren sie tief darum. Paul biegt in eine Nebenstraße ein, wo sich lachende Kinder vor dem Eingang zu einem Luftschutzraum aufstellen. «Schaijna, was kann ich tun, wenn Krieg ist, wie kann ich mich nützlich machen?»

«Jeschiwa-Jungen studieren einfach weiter die Thora.»

«Ich bin kein Junge.»

Sie erhebt ihre Stimme, um die Sirene zu übertönen. «Es gibt einen Witz über Jeschiwa-Studenten zu Kriegszeiten, Paul. Als die Bombardierung beginnt, rennt der Oberrabbiner in die Beit Midrasch und schreit: ‹Was ist los mit euch Burschen? Es ist Krieg! Tut etwas! *Zug tillim* [Rezitiert Psalmen]!›»

«Haha! Nicht schlecht.»

«Wenn du dich wirklich verpflichten willst, kann ich dir sagen, wohin du gehen mußt.»

Das Sirenengeheul erstirbt. Das Artilleriegrollen wird lauter. Mit einem Schlag ist die Hamtana vorüber, und es herrscht wieder Krieg! Beim erstenmal war sie ein kleines Mädchen, beim zweitenmal kam sie beinahe um vor Sorgen wegen Jossi Nitzan von den Fallschirmjägern. Nun ist er ein hochrangiger Panzeroffizier, und auch wenn sie seinen Sohn umarmt, beabsichtigt sie, ihn aus ihren Gedanken zu verbannen. Er kann sich um sich selbst kümmern, und wenn nicht, Pech für ihn, Pech gehabt! Yaels Mann geht sie nichts an, und damit basta.

Als das Auto vor dem Haus ihrer Mutter anhält, läuft ein dicker kleiner Mann mit Stoppelbart, Blechhut und roter Armbinde auf sie zu und schwenkt schreiend einen Knüppel zu dem Kanadier hin.

«Was will er denn, Schaijna? Mein Hebräisch ist nicht gut.»

«Das ist Chaim, der Luftschutzwart. Er hat sich sehnlichst einen Krieg gewünscht, und jetzt ist er glücklich.» Sie gibt Chaim eine scharfe Antwort, woraufhin er murrend abzieht.

Paul sagt: «Also, wohin muß ich mich wenden?»

Sie erklärt es ihm und fügt hinzu: «Vermeide die Hauptstraßen, Paul, dort wird Militärverkehr sein. Das Rekrutierungsbüro ist im zweiten Stock, über dem Restaurant.»

«Verstanden.» Er fährt ab.

Die Tür zur unbelüfteten Wohnung des Ezrakh, die halb unter Straßenniveau liegt, steht offen. Schaijna kann sehen, wie er sich, in Hemdsärmeln und angetan mit einem langen Tallit, über einem kleinen Büchlein wiegt. Der Gesang ähnelt nicht seinem üblichen Talmud-Singsang. Der Ezrakh rezitiert Psalmen. Schaijna kennt das Buch der Psalmen auswendig, und in der Wohnung ihrer Mutter murmelt sie ungewollt ein paar Psalmen für diesen vorwitzigen Soldaten, der sie nichts angeht, Don Kischote.

37
Die Straße nach El Arish

General Tals Aufgabe an diesem ersten Tag besteht darin, die geteerte Küstenstraße am Mittelmeer, die von Gaza nach El Arish führt, einzunehmen und zugleich alle feindlichen Kräfte im Norden zu vernichten, auf die er stößt. Denn nach Ablauf eines Kampftages wird seine «stählerne Faust» aus Panzern, wie er sie gerne nennt, einem gigantischen Aufziehspielzeug gleichen, das abgelaufen ist und mit Treibstoff und Munition von der Versorgungskolonne wieder aufgezogen werden muß, bevor sie wieder einsatzfähig ist. Doch diese «weichen» Maschinen können Sand und Gestrüpp nicht durchqueren wie Panzer, daher ist die Straße ein absolut vorrangiges, lebenswichtiges Zielobjekt; der einzige Weg für die mit Gummireifen ausgestattete Nachschubkolonne, um die felsigen Einöden und die hohen, weichen Dünen zu passieren, und der einzig sichere Weg durch die Minenfelder.

El Arish selbst, die hübsche Hauptstadt des Sinai am Meer mit ihren mächtigen Verteidigungsanlagen und einem bedeutenden Flughafen, liegt etwa fünfundsechzig Kilometer von Tals Ausgangspunkt entfernt. Tal beabsichtigt, eine Bresche in die harte Schale der feindlichen Grenzstellungen zu schlagen und diese für einen Vorstoß Richtung El Arish zu nutzen. Aber es am Tag eins erreichen zu wollen, wäre unrealistisch. Die Küstenstraße ist durch eine Reihe von Verteidigungsstellungen blockiert, das beginnt in der Nähe der Grenze mit dem nördlichen Anker der ägyptischen Frontlinie, dem Knotenpunkt Rafah, der mit einer ganzen Panzerdivision bestückt ist; und dieser gewaltige Igel überzieht die Straße vom Meer bis zu den unüberwindbar hohen Dünen mit Artilleriefeuer, Panzerfallen, Schützengräben und Minenfeldern.

Gut dreißig Kilometer hinter Rafah liegt eine zweite einschüchternde Barriere, der langgezogene Fehdehandschuh des Jeradi-Passes, der sich über viele gewundene Kilometer durch hoch aufragende Dünen und zerklüftetes Gelände hinzieht; ein tödliches Terrain, gespickt mit noch mehr Minenfeldern, Panzerabwehrgeschützen, getarnten Panzern und befestigten Schützengräben. Nach weiteren sechzehn Kilometern erreicht man El Arish, doch auf dem ganzen Weg dorthin befinden sich noch mehr Schanzanlagen, die während der Hamtana ausgebaut wurden.

Tals Streitmacht ist die stärkste, die Israel ins Feld schicken kann. Wenn sie gestoppt oder zurückgeworfen wird, kann der überwältigende Luftsieg noch immer durch diese Schwäche am Boden, die vor den Arabern, den Russen und den feindseligen Vereinten Nationen zur Schau gestellt wird, geschmälert oder gar zunichte gemacht werden. Er wird daher soweit wie möglich nach El Arish vorrücken, gegen alle Wahrscheinlichkeit und um jeden Preis.

Als Kischote in seinem Halbkettenfahrzeug stehend Ehud Elads Pattons in einer langen gewundenen Kolonne, die soviel Staub aufwirbelt, daß die niedrig stehende Sonne verschleiert wird, vorbeirumpeln sieht, weckt dieser Anblick zugleich erhebende wie beunruhigende Gefühle in ihm. Ein großartiges Bild geben sie ab, diese amerikanischen Panzer, die viele Minuten lang vorbeiklirren, mit begeisterten Jungs in grüner Felduniform bemannt, die noch keine Schlacht erlebt haben. Eine schnittige Linienführung haben diese Pattons. Niedriges Profil, weiche Federung, ein fabelhaftes Fahrgefühl, ein schneller Panzer, aber die Benzinmotoren bergen ein schlimmes Brandrisiko in sich, und die Pattons haben eine zu geringe Feuerkraft; sie können bei Schußwechseln über große Distanzen mit T-55 oder Stalin-3 nicht bestehen und zurückschießen. Sie müssen sich etwas einfallen lassen, um näher an den Feind heranzukommen, oder aber ihn überrumpeln. Doch wenn überhaupt jemand die Nerven und das Geschick für derartige Hasardeurmanöver hat, dann ist das Ehud Elad.

Nach den Pattons walzen die Centurions des 82. Bataillons vorbei, unverkennbar britisch mit dem bodenständigen Anblick, den ihre hohen Rümpfe und Türme aus Gußstahl bieten. Diese großen Kanonen kommen der Sache schon näher. Vor Jahren waren die Centurions bei den Panzerführern verhaßt; sie seien ungeeignet für einen Wüstenkrieg, so klagten sie, immer versandeten sie, brachen zusammen, warfen ihre Ketten ab und wurden so heiß, daß man die Besatzung lebendig darin kochen konnte. Israel Tal und andere Führungsoffiziere wie Gorodish, Elad und Nitzan haben eiserne Regeln für die Instandhaltung aufgestellt und Fehler mit harten Strafen belegt. Heute funktionieren die Centurions gut, und ihre Besatzungen sind glücklich, werden gar beneidet.

Tals eisige und scharfe Stimme durchschneidet das Gemurmel auf dem Kommandofunk in Kischotes Kopfhörern.

«Gorodish, warum dauert es so lange?»

Gorodishs rauhe und gequälte Stimme: *«Schmale Achse, viele Hindernisse.»*

«Gorodish, brechen Sie durch! Das ist erst der Anfang!»

«In Ordnung.»

Kischote erkennt, daß die Operation bereits in der ersten halben Stunde chaotisch wird. Wie Tal es vorhergesagt hat, läuft kaum etwas nach Plan. Berichte über Bataillone ohne Kampferfahrung, die in den gewundenen Straßen und Sackgassen der ersten Dörfer, auf die sie gestoßen sind, unter Beschuß umherirren, gehen ein. Diese Labyrinthe, die gebaut wurden, um eindringende Reiter zu verwirren und abzuhalten, erfüllen ihren Zweck offenbar genausogut bei Panzern. Kischote kann durch sein Fernglas ein festgefahrenes Durcheinander von Centurions erkennen und beschließt, etwas zu unternehmen.

«Los geht's!» Er hält eine Flagge hoch, um seine kleine Kommandogruppe hinter seinem Halbkettenfahrzeug zusammenzutrommeln. Nachdem sie sich zwischen Höckerhindernissen und im Zickzack verlaufenden Schützengräben hindurchgeschlängelt haben, nehmen sie durch bestellte Felder Kurs auf das Gedränge von Panzern außerhalb des nächsten Dorfes. Kischote sieht keine Möglichkeit, sich an dem Fahrzeugstau vorbeizudrängen. «Brich hier durch», befiehlt er seinem Fahrer und zeigt dabei willkürlich auf eine Lehmmauer. Man muß einen chirurgischen Eingriff machen, denkt er, und sehen, was innerhalb der Mauern vor sich geht. Mit einem überraschten Blick und einem Grinsen, bei dem seine Goldzähne aufblitzen, läßt der dunkelhäutige, kleine jemenitische Stabsunteroffizier den Motor aufheulen. Krach! Inmitten eines Trümmerregens befindet sich das Halbkettenfahrzeug in einem schummrigen Durchgang mit niedrigen Häusern, einer Sackgasse, die verstopft ist mit festsitzenden, brummenden Centurions.

«Zum Teufel noch mal!» bellt Kischote einen Panzerhauptmann an, der in seinem Geschützturm steht und über den verdreckten Oberstleutnant, der vor ihm hereingeplatzt ist, hinwegsieht. «Vorwärts! Reißt dieses Haus ein!»

Der Hauptmann ruft etwas von Anweisungen, daß keine Zivilisten verletzt werden sollen. Kischote springt mit der Pistole in der Hand auf die Straße, schießt in das nur aus einem Raum bestehende Haus am Ende des Durchgangs hinein, das schäbig möbliert und offensichtlich leer ist, rennt dann nach draußen und gibt dem riesigen Panzer wütend Zeichen, vorwärts zu fahren. Mit dröhnendem Motor kracht er voran, das Haus stürzt ein, und Sonnenlicht fällt durch den Staub in die Gasse. Die nächsten Panzer folgen über die Trümmer hinweg, stoßen blaue Auspuffdämpfe im Sonnenschein aus, und die Fahrzeuge dahinter setzen sich in Bewegung.

In der Zwischenzeit kann Jossi aus der unablässigen Kakophonie in seinen Kopfhörern schließen, daß Tal und Gorodish immer mehr vom Plan abweichen, je weiter die Schlacht ihren Lauf nimmt, und daß das Centurion-Bataillon, das den Schlag gegen den Knotenpunkt Rafah führen soll, eine andere Richtung eingeschlagen hat. «*Gorodish, ich marschiere weiter nach Rafah*», funkt er verschlüsselt. Da er keine Antwort erhält, beschließt er dieses Schweigen als begeisterte Zustimmung zu interpretieren. Außerhalb des Dorfes sammelt er eine Kompanie Centurions, die ihm als Reservetruppe unterstellt sind. Aufrecht in seinem Halbkettenfahrzeug stehend ruft er mit hocherhobener grüner Flagge auf seinem Kommandofunk: «*Aharai!* [Mir nach!]» und steuert einen staubigen Pfad durch die Felder hinab, der zur Überlandstraße führt.

Eine Viertelstunde später funkt er von der verlassenen Eisenbahnstation in Rafah aus, einem ersten Schlüsselziel direkt hinter der Grenze zwischen dem Gazastreifen und dem Sinai. «*Gorodish, ich habe den Vatikan eingenommen und erwarte Befehle.*»

Gorodishs durch das laute Rauschen nur schwach vernehmliche Stimme antwortet: «*Wo bist du, Kischote? Im Vatikan? Jetzt schon?*»

«*Ja, im Vatikan. Ich habe ihn besetzt. Alle Panzer sind funktionsfähig. Kaum Opfer. Als der Feind uns bemerkte, sprangen sie aus ihren Gräben und rannten wie die Mäuse in die Wüste davon.*»

«*Verstanden. Kannst du irgendwelche Bewegungen im Kessel von Rafah ausmachen?*»

«*Nichts, es herrscht Totenstille.*»

«*Das wird sich bald ändern. Warte in Neapel auf mich.*»

Bald darauf stehen Gorodish und Kischote, beide staubbedeckt und schwitzend, nebeneinander unter dem Wasserturm auf einem Hügel mit dem Codenamen Neapel jenseits der Eisenbahnstation; es ist die höchste Erhebung innerhalb des Talkessels von Rafah, einer elf Kilometer breiten Wüstenschüssel, die sich vor dem dahinterliegenden Knotenpunkt verengt. Das gesamte Gelände, das durch das schwarze Band der Überlandstraße entzweigeschnitten wird, ist scheinbar ruhig und menschenleer. Gorodish zeigt mit einer kreisenden Armbewegung auf das Panorama. «Gott allein weiß, was wirklich da draußen steckt, Jossi. Diese verdammten Russen sind Weltmeister im Tarnen.»

«Na ja, wir werden sehen.»

Ein Zug von Jossis Centurions kriecht versuchsweise auf der Straße dem Knotenpunkt zu. Nach weniger als tausend Metern explodiert die Wüste um sie herum, überall Flammen, Detonationen, rote Leuchtspurgeschosse und heulende Granaten schlagen ein. Jossi ist nicht im mindesten überrascht, er stellt nur erleichtert fest, wie gut der intensive Drill sitzt. Die Panzer schieben sich eilig hinter Bodenfalten oder hohen Rizinuspflanzen in Deckung und erwidern das Feuer aus allen Rohren, wobei sie auf die Blitze verborgener Gewehre oder auf feindliche Panzer zielen, die ihre Tarnnetze abgeworfen haben und aus der Deckung hochkommen.

«Gute Jungs», ruft Gorodish über das Getöse hinweg. «Sag ihnen, sie sollen den Rückzug antreten, Jossi, der Aufklärungstrupp hat gute Arbeit geleistet, auf dieser sandigen Anhöhe hat die Hauptabwehr des Feindes Stellung bezogen.»

Während die Patrouille ohne Verluste den Rückzug zur Centurion-Einheit am Fuß des Hügels antritt, sucht Kischote mit seinem Fernglas den ganzen Horizont um sich herum ab. Im Norden steigen hinter Neapel Staub, Rauch und Feuerblitze von der im Gang befindlichen Schlacht in den Gazadörfern auf; weit, weit im Osten erkennt man die aufsteigenden Staubfahnen von Raful Eitans aus Panzergrenadieren bestehender Fallschirmjägerbrigade, die sich von Israel direkt durch die Wüste zum Knotenpunkt von Rafah durchschlägt und deren Aufgabe es ist, ihn mit Unterstützung von Tals Panzern zu erobern und zu sichern; und vom Meer her kommen soeben an der Küstenstraße Ehud Elads Pattons in Sicht, bei Gott! Letzten Endes funktioniert der Plan also mehr oder weniger.

«Hören Sie zu, Gorodish! Ehud und ich können uns allein hinter diesen Knotenpunkt durchschlagen», sagt Jossi. «Schicken Sie ihn mit mir los, und wir werden ohne Unterstützung weiterrücken.»

«Bei deinem Leben, nein. Ein feindliches Nest von dieser Stärke im Rücken zurücklassen? Wir halten uns an den Plan. Ehuds Bataillon wird diese Blockadetruppe angreifen und zerstören, bevor wir weiter vorrücken.»

«Und ich?»

«Du bist meine Reserve hier. Wenn Ehud Schwierigkeiten hat, setzt du dich auf meine Anordnung hin in Bewegung.»

Ehud Elads Angriff auf die Anhöhe verläuft schulbuchmäßig: Eine Kompanie attackiert frontal, um den Beschuß auf sich zu ziehen, zwei Kompanien schlagen einen Haken, um den Feind von hinten zu überrumpeln und zu vernichten. Elad führt unweigerlich selbst den Frontalangriff. In der Regel hält man Bataillonskommandeure von solchen Einsätzen ab, doch Gorodish hat keine Einwände erhoben; nicht bei Ehud Elad.

In Jossis Fernglas taucht Ehud auf, eine verkleinerte, von Regenbogenfarben eingefaßte Gestalt, die wie üblich weithin sichtbar auf dem Geschützturm die Panzerkompanie den sandigen Hang zum Kamm hinaufführt. *(Runter, Ehud, bei deinem Leben, geh runter!)* Vom gesamten Grat herab feuern feindliche Panzer und Panzerabwehrgeschütze auf die vorrückenden Pattons und fahren auf sie zu. Doch die Ägypter können nicht – wie Jossi von seinem günstigen hohen Beobachtungspunkt aus – Elads zwei andere Kompanien in ihrem Rücken sehen, eine Reihe von weit mehr Pattons, die Seite an Seite über den Kamm der extrem hohen, weichen Dünen vom Meer her kriecht.

Aber Ehuds Panzer, die sich im Frontalangriff hocharbeiten, werden getroffen und gehen in Flammen auf... einer, ein zweiter, ein dritter... der Anblick schmerzt und entsetzt Jossi. Er kann die Hitze dieses plötzlichen Feuerausbruchs beinahe spüren. Nach Jahren des Drills und der Manöver wird es nun blutiger Ernst! Besatzungsmitglieder klettern aus den brennenden Panzern und werden von über ihnen abgefeuerten Maschinengewehrsalven empfangen; schnell lassen sie sich zu Boden fallen, vielleicht unverletzt, vielleicht verwundet; aber ein paar werden möglicherweise lebendigen Leibes im Innern geröstet, gefangen im rotglühenden Stahl! Als Panzerausbilder und nun als stellvertretender Brigadekommandeur hat Jossi wieder und wieder Übungen zur Feuerbekämpfung und Flucht vor dem Feuer angeordnet. Manchmal ist er in Schweiß gebadet aus einem klaustrophobischen Alptraum erwacht und hat Gott gedankt, daß er im Bett liegt und nicht in einem brennenden Panzer steckt. In solchen dunklen Stunden hat er es bedauert, die Fallschirmspringer verlassen zu haben, aber bei Tag nie. Je besser er die Panzer kennt, um so mehr glaubt er, daß sie Israels Kriege entscheiden.

Wann werden diese herannahenden Pattons das Feuer eröffnen? Erst die Reihen schließen, schon, so lautet die Vorschrift! Aber Ehuds Truppe muß so viele Treffer einstecken, und wenn Ehud selbst –

Ein Donnergebrüll! Die ganze Reihe der Pattons, die über die Dünen heraufzieht, feuert wie aus einem Rohr, so daß die flachen Hügel davon widerhallen. Auf der ganzen Anhöhe gehen russische Panzer in Flammen auf; acht, neun, *elf*, sind außer Gefecht und rauchen – was für ein Schlag! Wie die überraschte feindliche Formation auseinanderbricht! Die unbeschädigten Panzer und die Geschütze mit Eigenantrieb wanken hierhin und dorthin, manche stürzen sich hügelabwärts, manche fallen außer Sicht, Besatzungen verlassen die brennenden Panzer im Laufschritt! Immer wieder feuern die nachrückenden Pattons auf ihrem Vormarsch, treffen noch mehr Panzer, während Ehuds Truppe sich immer noch den Hügel hinaufarbeitet und die verborgenen Soldaten, die aus den Schützengräben springen, mit Maschinengewehren niedermäht.

Gorodish legt Kischote einen Arm um die Schulter. «In Ordnung, wir haben sie in die Flucht geschlagen! Mach dich bereit, um zum Knotenpunkt aufzubrechen. Gott segne Ehud! Was für ein Löwe! Ich kann Raful nicht erreichen, deswegen weiß ich nicht, was er treibt, aber er ist im Anmarsch, das sehe ich von hier aus. Sobald Ehud seine Verwundeten geborgen hat, wird er nachfolgen, und ich werde mit ihm kommen.»

«Verstanden.»

«Wenn du erst einmal losmarschiert bist, Kischote, dann *bleib nicht mehr stehen*. Ich werde ein paar dieser Typen befehlen, sich dir anzuschließen, und den Rest in meiner Reserve behalten.»

«Diese Typen» sind eine lange, lange Reihe von Centurions, die soeben von der Durchbruchsaktion im Norden in Sichtweite kommen, ein ungeheuer erfreulicher Anblick. «Los!»

Bedrängt von Heckenschützen und getarnten Panzerabwehrgeschützen arbeiten sich Jossis Centurions mühsam Richtung Knotenpunkt voran. Sie stoßen auf weniger Widerstand als zuvor, doch nach sowjetischer Doktrin liegt mit Sicherheit ein zweiter Verteidigungsring vor ihnen. Er schickt eine Sondierungspatrouille zu den Kreuzungen vor und bittet Gorodish, die feindlichen Stellungen, die das Feuer eröffnen, mit einem Artilleriesperrfeuer einzudecken. Dann kommt das Signal, das Kischote ungeduldig erwartet: *«Durch den Knotenpunkt vorrücken!»*

Er flaggt das Signal, und seine Panzer beginnen die Kreuzungen zu überqueren, wo an einem großen Wegweiser zwei Schilder auf arabisch und englisch angebracht sind: SHEIKH ZWEID und EL ARISH. Was für ein merkwürdiger Mangel an Widerstand! Kein Laut ist abgesehen vom Klirren und Rumpeln der Panzer auf dem Pflaster zu hören; hat das Sperrfeuer den Feind gänzlich zum Verstummen gebracht?

Keinesfalls. Als beinahe die gesamte Kolonne den Knotenpunkt passiert hat, bricht ein Wirbelsturm von Geschützfeuer von allen Seiten auf die rollenden Centurions los: von den scheinbar kahlen Hügeln, von getarnten Schützengräben, von verborgenen Gewehren, ein Inferno aus Sprengstoff, Stahl, Blei und Flammen, das durch seine Heftigkeit und sein Ausmaß Konfusion stiftet und mit seinem plötzlichen, omnipräsenten Krach und Feuer Lähmung verbreitet. Panzer und Halbkettenfahrzeuge werden getroffen und stehen in Flammen. Ein Halbkettenfahrzeug überschlägt sich. Geschwärzte Besatzungen, manche mit brennender Kleidung, quellen aus den schwer ramponierten Fahrzeugen. Es kommt zu krachenden Zusammenstößen. Die Kolonne bleibt stehen. Kischote springt auf die Spitze seines Halbkettenfahrzeugs und sieht, daß seine Truppe vom einen bis zum anderen Ende in Auflösung begriffen ist. Die Centurions sind verzweifelte Elefanten, die hierhin und dorthin taumeln, und ihre langen Rohre hüpfen auf und ab wie nervös suchende Rüssel.

Jossi packt seinen Fahrer an der Schulter. «Fahr mich auf diese Erhebung hinauf.»

Während das Halbkettenfahrzeug einen Hang in der Nähe hinaufrumpelt, denkt Kischote, daß diese Jungen jetzt mit dem *Krieg* in

Reinform konfrontiert sind und daß Tals gesamter Angriff vielleicht an diesem unscheinbaren Schnittpunkt einer Sandpiste und einer geteerten Überlandstraße inmitten einer Einöde aus Sanddünen, denen die Winde des Sinai merkwürdige Formen verliehen haben, auf des Messers Schneide steht. Die Ägypter haben mit ihrem Beschuß den richtigen Moment abgewartet und lassen nun alles auf sie herabhageln, was sie haben. Der Knotenpunkt von Rafah ist für sie so lebenswichtig wie für General Tal. Was auch immer als nächstes geschieht, es hängt von Jossis Truppe ab. Soweit er es beurteilen kann, hängt davon der Ausgang des Krieges ab.

«In Ordnung, halt.» Die Erhebung in einer Krümmung des Knotenpunkts gibt den Blick auf die ganze ungeordnete Kolonne frei, und die Panzerbesatzungen werden Oberstleutnant Nitzans ansichtig, der inmitten des Pfeifens, Kreischens, des Kugel- und Granatenhagels auf seinem Halbkettenfahrzeug steht und seine Kommandoflagge hochhält.

«Hört zu, Leute, jetzt haben wir die Situation, für die wir immer trainiert haben», spricht er knapp und klar in sein Helmmikrophon. *«Israels Zukunft hängt nun von uns ab. Diese Kolonne wird weiterfahren. Wenn das Fahrzeug vor euch in Flammen steht, helft beim Löschen. Wenn das unmöglich ist, nehmt seine Besatzung auf und fahrt weiter. Laßt keine Verwundeten zurück. Nehmt wieder Aufstellung. Rückt wieder vor, volles Rohr auf alle Ziele. Wir stoßen um jeden Preis vor. Folgt mir.»*

Immer noch krampfhaft aufrecht in seinem Halbkettenfahrzeug, das er hinter den ersten drei Panzern in den Zug einreiht, beobachtet er, wie die Centurions sich zu einer Marschkolonne ordnen und unter schwerem Beschuß von allen Seiten vorrücken, Treffer kassieren, aber auch Geschütze und Panzer in Brand setzen, die kurz aus ihrem Versteck hochkommen, um zu feuern.

Im totalen Kampf verliert man das Zeitgefühl, und er kann nicht sagen, ob fünf Minuten vergangen sind oder zwanzig. Während die Kolonne durch die Dünen die Straße hinabzieht und das feindliche Feuer langsam nachläßt, fordert er Berichte über die Zahl der Opfer und das Ausmaß der Schäden an. Erst dann wirft er einen Blick auf die Uhr. Um elf Uhr sechsunddreißig gab Gorodish ihm den Befehl zum Losmarschieren. Der Minutenzeiger hat soeben elf Uhr vierundvierzig angezeigt. Acht Minuten sind vergangen. Jetzt führt er eine Truppe von Panzerveteranen. Hinter ihm liegen einige zerstörte Fahrzeuge, und in ihnen befinden sich einige Tote.

An einem Straßenschild mit der Aufschrift SHEIKH ZWEID KM 2 auf englisch und arabisch erspäht Kischote zum erstenmal die Staubwolke von Elads Pattons, die hinter ihm auf dem Sand heranrücken. Ehud befindet sich auf einem Parallelkurs mehr als eineinhalb Kilometer von seiner Kolonne entfernt, denn sonst könnten Israelis, wenn sie in ein Scharmützel mit feindlichen Panzern verwickelt werden, am Ende im Staub des Wüstenkampfgetümmels auf andere Israelis schießen, wie es bei KADESCH wirklich passiert ist.

Und kurz darauf trifft Kischote auf eine Kompanie riesiger Stalin-3, die die Straße außerhalb der befestigten Eisenbahnstation namens Sheikh Zweid bewacht. Es wird ein kurzer, erbitterter Langstreckenkampf in Wolken von Staub, und mit Stolz sieht er, wie seine Panzerführer nach bestandener Feuertaufe sich behende verstreuen, in Deckung gehen, sich gegenseitig auf Ziele hinweisen und die ägyptischen Panzer abknallen wie die Manöverzielklötze im Negev. Als zehn von ihnen in Brand gesetzt sind, klettern die Besatzungen der restlichen aus ihren Maschinen und fliehen in die Dünen; Kischote zählt elf gute Panzer, die verlassen am Straßenrand stehen, eine großartige Ausbeute für das Panzerkorps! Allerdings dürfte es schwierig sein, Besatzungen dafür zu finden. In diesen russischen Panzern ist es so eng, daß ihre Mannschaften fast schon Liliputaner sein müssen.

So kommt es, daß Ehud Elad vor ihm Sheikh Zweid erreicht. Die Pattons stehen weit und breit am Eisenbahnübergang, und die Männer sind bereits aus ihren Maschinen gestiegen und atmen tief frische Luft ein, nachdem sie Stunden in Maschinenabgasen und Geschützqualm ausgeharrt haben. Manche schlafen auf ihren Panzern, andere essen aus Blechnäpfen oder kochen über rußigen kleinen Feuern. Noch immer stöbern sie Ägypter in Schützengräben oder unter Panzern und Lastwagen auf, sie leisten keinen Widerstand und sind so entgeistert, als wären die Israelis vom Himmel herabgefallen. Gorodish sitzt, von den Stiefeln bis zum helmlosen Kopf staubbedeckt, mit auf die Stirn geschobener Schutzbrille in seinem Jeep und betrachtet eine Karte. «Was, elf unbeschädigte Stalin-3? *Kol ha'kavod*, Kischote. Die Russen sollen uns ruhig helfen, mit unserem Waffenbudget auszukommen! Du bist wie ein Wirbelwind durch den Knotenpunkt vorgerückt.»

«Ich habe ein paar schlimme Verluste erlitten.»

Gorodish nickt. «Ich bin gerade dabei, die Berichte einzuholen.»

Die führenden Offiziere beider Bataillone, manche davon blutbefleckt und bandagiert, versammeln sich um seinen Jeep. Ehud und Kischote fallen sich um den Hals und umarmen und küssen einander. «Bei Gott, du siehst ja übel aus», sagt Kischote.

«*S'ritot* [Kratzer]», erwidert Ehud mit einem schwachen, verzerrten Grinsen auf seinem übel zersäbelten Mund durch einen Verband hindurch. Eine Hand ist mit schwarzem Blut verkrustet, und durch den groben Verband sickert frisches rotes Blut.

Während einer nach dem anderen seine Verluste an Toten und Verwundeten und an zerstörten Panzern beziffert, wird Gorodishs Gesicht immer länger, und seine Stimmung sinkt. «Es war ein harter Kampf bis jetzt. Wir machen gute Fortschritte. Ich bin zufrieden. Ich werde jetzt Tallik Bericht erstatten. Wartet.» Er stapft zu dem Fernmelde-Halbkettenfahrzeug und kehrt wenige Minuten später mit triumphierender, beinahe strahlender Miene zurück. «Und nun hört mir mal zu», sagt er zu den Offizieren, springt mit jungenhaftem Schwung in seinen Jeep und richtet sich auf. «Es gibt Neuigkeiten. Aleph, die Luftwaffe hat den größten Sieg in ihrer Gechichte errungen. Die Meldung kommt direkt von Tallik aus Tel Aviv. Die ägyptische Luftwaffe existiert nicht mehr!»

Die Offiziere stimmen ein Freudengeheul an. Sie haben bruchstückhaft Berichte über den Luftangriff aufgeschnappt, aber sie wußten nur, daß bis jetzt keine Unterstützung aus der Luft eingetroffen war, wie es bei allen Kriegsmanövern vorgesehen war. Bis hierhin haben sie sich ausschließlich aus eigener Kraft vorgearbeitet. Gorodish fährt fort: «Die Syrer, Jordanier und Iraker haben sämtlich das Feuer auf uns eröffnet, und unsere Piloten kümmern sich nun um deren Flughäfen. Bis Einbruch der Nacht wird es nur noch eine Luftwaffe im Nahen Osten geben – unsere! Wir werden diesen Feldzug unter einem mächtigen Schutzschirm in der Luft beenden.» Auf ihre frohen Ausrufe hin hebt er warnend eine Hand. «Es wird dennoch ein schwerer Kampf werden, aber wir werden mit geringeren Verlusten schneller und weiter vorstoßen. Und jetzt! Noch mehr gute Nachrichten. Rafuls Fallschirmspringer sind hinter uns und säubern den Knotenpunkt Rafah. Er glaubt, schon bald die definitive Einnahme melden zu können.»

«Das ist genau das, was wir jetzt brauchen», ruft Ehud Elad, «mehr als alles andere!»

«Und nun hört weiter! Tal sagt, daß das, was wir bis jetzt geleistet haben, der Durchbruch bis Sheikh Zweid innerhalb von fünf Stunden, an Heldenhaftigkeit absolut dem Luftangriff vergleichbar ist. Es ist ein historischer Panzermarsch. Das Oberkommando hat einen See- und Fallschirmjägerangriff auf El Arish abgeblasen. Er hat sich erübrigt! Motta Gurs Fallschirmjägerbrigade wird von unserer Front zum Zentralsektor verlegt, und die Ehre, El Arish erobert zu haben, gebührt einzig und allein der Siebten Brigade.»

Die Offiziere blicken einander mit glühendem Stolz und Erregung an.

«Soweit die Neuigkeiten. Ich bin der stolzeste Brigadekommandeur in dieser Armee. Und jetzt haltet euch bereit, mit euren Einheiten um vierzehn Uhr dreißig aufzubrechen!»

Er breitet seine Karte auf der Kühlerhaube des Jeeps aus und bespricht mit Kischote und Elad den Angriffsplan für den Jeradi-Paß, als sein Funkoffizier sich nähert. General Tal hat angerufen. Gorodish geht davon.

«Ich werde als erster einmarschieren, Jossi», sagt Ehud. «Die Pattons sind schneller. Eine Kolonne amerikanischer Pattons, die in den Jeradi hineindonnert, wird ihnen einen höllischen Schock versetzen. Selbst wenn die Verteidiger sich zusammenziehen, kannst du mit deinen Centurions noch durchbrechen.»

«Du meinst wohl», versetzt Kischote, «daß du die Hauptwucht des ganzen Widerstands auf dich ziehen willst, der uns am Paßeingang erwartet. Nichts zu wollen, Ehud. Wenn Gorodish zustimmt, dann werden wir –»

«Da kommt er schon.»

Gorodish ist plötzlich wieder ganz der alte, ganz barsche Geschäftsmäßigkeit. «Die Lage hat sich geändert. Raful fordert Hilfe von Tal an. Er ist am Knotenpunkt Rafah auf erbitterten Widerstand gestoßen, und er kann ihn nicht ohne Unterstützung einnehmen. Tatsächlich kämpft er verzweifelt darum, seine Brigade zu retten.» Der verdrossene Blick, den Gorodish ihnen zuwirft, sagt den Rest. Der Knotenpunkt Rafah in Feindeshand bei Einbruch der Nacht bedeutet, daß die Siebte Brigade ohne Treibstoff und Munition abgeschnitten ist, eine hilflose Beute für ägyptische Panzertruppen, von denen einige ganz in der Nähe stehen.

«Nun, dann kehre ich um», sagt Ehud. «Die Pattons sind schneller, so einfach ist das.» Er schaut in die Sonne. «Es sind nur acht Kilometer. Wir können hinfahren und umkehren und den Jeradi immer noch vor Einbruch der Dunkelheit angreifen.»

«Nicht, wenn es am Knotenpunkt zu übel zugeht», sagt Kischote. «Ich sage, ich stoße mit den Centurions frontal vor, sowie ich dort eintreffe. Die Panzergrenadierbrigade müßte ungefähr dann ankommen, also –»

Tals Panzergrenadierbrigade M hat einen weiten Bogen nach Süden geschlagen, um in einem Überraschungsangriff von der Flanke über die Dünen in den Jeradi-Paß einzufallen.

«Nein, das ist eine weitere Änderung», sagt Gorodish. «Die M-Brigade ist draußen in den Dünen steckengeblieben, weil ihr der Sprit ausgeht, und erreicht den Jeradi-Paß vielleicht gar nicht mehr heute.»

Schweigen. Kischote trommelt mit dem Knöchel auf die Karte. «Gorodish, ich kann mich mit meinen Centurions allein zum Jeradi durchschlagen. Sie wissen, was sie geleistet haben. Ich kann noch heute nachmittag El Arish erreichen.»

Gorodish starrt ihn an, sein rundes, sandiges Gesicht ist eine harte Maske. «Jossi, du wirst zum Jeradi-Paß vorrücken», sagt er dann, «und dort mußt du eine Entscheidung treffen. Es ist deine Verantwortung. Keine offene Schlacht mehr, hast du mich verstanden? Das ist nicht mehr nötig, und ich verbiete es dir. Wir müssen nicht noch mehr Verluste riskieren, als wir bis jetzt schon haben. Nicht bei totaler Luftüberlegenheit! Wenn es schwierig aussieht, wartest du auf uns. Verstanden?»

«Verstanden.»

Die Wüste erbebt und hallt wider, als die Siebte Brigade ihre Hunderte von Maschinen in Bewegung setzt. Wieder einmal trüben Auspuffschwaden die reine Luft des Sinai.

«Du hast gehört, was er gesagt hat, Kischote», sagt Ehud, als sie sich zum Abschied umarmen. «Kein Kampf. Wenn der Paß heikel ist, *warte auf mich*. Ich komme zurück.»

Kischote fühlt, wie das warme Blut aus dem bandagierten Gesicht Ehuds sickert. Seine Augen brennen. «In Ordnung, Ehud. Wir ziehen zusammen nach El Arish. Die Flaggen hoch!»

Die zwei Panzerkonvois verlassen rumpelnd Sheikh Zweid: Ehud macht kehrt zum Rafah-Knotenpunkt, Don Kischote rückt zum Jeradi-Paß vor.

38

Der Tod eines Löwen

ZEV? TUT MIR LEID, daß ich Sie wecke. Zarkhan! [Phosphor!]» Der Botschafter spricht verschlafen krächzend das Codewort für Krieg aus.

«Zarkhan? Oh!»

«Wie schnell können Sie in der Botschaft sein?»

«In einer halben Stunde.» Um diese Zeit sind die Straßen leer.

Nakhama stützt sich schlaftrunken auf einen Ellbogen, während er eine frische Uniform anlegt, und fragt: «Gibt es etwas Wichtiges?»

«Kann man wohl sagen.»

«Krieg? O Gott, was ist drüben los?»

«Ich rufe dich an, wenn ich etwas weiß.»

Er braust die River Road entlang und biegt in die dunkle, verlassene Wisconsin Avenue ein, wo eine lange Kette von roten

Ampeln gerade auf Grün umspringt. Hinter ihm heult eine Sirene auf, und ein kreisendes rotes Licht blitzt in seinem Spiegel auf. Beim Anblick von Baraks Uniform schlägt der junge Polizist einen höflichen Ton an. «Sir, Sie sind hundert gefahren auf der River Road.»

«Tut mir leid. Eine Angelegenheit von diplomatischer Dringlichkeit.»

Der Polizist sucht nach dem CD auf dem Nummernschild. «Stimmt. Lassen Sie mich noch einen Blick auf Ihren Führerschein werfen für meinen Bericht... Israeli, hm? Wie ich höre, macht man Ihnen drüben das Leben schwer, Herr General.»

«Nun, wir hoffen noch immer auf Frieden.»

«Keine Chance! Besser, Sie heizen ihnen richtig ein und treten ihnen die Scheiße aus den Gedärmen, Sir. So wie wir es jetzt in Vietnam tun sollten. Viel Glück.»

«Danke, Officer.»

Der Botschafter und einige seiner hochrangigen Beamten haben sich um einen Kurzwellensender versammelt. Eine vornehme BBC-Stimme: *«...Radio Damaskus meldet einen – Zitat: massiven ägyptischen Sieg über den zionistischen Aggressor in der Luftschlacht, die noch immer in vollem Gange ist, mit siebenundvierzig bereits abgeschossenen jüdischen Flugzeugen. Zitatende. Bis jetzt sind keine Meldungen über ägyptische Verluste eingegangen. König Hussein hat erklärt, daß Jordanien – Zitat: Schulter an Schulter mit seinem heldenhaften ägyptischen Verbündeten steht und den großen Luftsieg über den zionistischen Aggressor begrüßt, der noch nicht abgeschlossen ist... Zitatende –»*

Der Botschafter wirft Barak ein erschöpftes Lächeln zu. «Arabische Bobbe-maisses, Zev. Wir haben sie am Boden erwischt, bis jetzt über hundert Flugzeuge vernichtet, und von uns sind zwei vermißt. Das sind harte Zahlen. Und der Kampf geht noch weiter.»

Barak keucht: «Das ist ja großartig, Abe. Atemberaubend. Gott sei Dank!»

«Ja, aber jetzt beginnt der Ärger. Rufen Sie Gideon in New York über meine Privatleitung an. Das Mädchen von der Vermittlung ist noch nicht da.» Während Barak wählt, schluckt der Botschafter zwei Pillen und stöhnt: «Ausgerechnet heute habe ich einen Termin für eine Wurzelbehandlung. Na ja, den kann ich jetzt verschieben. Immerhin etwas Gutes.»

Gideon Rafael, der Botschafter bei den Vereinten Nationen, will von Barak eine Zusammenfassung des neuesten Stands der feindlichen Linien beim Ausbruch der Feindseligkeiten haben. «Obwohl wir heute morgen wohl noch nicht in Einzelheiten gehen werden», sagt er. «Solange die Ägypter behaupten, sie würden gewinnen, wird die Sowjetunion natürlich darauf beharren, daß es keinen Grund für die Einberufung des Sicherheitsrates gibt.»

«Rafael, welche Position werden wir vertreten, wenn es zu einer Sitzung kommt?»

«Ganz einfach. Die Ägypter haben Aufklärungsflüge in großer Höhe über unsere Grenzen hinweg unternommen, das steht unumstößlich fest. Sie wurden wiederholt gewarnt, daß wir das nicht hinnehmen können, aber sie behaupten, daß sie sich im Krieg mit uns befinden, also ist das, was sie tun, koscher. Doch wie sollen wir sicher sein, daß diese Flieger nicht schwere Bomber sind, die auf Tel Aviv zufliegen? Als die Punkte heute morgen wieder auf den Radarschirmen aufgetaucht sind, erhielt unsere Luftwaffe schließlich Befehl, alle erforderlichen Verteidigungsmaßnahmen zu ergreifen.»

Pause. Barak enthielt sich jeden Kommentars.

«Klar, Zev?»

«Klar.»

«Eine gute Position?»

«Sehr schön, wenn wir gewinnen.»

«Gut gesagt.» Rafael lacht schwach. «Es wird ein großes Theater geben, wer den ersten Schuß abgefeuert hat. Das haben wir von den Franzosen, den Briten und natürlich auch von Präsident Johnson gehört – ‹*Was auch immer geschieht, feuert nicht den ersten Schuß ab!*›»

«Das wird nicht die geringste Rolle spielen», sagt Barak schroff. «Abgesehen von ihren Luftraumverletzungen hat Nasser selbstverständlich den ersten Schuß abgegeben, als er die Straße von Tiran dichtmachte. Blockade ist nach internationalem Gesetz eine Kriegshandlung. Ich werde mich um diese Zusammenfassung kümmern und einen Kurier damit in die erste Zubringermaschine setzen.»

«Ausgezeichnet. Er wird in La Guardia abgeholt werden.»

Als Barak einhängt, reibt der Botschafter sich die Augen und sagt: «Die Sowjets sind das Problem, Zev.» Abe Herman sieht in allem zuerst die schlechte Seite. «Wie können sie zulassen, daß die Araber einen Krieg verlieren, in den sie sie hineingetrieben haben? Wenn es so weitergeht, wie es begonnen hat, wird es eine Wurzelbehandlung für die Russen werden.»

«Nun, vielleicht brauchen sie eine. Wie dem auch sei, Abe, *en brera.*»

«Wahrscheinlich werde ich ins Weiße Haus zitiert werden», klagt der Botschafter. «Mit dem ganzen Kodein, das ich intus habe, werde ich der reinste Golem sein, ein Zombie. Ich bin so glücklich, Zev, mir fehlen die Worte.» Er zeigt auf ein Foto seines Sohns in Uniform auf seinem Schreibtisch. «Ich hoffe nur, daß ihm nichts fehlt.»

In seinem erleuchteten Büro, hinter dessen Fenstern schwarze Dunkelheit liegt, kritzelt Barak eine Zusammenfassung der Schlachtordnung hin, wobei er eine mit Markierungen versehene, auf dem Schreibtisch ausgebreitete Karte des südlichen Befehlssektors zu Rate zieht. Während er alles niederschreibt, verebbt seine Begeisterung. Sind Syrien, Jordanien und der Irak Israel bereits in den Rücken gefallen? Angesichts der siebenstündigen Zeitdifferenz und der Verzögerung, mit der die Kampfberichte hier eintreffen, wird es eine Weile dauern, bis ein klares Bild zu gewinnen ist. Doch das Sterben und das Gemetzel hat mit Sicherheit bereits begonnen, wenn Tals Panzer sich knirschend in die tiefen ägyptischen Verteidigungsbastionen und durch die gewaltige Abordnung russischer Panzer und Artillerie im Norden des Sinai fressen.

Was ihn jedoch noch mehr beunruhigt, ist das, was der Botschafter soeben über Rußland gesagt hat. Dieser hinter allem stehende Widersacher – mächtig, finster, unangefochten – kann bei seinem Griff nach dem Öl und dem politischen Einflußbereich des Nahen Ostens den jüdischen Staat wie eine Fliege beiseite wischen. Die Sowjetunion versucht schon seit Jahren, die Araber zu manipulieren, um dieses Ziel zu erreichen, nun aber, da Nasser außer Rand und Band ist, hat der Kreml einen ausgewachsenen Krieg am Hals.

Wohin mag das führen, wenn dieser blendende Glorienschein der

Luftwaffe erst einmal in zähen, blutigen Landkämpfen verloschen ist? Die Amerikaner haben sich in Vietnam verzettelt und sind ohnehin in keiner Weise geneigt, zu Israels Verteidigung einzugreifen. Eine ergebnislose Waffenruhe wie 1956 würde Israel wieder auf seinen Küstenstreifen zurückwerfen, mit vielen Toten und praktisch keinerlei Gewinn. Auf der anderen Seite könnte eine weitere kopflose Flucht der Ägypter die Sowjetunion zur Intervention zwingen – eine Aussicht, die zu erschreckend ist, um sie in Betracht zu ziehen –, aber wird Rußland nicht handeln müssen, um sein Gesicht zu wahren?

«*Warum müssen wir ihn zurückgeben, Abba? Wir haben den Krieg gewonnen*», hatte der elfjährige Noah protestiert, als die Flagge in Sharm el-Sheikh eingeholt wurde. Jetzt ist er als Marineoffizier vorübergehend im Roten Meer unweit von Sharm el-Sheikh stationiert und kämpft in einem neuen Krieg...

Die Stimme des Botschafters ertönt aus der Sprechanlage: «Zev, Sam Pasternak ruft über das Zerhackertelefon an.»

In der Botschaft herrscht jetzt hektische Geschäftigkeit, überglückliche Israelis laufen mit jubelnden Mienen hin und her, schnelle Wortwechsel und viel Gelächter sind zu hören. Hinter einer zweifach verschlossenen Tür, auf der mit roten Schablonenbuchstaben auf hebräisch KEIN ZUTRITT steht, arbeiten weibliche Chiffrier-Offiziere unter einem fluoreszierenden grellen Licht.

«Hallo, Sam? Zev am Apparat. Es ist wunderbar! Geht es so weiter?»

Aus dem Zerhackertelefon dringen sinnlose laute Geräusche und Pfeiftöne, dann werden sie verständlich. «– unglaublich. Der Krieg ist noch nicht vorbei, Zev, und doch ist er in gewisser Weise schon entschieden. Wir werden siegen.» Pasternak gibt ihm die neuesten Zahlen des Luftangriffs durch. «Was bleibt, sind blutige Bodenkämpfe und noch blutigere politische Kämpfe. Das ist der Grund meines Anrufs. Dieses Mal können wir es uns nicht wieder leisten, in der UNO einen Krieg zu verlieren, den wir auf dem Schlachtfeld gewonnen haben.»

«Was ist mit Syrien und Jordanien?»

«Bis jetzt gibt es nur Artilleriescharmützel. Eshkol hat Hussein durch General Bull wissen lassen, daß wir die Finger von ihm lassen, wenn er neutral bleibt. Die Panzerschlacht auf dem Sinai nimmt bis jetzt einen brutalen Verlauf, aber –» Das Telefon verfällt in hohes, jammerndes Gebrabbel.

«Sam? Sam? Hallo?»

Nach einigen Sekunden kommt die Stimme wieder durch. «– Chris Cunningham. Ruf ihn jetzt an. Weck ihn auf. Das ist lebenswichtig. Hör zu, was du ihm sagen sollst. Schreibst du mit?»

«Ich schreibe.»

Barak kritzelt Pasternaks Mitteilungen und Anweisungen nieder. «Das alles kommt direkt von Eshkol und Dayan, Zev», schließt Pasternak.

«Ich werde mein Bestes tun, Sam.»

«Das weiß ich. Ich bin schrecklich froh, daß du dort drüben bist, um die Sache in die Hände zu nehmen.»

«Ich nicht. Ich würde einen Arm dafür geben, zu Hause zu sein.»

«Du bewirkst mehr, wo du bist. Richte Chris meine besten Grüße aus.» Über zehntausend Kilometer und Zerhacker und Entzerrer hinweg gelingt es Pasternak, schelmisch zu klingen. «Und dieser Tochter von ihm auch, falls sie dort ist.»

Sie ist dort. Emily ist es, die hellwach zu dieser Morgenstunde den Hörer abnimmt. Barak stürzt ins Freie, findet seinen Wagen von einem Sendewagen des Fernsehens eingeparkt und winkt ein vorbeifahrendes Taxi heran.

Dieses Mal trägt sie kein verrücktes Negligé; sondern einen braunen Hausmantel mit einem langweiligen Blumenmuster. «Hier ist Zev, Vater!»

In einem kastanienbraunen Morgenrock, der in Falten an seiner knochigen Gestalt herumschlottert, sitzt Chris Cunningham zusammengesunken in einem Sessel neben einem knackenden Kurzwellenempfänger. «Hallo. Unser Mann in Kairo rief vor einiger Zeit an. Emily, mach uns bitte einen Kaffee. Setzen Sie sich, Zev.»

«Danke. Ich bringe Nachrichten von Sam Pasternak. Zunächst einmal einige Fakten.»

«Ach zo?» Cunningham lächelt kühl und schaltet den Empfänger

aus. «Die arabischen Sender haben fürs erste alle Tatsachen durchgegeben. Falls es sich um Tatsachen handelt.»

«Alles Unsinn. Chris, wir haben den größten Luftsieg in der Geschichte errungen.» Chris Cunningham strafft sich in seinem Stuhl und scheint dreißig Zentimeter zu wachsen, während Barak fortfährt. «In weniger als drei Stunden hat unsere Luftwaffe dreihundert ägyptische Flugzeuge am Boden zerstört! Sie sind nie aufgestiegen. Ein absolut erfolgreicher Überraschungscoup.»

«Und eure Verluste?»

«Minimal. Drei oder vier Flugzeuge.»

«Und die anderen arabischen Streitkräfte? Syrien, Jordanien, Irak?»

«Bis zehn Uhr dortiger Ortszeit haben sie noch kein Lebenszeichen von sich gegeben. Vielleicht lullen die ägyptischen ‹Tatsachen› sie ein, aber nach unseren augenblicklichen, gut abgesicherten Erkenntnissen bereiten sie einen Angriff auf unsere Flugbasen etwa für morgen mittag vor. Was auch geschieht, meine Regierung beabsichtigt nicht, irgendeine Grenze außer der zu Ägypten zu überschreiten, außer wenn die anderen den ersten Schritt tun.»

Chris Cunningham nickt in einem fort. Er beugt sich mit seinen vorstehenden Augen, die durch die dicken Brillengläser noch vergrößert werden, zu Barak vor. «Was will Sam?»

«Er möchte, daß heute morgen eine Botschaft von Eshkol an Ihren Präsidenten übermittelt wird. ‹*Bitte drängen Sie König Hussein, die Neutralität zu wahren, und vermitteln Sie ihm im Gegenzug die Zusage Israels, ihn nicht anzugreifen. Eine Zusage gegenüber den Vereinigten Staaten wie auch ihm selbst gegenüber.*›»

«Das ist aber ein dicker Brocken.»

«Sam weiß das. Meine Regierung hat Hussein bereits durch General Bull, den UNO-Vertreter vor Ort, davon in Kenntnis gesetzt. So aber würden die Vereinigten Staaten als Garant mitunterzeichnen, weil wir die Verpflichtung direkt ihnen gegenüber eingehen.»

«Ich werde die Sache weiterleiten. Das ist alles, was ich tun kann. Wie entwickelt sich die Lage auf dem Sinai?»

«Ich will es Ihnen zeigen.»

Die beiden Männer trinken Kaffee, während sie vor einer riesigen Wandkarte des Nahen Ostens stehen. «Unsere Panzer sind überall hier entlang auf heftiges Gegenfeuer gestoßen.» Baraks Finger fährt den Haken nach, den Tal durch den Gazastreifen geschlagen hat, um Rafah aus einer unerwarteten Richtung anzugreifen. «Vielleicht gelingt uns eine totale strategische Überraschung. Unsere Hauptstoßtruppe steht dort oben, aber wir haben hier unten im Süden ein ausgeklügeltes Täuschungsmanöver inszeniert, und die Ägypter haben anscheinend angebissen. Sie haben ihre Hauptstreitmacht dorthin verlegt.»

Er fühlt sich außerordentlich seltsam in seiner Haut, wie er Christian Cunningham in strategische Geheimnisse von schicksalhafter Tragweite einweiht. Seine Beziehung zu diesem rätselhaften Goi reicht nicht, wie die Pasternaks, beinahe ein Vierteljahrhundert zurück, als es um die geheime Zusammenarbeit gegen die Deutschen ging. Doch Sams Anweisungen sind eindeutig: *«Vollkommene Offenheit, Zev, damit Chris vor seiner Regierung glaubwürdig ist. Vertrau auf sein Urteil und seine Diskretion. Wir werden noch oft gezwungen sein, über Hintergrundkanäle zu kommunizieren. Cunningham ist unsere sicherste Kontaktperson, und er ist ein Freund.»*

«Besteht die Absicht, zum Kanal vorzustoßen?»

«Wir beabsichtigen, die ägyptische Armee auf dem Sinai zu vernichten. Dayan hält es für selbstmörderisch, bis zum Kanal vorzurücken, denn die Ägypter würden hundert Jahre lang um seine Rückeroberung kämpfen.»

«Er ist keine schlechte Wassergrenze.»

«Dayan ist bekannt dafür, daß er seine Meinung ändern kann.»

«Also gut!» Cunningham setzt klirrend seine Tasse ab. «Ich mache mich besser auf den Weg. Sind Sie mein Kontaktmann?»

«So lauten Sams Anweisungen.» Barak ist müde genug, um hinzuzufügen: «Ich bin ein hinlänglich unauffälliger Niemand.»

«Dann sind wir schon zwei.»

«Chris, was werden die Russen tun?»

«Ach, für sie ist es ein böses Erwachen!» Cunninghams Stimme wird schriller. «Sie haben sich vorgestellt, sie hätten einen unblutigen politischen Sieg im Nahen Osten in der Tasche. Solange die

Araber den Sieg für sich beanspruchen und ihr weiter gewinnt und den Mund haltet, steht ihr gut da. Selbst wenn die Wahrheit herauskommt, können die Russen nicht so schnell umschalten. Meiner Schätzung nach bleiben euch noch ein paar Tage. Aber der sowjetische Aufschrei, die Repressalien und die Drohungen werden kommen, und sie werden sehr häßlich ausfallen.»

«Werden sie intervenieren?»

«Ich weiß es nicht.»

«Chris, Sam trug mir auf, besonderen Nachdruck darauf zu legen, daß Israels Kriegsziel ein Waffenstillstand *ohne die Vorbedingung der Rückkehr zu früheren Waffenstillstandslinien* ist. Diese Vorbedingung hat uns letztesmal unseren Sieg gekostet.»

«Genau um das zu verhindern, wird die Sowjetunion knurren und Gift und Galle spucken.»

«Ich bin startbereit, Zev, wann immer es losgehen soll», sagt Emily, die in einem dunklen Regenmantel einen Blick ins Zimmer wirft. «Es schüttet, falls es dich interessiert.»

«Gleich jetzt. Danke, Emily.»

Die gekieste Auffahrt knirscht, als Emily mit einem rasanten Satz losfährt. Sie mustert ihn mit schnellem Blick im bleichen, wäßrigen Licht der Morgendämmerung. «Du siehst zerschlagen aus. Hast du nicht geschlafen?»

«Nicht viel. Und du siehst aus wie eine Frau aus einem Film.»

«Oh? Was für ein Film?»

«Irgendeine dieser Schnulzen aus dem Zweiten Weltkrieg, Liebes. Eine schöne Frau, schwarzer Regenmantel, Schlapphut, hochgeschlagener Kragen, Regen –»

«Du bist mit deinen Gedanken im Krieg, stimmt's?»

«Das stimmt.»

«Ich nehme an, Nakhama und die Mädchen werden nicht kommen, um die Pferde anzuschauen?»

«War das für heute geplant?»

«Ich fürchte. Deine Frau läßt sich nicht leicht abschütteln.»

Barak stößt ein belustigtes «Hmp! Was du nicht sagst!» hervor. Dann, nach einer Weile, sagt er: «Ich weiß nicht, warum sie nicht kommen sollten. Ich reise nicht ab oder ähnliches. Hier bin ich, und hier bleibe ich. Ich werde noch mehr Zeit damit zubringen, Papiere zu durchwühlen, das wird mein Krieg sein.»

«Du wünschst dir, drüben zu sein.»

«Das kannst du doch verstehen.»

Sie legt eine nasse Hand auf seine. «Nun, du sagtest einmal, ich hätte wirklich nichts mit deinem Umzug hierher zu tun. Ach, mein Liebster, wie sehr mich das damals getroffen hat!»

«Ich habe nicht daran gedacht–»

«Nein, nein, ich bin froh, daß du das gesagt hast. Ich möchte nicht mit schuld sein an der Last, die du trägst.»

Eine seltene Offenheit bricht sich durch seine Müdigkeit hindurch Bahn, als er ihre regennasse Hand küßt. «Ach, Queenie, Queenie, warum tut jemand irgend etwas? Hundert Vektoren münden in eine Entscheidung. Als ich diesen Posten übernommen habe, war ich nicht unempfänglich für die Tatsache, daß du hier warst. Können wir es dabei belassen? Egal, so lauteten jedenfalls meine Befehle.»

Ihre Hand preßt die seine, fällt dann auf das Lenkrad zurück. Nachdem sie eine Weile lang schweigend gefahren sind, langsamer werdend mit dem Einsetzen des frühmorgendlichen Verkehrs, fragt sie: «Ist es aus?»

«Was?» Er fährt erschrocken hoch. «Sag das noch mal.»

«Du hast schon richtig verstanden. Jetzt schon bist du weit weg, und jede Minute entfernst du dich noch mehr.» Emily sieht ihn aus weitaufgerissenen, glitzernden Augen an. Sie sieht entzückend aus in ihrem nachlässigen Regenzeug. «Und hör zu, Liebster, ich suche nicht nach Trost. Du mußt dir den Kopf nicht länger mit mir komplizieren, das ist alles. Ich kann bei Sonnenaufgang verschwinden, wie die Geister auf den Kahlen Bergen, und dich segnen, dir danken und dich für immer lieben. Du mußt einen Krieg führen. Hier oder drüben, das spielt keine Rolle. Zähl mich aus, wann immer du willst.»

Ein Cunningham-Gehirn! Nicht einmal Nakhama kann besser in ihm lesen. Er hat nie so recht gewußt, warum er diese exzentrische Schullehrerin liebt, aber das gehört dazu. «Also gut, du bist draußen.»

«Oh, du brutaler Mensch!»

«Also gut, du bist wieder drin.»

«Ach, du ziehst mich auf! Wie dem auch sei, Liebster, ich meine genau, was ich gesagt habe.»

«Ich weiß, daß du das tust, Queenie.»

«Zev, machst du dir Sorgen um deinen Sohn?»

Barak spitzt achselzuckend die Lippen. «Er ist auf Patrouillenfahrt im Roten Meer, er wurde dorthin versetzt, um das Kommando über ein Kanonenboot zu übernehmen. Ich bezweifle, daß die ägyptischen Schiffe sich dort unten hinauswagen. Dennoch machen wir alle uns Sorgen um unsere Söhne und Töchter. So wie unsere Eltern sich Sorgen um uns gemacht haben.»

«Das klingt jetzt sicher bombastisch», sagt sie, «aber ich schwöre, um euer Land ist eine Art Glorienschein.»

«Mein Land ist ein unsägliches Durcheinander, das kannst du mir glauben, Em. Paß auf, fahr nicht über die Chain Bridge, die Key Bridge ist um diese Zeit günstiger.»

Vor der Botschaft ist die Zweiundzwanzigste Straße nun völlig durch Fernsehsendewagen und Presseautos blockiert. Der Regen hat aufgehört. Eine neue große Fahne, hellblau und weiß, flattert über den Reportern und Technikern, die in Scharen zum Eingang drängen. «Laß mich hier aussteigen», sagt Barak an der Ecke Florida Street mit einem Blick hügelaufwärts, «sonst bleibst du stecken.»

Ihr Kuß ist schnell und leicht. «Ich weiß, daß du jetzt eingedeckt wirst, also vergiß mich von nun an eine Weile. Das geht schon in Ordnung.»

«Hör zu, Em, meine Mädchen können deine ruhigeren Pferde reiten, aber hab' ein Auge auf sie.»

«Das werde ich tun.»

Er muß sich einen Weg durch die Medienvertreter bahnen – *tanim*, wie er bei sich denkt, Schakale –, die auch nur ihren erbärmlichen Job machen. In seiner israelischen Generalsuniform ist er jemand, also kläffen sie auf ihn ein. Er schiebt die Mikrophone beiseite, ignoriert die zugerufenen Fragen und eilt ins Haus.

In Bündeln von Fernschreiberstreifen und Depeschen erscheint der triumphale Luftsieg noch überwältigender, je mehr Details bekannt werden. Tals Angriff im Norden fügt sich zu einem Bild zusammen: Vorrücken, Zurückweichen, erbitterte Kämpfe. Barak kann sich nun genau vorstellen, was da draußen los ist, in Khan Yunis und Rafah – ein chaotischer Krach in den Kopfhörern, rote Leuchtspurgeschosse, die kreuz und quer über die sandige Einöde zischen, Staubwolken, Kanonendonner, Granatexplosionen, zusammenbrechende Funkverbindungen, brennende Panzer, Männer, die vor Qualen fluchen und schreien, blindes Manövrieren, um den Feind ausfindig zu machen und nicht auf Freunde zu schießen. Mit seiner ganzen Seele sehnt er sich danach, in dieser Hölle da draußen dabeizusein.

«Ach, Zev. Gut! Die Sache ist die, daß wir hier in einer Papierflut ersticken. Kann Nakhama nicht kommen und aushelfen?»

«Ich rufe sie an.» *(Das war's mit den Foxdale-Pferden!)*

Sie kommt kurze Zeit später, trotz der Proteste der enttäuschten Mädchen, und macht sich daran, Anfragen und Hilfsangebote jüdischer Organisationen zu beantworten. Letztere treffen mit solcher Häufigkeit ein, daß die Vermittlung damit regelrecht überschwemmt wird. Barak sieht nur wenig von ihr, während er Anfragen von Kongreßabgeordneten, Militärattachés, Bekannten des Verteidigungs- und Außenministeriums abwehrt; sie alle wollen wissen – wie auch immer sie es formulieren –, wer wirklich Sieger ist und wie die Dinge stehen.

Außerdem verfolgt er die Debatte in der UNO. Die Russen reagieren überraschend schnell und hart: mit einer prompten Verurteilung Israels, der Forderung nach sofortigem Rückzug auf frühere Grenzlinien und der Drohung, sie würden sich «das Recht vorbehalten, alle Maßnahmen zu ergreifen, die die Situation erforderlich macht». Das kommt im diplomatischen Sprachgebrauch einer Interventionsdrohung gleich. «Sieht so aus, als würde Moskau den Arabern nicht ganz glauben», bemerkt Barak dem Botschafter gegenüber.

«Die Russen kennen sie», sagt der Botschafter.

Alle Aktivitäten kommen zum Erliegen, als das Botschaftspersonal mittags in den Fernsehraum drängt, um eine Pressekonferenz im Außenministerium anzusehen. Schon unterstützen Indien, Frankreich und die meisten anderen Länder die Sowjetunion. Ein paar lateinamerikanische Länder sprechen von einem Waffenstillstand ohne Rückzugsbedingung. Wie kommt das? Stecken die Vereinigten Staaten dahinter? Falls ja, besteht eine gewisse Hoffnung. Wo *genau* steht eigentlich Präsident Johnson in der Frage des Rückzugs auf frühere Grenzlinien? Gibt es irgendeinen Hinweis auf eine freundliche Haltung? Nakhama steht neben Zev und ergreift seine Hand, als McCloskey, der gutaussehende junge Pressesekretär, ans Mikrophon tritt. Die ersten Sätze der Verlautbarung, die er verliest, sind nichtssagende Pietäten über die Notwendigkeit einer Rückkehr zu Frieden und Fortschritt im Nahen Osten. Er hält inne, wirft einen Blick auf die angespannte Menge im Pressesaal und verleiht dem nächsten Satz mit einprägsamer Stimme eine nachhaltige Betonung.

«Ich möchte unmißverständlich darauf hinweisen, daß die Vereinigten Staaten in diesem Konflikt neutral bleiben werden – in Gedanken, Worten und Taten.»

Nakhamas Hand ballt sich zur Faust, ihre Nägel graben sich in Baraks Handfläche. Ein bestürztes Murmeln läuft durch den überfüllten Saal. Zurück zu John Foster Dulles!

Die Sonne glüht hoch am Himmel, als Kischote auf einer windigen Düne steht, von der aus er den Eingang zum Jeradi-Paß im Blick hat. Stundenlang wird es noch hell genug sein, um den Paß zu durchfahren oder sich den Weg freizuschießen; er kann sicher noch eine Weile auf Ehud warten.

Seine Centurions sind weit nach Osten auseinandergezogen, unsichtbar hinter den Krümmungen der hohen Dünen. Der Marsch von Sheikh Zweid auf der Serpentinenstraße durch sandige Weiten an den Eisenbahnschienen entlang ist eigenartig ruhig verlaufen. Fast als wäre die Truppe bei einer Übung im Negev. Was er allerdings nun durch sein Fernglas erkennen kann, ist ein Anblick, der sich ihm im Negev nie geboten hat: Unmengen ägyptischer Panzer, die auf den Boden geduckt an den Hängen zu beiden Seiten der Teerstraße bereitstehen und von denen nichts zu sehen ist außer den langen Geschützrohren, die auf den Paßeingang zielen. Weiter oben auf den Hängen gibt es Spuren von mit Netzen abgedeckten Schützengräben, eine Reihe nach der anderen. Was sich wohl noch alles unter dieser raffinierten Tarnung dort oben verbirgt? Nach sowjetischer Doktrin Mörser, Panzerabwehrkanonen und Maschinengewehrnester, die von schwerer Artillerie unterstützt werden; möglicherweise ist diese Nuß hier härter zu knacken als der Knotenpunkt Rafah!

Auf der anderen Seite bröckelt die Entschlossenheit, mit der der Feind in Rafah Widerstand geleistet hat, in Sheikh Zweid offensichtlich ab. Die ägyptische Panzerdivision am Knotenpunkt hinter ihm ist vermutlich die beste feindliche Truppe im Norden. Ist diese gewaltige, schweigende Sperre da oben auf dem Jeradi-Paß überhaupt bemannt? Durchaus möglich, daß besiegte Truppen mit dem angsterfüllten Schrei: «*Die Juden kommen!*» aus Sheikh Zweid die Küste entlang geflohen waren. Genauso war es zum ägyptischen Zusammenbruch während KADESCH gekommen, nachdem sie sich zuerst tapfer zur Wehr gesetzt hatten.

Die Verantwortung liegt bei ihm. «*Keine schweren Kämpfe, nur vorstoßen, wenn es einfach aussieht.*» Irritierende Befehle, und er hat auch die letzten Worte Israel Tals im Kopf: «*Im Krieg läuft nichts nach Plan, aber denkt immer an das Ziel!*» El Arish liegt nur sechzehn Kilometer jenseits dieses Passes. Seit dem Beginn der Operation ROTES SEGEL hat er schon vierzig Kilometer oder mehr zurückgelegt. Er hat noch keine Nachricht von Ehud Elad, daß er vom Knotenpunkt Rafah aufgebrochen ist. Genaugenommen hat Jossi seit über einer Stunde weder von ihm noch von Gorodish etwas über den Kommandofunk gehört.

Er beordert die Einheitsführer zum Befehlsempfang zu sich, hauptsächlich jedoch, um ihre Stimmung zu erkunden. Er sieht, daß sie genau wie er sonderbar unermüdlich und rastlos sind, durch den Kampf angespornt, bereit, ihm überallhin zu folgen. Ein berauschendes Gefühl!

Entscheidung: Los, aus allen Rohren feuern!

Die eineinhalb Kilometer lange Kolonne setzt sich in Bewegung, die Richtschützen in allen Fahrzeugen sind an ihren Waffen. Kischote steht auf seinem Halbkettenfahrzeug, das in der Mitte der Kolonne eingeordnet ist, neben dem Richtschützen, stützt sich auf der Geschützlafette auf, um angestrengt durch das Fernglas nach

Anzeichen feindlicher Aktivitäten Ausschau zu halten. Vor ihm gelbe Blitze und der Widerhall dumpfen Donners, seine Centurions an der Spitze feuern nach rechts und links, während sie in den Paß hineinfahren. Und noch immer keine Reaktion! Kischote ist darauf gefaßt, anzuhalten und zurückzuweichen, sobald der Feind zum Kampf ansetzt, doch die Kolonne rollt unangefochten immer weiter durch den Engpaß. Ein Hinterhalt wie auf dem Mitla-Paß? Ein vor Schreck gelähmter Feind? Eine leere Hülle im Stich gelassener Kriegsmaschinerie, deren Besatzungen alle aus Angst vor den heranrückenden Juden in die Wüste entschwunden sind?

Als sein eigenes Halbkettenfahrzeug mit dem nach beiden Seiten knallenden Maschinengewehr an den ägyptischen Panzern vorbeirattert, sucht Kischote nach einem Anzeichen von Leben, von Bewegung, nach wachsamen Mannschaften, die in diesen Reihen unförmiger sowjetischer Panzer, die so seltsam nah sind, den richtigen Moment abwarten. Nichts! Geschlossene Geschütztürme, unbewegliche Kanonen, schweigende Maschinen in diesen hervorragenden T-54, unter die sich einige wenige Stalins mischen. Soll er den Centurions Befehl erteilen, sie alle in die Luft zu jagen, sie sämtlich und ein für allemal dem Feind zu entziehen? Eine großartige Ernte der Zerstörung! Doch damit sind sie auch dem Panzerkorps verloren. Israel kann sich diese hochbegehrten Trophäen nur durch Eroberung beschaffen. Aber wieder und nochmals wieder, *das Ziel heißt El Arish!* Vor ihm liegen noch andere befestigte Stellungen auf dem Jeradi-Paß, die vielleicht bemannt und kampfbereit sind. Kischote fällt eine Entscheidung. *Wir lassen all das hinter uns zurück* und rücken mit voller Geschwindigkeit und Kraft auf direktem Weg durch den Jeradi-Paß nach El Arish vor, egal, was geschieht.

Als seine letzten Maschinen den Eingang passieren, hört er hinter sich Kampfgeräusche. Bericht über Kopfhörer; ein Halbkettenfahrzeug der Nachhut ist getroffen, und ein Centurion macht kehrt, um ihm Deckung zu geben und die Verwundeten zu bergen. Jetzt gibt es kein Halten mehr! Vorwärts.

Im unterirdischen Befehlszentrum in Tel Aviv, genannt die *Grube,* wird die Planung der Gegenoffensive gegen Jordanien – das nun durch die Entsendung von Panzern über die Waffenstillstandslinie in den Krieg eingetreten ist – unterbrochen durch eine unglaubliche Meldung aus General Tals Feldhauptquartier. Eine Vorhut von siebzehn Centurions unter Führung von Oberstleutnant Nitzan hat El Arish erreicht! Sie hat begonnen, sich zu verschanzen, und wartet, bis der Rest von Gorodishs Brigade sie einholt. Der Ramatkhal ist entzückt, aber beunruhigt. Wie ist das möglich? Ist der Jeradi-Paß wirklich gesichert? Gibt es nicht immer noch Probleme bis zurück nach Rafah? Tals Brigade scheint sich über die gesamte Küstenlänge hin verteilt zu haben. Der Stab versichert ihm, daß die Situation in Rafah sich entspannt hat, Rafuls Fallschirmjäger sind Herr der Situation, und Gorodish kehrt nun mit den Pattons zum Jeradi-Paß zurück. Rabin will gerne glauben, daß Tal Wunder vollbringt, aber er befürchtet, daß die Division zu weit auseinandergezogen ist. El Arish um vier Uhr, das ist unglaublich!

Später allerdings treffen schlimme Nachrichten von Tal ein. Gorodish wäre beinahe selbst getötet worden bei dem Versuch, in den Jeradi-Paß vorzudringen. Nachdem die Ägypter sich von dem Schock über den Angriff der Centurions erholt haben, blockieren sie nun den Eingang mit massiver Feuerkraft und haben unter Elads Pattons wahre Verwüstungen angerichtet. Nur ein kläglicher Rest hat es geschafft, sich zu Nitzans Centurions durchzuschlagen. Die gesamte Vorhut in El Arish ist nun abgeschnitten und Gegenangriffen von großen Panzerverbänden in der Nähe ausgesetzt. Gorodish bereitet einen verzweifelten Nachtangriff vor, um die Durchfahrt durch den Paß zu erzwingen, damit die Nachschubstaffel die belagerten Panzer rechtzeitig erreichen kann.

In der morgendlichen Dunkelheit hört Kischote das Klirren und Rumoren einer nahenden Panzertruppe. Er versetzt die erschöpften Besatzungen der Centurions und Pattons, die noch zur nächtlichen Verteidigung in einem Kreis aufgestellt sind, in Kampfbereitschaft. Im Lichtschein einer grellen Feuerglocke, die den Himmel über El Arish färbt, rollen die verbleibenden Panzer von Gorodishs Brigade heran, dezimiert, rauchgeschwärzt, mit Granateinschlägen übersät.

Jossi rennt zu Gorodish, der gebeugt in seinem Halbkettenfahrzeug sitzt, und ruft: «Bei Gott, bin ich froh, Sie zu sehen.»

«Nun, da sind wir.» Gorodish hebt ein sandiges, borstiges, verwüstetes Gesicht. Mit einem beinahe irren Zornesblick stößt er knirschend hervor: «Hast du gehört, was mit Ehud ist?»

Kischote antwortet mit tonloser Stimme: «Ich weiß, daß er getötet wurde. Ich habe es erfahren, als die Pattons eintrafen, oder was von ihnen übrig ist.»

«Ja, Ehud ist tot. Die gepanzerte Infanterie hat den Job in Rafah erledigt, und jetzt säubert sie den Paß. Nachschub ist unterwegs. Tal ebenso. Laß mich mal einen Blick auf deine Verteidigungsstellungen werfen.» Sie gehen zu Jossis Jeep, und er fügt hinzu: «Was ist das für ein Riesenfeuer in El Arish, Kischote? Du hattest Befehl, den Kampf *nicht* zu eröffnen!» Während er spricht, zischen Granaten wie Meteore an den Sternen vorbei und pfeifen über ihre Köpfe hinweg.

«Da haben Sie die Antwort, Sir. Sie haben angefangen, uns zu bombardieren, also haben wir das Feuer erwidert, und wir müssen ein Munitionsdepot getroffen haben. Es gab wahnwitzige Explosionen. Vielleicht hat der Brand sich auf ein Treibstofflager ausgedehnt, jedenfalls hat es nicht mehr zu brennen aufgehört.» Sie steigen in den Jeep, und Kischote läßt den Anlasser surren.

Gorodish fragt mit angespannter Stimme: «Wie sieht es mit deiner Munition aus?»

«Nur noch wenige Granaten, deswegen feuern die Panzer die Kanonen nicht mehr ab. Die Patronengurte für Maschinengewehre sind rationiert. Wir haben ein paar Eindringlinge getötet, aber keinen generellen Angriff geführt.»

«Dann hast du ja noch Glück. Hoffen wir, daß die Nachschubstaffel bald hier eintrifft.»

Es ist bitterkalt. Der Jeep fährt an Panzersoldaten vorbei, die in ihren Schlafsäcken auf dem Sand verstreut liegen, während andere an ihren Ketten und Motoren kratzen und hämmern. Manche Soldaten sitzen um kleine, flackernde Feuer herum. Jossi fragt Gorodish, was Ehud wirklich zugestoßen ist; denn die Besatzungen der Pattons, die es bis hierher geschafft hatten, standen unter Schock und redeten unzusammenhängendes Zeug, und er war zu sehr mit der Vorbereitung der nächtlichen Verteidigung beschäftigt, um viel nachzufragen. Auch Gorodish kennt noch nicht die ganze Geschichte, aber er erzählt, was er weiß. Als er am Jeradi-Paß unter heftigen Beschuß geriet, schickte er Ehud auf eine Umgehungsroute, so sagt er, damit dieser den Eingang von der Flanke über die Dünen angriff, während er selbst mit einer anderen Truppe versuchen wollte, die Stellung frontal zu stürmen. Die Dünen waren sehr steil und nachgiebig. Die Pattons blieben stecken und rutschten ab. Der Feind überzog sie mit Feuer, und Ehud Elad fand sich unversehens inmitten eines Gemetzels. Wie immer rückte er an vorderster Front, aufrecht in seinem Geschützturm stehend, in das Sperrfeuer vor. Und das war sein Untergang, gerade noch rief er seinem Fahrer und dem Bataillon Anweisungen zu, und im nächsten Augenblick stürzte er ins Panzerinnere, spuckte Blut und war tot. Achtzehn seiner Pattons blieben ohne Treibstoff verlassen in den Dünen zurück. Sein Stellvertreter sammelte ihre Mannschaften ein und stieß mit einigen unbeschadeten Panzern weiter durch den Paß vor.

«Danach drang ich dann mit jedem Panzer, der mir noch blieb, im Frontalangriff ein», sagt Gorodish, «wozu ich vielleicht als erstes hätte Befehl geben sollen. Wie auch immer, wir sind mit Gewalt durchgebrochen. Die Panzergrenadiere rückten hinter uns nach, und sie sind noch immer in Nahkämpfe verwickelt, aber der Paß ist frei. Diese Nachschubstaffel jedenfalls hat alle Hände voll zu tun, um hierherzukommen. Die Straße ist auf der ganzen Strecke bis Rafah übersät mit Wracks. Außerhalb von Sheik Zweid gibt es einen Riesenverkehrsstau, eine Menge Verwundete –»

«Ich bin für Ehuds Tod verantwortlich», unterbricht Kischote ihn. «Ich ganz allein. Das werde ich mein Leben lang nicht vergessen.»

«Halt den Jeep an.»

Jossi gehorcht. Gorodish starrt ihn an. «Erklär mir das.»

In wenigen Worten berichtet ihm Jossi von seiner Einfahrt in den Engpaß, bei der er auf keinerlei Widerstand gestoßen ist. «Ich habe die falscheste Entscheidung getroffen, die sich nur denken läßt. Diese Ägypter waren nur momentan durch unseren Anblick verängstigt. Sie fingen an, auf die Nachhut meiner Kolonne zu feuern, und trafen ein Halbkettenfahrzeug und einen Panzer. Aber dann waren wir durch, also bin ich weitermarschiert.»

«Du hast das Richtige getan.»

«Nein, nein. Wie können Sie das sagen? Ich hätte diese Panzer zerstören sollen, solange ich die Möglichkeit dazu hatte. Sie in Stücke zerfetzen sollen.»

«Nun, warum hast du es dann nicht getan?»

«Ich dachte, sie wären verlassen und wir könnten sie erobern. Außerdem wollte ich nach El Arish kommen, und ich wollte als erster dort eintreffen.»

Gorodish sitzt eine lange Zeit wortlos da. Noch mehr Granatblitze heulen über den Himmel. «Jossi, dein Vormarsch nach El Arish wurde bahnbrechend für den Feldzug. Er hat alles geändert, alle Toten und Verwundeten gerechtfertigt, er ist ein sensationeller Erfolg. Man wird sich immer daran erinnern, aber den Ruhm werden Tallik und ich einheimsen. Was Ehud angeht, er starb, weil wir im Krieg sind ... Wir wollen etwas essen.»

General Tal trifft bei Tagesanbruch mit seiner Kommandogruppe ein. Unter einem strahlenden Sonnenaufgang richtet er sich in seinem gepanzerten Befehlswagen auf und spricht zu den hohen Offizieren der Siebten Brigade, und seine Stimme wird rauh und brüchig, als er zu den Toten und Verwundeten kommt. «Das Volk Israels ist wieder in sein heiliges Land heimgekehrt und wird nie wieder davongejagt werden, weil diese Helden, eure Freunde, meine Soldaten bereit waren, ihr Blut zu vergießen und zu sterben wie die Makkabäer, wie die Truppen Davids und Josuas. Nun sind sie unsterblich. Wir haben den Feind hier im Norden geschlagen. Im Süden haben unsere Soldaten begonnen, die Stützpunkte des Feindes zu zermalmen. Unsere Kampfpiloten haben die feindlichen Luftstreitkräfte vernichtet. Es wird keinen Tag wie den gestrigen mehr geben. Wir haben das Schlimmste überstanden und haben gesiegt. Meine Hochachtung, Panzersoldaten. Auf zum vollständigen Sieg!»

Nachdem die verbliebenen Pattons in fieberhafter Eile aufgetankt worden sind, brechen sie auf, um den Flughafen einzunehmen. Während Kischote beobachtet, wie sie vorbeiwalzen, wundert er sich über das Durchhaltevermögen dieser Mannschaften, die nach mehr als vierundzwanzig Stunden des Kampfes und des Hin und Hers zwischen Rafah und Jeradi in ihren stickigen, rumpelnden, knochenschinderischen, ohrenbetäubenden Stahlkisten ohne Rast, abgesehen von kurzen gestohlenen Momenten, nun schon wieder in Bewegung sind.

In Manövern zeigt sich nicht wirklich, was ein Soldat vermag, denkt er. Die Planer müssen ihre physischen Grenzen berücksichtigen, sonst wettern die Presse und die Politiker über die unmenschliche Härte der Armee. Aber der Krieg schert sich nicht um physische Grenzen, er ist per Definition hart und unmenschlich, und es gibt keine Vorbereitung darauf. Seine Stimmung ist durch den Schock über Ehuds Tod auf dem Tiefpunkt, seine Begeisterung über seinen Sturm auf El Arish vollkommen erloschen. Er spürt, wie jemand ihn hart am Ellbogen packt. General Tal führt ihn beiseite zu seinem Kommandolaster, wo es heißen Kaffee aus Bechern gibt. «Gorodish sagt, du fühlst dich schuldig an Ehuds Tod.»

«Das stimmt.»

«Kischote, ich habe in den letzten vierundzwanzig Stunden schreckliche Befehle erteilt, harte Entscheidungen getroffen, manche davon waren entsetzliche Fehler, wie mir jetzt klar ist. Wenn du mit solchen Dingen nicht umgehen und mit dem, was passiert ist, nicht leben kannst, dann solltest du Zivilist werden. Genug jetzt damit, verstanden?»

«Ich verstehe, Herr General.»

«Nun denn. Während Gorodish El Arish einnimmt und dann nach Süden abdreht, um aus unserem Durchbruch Nutzen zu ziehen, wirst du dich bereitmachen, um nach Westen bis zum Kanal vorzustoßen.»

«Zum *Kanal*, Sir?»

«Du hast richtig gehört. Wir können nicht sicher sein, ob die UNO uns nicht morgen oder sogar heute noch einen Waffenstillstand aufzwingt. Wir müssen soviel Schaden anrichten und soviel Bodengewinne machen, wie wir nur können. Im Augenblick wäre ein Vormarsch bis zum Suezkanal gegen die offizielle Regierungspolitik, aber das kann sich ändern. Es gibt höheren Ortes Leute, die glauben, die UNO könnte dadurch in solche Panik versetzt werden, daß sie unverzüglich einen Waffenstillstand erzwingt. Aber andere glauben, es wäre nicht so schlecht für uns, bis zum Kanal vorzustoßen. Der Schock kann auch den Zusammenbruch und den Abzug der Ägypter bewirken, ohne den UNO-Blödsinn von der Rückkehr zu früheren Grenzlinien. Also solltest du dich bereithalten, bis zum Kanal zu marschieren, auch wenn es sein kann, daß du dann zurückgepfiffen wirst.»

Kischotes Lebensgeister kehren wieder. «B'seder, Sir. Angenommen, ich schaffe es irrtümlich tatsächlich bis dorthin? Solche Irrtümer sind meine Spezialität.»

«Nun, das ist eine Idee, dein Ruf eilt dir voraus. Und nun, Flaggen hoch!» Tal klopft ihm auf die Schulter. «Was deinen Angriff auf den Jeradi-Paß angeht: Du hast das Ziel nicht aus den Augen verloren. Du hast es erreicht. Was auch immer du getan hast, um dorthinzukommen, es war kein Fehler. Denk nie etwas anderes. Ehud Elad war ein Löwe. Er ist tot, und wir müssen diesen Krieg noch immer gewinnen.»

Aber Don Kischote ist an diesem Morgen noch nicht weit Richtung Kanal gekommen, als er, aufrecht im Geschützturm stehend, getroffen wird.

39
Nakhama und Emily

Rund um eine Tischkarte Jerusalems sitzen der Ramatkhal, sein Generalstab und die Führungsoffiziere des Zentralkommandos lange nach Mitternacht noch in der «Grube» beisammen, um über eine neue Herausforderung von gewaltiger Tragweite zu beraten. Die Rückeroberung der Altstadt scheint plötzlich politisch möglich geworden! Denn König Hussein ist trotz Israels Zusage, nicht gegen ihn vorzugehen, wenn er neutral bleibt, in den Krieg eingetreten. Vor neunzehn Jahren war Jitzhak Rabin in Mickey Marcus' Begleitung vom Dach eines Klosters aus Zeuge der Kapitulation des Jüdischen Viertels gewesen. Damals befehligte er eine Palmach-Brigade. Heute befehligt er die gesamte israelische Verteidigungsstreitmacht. Falls er diese Möglichkeit beim Schopfe ergreifen soll, dann steht ihm nur eine winzige Spanne Zeit dafür zur Verfügung; vielleicht einer oder zwei Tage, bevor nun, da die Araber als Verlierer dastehen, der unvermeidliche Ruck an der Waffenstillstandsleine erfolgt.

Ein Assistent nähert sich durch den dicken, abgestandenen Rauch. «Der Premierminister ist hier, Herr General.»

«Eshkol, hier in der Grube?»

«In Ihrem Büro oben, Sir. Er sagt, er wird herunterkommen, wenn es gelegen ist.»

«Ich komme hinauf, geh kurz Luft schnappen.» An die anderen gewandt sagt er: «Unser Mindestziel ist, kurz gesagt, die Eroberung der östlichen Höhenzüge, vom Berg Skopus bis zum Augusta-Victoria-Krankenhaus. Wenn dann der Waffenstillstand ausgerufen wird, werden wir zumindest die Altstadt unter Kontrolle haben. Macht weiter, ich bin bald zurück.»

Eshkol, der ein dunkles Barett und eine Armeeuniform trägt, die sich über seiner dicken Figur vorwölbt, schreitet beim Eintreten des Ramatkhals in Rabins Büro auf und ab. «Guten Morgen, Herr Premierminister.»

«Ach, Jitzhak! Ich konnte nicht schlafen bei all dem Bomben- und Verkehrslärm in Jerusalem. Der Himmel dort steht buchstäblich in Flammen. Also bin ich einfach hierhergefahren.» Rabin öffnet ein Fenster und läßt die warme frische Meeresluft herein. «Nu, und die Verdunklung?» ruft Eshkol aus.

«Kein Problem, Herr Premierminister. Die Araber werden keine Flugzeuge nach Tel Aviv schicken.»

«Wie wahr, Gott sei Dank! Der Luftsieg ist ein Wunder, ein Geschenk des Himmels! Er wird in die Geschichte eingehen. Was geschieht jetzt, Jitzhak? Werden wir die Altstadt zurückerobern?»

«Die Generäle wollen marschieren, aber Dayan ist dagegen.»

«So? Und was passiert anderswo?»

Anhand einer riesigen Wandkarte des Sinai gibt Rabin ihm einen Überblick über Tals Heldentaten im Norden und schildert Sharons nächtlichen Angriff auf Abu Agheila, den Hauptstützpunkt auf dem zentralen Sinai. Der Kampf ist noch in vollem Gange. Eshkol hört mit einem durchdringenden Blick aus eingesunkenen Augen zu, wie Rabin von Hubschraubern erzählt, die hinter der Festung von Abu Agheila Fallschirmjäger absetzen, und von dem hochriskanten und komplizierten Sturm mit Panzern und Infanterie. Dann schildert er die heftigen Kämpfe um Jerusalem. «Das ist die größte Überraschung dieses Krieges, Herr Premierminister. Wir dachten, Hussein würde sich nicht rühren oder höchstens einen Kleinkrieg pro forma anzetteln, wie die Syrer bis jetzt. Tatsächlich aber setzen uns die Jordanier mehr zu als die Ägypter, und wir müssen dort schlimme Verluste hinnehmen.»

«Wollen Sie damit sagen, daß wir die Altstadt nicht erobern können? Daß der Preis zu hoch wäre?»

«Das habe ich nicht gesagt.» Rabin zündet sich automatisch eine Zigarette an, obwohl noch eine brennende im Aschenbecher liegt. «Herr Premierminister, wenn ich es frei heraus sagen soll...» Eshkol nickt langsam mit seinem breiten Kopf. «Verteidigungsminister Dayan hat mir drei Grenzen für meine Strategie in diesem Krieg gesetzt. Nicht zum Kanal vorstoßen. Nicht die Golanhöhen erobern. Und nicht die Altstadt einnehmen. Die leibhaftige Vorsicht ist er geworden.»

«Das ist verständlich, Jitzhak. Die letzte Verantwortung hat etwas Ernüchterndes.»

«Die letzte Verantwortung liegt bei Ihnen, Herr Premierminister.»

Eshkol verzieht ironisch das Gesicht. «Tatsächlich? Ich kann für heute eine Versammlung des Kriegskabinetts einberufen, um die drei Dayanschen Grenzen aufzuheben. Ob das Kabinett das tun würde?»

Rabin dreht die Handflächen nach außen, zieht tief an seiner Zigarette und sagt: «Er treibt mich an, damit ich Sharm el-Sheikh erreiche, bevor es zum Waffenstillstand kommt. Er nennt es das vorrangigste Kriegsziel.»

«Das zu verstehen fällt mir schwer.» Eshkol streicht über sein Kinn wie über den nicht vorhandenen Bart eines Rabbis. «Wir haben in Jerusalem jetzt eine Chance, wie sie nur alle tausend Jahre kommt! Die Juden können in die Stadt Davids, nach Zion zurückkehren! Nasser hat uns die Chance gegeben, und Hussein hat wie durch ein Wunder mit ihm am selben Strang gezogen. Wenn wir dieses Geschenk der Geschichte nicht annehmen» – er lächelt, und sein Tonfall wird spöttisch –, «das heißt, unseres alten jüdischen Gottes, wird vielleicht nie wieder etwas Ähnliches geschehen. Was bedeutet im Vergleich dazu Sharm el-Sheikh?»

Ein rotes Telefon klingelt. «Ja? ... Ja, ich verstehe ... *Was*? ... Nun, zufällig befindet sich der Premierminister gerade in meinem Büro ... Ausgezeichnet, beeil dich.» Als Rabin auflegt, steht auf seinem stoischen Gesicht eine sehr seltene Erregung geschrieben. «Sir, Sam Pasternak kommt mit einer durchschlagenden Information des Geheimdienstes zu uns. Er spricht von der politischen Wende des Krieges.»

Als Zev Barak die Massachusetts Avenue entlangschreitet, erspäht er Emilys roten Pontiac, der unter einem Laternenpfosten parkt. Das Wagenfenster ist offen.

«Hallo Em. Wo ist er?»

Sie zeigt es ihm. «Er wartet da oben, wie vereinbart.»

Es ist eine warme und sternenhelle Juninacht, und die Bänke am Dupont Circle sind zum größten Teil von zusammengesunkenen Betrunkenen oder ineinander verschlungenen Liebespaaren besetzt. Cunningham sitzt aufrecht in seinem üblichen grauen Anzug mit Homburg auf einer Bank in der Nähe eines jungen Gitarrenspielers, der sich im Gras ausgestreckt hat.

«Ach, da sind Sie ja, Zev. Was ist das für eine dringende Nachricht von Sam?»

Barak reicht ihm einen Umschlag. «Ich hatte einige Mühe, um Ihre Spur bis ins Rive Gauche zu verfolgen.»

«Mein Geburtstag heute», sagt der CIA-Mann, während er den Umschlag öffnet. «Emily hat mich eingeladen.»

«Bedenken Sie, Chris, dieses Material wurde verschlüsselt über Fernschreiber durchgegeben. Es handelt sich um eine eilige Rohübersetzung aus dem Arabischen.» Barak spricht leise, beinahe gedämpft, während Cunningham voll gespannter Ungeduld im Schein der Straßenbeleuchtung die getippten Seiten überfliegt. «Außerdem wurde die aufgefangene Meldung durch atmosphärische Störungen verzerrt. Aber Sie werden die Aussage trotzdem verstehen. Pasternak verbürgt sich für die Echtheit der Stimmen Nassers und Husseins. Er sagt, sie werden beide mit Bestimmtheit die Meldung in ihren Morgenkommuniqués bestätigen, und Ihre Regierung sollte vorgewarnt sein, daher diese dringende Botschaft. Eine Kopie des Bandes ist auf dem Flug hierher.»

Cunningham beendet seine eilige Lektüre, klopft mit dem Knöchel auf die Papiere und springt auf. «Großartig! Das ist ein ebenso brandheißer Durchbruch wie Chruschtschows geheime Rede damals. Wieder einmal muß ich vor Israels Aufklärungsdienst meinen Hut ziehen. Das können Sie Sam ausrichten. Ich schicke Emily besser zu ihrer Schule zurück. Wo werde ich Sie später finden, Zev?»

«Bis Mitternacht in der Botschaft, anschließend zu Hause. Sie können mich zu jeder Zeit anrufen, Sir.»

«Das werde ich, falls nötig.»

Sie gehen zusammen zum Pontiac. «Danke für das Geburtstagsessen, Em», sagt ihr Vater. «Tut mir leid, daß ich die Feier abbrechen muß.» Er winkt einem Taxi und springt hinein mit den Worten: «Zum Weißen Haus. Südlicher Eingang.»

«Nun, das ging aber schnell», sagt Emily. «Du mußt bis über beide Ohren beschäftigt sein, Lieber. Kannst du mir einen Tip geben, wie der Krieg läuft?»

«Mal so, mal so. Ich muß vielleicht morgen nach New York fliegen, Emily, und ich weiß nicht, wann ich zurück sein werde, aber –»

«Ja, wirklich? Juppidu! Was für ein unglaublicher Zufall, Hester hat eine Ausstellung in einer Galerie an der Madison Avenue. Ich habe mit dem Gedanken gespielt, auch dort zu erscheinen.» Sie lächelt ihn strahlend an.

Barak zögert. Seit Wochen schon hat er keine Zeit für Emily, und sie hat ihm vollstes Verständnis dafür entgegengebracht. Das letzte, wonach ihm jetzt der Sinn steht, ist ein romantisches Rendezvous in New York. «Ich verstehe. Du fliegst für einen Tag rauf, ja?»

«Nun, Süßer, das kommt ganz darauf an, weißt du ... Ich wohne jedenfalls im St. Moritz, die Aussicht auf den Park ist großartig dort.»

Getrieben von einem Impuls reuevoller Zuneigung für sie sagt er: «In Ordnung, wie wäre es, wenn ich dich morgen deswegen anrufe, Queenie, wenn ich klarer sehe?»

«Ach fabelhaft – nein, warte, warte!» ruft sie. «Morgen ist Dienstag, nicht wahr? Nakhama begleitet deine Töchter, um meine Pferdchen zu streicheln. Reiten ist aus Versicherungsgründen nicht erlaubt – aber ich erwische vermutlich die Zwei-Uhr-Maschine. Und jetzt hör mir zu, Alter Wolf, falls du doch nicht nach New York kommst oder zuviel zu tun hast, kümmere dich nicht um mich, ich werde mir Hesters Ausstellung in jedem Fall ansehen. Verstanden?»

«Verstanden.»

«Schön. Bis dann, mein Schatz. Ruf mich morgen an.» Sie fährt davon.

Er muß sich einen Weg durch Sendewagen, Kameraleute und Zuschauer bahnen, die auf dem ganzen Weg in die Botschaft Spalier stehen. In der vollen, lärmenden Halle legt ein hochgewachsener Mann mit stahlgrauen Haaren seine Hand auf Baraks Arm. «Zev Barak!»

«Oh, hallo! Professor Quint, stimmt's?»

«Alan Quint, jawohl, und nun hören Sie zu, Barak, einige von uns haben spontan ein Komitee gegründet, *Wissenschaftler für einen gerechten Frieden im Nahen Osten*. Was können wir tun, um dem Krieg zum Erfolg zu verhelfen? Wir sind auf unsere staubtrockene Art nicht ohne Einfluß.» Er stößt ein staubtrockenes Kichern hervor. Vor Jahren kam dieser Akademiker nach Israel, wie Barak wieder einfällt, um die Auswirkungen der gemeinschaftlichen Erziehung auf die Kibbuz-Soldaten zu untersuchen. Damals hatte er in keiner Weise zu erkennen gegeben, daß er selbst Jude war.

«Das ist sehr nett. Ich wußte gar nicht, daß es in Harvard viele jüdische Professoren gibt.»

«Offen gestanden, ich auch nicht. Sie kriechen aus dem Gebälk hervor, so könnte man es ausdrücken. Ich bin der einzige, der je in Israel war, deshalb bin ich Vorsitzender geworden.»

Barak führt Professor Quint zum Kulturattaché, einem gewissen Gamaliel. «Aus Harvard? Das ist ja wundervoll!» ruft Gamaliel aus, ein kleiner, hemdsärmeliger Mann aus Haifa, der eine Rasur bräuchte und seiner Gesichtsfarbe nach einen Monat in der Sonne nötig hätte. «Sagen Sie, Herr Professor, können Sie uns einen Fachmann für den Nahen Osten für die Nachrichtensendung morgen früh vorschlagen? Die Ägypter haben einen Mann aus Yale benannt, einen gewissen Peterson.»

«Natürlich. Kermit Peterson. Ein ernstzunehmender Wissenschaftler», sagt Quint. «Ein hundertprozentiger Arabist, hat jahrelang in Beirut gelehrt, hat eine syrische Frau.» Er grübelt und schnippt dann mit den Fingern. «Templeton ist Ihr Mann. Brooks Templeton.»

«Templeton?» Gamaliel runzelt seine käsebleiche Nase. «Templeton sagen Sie?»

«Sein Großvater war ein polnischer Rabbi.»

«Aha.»

«Ja. Er erzählte mir das heute morgen beim Frühstück in der Kantine. Ich hatte nicht die leiseste Ahnung, daß er überhaupt Jude war. Er wird Peterson nach Strich und Faden fertigmachen. Sein Name ist J. Brooks Templeton, ein brillanter Professor der Geschichte.»

«Perfekt, das ist uns eine große Hilfe.» Gamaliel lächelt Barak zu. «Danke, Zev.»

«Bedanken Sie sich in Harvard.»

Barak übermittelt Pasternak per Fernschreiber: UNSER FREUND IST ENTZÜCKT ÜBER SEIN GEBURTSTAGSGESCHENK. Er findet Abe Harman in seinem Büro, der trotz des geschwollenen Kiefers bester Laune Stapel von Papieren durchackert. Der Botschafter schwenkt eine Handvoll gelber Telegramme. «Hilfsangebote! Zev, ist Ihnen klar, was für Unsummen Geldes jetzt in den UJA fließen? Millionen und Abermillionen! Auch von einer Menge Christen!» Er tippt auf einen kleinen braunen Beutel auf seinem Schreibtisch. «Sehen Sie sich das an! Eine kleine grauhaarige Dame kam nach meiner Rede zu mir herauf.» Er nahm einen jiddischen Akzent an. «‹*Mein Sohn ist Rabbi Marcus Wax aus Philadel-*

phia, er ist ein guter Junge, er hat mich auf meinen Wunsch hierhergebracht. Das ist alles Geld, was ich besitze auf der Welt, siebenunddreißigtausend Dollar. Es ist für Israel.› Was sollte ich tun, Zev? Ich nahm es und schrieb ihre Adresse auf. Wir werden es ihr zurückerstatten.»

Barak schließt die Tür zu seinem Büro, überreicht ihm eine Kopie von Pasternaks Material und berichtet über sein Zusammentreffen mit dem ungenannten CIA-Kontaktmann. Der Botschafter sieht die Papiere durch, lehnt sich verblüfft zurück, nickt dann immer wieder, während er sie mit zusammengekniffenen Augen, die höchste Konzentration signalisieren, durchliest. «Wahrlich verblüffend!» ruft er aus. «Abgesehen davon, daß es ein gigantischer politischer Fehler ist, ist es unglaublich naiv! Stellen Sie sich vor, die Amerikaner und Briten anzuklagen, sie hätten unseren Luftangriff geführt!»

«Nun, Abe, zumindest scheinen sie behaupten zu wollen, daß Flugzeugträger an dem Angriff teilgenommen haben. Das geht aus der Abschrift nicht ganz klar hervor. Manches war unverständlich.»

«Aber gütiger Gott, Zev, wie können sie nur so schlecht informiert sein? Hören Sie sich das an –» Er zeigt auf eine Zeile. *«Nasser: Haben die Engländer Flugzeugträger?»* Das Gesicht des Botschafters nahm die vertrauten, besorgten Züge an. «Das ist zu grotesk. Glauben Sie, die Russen haben Nasser dazu angestiftet? Damit sie einen Vorwand haben, um in den Krieg einzugreifen? *Das* wäre eine wirklich schlimme Möglichkeit. Was meinen Sie?»

Barak weiß es besser. Cunningham hat ihm, ausschließlich für Pasternaks Ohren bestimmt, gesagt, daß der heiße Draht nach Moskau, der Fernschreiber mit den kyrillischen Buchstaben, heute morgen zum erstenmal seit seiner Installation lebendig geworden ist, um zu melden, daß die Sowjetunion nicht die Absicht hätte, in diesem Krieg zu intervenieren.

«Abe, ich denke, Nasser glaubt wirklich, daß amerikanische oder britische Flugzeugträger den Angriff geflogen sind oder zumindest darin verwickelt waren. Die ägyptische Luftwaffe braucht zwei Stunden für eine Kursumkehr, das wissen wir. Unsere Staffeln haben diese Zeit auf zehn Minuten heruntergedrückt. Gut möglich, daß er sich nicht vorstellen kann, daß wir die hundert Einsätze an einem einzigen Morgen selbst geflogen sind. Oder daß wir unsere Städte ohne jede Luftverteidigung zurücklassen. Während des Angriffs waren in Israel nur noch etwa ein Dutzend Flugzeuge zurückgeblieben, wissen Sie.»

Der Botschafter sitzt mit aufgestütztem Kinn da, wie Rodins *Denker* mit geschwollenem Kiefer. «Nein. Es muß eine Lügengeschichte für die Weltöffentlichkeit und sein eigenes Volk sein. Das ist alles. Und nun hören Sie zu, Zev. Gideon Rafael wird vor der UNO Fakten und Zahlen über die Luftwaffe und einen aktuellen Situationsbericht über die Kämpfe am Boden haben wollen. In New York werden vermutlich die Fetzen fliegen. Besser, Sie schlafen ein wenig und brechen dann früh auf.» Er klopft mit seinen dicken Fingern auf das Dokument. «Hussein scheint nicht sehr glücklich darüber, daß er diese Beschuldigungen mittragen soll.»

«Die Hälfte seiner Antworten geht im atmosphärischen Rauschen unter. Vielleicht war der Empfang in Kairo besser. Die Jordanier stecken bestimmt bis über beide Ohren in der Sache. Schließlich wird um Jerusalem erbittert gekämpft.»

Klingel, klingel.

«Rufe ich zu früh an, Emily? Habe ich Sie aufgeweckt?» Nakhama klingt munter und unternehmungslustig.

«Nein, nein, ich war schon wach.» Emily nimmt sich zusammen, um bei diesen Worten nicht aufzustöhnen. Ihr Wecker im Brummstübchen zeigt auf sieben Uhr.

«Schön. Dürfen wir kommen? Meine Töchter tanzen seit fünf Uhr morgens in der Wohnung herum.»

«Selbstverständlich.» Emily ist in der Hoffnung auf Regen zu Bett gegangen, doch durch die Vorhänge fällt Sonnenlicht, wie könnte es anders sein. «Haben Sie nicht schrecklich viel um die Ohren mit dem Krieg und allem drumherum? Ich kann einen Stallknecht mit einem Wagen schicken, der die Mädchen abholt, wissen Sie. Sie werden sich hier nur schwer zurechtfinden. Es wäre viel einfacher. Lassen Sie mich das machen –»

«Nein, nein, ich finde es schon. Wir werden um neun Uhr da sein.»

«Das möchte ich wetten», murmelt Emily, als sie auflegt. «Schlag neun. Wie kann ich nur einen Israeli lieben?»

In der Küche schaltet sie das kleine Tischfernsehgerät ein, während sie Kaffee kocht. Der Außenminister, dessen Mondgesicht vor Wut verzerrt ist, erklärt mit erstickter Stimme in einem drangvoll gefüllten Pressesaal: «*... absolut und böswillig falsch. Unsere Sechste Flotte ist weit außerhalb der Flugreichweite des Gebiets stationiert, wie die arabischen Führer sehr wohl wissen. Die Regierung der Vereinigten Staaten verurteilt aufs schärfste diese absichtlichen, durchsichtigen Lügen, die nur dazu führen können, daß die unermüdlichen Bemühungen unserer Vertreter vor den Vereinten Nationen zur Erreichung eines unverzüglichen Waffenstillstands ins Stokken geraten ...*» Selbst als er über Ho Chi Minh gesprochen hat, klang Dean Rusk nicht so zornentbrannt.

Es folgen weitere unbestimmte Kriegsbilder, und der Nachrichtensprecher verkündet, daß viele arabische Länder ihre Beziehungen zu Amerika und England wegen deren Beteiligung an dem Luftangriff abbrechen. Er zitiert arabische Stellen, die überwältigende Erfolge für sich melden, und bemerkt, daß die Israelis nur wenig Informationen preisgeben. Emily deutet Nassers Beschuldigung als Indiz dafür, daß er in Schwierigkeiten gerät, und das findet sie erfreulich. Die Aussicht auf das Zusammentreffen mit Nakhama weniger.

Fünf Minuten vor neun steht sie in weißer Hemdbluse, Faltenrock und klobigen Schuhen unter dem steinernen Torbogen, ihr Haar hat sie zum Knoten hochgebunden, sie trägt eine Hornbrille auf der Nase, kein Make-up, keinen Schmuck; eine reizlose, geschlechtslose Lehrerin auf Lebenszeit, deren Nerven von viel zu viel Kaffee flattern, die entschlossen ist, diesen Besuch im Eilverfahren zu absolvieren. Um neun Uhr kommt Zevs Wagen um die Kurve, überquert die Brücke über den Bach und nähert sich auf dem baumbestandenen Hügel dem Torbogen. Nakhama winkt, und die Kinder rufen fröhlich durch das offene Fenster.

«Hallo. Lassen Sie den Wagen hier stehen», sagt Emily. «Wir gehen zu Fuß zum Stall.»

«Was für ein nettes Häuschen», sagt Nakhama mit einer Bewegung zum Brummstübchen. «Leben Sie hier?»

«Nun ja, von Zeit zu Zeit. Ich verbringe viel Zeit zu Hause bei meinem Vater.»

Während sie den Kiesweg hinabgehen, hält Galia, deren Handgelenk noch immer verbunden ist, würdevoll Schritt mit ihnen, während Ruti voraushüpft.

Emily wird nun erst bewußt, daß sie vergessen hat, den alten Connors, der das ganze Jahr über als Stallknecht arbeitet, darauf vorzubereiten, daß er mit diesen Besuchern kurzen Prozeß machen soll. Als er Nakhamas Akzent hört, ordnet er ihre Töchter unglücklicherweise der Kategorie Diplomatenmädchen zu, also potentielle Schülerinnen, und scharwänzelt um sie herum. Sie streicheln alle zehn Pferde, reiben ihre Nasen an allen, lernen alle Namen und füttern sie mit Zucker. Als Ruti fragt, ob sie reiten dürfen, sagt er: «Warum nicht? Das ist die richtige Einstellung, Mädchen», und beginnt, zwei Sättel von den Haken an der Wand zu zerren.

«Aber Connors, die Versicherung –»

«Kein Problem, Miss Cunningham. Ich werde sie nur eine Weile lang auf Brown Beauty und Frankie um die Koppel führen.» Die Mädchen vollführen Freudensprünge. Sie besteigen die Pferde, und Connors führt sie hinaus auf eine grüne, umzäunte Fläche.

«Was für ein netter Mann», sagt Nakhama. «Bei ihm sind sie in guten Händen. Vielleicht kann ich in der Zwischenzeit dieses hübsche kleine Häuschen von Ihnen anschauen.» Sie senkt ihre Stimme. «Und Ihre Toilette benutzen.»

Dagegen gibt es kein Argument. Dabei hat Emily nicht im Traum daran gedacht, Nakhama in das Brummstübchen einzulassen. Während sie den Weg hochgehen und Nakhama sich über die schöne Landschaft ausläßt, durchforstet Emily in Gedanken die Räumlichkeiten nach Spuren des Alten Wolfs. Nein, nichts. Ein paar Bücher, die er ihr geliehen hat, könnte man nur mit Hilfe von Fingerabdrükken identifizieren. Den Pullover, den er einmal liegenließ, hat er mittlerweile wieder an sich genommen. Sonst nichts, alles in Ordnung … dann fallen ihr die Pistazien ein. Dort stehen sie – sie sieht sie vor sich –, in einer tiefen roten Lackschale auf dem niedrigen Tischchen vor der Wohnzimmercouch.

Na und, denkt sie gereizt. Ist Zev Barak etwa der einzige Mensch auf dieser verdammten Welt, der Pistazien ißt? Emily hat selbst Geschmack daran gefunden. Sie rufen eindringliche Erinnerungen wach, und es macht Spaß, sie zu knacken. Was soll an ein paar verdammten Pistazien belastend sein! Doch während sie sich dem Brummstübchen nähern, schwillt die Lackschale in Emily Cunninghams Kopf auf die Größe des Rose-Bowl-Pokals an und die Nüsse zu der Menschenmenge eines ausverkauften Footballstadions. Dann plötzlich kommt ihr der rettende Einfall: Hat sie die Nüsse nicht letzte Nacht in die Küche gebracht, um beim Fernsehen noch ein paar zu knabbern? Oder doch nicht?

«Vielleicht möchten Sie mit hochkommen und die Schule besichtigen, sie ist recht interessant.» Sie ergreift Nakhama am Ellbogen. Der Pfad verzweigt sich hier und führt hügelaufwärts zum Hauptgebäude.

«Später vielleicht», sagt Nakhama und zieht Emily mit energischen israelischen Schritten zum Brummstübchen. Und so treten sie ein, und dort auf dem niedrigen Wohnzimmertisch steht der Rose Bowl. Nakhama bekundet ihr Entzücken über den Zauber des Orts, während sie auf den Wagenradkronleuchter zur Decke starrt. «In Israel gibt es nichts Vergleichbares», sagt sie. «Der ist aber hübsch.»

«Ja, nicht wahr! Eine Art Museumsstück aus Pionierzeiten. Die Toilette ist hier hinten.» Nichts einfacher, als diese Schale blitzschnell verschwinden zu lassen, sowie Nakhama daran vorbeigegangen ist.

«Danke. Sie mögen Pistazien also auch», sagt Nakhama und geht ins Schlafzimmer. Emily läßt sich in die Betrachtung der roten Schale versunken auf die Couch fallen und denkt, kein Wunder, daß Israel seine Kriege gewinnt. Das Rauschen der Toilettenspülung ist die Glocke, die dein Stündchen schlägt. Nakhama lächelt über das ganze Gesicht, als sie neben ihr Platz nimmt. «Hören Sie zu, es ist in Ordnung», sagt sie.

«Was ist in Ordnung?»

Nakhama macht eine unbestimmte Handbewegung zu den Pistazien hin. Emily wirft ihr einen unschuldigen, verständnislosen Blick zu. «Sie und Zev», sagt Nakhama.

«Ich verstehe Sie wirklich nicht. Möchten Sie einen Kaffee? Oder etwas Erfrischendes?» Es fällt ihr schwer, unter dem klugen, freundlichen Blick von Nakhamas braunen Augen das kleine unschuldige Mädchen zu spielen.

«Ach, ein Cola wäre sehr nett, danke. Ein Light, falls Sie eines haben. Ich platze aus all meinen Kleidern. Diese Botschaftsessen!»

Emily bringt das Getränk mit Eis, wie betäubt wartet sie auf Nakhamas nächsten Zug, der darin besteht, daß sie nippt und dankbar nickt. «Ich sage Ihnen, Emily, das Leben in Israel ist nicht leicht. Für Armeeoffiziere ist es noch härter. Zev hat Ihnen sicher darüber geschrieben.»

«Nun ja, das hat er.» *(Was für eine Erleichterung, wenn es nur um die Briefe geht!)*

«Ja. Der Sold ist so niedrig, und trotzdem müssen sie einen gewissen Lebensstandard aufrechterhalten. Sie sind so oft von zu Hause weg. Immer gibt es Kriege oder die Gefahr eines Krieges. Immer ist etwas los. Immer dieser Streß. Da ist es nur menschlich, daß sie nicht alle mustergültige Ehemänner sind, genau. Israel ist sehr klein. Jeder weiß über diese Dinge Bescheid. Jeder weiß, wer was tut. Ich möchte nicht behaupten, daß es keine Ausnahmen gibt, natürlich gibt es die. Zev ist eine davon, die Leute reden nicht über ihn.» Sie lächelt Emily strahlend an und hält abrupt inne.

(Jetzt bin ich an der Reihe, etwas zu sagen!) «Das überrascht mich nicht, Ihr Mann ist entschieden ein außergewöhnlicher Mensch», platzt Emily in die Pause hinein. «Sie kennen ihn natürlich viel besser als ich, wir sind nur das, was wir Amerikaner Briefkumpel nennen, irgendwie haben wir angefangen, uns zu schreiben, und diese Korrespondenz aufrechterhalten, und es war reizend. Er ist sehr belesen und geistreich, und selbstverständlich finde ich es faszinierend, was er über Israel schreibt. Mein Vater korrespondiert ebenfalls mit ihm, allerdings geht es dabei um ernste Angelegenheiten.» Nun, da Emily einmal zu reden angefangen hat, plappert sie weiter, bis ihr die Luft ausgeht.

«Briefkumpel. Das ist ein hübscher Ausdruck. Aber ich glaube, daß Sie Zev ziemlich gut kennen.» Nakhama blickt zu den Pistazien und dann zu Emily. «Und wie ich schon sagte – das ist der wahre Grund, weshalb ich mit Ihnen sprechen wollte, weshalb ich mit den

Mädchen hier herausgekommen bin –, es ist in Ordnung so. Als Sie bei uns zum Abendessen waren, fühlten Sie sich offenbar ziemlich unbehaglich, und dafür gibt es keinen Grund. Sie haben Zev etwas Schönes gegeben. Ich habe die ganze Zeit über gesehen, wie sehr er sich über Ihre Briefe gefreut hat und, nun ja, was auch immer sonst war, es ist in Ordnung.»

Darauf bleibt Emily nur eine schnelle und direkte Antwort. «Nakhama, Zev schrieb mir vor Jahren über die Pistazien. Er nennt sie sein heimliches Laster –»

«Das kann man wohl sagen –»

«Und einige Zeit später probierte ich welche, und sie schmeckten mir, und jetzt esse ich sie auch. *Zev war nie hier*, und diese Nüsse sind für mich und nur für mich. In Ordnung?»

«In Ordnung. Dann haben Sie aber Glück, daß Sie so hübsch und schlank bleiben.»

«Vermutlich esse ich sie nicht in solchen Mengen wie er.» Emily hat keine Ahnung, ob Nakhama ihr diese Antwort abnimmt oder nicht. Die gute Laune der Frau ist durch nichts zu erschüttern.

«Das möchte ich wetten, Emily. Hören Sie zu, Emily, Sie wollen mir doch nicht etwa den Verdacht in den Mund legen, Sie hätten eine Liebesaffäre mit meinem Mann!» lacht Nakhama. «Auf keinen Fall. Wenn Sie nur Briefkumpel sind, dann ist es gut, das ist natürlich besser. Ich bin sehr altmodisch. Zev auch, wie Sie wissen. Aber er ist Armeeoffizier, und manche andere Armeetypen sind regelrechte Tunichtgute. Zu viele davon.»

«Nakhama, ich möchte Ihnen eines sagen. Wenn ich Sie wäre und Zev auch nur im Verdacht hätte, daß er mit anderen Frauen herumspielt, dann würde ich ihm die Augen auskratzen wollen.»

Nakhamas Gesicht nimmt einen eigenartigen Ausdruck an. Ihre Mundwinkel zucken, und mit einemmal sieht sie schockierend ungehobelt, traurig und zynisch aus. Doch das dauert nur einen Augenblick, dann gewinnt ihre einnehmende Freundlichkeit wieder die Oberhand. «O Emily, wir kommen aus so unterschiedlichen Welten! Ich bin eine Sephardim, eine Marokkanerin. Väterlicherseits habe ich zwei Großmütter. Manche Männer in meinem Herkunftsland leben noch immer in Vielweiberei. Einmal fragte ich

Großmutter Leah, ob sie nie auf Großmutter Dvora eifersüchtig gewesen sei. Sie war damals natürlich schon eine alte Frau. Sie lachte und sagte, warum sollte sie? Großmutter Dvora machte die halbe Arbeit und hielt ihr die Hälfte der Zeit Großvater Avram vom Leib. Sie sagte, sie sei daran gewöhnt gewesen.»

Es klopft an der Tür. Sie hören die Mädchen kichern. Connors tippt sich an die Ledermütze, als er sie hereinführt. «Sie haben zwei richtige Reiterinnen hier», sagt er zu Nakhama. «Ich hoffe, Sie schreiben Sie ein.»

«Wir sind um die Wette geritten, und ich habe gewonnen», sagt Ruti.

«Eine Wette im Schritt», schnieft Galia. «Ich habe Frankie traben lassen.»

Emily begleitet sie zum Auto, winkt ihnen nach und kehrt benommen ins Brummstübchen zurück. Nakhama ist entweder ein schlichtes Gemüt oder ein zu dicker Brocken für sie. Bei ihrem Eintreten klingelt das Telefon.

Barak sagt: «Hallo, ich rufe vom Flughafen aus an. Sind die Mädchen mit den Pferden zurechtgekommen?»

«Wunderbar. Ich bin sogar mit Nakhama zurechtgekommen.»

«Siehst du. Ich wußte doch, daß du Angst davor hattest. Sie ist schon in Ordnung, Nakhama.»

«Das kannst du wohl sagen.»

«Und wie sieht es jetzt aus? Wirst du im St. Moritz sein?... Queenie? Queenie, bist du noch dran?»

«Ich bin dran.»

«Wirst du im St. Moritz sein? Vielleicht gibt es irgendwann eine Unterbrechung in der UNO-Debatte.» Pause. «Queenie?»

«Ich werde im St. Moritz sein.»

Mit seinem Diplomatenausweis und seiner Uniform kann Barak problemlos den Polizeikordon vor dem UNO-Gebäude passieren, wo eine Menschenmenge im Nieselregen ausharrt; eine riesige, stille, dampfende Versammlung, die sich vor dem hoch aufragenden Betonklotz am Fluß versammelt hat und durch ihre bloße Anwesenheit Israel ihre Solidarität bekunden will. Der Polizist, der seine

Papiere überpüft, sagt: «Gehen Sie rein, und machen Sie ihnen die Hölle heiß, Herr General.»

Im Versammlungssaal des Sicherheitsrats geht er zunächst auf die überfüllte Galerie, um sich einen Eindruck vom Tenor der Reden zu verschaffen. Ein Redner nach dem anderen macht Israel Vorwürfe und ruft nach sofortiger Verurteilung, Rückzug und schwerer Bestrafung. Niemand achtet auf die Reden. Die Mitglieder des Sicherheitsrats sitzen mit geduldiger Miene an einem runden Tisch und stützen das Gesicht in die Hände. Aus den Kopfhörern kommen die üblichen komischen Übersetzungsunstimmigkeiten; ein bärtiger Algerier ergeht sich in leidenschaftlichem Französisch am Rednerpult, und eine ausdruckslose Frauenstimme übersetzt unbeteiligt Satz für Satz: «*Die zionistischen Handlanger des kapitalistischen Imperialismus spielen ... einmal mehr ... unter Mißachtung der Weltmeinung ... das schmutzige Spiel des Lockvogels für den Kolonialismus. Die einzig angemessene ... Bestrafung ist die sofortige Vertreibung und ein Embargo der Vereinten Nationen gegen ... dieses Verbrechergebilde, das keinesfalls ein echter Staat ist, Herr Vorsitzender, sondern eine Bande ... plündernder Mörder ...*»

An einem schmalen Seitentisch sitzt Gideon Rafael mit zwei Assistenten und schreibt eilig mit. Nach einer Weile läßt Barak ihm eine Nachricht zukommen, und sie treffen sich in einem Vorraum. «Zev, die Araber haben uns mit diesem Wahnwitz über den Luftangriff noch einmal gerettet! Wer hätte das gedacht? Die Amerikaner kochen. Gestern abend, so hört man überall, hatten sie und die Sowjets sich gerade auf den Entwurf eines Waffenstillstandsabkommens mit verschwommenen Formulierungen über einen Rückzug geeinigt, der absolut katastrophal für uns gewesen wäre. Die Kanadier sollten ihn vorbringen. Aber heute morgen wird angeblich Costa Rica oder Ecuador – offenkundig unter dem Einfluß der Amerikaner – eine viel günstigere Version einbringen, die den Russen überhaupt nicht gefällt.»

«Ich habe einen vollständigen Bericht über den Luftangriff vorliegen, Gideon, falls Sie auf diesen Unsinn mit den Flugzeugträgern eingehen wollen.»

«Nur wenn ich eine entsprechende Anweisung erhalte, nur wenn die Amerikaner uns darum bitten. Abba Eban fliegt morgen hierher, um unseren Sieg in einer Hauptrede zu verkünden. Halten Sie mich über die militärische Entwicklung auf dem laufenden, Zev, für den Fall, daß plötzlich Probleme auftauchen. Hier kann sich jede Stunde etwas ändern.»

Vor dem Versammlungsraum des Sicherheitsrats trifft Barak auf einen sowjetischen Militärattaché. «So, Barak, Sie sind also auch aus Washington angereist?» Er ist ein blonder, schlitzäugiger Oberst mit flachen Gesichtszügen, etwa in Baraks Alter, aber viel kleiner und schlanker, mit zehn Orden im Vergleich zu Baraks spärlichen, in zwei Feldzügen erworbenen Ordensbändern. Gelegentlich scherzen sie auf Botschaftspartys miteinander, doch heute sieht der Russe nicht aus, als wäre er zu Witzen aufgelegt.

«Sagen Sie, Golovin, glauben Ihre Leute wirklich an diese Geschichte über die Flugzeugträger?»

«Wer könnte daran zweifeln? Der Pilot, der über Ägypten abgeschossen worden war, hat gestanden, daß amerikanische Flugzeuge mit von der Partie waren, oder etwa nicht? Auch das jordanische Radar hat Flugzeuge erfaßt, die aus der Richtung der Sechsten Flotte kamen. All das ist hinreichend bekannt.» Golovin beherrscht die Kunst des russischen Diplomaten, Dinge zu sagen, ohne auch nur ein Wort davon zu glauben.

«Nun, dann sind die Amerikaner also auf frischer Tat erwischt worden, stimmt's?»

«Ihr glaubt wohl, ihr hättet jetzt Oberwasser. Wartet nur!» Golovin macht abrupt kehrt.

Emilys Stimme am Telefon klingt atemlos und angespannt. «Natürlich bin ich hier. Ich habe doch gesagt, daß ich komme. Wieviel Zeit haben wir?»

«Vielleicht zwei Stunden.»

«Soviel? Komm vorbei. Geht es dir gut? Wie läuft es? Du klingst bedrückt. Oder täusche ich mich?»

«Es ist nicht der Gedanke, ins St. Moritz zu kommen, der mich bedrückt.»

«Ich bin hier.»

Während das Taxi sich im heftigen Regen durch die Stadt schiebt, verdaut Zev Barak die jüngsten Nachrichten aus der Heimat, daß die Regierung eine politische Kehrtwendung vollziehen und der Armee grünes Licht zur Eroberung der Altstadt und des gesamten Westjordanlands geben könnte. Oft hat er diesen Feldzug, der in den Befehlsbereich des Zentralsektors fällt, im Kopf geführt, und er hat detaillierte Sandkastenübungen an der Offiziersschule darüber geleitet. Die Klagemauer für das Judentum zurückzuerobern, an der Spitze einer jüdischen Armee an diesen geheiligten Ort zurückzukehren erschien ihm immer als eine glorreiche Tat, für die er mit Freuden zu sterben bereit war. Nun wird dieser Ruhm Uzi Narkiss und Motta Gur zufallen, gute Kämpfer, gute Führer, während er ein Rendezvous mit einer Amerikanerin im Hotel St. Moritz in New York hat.

Wie ist es dazu gekommen? Wie ist er aus dem Rennen geschieden? Während er im strömenden Regen in dem dahinkriechenden Taxi sitzt, umgeben von Hupen und Beatles-Musik aus dem Autoradio seines Fahrers, sieht er den Tatsachen seines Lebens ins Gesicht, die sich im Laufe der Jahre herauskristallisiert haben: daß er, obwohl er ein guter und intelligenter Kämpfer ist, vielleicht einer der besten, in dem zermürbenden, lebenslangen Marathon auf der Maslul zurückgefallen ist gegenüber seinen Mitbewerbern, hauptsächlich Sabras mit Nerven wie Drahtseilen; daß er vielleicht eine Spur zu nachdenklich und vielleicht zu sehr Gentleman war, um das harte Spiel der Zahal bis zum Anschlag zu spielen; daß letzten Endes doch mehr als nur ein Hauch des in eine andere Welt versetzten Wiener Juden in ihm steckt, so daß er sich in den geographischen wie kulturellen Grenzen des winzigen Israel eingeengt fühlte und sich gegen seinen Willen zu sehr nach der großen weiten Welt außerhalb gesehnt hat. Vielleicht hat er es diesem umfassenderen Blick zu verdanken, daß die Wahl zum Abgesandten in Amerika auf ihn fiel. Wer weiß? Was zählt, sind die Tatsachen, und er ist jetzt auf dem Weg zu Queenie, während die Juden vielleicht auf dem Marsch zur Klagemauer sind.

Als sie ihm mit glänzenden Augen, reizend anzusehen in ihrem schwarzen, maßgeschneiderten Kostüm mit der goldenen Wolfskopfnadel, die Tür öffnet, streckt er die Arme aus, um diesen entzückenden, biegsamen Körper an sich zu ziehen. Immerhin ein gewisser Trost! Sie wehrt seine Umarmung mit einer flinken Handbewegung ab. «Langsam, Alter Wolf», murmelt sie und führt ihn ins Zimmer. Dort steht ein Fleischberg von einer Frau in einem fließenden, orangefarbenen Sack, der bis zum Boden reicht. «Das ist Hester.»

«Oh, General Barak!»

Der Fleischberg gebiert ein kleines, hohes Mäusestimmchen. «Ich habe soviel von Ihnen gehört!»

Hester ist noch voluminöser, als er sich vorgestellt hat, aber er kann sich nicht erinnern, daß Emily ihm von einem Schnurrbart erzählte.

40
Jetzt oder nie

MOTORENGERÄUSCHE wecken Schaijna: *Rumpeln, Schnauben, Knirschen*, so geht es draußen pausenlos. Aryeh und ihre Mutter schlafen noch, sie aber zieht einen Bademantel an und steigt aufs Dach.

In der kalten, sternenklaren Nacht zieht sich eine Schlange von Bussen auf dem normalerweise menschenleeren Hügel bis zu den Stacheldrahtbarrieren hinab. Weit entfernt flackert Artilleriefeuer auf, krachend schießen Flammen hoch. Auf der Straße unter ihr schwärmen schattenhafte Gestalten aus den Bussen, und im Schein einer Leuchtkugel kann sie Helme mit Netzen erkennen. Truppen! In diesem alten Jerusalemer Viertel ist selbst ein einzelner Soldat ein seltener Anblick. Die alltäglichen Passanten hier sind bärtige Männer mit langen schwarzen Mänteln und schwarzen Hüten und Frauen mit Kopftüchern, die ihre Bündel oder ihre Babys tragen. Nun aber sammelt sich auf der gesamten steilen Steigung der Bar-Ilan-Straße eine Sturmtruppe, und sie kann kein anderes Ziel verfolgen als einen Angriff auf das Niemandsland.

Nach neunzehn Jahren ist Schaijna an ein geteiltes Jerusalem gewöhnt: an die rohen Betonwände und die hölzernen Sperren, die Straßen abschneiden, an die Überwachungsposten auf den Hausdächern, die schwarzen Mündungen feindlicher Maschinengewehre, die, manchmal nur wenige Meter entfernt, zwischen Sandsäcken auf Dachgiebeln hervorlugen. Sie hat die Hoffnung aufgegeben, daß sie das Haus ihrer Kindheit in der Altstadt je wiedersehen könnte. Doch aus den immer optimistischeren Reden General Herzogs, des Militäranalytikers im Radio, läßt sich schließen, daß letzten Endes wohl kein zweiter Holocaust bevorsteht; daß Israel sogar siegen könnte und daß sie vielleicht noch einmal durch diese alten Straßen gehen kann. Als sie die Treppe hinabsteigt, kommt ihr ein blonder, kräftiger Soldat entgegen. «Der Ezrakh sagt, Sie hätten ein Telefon. Kann ich meine Mutter anrufen?»

«Aber selbstverständlich, kommen Sie mit.»

Schaijna schmiert dem Soldaten ein Brot, während er versucht, mit seinem Anruf durchzukommen. Es dauert eine Weile. «Ja, tut mir leid, Sie zu stören, aber bitte holen Sie Frau Gutman ans Telefon, ja? Sie wohnt im dritten Stock. Ich bin ihr Sohn Schmulik. Bestimmt, bitte wecken Sie sie auf –»

Sie starrt auf den großen, haarigen Hauptfeldwebel in voller Kampfmontur und mit Maschinengewehr und ruft aus: «Schmulik Gutman? Du bist Schmulik?»

Er starrt zurück. «Ja. Und weiter?»

Schaijna wendet sich an ihre Mutter, die Kaffee macht. «Mama, stell dir vor! Das ist Schmulik, der in der Chabad-Straße neben uns gewohnt hat! Schmulik, ich bin Schaijna, Schaijna Matisdorf.»

«Schmulik!» Die alte Frau umarmt ihn aufgeregt. Dieser hünenhafte Kerl war einmal der schmächtige böse Bube ihres Viertels in der Altstadt gewesen, hinter dessen langen blonden Schläfenlocken und schwarzem Gabardinemantel sich ein rebellisches neunjähriges Lästermaul verbarg.

«Sieh an!» Schmulik zeigt auf Aryeh, der zusammengerollt unter einem alten Federbett schläft. «Ist das dein Sohn, Schaijna?»

«Ich bin nicht verheiratet. Ich sorge nur für ihn. Seine Mutter ist in Amerika. Sein Vater ist auf dem Sinai.»

«Da sollte unsere Brigade auch hin, auf den Sinai. Manche von den Jungs sind immer noch sauer. Wir waren total scharf darauf, mit dem Fallschirm über El Arish abzuspringen, nicht auf stundenlange Fahrten in Bussen. Ich selbst bin froh so, wir werden etwas Großartiges tun – hallo? Hallo? *Mama?* Hier ist Schmulik! Mir geht es gut, nein, ich bin nicht verwundet, alles in Ordnung, und rate mal, wo ich bin? In Schaijna Matisdorfs Wohnung... Ja genau, die Schaijna von nebenan vor langer Zeit... Natürlich lebt ihre Mutter, sie steht neben mir, es geht ihnen beiden gut.» Nach einem hastigen, liebevollen Gespräch legt er auf und wirft einen Blick auf seine Uhr. «Die besten Grüße von meiner Mutter, Frau Matisdorf. Viertel vor zwei. Es ist Zeit. Vielen Dank!»

Im Hinuntergehen verschlingt er sein Brot. Schaijna bringt eine Kanne Kaffee und einige Tassen nach unten, und Soldaten scharen sich um sie. Die Busse werden jetzt in Nebenstraßen dirigiert, und den ganzen Hügel hinab bilden die Soldaten nun eine Kolonne von Befehlswagen und gepanzerten Mannschaftstransportern. Durch die offenstehende Tür sieht sie den Ezrakh, der sich über einem großen Talmud-Band wiegt. Schmulik sagt: «Stell dir vor, Schaijna, der Ezrakh hat sich an meinen Vater erinnert, und er hat mir soeben einen Segen erteilt! Weißt du, da, wo ich hingehe, kann ich ihn gebrauchen.»

Es wird eine kalte Nacht. Schaijna kehrt wieder in ihre Wohnung zurück, um sich einen Mantel zu holen, trinkt den restlichen Kaffee aus und steigt aufs Dach. Dort trifft sie zu ihrer Verblüffung auf den Ezrakh, der auf die dunklen Mauern der Altstadt blickt und im Stehen eine Synagogenmelodie summt. Weit unten im Süden sieht man Artilleriefeuer wie Sommerblitze zwischen den Sternen aufleuchten.

Dann ein plötzlicher blauweißer Schein! Artilleriesalven ganz in ihrer Nähe zerreißen ihr beinahe das Trommelfell! Sie preßt ihre Finger auf die Ohren. Die Suchscheinwerfer strahlen grell und blendend vom Dach des Histradut-Gebäudes herab. Das Niemandsland weit unten, ein breiter Wüstenstreifen voller Stacheldrahtverhaue, Berge von Abfall und grasbewachsener Ruinen, ist taghell erleuchtet. Flammende Detonationen schleudern Erde,

Schutt und Draht in die Luft, und Panzer kriechen aus der Schwärze der Nacht in den Lichtschein. Von den Mauern der Altstadt her setzt schweres Maschinengewehrfeuer ein. Der Ezrakh, ein zerbrechliches Geschöpf inmitten dieses blendenden Aufruhrs, steht da, streicht über seinen Bart und singt. Sie nimmt die Hände von den Ohren und versteht mit Mühe die Worte aus einem Psalm des Hallel:

Diesen Tag hat der Ewige geschaffen,
Lasset uns jubeln und uns freuen an ihm . . .

Das erste, was Don Kischote verschwommen sieht, als er die Augen öffnet, ist das Gesicht des Mädchens, das sich über ihn beugt, und es ist überhaupt nicht hübsch: eine große Nase, aufgeblasene Backen, schlechte Haut und zerzauste schwarze Haare. «Herr Doktor», ruft sie aus, «der hier kommt glaube ich gerade zu Bewußtsein!» Sie spricht ein stockendes Hebräisch mit amerikanischem Akzent.

Ein magerer Mann mit dichtem Haarschopf in einem blutbefleckten weißen Kittel stellt sich neben sie. «Sind Sie bei Bewußtsein?» fragt er und ergreift Jossis Handgelenk, um den Puls zu messen.

«Ich weiß nicht.» Jossi kann kaum sprechen, sein Mund und seine Kehle sind trocken wie Staub. «Sind Sie ein schlechter Traum? Entweder das oder das andere.»

«Er ist bei Bewußtsein», sagt der Arzt, «und reißt Witze. Ein gutes Zeichen. Kräftiger Pulsschlag. Geben Sie ihm etwas mehr Blutgerinnungshemmer, und lassen Sie ihn nicht aus dem Bett.»

«Bitte erst ein bißchen Wasser!»

«Gut, geben Sie ihm, soviel er will. Ich sehe später wieder nach ihm. Es kommt gerade die nächste Ladung aus Jerusalem an.» Er entfernt sich eilig.

«Sie müssen eine Krankenschwester sein. Wo bin ich?» fragt Kischote. Sie setzt die Tasse an seine Lippen. Das Wasser schmeckt wunderbar süß, als er es schluckt. «Ich habe höllische Kopfschmerzen.»

«Sie sind in Tel Haschomer, Herr Oberst. Sie wurden per Hubschrauber vom Sinai hierhertransportiert. Kein Wunder, daß Sie Kopfschmerzen haben, fassen Sie mal Ihren Kopf an.»

Seine Hand trifft auf eine dicke Verbandsschicht. «Wo ist meine Brille?»

«Sie ging zu Bruch. Aus Ihrem Vorderkopf hat man große Glasscherben entfernt. Es ist ein Wunder, daß Sie kein Auge verloren haben.»

«Wo ist meine Uniform?»

«Die werden Sie eine Weile nicht brauchen.»

«In meinem Tornister ist eine Ersatzbrille. Ich habe das Gefühl, daß Sie sehr attraktiv sind, Ihrer Stimme nach zu schließen. Ich würde Sie gerne sehen.»

«Sie haben Nerven, Don Kischote.»

«Was? Kenne ich Sie?»

Sie öffnet einen kleinen Spind am Fußende seines Bettes. «Herr Oberst, mein Bruder ist Panzerführer in Ihrer Brigade.»

«Ja?» sagt Jossi benommen. «Wie heißt er?»

«Hillel Horowitz.»

«Ich kenne ihn. Großer roter Schnurrbart.»

«Das ist Hillel.»

«Ein guter Junge. Wie ist die Kriegssituation? Wie spät ist es? Was für ein Tag ist heute? Wie heißen Sie?»

«In Ihrem Tornister, sagen Sie? Aha, die Brille.» Sie reicht sie ihm. «Da haben wir sie. Ich heiße Dora, und ich bin nicht hübsch.»

Er muß die Brillenbügel unter die Verbände schieben, eine schwierige Aufgabe, aber er stellt erfreut fest, daß seine Finger und Arme ganz normal funktionieren. Er blinzelt sie an. «Ich finde Sie ziemlich hübsch.» Und so ist es auch. Sie hat sanfte Augen und ein nettes, schüchternes Lächeln.

Der Soldat im Bett nebenan stöhnt und dreht sich im Schlaf um; ein Hauptfeldwebel in Uniform, dessen einer Arm in einer Schlinge steckt. «Der hier wurde in Jerusalem verwundet», sagt Dora Horowitz. «Den ganzen Tag hat dort eine schreckliche Schlacht gewütet, die Krankenhäuser in Jerusalem sind so voll, daß sie die Opfer hierherschicken. Heute ist Dienstagabend, der sechste, ungefähr zehn Uhr.» Sie nimmt ein Klemmbrett zur Hand. «Erinnern Sie sich noch daran, wie Sie verwundet wurden?»

«Überhaupt nicht. Jetzt, wo Sie davon sprechen, erinnere ich mich an einen Hubschrauber, aber es kommt mir vor wie ein Traum.»

«Sie wurden vor El Arish verwundet. Der Sinaifeldzug ist ein glanzvoller Erfolg. Soeben hat man bekanntgegeben, daß die arabischen Luftwaffen gestern früh am Boden vollkommen vernichtet worden sind. Wir werden den Krieg gewinnen, aber um Jerusalem wird erbittert gekämpft.»

«Was ist mit den Syrern?»

«Keine Meldungen.»

«Ich bin müde.»

«Gut. Schlafen Sie.»

Als er die Augen wieder aufschlägt, fällt sein Blick auf den Hauptfeldwebel, der mißmutig Suppe aus einer Schüssel auf einem Tablett löffelt. Kischote sagt: *«B'tay'avon* [Guten Appetit].»

«Oh, habe ich Sie aufgeweckt? Was macht Ihr Kopf, Herr Oberst?»

«Ich kann mich nicht beklagen, er sitzt auf meinen Schultern. Wie schmeckt die Suppe?»

«Was heißt hier Suppe! Bei Azazel, meine Brigade rückt auf die Altstadt vor, wo ich geboren bin, und ich sitze hier in diesem lausigen Bett und esse Suppe.»

«Welche Brigade?»

«55. Fallschirmjäger.»

Kischote richtet sich auf. In seinem Kopf verschwimmt alles. Die verdunkelte Station mit gut dreißig dicht aneinandergerückten Betten beginnt sich langsam zu den mißtönenden Klängen vielfachen Schnarchens um ihn herum zu drehen. Durch ein offenes Fenster sieht er die Sterne.

«Rückt vor auf die Altstadt? Wirklich? O Wunder! Auf dem Sinai haben wir nur Gerüchte gehört.»

«Mein Arm wurde auf dem Munitionshügel zerschmettert, wir sind in einen üblen Kampf verwickelt worden, das kann ich Ihnen sagen. Wir waren auf dem Weg zum Berg Skopus, vielleicht sind die Jungs inzwischen dort angelangt.» Auf dem Berg Skopus, der die Altstadt im Nordosten überragt, wird seit dem Waffenstillstand von 1949 eine Enklave verlassener Gebäude der Hebräischen Universität von den Juden gehalten. «Nur ein Wunder hat mich gerettet. Es war stockdunkel, ich trat auf einen Stein und rutschte bergab, und eine Sekunde später schlug eine Granate genau dort ein, wo ich ausgerutscht war. Ich habe eine Ladung Schrapnell im Arm abbekommen, und das war's. Sonst wäre ich über den ganzen Munitionshügel verstreut und bestünde nur noch aus Hackfleisch. Haben Sie mal was vom Ezrakh gehört?»

«Ich kenne den Ezrakh.»

«Nun, der Ezrakh hat mich gesegnet, bevor wir unseren Vorstoß begannen. Deswegen bin ich gestolpert, da bin ich mir sicher. Ich bin zwar Atheist, aber ein Wunder war es trotzdem.»

Der Soldat schildert die plötzliche Verlegung der Fallschirmjäger in Bussen an die Jerusalemfront und ihre Konzentration im alten religiösen Viertel des Ezrakh. Von dort aus, so sagt er, starteten sie um zwei Uhr morgens in der Dunkelheit ihren Angriff auf das Niemandsland. Während seiner Kindheit in der Altstadt wohnte seine Familie in der Nachbarschaft des Ezrakh, deshalb bat er ihn vor dem Angriff um seinen Segen. Zwei freundliche Frauen im Haus des Ezrakh hätten ihm Brot und Kaffee gegeben.

Kischote unterbricht ihn plötzlich hellwach. «Eine alte und eine junge Frau, sagen Sie?»

«Etwa in meinem Alter. Ich kannte sie von früher. Warum?»

«War ein Kind bei ihnen?»

«Das Kind hat geschlafen. Es war nicht ihres, sie hat sich nur darum gekümmert.»

«Hör zu», sagt Don Kischote, dessen Lebensgeister durch diese glückliche Wendung des Schicksals wiedererwacht sind, «was zum Teufel machen wir beide in diesen Betten, wenn die jüdische Armee dabei ist, die Altstadt von Jerusalem zu befreien?» Er steht auf, hält sich am Fußspind fest und zieht seine Uniform daraus hervor. «Auf nach Jerusalem!»

«Das habe ich mir auch gerade gedacht», sagt Schmulik. «Aber werden sie uns rauslassen?»

«Wer sollte uns aufhalten? Sie haben zuviel mit den neuen Verwundeten zu tun. Wir lassen uns von einem Militärfahrzeug mitnehmen oder suchen uns selbst ein paar Räder.»

Der schwach beleuchtete Flur ist leer, doch der Arzt mit dem Wuschelkopf kommt gerade mit Dora um die Ecke und rennt beinahe in sie hinein. Sie trägt eine schwappende Bettpfanne. Der Arzt fragt gereizt: «Wo wollen Sie denn hin?»

«Nur zur Toilette», erwidert Kischote. «Er zeigt mir den Weg.»

«Warum sind Sie plötzlich ganz angezogen?»

«Ich geniere mich.»

«Gehen Sie in Ihr Bett zurück. Sie wird sich um Sie kümmern.»

«Ich geniere mich zu sehr, um eine Bettpfanne zu benutzen», sagt Kischote. «Das werde ich nicht tun.»

«Jetzt hören Sie mir mal zu, Oberstleutnant Nitzan, Sie haben zum Glück nur einen Streifschuß abbekommen, aber Sie haben eine schwere Gehirnerschütterung. Sie waren stundenlang bewußtlos, Sie haben möglicherweise ein Blutgerinnsel im Gehirn oder Gott weiß, was sonst noch. Sie müssen alle möglichen Untersuchungen durchmachen. Im Augenblick haben wir keine Zeit dafür. Möchten Sie gerne tot umkippen?»

«Nein, aber ich möchte eine Toilette benutzen.»

Ein anderer Arzt taucht auf. «Avi, wir brauchen dich sofort auf Station vier.»

«Stecken Sie sie wieder ins Bett, Dora.» Die beiden Ärzte eilen den Gang entlang.

«Gehen wir», sagt Dora und ergreift Kischotes Arm.

«Hamoodah», sagt Kischote, «Sie sagten, Sie seien nicht hübsch, aber ich werde nie den Blick in Ihren Augen vergessen, als ich zum erstenmal zu Bewußtsein kam. Sie haben schöne, sanfte Augen. Dieser Typ ist ein Jeruschalmi der fünften Generation. Wir gehen nach Altjerusalem, wo seine Brigade kämpft.»

Mit einem strengen Stirnrunzeln an Schmuliks Adresse und einer abrupten Bewegung, die die Bettpfanne aufspritzen läßt, sagt sie: «Sind Sie übergeschnappt, Herr Feldwebel? Was wollen Sie mit einem Arm ausrichten? Dieser Don Kischote will gerne tot umfallen, das ist seine Sache, aber –»

«Ich kann mit einem Arm mehr ausrichten», Schmulik winkelt ihn demonstrativ an, «als manche Leute mit zweien. Abdrücken, Granaten werfen –»

«Dora, helfen Sie uns, hier herauszukommen», sagt Kischote, «bevor ein anderer Arzt auftaucht. Wo geht es entlang, Hamoodah?»

Ihre Augen füllen sich mit Tränen. «Ich hätte nie in dieses Land kommen sollen. Mein Bruder Hillel hat mich dazu überredet. Ich habe nicht die Kraft dazu. Ich halte das nicht aus... Der Eingang wird bewacht, Sie kommen nie raus. Folgen Sie mir.» Sie führt sie eine pechschwarze Treppe hinab, und dann schlüpfen sie auf einen gepflasterten Parkplatz hinaus, auf dem Befehlswagen, Jeeps und Krankenwagen herumstehen.

«Aha, für Transport ist gesorgt», sagt Kischote. «Wir müssen nur einen mit Schlüssel finden –»

«Suchen Sie sich Ihren Streitwagen aus, Sir», erwidert der Feldwebel. «Ich bringe alles zum Laufen, was Räder hat.»

«Gott helfe Ihnen beiden», sagt die Krankenschwester.

Jossi wirft ihr einen Kuß zu. «Ich liebe Sie, und ich werde immer an Ihre Augen denken.» Sie schluchzt und lächelt zugleich.

Schaijnas kanadischer Freund taucht am frühen Morgen, als es noch dunkel ist, in einem weißen, blutbefleckten Mantel in ihrer Wohnung auf. «Ich habe nicht die geringste ärztliche Erfahrung», sagt er schwach, als sie ihm eine Tasse Kaffee an den Mund hält. «Das weißt du.»

«Was für ein Idiot hat dich dann als Sanitäter im Hadassa-Krankenhaus eingeteilt?»

«Willst du die ganze Geschichte hören? Ich muß um fünf Uhr in Ein Kerem zurück sein. Ich wollte mich nur vergewissern, daß es dir gut geht.»

«Erzähl, aber sei leise.» Sie blickt zu dem auf der Couch schlafenden Aryeh. Ihre Mutter liegt in dem durch einen Vorhang abgetrennten Doppelbett, in dem sie schlafen. «Ich habe mir schreckliche Sorgen um dich gemacht, Paul, du bist einfach verschwunden.»

«Zunächst einmal hast du mich zur falschen Vermittlungsstelle geschickt. Sie ist nur für israelische Freiwillige.»

«O Gott, wie dumm von mir!»

«Ist schon in Ordnung. Ich stand also in einer Schlange, in der jeder Hebräisch sprach. Ich fand es merkwürdig, daß es keine ausländischen Freiwilligen gab. Ich malte mir schon aus, ich sei der einzige tapfere Kerl, wie heroisch von mir. Als ich dann zum Schreibtisch vorgerückt war, sagte mir das Mädchen, ich solle zu einer anderen Vermittlungsstelle in einem anderen Gebäude gehen.»

«Das tut mir schrecklich leid.»

«Das war das wenigste. Ich ging zu meinem Wagen zurück, den ich auf einem leeren Parkplatz abgestellt hatte, und irgend jemand hatte meine Räder geklaut.»

«Die Räder? Nicht die Reifen?»

«Die Räder. Dieses andere Gebäude war nicht weit weg, also –»

«Aber wieso denn die Räder?»

«Was weiß ich. Ich ging also dorthin und geriet in eine andere Schlange, in der alle Englisch sprachen. Eine Menge tapferer Ausländer. Als ich schließlich bis zu diesem Schreibtisch vorgerückt war, saß dort eine genervte dicke Frau, die mich nach meinem Paß fragte. Ich sagte, er befinde sich in der Jeschiwa, am anderen Ende der Stadt. ‹Nun, dann holen Sie ihn her›, sagte sie. ‹Sie haben doch bestimmt ein Auto, oder? Die Amerikaner haben alle Autos, im Gegensatz zu uns.› Ich sagte ihr, daß ich zwar ein Auto hätte, daß es aber auf den Achsen liege, weil jemand gerade die Räder geklaut hat. Tja, Schaijna, da ist sie in die Luft gegangen. ‹So ein Blödsinn›, keifte sie. ‹Was für eine lahme Ausrede! Jeder, der imstande ist, Räder zu klauen, ist an der Front und kämpft. Holen Sie Ihren Paß und hören Sie auf, die Schlange aufzuhalten.›»

Schaijna versucht, sich das Lachen zu verkneifen, doch ein unterdrücktes Kichern entringt sich ihrem Mund. «Bei deinem Leben, ich glaube dir Wort für Wort.»

«Warum sollte ich so etwas erfinden? Mein Auto steht immer noch auf diesem Parkplatz, nur daß jetzt auch noch die Scheinwerfer und die Kotflügel fehlen. Ich bin versichert, es ist nur ein Riesenärgernis. Um die Sache kurz zu machen, ich ging an einem Gebäude vorbei, das eine Granate in Trümmer gelegt hatte, und die Leute trugen Verletzte heraus. Ich half den Männern von der Ambulanz, und einer von ihnen war ein Kanadier, den ich kannte. Er sagte mir, ich sollte mit ins Krankenhaus fahren. Es fehle hinten und vorne an Helfern. Seitdem war ich Tag und Nacht dort und habe einfach getan, was man mir gesagt hat.» Sein Gesichtsausdruck verdüstert sich. «Ich habe grauenhafte Sachen dort gesehen, Schaijna. In einem Krankenhaus sieht man, was Krieg wirklich bedeutet.»

Es klopft an die Tür, und herein platzen Schmulik und Don Kischote. Schaijna stößt einen kleinen Schrei aus. Die beiden groben, bandagierten Gestalten in grüner Uniform scheinen den Raum vollständig auszufüllen und bringen eine Geruchsmischung aus Schießpulver, Blut und Medikamenten mit. Kischote bietet mit seinem blutigen, verbundenen Kopf und den Viertagesstoppeln einen wahrlich schockierenden Anblick, obwohl er fröhlich grinst und in seinen Augen das altbekannte ungezähmte Glitzern steht. «Schaijna, *ma nishma?*» Er blickt zu Paul. «Aha, der Kanadier.» Er streckt ihm die Hand entgegen. «Jossi.»

«Hallo, ich bin Paul Rubinstein.»

«Abba!» Aryeh springt im Schlafanzug von der Couch hoch und rennt auf ihn zu, bleibt dann abrupt stehen und starrt auf die Verbände. Kischote streckt ihm die Arme entgegen. *«Ani b'seder. Kfotze* [Mir geht's gut. Spring]!» Der Junge springt und schlingt seine Beine um seinen Vater, wie er es seit seiner Kindheit tut. Die Beine sind nun lang und knochig, und Kischote fühlt voll Freude die Kraft in den wachsenden Muskeln des Zehnjährigen.

«Woher kommst du?» keucht Schaijna. «Jossi, was ist mit dir passiert?»

Die Mutter lugt im Nachthemd hinter dem Vorhang hervor. «Ai! Jossele! Eine Minute!»

Bald darauf brät sie die letzten kostbaren Eier, die sie für das Sabbatbacken aufgehoben hat, während Jossi und der Feldwebel Schaijna von ihrem Zusammentreffen erzählen und leichthin über ihre Verletzungen sprechen. Der Kanadier hört eine Weile schweigend zu, dann wirft er ein: «Mit diesen Verletzungen hat man Sie mit Sicherheit nicht aus Tel Haschomer entlassen. Keinen von Ihnen.»

Die Soldaten werfen sich einen Blick zu. «Sind Sie Arzt?» fragt Jossi. «Das wußte ich nicht.»

«Das ist er nicht», versetzt Schaijna.

«Freiwilliger Sanitäter», sagt Paul Rubinstein. «Ich schiebe Wagen und trage Tabletts in Ein Kerem herum.»

«Na schön, wir sind gegangen», sagt Schmulik.

«Sie meinen geflohen», sagt Paul.

«Wenn Sie unbedingt meinen, geflohen also –»

«Das habe ich mir gedacht. Auch aus Ein Kerem hauen immer wieder Verwundete ab.»

Jossi zuckt die Achseln. «Wollen Sie ihnen einen Vorwurf daraus machen? Wie oft befreit eine jüdische Armee Jerusalem? Alle zweitausend Jahre? Er geht zu seiner Fallschirmjägerkompanie zurück, sie kämpfen jetzt um die Altstadt.»

«Und du?» fragt Schaijna. «Du kannst doch nicht auf den Sinai zurück.»

Jossi hält Aryeh auf seinem Schoß. «Natürlich nicht. Schmulik erzählte mir, daß du ihm ein Brot gegeben hast, da dachte ich mir, ich könnte einfach mit ihm hier herauffahren und Aryeh und dich besuchen.»

«Kommt und eßt was», sagt die Mutter.

Schaijna und Paul lehnen ab. Die Soldaten essen schnell alles auf. Aryeh steht neben dem Stuhl seines Vaters, den Arm um seinen Hals geschlungen, und läßt ihn beim Essen nicht aus den Augen.

«Sie sind eine großartige jüdische Mutter», sagt der Feldwebel zu der alten Frau und steht auf. «Ich werde meiner Mutter erzählen, daß sie mir zu essen und mir die Kraft gegeben haben, für Jerusalem zu kämpfen.»

Kischote erhebt sich von seinem Stuhl. «Du wirst doch nicht auch gehen wollen!» ruft Schaijna aus. «Genug jetzt, Kischote!»

«Reg dich nicht auf, Schaijna. Der Brigadekommandeur dieses Mannes ist Motta Gur, Motta war früher mein Kompanieführer, ich will nur ins Hauptquartier und ihm hallo sagen.»

«Nein! Keine weiteren Verrücktheiten!» Schaijna packt ihn am Ellbogen.

«Herr Oberst», sagt der Kanadier, «halten Sie es für klug, sich mit einer nicht abgeklärten Kopfverletzung in eine Gefechtszone zu begeben?»

Aryeh ergreift die Hand seines Vaters und sieht mit großen Augen zu ihm auf. «Abba, wie schlimm ist deine Verletzung?»

«Ich fühle mich bestens.»

«Aber warum gehst du dorthin, wo gekämpft wird, wenn du verwundet bist?»

«Eine gute Frage, Aryeh. Damit du dein ganzes Leben lang, wenn jemand über den Kampf um Jerusalem spricht, sagen kannst: ‹Abba war dabei.›»

Auf Schaijna blickend sagt Aryeh: «Nun, dann sei vorsichtig, Abba.»

Jossi beugt sich vor, um Aryeh zu umarmen und ihm einen Abschiedskuß zu geben. Der Feldwebel sagt: «B'seder, los geht's», und wendet sich zur Tür.

Jossi legt Schaijna einen Arm um die schmalen Schultern und umarmt sie unbeholfen, aber zärtlich. «Schaijna, paß auf ihn auf.»

«Was mache ich denn sonst schon die ganze Zeit?» In ihrer bebenden Stimme schwingt Bitterkeit. Kurz umklammert sie seine Hände mit den ihren. «Paß auf dich auf.»

Er küßt ihre Mutter. «Danke für die Eier, Imma. Man stelle sich vor, Eier! Was für ein Luxus!»

Die Soldaten brechen auf. In dem stillen Zimmer kann man hören, wie ihre Stiefel die Treppe hinabpoltern.

Sam Pasternak döst beinahe unter der lauwarmen Dusche ein, die so kalt ist, wie das Wasser in Tel Aviv im Juni nur sein kann. Abgesehen von kurzen Nickerchen im Auto neben seinem Fahrer hat er seit Tagen weder geschlafen noch seine Uniform gewechselt. Nun steht ihm ein weiteres Treffen mit Eshkol vor Tagesanbruch bevor; es ist verblüffend, wie dieser schwere, seßhafte Mann Tag und Nacht auf den Beinen ist und ruhig und wachsam das Kriegsgeschehen verfolgt, während er Mosche Dayan die Zügel überläßt, nach denen dieser so unverhüllt gegriffen hat. Über das Trommeln des Wassers hinweg hört Sam die Türklingel, zweifellos ein Kurier des Mossad. Er trocknet sich oberflächlich ab und tappt mit dem feuchten Handtuch um die Hüften geschlungen zur Tür.

«Hallo, Sam! Oho! Wie salopp.» Yael Nitzan steht mit einem

Koffer zu ihren Füßen und in einem zerknitterten weißen Leinenkostüm vor ihm, demselben, das sie schon in Washington trug. «Tut mir leid, dich so zu stören.»

«Du schon wieder! Willkommen, tritt ein.»

«Danke. Es ist lächerlich, aber ich komme nicht in meine Wohnung rein. Ich bin gerade auf dem Flughafen angekommen, ohne einen Schlüssel bei mir zu haben, und der Vermieter ist an der syrischen Front, er fährt da einen Lastwagen. Seine Frau ist Gott weiß wo.» Sie küßt ihn auf die Wange. «Ii, du bist stachlig wie ein Schwein, mein Lieber. Gewinnen wir den Krieg wirklich? Die Nachrichten werden besser, nicht wahr?»

«Kommst du direkt aus New York?»

«Noch in den Kleidern, die ich dort anhatte.»

«Yael, ich muß zu einem Treffen mit dem Premierminister. Willst du hierbleiben? Kann ich etwas für dich tun? Ich muß mich anziehen.»

«Ich möchte nur mal telefonieren.»

Als er rasiert und in einer frischen Uniform wieder ins Zimmer kommt, trinkt Yael Kaffee. «Aha, das sieht schon besser aus. Eine flotte Erscheinung gibst du ab. Sam, ich muß Aryeh finden. In Schaijna Matisdorfs Wohnung in Haifa geht niemand ans Telefon. Ich habe von New York aus angerufen, vom Londoner Flughafen, ich mache mir große Sorgen. Am Montag in London war es schrecklich, all die Zeitungsnachrichten über Haifa in Flammen und Bomben auf Tel Aviv –»

«Nichts als arabischer Quatsch. Versuch es am Technion, wenn die Büros öffnen. Dort müßte jemand ihren Aufenthaltsort kennen. Haifa wurde überhaupt nicht getroffen, und dem Jungen geht es sicher gut.» Er wirft ihr einen anerkennenden Blick zu. «Ich muß weg. Fühl dich wie zu Hause. Der Krieg entwickelt sich positiv. Du auch, Motek.»

«Du lügst, ich bin schmuddlig und verschwitzt. Ich nehme vielleicht selbst eine Dusche.»

«Mach nur, die Wohnung gehört dir.»

«Danke. Du hast nicht zufällig etwas von Kischote gehört?»

«Seine Brigade hat die ägyptische Armee auf dem Sinai vernichtet.

Er ist ein großer Held, er ist am Montagnachmittag mit einem Bataillon bis El Arish durchgebrochen. Kann sein, daß er jetzt schon am Kanal steht.»

Yael ist über ihre Kaffeetasse gebeugt. Bei diesen Worten richtet sie sich auf. «So! Nun, da ist Jossi in seinem Element, in der Schlacht. Das war immer schon so.»

«Er wird es zum General bringen, Yael. Wenn er die Stellung hält und etwas ausgeglichener wird, könnte er in die engste Auswahl um den Posten des Ramatkhal kommen. Bist du sicher, daß du dich von ihm scheiden lassen willst?»

«Er liebt mich nicht, Sam. Aber ich hoffe, daß es ihm gutgeht.»

«Das hoffe ich auch. Es gab schwere Kämpfe und hohe Verluste, insofern weiß ich auch nichts Genaues.» Pasternak beugt sich vor und küßt sie. «Da hast du einen Schlüssel. Wie in alten Zeiten. Ungefähr jedenfalls.»

«Ungefähr.» Sie streichelt leicht mit sorgenvoller, erschöpfter Miene über seine Wange.

Pasternaks Fahrer bringt ihn im Eiltempo durch die verdunkelten, leeren Straßen in ein Hotel in der Nähe der Kirya. Eshkol nagt hemdsärmelig an einem Hühnerbein und trinkt in einem Nebel aus Pfeifenrauch Tee. Neben einer dicht mit Markierungen gespickten Luftaufnahme Jerusalems steht eine Platte mit kalten Fleischspeisen auf dem Tisch. Yigael Yadin raucht Pfeife, und Yigael Allon sitzt neben ihm, beide sind in die Betrachtung der Karte vertieft.

Die beiden berühmten Yigaels sind ins Abseits der Geschichte gedrängt worden. Vor einer knappen Woche gab es ein Kopf-an-Kopf-Rennen um das Amt des Verteidigungsministers zwischen Allon und Dayan, nachdem Yadin den Posten abgelehnt hatte. Eshkol wollte Allon, einen Favoriten aus Palmach-Zeiten. Doch dunkle Machenschaften in den Hinterzimmern der Arbeitspartei und der plötzliche Ruf nach Dayan ließen die Waage anders ausschlagen. Nun gehen Allon und Yadin – und was das anbelangt auch Rabin und Eshkol – allesamt unter im Glanz und Gloria Mosche Dayans, der offenbar im ganzen Land Hoffnung und Kampfgeist entfacht hat.

«Iß was», fordert Eshkol Pasternak auf.

«Nein danke, Herr Premierminister.»

«Du machst einen Fehler. Essen hält einen beisammen. Wie lauten die letzten Nachrichten von der UNO? Wieviel Zeit bleibt uns noch?»

«Die Debatte im Sicherheitsrat geht noch immer weiter. Sie werden weitertagen, bis Abba Eban dort eintrifft.»

«Wann soll sein Flugzeug in New York landen? Um Mitternacht Ortszeit?»

«Vielleicht schon früher. Gideon Rafael sagt, die Abstimmung über den Waffenstillstand könnte direkt nach seiner Rede stattfinden. Doch Zev Barak glaubt, daß Washington sie hinauszögert und erst noch die Reaktionen auf Ebans Rede abwarten will. Noch nie hat eine Sitzung der UNO ein so riesiges Fernsehpublikum gehabt. Auf der ganzen Welt, sagt Zev! Wenn Rafael recht hat, bleiben uns vielleicht nicht mehr als zwölf Stunden. Wenn Barak recht behält, ein Tag oder vielleicht sogar zwei.»

«Angenommen, Nasser willigt in den Waffenstillstand ein», sagt Allon, «sowie die Abstimmung erfolgt ist.»

«Wenn er wirklich glaubt, was Radio Kairo sendet», versetzt Yadin, «warum sollte er dann einwilligen, wo er doch im Begriff steht, uns vernichtend zu schlagen? Es kann sein, daß seine Generäle es nicht wagen, ihm zu erzählen, was im Feld wirklich vor sich geht.»

«Wie lange kann das noch so weitergehen?» fragt Pasternak.

«*Rabotai* [meine Herren], ich möchte hier und jetzt eine Entscheidung über einen Punkt.» Eshkol legt das Hühnerbein beiseite und beißt in die Hühnerbrust. «Ich habe um fünf Uhr heute morgen eine Kabinettssitzung, in der dieser Punkt diskutiert werden soll. Beordern wir Mottas Fallschirmjäger in die Altstadt oder nicht?»

Allon klopft mit dem Knöchel auf die Karte. «Wieso die Frage? Er wird den Berg Skopus bei Tagesanbruch befreien. Das steht fest. Danach kann nichts ihn mehr aufhalten.»

«Dayan ist dagegen», erwidert der Premierminister. «Er argumentiert, daß ein Häuserkampf uns teuer zu stehen kommen wird und daß die ganze Welt sich gegen uns wenden wird, wenn wir die heiligen Stätten beschädigen, und im Augenblick haben wir einige Sympathien auf unserer Seite.»

«Da hat er recht», sagt Yadin.

Eshkol fährt fort. «Und außerdem behauptet Mosche, es sei ohnehin unnötig, in die Stadt einzudringen. Wir werden die Altstadt umzingeln. Aus allen Fenstern werden sie die weißen Fahnen heraushängen. Kampflose Kapitulation.» Eshkol wendet sich an Allon. «Hat er recht?»

«Recht womit? Mit der Kapitulation der Altstadt? Ja. Die jordanischen Panzertruppen im Westjordanland sind vernichtet. Unsere Luftwaffe wird verhindern, daß Verstärkung von der anderen Seite des Flusses kommt. Es sind nur noch Heckenschützen und isolierte Einheiten übrig.» Allon spricht mit forscher, martialischer Autorität. «Ben Ari und Amitai werden den Belagerungsring im Norden schließen, Motta wird die Hänge des Berg Skopus einnehmen, und die weißen Flaggen werden gehißt werden, daran gibt es keinen Zweifel. Ob nun Motta auf den Tempelberg selbst geschickt werden soll, bis zur Klagemauer – nun, das ist eine eminent politische Frage, eine Frage der Diplomatie, vielleicht der Religion. Vielleicht sogar der Archäologie! Militärisch ist es machbar. Alles weitere möchte ich unserem Archäologen überlassen.»

Yadin lacht ironisch. Er hat nach seinem Dienst als Ramatkhal der Armee den Rücken gekehrt, um seine akademische Laufbahn fortzusetzen. Abgesehen von seiner Beratertätigkeit für den einen oder anderen Premierminister hat er seitdem militärisch keine Rolle mehr gespielt.

«Herr Premierminister, Motta hat einen Nachtangriff geführt, bei dem die Luftwaffe eben deshalb nicht eingesetzt wurde», so sagt er, «damit die heiligen Stätten verschont bleiben. Das war gut gemeint, aber wir haben einen sehr hohen Preis dafür bezahlt. Am Munitionshügel entbrannte ein schrecklicher Kampf, doch unsere Männer haben gekämpft wie die Löwen, und nun gehört er uns. Wenn die Jordanier bei Eintritt des Waffenstillstands noch dort säßen, würde die UNO mit Sicherheit die Teilung Jerusalems festschreiben mit der Begründung, daß der Munitionshügel die Altstadt beherrscht. Ich aber sage, Herr Premierminister, daß die Stadt, selbst wenn unsere Panzer auf dem Munitionshügel stehen und an jedem Haus innerhalb dieser Mauern die weiße Flagge hängt, geteilt bleiben wird, solange kein Jude seinen Fuß auf den Tempelberg setzt.»

«Und mit welchen Verlusten müssen wir rechnen?»

Yadin wirft Allon einen Blick zu und pafft an seiner Pfeife.

«Mit geringfügigen Verlusten», sagt Allon. «Wäre nicht das Problem mit den heiligen Städten, dann könnten wir Luftwaffenunterstützung anfordern und fast ohne Verluste eindringen.»

«Ich sehe voraus, daß die ganze Welt aufschreit, wenn wir einmarschieren», sagt Yadin, «selbst wenn wir keinen Stein in den heiligen Stätten anrühren. Zum einen kann der Papst nicht dulden, daß Juden über Jerusalem herrschen. Nicht vor dem Tag des Jüngsten Gerichts, wenn er – wie dieser frühere Papst zu Herzl sagte – uns mit Freuden taufen und in Zion willkommen heißen wird. Mosche mag recht haben, was den Häuserkampf angeht. Es könnte eine blutige Angelegenheit werden.»

«Shapira glaubt», Eshkol meint den Führer der religiösen Partei, «es könnte vielleicht besser sein, die Altstadt nicht zu erobern, sondern weiterhin dafür zu beten. Der Messias ist nicht hier, um uns hineinzuführen, aber wenn wir den Tempelberg einmal eingenommen haben, können wir ihn nie wieder aufgeben.»

«Shapira und der Papst liegen gar nicht so weit auseinander», bemerkt Allon. «Interessant.»

«Aber wenn man mich als Archäologen fragt», fährt Yadin fort, «dann finde ich es unvorstellbar, daß eine jüdische Armee vor den Toren Jerusalems steht, die imstande ist, einzumarschieren und es nach zweitausend Jahren dem jüdischen Volk zurückzugeben, und sich dann zurückhalten soll. Aus welchem Grund auch immer!»

Eshkol sieht zu Pasternak. Hinter dem Kopf des Premierministers färbt sich der Himmel beim ersten Anzeichen der Morgendämmerung indigoblau. «Sam»

«Akh'shav, oh l'olam lo [Jetzt oder nie]!» Sam Pasternaks Worte kommen wie aus der Pistole geschossen. *«Akh'shav, oh l'olam lo!* In den nächsten zwölf Stunden, Herr Premierminister, oder vielleicht weitere zweitausend Jahre nicht mehr.»

Eshkol erhebt sich und wischt sich Hände und Mund mit einem Taschentuch ab. «Ich werde Mosche Dayans Entscheidung aufheben.»

41
Der Tag des Herrn

OBERST MOTTA GUR, der in den roten Strahlen der aufgehenden Sonne auf dem Dach des Jerusalemer Rockefeller-Museums sitzt und Tee trinkt, sieht mit nicht geringem Erstaunen, wie niemand anders als sein alter Freund Jossi Nitzan seinen bleichen und mit blutbefleckten Verbänden umwickelten Kopf durch die Lukentür steckt.

«Kischote, was zum Teufel machst du hier?» Gur springt hoch, um ihm von der steilen Eisenleiter zu helfen, während seine Stabsoffiziere Jossi anstarren. «Das letzte, was ich von dir hörte, war, daß du auf dem Sinai warst und El Arish im Alleingang eingenommen hast.»

Keuchend und noch schwindlig von dem schnellen Aufstieg auf der Wendeltreppe des Turms antwortet Jossi in Gurs witzelndem Tonfall. «Weißt du, Motta, ich habe so einen bescheuerten Fahrer, der ist falsch abgebogen, und jetzt bin ich hier.»

«Ich verstehe. Das passiert mir ständig.» Gur zeigt auf die Verbände. «Ist es schlimm, Jossi?»

«Nicht besonders. Ich bleibe doch nicht in einem Bett in Tel Haschomer liegen, alter Freund, während du im Alleingang die Altstadt eroberst.»

Gurs hartes Mondgesicht verdüstert sich. «Wenn ich Befehl dazu erhalte.»

«Ist das nicht sicher? Vielen Dank.» Ein weiblicher Soldat reicht Kischote mit großen Augen eine dampfende Tasse. «Großer Gott, was für eine Aussicht!» Es ist das erste Mal, daß er einen Rundblick auf ganz Altjerusalem und seine Hügel hat, im Osten begrenzt durch die hohe Kette des Bergs Skopus und des Ölbergs unter einer blendenden niedrigen Sonne und auf der anderen Seite durch die verwirrend nahen Mauern der Altstadt, die er bis jetzt immer nur über den breiten Streifen Niemandsland hinweg gesehen hat.

«Warst du nie hier oben?»

«Motta, ich bin 1948 mit einem Schiff angekommen und direkt in Latrun gelandet.»

«Ach, natürlich. Nun, während der Mandatszeit brachte man uns Jerusalemer Schulkinder hier herauf. Auch auf den Ölberg. Das ist wahrhaftig eine Aussicht, und meine Aufgabe heute morgen besteht darin, zum Ölberg vorzurücken, den Gipfel zu säubern und den Ring zu schließen.»

Ein Assistent reicht ihm ein Mikrophon. «Herr Oberst! Das Zentralkommando, wegen des Luftangriffs.»

«Bleib bei meiner Kommandogruppe, Jossi, wir werden demnächst eine bessere Stellung beziehen. Und da drüben nicht so weit vor. An der Mauer entlang wimmelt es von jordanischen Heckenschützen.»

Benommener, als er sich eingestehen will, sucht Kischote Halt an der Brüstung. Unten knattert sporadisches Gewehrfeuer. Ein halbes Dutzend Offiziere in Helmen mit Netzen und in Kampfausrüstung stehen auf dem Dach, manche von ihnen suchen mit Ferngläsern das Gelände ab, andere unterhalten sich per Walkie-talkie.

Wie Gorodish trägt auch Gur keine Kopfbedeckung; das weist ihn, deutlich sichtbar, als Brigadekommandeur aus. Groß, breitschultrig und ehrgeizig ist Motta Gur der richtige Mann, um Jerusalem zu befreien, denkt Jossi, während er beobachtet, wie er ruhig mit dem Zentralkommando spricht und seine lockigen Haare vom Wind zerzaust werden. Motta ist ein Glückspilz. Was für ein Unterschied zwischen den weiträumigen Kämpfen in der Wüste des Sinai und einem Gefecht in dieser kleinen, hügeligen Suppenschüssel von einem Schlachtfeld! Auf der Stabs- und Führungsakademie hat er einst mit Motta Gur und anderen Offizieren die Rückeroberung Jerusalems durchgespielt, ein Kriegsspiel, das auf einen Aktionsradius von wenigen hundert Metern beschränkt war, während die Sinaimanöver sich auf Hunderten von Kilometern erstreckten.

Jossi hat mit eigenen Augen gesehen, welcher Preis bis jetzt für die Einnahme Altjerusalems entrichtet worden war, als er bei Morgengrauen durch das Niemandsland an Pionieren vorbeifuhr, die unter dem Beschuß von Heckenschützen Minen räumten, und dann in die eigenartig stillen Straßen Ostjerusalems einfuhr, die er nie zuvor gesehen hat, da sie seit 1948 für Juden gesperrt waren. Ausgebrannte Panzer, umgekippte Fahrzeuge, viele tote Jordanier in Khakiuniform; auch viele Zahal-Angehörige mußten den Tod gefunden haben, doch ihre Leichname wurden auf der Stelle geborgen, das war eine eiserne Regel.

Der allgegenwärtige Geruch nach Brand und Tod zeugt von erbitterten Kämpfen. Allerdings ist hier keine Spur vom übermächtigen, finsteren russischen Hintermann der Araber zu entdecken. Die zerstörten jordanischen Panzer sind Shermans und Pattons. Die umgestürzten Fahrzeuge sind Landrover, Mack-Laster und Jeeps. Und es gibt keine unermeßlichen Sandflächen, die sich bis zum Horizont erstrecken. Hier rings um das Museumsdach ist alles nah, grün, von Menschenhand erbaut, schön, die arabischen Dörfer schmiegen sich an die nahe gelegenen Hügel, und das jüdische Neujerusalem schimmert fern im Westen. Direkt unter ihm bietet sich die Altstadt den Blicken dar, doch vom Tempelberg ist über die Häuser und Bäume des Muslimischen Viertels hinweg nur ein Streifen der goldenen Kuppel des Felsendoms zu sehen. Gierig nimmt er die Szene in sich auf, ihm schwindelt ein wenig von der Wunde und vielleicht vor Glück.

Als Kischote im Krankenhaus erwacht war, hatte ihn verzweifelte Wut über seine Entfernung vom Sinai, von Gorodish, Tal und den Panzerkämpfern erfüllt. Doch den Radionachrichten zufolge ist diese Schlacht nun beinahe geschlagen. Der Sinai ist zum Friedhof für tausend oder mehr zerstörte ägyptische Panzer und Fahrzeuge geworden. Die Ägypter lassen ihre verbliebene Ausrüstung im Stich und strömen zu Tausenden, barfuß und halb ohnmächtig vor Hunger und Durst, über den Sand zurück Richtung Kanal. Jetzt ist die Rückkehr nach Jerusalem der höchste Einsatz, um den in diesem Krieg gekämpft wird, und wenn Jossi schon nicht kämpfen kann, will er wenigstens mit eigenen Augen Zeuge dabei sein.

Gur nähert sich ihm. «Kischote, jetzt mal im Ernst, bist du in Ordnung?»

»Hundertprozentig. Oder sagen wir neunzig. Warum?»

«Yaffe ist mit meinem 66. Bataillon oben auf dem Berg Skopus. Die Verbindung ist mies, ich weiß nicht genau, warum.» Gur holt einen Block hervor und skizziert schnell mit einem Kugelschreiber die Lage, während er spricht. «Das ist jetzt sehr wichtig, Jossi. Schau her. Der östliche Höhenzug ist von Schützengräben gesäumt und total vermint. Das Augusta-Victoria-Krankenhaus – hier – ist der Dreh- und Angelpunkt –»

«Das war es immer schon.»

«Stimmt. Also.» Gur und Jossi unterhalten sich fachmännisch in schnellen, knappen Worten. Gur sagt, daß dem Angriff auf den Höhenzug mit zwei Bataillonen, von denen eines vom Berg Skopus kommt, das andere aus dem Tal unterhalb der Altstadt, ein Luftangriff vorausgehen wird. Wenn die Truppenbewegungen nicht sehr präzise koordiniert werden und genau nach Zeitplan ablaufen, dann könnten Flugzeuge oder Artillerie jüdische Streitkräfte treffen oder die Panzereinheiten sich am Ende gegenseitig beschießen. Gur will seine Stabsoffiziere nicht zum Berg Skopus schicken, er braucht sie alle. Kischote könnte sich als Verbindungsoffizier zum Bataillon auf dem Berg Skopus nützlich machen.

«Ich bin dabei, Motta.»

«Gut.» Gur reicht ihm die Skizze, ein kabbalistisches Werk voller Pfeile, Kreise und Zeitangaben. «Zeig das Yaffe und erklär es ihm. Ruf mich über den Kommandofunk an, falls es Unklarheiten gibt. Wir können uns keine vermeidbaren Verluste mehr leisten, der Durchbruch ist uns teuer genug zu stehen gekommen. Und jetzt Scherz beiseite, hast du einen Fahrer?»

«Ja. Den Typen, der mit mir das Krankenhaus verlassen hat. Ein Jeruschalmi.»

«Ausgezeichnet, der kennt sich aus. Gewehre?»

«Selbstverständlich.»

«Auf der ganzen Strecke zum Berg Skopus wirst du von Heckenschützen unter Beschuß genommen werden. Aber Dayan ist gestern dort hinaufgefahren, also ist die Straße passierbar.»

«Ich breche jetzt auf.»

Gur packt ihn an der Schulter. «Wir sehen uns dann auf dem Ölberg wieder. Ach, Kischote, *das* ist eine Aussicht! Zieh den Kopf ein.»

«Ja, eben das habe ich auf dem Sinai vergessen.» Das entlockt Gur ein schräges Lächeln.

An stillen, verrammelten arabischen Häusern und Märkten vorbei taucht der Jeep in das Tal und schlängelt sich sodann, begleitet von fröhlichem Vogelgezwitscher, die steile Straße zum Berg Skopus hinauf. Jossi sitzt mit entsicherter Uzi da. Mosche Dayan ist eigenartig gut gegen Kugeln gefeit, die ihm um den Kopf pfeifen, um nicht zu sagen, er hat eine Vorliebe dafür, die Jossi nicht teilt; und auf genau dieser Straße haben die Araber vor einiger Zeit einen ganzen Konvoi von Ärzten und Krankenschwestern, der zum Hadassa-Hospital unterwegs war, überfallen und ermordet. Wie zu erwarten, knallt es auf halber Strecke. Ein häßliches Heulen viel zu nahe, eine Gestalt, die aus dem Tor eines Friedhofs schießt. Jossi feuert mit der Uzi zurück, und Steinsplitter fliegen vom Tor. Dann Stille und wieder Vogelgesang.

«Das ist unmöglich.» Major Yaffe, der Bataillonskommandeur auf dem Berg Skopus, klatscht Gurs Skizze auf seine Handfläche. «Motta muß den Luftangriff verschieben.»

«Wie lange?» fragt Kischote.

«Sieh dich einmal um.» Yaffe zeigt in einer weitausholenden Armbewegung auf ein riesiges Gewirr von Halbkettenfahrzeugen, Panzern, Jeeps und Nachschublastern, die kreuz und quer in dem hohen Gras stehen. Die meisten Soldaten schlafen am Boden oder in ihren Maschinen. »Weißt du, was diese Jungs durchgemacht haben? Hast du was vom Munitionshügel gehört? Sag Motta, ich kann um zehn Uhr abmarschieren, falls der Rest von Uris Panzern hier eintrifft.»

«Das werde ich tun.»

Bald darauf erscheint der sogenannte König des Berg Skopus, ein zäher kleiner Major mit buschigem Schnauzbart und Grabesstimme, der seit Jahren hier oben die Stellung hält. Jossi war vor langer Zeit sein Zugführer, und Major Sharfman führt ihm stolz sein Reich vor, eine triste Enklave verlassener, verfallener Universitäts- und Krankenhausgebäude. «Tausend Jahre lang werden die Historiker sich fragen, Kischote, warum die Jordanier nicht versucht haben, mich zu überrennen und den Berg Skopus einzunehmen. Die Nachricht hätte die ganze Welt erschüttert! Israels Moral am Boden zerstört! Vielleicht sogar den Krieg entschieden!»

«Menachem, du bist schon zu lange hier oben.»

«Das ist mein Ernst! Drei erbärmliche Quadratkilometer, hundert Männer, und die Jordanier, die mich mit Panzern, Artillerie, ganzen Brigaden umzingeln! Aber weißt du was? Ihr Geheimdienst muß ihnen was gesteckt haben. Da bin ich mir sicher. Ich habe hier ein Waffenarsenal heraufgeschmuggelt, von dem die UNO sich nicht einmal träumen lassen würde. Ha! Wir hätten ihnen die Hölle heiß gemacht. Schau, da ist der Magnes-Turm. Willst du hinaufsteigen? Die beste Aussicht im ganzen Land.»

«Die Aussicht von hier ist auch nicht schlecht.» Unter ihnen zieht sich das Bergland von Judäa steil aufsteigend ostwärts, und durch eine Lücke in dem Höhenzug glitzert blau das Tote Meer.

«Einzigartig.»

Kischote starrt zum Turm hinauf, der nach dem ersten Präsidenten der Hebräischen Universität benannt ist. «Judah Magnes. Der Mann, der dachte, wir und die Araber könnten einmal in einem friedlichen Palästina zusammenleben.»

«Er war verrückt. In tausend Jahren nicht.»

«Nein, er hatte recht, sie müssen nur ein für allemal davon überzeugt werden, daß wir hierbleiben werden. Vielleicht überzeugt sie die Befreiung Jerusalems.»

«Nichts wird sie überzeugen, in tausend Jahren nicht.»

«Wie wäre es mit neunhundertsiebzig Jahren, Menachem?»

Der Major starrt ihn verständnislos an und lacht dann. «Na ja, dann vielleicht. Bis dahin könnten die arabischen Tauben in der Mehrheit sein. Du siehst, ich bin flexibel.»

Sein Walkie-talkie meldet sich mit einer Nachricht für Kischote zu Wort. Der Luftangriff wird verschoben, jedoch nur bis neun Uhr. Menachem macht sich an den Aufstieg zum Turm. «Der beste

Spähposten», erklärt er Jossi beim Weggehen, «wenn die Knallerei beginnt.»

Vor einer riesigen Aufnahme des Stadtgebiets von Jerusalem instruiert Benny Luria seine Bat-Staffel, einen abgekämpften Haufen, über den Angriff. «Und jetzt hergehört, Piloten. Der Generalstab macht mir das Leben schwer. Ich habe abgestritten, daß diese Staffel jemals unsere eigenen Truppen bombardiert oder mit Bordwaffen beschossen hat, aber wir alle wissen, wie nahe wir am Djebel Libni daran waren. Heute darf es keinen solchen Balagan geben! Das Zielgebiet ist winzig. Die verfeindeten Kräfte sind nur Meter voneinander entfernt. Das wird eine Übung im Punktzielangriff.»

Eine Hand geht hoch, und ein sommersprossiger kindlicher Pilot sagt aufmüpfig: «Ein Punktzielkampf mit Napalm? Das ist ein Widerspruch in sich.»

«Nein, das Napalm ist für Stützpunkte in diesem Außensektor reserviert.» Benny zeichnet rote Umrisse auf dem Foto ein. «Unsere Hauptaufgabe besteht darin, diese Schützengräben hier – in diesem Pinienwäldchen am Grat entlang – mit Bordwaffen zu beschießen. Und jetzt hört mir gut zu.»

Der Zeigestab fährt um und über die Altstadt. «*Dieser* Bereich ist absolut tabu. Verstanden? Wenn auch nur *eine* einzige der heiligen Stätten zerstört oder beschädigt wird, dann könnt ihr euch auf einen weltweiten Skandal und auf eine öffentliche Verhandlung vor dem Kriegsgericht gefaßt machen.»

Luria legt den Zeigestab hin, setzt sich auf seinen Schreibtisch und grinst seine Flieger schief an.

«Tut mir leid, *hovra* [Kameraden], so lauten die heutigen Anweisungen. Vorgestern haben wir diesen ganzen verdammten Krieg innerhalb von drei Stunden für uns entschieden. Gestern haben wir die jordanischen Panzerbrigaden, die von Jericho kamen, am Boden zerstört, und das hat die Befreiung Jerusalems erst in den Bereich des Möglichen gerückt. Aber der Generalstab hat ein kurzes Gedächtnis. Heute sind wir für die nur noch ein Haufen verrückter Flieger, die einen Araber nicht von einem Juden unterscheiden können. Wir wollen also bei diesem Einsatz brav und vorsichtig sein, b'seder?»

Unzählige Male hat Benny Luria die winzige, rautenförmige Altstadt überflogen, ein Labyrinth aus gewundenen Gassen, niedrigen Häusern und einem Flickenteppich aus Grünflächen, das von dicken Mauern umschlossen ist und gewöhnlich einen fast verlassenen Eindruck macht, abgesehen vom Tempelberg, wo ameisenhafte Gestalten in die zwei großen Moscheen hinein- und herausströmen. Heute jedoch registriert sein Blick hektische Bewegung dort unten, während er vor dem Niedergehen kreist. Israelische Panzergrenadiere kriechen auf sämtlichen Zufahrtswegen heran, von den Mauern steigt Rauch auf, Artilleriefeuer blitzt gelb und rot an allen Brüstungen entlang auf, und in den engen Straßen und auf dem weiten Platz des Tempelbergs herrscht wildes Gerenne. Soviel kann er erkennen, bevor er durch einen dunklen Schleier aus aufsteigenden Napalmschwaden hinabtaucht und zu schießen beginnt.

Bis er und seine Flieger wiederholt unter lautem Getöse die von Pinien abgeschirmten Schützengräben mit Beschuß überzogen haben, hat Yaffes Bataillon Aufstellung genommen und marschiert nun, verstärkt durch eine Brigade Panzergrenadiere, auf der Gratstraße nach Norden. Trotz des Luftangriffs wird die Vorhut von heftigem Geschützfeuer aus dem Pinienwäldchen empfangen. Äußerst vorsichtig nach Lurias Warnung haben die Piloten weder Kirchen noch Moscheen noch Israelis getroffen und auch die verschanzten Jordanier nicht vollständig außer Gefecht gesetzt. Kischote sitzt in Yaffes Funkerhalbkettenfahrzeug und sieht zu, wie die Panzer und Truppentransporter vorbeirumpeln und in den stinkenden schwarzen Qualm tauchen, der von dem durch das Napalm ausgelösten Großbrand ausgeht. Oben auf einem der vorbeifahrenden Transporter sitzt Hauptfeldwebel Schmulik und winkt ihm mit seinem heilen Arm zu. «Ich bin wieder bei meiner Kompanie, Herr Oberst», schreit er, «und ich fahre heim! Vielen Dank, daß Sie mich aus diesem bescheuerten Bett herausgeholt haben.»

«Zieh deinen Kopf ein», ruft Kischote zurück. Schmulik lacht und läßt sich wieder ins Wageninnere fallen.

«Kischote, Kischote, hier Talmid. Wo bist du?»

Talmid (der Gelehrte) ist Motta Gur. Glück für Motta oder

Schicksal, denkt Kischote, daß er den perfekten Codenamen für den ersten jüdischen Kommandanten hat, der seit Bar Kochba nach Jerusalem zurückkehrt.

«Talmid, hier Kischote. Ich bin in der dunklen Wolke über dem Berg Skopus. Wie Moses auf dem Berg Sinai.»

«B'seder, Moses. Meine Kommandogruppe ist unterwegs. Wir treffen uns in fünfzehn Minuten auf dem Ölberg.»

«B'seder.»

Der Jeep, in dem Kischote sich zu seinem Treffen mit Gur in Bewegung setzt, passiert brennende Fahrzeuge und Soldaten, die zu den Verwundeten eilen. Ungeachtet des ganzen Qualms und Geschützdonners, des Chaos und der aus den Lautsprechern plärrenden Funkdurchsagen macht Kischotes Herz einen Sprung, als der Jeep den Tempelberg erreicht und auf einer windigen Terrasse zum Stehen kommt, die mit Fahrzeugen von Gurs Kommandogruppe vollgestopft ist. Gur überwacht durch ein großes Fernglas hindurch das breite Terrain, das im hellen Sonnenschein unter ihm liegt: die gesamte Altstadt innerhalb ihrer Mauern und Zinnen, den grünen Tempelberg und seine beiden grandiosen Moscheenkuppeln, eine golden, eine silbern; vor den antiken Mauern grüne Hügel und Täler, die mit arabischen Dörfern getupft sind, und weit dahinter das Stadtgebiet Neujerusalems. Auf den Straßen der Außenbezirke rollen israelische Kolonnen.

«Kischote, da bist du ja! Gut.» Gur streckt ihm eine Karte voller Markierungen entgegen. «Sieh dir das mal an.»

«Hast du Befehl zum Einmarsch erhalten?»

«Nein, aber er wird kommen. Das sagt mir meine Nase. Ich muß mich bereit halten. Allerdings hat das hier keine Ähnlichkeit mit den Angriffsplänen der Akademie oder irgendwelchen Kriegsspielen. Nichts läuft wie geplant.»

Umgeben von Artilleriedonner, den heiseren Mißklängen der Funkgeräte und dem Rumoren der Panzer studiert Kischote mit vor Qualm und Staub brennenden Augen die Skizze. Auf den ersten Blick verwirrt sie ihn zutiefst. Gurs drei Fallschirmjägerbataillone und eine Panzereinheit, deren Manöverwege durch unterschiedliche Farben gekennzeichnet sind, werden sich nach einem komplizierten

Angriffsplan an die Mauern und Tore der Altstadt heranarbeiten. Wozu diese militärische Zangenbewegung, da die wenigen noch verbliebenen jordanischen Verteidiger einer überwältigenden Übermacht gegenüberstehen? Bald jedoch versteht er – und grinst. Der gute alte Motta! Falls die Eroberung sich aus politischen Gründen verzögert, falls der Befehl nicht rechtzeitig eintrifft, falls der Waffenstillstand in Kraft tritt, während die Israelis noch die Hänge zum Ölberg hinauf besetzen – dann wird Oberst Gur bereits auf dem Ölberg sein. Falls Motta Gurs 55. Fallschirmjägerbrigade jedoch freie Hand zum Sturm auf die Altstadt erhält, dann werden die vier Einheiten in einem verwirrenden Ballett aus Menschen und Gerät vorrücken, so daß der erste Mensch, der durch das Stephanstor tritt, der erste Jude, der seinen Fuß auf den Tempelberg setzt, Motta Gur sein wird.

«Na, was hältst du davon?» fragt Gur, als Kischote ihm die Skizze zurückgibt.

«Motta, *magiya L'kha* [es steht dir zu].»

Gur gibt ihm einen schlauen Seitenblick und ein humorvolles Grunzen zur Antwort.

Major Sharfman fährt jetzt in einem Jeep mit aufgepflanztem Gewehr vor. Kischote leiht sein Fernglas aus, um auf eine Talbrücke hinabzublicken, auf der zerstörte und ausgebrannte israelische Panzer und Fahrzeuge in wildem Durcheinander liegen. «Das ist ja ein Wahnsinnschaos, Menachem. Was ist da passiert?»

«Ein schrecklicher Balagan. Eine Aufklärungseinheit hat letzte Nacht im Dunkeln eine falsche Abbiegung erwischt, und an der Brücke gab es dann eine Massenkarambolage. Die Jordanier haben sie von den Mauern herab in Grund und Boden geschossen. Ein Massaker. Diesen Ort nennen die Christen Gethsemane.»

«Gethsemane. *Gat shmanim* [Ölpresse], stimmt's?» Major Sharfman zeigt auf die mit Arkaden geschmückte Fassade des Hotels Intercontinental direkt hinter ihnen. «Und wo er predigte, werden heute zwischen fünf Uhr und sieben Uhr dreißig Cocktails serviert, Kanapees im Preis inbegriffen.»

Kischote runzelt die Brauen und blickt zu dem Hotel. «Wer hat denn die Genehmigung für diesen Bau erteilt?»

«Wer hätte ihn verbieten sollen? Die Briten waren weg, und wir hatten nichts zu sagen. Wie auch immer, schau da hinunter und sag mir, wer *das* erlaubt hat.»

Sharfman weist auf den Abhang unterhalb der Plattform, auf der sie stehen. Der breite Hang ähnelt einem Steinbruch, viele Morgen zerbrochener Steine und wahllos verstreuter, gemeißelter Steintafeln. Kischote erkennt nach Bildern aus seiner Kindheit den alten Friedhof, und Zorn übermannt ihn.

Der Fernmeldeoffizier ruft Motta Gur zu. «Sir, das Zentralkommando! Der General sagt, er habe gute Nachrichten.»

Gur schreitet zum Mikrophon. Sein erfreuter Gesichtsausdruck spiegelt die gute Nachricht wider. *«Ken, ken. Mi'yad!* [Ja, ja. Sofort!] Wir sind bereit, und wir marschieren.» Er wendet sich an den Fernmeldeoffizier. «Ich möchte mit allen Bataillonskommandeuren und Kompanieführern sprechen.» Der Offizier stellt die gewünschten Verbindungen auf seinem Gerät her.

«55. Fallschirmspringerbrigade» – Gur verzichtet in einem Anfall von Stolz auf die Codenamen und spricht Klartext – *«wir stehen nun auf diesem Höhenzug und blicken auf die Altstadt. Bald schon werden wir unseren Fuß in das antike Jerusalem setzen, dem die Träume, die Sehnsucht aller zurückliegenden Generationen galten! Wir werden die ersten sein, die diesen Boden betreten! Panzer, rollt zum Stephanstor! 28. Bataillon, 75. Bataillon, auf zum Tor. 66. Bataillon folgen. Marsch, Marsch. Wir halten unsere Inspektionsparade auf dem Tempelberg ab!»*

Nun wird Gurs grobe Kartenskizze Schritt für Schritt Wirklichkeit. Eingehüllt in Schwaden von Staub und Rauch ziehen die Bataillone den Ölberg hinab und auf den Straßen im Tal entlang, strömen zu den Mauern, von denen noch immer vereinzelte Gewehrschüsse auf sie niederknallen. Gurs Kommandotruppe in Halbkettenfahrzeugen und Jeeps nimmt die Straße, die sich südlich um den entweihten Friedhof herum bergab windet und dann einen Bogen zurück nach Norden Richtung Stephanstor schlägt. Sharfman, der durch sein Fernglas die vorrückenden Bataillone beobachtet, sagt mit rauher Stimme: «Darf ein jüdischer Soldat weinen?»

«Du hast deine Psalmen vergessen», sagt Kischote. *«‹Als der*

Ewige zurückführte die Weggefährten Zions, waren wir gleich Träumenden. Dann füllt mit Lachen sich unser Mund –»

Sharfman bringt den Vers zu Ende. «‹*Und unsere Zunge voll Rühmens.*› In Ordnung. Kein Weinen also.»

Kischote wiederholt: «*Gleich Träumenden, gleich die Träumenden.*» Er zeigt nach unten auf die Tausende zerstörter, geplünderter Gräber, jenseits derer er die jüdische Armee auf ihrem Marsch gen Jerusalem erblickt. «Und *sie* sehen alle zu, das sage ich dir, Menachem. Sie sehen zu und lachen und singen. Das ist ihre Wiederauferstehung. Das ist der Grund, weshalb sie hier begraben sein wollten. Damit sie am großen Tag hier sind, am Tag des Herrn, und es mit eigenen Augen sehen können. Das ist ihr Tag.» Er packt Sharfman fest am Arm.

«Amen», sagt Sharfman, «aber das ist mein kaputter Arm, Jossi, der wurde bei KADESCH verletzt.» Lachend läßt Kischote ihn los. «Ich bin völlig von Sinnen und wie im Delirium. Tut mir leid.»

«Im Delirium? Kannst du dir vorstellen, wie ich mich fühlte, als ich all die Jahre hindurch vom Magnes-Turm aus auf diesen Friedhof herabblickte? Ihnen mit ihren Vorschlaghämmern und Brecheisen hier unten zusah?»

Mit einem Panzer an der Spitze nähert sich nun weit unten Motta Gurs Kommandogruppe dem Stephanstor. Ein großes, brennendes Fahrzeug blockiert die schmale Straße vor dem Torbogen. Der Panzer schiebt die brennende Maschine beiseite und bricht krachend durch die massiven Holztore. Gurs Halbkettenfahrzeuge folgen dem Panzer durch den Staub und die Trümmer der niedergerissenen Pforte.

«Es ist soweit.» Sharfman reicht Kischote das Fernglas. «Schau nur. *Es wird wahr!*» Er bricht in ausgelassenes Gelächter aus. «Kischote, wir rücken ein. Jahrelang habe ich vom Berg Skopus aus auf dieses Tor gestarrt. Und jetzt marschieren unsere Jungs hindurch.»

«Und bei Gott, da geht Motta», sagt Kischote. Mit dem Fernglas kann er die stämmige Gestalt Oberst Gurs erkennen, der an der hohen goldenen Kuppel des Felsendoms vorbei auf den weiten Platz des Tempelbergs hinausrennt, gefolgt von anderen Soldaten im

Trab. «Da sind sie, Menachem, unsere Jungs auf *Har Ha'bayit* [dem Tempelberg]!»

Durch das Stephanstor strömen Fahrzeuge – Panzer, Halbkettenfahrzeuge, Truppentransporter –, und immer mehr Soldaten mit schußbereitem Gewehr laufen auf den breiten, ebenen Platz zwischen den beiden großartigen Moscheen hinaus.

«Unglaublich, es ist unglaublich!» Major Sharfmans Stimme ist leise und ehrfurchtsvoll. *«Gleich Träumenden!»*

Jossi murmelt einen Segen für gute Nachrichten. Sharfman hört ihn und klopft ihm auf die Schulter. «Amen und amen. Bei Gott, Kischote, dein Geheimnis ist enthüllt. Du bist fromm. Leugne es nicht.»

«Ich war auf einer Jeschiwa, und ich bin ein Jude.»

Der Major lacht und zeigt auf die Szene unter ihnen, wo Soldaten in Scharen zum Tempelberg strömen. «Schau dir das an! Als Nasser Sharm el-Sheikh dichtmachte, hat er wohl kaum gedacht, daß das hier dabei rauskäme!»

«Nasser konnte nichts dafür», erwiderte Kischote. «Die Hand Gottes war über ihm.»

Sharfman starrt durch das Fernglas und ruft laut aus: «Motta Gur ruft einen Fernmeldefeldwebel zu sich.» Er schießt zu seinem Jeep, dreht den tragbaren Empfänger auf volle Lautstärke und läßt schnell die Frequenzen durchlaufen.

«Zentralkommando, hier ist Talmid, ich spreche vom Innern der Altstadt aus. Ich stehe auf dem Platz des Felsendoms. HAR HA'BAYIT B'YADENU! [Der Tempelberg ist in unserer Hand!] HAR HA'BAYIT B'YADENU! HAR HA'BAYIT B'YADENU!»

Die Stimme von General Narkiss im Zentralkommando: *«Ich komme sofort hin. Ehre sei euch! Ehre sei euch! Eine Glanzleistung!»*

Don Kischote und der König des Berg Skopus umarmen und küssen einander. Der Schnurrbart kratzt Jossis Backe, und Menachems Wangen sind naß vor Tränen.

הר הבית בידינו !!

DER TEMPELBERG IST IN UNSERER HAND!

Ein Funken springt quer durch den jüdischen Staat, von der syrischen Grenze bis zum Roten Meer, ein Ausbruch von nationalem Jubel und Ruhm erfüllt das Land. Väter und Söhne, Mütter und Kinder, Frauen und Männer, Geliebte, Jungvermählte, Waffenbrüder auf dem Schlachtfeld, sie alle werden von einer Welle der Begeisterung davongetragen, wie es sie nur einmal im Leben, einmal in tausend Jahren gibt. Überall im Heiligen Land fallen Juden sich in die Arme, tanzen und singen: «Dies ist der Tag, den der Herr macht...»

הר הבית בידינו !!

Levi Eshkol legt den Hörer auf und wendet sich mit glänzenden Augen an Pasternak. «*Har Ha'bayit b'yadenu!* Wir wollen nach Jerusalem fahren.»

«Die Straße wird mit Armeefahrzeugen verstopft sein», sagt Pasternak. «Ich werde eine Polizeieskorte anfordern.»

«Laß nur, keine großen *tsimmes*, wir kommen schon hin.» Der Premierminister blickt auf seine verknitterte, ausgebeulte Khakiuniform herab. «Dieser Anlaß ist es wert, daß ich Mantel und Krawatte anziehe.»

Die Nachricht erreicht Benny Luria, während er über Tel Nof kreist. Der Flugkontrolleur, der ihm Fliegerlatein in die Ohren bellt, um für seine Landung klarzumachen, bricht unvermittelt in einen kindlichen Ausruf des Jubels aus: «*Har Ha'bayit, b'yadenu!*»

Nach einem prüfenden Blick um sich herum stürzt Benny sich unter wildem Freudengeschrei ein ums andere Mal in einen Überschlag.

«Tante Schaijna! Tante Schaijna!» ruft Aryeh und kommt vom Dach heruntergerannt. «Imma sagt, wir sollen sofort runtergehen!»

Schaijna hat den Qualm und die Flammen über der Altstadt beobachtet. Hier und auf den nahegelegenen Dächern stehen Menschenscharen, die das Schauspiel beobachten und deren Kofferradios eine kratzende, unverständliche Geräuschkulisse von sich geben.

Als sie die Tür zu ihrer Wohnung aufmacht, sagt ihre Mutter:

«Ach, da bist du ja endlich! Gleich kommt eine wichtige Durchsage des Militärsprechers!» Und beinahe sofort danach unterbricht eine tiefe, nicht ganz ruhige militärische Stimme die amerikanische Rock-and-Roll-Aufnahme. *«Hier spricht der Militärsprecher. Der Befehlshaber des Zentralkommandos hat soeben gemeldet: Har Ha'bayit b'yadenu!»*

Sie fallen sich in die Arme, und Aryeh tanzt im Zimmer herum und ruft: «Abba war dabei! Abba war als erster auf dem Tempelberg!»

Lachend und weinend schließt Schaijna ihn in die Arme. «Bei meinem Leben, wahrscheinlich hast du recht.»

Yael hört es in ihrer Wohnung, während sie sich nach einem kurzen Schlaf anzieht. Mit einem lauten: «Gott sei Dank bin ich hier!» sinkt sie in einen Sessel, um nachzudenken, aber nicht für lange. Es gibt nur eines zu tun.

42
Die Klagemauer

KISCHOTE SPRINGT von einem Jeep, den er beschlagnahmt hat, um sich durch Fahrzeuge und Fallschirmjäger, die das Stephanstor verstopfen, einen Weg zu bahnen. Dort auf dem steinernen Torbogen sind wirklich die sagenumwobenen Löwen zu sehen, zwei einander gegenüberliegende, zerbröckelnde Basreliefs stilisierter Raubkatzen. Leoparden vielleicht. Kischote drängt sich an dem ausgebrannten, schwelenden Bus vorbei, der noch immer Hitze und Gestank verbreitet, und betritt, halb mitgerissen von den jubelnden Soldaten, die Altstadt.

VIA DOLOROSA steht auf dem Straßenschild in dem dunklen Durchgang, der von Panzern versperrt wird. Die Fallschirmjäger strömen mit ihm zu einer Öffnung in der hohen hölzernen Straßensperre, und unversehens findet er sich auf dem weiträumigen, grasbewachsenen Platz des Tempelbergs wieder. Don Kischote ist, als träume er, und es würde ihn nicht überraschen, wenn er im Krankenhausbett aufwachte. Direkt vor ihm ragt der imposante Felsendom mit seinen blauen Fayencen und der gewaltigen goldenen Kuppel hoch in den Himmel, und daneben scharen sich unrasierte israelische Soldaten, die ihre Gewehre in die Luft werfen, um den barhäuptigen Motta Gur. Vereinzelte Gewehrschüsse hallen unterhalb des Berges wider, während Kischote an den sich auf und ab bewegenden Helmen vorbeidrängt. «Nun, Motta, wie fühlt man sich als Unsterblicher?»

Gurs Gesicht glüht rot, seine Augen blitzen. «Hei! Die Jungs sind immer noch hinter Heckenschützen her, Kischote, bis zum Damaskustor. Es ist gemein, jetzt Verluste zu machen, aber die Soldaten sind großartig. Weißt du, was einer von ihnen soeben zu mir sagte? ‹Herr Oberst, wann rechnen wir mit den Syrern ab?› Das ist einer von den Jungen, die bei der Eroberung des Munitionshügels dabei waren.»

«Wo wir gerade von Munition sprechen –!» Kischotes Daumen zeigt auf das Sammelsurium an Kisten, die sich wohl fünf Meter hoch vor dem Felsendom auftürmen. Britische Codenamen sind auf arabisch und englisch darauf eingestanzt; alle Arten von Geschossen, Granaten, Mörsermunition, Maschinengewehrmagazinen, sogar Dynamit.

Mit einem zynischen Blick auf den aufgetürmten Munitionsmüllhaufen zuckt Gur die Achseln. «Ganz schön unvorsichtig, nicht wahr? Hör zu, Kischote, Eshkol ist im Anmarsch. Es wäre gut, wenn du bei seinem Eintreffen am Stephanstor wärst.» Er zeigt auf Jossis Verbände. «Du machst einen heldenhaften Eindruck, du siehst malerisch aus, und außerdem bist du ja auch ein Held. Und man kann sich auf dich verlassen. Major Shimon wird gleich mit einer Sonderwachtruppe zur Stelle sein.»

«Wann wird Eshkol eintreffen?»

«Er ist auf dem Weg von Tel Aviv. Die Straßen sind mit Armeefahrzeugen zugestopft, also wird es eine Weile dauern.»

«Ich stehe ganz zu deinen Diensten, aber ich möchte für mein Leben gern die Mauer sehen.»

«Du wirst enttäuscht sein. Ich erinnere mich, wie ich sie als Kind zum erstenmal besichtigt habe. Da gibt es nicht viel zu sehen. Aber geh nur, geh durch dieses Tor dort und die Treppe hinab.»

Kischote steigt auf abgetretenen Steintreppen und wackligen Holzstufen zu einer dunklen Gasse hinab, die von ärmlichen arabischen Häusern eingesäumt ist. Ein paar Soldaten mit Gebetsriemen, mit über die Uniform geworfenen Gebetsschals und Gewehren über der Schulter, begehen in aller Eile vor riesigen, schattenhaften Quadern verwitterten Jerusalemer Steins, aus dessen hohen Felsspalten Grünpflanzen herabhängen, die Morgenandacht. Der Vorbeter singt.

Lasset uns Seinen Namen in dieser Welt heiligen, wie er in der anderen Welt geheiligt wird. Wie es bei eurem Propheten geschrieben steht:

UND SIE RIEFEN EINANDER ZU UND SAGTEN –

Die Reflexe eines Jeschiwa-Schülers lassen Kischote wie angewurzelt stehenbleiben, er stellt die Füße nebeneinander und fällt in den Antwortchor mit ein:

HEILIG; HEILIG; HEILIG IST DER HERR DER HEERSCHAREN, DIE WELT IST VOLL SEINES RUHMES.

Wie alle anderen Soldaten erhebt auch er sich mit jedem «heilig» auf die Zehenspitzen, um den Flug der Engel zu symbolisieren. Wahrhaft seltsam, in einer kühlen Gasse unter freiem Himmel unversehens in diesem alten Keduscha-Ritual gebannt zu sein! Die letzte Antwort gibt ihm seine Bewegungsfreiheit wieder.

MÖGE DER HERR HERRSCHEN AUF EWIG, DEIN GOTT, O ZION, HALLELUJA.

Er geht zur Klagemauer, lehnt sich an die kalten Steine und küßt einen rosigen Felsvorsprung; er bemüht sich erfolglos, Rührung zu empfinden, als unter lauter werdendem Getrappel auf der Treppe eine kleine, bärtige Gestalt in Militäruniform, die eine mit Samt eingeschlagene Gesetzesrolle und ein schwarzes Widderhorn trägt, in die Gasse stürmt. Dicht hinter ihr traben Zeitungsfotografen und Soldaten mit Kameras, denn das hier ist der Obergeistliche der

Armee. Blitzlichter leuchten auf, doch dem Horn entweicht kein Ton. Er versucht es erneut und bringt nur einen quietschenden Spucklaut hervor. «Der falsche Schofar!» schäumt er. «Solche Shlepper! Ich habe ihnen gesagt, sie sollten mir den gelben geben! Der Satan steckt in diesem Horn, niemand kann darauf blasen.»

Kischote tritt vor. «Rabbi, lassen Sie es mich versuchen, ich habe in der Jeschiwa Schofar geblasen.»

«Ein Jeschiwa-*buk'her* [Kerl]! Hervorragend, versuch es! Reiß Satan in Stücke!»

Jossi sieht, daß das nasse Mundstück zu schmal ist. Genau so einen widerspenstigen Schofar hat er schon zu Rosch Haschana in dem Camp auf Zypern geblasen. Er holt tief Atem und stößt einen durchdringenden, schrillen Blaslaut aus, der die betenden Soldaten in verwundertem Starren innehalten und eine Schar Vögel kreischend über die Mauer über ihren Köpfen hinweg abdrehen läßt.

«Großartig! Gesundheit für dich! Blas, blas, buk'her!»

Der Rabbi singt tanzend den frohlockenden Feiertagsgesang:

David, König Israels,
Lebendig, lebendig und unvergänglich . . .

Die Soldaten, die in die Gasse strömen, stimmen in den Gesang ein und umringen den tanzenden Rabbi. «Blas, buk'her, blas weiter», ruft er. Kischote schmettert ein ums andere Mal ins Horn, der Rabbi wirbelt umher und springt mit der Thora in die Luft, und die Soldaten tanzen und singen um ihn herum. In der Ferne ertönen noch immer vereinzelte Schüsse. Über ihren Köpfen kreist ein Hubschrauber mit heftig schlagenden Rotorblättern.

«Tante Schaijna, ich *weiß* nicht, welchen Wert *x* hat, und es ist mir *egal*!»

Aryeh ist ungewöhnlich störrisch. Schaijna versucht, ihn in Algebra zu unterweisen, er hat eine scharfe Auffassungsgabe dafür, weit seinem Alter voraus, doch heute kann er nur an Abba und an die Radiodurchsage «Har Ha'bayit» denken, auf die die Hatikwa und «Goldenes Jerusalem» folgten. Auf ein zweifaches Klopfen hin rennt er zur Tür und schreit: «Abba, Abba!» Es ist zwar ein Soldat, jedoch nicht Abba; ein Fallschirmjägerleutnant mit breiter, sonnenverbrannter Nase, deren Haut sich schält, und einem vier Tage alten roten Stoppelbart.

«Shalom, mein Kleiner.» An Schaijna gewandt sagt er: «Unten wird nach Ihrer Mutter verlangt, vom Ezrakh.»

«Nach meiner Mutter? Meine Mutter liegt mit Hexenschuß im Bett. Sie kann sich nicht bewegen. Was ist los?»

«Wer sagt, ich könnte mich nicht bewegen?» Hinter dem Vorhang ertönt eine nörgelnde Stimme. «Wenn der Ezrakh mich sehen will, dann komme ich, Schaijna – au! Oh!»

Etwas Schweres poltert auf den Boden.

«Mama!»

«Mir fehlt nichts, ich bin nur aus dem Bett gefallen. Hilf mir beim Anziehen!»

Doch die Mutter ist wirklich bewegungsunfähig, und Schaijna bringt sie unter heftigen Protesten ins Bett zurück.

«Mein Kompanieführer ist sehr fromm», sagt der Fallschirmjäger beim Hinabsteigen zu Schaijna. «Er schlug Oberst Gur vor, der Ezrakh solle zur Klagemauer kommen. Ich soll ihn hinbringen. Der Ezrakh wollte Ihre Mutter bitten, ihn zu begleiten.»

Der Ezrakh trägt seine besten Sabbatkleider, einen glänzenden, knöchellangen schwarzen Satinmantel und einen flachen schwarzen Hut, der nicht so schäbig wie sein Werktagshut ist. Sein langer weißer Bart ist makellos gebürstet.

«Ich begleite Sie, Rabbi», sagt Schaijna. «In Ordnung? Mutter geht es nicht gut.»

Der Ezrakh nickt und sagt, er wird an der Mauer für die Genesung ihrer Mutter beten.

«Ich habe Anweisung, Ihnen zu berichten, Rabbi», sagt der Leutnant, «daß in der Altstadt noch immer geschossen wird. Sie brauchen sich der Gefahr nicht auszusetzen, wenn Sie nicht wollen.»

Der Ezrakh lächelt und schreitet aus der offenen Wohnungstür zu dem geparkten Jeep. Schaijna folgt ihm. «Sie werden dieses Gerät entfernen müssen», sagt sie zu dem Leutnant. Ein großer Feldsender nimmt den Vordersitz ein. «Er wird hier sitzen.»

«Wieso? Hinten ist es bequemer.»

«Er wird nicht neben mir sitzen wollen.»

Der Leutnant grinst. «Ist er irgendwie abergläubisch?»

«Verstauen Sie das Zeug einfach woanders, ja?»

«Ich würde jederzeit neben Ihnen sitzen, junge Frau.»

Er hievt das Gerät auf den Rücksitz. «Aber ich bin natürlich kein heiliger Mann.»

Während er dem Ezrakh beim Einsteigen behilflich ist, sagt sie: «Ist Ihnen zufällig da drin ein Oberstleutnant Nitzan über den Weg gelaufen? Der Junge in unserer Wohnung ist sein Sohn.»

«Meinen Sie den Panzertypen? Don Kischote?»

«Genau. Den Panzertypen.»

«Aber sicher. Er blies den Schofar, während der Obergeistliche mit der Thora tanzte.»

«Wirklich? Einen Augenblick.» Schaijna rennt nach oben, um Aryeh zu erzählen, daß es seinem Vater gutgeht.

Soldaten riegeln den riesigen Munitionshaufen mit Sperren und Seilen ab. «Wir werden zwei Wochen zu tun haben, um dieses Zeug vom Tempelberg zu schaffen», sagt Gur zu Kischote. «Es müssen an die fünfzig Tonnen sein.»

«Besser, du stellst rund um die Uhr eine Wache dafür ab, Motta.»

«Das habe ich schon veranlaßt.» Gur wirft einen Blick auf seine Uhr. «Sag mal, es ist schon eine Weile her, daß dieser Hubschrauber gelandet ist. Der Premierminister müßte jeden Moment eintreffen. Sehr vernünftig, den Hubschrauber zu benutzen, anstatt mit dem Auto zu fahren. Hör zu, sag Major Shimon, er soll Eshkol zu mir bringen, und ich werde ihn selbst zur Mauer begleiten.» Er zeigt auf den Munitionshaufen. «Ich möchte ihm das gerne zeigen.»

«B'seder.»

Soldaten drängen durch den Bogen des Stephanstors, schielen sich gegenseitig über die Schultern und nehmen Kischote die Sicht. *«Dayan! Es ist Mosche Dayan! Er ist mit dem Hubschrauber gekommen!»* Der Verteidigungsminister, Generalstabschef Rabin und der Kommandant des Zentralsektors Uzi Narkiss treten begleitet von Soldaten, die ihnen den Weg freimachen, und gefolgt von

Scharen von Reportern und Fotografen, durch das Tor. Dayan trägt einen Helm mit Netz mit festgezurrtem Kinnriemen, als würde er sich in Kürze in einen Kampf stürzen. Narkiss hat eine Stoffkappe auf dem Kopf, und Jitzhak Rabin ist barhäuptig. Dayan sagt zu einem Helfer: «Verschaffen Sie auf der Stelle dem Ramatkhal einen Helm.»

«Nicht nötig», sagt Rabin gequält, doch als der Helfer den Helm eines Soldaten ergreift und ihn ihm reicht, setzt er ihn müde auf und zieht den Riemen fest.

«Gut so, und jetzt los», sagt Dayan. Er, theoretisch ein ziviler Minister, ist in voller Militärmontur und sieht vom Scheitel bis zur Sohle aus wie der Kommandant der Eroberer. Eingerahmt von Rabin und Narkiss marschiert er mit geschlossenen Fäusten und stolz gereckter Brust vorwärts. Militär- und Zeitungsfotografen weichen vor ihm zurück und knipsen jeden Schritt. Kischote, der von einem Hauseingang der Via Dolorosa aus zusieht, denkt: *Magiya l'kha, Mosche* – du hast das Recht dazu! Schließlich hat das Blatt sich entscheidend gewendet, seit Dayan das Regiment übernahm. Er hat das Volk zusammengeschweißt und vereint, wie niemand außer ihm es vermocht hätte, als die Hamtana das Land ängstigte und die Moral der Armee auf dem Tiefpunkt war.

Die Soldaten schwärmen ihm nach zum Tempelberg. Nur die Wachsondertruppe bleibt auf der Via Dolorosa und wartet auf den Premierminister. Kischote schreitet durch das Tor hinaus und blickt zu den sagenumwobenen Löwen hinauf. Als Skulpturen sind sie nicht viel wert. Erstaunlich, wie vertraut ihm das Tor schon erscheint, nachdem es zwanzig Jahre lang für die Juden unsichtbar war! Kischote macht sich Sorgen über seinen Kopf; die Wunde klopft, und immer wieder überfällt ihn Schwindel. War das der Grund, weshalb die Mauer ihn so kalt ließ? Motta hat recht: eine echte Enttäuschung. Als Jeschiwa-Schüler hatte er gelernt, und er hatte daran geglaubt, daß die Mauer das Tor zum Himmel sei, wo Gebete direkt von der Erde zum Gottesthron aufstiegen. Doch als seine Lippen tatsächlich den rohen Felsen berührten, waren seine Gedanken im irdischen Hier und Jetzt einer schattigen, übelriechenden Gasse verhaftet geblieben, wo einige wenige fromme Soldaten das Morgengebet vor sich hin murmelten. Vielleicht wurden sie von mystischen Empfindungen bewegt, von einem Gefühl für die Juden, die die Jahrhunderte hindurch hierherkamen, um den zerstörten Tempel zu beweinen. Er nicht. Er mußte an Ehud Elad denken, der nicht lange genug gelebt hatte, um diese Steine zu küssen.

Aha, das muß Eshkol sein, denkt er, als er einen Militärwagen erblickt, der sich auf der Straße vom Rockefeller-Museum bergab schlängelt. So ist es. Sam Pasternak steigt als erster aus dem Auto, gefolgt von Eshkol in schwarzem Anzug, weißem Hemd und blauer Krawatte. Was für eine Überraschung! Wie die meisten Politiker der Arbeitspartei läuft Eshkol gewöhnlich mit offenem Hemdkragen umher, dem Markenzeichen sozialistischer Schlichtheit. Zu bedeutenden Anlässen – der Beerdigung eines Würdenträgers, einem Empfang von Staatsoberhäuptern, der Hochzeit einer Ministerstochter – bindet er vielleicht eine Krawatte um. Offenkundig verlangt der gegebene Anlaß nach einer vollständigen Feiertagsbekleidung.

Sam Pasternak ist verblüfft, als sein Blick auf den bleichen und bandagierten Kischote fällt. «Jossi! *Ma nishma?* Herr Premierminister, das hier ist einer unserer großen Kämpfer, Oberstleutnant Nitzan.»

«Wie ist die Lage hier, Jossi?» Der Premierminister schlägt einen forschen und geschäftsmäßigen Ton an, doch er strahlt, und seine Augen in den dunklen, runzligen Höhlen glänzen freudig.

Da Kischote Gurs Angriffsplan im Kopf hat, kann er in knappen Worten den Stand der Dinge schildern: welche Einheiten das Misttor, das Zionstor, das Jaffator erobert haben und welche Sektoren sie zur Zeit in der Altstadt einnehmen. Eshkol nickt und nickt, bei der Erwähnung des Stephanstors blickt er mit einem eigenartigen Lächeln hoch. «B'seder. Ich habe diese Löwen zum erstenmal gesehen, Jossi, als ich mit Neunzehn nach Palästina kam, ein Niemand namens Schkolnik. Jetzt sehe ich sie wieder als Eshkol, Premierminister des jüdischen Staates. Eine große Veränderung, gesegnet sei sein Name.»

«Oberst Gur erwartet sie auf dem Tempelberg, Herr Premierminister.»

«Ja? Und Dayan?»

Kischote zögert. Pasternak sagt: «Wir wissen, daß er hier ist. Wir sahen den Hubschrauber vorbeifliegen.»

«Er ist vielleicht an der Mauer, Herr Premierminister.»

«Dann gehen wir auch dorthin», erwidert Eshkol mit einer Spur von Spott.

Die Wachsondertruppe steht müßig innerhalb des Tors herum. Es sind keine Fotografen zu sehen. Die Via Dolorosa ist leer, die Häuser sind verschlossen. Vom Tempelberg hört man Walkie-talkies, gerufene Befehle und den Tumult der Menge. «Das ist der größte Augenblick meines Lebens», sagt Eshkol ohne Pathos, während er durch das Tor schreitet und die wenigen Soldaten salutieren und um ihn Aufstellung nehmen. Auf dem Berg salutiert Oberst Gur, der seinen Helm nach Dayan-Manier festgeschnallt hat, vor dem Premierminister. Eshkol erwidert die Geste beiläufig. «Jetzt ist die Aussicht großartig, Motta.» Er zeigt auf den Davidsstern, der auf einem provisorischen Mast über dem Platz weht.

«Jemand ist im Innern der Moschee hinaufgeklettert und hat die Fahne dort oben aufgezogen, Herr Premierminister.» Gur zeigt auf die Spitze der goldenen Kuppel. «Mosche Dayan kochte vor Wut. Er befahl, sie einzuholen, und dann habe ich sie hier aufgepflanzt.»

«Ja, er hat ein sehr gutes Gespür, Mosche. Ein taktvoller Akt. Sieh an, sieh an, was haben wir denn hier.» Eshkol nähert sich dem Munitionshaufen und starrt auf die Kistenbeschriftungen. «Ausgezeichnet, das können wir alles gebrauchen. Sehr teures Zeug. Beste Qualität.» Er bemerkt Gurs säuerliches Grinsen. «Einmal Schatzmeister, immer Schatzmeister, Motta.»

«Sie hatten Glück, daß hier keine Granate von uns eingeschlagen ist, Herr Premierminister», sagt Pasternak. «Beide Moscheen waren in die Luft geflogen.»

«Vielleicht war es unser Glück», versetzt Gur. «Die Welt hätte sich mit Sicherheit gegen uns gestellt.»

«Das wird sie ohnehin», sagt Eshkol. «Derweilen sind wir erst mal hier.»

«Irgendein wahrer Shlepper von einem jordanischen General ist dafür verantwortlich», sagt Pasternak.

«Und jetzt zur Mauer, Motta», sagt Eshkol.

Pasternak und Kischote trotten hinterher. «Was zum Teufel ist mit dir passiert, Jossi?»

«Was tut sich in New York in Sachen Waffenstillstand, Sam?»

«Sie reden sich noch immer die Lippen wund. Erzähl schon, was machst du in Jerusalem? Und wie wurdest du verletzt?»

«Das ist eine lange Megillah.»

Pasternak überlegt, ob er Kischote von Yaels überraschender Ankunft erzählen soll, und entscheidet sich dagegen. Auch das ist eine lange Megillah. Sollte die Geschichte ruhen, er würde noch schnell genug davon erfahren.

«Sam, werden wir heute mit den Syrern abrechnen? Die Golanhöhen einnehmen? Oder werden die Kibbuzniks in Galiläa weiterhin unter Granatbeschuß ihr Land bestellen müssen, auch nach diesem Krieg?»

«Rabin ist dazu entschlossen, Dayan wird nicht zustimmen. Das kann die Russen auf den Plan rufen, sagt er, und wir würden alles verlieren, was wir gewonnen haben, und am Ende viel schlechter als zuvor dastehen.»

«Was sagt Eshkol?»

«Er sagt gar nichts.»

Die Mittagssonne wirft nun ihre schrägen Strahlen auf die Mauer und bringt deren wunderschöne rosige Färbung und ihre eigenartige Verwitterung zur Geltung; manche der riesigen Quader sind teilweise zerfallen, andere sehen aus wie frisch aus dem Steinbruch. Eine ganze Kompanie von Fallschirmjägern drängt in den Durchgang, veranstaltet einen beachtlichen Lärm und sieht von glücklicher Ehrfurcht erfüllt zur sonnenbeschienenen Mauer hoch. Kaum jemand beachtet die Ankunft des Premierministers.

«Ich sollte einen Hut aufsetzen, nehme ich an», sagt Eshkol. Auf ein Wort Gurs hin bietet ein Soldat Eshkol seinen Helm an. Er setzt ihn mit baumelndem Kinnriemen auf, und auf dem dicken Mann im dunklen Anzug mit Krawatte wirkt er entschieden seltsam. Aus einer von dem Durchgang wegführenden Straße erschallen frohe, rauhe männliche Stimmen, die ein Hochzeitslied nach den Worten Jeremias singen:

In den Städten Judas
Und auf den Gassen Jerusalems
wird man wieder hören den Jubel der Freude und Wonne ...

Eine Handvoll Soldaten tanzt händeklatschend rückwärts in die Gasse hinein und gibt dem Ezrakh das Geleit zur Klagemauer, wie ein Bräutigam zum Baldachin geleitet wird. Er geht mit langsamen Schritten, lächelnd, und Schaijna Matisdorf in einem dunklen schlichten Kleid und mit Kopftuch folgt ihm in einigem Abstand. Kischote winkt, ihr Blick fällt auf ihn, und sie lächelt ihm scheu zu.

... die Stimme des Bräutigams und der Braut ...

Der Ezrakh schreitet bis zur Mauer und breitet seine schwarzbekleideten Arme auf den Steinen aus. Das Lied verhallt, erstirbt, und auf die ganze Gasse senkt sich Stille herab, nur die Schreie der kreisenden Vögel sind noch zu hören; eine lange Stille, in der aller Augen auf der schmalen schwarzen Gestalt, die die Mauer umarmt, ruhen, und Don Kischote wird von einem Aufruhr der Gefühle überwältigt, den er vergeblich zu erwecken versuchte, als er die Steine küßte.

Sam Pasternak lehnt sich an ein arabisches Haus im Schatten und denkt an seinen ersten Besuch an der Mauer mit seinem Vater aus dem Kibbuz zurück. Der grobe, vierschrötige, barhäuptige Zionist, der den fünfjährigen Jungen an der Hand hielt, starrte feindselig auf die klagenden, schwarzgekleideten Juden, die ihre Brust an die Mauer schlugen. «Wenn ich je die Macht dazu haben sollte», sagte er, «oder wenn du, mein Sohn, soweit kommen solltest, dann muß als erstes diese Mauer niedergerissen oder in die Luft gejagt werden. Wir sind keine Opfer mehr. Wir bestellen unser eigenes Land. Unsere Geschichte hat neu begonnen. Die Vergangenheit ist Staub.» Die Worte fallen ihm in aller Eindringlichkeit wieder ein, und er weiß, was sein antireligiöser Vater bei diesem Anblick gesagt hätte. Das hier geschieht, weil eine Menge guter jüdischer Jungen gestorben ist, die noch viel, viel mehr gute, irregeleitete arabische Jungen getötet hat. Kein Messias hat diesen alten Mann hierhergeführt, und das Gerede der Gois in New York kann den Juden schon morgen erneut den Zugang zur Mauer verwehren.

Der Ezrakh wendet sich wieder den Soldaten zu, und sein runzliges, bärtiges Gesicht strahlt vor Freude. Er spricht ruhig, doch in der Totenstille verstehen ihn alle. «Warum habt ihr aufgehört zu singen, Kinder?» Er nimmt das Lied mit einer schwachen, näselnden Stimme wieder auf und streckt dabei beide Hände zum Himmel.

... den Jubel der Freude und Wonne ...

Bald singen alle Soldaten mit, schreien das Lied, scharen sich um ihn, und er setzt zu einem unsicheren kleinen Tanz an. Beinahe taumelnd bahnt er sich einen Weg durch die Soldaten zu Levi Eshkol hin. Der Premierminister blickt ihn überrascht an und lächelt dann befangen. Der Ezrakh ergreift seine Hand. Die beiden alten Männer halten sich an den Armen und tanzen zu dem Gesang im Kreis herum:

... den Jubel der Freude und Wonne,
die Stimme des Bräutigams und der Braut ...

Don Kischote schießt durch die jubelnden Fallschirmjäger auf Schaijna zu, die abseits am Eingang der Gasse steht. «Komm, Schaijna!»

«Bist du verrückt?» Sie entzieht ihm abrupt ihre Hand. «Das ist kein Platz für mich.»

«Warum nicht? Sieh die hier an.» Drei weibliche Soldaten, die sich in die Passage durchgekämpft haben, tanzen mit den Armen auf den Schultern der anderen im Kreis herum.

«Nein!»

«Wie geht es Aryeh?»

«Er will kein Algebra lernen.» Das alles rufen sie sich über den Lärm hinweg zu.

«Da hat er recht. Heute ist ein Feiertag.» Don Kischote zieht sie zur Mauer hin, wo Eshkol und der Ezrakh noch immer Arm in Arm herumschieben. Der Premierminister hat seinen behelmten Kopf zurückgeworfen, sein Gesicht trägt einen ekstatischen Ausdruck. Jossi zieht ein Taschentuch aus seiner Tasche und wirft es Schaijna zu. «Du mußt mit mir tanzen! Das ist ganz und gar schicklich! Wir sind doch auf einer Hochzeit, oder etwa nicht?»

Gegen ihren Willen muß sie lachen. Er vollführt nach Art der osteuropäischen Juden einen Hochzeitsfreudensprung vor ihr, worüber die Ultraorthodoxen mißbilligend die Stirn runzeln. Unverheiratete Mädchen und Jungen tanzen bisweilen miteinander, ohne sich zu berühren, indem jeder einen Zipfel eines Taschentuchs hält. Das Hochzeitslied erschallt, hinausgeschmettert von mehr als hundert Soldaten in der Gasse, manche springen glückselig im Kreis um den Ezrakh und den Premierminister herum, und Schaijna Matisdorf muß nachgeben.

«Also gut, dann werden wir eben einmal zwei Verrückte statt einem sein. Laß uns tanzen.»

Und das tun sie dann, wirbeln mit dem gestrafften Taschentuch zwischen sich hierhin und dorthin und lächeln einander zu. «Ich liebe dich», ruft er über den Gesang hinweg, und dann stürzt er und entreißt das Taschentuch ihrer Hand.

«Was ist los?»

«Sei still. Beweg dich nicht.»

Er liegt auf einer Art Bank; dem Seitensitz eines holpernden Kommandowagens, wie ihm klar wird. Sein Kopf ruht auf Schaijnas Schoß. Wieder ertönt ein ohrenbetäubender Explosionsknall in der Nähe, und ein dicker und dunkelhäutiger Sanitäter auf dem gegenüberliegenden Sitz sagt: «Sie bringen Minen zur Explosion, Sir.»

«Minen? Was zum Teufel geht hier vor sich, Schaijna? Wohin fahren wir und warum?»

«Sei still, Jossi, sage ich. Wir sind im Niemandsland.»

«Sir, Sie wurden an der Mauer ohnmächtig», sagt der Sanitäter. «Oberst Gur befahl mir, Sie nach Tel Haschomer zurückzubringen.»

«Bei meinem Leben, nein.» Kischote versucht sich aufzusetzen. Schaijna stößt ihn zurück. Während der Kommandowagen ächzend über unebenes Gelände rumpelt, hören sie noch mehr Detonationen. «Schaijna, mir fehlt gar nichts. Ich habe seit Tagen nichts gegessen, das ist alles.»

«Mama hat dir heute morgen ein großes Omelett gemacht. Du bist nicht bei Verstand, und du fährst ins Krankenhaus zurück.»

«Jetzt gleich?»

«Zuerst bringen wir den Ezrakh nach Hause. Du kannst also Aryeh noch sehen, aber dann fährst du nach Tel Haschomer. Ich komme mit.»

«Also schön, als erstes sehe ich Aryeh. Gut. Dann werden wir uns unterhalten, Hamoodah.» Er stöhnt leise auf.

«Sir, ich kann Ihnen ein schmerzstillendes Medikament geben», sagt der Sanitäter.

«Nicht gegen meinen Schmerz. ‹Stärkt mich mit Krügen Wein, labet mich mit Äpfeln, denn liebeskrank bin ich!› Wie gut sind Sie mit Krügen Wein und Äpfeln ausgerüstet, Sanitäter?»

«Ich habe Kodein, Sir.»

«Kümmern Sie sich nicht um ihn.» Schaijna wird rot bei diesem Vers aus dem Hohelied. Sie beugt sich vor und küßt ihn hauchzart auf die Lippen. «Da. Und jetzt sei still mit deinen Krügen Wein und Äpfeln.» Als der Wagen vor dem Haus hält, richtet er sich flink auf, springt hinaus und ist dem Ezrakh beim Aussteigen behilflich. Der alte Mann nimmt Kischotes Kopf in die Hände und küßt ihn auf die Wangen. «Tapferer Mann, du mögest mit vollständiger Genesung gesegnet sein.»

«Amen», sagt Kischote. Sowie der Ezrakh und Schaijna ins Haus getreten sind, murmelt er dem Sanitäter zu: «Ich nehme dieses Kodein.»

Er steigt hinter Schaijna die Treppe hoch. Als sie die Tür öffnet, erblickt er über ihre Schulter hinweg Yael, die mit einem Arm um Aryeh auf dem schäbigen Sofa sitzt. «Abba!» Der Junge springt hoch und stürzt zu ihm. Er umarmt seinen Vater, preßt seinen Kopf an die Uniform. «Abba, warst du auf dem Har Ha'bayit dabei?»

«Ich war auf dem Har Ha'bayit und an der Mauer. Ich werde bald mit dir dorthingehen.»

Yael steht auf. Schaijnas Mutter klappert in der Küchenecke, wo laut ein Kessel zischt. «Hallo, Schaijna. Deine Mutter hat darauf bestanden, mir Tee anzubieten. Ich wollte keine Umstände machen. Jossi, Aryeh sagte mir, du wärst verletzt.» Sie kommt zu ihm und legt ihm sanft eine Hand aufs Gesicht. «Aber ich weiß, du bist nicht unterzukriegen.»

«Bei Gott, das ist eine Überraschung, Yael. Wie bist du zurückgekommen? Wann?»

«Heute morgen, mit dem ersten Flugzeug, mit dem ich New York verlassen konnte. Oh, Kischote, was für ein Sieg! *Har Ha'bayit b'yadenu!* Die Welt muß verrückt werden! Nasser ist am Ende. Die Araber sind in die Flucht geschlagen. Ich bin so stolz auf dich, auf die Armee, auf das Land! Ich bin wieder zu Hause, und ich werde nie wieder fortgehen.» Sie legt eine Hand auf Aryehs Kopf. «Wie groß er geworden ist!»

«Wo sind die Sardinen?» ächzt die alte Frau Matisdorf. «Und der Kandiszucker, Schaijna? Warum legst du die Sachen immer an Stellen, wo niemand sie findet?»

Es führt kein Weg daran vorbei, sie alle müssen sich an den Tisch setzen. Frau Matisdorf, die bei jedem Schritt stöhnt und Schaijna herumkommandiert, bietet ihnen Tee, eine Dose Sardinen, trockene Kekse und ein Tablett roter und gelber Mazzeknödel an. «Ich habe keine Gesellschaft erwartet», entschuldigt sie sich unter gequältem Keuchen, «und es ist Krieg.»

Schaijna hat Yaels Aussehen ebenso wie ihre Rückkehr mit Pauken und Trompeten die Sprache verschlagen. Vor ihr steht eine von Kopf bis Fuß amerikanische Schönheit, eine Blondine mit modischem Haarschnitt, mit unauffälligem und elegantem Schmuck und einem weißen Kostüm, das, wenn auch völlig zerknittert, topmodern ist. Möglicherweise hat sie ein paar Pfund zugenommen, aber wenn das zutreffen sollte, so macht es sie nur noch reizvoller.

Auch Kischote mustert Yael, während er Tee schluckt, um das Kodein hinunterzuspülen. Da er sie nicht mit Schaijnas weiblichen Augen ansieht, entgehen ihm die Einzelheiten, aber die Gesamtbotschaft kommt auch bei ihm an. So wie die Armee Jerusalem zurückerobert hat, so ist Yael gekommen, um ihn zurückzuerobern. Ihre Schönheit überrascht ihn so wenig wie ihr Durchsetzungswille, doch dieser Blitzangriff raubt ihm den Atem, und er ist nicht in der richtigen Verfassung, um ihn abzuwehren. Auf jeden Fall muß er sie sich erst mal vom Leib halten! Arme, geliebte Schaijna...

«Äh, hör zu, Yael, unten wartet ein Sanitäter», sagt er, «der mich nach Tel Haschomer zurückbringen wird, also – nur zur Kontrolle», fügt er an Aryeh gewandt hinzu, der ihn angstvoll ansieht und aufhört, Mazzeknödel in seine Tasche zu stopfen.

«Ausgezeichnet. Ich komme mit dir», sagt Yael. «Ich werde herausbekommen, was los ist. Ich werde mit den Ärzten sprechen, ich kenne die Hälfte von ihnen. Und ich werde Aryeh nach Hause bringen und in der Wohnung Ordnung machen.»

Kischote wirft einen Blick auf Schaijna. Sie hebt ein Bündel Bücher hoch und reicht es Yael. «Er ist ein gelehriger Schüler, Yael. Ich werde den Schulwechsel von der Schule in Haifa in die Wege leiten, wann immer du willst.»

«Tante Schaijna, ich habe die Algebra-Aufgaben fertig gemacht.»

«Schön. Und deine Kleider –»

«Die habe ich schon gepackt», sagt Yael. «Ich möchte dir danken, Schaijna. Aryeh liebt dich, und ich kann es ihm nicht verdenken. Du hast dich wie eine Verwandte um ihn gekümmert. Du bist wirklich Tante Schaijna!»

«Nun, er ist ein vielversprechender Junge. Und er ist brav.»

«Niemand hat die Sardinen angerührt», grummelt die Mutter. «Essen Amerikaner keine Sardinen, Frau Nitzan?»

«Auf Wiedersehen, Sabta [Großmutter].» Aryeh rennt zu ihr, umarmt sie und kehrt zu Yael zurück.

Kischote streckt Schaijna die Hand entgegen, als Yael Aryehs kleinen Koffer mit Kleidung schließt. «Ich weiß nicht, wie ich dir danken soll», flüstert er. «Ich finde keine Worte.»

«Krüge Wein und Äpfel», murmelt Schaijna.

«Ach ja, Krüge Wein und Äpfel.»

«Um Himmels willen, Kischote, paß auf dich auf. Tu, was die Ärzte sagen. Wir haben diesen Krieg gewonnen.»

Nachdem die Nitzans gegangen sind, setzt Schaijna sich an den Tisch, schenkt sich noch Tee ein, birgt den Kopf in den Händen und beugt sich über die Tasse. Ihr dunkles Haar fällt ihr ins Gesicht.

«Na, wenigstens haben wir ihnen Tee angeboten», ächzt Frau Matisdorf. «Gäste sind Gäste. Ich gehe wieder ins Bett.»

«Ich werde aufräumen», sagt Tante Schaijna mit erstickter Stimme, während warme Tränen auf ihre Finger tropfen. «Und ich werde die Sardinen essen. Mein Magen ist leer.»

43
Banzai!

WÄHREND DIE Zubringermaschine sich in die Lüfte erhob, blickte Zev Barak noch einmal auf das im morgendlichen Sonnenschein liegende Manhattan hinab – aufragende Türme, glitzernde Flüsse, ein Spinnennetz aus Brücken und Kais, der rechteckige Quader der Vereinten Nationen –, ein schöner Anblick, aber er hatte nach dem ungeheuren gestrigen Aufruhr in der UNO über Israels Marsch auf den Tempelberg eine Menge zu tun. Er nahm den *Cleveland Plain Dealer* aus dem Stapel von Zeitungen auf dem Nebensitz und begann, zentrale Begriffe rot einzukreisen. Unter der Schlagzeile:

> ISRAELIS STEHEN KURZ VOR DEM KANAL, ALTSTADT VON JERUSALEM EROBERT!
> JORDANIEN WILLIGT IN WAFFENSTILLSTAND EIN, ÄGYPTEN KÄMPFT WEITER

erscheint ein weiteres Mal das unglaubliche Foto schwitzender, unrasierter Fallschirmjäger, die mit dem Helm in der Hand voll Ehrfurcht und Begeisterung auf die Klagemauer blicken. Die Titelgeschichte war eine einzige atemlose Lobrede auf Israels Siege. Aus Sonderberichten und dem Leitartikel sprachen ungläubige Bewunderung und bedingungslose Unterstützung.

«Bist du so wütend auf mich?»

Er blickte verblüfft und entgeistert auf. Emily Cunningham stand in einem gelben Sommerkleid und einem großen rotgelben Strohhut vor ihm.

«Gütiger Gott. *Du!*»

«Du bist ohne ein Wort an mir vorbeigerauscht. Wenn es von nun an so zwischen uns sein soll, in Ordnung.»

«Woher sollte ich wissen, daß du in dieser Maschine bist? Ich dachte, du wärst gestern zurückgeflogen. Ich habe dich nicht gesehen unter diesem Hut.»

Die Stewardeß, die in ihrer Nähe saß, sagte streng: «Madam, Sie müssen sich anschnallen.»

Barak räumte die Zeitungen vom Nebensitz. «Sitz, Queenie.»

Sie setzte sich und bellte. Er starrte sie an. «Ich kann mich auch auf den Rücken legen, wie du vielleicht weißt.» Er warf der Stewardeß, die ihren Blicken nach zu schließen kurz davor war, die bellende Frau festzubinden, einen unbehaglichen Blick zu. «Ich habe gestern noch einen Einkaufsbummel gemacht und diesen bescheuerten Hut bei Bonwits gekauft, nur damit sich meine Laune nach dem Fiasko mit Hester wieder bessert. Aber er ist nur ein weiteres Fiasko. Ich komme mir vor, als hätte ich eine Pizza auf dem Kopf.»

«Es ist ein hübscher Hut. So originell.»

«Oh, gefällt er dir?» Auf ihrem gequälten Gesicht erschien ein bebendes Lächeln. «Hör zu, ich *muß* dir einfach erklären, was mit Hester war. Aber ich vermute, daß du all diese Zeitungen lesen mußt?»

«Stimmt, ich fliege zu einer Sitzung in der Botschaft über das Presseecho auf den Krieg.»

«Mein Gott, Zev, die Presse ist großartig! Ich habe im Taxi die *Times* gelesen. Israel, Israel, Israel! Die neuen Helden der Welt.»

«Emily, erinnerst du dich, was Napoleons alte korsische Mutter sagte, als er zum Kaiser gekrönt wurde? ‹*Pourvu que ça dure.*›»

«Es wird von Dauer sein, hab keine Angst. In unserem ganzen Jahrhundert hat es keine vergleichbare Geschichte gegeben. Die Juden, die sich aus der Asche erheben, zwei Millionen besiegen siebzig Millionen –»

Er schob die Zeitungen beiseite und wandte seine Aufmerksamkeit mit einiger Anstrengung vom Krieg und dem Schicksal Israels dem Unfug im Hotel St. Moritz zu. «Was gibt es wegen Hester zu erklären? Der Besuch in der Galerie hat mir Spaß gemacht.»

«Das hat er ganz bestimmt nicht.»

«Nun, es waren wohl eine Menge Spinnen, aber es waren sehr kunstvolle Spinnen. Besonders auf dem großen Gemälde, um das sich die Leute scharten –»

Emily warf ein: *«Kopulierende Arachniden.»*

«Das meine ich.»

«Genau dieses Bild war der Auslöser des ganzen Ärgers. Hester platzte völlig aufgelöst bei mir herein, während du auf dem Weg von der UNO zu mir warst, und ich konnte sie nicht einfach hinauswerfen –»

«Was war denn der Ärger mit den *Kopulierenden Arachniden*?»

«Nun, um es kurz zu machen, das Guggenheim-Museum hat es *nicht* gekauft. Der Dozent hat sich nur nach dem Preis erkundigt. Hesters Agent erzählte dem *Times*-Kritiker, es sei verkauft. Der druckte die Geschichte, und das Guggenheim-Museum dementierte. Daraufhin drehte der Kritiker Hester in seiner Kolumne durch den Wolf –»

«Ein Haufen Arbeit, Hester durch den Wolf zu drehen.»

«Ach, sei still. Sie kam, um sich an meiner Schulter auszuweinen, und dann bist du aufgetaucht, ganz verrückt auf Gitchi-gitchi, aber was hätte ich tun sollen?»

«Ich bestreite, daß ich nach irgend etwas verrückt war. Ich glaube nur, daß wir beide alleine das griechische Restaurant mehr genossen hätten.»

«Liebling, Hester tat mir leid, sie war so durcheinander –»

«Durcheinander? Die Frau hat ein ganzes Zicklein verspeist.»

«Es war ja nur ein kleines. Hester ißt, wenn sie durcheinander ist. Ich gehe jetzt auf meinen Platz zurück, Zev. Aber ich würde gerne mit dir sprechen. Wirklich. Es ist dringend.»

«Gib mir etwa zwanzig Minuten für diese Zeitungen. Warum hast du mir nicht gesagt, daß du dieses Flugzeug nimmst?»

«Ich habe mich um fünf Uhr früh dazu entschlossen, als ich es leid war, mich hin und her zu wälzen.» Sie ging den Mittelgang entlang. Ein Hauch ihres Geruchs hing in der Luft, rief warme Erinnerungen an das Brummstübchen wach, dann vertrieb ihn der Lüftungsschlitz, und er roch die Druckerschwärze der Zeitungen.

Auf der Titelseite der *Chicago Tribune* waren die drei Generäle bei ihrem Einmarsch in die Altstadt abgebildet: Dayan, der ungebrochenen Triumph ausstrahlte, zu seiner Linken der Ramatkhal, der abgespannt und ironisch aussah, und zu seiner Rechten Uzi Narkiss, an dessen Stelle Barak unwillkürlich sein eigenes Bild sah. Das Foto war natürlich gestellt. Dennoch versinnbildlichte dieses eine markante Foto die Rückkehr ins Gelobte Land. Das Bild würde Geschichte machen, und er war nicht darauf. Aber er hatte noch den Rest seines Lebens vor sich und dringende Arbeit zu erledigen. Aus den Zeitungen, die er durchlas, sprach seltene Einmütigkeit. Der von einem zweiten Holocaust bedrohte Underdog hatte sich gegen die Schlächter erhoben und sie im Kampf in die Flucht geschlagen. Der Sieg war die Verkehrung von Auschwitz, so stand es teils implizit, teils unumwunden in den Zeitungen, eine Wiederauferstehung des jüdischen Volkes von biblischen Ausmaßen. Einmal wenigstens konnte Israel sich nicht über seine Behandlung durch die Presse beklagen.

Auch die Berichte über die Reaktionen der amerikanischen Juden verblüfften ihn. Bis jetzt waren die amerikanischen Zionisten eine lautstarke, aber unbedeutende Randgruppe gewesen. Nun aber schlossen sie sich wie eine Faust hinter Israel zusammen, machten Ströme von Geld locker, meldeten sich massenhaft (und im Übermaß) als freiwillige Helfer oder Kämpfer und überhäuften Washington mit der Forderung, Israel in seinem berechtigten Kampf ums Überleben gegen das Knurren und die Drohungen der Russen vor den Vereinten Nationen zu unterstützen. Jordaniens gedemütigte Einwilligung in den Waffenstillstand hatte am Vorabend Beifall auf der Zuschauertribüne der UNO und Freudenrufe bei der vor dem Gebäude versammelten Menschenmenge hervorgerufen. In der israelischen Delegation waren zynische Kommentare laut geworden: *«Nichts ist so erfolgreich wie der Erfolg»*, *«Die Amerikaner lieben Sieger»* und dergleichen mehr. Doch Barak glaubte, daß dieser Ausbruch an Hilfsbereitschaft der amerikanischen Juden von Herzen kam und unwiderruflich war. Die Rückkehr ins Gelobte Land hatte an die Seele der Diaspora gerührt und ihren Schwerpunkt verändert.

Der Ticketwagen rollte den Mittelgang entlang. «Sie sind ein israelischer General?» Die hübsche Stewardeß starrte auf Kreditkarte und Uniform. «Warum sind sie nicht im Krieg?»

«Ich bin der Militärattaché in Washington.»

«Würde es Sie stören, wenn ich den Flugkapitän über Ihre Anwesenheit an Bord informiere?»

«Keineswegs.»

Sie eilte den Gang entlang und kehrte mit strahlenden Augen und gerötetem Gesicht zurück. «Kapitän O'Kane läßt Sie ins Cockpit bitten, Herr General.»

Als er an Emilys Hut vorbeikam, beugte er sich hinab, um ihr zu sagen: «Hallo, geh schon an meinen Platz zurück, ich werde gleich bei dir sein.»

«In Ordnung, Süßer.»

Mit seinen grauen Haaren und seiner unförmigen Figur glich Kapitän O'Kane mehr einem Bankmanager als einem Piloten. «Herr General, ich habe im Südpazifik Helldiver geflogen», sagte er und schüttelte ihm die Hand, «und Sie haben sich eine hervorragende Luftwaffe da drüben zugelegt, Sir. Was für ein Sieg! Nehmen Sie Platz, Sir!» Bis das Washington Monument am Horizont sichtbar auftauchte, wurde Barak vom Kapitän mit Geschichten über dessen Fliegereinsätze im Zweiten Weltkrieg verwöhnt, die er über die Funkmeldungen am Kontrollpult hinwegrief. «Es war mir ein Vergnügen, Sie kennenzulernen, Herr General. Ich ziehe meinen Hut vor Ihrem Land. Tut mir leid, Sie müssen jetzt an Ihren Platz zurückkehren.»

Als er aus dem Cockpit trat, sagte die junge Stewardeß zu den Passagieren in den vorderen Sitzreihen: «Hier ist er.» Einige fingen zu klatschen an. Zwischen respektvoll lächelnden Gesichtern und vereinzeltem Händeklatschen schritt er den Mittelgang entlang. Er ließ sich neben Emily auf den Sitz fallen und murmelte: *«Pourvu que ça dure.»*

«Ach, komm schon, es ist doch toll.»

«Das ist es. Du wolltest mit mir sprechen?»

«Wir nähern uns nun dem National Airport. Bitte legen Sie die Sicherheitsgurte an, und bringen Sie die Sitze in aufrechte Position.»

«Ja, hör zu, Zev. Als Nakhama die Schule besuchte, kam sie auch in das Brummstübchen.»

«Tatsächlich? Wie das?»

«Sie sagte, sie müßte auf die Toilette. Was sollte ich tun, ich konnte ihr schlecht sagen, sie solle sich in die Rhododendronbüsche schlagen. Ich versuchte, sie zum Hauptgebäude zu lotsen. Sie marschierte wie ein Bulldozer auf das Brummstübchen zu.»

«Na und?»

«Bitte stellen Sie das Rauchen ein, und machen Sie sich zur Landung bereit.»

«Sie sah die Pistazien.»

Pause. «Na und? Alle Welt ißt Pistazien.»

«Zev, hat sie je etwas über mich zu dir gesagt? Über uns?»

«Nein. Absolut nichts. Sie mag dich.»

«Ja, das sagte sie. Aber sie sagte auch noch andere Sachen.»

«Was für Sachen?»

«Sachen eben. Ich wäre beinahe nicht ins St. Moritz gekommen. Um die Wahrheit zu sagen, Wolf, ich war *froh*, daß Hester auftauchte. So.»

Barak blickte auf seine Uhr. «Wir werden uns im Café weiter darüber unterhalten, ja?»

Sie umschloß seine Hand mit ihren klammen Fingern. «Sehr schön. Was für ein Glück, daß ich dieses Flugzeug genommen habe. Ich bin völlig durcheinander.»

Die Landung war hart und unsanft. «Aua!» rief sie aus, als sie einen Satz machte.

«Immer mit der Ruhe, Queenie.» Während er seinen Gurt löste, dachte er, er müsse sie ein wenig aufheitern. «Was diese beiden kopulierenden Spinnen angeht –»

«Ja, Lieber.» Sie brachte ein Lächeln zustande. «Was ist mit ihnen?»

«Warum hat sie die männliche Spinne so mickrig gemalt? Und warum sieht sie so jämmerlich aus?»

«Zev, das Männchen *ist* mickrig, und das Weibchen frißt es direkt nach der Paarung auf. Wie würde dir das gefallen, hm, Kleiner? Ein stürmischer Augenblick, und dann mampf, mampf, mampf?»

In der Abfertigungshalle sagte er plötzlich zu ihr: «Hör zu, geh schon mal vor in das Café. Ich treffe dich dann dort. Ich sehe meinen Stellvertreter am Ausgang.»

«In Ordnung.» Sie trieb mit den anderen Passagieren dem Ausgang zu.

«Mordechai, *ma nishma?*» Sein Assistent, ein stämmiger, muskulöser Fallschirmjägerhauptmann, sah merkwürdig bedrückt aus, wenn man seine Nachricht bedachte. «Warum machen Sie so ein trübsinniges Gesicht?»

Mordechai antwortete in leisem, kehligem Hebräisch: «Top secret. Wir haben ein sowjetisches Spionageschiff versenkt.»

In der Menschenmenge vor der Botschaft hatte sich eine ausgelassene Erregung breitgemacht, die selbst die Zeitungsleute und die Fernsehtechniker ansteckte; im Innern herrschte auf den Gängen und Treppen lautstarkes und eiliges Hin und Her; im Kabinett des Botschafters dagegen gedrücktes Schweigen. «Nichts davon ist schlüssig!» Barak überflog den Fernschreiberbericht. «Es ist nicht einmal klar, ob das Schiff sank. Können wir das denn nicht überprüfen?»

«Das abhörsichere Telefon funktioniert nicht», sagte Mordechai. «Das hier ist der letzte Fernschreiberbericht.»

Der zusammengesackte Botschafter ächzte: «In der Kirya rennen bestimmt alle herum wie vergiftete Mäuse. Unser größter Tag, und dann passiert so etwas! *Yiddisheh mazel* [jüdisches Glück].»

«Gott steh uns bei, wenn das wahr ist», sagte Mordechai.

Der Botschafter nahm den Hörer des läutenden Telefons ab. «Ja? – Bitte warten Sie einen Augenblick. Zev, es ist persönlich und dringend, von Philip, wer immer das sein mag.»

Baraks Hand schoß zum Hörer. «Barak hier.»

«Können Sie mich in zehn Minuten vor dem Cosmos Club treffen?»

Chris Cunningham klang so beunruhigt, wie Barak ihn nie zuvor gehört hatte.

«Ja.» Er legte auf. «Machen Sie nicht so ein sorgenvolles Gesicht, Abe. So etwas kann passieren, und –»

«Was bringt Sie auf die Idee, ich sei besorgt? Lesen Sie das hier, und Sie werden glauben, wir könnten auch die Sowjetunion besiegen.»

Der Club lag nur fünf Minuten Fußmarsch von der Botschaft entfernt. Cunningham und Barak gingen nach oben in die beeindruckende Bibliothek, die zu dieser Stunde leer war, und ließen sich in zwei rote Ledersessel in der Nähe eines riesigen Globus fallen. Cunningham trug seinen üblichen grauen Anzug und Button-down-Hemd mit der unvermeidlichen Weste und der Uhrkette, so schwül das Wetter auch war. Er rieb nervös seine Hände an den knochigen Knien, dann brach es aus ihm heraus. «Hören Sie zu, Zev, haben Ihre Leute dort drüben den Verstand verloren? Sind sie alle Pfuscher? Besoffen vor Siegesfreude? Was ist in eure Luftwaffe gefahren, daß sie ein amerikanisches Kriegsschiff angegriffen hat?»

«Ein amerikanisches?» Barak schnappte nach Luft. «Es war eines *Ihrer* Schiffe?»

«Ein elektronisches Überwachungsschiff. Es hat zwar die Anordnungen des marineübergreifenden Generalstabs mißachtet, indem es zum Sinai abgedampft ist, aber trotzdem –»

«Aber es hatte russische Kennzeichen, Chris.»

«Hatte es nicht, keinesfalls.»

«So lautet zumindest unsere letzte Information. Sie hielten es für ein ägyptisches Schiff, und als es sich weigerte, sich zu identifizieren, zielte der Pilot darauf. Dann ging er in Tiefflug und erkannte durch den Qualm russische Buchstaben auf dem Rumpf.»

«Kampfpiloten sehen seltsame Dinge. Ich sage Ihnen, was geschah. Es hatte eine riesige amerikanische Flagge gehißt. Es gab zahlreiche Opfer. Man wird euch die Hölle heiß machen zur Strafe.»

«Es ist nicht gesunken?»

«Nein, und das wird es auch nicht. Dennoch –»

«Das ist entsetzlich. Ich muß auf der Stelle meinen Botschafter anrufen, Chris.» Er rannte die geräumige Wendeltreppe hinab zu einer Telefonzelle, sprach in knappen, verschlüsselten Worten mit dem Botschafter und hastete zu Cunningham zurück. «Hören Sie zu, wir hatten Angst, die Russen könnten sich den Vorwand zunutze machen, um in den Krieg einzugreifen. Die Sache verhält sich offenbar vollkommen anders. Der Botschafter ist am Boden zerstört und bedauert zutiefst. Es ist ein gewaltiger Irrtum unterlaufen, und meine Regierung wird Wiedergutmachung leisten, das ist gewiß, aber –»

«In Ordnung, in Ordnung.» Cunningham streckte beide Handflächen hoch. «Wir haben im Zweiten Weltkrieg unsere eigenen Truppen bombardiert, unsere eigenen Schiffe versenkt, und wir haben schaurige verpfuschte Operationen in Vietnam erlebt. So etwas passiert nun mal im Krieg. Das mindert die Schuld Ihres Landes nicht im geringsten.» Sein kalter, abgehackter Ton wurde etwas milder. «Nun also. Wir sind verblüfft, daß Nasser den Waffenstillstand nicht angenommen hat. Er hätte Ihre Armee auf halbem Weg zum Kanal aufhalten können. Inzwischen ist sie vermutlich dort angelangt. Was steckt dahinter?»

«Wir glauben, daß seine Generäle ihm etwas vorlügen.»

«Ja, entweder das, oder er steht unter Schock.» Die Augen des CIA-Mannes schlossen sich beinahe ganz. «Und was wird Ihr Volk nun in bezug auf Syrien unternehmen? Es gibt hier ein paar Leute, die sich dafür interessieren.»

Wieder sah Barak sich genötigt, als unerfahrener Diplomat hinter den Kulissen Informationen zu lancieren. Das war eine Aufgabe für Sam Pasternak. Sam hatte darin mehr Erfahrung als er, er stand Cunningham näher, und er war ein Geheimdienstprofi. «Nun, ich kann versuchen, Genaueres in Erfahrung zu bringen.»

«Halten Sie mich nicht hin, Zev», schnappte Cunningham beinahe. «Nasser hat Ihrem Land einen ganzen Tag und eine Nacht zusätzlich zum Operieren beschert. Werden Sie sich wirklich die Chance entgehen lassen, diese Bedrohung auf den Golanhöhen auszuschalten?»

«Würde Ihre Regierung einer solchen Aktion Verständnis entgegenbringen?»

Eine Pause trat ein, dann nickte Cunningham kaum merklich.

«Ist das eine Botschaft, Chris, oder Ihre Ansicht?»

«Das ist selbstverständlich nur meine Meinung.»

«Wo kann ich Sie erreichen?»

«In meinem Büro.»

«Ich werde Sie in etwa einer Stunde anrufen.»

Im Hinausgehen ergiff Cunningham Baraks Arm und sagte: «Ihr Juden setzt die ganze Welt in Erstaunen, indem ihr in euer Land zurückkehrt, wie Jesaja es prophezeit hat. Mag sein, daß das Ende der Welt bevorsteht, daß der Tag des Herrn naht. Auf der untergeordneten Ebene meiner Arbeit ist es so, daß ihr den Russen den ersten bedeutenden Dämpfer auf dem Schlachtfeld und in der Weltpolitik seit Jalta versetzt habt. Nur ein von Gott erwähltes Volk konnte das zuwege bringen.»

«Chris, ich weiß, daß mein Botschafter vor Bedauern über dieses Schiff vergeht. Ich selbst bin zutiefst getroffen. Gott allein weiß, was wir sonst noch für Mist gebaut haben, aber wenigstens haben wir den Krieg gewonnen und unser Leben gerettet.»

«Dagegen ist nichts zu sagen.»

Am Abend saßen Barak und Emily an einem Tisch in einem kleinen Restaurant namens Piraeus an der Connecticut Avenue, ihrem Lieblingslokal in Washington. Emily mochte griechisches Essen, besonders griechischen Wein. «Ich fühle mich wie eine in die Enge getriebene Katze», sagte sie. Sie war in ihrer Lehrerinnenaufmachung erschienen: ohne Hut, die Haare zu einem Knoten gebunden, mit schwerer Brille und in brauner Bluse und Rock. «Wo bleibt bloß deine Frau? Ich nehme noch ein Glas, auch wenn du keines willst.»

Er machte dem Kellner ein Zeichen, noch ein Glas zu bringen. «Wie hast du es geschafft, jetzt die Botschaft zu verlassen, wo dort die Hölle ausgebrochen ist? Wird die neue sowjetische Resolution durchgehen?»

«Die uns zum Rückzug auf die früheren Waffenstillstandslinien zwingen soll? Nicht, wenn die Amerikaner fest bleiben. Sonst...» Er zuckte die Achseln. «Aber das ist undenkbar. Die Russen toben nur, um ihre vernichtende Niederlage zu kaschieren.»

«Ihren Arsch», sagte Emily. «Ich sage das, und ich bin eine sehr anständige Frau.»

Nakhama hastete in einem zerknitterten, geblümten Hauskleid herein. «Ich habe Ruti für ein Geburtstagsfest angezogen, und sie hat einen Zirkus gemacht wie eine Braut. Tut mir leid, daß ich so spät komme. Wo ist die Damentoilette, Emily?»

«Kommen Sie mit. Sie ist schwer zu finden, man muß durch die Küche gehen.»

Lächelnd und plaudernd entfernten sie sich und überließen Barak seinen Überlegungen, wie er dieses Abendessen am geschicktesten über die Bühne brachte. Seine Absicht war, Queenie zu beruhigen, daß Nakhama nicht die blasseste Ahnung von ihrer flüchtigen, wehmütigen Affäre hatte. Eine heikle Geschichte, die er am besten so schnell wie möglich hinter sich brachte. Mit etwas Glück konnte ein Anruf von der Botschaft die Sache vorzeitig beenden. Als die Damen zurückkehrten, näherte sich ein Kellner mit einem wilden schwarzen Schnurrbart und flinken schwarzen Augen, der einen weiten Trachtenrock und lange Strümpfe trug. Emily schob die Speisekarten beiseite und sagte: «Ich habe angerufen. Wir bekommen Zicklein Fársala für drei.»

«Ach, Madam», sagte der Kellner, «das Mädchen am Telefon war neu hier. Zicklein gibt es nur samstags und mittwochs. Heute ist Dienstag. Gefüllter Tintenfisch.»

«Oh?» Emily sah Nakhama an und hob die Schultern. «Das tut mir leid.»

«Nein, nein, das geht schon in Ordnung.» Nakhama wandte sich vergnügt an den Kellner. «Tintenfisch gefüllt womit?»

«Mit Tintenfisch, Madam.»

«Wie bitte? Füllen Sie große Tintenfische mit kleinen?»

Emily brach nervös in lautes Gelächter aus, und Nakhama kicherte ebenfalls.

Der Kellner erwiderte mit ausdrucksvollen Gesten: «Nein, Madam. Der Tintenfisch wird ausgenommen, das Innere mit gehackten Oliven, Trauben, Zitronen und Wein vermischt und mit dieser Farce gefüllt.»

«Nakhama, ich empfehle Ihnen das *katsikaki*», sagte Emily.

«Was ist das?»

Der Kellner sagte: «Das ist Ziege.»

«Teenagerziege, nehme ich an», versetzte Emily. Ihre Blicke trafen sich, und beide lachten erneut. Zwischen diesen beiden

Frauen gab es nicht mehr Spannung, so dachte Barak, als wenn sie Kolleginnen in einem Büro wären. So weit, so gut!

«Oh, nein, Madam. Eine sehr junge Ziege.» Weiße Zähne blitzten unter dem schwarzen Schnurrbart auf. Der Kellner fing an, sein Stichwort aufzunehmen. «Ein Kitz. Wie bei Ziegenlederhandschuhen.»

«Wir Marokkaner lieben Kitz», sagte Nakhama. «Ich werde es probieren.»

Sie sprachen gerade über die neuesten Kriegsmeldungen, als der Kellner an ihren Tisch eilte. «Herr General, ein Telefonanruf für Sie.»

Barak sprang auf und sagte: «Danke sehr. Bitte bringen Sie den Damen noch etwas Wein.»

«Der wird Ihnen schmecken», sagte Emily zu Nakhama, während der Kellner die Flasche entkorkte. «Eine Spezialität des Hauses. Kommt aus Samos. Ein geradezu romantischer Wein! Byron schrieb über samische Weine.»

«Lord Byron! Nun, das ist romantisch. Ich habe einmal versucht, Lord Byron auf hebräisch zu lesen, aber es war schwierig. Vielleicht war die Übersetzung nicht so gut.»

Emily schwenkte den dunklen Rotwein im Glas, schnupperte, probierte und nickte. Der Kellner schenkte Nakhama ein und ging davon. Emily hob ihr Glas: «Also, auf den wunderbaren Sieg der Israelis.»

«Der Krieg ist noch nicht vorbei», sagte Nakhama, «aber vielen Dank. Und jetzt auf unsere großartigen amerikanischen Freunde wie Ihren Vater.» Sie konnten beide sehen, wie Barak in der Telefonzelle gestikulierte. «Schauen Sie nur. Ich glaube, es gibt Neuigkeiten.»

«Schmeckt Ihnen der Wein?»

«Oh, sehr gut. Aber ich trinke besser nicht so viel.»

«Vertragen Sie keinen Wein?»

«O nein, ganz im Gegenteil.» Nakhama kicherte, sah sie schelmisch an und senkte die Stimme. «Es ist nur so, daß Alkohol mir in den Kopf steigt. Schon ein kleines bißchen weckt in mir – nun, sagen wir – zärtliche Gefühle.»

Emily hoffte, daß ihr Lächeln nicht zu verkrampft wirkte. «Wieso, daran ist doch nichts Schlechtes.»

«Nein, außer Ihr Mann ist zu beschäftigt, um für Gemütswallungen in Stimmung zu sein.» Sie zeigte auf die Telefonkabine. «Dann kann es sehr frustrierend sein. Da ist es besser, nüchtern zu bleiben.»

Emily, die sich sehnlichst wünschte, sie wäre irgendwo anders als an diesem Tisch mit Nakhama Barak – und sei es am Nordpol –, war zu durcheinander für Spitzfindigkeiten und sagte, ohne nachzudenken: «Ein Ehemann sollte nie so beschäftigt sein.»

«Ach, was Männer sein sollten und was sie sind –!» Nakhama lächelte und nahm einen ordentlichen Schluck. «Er schmeckt köstlich. Samischer Wein. Das muß ich mir merken.»

(Was um alles in der Welt palavert der Graue Wolf nur ohne Ende?)

«Von allen Ehefrauen, die ich kenne, sind Sie wohl die, die sich darüber die wenigsten Sorgen machen muß.»

«Ich sagte nicht, daß ich mir Sorgen mache. Ich sagte, es sei frustrierend, wenn ich angetrunken bin und er keine Zeit hat. Sorgen? Hören Sie, Emily, unsere Armee ist voll mit kleinen hübschen Mädchen, die den Offizieren Augen machen. Auch elegante Damen sind hinter ihnen her, insbesondere hinter den ruhmbedeckten Frontkämpfern. Jeder kennt sie, und Israelis vergöttern die Armee. Ich habe gelernt, mir keine Sorgen zu machen.» Sie blickte zur Telefonkabine und nahm einen weiteren Schluck. «Na schön. Soll er sich also in Arbeit stürzen. Es ist gut so. Sie trinken ja gar nichts.»

«O doch.» Emily nahm einen Schluck.

«Selbstverständlich haben diese Frauen keinerlei Ähnlichkeit mit Ihnen, Emily.» Nakhama schwadronierte nippend weiter. «Israelische Frauen sind israelische Frauen. Eine ist mehr oder weniger wie die andere. Sie dagegen sind Amerikanerin, hochgebildet, Sie wissen über Lord Byron und samischen Wein Bescheid, Sie sind so belesen! Zev sagt, Sie könnten auch sehr witzig sein. Das merke ich schon. Aber die Hauptsache ist, daß wir Israelis in einer winzigen Welt leben und Sie zur großen weiten Welt draußen gehören. *Ha'olam ha'gadol*, sagen wir. Doch wie ich Ihnen bereits in der Schule sagte, bin ich nicht beunruhigt, es ist in Ordnung. Du liebe Güte, ich habe mein Glas schon ausgetrunken. Wie dumm von mir. Nichts mehr da.» Sie sah Emily in die Augen.

«Meine Damen, Sie haben großes Glück!» Der Kellner trabte lächelnd herbei. «Der Chef hat ein Zicklein gefunden! Es ist sehr, sehr klein, wir können es in vierzig Minuten zubereiten.»

Nakhama sagte: «Wir werden meinen Mann fragen. In der Zwischenzeit hätte ich gerne noch etwas Wein, bitte.»

«Ihren Mann?» Der Kellner sah verwirrt drein und blickte zur Telefonkabine. «Oh. Ja. Ihren Mann. Jawohl, Madam, selbstverständlich.» Er schenkte ihnen beiden Wein nach und eilte davon.

«Ist das nicht komisch?» sagte Nakhama. «Sie sind hier mit Zev zusammen angekommen, das hat den armen Mann verwirrt. Ihr beide könntet ohne weiteres ein Ehepaar sein.»

Emily leerte ihr ganzes Glas Wein auf einmal und ging mit dem Mut der Verzweiflung in die Offensive. «Hören Sie zu, Nakhama, nehmen wir einmal an, General Barak und ich hätten eine Affäre, was *total* ausgeschlossen ist. Nicht Ihr Mann. Und nehmen wir an, Sie würden mir signalisieren, daß Sie Bescheid wissen, aber nichts dagegen hätten, seine Zuneigung zu teilen, wie es beinahe den Anschein hat. Das würde der ganzen Geschichte schnell den Todesstoß versetzen, vielleicht nicht bei einer anderen Frau, aber sicherlich bei mir. Ich habe meinen Stolz, und ich bin sicher, daß Sie das verstehen! Für eine Frau aus einer winzigen Welt, wie Sie es ausdrücken, sind Sie in Ordnung. Wie wir sagen, Sie lassen nichts auf sich sitzen.»

«Ein komischer Ausdruck. Aber ich kann Ihnen nicht ganz folgen. Ich habe Ihnen nicht angeboten, Zev mit Ihnen zu teilen, selbstverständlich nicht, und tatsächlich –»

«Stellt euch vor!» Barak kam an den Tisch und ließ sich auf seinen Stuhl fallen. «Ägypten hat aufgegeben!»

«Ach, endlich», sagte Nakhama.

Emily sagte: «Aufgegeben? Was genau ist geschehen?»

«Tut mir leid, daß es so lange gedauert hat. Vor dem Sicherheitsrat muß sich eine phantastische Szene abgespielt haben! Federenko war noch mitten in seiner abscheulichsten Rede und drohte damit, daß Rußland Truppen entsenden würde, falls Israel sich nicht auf der Stelle auf die alten Waffenstillstandslinien zurückziehen würde. Dann bat der ägyptische Vertreter plötzlich um das Wort und las ein paar Sätze von einem Papier ab. Er brachte die Worte kaum heraus. Ägypten stimmte einem Waffenstillstand an Ort und Stelle zu, *ohne Rückzug*!»

Nakhama rief aus: «Na endlich! Nassers Generäle haben ihm schließlich doch erzählt, wie die Dinge stehen!»

Emily lachte wie verrückt. «Nun, das sind ja wundervolle Neuigkeiten! Wir wollen noch eine Flasche Wein bestellen.»

Baraks buschige graue Augenbrauen hoben sich. «Ihr beide habt doch nicht etwa diese hier schon verputzt?»

«Wir haben einen guten Start hingelegt, nicht wahr, Nakhama?»

«Ganz bestimmt.» Nakhama legte einen Arm um ihren Mann und küßte ihn ausgiebig auf den Mund. «Was für schöne Nachrichten! Jetzt wollen wir unser Abendessen aber wirklich genießen.»

«Nun, je schneller das Essen kommt, desto besser», sagte Barak. «Ich muß zur Botschaft zurück.»

Die Baraks wechselten in leises, schnelles Hebräisch. «Was ist mit der syrischen Front?» fragte sie.

«Nichts Neues.» Es gab jede Menge Neuigkeiten, aber nicht für ihre Ohren.

«Emily ist sehr klug. Wir haben uns nett unterhalten. Der Wein ist wunderbar, probier mal.»

«Trink nicht zuviel, du wirst albern.»

«Mach dir keine Sorgen, ich werde dich nicht blamieren», kicherte Nakhama. Emily, die kein Wort verstand, warf ihr einen scharfen Blick zu. Barak sagte hastig zu ihr: «Wir benehmen uns sehr unhöflich. Aber wir sprechen nur über den Krieg.»

«Nicht ganz», sagte Nakhama. «Er sagte mir, ich solle nicht so viel Wein trinken.»

Beide lachten mit diesem typisch weiblichen Unterton und diesen Seitenblicken, von denen Männer für alle Zeit ausgeschlossen sind.

Scherze waren noch Emilys beste Tarnung. Sie haßte sich selbst, weil sie sich auf dieses Abendessen eingelassen hatte, und doch, spielte es tatsächlich so eine große Rolle? Wie lange hätte sie noch die Stellung halten können von dem Moment an, da Nakhama nach Washington kam? Sie ließ in der Tat nichts auf sich sitzen, diese israelische Ehefrau! Nakhama hatte langsam, zielsicher, wie ein Samurai in einem japanischen Film gehandelt. Sie hatte den rechten Moment abgepaßt, war in Stellung gegangen und hatte zugeschlagen. Ein Hieb, das Schwirren des Schwertes, Tod! Emily blieb nur noch eines übrig: mit aufgeschlitztem Bauch in Zeitlupe zu Boden zu stürzen. Barak schenkte Wein nach. Sie hob ihr Glas.

«Nakhama, banzai!»

«Banzai?» Nakhama blickte zu ihrem Mann. «Ist das nicht japanisch?»

Er nickte. «Es bedeutet Sieg.»

«Wie nett. Sieg über die Ägypter, ja?» Sie erhob ihr Glas. «Banzai, Emily.»

Sie stießen an und tranken. Zev Barak stellte entzückt, wenn auch vage verdutzt, fest, wie gut die beiden Frauen sich verstanden. Also hatte das Abendessen seinen Zweck erfüllt. Er konnte mit einer Sorge weniger wieder an die Arbeit gehen.

44
Der Bär knurrt

Zev kam wie gewöhnlich mit einem Packen Karten und Dokumenten unter dem Arm von der Botschaft nach Hause und fand seine Frau schlaff in einem Sessel hängend mit einer Flasche israelischen Rotweins neben sich und einem halbvollen Glas in der Hand vor. Sie leerte es in einem Zug, torkelte zu ihm, entwand ihm die Karten und Papiere und ließ sie auf einen Stuhl fallen. «Guten Abend, General Barak. Ich dachte schon, du würdest nie mehr heimkommen. Liebst du mich?» Sie umarmte ihn schwerfällig und küßte ihn ausdauernd.

«Adom Atik», sagte er.

«Ja. Trink auch ein Glas, und keine Nachtarbeit heute! Du hast seit einer Woche nicht mehr richtig geschlafen.»

«Und du hast eine Menge Adom Atik intus.»

«Ein oder zwei Schlucke. Ich gehe jetzt ins Bett, auch wenn du nicht gehst.»

«Ich komme gleich mit dir.»

«Ah, ausgezeichnet.» Nakhamas ziellose Wanderung endete vor dem Schlafzimmer, und mit einem matten, verheißungsvollen Lächeln über die Schulter schloß sie die Tür hinter sich. Er brachte die halbleere Flasche in die Küche und entdeckte dort zu seiner Überraschung noch eine weitere, die ganz leer war. Was führte Nakhama im Schilde? Feierte sie etwas?

Für ihn jedenfalls gab es keinen Wein. Er setzte seine Brille auf und breitete Karten und Papiere auf dem Tisch aus. Obenauf lag das verschlüsselte Fernschreiben, das er an Pasternak geschickt hatte und in dem er sich für eine sofortige Aktion gegen Syrien aussprach.

> ... Unser gemeinsamer Freund Philip deutet unmißverständlich an, daß das Weiße Haus es durchaus nicht mißbilligen würde, wenn wir diesen Krieg mit einer wohlverdienten Abreibung für Syrien, Rußlands Hauptschützling, beenden. Du weißt, Philip ist eine zuverlässige Quelle. Ich bitte dich dringend, nochmals mit Eshkol und Rabin zu sprechen, solange noch Zeit dazu ist!
>
> Ich verstehe Dayans Bedenken wegen der Russen, aber wann werden wir wieder eine vergleichbare Chance haben? Von diesen Bunkern auf dem Golan können die Syrer weiterhin zehn Tonnen Granaten in der Minute auf die Gemeinden Galiläas abschießen, ganz zu schweigen von einem Regen von Katjuscha-Raketen. Wie lange werden wir dieses fruchtbare Tal unter einer solchen Bedrohung bestellen können? Wie können wir Bauern auffordern, dort ihre Kinder großzuziehen?
>
> Die ganze Operation kann innerhalb von vierundzwanzig Stunden abgeschlossen sein. Das Palaver im Sicherheitsrat hat soeben erst begonnen. Wenn wir die Höhen erst einmal erobert

haben, können wir zumindest über eine Demilitarisierung verhandeln. Dado ist dazu in der Lage. Er sollte loslegen.

Ein gutes Argument, doch leider würde es zu spät kommen, es war von den Ereignissen überholt! Die Dinge hatten sich plötzlich sehr schnell entwickelt, und sowohl Israel wie Syrien willigten mit Vorbehalt in den Waffenstillstand ein. Er legte das Papier mit einem betrübten Achselzucken beiseite und wandte sich den Karten zu. Die darin eingezeichneten Waffenstillstandslinien zu Syrien waren unverbindlich. Über jeden strittigen Meter Boden würden in der UNO politische Gaswolken ausgestoßen werden. Er mußte sich darauf vorbereiten, im Sicherheitsrat seinen Platz hinter Gideon Rafael einzunehmen, ihn mit Fakten zu füttern, ihn mit seiner Autorität zu unterstützen –

Das Telefon klingelte. «Zev? Mordechai hier. Dringendes Telex von Pasternak. Unverschlüsselt.

«Lesen Sie vor.»

«‹Der Boss hat seine Meinung geändert und geht nun zu der Party, wie in deinem Telex über Philip vorgeschlagen. Müssen dringend auf einer sicheren Leitung miteinander sprechen.›»

«Rufen Sie ihn an, und richten Sie aus, daß ich unterwegs bin.»

Er ging ins Schlafzimmer, um Nakhama Bescheid zu sagen; es war nicht das erste Mal, daß sie eine solche Enttäuschung erlebte, noch würde es das letzte Mal sein. Das ganze Zimmer roch nach Joy, einem Parfüm, das sie in einem Duty-free-Shop ergattert hatte und in sogenannten «großen Nächten» auflegte. Sie saß aufrecht im Bett, ihre glänzenden Haare waren über dem ausgefallenen Negligé von Garfinckel's ausgebreitet, seinem Geburtstagsgeschenk, das gleichfalls für «große Nächte» reserviert war. «Nakhama?» Zwecklos, sie schlief tief und fest. Er schaltete das Licht aus.

Stunden später kehrte er erschöpft, aber in Hochstimmung nach den sich überstürzenden Ereignissen zurück und machte das Licht an. Sie lag noch genauso da, wie er sie verlassen hatte, ohne auch nur ein Härchen bewegt zu haben. Ihr Atem ging schnell und laut. «Nakhama!»

Verschlafen öffnete sie die Augen. «Hmm? Ach, kommst du endlich auch ins Bett? Höchste Zeit.» Sie setzte sich auf, ließ sich aber gleich wieder zurückfallen. «Au! Mein Kopf! Zevi, mein Kopf!» Sie legte beide Hände auf die Schläfen. «Mein Puls geht wie rasend! Au! Mein Mund ist trocken wie Schleifpapier. Zev, ich muß diese sogenannte Hongkong-Grippe erwischt haben.»

«Du hast einen sogenannten Kater.» Er beugte sich vor und küßte sie lächelnd auf die Wange. «Ich hole dir etwas.»

Sie schluckte das sprudelnde Alka-Seltzer und starrte ihn dabei über den Glasrand hinweg aus geröteten Augen an. «Das war der Adom Atik», stieß sie nach Luft schnappend zwischen den Schlukken aus. «Ich habe getrunken und getrunken, während ich auf dich wartete. Zev, sehe ich so schlecht aus, wie ich mich fühle?»

«Du siehst ganz in Ordnung aus. Hör zu, wir greifen Syrien an. Dados Panzer machen sich ungefähr in diesem Augenblick an den Marsch auf die Golanhöhen bei Kefar Szold. Und das ist noch nicht alles.»

«Was gibt es sonst noch? Zev, warum klopft mein Herz so? Ich komme mir vor, als würde ich sterben.»

«Tust du nicht. Hör zu! Es hat den Anschein, als ob Noah Sharm el-Sheikh erobert hätte.»

«Noah hat *was*?»

«Er wird keine Medaille dafür einheimsen, denn die Ägypter hatten die Stellung bereits geräumt, wie sich zeigte. Aber trotzdem hat er das Landungskommando geführt, das als erstes das Fort betrat. Pasternak hat mir das erzählt. In Ha'aretz ist ein Foto von Noah, wie er die Flagge über dem Hauptgebäude befestigt.»

«Toll! Also fehlt ihm nichts?»

«Er hat keinen Kratzer abbekommen. Nakhama, ich muß ein wenig schlafen. Zwei oder drei Stunden, dann fliege ich mit der ersten Maschine nach New York. Im Sicherheitsrat wird die Hölle los sein, und Gideon Rafael will mich dort haben.»

Nakhama knirschte mit den Zähnen, zuckte mit der Zunge und stöhnte: «Mein Mund, dieser Geschmack, dieser Geschmack! Selbst einem Bussard würde davor grausen. Also, komm ins Bett, aber halte dich von mir fern. Das ist eine tolle Geschichte mit Noah.»

«Nicht wahr? Weißt du, als er elf war und ich ihn zur Abzugszeremonie mitnahm, sagte er mir, er würde Sharm zurückholen, und bei meinem Leben, das hat er getan.» Barak zog sich bis auf die Unterwäsche aus.

«Syrien», sagte Nakhama. «Und was ist mit den Russen?»

«Das ist der Punkt. Dado muß blitzschnell handeln, und der Golan ist ein übler Brocken. Die Panzer müssen im Gänsemarsch dreihundertdreißig Meter hohe, felsige Klippen hochklettern und sich dann durch Minenfelder, an Stacheldraht, Betonbunkern und ungefähr fünfhundert T-54 und T-55 vorbei, die mit gesenktem Rumpf auf sie warten, durchschlagen.»

«Uhah! Können sie es schaffen, Zev?»

«Das werden sie müssen. Und zwar an einem Tag.»

Unauffällig gekleidet saß Barak am Freitagmorgen zwischen Rafaels Beraterstab; er trug keine Uniform, nur einen grauen Tropenanzug. Vor Ausbruch der Krise hatte er nicht hineingepaßt, nun saß er angenehm locker. Der ununterbrochene Streß, die ausgefallenen Mahlzeiten, der Mangel an Schlaf und an Appetit hatten ihn abmagern lassen. Auch heute verspürte er keinen Hunger, obwohl er auf dem Flug nur eine Tasse Kaffee getrunken hatte. Das Gezeter von Bulgarien, Jugoslawien, Libyen, Algerien und Konsorten war zwar bloße Schaumschlägerei, aber es schlug ihm auf den Magen.

Er konnte nicht umhin, die Unerschütterlichkeit und die schneidenden Antworten des grauhaarigen Rafael zu bewundern. Je mehr Israel angegriffen wurde, um so mehr Zeit konnte Rafael durch seine Antworten für Dado Elazar auf den Golanhöhen herausschlagen. Als Federenko gegen Mittag eine lange Drohrede hielt, in der er den «Aggressor» Israel mit Nazideutschland verglich, entgegnete Rafael ihm, solche Reden stünden einem Volk, das Polen unter sich und Hitlers Reich aufgeteilt, die baltischen Staaten als Teil des Geschäfts besetzt und Nazideutschland zwei Jahre lang gegen die Alliierten mit Waffen versorgt habe, wohl schlecht an, und erntete damit Applaus von der Zuhörergalerie. Federenko starrte wutentbrannt vor sich hin, drehte unablässig einen Bleistift in der Hand oder unterhielt sich mit seinen Mitarbeitern und ignorierte den Redner.

In der Zwischenzeit aktualisierte Barak laufend eine markierte Karte entsprechend dem Stand der Kampfhandlungen und ließ Rafael Notizen zukommen. Die Debatte im Sicherheitsrat war nichts als hohles Geschwätz, denn die wahre Arbeit, das Ringen um eine neue Waffenstillstandsvereinbarung, fand in einem Vorzimmer statt. Die Russen verlangten, daß die Israelis unverzüglich ihren Marsch auf die Golanhöhen stoppten und sich ins Tal zurückzogen, die Amerikaner forderten milde einen schlichten Bewegungsstopp auf beiden Seiten, und ihre Lakaien in Osteuropa und Lateinamerika warfen unaufhörlich neue Kompromisse in die Debatte. Gegen Abend versetzte eine Nachricht das UNO-Gebäude in helle Aufregung und erweckte all die erschöpften Redner und Verhandlungsführer für kurze Zeit zu neuem Leben. Nasser war zur Sühne für die Enttäuschung, die er seinem Volk bereitet hatte, als Präsident Ägyptens zurückgetreten! Das rief mehrere Lobreden auf den unvergleichlichen arabischen Führer hervor, die zu Gideon Rafaels großer Befriedigung noch mehr Zeit verstreichen ließen, und diese hielten noch immer an, als Barak zu dem abhörsicheren Telefon im Büro der israelischen Delegation gerufen wurde.

«Zev, Dado schafft es heute nicht mehr», erklärte Pasternak ohne Umschweife. «Ich bin gerade mit dem Hubschrauber hochgeflogen, um mit ihm und den Brigadekommandeuren zu sprechen.»

«Sam, die Kirya hat uns etwas anderes mitgeteilt.»

«Mag sein, ich erzähle dir jetzt die Tatsachen. Seitdem Dayan seine Meinung geändert und Dado den Marschbefehl erteilt hat, ist die Kommunikation katastrophal. Nicht einmal Rabin wußte davon.»

«Was?»

«Zev, ich schwöre dir, der Ramatkhal lag zu Hause im Bett und schlief. Dayan hatte alle heimgeschickt, der Krieg war vorbei, und Rabin war erschöpft. Also ging er nach Hause, und als er aufwachte, stellte er fest, daß der Krieg noch im Gang war.»

«Warum hat Dayan seine Ansicht geändert?»

«Das weiß keiner. Theoretisch hätte nur der Ramatkhal den Befehl zum Angriff erteilen können, aber du kennst ja Dayan. Dado schlief im übrigen ebenfalls, aber sie weckten ihn auf, die Brigaden waren marschbereit, und schon ging's los. Es war kein Bilderbuchstart, und ich sage dir, die wahren Helden waren die Bulldozerfahrer, die diese steilen Hänge hochkletterten, um den Panzern einen Weg zu bahnen, während sie vom Grat aus unter Artilleriebeschuß genommen wurden. Es ist eine brillante Operation, aber sie läuft nur langsam. Sie werden Kuneitra heute abend nicht erreichen. Der Waffenstillstand muß hinausgezögert werden. Das ist eine direkte Weisung Eshkols. Gib sie an Rafael weiter.»

«Die Amerikaner werden nicht mitspielen, Sam.»

«Das glauben wir schon. Eban hat Rafael eine Erklärung geschickt, die sie mittragen können. Dado braucht ungefähr bis morgen mittag Zeit. Da geht in New York gerade die Sonne auf. Wollen sie die ganze Nacht dindurch palavern? Gideon muß nur eine Vertagung bis morgen früh erreichen, das wird genügen.»

«Was hält Eshkol von Nassers Rücktritt?»

«Hast du keine Nachrichten gesehen? Die Massen in Kairo verlangen schreiend seine Rückkehr als Staatschef. ‹*Nas-ser! Nasser!*› Das war das Klügste, was er machen konnte. Er wird oben bleiben, das ist keine Frage. So, hast du deine Karte griffbereit? Dann trage diese Positionen ein.»

Als Barak in den Versammlungssaal zurückkam, klopfte der Präsident, ein liebenswürdiger, aber gehetzter Däne, gerade mit seinem Hammer auf den Tisch. «Der Vorsitzende erteilt dem Vertreter Israels das Wort.»

«Ich wurde soeben von meiner Regierung beauftragt zu erklären», sagte Rafael, der langsam und feierlich von einem Fernschreiben ablas, «daß Israel eine Verlängerung der Waffenruhe akzeptiert» (Sensation auf der Tribüne, Überraschung und Gemurmel unter den Delegierten und Beratern) «und beantragt, daß der UNO-Vertreter vor Ort, General Odd Bull, unverzüglich Kontakt zu beiden Streitparteien aufnimmt, um Vorkehrungen für eine strikte und gegenseitige Einhaltung der Waffenruhe zu treffen.»

Auf der Tribüne wurde hier und da Beifall laut. Die Repräsentanten mehrerer Länder baten um das Wort. Federenko, der als erster sprach, denunzierte den Antrag als durchsichtiges Verzögerungsmanöver. Der britische Delegierte sagte, er müßte seine Regierung konsultieren. Der französische Abgesandte sprach zwanzig Minuten lang flüssig und gewandt, und Barak verstand jedes Wort, doch als der Mann geendet hatte, hatte er nicht die leiseste Vorstellung von der französischen Position. Der Amerikaner, ein jüdischer ehemaliger Richter am Obersten Gerichtshof, begrüßte den Antrag als ernstzunehmenden Schritt zu einer Beendigung der Kämpfe.

Doch der Rat in seiner Gesamtheit war bei weitem nicht zufriedengestellt. Die Diskussion wurde bis weit nach Mitternacht fortgesetzt, bis der erschöpfte dänische Präsident eine Vertagung um wenige Stunden beantragte. Selbst Federenko war zu erschöpft, um Einwände zu erheben. Zu diesem Zeitpunkt war es auf den Golanhöhen, sieben Zeitzonen weiter östlich, taghell, und Baraks letzte Notiz an Rafael besagte, daß Dados Einheiten wieder in Bewegung waren. Rafael nahm sie mit einem schwachen, müden Lächeln zur Kenntnis und lud Barak ein, sich in seiner Wohnung auszuruhen.

«Ich fliege soeben von Washington ab. In einer halben Stunde bin ich bei Ihnen.» Cunninghams Stimme klang gedämpft, und ein eigenartiges Dröhnen drang durch die Leitung. Barak mußte sich anstrengen, um ihn zu verstehen.

«Wie können Sie denn so schnell hierherkommen?»

«Ich sitze in einer Militärmaschine. Können Sie mich am Flughafen abholen?»

«Tut mir leid. Ich muß an Rafaels Seite bleiben. Die Dinge überschlagen sich hier.»

«Das kann man wohl sagen!» Das stakkatoartige Geräusch, das der CIA-Mann von sich gab, mochte ein Lachen gewesen sein. «In Ordnung. Dann treffen wir uns um neun Uhr fünfundvierzig im Empfangsraum der amerikanischen Delegation.»

Die Atmosphäre im Sicherheitsrat war anders an diesem Morgen. Federenko blieb stumm, sein Gesicht war eine ausdruckslose slawische Maske. Im Augenblick schwadronierte der bulgarische Delegierte, ein Sprachrohr der Sowjets. Der syrische Delegierte rief immer wieder lautstark dazwischen, während seine Mitarbeiter mit Papieren und geflüsterten Botschaften herein- und hinauseilten. Barak machte sich zunehmend Sorgen wegen der Russen. Der

Sicherheitsrat war ein Gremium, in dem es zu vielleicht fünfundneunzig Prozent um langweilige Schachzüge, Intrigen und Bluff ging und zu fünf Prozent um brisante Themen. An diesem Morgen lag die Gefahr wie eine Wolke, in deren Inneren immer wieder Lichtblitze aufzuckten, in der abgestandenen Luft. Selbst die sowjetischen Marionetten mäßigten ihre Schmähreden, man sah ihnen echte Angst an. Die Redner waren bleich, und ihre Stimmen zitterten wie die des schnauzbärtigen Bulgaren mit den hervorquellenden Augen.

«Abschließend», dröhnte die Simultanübersetzung in Baraks Kopfhörern, «ersuche ich den Ratspräsidenten, Israels Botschafter zur Offenlegung aller ihm bekannten Fakten über die Lage im Kriegsgebiet zu zwingen, damit der Rat im Lichte der verfügbaren Tatsachen handeln kann. Die verbrecherischen Angreifer sind die beste Quelle für solche Fakten und müssen sie offenbaren.»

«Es gibt keinen vergleichbaren Präzedenzfall», antwortete der Däne mit müder Höflichkeit dem Bulgaren, «und ich kenne keine Passage in der Charta, die mich ermächtigen würde, den israelischen Botschafter zu einer wie auch immer gearteten Aussage zu zwingen.»

Jemand klopfte auf Baraks Schulter; ein Amerikaner mit jugendlichem Gesicht und blondem Bürstenhaarschnitt gab ihm ein Zeichen. Barak ergriff seine Karte und folgte ihm in die Halle und die breite Treppe hinauf. Er erkannte Cunningham zuerst gar nicht, der ohne Brille in einem weichen grauen Hut und einem dunklen Popelinemantel an einem Fenster in der Lounge der Amerikaner stand und auf die Wolkenkratzer im Regen blickte. Der junge Mann verließ sie.

«Wieviel Zeit brauchen Ihre Leute noch?» begrüßte Cunningham ihn abrupt. «Es wäre besser, wenn es nicht mehr viel wäre.»

Barak, der sich immer noch nicht daran gewöhnt hatte, vor diesem exzentrischen Goi Staatsgeheimnisse auszubreiten, wich aus. «Nicht viel. Bis diese ganze Debatte vorbei ist, kann es sein, daß –»

«Herr General, wieviel? Noch eine Stunde? Zwei Stunden?» Cunninghams rasiermesserscharfer Tonfall war neu für ihn. «Wenn Sie es nicht wissen, sagen Sie es. Wenn Sie mit Pasternak sprechen müssen, tun Sie es. Kossygin rief den Präsidenten heute morgen um neun Uhr auf der direkten Leitung an. Er sagte unter anderem: ‹*Die Situation nähert sich einer Katastrophe*› und: ‹*Eine militärische Intervention steht unmittelbar bevor.*›» Cunningham warf Barak einen Seitenblick zu. «Ich bin hier, um mir Aufklärung über den Stand der Dinge im Kampfgebiet zu verschaffen, Zev, und jetzt ist keine Zeit für Spielchen. Die Syrer behaupten, Sie würden Damaskus bedrohen. Stimmt das?»

«Lächerlich. Der Schlüssel für die Einnahme des Plateaus ist Kuneitra.» Barak faltete die Karte auseinander und zeigte darauf. «Kennen Sie die Topographie der Golanhöhen?»

«Ich fange an, mich auszukennen.»

«Unsere Brigaden haben einen Angriff mit drei Spitzen geführt, um das Plateau von syrischer Armee zu säubern. Sie rücken auf Kuneitra vor, vielleicht haben sie es jetzt schon eingenommen.»

«Warum beenden Sie den Vormarsch dann nicht und stellen das Schießen ein?»

«Die Lage dort oben ist ziemlich undurchsichtig, Chris. Es könnte sein, daß die Syrer General Bull hinsichtlich der Vorkehrungen für einen Waffenstillstand hinhalten, weil sie hoffen, die Russen würden noch eine Abzugsresolution durchdrücken. Bis dahin schießen sie weiter.»

Cunningham nickte und biß sich auf die dünnen Lippen. «Sehr gut. Was ich jetzt sage, ist ausschließlich für Sie bestimmt. Nicht für Rafael. Nicht für Pasternak. Ich möchte, daß *Sie* die Tragweite der Ereignisse begreifen, Barak. Der Präsident hat auf diese Botschaft über die direkte Leitung milde reagiert. Er hat außerdem die Sechste Flotte angewiesen, ihren Kreuzungskurs so zu verändern, daß sie dem Kriegsgebiet doppelt so nah kommt wie zuvor. Das ist seine wahre Antwort. Sowjetische Schiffe überwachen jeden Kurswechsel, den die Sechste macht. Kossygin wird diese Botschaft erhalten. Die Frage ist, was die Russen als nächstes unternehmen. Ich werde hier vor Ort bleiben, bis die Krise beigelegt ist. Ich brauche von Ihnen die unverfälschten Fakten, sobald Sie sie erfahren.»

«Verstanden.»

Er kehrte zu seinem Platz zurück. Dank einer Laune des UNO-

Protokolls saßen der syrische und der israelische Botschafter nebeneinander und ihre Beraterstäbe Ellbogen an Ellbogen hinter ihnen. Ein syrischer Berater fiel nach Atem ringend in den Stuhl direkt neben Barak und bat einen Assistenten auf arabisch um eine Karte. «Nein, nein!» Er stieß die angebotene Karte von ganz Syrien, hundertachtzigtausend Quadratkilometer, beiseite. «Nur die Golanhöhen. Haben wir denn keine Karte von diesen verfluchten Golanhöhen?» Man breitete eine andere vor ihm aus, eine Armeekarte des Bergs Hermon, des Golanplateaus und der Höhen, in der die alten Waffenstillstandslinien rotgestrichelt eingezeichnet waren. «Schön. Und wo zum Teufel liegt jetzt dieses Kuneitra?»

Niemand antwortete ihm sogleich, so beugte Barak sich vor, legte einen Finger auf die Karte und sagte in seinem bruchstückhaften Arabisch: «Hier, Sir.»

Auf arabisch: «Aha, hier also. Vielen Dank.»

Auf arabisch: «Nichts zu danken, Sir.»

Erst zu diesem Zeitpunkt blinzelte der Syrer und starrte Barak an, dann kehrte er ihm den Rücken zu.

Federenko verließ nun, nach Stalin-Manier aus einer gebogenen Pfeife paffend, mit einem eisigen Blick nach hinten zu Rafael den Sitzungssaal. Zev Barak glaubte zwar nicht, daß wegen dieser unbedeutenden Felsklippen namens Golanhöhen, die nach menschlichem Ermessen für Syrien nur zur Bombardierung der darunterliegenden israelischen Täler von Nutzen sein konnten, der Dritte Weltkrieg bevorstand. Doch als Kind hatte er die Erwachsenen sagen hören, daß wegen Danzig bestimmt nicht der Zweite Weltkrieg ausbrechen würde. Seine Anspannung stieg.

In der syrischen Delegation brach hektische Aktivität aus, es wurde geflüstert, und Notizen wurden hin und her gereicht. Der französische Abgeordnete hatte das Wort und brachte General de Gaulles Ansicht vor, daß die vier Supermächte zur Lösung der Krise aktiv werden sollten. Barak hatte von Johnsons Kommentar dazu gehört: *«Wer zum Teufel sind die anderen beiden?»* Der syrische Botschafter ließ dem Ratsvorsitzenden eine Notiz zukommen. Dieser nickte und forderte ihn mit Zustimmung des Franzosen auf, Neuigkeiten von großer Tragweite bekanntzugeben.

«Kuneitra ist gefallen.» Der Syrer, dessen Stimme vor Erregung rauh war, sprach in einem Englisch mit starkem Akzent. «Die Straße nach Damaskus liegt ungeschützt vor den israelischen Aggressoren offen, da unsere Streitkräfte vertrauensvoll die Waffen niedergelegt haben. Meine Regierung fordert sofortiges Handeln, damit die kriminellen Aggressoren gestoppt, zurückgewiesen und bestraft werden.»

Der amerikanische Botschafter verließ eilig den Saal, während auf der Tribüne und in den Beraterstäben gemurmelt wurde. Der Franzose fuhr mit seiner Erklärung, wie die vier Supermächte einen Friedensschluß erreichen konnten, fort. Rafael reichte Barak einen schnell hingekritzelten Zettel auf hebräisch, und das Papier ging eine Weile lang zwischen ihnen hin und her.

Kann das wahr sein?

Ja, gut möglich.

Was war noch mal unsere letzte Position?

Ein paar Kilometer davor. Unsere Kundschafter berichteten schon vor Stunden, daß Kuneitra aufgegeben war. Das wurde sogar im syrischen Rundfunk bekanntgegeben, dann aber widerrufen. Der Balagan kennt keine Grenzen.

Dann könnte es sich dabei um ein syrisches Theaterstück handeln, mit dem die Russen zum Handeln gezwungen werden sollen.

Genau das glaube ich.

Nun zeigte Rafael Barak eine handschriftliche Notiz, die soeben eingetroffen war.

Gideon:
Wir müssen uns unbedingt sofort treffen.

Arthur Goldberg

Goldberg war der weißhaarige Jude, der auf Präsident Johnsons Drängen hin den Obersten Gerichtshof verlassen hatte, um den Vorsitz der UNO-Delegation zu übernehmen. Er war freundlich, aber hart, und vertrat strikt die Interessen Amerikas. «Zev, rufen Sie in Jerusalem an», flüsterte Rafael im Aufstehen, «und bei Ihrem Leben, finden Sie heraus, was los ist!» Barak verließ den Saal, und in der Halle der Delegierten traf er auf den blonden Bürstenkopf, der ihm schweigend ein Zeichen machte. Cunningham wartete in einer dunklen toten Ecke an einem rotgestrichenen Feuerlöscher.

«Hören Sie genau zu, Herr General.» Der CIA-Mann legte eine knochige Hand auf Baraks Arm. «Die Botschaft meines Präsidenten lautet: *Stopp!* Machen Sie unverzüglich halt! Keinen Schritt weiter. Verkünden Sie im Sicherheitsrat, daß Ihre Armee den Vormarsch *gestoppt* hat. Andernfalls wird es um die Sicherheit Ihres Landes jetzt und seine zukünftigen Beziehungen zu Amerika schlimm bestellt sein.»

«Rafael trifft in dieser Minute mit Goldberg zusammen, Chris.»

«Sehr gut. Der Präsident ist im Augenblick nicht wegen einer militärischen Intervention der Russen beunruhigt – noch nicht. Unsere Überwachung ist ziemlich gut. Die Russen sind noch gar nicht auf eine Intervention vorbereitet. Was Kossygin bezweckt, ist eine Neuauflage des Suezkriegs. Ein säbelrasselndes Ultimatum. Der Bär knurrt. Eine internationale Bombe! Der Krieg endet, der russische Schützling ist gerettet! Aus einer militärischen Katastrophe ein politisches Meisterstück machen! Verstehen Sie?»

«Vollkommen.»

«In Ordnung. Während wir uns unterhalten, erhält Federenko wahrscheinlich über Fernschreiber den Text des Ultimatums und setzt seine Rede auf. *Begreifen Sie, Herr General, der Krieg darf NICHT wie der Suezkrieg durch ein russisches Ultimatum beendet werden!* Ihr Botschafter muß *jetzt* eingreifen, bevor Federenko in den Rat zurückkehrt, und verkünden, daß die israelische Armee ihren Vorstoß gestoppt und den Beschuß eingestellt hat. *Jetzt!*»

«Verstanden.»

Cunninghams Verhalten und Stimme entspannten sich. «Habt ihr Kuneitra erobert?»

«Die Syrer haben Kuneitra schon heute morgen evakuiert. Vermutlich sind unsere Panzer inzwischen dort eingetroffen.»

«Dann lassen Sie diese Bombe platzen, Herr General, und Sie haben einen Krieg gegen Sowjetrußland und seine Schützlinge gewonnen. Und *gewisse herrschende Kreise*» – seine Stimme triefte bei diesem Zitat des sowjetischen Klischees vor Sarkasmus – «werden Ihnen keine tiefe Mißbilligung entgegenbringen.»

Barak eilte in Rafaels Büro, wo er auf der öffentlichen Leitung nach Jerusalem den Außenminister anrief. «Sind Sie das, Gideon?» fragte Abba Eban in seinem Hebräisch mit Oxford-Akzent. «Ich habe bereits Nachricht aus Washington, und ich habe gestern mit Dayan gesprochen –»

«Zev Barak am Apparat, Herr Minister.»

«Ach, Zev! Sie sind genau der Richtige jetzt. Ich möchte Ihnen meinen vorläufigen Entwurf vorlesen.»

Gewandt wie immer faßte der Minister in würdevolle Worte, was in Wahrheit nur ein frommes Kuschen unter dem Druck der Amerikaner war. Im großen und ganzen hatte Dayan bereits mit General Bull Übereinstimmung über eine bedingungslose Waffenruhe seitens der israelischen Streitkräfte auf den Golanhöhen erzielt, die jederzeit in Kraft treten konnte. Der Rest war Bulls Sache. Auf israelischer Seite war der Krieg vorüber.

«Perfekt, Sir», sagte Barak und holte ein Notizbuch und einen Kugelschreiber hervor. «Ich würde das gerne aufschreiben und Wort für Wort an Gideon weiterleiten –»

«Nein, nein, das muß noch überarbeitet werden.»

«Herr Minister, die Zeit drängt. Federenko –»

«Ich bin im Bilde. Sagen Sie Gideon, die Erklärung sei unterwegs.»

Als Barak die Diplomaten-Lounge durchquerte, sah er den Pfeife rauchenden Federenko, der mit arabischen und kommunistischen Botschaftern die Köpfe zusammensteckte und Notizen machte. Er eilte in den Saal, wo der Vertreter Großbritanniens sprach, der sich ganz ähnlich wie Abba Eban anhörte. Barak zog einen Stuhl neben den Rafaels und erzählte ihm von Ebans Rohentwurf einer Erklärung.

«Gut, großartig», sagte Rafael. «Aber wo ist sie? Goldberg hat mir eine Warnung in aller Schärfe, direkt von Johnson, zukommen lassen.»

«Sie kommt, Eban feilt noch daran. Hören Sie zu, Gideon, bitten Sie um das Wort.»

«Wozu? Ich habe nichts zu sagen, bis die Erklärung eintrifft.»

Der britische Botschafter übergab dem Franzosen das Wort, der seiner Bewunderung für die Ausführungen seines Kollegen Ausdruck verlieh, aber zu einer gemeinsamen Aktion der vier Supermächte drängte.

«Nun, dann sagen Sie, sie sei unterwegs. Geben Sie eine Zusammenfassung. Sagen Sie, sie würde gerade übersetzt werden. Wenn Federenko den Saal betritt – und ich habe ihn soeben in der Halle mit seiner Bande plaudern sehen –, wird er um das Wort bitten, und es wird ihm erteilt werden.»

«Und wenn man mich dazu auffordert, die Anweisung meiner Regierung vorzulegen, und ich kann sie nicht vorzeigen, was dann? Soll ich Psalmen rezitieren, bis sie eintrifft?»

«Besser das, Gideon, als Federenkos Ultimatum.»

Rafael hob die Hand und ersuchte den Vertreter Frankreichs, ihm für eine Botschaft der israelischen Regierung von größter Tragweite das Rednerpult zu überlassen. *«Monsieur le Président»*, sagte der Franzose, «da Israel den ersten Schuß abgegeben und diesen Krieg begonnen hat, müssen wir seinen Botschaften unglücklicherweise mit Mißtrauen begegnen. Nichtsdestoweniger werde ich aus Höflichkeit gegenüber meinem Kollegen meinen Gedanken noch zu Ende führen und dann den Platz räumen.»

Sein Gedanke war, daß diese Katastrophe noch immer durch ein rechtzeitiges Eingreifen der vier Supermächte eine günstige Wendung nehmen könne. Er war noch dabei, diesen Punkt auszuführen, als Federenko den Saal betrat und brüsk um das Wort bat.

«Ich übergebe das Wort dem Vertreter der Sowjetunion», sagte der Franzose sofort und lehnte sich in seinen Stuhl zurück.

Der dänische Präsident sagte: «Da der israelische Botschafter zuvor um das Wort gebeten hat, wird der Vorsitzende es ihm zuerst erteilen.»

«Meine Regierung hat alle von General Bull geforderten Bedingungen akzeptiert», stieß Rafael unverzüglich hervor und sprang auf, bevor Federenko oder der Franzose Einwände erheben konnten. Das rief einen allgemeinen Aufruhr hervor, und er fuhr fort: «Es besteht vollkommene Übereinstimmung zwischen General Odd Bull und General Dayan dahingehend, daß General Bull die Stunde und die Überwachungsvorkehrungen der Waffenruhe festlegen wird, sowie er mit der anderen Seite Kontakt aufgenommen hat. Von israelischer Seite ist der bewaffnete Konflikt folglich in Übereinstimmung mit der Resolution 211 beendet. Der Rat kann seine Bemühungen nun auf die Sicherung eines dauerhaften Friedens richten, der alles ist, was Israel je erstrebte.»

Die Reporter stürzten aus der Presseabteilung, als Federenko in den Beifall der Tribüne hinein mit schroffer Stimme rief: «Was ist das für ein vages Geschwätz? Spricht Mr. Rafael für sich? Hat seine Regierung ihn beauftragt, ihre überfällige Kapitulation vor der Verurteilung durch die Weltöffentlichkeit zu verkünden? Falls dem so ist, warum weist er seine Anweisung nicht vor? Ist das nur eine weitere plumpe Verzögerungstaktik?»

«Von Kapitulation kann angesichts der Tatsachen kaum die Rede sein», blaffte Rafael. «Und *hier* ist die Instruktion meiner Regierung», fügte er hinzu und wedelte mit einem Papier, das Barak ihm soeben, frisch aus dem Büro, zugesteckt hatte. «Ich bitte den Rat um Nachsicht für meine Simultanübersetzung. Der offizielle englische Text wird in Kürze vorliegen.»

Während Rafael langsam Ebans präzise formulierte Erklärung vorlas, konnte Zev spüren, wie die Spannung im Sicherheitsrat sich legte und die Wolke der Angst sich auflöste. Das war zweifellos das Ende des Krieges. Die Botschafter am runden Tisch lehnten sich entspannt zurück und sahen sich lächelnd an. Die Mitglieder des syrischen Stabs tauschten erleichterte Blicke aus und nickten sich zu; offenbar hatten sie wirklich die Befürchtung gehegt, daß die israelische Armee nach Damaskus marschieren würde. Federenko starrte mit finsterem Gesichtsausdruck vor sich hin, während er mit einem Bleistift auf die vor ihm liegenden Papiere niederstieß und Zusätze hinkritzelte.

Arthur Goldberg erhob sich, um die israelische Regierung zu ihrer einseitigen Beendigung der Feindseligkeiten zu beglückwünschen, und forderte die Unterstützung der Vereinten Nationen zur Erreichung eines gerechten und dauerhaften Friedens. Da Federenko noch mit der Überarbeitung seiner Erklärung beschäftigt war, stieß der britische Botschafter in das gleiche Horn wie Goldberg. Sodann führte der Franzose aus, daß Israel diesen klugen Schritt zweifellos getan habe, um bei einer Friedenskonferenz unter Vorsitz der vier Supermächte in gutem Licht zu erscheinen, und seine Regierung wäre bereit – doch da hob Federenko die Hand, und er brach mitten im Satz ab.

Während Federenko diese vergebliche Anstrengung des Aggressors, der in letzter Minute der gerechten Strafe für seine Verbrechen zu entgehen suchte, mit höhnischer Verachtung überschüttete, fühlte Zev Barak, wie auch von ihm die Spannung einer großen Angst wich, deren er sich erst jetzt bewußt wurde. Es war die Vorstellung, wie die majestätischen grauen Flugzeugträger und Kreuzer der Sechsten Flotte der Vereinigten Staaten ihren Kurs Richtung Osten änderten, wie sowjetische Schiffe Meldungen nach Moskau funkten, wie die griesgrämigen Autokraten des Kreml in ihren schlechtsitzenden Anzügen über den nächsten Schritt diskutierten, es war diese globale Vorstellung, die ihn gequält hatte; kurzum, das große alte Spiel, dieses Mal als Showdown zwischen Amerika und Rußland, während auf den Golanhöhen das unbedeutendere Spiel, das israelischen und syrischen Soldaten den Tod brachte, auf einem Schlachtfeld von wenigen Quadratkilometern ausgetragen wurde.

Rafael antwortete Federenko: «Es bekümmert mich zu sehen, Herr Präsident, daß der Vertreter der Sowjetunion nicht allzu glücklich über die vollständige Einstellung der Kriegshandlungen zu sein scheint.»

Der Russe wandte sich an Rafael, um ihm ein verächtliches Lächeln zu schenken, brachte aber nur ein Knurren zustande.

Jemand tippte Barak auf die Schulter; es war wieder der Bürstenkopf, diesmal mit einer Notiz in Cunninghams sauberer, steiler Handschrift.

Fahre nach Washington zurück. Sehr gut gemacht. Ziemlich haarscharfe Angelegenheit. Hoffe, Sie bald zu sehen. Warum schauen Sie nicht vorbei, um sich von Emily zu verabschieden, bevor sie ihre Weltreise antritt?

45
Rendezvous im Brummstübchen

Es war ein für Washington typischer Junitag, schwül und heiß. Dank seiner Uniform gelang es Barak, sich einen Weg durch die überraschend dichtgedrängte Menschenmenge zu bahnen, die fröhlich und geduldig im Sonnenschein vor dem Eingang zum Ballsaal des Hotels auf Einlaß wartete. Zionistische Veranstaltungen fanden normalerweise nur schwach besucht in halbleeren Sälen statt. Nicht so heute! Die Zyniker unter Rafaels Leuten hatten recht behalten, Amerikaner liebten Sieger.

Der geräumige große Ballsaal war bereits voll und von Stimmenlärm erfüllt. An der hohen Wand hinter dem Podium hing unter gekreuzten israelischen und amerikanischen Flaggen ein riesiges, vergrößertes Farbfoto Mosche Dayans, eingerahmt von kleineren Aufnahmen Herzls und Ben Gurions. Keine Spur von Premierminister Eshkol und Generalstabschef Rabin. Barak bezweifelte, daß auch nur einer von zwanzig Anwesenden je von ihnen gehört hatte. Es gab nur einen Sieger in diesem Krieg – den jüdischen General mit der schwarzen Augenklappe –, und durch ihn wurde jeder hier ein Sieger. Auf dem Podium saßen berühmte Zionisten aus den ganzen Vereinigten Staaten. Barak hatte auf seinen Vortragsreisen die meisten von ihnen kennengelernt, und sie begrüßten ihn namentlich mit freudestrahlenden und erregten Gesichtern, als er zu seinem Stuhl neben dem Botschafter ging.

«Zev, Sie sprechen nach mir. Sind diese Dias mit den Karten der Kampfzonen durchgekommen?»

«Alles klar. Was für ein Gedränge!»

«Ja, unglaublich.» Der Botschafter lächelte freudlos. Sein Gesicht war grau, seine Stimme nur noch ein Krächzen, er war in seinem Stuhl zusammengesackt. Barak fragte sich, ob der Mann es überhaupt noch schaffen würde, zu seiner Rede auf die Beine zu kommen. «Man hat in einem anderen Ballsaal Lautsprecher aufgestellt für die Leute, die keinen Platz mehr bekommen. Es finden zwar Veranstaltungen im ganzen Land statt, aber das hier ist die größte.»

«Sind Sie der erste Redner?»

«Nun, der Präsident der ZOA wird mich vorstellen», erwiderte Abe mit einem kleinen Lächeln zur Seite. «Das wird ein oder zwei Minuten dauern.»

Es dauerte zwanzig, und die Gespräche im Saal verstummten nur wenig. Barak schaltete automatisch bei zionistischer Rhetorik ab, und seine Gedanken wanderten zum Brummstübchen und zu der Überlegung, was er nach seiner Ankunft dort tun und sagen würde. Emilys Entscheidung, sich auf Weltreise zu begeben, ohne ihm ein Wort darüber zu sagen, hatte ihm einen Schock versetzt. Er beabsichtigte, sie an diesem Abend deshalb zur Rede zu stellen.

Der Botschafter wurde mit zwei Minuten währenden Standing ovations auf dem Podium empfangen. Dieses Publikum war darauf versessen, einem Israeli zu applaudieren. «Ich habe Neuigkeiten für unsere guten Freunde im Kreml», begann Avraham Harman mit rauher Stimme. Er machte eine Pause, damit die Leute Platz nehmen konnten, und fuhr, nachdem Ruhe eingekehrt war, fort. «Ich vermute, diese feinen Herren begreifen nicht ganz, wie die Stimmung der Weltöffentlichkeit umgeschlagen ist. Sie haben im Sicherheitsrat verloren. Nun haben sie eine Sondersitzung der Generalversammlung verlangt. Dort haben sie genug Stimmen, so daß sie sicher sind, sie könnten uns niederschmettern und uns unseren Sieg stehlen. Meine Botschaft lautet –» das beherrschte er meisterhaft; die Zuhörer schienen kollektiv den Atem anzuhalten «– Gospodin Kossygin, Sie werden auch in der Generalversammlung verlieren.» *(Applaus und Hurrarufe.)*

Während Harman seine Rede vom Stapel ließ, blickte Barak immer wieder auf die Uhr. Er hatte Emily gestern nach der Vertagung des Sicherheitsrates in aller Eile aus New York angerufen und ihr versprochen, daß er spätestens um fünf Uhr heute im Brummstübchen sein würde.

«Was hat das alles zu bedeuten, Queenie?» hatte er sie angefahren. «Gehst du wirklich auf Weltreise?»

«O Gott, wer hat dir das erzählt? O Gott, Chris natürlich, so ein Mist!»

«Es stimmt also?»

«Na ja, schon, aber –»

«Dann komme ich morgen zu dir raus. Ich muß auf der Zionistenveranstaltung eine Rede halten, aber gegen vier wird sie zu Ende sein. Sagen wir um fünf im Brummstübchen?»

«Alter Wolf, zufällig paßt es nicht. Vielleicht einen Tag später?»

«Einen Tag später fliege ich nach Hause, Em.»

«Was, nach Israel? Hast du deinen Posten als Attaché aufgegeben?»

«Nein, nein. Nur zu Konsultationen.»

Ein langes Schweigen.

«Queenie? Möchtest du mich lieber nicht mehr sehen? Komm schon, was ist los?»

«Um fünf Uhr, sagst du?»

«Ja. Um sieben Uhr findet eine Botschaftssitzung statt, ich kann also nicht lange bleiben, aber wir sollten uns wenigstens voneinander verabschieden, oder?»

«In Ordnung, sagen wir um fünf, Zev. Nicht viel später. Die Sache ist die, ich bin zum Abendessen mit Fiona und ihrem Ex-Reverend verabredet.»

«Queenie, höre ich da die Donald-Duck-Stimme?»

«Hör zu, du räudiger, alter Grauer Wolf, wirst du morgen um fünf Uhr hier sein oder nicht?»

«Bis dann, Liebling.»

Vier Uhr, und Beifall unterbrach jeden weiteren Satz des sich immer weiter steigernden, Fäuste schüttelnden Botschafters.

«Keine weiteren Waffenruhen mehr! Keine Waffenstillstandslinien mehr! Frieden! Es soll endlich Frieden herrschen in unserer

Region! Unsere Nachbarn haben es mit Terror versucht. Sie haben es mit Boykott versucht. Sie haben es mit Krieg versucht. Ihre Politik ist ein Scherbenhaufen. Gebe Gott, daß sie jetzt ihr Heil im gesunden Menschenverstand suchen! Daß sie sich mit uns gemeinsam an einen Tisch setzen, um einen Friedensvertrag auszuhandeln. Sie können sich nicht einmal im Traum vorstellen, was Israel für einen Frieden aufzugeben bereit ist. Für *weniger* als Frieden, für NICHTS. Wir haben zu teuer für diesen Sieg bezahlt! Wenn es um Frieden geht, werden wir eine Großmütigkeit zeigen, die die Welt in Erstaunen setzen wird. Nur für Frieden. Für SHALOM!»

Die Zuhörer waren alle jubelnd aufgesprungen. Nun war Barak an der Reihe, der anhand von Dias den militärischen Aspekt des Sieges erläutern sollte, wofür eine halbe Stunde veranschlagt war. Anschließend konnte er hinausschlüpfen und verschwinden ... aber *l'Azazel*! Der amerikanische Senator Wyndham betrat den Saal, das Publikum klatschte ihm zu, und der Vorsitzende rief ihn aufs Podium, um ihn zu umarmen. Er übergab ihm das Mikrophon! Verdammt, diesem Schaumschläger waren eine halbe Stunde glühende Freundschaftsbeteuerungen an Israel zuzutrauen, es würde also zeitlich ziemlich eng werden. Aber was war schon letzten Endes dabei, wenn Emily zum Abendessen mit Fiona und ihrem Ex-Reverend etwas zu spät kam?

Doch Barak hatte ganz richtig die Donald-Duck-Stimme gehört, denn Emilys Problem war Oberst Halliday. Er flog in einem Jagdflugzeug von Florida herauf und wollte gegen halb acht ins Brummstübchen kommen. Zev kam gegen fünf und mußte um sieben Uhr zur Botschaft zurück, so daß ihrer Ansicht nach genug Zeit war, um beide Männer der Reihe nach zu sehen.

Und doch fühlte Emily sich unbehaglich, als sie das Brummstübchen für ihre Besucher in Ordnung brachte. Wenn man mit einer alten Liebe Schluß machte und sich auf eine neue einließ, dann sollten die beiden Herren gewiß nicht direkt aufeinandertreffen. Der Oberst, dessen Dienst in Westdeutschland soeben beendet war, hatte sie zufällig am Morgen nach dem Fiasko mit Nakhama in dem griechischen Restaurant angerufen. Einem Impuls nachgebend hatte sie ja gesagt, sie wäre entzückt, ihn zu treffen; so verdankte Oberst Halliday seine Verabredung in gewisser Weise und ohne daß er es je erfahren würde Nakhama Barak. Es war nur verdammt unpraktisch, daß ausgerechnet jetzt auch Nakhamas Mann kommen wollte. Emily kam sich beinahe vor wie ein Backfisch, der mit den Jungen jonglierte.

Vier Uhr dreißig. Wie wäre es, wenn sie sich anziehen und schminken würde? Der braune Hausmantel mit blauer Paspelierung, in dem sie herumschlurfte, war gerade recht für Zev Barak, und für ihn hatte sie sich auch frisiert und ein rudimentäres Make-up aufgelegt. Kein Glanz und Gloria, keine Allüren, das hatten sie hinter sich. Aber für einen neuen Mann, einen so formellen Typen wie Halliday ... absolutes Minimum für ein ernsthaftes Make-up und sorgfältige Kleidung waren fünfundvierzig Minuten. Besser noch eine Stunde. Die unbekannte Variable war: Angenommen diese Veranstaltung dauerte länger, wie Veranstaltungen es an sich hatten? Nun, falls Zev um halb sechs noch nicht eingetroffen war, wäre der Fall erledigt, er konnte es dann nicht mehr rechtzeitig zu der Sitzung in der Botschaft schaffen. Früher oder später würde er anrufen, und sie würden sich am Telefon verabschieden, es wäre nicht das erste Mal. Derweilen machte sie sich besser für Oberst Halliday zurecht, der etwas von einem Abendessen im Red Fox gemurmelt hatte. Das wichtigste war jetzt, den Kühlschrank mit Bier vollzustopfen.

Jack Smith zufolge vertrug Bud Halliday mehr Bier als jeder andere Mensch, ohne daß dies seinem Benehmen oder seiner Taille abträglich war. Die Taille hatte sie mit eigenen Augen gesehen. Man konnte ein Kleid darauf bügeln. Über sein Benehmen konnte sie nur Vermutungen anstellen, aber das ernste, trockene, furchteinflößende Gebaren des Mannes deutete auf beinharte Selbstbeherrschung hin. In dieser Hinsicht ähnelte er ihrem Vater, doch Halliday war ein sehr großer Mann mit dichten schwarzen Haaren und scharfen grünen Augen. Sie konnte sich vorstellen, daß die Frau, die er verloren hatte, mit diesem imposanten Berufssoldaten glücklich gewesen war, obwohl er im Gegensatz zu ihrem Vater keinen Humor zu haben schien. Jack Smith hatte auch das bestritten.

Halliday liebte Witze, so sagte er, nur Frauen gegenüber war er reserviert. Man mußte Bud Halliday eben richtig kennen.

Emily nahm eine Schere zur Hand und ging hinaus, um frische Blumen zu schneiden. Die Sonne versank hinter den Kiefern. Unmengen von Lilien und Rosen blühten, und jeder Atemzug, während sie ihre Hände in die Büsche tauchte und abschnitt, weckte schmerzliche Erinnerungen an Zev Barak. Letztlich hatte ihre Liebesbeziehung hauptsächlich aus Briefen bestanden. Jedes Jahr, wenn die Leuchtkäfer kamen und Sommerblumen die Nacht mit ihrem Duft erfüllten, war das Wachs in ihren Briefen geschmolzen und in seinen Antworten auch. Emily bereute nichts, außer daß es ein Ende nehmen mußte, und selbst das hatte seine Richtigkeit. Der Israeli hatte sie gelehrt, daß die körperliche Liebe nicht unbedingt ein lästiger Bestandteil der Ehe war, eine bloße widerliche Idiotie, sondern ein Höhepunkt in diesem Leben.

Sie war nicht im geringsten in Oberst Halliday verliebt, noch nicht, aber die Aussicht, mit ihm ins Bett zu gehen, war – ganz im Gegensatz zu damals bei Jack Smith – nicht lächerlich, sondern nur weit weg. Es würde nie einen anderen Grauen Wolf geben, aber er gehörte ihr nicht, Nakhama hatte Nägel mit Köpfen gemacht, und damit war der Fall erledigt! Vielleicht konnten sie eines Tages ihre Korrespondenz wieder aufnehmen; Héloise und Abélard bis zum Ende, allerdings ohne Abélards unglückselige Behinderung.

«Noch ein Bier?»

«Aber sicher.»

Sie fühlte, wie Oberst Hallidays Augen auf ihr ruhten, als sie aufstand und in die Küche ging. Der mauvefarbene Shantung machte ohne Zweifel Furore, der Rock war nicht zu kurz, wie sie befürchtet hatte. Selbst wenn sie neben ihm auf die Couch sank, zeigte sie Bein, aber nicht Knie. Die Beine waren in Ordnung.

«Ich fühle mich zu Hause hier», hörte sie ihn sagen. «Marilyn und ich hatten ein ähnliches Häuschen auf dem Blue Ridge, oberhalb von Front Royal. Gewölbedecke, Wagenradleuchter, Kamin mit Steinplatten, die gleiche Grundidee. Wir haben es verkauft, weil wir es zu selten nutzten. Die Eichhörnchen und Waschbären haben sich dort eingenistet, und einmal waren es auch Hippies. Eine ziemliche Schweinerei. Damals sagte Marilyn, verkauf es, also hab' ich verkauft ... Danke. Was trinken Sie da für einen Wein?»

«Brunello. Möchten Sie auch etwas?»

Er schüttelte den Kopf, lächelte und nahm einen Schluck Bier. «Eiskalt. Großartig. Wir hatten nicht so hübsche Blumen auf dem Blue Ridge. Es war mehr wie im Dschungel.»

«Nun, ich habe die Schulgärtner. Sie sagten, die Deutschen seien immer von Israels Sieg überzeugt gewesen.»

«Ja, aber niemand hatte sich vorgestellt, daß sie es in sechs Tagen schaffen würden. Ihre militärische Einschätzung ähnelte weitgehend unserer. Dreißig Tage.»

«Sie müssen den Israelis sehr gemischte Gefühle entgegenbringen.»

«Die Deutschen? O ja, sehr. Selbst in alltäglichen Unterhaltungen gibt es eine Spur Verlegenheit, einen verqueren Blick in den Augen ...» Halliday trank und verstummte. Emily verspürte keinen Drang, das Gespräch am Laufen zu halten. Das war etwas, was ihr an dem Mann gefiel. Nach einer Weile sagte er: «Ihr israelischer Freund muß sich lausig fühlen, weil er den Krieg verpaßt hat.»

Emily antwortete leichthin und schnell: «Er erfüllt eine wichtige Aufgabe hier.»

«Das ist mir klar. Vielleicht wichtiger als ein Feldkommando. Die Beziehungen zu Washington müssen von zentraler Bedeutung für die Israelis sein. Trotzdem ...» Er zuckte mit den Schultern und trank.

«Ich habe dieses Bedürfnis zu kämpfen nie verstanden. Liegt es daran, daß ich eine Frau bin?»

«Sehen Sie, Emily, man trainiert Jahr um Jahr dafür. Nach der Beförderung wird man für Waffenbeschaffung, Wehrstärke, Militärdoktrin verantwortlich. Man bestimmt über das Leben Tausender junger Männer. Dabei kommt einem alles wie Leerlauf vor, wie Scheinaktivitäten, bis ein Krieg kommt. Dann haben all die vergeudeten Jahre plötzlich einen Sinn. Ich liebe den Krieg nicht, der Krieg ist ein Irrsinn. Doch es wird immer Nationalitätenkonflikte geben. Die Anwendung von Gewalt wird es immer geben. Ich war nie glücklicher als damals, als ich als Kommandant einer Jagdbomberstaffel im Koreakrieg Einsätze flog, der, wie ich wußte, ein besonders abscheulicher Krieg war. So ist das.»

Sie dachte, daß er in seinem braunen Tweedjackett und den grauen Hosen – er hatte in seinem Haus in Oakton einen Zwischenstopp eingelegt, um sich umzuziehen – genauso militärisch aussah wie in Uniform; mit durchgedrücktem Rückgrat, ernst, beeindrukkend. Wenn Zev die Uniform ablegte, dann legte er auch die Armee ab, um in sein warmes, unmilitärisches Selbst zu schlüpfen, er wurde zum Spaßvogel, zum Liebhaber von Musik und Büchern; tatsächlich, wie er selbst manchmal über sich witzelte, einfach zu einem x-beliebigen Wiener Kaffeehausjuden.

«Interessant», sagte sie. «Das verstehe ich. Was übrigens meinen israelischen Freund angeht, Herr Oberst, so war es nie eine große Geschichte, und jetzt ist sie ohnehin zu Ende.»

«Oh?» Nichtssagender Tonfall. «Ist er nach Hause zurückgekehrt?»

«Nein, er ist noch hier. Aber seine Frau und seine Familie sind nachgekommen. Das hat alles geändert.» Sie schenkte sich Wein nach. «Ich kann mich nicht genau erinnern, wieviel ich Ihnen über diese harmlose Geschichte erzählt habe, Herr Oberst –»

«Bud.»

Sie lächelte, aber bis jetzt war sie noch nicht zu Vertraulichkeiten gegenüber diesem Mann bereit. «Na gut. Jedenfalls hat Jack Smith mich bei diesem Klassentreffen-Tanzabend so mit Drinks traktiert, und dann fanden wir beide uns unversehens in dieser Nische wieder –»

«Ich habe wohl damit angefangen, Emily, als ich über Marilyn sprach. Was merkwürdig war, denn das tue ich selten. Es war nicht etwa, weil Sie mich an sie erinnert hätten. Das tun Sie nicht. Sie war so konventionell. Die Nichte eines Generals, eine alteingesessene Familie aus Richmond, die Junior League –»

«Und ich bin eine ganz gewöhnliche Spinnerin.»

Bud Hallidays Lachen war erfrischend: offen, unverfälscht, begleitet von einem beinahe knabenhaften Aufblitzen der Augen.

«Wir können das alles im Red Fox vertiefen. Wie wäre es mit etwas zu essen?»

«Wann Sie wollen, Herr Oberst.»

«Dann wollen wir gehen. Wo ist das Bad?»

Sie zeigte ihm den Weg. «Sie werden sehen. Durch das Schlafzimmer.»

Sie schaltete gerade die Lampen in der Küche aus und stellte den Wein beiseite, als sie den Türklopfer hörte: *tok, tok tok*. Um diese Zeit? Vielleicht war es der Hausmeister, der ein Problem hatte, oder ein Telegramm wegen ihrer Buchung. Irgend etwas. Sie öffnete die Tür, und Abélard trat ein und schloß sie in die Arme. «Queenie! Hast du mich schon für tot gehalten? Hier bin ich.»

«Wolf! Ich – du – es ist so spät – ich dachte, du hättest eine Sitzung –»

«Verschoben. Diese Versammlung wird bis Mitternacht dauern. Es war ein höllischer Verkehr hier heraus. Und jetzt, das Wichtigste zuerst, ich liebe dich. In Ordnung?»

«Schön, aber –», sie versuchte sich freizumachen. «Zev, Liebling, du hältst mich so fest. Bitte –»

«Warum hast du mir nicht gesagt, daß du wegfährst? Stimmt etwas nicht? Bist du mir böse? Queenie, hör auf, dich zu winden wie ein Fisch.» Barak hielt sie mit eiserner Zärtlichkeit umschlungen.

«Zev, hör zu –»

«Verzeihung.» Hinter Emily ertönte Oberst Hallidays Exerzierplatz-Bariton.

Barak gab sie frei, und die drei standen da und starrten einander an. «Oberst Halliday, das ist General Barak. Sie beide sollten sich kennenlernen», zirpte Emily, «sie haben viel gemeinsam.»

«Davon bin ich überzeugt, und zu jedem anderen Zeitpunkt wäre ich entzückt», erwiderte Halliday, «aber wie Sie wissen, wollte ich gerade gehen.»

«Den Teufel werden Sie.» Emily fühlte, wie ihr Selbsterhaltungstrieb die Oberhand gewann. Dieser bierschlürfende Heißsporn der Luftwaffe würde nicht einfach so aus ihrem Leben hinausstapfen! «Setzen Sie sich, Bud. Trinken Sie noch ein Bier.»

Er zog eine buschige Augenbraue hoch, als sie ihn bei seinem Spitznamen nannte. «Oh? Na ja, da sage ich nicht nein.»

«Zev?»

«Warum nicht?»

Sie schoß in die Küche, als wäre es die Luftschleuse in einem sinkenden Schiff. Die beiden Männer setzten sich, Halliday auf die Couch, Barak auf einen aufgepolsterten Sessel, aus dem die Füllung quoll.

«Ich bin Ihnen gegenüber im Vorteil, Herr General», sagte Halliday. «Ich weiß, daß Sie der Militârattaché Ihres Landes sind. Ich komme soeben von meinem Militärposten in Wiesbaden zurück und werde in Kürze ein Luftwaffengeschwader taktischer Kampfflieger nach Vietnam führen.»

«Wiesbaden. Das kenne ich. Ich habe mit den dortigen Militärs beim Kauf und der Weiterentwicklung von M-48-Panzern zusammengearbeitet.»

«Dann sind Sie also bei den Panzern?»

«Das ist meine Waffengattung.»

«War das nicht eine seltsame Erfahrung?»

«Was meinen Sie damit?»

«Daß Sie als Israeli mit der deutschen Armee verhandeln?»

Barak nickte. «Sehr hart.»

«Das glaube ich.»

«Bier, meine Herren.»

Sie schenkte ihnen ein und blickte dabei durch die Hornbrille, die sie aufgesetzt hatte, von einem zum anderen. Erleichtert stellte sie fest, daß sie sich nicht wie Kilkenny-Katzen gegenseitig aufgefressen hatten. Emily stand die Situation wie mit Scheuklappen durch, sie war durcheinander, aber zugleich in einer seltsamen Hochstimmung. Sie hatte sich in eine peinliche Lage zwischen zwei prachtvollen Männern manövriert, die beide Gefallen an ihr fanden. Einer Schulmamsell jenseits der Dreißig konnte wahrlich Schlimmeres widerfahren.

Halliday erhob sein Glas. «Auf den großartigen Kampf Ihres Landes, Herr General. Der Luftangriff war klasse. Wir werden ihn genau studieren. Das werden auf Jahre hinaus alle Luftwaffen tun.»

«Danke. Wir waren zum zweitenmal in diesem Jahrhundert von der Auslöschung bedroht. Aber dieses Mal waren wir fähig, uns selbst zu verteidigen.»

«Sie waren von Ihrer Auslöschung bedroht?» Halliday wechselte zum sachlichen Tonfall einer Kriegsakademie. «Das entspricht nicht unserer Einschätzung in Wiesbaden.»

«Immerhin hatten unsere Feinde das als ihr erklärtes Kriegsziel verkündet. Unser Volk glaubte daran und verbrachte eine schwere Zeit. Freilich stimmt es, daß die Armee immer überzeugt war, daß sie das Land beschützen könnte. Und das tat sie auch.»

«Das tat sie, und zwar brillant. Die Frage ist, wie lange können Sie so langgezogene Grenzlinien halten?»

«Gegen unsere Feinde unendlich lange, bis sie Frieden schließen. Gegen die Sowjetunion ist es ein Problem.» Barak blickte dem Luftwaffenmann direkt in die Augen. «Wir haben 1956 einen Krieg gewonnen, wie Sie wissen. Aber die Russen drohten, Eisenhower und Dulles bedrängten uns, und uns blieb keine Wahl. Wir mußten alles aufgeben, was wir errungen hatten. Ich kann nicht vorhersagen, was Präsident Johnson tun wird. Können Sie es?»

«Er wird gemäß unseren nationalen Interessen handeln.»

«Und die sehen augenblicklich wie aus?»

«Nun, es gibt einen zunehmenden Trend zur Weltrevolution, General Barak, und man könnte argumentieren, daß Ihr Land, das den Sowjets einen derartigen Rückschlag beigebracht hat, der Junge ist, der seinen Finger in das Loch im Deich legte.» Halliday leerte sein Glas. «Falls das zutrifft, könnte Präsident Johnson anders reagieren als Eisenhower und Dulles. Danke für das Bier, Emily.» Er erhob sich. «Herr General, unserem Protokoll gemäß verläßt der ranghöchste Offizier eine Kompanie als erster. Sie stehen über mir, ich muß Sie also um Nachsicht bitten.»

Es war die erste Spur von Humor oder zumindest Ironie, die Emily an Bradford Halliday entdeckte. Er sprach in förmlichem Tonfall, aber seine Augen in dem regungslosen Gesicht blinzelten.

«Wir sind ein junges Land.» Barak erhob sich gleichfalls. «Und wir legen keinen großen Wert auf das Protokoll.»

«Sie sind sehr entgegenkommend. Einen guten Abend noch.»

Emily begleitete ihn hinaus und kehrte kurz darauf mit finsterem Gesicht zurück. «Wolf, warum zum Teufel bist du zwei Stunden zu spät aufgekreuzt? Du verdammter, rücksichtsloser – *Israeli*, du!»

«Das ist eine sehr hübsche Aufmachung.» Barak blieb ungerührt und ging auch auf ihre Flunkerei mit dem Abendessen mit Fiona nicht ein. Eine ganz alltägliche Taktik bei Frauen, die ihn nicht sonderlich überraschte.

Ihre Stimme wurde sanfter. «Ach, gefällt es dir?»

«Hör zu, Queenie, ich fliege morgen früh ab. Ich wollte dich noch einmal sehen und dich fragen, warum du, ohne mir ein Wort zu sagen, eine Weltreise unternimmst?»

Emily wurde rot, wandte den Blick ab, schüttelte dann den Kopf. «Ich habe dir einen Brief geschrieben. Er ist noch da. Willst du ihn sehen?»

«Erzähl mir einfach, was drinsteht.»

«Trink einen Schluck Brunello.»

«Schön.» Emily saß eine ganze Weile schweigend mit untergeschlagenen Beinen auf der Couch vor ihrem Weinglas. «Hör zu, Süßer, es läuft auf folgendes hinaus. Ich kann eine Geliebte sein, aber keine Konkubine. Nakhama *weiß* Bescheid. Sie hat sehr tolerant und relativ unverhüllt angedeutet, daß es in Ordnung ist, daß ich so weitermachen kann. Das finde ich unerträglich.»

«Sie kann nichts wissen. Sie kann dir das unmöglich gesagt haben. Das ist eine Ausgeburt deiner Phantasie.»

«Mach mich nicht wütend! Du hast unser Gespräch im Piraeus nicht gehört, Zev, während du eine Ewigkeit lang telefoniert hast. Sie *weiß* Bescheid. Du bist derjenige, der begriffsstutzig ist. Ich glaube nicht, daß du deine eigene Frau verstehst oder Frauen im allgemeinen. Du hast einfach zuviel Charme, und wir haben es dir alle zu leicht gemacht.»

«Hast du einen guten Brief geschrieben?»

«Nicht besonders, aber besser als das, was ich jetzt von mir gebe. Hör jetzt zu, können wir uns wieder schreiben? Wie könnte Nakhama sich daran stören? Ich meine, lieber Grauer Wolf, das war immer der beste Teil des Ganzen – gütiger Gott, wie der Mann zusammenzuckt!»

«Ich bin nicht zusammengezuckt.»

«O doch, als ob ich dich mit einer Hutnadel gestochen hätte. Das männliche Ego. Gott, wie lächerlich. Mein Lieber, ich muß allerhand packen, also teile ich dir jetzt meine Reiseroute mit. Ich werde dir schreiben, und du schreibst mir voraus, wohin ich auch kommen werde. Das würde mich sehr freuen.»

«Dieser Oberst Halliday scheint ein echter Mann zu sein.»

«Nun, es ist nicht leicht, aus ihm schlau zu werden.»

«Jahrelang habe ich dich gedrängt zu heiraten, Queenie, das weißt du, und –»

«Zev Barak», rief sie mit erstickter Stimme, «mach, daß du hier rauskommst.»

«In Ordnung, Queenie.» Er warf einen Blick auf das vertraute Zimmer. «Das Brummstübchen wird mir fehlen. Gib mir deine Reiseroute. Und diesen Brief.»

In der von Blumenduft erfüllten Nacht sagte sie mit einem rauhen Flüstern, als sie sich küßten: «Hast du je so viele gottverdammte Leuchtkäfer gesehen?»

«Wir werden uns weiter schreiben, Emily. Das ist sicher. Wenigstens das.»

«Wunderbar. Ab mit dir, Grauer Wolf! Ich will nicht weinen. Richte Nakhama ‹Banzai› von Emily Cunningham aus.»

Die Kardinäle und Eichelhäher, die unentwegt vor ihrem Fenster zwitscherten, weckten Emily am nächsten Morgen. Sie war lange Zeit niedergeschlagen in den frühen Morgenstunden wachgelegen. Zev Barak war weg, sie hatte ihn scheinbar leichthin weggeschickt, um ihren Schmerz zu verbergen. Oberst Halliday hatte sie zweifellos in der Annahme verlassen, sie würden sich in eine leidenschaftliche Gitchi-gitchi-Nacht im Brummstübchen stürzen. Die Luftwaffe konnte sie streichen. Er war ohnehin zu groß für sie. Zu steinig. Ihr Vater liebte sie, wem aber sonst würde es etwas bedeuten, wenn sie auf dieser Reise wie die arme Marilyn Halliday ein schreckliches tropisches Fieber erwischte und binnen fünf Tagen starb? Und so weiter. Emily hatte diese düsteren Dreiuhrnachtsgedanken mit einem ordentlichen Schluck Bourbon vertrieben. Ihr Kopf drehte sich, während sie blinzelnd im Sonnenschein lag und dem Vogelgesang lauschte.

Klingel. Der Graue Wolf, ein letztes Adieu? Ein guter Sportskamerad, Zev, ein echter Schatz. Sie räusperte sich, um ein fröhliches «Hallo?» hervorzubringen.

«Bud Halliday am Apparat. Rufe ich zu früh an?»

«Wie bitte? Nein, nein, nicht im geringsten, Herr Oberst.»

«Emily, ich habe um zwölf Uhr eine Besprechung im Pentagon. Dann fliege ich nach Florida zurück. Wie wäre es mit einem Frühstück im Red Fox? Sagen wir um neun Uhr? Die Brötchen dort sind ausgezeichnet.»

«Brötchen? Nun – wer könnte bei Brötchen schon widerstehen? Einverstanden, Bud.»

«Großartig. Übrigens, Ihr israelischer Freund hat mich beeindruckt.» Emily war sprachlos. Pause. «Wir sehen uns dann um neun Uhr im Red Fox.»

Sie legte auf. Das tropische Fieber konnte sie streichen.

46

Der Jeradi-Paß

KAUM SPRICHT MAN vom Teufel, taucht er auch schon auf. Ist das nicht Don Kischote?» Mosche Dayan blinzelte mit seinem guten Auge zur Tür von Fink's Bar, einem schummrigen Insider-Geheimtip, dessen Wände mit signierten Fotos bekannter Armeeoffiziere und Journalisten tapeziert waren. «Mit Benny Luria und einer amerikanischen Lady?»

«Mosche, diese amerikanische Lady ist Yael Luria», knurrte Pasternak. Er und Zev Barak saßen mit Dayan in einer dunklen Nische, zu der sich aller Augen in der gutbesuchten Bar immer wieder hinwandten.

«Yael? Sieh an, sieh an!» Dayan winkte dem Trio zu. «Sehr elegant, nicht wahr?»

Yael ergriff Benny und Jossi am Ellbogen. «Seht nur, da sitzt Dode Mosche höchstpersönlich, und er will, daß wir uns zu ihm setzen. Was für eine unerwartete Ehre!»

Auf ein Nicken Dayans hin eilte der Barkeeper davon, um weitere Stühle zu holen. «Setzt euch, setzt euch. Was führt euch drei ins Vereinte Jerusalem?» Als er genüßlich diese neue Wortschöpfung der Journalisten benutzte, grenzten sein Verhalten und sein schiefes Lächeln, so dachte Barak, an hochherrschaftliches Gehabe. Das alte jiddische Sprichwort: *Er hat eine neue Haut* paßte ausgezeichnet auf Dayan.

«Yael hat heute Geburtstag», sagte Luria. «Den feiern wir. Wo sonst, wenn nicht in Fink's Bar?»

Dayan tätschelte ihre Hand. «Yael, ich wünsche dir, daß du hundertzwanzig wirst!»

«Danke, Herr Minister.»

«Wie ich höre, hast du es zur Millionärin in Los Angeles gebracht und pflegst Umgang mit allen Filmstars.»

Sie lachte. «Das ist Unsinn. Ich bin nach Hause zurückgekommen, um zu bleiben, Dode Mosche.» Sie berührte die verbundene Stelle auf Kischotes Schläfe. «Und um mich um meinen verrückten Mann und meinen Sohn zu kümmern.»

Dayan wechselte unvermittelt seinen spaßhaften Tonfall. «Kischote, wir sprachen gerade über diesen Artikel in der heutigen *Jerusalem Post*. Er ist idiotisch, achten Sie nicht darauf! Ihr Durchmarsch bis El Arish war brillant.»

«Nun, Sie sind sehr großzügig, Herr Minister. Ich habe immerhin schwere Verluste hinnehmen müssen und saß in der Falle, als der Jeradi Paß abgeschnitten war. Das alles ist nur zu wahr. Und Gorodishs Durchbruch zu mir war eine blutige Angelegenheit.»

«Alles unwichtig.» Mosche Dayans Kopfschütteln verbot jeden Widerspruch. «Als die Ägypter auf dem Sinai hörten, daß unsere Panzer schon am ersten Nachmittag bis El Arish gekommen waren, waren sie wie vom Donner gerührt. Dieser Schock ließ ihre gesamte Front auseinanderbrechen.» Er wandte sich an Barak und ertappte ihn beim Gähnen. «Zev, wurde der Fall von El Arish in Amerika hochgespielt?»

Barak rieb sich mit dem Knöchel die Augen. «Nein, die eigentliche Sensation war der Luftangriff, Herr Minister, sowie er bekannt wurde.»

Benny Lurias weiße Zähne blitzten in einem stolzen Lächeln auf. «Ja, es ist uns gelungen, zuerst Stillschweigen darüber zu bewahren. Teil des Täuschungsmanövers.»

Dayan machte ein Fingerzeichen, und der Barkeeper sprang herbei, um Bestellungen aufzunehmen. «Mein Angriff auf Lod und Ramla 1948 war genau wie Ihr Sturmangriff, Kischote. Improvisiert. Teuer. Ben Gurion nannte ihn sogar einen Dummejungenstreich. Aber er geschah am ersten Tag nach Beendigung der Waffenruhe, und die Moral des Feindes wurde durch diese Blitzattacke zerstört. Er verbreitete Panik und Verwirrung, und davon haben sie sich nie mehr erholt. Ihre Tat war eine außerordentliche Meisterleistung ... Zev, Sie sollten vielleicht schlafen gehen.» Barak gähnte wieder.

«Entschuldigung, Herr Minister. Es geht schon. Der Flug war lang, die Sitzungen auch», sagte Barak.

«Ich habe Zev versprochen, ihn zur Mauer zu bringen», sagte Pasternak. «Deshalb habe ich meinen Fahrer wach gehalten.»

«Zur Mauer? Da komme ich mit», sagte Luria. «Ich war noch nie da.»

«Ich auch», sagte Yael.

Pasternak warf ihr einen kurzen kalten Blick zu. «Keine amerikanischen Schönheiten. In der Altstadt besteht strikte Ausgangssperre und Verdunkelung, und die Patrouillen sind unerbittlich.»

«Ich bring dich hin, Yael», sagte Dayan und musterte sie mit amüsiertem Appetit, «vielleicht morgen.» Der rechteckige Halsausschnitt ihres Leinenkostüms stand etwas ab und ließ die Mulde ihres Busens und ein Stückchen rosafarbene Spitze sehen.

«Das wäre reizend, Onkel Mosche.» Yaels kesser Tonfall grenzte beinahe schon an Schamlosigkeit; eine attraktive Frau, die sich ihrer Ausstrahlung bewußt war und keine Angst vor der Macht hatte.

Das ist eine seltsame Welt, in die ich kaum passe, dachte Barak durch einen Nebel von Müdigkeit. Und doch typisch israelisch! Yaels Mann und Ex-Liebhaber Seite an Seite; an Pasternaks anderer

Seite Yaels Bruder Benny, der Sam noch immer wegen dieser lang zurückliegenden Affäre verabscheute; und Mosche Dayan, der sie alle herumkommandierte. Jedermann in Fink's Bar starrte verstohlen zu diesem Tisch voller Stars: der Verteidigungsminister, der umstrittene Don Kischote, der von Gerüchten umrankte Mossad-Chef, der Kommandant des Luftangriffs und eine glamouröse amerikanische Lady. Dazu noch er selbst, ein nicht genauer bekannter, obskurer General, ein Militärattaché oder dergleichen.

Dayans rundes Gesicht mit der schwarzen Klappe nahm einen geschäftsmäßigen Ausdruck an. «Warst du in Amerika, Yael, als Abba Eban seine Rede im Sicherheitsrat hielt?»

«Nein, ich habe das erste Flugzeug genommen, das ich erwischen konnte, als der Krieg ausbrach. Aber meine Freunde in Kalifornien haben mir am Telefon davon erzählt. Er war umwerfend. Hat große Schlagzeilen gemacht.»

Barak wußte, daß das nicht das war, was Dayan hören wollte. Eban sollte erneut nach New York geschickt werden, dieses Mal, um eine Rede vor der Generalversammlung zu halten. Kossygin sollte die sowjetische Delegation anführen, und Dayan wollte Eban als Kossygins Gegenspieler begleiten. Doch der Außenminister schreckte davor zurück, was Barak gut verstehen konnte. Selbst während Ebans Rede, wie gut auch immer diese sein mochte, würde der berühmte General mit der Augenklappe ihn vollkommen in den Schatten stellen. Aller Augen im Versammlungssaal und alle Fernsehkameras wären auf Mosche Dayan gerichtet.

«Nun, ich habe auch Gutes über diese Rede gehört, und ich habe sie gelesen. Sehr hochgestochen. Mündlich vorgetragen klingt sie natürlich anders», sagte Dayan. «Trotzdem frage ich mich, wie ein Oxford-Dozent sich dem großen Vorsitzenden Kossygin gegenüber behaupten kann.»

«Vielleicht ist das gar nicht schlecht», versetzte Yael. «Das erhält das Underdog-Image aufrecht, was nach diesem großartigen Sieg nicht leicht ist, Onkel Mosche.»

Barak und Pasternak tauschten einen schnellen Blick aus, kaum mehr als ein Augenflackern. Das gleiche schlichte Argument war unter anderem auch in der Sitzung der wichtigsten Kabinettsmitglieder vorgebracht worden. Eshkol hatte Schweigen bewahrt, und die Entscheidung war noch offen.

«Ein gutes Argument, Yael», sagte Dayan achselzuckend. «Wir werden sehen. Wie dem auch sei, die Generalversammlung verfügt über keinerlei Machtbefugnisse, sie ist ein reiner Debattierklub, also ist ein guter Debattierer vielleicht alles, was vonnöten ist.»

Yael antwortete mit der für sie typischen Vorwitzigkeit: «Immerhin war es eine Resolution der Generalversammlung, durch die Israel geschaffen wurde.»

«Es ist Dummheit, so etwas zu sagen, sag das nie wieder!» Dayans Tonfall wurde eisig. «*Wir* haben Israel geschaffen.»

Sie steckte die Zurechtweisung mit einem gekünstelten Lächeln zu den anderen ein, doch sie war tief getroffen. Pasternak mißfiel die Art, wie Dayan Yael über den Mund gefahren war – er war ein Gigant, sie war eine Frau –, und er fragte sich, warum ihr Mann, der bleich und stumm danebensaß, nichts zu ihrer Verteidigung unternahm. Jossi Nitzan war nicht wiederzuerkennen; vielleicht lag es an der Verletzung, vielleicht an den Zeitungsangriffen. Es war Zev Barak, der schließlich den Mund aufmachte. «Herr Minister, eine Resolution der Generalversammlung, die sich mit Zweidrittelmehrheit gegen uns ausspricht, würde eine sehr schlimme Wendung der Dinge bedeuten.»

Dayan machte eine wegwischende Handbewegung. «Wenn Sie gestatten, möchte ich jetzt mit Sam zur Mauer gehen, solange ich noch die Augen offenhalten kann.»

«Tun Sie das, Zev», sagte Dayan in weitaus umgänglicherem Ton. «Und hören Sie, Sie haben Außergewöhnliches in Washington geleistet. Sie sind soviel wert wie zwei Brigaden im Feld.»

«Sie übertreiben, Herr Minister, aber vielen Dank.»

Pasternak, Luria und Barak erhoben sich. «Ach, fahr nur mit, fahr mit ihnen, Jossi!» rief Yael aus. «Ich sehe, daß du sie für dein Leben gerne begleiten würdest. Ich komme schon allein nach Tel Aviv zurück.»

«Kein Problem», sagte Dayan, «ich nehme dich mit.»

Die vier Offiziere brachen auf. «Trink noch ein Glas mit mir, Yael, dann gehen wir», sagte Dayan. Sie tranken beide Tempo.

«Danke, gern», sagte sie mit einem erleichterten kessen Lächeln.

«Du gibst also wirklich das goldene Los Angeles auf? Warum?»

«Weil du den Juden eine sichere Heimat erobert hast, Onkel Mosche, und ich darin leben möchte.»

Damit schlug sie die richtige Saite zwischen ihnen an. Er lächelte sie väterlich und bewundernd zugleich an und bestellte Wein. «Jedenfalls ist Kalifornien dir gut bekommen, Yael. Ich erinnere mich noch, wie du als kleines Mädchen mit verschmiertem Gesicht im Moschav herumgelaufen bist. Du bist eine schöne Frau.»

«Das ist zu freundlich. Ich habe mich jeden Tag, den ich dort war, hierher zurückgesehnt. Und mein Sohn hielt es am Ende nicht mehr aus.»

Bis der Wein kam, beantwortete sie seine Fragen über ihr Modegeschäft, welches sie zu verkaufen beabsichtigte. «Nun, es ist zwecklos, auf dich zu trinken, Onkel Mosche. Du bist der Star der ganzen Welt.»

Dayan hob sein Glas. «Trinken wir auf deinen Don Kischote. Paß auf ihn auf, Yael. Er hat eine große Zukunft.»

Die gewundene Gasse vor Fink's Bar war voller Soldaten auf Urlaub, die mit ihren Mädchen oder in Grüppchen spazierengingen, eine junge Menschenmenge, die fröhlichen Lärm machte. Barak kannte diese Fröhlichkeit nach einem Krieg, wenn die toten Freunde am Herzen fraßen. Er liebte diese grünuniformierten Jungen, fühlte ihre Trauer um die Gefallenen und teilte ihre Freude über das eigene Überleben und die Beendigung des Krieges – fürs erste. Dieses Mal hatte er alles verpaßt. *Zeh mah she'yaish!*

«Wo steckt dein Fahrer?» fragte er Pasternak.

«Vor Goldenbergs Lokal.»

Benny sagte zu Kischote: «Das war ja eine richtige Belobigung, was Dayan zu dir sagte.»

«Er war zu grob mit Yael», sagte Pasternak.

«Ha! Yael kann für sich selbst sorgen», versetzte Kischote, «Mosche Dayan gegenüber oder wem auch immer.»

«Sie war zu vorlaut», sagte Luria, «das sieht meiner Schwester ähnlich.»

«Wieso zu vorlaut? Sie hat recht», schnappte Pasternak. Die vier Führungsoffiziere schritten, unbeachtet von den ausgelassenen Soldaten, voran. «Dayan vor der Generalversammlung, das wäre wie Samson unter den Philistern. Sie hätten größte Lust, ihn mit ihrer Stimme zu töten.»

«Und Eban?» fragte Luria.

Kischote sagte: «Das Lamm, das die Wölfe verjagte.»

Der Flieger lachte. «Nicht schlecht.»

«Er ist ein meisterhafter Redner», sagte Barak. «Eshkol wird ihn ohne Dayan schicken. Das ist meine Vermutung.»

Pasternak sagte: «Meine auch. Da ist mein Wagen. Komisch, im Goldenberg ist noch Licht.»

«Die Leute feiern», erwiderte Luria, «selbst die, die koscher leben.»

Späte Essensgäste verließen das Lokal, und Kischote erkannte Schaijna unter ihnen; unverkennbar Schaijna, auch wenn sie sehr auffallend in mit Spitzen besetzten blauen Satin gekleidet war und ihre Haare hochgesteckt hatte, als käme sie direkt aus einem Schönheitssalon. Ohne nachzudenken schoß er auf sie zu und packte ihre Hand. «Schaijna!» Hinter ihr tauchte der Kanadier in Begleitung eines grauhaarigen Mannes und einer sehr stämmigen Frau auf. Beide Männer trugen Filzhüte.

Schaijna stand mit offenem Mund da. «Jossi, bei deinem Leben! Spring mich nicht an wie ein Leopard oder ähnliches!» Sie starrte ihn mit runden und besorgten Augen an. «Geht es dir gut? Verheilen deine Verletzungen gut? Jossi, du siehst so bleich aus.»

«Hallo, Herr Oberst», sagte der Kanadier. «Mama, Papa, das hier ist einer unserer großen Kriegshelden, Don Kischote. Ich habe euch den Zeitungsartikel über ihn gezeigt. Oberst Nitzan, darf ich Ihnen meine Eltern aus Toronto vorstellen, Mr. und Mrs. Rubinstein.»

Die alten Leute lächelten und sahen ihn an. Der Vater streckte ihm die Hand entgegen und sagte mit jiddischem Akzent: «Arthur Rubinstein, aber ich spiele nicht Klavier.» Er kicherte über seinen eigenen Standardscherz. «Sie sind also der gefeierte Don Kischote! Ich hatte nicht damit gerechnet, Sie kennenzulernen, Sir.»

Einige Meter von ihnen entfernt stiegen die Offiziere in Pasternaks Auto. Luria rief: «Kischote! *Zuz!* [Los!]»

«Schaijna, wir warten am Taxistand auf dich», sagte der Kanadier. Er nahm seine Eltern am Arm und ging davon.

«Was soll das bedeuten?» fragte Jossi.

«Was soll was bedeuten? Gute Nacht, Jossi.» Sie machte keine Bewegung.

«Bist du verlobt? Bist du verheiratet? Oder was?»

«Sie sind hergekommen, um mich und meine Mutter kennenzulernen.»

«Dann ist es also ernst.»

«Das geht dich nichts an. Ich fliege nächsten Monat nach Kanada.»

«Schaijna, für immer?»

«Auf Besuch. Glaubst du, ich würde Israel verlassen? Wie geht es Aryeh?»

«Bestens. Er vermißt seine Tante Schaijna.»

«Wo ist Yael?»

«In Fink's Bar mit Mosche Dayan.»

«Es fehlt nicht viel, und ich glaube dir.»

«Genau da ist sie, Hamoodah.» Pasternak lehnte sich aus dem Wagenfenster und machte ihm ein Zeichen. «Sie ist in seinem Moschav aufgewachsen, weißt du.»

«Und sie ist wirklich für immer zurückgekommen?»

«Das sagt sie jedenfalls.»

«Ich wünsche dir Glück, Kischote.» Sie zögerte, trat abrupt auf ihn zu, um ihn auf den Mund zu küssen, und stürzte sich in die Menge, die den Hügel hinabwogte.

«Sha'ar Mandelbaum, Shimon», sagte Pasternak, nachdem Kischote eingestiegen war. Das Mandelbaumtor war der schwer bewachte Grenzübergang, den Diplomaten und spezielle Gäste neunzehn Jahre lang zwischen Israel und dem jordanisch beherrschten Palästina passiert hatten.

«B'seder, Sha'ar Mandelbaum», sagte der junge Fahrer mit einem verschwörerischen Grinsen zu ihm.

«Zev, bei meinem Leben, ist das nicht eine Freude, daß Jerusalem wieder ringsum erleuchtet ist? Diese Verdunkelung war doch grauenhaft!» sagte Pasternak. «Granaten, die überall am Himmel explodieren. Suchscheinwerfer, Feuer, Leuchtspurgeschosse. Als wären wir wieder ins Jahr 1948 zurückversetzt. Dabei waren es nur sechs Tage anstatt sieben Monate, und wir sind ohne Wassertankwagen ausgekommen.»

«Und das Ergebnis sieht anders aus», fügte Luria hinzu.

«Als mein Flugzeug heute abend landete», sagte Barak, «ging die Sonne gerade unter, und Tel Aviv erstrahlte schon wie ein Vergnügungspark.»

«‹*Wahrlich, das Licht ist süß*›», zitierte Pasternak aus der Heiligen Schrift. «Nach einer Verdunkelung begreift man das.»

Nachdem der Wagen sich durch vertraute, hellerleuchtete Straßen geschlängelt hatte, tauchte er unvermittelt in Dunkelheit, die nur von seinen Scheinwerfern erhellt wurde. Pasternak sagte über die Schulter: «Es geht los. Das Vereinte Jerusalem.»

Barak bemühte sich, im Dunkel etwas zu erkennen. «Aber wo ist das Mandelbaumtor?»

«Was für ein Mandelbaumtor?»

«Es ist weg.»

«Restlos. Jerusalem ist eine Stadt. Es ist weg.»

«Und die Blockhäuser, die Bunker, die Barrikaden?»

«Weg! Weg oder bald weg, überall in Jerusalem.» Pasternak reichte ihnen Pistolen. «Nehmt die. Eine Vorsichtsmaßnahme.»

Der Fahrer schlängelte sich erfahren durch leere, dunkle Straßen mit verschlossenen Fensterläden, bis die Scheinwerfer auf die Mauern der Altstadt fielen. Er bremste. «Wohin jetzt, Sir?» fragte er Pasternak. «Sha'ar Jaffa? Sha'ar Zion?»

«Sha'ar Jaffa.»

Als Zev Barak durch den hohen, alten Torbogen des Jaffators fuhr, das seit 1948 ringsum eingemauert und nur über die Kluft des Niemandslands hinweg sichtbar gewesen war, wurde auch er endlich bis in sein Innerstes vom Gefühl eines gewonnenen Krieges durchdrungen.

Unmittelbar hinter dem Torbogen werden sie durch die Windschutzscheibe vom blendenden Strahl einer Lampe erfaßt, und eine Lautsprecherstimme empfängt den Wagen mit einem schroffen *«Halt!»* Ein Soldat mit Helm und einer Uzi geht in den blauen Lichtschein. «Papiere», sagt er zu dem Fahrer.

«Das hier sind hochrangige Offiziere, zwei Generäle und –»

«Papiere!» Der Ton wird schroffer.

Pasternak beugt sich zum Fahrer vor und reicht dem Soldaten einen Ausweis mit den Worten: «Wir fahren zur Mauer.»

Der Soldat nimmt Haltung an und salutiert. «Ich möchte meinem Zugführer Meldung machen, Sir.»

Bald darauf erscheint ein bärtiger Leutnant im Lichtschein und gibt den Ausweis salutierend zurück. «Wir werden Ihnen Geleitschutz geben, Herr General.»

«Warum? Wir sind bewaffnet.»

«Es herrscht strikte Ausgangssperre, Sir.»

«In Ordnung.»

Ein Jeep mit aufgepflanztem Maschinengewehr und Suchscheinwerfern lotst ihr Auto durch Mauerdurchgänge und niedrige Torbogen. Der Strahl des Suchscheinwerfers fällt auf eine Reihe von Bulldozern, die die Straße zur Klagemauer hinab blockieren. «Von hier aus müssen wir zu Fuß weiter, Sir.»

«Kein Problem.»

Ein Unteroffizier geht ihnen mit der Uzi in der Rechten und einer Taschenlampe in der Linken durch enge schwarze Sträßchen zwischen alten arabischen Häusern voraus. Über der Altstadt liegt eine unheimliche Stille. Lange Zeit spricht keiner ein Wort, jeder ist in seine eigenen Gedanken versunken.

Don Kischote geht der kurze letzte Blick auf Schaijna Matisdorf nicht aus dem Sinn, wie sie in ihrem blauen Satinkleid den Gehsteig der Jaffa Road hinabeilt, vielleicht das letzte Mal, daß sie ihm unter die Augen kommt; denn wer weiß, ob sie aus Kanada zurückkehren wird, wenn sie erst einmal Geschmack am Wohlstandsleben in Nordamerika gefunden hat? Pasternak trägt das Bild Yaels in Fink's Bar mit sich, elegant wie eine Filmkönigin, mit sichtbarem Busenansatz und aufblitzender Unterwäsche, die ihn ignoriert und Mosche

Dayan schöntut. Und Zev Barak, der beinahe halluziniert, schießen unzusammenhängende Erinnerungen durch den Kopf, Queenie im Brummstübchen, Queenie in der Dunkelheit zwischen vorbeifliegenden Leuchtkäfern, die Lilien, die Rosen ...

Einzig Benny Lurias Gedanken sind professionell und triumphierend. Benny denkt, aus tiefster Seele stolz, daß sie nur deshalb jetzt zur Klagemauer gehen, weil die Luftwaffe den Krieg innerhalb von drei Stunden gewonnen hat, oder, falls die Wahrheit ans Licht käme, in den sieben Minuten des ersten Angriffs seiner Staffel. So jedenfalls sieht der Sechstagekrieg aus seiner Froschperspektive aus, und so wird es immer bleiben.

Barak durchbricht das Schweigen mit einer Bewegung zu den verrammelten arabischen Häusern. «Diese Menschen sind eine Tragödie.»

«Warum?» fragt Benny.

«Weil ihrem bisherigen Leben ein Ende gemacht wurde.»

«Ich kann dir nicht ganz folgen. Sie müssen akzeptieren, daß wir für immer zurückgekehrt sind, das ist alles», sagt der Flieger. «Danach können wir friedlich zusammenleben, und sie können von allen Vorzügen profitieren, die der Status eines Israeli mit sich bringt. Wo sonst könnten Araber je so gut leben wie hier?»

«Du träumst», sagt Pasternak.

«Das tue ich nicht. Die Araber haben verloren. Das steht unwiderruflich fest», entgegnet der Flieger. «Mit den Arabern im Land kommen wir früher oder später zurecht. Und gegen die anderen arabischen Länder können wir ewig bestehen.»

«Die Araber haben nicht verloren», läßt Kischote sich vernehmen. «Wir haben es nur über den Jeradi-Paß geschafft.»

Ihre Schritte hallen wider, während sie ausgetretene alte Steinstufen hinabstapfen. Nach einer Weile sagt Barak: «Wenn er so viel begreift, Sam, dann wollen wir einen Ramatkhal aus ihm machen.»

«Unbedingt.»

«Sam, ich meine es ernst.»

«Glaubst du etwa, ich nicht?»

«Gott bewahre», sagt Jossi. «Ich, der Ramatkhal? Wozu? Damit die *Jerusalem Post* mich vier Jahre lang einen Hanswurst schimpfen kann?»

«Don Kischote als Israels Generalstabschef», sagt Pasternak. «Das paßt. Das ist stimmig.»

«Jetzt träumt ihr», sagt Benny Luria. «Ein Außenseiter wie Jossi? Nur weil Dayan ihm heute abend auf die Schulter geklopft hat? Das könnt ihr vergessen.»

«Möglich ist es», sagt Barak.

«Da ist die Mauer», sagt der Leutnant.

Der Strahl der Taschenlampe fällt auf die riesigen Steinquader aus Herodes' Zeit hinter unzähligen Bulldozern, die in einem langen Durchgang inmitten von Schutthaufen stehen. Zwei Soldaten patrouillieren in dem Durchgang, an einem Ende steht hinter den Bulldozern ein bewaffneter Jeep. Im flackernden Mondschein unter den dahinjagenden Wolken ist die Mauer, abgesehen von einem Grüppchen schwarzgekleideter Orthodoxer, die sich im Gebet wiegen, beinahe verlassen. Abseits von ihnen lehnt ein plumper kleiner Mann in Hemdsärmeln und mit Filzhut seine Stirn an die Steine.

«Was geht hier vor sich, Sam?» Barak zeigt auf die Bulldozer.

«Sie machen einen Platz frei, damit die Mauer Luft bekommt und Juden zu Tausenden zum Beten kommen können und nicht nur ein paar wenige auf einmal.»

«Das wird man uns in der UNO um die Ohren schlagen.»

«Es wird passiert sein, bevor die UNO den Mund aufmachen kann.»

Der hemdsärmelige Mann entfernt sich gebeugten Hauptes von der Mauer, steigt in einen Jeep und fährt davon. Das Mondlicht fällt auf weiße Haarsträhnen und eine Glatze.

«Bei Gott, der Alte», sagt Pasternak mit gedämpfter Stimme.

Der Jeep entschwindet in der Dunkelheit. *Eine Generation geht, die nächste kommt*, denkt Barak. Vor zwei Wochen noch riefen die Leute nach B. G.s Rückkehr als Premierminister. Heute ist er eine schwindende Gestalt aus der Vergangenheit, verloren im Schatten Mosche Dayans. «Ich kenne ihn mein ganzes Leben lang», sagt er, «und erst einmal zuvor habe ich ihn mit so einem Hut gesehen, beim Begräbnis Chaim Weizmanns.»

Keiner von ihnen spricht, und nach einer Weile sagt Barak: «Ich gehe auf den Tempelberg.»

Der Leutnant sagt: «Sir –»

«Ist schon in Ordnung, Herr Leutnant. Ich erinnere mich gut an den Weg. Ich hätte diesen Weg während des Krieges gehen sollen, aber wie das Leben so spielt, ist es nicht dazu gekommen. Ich bin nicht lange weg.»

Etwas in seiner Stimme veranlaßt Pasternak, den Leutnant zurückzuhalten. Barak erklimmt die alte Steintreppe zum Gipfel. Die beiden Moscheen ragen nah und riesig vor seinen Augen auf. Nur wenige israelische Soldaten gehen auf dem breiten, leeren Platz auf und ab, und eine kühle Brise trägt den Duft frischen Heus zu ihm. Nun steht er also hier, hier, wo die Priester der zwei zerstörten Tempel Gott dem Herrn tausend Jahre lang dienten, und hier, wo der Felsendom sich wie schon seit dreizehnhundert Jahren über dem sagenhaften Platz erhebt, an dem Abraham Isaak opferte. *Har Ha'bayit b'yadenu?* Oder hat Don Kischote recht, haben wir es nur über den Jeradi-Paß geschafft? Solcherlei Gedanken gehen Zev Barak, geboren Wolfgang Berkowitz, durch den Kopf, während er endlich den heiligen Boden betritt, den zu erobern ihm nicht beschieden war.

Historische Anmerkungen

Die Geschichte ist zu Ende. Der Vorhang ist gefallen. Wenn man einen Roman über Israel schreibt, sind der historischen Wahrheit gewisse Grenzen gesetzt. Auch fünfundvierzig Jahre später liegt über dem Geschehen noch der Schlachtennebel. Seriöse arabische Quellen in englischer Übersetzung sind immer noch selten. Im Vergleich dazu gibt es israelisches Material in Hülle und Fülle, besonders auf hebräisch, das ich in Schrift und Sprache beherrsche. Doch die Ereignisse sind noch zu frisch, zu unverarbeitet, als daß die Betroffenen, ob Araber oder Israelis, oder selbst Historiker kühlen Kopf dabei bewahren könnten. Die Geschichte, die in *Das Land der Hoffnung* erzählt wird, resultiert aus sorgfältigen Quellenvergleichen, dem Abwägen von Möglichkeiten und aus Interviews mit Personen, die in diese Geschehnisse verwickelt waren und deren Ansichten hinsichtlich dessen, «was wirklich passierte», oft weit auseinandergehen.

In der neunten Auflage von Webster's Dictionary wird künstlerische Freiheit definiert als «Abweichung von den Tatsachen ... die ein Künstler oder Schriftsteller zur Steigerung der Wirkung vornimmt». In einem historischen Roman nehmen erfundene Figuren oft Ämter oder Posten ein, die zur Zeit der Geschichte reale Personen innehatten, welche nicht die geringste Ähnlichkeit mit ihnen aufweisen. Nicht anders ist es in *Das Land der Hoffnung*, doch ich bin sicher, daß die so ersetzten Israelis zu dem Schluß kommen werden, ich hätte von meiner schriftstellerischen Freiheit verantwortungsbewußten Gebrauch gemacht. Abgesehen von Persönlichkeiten, die jeder geschichtsbewußte Israeli erkennt – David Ben Gurion, Yigael Yadin, Yigael Allon, Mosche Dayan –, erkläre ich, daß in dieser Geschichte keine Porträts real existierender Personen gezeichnet werden und daß jedes Rätselraten um die «wahre» Identität imaginärer Figuren bloße Unterhaltungsspielerei ist.

Für die Israelis bilden der Unabhängigkeitskrieg, der Suezkrieg und der Sechstagekrieg jeder für sich eine Heldensaga; doch war ich der Ansicht, daß diese drei Kriege zu einer einzigen, schwungvollen Geschichte von nicht übermäßiger Länge verschmelzen müßten, damit ein lebendiges Bild von Israels Überlebenskampf entstehen konnte. Das vordringlichste Gebot hieß also für mich, zusammenzufassen, zu vereinfachen, zu erklären und, was am schwierigsten war, wegzulassen. Israelischen Lesern wird dies naturgemäß weit mehr auffallen als dem normalen Romanleser.

Beim Talmud-Studium stößt man immer wieder auf zwei Sätze: *shanuy b'makhloket*, «noch umstritten», und *tsorikh iyyun*, «bedarf noch weiterer Untersuchung». Die meisten Schlüsselereignisse in *Das Land der Hoffnung* fallen unter die eine oder andere Kategorie. Es folgen nun einige wenige Anmerkungen für die Leser, die Fakt und Fiktion in *Das Land der Hoffnung* unterscheiden möchten.

ERSTER TEIL: DER UNABHÄNGIGKEITSKRIEG

Die Schlacht um Latrun, die «Burmastraße» und die Geschichte von Oberst David «Mickey» Marcus sind sämtlich historische Wahrheiten, aber schon hier tauchen die ersten fiktiven Personen auf.

Oberst Shamirs rechte Hand war nicht der imaginäre Sam Pasternak, sondern Oberst Chaim Herzog, der zuerst General wurde, dann ein populärer Historiker, dann Israels Vertreter vor der UNO; vor kurzem hat er in zwei Amtsperioden als israelischer Präsident Hervorragendes geleistet. Das verwegene Phantom Pasternak hat selbstverständlich nicht die geringste Ähnlichkeit mit dem berühmten Chaim Herzog. Pasternak wird ausschließlich zur Belebung der Story in die Geschichte eingeführt.

Die Schilderung der Burmastraße wurde in dieser Version stark vereinfacht. Herzog, Shamir und der Kommandeur der Harel-Brigade, Amos Horev, waren die Hauptaktivisten beim Bau dieser Straße, die Jerusalem entsetzte und rettete. Die Zeitungsberichte der aufgeregten Auslandskorrespondenten, die den Konvoi begleiteten, sind dem Sinn nach wiedergegeben. Marcus' Tod und die Überführung seiner sterblichen Überreste, eskortiert von Mosche Dayan, nach Amerika, wo er mit militärischen Ehren beigesetzt wurde, das alles ist so geschehen. Auch das Chartern einer Pferdetransportermaschine entspricht der Realität.

Die *Altalena*-Episode wird in der israelischen Öffentlichkeit so erbittert und kontrovers diskutiert wie am ersten Tag. Nachdem ich die darüber vorhandenen Berichte durchgesehen hatte, habe ich sie in aller Klarheit, die mir möglich war, knapp geschildert. Ein israelischer Berater warnte mich: «Die Altalena ist ein Minenfeld. Warum lassen Sie sie nicht weg?» Aber nichts ist so bezeichnend für israelisches Leben und israelische Politik wie die Altalena-Affäre; in ihr wird die andere Seite der Münze in den wirren, wenn auch heldenhaften Anfängen dieser Nation sichtbar.

Mosche Dayans Sturm auf Lod und Ramla und die Episode vom schrecklichen Tiger ereigneten sich, wie ich sie beschreibe, wenn auch der Tiger natürlich von fiktiven Personen gelenkt wurde.

Die römische Straße in den Negev und ihre Benutzung durch das Kommandobataillon bei General Allons Angriff auf El Arish sind real. Als der Unabhängigkeitskrieg sich seinem Ende näherte, schossen Ezer Weizman, heute Präsident Israels, und andere Piloten fünf Kampfflieger der Royal Air Force ab, die von Ägypten aus in israelischen Luftraum eindrangen. Der Zwischenfall führte wie beschrieben zu einer Kriegsdrohung der britischen Regierung.

ZWEITER TEIL: SUEZ

Die farcenhaften Liebesszenen in Paris bilden das Gegenstück zur politischen Farce des Suezkriegs, die dort auf Ministerebene ausgesponnen wird. Diese grotesken diplomatischen Intrigen sind wirklich genau so in Szene gesetzt worden, das ist der einzige Grund, sie zu glauben. Der Roman hält sich dabei eng an die verfügbaren Aufzeichnungen.

Die Schlacht am Mitla-Paß ist ein bemerkenswertes Ereignis, das «noch umstritten» ist. Diese Version entstand aus dem Vergleich mehrerer Quellen. Der heroischen Jeepfahrt Kan-Drors, um das feindliche Feuer auf sich zu ziehen, liegt eine wahre Begebenheit zugrunde.

Es wurden in der Tat Landungsschiffe über Land von Haifa nach Eilat tranportiert, die Yaffes Brigade auf ihrem Marsch nach Sharm el-Sheikh mit Nachschub versorgen sollten. Gebäude entlang der Gleisstrecke mußten abgerissen werden, aber der Vorfall mit dem russischen Milchbauern ist reine Erfindung.

Mit dem Wettrennen zwischen Raful Eitan und Avraham Yoffe nach Sharm el-Sheikh endete für die Israelis de facto der Suezkrieg.

Eine Fußnote noch: Die wechselnden Codenamen der britischen und französischen Landemanöver – OMELETT, MUSKETIER, TELESKOP – wurden wirklich benutzt. Dieses zum Scheitern verurteilte Szenario hatte vom ersten bis zum letzten Augenblick einen Anstrich von schlechter Komödie.

DRITTER TEIL: MISSIONEN NACH AMERIKA

Die Idi-Amin-Episode kommt aus dem Reich der Legende. Zwar wurde er tatsächlich in Israel zum Fallschirmspringer ausgebildet und trug als Ugandas Diktator voll Stolz das silberne Abzeichen. Aus naheliegenden Gründen weisen offizielle israelische Quellen die Geschichte, daß der Sprung nur vorgetäuscht war, von sich. Ich bin sicher, daß der Leser sie unterhaltsam und vorstellbar findet, auch wenn sie historisch wertlos ist.

Das langwährende Bemühen Israels um Kampfpanzer als Gegengewicht gegen die Massen sowjetischer Panzer, mit denen die arabischen Armeen aufgerüstet wurden, ist eine historische Wahrheit. Präsident Kennedys Zusicherungen Golda Meir gegenüber, die wörtlich im Roman zitiert werden, sind historisch dokumentiert; und der Tod Präsident Kennedys ereignete sich in der Tat in einem entscheidenden Stadium von Rabins Mission in Washington.

VIERTER TEIL: DER SECHSTAGEKRIEG

Der Wasserkrieg fand statt wie beschrieben.

Die Schilderung des Sechstagekriegs basiert auf den besten militärischen und politischen Quellen und dürfte vertrauenswürdig sein. Dwight D. Eisenhowers mündliche Botschaft an Lyndon B. Johnson ist eine Tatsache. Der Mokade-Luftangriff, der Panzersturm auf El Arish, der Einmarsch in die Altstadt Jerusalems und die Eroberung der Golanhöhen trugen sich zu wie beschrieben. Die Diskussion in den Vereinten Nationen, in der das politische Resultat des Kriegs entscheidend bestimmt wurde, wird mit der spannungsgeladenen Dramatik wiedergegeben, die damals wirklich herrschte.

Zusammenfassend möchte ich sagen, daß *Das Land der Hoffnung*, welche fiktiven Freiheiten ich mir auch herausgenommen haben mag, um die Phantome meiner Erfindung mit den realen Ereignissen zu verweben, dennoch den Anspruch erhebt, eine ehrliche Erzählung von Israels früher Geschichte zu sein, so wahrheitsgemäß und zuverlässig, wie Nachforschungen es erlauben. Ob die Erzählung an sich gefällt, können nur die Leser entscheiden.

DER ANDERE TYP

Eine abschließende Bemerkung noch. Im leidenschaftslosen Jargon der Militärstrategen und -manöver wird der Feind üblicherweise farbig gekennzeichnet, je nachdem rot, orange oder blau. General Eisenhower pflegte als Oberkommandierender der westlichen Alliierten während des Zweiten Weltkriegs den Feind mit dem neutralen Ausdruck «der andere Typ» zu bezeichnen. In *Das Land der Hoffnung* ist der andere Typ selbstredend die arabische Welt.

Dieses Buch hat sich das künstlerische Ziel gesetzt, den Leser in die aufregenden frühen Jahre israelischen Lebens eintauchen zu lassen.

Der andere Typ ist nur verschwommen hinter einer dichten Nebelwand aus gegenseitiger Feindseligkeit und Verzerrung wahrnehmbar, die durch den Staub und Qualm von Kriegen, terroristischen Überfällen und grausamen Schmerzen, die beide Seiten einander zufügten, noch undurchsichtiger wird. Wie mein Vater bin auch ich zeit meines Lebens Zionist gewesen, und dennoch verbürge ich mich meinen Lesern gegenüber, daß in *Das Land der Hoffnung* kein Versuch unternommen wird, die andere Seite zu karikieren, zu verzerren oder zu diffamieren. Ich habe mich ganz im Gegenteil sehr darum bemüht, *daß keinem arabischen Führer ein Wort in den Mund gelegt wird, das nicht direkt einem historischen Dokument oder einem damaligen Zeitungsbericht entspringt*, auch wenn ich mir bei der Improvisation von Gesprächen und Reden israelischer Führer große Freiheiten herausgenommen habe.

Mehr noch, ich war der Überzeugung, daß ich wesentlich zum Gelingen des Unternehmens beitragen könnte, indem ich soviel wie möglich über den anderen Typ in Erfahrung brachte. Ich habe die Hoffnung, Arabisch zu lernen, aufgegeben, das meines Wissens eine reiche und brillante Sprache ist; aber ich habe großen Wert darauf gelegt, den ganzen Koran in der von arabischen Gelehrten empfohlenen englischen Übersetzung sowie auch spätere Werke der islamischen Literatur gründlich zu lesen. Ich habe alte wie neue arabische Geschichte studiert.

Besonders viel habe ich den Schriften von Nagib Mahfus zu verdanken, dem großen ägyptischen Nobelpreisträger. Ich habe viele Gespräche mit Experten – israelischen, arabischen und amerikanischen – geführt, und ich glaube die historischen Hintergründe des arabisch-jüdischen Konflikts zu verstehen. Um es in einem Satz zu sagen, sie sind darauf zurückzuführen, daß zwei Nationalismusbewegungen beinahe gleichzeitig auf die Bühne der Geschichte treten.

Ich glaube, in diesem Konflikt aufkeimende Hoffnung zu entdekken. Doch selbst diese Aussage geht schon weit über die Aufgabe eines Romanerzählers hinaus, und ich will es bei *shanuy b'makhloket* belassen. Eines möchte ich noch hinzufügen und damit zum Ende meiner historischen Anmerkungen kommen: Eine Aussöhnung im Nahen Osten kann es nur dann geben, wenn die Zahal, die israelische Verteidigungsstreitmacht, stark bleibt und durch die lange Nacht der Feindseligkeiten hindurch Wache hält bis zur Dämmerung von Gottes Frieden. Er möge schnell und noch zu unseren Lebzeiten kommen.

Herman Wouk 1987–1993

Schauplatz

DAS LAND DER HOFFNUNG